自由地读书

大卫·科波菲尔

上

〔英〕查尔斯·狄更斯◎著

宋兆霖◎译

《语文》
配套名著阅读
高中

南方出版社
·海口·

图书在版编目（CIP）数据

大卫·科波菲尔：全两册 /（英）查尔斯·狄更斯著；宋兆霖译. —海口：南方出版社，2022.10（2024.7 重印）
（名著阅读课程化丛书 / 闻钟主编）
ISBN 978-7-5501-7750-5

Ⅰ. ①大…　Ⅱ. ①查…　②宋…　Ⅲ. ①长篇小说－英国－近代　Ⅳ. ①I561.44

中国版本图书馆 CIP 数据核字（2022）第 163858 号

大卫·科波菲尔

DAWEI KEBOFEI' ER

〔英〕查尔斯·狄更斯　著　宋兆霖　译

责任编辑：洪慧嫦
出版发行：南方出版社
社　　址：海南省海口市和平大道 70 号
邮政编码：570208
电　　话：（0898）66160822
传　　真：（0898）66160830
印　　刷：三河市春园印刷有限公司
开　　本：710mm × 1000mm　1/16
印　　张：50
字　　数：925 千字
版　　次：2022 年 10 月第 1 版
印　　次：2024 年 7 月第 3 次印刷
定　　价：84.80 元（全两册）

走近名著

在英国，有一个名叫大卫·科波菲尔的男孩儿，虽然他的父亲去世得早，但他与母亲、保姆住在父亲留下的房子里，每天过着悠闲、快乐的日子。后来，大卫的母亲再婚了，他那幸福的童年生活结束了，凶残、贪婪的继父想尽办法折磨他，甚至毒打他，性格软弱的母亲终日掩面哭泣，不敢来解救大卫，只有保姆在深夜时偷偷前来安慰大卫。后来母亲去世了，大卫被继父送到偏远的地方做童工，不甘于此的大卫勇敢出走，寻得唯一的亲戚姨婆，开启了人生的新篇章。

保姆和姨婆对大卫的关爱与照顾，让大卫感到人间仍有温情在。大卫在这个冷酷与温情并存的世界里还经历了哪些事情呢？那些与大卫一起生活在这个世界里的人又有着怎样的喜怒哀乐呢？让我们一起来阅读《大卫·科波菲尔》。

《大卫·科波菲尔》是十九世纪英国小说家查尔斯·狄更斯的代表作，这部具有强烈自传色彩的小说被狄更斯称为“心中最宠爱的孩子”，俄国作家列夫·托尔斯泰把它誉为“一切英国小说中最好的一部”，认为它“有助于塑造健康的人格”。

狄更斯生活的时代——维多利亚时代，被认为是英国的强盛时期，工业的迅速发展丰富了人们的物质生活，可是，诸多社会问题也随之而来，如社会贫富差距越来越大，处于社会上层的贵族与新兴资本家过着优渥的生活，而处于社会底层的平民百姓则生活惨淡，连三餐温饱都难以维持，整个社会充斥着浮夸、唯利是图的风气，金钱至上成为当时社会的价值取向。狄更斯在《大卫·科波菲尔》中对这些问题进行了详尽的刻画：以斯蒂福思一家为代表，揭露了富人贵族贪婪自私、骄奢放纵的一面；以佩格蒂先生一家为代表，展现了平民百姓虽贫苦困窘，但待人友善，对生活充满热情的一面……狄更斯并不只是简单地描述这些人物的故事，而是深挖其内在矛盾，表达了对底层民众的同情和对善良正义的追求。

狄更斯善于刻画人物形象，他笔下的人物形象立体饱满、善恶分明。《大卫·科波菲尔》中的人物可分为两类：一类是“坏人”，即反面人物，狄更斯用辛辣的语言对他们的恶行进行了揭露和讽刺，将这些人贪婪、自私的丑恶嘴脸生动地描绘出来；另一类是“好人”，即正面人物，虽然他们生活在残酷的现实社会中，但仍未泯灭淳朴天性，狄更斯除了尽情地赞美他们外，还讲述了他们生活中的喜怒哀乐。其中最让人印象深刻的是漫画式人物米考伯夫妇，他们生性善良，热情乐观，但不善持家，老是入不敷出，负债累累。米考伯夫妇是资本主义制度下的牺牲品，一家人在贫穷的旋涡里苦苦挣扎，但狄更斯没有用沉重的笔调讲述他们的悲惨生活，而是用幽默的笔调把他们的形象描写得惟妙惟肖。

现在，让我们一起走进阅读的殿堂，读读这部经典小说《大卫·科波菲尔》，一起来领略狄更斯所处的那个时代的社会风貌，认识狄更斯笔下的不同人物，感受这些人物的喜怒哀乐，感受狄更斯作品的艺术魅力吧！

阅读建议

一、阅读规划

《大卫·科波菲尔》共六十四章，全书内容较多，需要用较长的时间进行阅读。建议你用七周的时间完成整本书的阅读及相关学习活动。你也可以根据自己的阅读习惯，制订一个合理的阅读计划，保证阅读的连贯性和完整性，以提高阅读效率。下面的阅读规划供参考。

前五周　通读全书

通读全书的要旨在于大致了解小说的情节脉络，把握主要人物的性格特征，你可以在前五周采用速读法来阅读全书，了解主人公大卫·科波菲尔从出生到童年再到成年、工作、结婚等人生阶段的成长故事，并梳理与之相关的人物关系。

时间	阅读章节
第一周	阅读第一至第十四章
第二周	阅读第十五至第二十八章
第三周	阅读第二十九至第四十二章
第四周	阅读第四十三至第五十六章
第五周	阅读第五十七至第六十四章

你也可以参考下面的步骤来完成通读全书的任务。

① 在阅读每个章节前，尝试根据标题猜测一下本章的内容，

然后再通读全章。这样做不仅能增强阅读兴趣，而且可以在将原文内容与猜想内容做比较的过程中锻炼思维能力。

② 在通读过程中，参照本书精读章节的旁批，对一些自己认为重要的语句或精彩段落做适当的旁批，这样有助于你更好地理解内容。同时，还要记录好在阅读时产生的疑问，以便在精读环节中进行有针对性的解决。

③ 每读完一章，回忆并概括本章的主要内容，找出主要人物，梳理人物关系，还可以建立“人物信息档案”，以便对书中人物有较为清晰的认识。

④ 尝试完成“阅读规划进度及自我测评”中的思考题，测评自己的阅读效果。

第六周　精读部分章节

除了引人入胜的故事情节外，《大卫·科波菲尔》还有许多生动的语言描写、细腻的人物刻画等内容，要想读懂这些精彩的内容，发掘文字背后的深意，你需要对作品进行精读。你可以根据前五周的阅读经验，选择重点章节或自己感兴趣的章节进行精读。以下精读方法可供参考。

① 翻查自己在通读时做的标记和批注，回顾该章节的主要内容，并解决之前留下的疑问，然后再开始精读。如有新的见解，可批注在旁边。

② 精读时要特别关注对人物的细节描写，丰富的细节描写既有助于作者塑造立体的人物形象，也有助于读者理解人物的性格或思想。狄更斯笔下的人物大都个性鲜明，他善于用艺术夸张来突出人物的某些特征，用他们的语言、动作等来表现其心理和性格，甚至连用具也跟人物的本质特征相符。

③ 狄更斯笔下的人物的语言都具有个性化的特点，可以选取经典片段，

品味其语言特色。在《大卫·科波菲尔》中，狄更斯对每一个人物都赋予了独特的语言风格，通过对人物语言进行分析，能够了解人物的性格、文化教养以及在进行对话时的心理活动等情况。

第七周　完成学习任务

在完成精读环节后，可依据各自感兴趣的话题自由组成阅读小组，可以从下面的学习任务中任选一个来完成，也可以自行设计学习任务，围绕学习任务再次阅读本书，并写下自己的阅读体会，开展交流、分享活动，深化对《大卫·科波菲尔》的理解。同时，请仔细记录完成学习任务的过程和感受。以下任务供参考。

任务一：浅析《大卫·科波菲尔》的叙事视角

《大卫·科波菲尔》采用了第一人称叙事视角，这里的第一人称叙事视角还可分为两种视角，一种是儿童视角的“我”，另一种是成人视角的“我”。在《大卫·科波菲尔》中，这两种叙事视角灵活切换，作者这样做的目的是什么？用不同的叙事视角讲述故事能达到怎样的表达效果？你可以选取相关章节，先仔细研读文本内容，再分析作者采用了哪种叙事视角来讲述故事，最后再总结这样做的目的是什么，尝试理解作者的写作意图。

任务二：了解十九世纪英国的社会风貌

十九世纪英国的社会经济发展处于世界领先水平，城市建设的步伐不断加快，资产阶级过上了富足、奢侈的生活，但在这一盛世景象的表面下存在着什么社会问题？生活在这个时代的富人和穷人过着怎样截然不同的生活？狄更斯对当时社会的态度又是怎样的呢？你可以借助小说中各阶层人物的故事来了解十九世纪英国社会的真实风貌。

任务三：分析《大卫·科波菲尔》中的主要女性人物形象

在《大卫·科波菲尔》中有三位与大卫年龄相仿的女性，她们分别是朵拉、爱

格妮斯、艾米莉，分析小说中的这几个主要女性形象，概括她们的形象特征，有助于你了解当时女性的社会地位、人生观、价值观和爱情观。首先，在小说中找到与上述女性人物相关的内容，再利用表格列出主要事件，然后分析她们各自的形象特征，最后根据表格中的内容，总结出那个时代的女性不同的人生观、价值观和爱情观，还可以联系当下，说说现代女性的社会地位有什么改变。

二、阅读策略

1.结合相关资料，体会作品的主题思想

每一部好的小说都贯穿着作者对生活的思考，因此，要理解作者在作品中所表达的观点，就要用心感受作者在文字里倾注的思想和情感。要想更好地理解作者的创作意图、作品的中心思想，你需要提前了解作者的生平经历和小说的创作背景。《大卫·科波菲尔》发表于1850年，在查阅相关背景资料时，你可先了解当时英国的社会背景，如政治、经济、文化等方面的状况，这样有助于你更透彻、更全面地理解作品的主题思想。

2.阅读与写作相结合

在阅读这部小说时，可以适当穿插相关的写作训练，以读促写，以写促读，有助于你更好地理解作品。你可以尝试补写情节，如书中有这么一个情节，艾米莉被斯蒂福思诱骗与其私奔，放弃了原本充满爱与温暖的生活，后来却被斯蒂福思抛弃了，书中并没有详细描写艾米莉和斯蒂福思在私奔后的生活，你可以联系前后文，展开想象，补写这段情节。此外，你还可以撰写随笔和短评。《大卫·科波菲尔》中还有很多经典情节，如汉姆为了救那个带走他的艾米莉的人而献出了宝贵的生

命，在读到描写汉姆与汹涌的海浪勇敢拼搏的片段时，可以以随笔和短评的方式，写下自己的感想和评价。

3.拓展学习

阅读完《大卫·科波菲尔》后，你可以再阅读狄更斯的其他作品。《远大前程》与《大卫·科波菲尔》都是以十九世纪的英国社会为背景，通过讲述主人公的故事来揭露种种社会问题，如贫富悬殊、童工问题等。你可以思考这两部作品在人物塑造、语言表达、主题思想上的相同点和不同点，如《远大前程》的主人公匹普和《大卫·科波菲尔》的主人公大卫，二人都是孤儿，在成长过程中都遇到了对他们影响颇深的人，但他们最后的结局却不一样，是什么原因导致的呢？你可以对这两部作品进行比较阅读，尝试找出导致他们有不同结局的原因。当然，你还可以观看根据小说改编的影视作品，思考影视作品与小说在情节结构、场景设置上的差异。

目录

CONTENTS

我们马上就要进入《大卫·科波菲尔》的第一个阅读阶段了，你将会认识这部小说的主人公大卫，在他还没出生时，他的父亲就过世了，幼年时期的大卫虽然没有感受过父爱，但是母亲和保姆佩格蒂给予了他无微不至的关心和疼爱，使他的生活从来不缺快乐。可是后来，大卫为什么会离开温暖的家，到偏远的地方做童工？在他做童工期间又发生了什么事？让我们跟随作者的笔触，一起走进大卫的童年生活吧。

第一章　来到人间

在我的这本传记中，作为主人公的到底是我呢，还是另有其人，在这些篇章中自当说个明白。为了要从我的出世来开始叙述我的一生，我得说，我出生在一个星期五的半夜十二点钟（别人这样告诉我的，我也相信）。据说，那第一声钟声，正好跟我的第一声哭声同时响起。

看到我生在这样一个日子和这样一个时辰，照料我的保姆和左邻右舍几位见多识广的太太（早在没能跟我直接相识之前几个月，她们就对我倍加关注了）便议论开了，说我这个人，第一，命中注定一辈子要倒霉；第二，有看见鬼魂的特异功能。她们相信，凡是不幸出生在星期五深更半夜的孩子，不论男女，都必定会有这两种“天赋”。

关于第一点，我用不着在这儿多说什么，因为那句预言结果是应验了呢，还是证明毫无根据，没有比我的经历更能说明问题的了。至于她们说的第二点，我只能说，要不是我早在襁褓之中就把这份家财给挥霍光了，那就是我还没继承到这份遗产呢。不过，现在我没能拥有这份财产，我丝毫也不抱怨；要是另外有什么人正享有它，我还衷心欢迎他把它守住哩。

我出生时带有一张头膜[1]，为这张头膜，曾在报纸上登过广告，愿以十五

① 头膜：有的婴儿出生时头上罩着的一层薄膜，是胎膜的一部分。英国民俗认为，头膜为吉祥物，带在身边就不会被淹死。

几尼[①]的低价出售。是当时航海的人囊中羞涩，还是缺乏信念，宁愿要软木救生衣，这我不得而知。我只知道，只有一个人出价想购买，这是个做期票证券交易的经纪人，他只肯出两镑现金，其余的都以雪利酒[②]折价支付。就连保证他不会淹死，他也怎么都不肯加一点儿价。结果只好把广告撤回，白白损失了广告费——至于说到雪利酒，当时我那可怜的亲爱的母亲，自己也有一批这样的酒正在市上求售哩——十年以后，这张头膜在我的家乡以抽彩的方式售出，参加抽彩的共五十人，每人出半克朗[③]，中彩的出五先令。抽彩时，我自己也在场，而且我记得，当时眼看我自己身上的一部分以这种方式在出售，心里觉得很不是味儿，感到很难堪。我还记得，抽到这张头膜的是一位提着个小提篮的老太太，她老大不情愿地从篮子里掏出了那规定的五先令，全是半便士的辅币，结果还少给了两个半便士——虽然花了不少时间，费了很大的劲算给她听，可是毫无作用，怎么也没能使她明白这一点。后来她倒是真的没有淹死，而是活到九十二岁高龄，光光彩彩地寿终正寝。这件事，作为奇闻长期在我们那一带流传。不过据我了解，这位老太太直到死都一直十分骄傲地夸口说，除了过桥外，她这辈子从来没有到过水上。而且每当她喝茶的时候（她很爱喝茶），老是愤愤地说，那班海员之类的人实在邪恶，竟敢放肆地到全世界去"闯荡"。你对她说，有些常用的好物品，茶大概也包括在内，就是在她所反对的这种闯荡中得来的，可是毫无用处。她总是更加坚决、更加理直气壮地回答你说："我们不应该去闯荡。"

现在，我自己也不要再"闯荡"了，还是言归正传，接着讲我自己出生的事吧。

我出生在萨福克郡的布兰德斯通，或者如苏格兰人说的"在那一带"。我是一个遗腹子。当我睁开眼睛看到这个世界时，我的父亲已经闭上眼睛看不到这个世界六个月了。一想到他竟会从来没有见过我，即便是现在，我也觉得有点儿奇怪。儿时看到教堂墓地里我父亲的白色墓碑，在我幼小的心灵中引起种种联想；当我们的小客厅中亮着温暖的炉火和明亮的烛光时，我们家的门窗却紧锁着，把父亲的坟关在门外（有时我觉得这太残忍了），让他独自待在那寒夜之中，这引起我无限的同情。这一切，现在朦胧地回忆起来，更加使我感到奇怪。

我父亲有一位姨母，因而也就是我的姨婆了（关于她，后面我还有更多的话要说），她是我们家的大人物。她叫特洛伍德小姐，我母亲却总把她叫作贝

① 几尼：英国的金币的名称。1几尼等于21先令。
② 雪利酒：原产于西班牙南部的一种烈性白葡萄酒。
③ 克朗：货币单位。1克朗等于5先令。

特西小姐，不过，这只是在我那可怜的母亲克服了对这位可怕人物的畏惧之心后敢于提到她时（这种时候不常见），才这样叫她。我这位姨婆曾嫁过一个比她年轻的丈夫，他长得很英俊，但他并不像古训“行为美才是美”所说的那样——因为他大有打过贝特西小姐的嫌疑。有一次，为了生活费用上的事两人发生争论，他甚至粗鲁狠心地要把她扔出三楼窗口。这些脾气上互不相投的事实，使得贝特西小姐决定给他一笔钱，经双方同意，两人分居。然后他就带着他的钱到印度去了。据我们家里一种荒诞的传闻，有一次有人曾看到他跟一只狒狒一起骑在一头大象上。不过我认为，跟他一起骑在大象上的一定是位绅士，要不就是一位贵妇[①]。反正不管怎么说吧，他走后不到十年，从印度传来消息说，他已经去世了。我姨婆听到这个消息后有什么感觉，没有人知道。因为他们两人分居之后，她立即恢复了做姑娘时的姓，在很远的一个海边的小村子里买了一座小屋，带了一个仆人，在那儿过起独身生活来。大家都知道，打那以后，她决心不问世事，一直过着隐居生活。

我相信，我父亲曾经是她所宠爱的人，可是他的婚事把她给深深地得罪了，原因是她认为我母亲是个“蜡娃娃”。她从来没有见过我母亲，不过她知道她还不满二十岁。我父亲和贝特西小姐从此再没有见过面。父亲结婚时，年龄比我母亲大一倍，而且身子骨儿也不大好。结婚后一年，他就去世了。如我前面所说，这是在我出世前六个月的时候。

这就是那个多事而重要的星期五下午（要是我可以冒昧地这样说的话）的情况。因此我不能肯定地说，当时我就知道事情会怎么样，也不能说我对后面发生的事情，是全凭自己的亲眼所见而追记的。

那天下午，我母亲正坐在壁炉前，身体虚弱，精神萎靡，两眼含泪地望着炉火，为自己，也为那没有父亲、尚未见面的小孩儿，抱着深为绝望的心情。虽然楼上抽屉里早已准备好几罗[②]预言针[③]，欢迎他到这个对他的光临丝毫也不激动的世界上来。我刚才说了，在那个晴朗有风的三月下午，我的母亲正坐在壁炉前，提心吊胆，悲苦重重，不知道自己是否能渡过面前的难关。就在她擦干眼泪，抬头望着对面的窗子时，忽然看到有一个陌生的女人往庭园里走来。

我母亲又朝那女人看了一眼，她确信地预感到，这人准是贝特西小姐。这时，落日的余晖正照射在那陌生女人的身上，洒满庭园的篱笆。她径直朝屋门走来，这种凌厉笔挺的姿势和从容不迫的精神，别的人是不可能有的。

---

① 在英语中，狒狒（baboon）、（印度的）绅士（baboo）和穆斯林贵妇（begum）三词读音相近。

② 罗：计数单位。1罗等于12打。

③ 预言针：指按旧俗用针在针插上插成的预言吉祥的祝词。

当她走到屋门前时，她的行为再一次证明来的正是她。因为我父亲曾经多次说起，说我姨婆的行为举止，跟常人颇不相同。这时，她不像常人那样来拉门铃，而是走到我母亲看着的那扇窗子跟前，往屋子里张望，把自己的鼻尖使劲贴到玻璃上，以至我那可怜的母亲后来还经常说起，说她的鼻子一下子就变得又平又白了。

她这一来使我母亲大吃一惊，因此我一直确信，我之所以会在星期五出世，完全是因为贝特西小姐。我母亲惊慌得连忙离开椅子，躲到椅子后面的一个角落里。贝特西小姐带着探询的神情，缓缓地扫视着整个房间，她移动着目光，从房间的一头开始，像荷兰钟上撒拉森人[①]的头像似的，直到把目光落到我母亲身上。然后她像惯于支使人的人那样，朝我母亲皱了皱眉头，做了个手势，叫她去开门。母亲去开了门。

“我想，你就是大卫·科波菲尔太太吧？”贝特西小姐说。她的“想”字加重了语气，大概是我母亲身上的丧服和她的生理状态的缘故。

“是的。”我母亲有气无力地回答。

“有一个特洛伍德小姐，”来客说道，“我想你听说过她吧？”我母亲回答说，她很荣幸，听说过那个大名。不过她当时只感到不快，并没有表现出不胜荣幸的心情。

“你现在见到的就是她。”贝特西小姐说。我母亲听说后就低下头，请她进屋。

她们一起走进了我母亲刚才待的小客厅，因为过道那头那间最好的房间里没有生火炉——更确切地说，打从我父亲的葬礼以后，那儿就没有再生过火了。她们两人坐了下来，可贝特西小姐依然一言不发，我母亲极力忍了又忍，最后还是没能忍住，终于哭了起来。

“啊，得啦，得啦！”贝特西小姐急忙说，“别这样！行啦，行啦！”

可是我母亲怎么也忍不住，直到哭够了才止住了眼泪。

“摘下你的帽子，孩子，”贝特西小姐说，“让我仔细看看你。”

① 撒拉森人：古时希腊人和罗马人对阿拉伯人的称谓，十字军时期则以此称反抗十字军的伊斯兰教徒。后来撒拉森人的头像常用作纹章招牌或时钟的装饰。

第一章　来到人间

我母亲对她怕极了，即使她想要拒绝她的这一古怪的要求，她也不敢那么做，于是她就按她的吩咐把帽子摘下了。由于摘帽时两手直哆嗦，她把头发（她的头发既多又漂亮）弄得全都披散到脸上。

“哟，我的天！”贝特西小姐叫了起来，“你简直还是个娃娃呀！”

毫无疑问，我母亲看上去是非常年轻的，甚至比她的实际年龄还要年轻。她一面低垂着头，仿佛这是她的罪过似的，这可怜的人，一面呜咽着说，她恐怕真的还是个孩子就做了寡妇，要是以后能活下去，她还得做个孩子气的母亲呢。接着，在短短的静默中，我母亲恍惚觉得，贝特西小姐在摸她的头发，而且还感到她的手并不是不温柔。但是当她胆怯地怀着希望，抬头看她时，却发现贝特西小姐撩起衣服下摆，坐在那儿，双手交叠放在一个膝盖上，两只脚搁在炉栏上，对着炉火紧皱眉头。

“我的老天爷，”贝特西小姐突然说，“为什么叫作鸦巢哇？”

“你是说这房子吗，姨妈？”我母亲问道。

“为什么叫鸦巢？”贝特西小姐说，“要是你们两人中有一个懂一点儿真正过日子的道理的话，把这叫作厨房要合适得多。”

“这名字是科波菲尔先生取的，”我母亲回答说，“在买这座房子的时候，他一直以为这附近有乌鸦呢。”

就在这时候，一阵晚风吹过，在庭院外侧几棵高大的老榆树中间引起了一阵骚动，引得我母亲和贝特西小姐都禁不住朝那个方向看去。只见那几棵榆树先是相互低垂，如同几个巨人在窃窃私语，这样安静了几秒钟后，接着便剧烈地骚动起来，四下里挥动着它们那粗野的胳膊，仿佛它们刚才的窃窃私语已大大地扰乱了它们内心的平静，这时，筑在高处树枝上的几个饱经风雨的破旧鸦巢，犹如暴风雨中海面上的破船般在空中摇晃。

“那些乌鸦到哪儿去了？”贝特西小姐问道。

“那些什么——？”我母亲正在想着别的什么。

“那些乌鸦呀——它们怎么样啦？”贝特西小姐问道。

“打从我们搬来这儿住的那天起，就从来没有见过什么乌鸦，”我母亲说，“我们原以为——科波菲尔先生原以为——这儿会有一大窝乌鸦，其实这些全是些很老的鸦巢，乌鸦早就不要它们了。”

“完全是个大卫·科波菲尔！”贝特西小姐叫了起来，“彻头彻尾的大卫·科波菲尔！附近一只乌鸦都没有，他却把这房子叫作鸦巢，他相信一定会有乌鸦，因为他看到有几个鸦巢。”

“科波菲尔先生，”我母亲回答说，“已经去世了，要是你在我面前数落他……”

我想，我那可怜的亲爱的母亲，有一会儿一定想要狠狠揍我的姨婆一顿，不过像她那天下午的那副样子，即使她受过很好的训练，我的姨婆也只需一只手就可以轻而易举地把她给制服。可我的母亲只是从椅子上站起身来，这念头也就跟着烟消云散了。随后她便温顺地又坐了下来，接着就晕过去了。

待她醒过来时，或者是贝特西小姐把她弄醒过来时，反正不管怎么样，她发现贝特西小姐正站在窗前。这时，黄昏已逐渐变成了黑夜，她们只能模模糊糊地看到对方，要不是靠了火炉的亮光，她们就什么也看不见了。

“我说，”贝特西小姐走回到椅子跟前问道，仿佛她方才只是偶尔看了看景色，“你预计在什么时候……”

“我全身都在发抖，”我母亲结结巴巴地说，“我不知道这是怎么啦。我看，我一定快要死了！”

“不会，不会，”贝特西小姐说，“喝点儿茶吧。”

“哎哟，哎哟，你说喝茶对我管用吗？”我母亲不知所措地叫喊道。

“当然管用，”贝特西小姐说，“你这只是在胡思乱想罢了。你管你的女孩儿叫什么？”

“我还不知道是不是女孩儿呢，姨妈。”我母亲天真地回答说。

“保佑孩子！”贝特西小姐叫了起来，无意中正好说出楼上抽屉里针插上的第二句祝词，不过这句话没有用在我身上，而是用在了我母亲身上，“我说的不是那个，我说的是你的女仆。”

“她叫佩格蒂。”我母亲说。

“佩格蒂！”贝特西小姐有点儿愤愤然地把这名字重复了一遍，“孩子，你这是说，居然有人跑进基督教堂，给自己取了这么个名字？”

“这是她的姓，”我母亲有气无力地说，“因为她的名字跟我的一样，科波菲尔先生就叫她的姓了。”

“喂，佩格蒂！”贝特西小姐打开小客厅的门，朝外面叫道，“拿茶来，你的太太有点儿不舒服。快点儿，别磨磨蹭蹭的。”

贝特西小姐用一种仿佛自从有这个家她就是公认的主人的气派发布了这道命令后，又朝门外打量着，直到看见佩格蒂听到生人的声音，吃惊地举着蜡烛沿过道迎面跑上前来，她才又关上门，和先前一样坐了下来，两脚搁在炉栏上，撩起衣服下摆，双手交叠放在一个膝盖上。

“你刚才说不知道是不是生个女孩儿，”贝特西小姐说，“我可一点儿也不怀疑，一定是个女孩儿。这样吧，孩子，从这个女孩儿降生的时候起……”

“也许是个男孩儿呢。”我母亲冒昧地插嘴说。

“我告诉你了，我有一种预感，这一定是个女孩儿，”贝特西小姐回答道，

“别跟我拌嘴啦。从这个女孩儿降生的时候起，孩子，我打算做她的朋友，愿意做她的教母，我求你把她的名字取作贝特西·特洛伍德·科波菲尔。这个贝特西·特洛伍德可一辈子都不应该犯错啦。她的感情也不应该再滥用啦，可怜的孩子。她应该好好地受到教育，好好地受到保护，我不让她愚蠢地去信赖那些不应该受到信赖的人。我一定要把这当作我自己的责任。”

贝特西小姐在说这番话的时候，每说一句，她的头都要抽动一下，仿佛她的宿怨旧恨正在内心发作，因而她得极力克制住自己，不让它们表露得过于明显似的。至少我母亲在暗淡的火光中看着她时，心里是这样想的。不过当时我母亲太怕贝特西小姐了，自己的身子又极不舒服，加上过于顺从和过于慌张，什么都没能看清，也不知道该说什么才好。

“大卫待你好不好，孩子？”沉默了一会儿后，贝特西小姐问道，她那头部抽动的动作也逐渐停歇下来，“你们在一起过得快活吗？”

“我们很快活，”我母亲说，“科波菲尔先生待我真是太好了。”

“哦，我看他是把你惯坏了吧？”贝特西小姐说。

“现在在这艰难的世界上，我又成了孤身一人，一切都得靠自己了。是的，我怕他真的把我给惯坏了。”我母亲呜咽着说。

“行啦！别哭了！”贝特西小姐说，“你们两个并不般配，孩子——即使随便哪两个人都能般配的话——所以我才问你这个问题。你是个孤儿吧，是不是？”

“是的。”

“也当过家庭教师？”

“我在科波菲尔先生常去的一户人家当幼儿家庭教师。科波菲尔先生待我很好，对我非常注意，非常关心，最后他向我求婚，我答应了他。于是我们就结了婚。”我母亲坦率地对她说。

“嘿！可怜的孩子！”贝特西小姐若有所思地说，她依然对火炉皱着眉头，“你都会点儿什么呀？”

“对不起，我不明白你的意思，姨妈。”我母亲结结巴巴地说。

“比如，像管理家务什么的。”贝特西小姐说。

“我恐怕不太会，”我母亲回答说，“没有我想要会的那么多。不过科波菲尔先生一直在教我……”

“他自己会的可多哩！”贝特西小姐从旁插了一句。

“我盼望我会有所进步，因为我急着要学，他又教得很耐心，要是不发生他去世这场大不幸的话……”我母亲说到这儿又忍不住呜咽起来，再也说不下去了。

“行啦，行啦！”贝特西小姐说。

“我每天都记账，晚上就跟科波菲尔先生一块儿结算。”我母亲说到这儿，悲从中来，又哭了起来，说不下去了。

“行啦，行啦！”贝特西小姐说，“别再哭了。”

“我敢说，在这方面，我们从来不曾有过一言半语的不同意见，科波菲尔先生只是嫌我‘3’字和‘5’字写得太相像了，或者怪我不该在‘7’字和‘9’字下面多添了个弯弯的小尾巴。”我母亲接着说，可是说着说着一阵伤心，又哭了起来。

“你这样会把自己弄病的，”贝特西小姐说，“你要知道，这对你自己，对我的教女，都没有好处。行啦！你不许再哭了！”

这一劝说在使我母亲平静下来上起了一些作用，不过她身体越来越强烈的不适，起的作用更大。接着是一阵沉默，只是偶尔被贝特西小姐突然发出的“嘿！”声打破，她坐在那儿，两只脚仍搁在炉栏上。

“我知道，大卫曾花钱给自己买过一笔年金保险，”过了一会儿，贝特西小姐说，“他是怎么给你安排的？”

“科波菲尔先生，”我母亲回答说，说话已感到有些费劲，“对我非常关心，为我安排得很周到，把其中的一部分年金划归给我继承。”

“多少？”贝特西小姐问道。

“一年一百零五镑。”我母亲回答。

“他原本会干得更坏哩。”我姨婆说。

“坏”这个字用得正是时候，我母亲这时的情况正是坏透了，拿着茶盘和蜡烛进来的佩格蒂，一眼就看出她如此难受是怎么一回事——要是当时房间里光线较亮的话，贝特西小姐本当早就可以看出来的——佩格蒂急忙把我母亲扶到楼上的卧室，并且立即打发她的侄子汉姆·佩格蒂去请护士和医生。她没让我母亲知道，已经把汉姆藏在我们家好几天了，为的就是在紧急时刻供作差遣。

当那两位联手的重要人物，在几分钟内相继到来时，看到一位表情矜持的陌生女人坐在壁炉前，左臂上系着帽子，耳朵里塞着珠宝商的棉花①，他们都大吃一惊。佩格蒂对她一无所知，我母亲也从来没有说起过她，她坐在小客厅中，完全是个神秘人物。尽管她口袋里装了一大堆珠宝商的棉花，耳朵里也塞得满满的，但是这丝毫无损她神态的威严。

医生去过楼上后又下来了。据我猜测，他一定想到，自己有可能得跟这位陌生太太面对面地在这儿坐上几个小时，便加倍小心，极力表现出懂礼貌和讨人喜欢的样子。在男性中，他称得上是最温顺的人，也是小个子中脾气最好的

① 此处指当时珠宝商用来垫珠宝的特制棉花。

人。他连进出房间时都侧着身子，以便少占点儿地方。他走起路来脚步很轻，简直像《哈姆莱特》里的鬼魂，而且走得比鬼魂还慢。他把头低垂向一边，部分是为了谦逊地贬低自己，部分是为了谦逊地讨好别人。他对疯狗都不会说一句难听的话，即使非说不可，他也只会温和地对它说上一句，或者半句，或者一句的一部分，因为他说话也像走路一样慢吞吞的；可他绝不会对它说出难听的话，也绝不会对它发火动气，不管是为了什么人世的理由。

齐利普先生把头侧在一边，温和地看着我的姨婆，微微地对她鞠了一个躬，轻轻地摸了摸自己的左耳，暗指对方耳朵里塞着的珠宝商棉花。

“是有点儿局部发炎吗，小姐？”

“什么！”我姨婆回答，像拔塞子似的把棉花从耳朵里拔了出来。

齐利普先生被她这一突然举动吓了一大跳——这是他后来对我母亲说的——几乎弄得张皇失措了。可他还是和颜悦色地重复问了一句：

“是有点儿局部发炎吗，小姐？”

“胡说！”我姨婆回答了一声，又一下子把棉花塞回耳朵。

齐利普先生碰了这个钉子后，什么事也不能做了，只好坐在那儿，怯生生地朝她看着，她则坐在那儿看着炉火，直到他又被叫到楼上去。过了约莫一刻钟，他又回来了。

“好啦？”我姨婆一面问，一面把靠他那边的耳朵里的棉花拔了出来。

“哦，小姐，”齐利普先生回答说，“我们正——我们正在慢慢地进行中，小姐。”

“呸……”我姨婆呸了一声，她在这表示轻蔑的感叹词上，加了一串纯正的颤音。说完后，又跟先前一样，把棉花塞回耳朵。

真的——真的——像齐利普先生告诉我母亲的那样，他真的差一点儿给吓着了。单从一种职业观点来说，他是差一点儿给吓着了。不过，尽管这样，他还是坐在那儿朝她看着，她则依旧看着炉火。这样坐了约莫两个小时，直到他又被叫了出去。过了一会儿，他又回来了。

“好啦？”我姨婆问道，又拔出靠他那边的耳朵里的棉花。

“哦，小姐，”齐利普先生回答说，“我们正——我们正在慢慢地进行中，小姐。”

“啐……”我姨婆啐了一声，她对他如此粗暴无礼，使得齐利普先生绝对受不了啦。他后来说，这真是存心要把他搞得精神崩溃。他宁愿离开小客厅，坐到楼梯上，坐在黑暗和寒风中，直到又被叫到楼上。

汉姆·佩格蒂上过国民小学，在学习《教理问答》时颇为用心，因而可以认为是个靠得住的证人。第二天他报告说，就在这以后一个小时，他无意中偶尔在门口往小客厅里张望了一下，不料一下子就让焦躁不安地在里面来回走动的贝特西小姐发现，他还没来得及逃走，就让她给抓住了。他说，当时楼上不时传来脚步声和说话声，很明显，在声音大的时候，那位小姐就把他当作替罪羊般一把抓住，在他身上发泄她那过分的焦躁，根据这一情况，贝特西小姐耳朵里虽然塞着棉花，仍没能把声音完全挡住。他说，当时她抓住他的领子，不断地把他拖来拖去（好像他服多了鸦片酊①似的），她还使劲摇他，乱抓他的头发，揉皱他的衬衣，捂他的耳朵，好像捂的是她自己的耳朵似的，此外，还抓他，打他。这情况，有一部分由他的姑妈所证实，她看到他时是在十二点半，我姨婆刚把他放开，当时他的脸跟我一样红。

性情温和的齐利普先生，即便在别的时候会记仇，在这种时候他也绝不会对人怀有恶意的。所以他的事情刚一办完，他就侧着身子走进小客厅，用他最和蔼的态度对我姨婆说：

"啊，小姐，我很高兴，向你道喜啦！"

"道什么喜？"我姨婆厉声回答。

看到我姨婆的态度还是这么严厉，齐利普先生又慌张起来。为了抚慰她，于是他朝她微微鞠了个躬，还露出一丝微笑。

"我的天哪，这人怎么啦！"我姨婆不耐烦地叫了起来，"他不会说话吗？"

"放心吧，我亲爱的小姐，"齐利普先生用他最柔和的声音说，"再也不用着急了，小姐。放心吧。"

奇怪的是我姨婆竟没有去摇他，把他必须说的话摇出来，后来大家都认为这几乎是一个奇迹。她只是对他摇着自己的头，不过这样也使得齐利普先生胆战心惊了。

"哦，小姐，"齐利普先生一鼓起勇气，便继续说，"我很高兴，向你道喜啦。现在一切都过去了，小姐，平平安安地过去了。"

在齐利普先生专心发表这通演说的五六分钟时间里，我姨婆一直目不转睛地盯着他。

"她好吗？"我姨婆问道，她交叉抱着双臂，一只胳膊上依旧系着帽子。

"哦，小姐，我想，用不了多久，她就不会有什么不舒服的，"齐利普先生回答说，"在这样悲惨的家庭境况下，对一个初次做母亲的年轻女人来说，我们所能期望的，这已经是够好的了。你如果现在要去看她，小姐，绝没有什么妨碍，也许对她还有好处呢。"

"她呢，她好吗？"我姨婆突然厉声问道。

① 鸦片酊：一种麻醉剂，人服多了会昏睡，甚至死去，因此必须拖着他走动，使他醒着。

齐利普先生把头往一边歪得更厉害了，像一只讨人喜欢的小鸟儿一样看着我姨婆。

“那孩子，”我姨婆说，“她好吗？”

“小姐，”齐利普先生回答，“我以为你已经知道了呢。生的是个男孩儿。”

我姨婆听了一言不发，抓住帽带，提起帽子，把它当作投石器似的，朝齐利普先生的头打了一下，然后戴上打瘪的帽子走出去了，从此再没有回来。她就像一个心怀不满的仙子，或者像人们认为我能看见的鬼魂一样，不见了，从此就再也没有回来。

没有。我躺在我的摇篮里，我母亲躺在自己的床上。而贝特西·特洛伍德·科波菲尔，则永远留在了那个梦幻和影子的国度，留在我最近游历过的广袤的地域。我们家卧室窗上的亮光照到室外，照在所有这类游子的尘世归宿之地上，也照在埋着没有他就没有我的那个人的遗骸的小丘上。

第二章　初识世事

当我回顾久远的过去，追忆起自己童年那段浑浑噩噩的岁月时，首先出现在我面前的清晰形象，一个是满头秀发、体态仍如少女的母亲，另一个是毫无体态可言的佩格蒂。佩格蒂的眼睛黑极了，黑得几乎把眼睛四周的脸都映黑了。她的双颊和两臂则那么结实、红润，因而使我感到奇怪，为什么鸟儿不来啄她，而偏爱去啄苹果呢。

我相信我还记得，她们两人都在相隔不远处俯下身子或跪在地上，让我看起来觉得她们已变矮小，我则摇摇晃晃地从这一个走到那一个跟前。佩格蒂惯常伸出一个食指让我攥着，由于常做针线活儿，那食指磨得像豆蔻擦子[①]般粗糙，这种接触的感觉在我脑子里留有一种印象，我怎么也无法把它和回忆起来的实际景象分开。

这也许只是想象，不过我认为，我们大多数人的记忆都能回溯到比通常人们所设想的更为久远的年代。我还认为，有许多很小的孩子，他们观察起事物来，在精密和准确方面是十分惊人的。其实，我认为大多数在这方面特别出色的成年人，与其说是他们后来学会了这种本领，不如说是他们没有丢掉这种天赋，这样说也许更为恰当。我每每看到这些人朝气蓬勃、和蔼可亲和性格乐观，更觉得如此，这些也是他们从儿时保留下来的传统啊！

停下正文来说这个，我本该感到不安，我这是又在“东拉西扯”了，但继而一想又不以为然，原因是我的这些结论，其中一部分是根据我自己的经验得来的。要是我在这本传记里写下的东西中，有什么表明我是一个有精确观察力

① 豆蔻擦子：带锉齿的管状厨房小用具，用来擦碎豆蔻、生姜之类。

的孩子，或者是一个对童年时代有很强记忆力的成人，对这两个特点，我是毫无疑问会直认不讳的。

正如我前面所说，在我回忆起自己孩提时代那段浑浑噩噩的岁月时，不免感到事物纷纭，但超乎这一切之上，最先让我想起的是我的母亲和佩格蒂。我还记得别的什么呢？让我来想想看吧。

在一片朦胧中出现的是我们家的房子——对我来说，它并不陌生，而是很熟悉，仍是最初记忆中的那个样子。底层是佩格蒂做饭的厨房，与后院相通，在后院正中的一根杆子上，有一个鸽子棚，可是里面并没有鸽子；院子的角落里有一个大狗窝，可是里面也没有什么狗。那儿还有一群我觉得高得可怕的家禽，它们在院子里走来走去，摆出一副凶猛的样子。其中有一只老是飞到柱子上去打鸣的公鸡，当我从厨房的窗子里看着它时，它似乎特别注意我；它非常可怕，吓得我直发抖。边门外面还有一群鹅，每当我走过那儿时，它们就伸长脖子，摇摆着身子使劲追我。我连晚上睡觉都梦见它们，就像一个四周被野兽包围的人，晚上会梦见狮子一样。

还有一条很长的过道——我觉得它真是幽深极了！从佩格蒂的厨房一直通到前门。在过道的一边，有一间阴森森的储藏室，那是一个夜间经过时得跑着过的地方。因为要是没有人拿着昏暗的灯进到里面，让那股霉气冲到室外来，我不知道在那些盆盆罐罐和旧茶叶箱之间会藏着什么；在房里的那股霉气中，混杂着肥皂、泡菜、胡椒、蜡烛和咖啡的气味。屋子里还有两间客厅，一间是我们晚上常坐的，母亲、我和佩格蒂三个人——佩格蒂做完工作，我们又没有别的客人时，她常和我们在一起；另一间是我们星期天才坐的、较好的客厅，很阔气，但是并不那么舒适。我觉得这间客厅里有一种悲伤的气氛。因为佩格蒂曾对我说起过——我记不得是什么时候，但显然是在很久以前——有关我父亲的葬礼以及穿着黑色外套的人们。有个星期天的晚上，我母亲给佩格蒂和我念了拉撒路死而复活的故事①。我听了以后，害怕极了，闹得她们后来只好把我从床上抱起来，指给我看卧室窗外安安静静的教堂墓地，说明在肃穆的月光下，死者都静静地长眠在坟墓中。

不管在哪儿，我都从未见过有什么东西有那教堂墓地里的草一半翠绿，没有东西有那儿的树木一半葱郁，也没有东西有那儿的墓碑一半宁静。在清晨，当我从母亲卧室套间里的小床上跪起来，朝那儿看时，看到有羊在那儿吃草，还看到照耀在日晷上的红光，于是我心里想："日晷又能报时了，我不知道，它是不是为这感到高兴呢？"

还有我们家在教堂里的座位。那座位的椅背多高啊！旁边就有一扇窗子，

① 据《新约·约翰福音》记载，耶稣使病死四日的拉撒路复活后从坟墓中出来。

从窗子里可以看到我们家的房子。在做早祷的时候，佩格蒂朝我们家的房子看了许多次，她要尽可能地弄清楚，我们家有没有遭到盗窃，有没有着火。不过，尽管佩格蒂的眼睛可以四处张望，要是我也那么做了，她就会非常生气；我站在座位上时，她就朝我直皱眉头，要我看着那个牧师。可我不能老看着他呀——他就是不穿那套白衣服，我也认识他，而且我怕他会觉得奇怪，为什么我老是这样盯着他，说不定会停下礼拜来问我什么——那我该做点儿什么呢？打哈欠是很不好的，可我总得做点儿什么呀。我看我母亲，可她装作没有看到我。我看过道里的一个孩子，他朝我做鬼脸儿。我看穿过前廊从敞开的门口进来的阳光，看到那儿有一只迷了路的羊——我说的不是罪人，而是宰肉吃的羊——好像正犹豫着有点儿想进入教堂。我觉得，要是我再朝它多看一会儿，我也许会忍不住高声说出什么来。那样一来，我就会变成什么啦！我抬头看墙上的那些纪念牌，试着想到本区新近去世的鲍杰斯先生，当他久受病痛折磨，医生束手无策时，鲍杰斯太太会有什么感想呢？我不知道他们是不是请过齐利普先生，是不是他也无能为力；如果是这样，这事每星期都会让人想起一次，他会怎么想呢？我把目光从戴着礼拜天围领的齐利普先生身上转到讲坛上。我心里想，这个讲坛用作玩耍的地方多好啊！可以当作一个很好的城堡，由另一个孩子沿楼梯往上进攻，在上面的人可以拿带穗子的天鹅绒垫子往他头上扔。想着想着，我的眼睛渐渐地闭上了，开始好像还听到牧师热情地在唱一支催眠曲，以后就什么也听不见了，直到我咕咚一声从座位上跌了下来，然后佩格蒂把我这个半死不活的人抱到了外面。

现在我又看到我们家房子的外面了。卧室的方格子窗全都敞开着，让新鲜的空气透进房内，那些残破的旧鸦巢仍在前院外侧的榆树上摇晃。现在我来到了后园，来到有个空鸽子棚和狗窝的庭院后面——我现在还记得，那儿真是一个蝴蝶保护区，有一道高高的围篱，还有一扇门，门上挂着锁。那儿的树上挂满了成簇的果子，一直比其他任何园子里的果子都长得多，而且更成熟。我母亲把一些果子采摘下来放进篮子，我就站在一旁，偷偷地把醋栗塞进嘴里，囫囵吞下，尽量装出若无其事的样子。一阵大风刮起，夏天一下子就过去了。我们在冬天的暮色中玩耍，在客厅里跳舞。当我母亲喘不过气来，在扶手椅上坐下来休息时，我看她往自己的手指上缠绕发亮的秀发，还把上衣拉平整。没有人比我知道得更清楚了，她喜欢自己显得漂亮精神，并为自己长得美丽而自豪。

这些都是我最初的一部分印象。除此之外，我和母亲都有点儿怕佩格蒂，大小事情大部分都听从她的调度，这也是我最早的一个看法——如果说这些可以叫作看法的话——这看法是我亲眼看见了种种事实后形成的。

一天晚上，剩下佩格蒂和我两人坐在小客厅的壁炉前。我给她念了一篇有关鳄鱼的故事。我一定是念得过于清楚了，要不就是这可怜的人听得过于认真了，因为我记得，待我念完以后，她竟然留下一个模糊的印象，认为鳄鱼是一种蔬菜。这时我已经念得很累，困极了。可是，这次作为一种特别优待，我已得到母亲允许，可以坐到她从邻居家串门回来,（当然啦）我宁可坐在这儿困死，也不愿上床去睡。可我当时实在困极了，只见佩格蒂变得越来越大，大得都不成样子了。我用两个食指使劲把眼皮掰开，坚持着看她在那儿做针线活儿，看她那一小块用来擦线的蜡头儿——它已经用得很久了，浑身上下全是皱纹！看她那码尺“住”的草顶“小房子”，看她那绘有圣保罗教堂（有一个红色的圆屋顶）带滑盖的针线匣子，看她手上戴的铜顶针，看她本人，我觉得她非常可爱。我当时简直困极了，我知道，要是有那么一会儿什么都看不见了，那我就完了。

“佩格蒂,”我突然问道，“你结过婚吗？”

“天啊，大卫少爷,”佩格蒂回答说,“你怎么会想到问起结婚的事来呢？”

她回答时显得这般吃惊，把我都给吓清醒了。接着她停下手中的针线活儿，看着我，把针都拉到线的尽头了。

“你到底结过婚没有呀，佩格蒂？”我说，“你是个很漂亮的女人，是不是？”

我当然认为，她和我母亲的样子不同，不过在另一种美里，她是一个很好的典型。在我们那间好客厅里，有一张红色天鹅绒面子的脚凳，我母亲在那上面画了一束花。依我看来，那脚凳的底色跟佩格蒂皮肤的颜色是一样的，虽说凳子光滑，佩格蒂粗糙，不过这没有多大关系。

“说我漂亮，大卫！”佩格蒂说，“啊哟，没有的事，我的宝贝儿！可你怎么会想到问起结婚的事来呢？”

“我不知道！一个人一定不能同时嫁两个或两个以上的人，是吗，佩格蒂？”

“当然不能！”佩格蒂立即斩钉截铁地回答说。

“可要是你嫁给一个人，而那个人死了，那你就可以再嫁另一个人了，这可以吗，佩格蒂？”

“可以那样,”佩格蒂说,“要是你想那样做，亲爱的。这是一个看法问题。”

“那么你的看法怎么样呢，佩格蒂？”我问道。

我一面问她，一面还好奇地看着她，因为她也这么好奇地看着我。

“我的看法是,”佩格蒂犹豫了一下，从我身上移开了目光，重又做起针线活儿来，然后接着说，“我自己从来没有结过婚，大卫少爷，我也不想结婚。有关这件事，我只知道这一点。”

“我想，你没生气吧，佩格蒂？是吗？”我安静地坐了一会儿后，问道。

我真以为她生气了，看上去她对我很冷淡，可是我大错特错了，因为接着她便把针线活儿（她自己的一只袜子）放到一边，张开双臂，把我满是鬈发的头使劲抱了一下，我知道她一定使了很大的劲，因为她很胖，穿上衣服后，任何时候只要稍一使劲，她的长外衣背后的纽扣就会绷飞几颗。我记得，那天她搂抱我时，就有两颗纽扣一直飞落到小客厅的那头去了。

“现在你再给我讲讲饿鱼的故事吧，”佩格蒂说，她连鳄鱼的名字也还没能完全说对，“因为我还没有听够呢。”

我不太明白为什么佩格蒂的神情那么奇怪，为什么她这样急于要听鳄鱼的故事。不过我还是振作起精神，开始重又念起那些怪物的故事来，念到我们让鳄鱼把蛋留在沙子里，让太阳去孵化，然后就躲开它们，在它们周围绕圈子，用这来捉弄它们，因为它们身子很笨，转弯很不灵活。我们还像土著一样下水追它们，用削尖的木棍捅进它们的喉咙。总之我们对鳄鱼进行了一切惩罚。至少我是那么做了。不过我对佩格蒂有点儿起疑，因为她一直若有所思地用针扎自己的脸和手臂的各个部位。

我们讲完了鳄鱼的故事，就开始讲起鼍龙来，这时前院的门铃响了。我们急忙跑到门口，是我母亲回来了。我觉得，她看上去比往常更漂亮了，跟她在一起的还有一位长着好看的黑头发和黑胡子的男人。上个星期天，他曾陪我们一起从教堂回来。

当我母亲在门旁弯下身来搂着我亲我时，那个男人说，我是一个比国王更有特权的小家伙——或者是类似这样的话；后来我渐渐懂事了，才领悟他这句话的意思。

“这是什么意思啊？”我隔着母亲的肩头问他。

他拍了拍我的头，可是不知怎的，我不喜欢他和他那低沉的声音，我嫉妒他的手摸我时碰到我母亲的手——他的手确实已碰到了。我尽力把它推开。

“哎，大卫！”我母亲阻止说。

“是个乖孩子！”那个男人说，“他这样爱自己的母亲，我不会感到奇怪的！”

以前，我从来没有见过我母亲脸上有这样美丽的颜色。她只是温和地责备我有失礼貌。她一面把我搂着，紧贴在自己的披肩上，一面转过身去感谢那位男人不怕麻烦送她回家。她一面说着一面朝他伸出手去，他也伸手握住了她的手。这时，我觉得她朝我看了一眼。

“让我说‘再见’吧，我的好孩子。”那男子把头俯到——我看到了！——我母亲的小手套上时，对我说。

“再见！”我说。

“好！让我们成为世上最好的朋友吧！”那男人笑着说，“握握手！”

这时，我的右手正握在母亲的左手中，我便朝他伸出左手。

第二章　初识世事

“哦，伸错手了，大卫！”那男人笑了起来。

我母亲把我的右手拉到前面，可是由于前面所说的原因，我打定主意不把右手伸给他。我还是朝他伸出了左手，他也就带着亲热的样子握了握这只手，还说我是个勇敢的小家伙，接着便走了。

这时，我看见他在庭园里转过身来，用他那双不吉利的黑眼睛朝我们最后看了一眼，随后关上了门。

一句话没说、一个指头也没动的佩格蒂，这时立即上去锁了门，然后我们都进了小客厅。我母亲一反平常的习惯，没有走向壁炉的扶手椅，而是留在房间的另一头，在那儿坐下，顾自唱起歌来。

“你今天晚上很快活吧，太太？”佩格蒂说，她手里拿着烛台，像只圆桶似的直挺挺地立在屋子的正中间。

“多谢你，佩格蒂，”我母亲用一种满意高兴的声音回答说，“我过了一个非常愉快的夜晚。”

“有个生人什么的，换换胃口，总能让人开心的。”佩格蒂暗示说。

“是啊，换换胃口，真让人开心。”我母亲回答说。

佩格蒂依旧一动不动地站在屋子的正中间，我母亲就又唱起了歌来。我睡着了，不过睡得并不熟，还能听到声音，只是听不清她们说些什么。当我从这种难受的瞌睡中蒙眬地醒过来时，发现佩格蒂和我母亲两人都在一面哭，一面说话。

“不应该找这样一个人，科波菲尔先生也不会喜欢的，”佩格蒂说，“这是我说的，我就是这么说！”

“哎呀！”我母亲叫了起来，“你要把我给逼疯了！有哪个女孩儿像我一样受自己用人的气的！我为什么要亏待自己，把自己叫作女孩儿呢？难道我没结过婚吗，佩格蒂？”

“上帝知道你结过婚，太太。”佩格蒂回答说。

“那你怎么敢——”我母亲说，“你知道，我的意思不是说你怎么敢，佩格蒂，而是说你怎么忍心——把我弄得这样难受，对我说出这样让人伤心的话来。你很清楚，出了这房间，我连半个可以求助的朋友都没有了呀！”

“正是因为这样，”佩格蒂回答说，“所以说更加不行。不！不行！不行！怎么也不行！不行！”我觉得，佩格蒂准会扔了那烛台，她说话时，那么使劲地用它来加强语气。

“你怎么能这样夸大其词，”我母亲说，哭得比先前更厉害了，“说话这样不讲道理！我已经对你说过许多遍了，佩格蒂，我们一点儿也没有超出最普通的一般交际，你太狠心了，你怎么还老是这么说，好像全都已经成为定局，全都安排停当了呢！你谈到爱慕的事。这于我有什么呢？要是有人犯傻，硬要滥用自己的感情，这能怪我吗？我问你，我有什么办法？难道你希望我剃光头、涂黑脸，或者用火烧、水烫等办法来把自己弄丑吗？我敢说，你希望我那么做，佩格蒂。我敢说，你很高兴我那么做。”

我觉得，佩格蒂听了这番冤枉她的话，伤心极了。

“我的宝贝孩子，”我母亲走到我坐的扶手椅前，搂住我喊着说，“我的小大卫！这还不是对我暗示，说我对我的小宝贝儿缺少爱心，说我不疼爱这个最可爱的小家伙吗！”

“从来没有人暗示过这样的事情。”佩格蒂说。

“你就是那么暗示的，佩格蒂！”我母亲回答说，“你自己明白，你那么暗示了。你说的话的意思，除此之外，还会有别的意思吗？你太损人了，你跟我一样清楚，完全为了这孩子，上一季我连把新阳伞也舍不得买，虽说那把绿色的旧伞整个边儿都磨破了，穗子也全都不成样子了。这你都知道，佩格蒂，你不能否认。”接着，她温柔亲切地转向我，把自己的脸贴到我的脸上，说：“我是个坏母亲吗，大卫？我是个讨厌、狠心又自私的坏母亲吗？说呀，说我是这样一个母亲，我的孩子。你说‘是’吧，宝贝儿，那样佩格蒂就会疼你了，那样她就会比我更大大地爱你了。大卫，我一点儿也不爱你，是不是？”

说到这儿，我们三人全都哭了。我觉得，我是其中哭得最响的一个，不过我相信，我们的哭全都发自内心。我自己就感到伤心极了，恐怕在伤心得非常激动时，还骂过佩格蒂“畜生”。我记得，那个忠厚老实人听到我这样骂她，万分痛苦，当时，她的纽扣一定一颗不剩了。因为她跟我母亲和好后，又跪在扶手椅旁跟我和好，于是她的那些纽扣便像排枪似的，纷纷绷飞了。

我们上床睡觉了，但心里仍非常难过。我不断被抽噎惊醒，很久都没能睡熟。一次非常剧烈的抽噎把我惊醒，当我从床上坐起时，我发现我母亲正坐在被子上，俯在我身上。后来她就抱着我，我才在她怀中睡着，睡得很熟。

我再次见到那个男人，是在接下去的一个星期天还是过了很久，我已经记不清了。我从来不敢夸自己擅于记日子。不过我又看到他来到教堂里，然后跟我们一起步行回家。这一次，他还进了我们家，看了摆在我们家小客厅窗台上的一盆极好的天竺葵。我觉得他并不怎么在意那盆花，可是在临走之前，他要求我母亲送他一朵花，她请他自己选摘一朵，但他不肯那么做——我不懂这是为什么——所以我母亲便采了一朵，交到他的手中。他说他要跟这朵花永远、永远不再分离。我当时想，他一定是个十足的傻瓜，连这花儿一两天就会凋谢都不知道。

晚上的时候，佩格蒂不像先前那样常和我们在一起了。我母亲事事对她言听计从——我觉得比以前更听了——我们三人本是很要好的朋友，不过跟以前相比还是有了不同，我们之间不再像先前那样融洽愉快了。有时候我猜想，也许佩格蒂反对我母亲穿衣柜里那些漂亮衣服，或者反对她老往那个邻居家跑。不过，这到底是怎么回事，我找不出能使自己满意的答案。

渐渐地，我对那个长有黑胡子的男人也看惯了，不过我并没有比刚见到他时更喜欢他，对他仍抱有同样不安的妒忌心。我对他的憎恶，完全出于一种儿童的本能，而且总认为，我母亲有佩格蒂和我已经足够了，不再需要别人的任何帮助，除此之外，即使我还有什么理由的话，也绝不会是我年纪大一点儿时所能发现的那种理由。当时我根本就没有那种想法，类似的想法也没有。要说的话，我也只能零零星星地看到一些事。至于要把这些零零星星的事连在一起，织成一个网，把什么人网罗其中，那是我还没法儿做到的。

一个秋天的早晨，我和母亲正在前面的花园中，这时谋德斯通先生——现在我已知道他叫这名字——骑着马来了。他见了我母亲便勒住马，向她问了好，并说他要去洛斯托夫特看几个朋友，他们那儿有一只游艇。他满面春风地向我母亲提议，说要是我想要骑马的话，可以坐在他前面的马鞍子上，把我带了去。

那天天气非常晴朗舒适，就连那匹马也像很喜欢让人骑似的，它站在花园的门口，又是喷鼻，又是刨蹄，引得我也非常想去了。于是我母亲便打发我上楼去，让佩格蒂把我打扮一番。这时谋德斯通先生便翻身下马，把马缰拢在胳膊上，在蔷薇围篱外慢步来回走着，我母亲则在围篱里边陪着他走来走去。我记得，佩格蒂和我从小窗子里往外偷偷看着他们。我还记得，他们俩一边溜达，一边仿佛非常仔细地在察看他们之间的那些蔷薇。这时，佩格蒂原来那天使般的脾气突然变得粗暴起来，她猛地使劲梳我的头发，还梳错了方向。

谋德斯通先生和我不久就出发了，沿着大路旁的青草地，骑马一路小跑前去。他毫不费劲地用一只胳膊搂着我；我认为，我往常并不是一个好动的孩子，可是那一天，我没能定下心来乖乖地坐在他的前面，而是不时地转过头去朝上看他的脸。他有着那种浅浅的黑眼睛——我很想找到一个合适的字眼，来说明那种看上去没有深度的眼睛——当它出神的时候，似乎由于某种光线特殊的关系，变成了斜眼，有时看上去仿佛整个五官都不端正似的。我偷着朝他看了好几次，一看到他的这种样子，就产生一种畏怯的心情，而且心里纳闷儿，他想得这么出神，不知到底在想些什么。他的头发和胡子，现在从近处看，比我原先认为的更黑更浓。他的脸的下部的方形，他那每天都刮得光光的浓黑胡子的楂儿，使我想起大约半年前来我们附近展览的蜡像，以及他那两道整齐的眉毛，还有他那既白，也黑，也棕的肤色——他那该死的肤色，一想起他来，就要骂他该死的！——使我觉得，虽说我对他存有疑虑，但他还是个很英俊的人。我相信，我那可怜可爱的母亲也是这样想的。

我们来到海滨的一家旅馆，那儿有两位先生正在一个房间里抽雪茄。他们两人都躺在椅子上，每人至少占了四把椅子；他们都穿着宽大的粗呢短大衣。在房间的一个角落里，放着一堆外套和海员斗篷，还有一面旗子，全都捆在一起。

看到我们进去，他们两人都懒洋洋地翻身站了起来，并且说道："哦，谋德斯通！我们还以为你死了呢！"

"还没有哩！"谋德斯通先生回答说。

"这小家伙是谁呀？"两人中有一个拉住我问道。

"这是大卫。"谋德斯通先生回答说。

"姓什么？"那人问，"是大卫·琼斯？"

"不，是大卫·科波菲尔。"谋德斯通先生说。

"什么！是那个迷人的科波菲尔太太的小累赘？"有一位先生叫了起来，"那个标致的小寡妇的？"

"昆宁，"谋德斯通先生说，"请你说话留点儿神。有人的耳朵可尖哩！"

"谁呀？"那位先生笑着问道。

我赶快抬起头来看，急于想知道是谁。"不过是谢菲尔德的布鲁克斯[①]罢了。"

听说不过是谢菲尔德的布鲁克斯，我也就放心了，因为开始时，我还真以为说的是我哩。

谢菲尔德的布鲁克斯这个人，似乎很有让人可笑的地方，因为当时一提到他，那两位先生就都纵声大笑起来，谋德斯通先生也非常开心。笑过一阵之后，那位叫作昆宁的先生问道：

"对正在进行的这桩买卖，谢菲尔德的布鲁克斯的意见怎么样？"

"哦，我想眼下布鲁克斯对这件事懂得还不多，"谋德斯通先生回答说，"不过，总的说来，我认为，他对这件事是不大赞成的。"

① 布鲁克斯：英国著名刀剑制造商，此处暗指大卫伶俐如刀剑。

第二章　初识世事

说到这里，大家又笑了起来。跟着昆宁先生说，他要按铃叫人送雪利酒来为布鲁克斯干杯。他这么做了，当酒送来后，他要我也就着饼干喝一点儿。在我喝酒之前，他还要我站起来说："为布鲁克斯的失败干杯！"这一祝酒词引得大家一阵喝彩和纵声大笑，使得我也跟着笑了起来。我这一笑，他们笑得更加厉害了。总之，我们全都非常开心。

这以后，我们就到海滨的悬崖上散步，在草地上闲坐，以及用望远镜看远处的景物——可是当望远镜放到我的眼前时，我却什么也没看见，但我假装说看见了——后来我们就回到旅馆吃午饭。我们在外面的时候，那两位先生一刻不停地抽烟——我心里想，从他们那粗呢外套上的气味来看，打从这两件衣服从裁缝铺里拿回来穿上起，他们一定就不断地抽烟了。我还不该忘记，那天我们还去乘了游艇。在游艇上，他们三人全都下到船舱，在那儿忙着摆弄一些文件。我从敞开的天窗往下看，只见他们一个个都在很卖力地工作。在这段时间里，他们把我交给一个很和蔼的人照顾，那人的脑袋很大，满头红发，头上戴着一顶闪光的小帽子，身上穿着一件斜纹布衬衣或背心，胸前用大写字母印着"云雀"两个大字。我原以为这是他的名字，因为他住在船上，没有街门，没地方挂姓名牌，所以他就把名字标在衣服上。但是当我叫他云雀先生时，他却说这是那条船的名字。

据我一整天来的观察，谋德斯通先生要比另外两位先生严肃、稳重。那两位先生整天嘻嘻哈哈、无忧无虑的。他们两人相互之间经常随随便便地开玩笑，可是很少跟谋德斯通先生逗趣。我觉得他比起他们两人来似乎更精明、更冷漠。他们看待他，也有一点儿像我一样的味道。我注意到，有一两次，昆宁先生说话时，他一边说，一边斜眼看着谋德斯通先生，好像要弄清会不会惹得他不高兴似的。还有一次，当帕斯尼吉先生（另一位先生）高兴得得意忘形时，昆宁先生踢了踢他的脚，还用眼色暗暗警告他，要他留神正颜厉色地坐在那儿默不作声的谋德斯通先生。那一天，除了那个谢菲尔德的笑话外，我不记得他另外还曾笑过——而那个笑话，顺便说一句，那是他说的。

我们晚上很早就回家了。那是个非常晴朗美好的夜晚。母亲打发我进屋去吃茶点后，她又和谋德斯通先生在蔷薇围篱旁散步。他走了之后，我母亲就问我那一天的经过情况，他们说些什么。我提到了他们说她的话，她笑了起来，并对我说，他们真不要脸，净在胡说八道——不过我知道，他们的话让她高兴。我当时就知道得跟现在一样清楚。我趁机问她，她是不是也认识那个谢菲尔德的布鲁克斯先生，但她回答说不认识，不过她猜想那一定是个制作刀叉之类的人。

虽然我有理由说，我记得的是她已经改变了的容颜，我也知道那容颜已经不在人间，可是就在此时此刻，那容颜却出现在我的面前，和我想要在拥挤的街道上寻见的任何一副容颜一般清晰，所以，我怎么能说她的那副容颜已经消失了呢？现在，她的那股美的气息仍和那天晚上一样直扑我的面颊，我怎么能说她天真的少女般的美已经凋谢，已经不复存在了呢？既然我的记忆正像刚才说的那样使她复活了过来，而且记忆中的青春比我或其他任何人所钟爱的青春更为栩栩如生，能把当时所珍爱的一切牢牢保持，那我怎么能说她已经改变了呢？

我们做了这番谈话后，我就上了床，这时她到我床前来道晚安，现在我写的就是她来我床前的情景。她淘气地跪在我的床边，双手托着下巴颏儿，笑着说：

“他们说些什么，大卫？再给我说一遍。我不相信。”

“那个迷人的……”我开始说。

我母亲用双手捂住我的嘴，不让我说。

“他们说的绝不是‘迷人的’，”她笑着说，“他们绝不可能说‘迷人的’，大卫。这会儿我知道了，绝不是这么说的。”

“不，是这么说的。‘迷人的科波菲尔太太’，”我理直气壮地说，“还有‘标致的’。”

“不，不，绝不会是‘标致的’。不是‘标致的’。”我母亲又把手放到我的嘴唇上，插嘴说。

“是这么说的，‘那个标致的小寡妇’。”

“这些不要脸的傻瓜！”我母亲叫了起来，笑着用手捂住自己的脸，“这般可笑的男人！是不是？亲爱的大卫……”

“嗯，妈妈。”

“这话你可别告诉佩格蒂，她听了会对他们生气的。我自己听了就很生他们的气，我想还是别让佩格蒂知道的好。”

我当然答应了，接着我们一次又一次地互相亲吻，然后我很快就睡熟了。

我现在要说的，是佩格蒂对我提出的那个惊人的、大胆的建议，由于年代久远，我觉得这仿佛就发生在我和母亲那次谈话后的第二天，可实际上这大概是过了两个来月后的事。

一天晚上，我们像先前一样，一块儿坐着（我母亲又到邻居家去了），旁边放着袜子、码尺、蜡头、盖子上绘有圣保罗教堂的针线匣子，还有讲鳄鱼的书。这时，佩格蒂一连看了我几眼，又张了几次嘴，像要说话的样子，可是又没有说——我当时以为她只是要打哈欠，要不我一定会吃惊的——最后终于用哄我的口气说：

第二章　初识世事

“大卫少爷，我带你去亚茅斯[①]我哥哥家住两个星期，你说好吗？那不是很好玩吗？”

“你哥哥是个有趣的人吗，佩格蒂？”我随口问了一句。

“哦，他是个非常有趣的人！”佩格蒂举起双手喊了起来，“那儿还有大海，有大船、小船，有打鱼的，有海滩，还有阿姆[②]跟你一起玩……”

佩格蒂说的是她的侄子汉姆，这我在第一章中已经提到过，可她在这儿把他说得像是英语语法的一个小词儿了。

她扼要地说了这么些有趣的事，我兴奋得脸都红了，于是便回答说，看来那儿确实很好玩儿，可是我母亲会怎么说呢？

“我敢拿一个几尼打赌，”佩格蒂看着我的脸说，“她一定会让咱们去的。要是你愿意，等她一回家，我就问她。就这么办啦！”

“不过，我们走了，她怎么办呢？”我把我的小胳膊肘放在桌子上，提出这个问题来问她，“她独自一个人没法儿过的呀！”

如果说佩格蒂忽然要在那只袜子的后跟上找一个洞的话，那么那个洞一定小而又小，不值得补了。

“我说！佩格蒂！她独自一人没法儿过的，这你知道。”

“哦，你这乖孩子！”佩格蒂终于又看看我说，“你不知道吗？她要去格雷珀太太家住两个星期。格雷珀太太家要来一大帮客人哩。”

哦！要是那样的话，我就很乐意去了。我急不可待地等着我母亲从格雷珀太太家（也就是前面说到过的那家邻居）回来，以便最后确定，我们是不是真能得到许可，去实现这个了不起的计划。然而并不像我预料的那样，我母亲几乎没有什么吃惊的表示，她马上就同意了。当天晚上就安排好一切，我在这两个星期中的食宿费用，一切照付。

我们动身的日子很快就到了，甚至连我也觉得这日子来得太快了，而原来，我是迫不及待地盼望这天快到来的，还有点儿怕发生地震、火山爆发或者其他自然灾害，弄得我们走不成哩。我们乘的是一辆脚夫的马车，第二天吃过早饭后我们就出发。要是允许我头天晚上不脱衣服，戴着帽子穿着鞋睡觉的话，不管跟我要多少钱我都肯花。

回忆起当时我怎样急于要离开我那个快乐的家，想到我竟会一点儿没有觉察从此我永远离开了这一切，虽然叙述起来似乎很轻松，可直到现在，我心里还感到很难过哩。

我很喜欢回忆那段情景，当脚夫的马车停在大门前，我母亲站在那儿吻我

① 亚茅斯：英国东海岸的一个渔港。

② 阿姆：佩格蒂把“Ham”说成“Am”，英国未受过教育的人往往发不出“h”音。

时，对我母亲，对这个以前从未离开过一天的老家，我心中的感激和依恋之情油然而生，使得我哭了起来。我高兴的是，我记得我母亲也哭了，我还感到她的心贴在我的心上直跳。

我还喜欢回忆起，当脚夫开始赶动马车时，我母亲突然跑出大门，叫他停下，为的是她要再吻我一次。现在，我老是喜欢回忆她的脸贴上我的脸吻我时，她所表现出来的那亲热和慈爱的表情。

当我们离开站在路旁的母亲出发时，谋德斯通先生来到她的跟前，好像是在劝她不要这么动感情。我避开车篷向后张望，心里嘀咕，这跟他有什么相干？佩格蒂也从另一边往后张望，她好像很不满意，这从她回过头来后的脸色可以看出来。

我坐在那儿，朝佩格蒂看了一些时候，心里幻想着这样一种假设的情况：要是她奉命把我像那个童话中的孩子一样抛弃，我是不是能够顺着她掉落的纽扣找到回家的路呢？

第三章　生活有了变化

脚夫的这匹马，我想是世界上最懒的马了。它一直耷拉着脑袋，拖着沉重的脚步往前蹭着，仿佛它喜欢让那些收包裹的人[①]久久等着似的。我真的有一种幻觉，有时候仿佛听到它为这一念头发出轻轻的暗笑声，但是脚夫却说，它只是患了咳嗽病。

脚夫也像他的马一样，一路上一直耷拉着脑袋，他在赶车时，总是昏昏欲睡地朝前弓着身子，两条胳膊分别放在两个膝盖上。我刚才说他“赶车”，其实我觉得，这辆车即使没有他，也照样到得了亚茅斯，因为马本身就会做到这一切。至于谈话，他根本就没有这个念头，他只会吹口哨。

佩格蒂的膝盖上搁着一篮点心，即使乘这同一辆车去伦敦，这一篮点心也够我们吃的了。一路上我们吃得很多，也睡得很多。佩格蒂总是把自己的下颌搁在篮柄上睡去，她一直抓住篮子，从不放手。她打鼾打得厉害极了，要不是我亲耳听到，简直不能相信，一个弱女子竟会有这么大的鼾声。

我们往小路上拐了好几次，为了把一副床架送交一家酒馆，又花了很长时间，另外还去了几个地方，闹得我都厌烦透了，后来终于看到亚茅斯了，我才又高兴起来。当我往河[②]对岸那一大片平整单调的荒滩望去时，我觉得这地方看样子相当潮湿、松软；而且我不禁感到奇怪，要是世界真像我的地理书上说的那么圆，那为什么这地方到处都这么平呢？不过我想，也许亚茅斯正坐落在两极中的一极吧，这样就可以解释通了。

我们走得更近一点儿了，看到四周的景物全都形成一条直线似的，低低地平摊在天空下。这时我对佩格蒂表示，要是有一座小山什么的，这地方也许就比较好了。如果陆地跟海再分开一点儿，市镇和潮水不像水泡面包似的混在一起，那就更好了。可是佩格蒂用比往常坚决的口气说，不管遇到什么情况，我们都应当能适应。以她自己来说，能被人叫作“亚茅斯熏鲱鱼[③]”，还觉得挺得

① 当时的脚夫马车兼管运送货物、包裹业务。

② 此处指亚尔河。

③ 亚茅斯熏鲱鱼：熏鲱鱼为亚茅斯的特产，因而亚茅斯人有“亚茅斯熏鲱鱼”的诨名。

意哩。

我们来到了街上（这种街道我感到相当陌生），鱼腥、沥青、麻絮和焦油味扑鼻而来，只见水手们在到处走动，叮当作响的车子在石铺路上来来往往，这时我才觉得，刚才我实在冤枉了这样热闹的一个地方。于是我又对佩格蒂说了我的想法，她听到我说很高兴，非常满意，并且告诉我，大家（我想这是指那些有幸生为“熏鲱鱼”的）都知道，亚茅斯是天底下最好的地方了。

“瞧，我家的阿姆在这儿啊！”佩格蒂叫了起来，“长得都不认得了！”

没错，汉姆正在酒馆里等着我们；他像个老相识似的，问我一路可好。一开始，我并不觉得像他认识我那样认识他，因为打从我出生那夜之后，他再没有来过我家，我自然就不认得他了。可是当他把我背在背上，背我回家，我们之间就变得亲密起来了。他现在已是个身高六英尺、魁梧强壮、身阔肩圆的小伙子了。不过他有着一张堆满憨笑的娃娃脸，还有一头淡色的鬈发，这使他显得很腼腆。他穿着一件帆布短上衣，一条没有腿在里面也能独自立住的硬邦邦的裤子。你与其说他戴着一顶帽子，不如说他像一座老房子上盖着一个漆黑的屋顶似的。

汉姆背上背着我，胳膊下夹着我们的一只小箱子，佩格蒂则提着我们的另一只小箱子。我们穿过了几条撒有碎木片和小沙堆的小巷，经过了煤气厂、制缆厂、小船厂、大船厂、拆船厂、堵船缝厂、船具厂、铁匠铺以及许多类似这样的地方，最后终于来到了我打远处就已看到的那片单调的荒滩。这时汉姆说：

“大卫少爷，那就是我们家的房子！”

我朝那片荒滩的四面八方看去，尽量往远处看，一直看到海，看到河，可是我什么房子也没看见。在不远处，有一只黑乎乎的驳船，或者是别的什么旧船，倒扣在稍高处的干燥地面上，上面伸出一个铁漏斗似的东西，当作烟囱，正在缓缓地冒烟。可是除此之外，我再也看不到有任何可以住人的地方。

“不会是那个吧？”我说，“那个像船一样的东西？”

“正是那个，大卫少爷。”汉姆回答说。

即使是阿拉丁的宫殿[①]，或者是大鹏鸟的蛋[②]什么的，比起住在船里的古怪想法来，我想也不会使我更着迷。船帮上开有一个很有趣的门，还有屋顶，上面还开着几个小窗。而它之所以让人着迷，在于它是一条真正的船，无疑下过几百次水，从来没有人想到会有人把它搁在旱地上当房子住。我觉得，这就是它让我着迷的地方。要是它本来就打算用来住人，我会觉得它小了点儿，不太方便，而且也太冷清了。可是，由于从来没有打算做这样的用途，它就成了一

① 阿拉丁的宫殿：出自《一千零一夜》中的《神灯》。
② 大鹏鸟的蛋：出自《一千零一夜》中的《辛巴德航海历险记》。

个完美的住处了。

这船屋里干净得让人喜爱，要多整齐有多整齐。里面有一张桌子，一只荷兰钟，一个带抽屉的木柜，柜子上搁有一只茶盘，茶盘上画有一个拿阳伞的女人，她带着一个小军人模样的小孩儿在散步，那小孩儿正在滚铁环。茶盘用一本《圣经》挡着，免得它翻滚过来，因为要是翻滚过来的话，会砸破放在《圣经》周围的许多杯子、碟子和一个茶壶。墙上挂着几幅镶嵌在玻璃框里的普通彩色画，画的都是《圣经》里的故事。打这以后，每逢我看到小贩手里拿着这种画兜售时，我的眼前就会出现佩格蒂的哥哥家里的情景。这些画中最引人注目的有两幅：一幅是穿红衣服的亚伯拉罕要拿穿蓝衣服的以撒祭神，另一幅是穿黄衣服的但以理被投进绿色狮子的坑中。在那小小的壁炉台上方，挂着另一幅画，画的是在森德兰建造的一艘叫“莎拉·詹思号”的斜桁四角帆帆船，它粘有一个真正的木雕小船尾。这是一件融画家技巧和木工手艺于一体的艺术作品，我认为这是世界上最令人羡慕的佳作之一。房顶的椽子上还钉有一些钩子，至于它们派什么用场，我当时并不清楚。另外，还有一些柜子、箱子之类的东西，也可以用来坐人，以补椅子的不足。

这都是我进门后第一眼看到的东西——按我的理论，这是孩子的特点——接着佩格蒂打开一扇小门，让我看看我的卧室。这是我见过的最完美、最让人喜欢的卧室了——它位于船尾，有一个小小的窗子，这原本是伸出船舵的地方。墙上挂着一面小镜子，镜框上镶着牡蛎壳，镜子挂的高度正好适合我。房里有一张小床，刚好够我睡。还有一张桌子，桌子上摆着一只蓝色的大杯子，里面插着一束海草。墙壁刷得像牛奶一般白，碎布拼成的百衲被，鲜亮得使我的眼睛都发痛了。在这座有趣的房子里，引起我特别注意的有一件事，那就是鱼腥味，它简直无孔不入，就连我掏出衣袋里的手帕擦鼻子时，我发现手帕的味也像包过一只海虾似的。当我悄悄把这一发现告诉佩格蒂时，她说，她哥哥是贩卖海虾、螃蟹和龙虾的。后来我才发现，在外面一间放有钵钵罐罐的小木屋里，经常可以看到一大堆这样的海货，它们彼此有趣地聚结在一起，不管钳住什么，就再也不肯松开。

来时，我们受到了一位系着白围裙的很有礼貌的妇女的迎接。当我还在汉姆背上，离船屋还有大约四分之一英里时，我就看见她立在门口，朝我们屈膝行礼了。跟她一样行礼的，还有一个戴着一串蓝珠子项圈的挺美的小姑娘（或者说我认为她挺美）。我走上前去想吻她一下，她不肯让我吻，跑开躲起来了。接着，我们吃了一顿丰盛的晚餐，有清蒸比目鱼、黄油酱和土豆，还专为我做了一份排骨。后来，进来了一个毛发浓密、满脸和气的汉子。因为他管佩格蒂叫“小妞儿”，还在她脸上来了一个亲热的响吻，从她对他的一般礼数来看，我断定这人定是她的哥哥。果然是这样——佩格蒂对我介绍说，他就是这一家的主人佩格蒂先生。

“见到你很高兴，少爷，”佩格蒂先生说，“你会觉得我们粗鲁，少爷，不过你也会发现我们还是挺爽快的。”

我向他道了谢，同时回答说：“我相信，在这样一个让人喜欢的地方，我一定会很快活的。”

“你妈妈好吗，少爷？”佩格蒂先生说，“你离开她时，她高兴吗？”

我对佩格蒂先生说，她高兴极了，她还要我代她向你问好——这是我自己编造的一句客气话。

“多谢她的关心，说真的，”佩格蒂先生说，“啊，少爷，你要是能跟她，”他朝他妹妹点了点头，“跟汉姆，还有小艾米莉，一块儿在这儿待上两个礼拜，那我们就觉得太有光彩啦！”

佩格蒂先生用这样殷勤的态度尽过地主之谊后，就到屋外用一壶热水洗起脸来，一边洗一边说冷水是怎么也没法儿洗掉他的龌龊的。没过多久，他就回来了，外表已大大改观，不过脸色却红得厉害，使得我不由得想到，他的脸在这点上竟会跟海虾、螃蟹和龙虾一个样儿，放进热水时黑不溜秋，出来时就红不棱登了。

吃过茶点后，关上屋门，一切都安排得舒舒适适（此时屋外的夜色中，寒风阵阵，雾气沉沉），我似乎觉得，这儿是人类所能想象出来的最怡人的隐居之所了。耳听着风从海面上刮起，意识到雾气正爬过外面荒凉的海滩，眼看着壁炉中炉火熊熊，心想着附近除此之外没有别的人家——而这家像着了魔似的，住的是一条船。这会儿，小艾米莉已经克服了自己的羞怯，和我并排坐在一个最低最小的柜子上，柜子安放在壁炉的一边，我们两人坐在上面正合适。系着白围裙的佩格蒂太太坐在壁炉的另一边，在编织。佩格蒂在一旁做着针线活儿，只见她用起绘有圣保罗大教堂的针线匣和那块蜡头来，跟在家里时一样顺手，好像从来没有想到已把它们带到另一家人家。汉姆给我讲全四牌[①]打法的基本知识，接着又想用那副肮脏的牌给我算命，可是他自己已记不清怎么算了。他翻遍了所有的牌，每张牌上都印上了带鱼腥味的拇指印。佩格蒂先生则坐在一旁抽着烟斗。我觉得这是聊天儿和谈心的时候了。

“佩格蒂先生！”我说。

“少爷。”他说。

① 全四牌：一种纸牌游戏，两人或三人玩，也可四人分两组打对家。

第三章　生活有了变化

“你给你的儿子取名汉姆，是因为你们住在像方舟[①]一样的船里吗？”

佩格蒂先生好像觉得这个问题很深奥，不过他还是回答说：

“不，少爷。我从来没有给他取过名字。”

“那么是谁给他取的那个名字呢？”我问道，我这是用《教理问答》的第二问来问佩格蒂先生了。

“哦，少爷，是他父亲给他取的。”佩格蒂先生说。

“我原以为你是他的父亲哩！”

“我的弟弟乔才是他的父亲。”

“是不是不在啦，佩格蒂先生？”我恭敬地沉默了一会儿，试探性地问道。

“淹死了。”佩格蒂先生回答。

听说佩格蒂先生不是汉姆的父亲，我大为惊诧，因而开始怀疑，我是否把他跟这儿所有人的关系都搞错了。我很想知道这一切，所以就打定主意要从佩格蒂先生口里问个清楚。

“小艾米莉呢，”我朝她看了一眼，问道，“她是你的女儿吧，是吗，佩格蒂先生？”

“不，少爷，我的妹夫汤姆才是她的父亲。”

我忍不住又问了，“也不在了吗，佩格蒂先生？”我又恭敬地沉默了一会儿，试探性地问道。

“淹死了。”佩格蒂先生回答。

我感到不便再问下去了，可是事情还没有问到底，不管怎么样，总得问到底才是呀。于是我又问道：

“你一个小孩儿也没有吗，佩格蒂先生？”

“是的，少爷，”他笑了笑说，“我还是个单身汉哩！”

“单身汉！”我大为吃惊，说，“那么，那是谁呀，佩格蒂先生？”我指了指正在编织的那个系白围裙的妇女。

“那是葛米治太太。”佩格蒂先生说。

“葛米治，佩格蒂先生？”

可是刚说到这里，佩格蒂——我说的是我自己的那个佩格蒂——对我使了个让人敬畏的眼色，要我不要再问下去了，我只好呆坐在那儿，看着默不作声的大伙儿，直到睡觉的时候。到了我自己那间小小的卧室中，在没有外人在场时，佩格蒂才告诉我，汉姆是佩格蒂先生的侄子，小艾米莉是他的外甥女，他们都从小就父母双亡，无依无靠，这家主人相继收养了他们；葛米治太太是他

① 方舟：指诺亚方舟。诺亚的第二个儿子叫汉姆（旧译作“含”），出自《圣经·旧约·创世记》。

同船干活儿的一个伙伴的寡妇，那伙伴死时很穷。佩格蒂说，佩格蒂先生自己也是个穷人，可是心地好得像金子，纯得像钢——这都是她打的比方。她还告诉我，惹得他发脾气或赌咒的唯一事情，就是提到他的这一慷慨侠义行为；要是他们当中有什么人提到这件事，他就会用手往桌子上使劲一拍（有一次把桌子都拍破了），狠狠地赌咒说，如果有人再提这件事，他要是不一走了之，一去不回，那他就该受到"天诛地灭"。当我进一步追问时，我发现，没有一个人说得清这个可怕咒语的基本意思，不过他们都把这看成是一个最严重的诅咒。

我深深感到我这位主人的善良，听到女人们到船屋另一头像我这间一样的小房间里去睡了，还听到他和汉姆在我先前见过的屋顶的钩子上，挂起了两张吊床，我感到心情非常舒畅，睡意则使心情更加舒坦。当睡意渐渐朝我袭来时，我听到风在海上咆哮，又凶猛地掠过海滩，使我对夜间海上的大潮巨浪产生了几分恐惧。不过我又想到，我毕竟是在船上，再说即使有什么事情发生，有佩格蒂先生这样的好人在船上，还有什么可怕的呢?

然而，除了晨曦降临，什么事也没有发生。几乎晨光刚一照到我房内镶有牡蛎壳的镜框上，我就起了床，跟小艾米莉一起跑出门外，到海滩上拾小石子儿玩了。

"我猜，你也是个了不起的水手吧？"我对艾米莉说。我不知道我为什么要做这种猜测。不过我觉得，得对她说点儿什么是一种礼貌。而且就在这时，有一张闪闪发亮的船帆向我们靠近，在她那明亮的眼睛中，映出一个很美的小影子，因而使我想起这么说。

"不，"艾米莉摇着头回答说，"我怕海。"

"怕！"我装出一副勇敢的神气，摆起架势对着大海说，"我不怕！"

"哦！海可是狠着呢！"小艾米莉说，"我亲眼见过，海对我们一些人可狠哩！我亲眼看到，它把一条像我们的房子那么大的船撕成碎片。"

"我希望那条船不是……"

"我爸爸在上面淹死的那条？"艾米莉说，"不，不是那条。我从来没有见过那条船。"

"也没见过你父亲？"我问她。

小艾米莉摇摇头："不记得了！"

这真是太巧了！我立即对她说，我也从来没有见过我的父亲；我跟我母亲一起生活，日子过得非常幸福，过去这样过，今后还要永远这样过下去；我父亲的坟就在我们家附近的教堂墓地里，旁边有一棵树遮着；早晨天气好的时候，我就在树下散步，听树上的鸟儿唱歌。不过艾米莉的孤儿生活跟我有所不同。她在失去父亲之前就已失去母亲；她父亲的坟在哪儿，没有一个人知道，只知道在海底的什么地方。

"除了这个，"艾米莉一面说，一面四下里寻找着贝壳和小石子儿，"你爸爸是个上等人，你妈妈是位太太，可我爸爸是个打鱼的，我妈妈是个渔夫的女儿，我的丹[1]舅舅也是个打鱼的。"

"丹就是佩格蒂先生，是吗？"我问道。

"丹舅舅——就在那儿。"艾米莉回答说，往船屋那边歪了歪头。

"对，我说的就是他。我想，他一定是个非常好的人吧？"

"好！"艾米莉说，"要是我有一天做上阔太太，我一定要给他一件有钻石纽扣的天蓝色外套，一条紫花布的长裤，一件红色天鹅绒的背心，一顶卷边三角帽，一只大金表，一只银烟斗，外加一箱钱。"

我说，我毫不怀疑佩格蒂先生完全应该得到这些珍贵的礼物。不过我得承认，我觉得很难想象，他这个知恩报德的小外甥女提供的这套行头，他穿戴上会感到很自在，我特别表示怀疑的是那顶卷边三角帽；不过我并没有把这些想法说出来。

在说着这些东西的时候，小艾米莉停下脚步，仰望天空，仿佛这些东西是一种光辉的幻景。我们重又朝前走去，捡拾着贝壳和小石子儿。

"你想当一个阔太太吗？"我问道。艾米莉看着我，笑着点了点头，意思是说"是的"。

"我很想当。那样一来，我们全都成了上等人了。还有舅舅，还有汉姆，还有葛米治太太。那样，遇上暴风雨天气，我们就不用担心了——我的意思是说，不用为我们自己担心了。可我们当然还是要为那些可怜的打鱼人担心的，要是他们有了灾难，我们就会拿钱帮助他们。"

我当时觉得，她描绘的是一幅令人非常满意，因而绝不是不可能的图景。我表示对这个计划非常喜欢，小艾米莉受到鼓励，羞答答地说：

"这会儿，你还觉得你不怕海吗？"

这时风平浪静，足以让我放心，但要是有个大浪袭来，我相信，我一想到她那些淹死的亲人，我一定会撒腿就跑的。然而，当时我还是说"不怕"，而且还加上一句："你虽然嘴上说你怕，其实你好像并不怕。"因为我们正走在一条旧防波堤或者是木头堤道上，她走得如此靠近边缘，我真担心她会掉下去。

"我并不怕这个，"小艾米莉说，"可是在夜里刮起大风，我一惊醒过来，就会哆嗦着想到丹舅舅和汉姆，我相信我听到了他们的呼救声。就因为这个，我才想当阔太太。不过这个我并不怕。一点儿也不怕。你瞧！"

① 丹：丹尼尔的昵称。

她一下从我身边跑开，跑上一根从我们站立的地方伸出去的凹凸不平的木头，它高悬在深水上面，没有一点儿遮拦。这件事在我的记忆中留下了那么深刻的印象，要是我是画家，我敢说，我现在还能把那天的情景一点儿不差地画出来，小艾米莉带着一种我永远难忘的神气，面对着远处的海面，朝她的死亡之地奔去（当时我觉得是这样）。

艾米莉那轻盈而勇敢的小小形体，飘然地回来了，平安地回到了我的身边。我立刻对自己的害怕，对自己发出的叫声，笑出声来。反正叫喊也毫无用处，因为附近一个人也没有。可是打那以后，在我的成年期中，我曾经多次想到，在那个女孩儿突发的鲁莽行为中，在她那粗野的远望神气中，是否也和那些神秘事物的可能性一样，可能有一种仁慈的吸引力，把她吸向危险，并经她死去的父亲允许把她吸引到他那儿，使她哪天有机会结束自己的生命呢？打那以后，有一个时期我曾老是纳闷儿，要是她将来的生活能展示出来让我看上一眼，按照一个孩子可以充分理解的样子展示给我，而她的生命只要我一伸手就能得救，那我是否应该伸出手去救她呢？打那以后，我有过一个时期——我不说这时期很长，但是有过这么一个时期——曾经拿这个问题问我自己，要是那天早上，小艾米莉遭到灭顶之灾，是不是会更好，我曾经回答：是的，会更好。

我这话也许说得过早了，也许我说得太快了。不过由它去吧。

我们走了很长一段路，一路上捡了许多我们觉得稀罕的东西，还把一些搁浅的星鱼小心翼翼地放回水中——直到现在我还不太了解这些东西，无法断定，我们这样做，它们会感激我们呢，还是相反——然后走上回佩格蒂先生家的路。走到堆虾的那个棚屋的避风处，我们停下来天真地相互亲了一下，然后才满怀欢乐的心情进屋去吃早饭。

“真像一对小绣眼鸟。”佩格蒂先生说。我知道，用我们本地话来说，这是说像一对小画眉，所以我就把它作为夸我们的话接受下来了。

我当然爱上了小艾米莉。我敢说，我当时对那个小女孩儿的爱跟后来长大成人时崇高的最深的爱同样真诚，同样亲切，但更加纯洁，更加无私。我相信，我的想象力已生出某种幻觉，笼罩在那个蓝眼睛的小女孩儿周身，使她变得轻灵飘逸，把她点化成了一个天使。假如，在某个晴朗的上午，她在我面前展开那对小翅膀飘然飞去，我想，我是绝不会感到太意外的。

第三章　生活有了变化

我们总是相亲相爱地在亚茅斯那片凄迷苍老的海滩上，一个小时又一个小时地闲逛。日子由着我们消遣，仿佛时光自己也还没有长大，也是一个小孩儿，成天玩个不停。我告诉艾米莉说，我非常喜欢她，她要是不承认她也非常喜欢我，那我就只好拿刀自杀。她说她也非常喜欢我。我完全相信，她的确是非常喜欢我的。

至于什么不是门当户对，两人都还太年轻之类的想法，或者别的什么阻碍我们的困难，小艾米莉和我全都没有这类烦恼，因为我们根本没有想到过未来。我们不为年纪长大了做更多的打算，正如我们不为年纪长小了做更多的打算一样。我们是葛米治太太和佩格蒂夸赞的对象。每当晚上，我们俩亲密地并排坐在小柜子上时，她们常常悄声说："哟！多美的一对儿呀！"佩格蒂先生口衔烟斗朝我们微笑着，汉姆也整晚咧着嘴，什么都不做。我猜想，他们看着我们所感到的欢乐，就像看着一个好看的玩具，或者是看着一个古罗马圆形剧场的袖珍模型时一样。

我不久就发现，葛米治太太虽然寄住在佩格蒂先生家，但是她并不总是像人们所期望的那样讨人喜欢。葛米治太太的脾气太容易烦躁，在这么小的一个屋子里，她经常哭丧着脸怨这怨那的，弄得别人都很不舒服。我很为她感到难过；我想，要是葛米治太太自己有一间可供退躲的小房间的话，她就可以待到心情好转时再出来，那时别人就会舒服一些了。

佩格蒂先生有时去一家叫乐意居的酒馆。这事是在我来后第二天或第三天的晚上发现的。那天晚上，他不在家；八点多钟的时候，葛米治太太抬头看了看那只荷兰钟，说他一定又去乐意居酒馆了，她还说她早晨就知道他要去那儿。

这天，葛米治太太整天都不高兴；上午，壁炉往外冒烟，她就哭了起来。"我是个孤苦伶仃的苦命人，"这是葛米治太太遇到不顺心的事时常说的一句话，"什么都跟我过不去。"

"啊，烟很快就会散去的，"佩格蒂说——我说的仍是我们的那个佩格蒂——"再说，你知道，这烟不仅让你难受，同样也让我们难受呀！"

"我觉得它更让我难受。"葛米治太太说。那天天气很冷，刮着刺骨的寒风。在我看来，葛米治太太专用的那个炉边位子似乎是最暖和、最舒适的地方，她的那把椅子无疑也是最舒服的，可是那一天什么都让她不顺眼。她老是埋怨天气冷，埋怨冷风钻进她的背脊，她把这说成"像虫子在爬"。最后她竟借口天气冷而哭了起来，又说自己"是个孤苦伶仃的苦命人，什么都跟她作对"。

"没错，是很冷，"佩格蒂说，"大家都觉得冷啊！"

"可我比别人更觉得冷。"葛米治太太说。

吃饭时也是这样。因为我是贵客，他们优先给我上菜，紧跟着总是给葛米治太太上。那天，吃的鱼个儿小，刺很多，土豆也有点儿煮焦了。我们都承认，觉得这顿饭吃得有点儿扫兴；可是葛米治太太说她比我们更觉得扫兴，于是又哭了起来，非常伤心地把前面说过的那句话又说了一通。

所以，当佩格蒂先生在晚上九点来钟回来时，这位苦命的葛米治太太正十分伤心痛苦地坐在自己的角落里编织。佩格蒂则高高兴兴地在做针线活儿。汉姆正在补一双下水穿的大靴子。我呢，身边坐着小艾米莉，在读书给他们听。葛米治太太除了可怜巴巴地唉声叹气之外，什么话也没有说，打从吃茶点的时候起，她就不曾抬起过眼睛。

"喂，伙计们，"佩格蒂先生一面在自己的位子上坐下，一面说，"你们都好吗？"

我们都说了点儿什么，或者用表情，对他表示欢迎。只有葛米治太太，一面自顾自地编织，一面直摇着头。

"出什么事啦？"佩格蒂先生双手一拍说道，"高兴起来吧，老小妞儿！"（佩格蒂先生的意思是老女孩儿）

葛米治太太显得好像怎么也高兴不起来。她掏出一块黑色的绸子手帕，擦了擦眼睛；可是她没有把它放回口袋，而是放在外面，接着她又拿它擦了一会儿眼睛，擦完后仍旧把它放在外面备用。

"出什么事啦，嫂子？"佩格蒂先生说。

"没什么，"葛米治太太回答说，"你是从乐意居酒馆回来的吧，丹尼尔？"

"哦，是的，今天晚上我在乐意居酒馆待了一会儿。"佩格蒂先生说。

"我很难过，把你赶到那儿去了。"葛米治太太说。

"赶？我才用不着赶呢，"佩格蒂先生老实地笑着回答说，"我自己就巴不得上那儿哩。"

"巴不得，"葛米治太太摇着头，擦着眼泪说，"是的，是的，巴不得。我很难过，这全是因为我，才使你巴不得上那儿。"

"因为你？绝不是因为你！"佩格蒂先生说，"你千万别往那方面想。"

"是的，是的，是因为我，"葛米治太太大声说，"我知道自己是怎么回事。我知道我是个孤苦伶仃的苦命人，不仅什么都跟我作对，我也跟所有的人作对。是的，是的。我比别人想得更多，我也表露得更多。这是我的不幸。"

我坐在那儿听着这番话，真禁不住心里想：除了她葛米治太太外，这不幸已经扩散到这个家的其他成员身上了。可是佩格蒂先生并没有做这样的反驳，他只是恳求葛米治太太高兴起来，作为回答。

"我本不想这样，可我没办法，"葛米治太太说，"我太由不得我自己了。

我知道自己是怎么回事。我的不幸让我觉得什么都不顺心。我总觉得自己苦命，这使得我感到事事都不顺心。我盼望自己不觉得命苦，可是办不到。我也希望自己能够坚强起来，可是也不成。我把这一家人都弄得不得安宁，我毫不怀疑，我已经使得你妹妹整天都不愉快，还有大卫少爷。”

听了这话，我的心一下子软下来，心里感到很难过，禁不住大声说：“不，你没有使我不愉快，葛米治太太。”

“我这样做，太不对了，”葛米治太太说，“我不该这样来报答你。我最好还是进救济院，死在那儿算了。我是个孤苦伶仃的苦命人，最好别在这儿烦人。要是事情都跟我过不去，我也就一定会闹别扭，还是让我回到自己的区里去闹吧。丹尼尔，我最好还是进救济院，死在那儿算了，免得在这儿连累人。”

葛米治太太说完这番话，就起身离开，睡觉去了。佩格蒂先生除了表示深切的同情外，没有流露出任何别的感情。葛米治太太走了之后，他朝我们大家看了看，满脸带着仍使他激动的深切同情，点着头低声说：

“她这是又在想那个老头子了！”

我不太明白，他认为葛米治太太在想念的那个老头子到底是谁，直到佩格蒂伴送我上床睡觉时，她才对我解释说，那是已经去世的葛米治先生；每逢葛米治太太闹别扭的时候，她哥哥老拿这句话来作为公认的理由，而且这总让他深受感动。那天晚上，他睡上吊床后过了一些时候，我还亲耳听到他对汉姆说：“可怜的人！她这是又在想那个老头子了！”在我们待在那儿的余下时间里，每逢葛米治太太发生类似情况时（发生过不多的几次），他总拿这句话来打圆场，而且总是带着最深切的同情。

两个星期就这样匆匆地溜过去了。在这段时间里，除了潮汐的变化外，一切如常。潮汐的变化改变了佩格蒂先生出门和回家的时间，也改变了汉姆的工作时间。当汉姆无工可做时，他有时就和我们一起去散步，指给我们看那些小船和大船，还带我们去划了一两次船。我不知道为什么人们对某个地方的印象会比对别的地方更深，不过我相信，大多数人都会这样，涉及童年的时候更是如此。每当我听到或谈到亚茅斯这个地名，我就会想起某一个星期天的早晨在海滩上的情景，唤人去教堂祈祷的钟声，靠在我肩上的小艾米莉，懒洋洋地往水里扔石子儿的汉姆，远方海面刚透出浓雾的太阳，阳光下隐约可见的船只，如影子一般。

回家的日子终于到了。告别佩格蒂先生和葛米治太太，我还能忍受，可是离开小艾米莉，却使我的内心感受到深切的痛苦。我们手挽着手一起走到车夫落脚的酒馆，路上我答应一定写信给她（我后来履行了自己的诺言，信中用了比通常手写出租招贴还要大的字）。我们分别时心中都非常难过；在我的一生中，如果说我心中有过空虚失落的话，那一天就有过这么一次。

我在外做客期间，几乎背弃了我的家，我很少或根本没有想到它。可是我一旦朝回家的方向走去，我那带有责备态度的童年的良心，仿佛就用一个坚定的指头朝那个方向指了。当时我觉得，特别是在我情绪低落时，更觉得家才是我的安乐窝，我母亲才是我的贴心人，我的好朋友。

我们一路前行，我心里越来越感到这一点。因而我们离家越近，我们路过见到的景物越熟悉，我就越急于要回到家中，投入母亲的怀抱。可是，佩格蒂不但没有我这种急切心情，相反却还要加以抑制（虽然态度很温和）。她看上去好像心慌意乱，神不守舍似的。

然而，不管她怎么样，只要脚夫的马肯朝前走，我们终归会到布兰德斯通的鸦巢的——果然到了。当时的情景我记得太清楚了，那是个寒冷阴沉的下午，天色昏暗，眼看就要下雨的样子。

门开了，我半笑半哭，怀着高兴激动的心情，心想见到的一定是我母亲。可是我看到的不是她，而是一个陌生的仆人。

"这是怎么回事，佩格蒂！"我懊丧地问道，"我妈还没回来？"

"不，不，大卫少爷，"佩格蒂说，"她已经回来了。等一下，大卫少爷，我有——我有件事要告诉你。"

佩格蒂当时心慌意乱，加上她下车的动作本来就笨拙，结果把自己弄得像一只奇特的彩球，不过当时我感到非常惶惑、惊奇，顾不上告诉她这一点了。她下车后就牵着我的手，把惊慌不定的我领进厨房，然后关上了门。

"佩格蒂！"我非常吃惊地说，"出了什么事啦？"

"没出什么事，我的宝贝儿，亲爱的大卫少爷！"她装出一副轻松的样子回答说。

"我想，一定出什么事啦。母亲在哪儿？"

"母亲在哪儿，大卫少爷？"佩格蒂重复说。

"是啊，为什么她不到大门口来？我们为什么跑到这儿来？哦，佩格蒂！"我的眼中充满了泪水，我感到自己仿佛马上要摔倒了。

"哎呀，我的乖孩子！"佩格蒂叫了起来，一把搂住了我，"这是怎么啦？快说，我的宝贝儿！"

"别是她也死了！哦，她是不是死了，佩格蒂？"

佩格蒂用惊人的声音大声说了个"不"字，接着便坐了下来，开始直喘气，还说我使她吃了一惊。

我紧紧地抱了她一下，给她压惊，或者说使她恢复正常，然后站在她面前，带着急切的探询神情看着她。

第三章　生活有了变化

“你瞧，亲爱的，我本该早就告诉你，”佩格蒂说，“可我老是没有机会。也许我应该创造一个机会，不过这事我实再（在佩格蒂的词语中，‘实再’老是用来代替‘实在’）不愿意做。”

“说下去，佩格蒂。”我说，这时候我比先前更加害怕了。

“大卫少爷，”佩格蒂一面用一只颤抖的手解开帽带，一面上气不接下气地说，“你猜是怎么回事？你有一个爸爸了！”

我听了这话立刻全身颤抖，脸色变得煞白。一种跟教堂墓地的坟墓和死人复活有关的东西——我不知道是什么，或者是怎么回事——像一股毒风似的，扑到我的身上。

“一个新爸爸。”佩格蒂说。

“一个新爸爸？”我重复说。

佩格蒂喘了一口气，仿佛在吞咽什么很硬的东西，接着伸出手来说：

“来，去见见他。”

“我不要见他。”

“还有你母亲呢。”佩格蒂说。

我不再向后退缩了，我们径直来到那间最好的客厅，到了那儿，她就留下我走了。壁炉的一边，坐着我的母亲；另一边，坐着谋德斯通先生。我母亲急忙放下手中的活儿，站起身来，但我觉得她显得有些畏畏缩缩。

“哦，克莱拉，亲爱的，”谋德斯通先生说，“要镇静！克制住自己，永远要克制自己！大卫，孩子，你好吗？”

我伸出手跟他握了握。犹豫了一会儿后，我便过去吻我的母亲。她也吻了我，还轻轻地拍着我的肩膀，随后便重又坐下来干活儿了。我不敢看她，也不敢看谋德斯通先生，因为我非常明白，他正在看着我们母子俩哩。于是我便转向窗口，朝外面看去，只见那儿有几株小灌木，在寒风中垂着头。

一到我可以蹑手蹑脚走开时，我便悄悄地溜到楼上。可是我发现，我那间亲爱的老卧室已经变了，我被安置在一个离这儿有一段路的地方。于是我又溜到楼下，想看看是否还有保持原状的东西，因为看上去好像一切都变了样。我溜进了院子，可是很快就从那儿出来了，原先那个空狗窝里有了一条大狗——跟他一样，叫声深沉，皮毛漆黑——它一见到我，就大发脾气，冲到窝外，朝我扑来。

第四章　蒙羞受辱

要是我的床新搬进的这间房间，是个有知觉的东西，能为我做证，那我今天就可以请求它为我证明——现在是谁睡在那儿了呢？我真想知道！那天我去那儿时，是带着一颗多么沉重的心。我朝它走去，爬上楼梯，一路上只听到院子里的那只狗一直冲我狂吠着。我茫然地呆望着这间屋子，就像这间屋子茫然地呆望着我一样，我交叉起双手，坐了下去，开始琢磨起来。

我琢磨的都是最古怪的事情。琢磨这屋子的样子，琢磨天花板上的裂缝，琢磨墙上的墙纸，琢磨窗玻璃上那使得景物都出现波纹和旋涡的裂纹，琢磨那只东倒西歪的三条腿的脸盆架，它有着一副牢骚满腹的神气，使我想起那个怀念老头子的葛米治太太。我一直哭着，但是我除了觉得身上发冷、心里沮丧之外，我敢说，我从来不曾想到我为什么要哭。最后，在孤寂中，我开始想到，我非常爱小艾米莉，可是他们却硬把我跟她拆散，来到这个看来没人需要我、关心我的地方，比起小艾米莉对我的需要和关心来，这儿的人连一半都及不上。想到这儿，我非常难过，裹上被单的一角，哭着睡去了。

我被惊醒了，听到有人说："他在这儿啊！"接着从我滚热的脑袋上揭开了被子。是我母亲和佩格蒂看我来了，把我弄醒的就是她们中的一个。

"大卫，"我母亲说，"出什么事啦？"

她这样问我，我觉得很奇怪，所以便回答说："没有什么。"我记得，当时我把脸转向一边，藏起了我正在颤抖的嘴唇，其实这颤抖的嘴唇才是给她的更加真实的答复。

"大卫，"我母亲说，"大卫，我的孩子！"

我敢说，在当时她所有能说的话中，没有这句"我的孩子"更使我感动的了。我把我的泪眼藏进被窝，当她要抱我起来时，我使劲用手把她推开。

"这都是你干的好事，佩格蒂，你这狠心的东西！"我母亲说，"这事我完全清楚。你居然教唆我的孩子来反对我，还要反对每个爱我的人，我真想知道，你怎么对得起自己的良心？你这是存的什么心，佩格蒂？"

可怜的佩格蒂举起双手，两眼朝上，只能用我饭后常背的祷词般的话回答说：“愿上帝宽恕你，科波菲尔太太！但愿你永远别为刚才说的话真正后悔！”

“真把我给气疯了，”我母亲喊着说，“我还是在蜜月中啊！哪怕是跟我不共戴天的仇人，也会发点儿慈悲，让我过上几天安静快乐的日子的。大卫呀，你这淘气的孩子！佩格蒂，你这狠心的人啊！哦，天哪！”我母亲怒气冲冲、任性地叫骂道，骂了我，又骂佩格蒂，“这是个让人多么受罪的世界呀！本来我还以为，我们完全有权盼望它要多愉快就有多愉快哩！”

我突然觉得有一只手抓住了我，我知道，这只手既不是我母亲的，也不是佩格蒂的。接着我便滑下床来，站在床边。原来这是谋德斯通先生的手，他一面抓住我的胳膊，一面说道：

“这是怎么啦？克莱拉，我亲爱的，你忘了吗？要坚定，亲爱的！”

“我很抱歉，爱德华，”我母亲说，“我本想好好说的，可我实在受不了啦！”

“哦！”他回答说，“这可是个坏消息，来得这么快，克莱拉。”

“现在把我弄成这样，我说，这让我太难堪了，”我母亲噘起嘴回答说，“实在是——太难堪了——不是吗？”

他把她拉到身边，在她耳边悄声说了几句，然后吻了吻她。当我看到我母亲的头靠在他的肩上，她的胳膊贴着他的脖子时，我就知道，她的性格这么柔顺，他能随意地把她塑成任何样子。正如我现在知道的一样，他已经做到这一点了。

“你下去吧，亲爱的，”谋德斯通先生说，“我跟大卫过一会儿就一起下去。”当他又是点头又是微笑，目送我母亲走出门外，把她打发走以后，他就沉下脸来转向佩格蒂，说：“我的朋友，你知道，你的女主人姓什么吗？”

“我侍候她已经很多年了，先生，”佩格蒂回答说，“这是我应该知道的。”

“这话没错，”他说，“可刚才我上楼时，我听到你称呼她时用的好像不是她的姓。她已经姓我的姓了，这你该知道。你记住这个了吗？”

佩格蒂什么话也没有说，很不放心地朝我看了几眼，便屈了屈膝，退出了房间。我猜想，她一定看出谋德斯通先生要她离开，而且她也没有任何留下来的理由。当房间里只剩下我们两人时，他关上了房门，在一张椅子上坐了下来，然后拉着我要我站在他的面前，一动不动地盯着我的眼睛。我觉得，我自己的眼睛也同样一动不动地盯着他。现在回想起当时我们面对面的那种情景时，我仿佛又听到我的心在急促、剧烈地跳动。

“大卫，”他说道，双唇一抿，把嘴唇抿得薄薄的，“要是我有一匹不听话的马，或者是一条不听话的狗，你猜我是怎么对付它的？”

“我不知道。”

“我揍它。”

我刚才是憋住气低声回答的，现在我不说话了，我才觉得自己的呼吸异常急促。

“我要让它觉得害怕，觉得痛。我对我自己说：‘我要制服这家伙！’哪怕这会要了它的命，我也要这么做。你脸上那是什么？”

“是泥。”我说。

他当然像我一样知道得很清楚，我脸上的是泪痕，不过即使他拿这句话问我二十遍，每问一遍都打我二十下，我宁愿让我这颗稚嫩的心破裂，我也不会那样告诉他。

“你人虽小，心眼儿倒不小，”他说，带着一副他特有的那种似笑非笑的表情，“我看，你对我很清楚。把你的脸洗一洗，少爷，然后跟我一起下楼。”

他一面用手指了指脸盆架（就是我拿它跟葛米治太太相比的那个），一面朝我抬了抬头，要我立即照他的话去做。我当时就不怎么怀疑，现在更确信了，要是我稍有迟疑，他就会毫无顾忌地把我打倒在地。

“克莱拉，亲爱的，”我照着他的吩咐洗了脸以后，他仍抓住我的胳膊，拉着我走进客厅，对我母亲说，“我希望，你再也不会感到不好受了。我们很快就能把这个孩子的脾气改过来的。”

我的天啊！要是当时给我一句好话，我可能一辈子都改好了，也许这辈子就成为另一种人。只消说一句鼓励和解释的话，说一句怜悯我年幼无知的话，说一句欢迎我回家的话，说一句安慰我、让我感到这仍是我的家的话，我就不会表面上作假敷衍他，而会打内心孝顺他，不但不恨他，反而会尊敬他。我知道，看见我那样战战兢兢、局促不安地站在屋子里，我母亲心里一定很难过。过了一会儿，我偷偷地溜到一把椅子跟前，她的目光跟着我，神情显得更加忧郁了——也许是因为见不到我儿时的那种自由活泼的步子了——可是这句话没有说出，说这句话的时间已经逝去了。

吃饭时，只有我们三人在一起。他似乎很爱我的母亲——我恐怕并不因此而较为喜欢他——我母亲也很爱他。我从他们的谈话中知道，他的一个姐姐就要来跟我们一起住，当天晚上就到。谋德斯通先生本人没有从事任何营生，只是在伦敦的一家酒行里有一些股份，或者说每年从那儿可以分到一些红利；从他的曾祖时代起，他家就跟那家酒行有关系了，他的姐姐在那家酒行中也有权益关系。这一情况，是我当时就发现的呢，还是后来才知道的，现在我已经记不清了，不过我可以在这儿提一提，不管它是真是假。

吃过饭以后，我们都坐在壁炉旁，我正在琢磨用什么办法既可以逃到佩格蒂那儿去，又不冒偷偷溜走的危险，免得冒犯那位一家之主。就在这时，一辆马车驶到我们家花园大门前，谋德斯通先生急忙出去迎接来客。我母亲跟在他后面。我也提心吊胆地跟在她后面，在客厅门旁的黑暗中，她转过身来，像从前常做的那样紧紧地搂住我，在我耳边悄声对我说，要我爱我的新父亲，听他的话。她这样做时，急急忙忙，偷偷摸摸，像是犯了错似的，但是非常温柔亲切。她把手伸到自己的背后，紧握住我的手，直到我们来到花园里，走近他站立的地方，她才把我的手放开，伸手挽住他的胳膊。

来的就是谋德斯通小姐，这是个脸色阴冷的女人，像她弟弟一样，肤色黝黑，声音、面貌也非常像他。两道浓眉，在那大鼻子上几乎连在一起，仿佛由于生错了性别，没能让她长胡子，因而以此来补偿似的。她随身带来了两只坚实牢固、硬邦邦的黑箱子，箱盖上用坚硬的铜钉钉着她的姓名的大写首字母。在付车钱时，她从一只坚硬的钢制钱包中掏出钱后，就把钱包放回到一只监牢似的手提包中，提包则用一条粗链子挂在胳膊上，关上时像猛咬一口似的咔嚓有声。在当时，我从没见过像谋德斯通小姐这样完全如钢似铁的女人。

在一片欢呼声中，她被领进了客厅，在这儿，她正式承认我母亲是一个新的近亲。接着，她看着我说：

“这是你的小孩儿吗，弟妹？”

我母亲承认我是她的小孩儿。

“一般说来，”谋德斯通小姐说，“我是不喜欢男孩子的。你好吗，孩子？”

在这种受到鼓励的情况下，我回答说我很好，并且希望她也一样；由于我这么说态度不够恭敬，惹得谋德斯通小姐用四个字就把我给打发了：

“缺少礼貌！”

她一清二楚地说过这四个字以后，就提出要求领她去她的房间，从此以后，对我来说那间屋子便成了一个凛然、可畏的地方。屋子里的两只黑箱子，从来没人看到它们被打开过，也从来没人见到它们不上锁，在那儿（当她不在屋内时，我曾偷看过一两次），有不少令人生畏的钢制小镣铐和铆钉[①]成排挂在镜子上，这些都是谋德斯通小姐着装时打扮用的。

据我看来，她已经决定长住，不打算再走了。第二天早上，她就开始“帮”起我母亲来，成天在储藏室里进进出出，说是整理物品，其实是把原来的布置弄得乱七八糟。几乎打一开始就引起我注意的事情是，在谋德斯通小姐的脑子里，一直疑心女仆们在宅子里的什么地方藏了一个男人。由于有这种错觉，她往往在最不合适的时候钻进堆煤的地窖，每次打开暗黑的食橱门时，总要砰的一声再关上，一心相信自己已经抓到了那个男人。

谋德斯通小姐这个人，虽然周身毫无轻盈凌空的姿态，可是她在早起这点上却十足是只云雀。家里的人都还没有动静，她就起来了（直到现在我都依然

① 镣铐、铆钉：指手镯、耳环。

相信，她这也是为了要找那个藏着的男人）。佩格蒂的看法是，谋德斯通小姐就连睡觉时也睁着一只眼睛；不过我不能同意她的这种看法。因为听了她的这一意见后，我曾亲自做过试验，结果发现这是办不到的。

她来后的第二天早晨，鸡刚一叫，她就起来摇铃了。当我母亲下楼来吃早餐并准备茶时，谋德斯通小姐在她的面颊上啄了一下，这是她最接近接吻的举动了，接着说：

“我说，克莱拉，我亲爱的，你知道，我来这儿，是为了尽可能替你解除所有烦恼。你太漂亮，也太不会动脑子盘算了，”——我母亲脸红了，但是笑了笑，她好像并没有为这不高兴——“我不该把我能做的事压在你的身上。要是你不见外，亲爱的，把你的钥匙都交给我好了，以后所有这类事，我都会替你料理的。”

打从那时候起，谋德斯通小姐白天就把那些钥匙关在自己的小监牢中，晚上则把它们压在自己的枕头底下，我母亲也像我一样，跟它们完全无缘了。

我母亲对于自己的大权旁落并不是没有一点儿抗议。一天晚上，谋德斯通小姐跟自己的弟弟讲了一些家务计划，他听了后表示完全赞同。这时我母亲突然哭了起来，一面哭一面说，她本来以为他们会跟她商量一下的。

“克莱拉！”谋德斯通先生严厉地说，“克莱拉！我没想到你会这样！”

“哦，你说你没想到，这倒也是，爱德华！”我母亲哭着说，“你对我大谈坚定，这固然不错，可你自己并不喜欢那样。”

坚定，我可以说，是谋德斯通姐弟俩立身处世的重要信条。然而，如果有人问我的话，我当时是会发表对这一点的理解的：他们说的坚定，是专横的别名，是他们俩共有的一种阴沉、傲慢、邪恶的性格。现在让我来说的话，他们的信条是这样的：谋德斯通先生是坚定的；在他的世界里，不得有人像他那样坚定；在他的世界里，别人就绝对不许坚定，因为所有的人都得屈服于他的坚定。只有谋德斯通小姐是个例外。她可以坚定，不过只是由于血缘关系，而且她的坚定是低级的、附庸式的。我母亲是另一个例外。她可以坚定，而且必须坚定；不过只能忍受他们的坚定，而且得坚定地相信，世界上没有别的坚定。

“这太难堪了，”我母亲说，“在我自己的家里……”

“我自己的家里？”谋德斯通先生重复道，“克莱拉！”

“我的意思是，我们自己的家里，”我母亲结结巴巴地说，显然是吓坏了，“我希望你明白我的意思，爱德华——在自己的家里，有关家务事，我却一句话也不能说，这是很难堪的。我相信，在我们结婚以前，我管家还是管得很好的。这是有证据的，”我母亲呜咽着说，“你可以问问佩格蒂，没人来插手时，我是不是管得很好？”

“爱德华，”谋德斯通小姐说，“这事就到此为止吧。我明天就走。”

“简·谋德斯通，”她的弟弟说，“住口！听你说这话，好像你不知道我的脾气似的，你怎么敢这样？”

“我确信，”我可怜的母亲处于极为痛苦的境地，她泪流满面，继续说，“我并没有要任何人走。要是什么人走了，我一定会非常难过、非常痛苦的。我并没有过多要求，我也不是蛮不讲理，我只要求有时和我商量一下。任何一个帮助我的人，我都十分感激，我只要求有时候哪怕仅仅作为一种形式，也跟我商量一下。我记得，以前你还曾因为我缺乏处世经验，有点儿孩子气，所以挺喜欢我，爱德华——我敢肯定，你这样说过——可是现在你好像因为这个恨我了，瞧你对我这样严厉。”

“爱德华，”谋德斯通小姐又说，“这事就到此为止吧。我明天就走。”

“简·谋德斯通，”谋德斯通先生厉声喝道，“你给我住嘴成不成？你怎么敢这样？”

谋德斯通小姐像从监牢里提审犯人似的，掏出口袋中的手帕，把它捂到眼睛上。

“克莱拉，”他两眼盯着我母亲，接着说，“你真让我吃惊！我没想到你会这样！不错，我本来想，娶一个不谙世事、单纯天真的女人，塑造好她的性格，给她灌输进一些她所必需的坚定果断，这是一件让人高兴的事。可是，当简·谋德斯通出于好意来帮我达到这一目的，为了我，甘愿处于一个女管家似的地位时，结果却遭到了卑劣的回报……”

“喔，求你啦，求你啦，爱德华，”我母亲喊着说，“千万别指责我忘恩负义。我敢说，我绝不是忘恩负义，以前从来没有人这样说过我。我有许多过错，但我绝不是那种忘恩负义的人。啊，别说了，我的亲爱的！”

“当简·谋德斯通遭到像我刚才说的，”等到我母亲不作声时，他继续说，“卑劣的回报时，我的那种感情冷淡了，改变了。”

“别那么说，亲爱的！”我母亲可怜巴巴地哀求说，“喔，别说了，爱德华！我听了受不了。不管我怎么样，我还是重感情的。我知道我是重感情的。要是我不能肯定自己是这样的人，我是不会这么说的。你可以问问佩格蒂。我相信她一定会告诉你，我是个重感情的人。”

“一味地软弱，不管程度如何，克莱拉，”谋德斯通先生回答说，“对我都毫无影响。你这是在白费劲。”

“求你啦，让我们和好吧，”我母亲说，“我无法在冷淡或不友好的情况下生活。我很抱歉。我知道自己有很多缺点；爱德华，用你坚强的心智尽力来为我改正缺点，你真是太好了。简，我一切都听你的好啦。要是你想离开，我一定会很伤心的……”我母亲难过得再也说不下去了。

“简·谋德斯通，”谋德斯通先生对自己的姐姐说，“我想，我们之间是极少有什么难听的话的。今天晚上发生这种不平常的事情，这不是我的错。我这是受了别人的连累，才误入歧途。这也不是你的错。你也是受了别人的连累，才误入歧途。让我们俩都设法忘了这事吧。”他说了这几句宽宏大量的话后，又补充说，“再说，这种场面让孩子看到也不合适——大卫，去睡吧！”

我满眼是泪，几乎连门都找不着了。我为母亲的痛苦和悲伤而感到非常难过；不过我还是摸索着走出客厅，摸黑儿回到自己的房间，连对佩格蒂道一声晚安，或者向她要一支蜡烛的心情都没有了。过了个把小时后，她上楼来看我，唤醒我后对我说，我母亲因身体不适已经去睡了，坐在客厅里的只有谋德斯通先生和谋德斯通小姐了。

第二天早上，我下楼比平常早了一点儿。一听到我母亲的声音，我便在客厅的门外停了下来。她正在低声下气地恳求谋德斯通小姐宽恕她，那位小姐答应了她的请求，双方总算达到了完全的和解。打那以后，我从未见过我母亲在请示谋德斯通小姐以前，或者是在设法探知谋德斯通小姐的意见以前，在任何事情上发表过一点儿意见。每当看到谋德斯通小姐发脾气（她在这方面很不坚定），把手伸向手提包，像是要掏出钥匙，把它交还给我母亲时，我就看到我母亲惊恐万状。

谋德斯通家血统中这种阴郁的病态，使得他家人的宗教信仰也带上了阴暗沉郁的色彩，变得严酷、愤懑。打那时起我就想到，他们的宗教信仰之所以有这种性质，是谋德斯通先生的坚定的必然结果，这使得他只要能找到借口，就绝不允许任何人免除最严厉的惩罚。正因如此，所以上教堂时他们那可怕的面容，教堂里那种改变了的气氛，我记得一清二楚。我现在回想起来，仿佛那可怕的星期天又来到了：一队人中，我第一个坐进教堂里那个老位子，像个被押解去服苦役的囚徒。眼前又出现了谋德斯通小姐，她穿着那件像用棺材罩改做的黑丝绒长袍，紧跟在我的后面，然后是我的母亲，再后面是她的丈夫。现在已跟先前不同，没有佩格蒂了。我仿佛又听到谋德斯通小姐在咕哝着应答文，带着一种残忍的快感，着重念出所有那些可怕的字眼。我又看到她在说“苦难的罪人”时，她那双黑眼睛在会众们身上不断扫动，就像在咒骂所有的会众。我仿佛又朝我母亲偷偷地看上一两眼，只见她夹在他们两人中间，胆怯地在动着嘴唇，每只耳朵旁都响着他们那闷雷似的咕哝声。我又突然害怕起来，心里纳闷儿，是不是我们那位善良的老牧师搞错了，谋德斯通先生和谋德斯通小姐是对的，是不是天国里的天使全是死亡天使。我又觉得，只要我动一动手指，或者松一松脸上的肌肉，谋德斯通小姐就会用她的祈祷书捅我，捅得我的肋部疼痛不堪。

是的，我又一次回想起，我们从教堂回家时，我发现有些邻居看着我母亲和我，在窃窃私语。我还想到，当他们三人挽着胳膊走在前面，我独自一人在后面缓缓走着时，我随着一些人的目光也开始怀疑起来，觉得我母亲的脚步是不是真的不像我以前看到的那么轻盈了，她的美丽和欢乐是不是真的被折磨得几乎销蚀殆尽了。我还又一次想起，不知道邻居们是否都还像我一样记得，以前我们俩——她和我——怎样一起走回家。每逢寂寞凄凉、令人忧郁的日子，我总是呆呆地回想着这些事情。

曾经有过几次谈到送我去寄宿学校的事情。这是谋德斯通先生和谋德斯通小姐先提出来的，我母亲当然同意他们的意见。不过，这件事还没有定下来。这段时间我都在家里上课。

我永远不会忘记那些上课的情景。主持那些功课的名义上是我的母亲，实际上是谋德斯通先生和他的姐姐。他们俩总是在场，这正是他们向我母亲进行所谓“坚定”教育的好机会，这种“坚定”是我们母子俩生命中的灾星。我相信，他们是为了这个目的，把我留在家里的。在只有我跟我母亲两人在一起住的时候，我学习得很好，也很喜欢学习。我还模糊地记得坐在她的膝上学字母的情景。直到今天，当我看到识字课本上那些又粗又黑的字母时，它们那新奇迷人的样子，还有O、Q和S三个字母那副和蔼可亲的样子，仿佛又跟从前一样，出现在我的面前。它们并没有让我感到厌恶或勉强。恰恰相反，我就像沿着花丛中的小径散步似的，一直走到鳄鱼故事书中所描述的地方，一路上，有我母亲温柔的声音和和蔼的态度做鼓励。可是现在接着学习的是些沉闷的课程，我记得，这对我的宁静生活是致命的打击，它们成了我难以忍受的日常苦役和灾难。这些功课又长又多又难——其中有一些我根本不懂——我往往被这些功课弄得手足无措，我相信，我那可怜的母亲也一样。

现在，让我来回忆一下当时的情况，重现一下一天早晨的情景吧。

早饭后，我带着课本、练习本和一块石板来到小客厅。我母亲早已在她的书桌旁等着我。可是，在那儿等着我的人还有坐在靠窗的安乐椅里的谋德斯通先生（虽然他假装在看书）以及坐在我母亲身旁穿钢珠子的谋德斯通小姐。我一见到他们两人，就开始感到，我费了那么大的劲装进脑子的词语，一下子全都溜走了，不知溜到什么地方去了。顺便说一句，我实在不知道它们究竟去了哪儿。

我把第一本书递给我母亲。那也许是本语法书，也许是本历史或地理书。当我把书递到她手里时，我还要拼命朝那一页最后看上一眼，趁着刚念过，赶紧用赛跑的速度高声背诵起来。我背错一个字，谋德斯通先生就抬头看着。我背错另一个字，谋德斯通小姐便抬头看着。我脸红了，背错了六七个字，最后完全停了下来。我想，我母亲要是敢的话，她定会把书给我看，但是她不敢。她只是轻柔地说：

“哦，大卫呀，大卫！”

“哎，克莱拉，”谋德斯通先生说，“对待孩子要坚定。别老说‘哦，大卫呀，大卫’！这太孩子气。他的功课，要么就是学会了，要么就是没学会。”

“他没学会。”谋德斯通小姐恶毒地插嘴说。

“我怕他真没学会。”我母亲说。

“那样的话，你该知道，克莱拉，”谋德斯通小姐回答说，“你得把书还给他，要他学会。”

“是的，是该这样，”我母亲说，“这正是我打算做的，我亲爱的简。哦，大卫，再试一遍，别再这么笨了。”

我遵从这个训谕的第一部分，再试了一遍，可是对它的第二部分，却不怎么成功，因为我还是很笨。这一次，还没背到老地方，也就是我原先背对的地方，我就背错了，停下来动起脑子来了。不过我想的不是功课，我想的是谋德斯通小姐的帽子的网纱有多少码，谋德斯通先生的睡衣值多少钱，以及诸如此类与我毫不相干，而且我也根本不想与之有任何瓜葛的荒唐问题。谋德斯通先生不耐烦地动了一下，这是我早就预料到的。谋德斯通小姐同样也不耐烦地动了动。我母亲顺从地朝他们看了一眼，合上书本，作为我的一笔欠债先挂着，待我别的功课都做完后，再要我偿还。

没过多久，我的这种欠债就一大堆了，像滚雪球似的越滚越大。我欠的债越多，我也就变得越笨。事情已到了毫无希望的地步，我觉得我正陷进一个如此荒谬的泥潭，因此我已放弃从中挣脱出来的一切打算，把自己完全交给我的命运了。当我一路错下去时，我母亲和我面面相觑的失望的情景，确实让人感到十分忧伤。但是在这些折磨人的功课里，最让人难受的是，我母亲启动嘴唇想给我一点儿暗示的时候（她以为没有人注意她）。这时，那位埋伏在那儿一心等待时机的谋德斯通小姐，就会用一种低沉的警告的声音说：

“克莱拉！”

我母亲吓了一跳，两颊绯红，勉强微微一笑。谋德斯通先生从椅子上站了起来，拿起书本，扔到我身上，再不就用书扇我耳光，接着便扭过我的双肩，把我推出门外。

即便我把功课都做完了，还会有最坏的事情发生，就是让人害怕的演算算术题。这是专为我想出来的，由谋德斯通先生亲自对我口述，开始说：“要是我走进一家干酪店，买了五千块双料格洛斯特[1]硬干酪，一块干酪的售价为四个半便士，问共需多少钱？”题目一说出，我就看到谋德斯通小姐为此暗暗高兴。我为这些干酪伤透了脑筋，可是直到吃饭时依旧毫无结果，或者说毫无指望。这时石笔粉末倒钻满了我的毛孔，把我弄成一个黑白混血儿了。我只得到一小片面包，靠它来帮助我算出干酪的账，那天整个晚上，我丢尽了脸。

时间已经过去这么久了，我现在回忆起来，那些折磨人的功课好像大致情况都是这样的。要是没有谋德斯通姐弟两人，我本来是可以学得很好的；可是他们姐弟俩对我的影响，就像两条毒蛇施加在一只可怜的小鸟儿身上的魔力。即使这天上午我的功课完成得较好，除了让我吃一顿饭之外，别的也什么都得不到；因为谋德斯通小姐绝不甘心看到我没有功课，只要我一不当心露出点儿无事可做的样子，她就会用下面的话来唤起她弟弟对我的注意：“克莱拉，我亲爱的，没有比工作更好的了——让你的孩子做点儿功课吧。”这么一来，我就又立即被关进新的功课里了。至于和别的跟我年龄相仿的孩子玩耍，那是很少有的，因为谋德斯通姐弟有一种阴郁的神学理论，把所有的小孩儿看成是一群毒蛇，他们认定，小孩儿会相互传播毒素。

我认为，六个多月来我所受到的这种待遇，结果自然是使我变得抑郁、呆笨和执拗。而且这也使得我跟我母亲一天比一天疏远。要不是有另一种情况，我相信我很有可能已经变成一个傻瓜了。

情况是这样的。我父亲在楼上的一个小房间里留下了为数不多的一批藏书。那个房间我可以自由进入（因为它就在我的卧室隔壁），而家里则不会有别的人去那儿打扰。在那个给我带来欢快的小房间里，罗德里克·蓝登、佩里格林·皮克尔、汉弗莱·克林克[2]、汤姆·琼斯[3]、威克菲尔德的牧师[4]、堂吉诃德[5]、吉尔·布拉斯[6]，还有鲁滨逊·克鲁索[7]这些赫赫有名的人物都出来跟我做伴儿了。他们使我得以一直充满幻想，使我对此时此地之外的某些东西抱有希望——这些书，还有《一千零一夜》和《神仙故事集》——对我都毫无害处。

① 格洛斯特：英国的一个郡，以产干酪著名。
② 罗德里克·蓝登、佩里格林·皮克尔、汉弗莱·克林克：英国小说家斯摩莱特（1721—1771）所著三部小说中的主角。
③ 汤姆·琼斯：英国小说家菲尔丁（1707—1754）所著同名小说中的主角。
④ 威克菲尔德的牧师：英国作家哥尔德斯密斯（约1730—1774）所著同名小说中的主角。
⑤ 堂吉诃德：西班牙作家塞万提斯（1547—1616）所著同名小说中的主角。
⑥ 吉尔·布拉斯：法国小说家、剧作家勒萨日（1668—1747）所著同名小说中的主角。
⑦ 鲁滨逊·克鲁索：英国小说家笛福（1660—1731）所著同名小说（中译名《鲁滨逊漂流记》）中的主角。

因为不管其中有些什么害处，对我可毫无影响。我可不知道它们有什么害处。我现在想起来都觉得惊奇，当时我得白费那么多精力在那些繁重的功课上，我是怎么找出时间来读这些书的呢？处在那样的小小苦难中（当时对我来说这是大大的苦难），我居然还能把自己想象成书里那些我所喜欢的人物（像我当时所做的那样），而把谋德斯通先生和谋德斯通小姐派作书里的坏人（也像我当时所做的那样），以此来安慰自己，这让我现在想起来，也觉得奇怪。我曾当过一个星期的汤姆·琼斯（是个孩子汤姆·琼斯，一个无害的人物）。我确信，我还曾一连整整一个月，充当自己心目中的那个罗德里克·蓝登。我对书架上那几本有关航海和旅行的书——现在我已经不记得是什么名字了——有着特别浓厚的兴趣。我还记得，一连好几天，我在我们家属于我的地盘上走来走去，用旧鞋楦的中间一块做武器——完全像英国皇家海军的某某舰长，在被野蛮人围攻的危险中，决心以自己的生命让敌人付出重大的代价。这位舰长绝不会因被人用拉丁语法书打耳光而失去尊严。而我却是那样。不过舰长还是舰长，毕竟是一位英雄，不管世界上有什么语言的语法书，不管它们是死是活。

这是我唯一的安慰，也是我经常的安慰。现在只要我一想起它，当时的情景就会出现在我的眼前。那是一个夏天的晚上，孩子们都在教堂的庭院里玩耍，我却坐在床上，拼命地看书。附近的每一个仓房，教堂墙上的每一块石头，教堂庭院里的每一英寸土地，在我的脑子里，全都跟这些书有关联，代表着书中某些有名的地点。我曾看见汤姆·派普斯①爬上教堂的尖顶，还曾看到斯特来普②背着背囊，在栅栏门边停下来休息。我也知道海军将领特伦尼恩③在我们村小酒馆的客厅里跟皮克尔先生聚会。

现在，读者该跟我一样清楚，我现在重新回忆起来的那段童年生活，是个什么样子。

一天早上，当我带着书本走进客厅时，我发现我母亲的神情非常焦急，谋德斯通小姐的样子十分坚定，谋德斯通先生则在一根藤杖——一根柔软的藤杖的头上扎什么东西。我进来后，他就不扎了，把它举起来在空中挥动着。

“我跟你说吧，克莱拉，”谋德斯通先生说，“我自己从前就经常挨鞭打。”

“真的，是这么回事。”谋德斯通小姐说。

“你说得对，我亲爱的简，”我母亲低声下气地结结巴巴说，“不过——不过你认为这对爱德华有好处吗？”

“你认为这对爱德华有害处吗，克莱拉？”谋德斯通先生沉着脸说。

---

① 汤姆·派普斯：《佩里格林·皮克尔》中的人物。

② 斯特来普：《罗德里克·蓝登》中的人物。

③ 特伦尼恩：《佩里格林·皮克尔》中的人物。

“这话说到点子上去了。”他姐姐说。

听了这句话，我母亲回答说：“没错，我亲爱的简。”说完就不再吭声了。

我担心他们的谈话跟我直接有关，于是便偷看一下谋德斯通先生的眼色，这时，他的目光正好跟我的目光相遇。

“嘿，大卫，”他说——他说话时，我又看了看他的眼色——“今天你可得比平时加倍小心啊！”他又举起那条鞭子，在空中抽打了一下。他已经把鞭子准备好，随后便把它放在身旁，脸上带着威严的表情，拿起书来。

这样一个开端，对我的镇定自若来说，真不愧是一服灵丹妙药。我觉得，我功课里的字全都溜走了，不是一个一个，也不是一行一行，而是一整页一整页地溜走了。我极力想抓住它们，可是它们就像（如果我可以这样比方的话）穿上了溜冰鞋，唰的一下就溜走了，你根本别想拦住。

一开始就不妙，接下来更糟糕。刚进来时，我认为自己已经准备得很好，本想露一手，但是事实证明，我的这一想法是大错特错了。一本书接一本书，全都加到不及格的那一堆上了。谋德斯通小姐一直坚定地监视着我们。当我们最后做到那道五千块干酪的算术题时（我记得那天他用的是五千条藤杖），我母亲突然哭了起来。

“克莱拉！”谋德斯通小姐用警告的声音说。

“我觉得，我不大舒服，我亲爱的简。”我母亲说。

我看到谋德斯通先生板着脸对他姐姐使了个眼色，拿起那条藤杖站起身来说：

“哎，简，今天大卫给了克莱拉这么多烦恼和痛苦，我们是不能要求她完全坚定地忍受住的。那样就成了斯多葛派①了。克莱拉已经坚强多了，进步多了，可是我们不能对她要求那么高。大卫，你跟我上楼去吧，孩子。”

当他拉着我走到门口时，我母亲朝我们跑了过来。谋德斯通小姐一面喊“克莱拉！你是个十足的傻瓜吗”，一面拦住了她。这时，我看到我母亲捂住了耳朵，听见她放声大哭起来。

谋德斯通先生板着脸慢慢地把我拉向我楼上的卧室——我敢断定，他一定为能进行这场正式的施刑表演而感到快乐——我们刚一进房间，他就突然把我的头一拧，夹到他的腋下。

“谋德斯通先生，先生！”我对他喊道，“不要！求你了，别打我！我是想好好学习的，先生，可是你跟谋德斯通小姐在旁边的时候，我就是学不进去。我真的学不进去！”

① 斯多葛派：古希腊罗马哲学学派，亦称“画廊学派”，以恬淡寡欲、坚忍不动情为宗旨。

"你学不进去，真的吗，大卫？"他说，"那我们就试试。"

我的头被他夹住，就像夹在一把老虎钳中，可是我还是设法缠住他，拦住他一会儿，乞求他不要打我。然而我只是拦住他一会儿，紧接着他就重重地打在我的身上。就在这一刹那，我抓住了他夹住我的那只手，把它塞进我的嘴巴，放到两排牙齿之间，使劲咬了一口，把它给咬破了。直到现在，想到这事，我还忍不住咬牙切齿哩。

接着他就使劲毒打起我来，好像要把我打死才肯罢休似的。突然有一阵声音压倒了我们的闹腾声，我听到有人哭喊着往楼上跑——我听到了我母亲的哭喊声——还有佩格蒂。这时他走了，房门已在外面给锁上。我躺在地板上，浑身发烧火热，伤口疼痛难当，用我那孩子气的方式发疯似的哭叫着。

我现在还记得很清楚，当我渐渐安静下来时，发现笼罩整座住宅的，是一片多么反常的死寂！我清楚地记得，当我的疼痛开始渐渐减轻，我的激动开始渐渐冷静下来时，我开始觉得，我真是太不应该了。

我坐起来听了好久，可是一点儿声音都没有听到。我从地板上爬起来，从镜子里看到了自己的脸，竟是那么肿，那么红，那么丑，这几乎吓了我一大跳。我这么一动，我的鞭伤处又变得疼痛难当，使得我禁不住重又哭了起来。可是这种鞭伤之痛，比起我的负疚之感来，根本算不了什么了。这种负疚之感压在我的心头，我敢说，即使我真的是个十恶不赦的罪人，也不会感到比这沉重。

天色开始渐渐地变暗了，我已经关上窗子（我大部分时间都头枕窗台躺着，轮番地哭一阵，睡一阵，又茫然地朝外面看一阵），这时突然响起了门锁的转动声，谋德斯通小姐开门进来了，拿来了一点儿面包、肉，还有牛奶。她一言不发，把这些东西放在桌子上，同时怀着堪称典范的坚定态度，朝我瞥了一眼，跟着便转身走出，随手又把门给锁上了。

天黑后过了很久，我依然坐在那儿，心里一直在想，不知道是不是还会有别的人来。直到明白那天晚上显然再也不可能有人来时，我才脱去衣服，上了床。躺在床上，我开始提心吊胆地猜测，不知道他们还会拿我怎么样。我所犯的是不是一种罪行？我会不会受到拘捕，关进监狱？我究竟有没有被绞死的危险？

我永远不会忘记第二天早晨醒来时的情景：刚醒来那一刹那，我感到既高兴又新鲜，可紧接着，便被那陈旧凄苦的回忆压倒了。我还没起床，谋德斯通小姐便又出现了，她告诉我，我可以在花园里散步半小时，不能再多；说完这几句话，她就走了，走时让房门开着，以便我可以享受那恩典。

我便那样做了。在长达五天的监禁中，每天早上我都获准去花园散步半小时。要是我能单独见到我母亲，我一定会跪在她面前，求她饶恕我。可是在所

第四章　蒙羞受辱

有那段时间里，除了谋德斯通小姐，我看不见任何别的人——只有在客厅里做晚祷时除外。在所有别的人都就位后，谋德斯通小姐才把我押解到客厅；我像个小犯人似的，被单独安置在邻近门的地方；而在别人还没从虔诚的祈祷姿势中站起来之前，我就被看守严加看管地押回房间。我只看到我母亲离我远远的，老把脸背着我，所以我一直没能看到她的脸；我还看到谋德斯通先生的一只手，用一大块纱布裹着。

在那漫长的五天五夜中，我的心情实在无法向任何人诉说。这几天，在我记忆中所占据的地位，不是几天，而是若干年。我仔细倾听着家里能听到的一切活动的细微声响：门铃声，开门和关门声，嘈杂的人声，上楼的脚步声，还有外面那说笑声，口哨声，歌唱声，使我在那种孤寂和羞辱的心境中感到格外凄凉；时间变得毫无定准，特别是在晚上，我醒过来时本以为已是早晨，结果却发现家里的人还没就寝，漫漫的长夜才刚刚开始；而我不断做着伤心可怕的噩梦；上午、中午、下午、傍晚相继到来时，孩子们在教堂的院子里玩耍，而我只能在房间里远远地看看他们，我甚至羞得不敢在窗口露面，生怕让他们知道我是个囚犯；老是听不到自己的说话声，使我产生了一种奇异的感觉；有时见了吃的、喝的，似乎有过伴之而来的瞬间欢快，可是立刻就会随之消逝；一天晚上，下起雨来，带来了新鲜的气息；后来，雨越下越急，倾注在我跟教堂之间，直到雨幕和越来越浓的夜色，仿佛把我淹没在阴森、恐惧和悔恨之中。所有这一切情景，不是一天又一天，而是一年复一年地周而复始了若干年，它如此生动、如此强烈地印在我的记忆之中。

在我被囚禁的最后一个晚上，我突然被轻唤我名字的声音惊醒。我从床上跳了起来，在黑暗中伸出两只胳膊，说：

“是你吗，佩格蒂？”

没有马上听到回答，可是紧跟着我又听到有人叫我的名字，声音非常神秘，非常吓人，要不是我突然想到，这声音一定是从钥匙孔里传进来的，我想我准会吓昏的。

我摸索到门边，把嘴凑到钥匙孔上，低声说：

“是你吗，佩格蒂，亲爱的？”

“是我，我的宝贝儿，我的大卫，”她回答说，“你得像老鼠一样，轻轻的，要不，猫就会听到我们的声音了。”

我懂的，她这是说的谋德斯通小姐，我也了解当时处境的险恶，因为她的房间就在近旁。

“母亲好吗，亲爱的佩格蒂？她很生我的气吗？”

在她回答之前，我先听到她在钥匙孔那边轻轻哭泣，也像我一样，之后才听到她回答说："没有，没有很生气。"

"他们打算怎样处置我呢，亲爱的佩格蒂？你知道吗？"

"送你去学校，在伦敦附近。"这是佩格蒂的回答。我不得不叫她再说一遍，因为她第一遍说的话全进了我的喉咙了。原因是我忘了把嘴从钥匙孔上移开，把耳朵凑上去，因此她的话虽然把我的喉咙弄得痒痒的，但我并没有听清。

"什么时候呢，佩格蒂？"

"明天。"

"谋德斯通小姐把我的衣服从抽屉里拿出来，就是为了这个吗？"她这样做了，可我忘了提这事了。

"是的，"佩格蒂说，"还有箱子。"

"我能见到我妈吗？"

"能，"佩格蒂说，"明天早上。"然后，佩格蒂就把嘴紧贴在钥匙孔上，说了下面这番充满感情和诚意的话。我敢说，这是一个钥匙孔作为传话媒介传递过的最为热情、诚恳的话。每一句短短的话，都是从那儿断断续续地迸出来的。

"大卫，我的宝贝儿。要说近几天来，我待你没有像以前那么亲，那可不是因为我不疼你。我还一样疼你的，而且更疼你，我的宝贝儿。我这样做，是因为我觉得，这样对你更好，对另一个人也更好。我的宝贝儿，你在听吗？你听得见吗？"

"听——听——听——听得见，佩格蒂！"我呜咽着说。

"我的宝贝儿，"佩格蒂无限痛苦地说，"我要对你说的是，你永远不要忘记我，因为我也永远不会忘记你。我一定会好好照顾你妈的，大卫，像从前照顾你一样。我绝不会丢下她走的。兴许有一天，她会高兴把她可怜的头又枕在她那愚蠢、固执的老佩格蒂的胳膊上的。我会给你写信的，我的宝贝儿。虽然我没上过学，可我要……我要……"说到这儿，佩格蒂就吻起钥匙孔来，因为她吻不到我。

"谢谢你，我的好佩格蒂，"我说，"哦，谢谢！谢谢你！你肯答应我一件事吗，佩格蒂？你能不能写封信给佩格蒂先生和小艾米莉，还有葛米治太太和汉姆，告诉他们，我并不像别人想的那么坏，说我向他们问好——特别是小艾米莉，求你了，你肯吗，佩格蒂？"

这位好心肠的人答应了，于是我们俩都用最大的热情吻起钥匙孔来——我记得，我还用手拍那钥匙孔，仿佛那就是她那老实人的脸——接着我们便分别了。从那一夜起，我心中对她便产生了一种难以说清的感情。她没有替代我母亲，没有人能替代得了，但是她填补了我内心的一处空白，我的心把她关进里面了。我对她有了一种对别的人从未有过的感情。这也是一种有趣的感情，而要是她死了，我真不知道怎么是好，或者说不知道该怎样来演出降临到我头上的这场悲剧。

第二天早上，谋德斯通小姐照常出现了。她告诉我，我要进学校去了。这对我来说，已经完全不像她所预料的那样是则新闻了。她还通知我，要我穿好衣服后就下楼，去客厅吃早饭。走进餐厅，我发现我母亲脸色非常苍白，两眼通红，我一下就扑进她怀里，满怀悔恨痛苦之情，恳求她宽恕。

“哦，大卫！”她说，“没想到你竟会伤害我爱的人！你得学好啊，千万要学好！我原谅你。不过我很难过，大卫，你心里竟会有这样不好的感情。”

他们已经说服了她，使她相信我是个坏小子，这比我的远离更使她难受。我感到很伤心。我想要吃下我这顿离别的早餐，可是我的眼泪滴在了抹了奶油的面包上，流进了我的茶里。我看见我母亲有时看看我，随即便看看严密监视着的谋德斯通小姐，然后低下头，或者看往别处。

“科波菲尔少爷的箱子在那儿！”当门前响起车轮声时，谋德斯通小姐说。

我寻找佩格蒂，可是没看到她。她跟谋德斯通先生都没有露面。来到门口的是我的旧相识，上次那个赶车的。箱子提到车子跟前，提到了车上。

“克莱拉！”谋德斯通小姐用警告的口气说。

“放心吧，我亲爱的简，”我母亲说，“再见，大卫。你这一去，是为了你自己好。再见，我的孩子。放假了，你就可以回来。做个好孩子。”

“克莱拉！”谋德斯通小姐又叫了一声。

“我知道，我亲爱的简，”我母亲抱着我回答说，“我原谅你了，我的宝贝孩子。愿上帝保佑你！”

“克莱拉！”谋德斯通小姐又叫了一声。

多谢谋德斯通小姐的好意，她把我带到车子跟前，一边走，一边还规劝我说，希望我早日悔改，别落得个悲惨的下场。随后我就上了车，那匹懒惰的马也就拉着车走起来了。

第五章　遣送离家

我们大约走了半英里路，我的小手帕全湿透了，赶车的突然停住了车。

我朝窗外张望，想弄清为什么停车。使我吃惊的是，我看到佩格蒂突然从一道树篱中奔了出来，爬到车上。她用双手抱住我，使劲把我搂向自己的胸口，直压得我鼻子都疼得厉害，不过当时根本就没有想到这一点，直到后来我才发现我的鼻子疼极了。佩格蒂一句话也没有说。她松开一只胳膊，一直伸进衣服口袋，从里面掏出几纸袋点心，塞进我的口袋，又掏出一个钱包，放到我手里，但是她没说一句话。最后她又伸出双臂紧紧地搂了我一下，便下了车，跑开了。我相信，一直相信，她的长外衣上一定一颗纽扣也不剩了。我从四处滚开的纽扣中拾起一颗，把它作为纪念品珍藏了很久。

赶车的一直望着我，仿佛是询问我她是否还回来。我摇摇头说，她不会回来了。"那就走吧，嘿！"赶车的对懒马吆喝了一声，马就听命走了起来。

这时，我已经哭不出来了。我心里开始想，反正再哭也没有用。特别是，不管是罗德里克·蓝登，还是那位英国皇家海军的舰长，我记得，他们遇到困难的情况时从来都不曾哭过。赶车的见我有了这样的决心，就提议把我的小手帕铺在马背上晾干。我谢过他，照着他的话做了。这样一来，小手帕就显得更小了。

我现在有空闲来看那个钱包了。那是个硬皮钱包，有一个摁扣儿，里面装有三个光亮的先令，佩格蒂显然用白粉把它们擦过了，为的是让我见了更喜欢。但是那里面最珍贵的东西，是用一张纸包在一起的两枚半克朗硬币，纸上有我母亲亲笔写的几个字："给大卫，并附爱心。"我又被这感动得受不住了，要求赶车的帮我拿回我的小手帕。可是他说，他认为我最好还是别用它，我想我真的最好还是别用，于是我用袖子擦了擦眼睛，停下来不哭了。

我再也不哭了。不过，由于我先前太伤心了，还有余悲，有时禁不住还要剧烈抽泣一通。我们慢吞吞地走了不大一会儿工夫后，我问赶车的，他是否送我走完全程。

"全程到哪儿？"赶车的问道。

第五章　遣送离家

“到那儿啊！”我说。

“那儿是哪儿啊？”赶车的问。

“伦敦附近哪。”我说。

“嘿，这匹马，”赶车的抖了抖缰绳，指着那匹马说，“没走上一半路，它就会变得比一摊猪肉还不会动了。”

“那么你只到亚茅斯？”我问道。

“差不多，”赶车的说，“到了亚茅斯，我把你送到公共马车上，公共马车再把你送到——不管什么地方。”

对这位赶车的来说，他说的话可算是够多了（他的名字叫巴基斯）——如同我在前面一章里所说，他是个寡言少语的人，一点儿也不喜欢多说话——为了对他表示客气，我给了他一块点心。他接过去一口就吞下去了，完全像一头象，他那张大脸也跟象脸一样，吃饼时毫无表情。

“这是她做的？”巴基斯先生问道，他总是无精打采地踩在车踏板上，向前弯着腰，两只胳膊分别放在两只膝盖上。

“你说的是佩格蒂吗，先生？”

“啊！”巴基斯先生说，“是她。”

“是的。我们的点心都是她做的，我们的饭也是她烧的。”

“真的？”巴基斯先生说。

他努起嘴，仿佛要吹口哨的样子，可是他没有吹。他坐在那儿，一直凝视着马耳朵，好像在那儿发现了什么新鲜东西，像这样坐了不少时间，后来才说道：

“没有情人吧，我想？”

“你是说杏仁的吗，巴基斯先生？”因为我以为他想吃点儿别的，于是点名要杏仁糖、杏仁饼什么的。

“是情人，”巴基斯先生说，“情人。还没有人跟她相好吧？”

“跟佩格蒂？”

“嗯！”他说，“跟她。”

“哦，没有。她从来不曾有过情人。”

“是吗？”巴基斯先生说。

他又努起嘴来，做出要吹口哨的样子，可是又没有吹，而是坐在那儿凝视着马耳朵。

“这么说，”巴基斯先生想了老半天后才说，“所有的苹果饼，所有的饭菜，全是她做的？”

我回答说，事实是这样。

“噢，我有事要对你说，”巴基斯先生说，“你兴许要给她写信吧？”

“我当然要给她写信。”我回答说。

“嗯！”他慢慢地把眼睛转向我，说，“呃！要是你给她写信，大概你不会忘了说，巴基斯愿意。行吗？”

“巴基斯愿意，”我天真地重复了一句，“就这么一句吗？”

“是——的，”他琢磨着说，“是——的。巴基斯愿意。”

“不过，你明天又要去布兰德斯通了，巴基斯先生，”我想到当时我已经离那儿很远，就略微迟疑了一下，说，“你可以亲口跟她讲呀，那不更好吗？”

可是，他摇了摇头，反对我的这一建议，同时非常郑重其事地说：“巴基斯愿意。就是这句话。”以此来重申他先前的要求。这样一来，我也就立即答应代他转达这一口信了。就在那天下午，当我在亚茅斯的旅店里等车时，我要了一张纸和一瓶墨水，给佩格蒂写了一封短信，内容如下：“我亲爱的佩格蒂。我已平安抵此。巴基斯愿意。问我妈好。你的宝贝儿启。又，巴基斯先生说，他特别要你知道——巴基斯愿意。”

我已答应为巴基斯先生转达这个信息，他就一言不发了。我呢，由于被近来发生的一切事弄得疲惫不堪，就躺在车里的一个口袋上睡着了。我睡得很熟，一直到我们到达亚茅斯才醒来。我们的车子径直驶进一家旅店的院子，我发现这地方完全陌生，因而原本暗暗希望能跟佩格蒂先生家的一些人，甚至跟小艾米莉见面的念头，现在只好放弃了。

公共马车已经停在院子里，通体光可鉴人，但是马还没有套上，看情况一点儿也不像要去伦敦的样子。我正在考虑这事，这时巴基斯把我的箱子放在院子里马路牙子上靠近驿车车辕的地方（他把车赶进院子去掉头），于是，我又想到我的箱子最后该怎么安顿，还有我本人，最后该怎么安顿。正在这时，有个女人从一个挂着一些家禽和猪肉的凸肚窗里探出头来，问道：

“那位就是从布兰德斯通来的小少爷吗？”

“是的，太太。”我回答说。

“你贵姓？”那个女人问道。

“科波菲尔，太太。”我说。

“那不成，”那女人回答说，“没人为这个名字的客人预付过饭钱。”

“那么是谋德斯通吧，太太？”

“如果你是谋德斯通少爷，”女人说，“那你开始时干吗说另一个姓啊？”

我对那女人解释了其中的原因，她这才摇了摇铃，大声叫道：“威廉！领客人上咖啡室！”立即就有一个侍者，从院子对面的厨房里奔出来接待我。他发现要接待的只有我时，似乎显得大为惊奇。

第五章　遣送离家

这是一个长形的大房间，里面挂着几张大地图。要是这些地图是真的国家，而我一个人流落到它们中间，我不知道会不会比现在更感到人地两生。我手里拿着帽子，在靠近门的一把椅子的角上坐下，自己觉得这样有点儿失礼；当侍者为我铺上一块台布，往上面放上一套调味瓶时，我想我一定羞得满脸通红了。

侍者给我送来了一些排骨和蔬菜。他揭开盖子时这般趾高气扬的样子，让我害怕刚刚把他给得罪了。不过他后来的举止使我大为放心，他为我在桌旁放了一把椅子，并且很客气地说："请，六英尺的高个儿[1]，来吧！"

我谢了他，在餐桌旁就了座。可是，我发现自己用起刀叉来极不顺手，一点儿也不灵活，免不了把肉汁也溅到身上，这都是因为他一直站在我的对面，瞪眼看着我，弄得我每次遇上他的目光，脸就红得要命。他看到我吃第二块排骨时，就说：

"你还有半品脱麦酒呢，你现在要喝吗？"

我谢过他，说"要喝"。于是他就拿起酒壶，把麦酒斟进一只大玻璃杯，然后迎着亮光举起酒杯，使得它显得很好看。

"哎呀，"他说，"好像很多呢，是不是？"

"的确很多。"我笑着回答说。我发现他这人很有趣，心里很高兴。他的眼睛直眨巴，脸上长满粉刺，满头的头发竖着。他站在那儿，一只手叉着腰，另一只手迎着亮光举着杯子，看上去态度十分友好。

"昨天我们这儿来了一位先生，"他说，"他长得又胖又壮，名叫陶普索耶——你也许认识他吧？"

"不认识，"我说，"我想我不……"

"他穿着马裤，裹着绑腿，戴顶宽边礼帽，披件灰外套，围着一条有花点子的领巾。"侍者说。

"不认识，"我难为情地说，"我还无缘……"

"他来到这儿，"那侍者看着透过杯子的亮光说，"点了一杯这种麦酒——我劝他别点——可他偏要点——喝了下去，就倒地死了。这酒太陈了，他受不了。本来是不该倒给他喝的。这是真事。"

听了这个悲惨的故事，我不禁大吃一惊，于是说我想我最好还是喝点儿水吧。

"哦，你要知道，"那侍者依然看着透过杯子的亮光，闭着一只眼睛说，"我们这儿的人可不喜欢客人点了东西又剩下来。这会让他们生气的。不过，要是你同意，我倒可以代你喝掉。我已经喝惯了，喝惯就没什么了。要是我仰起头

① 因见大卫是个小孩儿，所以侍者这样调侃他。

来，一口气喝下去，我想我绝不会出事。你要我代喝吗？”

我回答说，要是他认为他喝下去是安全的，那就劳他驾代我喝下去，不过如果不是这样的话，那就千万别喝。当他果真仰起头来一饮而尽时，我得承认，我很害怕，怕看到他会遭到陶普索耶先生的悲惨命运，一头倒在地毯上死去。可是，那酒于他丝毫无害。恰恰相反，我觉得他喝了之后更加精神了。

“我们吃的这是什么呀？”他一面说，一面拿起一把叉子伸到我的盘子里，“不是排骨吧？”

“是排骨。”我说。

“哎呀，我的天！”他大叫起来，“我还不知道是排骨哩。嘿，排骨正好是解那种酒毒的好东西！这不是很走运吗？”

于是他一只手抓起一块排骨，另一只手抓起一个土豆，津津有味地大嚼起来，我看着觉得非常有趣。接着他又抓了一块排骨，一个土豆，随后又是一块排骨，一个土豆。吃完以后，他给我端来了布丁。他把布丁放在我面前，似乎就沉思默想起来，有一会儿变得心不在焉。

“这饼怎么样？”他如梦方醒似的问道。

“这是布丁。”我回答说。

“布丁！”他叫了起来，“哎呀，我的天，真是布丁！嘿！”他往前走近，看着布丁说，“你说的不会是蛋奶布丁吧？”

“是的，是蛋奶布丁。”

“嘿，是蛋奶布丁，”他拿起一把汤匙说，“是我最爱吃的布丁！瞧，运气多好！来，小家伙，让我们来比试一下，看谁吃得多。”

侍者当然比我吃得多。他不止一次要我加把劲赢他，可是他用的是汤匙，我用的是茶匙，他吃得快，我吃得慢，他胃口大，我胃口小，打从第一口起，我就远远落后，根本就没有可能赢他。我想，我从没见过有人吃布丁吃得这么津津有味的。布丁全都吃完后，他还大笑起来，好像那吃布丁的乐趣，依然留在他心中一般。

我发现他这般友好、和气，于是便向他要笔、墨水和纸张，给佩格蒂写信。他不但立刻就拿来，在我写信的时候，还承他的好意看着我写。等我写完，他问我要去哪儿上学。

我说：“伦敦附近。”我只知道这一点。

“哦，我的天！”他露出一脸丧气的样子说，“我真为你担心。”

第五章　遣送离家

“为什么？”我问道。

“唉，天哪！”他摇着头说，“那是一所弄断一个孩子肋骨的学校——弄断两根肋骨——他还是个孩子，我得说他还——我问你——你多大啦？大约几岁？”

我告诉他，我八岁多，还不到九岁。

“他就是你这个年纪，”他说，“他们弄断他第一根肋骨时，他才八岁零六个月；八岁零八个月时，他们又弄断了他第二根肋骨，就这样毁了他。”

这真是一个巧合，听了使我感到很不安，对自己、对侍者都无法掩饰这一点。于是我就问他是怎么弄断的。他的回答并没有让我宽心，因为他的答话只有两个让人胆战心惊的字：“打的。”

院子里公共马车的喇叭响了，这岔打得正是时候，于是我就站起身来，因为我有个钱包（我已从口袋中掏出），觉得很得意，但又有点儿不好意思，便犹犹豫豫地问他，是不是有什么账该付。

“有张信纸，”他回答说，“你买过一张信纸吗？”

我记不起我买过。

“信纸很贵的，”他说，“因为要缴税。得三便士。在本地，我们就是这样缴税的。还有付给侍者的，别的就没有了。墨水你就别管了，由我贴上吧。”

“请问，你得——我得——我该付多少——我该付侍者多少才合适呢？”我结结巴巴地问道，脸都红了。

“要不是我有一大堆儿女，而那班儿女又生牛痘，”侍者说，“我绝不会要六便士。要不是我得供养年老的父母，还有一个可爱的妹妹，”说到这儿，侍者大大激动起来，“我一分钱也不会要。要是我有个好职位，在这儿有个好待遇，我不但不要你的钱，还要送你一点儿什么哩。可是我吃的是剩菜剩饭，睡的是煤堆——”说到这儿，侍者一下哭了起来。

对于他的不幸，我非常同情，觉得给他的钱如果少于九便士，那我就太残忍、太狠心了。因此，我就把我那三个亮晶晶的先令给了他一个。他非常谦卑恭敬地收下了，随即便用大拇指把它往上空一弹，然后接住，以试真假。

当人们帮我登上公共马车的后部时，发现人们都以为是我独自一人吃下了所有的饭菜，这让我感到有点儿难堪。我之所以发现这一点，是因为我无意中听到凸肚窗里那位太太对管车人说：“乔治，那孩子你可得多照应点儿，要不，他的肚子会爆开的！”我还看到旅店里里外外的一些女仆都跑出来看我，笑我是个小怪物。我那位不幸的朋友，那个侍者，现在已经完全恢复常态，并没有因此显得不安，而是一点儿也不难为情地跟着她们一起取笑我。如果说我对他产生一点儿疑心的话，我想多半也是因他的这种表现引起的。不过我还是比较相信，孩子的头脑比较单纯，对人容易信任，总认为比他年纪大的人天生可靠（看到孩子过早地让这种天性变得世故，我感到惋惜），所以，即使在当时，我也没有对他真正怀疑过。

我无端成了马车夫和管车人嘲笑的对象，他们说马车的后部过重，是我坐在那儿的缘故，还说我还是坐运货的四轮马车旅行比较合适，我得承认，这使我感到非常难堪。有关我饭量大的事，迅速风传到车子里里外外的乘客中间，他们也拿我寻起开心来，问我进学校是否要按两人或三人交饭费，是不是要专门订约，还是照常规办事，还问了其他一些开玩笑的问题。不过最糟糕的是，我知道，再有机会吃东西时，我就不好意思吃了；而中饭时，我又吃得相当少，这一来，就得整夜挨饿了——因为匆忙中，我把点心都丢在那家旅店里了。我担心的事，果然发生了。等我们停车吃晚饭时，虽然我很想吃，但怎么也鼓不起勇气来吃任何东西，只好坐在炉子旁，说我什么也不想吃。但这也没能让我免除更多的嘲笑。一位嗓音沙哑、脸面粗糙的先生，虽然他自己除了老是就着瓶子喝酒外，一路上几乎不断从一个盒子里拿三明治吃，可他却说我像条蟒蛇，吃足一顿，就可维持很久时间。说完这话后，他又吃了不少煮牛肉，吃得都发起风疹来了。

我们是下午三点从亚茅斯出发的，预定在第二天早上八点钟左右到达伦敦。那时正是仲夏季节，傍晚时气候宜人，非常适意。我们从一个村庄经过时，我的脑子里就揣想那些屋子里的情景，里面的人们在做些什么。这时，有几个孩子跟着我们的车子跑，还攀在车后，拖了一小段路，我真想知道他们的父亲是否还活着，他们在家里是不是快乐。因此，我的脑子里，除了不断想到我正在去的那个地方外——这事想起来让人害怕——还有很多事要想。我记得，有时候我老是想到家里和佩格蒂，而且还胡思乱想，漫无边际地竭力想回忆起，我在咬谋德斯通先生以前，心情如何，是个怎么样的孩子。可是我想来想去，怎么也不能使自己满意，因为咬他的事，好像是发生在十分遥远的古代似的。

夜里已不像傍晚时那么舒适，因为天气变冷了。为了防止我从马车上跌下去，我被安排在两位先生中间（在那位脸面粗糙的先生和另一位先生之间）。他们都睡着了，把我完全夹住，挤得我几乎被他们闷死。有时，他们把我挤得那么厉害，我不得不大叫起来："哦，对不起，别挤了！"结果惹得他们很不开心，因为我把他们给吵醒了。坐在我对面的是一个上了年纪的太太，她穿着一件很大的毛皮斗篷，裹得那么严严实实，黑暗中看去已不像位太太，倒像是个干草堆。这位太太带了一只篮子，有好半天不知道怎么放才好，后来她发现我的腿短，就把它塞到我的脚下面。那篮子挤得我伸不开脚，还刮得我好疼。

可要是我稍微一动，就会使篮子里的一只玻璃杯跟别的东西碰得叮当响（这是必定的），这时她就会用脚使劲地踢我，口里还说："嘿，你给我别乱动。我敢断定，你的骨头还嫩着哩！"

后来，太阳终于出来了，这时同车的人好像睡得舒服些了。整夜工夫，他们没命地喘气、打鼾，几乎像活不下去的样子，可怕得让人无法想象。太阳升得越高，他们也睡得没有那么沉了，于是渐渐地一个个都醒了。可是当时，他们每个人都推说自己根本没有睡着，谁要是说他睡了，他就非常生气，加以否认。我记得，这事使我感到十分诧异。直到今天，我仍对此觉得大惑不解，因为根据我不断的观察，发现在人类的所有弱点中，最大的弱点是普遍不肯承认在公共马车里睡过觉（我想不出这是为什么）。

当我远远地望见伦敦时，我觉得这是个多么令人惊奇的地方。我也相信，我所喜爱的所有那些角色，都会接二连三地在那儿演出他们的种种冒险的奇遇；我脑子里不知怎么还迷迷糊糊地断定，伦敦比起世界上任何城市来，有更多的奇迹，更多的罪恶。凡此种种，我就不必在这儿多加叙说了。我们渐渐靠近伦敦，按时抵达我们预定的目的地白教堂区①的这家旅店。我记不清它叫蓝牛还是蓝猪了，不过我记得它叫蓝什么的，公共马车的后背就绘有它的图像。

管车人下车时，目光正好落在我的身上，于是便对着账房门口大声问道：

"这儿有人等着接一个小孩儿的吗？他是从萨福克的布兰德斯通来的，登记的名字叫谋德斯通。有人来接没有？"

没有人回答。

"请你再用科波菲尔的名字问问看，先生。"我无可奈何地站在车上朝下面望着说。

"这儿有人等着接一个小孩儿的吗？他是从萨福克的布兰德斯通来的，登记的名字叫谋德斯通，不过他自己说叫科波菲尔。有人来接没有？"管车人大声问道，"喂！有人来接没有？"

没有。没有人回答。我焦急地朝四下里打量着。但是，他的问话没有引起周围那些人的任何反应，只有一个裹着绑腿、瞎了一只眼的男人除外。那人提议说，他们最好在我的脖子上套上一个铜圈，然后把我拴在马棚里。

有人拿来了梯子，我随着那个干草堆似的女人下了车，因为在她的篮子拿开之前，我一动也不敢动。这时，车里的乘客全都下了车，车上的行李也都很快卸清了。马匹则在卸行李前就先卸下牵走。空马车就由旅店里的几个马夫前拉后推的，弄到不挡路的地方去了。可是直到这时候，仍然不见有人来接从萨福克的布兰德斯通来的这个风尘仆仆的小孩儿。

① 白教堂区：伦敦东部的贫民区。

当时，我真比鲁滨逊还要孤单，因为他虽然也孤单，但没有人看着他，没有人知道他孤单。我于是走进账房，当班的管事邀我进去，我便走到柜台里面，在称行李的磅秤上坐了下来。我坐在那儿，望着那些大大小小的包裹，还有账册，闻着马棚的气味（从此，这气味就跟那天早上的事联系在一起了），一连串最严重的忧虑开始接踵而来。要是一直没人来接我，他们会让我在这儿待多久呢？他们会让我待到我用完七先令吗？晚上我是不是得跟这些行李在一起，躺在一只木箱子里过夜？早晨我是不是得在院子里的抽水机筒旁洗脸？还是每天把我赶出门外，第二天账房开门再让我进来，直到有人来把我接走？要是这件事并不是有人出错，而是谋德斯通先生为了除掉我设下的计策，那我该怎么办？即使他们让我待在这儿，直到我的七先令用完，可是当我开始挨饿时，那就不能指望继续待在这儿了。那样一来，显然会使别的顾客感到不便和不快，除此以外，还会连累这家蓝什么旅店，让它冒支付一笔丧葬费的危险呢。要是我立刻动身，想法走回家去，那我怎么能找到回家的路，怎么能指望走那么远呢？而且即使回到家里，我怎么能保证，除了佩格蒂外，别人会收留我？如果我找到最近的招兵站，志愿当个步兵或者水兵，可是像我这样小的年纪，他们十之八九是不会要我的。这种种想法，还有上百个诸如此类的念头，使我既担心又害怕，弄得我燥热如焚，头昏眼花。正当我焦急到极点时，突然进来一个人，跟当班的管事轻轻说了几句，管事立刻把我从磅秤上拉起来，推到那人面前，仿佛我已经过了磅，被买走，付过钱，当作货物交出去一样。

当这个新相识牵着我的手走出账房时，我偷偷朝他看了一眼。他是个面黄肌瘦的青年人，双颊深陷，下巴几乎跟谋德斯通先生一样，也是黑黝黝的；不过他们的相似之处仅此而已，因为他的胡子是剃掉的，头发也不光滑润泽，而是一副锈色，干巴巴的。他身穿一套黑色衣裤，也已褪成锈色，干巴巴的；袖子和裤管都很短，脖子上系着一条白领巾，也不太干净。我当时并不认为（现在也如此）这条领巾是他身上唯一的亚麻布[①]，不过露出来的或者说能让人看到一点儿的，就是这么一样东西了。

“你是新来的学生吧？”他问。

“是的，先生。”我回答。

我只是自认为是的，其实并不知道。

“我是萨伦学校的教师。”他说。

我听了这话，肃然起敬，朝他深深鞠了一个躬。对于这样一位萨伦学校的学者和老师，我不好意思提起像我的箱子这类平常的琐事。直到我们离开旅店

① 在英语里，“亚麻布”一词可做“衬衣”解，因当时衬衣一般为亚麻布所制，此处暗示未见此人穿着衬衣。

的院子，走了一小段路后，我才大着胆子提到箱子的事。在我低声下气地拐弯抹角暗示说，那只箱子以后也许我还用得着后，我们就又返回旅店。他对账房里的管事说，我的箱子中午时再派脚夫来取。

"请问，先生，"当我们走到原先那么远时，我问道，"学校远吗？"

"在布莱克希斯附近。"他说。

"那地方远吗，先生？"我胆怯地问。

"有好一段路呢，"他回答说，"我们得乘公共马车去。大约有六英里。"

我已经累得浑身无力了，想到还得走六英里的路程，实在受不住了。于是我大着胆子告诉他说，我已经一整夜没有吃过东西了，要是他准许我买点儿什么充饥，那我就太感激他了。他听了我的话，显得很吃惊——我现在好像还看见他停下来望着我的样子——跟着想了想说，他要去看望一位老太太，她就住在离这儿不远的地方。我最好买点儿面包，或者不管什么我爱吃又有益健康的东西，带到她家去吃。在那儿，我们还可以弄到一些牛奶。

于是我们就往一家面包店的窗口里张望。我提了一连串的建议，想买店里那一样样会消耗胆汁的东西，可是他都一一加以反对，最后我们决定买一个小小的挺不错的黑面包，只花了我三便士。跟着又在一家食品店里买了一个鸡蛋和一片五花咸肉，我拿出了第二个发亮的先令，而找回来的钱，我觉得还是很多，因此我认为伦敦这地方的东西很便宜。收起这些食品后，我们就朝前走去。一路上车马喧嚣，人声嘈杂，弄得本已疲乏不堪的我更加头昏脑涨，无法言喻了。后来我们又过了一座桥，毫无疑问，这就是伦敦桥[①]了（我想这一定是他告诉我的，而我当时正半醒半睡着）。最后，我们终于来到一户穷苦人家的门口。这是某个救济院的一部分，看房子的外表我就知道，还有大门上的石刻，上面说这些房子是为收容二十五个穷苦妇女而建造的。

这座房子有一排一模一样的小黑门，门的一边都有一个菱形小玻璃窗，门的顶上也有一个菱形小玻璃窗。萨伦学校的老师走到其中的一扇门前，拉开了门闩，我们就走进了其中一个贫苦老妇人住的小屋。那位老人正在吹火，要把一只小汤锅里的东西煮沸。她看见老师进来，就停下不吹了，把吹火筒放在膝盖上，叫了一声什么，我听起来好像是"我的小查理"，可是看到进来的还有我，就站起身来，搓着手，有点儿慌乱地行了一个半屈膝礼。

"请你为这位年轻的先生热一热早饭，可以吗？"萨伦学校的老师说。

"可不可以？"那老妇人说，"可以，我当然可以啦！"

"费比逊太太今天怎么样？"老师看着火炉旁一把大椅子上的另一个老妇人问道。她的身上竟裹了那么一大堆衣服，当时我没有错把她当成一堆东西坐

① 此处指旧伦敦桥，该桥已于1832年拆除。

到她的身上，直到现在，我还觉得是件幸运的事哩。

“哦，不好，”头一位老妇人回答说，“今天她的身体很不好。要是炉子里的火因为什么岔子灭了，那我相信，她也就完了，再也活不过来啦。”

由于他们俩都看着她，我也跟着朝她看。虽然那天天气暖和，但她好像什么也不想，只想烤火。我当时心里想，她恐怕连火炉上的那只小汤锅也妒忌；我深信不疑，她看到火炉硬要用来为我煮鸡蛋，烤咸肉，大为恼火。因为当这种烹调工作正在进行，在别人未加注意时，我的困惑不安的眼睛看到她曾朝我挥了挥她的拳头。阳光透过小窗射进小屋，她把自己的身体和大椅子的后背冲着阳光坐在那儿，挡住炉火，用极不信任的态度看着它，仿佛是她在孜孜不倦地保持着炉火的温暖，而不是炉火在保持着她的温暖。直到我的早饭热好了，炉火空出来了，她才大为高兴，居然还大声笑了起来——我得说，她的那一声笑，真是难听极了。

我坐下来吃我那个黑面包、那个鸡蛋和那片咸肉，除此之外还有一盆牛奶。这顿早饭的味道真是好极了。我还在津津有味地大嚼特嚼时，这家的老妇人对老师说：

“你的笛子带在身边吗？”

“带了。”他回答说。

“吹一支吧，”老妇人好言好语地劝说道，“一定得吹！”

经她这么一说，老师伸手从外套的衣襟下掏出了分成三截的笛子。他把三截拧在一起，跟着就吹了起来。经过多年的衡量，我的印象是，在这个世界上，再也没有人比他吹得更糟了。在所有我听到过的声音中，不管是天然的还是人工发出的，要数他吹出的声音最为凄凉了。我不知道他吹的是什么曲子——他吹奏的这种东西是否有曲子，我很怀疑——不过那吹奏声对我可有了影响：首先，听了使我想起了我的所有伤心事，直到我忍不住掉下泪来；其次是弄得我完全倒了胃口；最后是使得我瞌睡难当，怎么也睁不开我的眼睛。我现在回忆起当时的情景来，我的眼睛又会渐渐闭上，头也会开始点起来。我再次回到那个小房间，房间里那只敞开的三角柜，几把方背椅子，通往楼上房间的尖角形小楼梯，还有装饰在壁炉台上的那三支孔雀翎——我记得，当我刚一进门时心里就想，要是那只孔雀知道，它美丽的羽毛竟会注定落得这样一个结局，不知它会有什么感想——全都从我的眼前消失了。我点着头，睡着了。笛声听不见了，听到的却是马车的车轮声，我又上路了。车一颠，把我从睡梦中惊醒了，耳边又传来笛子声，萨伦学校的老师正架着腿坐在那儿，令人伤心地呜呜咽咽吹着笛子，那个老妇人脸上带着笑容，在一旁听着。接着，轮到她消失了，老师也消失了，一切都消失了，没有笛声，没有老师，没有萨伦学校，没有大卫・科波菲尔，什么都没有了，只有沉沉的酣睡。

我当时觉得，我梦见老师在吹这凄惨的笛子时，那个老妇人带着如醉如痴的赞赏之情，缓缓走近他的身边，俯在他的椅背上，亲热地搂住他的脖子，使得他停吹了一会儿。不知是当时，还是紧接着这之后，我正处于半睡半醒状态；因为在他恢复吹奏时——他停吹过一会儿完全是事实——我看到也听到那老妇人问费比逊太太美不美（她指的是笛声），费比逊太太回答说："嗯，嗯！美！"并对着炉火直点头。我现在还认为，她把全部演奏的成就都归功于炉火了。

我好像打了很久的盹儿，醒来时只见萨伦学校的老师把笛子拆成三截，照原先那样收起，然后就带我离开了。我们发现公共马车就停在附近，于是我们爬上了车顶。可是，由于我实在困极了，所以当马车在途中停下来上客时，人们把我弄进了车厢，这儿没有乘客，我得以好好地在里面睡了一觉，直到发现马车在绿荫丛中缓缓地驶上陡峭的小山。不多一会儿，车停了下来，原来我们已经到达目的地了。

我们——我是说老师跟我——只走了一小段路，就到了萨伦学校。学校的四周围着砖砌的高墙，看上去非常沉闷。正面的墙上开有一个门，门上有一块牌子，牌子上有萨伦学校的字样。我们拉了拉门铃，门上的格栅后面露出一张阴沉的脸，朝我们看了看；门开了，我发现刚才露脸的人身材粗壮，脖子粗短，太阳穴凸出，头发剃得光光的，装着一只木头假腿。

"这是个新生。"老师说。

装木头假腿的人把我上下打量了一番——不用花多大的工夫，因为我没有多少可看的——我们一进去，他就锁上门，拔出了钥匙。我们正朝一座浓密树荫中的屋子走去时，他又对带我来的老师喊道：

"喂！"

我们回头一看，只见他站在他住的那间小屋门口，手里拎着一双靴子。

"呃，"他说，"梅尔先生，你出去后，补鞋匠来过了，他说这靴子没法儿再补了。他说，这双靴子上原来的皮已经一点儿也没有了。他还说，他真不明白，你怎么还想补起来穿它。"

说完这话，他就把靴子朝梅尔先生扔了过来。梅尔先生往回走了几步，拾起靴子。当我们一起继续朝前走时，他打量着拾起的靴子（我看他好像很伤心似的）。这时，我才第一次注意到，他脚上穿的那双靴子破得更加不成样子，而且他的袜子也有一个地方像花蕾似的绽开了。

萨伦学校是一座砖砌的方形建筑，两边带有厢房，外表看上去光秃秃的，没有什么装饰。屋子里到处静悄悄的，于是我就问梅尔先生，学生是不是都出去了。可是，他听了似乎觉得很奇怪，我竟会不知道现在正是假期，所有的学生全都放假回家了，校长克里克尔先生也带着太太、小姐到海滨度假去了，我之所以在假期被送来，是因为我犯了错，以此作为对我的惩罚。所有这一切，都是我们一起走时，他讲给我听的。

我看了看他领我进来的教室，这儿可算是我所见过的最冷清、最荒凉的地方了。我现在还记得。一个长方形的房间，里面有三长排课桌、六排长凳，墙上像猪鬃似的钉满挂帽子和石板的钉子。脏脏的地板上满是旧笔记本和旧练习册的碎片。几只用这种纸做的养蚕的小盒子，乱丢在课桌上。两只被它们的主人扔下的可怜的小白鼠，在纸板和铁丝做的发出霉臭味的笼子里来回跑着，用它们发红的眼睛朝各个角落里张望，想找点儿什么吃的东西。一只鸟儿，关在一个比它大不了多少的笼子里，不时跳上两英寸高的栖木，随之又跌下，发出凄惨的噼啪声，既不歌唱，也不鸣叫。屋子里一股有碍卫生的怪味，像发霉的灯芯绒裤子、放在不通气地方的甜苹果和腐烂的书籍散发出的气味。屋子里还到处都是墨水迹。即使这屋子从建起来那天起就没有屋顶，一年四季天上下的都是墨水雨、墨水雪、墨水冰雹，刮的都是墨水风，屋子里也不会洒有这么多的墨水。

梅尔先生丢下我，拎着自己那双没法儿再补的靴子上楼去了，我蹑手蹑脚地走向教室的另一头。我边走边看着这一切。突然，我发现课桌上放着一块纸板做的告示牌，上面整整齐齐地写着下面几个字："当心，他咬人。"

我连忙爬到桌子上，害怕桌子底下至少有一条大狗。可是，我虽然焦虑地四处察看，却哪儿也没有看到狗。我还在到处张望时，梅尔先生回来了，他问我为什么爬到桌子上。

"请您原谅，老师，"我说，"对不起，我在找那条狗。"

"狗？"他说，"什么狗？"

"那不是狗吗，老师？"

"什么不是狗？"

"那要人当心的，那咬人的。"

"不，科波菲尔，"他心情沉重地说，"那不是狗，是个学生。我奉命把这个牌子挂在你的背上，科波菲尔。一开始就这样来对待你，我很难过。可是我不能不这样做。"

说完这话，他把我从桌子上扶了下来，然后把牌子像个背包似的系在我的肩上（那牌子是特意为我做的，做得还真平整伏贴），此后无论我走到哪里，我都得背着这个牌子。

就因为背着这个牌子，我受了多少苦，这是没有人能想象得出来的。不管有没有人看见我，我总觉得有人在念牌子上的那几个字。即使掉过头去，不见后面有人，也不能让我放心。因为不管我把背朝向哪儿，总觉得背后有人。那个装有木头假腿的狠心家伙，更增加了我的痛苦。因为他大权在握。他只要一看到我背靠树干、墙壁或者房子，他就从他那间小屋门口，用他的大嗓门儿大声喊道："喂，你呀，你这个科波菲尔，快把你那块牌子露出来，要不我就去告发你！"运动场是个铺着石子儿的空院子，紧靠学校和厨房的背后；因此我知道，仆人、肉贩子、面包师傅，都会看到我这块牌子。总之，每天早晨，当我奉命在那儿散步时，所有在这个学校里来来往往的人都会看到我这块牌子，都知道得当心我，因为我会咬人。我记得，我真的渐渐怕起我自己来了，把自己当成个真会咬人的野孩子。

这个运动场有扇旧门，学生们有一种在这个门上刻自己名字的习惯。因而门上布满了这样的名字。我害怕假期结束，他们回来。因此，我每念到一个人的名字，心里免不了要想象，他会用什么语调、什么口气来念出"当心，他咬人"这几个字呢？有个男孩儿，名叫詹·斯蒂福思，他的名字刻得很深，也很多，我认为他会用相当响亮的声音来念牌子上的字，念完后还会扯我的头发。另外还有一个男孩儿，他的名字叫托米·特雷德尔[①]。我怕他会拿牌子上的字来开玩笑，假装非常怕我。第三个是乔治·丹普尔，这个人照我的想象，他会把牌子上的字唱出来。我，一个畏畏缩缩的小东西，从这扇门上已经看到，所有这些名字的主人——梅尔先生说，当时学校里共有四十五个学生——似乎都会一致表示不理睬我，都会用各自的腔调大嚷："当心，他咬人！"

对着课桌和长凳上的座位，我心里也是这样想。在我上床前，或躺在床上时，瞥见那些成排林立的空床，我心里想的也是如此。我记得，我天天晚上都做梦，梦见我母亲跟往常一样和我在一起，或者去佩格蒂先生家赴会，要不就梦见坐在公共马车的车顶上外出旅行，或者跟我那个不幸的侍者朋友一起吃饭。在所有这些场合，我都引起人们的惊叫和注视，因为我不幸被他们发现，身上没有别的，只有一件小睡衫和那块大牌子。

我一方面感到生活单调，但又时时刻刻害怕开学，这份苦恼真让人受不了！我每天得花很长时间跟着梅尔先生做很多功课，不过我都一一完成了，而且由于没有谋德斯通先生和谋德斯通小姐在场，各门功课都得以通过，没有让我丢脸。在做功课前后，我可以到处走走——不过，像我前面说过的那样，那个装木头假腿的人总是监视着我。学校的潮湿院子里有长满青苔的裂开的石板，一只漏水的旧木桶，还有几棵模样狰狞的老树，树干已失去本色，好像下雨天会比别的树滴水多，而大晴天则比别的树开花少，所有这一切，我直到现

①"托米"（还有"汤姆"）为"托马斯"的昵称。

在回忆起来，依然历历在目。一点钟时，梅尔先生和我两人在一间空荡荡的长餐厅的尽头吃饭，屋子里摆满松木桌子，发出一股油腥味。吃完饭后，我又继续做功课，一直做到吃茶点的时候。喝茶时，梅尔先生用的是一只蓝茶杯，我用的是一个锡盅。一整天，直到晚上七八点钟，梅尔先生都伏在教室里自己那张独立的书桌上，辛勤工作，一刻不停地跟笔、墨水、尺、账簿、书写纸打交道，把上半年的账目一笔一笔地结算出来（据我发现）。晚上做完工作，收拾好东西后，他就拿出笛子来呜呜地吹，一直吹到几乎使我感到他渐渐把自己整个人吹进笛子顶端的那个大孔，然后又从那些按键里慢慢地冒了出来。

我眼前出现了这样一幅图景，一个一丁点儿大的小孩儿，手扶着头，坐在灯光昏暗的房间里，一面听着梅尔先生那凄楚的笛声，一面钻研着第二天的功课。我看到自己合上书本，继续听着梅尔先生那凄楚的笛声，从那笛声中，我听到了在家里常听到的声音，也听到了亚茅斯海滩上的风声，我感到非常孤寂，非常悲伤。接着我看到自己起身到那空无一人的房间里去睡觉，我坐在床沿，渴望能听到佩格蒂一句安慰我的话。我还看到，我早上下楼时，从楼梯窗子一道可怕的长口子里，看到悬挂在外屋顶上的那口校钟，上面还有一个风标，我生怕那钟会响起来，把詹·斯蒂福思和别的学生都叫来上课。这还在其次。我最怕的是，那个装了木头假腿的人，打开那扇生锈的大门上的锁，让可怕的克里克尔先生进来。在上面所说的任何一个场合中，我都不能想象我是一个很危险的人物，可是在所有这些场合中，我背上都得背着那个警告人的牌子。

梅尔先生从不跟我多说话，不过他从来没有对我凶过。我认为，我们俩是相对无言的伴侣。有一件事，我忘了说了，他有时会自言自语，咧嘴大笑，还会握起拳头，咬牙切齿，扯自己的头发，让人莫名其妙。不过他确实有这类怪癖。开始时，我感到很害怕，不过很快我也就习惯了。

第六章 相识增多

这样的生活我过了一个月左右，那个装着木头假腿的人开始拿着一个拖把，提着一桶水，一瘸一拐地到处走动了。我凭这一点推断，他这是在为克里克尔先生和同学们回校做准备了。我的推测没有错，因为没过多久，拖把就光顾教室，把梅尔先生和我赶出来了。有好几天，我们俩哪儿能待就在哪儿待，能将就着怎么过就怎么过。这时，我们还经常遇见两三个以前很少露面的年轻女人，她们总嫌我们妨碍了她们。我们成天生活在飞扬的尘土中，弄得我老打喷嚏，好像萨伦学校是个大鼻烟壶似的。

一天，梅尔先生告诉我，克里克尔先生当天就要回来了。晚上，吃过茶点以后，我又听说他已经回来了。睡觉以前，木腿人奉命带我去见他。

克里克尔先生住家的那部分房子，要比我们的这一部分舒适多了，他屋外还有一个幽静的小花园。看了我们的尘土飞扬的运动场，再看到他的花园，真让人心旷神怡。我们的运动场简直是一小片沙漠，我想除了双峰或单峰的骆驼之外，谁在那儿都不会感到舒适的。我去见克里克尔先生时，一路上直打哆嗦，就连感到那条过道显得很舒适，自己也觉得是件胆大妄为的事。我被带进去时，由于过于局促不安，连克里克尔太太和克里克尔小姐几乎都没看见（她们母女俩也在客厅里），除了克里克尔先生，我什么也看不见了。克里克尔先生身材肥胖，身上挂着一串表链和纹章，坐在一把扶手椅上，旁边放着一只玻璃杯和一个瓶子。

“哦！”克里克尔先生说，“这就是那位得锉掉牙齿的小先生！把他转过身去！”

木腿人把我转了个身，让克里克尔先生能看到我背上的木牌；让他看个够之后，又把我转了回来，要我面对克里克尔先生，自己则站在他的一旁。克里克尔先生满脸通红，眼睛很小，凹得很深，脑门儿上青筋毕露，小鼻子，大下巴。头顶已秃，只剩下稀稀拉拉的几根头发，刚刚变白，看上去像是湿漉漉的，从两鬓相对梳过，在前额上交叉会合。不过他给我印象最深的是，他的嗓子沙哑，说起话来声音很低。这害得他说话很费劲，或者是他自己觉得说话提不起劲，从而使他那张本已愤怒的脸更加愤怒，本已粗大的青筋更加粗大。现在回想起来，怪不得我觉得这是他最大的特点了。

“嗯，”克里克尔先生说，“关于这个小孩儿，有什么要报告的吗？”

“还不曾发现他有什么错，”装有木头假腿的人回答说，“他还没有机会呢。”

我觉得克里克尔先生感到很失望。不过我看克里克尔太太和克里克尔小姐（我这会儿才第一次看到她们，她们俩都很瘦，也很文静）并没有感到失望。

“过来，先生！”克里克尔先生说着朝我招手。

“过来！”木腿人也照他那样打着手势说。

“我有幸跟你继父认识，”克里克尔先生揪着我的耳朵低声说，“他是个了不起的人，意志很坚强。他了解我，我也了解他。你了解我吗？嘿？”克里克尔先生一面说，一面恶作剧地狠狠拧我的耳朵。

“还没有，校长。”我回答说，痛得直往后缩。

“还没有？嘿？”克里克尔先生照着说了一遍，“不过你很快就会了解的。嘿？”

“你很快就会了解的。嘿？”装有木头假腿的人也照着说了一遍。我后来才明白，因为他嗓门儿大，所以当克里克尔先生对学生训话时，他总是当他的传话人。

我当时吓坏了，就说，我希望会这样，如果他乐意的话。在这段时间里，我的耳朵一直像火烧似的，他拧得太狠了。

“我得告诉你，我是个什么人，”克里克尔先生低声说，终于把我的耳朵放开了，可最后那一拧，疼得我涌出了泪水，“我是一个鞑靼①。”

“一个鞑靼。”木腿人说。

“我说要干一件事，我就一定会去干它，”克里克尔先生说，“我说要干成一件事，我就一定要它干成。”

“要干成一件事，我就一定要它干成。”木腿人重复说。

“我是个说一不二的人，”克里克尔先生说，“是的，我就是这样的人。我要尽我的责任。这就是我要做的。哪怕是我自己的亲骨肉，”说到这里，他朝克里克尔太太看了看，“要是他不听我的，那就不是我的亲骨肉，我就把他撵走。那个浑蛋，”他问木腿人说，“又来过吗？”

“没有。”木腿人回答。

“没有，”克里克尔先生说，“他现在明白一点儿了，了解我的为人了。叫他离得远一点儿，我说，叫他离得远一点儿。”说着，克里克尔先生使劲拍了一下桌子，眼睛看着克里克尔太太，“他总算了解我了，这会儿你大概

---

① 鞑靼：在一些欧洲国家，鞑靼泛指蒙古扩张时期随蒙古人进入欧洲的中亚草原游牧民族。

也有点儿了解我了吧，我的年轻朋友？你可以走啦。把他带走。”

我很高兴他打发我离开，因为克里克尔太太和克里克尔小姐两人都在擦眼泪，我就像为自己一样，为她们感到难过。不过我心中还有一项请求，这事对我的关系太大了，我不能不提出来，尽管我说不准自己有没有这份勇气。

“要是您许可的话，校长——”

克里克尔先生低声问道：“嘿！什么事？”两眼直盯着我，好像要把我烧化了似的。

“要是您许可的话，校长，”我结结巴巴地说，“我做了那件错事，心里的确很后悔，校长，您要是允许的话，在同学们回来之前，我是不是可以先取下背上的这块牌子……”

我不知道克里克尔先生是真要那么做呢，还是仅仅为了吓唬我，他听了我的话后，一下子从座位上跳了起来。我吓得连连后退，不等木腿人陪伴，一刻不停地跑回自己的寝室，看看没人追我，我便上了床，因为已到就寝的时候了。我躺在床上，整整哆嗦了两个来小时。

第二天早上，夏普先生回来了，他是一级教师，地位在梅尔先生之上。梅尔先生跟学生一起吃饭，而夏普先生中饭和晚饭都跟克里克尔先生同桌进餐。我觉得，夏普先生身体虚弱，看上去没精打采；他长着一个大鼻子，头总是偏向一边，仿佛太重，有点儿挺不住似的。他的头发倒是很光滑，而且还有波纹。不过据那个最早回校的学生告诉我，他那是戴的假发（他还说那是二手货），夏普先生每周六下午都要去卷烫一次。

告诉我这事的不是别人，就是托米·特雷德尔。他是第一个回校的学生。他介绍自己时对我说，我可以在大门右角顶闩的上方找到他的名字。我听后问他：“是特雷德尔吗？”他回答说：“没错。”接着他就问起我本人和家庭的详细情况。

特雷德尔第一个回校，这对我来说真是一件幸运的事。他觉得我那块告示牌有趣极了，对每个刚回校的同学，不论大小，他都立即这样介绍说：“瞧这儿！这是个有趣的玩意儿！”这一来，就使我免得因露出牌子或掩藏牌子而受窘。另外，还有一点对我来说也是幸事，回来的同学大多数垂头丧气的，并不像我预料的那样拿我起哄胡闹。其中固然有几个像野蛮的印第安人似的，围着我又蹦又跳，但大多数人只是忍不住装着把我当作一条狗，轻轻地拍拍我，摸摸我，生怕我会咬他们，还说：“躺下吧，老兄！”又管我叫“大虎子[①]”。在那么多陌生人中间，这自然使我难堪，害得我流了一些眼泪。不过总的说来，情况要比我预料的好多了。

① 大虎子：常用作称呼强壮、勇敢的狗。

不过，在詹·斯蒂福思到来之前，我还算不上正式入学。这位同学被公认是个大学问家，人也长得很帅，至少比我大六岁。他们把我带到他面前时，我就像站在长官面前一样。他在运动场的一个棚子底下，盘问了我受罚的详细情况，随后蒙他表示意见说，这样做"太不像话了"。为了这句话，从此以后我就一直跟着他了。

"你有多少钱，科波菲尔？"他对我的事说了那句话后，就把我带到一边，问我。

我告诉他，我有七个先令。

"你最好把钱交给我，我来替你保管，"他说，"至少是，要是你愿意的话，你可以交给我。要是你不愿意，就不必这么做。"

他的这番好意，我赶忙表示同意，于是就打开佩格蒂给我的钱包，把里面的钱都倒在他的手里了。

"你这会儿要不要用钱？"他问道。

"不用，谢谢你。"我回答说。

"要是你想用，你可以用的，你知道，"斯蒂福思说，"跟我说一声就是了。"

"不用，谢谢你，大哥。"我又重说了一次。

"也许你过一会儿想要花一两个先令买瓶葡萄酒，带到寝室里去吧？"斯蒂福思说，"我发现，你就住在我的寝室里。"

在这之前，我根本没有这么想过，不过我还是说，是的，我是这么想。

"好极了，"斯蒂福思说，"我敢说，你也乐意再花个把先令买杏仁饼吧？"

我说，是的，我也这么想。

"再买个把先令饼干，买个把先令水果什么的，是吗？"斯蒂福思说，"我说，小科波菲尔，这一来，你的钱可就花光了！"

我笑了起来，因为他笑了，其实我心里正有点儿不是滋味呢。

"好吧！"斯蒂福思说，"我们要尽量把这笔钱用得得当，行了，我会尽量照应你的。我高兴出去就可以出去，我会把吃的东西偷偷地弄进来。"说完这话，他就把钱放进自己的口袋，还友好地对我说，叫我不要不放心，他会当心的，包管不会出错。

他说到做到了，原先我暗地里担心，这恐怕要出大差错的——因为我怕把我母亲的两枚半克朗的银币全给浪费掉了——虽说我已把包克朗的那张纸保存起来，它成了我的无价之宝。等我们上楼就寝时，他拿出了用那七先令买来的东西，摆在我那有月光照耀的床铺上，说：

"你来瞧，小科波菲尔，你这是在开一个豪华的宴会了！"

像我这般年纪，又有他在旁边，让我做宴会的主人，这是难以想象的。一想到这儿，我的手就哆嗦，我求他代替我主持。寝室里其他同学都一致附和我的建议，他就答应了下来，坐在我的枕头上，开始给大家分发食物——我得承认，他分得非常公平——又用一只没有脚的小玻璃杯（这是他自己的）来分发葡萄酒。至于我，就坐在他的左边，其余的人都围着我们，坐在最近的床上和地板上。

我记得很清楚，当时我们坐在那儿低声地谈论着，或者应该说他们在低声谈论着，我则恭恭敬敬地听着。月光从窗外射进寝室，照着一小片地方，在地板上映出了一个幽淡的窗子。我们大多数人都隐在暗处，只有斯蒂福思要在桌子上找什么东西，把火柴往磷盒里一蘸时，我们头上才闪过一道瞬间即逝的蓝光！由于大部分人在黑暗中，宴会又是秘密进行，说话又都是悄声细语的，一种神秘的感觉悄然朝我袭来。我怀着一种既庄严又敬畏的恍惚心情，恭听着他们告诉我的一切。这使我感到非常高兴，他们都跟我这般亲近，可是当特雷德尔假装说看见墙角有一个鬼时，我吓了一大跳（尽管我仍装出笑脸）。

我听到了学校和跟学校有关的一切情况。我听他们说，克里克尔先生自称是个鞑靼，并不是无缘无故的。他是教师中最苛刻、最残忍的。他每天都左右开弓，朝四周挥鞭抽打，像个骑兵似的在学生中横冲直撞，抽打起来毫不留情。他除了打人的本领外，别的一概不懂，比学校里成绩最差的学生还要无知（这是斯蒂福思说的）。多年以前，他本是伦敦南镇一个贩卖啤酒花的小酒料商，破产后，又花光了他太太的钱，这才做起了办学校的营生。还有一大堆诸如此类的事，我不知道同学们是怎样知道的。

我还听他们说，木腿人叫滕盖，他是个固执、粗野的人，从前帮忙做过啤酒花的生意，据同学们推测，他是为克里克尔先生干活儿时弄断了腿的，还替他干过不少见不得人的事，知道他的底细，所以就随克里克尔先生进了教育界。听他们说，除了克里克尔先生外，他认为整个学校所有的老师和学生，全是他天生的敌人。他生活的唯一乐趣是冷酷恶毒，使坏害人。据说克里克尔先生有一个儿子，在学校里帮过忙，跟滕盖合不来。有一次，因为他父亲惩罚学生过于残酷，他曾劝过他父亲。此外，据说他还曾抗议父亲没有善待他母亲。由于这种种原因，克里克尔先生就把他赶出家门，从此以后，克里克尔太太和克里克尔小姐就一直闷闷不乐。

不过，我所听到的有关克里克尔先生的事中，最让人感到奇怪的是，学校里有一个学生，克里克尔先生从来不敢在他身上碰一碰，这个学生就是詹·斯蒂福思。说到这件事时，斯蒂福思本人也加以证实，还说他倒很想看到克里克尔先生这么干。有个性情温和的同学（不是我）问他，要是克里克尔先生真的对他动了手，那他怎么办。听了这话，他拿了根火柴往磷盒里蘸了蘸，有意让闪光照出他答话时的样子。他说，他会拿起一直放在壁炉架上那个七先令六便士买的墨水瓶往克里克尔先生的额头上砸过去，把他打倒。听了这话，我们在黑暗中坐了好一阵子，连大气都不敢出。

我还听说，夏普先生和梅尔先生两人的薪水都少得可怜。吃正餐时，要是克里克尔先生的餐桌上有冷热两种肉，夏普先生总是很识相，说自己喜欢吃冷的。这事也由唯一的优待生詹·斯蒂福思所证实。我又听说，夏普先生的假发戴起来尺寸并不合适，他用不着那么“臭美”——另有人说，用不着那么“神气活现”——因为他自己的红头发，从后面看得清清楚楚。

我听说，有一个学生是煤商的儿子，抵煤账来读书的，因此大家都管他叫“交换品”或“交易物”——这是从算术书里挑出来，用来说明这种安排的字眼。据说，淡啤酒也是从学生家长那儿敲诈来的，布丁是硬摊派来的。我还听说，全校都公认克里克尔小姐爱上斯蒂福思了。我坐在黑暗中，想到他那动听的声音，他那俊美的脸蛋儿，他那潇洒的仪态，还有他那拳曲的头发，我相信，这是很有可能的。听说梅尔先生这人并不坏，只是他身上连六便士硬币也没有；毫无疑问，他的母亲老梅尔太太穷得和约伯[1]一样。这时，我想到那顿早餐，还有那句像是“我的小查理”的叫声，不过我当时像老鼠一样，一点儿没有作声，这是我现在回想起来引以为慰的。

我听了这一切，还有别的事，吃喝完之后，谈话还持续了一些时候。大多数客人一吃喝完就上床睡觉了，只有我们几个人，衣服脱去一半儿了，还继续坐在那儿低声聊了一阵，有说的，有听的，后来我们也都上床睡觉了。

“晚安，小科波菲尔，”斯蒂福思说，“我会好好照顾你的。”

“你太好了，”我感激地回答说，“我非常感谢你。”

“你有姐姐吗？”斯蒂福思打着哈欠说。

“没有。”我回答。

“真可惜，”斯蒂福思说，“你要是有个姐姐，我想，她一定是个漂亮、害羞、娇小、眼睛水汪汪的女孩儿。那我一定得跟她认识。晚安，小科波菲尔。”

“晚安，大哥。”我回答说。

我上了床后，心里仍老惦念着他。我记得，我还曾支起身来，朝他张望。他躺在那儿，月光洒在他的身上，他漂亮的脸蛋儿朝上，头自在地枕在手臂上。在我眼里，他是个能力高强的人物，这当然就是我老惦念着他的原因。在那月光下，还丝毫看不出他将来的情景。那天晚上，在我梦中整夜徜徉的花园里，也没有看到他的足迹。

---

① 据《旧约·约伯记》记载，约伯原为富人，笃信上帝，上帝欲试其是否真诚，突降灾难使他一无所有。

第七章　第一学期

第二天，学校正式开学了。我记得，给我印象最深的是，教室里原本一片喧哗，突然间变成一片死寂，原来是克里克尔先生吃完早饭后进来了。他站在教室门口，环顾着我们，就像故事中的巨人俯视着他的俘虏。

滕盖站在克里克尔先生的身旁。我想，他根本没有必要这么恶狠狠地大喊“不要吵”的，因为同学们早已吓得悄无声息、木然不动了。

我们看到的是克里克尔先生的嘴在动，听到的是滕盖的声音，大意是：

“听着，同学们，新学期开始了。在这个新学期里，你们都得给我小心。我要奉劝你们，你们一上来就得好好地专心念书，因为我一上来就会狠狠地惩罚你们。我是绝不会含糊的。你们摩拳擦掌毫无用处，我要给你们留下的伤痕，你们是怎么也摩擦不掉的。行啦，现在全体学生都给我上课去！”

这篇可怕的开场白说过之后，滕盖就一瘸一拐地走出教室去了，克里克尔先生来到我的座位跟前，对我说，要是我以咬人著名，那他也以咬人著名。接着他给我亮了亮他的手杖，问我，这手杖比起牙齿来怎么样？这是不是也是一种很尖锐的牙齿，嘿？它顶不顶得上双料的牙齿，嘿？它有没有长长的尖齿，嘿？它会不会咬人，嘿？会不会咬人？他每问一句，就用手杖在我身上抽打一下，打得我直扭身子。于是我立刻就享受到萨伦学校的“公民权”了（像斯蒂福思说的那样），而且也就立刻泪流满面了。

我并不是说这是对我的特殊优待，只有我一个人能享受。正相反，在克里克尔先生巡视教室的过程中，绝大多数学生（特别是年龄较小的学生）都受到了同样的“照顾”。这一天的功课还没开始，全校就有一半学生在那儿扭身子，抹眼泪了。至于这一天的课上完以后，有多少人扭身子，抹眼泪，我实在不敢去回想，怕说出来后，有人会怀疑我有意夸大其词。

我得说，绝不会有人像克里克尔先生这样对自己的本职如此乐不可支了。他打起学生来那副高兴的样子，就像是满足了一种强烈的欲望。我相信，见到一个胖乎乎的学生，他特别按捺不住。这样的孩子，对他似乎有一种魅力，一天里要是不给这种孩子来那么几下，他就会心中烦躁，坐立不安。我自己就是个胖乎乎的孩子，因此我应该心里有数。我敢说，直到现在，一想起这个家伙，我还会怒火中烧，义愤填膺。即使我本人没有受过他的虐待，知道了他的一切所作所为，我也会这样的。我现在是怒火万丈，因为我知道，这家伙除了会行凶使坏之外，别的一无所能。他根本不配担任这样重要的职务，正像他没有资格当海军大臣或陆军司令一样。其实，他真要当上这当中的一个，也许他的害处还远远比不上这个校长哩。

一个凶神恶煞属下的一班小可怜虫，在他的面前，我们是多么卑微啊！对这样一个毫无品德可言的人物，我都得低声下气，卑躬屈膝，现在回想起来，这算是怎样一种人生的开端啊！

现在，我仿佛重又坐在课桌旁，留神着他的眼色——小心翼翼地看着他。他这时正在用尺子给另一个受难者指出算术本上的错误，这人的双手刚挨过那同一把尺的打，他正在用一块手帕擦着，想要抹去手上的痛楚。我本有许多事要做。我并不是由于无所事事才盯着他看，而是因为我已病态地为这所吸引，很想知道他下一步会做什么，是会轮到我，还是轮到别人。坐在我这边的两排孩子也都跟我一样，很有兴趣地看着他。我想他也知道这一点，尽管他装作不知道。在指出算术本上的错误时，他露出了一副可怕的嘴脸。这时他斜眼朝我们这两排看过来了，我们都急忙低头看着书本，同时打起哆嗦来。可是过了一会儿，我们又抬头看起他来了。有个倒霉蛋，由于练习做得不好，让他给逮住了，被叫到他的跟前。这小罪犯结结巴巴地连声求饶，保证明天一定好好做。克里克尔先生在打他以前先说了句笑话，我们听了都笑了——其实，我们这群可怜的小狗仔虽然笑了，可一个个脸蛋儿都像死灰般惨白，吓得心都吊到嗓子眼儿里了。

现在我仿佛重又坐在课桌旁了，这是个令人昏昏欲睡的夏天午后。我的四周响起一片嗡嗡嘤嘤的声音，仿佛同学们全都成了绿头苍蝇了，我心里有一股半温不热的肥肉那种油腻腻的感觉（一两个小时前我们刚吃过饭），我的脑袋就像装了铅那么沉。当时，只要能让我睡上一觉，我真情愿牺牲一切。我坐在那儿，看着克里克尔先生，像只小猫头鹰似的直朝他眨眼。当睡魔一下子征服我时，他依然隐隐约约地出现在我的睡梦中，在指出算术本上的错误。后来他悄悄走到我的后面，在我的背上抽打出一条红杠，把我唤醒，为的是能让我把他看得更清楚一点儿。

这会儿我在运动场上了，虽然我看不见他，可我的目光依然被他迷住。我知道，他就在离窗子不远的地方吃饭，那窗子代表了他，我就看那窗子。要是他在窗子近旁一露脸，我的脸上立刻就会露出一副乞求和卑下的神情。要是他透过窗玻璃朝外看，就连最大胆的孩子（斯蒂福思除外）也会停下，不再大叫大喊，改作沉思默想的样子。有一天，特雷德尔（世界上最倒霉的孩子）意外地把球打到了那扇窗上，把玻璃给打碎了。当时我看到了那情景，觉得那球像是打在克里克尔先生那颗神圣的脑袋上，简直吓坏了，现在想起来还直打哆嗦哩。

可怜的特雷德尔！他穿着一身紧绷绷的天蓝色衣服，把他的胳膊和大腿都箍得像德国腊肠或果酱布丁卷。他是所有学生中最快活的，也是最悲惨的一个。他老是挨手杖——我想，在那半年里，他天天挨手杖，只有一个星期一，遇上放假，总算两手只挨了尺子——他老说要把挨打的事写信告诉他叔叔，可是一直都没有写。挨了打后，他把头伏在课桌上靠上一会儿，不知怎的就会高兴起来，又开始笑了，而且眼泪还没干，就在石板上画满了骷髅。一开始，我老是纳闷儿，他在画骷髅中能得到什么安慰呢？有一段时间，我把他看成是个修道士一样的人，他是在用那些死亡的象征来提醒自己，棒打不能永远没个完。不过现在我认为，他之所以老画骷髅，只是因为它容易画，不需要画任何面容相貌罢了。

特雷德尔是个非常正直、值得尊敬的人，他就是这样的人。他认为，同学之间互相帮助，是一种神圣的义务。有好几次，他都为这吃了苦头。特别是有一次，在教堂里做礼拜时，斯蒂福思突然笑了起来，教堂执事以为是特雷德尔在笑，便把他赶出了教堂。当时他在会众鄙视的目光下被押出教堂的情景，我现在依然历历在目。尽管第二天他挨了打，还被关了很长时间的禁闭，可他只是在他的拉丁文字典上画满了整个教堂墓地里的骷髅，始终没有说出谁是真正犯规的人。不过他也得到了报酬。斯蒂福思说，特雷德尔是个没有半点儿私心的人。我们都觉得这是最高的夸奖了。在我说来，为了能赢得这样的报酬，我愿去做一切（虽然我远远没有特雷德尔勇敢，年龄也没有他大）。

看到斯蒂福思跟克里克尔小姐手挽着手，从我们面前走过去教堂，这是我生平见到的一大世面。从漂亮方面来说，我认为克里克尔小姐比不上小艾米莉，我并不爱她（我也不敢爱她），不过我觉得她的确是一位特别动人的年轻小姐，在风度方面，没有人能超过她。斯蒂福思穿着白裤子，替她拿着阳伞。我感到，能跟这样一个人相识，真值得我骄傲。我相信，克里克尔小姐除了全心全意崇拜他之外，还能怎么样呢？夏普先生和梅尔先生，在我眼里都是了不起的人物，可是他们跟斯蒂福思相比，就像是两颗星星跟太阳一样。

斯蒂福思一直保护我，成了我一个很有用的朋友，因为没有人敢得罪他所看得起的人。可是他没能——或者说他不管怎么样都没有——使我免受克里克尔先生的虐待，那人待我实在太凶了。不过每当我受到特别坏的待遇时，他总是跟我说，我得有一点儿他那样的勇气，换了是他，他是绝不会忍受的。我觉得他这是在鼓励我，认为这是他的好意。克里克尔先生对我的虐待中，有过一件好事，这是我所知道的唯一的一件。当他在我坐的凳子后面巡视，想要顺手打我一下时，他发现我背的牌子碍了他的事，因此没过多久，他就把那牌子取下了，从此我就没有再见到过它。

有一天，一件意外的事加强了斯蒂福思跟我之间的感情。这件事使我感到非常骄傲，也给了我很大的满足，虽然有时也引起了一些不便。有一天，他在运动场上很友好地跟我谈话，我信口说起某件事或某个人——现在我已经忘了是什么了——好像《佩里格林·皮克尔》里的某件事或某个人。当时他没有说什么，可是到了晚上，我要上床睡觉时，他却问我，我有没有我说的那本书。

我回答说没有带来，并且告诉他我读那本书的情况，也提到了我读过的另外那些书。

"你还记得那些书的内容吗？"斯蒂福思问道。

哦，记得，我回答说。我的记忆力很好，那些书的内容，我相信我记得很清楚。

"那我就对你说了，小科波菲尔，"斯蒂福思说，"你给我讲讲那些书里的故事吧。晚上睡得很早，我老睡不着。早上我总是一大早就醒了。我们可以一本一本地说，就把这当作《一千零一夜》那样来说好了。"

我听到他做这样的安排，感到非常高兴，当天晚上我们就按这办法实行了。当时讲述那些书中的故事时，我到底给我喜爱的那些作家多大的损害，我已无法说清，我也很不愿意知道。但是我对他们满怀信任，而且我完全相信，我讲述时是带着一种淳朴、真诚的态度的，这定会产生很好的效果。

麻烦的是我一到晚上就想睡觉，要不就是怎么也提不起精神来，实在不想把故事再继续讲下去，因而这就成了一桩苦差事。可是故事又非说不可，因为让斯蒂福思失望或不高兴，当然无论如何是不行的。早晨也是这样，当我疲惫不堪，很想多睡一个小时时，却总被叫醒，不得不在起床铃响以前，像山鲁佐德王后[①]一样，讲上一段长长的故事，这也是一件让人厌烦的事。但是斯蒂福思很坚决；同时作为回报，他给我讲解算术习题和各种练习，以及在所有我觉得太难的功课方面帮助我。所以在这笔交易上我并不吃亏。不过，我也要为自己说句公道话，我给他讲故事，既不是出于私心，也不是由于我怕他。这是因为我敬佩他、爱他，他对我的称许就是对我最大的回报。当时我把这看得如此珍贵，现在回想起这些琐事来，还觉得心疼难受哩。

斯蒂福思待我也很周到、体贴，特别是有一次，他的关心表现得非常突出，那种坚决的态度，我怀疑已经使可怜的特雷德尔和别的人有点儿难受。佩

① 山鲁佐德王后：《一千零一夜》中给国王山鲁亚尔讲故事的人。

第七章　第一学期

格蒂答应给我写的信——这是封多么让人高兴的信啊！——开学后不到几个星期就寄到了，而且随信送来的还有一大堆橘子，中间还放着一大堆糕点，另外还有两瓶樱草酒。这一宗宝物，我理所当然地把它放到斯蒂福思跟前，请他代为处置。

“那，你就听我说吧，小科波菲尔，”他说，“酒应该留着，在你讲故事的时候给你润嗓子用。”

听他这么一说，我的脸都红了，我谦虚地求他不要这么打算。可他说他已经发现我有时候嗓子嘶哑——他说的是我的嗓子有点儿沙——所以这酒，每一滴都得用在他所说的用途上。于是，两瓶酒都锁进了他的箱子。每次他都亲自把酒倒进一个小玻璃瓶，当他认为我需要恢复精力时，就让我用一根插进软木塞中的细吸管吸上一口。为了使它发挥更大的效用，他还亲自动手，往里挤进一些橘子汁，或者是拌进一点儿姜，要不就滴进一滴薄荷油。尽管我没法儿断定，这样能否使酒味得到改善，或者说这正好是一种开胃的混合剂，不过在夜间做最后一件事和早晨做最先一件事时，我总是满怀感激的心情喝下这种东西，对他的关心非常领情。

我记得，“佩里格林”我们好像讲了几个月，别的故事又讲了几个月。我敢说，我们这个团体从来没有因缺少故事而情绪低落的时候。那两瓶酒，几乎也像故事一样延续了很久。可怜的特雷德尔——我一想到这个同学，怪得很，一面忍不住想笑，一面又要掉眼泪——总的说来，他就像是个帮腔的，凡是故事讲到让人发笑的地方，他就装出笑得前仰后合的样子，凡是讲到让人惊恐的地方，他就假装吓得不知所措。这常常会弄得我的讲述停顿下来。我记得，最好笑的是，一讲到跟吉尔·布拉斯的冒险经历有关的西班牙警官时，他就会把牙齿咬得咯咯作响。我还记得，有一次当我讲到吉尔·布拉斯在马德里遇到强盗的大头目时，这个倒霉的小丑装出吓得直打哆嗦的样子，结果让正在走廊上巡视的克里克尔先生听见了，便以扰乱寝室秩序的罪名，给了他一顿毒打。

我身上本来就有浪漫、幻想的成分，由于在黑暗中讲了那么多故事，这种成分更进一步得到了增长。因而就这方面来说，这件事对我并没有多大益处。但是我在寝室里几乎已成了一个大家喜爱的宠物，而且我也意识到，我这种讲故事的才能已在同学们中间传开，虽然我在学校里年纪最小，却已引起了大家对我的注意，这一切促使我更加努力上进。在一所专以暴虐手段办学的学校里，不管主持的人是不是个笨蛋，学生都是不可能学到很多东西的。我相信，我们的同学也像当时所有的学生一样，通常都没有多少知识的。他们受到了那么多的折磨和打骂，怎么还能学习呢？他们没法儿好好地学习、进步，就像任何一个人一样，整天生活在不幸、痛苦、忧虑中是什么事也做不好的。可是我自己那点儿小小的虚荣心，还有斯蒂福思的帮助，不知怎的却鞭策了我，促使我前进。在那儿学习期间，虽然我并没有被少打少罚，但是我在那班同学中间却是一个例外，因为我还是持续不断地学到了一些零星的知识。

在这一方面，梅尔先生给了我很多帮助。他是喜欢我的，这使我一想起他就满怀感激之情。眼见斯蒂福思存心毁谤他，从不放过可以使他伤心的机会，或者唆使别的人这么做，经常使我感到痛苦。在很长一段时间里，我内心感到非常不安，因为我已把梅尔先生曾带我去看两个老妇人的事告诉了斯蒂福思，我觉得我不能对他们隐瞒这个秘密，正像我有了糕点或别的东西时，不能瞒着他一样。可是我心里老是害怕，唯恐斯蒂福思把这件事捅出去，用这来嘲笑梅尔先生。

说到刚抵伦敦的那个早上，我在呜咽的笛声中吃了顿早饭，后来又在孔雀翎的影子下睡去时，我敢说，我们当中的任何一个人都不会想到，把我这样一个小孩子带进救济院会产生什么后果。可是这次访问却有着预料不到的后果，而且就它本身来说，还是严重的后果。

有一天，克里克尔先生因身体不适没来学校，全校自然也就洋溢着一种欢乐的气氛。早上上课时，教室里一片吵闹声。孩子们一放松，就随心所欲，很难管束。虽然那个让人害怕的滕盖拖着那条木腿来过教室两三次，记下了闹得最凶的那几个学生的名字，但是并没有产生多大效果。因为他们非常清楚，不管他们怎么样，明天反正总要有麻烦的，所以毫无疑问，他们认为，最好还是今天闹个痛快再说。

那天实际上只有半天课，因为是星期六。可要是大家都去运动场，吵闹声会打扰克里克尔先生；那天天气也不好，不适宜外出散步，因此我们奉命下午都留在教室里，被布置做一些适合这种时候做的较为轻松的功课。这是一星期中夏普先生外出卷假发的日子，所以只有老干苦差的梅尔先生一人在掌管学校。

假如可以把梅尔先生那么温和的一个人联想成一头牛或一只熊的话，在那天下午吵闹得最厉害时，我真会把他联想成其中之一，并正在受到上千条狗的围攻。我现在还记得，他用两只瘦骨嶙峋的手支着作痛的头，伏在书桌的书本上，可怜巴巴地尽力想完成这份累人的工作，可是周围的吵闹声能让下议院的议长头晕目眩[①]。有几个同学在座位上跑进跑出，跟别的同学玩着“抢座位”的游戏。同学中有的在大笑，有的在唱歌，有的在谈天，有的在跳舞，有的在号叫，有的用脚在地上乱蹬，有的在梅尔先生周围乱转，龇牙咧嘴，

① 当时的英国下议院开会时，吵闹异常，此处意为比之更甚。

做着鬼脸儿，也有的在他背后和面前学他的模样，学他的穷酸相，学他穿靴子，学他穿外衣，学他的母亲，总之，学他的一切，而这一切，他们本该是给予关心和同情的。

“别吵啦！”梅尔先生突然站了起来，用书敲着桌子叫着，“这算是什么意思？真让人受不了。都要把人给弄发疯了。你们怎么能这样对待我，孩子们？”

他用来敲桌子的书是我的，因为我正站在他的旁边。随着他的目光，我朝教室四面看去，只见同学们全都停下不作声了，有的突然大吃一惊，有的好像有些害怕，也有的也许感到惭愧了。

斯蒂福思的座位在教室的最后面，在那长长的房间尽头。梅尔先生看着他时，他正悠闲地靠墙站着，双手插在口袋里，对着梅尔先生，抿着嘴好像在吹口哨。

“别吵了，斯蒂福思先生！”梅尔先生说。

“你自己先别吵吧，”斯蒂福思说，脸变红了，“你这是在跟谁说话？”

“坐下。”梅尔先生说。

“你自己先坐下，”斯蒂福思说，“管管你自己的事吧。”

传来一阵哧哧的窃笑声，还有几声喝彩声；可是看到梅尔先生的脸色是那么苍白，大家也立即安静了下来。有个同学本想奔到他身后去学他的母亲，临时改变主意，假装修起笔来。

“斯蒂福思，要是你以为我不知道你能影响这儿的每一个人，”他伸出一只手放到我的头上，我猜想，他自己并没有意识到在做什么，“或者你以为我没有看到，刚才是你指使比你小的同学用种种方法来侮辱我，那你就错了。”

“我根本就不想为你费神，”斯蒂福思冷冷地说，“所以事实上我也就没有错。”

“当你仗着你在这儿得宠的地位，先生，”梅尔先生接着说，他的嘴唇颤抖得很厉害，“来侮辱一个绅士——”

“一个什么？——他在哪儿？”斯蒂福思说。

这时，突然有人叫道：“真丢脸，詹·斯蒂福思！太不像话了！”这是特雷德尔。梅尔先生立即拦住了他，不让他再说了。

“你侮辱了一个生来就不走运的人，先生，而且是一个丝毫都没有得罪过你的人，而凭你这样的年龄和这般聪明，你是完全懂得，侮辱这样一个人是毫无理由的，”梅尔先生说道，他的嘴唇颤抖得越来越厉害了，“所以你这种行为是很卑鄙龌龊的。你要坐就坐，要站就站，随你的便吧，先生。科波菲尔，继续做功课吧。”

"小科波菲尔，"斯蒂福思说着，从教室后面走上前来，"等一等。我把话全都给你说明白了吧，梅尔先生。你竟敢说我卑鄙龌龊什么的，那你就是个大胆无耻的乞丐。你本来就是个乞丐，这你自己知道；可是现在你这么一说，你就是个大胆无耻的乞丐。"

我弄不清楚，当时是他想去打梅尔先生呢，还是梅尔先生想去打他，或者是他们双方都有这个打算。我只看到，全校同学都像石头似的僵着不动了。这时我才发现，原来克里克尔先生已经来到我们教室里，他的旁边站着滕盖；克里克尔太太和克里克尔小姐则站在门口往里张望，像是被吓着了似的。梅尔先生双肘支在书桌上，双手捂住脸，有好一会儿坐在那儿一动不动。

"梅尔先生，"克里克尔先生用手摇着梅尔先生的胳膊说道，这回他的话是如此清楚，因而也就用不着滕盖先生重复了，"我想，你还没有忘掉自己的身份吧？"

"没有，先生，没有，"助理教师回答说，他露出脸，摇着头，异常激动地搓着双手，"没有，先生，没有。我记得自己的身份，我——没有，克里克尔先生，我没有忘掉自己的身份，我——我记得自己的身份，先生。我——我——倒真盼望你能早一点儿想到我，克里克尔先生。那——那——就更加仁慈了，先生，更加公道了，先生。那就可以让我少惹点儿麻烦了，先生。"

克里克尔先生狠狠地瞪着梅尔先生，用手扶住滕盖的肩膀，踩上近旁的一条凳子，坐到书桌上。此时的梅尔先生仍摇着头，搓着手，依然非常激动。克里克尔先生在自己的宝座上又朝他瞪了一会儿后，转向斯蒂福思说道：

"好吧，既然他不愿告诉我，那就由你来说说，先生，到底是怎么回事？"

斯蒂福思有一会儿对这一问题避而不答，他只是带着轻蔑和愤怒的神情看着对手，一言不发。我记得，即使在那样的时刻，我也忍不住心里想，瞧他的外表多么高贵，跟他相比，梅尔先生显得太丑陋、太平凡了。

"他说我得宠是什么意思？"斯蒂福思终于开口了。

"得宠？"克里克尔先生重复说，他脑门儿上的青筋一下子暴了起来，"这话是谁说的？"

"他说的。"斯蒂福思说。

"请问，你这话是什么意思，先生？"克里克尔先生怒气冲冲地转向他的助理教师，问道。

"我的意思是，克里克尔先生，"他低声回答说，"像我说的那样，任何学生都无权利用自己得宠的地位来侮辱我。"

"侮辱你？"克里克尔先生说，"我的天哪！请允许我问你，你这位叫什么来着的先生。"说到这儿，克里克尔先生把双手连同手杖都往胸前一抱，紧皱起双眉，皱得眉毛下面那对小眼睛几乎都看不见了。“当你说‘得宠’这话的时候，你是否对我表现出应有的尊敬？对我，先生，”克里克尔先生说着突然把头往前一探，接着又缩了回来，“对我这个一校之长，对你的雇主，是否表现出应有的尊敬？”

“我愿意承认，先生，那话是不适当的，”梅尔先生回答说，“要是我当时头脑冷静，我不会这样说的。”

这时斯蒂福思插了嘴。

“他还说我卑鄙，还说我龌龊，所以我就说他是个乞丐。要是我当时头脑冷静，也许不会说他是个乞丐的。不过我已经说了，我愿意为此承担一切后果。”

当时，也许我并没有想到是否有什么后果要承担，我只觉得斯蒂福思这番话说得很有气派，使我大为激动，对其他同学也产生了影响，因为他们中间出现了一阵轻轻的骚动，虽然没有人说一句话。

“我感到吃惊，斯蒂福思——虽然你的坦率为你增了光，”克里克尔先生说，“没错，为你增了光——可是我得说，我感到吃惊，斯蒂福思，你居然把这样一个字眼用在萨伦学校花钱雇来的人身上，先生。”

斯蒂福思笑了笑。

“你这不是对我的问话的回答，先生，”克里克尔先生说，“我希望从你那儿得到更多的解释，斯蒂福思。”

在我看来，跟这个英俊的少年相比，如果说梅尔先生显得丑陋，那克里克尔先生有多丑陋，就更没法儿说了。

“让他来否认吧。”斯蒂福思说。

“否认他是个乞丐，斯蒂福思？”克里克尔先生大声问道，“那么，他在哪儿乞讨过呢？”

“即使他自己不是乞丐，他的一个近亲肯定是乞丐，”斯蒂福思说，“这是一样的。”

他朝我看了一眼，梅尔先生的手也轻轻地拍着我的肩膀。我脸上发烧，满怀悔恨地抬头看去，可是梅尔先生的眼睛却盯着斯蒂福思。他继续亲切地拍着我的肩膀，但是眼睛看的却是斯蒂福思。

“因为你希望我能为自己辩护，克里克尔先生，”斯蒂福思说，“那我就把我的意思说清楚吧——我得说的是，他的母亲在一个救济院里，靠救济过活。”

梅尔先生依旧看着斯蒂福思，依旧亲切地拍着我的肩膀。要是我没听错的话，他同时低声自言自语地说：“是的，我想是这样。”

克里克尔先生紧锁起眉头，勉强装出一副客气的样子，转向自己的助理教师说：

“你听到这位先生刚才说的话了吧，梅尔先生？劳驾了，无论如何请你在全校学生面前，对他的话做个更正。”

“他没说错，先生，不用更正，”梅尔先生在一片死寂中回答说，“他说的是事实。”

“那就劳你当众声明一下，”克里克尔先生把头歪向一边，眼睛扫视着全校学生说，“在这之前，我是否知道这一情况？”

“我想，你没有直接知道。”他回答说。

“哦，这是说你知道我不了解，”克里克尔先生说，“是不是，先生？”

“我看你从来没有认为我的境况是很好的，”助理教师回答说，“你知道我眼下的处境以及一直以来在这儿的情况。”

“要是你这样说的话，”克里克尔先生说，他脑门儿上的青筋暴得更厉害了，“我认为，一直以来你完全错了，你错把这儿当成贫民救济院了。梅尔先生，请你走吧，越快越好。”

“没有比现在更好的了。”梅尔先生站起来说道。

“请吧，先生！”克里克尔先生说。

“我向你告辞了，克里克尔先生，还有你们全体同学，”梅尔先生说着朝整个教室看了一眼，又轻轻拍了拍我的肩膀，“詹姆斯·斯蒂福思，我对你最大的愿望是，将来有一天你会为今天的事感到害臊。眼下，我绝不能把你当作自己的朋友，不管是对我来说，还是对我所关心的任何人来说，都是如此。”

他再次伸手在我的肩上拍了拍，然后从书桌上拿起自己的笛子和几本书，把钥匙留在那儿给他的接任者，把他的那点儿财产往腋下一夹，就走出教室去了。接着，克里克尔先生通过滕盖发表了一篇演说，演说中他对斯蒂福思表示感谢，感谢他维护了萨伦学校的自主和体面（虽说也许激烈了一点儿）。演说结束时，他还跟斯蒂福思握了握手，我们则接连欢呼了三声——至于为什么欢呼，我就不大清楚了，不过我猜想是为斯蒂福思，所以也跟着他们一起欢呼了，尽管我心里感到很难过。随后，克里克尔先生还用手杖打了托米·特雷德尔一顿，因为他发现特雷德尔不仅没有为梅尔先生的离去欢呼，而且还淌着眼泪。打过以后，克里克尔先生便回到自己的沙发那儿，或者床铺那儿，反正回到他原来的不管什么地方去了。

现在只剩下我们学生自己了。我记得，当时我们面面相觑，茫然不知所措。至于我自己，因为牵涉进这件事，我感到非常内疚和后悔，要不是怕流露出这种使我痛苦的感情，斯蒂福思（我发现他不时地朝我看）会认为我不够朋友，对他不顺从——或者我得说，考虑到我们在年龄上的差距，以及我对他的感情——我早就忍不住要哭出来了。他对特雷德尔非常生气，他说他高兴看到特雷德尔挨打。

可怜的特雷德尔已经度过了把头枕在书桌上的阶段，正像往常那样在大画骷髅，发泄自己的怨气，他还说他不在乎，不过梅尔先生受到了不公平的对待。

“谁不公平地对待他了，你这小妞儿？”斯蒂福思问道。

“哼，是你呀！”特雷德尔回答说。

“我做了什么啦？”斯蒂福思说。

“你做了什么？”特雷德尔反驳说，“你伤了他的心，又害他失去了工作。”

“他的心？”斯蒂福思轻蔑地重复道，“我敢保证，他的心很快就会好起来的。他的心可不像你的心，我的特雷德尔小姐。至于说到他的工作——这是份珍贵的工作，是不是？你以为我不会写信回家，设法给他一点儿钱吗，我的小妞儿？”

我们都认为，斯蒂福思的这种打算非常高尚。他的母亲是个寡妇，很有钱，据说不论儿子要她做什么，她几乎都会照办。眼看特雷德尔吃了败仗，我们全都异常高兴，把斯蒂福思捧到了天上。特别是因为他屈尊告诉我们说，他这样做，全是为了我们，为了我们大家好，还说他丝毫不顾个人利害关系地这样做，是为我们做了一件大大的好事。不过我得说，那天晚上我在黑暗中讲故事时，梅尔先生凄楚的笛声不止一次地传进我的耳中。而当斯蒂福思终于疲倦了，我也上床睡下时，我仿佛听到那笛子又在什么地方吹起，声音是那般悲凉，弄得我难过极了。

但是，我很快就把他给忘了，而注意起斯蒂福思来，他竟那么轻松地像个业余教师似的代上了梅尔先生的一些课，甚至连课本也不用（他好像什么东西都记得），直到新的助理教师到来。新教师来自文法学校[①]。在正式上课前，有一天他在小客厅里吃饭，有人把他介绍给斯蒂福思认识。斯蒂福思很称许他，告诉我们说他是个了不起的人。我不大清楚这指的是什么了不起的学问，但我还是很尊敬他，对于他的高深学问丝毫没有怀疑，尽管他从来没有像梅尔先生那样关心过我——并不是说我是个特殊人物。

在这半年的学校生活中，另外还有一件事给我留下了深刻的印象。这种印象之所以直到现在依然还留着，是有着多方面的原因的。

一天下午，我们都已被折磨得晕头转向，而克里克尔先生还在肆意朝四周乱抽乱打时，滕盖进来了，用他那惯常的大嗓门儿叫道：“科波菲尔，有

① 文法学校：西方的一种学校类型。12世纪后，英国设立了许多文法学校，以学习古典语文为主。1994年，英国学制改革后，文法学校是普通中学的类型之一，学习仍偏重人文学科。

人找！”

接着，他跟克里克尔先生交谈了几句，讲了来找的是什么人，可以让他们在哪个房间里跟我见面等。而我，早在他叫我的时候，就已经按照习惯站起来，而且吃惊得快要晕倒了。我奉命走后楼梯，先去戴上一条干净的荷叶边①，然后再去饭厅见面。我怀着从未经历过的少年人的慌乱心情，照着这些命令做了。走到会客室的门口时，我忽然想到，来的也许是我母亲——在这以前我只想到谋德斯通先生和谋德斯通小姐——因而把伸到门把上的手又缩了回来，站在门外先呜咽了一通，才进了屋子。

开始时，我看不见屋里有人，不过觉得门后面有人顶着似的。我朝门后一看，大为惊喜，原来是佩格蒂先生和汉姆。他们手里拿着帽子，相互挤在墙边，在朝我鞠躬。我禁不住笑了起来，不过这主要是因为我见到他们心里很高兴，并不是因为他们那可笑的样子。我们非常亲热地握着手，我笑了又笑，一直笑到我掏出手帕来擦眼泪才作罢。

佩格蒂先生（我记得，他这次来看我，一直咧着嘴，从没闭过）看到我擦眼泪，很不放心，便用胳膊肘捅了捅汉姆，要他说点儿什么。

“高兴起来，我的大卫少爷！”汉姆憨笑着说，“哦，你长了很多了！”

“我长啦？”我擦着眼泪说。我并不是为我知道的某件事情而哭，而是见了老朋友，不知怎么的就禁不住哭起来了。

“长了，大卫少爷！怎么不是长了！”汉姆说。

“怎么不是长了！”佩格蒂先生也说。

他们两人相对而笑，引得我也笑了。于是我们三个人全都笑着，直到我又有哭出来的危险才停下来。

“你知道我母亲吗，佩格蒂先生？”我问道，“还有我最最亲爱的老佩格蒂好吗？”

“好得很。”佩格蒂先生说。

“小艾米莉好吗？还有葛米治太太呢？”

“全都——好得很。”佩格蒂先生说。

这时沉默了一会儿。为了打破沉默，佩格蒂先生从口袋里掏出两只极大的龙虾，一只很大的螃蟹，还有一大帆布袋小虾，全都把它们堆在汉姆抱起的两臂上。

“你看，”佩格蒂先生说，“你在我们那儿住的时候，我们就知道你吃饭时爱吃点儿有鲜味的东西，所以不怕你见笑，带了一点儿来。这都是那个老嫂子煮的，是她煮的。都是葛米治太太煮的。是的。”佩格蒂先生慢吞吞地说道。

① 荷叶边：装在衬衫前胸，露在外面的饰物，流行于19世纪。

他逮住这个话题说个没完，我想，这是因为他一时没有准备好别的话题吧。“是葛米治太太，我向你保证，都是她煮的。”

我向他道了谢。佩格蒂先生朝抱着海味站在那儿腼腆地微笑着的汉姆看了一眼，并没有设法帮他一下，说道：“你知道，好在是顺风又顺潮水，我们就乘我们亚茅斯的一条帆船来格雷夫森德[①]。我妹妹她告诉了我你这儿的地址。信上还说，要是我来格雷夫森德，一定要来这儿看看你大卫少爷，替她向你请安问好，再向你报告，家里人全都十分平安。你知道，我们回去后，小艾米莉她就会写信给我妹妹，告诉她，我们见着你啦，你也很好，一切平安，这一来，我们就让这一切平安兜了个圈子了。”

我想了一下后，才明白佩格蒂先生这个比喻的意思，他是说让一切平安的消息转了一圈儿。于是我又热诚地向他道了谢，并且说：“我相信小艾米莉也变了，跟我们一块儿在海滩上拾贝壳捡石子儿时不一样了吧。”说完我觉得自己的脸红了。

“她都快长成个大人了。她真的快长成个大人了，”佩格蒂先生说，“不信你问他。”

他的意思是叫我问汉姆。只见汉姆抱着那堆海味，笑容满面地直点头。

“她的脸蛋儿可漂亮啦！”佩格蒂先生说，他自己的脸就亮得像一盏灯。

“还有她的学问哩！”汉姆说。

“还有她的字啊！”佩格蒂先生说，“乌黑乌黑的，就像黑玉！而且写得老大老大的，不管在哪儿都能看清。”

佩格蒂先生一想起他的这个小宝贝儿就眉飞色舞，喜滋滋的，那副热情劲，看了真让人高兴。现在，他好像又站在我的面前，他那毛烘烘的坦率的脸上露出一片欣喜和骄傲，叫我都无法形容。他那双真诚的眼睛火星四射，闪闪发光，仿佛它们的深处有某种发亮的东西在翻腾捣动。他那宽大的胸膛起伏不止，充满了欢乐。他那双强劲有力的大手，热诚地紧握着。他说话时要想加强语气，便挥动着右臂，在我这样的小孩子看来，那手臂就像是一柄大铁锤。

汉姆也像他一样真诚。要不是斯蒂福思出乎意外地进来，使他们感到不好意思，我敢说，有关艾米莉，他们一定还会说很多话的。斯蒂福思看到我站在角落里跟两个陌生人讲话，便停止了唱歌，说道：“我不知道你在这儿，小科波菲尔！”（因为这不是平时会客的地方）说着便经过我们面前朝外走去。

我没法儿断定，是因为有斯蒂福思这样一个朋友感到骄傲呢，还是想对他解释一下我怎么认识佩格蒂先生这样一个朋友，我才在他往外走时把他给叫住。不过，我当时客客气气地对他说话——天哪，过了这么长时间，我竟全都

① 格雷夫森德：在伦敦东南，为泰晤士河上一港口。

记得一清二楚!

“请你别走，斯蒂福思！这是两位亚茅斯的船民——是两位非常和气善良的人——他们是我的保姆的亲戚，从格雷夫森德来看我的。”

“哦，是吗？”斯蒂福思回过身来说，“我很高兴见到他们。你们两位好哇？”

他的态度潇洒大方——这是一种轻松愉快的态度，丝毫没有盛气凌人的样子——直到现在，我依然相信，其中有着一种迷人的东西。由于他有这种举止风度，这种活泼性格，这种悦耳的嗓音，这种英俊的面貌和身材，再加上一种我所知道的天生的吸引力（我认为有这种力量的人并不多），直到现在，我依然相信，他的身上具有一种魅力。对这种魅力屈服，是人类天生的弱点，能抗拒这种魅力的人是不多的。当时我一看就知道，他们俩是多么喜欢他，只一会儿工夫好像就对他推心置腹了。

“佩格蒂先生，写信时，务请你让我家里人知道，”我说，“斯蒂福思先生待我非常好，要是没有他，我真不知道我在这儿该怎么办才好。”

“瞎说！”斯蒂福思笑着说，“你千万别对他们说这种话。”

“要是斯蒂福思先生去诺福克或者萨福克的话，佩格蒂先生，”我说，“碰上我也在那儿，你放心好了，只要他肯赏光，我一定带他到亚茅斯去看看你的房子。你肯定从没见过那么好玩的房子，斯蒂福思。那是用一条船做的！”

“用一条船做的，是吗？”斯蒂福思说，“对于一个真正的船民来说，这样的房子是再适合也没有了。”

“是这样，先生，是这样，先生，”汉姆咧着嘴说，“你说得对，少爷！哦，大卫少爷，这位少爷说得对，他是个真正的船民！哈，哈！他正是他说的那么一个人！”

佩格蒂先生的高兴劲也不亚于他的侄子，不过，他的谦虚不让他在接受对他个人的夸奖时，像他的侄子那样大声嚷嚷。

“啊，先生，”他鞠了一个躬，笑着说，又把领巾的尖头塞进胸前的衣服，“我谢谢你啦，先生！谢谢！我在自己的这一行，尽力想干好，先生。”

“最有本事的人，也不能做得比这更多了，佩格蒂先生。”斯蒂福思说，他已经知道佩格蒂先生的名字了。

“我敢打赌，你也是这样的，先生，”佩格蒂先生摇晃着脑袋说道，“你一定干得很出色——很出色！谢谢你啦，先生。多谢你对我的好意，先生。我是个粗人，先生，不过我还勤快——至少你知道，我盼望我能勤快。我那房子没什么可瞧的，先生，不过你要是跟大卫少爷一起来的话，我们一定会尽心招待你们的。瞧，我这都成了背屋牛了，真的。”佩格蒂先生说，他这是说的蜗牛，用来比方他走得慢，因为他每说完一句话就打算走，可不知怎么的又回来了。

“我祝你们两位都好，祝你们快乐！”他补充说。

汉姆也做了这样的祝愿，于是我们就在十分热烈的气氛中跟他们分别了。那天晚上，我几乎忍不住要跟斯蒂福思讲漂亮的小艾米莉的事，可是我不好意思提她的名字，很怕他取笑我。我记得，我怀着不安的心情，把佩格蒂先生说的“她都快长成个大人了”这句话琢磨了老半天。不过，我后来还是断定，他这话没有什么重要意思。

我们把那些虾蟹，或者如佩格蒂先生谦虚地说的“有鲜味的东西”，偷偷地搬进我们的宿舍，晚上大吃了一顿。可是特雷德尔并没有因此而快活起来。他这人太不幸了，连吃点儿海鲜也不能像别人那样平安度过。当天晚上，他就因吃了螃蟹发病了——他太虚弱了。他服了黑药水和蓝药丸。据丹普尔（他父亲是医生）说，用药量足以让一匹马失去体力。在这以后，特雷德尔还挨了一顿手杖和被罚念六章希腊文的《圣经·新约》，因为他不肯招供是怎么得的病。

那半年中的其余日子，在我的记忆中是一片混乱：只记得每天都为我们的生活挣扎；还有逝去的夏天和变换的季节；有闻铃起床的霜晨和闻铃就寝的寒夜；有灯光暗淡、炉火不暖的晚课教室和像架大粉碎机似的只会让人发抖的晨间课堂；有交替上桌的煮牛肉、烤牛肉和煮羊肉、烤羊肉；有一块块的奶油面包，卷起角的课本，裂开的石板，泪迹斑斑的练习本，受笞杖，挨戒尺，理发，下雨的星期天，猪油布丁以及墨水洒得到处都是的脏乱环境。

但是我清楚地记得，开始时假期是多么遥遥无期，过了很久好像还是一个固定不动的黑点，后来才开始慢慢地朝我们走过来，渐渐越来越大。我们先是按月份算，接着按星期算，后来是按日子算。然而这时我又开始害怕了，怕家里不来通知，不让我回家。当我从斯蒂福思那儿知道，家里已经来通知，我一定能回家时，我又有了一种朦胧的念头，生怕没等回家就摔断一条腿。放假的日子终于很快地临近了，由下下星期变成下星期，由后天变为明天，变为今天，今夜——就在那天夜里，我上了去亚茅斯的邮车，回家了。

在去亚茅斯的邮车中，我睡睡醒醒了很多次，断断续续地做了许多梦，梦到学校里所有这些事情。可是在我每次醒来时，看到的窗外的地面已经不是萨伦学校的运动场，我耳朵里听到的也不是克里克尔先生对特雷德尔的骂声，而是车夫用鞭子轻轻抽马的声音。

第八章　我的假日

天还没亮，我们就到达邮车停歇的旅店了，这可不是我那个茶房朋友住的那家旅馆。我被领进了一间门上写有“海豚”两字的舒适的小卧室。我记得，当时虽然他们让我坐在楼下一个大火炉前，给我喝了热茶，可我仍感到很冷。所以我爬上“海豚”的床，没头没脑蒙上“海豚”的毛毯睡觉，真是高兴极了。

那个马车夫巴基斯先生约定早上九点来接我。我八点钟就起了床，没到约定时间，我就准备停当等着他了，只是由于晚上睡得少，头有点儿晕。他见了我的时候，那模样仿佛我们刚分手不到五分钟，好像我只是进旅店兑换点儿零钱或者是做诸如此类的事似的。

我跟我的箱子一上了车，车夫一坐定，那匹懒洋洋的马就用它那惯常的步子拉着我们向前走动了。

“你看上去很好，巴基斯先生。”我说，满以为他听了会喜欢。

巴基斯先生只是用袖子擦了擦脸，跟着往袖子上打量着，仿佛想在袖子上找出一点儿擦下的红润气色似的，对我的那句恭维话没有做出表示。

“我已经转告了你的话，巴基斯先生，”我说道，“我给佩格蒂写过信了。”

“嗯！”巴基斯先生哼了一声。

巴基斯先生好像不大高兴，回答得很冷淡。

“有什么不对吗，巴基斯先生？”我稍微迟疑了一下后问道。

“呃，是的。”巴基斯先生回答。

“话传错了？”

“话也许一点儿没传错，”巴基斯先生说，“只是到那儿也就完了。”

我不懂他这话是什么意思，就重复他的话追问道：“到了也就完了，巴基斯先生？”

“没有结果呀，”他斜眼瞧着我，解释说，“没有回音。”

“你盼望有个回音，是吗，巴基斯先生？”我睁大了眼睛，问道。因为这是我没有想到的新情况。

“当一个人说他愿意时，”巴基斯先生又缓缓地把目光转向我，说道，“那就是说，他一直在等回音哪。”

“是吗，巴基斯先生？”

“是的，”巴基斯先生说，他把目光又移回到马耳朵上，“打那以后，那人一直在等回音哪。”

“你对她这样说了吗，巴基斯先生？”

“没——有，”巴基斯先生咕哝了一声，接着琢磨了一会儿后说，“我没法儿对她这么说。我从来不曾跟她说上过六句话！我是没法儿跟她说这个话的。”

“你想要我去跟她说吗，巴基斯先生？”我犹疑不定地说。

“要是你肯说的话，那就对她说，”巴基斯先生说道，又缓缓地朝我看了一眼，“巴基斯一直在等回音哪。你就说——她叫什么来着？”

“她的名字吗？”

“嗯！”巴基斯先生点了点头说。

“佩格蒂。”

“这是名字？还是姓？”巴基斯先生说。

“哦，这不是她的名字。她的名字叫克莱拉。”

“是吗？”巴基斯先生说。

从这一谈话中，他似乎找到了一大堆可供他思考的资料，他坐在那儿，轻轻吹着口哨，沉思冥想了一会儿。

“好吧！”他终于接着说道，“你就说：‘佩格蒂呀！巴基斯一直在等回音哪！’她也许会问：‘什么回音哪？’那你就说：‘对我转告你的话给个回音哪。’她问：‘那是什么话呀？’你就说：‘巴基斯愿意呀！’”

伴随着这番极为巧妙的指示，巴基斯先生还用胳膊肘在我的腰部重重捅了一下。在这以后，他又按他的老样子，朝前俯着身子，对这个话题不再多说什么。过了半个来小时，他才从口袋里掏出一段粉笔，在车篷里面写上“克莱拉·佩格蒂”几个字——这显然作为私人备忘录了。

啊，现在我回的已不是自己的家了，我所看到的一切都使我想起从前那个快乐的家，而那个家已像我永远不能再做的梦了，这是一种多么奇特的感觉呀！我母亲，我，还有佩格蒂，我们三人相亲相爱，没有任何人插在我们中间的那些日子，一路上一直让人伤心地出现在我的眼前。因而我没法儿断定，我是愿意回那个家呢，还是宁愿留在外地跟斯蒂福思做伴儿，忘掉那个家呢？话虽如此，我还是到家了，很快就来到家门口。只见光秃秃的老榆树在凛冽的寒风中扭动着手臂，那些旧鸦巢也支离破碎，一片片地在随风飘去。

马车夫把我的箱子放在花园门边就走了。我沿着园中的小径朝住宅走去，眼睛不住地朝那些窗子打量，每走一步都生怕看到谋德斯通先生或者谋德斯通小姐从其中的某扇窗口出现。不过，他们没有露面。我来到屋门前，因为知道在天黑前怎样开门，我没有敲门，便悄无声息、战战兢兢地走进屋子。

当我的脚迈进门厅时，就听到从旧客厅里传来我母亲的声音，上帝知道，它在我心中唤起的是多么孩子气的回忆呀。她正低声唱着歌。我想，当我是个婴儿时，我一定也是这样躺在她的怀中，听她这样对我唱歌。我觉得这歌曲是新的，但又那么熟悉，它充满了我的心房，就像是一个久别归来的朋友。

从我母亲低声哼唱那孤寂和沉思的样子，我断定她是独自一人。于是我轻轻地走进房间。她正坐在火炉旁，在给一个婴儿喂奶。她把婴儿的小手按在自己的脖子上，她的眼睛朝下看着婴儿的小脸，低声对他唱着歌。我猜得一点儿没错，没有别的人跟她在一起。

我叫她，她吃了一惊，喊出声来。可是她一看到是我，立刻就把我叫作她的亲爱的大卫，她的小宝贝儿了！她走过半个房间朝我迎了上来，跪在地上吻我，又把我的头搂进怀中，挨近偎依在那儿的婴儿，还把他的小手放到我的唇边。

我真盼当时就死去。我真盼当时就心怀那份感情死去呀！那时候，我比后来任何时候都更有资格上天堂。

“他是你的弟弟，”我母亲爱抚着我，对我说，“大卫，我的好宝贝儿！我可怜的孩子！”接着她一次又一次地吻我，搂住我的脖子。正在这时，佩格蒂跑进来了。她奔到我们跟前，咕咚一声坐在地上，在我们俩的身旁闹了有一刻钟。

她们似乎没有想到我会来得这么快，车夫比往常到达的时间提前了许多。好像谋德斯通先生和谋德斯通小姐都到邻居家串门去了，要到晚上才回来。我从来不曾有过这样的希望。我也从来不曾想到，我们三个还能不受侵扰地待在一起。当时，我只觉得，仿佛旧日的光景又回来了。

我们一起在火炉边吃饭。佩格蒂要按规矩在旁边伺候我们，可是母亲不让她这样做，要她跟我们一起吃饭。我用的仍是我自己的老盘子，上面绘有一艘张着满帆的棕色战舰。我不在家时，佩格蒂一直把它藏在什么地方。她说，哪怕给一百镑，她也不肯把它打破的。我用的杯子也是我自己的，上面刻有“大卫”两字的那只，还有我原来用的不会割破手的小刀和叉子。

当我们坐在餐桌旁吃饭时，我觉得，这是把巴基斯先生的事告诉她的好机会。可是没等我把要告诉她的话说完，她就开始笑了起来，还把围裙蒙到了脸上。

“佩格蒂！”我母亲说，“你这是怎么啦？”

佩格蒂笑得更厉害了。当我母亲想把围裙拉开时，她却用它紧紧地蒙住脸，坐在那儿，就像是头上套着一只口袋似的。

“你这是干什么呀，你这个笨东西？”我母亲笑着说。

“噢，这该死的东西！”佩格蒂叫了起来，“他想要跟我结婚哩！”

“跟你正好相配呀。难道不好吗？”我母亲说。

“噢，我不知道，”佩格蒂说，“别问我了。哪怕他是个金子打的人，我也不要他。我谁也不要。”

“那你为什么不这样告诉他呢，你这可笑的东西？”

“这样告诉他？”佩格蒂从围裙缝里朝外瞧着说，“有关这件事，他从没对我提过一个字呀。他这还算明白事理。要是他胆敢对我说一个字，我一定掴他的耳光。”

她自己的脸就红得厉害，我想，我从没见过她的脸或者任何别的人的脸有这般红过，每当她发出一阵狂笑时，她就又把脸蒙上一会儿。这样笑过两三次之后，她才接着吃起饭来。

我注意到，我母亲虽然在佩格蒂看着她时面带微笑，但立刻变得更加严肃，更加心事重重了。我第一眼就看出她变了。她的脸依然很美，可是带有忧伤，显得太纤弱了。她的手又细又白，我觉得简直像是透明似的。但是我现在说的变化还不止这些，她的神态变了，她的神态变得忧心忡忡，忐忑不安。后来，她伸出一只手，亲热地放在老仆人的手上，说道：

“亲爱的佩格蒂，你一时还不会去嫁人吧？”

“我，太太？”佩格蒂瞪着眼睛回答说，“我的天哪，不会！”

“眼下还不会吧？”我母亲小心翼翼地问道。

“永远不会！”佩格蒂大声说。

母亲握住她的手，说道：

“别离开我，佩格蒂。跟我待在一起吧。也许不会有多久了。没有你，我可怎么办呢？”

“我离开你？我的宝贝儿！”佩格蒂喊了起来，“说什么也不会的呀！嘿，你这个小傻瓜，你的小脑袋里怎么会有这种想法的？”因为佩格蒂当年跟我母亲说话时，已经习惯时常把我母亲看成孩子。

可是我母亲除了对她表示感谢外，没有做出回答。于是佩格蒂便以自己的那种方式说了下去。

“我离开你？我想我知道我自己。佩格蒂离开你？我倒要看看她做不做得出那种事！不会，不会，不会，”佩格蒂抱起双臂，摇着头说，“亲爱的，她不会的。有那么几个人，要是她那么做了，他们会很高兴的。可是他们高兴不了，他们只会更加恼火。我要跟你待在一起，直到我变成一个脾气古怪的老婆子。等到我耳朵聋了，眼睛瞎了，腿瘸了，牙掉了，话也说不清了，一点儿用处都没有了，就连毛病也不值得挑了，那时我就去找我的大卫少爷，求他收留我。”

“那时候，佩格蒂，”我说，“我一定非常高兴见到你，我会把你当女王一样欢迎你。”

“谢谢你的好心肠！”佩格蒂叫了起来，“我知道你会的！”接着她预先吻了我一下，对我的款待表示感谢。吻过之后，她又用围裙蒙住头，对巴基斯先生的事笑了一通。接着，她从小摇篮里抱起那婴儿，哄了一会儿，然后才收拾起饭桌来。忙完这些，她重又回到小客厅，头上换了顶帽子，手上端着针线匣，还有那把码尺和那块蜡头，完全跟以前一样。

我们围坐在火炉旁，欢快地交谈着。我告诉她们，克里克尔先生有多凶暴，她们听了都非常同情我。我还对她们说斯蒂福思是个大好人，一直照顾我。于是佩格蒂说，哪怕走几十英里地去看他，她也愿意。小婴儿醒来后，我也把他抱在怀中，亲热地逗他。等他又睡着时，我就悄悄地走到我母亲身旁，按照中断多时的老习惯，紧紧地搂住她的腰，坐在那儿，把我红彤彤的小脸靠在她的肩上，再次感觉到她的秀发垂在我的身上——我记得，当时我老是认为她的秀发就像天使的翅膀——我真是幸福极了。

当我这样坐在那儿，注视着炉火，看到火红的煤火中呈现出种种幻景，我几乎相信，我从来就没有离开过家；几乎相信谋德斯通先生和谋德斯通小姐都是这样的幻景，煤火灭了，他们也就消失了；几乎相信，除了我母亲、我自己和佩格蒂，我所记得的一切，全都不是真的。

在光线亮得能看清时，佩格蒂总是在补袜子。现在她又坐在那儿，袜子像只手套似的套在左手上，右手拿着针，每当火光一亮时，她就缝上一针。我想不出，佩格蒂一直在补的到底是谁的袜子呢？这么多需要补的袜子，究竟是从哪儿来的呢？打从我最早的婴儿时期起，她好像老是做着这种针线活儿，从来不曾做过任何别的活儿。

“我真想知道，”佩格蒂说，她有时候会对某个最出乎意料的问题追究起来，“这会儿大卫的姨婆不知怎么样了。”

“天哪，佩格蒂！”我母亲突然从沉思中惊醒过来，说，“你这是在胡说些什么呀！”

“呃，我可真的想知道哩，太太。”佩格蒂说。

“你脑子里怎么会想起这样一个人来的？”我母亲问道，“世界上再没有别的人可想了吗？”

第八章　我的假日

“我不知这是怎么一回事，”佩格蒂说，“要不是我生得笨，那就是我的脑子不会挑选人。他们要来就来，要走就走，要不来就不来，要不走就不走，完全听凭他们高兴。这会儿我想要知道，她怎么样了？”

“你多荒唐，佩格蒂！”我母亲回答说，“人家还以为你想要她再来哩。”

“但愿上帝不让出这样的事！”佩格蒂叫了起来。

“哦，好了，那就别再提这种不愉快的事了。这你就做了好事啦。”我母亲说，“不用说，贝特西小姐准定关在她那座海边小屋里，一直在那儿过日子。不管怎么说，她大概再也不会来打扰我们了。”

“不会了！”佩格蒂若有所思地说，“不会了，绝不会来了——不过我在想，要是她要死了，是不是会给大卫留点儿什么？”

“哎呀，佩格蒂，”我母亲回答说，“瞧你这人多糊涂！难道你不知道，这可怜的孩子一生下来，就把她给得罪了吗？”

“我想，到了这会儿她还会不宽恕他吗？”佩格蒂暗示说。

“为什么这会儿她就该宽恕他呢？”我母亲说，语气有点儿尖锐。

“我的意思是说，这会儿他有个弟弟了。”佩格蒂说。

我母亲听了立刻哭了起来，说她不明白，为什么佩格蒂敢说这样的话。

“你这样说，好像摇篮里这个可怜无辜的小东西害了你跟别的人似的，你这好妒忌的东西！”她说，“你最好还是去嫁给那个马车夫巴基斯先生吧。你干吗不去呀？”

“要是我去的话，那就让谋德斯通小姐高兴了。”佩格蒂说。

“瞧你的心地有多坏，佩格蒂！”我母亲应声说，“你这样妒忌谋德斯通小姐，是会惹人笑话的。我想，你是想由你来掌管钥匙，分发一切东西吧？你要是有这种想法，我一点儿也不觉得奇怪。你分明知道，她这样做，只是出于好心和好意。你知道她这样，佩格蒂——你知道得很清楚。”

佩格蒂嘟囔了一句什么，好像是说：“去她的好心好意吧！”接着又嘟囔了一句，大意是，这种好心好意未免有点儿太多了。

“我知道你的意思，你这爱闹别扭的东西，”我母亲说，“我完全懂得你的意思。你知道我懂，我真觉得奇怪，你的脸怎么不红得像炉火。不过让我们一件一件地说吧。我们先来说说谋德斯通小姐，佩格蒂，这你是没法儿回避的。你不是多次听她说过，她认为我太没主见，太——呃——呃——”

“太漂亮了。”佩格蒂提醒说。

“嗯，”我母亲半笑着回答说，“要是她傻得一定要这样说，这能怪我吗？”

“没人说要怪你。”佩格蒂说。

“是啊，我当然希望不会怪我！”我母亲回答说，“你不是听她说了吗？她一遍又一遍地说，由于我刚才说的原因，她愿意让我免去那一大堆麻烦，她认为我适应不了这一切，才来替我，我自己也确实知道，我适应不了。她不是一直起早落夜，整天跑来跑去吗？她不是什么事都做，什么地方都去吗？煤棚子里，食物室里，还有我不知道的地方？那些地方是不会很舒适的——你这是拐弯抹角地说，这里面没有什么赤胆忠心。”

“我根本没有拐弯抹角。”佩格蒂说。

“你就是那样的，佩格蒂，”我母亲回答说，“除了干活儿，你就老是拐弯抹角地瞎说，从来不干别的。你就爱好这个。还有你在谈到谋德斯通先生的好意时……”

“我从来没有谈过这个。”佩格蒂说。

“你是没谈过，佩格蒂，”我母亲回答说，“可你拐弯抹角地说了，这就是我刚才对你说的。这就是你最不好的地方。你喜欢拐弯抹角地瞎说。我刚才说，我了解你。你也知道我了解你。你在谈到谋德斯通先生的好意，装作看不起这种好意时（因为我不相信你在心里真的看不起，佩格蒂），你一定跟我一样相信，那是多好的好意，是这种好意促使他去做一切好事。要是他对某个人好像严厉了一点儿，佩格蒂——你是知道的，我相信大卫也知道，我这并不是指在这儿的什么人——那完全因为他认为这是为了那个人好。由于我的缘故，他自然也爱那个人。他的所作所为只是为了那个人好。对于这种事，他比我更有判断力，因为我十分清楚，我是个软弱、浅薄、幼稚的人，而他是个坚强、深沉、老练的人。他为我，”我母亲说到这儿，由于她那柔弱的性格，禁不住淌下泪来，“他为我尽了很大的力，我应当十分感激他，就连思想上都应该完全服从他。每当我没有这样做时，佩格蒂，我就心里不安，责备自己，怀疑起我自己的心肠，不知道怎么办才好。”

佩格蒂坐在那儿，下巴支在袜底上，看着炉火，一言不发。

“好啦，佩格蒂，”我母亲接着说，这回语气变了，“我们就别再互相过不去啦，我受不了。我知道，要是我在世上有个真正的朋友的话，那就是你了。当我把你叫作荒唐可笑的家伙、让人讨厌的东西或者是类似的什么时，佩格蒂，我的意思只是说，你是我真正的朋友，打从科波菲尔先生第一次把我带回家来，你到栅栏门外迎接我的那天晚上起，你一直就是我真正的朋友。”

佩格蒂的反应并不慢，她紧紧地搂抱了我一下，借此表示她批准了这个友好条约了。我想，当时我对这次谈话的真正性质只有些许领悟。可是现在我确信，那次谈话是那个好心眼儿的人发起、参与的，目的只是让我母亲可以用她所喜爱的小小的矛盾结论来安慰自己。佩格蒂的这一主意很有效果，因为我记得，那天晚上余下的时间里，我母亲似乎格外高兴，佩格蒂也很少说她了。

第八章　我的假日

我们喝过茶，拨过炉火，剪过烛芯后，我又给佩格蒂读了一章鳄鱼书，用以纪念过去的时光——她从口袋里掏出那本书，我不知道她此后是否一直把书藏在那儿——然后我们又谈起萨伦学校，这话题又把我引到了斯蒂福思身上，他是我的一个重大的话题。我们都很快活，那一晚，是我度过的同类晚上的最后一晚，我生活中的那一章注定永远结束了，因而那一晚永远不会从我的记忆中消逝。

快到十点钟时，我们听到了车轮声，于是便都站起身来。我母亲赶忙说，天已经很晚了，谋德斯通先生和谋德斯通小姐都主张年轻人应该早睡，所以看来我还是去睡为好。我吻了吻她，在他们进来之前，便端着蜡烛上楼了。当我朝监禁过我的那间卧室走去时，我那幼小的心灵中，只觉得他们给家里带进来一阵冷风，把旧日熟悉的感情像吹一片羽毛似的吹走了。

第二天早晨，下去用早餐时，我心里感到很不安，因为自从那次犯了令人难忘的过错后，我一直没有见过谋德斯通先生。可是，既然非下去不可，我就下去了，经过两三次踮着脚中途折回我自己的卧室之后，我终于来到了小客厅。

谋德斯通先生正背对炉子站在火炉前，谋德斯通小姐则正在沏茶。我进屋时，他眼睛一直朝我盯着，可是一点儿要跟我打招呼的表示都没有。

我局促不安了一会儿，接着便走到他跟前，说："对不起，先生。我为我的行为感到后悔，我请求你能宽恕我。"

"听到你说后悔，我感到高兴，大卫。"他回答说。

他伸给我一只手，就是我咬过的那只手。我的目光禁不住在那上面的红疤上停了一会儿。但是当我看到他脸上那阴险的表情时，我的脸就变得比那疤痕更红了。

"你好，小姐。"我对谋德斯通小姐说。

"哎呀！"谋德斯通小姐一面叹气，一面伸给我那把掏茶叶的小匙子，代替她的手，"假期有多长？"

"一个月，小姐。"

"从哪一天算起？"

"从今天，小姐。"

"哦！"谋德斯通小姐说，"那么已经过了一天了。"

她就是这样来计算我放假的日子的。每天早上，她都用完全相同的方式划去一天。做这件事时，她总是沉着脸，一直到第十天。可是进入到两位数时，她的神色变得较有希望了；时光再往前推移，她竟露出了逗趣的样子。

就在这回家后的第一天，我不幸竟把她吓了一大跳，虽然一般说来她是没有这种弱点的。当时，我走进她跟我母亲正坐着的那个房间，看到小婴孩（他出生才几个星期）在我母亲的膝盖上，我就非常小心地把他抱到怀里。这时，谋德斯通小姐突然尖声大叫起来，吓得我差一点儿让婴孩掉到地上。

“我亲爱的简！”我母亲叫道。

“天哪，克莱拉，你看见了吗？”谋德斯通小姐喊道。

“看见什么，我亲爱的简？”我母亲问道，“在哪儿？”

“他弄小宝宝了！”谋德斯通小姐叫道，“这小子把小宝宝给提溜起来了！”

她吓得腿都软了，但她还是挺起身子，朝我扑了上来，一把从我怀中抢走婴儿。接着她便晕过去了，她晕得很厉害，大家只好给她喝樱桃白兰地。她清醒过来后，郑重地给我下了一条禁令，我不得再以任何借口碰我的弟弟。我能看出，我那可怜的母亲虽然不希望这么做，可她还是温顺地同意了这一禁令，说：“毫无疑问，你是对的，我亲爱的简。”

还有一次，我们三个人正待在一起，这个可爱的小宝宝——因为我母亲的缘故，我觉得他真的非常可爱——不知怎的又成了谋德斯通小姐莫名其妙地大发脾气的起因。当时小婴孩正躺在我母亲的膝盖上，母亲一面看着他的眼睛，一面说：

“大卫！你过来！”我过去后，她又看着我的眼睛。

我看到谋德斯通小姐把手中正在穿线的珠子放下了。

“我敢断定，”我母亲温柔地说，“他们俩的眼睛很像。我想他们全像我。我看他们俩眼睛的颜色，跟我的完全一样。他们俩真是像极了。”

“你在说些什么，克莱拉？”谋德斯通小姐说。

“我亲爱的简。”我母亲听到这问话口气严厉，有点儿局促不安，结结巴巴地回答说，“我发现这孩子的眼睛跟大卫的完全一样。”

“克莱拉！”谋德斯通小姐怒气冲冲地站了起来，说，“你有时十足是个傻瓜。”

“哟，我亲爱的简。”我母亲不以为然地说。

“十足是个傻瓜，”谋德斯通小姐说，“除了你，谁会拿我弟弟的孩子跟你的孩子去比？他们俩一点儿也不像。他们俩完全不像。不管是哪一方面，他们丝毫没有相像的地方。我希望他们永远是这样。我可不愿坐在这儿，听这种胡乱比较。”说着她昂首阔步地走出屋子，砰的一声关上了身后的房门。

简单地说，在谋德斯通小姐看来，我不是一个讨人喜欢的人。在任何人看来，甚至在我自己看来，我也不是一个讨人喜欢的人。因为那些喜欢我的人不敢表示出来，而那些不喜欢我的人却表示得这么明显，所以我深深地感到，自己总是显出一副束手束脚、粗里粗气、笨头笨脑的样子。

第八章　我的假日

我觉得，我使他们不舒服，就像他们使我不舒服一样。要是他们一块儿正在谈话，我母亲本来好像很高兴的样子，可是我一进去，她的脸上立刻就会悄悄蒙上一层愁云。要是谋德斯通先生有说有笑心情正好时，我一进去，他马上就不再高兴了。要是谋德斯通小姐心情正不好时，我一进去，就会使她更加不高兴。我当时就能理解，知道我母亲永远是个受难者。她不敢跟我说话，不敢对我好，生怕那样做了就会得罪他们，随后就要挨一顿训斥。她不仅始终害怕自己得罪了他们，还怕我得罪了他们。因而我只要动一下，她就惴惴不安地注意他们的脸色。所以我决定尽可能躲开他们。在那寒冬的时日里，许多时候我都坐在我那阴暗的卧室里，身上裹着我的小小的大衣，专心看书，倾听教堂的钟声。

晚上，我有时去厨房跟佩格蒂一起坐一会儿。在那儿，我感到心情舒畅，不用害怕露出自己的本相。但是这两种躲避办法，都得不到客厅里的人许可。在那儿统治着一切的以折磨人为乐的恶意，把这两种办法都给禁止了。他们认为，为了要磨炼我可怜的母亲，我仍然是必不可少的。作为一个磨炼工具，我是绝不允许不在场的。

“大卫，”一天晚饭后，当我正想像往常那样离开小客厅时，谋德斯通先生说，“看到你脾气这么拗，我心里真不是味儿。”

“拗得像只熊！”谋德斯通小姐说。

我一动不动地站着，低着头。

“听我说，大卫，”谋德斯通先生说，“在所有脾气中，执拗是最坏的一种了。”

“在我见过的有这种脾气的孩子中，”他姐姐说，“这孩子的脾气是最倔强、最执拗的了。我想，亲爱的克莱拉，连你也一定看出了吧？”

“请你原谅，我亲爱的简，”我母亲说，“你是否确信——我相信，我这样问你是不会怪我的，我亲爱的简——你了解大卫？”

“我要是连这孩子，或任何别的孩子都不了解，”谋德斯通小姐回答说，“那我真要没脸做人了。我不能夸口说自己知识渊博，但我自己认为一般的常识还是有的。”

“毫无疑问，我亲爱的简，”我母亲回答说，“你的理解力是很强的……”

“哦，不！你别这么说，克莱拉。”谋德斯通小姐愤愤地插嘴说。

“可我相信是这样，”我母亲接着说，“大家都认为是这样。我自己就在许多方面由这得到很多益处——至少我应该说是这样——没有人比我更相信这一点了。我这样说是很谦虚的，我亲爱的简，我向你保证。”

“我们可以说，我不了解这孩子，克莱拉，”谋德斯通小姐摆弄着自己手腕上的小手铐说，“我们就姑且同意，我根本不了解他。他对我来说太深奥莫测了。不过，也许我弟弟的洞察力能看透他的性格。我相信，刚才他正谈到这个问题时，我们把他的话头给打断了——这不太礼貌。”

“我想，克莱拉，”谋德斯通先生用一种低沉严肃的声音说，“对于这个问题，也许有比你更好、更公正的裁判。”

“爱德华，”我母亲战战兢兢地回答说，“对于一切问题，你都是一个更好的裁判，比我不懂装懂要高明多了。你跟简两人都是这样。我只是说……”

“你只是说了一些不着边际、未加考虑的话，”他回答说，“以后别再这样啦，我亲爱的克莱拉，你要时刻留神你自己。”

我母亲的嘴唇动了动，仿佛回答说“是，我亲爱的爱德华”，可她并没有说出声来。

“我刚才说啦，大卫，”谋德斯通先生傲慢地把脑袋和目光转向我说，“看到你的脾气这么拗，我心里很不是味儿。我不能眼睁睁地看着你这种脾气继续发展下去，而不加以纠正。你自己必须努力改掉这种脾气，先生。我们也得努力帮你改掉它。”

“请你原谅，先生，”我结结巴巴地说，“打从我回来起，我从来不曾有意要执拗过。”

“别用谎言来掩饰啦，先生！”他回答时如此凶相毕露，我看到我母亲不由自主地伸出哆嗦的手，仿佛要把我跟谋德斯通先生隔开似的，“就是由于你的脾气拗，你躲进自己的房间。本应该待在这儿时，你却躲在自己的房间里。你现在应该知道，一句话，我要你待在这儿，不要待在那儿。还有，我要你在这儿老老实实地听我的话。你是知道我的，大卫。我说到做到。”

谋德斯通小姐发出一声干笑。

“我要你对我恭恭敬敬的，立即服从，而且还要心甘情愿，”他继续说，“对简·谋德斯通也要这样，还有对你母亲，也要这样。我绝不允许一个孩子随自己的心愿，像躲瘟疫似的躲开这个房间。坐下。”

他像对待一条狗一样命令我，我也像一条狗一样服从他。

“还有一件事，”他说，“我发现你老爱跟下等人混在一起。你不得跟仆人们交往。你有许多方面需要改正，厨房是无法使你改好的。有关那个教你使坏的女人，我先不说什么——因为你，克莱拉，”他低声对我母亲说，“由于你跟她多年相处，长期对她偏爱，有一种对她盲目尊重的弱点，直到现在都还没有克服。”

“一种最最莫名其妙的错误思想！”谋德斯通小姐大声说道。

“我只说，”谋德斯通先生对着我继续说，“我不赞成你老爱跟佩格蒂那个女人在一起，以后不许这样了。你听着，大卫，你是知道我的。要是你不老老实实听我的话，你知道会有什么结果。”

我知道得很清楚——就我那可怜的母亲来说，我也许比他所想的还要清楚——我老老实实地听他的话了。我不再躲进自己的房间，也不再到佩格蒂那儿去了，而是一天接一天，沉闷乏味地坐在小客厅里，一心盼望着黑夜和睡觉时间的到来。

我几小时几小时地用同一个姿势坐在那儿，生怕动一动胳膊或者动一动腿，谋德斯通小姐就会指责我不安静（只要有一点儿借口，她就会这样做）。我连眼皮都不敢抬一抬，生怕让她发现我不高兴或是东张西望，那样就有了指责我的新借口。我受到的是多么令人恼恨的拘束啊！我呆呆地坐在那儿，听着时钟的嘀嗒声，看着谋德斯通小姐在穿发亮的小钢珠儿，寻思着她是否会结婚，要是结婚的话，会嫁给哪个倒霉的人。我还数着壁炉搁板上刻的线条，然后又把目光转到天花板上，转到墙纸上的波纹形和螺旋形的花纹中间。这是多么令人痛苦、难受啊！

我被困在那间有谋德斯通先生和谋德斯通小姐的客厅里，这成了我必须挑着的一副担子，一种我无法打破的白昼梦魇，一种害得我精神沮丧、头脑迟钝的重压。在恶劣的冬日里，在泥泞的小路上，我孤单一人是怎么散步的啊！

在吃饭的时候，总觉得有一把刀子和一把叉子是多余的，那是我的；总觉得有一张嘴是多余的，那是我的；总觉得有一个盘子和一把椅子是多余的，那也是我的；总觉得有一个人是多余的，那就是我！在默不作声、局促不安中，我吃的是什么样的饭啊！

晚上，蜡烛点燃后，他们无疑要我找点儿事做，可我又不敢看有趣的消闲书，只好看一些古板、枯燥的算术书。结果那些度量衡表都变成像《统治吧，不列颠！》[1]或《忘忧歌》[2]似的歌曲了。它们老是不肯站稳了让我好好学习，而是像给我的老祖母穿针似的穿过我那不管用的脑袋，从一只耳朵进去，从另一只耳朵出来。这是什么样的晚上啊！

尽管我格外小心，可仍不断地又打哈欠又打盹儿；而当从偷偷的打盹儿中醒来时，我是多么惊恐啊！我偶尔说上一句话，也从来没有人搭理。我就像是一片人人忽视的空白，可我又碍着一切人的事。每当听到时钟敲响九点的第一声，谋德斯通小姐命令我去睡觉时，这对我是多么重大的解脱呀！

我的假期就这样一天一天地拖过去了，直到有一天早晨，谋德斯通小姐对我说：“最后一天过去了！”接着她给了我假期中的最后一杯茶。

我又要离家了，可是我没有感到难过。我已经陷入了一种麻木的状态，不

①《统治吧，不列颠！》：英国作曲家托马斯·阿恩（1710—1778）所谱著名歌曲。
②《忘忧歌》：英国当时流行的一首著名情歌，曲子改编自莫扎特的歌剧《魔笛》。

过我的知觉正开始有点儿恢复，我想念起斯蒂福思来了，虽然在他后面隐约地出现了那个克里克尔先生。巴基斯先生又一次来到栅栏门前。当我的母亲俯下身来和我吻别时，谋德斯通小姐又发出她那警告的声音：“克莱拉！”

我吻了我母亲和小弟弟，当时我心里非常难过。但我并不是为离家而难过，因为在家里时，在我们之间，日日夜夜都横着一条鸿沟，一直把我们分开。尽管我母亲拥抱我时不知有多热烈，可是永远留在我心中的，主要的并不是她的拥抱，而是她拥抱我以后的情景。

我已经坐进马车，听到她在叫我。我朝车外看去，只见她独自一人站在花园的栅栏门边，双手举着婴儿叫我看。那是个寒冷而无风的天气。她手举婴儿，目不转睛地看着我，一丝头发、一片衣襟都没有飘动。

我就这样失去了她。后来，在学校里的睡梦中，我见到她时也是这样——一个站在我床边的默不作声的影子——同样目不转睛地看着我——双手举着婴儿。

第九章　难忘的生日

在三月份我的生日到来之前，学校里发生的一切，我在这儿全都略过不提了。因为在这段时间里，除了斯蒂福思比先前更让人钦佩羡慕外，我什么都不记得了。他最迟在这一学期的末尾，就要离开学校。在我看来，他比以前更加潇洒不羁，因而也就比以前更让人喜欢了。可是除此之外，我已什么都不记得。当时留在我脑子里印象最深的就是这个，它似乎把所有较小的回忆全都给吞没，独自留存下来了。

就连从我回校到我生日隔了有整整两个月这一点，也难以叫我相信。我只能认为事实是这样，因为我知道事实一定是这样，要不我就会认为它们之间没有间隔，我的生日是紧跟着我返校的日期而来了。

那一天的事，我记得真是太清楚了。我现在还能嗅到迷漫在四周的雾气，还能看到雾气中那朦胧的白霜，还能觉出那朦胧的湿漉漉的头发披落在脸颊上。我看着教室中昏暗的景象，一支支噼啪作响的蜡烛，照亮着多雾的早晨。同学们一个个往手上呵气，往地上跺脚；他们呼出的热气，在湿冷的空气中像烟似的缭绕。

那是在早饭以后，我们已被从运动场召进教室，夏普先生进来叫道：

“大卫·科波菲尔，到小客厅去。”

我心里想，一定是佩格蒂给我捎来一篮东西了，所以听到这叫喊声我高兴极了。当我匆匆忙忙从座位上走出去时，周围的一些同学都要求我分东西时别忘了他们。

“别急，大卫，”夏普先生说，“有的是时间，我的孩子，别急。”

他说话时那种充满感情的口气，要是我想一想，一定会感到吃惊，可是当时我没有去想。我急忙来到小客厅，只见克里克尔先生正坐在那儿吃早饭，面前放着手杖和报纸，克里克尔太太手中拿着一封拆开的信。但是没有篮子。

“大卫·科波菲尔，”克里克尔太太把我领到一张沙发跟前，在我旁边坐下后对我说，“我特意把你叫来，是要跟你谈谈。我有一件事要告诉你，我的孩子。”

我当时朝克里克尔先生看了看，可他只是摇着头，没有朝我看。他本来还想要叹气的，却让一大片涂了奶油的面包给噎住了。

“你还太年轻，不懂得什么是世事变化无常，”克里克尔太太说，“什么叫人有旦夕祸福。可是这种事，我们都得经历的，大卫。我们当中，有的人年轻时就经历了，有的人到老了才经历到，还有的人一辈子老是经历这种事。”

我一直盯住她看着。

“你在假期结束离家回校时，”克里克尔太太停了一会儿说，“你家里的人都好吗？”接着她又停了一会儿，说，“你母亲好吗？”

听了这话，不知为什么我全身都颤抖起来，只是依旧盯住她看着，不想回答。

“因为，”她说，“说起来很难过，我得告诉你，今天早上我听说你母亲病得很厉害。”

一片迷雾突然在我和克里克尔太太之间升起，她的身影似乎在雾中摇晃了一会儿。接着我觉得烫人的热泪流淌到我的脸上，她的身影也静止了下来。

“她病得很危险。”她补充说。

现在我全明白了。

“她死了。”

用不着这样告诉我了。我伤心地痛哭起来，觉出我已成了这个大千世界上的一个孤儿了。

克里克尔太太待我非常仁慈。她留我在那儿待了一整天，有时还让我独自一人待着。我一直哭，哭累了就睡着了，睡醒了又哭。当我再也哭不出来时，我就开始思索起来。当时，我感到，我胸口的压力已沉重到极点，我的悲伤是一种使人木然、无法解脱的痛苦。

可是我的思绪非常散乱，并没有专注在重压我心头的巨大不幸上，而是在它的附近徘徊。我想到我们家门窗紧闭，一片静悄悄[①]。我想到那个小婴儿，听克里克尔太太说，他已经病了一些时候，非常瘦弱，他们认为，他也活不了。我想到我家附近教堂墓地中我父亲的坟墓，想到我母亲也要躺到我很熟悉的那棵树的下面。在留下我独自一人时，我站到一把椅子上，照了镜子，看一看我的眼睛有多红，我的脸有多悲痛。过了几个小时后，我心里想，我的眼泪现在是不是真的流不出来了？要是果真那样，那我快到家时——因为我要回去参加葬礼——我得想到什么丧亲之痛，才能使我感到最伤心呢？我还清楚地意识到，在其他学生的心目中，我有了一种尊严的气派，由于我的不幸，我成了一

① 西方习惯，家有丧事时，紧闭门窗，寂静无声。

个显要人物了。

要是说有哪个孩子曾真正感受过丧亲之痛，那就是我了。但是我记得，那天下午，别的同学都在教室里上课，只有我独自一人在运动场上散步，我为自己变得这般显要感到很得意。他们去上课时，我看到他们一个个都从窗子里朝我看，我感到与众不同，便摆出更加悲伤的样子，走得也更慢了。下课以后，他们都出来跟我交谈，我觉得自己挺好，对谁也没有摆架子，对待他们完全跟从前一样。

我要在第二天晚上动身回家，不过坐的不是邮车，而是笨重的叫作“农夫号”的夜行马车，这种车主要是给乡下人做短途旅行搭乘的。那天晚上，我们没有讲故事，特雷德尔硬要把他的枕头借给我用。我不知道他认为这样做对我有什么好处，因为我自己原本就有一个枕头。不过这个可怜的人能出借的只有这件东西，除此之外，就是那张画满骷髅的信纸了。我们分别的时候，他把那张信纸给了我，作为对我的悲哀的一种慰藉，帮助我的心灵得到安宁。

第二天下午，我离开了萨伦学校。当时我根本没有想到，我这一离开，就永远不回来了。车走得很慢，整整走了一夜，直到第二天早上九十点钟，我们才到达亚茅斯。我朝窗外张望，想寻找巴基斯，可是他不在。我只看到一个胖胖的矮老头儿，他外表欢快，走起路来直喘气，身上穿一套黑衣服，短裤的膝盖处镶有小束褪色的缎带，脚上穿的是黑袜子，头戴一顶宽边礼帽。他喘着气走到车窗跟前，问道：

“是科波菲尔少爷吧？”

“是的，先生。”

“请你跟我来，少爷，”他说着打开了车门，“由我送你回家，好吗？”

我一面把手放到他的手里，一面心里嘀咕，不知道他是什么人。我们来到一条狭窄街道上的一家店铺跟前，店门上写着“欧默：零售布匹、服装、零星服饰用品，兼营服装加工、丧葬用品等”。这间铺子很小，屋子里很闷，店堂里满是做好的和没有做好的衣服，还有一个橱窗，里面摆满了男式礼帽和女帽。我们走进了店堂后面的一间小客厅。我看到有三个年轻女人正在干活儿，她们面前的桌子上摊着一些黑色布料，地上满是剪下来的布屑。屋子里有一只烧得很旺的火炉，还有一股暖烘烘的黑纱布散发出的让人喘不过气来的气味。当时我不知道那是什么气味，不过现在我知道了。

那三个年轻女人，看上去非常勤快，干活儿显得很轻松。她们只是抬起头来朝我看了一眼，接着便又低头干活儿了。一针，一针，一针，飞快地缝着。同时，从窗外院子那边的一个作坊里，传来了一种有规律的锤子钉东西的声音：砰——嗒嗒，砰——嗒嗒，砰——嗒嗒，没有任何变化。

“呃，”带我来的老头儿对三个年轻女人中的一个说，“明妮，你们的活儿做得怎么样啦？”

“试样时我们准能做好，”她没有抬起头，高兴地回答说，“你放心吧，爸爸。”

欧默先生摘下宽边礼帽，坐下来直喘气。他太胖了，不得不喘上一会儿气，才能开口说：

“很好。”

“爸爸！”明妮开玩笑似的说，“你真成了一头海豚了！”

“啊，我也不知道这是怎么回事，我亲爱的，”他一面回答，一面琢磨着发胖的原因，“我是太胖了。”

“你过得太自在了，你知道，”明妮说，“你什么都不当一回事。”

“不这样有什么好处哇，我亲爱的。”欧默先生说。

“是啊，这倒也是，”女儿回答说，“谢天谢地，我们这儿全都开开心心的！是不是，爸？”

“但愿是这样，我亲爱的，”欧默先生说，“我这会儿已经喘过气来了，我想我得给这位年幼的学生量尺寸了。请到店堂里去好吗，科波菲尔少爷？”

听了欧默先生的话，我走在他前面，进了店堂。他先给我看了一卷布料，还告诉我，这是特等料子，除了为父母穿孝使用外，做别的丧服就太高级了。说完，他就量我的各种尺寸，一边量，一边记在一个本子上。记尺寸时，他还要我看看他店里的存货，有些款式，他说是“刚流行的”，有些款式，他说是“刚过时的”。

“就这样，我们经常损失不少钱哩！”欧默先生说，“不过款式也跟人一样，没有人知道它们什么时候流行，为什么会流行，怎么流行；也没有人知道它们什么时候过时，为什么会过时，怎么过时。依我来看，一切都像人生，要是你用这样的观点来看的话。”

当时我太悲伤了，顾不上跟他讨论这个问题；不过即使在别的情况下，我大概也没有能力讨论这样的问题。欧默先生有些困难地喘着气，又把我带回到小客厅。

接着，他朝门后面一道很陡的小台阶下面喊道：“把那份儿茶、面包和奶油端来！”我坐在那儿，朝四周打量着，心里想着事，耳朵听着屋子里的缝衣声和院子那边传来的锤打声。过了一会儿，茶、面包和奶油用一只盘子盛着端来了，原来这是专门为我准备的。

第九章　难忘的生日

“我早就跟你认识了，”欧默先生朝我看了一会儿后说，在这段时间里，我没有怎么去注意那份早餐，因为那些黑色的东西败坏了我的胃口，“我认识你已经很久了，我年轻的朋友。”

“是吗，先生？”

“你一生下来，我就认识你了，”欧默先生说，“也可以说在那以前。在认识你以前，我就认识你父亲了。他身长五英尺九英寸，他埋的那块地长二十英尺，宽五英尺。”

“砰——嗒嗒，砰——嗒嗒，砰——嗒嗒。”声音从院子那边传来。

“他埋的那块地长二十英尺，宽五英尺，虽说他只用了其中的一小部分。”欧默先生兴致勃勃地说，“这要么是你母亲的指示，要么是你父亲的安排，我记不清了。”

“你知道我的小弟弟怎么样了吗，先生？”我问道。

欧默先生摇了摇头。

“砰——嗒嗒，砰——嗒嗒，砰——嗒嗒。”

“他在他母亲的怀里了。”他说。

“啊，可怜的小宝宝！他也死了吗？”

“你无能为力的事，就别操心啦！”欧默先生说，“是的，那娃娃也死了。”

听到这一消息，我的伤痕重新裂开了。我撂下那份几乎一点儿未尝的早餐，走到那小房间的一角，把头伏在那儿的一张桌子上。明妮急忙收拾掉桌上的东西，生怕我的眼泪会把上面的丧服给弄脏了。明妮是个模样俊秀、性情温和的姑娘，她用温柔的手轻轻地把我的头发从眼睛上撩开。但是，她因为快要完成自己的活儿，而且能及时完成，所以非常高兴，心情跟我完全不同！

过不多久，锤子的敲打声停了，一个英俊的小伙子穿过院子，走进了房间。他手里拿着一把锤子，嘴上衔着好些小钉子。他得先把钉子拿下来，然后才能说话。

“啊，乔兰！”欧默先生说，“你的活儿干得怎样啦？”

“好了，”乔兰说，“干完了，先生。”

明妮的脸上微微泛起了红晕，另两个姑娘相对微微一笑。

“什么！这么说，昨天晚上我上俱乐部时，你点上蜡烛开夜工了？”欧默先生说着闭上一只眼睛。

“是的，”乔兰说，“因为你说过，这活儿干完了，我们就可以去玩一趟，我们一块儿去，明妮和我——还有你。”

“啊，我还以为你们要把我给完全甩了呢！”欧默先生说着大笑，直到笑得咳嗽起来。

“承你这么好心，说了那样的话，”小伙子接着说，“所以我就拼命去干了，你知道。你去看看，给我提提意见？”

“我去看看。”欧默先生说着站起身来。“我亲爱的，”他又停下来转身对我说，“你要不要跟我去看看你的——”

“不，爸爸！”明妮阻拦说。

“我本来想，这样做应该是合适的，我亲爱的，”欧默先生说，“不过，也许你是对的。”

我现在说不上来，当时我怎么知道他们去看的是我那亲爱的、亲爱的母亲的棺材。我从未听说过做棺材的事，也从未见到过我所知道的棺材，可是听到那连续不断的锤打声，我就想到那是什么声音了；而当那个年轻人进来时，我确信，我知道他在做什么了。

现在，活儿都干完了，那两个我没听到叫什么名字的姑娘，刷干净自己衣服上的线头、布屑，便到店堂里把店堂收拾整齐，等待着顾客的到来。明妮留在后面折叠好她们做好的东西，然后把它们装在两只篮子里。她跪着做这些事情时，嘴里哼着一支轻快、动听的小曲儿。乔兰毫无疑问是她的情人，在她正忙着时，他进来偷偷地吻了她一下（他对我一点儿也不在意），对她说，她父亲套马车去了，他得赶快去做好准备。说完他就又出去了。随后，明妮便把顶针和剪刀放进自己的口袋，把一枚穿着黑线的缝针利索地别在裙服的前襟上，照着门后面的一面小镜子，整整齐齐地穿上外面的衣服。从镜子里，我看到了她满面春风的样子。

所有这一切，都是我坐在屋角的桌子旁看到的，当时我用一只手支着头，正想着各种各样的心事。马车很快就来到店门前，他们先往车子上放上那两只篮子，然后又把我扶到车上，跟着他们三人也上了车。我记得这辆车一半像载人的轻便马车，一半像运钢琴的运货马车，漆成灰暗的颜色，由一匹长尾巴的黑马拉着。我们都坐在车上，地方还很宽绰。

跟他们一块儿坐在车上，想到他们干的是什么活儿，看到他们那副兴高采烈的样子，我认为我这一生从未有过这般奇异的感觉（也许我现在变得聪明一些了）。我当时并没有生他们的气，我更多的是怕他们，仿佛我已落到了一群在天性方面跟我毫无共同之处的人中间。他们都非常高兴。那老头儿坐在前面赶车，两个年轻人则坐在他身后。每逢他跟他们说话的时候，他们朝前俯着身子，一个俯在他那胖脸的这一边，另一个俯在他那胖脸的那一边，对他非常恭敬。他们也想跟我谈话，可是我避开了他们，愁眉苦脸地坐在一个角落里，对他们的打情骂俏、又说又笑（虽然不到喧闹的程度）感到吃惊，我心里几乎觉得奇怪，他们这样铁石心肠，为什么竟没有受到惩罚？

就这样，当他们停下来喂马、吃喝和逗乐时，凡是他们动过的东西，我就绝不去动，一直坚持禁食斋戒。因此，当马车刚刚驶到家门口时，我便尽快地从后面溜下车来，免得在那些充满严肃气氛的窗子（它们原来晶莹明亮，现在却像闭眼瞎子似的看着我）跟前，跟他们混在一起。哦，看到我母亲房间的窗子，还有隔壁我那间卧室（在当年美好的时日里）的窗子，哪里还有必要在回家时想些伤心的事来促使自己流泪呀！

我还没走进屋门，便扑倒在佩格蒂的怀里了，她把我领进家门。她刚一见到我，就伤心得哭起来了，不过很快就控制住了。她低声说话，轻轻走路，好像生怕会打扰死者似的。我发觉她已经很长时间没有睡过觉了。她晚上依旧坐在那儿守着。她说，只要她这个可怜的、亲爱的宝贝儿还没下葬，她就绝不离开她。

谋德斯通先生坐在小客厅里，我进去时，他没有理睬我。他一直坐在壁炉跟前默不作声地掉眼泪，在扶手椅上想着心事。谋德斯通小姐正在写字台旁忙着，台子上摊着信件和单据。她朝我伸过来冷冰冰的手指甲，用刺耳的嗓音低声问我，丧服是否已量过尺寸。

我说："量过了。"

"还有你的衬衣什么的，"谋德斯通小姐说，"都带回来没有？"

"带回来啦，小姐。我把我的衣服全带回来啦。"

这就是她的坚定所能给我的全部安慰。我毫不怀疑，她有这样一个机会，来表现她所谓的她的自制，她的坚定，她的意志力，她的常识，以及她那令人讨厌的品性中全部恶毒的东西，心里是十分高兴的。她对于自己的办事才能特别得意。她现在把一切都化之为笔墨，以此来显露自己的才能，对别的任何事都无动于衷。在那天余下的时间以及后来的几天里，她从早到晚都坐在那张写字台旁，用一支硬笔泰然自若地写着，用同样沉着冷静的态度跟每个人低声说话，脸上的肌肉从未松开，说话的口气从未温和，身上的衣服也从未蓬乱过。

她的弟弟有时拿着一本书，但是据我看来，他根本没有在看。他打开书本，朝书上看着，像是在看书，可是整整一个小时，从来不曾翻过一页，然后又放下书，在房间里来回走动。我一直合着双手坐在那儿看着他，一小时一小时地数着他的步子。他很少跟他姐姐说话，跟我则一句也没说。在整座死寂的房子里，除了时钟之外，他好像是唯一动个不停的东西了。

在葬礼前的那几天里，我很少看到佩格蒂，只是在我上下楼时，我老在我母亲和她的婴孩停放的那个房间近旁看到她。除此之外，每天晚上当我要睡时，她就来到我的房间，坐在我的床头陪着我。在葬礼的前一两天——我想是在这之前一两天，不过在那段沉痛的时日里，我脑子里一片混乱，根本没有注意到时间的进程——她把我带进那间房间。现在我只记得，在床上一块白罩布的下面，我觉得好像就是这屋子里庄严肃静的化身，床周围是一片很美的洁白和清新。当佩格蒂正想把罩布轻轻掀开时，我叫了起来："哦，不要！哦，不要！"并抓住了她的手。

即便葬礼是昨天举行的，我也不可能记得更清楚了。当我跨进那间最好的客厅的门时，就感受到客厅里的那种气氛，壁炉里闪着熊熊的炉火，瓶子里的酒在闪闪发光，各色各样的杯子和盘子，糕点的微香，谋德斯通小姐衣服的气息，还有我们全都穿着的黑衣服。齐利普医生也在房间里，他走过来跟我说话。

"大卫少爷，你好吗？"他和蔼地说。

我不能对他说我很好。我把手伸给他，他握住了我的手。

"哎呀！"齐利普先生亲切地微笑着说，眼睛中像有什么东西在闪闪发光，"我们周围的小朋友都长大了。他们大得我们都不认识了。是不是，小姐？"这是对谋德斯通小姐说的，但她并没有搭理。

"这儿比从前更好了，是吧，小姐？"齐利普先生说。

谋德斯通小姐只是皱一皱眉头和弯了弯身子作为回答。齐利普先生碰了这两个钉子后，便拉着我的手走到一个角落里，不再作声了。

我之所以记得这一点，是因为我记住了发生的一切，并不是因为我关心我自己，或者我回家以来一直关心自己。现在铃声响了，欧默先生和另一个人走了进来，要我们做好准备。正像佩格蒂时常告诉我的那样，多年以前给我父亲送葬的那些人，也是在这同一间屋子里做好准备的。

参加送葬的有谋德斯通先生、我们的邻居格雷珀先生、齐利普先生，还有我。我们走到门口时，抬棺材的已经抬着棺材在花园里了。他们走在我们的前面，沿着小径，经过那些榆树，出了栅栏门，来到教堂墓地。这儿，每逢夏天的早晨，我经常听到鸟儿在歌唱。

我们站在墓穴的四周。这一天，我觉得跟任何别的一天都不一样。那天的天色，跟往日也不相同——显得格外惨淡。这时，四周一片肃然的寂静，这寂静是我们和即将入土安息的人从家里带来的。当我们都光着头站立在那儿时，我听到了牧师的声音，在露天之下，它好像从远处传来，但是清晰明白，他说："主耶稣说，复活在我，生命也在我！"接着我便听到了呜咽的声音。在离我站的地方一段距离的旁观者中，我看到呜咽的原来是那位善良而忠诚的女仆。在世间所有的人中，她是我最爱的人。我这颗孩提的心完全相信，总有一天上帝会对她说："做得好。"

在那一小群人中，有不少我熟悉的脸。其中有的是我在教堂里见过的，有的是在我母亲充满青春活力初来这个村子时就认识她的。可是我并不关心这些脸——除了我的悲痛，我什么也不关心——不过我看见了他们，也完全认识他们；就连远在人群背后，正在张望的明妮，我也看到了：她的目光还时不时落在站在她近旁的情人身上。

葬礼结束了，墓穴的土也填好了，我们转身回家。在我们的面前，耸立着我们的房子，它仍旧那么漂亮，毫无改变，它使我在心中联想起过去发生的事情。跟眼下唤起的悲痛相比，我过去的那些悲痛都算不得什么了。他们带着我朝前走着，齐利普先生跟我说着话；到家时，他还给我喝了一点儿水；当我向他告辞，要上楼回自己的卧室时，他带着女人似的温柔跟我分了手。

所有这一切，正如我所说的，就像发生在昨天一样。至于后来发生的事，全都离我而去，漂向大洋彼岸了，一切忘却的事将要到那儿才能再现。可是这一天的事，却像一块高大的礁石，屹然耸立在大洋之中。

我知道佩格蒂一定会到我房间里来的。当时那种安息日般的宁静（那一天很像星期天！我把它给忘了），对我们俩都很适宜。她跟我并排坐在我的小床上，握着我的手，有时还把我的手贴到她的嘴唇上，有时她又用自己的手轻轻抚摩着我的手，就像在哄我的那个小弟弟一样。就这样，她用自己的方式给我讲了发生的一切。

"有很长一段时间，"佩格蒂说，"她一直身体不好。她心里总是恍惚不定，闷闷不乐。孩子生下后，我起初以为她会好起来，谁知反而更虚弱了，一天天地差下去。没生小孩儿前，她老爱一个人坐着，接着还会哭起来；生了小孩儿以后，她就老爱给小孩儿唱歌——她唱得那么轻，我听了以后，心里曾经想，这声音就像飘向空中，就那么飘走了。

"近一段时间来，我觉得，她变得更加胆小，更加惊恐不安了。对她说一句重一点儿的话，就像打了她一拳似的。不过，她对我还是老样子，对她的又笨又傻的佩格蒂，她是绝不会变样的，我的宝贝女孩儿是不会变的。"

说到这儿，佩格蒂停住了。她轻轻地拍着我的手，拍了一会儿。

"我最后一次看见她像原先的样子，是你放假回来的那天晚上，我亲爱的。你离家回校那一天，她对我说：'我再也见不到我那可爱的宝贝儿了。我觉得是这样。我知道，事情真的会这样。'

“打那以后，她还竭力坚持了一段时间。有好几次，他们说她不动脑子、漫不经心时，她还装出承认是这样的样子。其实，当时她根本不是像他们说的那样了。她从来不曾把对我说的话告诉过她的丈夫——她怕对别的任何人说——直到有一天晚上，那是在出事前一个多星期，她对她的丈夫说：‘我亲爱的，我想我就要死了。’

“‘我现在去了一桩心事了，佩格蒂，’那天晚上我侍候她睡的时候，她对我说，‘他越来越相信我说的话了，这可怜的人，他在这几天里，会一天比一天更相信的，然后一切都会过去。我太累了。如果这像是睡眠，那在我睡的时候，你就坐在我旁边，别离开我。愿上帝保佑我的两个孩子吧！愿上帝多多保佑我那没有父亲的孩子！’

“打那以后，我一直没有离开她，”佩格蒂说，“她也时常跟楼下那两个人说话——因为她爱他们。对她周围的人，她是没有一个不爱的——不过当他们从她床前离开时，她总是转向我，仿佛只有佩格蒂在的地方才安宁似的，要不她怎么也没法儿入睡。

“在那最后的一夜，那天晚上，她吻了我，对我说：‘要是我的小婴儿也活不了的话，佩格蒂，请你告诉他们，要他们把他放在我的怀里，把我们埋在一起。’（他们这样办了，因为那可怜的小宝贝儿只比她多活了一天）‘让我那最亲爱的小宝贝儿跟我一起去我们安息的地方吧！’她说，‘你还要告诉他，说他母亲躺在这儿时，为他祝福过，不是一次，而是上千次。’”

说到这儿，佩格蒂又默不作声了，她又用手轻轻地拍着我的手。

“一直到深夜的时候，”佩格蒂说，“她向我要水喝。喝了以后，她对我微微一笑，笑得漂亮极了！

“后来天亮了，太阳升起来了。这时她对我说，科波菲尔先生待她总是那么和蔼可亲，温存体贴，对她总是那么宽容。每当她对自己信心不足时，他就对她说，一颗仁爱的心比智慧更宝贵，更有力量，由于她有这样一颗心，他感到很幸福。‘佩格蒂，我亲爱的，’接着她说，‘让我跟你挨得更近一些。’因为当时她已经非常虚弱了。‘把你那好心的胳膊放到我的脖子下面吧，’她说，‘把我转向你一边，因为你的脸离我太远了，我要跟它靠近一点儿。’我照她的吩咐做了。哦，大卫呀！那一时刻已经到了，我第一次跟你分别时说的话，应验了——她高兴地把她可怜的头放在她的又傻又笨、脾气又坏的老佩格蒂的胳膊上——就这样，她像个睡着的孩子似的，死去了！”

佩格蒂的叙述就这样完结了。打从我知道我母亲死时的情况那一刻起，她一生的最后那段生活，便从我的心中消失了。从那时起，我能记得的，只是那个给我留下最初印象的年轻的母亲，那个老爱把自己发光的鬈发在手指上一圈圈缠绕，以及常在黄昏时分跟我在客厅中跳舞的母亲。佩格蒂这会儿对我说的这番话，不仅没能把我带回到她一生的后期，而且使她的早期的印象在我心中扎了根。这说来或许有点儿奇怪，但事实确实如此。她这一死，就飞回她那宁静安详、无忧无虑的青春时代，其余的一切全都消逝了。

躺在坟墓中的母亲，是我婴儿时期的母亲；在她怀里的那个小婴孩，就是我自己，像我当年曾在她怀里睡过那样，永远长睡在她的胸前。

第十章　遭受遗弃

丧事已经办好，阳光也自然地照进屋子了。这时，谋德斯通小姐做的第一件事，就是通知佩格蒂，一个月后她将被解雇。虽然佩格蒂不愿意伺候他们姐弟俩，但是我相信，她为了我，本来是宁愿丢掉世界上最好的工作，依然留在我家的。现在她对我说，我们不得不分离了，还告诉了我原因。于是我们十分真诚地互相做了安慰。

至于有关我或我的前途，他们什么也没有说，什么举动也没有。我敢说，要是他们也能在一个月后就把我解雇的话，他们一定是非常高兴的。有一次，我鼓起勇气问谋德斯通小姐，我什么时候可以回学校。她冷淡地回答说，她认为我根本不用回学校了。别的话她就没有多说。我非常焦急地想要知道，他们到底打算怎么来处置我，佩格蒂也是这样。可是不管我还是她，有关这件事的消息，一点儿也没有得到。

我的情况有了一个变化，这种变化虽然缓解了当时我心中的许多疑虑，可要是我能仔细考虑一下的话，那就会使我对自己未来的前途更加忐忑不安。事情是这样的：他们原先对我的种种约束，全都取消了。他们不仅不再把我死死钉在客厅里我那单调的岗位上，而且有好几次，当我坐在那儿时，谋德斯通小姐甚至还对我皱眉头，要我走开。他们不但不再禁止我跟佩格蒂在一起，而且要是我不在谋德斯通先生面前时，他们绝不会来寻找我或问起我。开始时，我每天都提心吊胆，生怕谋德斯通先生又要亲自来给我上课，或者由谋德斯通小姐亲自负责。可是不久我就发现，这种担心害怕是毫无根据的。我应该想到的不是别的，而是对我不加理睬。

当时，我并没有感到他们这样待我给了我多大的痛苦。我还处于遭受丧母痛击的昏晕之中，对于一切次要的事都像傻了愣了一般。我记得，当时我偶尔也曾想到，也许我再也不能受教育了，再也没有人照管了，我会长成一个庸俗消沉的人，在乡下虚度一生；我也有可能摆脱这种境遇，像故事中的人物一样，远走高飞，去寻找我的幸运。不过，这些全是转瞬即逝的幻想，全是我睁眼坐着做的白日梦，这些幻景好像隐隐约约地画在我房间的墙上，可一会儿又消失了，留下的仍是一片空白。

“佩格蒂，”一天晚上，我在厨房的火炉旁烘手时，思索着低声说，“谋德斯通先生现在比以前更不喜欢我了。他一向不大喜欢我，佩格蒂；可是现在，要是能办到，他连见都不想见到我了。”

“也许他正伤心难受吧。”佩格蒂抚摩着我的头发说。

“我得说，佩格蒂，我也很伤心。要是我相信他是因为伤心才这样，我是根本不会那么想的。可是事情并不是那样。哦，不，绝不是那样。”

“你怎么知道事情不是那样呢？”佩格蒂沉默了一会儿后问道。

“哦，他的伤心是另一回事，跟这完全不同。这会儿，他跟谋德斯通小姐坐在壁炉前，正在伤心。可要是我一进去，佩格蒂，他就会变成另一副样子了。”

“会变成什么样子呢？”佩格蒂问道。

“生气，”我说，同时不由自主地学着他的模样，阴险地眉头一皱，“如果他只是因为伤心，那他就不会那样看着我。我就只是伤心，这使我变得更和气了。”

佩格蒂沉默了一会儿。我烘着手，也像她一样，没有作声。

“大卫。”她终于开口了。

“什么，佩格蒂？”

“我亲爱的，我想尽了我能想到的办法——一句话，办得到的也好，办不到的也好，我都想了——我想要在这儿，在布兰德斯通找个合适的活儿。可是，我亲爱的，我没能找到这样的活儿。”

“那你打算怎么办呢，佩格蒂？”我带着依依不舍的心情问道，“你打算去别处寻找你的出路吗？”

“我看我只能去亚茅斯了，”佩格蒂回答说，“先在那儿住下再说。”

“我还以为你要走得更远，我们再也见不着面了呢，”我听了心里一亮，说，“我有时间会去亚茅斯看你的，我亲爱的老佩格蒂。你不会去世界的另一头吧，会吗？”

“不会的，感谢上帝！”佩格蒂非常激动地叫了起来，“只要你在这儿，我的宝贝儿，我这辈子每个星期都会来看你。我这辈子每个星期都要来看你一次！”

听了她这一许诺，我心里感到如释重负，但是不仅这样，佩格蒂还接着说：

“你听我说，大卫，我打算先去我哥哥家住两个星期——直到我重又定下神来，有时间细细盘算一下。我正在琢磨，这会儿他们不想你待在这儿，也许会让你跟我一起去呢。”

当时，我除了盼望能跟周围的人（佩格蒂除外）改善关系外，如果还有别的什么事能使我高兴的话，那就是佩格蒂的这个提议了。我想到自己重又回到那些忠厚老实的人中间，看到他们对我的笑脸相迎；重新领略美妙的周日清晨的宁静，听着悠扬的钟声，往海水中扔石子儿，看朦胧的船影从雾中冒出；重又跟艾米莉一块儿到处游荡，把我心中的烦恼告诉她，在海滩上捡拾贝壳和小石子儿来化解烦恼。想到这一切，我的心情平静了下来。可是过不多久，说实话，一想到谋德斯通小姐也许不让我去，我的心又乱了。不过就连这一担心，很快也得到了解决，因为正当我们在谈话时，她来储藏室做晚间巡查来了。这时，我万没想到，佩格蒂竟鼓起勇气，当场把这一要求提出来了。

“这孩子在那儿会变懒的，”谋德斯通小姐一面说，一面往泡菜坛子里瞧着，“懒惰是万恶的根源。不过，老实说，我看他在这儿——或者在任何地方，都会变懒的。”

我可以看出，佩格蒂已经准备给她一个不客气的回答，可是为了我，话到嘴边又咽下了，没有作声。

“哼！”谋德斯通小姐说，眼睛仍看着泡菜，“眼下，我弟弟绝不能受到侵扰，不能让他感到不舒服，这比什么都重要——这是最最重要的。所以我想，我还是答应让他跟你去的好。”

我向她道了谢，但是一点儿也没有流露出高兴的样子，生怕我一高兴就会使她收回成命。她的目光从泡菜坛子里出来转向我时，像带着一大股酸气，仿佛她那双黑眼睛已经摄进了坛子里的东西。因而我不禁心里想，我的谨慎做法是对的。好在她这句出了口的诺言，一直没有收回。一个月的期限到了，佩格蒂和我做好了动身的准备。

巴基斯先生来我家替佩格蒂搬箱子。以前，我从来没有看到他进过花园的栅栏门，可是这一回，他直接走进我们的屋子里来了。当他扛着佩格蒂那只最大的箱子往外走时，他朝我看了一眼，我想其中是有意思的，如果可以说巴基斯先生的脸上能流露出意思的话。

佩格蒂多年来一直把这儿当作自己的家，何况这儿还有她一生中最疼爱的两个人——我母亲和我——一旦要离开这儿，心里自然很难过。那天一大早，她还在教堂墓地里徘徊了很久。她上了马车后，坐在那儿，一直用手帕捂着眼睛。

在她这样坐着的时候，巴基斯先生也没有一点儿活动的迹象。他以往常的姿势坐在往常坐的地方，活像一个大木偶。可是，当佩格蒂开始朝四周观望以及跟我说话时，他就频频地点头咧嘴起来。当时我一点儿也不明白，他这是在跟谁点头咧嘴，为什么要点头咧嘴。

“今天的天气真好啊，巴基斯先生！”为了表示礼貌，我说道。

“天气不坏。”巴基斯先生回答说，他总是说话不多，很少明确表态。

“这会儿佩格蒂很舒服了，巴基斯先生。”我说道，为了让他放心。

“是吗？”巴基斯先生说。

琢磨了一会儿后，巴基斯先生带着一种乖巧的神气朝佩格蒂看着，问道：

“你真的很舒服吗？”

佩格蒂笑了笑，做了肯定的回答。

“你知道，我问的是：是不是真的、确实的？”巴基斯往佩格蒂坐的地方挪近了一点儿，还用胳膊肘儿朝她轻轻捅了一下，说，“怎么样？是不是真的、确实很舒服？是吗？呃？”每问一句，巴基斯先生都要朝她挪近一点儿，都要轻轻捅她一下。因此，最后我们都给挤到了车子左边的角落里，我都被挤得受不了啦！

佩格蒂提醒他，说我已经被挤得受不了，巴基斯先生立即给我腾出了一点儿地方，一点儿一点儿地离开我们。不过我不得不说，他似乎认为自己已想出一种绝妙的方法，用一种干净利落、直截了当的方式来表达自己的意思，从而免去找话说的麻烦。他显然因了这种方式暗中乐了一阵。他又慢慢地转向佩格蒂，重复问道：“你真的很舒服吗？”接着又像先前那样朝我们这边挤，挤得我几乎连气都喘不过来了。过上一会儿，他又问了同样的话，接着故技重演，重又朝我们挪过来，我就急忙站起来，站到踏板上，假装去看四周的景色。在这以后，我就很舒服了。

巴基斯非常殷勤，为了特意款待我们，他在一家酒馆门口停下车子，请我们吃烤羊肉，喝啤酒。而正当佩格蒂在喝啤酒时，他又来那一套了，差点儿把佩格蒂呛死。不过当我们快到旅行的终点时，他要做的事比较多，调情的时间就比较少了。等到我们到了亚茅斯的石铺路上时，我觉得，我们都被颠簸折腾得够受了，已经没有闲情做任何别的事了。

佩格蒂先生和汉姆在老地方等候我们。他们非常亲切地接待了我和佩格蒂，也跟巴基斯先生握了手。巴基斯先生的帽子戴在后脑勺儿上，据我看来，他不仅脸上一副忸怩的样子，就连两条腿也是一样，显得无所适从。佩格蒂先生和汉姆各提起了佩格蒂的一只箱子，正当我们要离开时，巴基斯先生用食指郑重地跟我打招呼，把我叫到门廊的下面。

“我说，”巴基斯先生哼声说，“事情很顺利。”

我抬头看着他的脸，故意做出很深沉的样子，回答了一声：“啊！”

“事情并没了结，”巴基斯先生对我信任地点着头说，“一切顺利。”

我又回答了一声："啊！"

"你知道谁愿意，"我的朋友说，"是巴基斯，只有巴基斯呀。"

我点了点头，表示赞同。

"事情很顺利，"巴基斯先生握着我的手说，"咱们俩真称得上是朋友。你一开头就使得事情很顺利。一切顺利！"

为了把事情说得特别清楚，巴基斯先生显得格外神秘，要不是佩格蒂叫我走，我真想站在那儿朝他脸上看上一个小时，但从他的脸上不会看到什么信息，就像从一只停走的钟的钟面上看到的一样。当我们一块儿往前走着时，佩格蒂问我巴基斯先生跟我说些什么，我说，他说事情很顺利。

"他太放肆了，"佩格蒂说，"不过我不在意。亲爱的大卫，要是我打算结婚，你怎么想啊？"

"哦——我想到那时你一定会像现在这样疼我的吧，佩格蒂？"我考虑了一下回答说。

听了我的话，这位好心人立刻停了下来，把我搂在怀中，做了许多她对我的爱永远不变的表示，使得街上的行人和走在前面的她的亲戚都大为惊讶。

"告诉我，你的意见怎么样，亲爱的？"她放开我后，我们一起往前走时，她又问道。

"你是说，要是你打算结婚——嫁给巴基斯先生，我有什么意见，佩格蒂？"

"是的。"佩格蒂回答。

"我认为，这是一桩很好的事情。因为那样的话，你知道，佩格蒂，你就随时有马车载你来看我了，不用付车钱，而且想什么时候来就什么时候来。"

"瞧我的小宝贝儿多有见识！"佩格蒂叫了起来，"这正是我一个月来心里想的！没错，我的宝贝儿。你知道，我想我就可以更自由了。至于在自己家里干活儿，比给随便哪家人家干活儿都更舒畅，这就不用说了。这会儿要我到陌生人家去当个仆人，我真不知道该怎么干才好哩。要是我嫁到那儿，还可以一直不远离我那心肝宝贝儿的坟地，"佩格蒂沉思着说，"我什么时候想去她那儿看看，马上就可以去。到了我也闭眼躺下那一天，我可以躺在离我那宝贝姑娘不远的地方！"

我们俩有一会儿什么也没有说。

"不过这事要是我的宝贝大卫不赞成，"佩格蒂高兴地说，"我是想都不会去想的——哪怕在教堂里问我三十个三次，哪怕磨烂我口袋里的订婚戒指，我也绝不会去想的。"

"你看着我，佩格蒂，"我回答说，"看看我是不是真的乐意，是不是真的盼望你结婚哪！"我真的是全心全意赞成这件事的。

第十章　遭受遗弃

“好吧，我的命根子，”佩格蒂说，又紧紧地搂抱了我一下，“我日日夜夜都在琢磨着这件事，我能想到的都想了，我盼望这是一个好办法；不过我还得再琢磨琢磨，另外我还得跟我哥哥商量商量。这会儿咱们先别告诉别人，大卫，只有你和我知道。巴基斯是个忠厚的好人。”佩格蒂说，“只要我对他尽我的本分，我一定会很舒服的；要是我不是——要是我不是很舒服，那一定是我的错。”佩格蒂说着开怀大笑起来。

巴基斯先生那儿来的这一句话用得这般恰当，把我们两个都逗乐了，我们笑了又笑，十分开心，直到来到看得见佩格蒂先生的船屋的地方。

船屋的样子仍和从前一样，不过在我眼里也许缩小了一点儿。葛米治太太又在门口迎接，仿佛打从上次以来，她一直站在那儿似的。屋子里的一切仍跟从前一样，就连我卧室中那只蓝杯子里的海草也没变样。我走进外面的那间小木屋，朝四下里看了看，只见那儿堆着同样的龙虾、螃蟹和大海虾，它们仍旧碰到什么就夹住什么，在原先那同一角落里，还是那么互相纠结在一起。

可是我没有见到小艾米莉，于是我就问佩格蒂先生，她上哪儿去了。

“她去上学了，少爷，”佩格蒂先生一面说，一面从额上擦去给佩格蒂搬箱子搬出来的汗水，“她很快就要回来了，”他朝那只荷兰钟看了一眼，“再过二十分钟到半个小时。哟，我们大伙儿全都惦念着她哩！”

葛米治太太叹了一口气。

“高兴起来吧，老小妞儿！”佩格蒂先生大声说。

“我可比别的人更惦记她，”葛米治太太说，“我是个孤苦伶仃的苦命人，不跟我作对的恐怕只有她一个人了。”

葛米治太太抽泣着，摇着头，专心吹火去了。当她这样做时，佩格蒂先生转身朝着我们，用手遮住嘴低声说：“又是那个老头子！”从这一点，我可以断定，打从我上次来过以后，葛米治太太的心情并没有好转。

啊，这整个地方依然是或者说一直是像以前一样可爱。可是它给我的印象又有所不同，总觉得不免有点儿扫兴。也许是小艾米莉不在家的缘故吧。我认识她回来要走的那条路，于是便立刻沿着那条路走去接她。

过了没多久，远处便出现了一个人影儿，我很快就认出，那正是小艾米莉。她虽然年岁长了，看身材却依旧还是一个小女孩儿。可是待她走近时，我发现她的蓝眼睛更蓝了，她那生有酒窝的脸更有光彩了，她整个人都更漂亮、更动人了。这时，我脑子里突然冒出一个奇怪的念头，装作不认识她，像在看远处的什么东西似的，顾自从旁走过去。要是我没弄错的话，后来我也曾做过这种事情。

小艾米莉一点儿也不加理会。她分明看见了我，可是她不但没有转过身来叫我，反而笑着跑开了。这样一来，我只好在后面追她，她跑得很快，直到快到船屋时，我才追上她。

“啊，原来是你，是吗？”小艾米莉说。

“你知道是谁，艾米莉？”我说。

“难道你不知道是谁吗？”艾米莉说。

我打算上去吻她，可是她用双手捂住自己红红的嘴唇，还说她现在已不是小孩子了，说完便大声地笑着跑进屋里去了。

她好像喜欢戏弄我，她的这一变化使我感到很奇怪。茶桌已经摆好，我们原来坐过的那个小矮柜也放在了老地方，可是她并没有过来跟我并排坐，而是跑到那个爱抱怨的葛米治太太身边，跟她做伴儿去了。佩格蒂先生问她为什么这样做时，她故意捋乱头发，把脸遮住，一味笑着，什么也没说。

“真像一只小猫！”佩格蒂先生用大手拍着她说。

“是这样！是这样！”汉姆大声说，“大卫少爷，她是像只小猫！”他坐在那儿，对着她笑了一阵，满怀着又喜又爱的心情，这使她满脸通红。

说实在话，小艾米莉让大家给宠坏了。特别是佩格蒂先生，比谁都宠她。只要她跑到他跟前，把她的小脸蛋儿靠在他那蓬乱的连鬓胡子上，她要求他做什么，他就会去做什么。这是我的看法，至少我看到的时候是这样。我认为佩格蒂先生完全没错。小艾米莉是这般热情、温柔，而且举止动人，既俏皮又腼腆，比以往更使我着迷了。

小艾米莉也是个心肠很软的姑娘。当我们吃过茶点，围坐在火炉边时，佩格蒂先生吸着烟，提起了我母亲不幸去世的事，她眼中噙着泪水，从桌子对面那么温存地看着我，使我对她非常感激。

“啊！”佩格蒂先生说着，把她的鬈发握在手中，让它像流水一般地在手中滑过。“你瞧，少爷，这也是一个孤儿。这儿，”他用手背在汉姆的胸口拍了一下说，“还有一个。尽管他看起来不太像个孤儿。”

“要是有你做我的监护人，佩格蒂先生，”我摇着头说，“那我想，我也不太会感到像个孤儿的。”

“说得好，大卫少爷！”汉姆欣喜若狂地喊了起来，“好哇！说得好！你不会再觉出的！哈！哈！”说到这儿，他也用手背朝佩格蒂先生的胸口拍了一下，小艾米莉也站起身来吻了吻佩格蒂先生。

“你那个朋友怎么样啦，少爷？”佩格蒂先生问我。

“斯蒂福思吗？”我说。

“正是这名字！”佩格蒂先生大声说，把脸转向汉姆，“我知道，这名字跟咱们这一行有关。”

第十章　遭受遗弃

"你原来说他叫鲁特尔福思。"汉姆笑着说道。

"嘿！"佩格蒂先生反驳说，"你还不是用舵来操纵方向[1]的吗？这还不是一码事。他怎么样，少爷？"

"我离开学校时，他一切都很好，佩格蒂先生。"

"这才是朋友！"佩格蒂先生把烟斗往外一伸说道，"要说朋友的话，这才是朋友！嘿，我的老天爷，能见到他真是一种眼福哩！"

"他长得很英俊，是不是？"我说，听到这样夸奖他，我心里热乎乎的。

"英俊！"佩格蒂先生大声说，"他往你面前一站，就像——就像一个——哦，我觉得他无所不像！他胆量大得很哩！"

"是啊！他正是那样的人，"我说，"他勇敢得就像一头狮子。你还真想不到，佩格蒂先生，他有多坦率。"

"哦，我相信，"佩格蒂先生透过他烟斗里冒出来的烟雾看着我说，"说到书本上的学问，什么都难不倒他吧？"

"没错，"我高兴地说，"他什么都知道。他聪明得让人吃惊。"

"这才是朋友！"佩格蒂先生庄严地突然把头一抬低声说。

"好像什么都难不倒他，"我又说，"不管是什么功课，他只要看一下就会了。他还是个最好的板球手。下棋也是这样，他可以随你的意让你多少子儿，最后照样轻轻松松地赢你。"

佩格蒂先生又突然抬了抬头，意思等于说："他当然可以。"

"他的口才真是好极了！"我继续说，"辩论起来他能赢任何人。还有，要是你听到他唱歌，我真不知道说什么才好哩，佩格蒂先生！"

佩格蒂先生又突然抬了抬头，意思等于说："我完全相信。"

"还有哩，他也是个非常大方豪爽、非常杰出高尚的人。"我说，这时我已完全让这个我最喜欢的话题弄得飘飘然了，"反正不管你怎么夸他，都不算过分。我要说，在学校里他很仗义，保护了我，我对他真是感激不尽，而且我年纪比他小得多，班级也比他低得多。"

我一面口若悬河、滔滔不绝地说着，一面朝小艾米莉的脸上看了一眼，只见她正俯身在桌子上，屏息凝神地听着，蓝眼睛像宝石似的闪闪发光，两颊布满了红晕。她的模样是那么诚挚，那么漂亮，使我惊奇得打住了话头。这时大家也都看到了她的模样，因为我一停下来，大家都看着她大笑起来。

"艾米莉也像我一样，"佩格蒂说，"很想见见他哩。"

艾米莉让我们大家看得不知所措起来，低下头，羞得满脸通红。她透过披

---

① 斯蒂福思（Steerforth）中的"steer"意为"操纵方向，操舵"，佩格蒂先生是船夫，所以说斯蒂福思的名字跟他们那一行有关。

散的鬈发，朝外面偷偷看了看，看到我们大伙儿仍在看她（我敢肯定，拿我来说，我就可以一连看她几个小时），就拔腿跑开了，直到快就寝时才露面。

我躺在船尾小屋里原先那张小床上，风仍像从前一样呜呜地掠过荒滩。可是，这时候我不由得想象——它这是在为那些死去的人悲叹；这会儿我想的，已不是海水会涨起来把船屋漂走，而是打从上次我听到它的声音之后，海水已经涨起，把我的幸福的家给淹没了。我记得，当风声和涛声在我耳中开始变弱时，我在我的祷告中加了一句话，祈求上帝保佑我长大后能娶小艾米莉为妻。我就这样满怀着爱进入了梦乡。

日子几乎像从前一样一天天过去，只有一点不同——这是个很大的不同——那就是现在小艾米莉跟我很少一起去海滩游玩了。她得学习功课，还得做针线活儿，每天大部分时间都不在家。不过我觉得，即使不这样，我们也不可能像以前那样到处游玩了。小艾米莉虽然依旧无拘无束，活泼天真，满脑子孩子念头，但她已不再是我想象中的小姑娘，而是成了个小大人了。在这短短的一年多时间里，她似乎跟我大大地拉开距离了。她依旧喜欢我，可是她也笑话我，作弄我。我特意去接她，她故意偷偷走另一条路回家；看到我失望地回来时，她站在门口哈哈大笑。我们俩最美好的时光是，她静静地坐在门口做活儿，我坐在她脚旁的木头台阶上，念书给她听。直到现在，我仍觉得，我从没再见过像那些明亮的四月下午那般灿烂的阳光；我从没再见过像坐在船屋门口那个如此温柔快乐的小姑娘；我也从没再见过那样的天，那样的水，那样驶进金色的远方的美丽的航船。

我们抵达亚茅斯的第一个晚上，巴基斯先生就带着一副呆头呆脑的木讷神情出现了，他还带来了一包用手帕包着的橘子。由于他对这包东西只字未提，当他离开时，大家还以为他是忘了带走，直到去追他的汉姆回来，才知道这是送给佩格蒂的。打这以后，他每天晚上同一时间都会出现，总是带来一个小包，而且照旧只字不提，把它留在门背后。这些表示爱情的礼物，种类繁多，而且也颇为古怪。我记得，其中有两只猪蹄子，一只很大的针插，半蒲式耳[①]左右的苹果，一副黑玉耳环，一些西班牙洋葱，一盒骨牌，一只金丝雀外加一只笼子，还有一只腌猪腿。

巴基斯先生的求婚方式，据我所记得的，是颇为奇特的。他很少说话，总是像坐在马车上的姿势那样坐在火炉旁，呆呆地瞧着坐在对面的佩格蒂。一天晚上，我猜是受了爱情的激励，他突然抢过佩格蒂用来润线的那块蜡头，放进自己的背心口袋，带走了。打那以后，每当佩格蒂要用它时，他就把那粘在口袋里的半融化状蜡头掏出来，待她用过后，再把它放回自己的口袋。这件事成

① 蒲式耳：谷物、水果、蔬菜等的计量单位，1英蒲式耳约等于36.37升。

了他的一大乐趣。他好像非常自得其乐，一点儿也没觉得有谈话的必要。即便在他带着佩格蒂到海滩上散步时，我相信，他也没有为这感到不自在，而只是偶尔问一声，她是不是很舒服，就心满意足了。我还记得，有时候他走了之后，佩格蒂会用围裙蒙住脸，笑上半个来小时。说实在的，我们都觉得这事很有趣，只有那个成天愁眉苦脸的葛米治太太是例外。她当年经历的求婚方式大概跟这完全一样，因而这些举动使她不断地想起她的老伴儿来了。

当我做客的日子快要结束时，他们终于宣布说，佩格蒂和巴基斯先生要去度一天假，叫我和小艾米莉跟他们一块儿去。想到可以一整天跟艾米莉待在一起的欢乐，头天晚上我一夜都时睡时醒。第二天，我们很早就起来了。当我们还在吃早饭时，巴基斯先生就在远处出现，赶着一辆轻便马车，朝着他钟爱的对象驶来了。

佩格蒂还是平常打扮，穿着那身整洁、素净的孝服，而巴基斯先生却穿得焕然一新。他上身穿的是一件蓝色的新外套，裁缝给他量的尺码真是太妙了，袖子大得在天冷时可以不用戴手套，那条领子高得使他的头发全都竖到了头顶。那些发亮的纽扣也是最大号的。再配上浅褐色的裤子和暗黄色的背心，打扮得整整齐齐，我认为巴基斯先生真可说是一位了不起的体面人物。

当我们都在门外忙着做准备时，我发现佩格蒂先生准备了一只旧鞋，为的是朝我们身后扔过来，求个吉利。他把鞋子递给葛米治太太，要她来扔。

“不，最好还是让别人来扔吧，丹，”葛米治太太说，“我是个孤苦伶仃的苦命人，一切让我想起不孤苦伶仃的人的事，都不合我的意，都跟我作对。”

“来吧，老小妞儿！”佩格蒂先生叫道，“你就把它拿起来扔出去吧！”

“不，丹，”葛米治太太摇着头，抽泣着说，“要是事情往我心里去得少一点儿，我就可以做得多一点儿。你不像我这样什么事都爱往心里去，丹。事情不跟你作对，你也不跟它们作对。最好还是你自己扔吧！”

可是这时候，佩格蒂已经匆匆地一个个吻过所有的人。我们都已坐在车上（小艾米莉和我并排坐在两把小椅子上）。佩格蒂在车上喊着，一定要葛米治太太扔那只鞋。葛米治太太扔倒是扔了，可是说起来我感到难过，她给我们这次欢天喜地的出游泼了一盆冷水，因为她扔了以后立即大哭起来，正要晕倒，幸亏让汉姆给抱住了。她嘴里还说，她知道自己是个负担，最好还是立刻把她送到救济院去。我当时觉得，这确实是个很合理的好主意，汉姆应该照着这主意去办。

不过，我们还是动身去假日旅行了。路上我们做的第一件事，是把车停在一座教堂门前，巴基斯先生把马拴在一排栏杆上，就跟佩格蒂进教堂去了，把小艾米莉和我留在了马车上。我乘这机会搂住了小艾米莉的腰，提议说，因为我很快就要离开了，我们应当相亲相爱，快快活活地度过这一整天。小艾米莉答应了，还允许我吻她。于是我变得不顾一切了。我记得，我对她说，我永远不会再爱别的人了，如果有什么人企图向她求爱，我就要让他流血。

小艾米莉听我这么一说，乐得有多厉害啊！这个小仙女似的小姑娘带着一种比我老成、懂事得多的严肃神情，说我是“一个傻孩子”，接着便大笑起来。她笑得那么迷人，使我在看着她的快乐中，忘了她这一很不中听的说法给我带来的痛苦。

巴基斯先生和佩格蒂在教堂里待了不少时间，不过后来到底还是出来了。他们跟着我们便赶车往乡间驶去。我们往前走着的时候，巴基斯先生转身朝我眨了眨眼——顺便说一句，我以前真没想到，他还会眨眼使眼色——说：

“还记得我写在车篷上的名字是什么吗？”

“克莱拉·佩格蒂呀！”我回答说。

“要是这辆车也有篷的话，现在我得写什么名字呢？”

“还是克莱拉·佩格蒂吧？”我试着说。

“克莱拉·佩格蒂·巴基斯！”他回答说，接着迸出一阵大笑，笑得马车都震动了。

一句话，他们俩结婚了，他们去教堂就是为了办这件事。佩格蒂决定悄悄地举行婚礼，所以请教堂执事做了主婚人①，连观礼的人也没有。当巴基斯先生突然宣布他们俩结合的这一消息后，她显得有点儿不知所措，一味紧紧地搂着我，以表明她对我的爱绝不会因此受到损害。不过过不多久，她便又镇静下来，并且说，她很高兴这件事已经过去了。

我们驱车来到支路旁一家事先约好的小旅店，在那儿美美地吃了一顿，心满意足地度过了这一天。哪怕佩格蒂在最近十年里每天结一次婚，对结婚这件事，她也不可能比现在更若无其事的了。结婚并没有使她发生任何变化。她仍跟以前一样，在吃茶点之前，带着我和小艾米莉出去散了一会儿步。巴基斯先生则在旅店里泰然自若地抽着烟，我猜想，他正在自得其乐地玩味着自己的幸福。如果真像我想的这样，那他的这番玩味使得他胃口大开。我清楚地记得，他在吃饭时已经吃了许多猪肉和青菜，还吃了一两只鸡，可是吃茶点时，他还要吃冷的煮咸肉，而且不动声色地吃了很多。

打那以后，我时常想，这是一场多么奇特、简朴、不同寻常的婚礼呀！天黑后不久，我们又上了马车，高高兴兴地赶车回家了。一路上，仰望着天空的星星，我们便谈论起星星来。我是主要的讲解人，我的讲解使巴基斯先生大大地长了见识。我把我所知道的一切全都对他讲了，不过，不管我脑子里想到对

① 按英国风俗，本应由自己的家长主婚。

他讲什么，他全都相信，因为他对我的才能深深地钦佩，而且就在那一次，他当着我的面，对他的太太说，我是个“小罗西乌斯[①]”——我想他的意思是说我是个神童吧。

当我们把有关星星的这个话题说够，或者不如说当我把巴基斯先生的那点儿理解力耗尽时，小艾米莉和我就用一块旧包袱布做成一件斗篷，一路上我们俩就一起披着它，直到这次旅行结束。哦，我多么爱她呀！（我心里想）要是我们结了婚，随便去什么地方，住在林中或田间，不会再长大，不会更懂事，永远是孩子，手牵手在光辉灿烂的阳光下散步，在鲜花盛开的草地上闲游，晚上倒头躺在青苔上，进入清纯宁静的甜蜜梦乡，死了就由鸟儿来把我们埋葬，那我们该多幸福啊！一路上，我心里老想着这样的情景，完全脱离了真实世界，只闪烁着我们的天真的光辉，像远处的星星一般扑朔迷离。想到在佩格蒂结婚时，有小艾米莉和我这样两颗天真无邪的心灵相伴，我感到高兴。想到爱神和美神能以这般轻快欢乐的姿态，参加他们简朴的婚礼，我欣喜万分。

就这样，当天晚上我们又按时回到了船屋门前，巴基斯先生和巴基斯太太向我们告了别，高高兴兴地赶着车去他们自己的家了。到这时，我才第一次感到我已经失去了佩格蒂。要不是我睡的屋子里有个小艾米莉，那我去睡时，心里真不知有多痛苦了。

佩格蒂先生和汉姆也像我一样，知道我心里的想法，所以准备了晚餐，满脸热情地款待我，为我解愁。小艾米莉特意过来坐在我的身旁，我们两人并排坐在那只小矮柜上，这是我这次做客期间唯一的一次。这真是一个奇妙日子里的一个奇妙的结束。

那一晚涨夜潮，所以我们上床不久，佩格蒂先生和汉姆就出海捕鱼了。他们把我一个人留在这所孤零零的房子里，做小艾米莉和葛米治太太的保护人，我觉得自己非常勇敢，真盼望有狮子、大蟒或者什么凶恶的怪物来袭击我们，我可以消灭它们，使自己获得荣誉。可是那天晚上，并没有那类东西来亚茅斯的海滩活动，于是我便尽可能到梦中去寻找可代替它们的东西：整夜做有关毒龙的梦，一直做到天亮。

天刚亮，佩格蒂就来了。她仍像往常一样，在我的窗下叫我起床，仿佛那位马车夫巴基斯先生从头到尾也是一场梦。吃过早饭，她带我到她自己的家。这个家虽小，但是很美。在所有家具中，我最感兴趣的是小客厅（砖地的厨房是通用的起居室）里一个相当旧的乌木书柜。它有一个活动的顶盖，可

① 小罗西乌斯：罗西乌斯（前126—前62），罗马著名喜剧演员，其名字已成为成功演员的荣誉称号。如童年成名的英国演员W.贝蒂（1791—1874）即有“小罗西乌斯”之称。巴基斯所指即此人。

以打开、放下，变成一张书桌。那里面放有一本大四开本的福克斯的《殉教者书》[1]。我一下就发现了这部宝典（现在可一个字也记不起来了），还立即读了起来。此后我每次来这儿，总要跪在一把椅子上，打开藏有这部宝典的柜子，把我的两只胳膊放在书桌上，重新贪婪地读起这部书来。我现在想，这本书中最让我受启迪的，恐怕是那些图画。书里面的图画很多，画有各种各样令人毛骨悚然的恐怖场面。从那时起，这些殉教者和佩格蒂的房子，在我的脑子里已经再也分不开了，直到现在还是这样。

就在那一天，我告别了佩格蒂先生、汉姆、葛米治太太，还有小艾米莉，在佩格蒂家阁楼上的小房间里过了一夜（床头的一个架子上放着那本鳄鱼书）。佩格蒂说，这个小房间永远是我的，永远为我这样保持着。

"不管年轻还是年老，亲爱的大卫，只要我活着，只要我还住在这座房子，"佩格蒂说，"你就会看到，我无时无刻不盼着你来这儿。我每天都要把它收拾得整整齐齐，就像收拾你从前那个小房间一样，我的宝贝儿。哪怕你去了中国，你也可以这样想，你不在时，这儿仍会保持得跟现在一样。"

我衷心感到我这位亲爱的老保姆的笃实和真诚，想尽情向她道谢。可是这已经不大可能了，因为她搂着我的脖子对我说这番话时是在早晨，而就在这天早晨，我就要回家了。这天早晨，我在佩格蒂和巴基斯先生的陪同下，乘马车回到了家里。他们在栅栏门旁心情沉重、难舍难分地跟我道了别。我眼看着马车渐渐远去，载走了佩格蒂，把我留在那些老榆树下望着那座房子，房子里再也没有一张怀着爱心或欢心的脸来看我了，这让我有一种凄凉的感觉。

当时我完全处于一种没人理睬的境况，那种境况，即使现在回想起来，都不能不使人感到酸辛。我立刻落入了一种孤零零的境地——没有任何友爱的关心，没有任何同龄孩子的交往，除了我独自无精打采的沉思，也没有任何伴侣——这种境况，现在写来，似乎都还在纸上投下了阴影。

哪怕把我送进有史以来最严厉的学校，让我学点儿什么也好啊——不管学点儿什么，不管怎样学，也不管在哪儿学——可是看不到一线希望。他们讨厌我，他们阴沉沉地板着脸，神情严肃冷酷，对我不理不睬。我现在想，也许谋德斯通先生当时在经济上比较紧张。不过问题并不在这里，他就是容不下我这个人。我认为，他这是想用这种把我打发开的方法，来摆脱他对我负有一切责任的想法——他如愿以偿了。

他们并没有没命地虐待我，我也没有挨打或挨饿，但是他们对我使坏，对我不理不睬，一时半刻都没有收敛，而是按部就班、冷酷无情地进行着。过了

①《殉教者书》：英国圣公会牧师约翰·福克斯（1516—1587）所著，叙述新教徒从14世纪到玛丽一世在位期间所受的磨难，在英国清教徒中广为传诵。

第十章　遭受遗弃

一天又一天，过了一周又一周，过了一月又一月，他们一直对我不理不睬，冷酷无情。我有时候想，要是我病了，不知道他们会怎样对待我；我是否得躺在我那间孤寂的小房间里，像平常那样孤苦伶仃地慢慢死去，还是会有什么人来帮助我，把我拯救出去呢？

谋德斯通先生和谋德斯通小姐在家时，我跟他们一起吃饭，他们不在家时，我就独自一人吃喝。不论什么时候，我都可以随便在住宅附近溜达，只是他们不许我交任何朋友。也许他们觉得，要是我交了朋友，我就会对某个人诉苦。因为这个缘故，虽然齐利普先生经常叫我去看他（他是个鳏夫，他的淡色头发的小个子太太在几年前去世了，我只记得，在我的印象里，把她跟一只灰白色的玳瑁猫连在了一起），我却去得很少。我很喜欢在他的手术室里过一个下午，读读某本我不曾读过的药气扑鼻的书，或者在他温和的指点下，在一个药钵子里捣某种药，可是我很少能享受到这种欢乐。

出于同样的原因，再加上他们无疑对佩格蒂的旧恶，所以他们也很少允许我去看她。佩格蒂则信守自己的诺言，每星期都来看我一次，或者到家里来，或者在附近的什么地方，而且从来都不是空着手来的。可是我要求到她家去看她，却得不到允许，这种失望有过多次，味道是很苦的。不过日子久了，也有过很少的几次，他们允许我上她家看她一次。直到这时候我才发现，巴基斯先生有点儿吝啬，或者像佩格蒂不失妇道的说法那样："手紧了点儿。"他把钱都藏在自己床底下的一只箱子里，却佯称里面装的只是衣服和裤子。在这个金库里，他把自己的财产保存得那么严密，要想从那儿弄出一丁点儿来，都得费尽心机。因此，为了每个星期六的花费，佩格蒂都得设计出一个像火药阴谋案[①]那样的详尽计划。

在这段时间里，我深深感到，我的一切希望和前途正在消失，完全没有人关心我，理睬我，要不是还有几本旧书，我毫无疑问真是要痛苦不堪了。那些旧书是我唯一的安慰，正如它们忠于我一样，我也忠于它们，我把它们读了又读，不知道读了几遍。

我现在正写到我一生中的这一阶段，只要我还能记事，我是绝不会忘却这段时期的。对这段时期的回忆，往往不需要我的祈求召唤，就会像鬼魂似的来到我的面前，把我较为欢乐的岁月，搅得不得安宁。

一天，我无精打采、神情恍惚地默想着（这是我这种生活造成的）在外面溜达了一会儿后，正当走到我家附近一个拐弯处时，遇上谋德斯通先生和另一位先生迎面走来。我慌了，正打算从他们旁边走过时，那位先生突然叫道：

① 火药阴谋案：发生在1605年的英国天主教徒阴谋炸毁国会，并杀害国王詹姆斯一世的案件。

"哟！布鲁克斯！"

"不，先生，我是大卫·科波菲尔。"我说。

"别说了，你是布鲁克斯，"那位先生说，"你是谢菲尔德的布鲁克斯。这就是你的名字。"

听了这话，我再仔细地朝那位先生看了看。他的笑声也提醒了我，我认出他是昆宁先生。以前我跟谋德斯通先生去洛斯托夫特时曾见过他——至于什么时候这无关紧要，用不着想了。

"你过得好吗，在哪儿上学，布鲁克斯？"昆宁先生问道。

他把手放到我的肩上，把我转过去，要我跟他们一同走。我不知道怎么回答才好，犹豫不决地看着谋德斯通先生。

"他现在待在家里，"谋德斯通先生说，"没在哪儿上学。我不知道拿他怎么办才好。真是个难题。"

他那老奸巨猾的目光在我身上停了一会儿，接着眉头一皱，两眼便暗了下来，带着憎恶，转向别的地方。

"嘿！"昆宁先生说，我觉得他朝我们俩看了看，"天气真好！"

接着大家都没有作声。我则正在琢磨，怎样才能更好地让我的肩膀摆脱掉他的手，好赶快走开。这时他开口了：

"我猜你仍跟从前一样犟吧？是不是，布鲁克斯？"

"哼！他犟得够可以的，"谋德斯通先生不耐烦地说，"你最好还是让他走吧。你这样留住他，他不会感激你的。"

听了这话，昆宁先生放开了我，于是我就赶紧往家里走。我走进屋前花园时，回头一看，只见谋德斯通先生靠在教堂墓地的边门上，昆宁先生正跟他说着什么。他们俩都朝我这边看着，我知道，他们正在谈论我。

那天晚上，昆宁先生在我家过的夜。第二天早上，吃完早餐，我推开椅子正要走出屋子时，谋德斯通先生把我叫了回去。随后他严肃地走到另一张桌子跟前，他的姐姐正坐在自己的写字台旁。昆宁先生双手插在口袋里，站在那儿朝窗外看着。我则站在那儿看着他们几个。

"大卫，"谋德斯通先生说，"对年轻人来说，这个世界是个立身创业的地方，不是供人游荡、无所事事的处所。"

"就像你说的这样。"他姐姐插嘴说。

"简·谋德斯通，请你让我来说吧。我说，大卫，对年轻人来说，这个世界是个立身创业的地方，不是供人游荡、无所事事的处所。对一个像你这样脾气的年轻人来说，更是这样。你的这种脾气需要大改特改。对你这样的脾气，除了强迫你遵守这个立身创业的世界的规矩，把这种脾气压服、摧垮外，没有其他更好的办法。”

“脾气倔强，在这儿不管用，”他的姐姐说，“它需要的是压服，必须把它压服，它也一定能压服！”

谋德斯通先生朝她看了一眼，一半是叫她不要再说，一半是赞成她说的话，然后他接着说：

“我想你是知道的，大卫，我并不富有。不管怎么说，你现在该知道了。你已经受了不少教育。教育是很费钱的；而且即使不费钱，我能供得起，我也认为，继续上学对你毫无益处。你的前途是，自己到社会上去奋斗，而且越早开始越好。”

我想，我当时就觉得我已经开始奋斗了，虽然我人小力薄。反正不管怎么说，我现在觉得我早就开始了。

“你大概听说过‘货行’吧。”谋德斯通先生说。

“货行，先生？”我重复道。

“谋德斯通-格林比货行，专做酒买卖的。”他回答说。

我想，当时我一定露出疑惑的样子，因为他连忙接下去说：

“你一定听说过这个‘货行’，再不就听说过买卖、酒窖、码头，或者别的跟这有关的什么。”

“我想我听人说起过这个买卖，先生。”我说，我记起，我隐隐约约地知道一点儿他跟他姐姐的生活来源，“不过我不记得是什么时候了。”

“什么时候无关紧要，”他回答说，“昆宁先生负责管理那桩买卖。”

昆宁先生正站在那儿朝窗外看着，我满怀敬意地朝他看了一眼。

“昆宁先生提议说，货行既然雇用了几个别的孩子，他觉得为什么不能以同样的条件雇用你呢？”

“这是因为，”昆宁先生半转过身子来低声说，“他没有别的前途了，谋德斯通。”

谋德斯通先生做了个不耐烦的甚至有些生气的手势，没有去理睬他说的话，顾自继续说道：

“这些条件是，你挣的钱足够供你自己吃、喝和零用。你的住处我已安排好，可以由我付钱。你的洗衣费也由我负担。”

“这些开支不得超出我的预算。”他姐姐插嘴说。

“你的衣着也由我负责，”谋德斯通先生说，“因为你自己一时还没法儿负担。因此，大卫，你眼下就得跟昆宁先生去伦敦，靠你自己去开创一番事业了。”

“简单地说，你受到了赡养，”他的姐姐说，“以后你就得尽自己的义务了。”

尽管我十分清楚，他们的目的是要除掉我，不过我已记不清当时我是高兴还是害怕。我的印象是，有关这一问题，我心里很乱，动摇于这两点之间，任何一点都没有触及。再说，我也没有很多时间来清理我的思想，因为昆宁先生第二天就要走了。

看看我吧！第二天，我头上戴了顶破旧的小白帽，为了给我母亲戴孝，上面缠了条黑纱，上身穿了件黑色短上衣，下身穿的是一条又硬又厚的灯芯绒裤子——谋德斯通小姐认为，这条裤子是现在我走上社会去奋斗时，保护双腿最好的装备了——瞧，我就是这样一副穿着打扮，带着装在一只小箱子里的全部家当，正像葛米治太太说的那样，成了个"孤苦伶仃"的小家伙，坐上载昆宁先生去亚茅斯的轻便马车，然后在那儿改乘去伦敦的邮车。瞧啊！我们家的房子和教堂渐渐地越来越远，教堂墓地里树下的坟墓已被别的东西挡住了，教堂的尖塔已不再从我嬉戏的地方耸起，天空一片空虚了！

第十一章 独自谋生

如今，我对世事已有足够的了解，因而几乎对任何事物都不再引以为怪了。不过像我这样小小年纪就如此轻易地遭人遗弃，即使是现在，也不免使我感到有点儿吃惊。好端端一个极有才华、观察力强、聪明热情、敏感机灵的孩子，心软体弱，身心都经不起伤害，可居然没有人出来为他说一句话，我觉得这实在是咄咄怪事。没有一个人出来为我说一句话。于是在我十岁那年，我就成了谋德斯通-格林比货行里的一名小童工了。

谋德斯通-格林比货行坐落在河边，位于黑衣修士区。那地方经过后来的改建，现在已经变了样了。当年那儿是一条狭窄的街道，街道尽头的一座房子，就是这家货行。街道曲曲弯弯直达河边，尽头处有几级台阶，供人们上船下船之用。货行的房子又破又旧，有个自用的小码头，紧靠码头处，涨潮时是一片水，退潮时是一片泥泞。这座房子真正是老鼠横行的地方。它那些镶有护墙板的房间，我敢说，经过上百年的尘污烟熏，已经分辨不出是什么颜色了；它的地板和楼梯都已腐烂；地下室里，成群的灰色大老鼠东奔西窜，吱吱乱叫；这儿到处是污垢和腐臭。凡此种种，在我的心里，已不是多年前的事，而是此时此刻眼前的情景了。它们全都出现在我的眼前，就跟当年那倒霉的日子里，我颤抖的手被昆宁先生握着，第一次置身其间见到的完全一样。

这段文字，作者从儿童的视角切入，用简洁的语言描述了恶劣的工作环境，作者希望借此引发人们对当时社会的儿童的关注，揭露资产阶级对劳动人民的剥削。

谋德斯通-格林比货行跟各色人都有生意上的往来，不过其中重要的一项是给一些邮船供应葡萄酒和烈性酒。我现在已经记不起这些船主要开往什么地方，不过我想，其中有些是开往东印度群岛和西印度群岛的。我现在还记得，从一系列的动作描写中，可以看出年幼的大卫每天都在做着机械重复的工作。他本应享受快乐的童年，如今却成了在恶劣环境下工作的童工。

这种买卖的结果之一是有了许多空瓶子。于是有一些大人和小孩儿就着亮光检查这些瓶子，扔掉破裂的，把完好的洗刷干净。摆弄完空瓶子，就往装满酒的瓶子上贴标签，塞上合适的软木塞，或者是在软木塞上封上火漆，盖上印，然后还得把完工的瓶子装箱。这全是我的活儿，我就是雇来干这些活儿的孩子中的一个。

连我在内，我们一共有三四个人。我干活儿的地方，就在货行的一个角落里。昆宁先生要是高兴，他只要站在账房里他那张凳子最低的一根横档上，就能从账桌上面的那个窗子里看到我。在我如此荣幸地开始独自谋生的第一天早上，童工中年纪最大的那个奉命前来教我怎样干活儿。他叫米克·沃克，身上系一条破围裙，头上戴一顶纸帽子。他告诉我，他父亲是个船夫，在伦敦市长就职日，曾戴着黑色天鹅绒帽子参加步行仪仗队①。他还告诉我，我们的主要伙伴是另一个男孩儿，在给我介绍时，我觉得他的名字很古怪，叫粉白·土豆。后来我才发现，原来这并不是这个孩子受洗礼时的名字，而是货行里的人给他取的诨名，因为他面色灰白，像煮熟的土豆般粉白。粉白的父亲是个水手，还兼做消防队员，以此受雇于一家大剧院。他家还有别的亲人——我想是他的妹妹吧——在那儿扮演哑剧中的小鬼。

我竟沦落到跟这样一班人为伍，内心隐藏的痛苦真是无法用语言表达；我把这些天天在一起的伙伴跟我幸福的孩提时代的那些伙伴做了比较——更不要说跟斯蒂福思、特雷德尔那班人比较了——我觉得，想成为一个有学问、有名望的人的希望，已在我胸中破灭了。当时我感到绝望极了，对自己所处的地位深深感到羞辱。我年轻的心里痛苦地认定，我过去所学的、所想的、所喜爱的，以及激发我想象力和上进心的一切，都将一天天地离我而去，永远不再回来了，凡此种种，全都深深地印在我的记忆之中，绝非笔墨所能形容。那天上午，每当米克·沃克离开时，

① 按旧规，伦敦老城的市长每年选一次，11月9日为市长就职日，去法院宣誓时，前有仪仗队。此处作者有调侃之意，因姓氏“沃克”（Walker）原文可作“步行者”（walker）解。

我的眼泪就直往下掉，混进了我用来洗瓶子的水中。我呜咽着，仿佛我的心窝也有了一道裂口，随时都有爆炸的危险似的。

账房里的钟已到了十二点半，大家都准备去吃饭。这时，昆宁先生敲了敲账房的窗子，打手势要我去账房。我进去了，发现那儿还有一个胖墩墩的中年男子，他身穿褐色外套，黑色马裤，黑色皮鞋，脑袋又大又亮，没有头发，光秃得像个鸡蛋，他的大脸盘完全对着我。他的衣服破旧，但装了一条颇为神气的衬衣硬领。他手里拿着一根很有气派的手杖，手杖上系有一双已褪色的大穗子。他的外套的前襟上还挂着一只有柄的单片眼镜——我后来发现，这只是用作装饰的，因为他难得用来看东西，即使他用来看了，也是什么都看不见的。

这里运用了对比手法，表现出了这位中年男子衣服破旧却又装出高贵的样子。他为什么要这样做？这体现了当时怎样的社会风气？

“这个就是。”昆宁先生指着我说。

“这位，”那个陌生人说，语调中带有一种屈尊降贵的口气，还有一种说不出的装成文雅的气派，给我印象很深，“就是科波菲尔少爷了。你好吗，先生？”

我说我很好，希望他也好。其实，老天爷知道，当时我心里非常局促不安，可是当时我不便多诉苦，所以我说很好，还希望他也好。

“感谢老天爷，”陌生人回答说，“我很好。我收到谋德斯通先生的一封信，信里提到，他要我把我住家后面的一间空着的屋子——拿它，简而言之，出租——简而言之，”陌生人含着微笑，突然露出亲密的样子说道，“用作卧室——现在能接待这么一位初来的年轻创业者，这是本人的荣幸。”说着陌生人挥了挥手，把下巴夹在了衬衣的硬领上。

“这位是米考伯先生。”昆宁先生对我说。

“啊哈！”陌生人说，“这是我的姓。”

“米考伯先生，”昆宁先生说，“认识谋德斯通先生。他能找到顾客时，就给我们介绍生意，我们付他佣金。谋德斯通先生已给他写了信，谈了你的住宿问题，现在他愿意接受你做他的房客。”

“我的地址，”米考伯先生说，“是城市路温泽里。我，简而言之，”说到这儿，米考伯先生又带着先前那种文雅的气派，同时突然再次露出亲密的样子，“我就住在那儿。”

我朝他鞠了一个躬。

“我的印象是，”米考伯先生说，“你在这个大都市的游历还不够广远，要想穿过这座迷宫似的现代巴比伦[①]，前往城市路，似乎还有困难——简而言之，”说到这儿，米考伯先生又突然露出亲密的样子说，“你也许会迷路——为此，今天晚上我将乐于前来这里，以便让你知道一条最为便捷的路径。”

我全心全意地向他道了谢，因为他愿不怕麻烦前来接我，对我真是太好了。

“几点钟？”米考伯先生问道，“我可以——”

“八点左右吧。”昆宁先生回答。

“好吧，八点左右，”米考伯先生说，“请允许我向你告辞，昆宁先生，我不再打扰了。”

于是，他便戴上帽子，腋下挟着手杖，腰杆儿笔挺地走出去了。离开账房后，他还哼起了一支曲子。

昆宁先生于是便正式雇用了我，要我在谋德斯通-格林比货行尽力干活儿了，工资，我想是每星期六先令。至于到底是六先令，还是七先令，我已记不清了。由于难以肯定，所以我较为相信，开始是六先令，后来是七先令。他预付给我一星期的工资（我相信，钱是从他自己的口袋里掏出来的），我从中拿出六便士给了粉白·土豆，要他在当天晚上把我的箱子扛到温泽里。箱子虽然不大，但以我的力气来说，实在太重了。我又花了六便士吃了一顿中饭，吃的是一个肉饼，喝的则是附近水龙头里的冷水。接着我便在街上闲逛了一通，直到规定的吃饭时间过去。

米考伯先生担心大卫会迷路，便耐心地向大卫介绍这里的街名等，这一个小小的细节表现了米考伯先生热情而善良的性格特征。

到了晚上约定的时间，米考伯先生又来了。我洗了手和脸，以便向他的文雅表示更多的敬意，跟着我们便朝我们的家走去，我想，我现在得这样来称呼了。一路上，米考伯先生把街名、拐角的房子的形状等，直往我脑子里装，要我记住，为的是第二天早上我可以轻易地找到回货

① 现代巴比伦：指伦敦。巴比伦是古代东方巴比伦王国的首都，以奢华淫靡著称。

行的路。

到达温泽里他的住宅后（我发现，这住宅像他一样破破烂烂，但也跟他一样一切都尽可能装出体面的样子），他把我介绍给他的太太。米考伯太太是个面目消瘦、憔悴的女人，一点儿也不年轻了。她正坐在小客厅里（楼上全都空空的，一件家具也没有，成天拉上窗帘，挡住邻居的视线），怀里搂着一个婴儿在喂奶。婴儿是双胞胎里的一个。我可以在这儿提一下，在我跟米考伯家的整个交往中，我从来不曾见过，这对双胞胎同时离开过米考伯太太。其中总有一个在吃奶。

他们家另外还有两个孩子：大约四岁的米考伯少爷和大约三岁的米考伯小姐。在这一家人中，还有一个黑皮肤的年轻女人，这个有哼鼻子习惯的女人是这家的仆人。不到半个小时，她就告诉我，她是“一个孤儿”，来自附近的圣路加济贫院。我的房间就在屋顶的后部，是个闷气的小阁楼，墙上全用模板刷了一种花形，就我那年轻人的想象力来看，那就像是一个蓝色的松饼，房间里家具很少。

“我结婚以前，”米考伯太太带着双胞胎和其他人，领我上楼看房间，坐下来喘口气说，“跟我的爸爸妈妈住在一起，当时我从来没有想到，有一天我不得不招个房客来住。不过，既然米考伯先生有困难，所有个人情感上的好恶，也就只好让步了。”

我回答说：“你说得对，太太。”

“眼下米考伯先生的困难，几乎要把我们给压垮了。”米考伯太太说，“到底是否能让他渡过这些难关，我不知道。当我跟爸爸妈妈一起过日子时，我真的不懂我现在用的‘困难’这个词是什么意思。不过经验能让人懂得一切——正像爸爸常说的那样。”

米考伯先生一家过着拮据的生活，但是从大卫与米考伯太太的对话来看，米考伯太太似乎没有抱怨眼前的不幸生活。在此，米考伯太太表现了一种怎样的态度？

米考伯先生曾当过海军军官，这是米考伯太太告诉我的，还是出于我自己的想象，我已弄不清楚。我只知道，直到现在我依然相信，他确实一度在海军里做过事，只是我不知道为什么会这样相信。现在，他给各行各业的商家跑街招揽生意，不过恐怕赚不到多少钱，也许根本赚不到钱。

“要是米考伯先生的债主们不肯给他宽限时间，”米考伯太太说，“那他们就得自食其果了；而且这件事越快了结越好。石头是榨不出血来的，眼下米考伯先生根本还不了债，更不要说要他出诉讼费了。”

这是因为我过早地自食其力，米考伯太太弄不清我的年龄呢，还是由于她老把这件事放在心上，总得找个人谈谈，要是没有别的人可谈，哪怕跟双胞胎谈谈也好，这一点我一直不太清楚。不过她一开头就对我这么说了，以后在我跟她相处的所有日子里，她一直就是如此。

米考伯太太说要尽的“最大努力”和实际行动形成了强烈反差，作者的语言既幽默又充满嘲讽，让人对他们一家的遭遇哭笑不得。

可怜的米考伯太太！她说她曾尽过最大的努力，我毫不怀疑，她也的确想过一切办法。朝街的大门正中，全让一块大铜牌给挡住了，牌上刻有“米考伯太太的青年女子寄宿学舍”的字样，可是我从来没有发现有什么青年女子在这一带上学，没有见到有什么青年女子来过这儿或者打算来这儿，也没见过米考伯太太为接待什么青年女子做过任何准备。我所看到或听到的上门来的人，只有债主。这些人总是在各种时间来，其中有的人凶得不得了。有个满脸污垢的男人，我想他是个鞋匠，经常在早上七点就挤进过道，朝楼上的米考伯先生大喊大叫：“喂，你给我下来！你还没出门，这你知道。快还我们钱，听到没有？你别想躲着，这你知道，那太不要脸了。要是我是你，我绝不会这样不要脸面。快还我们钱，听到没有？你反正得还我们钱，你听到了没有？喂，你给我下来！”他这样骂了一通后，仍旧得不到回答，他的火气更大了，于是就骂出“骗子”“强盗”这些字眼来。连这些字眼也不起作用时，有时他就跑到街对面，对着二楼的窗子大声叫骂，他知道米考伯先生住在那里。遇到这种时候，米考伯先生真是又伤心又羞愧，甚至悲惨得不能自制，用一把剃刀做出抹脖子的动作来（这是有一次他太太大声尖叫起来我才知道的）。可是在这过后还不到半个小时，他就特别用心地擦亮自己的皮鞋，然后哼着一支曲子，摆出比平时更加高贵的架势，走出门去。米考伯太太也同样能屈能伸。我曾看到，她在三点钟时为缴税的事急得死去活来，可是到了四点钟，她就吃起炸羊排，喝起热麦酒来了（这是典当掉两把银茶匙后买来的）。有一次，她家刚被法院强制执行，没收了财产，我碰巧提前在六点钟回家，只见她躺在壁炉前（当然还带着一个双胞胎），头发散乱，披在脸上；可是就在这天晚上，她一面在厨房的炉子旁炸牛排，一面告诉我她爸妈以及经常来往的朋友们的事。我从未见过她的兴致有比那天晚上更好的了。

作者对米考伯先生和米考伯太太的积极心态进行了夸张描写，将米考伯夫妇在面对拮据的生活时的心理变化生动而有趣地表现出来。

我就在这座房子里，跟这家人一起，度过我的空闲时间。每天，我一人独享的早餐是一便士面包和一便士牛奶，由我自己购买。另外我买一个小面包和一小块干酪，放在一个特定食品柜的特定一格上，留作晚上回来时的晚餐。我清楚地知道，这在我那六七个先令工资里是一笔不小的开销了。我整天都在货行里干活儿，而整整一个星期，我就得靠这点儿钱过活，从星期一早晨到星期六晚上，从来没有人给过我任何劝告、建议、鼓励、安慰、帮助和支持，这一点，就像我渴望上天堂一样，我脑子里记得一清二楚！

我毕竟太年轻、太孩子气、太没有能力了——我怎么能不这样呢？担负不了自己的全部生活重担，因而早晨去谋德斯通-格林比货行时，看到点心铺门口摆着的半价出售的陈糕点，我往往就忍不住在这上面花掉了本该留着买午餐的钱。这么一来，我就只好不吃午餐了，要不只买个小面包卷或一小块布丁充饥。我记得附近有两家布丁铺，我经常根据自己的财经状况在这两家之间做出选择。其中一家在离圣马丁教堂不远的一条死胡同里——在教堂后面——现在全都被拆掉了。这家铺子的布丁里面有小葡萄干，味道颇为特别，可是价钱贵，两便士一块的还没有一便士的普通布丁大。卖普通布丁的一家好铺子在河滨街——就在后来经过改建的那一段上。这家卖的布丁块儿大，分量重，松软，颜色灰白，稀稀拉拉地粘着几颗扁扁的大葡萄干。每天在我吃中饭的时间，布丁正好出炉，热谋德斯通先生将大卫送到货行做童工后就不闻不问了。为了填饱肚子，大卫在小小年纪就学会了合理安排开支。

烘烘的，我大多数日子都吃这个。每当要吃得正规和丰盛一点儿时，我就买一条调味极浓的干熏肠和一便士的面包，或者从小饭馆里花四便士买一盘炖牛肉，要不就在我们货行对面的一家叫狮子或者狮子什么的老酒馆里，叫一盘面包加干酪和一杯啤酒。有一次，我记得我像夹一本书似的，在腋下夹了一块用报纸包着的面包（是早晨从家里带来的），到德鲁里街[①]附近一家著名的专卖浓汁炖牛肉的牛肉馆里，叫了一"小碟"这种美味就着面包吃。当时，我这样一个小鬼独自一人跑进去吃牛肉，堂倌见了有什么想法，我不知道。不过，在我吃着我的午饭时，他一直盯着我看，还叫另一个堂倌也出来看我，他的那副模样，我直到现在还历历在目。我给了他半个便士小费，不过心里希望他不收才好。

我记得，我们有半个小时吃茶点的时间。要是我还有足够的钱，就买半品脱煮好的现成咖啡和一片涂上奶油的面包。要是没有钱时，我通常去弗利特街[②]一家野味店看看，要不有时就一直走到科文特加登市场[③]去细细看看菠萝。我很喜欢在阿戴尔菲[④]一带溜达，因为那是个神秘的地方，到处都是阴暗的拱顶。现在我还如在眼前般清楚地记得，有一天晚上，我从这样一个拱顶底下出来，来到一家临河的小酒馆门前，酒馆门口有块空地，有几个卸煤的工人正在那儿跳舞。我就在一张长凳上坐了下来，看他们跳舞。我心里一直嘀咕，不知道他们对我有什么想法！

我还是个小孩儿，个子又这么小，每当我走进一家陌生的小酒馆叫一杯麦酒或黑啤酒，来润一润我带来当午餐的食物时，他们往往不敢卖给我。我记得，有一天晚上，天气很热，我走进一家小酒馆的酒吧间，对店主说：

"你们这儿最好的——真正最好的——麦酒，多少钱一杯？"因为那是一个特别的日子。我忘了是什么日子了，

① 德鲁里街：伦敦西区一街道，曾以剧院集中著称。
② 弗利特街：伦敦中部一街道，以报馆集中著称，常用来喻指英国新闻界。
③ 科文特加登市场：伦敦一广场，曾为伦敦主要的水果、花卉、蔬菜市场。
④ 阿戴尔菲：伦敦一地区，临泰晤士河，有"地下城"之称。

第十一章　独自谋生

也许是我的生日吧。

“两个半便士，”店主说，“就可以买一杯正宗的斯屯宁牌麦酒。”

“那么，”我说着掏出钱来，“就请给我来一杯正宗的斯屯宁吧，浮头上泡沫要满满的。”

店主脸上带着奇怪的笑容，隔着柜台把我从头到脚打量了一番。他没有去放酒，先扭头对着屏风后面，跟他太太说了几句什么。他太太手上拿着针线活儿，从屏风后面走了出来，跟她丈夫一起打量起我来。我们三个人站在那里的情景，现在又出现在我的眼前。店主只穿着衬衣，没穿外衣，靠在柜台的橱窗架上，他太太则从那半截儿小门上边朝我看。我呢，有些不知所措地从柜台外面朝他们俩仰望着。他们问了我许多问题，如我叫什么名字，我几岁啦，家住哪里，做什么的，怎么来这儿，等等。为了不牵累别人，对这些问题，我恐怕都假造了一些合适的回答。他们给我端来了麦酒，不过我怀疑那并不是正宗的斯屯宁。店主的太太打开那半截儿小门，俯下身子，把酒钱还给了我，还吻了我一下，一半出于称赏，一半出于同情，不过我相信，这完全出于女性的温情和慈爱。

我相信，对于我的收入有限和生活困难，我并没有不知不觉或出于无心而夸大其词。我认为，不管什么时候，要是昆宁先生给我一先令，我一定会把它花在中饭或茶点上。我知道，我从早到晚跟普通的成年人和孩子在一起干活儿，是个衣衫褴褛的孩子。我记得，我在街上到处游荡，吃不好，也吃不饱。我知道，要不是上帝可怜我，单凭我所受到的那点儿照顾，我很容易变成一个小强盗或小流氓。

虽然如此，我在谋德斯通-格林比货行里也还有点儿地位。昆宁先生是个粗心大意的人，事情那么忙，做的买卖又这么不正规，他并没有把我跟别的人一样对待，已经很难为他了。除此之外，我从来没有对任何人，不管是大人还是孩子说过我是怎么来这儿的，也从来没有透露过我在这儿心里有多难过。我只是默默地忍受着痛苦，千方百计地忍受着，除了我自己，没有一个人知道。我究竟受了多少苦，正像我已经说过的那样，这完全超出了我的叙述能力。我把一切痛苦都完全藏在自己的心里，只是埋头干活儿。打从来到这儿的第一天起，我就知道，要是我干活儿不及别的人，我就不可能不受人轻视和侮辱。没过多久，跟另外两个孩子中的任何一个比，我至少都一样快捷，一样熟练了。我虽然跟他们已混得很熟，可是我的行为和态度跟他们有所不同，跟他们之间有着不小的距离。他们和那几个成年人提到我时，总管我叫“小先生”或“小萨福克人”。有一个叫格雷戈里的成年人，是装箱工的头儿，另外还有一个成年人叫蒂普，是个赶车的，老穿着一件红短褂，他们有时候就叫我“大卫”。

不过我想，这多半是在我们说体己话时，或者是干活儿中，我设法给他们消遣，讲一些以前在书里读到过的故事给他们听时（这些故事快要从我的记忆中消失了）。有一次粉白·土豆起来反对我，对我受到这样的待遇表示不满，但米克·沃克立即就把他给制服了。

当时我认为，要想摆脱这种生活，毫无希望，因此也就完全死了心。现在，我坚决相信，当时我一时一刻也没有甘心于那种生活，而且无时无刻不感到万分的不幸和痛苦，可是我忍受着。就连给佩格蒂的信中，我也只字未提（虽然我们之间通信很多），这一来是因为我爱她，二来是因为我怕丢脸，不好意思说。

米考伯先生的困难更增加了我精神上的痛苦。我的处境这样孤苦伶仃，也就对这家人产生了深厚的感情，每当我四处溜达时，老是想起米考伯太太那些筹款的方法，心里总压着米考伯先生的债务负担。星期六的晚上，是我最高兴的时候——一方面是因为我回家时口袋里有六七个先令，一路上可以进那些店铺看看，琢磨琢磨这笔钱可以买些什么，这是件很适意的事；另一方面是那一天回家比平时早——可米考伯太太却往往对我诉说起最伤心的知心话来。星期天早晨也是如此，当我把头天晚上买来的茶或咖啡放进刮脸用的小杯子里冲水搅动一番，坐下来吃早饭时，米考伯太太又会对我诉说起来。有一次，这种星期六晚上的谈话刚开始，米考伯先生就泣不成声，可是到了快结束时，他竟又唱起“杰克爱的是他可爱的南[①]”来。我曾见过他回家吃晚饭时，泪如泉涌，口口声声说，现在除了进监狱，再也没有别的路了，可是到了上床睡觉时，他又计算起来，有朝一日，时来运转（这是他的一句口头禅），给房子装上凸肚窗得花多少钱。米考伯太太跟她丈夫完全一样。

我想，由于我们各自的处境，我跟这对夫妇之间产生了一种奇特而平等的友谊，虽然我们之间年龄差别大得可笑。不过，在米考伯太太把我完全当成她的知己以前，我从来没有接受过他们的邀请，白吃白喝过他们的东西（我知道他们跟肉铺、面包铺的关系都很紧张，他们那点儿东西往往连他们自己都不够吃喝）。她把我当成知己的那天晚上，情况是这样的：

“科波菲尔少爷，”米考伯太太说，“我不拿你当外人，所以不瞒你说，米考伯先生的困难已经到了最危急的关头了。”

我听了这几句话，心里非常难过，带着极度同情看着米考伯太太通红的眼睛。

“除了一块荷兰干酪的皮儿外，”米考伯太太说，“食物间里真是连什么渣子都没有了。可干酪皮儿又不适合给孩子们吃。我跟爸妈在一起时，说惯了食

① 英国作曲家查尔斯·迪布丁（1745—1814）所作歌曲《可爱的南》中的第一句。

物间，这会儿几乎不觉又用起这个词来了。我的意思是说，我们家什么吃的都没有了。”

“哎呀！”我很关切地说。

我口袋里一个星期的工资还剩有两三先令——从这钱数来看，我认为我们的这次谈话一定发生在星期三晚上——我赶紧掏了出来，真心诚意地要求米考伯太太收下，就算是我借给她的。可是那位太太吻了吻我，定要我把钱放回口袋，并说这样的事她想也不能想。

“不，亲爱的科波菲尔少爷，”她说，“我丝毫没有这种想法！不过你年纪虽小，已经很懂事了，你要是肯答应的话，你可以帮我另外一个忙，这样我就愿意接受你的帮助，而且还会十分感激你。”

我请她说出要我帮什么忙。

“我已经亲自拿出去一些银餐具了，”米考伯太太说，“悄悄拿了六把茶匙、两把盐匙和一对糖匙，分几次亲自送去当铺当了钱了。可是这对双胞胎老是缠得我分不开身。而且想到我爸妈，现在我得去做这种事，心里就很痛苦。我们还有几件小东西可以拿去处理掉。米考伯先生容易动感情，他是绝不肯去处理这些东西的。而克莉基特（就是从济贫院来的那个女仆）是个粗人，要是过分信任她，她就会放肆起来，弄得我们受不了的。所以，科波菲尔少爷，要是我可以请你……”

现在我懂得米考伯太太的意思了，就求她尽管支使我，做什么都行。从那天晚上起，我就开始处理起她家的那些轻便的财物来了。此后，几乎每天早上，在上谋德斯通-格林比货行以前，我都要出去干一次同样的事。

米考伯先生有几本书，放在一个小矮柜上，他把这叫作图书馆。这些书是我最先处理的东西。我一本接一本地把它们拿到城市路的一家书摊上——当时，那条街上，离我们住房不远处，有一段几乎全是书摊和鸟店——不管能卖多少钱，全给卖了。这家书摊的摊主就住在书摊后面的一间小屋子里，每天晚上都喝得醉醺醺的，每天早上总要挨老婆的痛骂。不止一次，当我一早上他那儿去时，他都是在一张折叠床上接待我的，不是额头上有什么伤口，就是有只眼睛青肿，这都证明，头天晚上他又喝多了（我想，他恐怕一喝酒就爱吵架）。他伸出一只哆嗦着的手，从掉在地上的衣服里，一个口袋一个口袋地寻找急需的先令。这时，他太太则抱着个小孩儿，趿拉着一双破鞋，一直不停地在骂他。有时候，他的钱丢了，他就叫我下次再来拿。不过他的老婆身上往往带有一点儿钱——我敢说——这是在他喝酒时，从他那儿拿的——当我们一块儿下楼时，就在楼梯上偷偷地做成了这笔交易。

在当铺里，我也渐渐成了大家熟悉的人物了。那位坐在柜台后面管事的先生，对我非常注意。我记得，他跟我做生意时，常常要我把一个拉丁文名词或形容词的变格形式悄悄地在他耳边变给他听，或者要我给他背一背某个拉丁文动词的变化形式。我帮她做了这些事之后，米考伯太太总要稍微款待我一次，通常是吃一顿晚饭。我记得很清楚，这种饭吃起来总有点儿特别的味道。

最后，米考伯先生的困难终于到了危急关头，一天清晨，他被捕了，被关进了塞德克的王座法院监狱。在走出家门时，他对我说，他的末日到了——我真以为他的心碎了，我的心也碎了。可是我后来听说，就在那天上午，有人看到他正兴高采烈地在玩九柱戏呢。

在他入狱后的第一个星期天，我就决定去看看他，并跟他一起吃顿中饭。我向人问了路，说得先到一个地方，快到时就会看到另一个跟它一样的地方，在它附近会看到一个院子，穿过那院子，再一直往前走，就能看到一个监狱看守。我一一照办了。最后，终于看到了一个看守（我真是个可怜的小家伙），我心里想起，罗德里克·蓝登被关在负债人监狱里时，跟他同狱的只有一个人，那人除了身上裹的一块破地毯外，一无所有。这时我泪眼模糊，心里直扑腾，那个看守在我面前直摇晃。

米考伯先生正在栅栏门里面等着我，我走进了他的牢房（在顶层下面的一层），我们大哭了一场。我记得，他郑重地劝告我，要拿他的这种结局引以为戒；他要我千万记住，一个人要是每年收入二十镑，花掉十九镑十九先令六便士，那他会过得很快活，但要是他花掉二十镑一先令，那他就惨了。在这以后，他向我借了一先令买黑啤酒喝，还写了一张要米考伯太太归还的单据给了我，随后他收起了手帕，变得高兴起来了。

我们坐在一个小火炉前，生了锈的炉栅上，一边放着一块砖头，免得烧煤太多。我们一直坐着，直到跟米考伯先生同牢房的另一个人进来。他从厨房里端来了一盘羊腰肉，这就是我们三人共同享用的饭菜了。接着，米考伯先生派我去顶上一层"霍普金斯船长"的牢房，带去米考伯先生对他的问候，对他说明我是他的年轻朋友，问他是否可以借给我一副刀叉。

霍普金斯船长借给我一副刀叉，并要我代他向米考伯先生问好。他的那间小牢房里有一个很邋遢的女人，还有两个面无血色的女孩儿，长着一头蓬乱的头发，是他的女儿。我当时想，好在是向霍普金斯船长借刀叉，而不是向他借梳子。船长自己，衣服也褴褛到不能再褴褛了，留着长长的络腮胡子，身上只穿着一件旧得不能再旧的褐色大衣，里面没有穿上衣。我看到他的床铺折起放在角落里，他的那点儿盘、碟、锅、罐全都放在一块搁板上。我猜想（只有上帝知道我为什么会这样想），那两个头发蓬乱的女孩儿虽然是霍普金斯船长的孩子，但那个邋遢的女人并不是他明媒正娶的妻子。我怯生生地站在他门口最多不过两分钟，可是我从他那儿下楼时，心里却清楚地意识到这一切，就像那副刀叉清楚地握在我手里一样。

不管怎么说，这顿中饭倒也有点儿吉卜赛人的风味，颇为有趣。午饭后过不多久，我把刀叉还给了霍普金斯船长，便返回寓所，向米考伯太太报告探监的情况，好让她放心。她一见我回来，就晕过去了。后来她做了一小壶鸡蛋酒[①]，在我们谈论这件事时，作为慰藉。

我不知道，这家人为了维持家庭生活是怎样卖掉家具的，是谁给他们卖的；我只知道，反正不是我。不过家具的确给卖掉了，是由一辆货车拉走的，只剩下床、几把椅子和一张厨房用的桌子。就靠这几件家具，我们——包括米考伯太太、她的几个孩子、那个孤儿，还有我，像露营似的，住在温泽里这座空荡荡的房子的两个小客厅中。我们日夜住在这两间房间里，我已说不清我们究竟住了多久，不过我觉得已经很久了。后来，米考伯太太决定也搬进监狱去住了，因为这时候米考伯先生搞到了一个单独的房间。于是我就把这所住房的钥匙交还给房东，房东拿到钥匙非常高兴。几张床都搬到王座法院监狱里去了，留下了我的一张。我把它搬到了另外租的一个小房间里。这个新寓所就在监狱大墙外不远的地方，我为此感到很满意，因为我跟米考伯一家患难与共，彼此已经很熟，舍不得分开了。他们也给那个孤儿在附近租了个便宜的住处。我的新住所是间清静的阁楼，在房子的后部，房顶是倾斜的。下面是个贮木场，看起来景色宜人。我到那儿住下时，想到米考伯先生到底还是过不了关，就觉得我这里实在是一个天堂了。

在这段时间里，我依旧一直在谋德斯通-格林比货行里干着普通的活儿，跟那几个普通人做伙伴，心里仍和开始时一样，感到不应该这样落魄，受这样的屈辱。不过，我每天去货行，从货行回家，以及中饭时在街上溜达，都会看到许多孩子，可我从来没有结识过其中的任何一个人，也没有跟其中的任何一个人交谈，当然对我来说，幸亏如此。我过的同样是苦恼自知的生活，而且也跟从前一样，依旧孑然一身，一切都靠自己。我感到自己的变化只有两点：第一，我变得更加褴褛了；第二，米考伯夫妇的事，现在已不再像以前那样重压在我的心头了。因为他们的一些亲戚朋友已出面来帮助他们渡过难关了，因而他们在监狱里的生活，反倒比长期以来住在监狱外面更舒服一些。靠了某些安排，现在我可以经常跟他们一起吃早饭了，至于这种安排的详情，现在我已经忘记了。监狱早上什么时候开门，什么时候允许我进去，我也记不清了。不过我记得，当时我通常在六点钟起床，在去监狱前的这段时间，我就在街上溜达。我最喜欢溜达的地方是伦敦桥。我习惯坐在石桥的某个凹处，看过往的人

① 鸡蛋酒：用麦酒、鸡蛋、糖、肉豆蔻煮成的饮料。

们，或者趴在桥栏上，看太阳照在水面泛出万点金光，照到伦敦大火纪念塔[①]顶上的金色火焰上。有时，那孤儿也会在这儿碰上我，我就把有关码头和伦敦塔的事编了些惊人的故事，说给她听。有关这些故事，我只能说，我希望我自己也相信是真的。晚上，我又回到监狱里，有时跟米考伯先生在运动场上散步，有时则跟米考伯太太玩纸牌，听她讲她爸妈的往事。谋德斯通先生是否知道我住在什么地方，我说不上来。反正我从来没有对谋德斯通-格林比货行里的人说过这些事。

米考伯先生的事，虽然渡过了最危急的关头，但是由于过去有张“契据”什么的，所以依然还有纠葛。有关这种契据的事，我以前听他们谈得很多；现在我想，那一定是他以前立给债权人的某种约定偿还债务的借据，不过当时我弄不清这是怎么一回事，把它跟从前在德国流行一时的魔鬼的文件[②]混为一谈了。最后，这个文件不知怎的又不碍事了。米考伯太太告诉我，“她娘家的人”认定，米考伯先生可以援用破产债务人法，请求释放。这么一来，她指望，再过六个星期，他就可以获得自由。

“到那时，”当时在场的米考伯先生说，“谢天谢地，毫无疑问，我手里会有钱，就可以过上全新的生活了——简而言之，要是时来运转的话。”

为了要把所有的事尽可能都写下来，我记得，在这段时间米考伯先生还曾起草过一份给下议院的请愿书，要求修改因债务而入狱的法律。我之所以把这段回忆写在这儿，是因为它可以作为我创作方法的一个例证，说明我如何把早年读过的书中的内容掺和到我现在不同于早年的生活经历里，用市井见闻和男女情事来给自己编造故事；同时，我想这也说明我在写我的自传时，不知不觉发展起来的某些主要特点，是如何在整个这段时间里逐步形成的。

监狱里有一个俱乐部，米考伯先生因为是位绅士，所以成了俱乐部里很有权威的人士。他把要写这样一份请愿书的事告诉了俱乐部里的人，俱乐部里的人都一致热烈赞成。于是米考伯先生（他本是个不折不扣的好好先生，只要不是自己的事，干起任何事来都干劲十足，忙起跟自己利益毫无关系的事来，总是欢天喜地）便着手写起这份请愿书来。写好后，又誊在一大张纸上，铺在一张桌子上，并约定了一个时间，叫俱乐部的成员，甚至全监狱的人，只要愿意，都可以来他的房间，在上面签名。

听说这一活动就要举行，我急于想看看他们一个个进来签名的情况，虽然他们当中的大部分人我都熟识，他们也认识我。为此，我特意向谋德斯通-格林比货行请了一个小时的假，站在房间的一个角落里。俱乐部里的要员能挤

① 伦敦大火纪念塔：为纪念伦敦1666年大火所建，顶端盆状。
② 此处指浮士德把自己的灵魂出卖给魔鬼所立的契约。

的都挤进这个小房间了。大家把米考伯先生拥到那张请愿书前。我的老朋友霍普金斯船长（为了对这一庄严的仪式表示敬意，他特意梳洗了一番）站在请愿书附近，准备把请愿书念给那些不清楚它的内容的人听。随后房门打开了，狱友们排成长行，一个一个地进来，有些人就等在外面。进来的人签上名字，然后走出去。对进来的每个人，霍普金斯船长都要问一声："你看过请愿书了吗？""没有。""你要不要我念一遍给你听？"要是那人稍有一点儿要听的表示，霍普金斯船长就大声给他从头到尾念一遍。哪怕有两万个人要听他念，他也会一遍又一遍地念上两万遍的。我现在还记得，每当他念到"集会于议会之议员诸公""为此请愿人谨向贵议院提出请求""仁慈陛下之不幸子民"等词句时，声调洪亮悦耳，仿佛这些字眼是吃在嘴里的东西，味道鲜美可口。这时，米考伯先生则一面带着几分作者的得意之态，侧耳倾听着，一面（不太严肃地）望着对面墙头上的铁蒺藜[①]。

我每天都往来于塞德克和黑衣修士区之间，吃饭时间就到偏僻的街上转悠，街上的石头想必都让我那双孩子的脚给踩坏了。我不知道，当年在霍普金斯船长的朗读声中，一个个从我面前走过的人里，有多少人已经不在了！现在，每当我回忆起我少年时代那一点点挨过来的痛苦岁月时，我也不知道，我替这些人编造出来的故事中，有多少是被我想象的迷雾笼罩着的记得十分真切的事实！可是我毫不怀疑，当我重踏旧地时，我好像看到一个在我面前走着、让我同情的天真而富于想象的孩子，他凭着那些奇特的经历和悲惨的事件，创造出了自己的想象世界。

① 铁蒺藜：一种军用障碍物，用铁做成，有尖刺像蒺藜，布在要道上或浅水中，阻碍敌军人马、车辆行动。

第十二章　决计出逃

过了一段时间，米考伯先生的申诉得到了受理的机会。根据破产债务人法，他获得了释放，这让我大为高兴。他的债主们也不是毫无通融的余地。米考伯太太告诉我，就连那个凶狠的鞋匠都在法庭上当众宣布，他对米考伯先生并无恶意，只不过人家欠他钱，他总是想收回的，这也是人之常情。

米考伯先生的官司结案后，他又回到了王座法院监狱，因为在他正式出狱以前，还有一些费用得结清，有些手续得办理。俱乐部里的人欢天喜地地迎接了他，当天晚上，还特地为他举行了一次联欢会；米考伯太太则跟我趁她的孩子们都睡熟了的时候，悄悄地吃了一顿羊杂碎。

"在这样的时刻，科波菲尔少爷，"米考伯太太说，"我们就再来一点儿加料酒吧！"因为我们已经喝过一些了，"纪念纪念我的爸爸妈妈。"

"他们都不在了吗，夫人？"我喝了杯里的纪念酒后问道。

"我妈妈在米考伯先生遇上困难之前，"米考伯太太说，"或者说，至少在困难还没压着他时，就去世了。我爸爸生前曾保释过米考伯先生好几次，后来也去世了。大家都很惋惜。"

米考伯太太说到这儿，摇着头，一滴思亲之泪，滴落在手中抱着的双胞胎身上。

我发觉，想要问那个跟我密切相关的问题，没有比现在更合适的机会了，于是我便对米考伯太太问道：

"我可以问一句吗，夫人？现在米考伯先生的困难已经过去，已经获得自由，你们有什么打算呢？考虑好了吗？"

"我娘家，"米考伯太太说（她说这几个字时，总显得很神气，但我从来没能发现她指的是什么人），"我娘家的人的意见是，米考伯先生应该离开伦敦，到别处去发挥他的才能。米考伯先生是个很有才能的人，科波菲尔少爷。"

我说，我完全相信这一点。

"他很有才能，"米考伯太太重复说，"我娘家人的意思是，像他这样一个有才能的人，只要有人帮点儿忙，完全可以在海关上找个事做。我娘家在普利茅斯当地还有点儿势力，所以他们希望米考伯先生去那儿。他们认为，他本人必须立刻去那儿。”

“他随时可以动身，是吧？”我接过话头说。

“一点儿没错，”米考伯太太回答说，“只要那边有机会，他就可以动身。”

“你也去吗，夫人？”

那天发生的事情，加上那对双胞胎，即使不算上那加料酒，也已使米考伯太太有点儿歇斯底里了，她流着泪回答说：

“我绝不会抛弃米考伯先生的。米考伯先生最初也许瞒过我，没把他的困难对我说。不过他是个性格乐观的人，他也许盼着自己能克服困难。我妈妈留给我的珍珠项链和镯子，连一半的价格都不到，就卖掉了。我爸爸给我的结婚礼物是一套珊瑚首饰，简直等于白扔掉一样。不过不管怎样，我绝不会抛弃米考伯先生。绝不会！”米考伯太太比先前更激动地大声喊着说，“我绝不会做这种事！硬要我那么做，我也办不到！”

我感到很不是味儿——米考伯太太冲着我这样喊，像是疑心我要她那么做似的——于是便惊慌失措地坐在那儿看着她。

“米考伯先生有他的短处。他不懂得省吃俭用，这我不否认。他不让我知道有多少收入、多少债务，这我也不否认，”她继续说着，两眼直盯着墙壁，“可我绝不会抛弃米考伯先生！”

这时，米考伯太太的声音提得更高了，完全变成了尖叫，吓得我急忙奔到俱乐部。只见米考伯先生正坐在一张长桌的首席上，领着大家合唱：

> 快跑，道宾，
> 快呀，道宾，
> 快跑，道宾，快跑，快呀——哦——哦！[①]

我把米考伯太太情况吓人的消息告诉他，他听后立即哭了起来，急忙跟我一起出了俱乐部。他的背心上，挂满他刚才在吃的小虾的头尾。

“艾玛，我的天使！”米考伯先生冲进房间，大声叫道，“你怎么啦？”

“我绝不会抛弃你，米考伯！”她喊着说。

“我的命根子，”米考伯先生把她搂在怀里说道，“这我完全知道。”

“他是我孩子的爹呀！是我的双胞胎的父亲！他是我心爱的丈夫！”米考伯太太挣扎着叫喊道，“我决——决——不会——抛弃米考伯先生！”

她的这忠贞的表白，使米考伯先生深为感动（至于我，这时已经泪流满面

① 歌曲《有一天我正赶着马车》中的合唱部分。“道宾”是马名。

了），他亲热地朝她俯下身子，求她抬起头来看着他，求她安静下来。可是，他越求她抬头看着他，她的目光越飘忽不定，他越求她安静，她越不肯安静下来。结果，米考伯先生很快也受不了啦，开始泪如雨下，跟他太太的、我的，全都流在一起了。后来，他求我，要我找椅子在楼梯口坐一下，让他先把米考伯太太哄到床上躺下。这时天色已晚，我本打算回家过夜，可是他坚持要等送客铃响了才让我走。于是我就在楼梯的窗口那儿坐着，直到他拿了另外一把椅子，过来跟我坐在一起。

“这会儿米考伯太太怎么样了，先生？”我问道。

“很不好，”米考伯先生摇了摇头，回答说，“紧张过度。啊，今天真是个可怕的日子！现在我们成了光杆儿了——我们已经一无所有了！”

米考伯先生紧握住我的手，呻吟着，接着便哭了起来。我非常感动，但也十分失望，因为我原来以为，在这样一个盼望多时才到的好日子，我们应该快快活活才是。不过我想，米考伯先生和米考伯太太已经过惯往日的那种艰难日子了，一旦想到他们已经脱离那种生活，他们反而有一种遭受海难般的绝望。他们所有的那些顺应环境的能力，全都失去了。我从没见过他们像这天晚上那样伤心过，像那样的一半伤心都没见过。因此，当铃声响起，米考伯先生陪我走到门房，在那儿为我祝福，跟我分手时，我真感到很担心，竟让他留在那儿，因为他是那么伤心，那么痛苦。

但是，在我们卷入的这番使我感到意外的混乱和情绪低落中，我清楚地看出，米考伯夫妇一家就要离开伦敦，我们的分别近在眼前了。那天晚上，在我回住所的路上，以及后来躺在床上久久睡不着时，我第一次有了一个想法——虽然我不知道这想法是怎么进入我的头脑的——这想法，后来成了我坚定不移的决心。

我已经习惯于跟米考伯家相依为命，跟他们成了患难之交，亲密无间，除了他们，我就举目无亲了。一想到我又得重找住所，又得生活在陌生人中间，仿佛旧时的光景又回到目前的生活中——因为我对以往的经历记忆犹新，一想到这一点，我所有受到过它狠狠伤害的敏感的感情，所有它在我心中永远留下的耻辱和不幸，就会变得更加痛苦难当。因此我认定，这样的生活我再也无法忍受下去了。

我当时十分清楚，要是我自己不采取行动，我就没有逃离这种生活的希望。谋德斯通小姐很少给我来信，谋德斯通先生更是只字未写。他们只给过我两三包现成的或修补过的衣服，由昆宁先生转交给我。每次只在里面夹个字条，上面写的大意是：简·谋希望大·科努力工作，专心尽职——我除了老老实实安心做个苦力外，是否还有别的什么指望，他们连一丁点儿暗示也没有。

就在第二天，我心里正在为自己打定的主意七上八下时，事实已向我证明，米考伯太太并不是无缘无故说到他们要走的。他们在我住的那家租了个地方，说好只住一个星期，到期后，他们就要动身去普利茅斯。当天下午，米考伯先生亲自到货行账房，对昆宁先生说，到他动身那天，他不得不撇下我了，而且还对我的人品大大称赞了一番，我相信，对这种称赞我是当之无愧的。于是，昆宁先生叫来了车夫蒂普，他是个结了婚的人，而且有一个房间可以出租。昆宁先生定下这个房间，让我寄住在他家——他有一切理由相信，我们双方一定都会同意。我什么话也没说，虽然此时我已经下定了决心。

在我跟米考伯夫妇住在一起的那几天里，晚上我都是跟他们一块儿度过的。在这几天里，我觉得我们相互之间更加亲密了。最后一个星期天，他们请我吃中饭。我们吃的是猪腰肉蘸苹果酱，还有一个布丁。在头天晚上，我买了一只带斑点的木马，送给小威尔金斯·米考伯——那个男孩儿，买了一个布娃娃，送给小艾玛，作为临别的礼物。我还给了那个孤儿一个先令，她就要给遣散回去了。

这天我们过得很愉快，尽管我们想到即将到来的离别，心中都有些伤感。

“科波菲尔少爷，”米考伯太太说，“以后只要提到米考伯先生这段艰难的日子，我绝不会不想起你。你的所作所为都表明，你是一个最能体贴别人、最肯帮助别人的人。你绝不是我们的房客，你是我们真正的朋友。”

“我的亲爱的，”米考伯先生说，“科波菲尔，”近来他已经习惯这样称呼我了，“这孩子心眼儿好，别人有困难、不得意时，他能同情他们，而且头脑灵活，会打算，有一手——总而言之，有能耐，能把用不着的东西处理掉。”

对他的这番称赞，我表示领受了，同时说，我为我们即将分别感到很难过。

“我亲爱的年轻朋友，”米考伯先生说，“我比你年长几岁，在做人方面总算有点儿经验了，而且——简而言之，在对付困难方面，也算有点儿经验了，总的说来是这样。眼下，在我还没有时来运转之前（我可以说，我时刻都有可能时来运转），我无可奉赠，只有几句忠告。不过我的忠告还是很有价值的。我自己——简而言之，我自己就是因为没有接受这一忠告，才成了——”米考伯先生一直眉飞色舞，有说有笑，可是说到这儿，却一下停住了，皱起了眉头，“你眼前的这个悲惨的可怜人。”

“我亲爱的米考伯！”他太太求他不要这样说。

“我要说，”米考伯先生回答说，这时他已完全忘了自己，重又微笑着，“成了你眼前的这个悲惨的可怜人。我要给你的忠告是，今天能做的事，绝不要留到明天。拖延乃光阴之窃贼[①]。要抓住他！”

“这是我那可怜的爸爸的座右铭。”米考伯太太说。

“我亲爱的，”米考伯先生说，“你爸爸，从他的作风来说，是很好的。老天绝不会让我说损害他名声的话的。拿他整个人来说，我们也许再也不可能——简而言之，再也不可能结识到像他那样的人了。他那么大年纪，还打那样的绑腿，还能不戴眼镜读那么大的字。不过，他把那座右铭用在我们的婚事上了，我亲爱的。我们的婚事实在办得太早了，结果，弄得我永远弥补不上花掉的那笔费用。”

说到这儿，米考伯先生转脸看着米考伯太太，补充说：“我并不是为这件事懊悔。完全相反，我的宝贝儿。”说完这话，他有一两分钟神情很严肃。

“我另外的一句忠告，科波菲尔，”米考伯先生说，“你是知道的。年收入二十镑，年支出十九镑十九先令六便士，结果是快乐。年收入二十镑，年支出二十镑零六便士，结果是痛苦。那样，花就谢了，叶就萎了，太阳就西沉了，只留下一片凄凉景象，这一来——这一来，简而言之，你就永远给打败了，就像我现在这样！”

为了要使他的例子给人以更深的印象，米考伯先生带着十分欢畅满意的神情，喝下了一杯潘趣酒[②]，接着还用口哨吹起了《学院角笛舞曲》[③]。

我没有忘记要他放心，我说我一定把他的规诫牢记在心，其实我用不着这么做，因为当时这些话显然已经深深感动了我。第二天早上，我在公共马车站跟他们全家相聚，看着他们心情凄楚地上了马车的后部，坐在车厢的外面。

“科波菲尔少爷，”米考伯太太说，“愿上帝保佑你！我永远也不会忘了你的一切，你知道，即使我能忘记，我也绝不肯忘记。”

“科波菲尔，”米考伯先生说，“再见啦！祝你一切幸福，万事如意！要是在岁月的流逝中，我能使自己相信，我这遭受摧残的命运能成为你的一个鉴戒，那我就会觉得，我活在世上一场，还不完全是白白地占了别人的位置。如果有朝一日时来运转（我相信会有这一天），我有能力改善你的前程，那我就太高兴了。”

我想，当时米考伯太太带着孩子，坐在马车车厢的后面，我站在路上依依不舍地望着他们，她眼前大概一下子云开雾散，看到我其实还只是一个小孩

① 出自英国诗人、剧作家爱德华·杨格（1683—1765）的著名长篇讽喻诗《哀怨，或关于生、死、永生的夜思》。

② 潘趣酒：一种用酒、果汁、牛奶等调和的饮料。

③《学院角笛舞曲》：英国作曲家、演员查尔斯·迪布丁（1745—1814）所作。他因创作海洋歌曲和歌剧而闻名。角笛舞系流行于水手中的一种生动活泼的单人舞。

儿。我之所以这样想，是因为她带着一种全新的慈母的表情打手势叫我爬上车，用双手搂住我的脖子，吻了我一下，就像吻她自己的孩子一样。马车走动起来时，我差一点儿没来得及下车。他们朝我挥动着手帕，弄得我几乎看不到他们一家人了。马车一会儿就看不见了。我和孤儿茫然相对地站在路中央，随后我们就握手道别了。我猜想，她准是又回圣路加济贫院去了，我则上谋德斯通-格林比货行，开始我那疲劳乏味的一天。

不过，我已经不打算再在那儿过更多疲劳乏味的日子了。不打算过了。我已经打定主意要逃走了——决定不管用什么办法，到乡下去，到世上我唯一的亲戚那儿，把我的遭遇告诉我的姨婆贝特西小姐。

我已经说过，我不知道这个胆大妄为的主意，是怎么跑进我的脑子里来的。不过，我的脑子里一旦有了这个主意，它就在那儿生根了，成了一个追求的目标。我一辈子从来不曾有过比这更坚定的目标。这件事有没有什么希望，我一点儿也没有把握，不过我的主意已定，非实现它不可。

打从那天晚上我第一次想起这个主意，弄得觉也睡不着以来，我一次又一次，上百次地重温了我可怜的母亲对我说的我出生的故事。从前听母亲讲这个故事，是我的一大乐事，因而我已经记得滚瓜烂熟。故事里说到我姨婆的到来，也说到她的离开。这是个令人可畏的威风凛凛的人物。不过，在她的行为举止中，有一个我喜欢的小小特点，这给了我一点儿小小的鼓励。我忘不了母亲说的，她觉得姨婆曾用那并不粗暴的手抚摸她美丽的秀发。虽然这也许完全是我母亲的幻想，事实上没有任何根据，我却据此创作出一幅小小的图画：认为可怕的姨婆被母亲的少女之美所打动，心肠变软了（母亲的少女之美我记得很真切，爱得很深），因而使得整个故事也变祥和了。很可能这一想法在我心中留存已久，渐渐地形成了我的决心。

可是，我连贝特西小姐住在哪儿都不知道。我给佩格蒂写了一封长信，装作不经意地问她是不是还记得。我托词说，听说有这样一位太太住在某个地方（地名是我胡诌的），我很想知道是否就是这个地方。在信中我还对佩格蒂说，我有项特殊的用途，急需半个几尼，要是她能借给我，待我有钱时再还她，我将对她非常感激，至于派什么用场，我以后会告诉她。

佩格蒂的回信很快就寄来了。跟往常一样，她对我充满了挚爱和忠心。信中附来了半个几尼（恐怕这是她费尽心机才从巴基斯的箱子里弄出来的），还告诉我，贝特西小姐住在多佛附近，不过是住在多佛本地呢，还是在海斯、桑德盖特，或者福克斯通，她就说不清了。不过，我问过我们货行里的一个人，据他说，这几个地方都离得很近。我认为，这对于达到我的目的，已经足够了。于是我决定在那个周末动身。

我人虽小，但我生性诚实，我不愿自己离开后，在谋德斯通-格林比货行留下个坏名声，所以我认为，我一定得待到星期六晚上才能走。而且，因为我初来时预支了一个星期的工资，因而决定，在平时领工资的时候，我就不去账房。就是由于这个特殊的原因，我向佩格蒂借半个几尼，以免在路上一点儿旅费也没有。这样，到了星期六晚上，大家都在货行里等着领工资，我看到车夫蒂普第一个进账房领钱时（他总是占先的），我就握住米克·沃克的手，请他在轮到他领钱时，对昆宁先生说一声，说我去把自己的箱子搬往蒂普家了。然后，我又跟粉白·土豆说了最后一声再见，就跑开了。

我的箱子还在河对岸的旧寓所里，我已经拿了一张我们钉在酒桶上的店址卡片，用作行李签，在背面写了几个字："大卫少爷，暂存多佛公共马车站，待领。"我把这张卡片放在口袋里，准备从寓所里取出箱子后，再把它拴上。在我往寓所走去时，我直朝四周张望，看看是不是有什么人可以帮我把箱子搬往车站售票处。

我看到有一个双腿长长的青年，身边有一辆空着的小驴车，站在黑衣修士路上的方尖碑[①]附近。我从他身边走过时，我的目光正好跟他的相遇，他就骂起我来了，骂我是个"只值六个假便士的小无赖"，想"看清了好做证"，这是在找死啊——我知道，他这准是指我盯着他看这件事。我站住脚对他说，我朝他看并不是有意冒犯他，只是不知道他是不是想干一件活儿。

"啥活儿？"长腿青年问道。

"搬一只箱子。"我回答说。

"啥箱子？"长腿青年又问道。

我告诉他，我有一只箱子在那边那条街上，我愿出六个便士，要他把箱子搬到多佛车站。

"就六便士吧，我替你搬！"长腿青年说，接着便跨上自己的车（他那辆车，只不过在轮子上装了个大木盘），咕噜噜地向前飞驰而去。我竭力追赶，好不容易才追上了它。

这青年有一副目空一切的蛮横神气，跟我说话时，嘴里总叼着一根草棍儿，我看着很不喜欢。不过交易既已谈妥，我就带他来到楼上那个我要搬离的房间，我们一起把箱子搬下来，放到他的车上。此刻我还不愿把行李签拴上，怕被房东家的什么人看穿我的行动，把我扣留。所以我对那青年说，到王座法院监狱没有窗户的墙外时，请他停一会儿。我的话刚说完，他就把车赶得咕噜噜地飞跑了，仿佛他、我的箱子、车子和那头驴子全都发疯了。我在他后面一面跑着

① 方尖碑：位于黑衣修士路南端，于1771年为伦敦市长克罗斯比而立，后迁至帝国战争博物馆。

一面喊着，到约定的地点赶上他时，我累得气都喘不过来了。

由于过于激动、紧张，我在掏行李签时，把我的半个几尼也从口袋里带出来了。为了安全起见，我急忙把它放进嘴里，虽然我的两只手哆嗦得厉害，但让我满意的是，我总算把行李签拴到箱子上了。可就在这时，我只觉得我的下巴被那个长腿青年重重拍了一下，于是眼看着我的半个几尼从我嘴里飞进了他的手中。

“好哇！”青年抓住我的衣领，可怕地咧嘴狞笑着说，“这是桩违警案，是吧？你这是想溜，是不是？走，上警察局，你这小坏蛋！走，上警察局！”

“请你把钱还给我，”我说，当时让他给吓坏了，“放我走吧！”

“走，上警察局！”青年说，“你到警察局里说去。”

“请你把我的箱子和钱还给我吧，好不好？”我喊着说，一下哭了起来。

青年嘴里仍在说：“走，上警察局！”他还恶狠狠地把我拖到驴子跟前，仿佛这头牲口跟治安官之间有什么密切关系似的。就在这时，他突然改变了主意，跳上车子，坐到我的箱子上，大声嚷嚷说，他要驾车直接去警察局，同时比先前更快地把车一阵风似的赶走了。

我拼命地在他后面追赶，可是我已上气不接下气，叫不出来了，而且即使有力气，也不敢叫。我追了他有半英里地，路上至少有二十次，我差一点儿让车给碾过。我时而看不见他，时而看见他，时而又看不见他，时而遭鞭打，时而受吆喝，时而跌进烂泥里，时而爬起身来，时而冲进什么人怀里，时而一头撞在柱子上。到末了，由于既怕又热，我心慌意乱，同时又担心，不知道这时是不是半个伦敦城的人都出来捉拿我了，我只好由着那个青年带着我的箱子和钱，去他要去的地方了。我一面喘气，一面哭着，但是绝不停下脚步，直朝格林威治前进，我知道它在多佛大道上。我一直朝我姨婆贝特西小姐隐居的地方走去，身上带的东西是如此之少，比那个惹得我姨婆大为恼怒的晚上，我来到这世上时所带的多不了多少。

第十三章　出逃的结局

我决定不再去追那个赶驴车的青年，而动身径直朝格林威治走去时，当时我说不定有过荒唐的想法，要一路跑到多佛。要是我有过这种想法，在这点上，我那混乱的思绪，很快就清醒过来了，因为我在肯特路上的一排房子跟前站住了。房子前面有一个水池，池子中央有一座笨拙可笑的大塑像，吹着一个干涸的海螺。我在这儿一家门前的台阶上坐了下来。由于大大地辛苦了一番，我已经筋疲力尽，连为我丢掉的箱子和半个几尼痛哭一场的劲儿乎都没有了。

这时，天已经黑了。我坐在那儿休息时，听到钟打了十下。不过，好在当时正是夏天，天气又好。待到喘过气来，喉头已不再那么堵得慌时，我就站起身来，继续朝前走去。尽管已陷入困境，我却丝毫没有往回走的念头。我想，即使肯特路上有瑞士那样深的积雪，我也不相信我会有往回走的念头。

我身上一共只有三枚半便士的硬币（星期六晚上，我口袋里怎么竟会留下这笔钱，我自己也感到纳闷儿），我虽然在朝前走，可心里并没有少焦急。我开始想象，一两天之内，报纸上有条新闻，说有人发现我倒毙在一排树篱之下。我虽然心情悲苦，步履艰难，但我还是尽快朝前走着，直到来到一家小铺子跟前。小铺子门前写着：收购男女服装，高价收买破布、骨头和厨房用具。铺子老板只穿件衬衣，正坐在门口抽烟。铺子里低矮的天花板下，挂着许多外套和长裤，里面又只点着两支光线暗淡的蜡烛，影影绰绰地照在那些衣裤上。因而我想象，那老板就像是个报仇雪恨的人，他已把所有的仇人吊死，正在那儿自得其乐呢。

我新近从米考伯夫妇那儿得到的经验提醒我，这儿也许有办法给我救急，使我暂时免得挨饿。我走到附近的一条小巷，脱下身上的背心，把它整整齐齐地卷了起来，夹在腋下，然后回到那铺子门前。“老板，你要是给个公道价，”我说，“我就把这件背心卖给你。”

道勒毕先生——至少店门上写的是道勒毕这个名字——接过我的背心，把他的烟斗，斗儿朝下靠在门柱上，走进铺子，我跟在他后面。他用手指掐掉两支蜡烛的烛花，把背心铺在柜上，在那儿看了一遍，又把背心提起来，就着烛光再看了一遍，然后说：

“嗯，这件小背心，你要卖多少钱？”

“哟！老板，你在行。你说吧！”我谦虚地回答说。

“我不能既做买主，又做卖主，”道勒毕先生说，“这么件小背心，你开个价吧。”

“十八便士怎么样？”我迟疑了一下，试着说。

道勒毕先生重又把背心卷了起来，递还给我。“就算出九便士买下它，”他说，“我也等于打劫我一家大小了。”

这样做买卖，真叫人不愉快。因为我跟道勒毕先生素不相识，但为了我，要他去抢劫自己的家人，实在不是件好事。不过，我的处境太窘迫了，只好说，要是他肯的话，我愿意九便士卖给他。道勒毕先生嘴里咕哝着，给了我九便士。我跟他道了晚安，走出店门。手上多了一笔钱，身上却少了件背心。不过我扣上了外套的纽扣，也就没什么了。

说实在的，我早就清楚地料到，接下去我就得卖掉我的外套了，为此我应该尽快赶路，争取能穿着衬衣和长裤到多佛，即便能保住这样的穿着到那儿，都算是非常侥幸了。不过，我并没有像人家推测的那样，把心思都集中在这件事情上。当我口袋里装着九个便士，重又上路时，我只大概感到前面路途遥远，以及那个赶驴车的青年待我太狠，除此以外，当时我并没有迫切地想到眼前有多大困难。

我想到了一个过夜的办法，我打算就按这个办法实行。办法是，睡到我读过书的学校后面围墙外的一个角落里，那儿通常都堆有一堆干草。我想象，我能跟那些同学，以及我以前在里面讲故事的宿舍那么近，就像是有人做伴儿了，虽然同学们对我的到来一无所知，那宿舍也不能给我遮风挡雨。

我已经辛苦了一整天，到我终于爬上布莱克黑斯平原时，我真累坏了。为了找萨伦学校，费了点儿事，不过到底还是找到了，而且也找到了墙角里的那堆草堆。我就在草堆旁边躺了下来。在躺下之前，我先沿墙走了一圈儿，仰头朝那些窗户看了一番，只见里面漆黑一片，寂静无声。生平第一次躺在头上没有屋顶的地方过夜，那种孤寂凄凉的感觉，真是永世难忘！无家可归的人，家家对他们紧闭门户，所有的狗都朝他们狂吠。那天晚上，我也像许多这样的人一样，睡着了——我梦见自己躺在学校里从前的床上，跟同屋的同学在聊天儿；随后却发现自己正直挺挺地坐着，嘴里咕哝着斯蒂福思的名字，眼睛失魂落魄似的望着头顶天空闪烁的星星。我忽然想到，在这种时刻，自己在这种地方，有种感觉突然偷偷朝我袭来，使得我站起身来，怀着一种无名的恐惧，在四下里徘徊。不过，闪烁的星光已渐渐暗淡，曙色来临的那方天空，出现了灰白的光芒，这让我放下心来。我感到眼皮沉重，便又躺下身来睡着了——虽然睡着了也知道冷——一直睡到温暖的阳光和萨伦学校的起床铃把我唤醒。要是斯蒂福思还在学校里的话，我就会躲在附近，直到他单独出来。不过我知道他一定早就离开那儿了。特雷德尔也许还在那儿，不过也很难说；而且，我对于他的好心肠虽然深信不疑，但是对于他的谨慎和运气，却没有足够的信心，我不想把我的处境告诉他。所以，当克里克尔先生的学生正在起床时，我就悄悄地离开了那堵围墙，走上了那条尘土飞扬的漫漫长路。我第一次知道这条路就是多佛大道，还是在做萨伦学校的学生时，不过当时万万没有想到，会让大家看到，我成了现在这样在这条路上走的行人。

这是个星期天的早晨，可是这跟从前在亚茅斯的星期天早晨是多么不同啊！当我脚步沉重地朝前走去时，到时候会听到教堂的钟声，还会遇到上教堂的人们。我经过一两个教堂，听到人们正在里面做礼拜，歌声传到外面的阳光里。教区里的执事坐在门廊阴处乘凉，要不就站在紫杉树下，手遮着额头，恶狠狠地怒目瞪着我走过。不过，一切仍如往日的星期天早晨一样宁静和安详，只有我例外。不同之处就在这里。我满身尘污，头发蓬乱，连自己都觉得像个坏人。要不是我想起那幅恬静的图画——我母亲年轻貌美，坐在火炉旁哭泣，姨婆对她动了怜悯之心——我很难想象，到第二天还有继续走下去的勇气。可是这幅图画一直在我眼前，于是我便跟着它走去。

那个星期天，我在那条笔直的大道上整整走了二十三英里，这很不容易，因为我从来没有吃过这种苦。傍晚时分，我发觉自己过了罗彻斯特的大桥。这时两脚疼痛，全身疲乏，我就坐下来吃买来做晚饭的面包。有一两座小房子外面，挂着“旅人客栈”的招牌，使我动心，可是我怕花掉身上仅有的几个便士，更怕碰见或赶上的那班流浪汉那副凶恶的样子，因此，除了青天，我不再找别的遮身之物。我经过艰苦跋涉，来到了查塔姆[1]——

① 查塔姆：英国海军造船厂所在地。

第十三章　出逃的结局

这地方晚上看去，就像梦中一般，只见一片白垩、几座吊桥，以及在混浊河水中一些诺亚方舟般有篷无桅的船只——我终于爬上一座长满草的炮台，炮台下方有一条小径，有个哨兵在那儿来回走动。我便在一尊大炮旁躺了下来，好在有哨兵的脚步声为我做伴儿，虽然他并不知道我就睡在他上面，就像萨伦学校的同学不知道我就睡在墙外一样。我一觉沉睡到天明。

早晨起来的时候，我只觉得两条腿又僵又疼。当我走下坡来，朝那又长又狭的街道走去时，军队的鼓声和行进声，好像从四面八方包围住我，把我弄得头昏眼花。我觉得，要是我想要留点儿力气，以便能到达旅途的终点，那我那天就不能多走路，我决定把变卖我的外套，作为我当天的主要工作。因此我脱下外套，为的是使自己适应，没有外套也能对付。我把外套夹在腋下，开始巡视起各家旧衣店来。

要在这儿卖旧衣服，似乎很合适，因为这儿买卖旧衣服的铺子很多，而且，一般说来，铺子的老板们都站在门口守候着顾客。不过，他们多数都在他们的货物中间，挂上一两件军官制服，上面连肩章什么的都很齐全。我认为他们的买卖价格都很高，心里害怕，吓得不敢进去，来回走了许久，也不敢把我的货物向任何人兜售。

我的这种自惭心理，使得我把注意力转向那些卖旧船具的铺子和道勒毕先生那样的铺子，而不想跟这些正规的商人打交道。最后我终于找到了一家看样子有希望的铺子。这家铺子坐落在一条脏胡同的拐角处，一头是一个长满大荨麻的院场，对面的栅栏上挂着一些旧的水手服，随风飘动，好像是这家铺子里多得满出来的；还有吊床、生锈的枪、油布帽子以及一些盘子，盘子里盛满生锈的旧钥匙，它们大小不一，式样各异，多到好像足以打开世界上所有的门。

我心里七上八下地走下几级台阶，走进这家又矮又小的铺子。铺子里只有一扇小窗，它不但没能使屋子里变亮，反而变得更暗了，因为上面挂满了衣服。进了铺子后，我扑腾的心并没有松缓下来，一个丑陋的、下半张脸全给又短又硬的白胡子遮满的老头儿，从铺子后面一间肮脏的、洞穴似的小房间里冲了出来，一把抓住了我的头发。这老头儿看起来很可怕，穿一件很脏的法兰绒背心，散发出一股强烈的酒气。他冲出的小房间里，放着一张床，上面乱堆着一床碎布块缀成的破烂被子。那儿也有一扇小窗，从窗口往外看，能看到更多的大荨麻，还有一头跛脚的驴子。

“哦，你要干什么？”老头儿龇牙咧嘴，用恶狠狠的咕哝声问道，“哦，我的眼睛胳膊腿，你要干什么？哦，我的心肝肺，你要干什么？哦，咕噜咕噜！”

我听了这些话，害怕极了，特别是最后那句在喉咙里咕噜咕噜连声发出的、听不懂的话，吓得我话也说不出来了，因此那老头儿继续抓住我的头发，再次问道：

“哦，你要干什么？哦，我的眼睛胳膊腿，你要干什么？哦，我的心肝肺，你要干什么？哦，咕噜！”——最后这声咕噜，是他使劲挤出来的，由于用力太猛，眼珠子都从眼眶里突出来了。

“我想问一声，”我浑身哆嗦着说，“你要不要买一件外套。”

“哦，让我们来看看这件外套！”老头儿嚷道，“哦，我的心冒火了，快把外套拿出来看看！哦，你这小坏蛋，快把外套拿出来！”

说着，他那像大鸟的爪子似的哆嗦着的手，松开我的头发，戴上一副眼镜。可是，这一点儿也没有给他那双血红的眼睛增光添色。

“哦，这外套多少钱？”老头儿仔细看过后问道，“哦——咕噜！——这外套多少钱？”

“半克朗。”我回答说，这时我已镇静下来。

“哦，我的心肝肺，”老头儿叫了起来，“不值！哦，我的眼睛，不值！哦，我的胳膊腿，不值！十八便士。咕噜！”

每次他发出这一声音的时候，他的眼珠子好像都有从眼眶里迸出来的危险似的。他每说一句话，用的都是同一种腔调，总是一个样儿，就像一阵风，开始的时候低，接着渐渐高起来，最后又低下去，我再也找不到比这更合适的比方了。

“好吧，”我说，认为交易已经成功，心里很高兴，“那就十八便士吧。”

“哦，我的心肝！”老头儿一面嚷道，一面把外衣扔在一个架子上，“你给我到铺子外面去！哦，我的肺，你给我到铺子外面去！哦，我的眼睛，我的胳膊腿——咕噜！——别跟我要钱，换东西吧！”

我这辈子从来没有这样惊恐过，以前没有，以后也没有。不过我还是低声下气地告诉他说，我急需的是钱，别的任何东西我都没有用处。我可以像他说的那样在外面等着，不会去催他。于是我就走出铺子，在一个角落的阴处坐了下来。我一连坐了好几个小时，阴处照到了阳光，后来又成了阴处。我还是坐在那儿等他给我钱。

我真希望，在买卖人中别再有他这种酒疯子了。原来他在那附近一带是很有点儿名气的，他已经把自己出卖给魔鬼了。这是我过后不久就知道的。因为来了不少孩子，不断在铺子门口侵扰他，高声嚷着那个传说，要他把金子拿出来。“你别装穷，查理，你并不穷。把你的金子拿出来。把你卖给魔鬼的金子拿点儿出来。喂！金子在床垫子里呢，查理，查理。把床垫拆开，拿点儿出来给我们！”他们这么叫喊着，许多人还提出要借刀子给他，供他拆床垫。这惹得他怒不可遏，成天冲出去追那班孩子，孩子们则一再逃窜。有时候，他在盛怒之下把我当成了他们当中的一个，直朝我冲来，咬牙切齿的，仿佛要把我撕成碎片；这时，幸好想起是我，于是便奔回铺子里。我从他的声音听出，他又躺到床上了，接着便发疯似的大唱起那首《纳尔逊之死》[①]来，而且在每一句的开头都加上一个“哦”字，中间还插进一大堆“咕噜”。好像这还不够我受似的，那班孩子见我衣服欠缺，而且这般有耐心、有恒心地坐在铺子门口，以为我跟这家铺子有关系，便整天用石头扔我，作弄我。

那老头儿想了很多办法，想骗我跟他交换物品，有一次拿出一根钓鱼竿来，另一次拿出一把提琴，还有一次是一顶三角帽，又有一次是一支笛子。不过所有这一切提议，我全都拒绝，始终咬紧牙关坐在那儿，眼中含着泪水，每次都求他给我钱，或者是还我外套。最后，他总算开始给我付钱了，每次给半便士，足足花了两个小时，陆陆续续总共给了我一先令。

“啊，我的眼睛，我的胳膊腿！”停了好久以后，他凶相毕露地朝铺子外面吼道，“再给你两便士，你走不走？”

“不成，”我说，“那样我会饿死的。”

“哦，我的心肝肺，再给你三便士，你该走了吧？”

“我要是不等钱用，你一个钱不给我也走，”我说，“可是我急着等钱用啊。”

“哦，咕——噜！”（当他从门框后面只露出一颗狡猾的老脑袋瞧着我时，发出了一声真让我没法儿形容的别扭的喊叫）“四便士，你该走了吧？”

当时我已经筋疲力尽，所以也就同意了他提出的数目，颤抖着从他那爪子似的手中接过钱，便走开了。这时太阳已经快要下山，我从来没有这样又饥又渴过，不过待我花了三个便士后，我便又不饥不渴了，恢复了精力。由于精力较好，我又继续走了七英里。

这天晚上，我的床就在另一垛干草堆下，我把磨起疱的脚在小河里洗了洗，用阴凉的叶子尽可能把它们包起来，然后躺下来休息。第二天早上继续上路时，我发现四周全是啤酒花地和果园。这时已是深秋季节，果园中嫣红的成熟苹果挂满枝头，在一些地方，收摘啤酒花的人已经在忙碌。我觉得这一切真是太美了，打算当天晚上就睡在啤酒花地里，想象着跟那些上面缠绕着啤酒花优美藤蔓和叶子的一溜溜杆子，结为舒心的伴侣。

那一天遇上的流浪汉比以前的更坏，他们在我心里引起的恐惧，直到今天

①《纳尔逊之死》：当时流行的一首悼念死于特拉法尔加角之役的英国海军名将纳尔逊（1758—1805）的歌曲。

我还记忆犹新。其中有些面目十分狰狞的恶棍，在我走过他们身旁时，眼睛直盯着我，或者是停下脚步，把我叫回去，对我问话；我要是撒腿逃开，他们就用石头扔我。我记得有个年轻的家伙——从他带着的工具袋和炭火炉来看，我猜想他是个补锅匠——带着一个女人。他就是那样转脸直盯着我，接着便拉开嗓门儿，大声叫我回去。我只得停下脚步，回头望着。

"叫你回来，你就回来！"那补锅匠说，"要不，我就把你那小身子给撕了。"

我想我最好还是回去。快到他们跟前时，我满脸堆笑，想讨补锅匠的好。我看到那女人有只眼睛四周一片青肿。

"你去哪儿？"补锅匠用一只黝黑的手抓住我衬衣的前襟，问道。

"我要去多佛。"我回答说。

"你从哪儿来？"补锅匠问道，他的手把我的衬衫一拧，抓得更紧了。

"我从伦敦来。"我说。

"你是干哪一路的？"补锅匠问，"是个扒手吧？"

"不——不是。"我说。

"不是？妈的，你要是不跟我说实话，"补锅匠说，"我就把你的脑浆给砸出来！"

说着他举起另外那只空着的手，做出要打我的样子，威吓我，还朝我全身上下打量着。

"你身上有买一品脱啤酒的钱吗？"补锅匠说，"有的话，快拿出来，免得你大爷动手！"

我本来一定会掏钱出来的，可是我看到了那女人的眼色，看到她微微摇着头，嘴唇做出"不"字的口型。

"我很穷，"我装出笑脸回答说，"我没钱。"

"什么？你这是什么意思？"补锅匠说道，恶狠狠地直盯着我，吓得我只当他已经看到我口袋里的钱了。

"先生！"我结结巴巴地叫道。

"你这是什么意思？"补锅匠说，"你围我弟弟的丝围巾？拿过来！"他一下子就从我脖子上抢走了我的丝围巾，把它扔给了那个女人。

那女人哈哈大笑起来，好像认为他这是在跟我开玩笑，把围巾扔还给了我。同时跟先前摇头时那样，微微地朝我点了点头，嘴唇还做出个"走"字的样子。不过，我还没来得及照她的话做，补锅匠又从我手上把围巾给抢走了。因为用力过猛，我就像一根羽毛似的被他甩得老远。他把围巾胡乱地往自己脖子上一围，转身就朝那女人骂了一句，一拳把她打倒在地。只见她被打得仰面朝天跌倒在坚硬的路上，帽子已被打落，头发全给尘土染白了。那番情景，我永世难忘。我撒腿跑了一段路，从远处回头看去，只见她坐在人行道上（那是大路旁的一个土坡），用自己那披巾的角儿在擦脸上的血。补锅匠则顾自朝前走着。这也是我永世难忘的情景。

这次遇险，把我给吓坏了。因此打这以后，每当看到这样的人过来，我就退到一旁，先找个地方躲起来。等到他们走得看不见了，我才再上路。这种情况一再发生，因此我在路上耽搁了不少工夫。但是遇到这种困难的时候，我也像在路上遇到所有其他困难时一样，想象中我母亲在我还没出生时的少女形象，好像一直在支持着我，引导着我，而且一直在陪伴着我。当我在啤酒花丛中躺下睡觉时，这个形象就在啤酒花丛中。我早晨醒来时，她也跟着我一起醒来。我上路，她就跟我同行，整天走在我前面。从那时起，我看到坎特伯雷①那在灼热的阳光下打盹儿的街道，就联想到母亲的容颜；看到那古老的房舍和城门，它那古老、庄严的大教堂以及那些围绕着钟楼飞翔的白嘴鸦，我也联想到她的容颜。后来，当我终于来到多佛附近光秃广阔的丘陵地带时，母亲的容颜给了我希望，消除了这儿的荒凉景象。直到我出逃的第六天，在我到达我旅程的第一个大目标，真正踏上那个市镇时，母亲的容颜才离我而去。不过说来奇怪，当我脚穿破鞋，衣衫不全，浑身尘土，皮肤黝黑，站在渴望已久的地方时，母亲的容颜竟像梦一样突然消失，撇下我独自一人，无依无靠，深感凄凉。

我先在渔夫中间打听姨婆的消息，他们的回答说法不一。一个说，她住在南岬的灯塔里，所以胡子都给烧焦了；另一个说，她被绑在港外的大浮标上，要等潮水半涨半落时，才能去看她；第三个又说，她因为拐了小孩儿，给关在梅德斯通②的监狱里了；第四个则说，上次刮大风时，有人看见她骑着一把扫帚，往加来③去了。接着我又在马车夫中间打听。他们同样爱开玩笑，很不正经。至于那些开铺子的，一看到我这副样子就讨厌，没等我开口，就说他们没有什么可以给我。我感到，我现在比出逃后的任何时候都更加悲惨、更加困苦。我的钱都花光了，也没有什么东西可卖了。我又饥又渴，筋疲力尽。现在，离我的目的地，似乎跟在伦敦时一样遥远。

一上午的时间就这样消磨在打听上了。我在市场附近街角的一家空铺子前的台阶上坐了下来，盘算着是不是要到前面那些去过的地方再打听一番。就在

① 坎特伯雷：英国古城，以大教堂著称，是从伦敦到多佛的必经之地。
② 梅德斯通：英国肯特郡郡府所在地。
③ 加来：和多佛隔海相望的法国城市。

这时，一个车夫赶着马车经过，掉下了马衣。我拾起马衣递给他，发现这人面相和蔼，便大胆地问他，是否知道特洛伍德小姐住在哪儿。虽然因为这句话问的次数太多，我几乎没说出口就咽回去了。

“特洛伍德？”车夫说，“让我想一想。我知道有这么个人。是个老太太？”

“是的，”我说，“没错。”

“腰板儿挺直的，是不是？”他说，同时也伸直了自己的腰板儿。

“没错，”我说，“我想是这样。”

“常拎个手提包？”他说，“一个能装很多东西的大提包，是不是？脾气挺倔的，跟你说话的时候，老斩钉截铁似的，是不是？”

我承认他这番形容很准确，但心里却不由得凉了半截儿。

“那我就告诉你吧，”他说，“往那边上去，”他用鞭子指着前面的高坡，“一直往前走，走到有几座朝海的房子那儿，我想，到那儿你准能打听到她。不过，我看她什么也不会给你的。所以还是我这儿给你一个便士吧。”

我感激不尽地收下他的赠款，用它买了一个面包。我一路走，一路吃，照那位车夫朋友所指的方向走去。走了好久，还没有看到他说的那几座房子。最后，终于看到前面有几座房子。我走上前去，走进一家小店铺（就是我们家乡通常叫作杂货铺的那种），求铺子里的人告诉我，他们是不是知道特洛伍德小姐住在哪儿。我本是向柜台后面那个男人打听的，他正在给一个年轻的女人称米，但那个年轻女人以为我是在问她，连忙转过身来。

“你问我家小姐吗？”她说，“你找她有什么事，孩子？”

“对不起，”我回答说，“我有话要跟她说。”

“你是说，你要向她讨乞吧？”那姑娘接嘴说。

“不是，”我说道，“真的。”不过我突然想到，实际上我来这儿并非为了别的目的，于是一时间慌乱得说不出话来，觉得脸也红了。

我姨婆的女仆（从她说的话里，我认为她是我姨婆的女仆）把米放进一只小篮子里，然后走出店门，她对我说，要是我想知道特洛伍德小姐住在哪儿，可以跟她走。我当然用不着再求得她的允许，便跟她前去了，可是当时我心里又惶恐又激动，两腿禁不住直打哆嗦。我跟着那年轻女人，不久就来到一座整齐干净的小屋子跟前。小屋子有着敞亮的凸肚窗，屋前是一个铺有石子儿的四方小院或花园，里面种满花草，收拾得整整齐齐，到处是一片芳香。

“特洛伍德小姐就住在这儿，”那年轻女人说，“这会儿你已知道。我就只能说这么多了。”说完就匆忙走进屋去，好像要推卸带我来的责任似的。我独自一人站在花园的栅栏门旁，忧郁不安地从门上朝小客厅的窗子里张望。只见纱布的窗帘半开半掩，窗台上安有一个绿色小圆屏或者扇子，还有一张小桌子和一把大椅子，这使我想到，这会儿我姨婆也许正在那儿凛然端坐哩。

当时我的鞋子已经破烂不堪。鞋底已一片片脱落，鞋帮的皮也已多处破裂，失去了鞋的样子。我的帽子（也被用作我的睡帽）也已压得又扁又皱，就连垃圾堆上没柄的破汤锅，跟它相比也不用自愧不如了。我的衬衣和裤子上，全是汗渍、水迹，沾满草茎和肯特郡的泥土（我就睡在它上面），而且也撕破了。现在我这副模样站在姨婆的花园门口，园里的鸟儿也许都要让我给吓飞了。我的头发，打从离开伦敦那天起，就没有碰过梳子和刷子。我的脸、我的脖子和我的手，由于从来没有受过这样的风吹日晒，现在已烤成紫褐色。我从头到脚，沾满白垩和尘土，好像刚从石灰窑里出来似的。就这样一副狼狈相，而且对此还有着强烈的自知之明，我等着把我自己介绍给我那位令人生畏的姨婆，等着她对我的初步印象。

过了一会儿，小客厅的窗子那儿仍旧静悄悄的，因而我断定，我姨婆并没在那儿。于是我便抬头往小客厅上面的那个窗子看去。只见那儿有一位和蔼可亲的先生，面色红润，满头白发。他闭上一只眼睛，做了个怪相，朝我点了几下头，又摇了几下头，然后笑了笑，走开了。

在这以前，我的心绪本来就够乱的了，看了他这种意外的举动，我更加不安了。我正想偷偷溜开，先考虑一下怎么办再说。这时从屋子里走出来一位女士，帽子上扎着一条手帕，手上戴着一副园丁的手套，身上围了个收税人的围裙似的园丁工具袋，手上拿着一把大刀子。我一看就知道，这一定是贝特西小姐。因为她从屋子里昂首阔步走出来的样子，跟我可怜的母亲常对我说的她昂首阔步走进布兰德斯通我们家鸦巢的花园时一模一样。

“去！”贝特西小姐说着，摇着头，还用手中的刀子做出一个砍劈的样子，“走开！这儿不许小孩儿进来！”

我提心吊胆地看着她，只见她走到园子的一个角落里，俯下身子在那儿挖掘什么小根子。这时，我虽然一点儿勇气都没有了，但是我有着不顾一切的决心，于是便悄悄走进园子，站在她身边，用手指碰了碰她。

“对不起，小姐。”我开口说。

她吃了一惊，抬起了头。

“对不起，姨婆！”

“啊？”贝特西小姐惊叫了起来，我从来没有听到过类似这样的惊叫声。

“对不起，姨婆，我是你的侄孙儿。”

“哎呀，我的天！”姨婆说，一下子坐在花园的小径上。

"我是大卫·科波菲尔，住在萨福克的布兰德斯通——我出生那天，你去过那儿，见过我的好母亲。我母亲去世以后，我的日子过得很苦。没有人关心我，什么都不管我，还逼我独自谋生，要我干不该我干的活儿。所以我就逃到你这儿来了。我刚一上路，便让人给抢了，我是一路走来的，打从出发那天起，我就没在床上睡过觉。"说到这里，我的自制力一下子完全失去了。我用手朝自己指了指，要姨婆看看我衣衫褴褛的样子，证明我确实吃了不少苦头，接着便伤心地大哭起来。我相信，这场哭已在我心中憋了整整一个星期了。

我说这番话的时候，我姨婆的脸上，除了惊讶，什么表情都不见了。她一直坐在石子儿铺的小径上，两眼直愣愣地盯着我。一见我开始放声大哭起来，她便急忙站起身子，揪住我的衣领，把我带进了小客厅。她到了那儿后，做的第一件事，是打开一个高柜子的锁，拿出好几个瓶子，把瓶子里的东西各往我嘴里倒了一些。我想，这些瓶子她一定是随便拿的，因为她倒进我嘴里的东西，我尝出有茴香水、鳀鱼酱、沙拉调料。她给我服了这些补精益神的东西后，见我还是歇斯底里地哭个不停，就把我放在沙发上，在我的头下垫了一条披巾，她头上的手帕则给我垫了脚，为的是免得我把沙发套弄脏。然后她自己就坐到我上面提到过的绿色团扇或小圆屏的后面，因此我就看不到她的脸了，只听到她过一会儿便叫一声"我的天哪"，就像是放致哀礼炮或分炮[①]似的。

过了一会儿，她摇了摇铃。"珍妮特，"当她的女仆进来时，我的姨婆说，"上楼去，给我禀告狄克先生，说我有事想跟他谈一谈。"

珍妮特见我直挺挺地躺在沙发上（我生怕动起来会让我姨婆不高兴），显得有点儿吃惊，不过她还是执行她的使命去了。我的姨婆背着双手，在小客厅里来回踱着，直到从楼上窗口冲我挤眼的那位先生笑着走了进来，她才停下脚步。

"狄克先生，"我姨婆说，"别傻里傻气的了，你只要愿意，比谁都有见识。这我们都知道。所以不管怎么样，你都别犯傻了。"

那位先生的神情立即变得严肃起来，他朝我打量着。看他那表情我心里想，好像是求我别说出他在窗口的样子。

"狄克先生，"我姨婆说，"你听我对你提起过大卫·科波菲尔吧？行了，别装成你记性不好，因为你我对这都很清楚。"

"大卫·科波菲尔？"狄克先生说，我看他那样子，对这好像不太记得，"大卫·科波菲尔？啊，没错，是的。大卫，我当然记得。"

"行啦，"我姨婆说，"这就是他的孩子，他的儿子。这孩子要不是也像他

① 每隔一分钟放一次，船舶遇险时施放。

的母亲，就十分像他的父亲了。”

“他的儿子？”狄克先生说，“大卫的儿子？真的？”

“对，”我姨婆接着说，“他还干了件相当出色的事。他是逃到这儿来的。啊！要是他姐姐，贝特西·特洛伍德，就绝不会干出这样的事来。”我姨婆坚定地摇摇头，对那个未出世的女孩儿的品格、行为，充满信心。

“啊！你认为她不会逃跑？”狄克先生说。

“哎呀，你这人真是的！”我姨婆厉声叫了起来，“你瞎说些什么呀！我还不知道她不会吗？她一定会跟我这个监护人生活在一起，我们俩彼此一定相处得很好。请问，如果是她的姐姐贝特西·特洛伍德，她会从哪儿逃跑？又会跑到哪儿去呢？”

“没有去处。”狄克先生说。

“那就行了，”我姨婆听他这样回答，口气缓和了下来，“狄克，你原本看问题很尖锐，像外科医生的手术刀似的，怎么又装作心不在焉，发起傻来了呢？瞧，你已经看到小大卫·科波菲尔就在你的面前了。我要问你的问题是，我该拿他怎么办？”

“你该拿他怎么办呢？”狄克先生搔着头皮，有气无力地说，“噢！该拿他怎么办呢？”

“对，”我姨婆表情严肃地举起一个食指，说，“喂！我要你给我出个好主意。”

“啊，我要是你的话，”狄克先生一面考虑，一面茫然地看着我，说，“我一定——”他注视着我，好像突然灵机一动，想出了一个主意，便轻松地补充说，“我一定先让他洗个澡！”

“珍妮特，”我姨婆暗暗得意（当时我并不懂为什么），转过身来叫道，“狄克先生给我们指明道路了。烧洗澡水！”

虽然我用心细听着他们的这番谈话，但是在对话进行中，我也禁不住对我姨婆、狄克先生和珍妮特观察了一番，同时也完成了对房间里的情况进一步的审视。

我姨婆是一个高高的、面色严厉的女人，但是绝不难看。她的面容、她的声音以及她的步态和举止里，都有着一种刚强不屈的神情，难怪像我母亲那样温顺的人对她会有那样的印象。不过她的面貌虽然严峻凛然，五官倒也颇为端正。我特别注意到，她的眼睛灵活明亮，奕奕有神。她的头发已经花白，朴朴实实对半分开，上面戴着一顶我想是叫作“头巾式女帽”的帽子——我的意思是说，这种帽子当时比现在流行得多，它两边各有帽翼，用带子系在下巴下面。她的衣服是淡紫色的，非常整洁，但是做得很简朴，好像她尽量要求轻便，少受拘束。我记得，当时我认为她的衣服式样十分像骑马服，不过把多余的下摆给剪掉了。她在腰上挂了一只男式金表（我这是根据它的大小和式样看出来的），还带有跟它相配的链子和坠子。脖子上围着一条颇像衬衫领口的领子，手腕上还有着衬衫袖口似的东西。

至于狄克先生，我已经说过，面色红润，满头白发。我这么一说，本是可以概括他的全貌了，不过他的头老是奇怪地耷拉着——这并不是年纪大的关系；他的这一模样，让我想起萨伦学校的学生挨打以后的样子——而且他那双灰色的眼睛又大又凸出，里面还含有一种奇怪的水汪汪的亮光。这一切，再加上他那副呆头呆脑的样子，对我姨婆的驯服态度，以及受到她夸奖时那副孩子般的高兴劲，都使我疑心，他这个人，精神可能有些不太正常。可是他要是真的精神不正常，怎么又会到我姨婆这儿来呢？这真让我十分迷惑不解。他的穿着打扮，跟一般的绅士一样，上身是宽大的灰色晨衣和背心，下身是白色长裤；表放在裤子的表袋里，钱放在衣服的口袋里；他老把钱弄得哗啦哗啦作响，好像自己有钱很神气似的。

珍妮特是个漂亮的花季少女，大约十九岁或二十岁，十分整洁。虽然当时我并未对她做进一步的观察，但我得在这儿提一下我后来的发现。原来我姨婆接连雇用过不少女孩儿，她就是其中之一。姨婆的用意，分明是为了对她们进行抵制男人的教育，可结果，她们总是以嫁给面包师来实践不嫁人的誓言。

小客厅里也收拾得跟珍妮特和我姨婆一样整洁。刚才我放下笔来想了想当时的情景。从海上吹来的风，带着花香，又吹进了房间。我又看到了擦得雪亮的老式家具，看到了在凸肚窗里绿团扇旁我姨婆神圣不可侵犯的椅子和桌子，看到了盖着覆毯[①]的地毯，看到了那只猫，用以防止烫手的锅柄裹布，两只金丝雀，古瓷，装满干玫瑰花瓣的酒钵，摆着各种瓶瓶罐罐的高橱；同时，我还看见了我自己，浑身尘土，躺在沙发上，观察着一切，跟这儿的所有东西都显得极不调和。

珍妮特给我做洗澡的准备去了。这时，我姨婆突然使我大吃一惊，她有一会儿工夫，突然气得全身发僵，几乎都喊不出声音来了，她叫道："珍妮特，驴子！"

珍妮特听到这一声喊，就像房子着火似的，急忙从台阶那儿跑上来，往外冲到屋前的那一小块草地上，原来草地上竟大胆闯进来两头驮着两个女人的驴子。她把这两头驴子赶了出去。这时，我姨婆也冲出屋外，抓住了另外一头驮

① 覆毯：盖在地毯上保护地毯的粗毛毯。

着一个小孩儿的驴子的缰绳，让驴子转过身去，把它拉出这个神圣的地方。同时还扇了那个倒霉的赶驴孩子几个耳光，因为他竟敢亵渎这片神圣的土地。

一直到现在，我都不知道我姨婆是否拥有这片草地的法定通行权。不过她自己心里认定她有这个权利。有或没有，对她来说，反正都是一样的。她一生认为最无法无天的行为，要不断给予惩罚的，就是驴子践踏这片圣洁的草地。不管她正在做着什么事，也不管她正在跟别人兴致勃勃地谈着什么，只要一出现驴子，她的思路马上就会改变，她就会立刻朝它扑过去。她把水罐、喷壶都装满水，藏在秘密的地方，准备随时用来浇淋前来侵犯的孩子。门后还藏有棍子，随时准备出击，战事不断发生。也许，那些赶驴子的孩子觉得这好玩，很刺激，也许是那些更聪明的驴子懂得这是怎么一回事，出于它们倔强的天性，偏偏爱走这条路。我只知道，在洗澡水烧好之前，就有过三次警报，以最后一次最危急。我看见我姨婆单枪匹马地跟一个十五岁的长着浅棕色头发的男孩儿交起手来。当她抓住他的头往栅栏门上撞时，那孩子好像没闹明白这是怎么回事。这场插曲，让我觉得特别可笑。因为当时我姨婆正用大匙子在给我喂汤（我已经使她完全相信，我确实一直在挨饿，所以一开始只能给我吃少量的东西），我张开嘴正要接她喂我的那匙汤时，她突然把匙子放回盆子，大叫一声："珍妮特，驴子！"便冲出去发起进攻了。

这个澡洗得舒服极了。由于我几天来都睡在田野里，这时开始感到四肢剧痛难当，而且我的身子又那么疲乏和虚弱，要想连续五分钟不合眼都办不到了。洗完澡，她们（我指的是我姨婆和珍妮特）给我穿上了狄克先生的衬衣和裤子，又用两三条大披巾把我裹了起来。我被裹成像个什么，我现在说不上来，当时只觉得全身很热，而且又累又困，很快便在沙发上睡着了。

这也许是个梦，是我长期以来的想象引起的，但我醒来后有一个印象，觉得我姨婆曾来到我跟前，俯下身子，捋开我脸上的头发，把我的头摆得舒服些，然后站在旁边瞧着我。好像还听到她说了"漂亮的孩子""可怜的孩子"这类话。但是待我醒来时，却又确实没有别的迹象表明，可以相信这话是我姨婆说的，因为她正坐在凸肚窗内，从那绿团扇后面凝视着大海。那团扇是安在一种转轴上的，能朝任何方向转动。

在我醒后不久，我们就吃饭了，有烤鸡和布丁。我坐在餐桌旁，跟一只捆扎着的鸡[①]没有多大不同，我的两臂动起来非常困难。不过，既然是我姨婆把我裹扎成这样，虽然感到不方便，我也就忍着不抱怨了。在吃饭的整个时间里，我都急于想知道，她打算拿我怎么办。可是她吃饭时始终默不作声，只是

① 英国人习惯在烹调鸡、鸭前，把它们的翅膀和脚捆扎住。

偶尔朝坐在对面的我看上一眼，说一声："我的天！"可这一点儿也不能减轻我的焦急。

桌布撤去了，桌子上放上了雪利酒，也给了我一杯。这时姨婆又打发人去楼上请来了狄克先生，跟我们坐在一起。姨婆要他仔细听我的话，他就尽量做出明白事理的样子。姨婆一连串问了我不少问题，一步步把我的经历都套出来了。在我讲述的时候，姨婆的眼睛一直看着狄克先生，要不我想他早就睡着了。而且每当他露出笑脸时，我姨婆就会皱一皱眉头，把他给制止住。

"我真弄不明白，"我讲完后，姨婆说，"到底是什么迷住了那个倒霉的可怜娃娃，使得她又去嫁一次人！"

"也许是她爱上了她的第二个丈夫吧。"狄克先生推测说。

"爱上了！"我姨婆重复说，"你这是什么意思？她为什么要这样做？"

"也许，"狄克先生想了想，傻笑着说，"她这么做是为了找快乐吧。"

"找快乐！真不错！"我姨婆回答说，"那可怜的娃娃，竟把她天真无邪的痴心诚意，寄托在这样一个狼心狗肺的人身上，他那样千方百计地虐待她，她可真是找到快乐了。她自己到底打的是什么主意，我倒真想知道！她已经有过一个丈夫了，她眼看着大卫·科波菲尔离开了这个世界——那孩子打从摇篮里的时候起就爱追蜡娃娃了。她已经生过一个孩子——啊，在那个星期五的晚上，她生下坐在这儿的这个孩子时，就有了一对娃儿了——她还有什么不满足的呀？"

狄克先生暗地里朝我摇了摇头，好像是说，这真是没有办法。

"她连养孩子都跟别人不一样，"我姨婆说，"这孩子的姐姐贝特西·特洛伍德哪里去了？生不出来，我才不信呢！真是哪儿的事！"

狄克先生好像感到十分吃惊。

"那个脑袋总是歪在一边的小个子医生，"我姨婆说，"那个吉利普，或者叫别的什么吧，他会点儿什么？只会像只知更鸟似的——他真的像只知更鸟——说：'是个男孩儿！'呸！他们那一伙全是白痴！"

这一声突然的大叫，把狄克吓了一大跳。如果说实话的话，我也是这样。

"还有，好像这还不够，她还没有害够这孩子的姐姐贝特西·特洛伍德似的。"我姨婆说，"她还要嫁第二次——嫁给一个谋财害命者——或者是名字像个谋财害命者——结果把这个孩子也害了！这么一来，自然而然的结果是，这孩子只好独自谋生，到处流浪了。除了吃奶的孩子，这一结果是谁都可以预料到的。他还没有长大，就像个该隐[①]了。”

狄克先生仔细地朝我打量着，仿佛要看看我像不像这个人。

“还有那个姓‘异教徒[②]’的女人，”我姨婆说，“那个佩格蒂，后来也跟着她嫁了人了。因为她还没有看够嫁人带来的害处，据这孩子说，她也跟着嫁人了。我只希望她的丈夫是报上常登的那种拨火棍丈夫，常用拨火棍揍她才好。”

听到我的老保姆受到这样的诋毁和诅咒，我忍受不住了。我对我姨婆说，她实在错怪了佩格蒂了。我说，佩格蒂是世界上最好、最可靠、最诚实、最忠心、最肯自我牺牲的朋友和仆人。她一直非常疼爱我，也一直非常疼爱我的母亲；我母亲临死的时候，头就是靠在她的手臂上的，我母亲最后的感激的一吻，也是亲的她的脸。我想起我母亲和佩格蒂，就哽咽住了。我正想说下去时，便禁不住哭起来了。我断断续续地哭着说，她的家就是我的家，她的一切就是我的一切，我本想去她那儿安身，只是因为她家境贫寒，去了怕给她添麻烦——我说着这些话的时候，忍不住一直哭着，把我的脸伏在桌子上的双手中。

“好啦，好啦！”我姨婆说，“这孩子懂得卫护护着他的人，很不错——珍妮特！驴子！”

我完全相信，要不是那些倒霉的驴子，我们双方本可以互相取得很好的了解的。因为我姨婆已把手放在我的肩上，在这种鼓励下，我正胆大起来，想要搂住她，求她保护了。可是这一打岔以及她投身进去的外面这场扰乱，把眼前较为温馨的气氛给破坏了，惹得我姨婆气愤地朝狄克先生直嚷嚷，说她决定要诉诸国家法律，把多佛所有侵犯别人的养驴人都告上法庭。她一直这样叫嚷到喝茶的时候。

喝完茶以后，我们就坐在窗口——从我姨婆脸上那严肃的表情来看，我猜想，为的是怕有人畜再来侵犯——一直坐到黄昏时刻。这时，珍妮特端来了蜡烛，还往桌子上摆了一副双陆棋盘，然后放下了窗帘。

“现在，狄克先生，”我姨婆说，像以前那样表情严肃地举起一个食指，“我要问你另一个问题。你瞧这孩子。”

“大卫的儿子？”狄克先生说，脸上的表情既专心致志，又显得不知所措。

“一点儿没错，”我姨婆回答说，“现在，你打算拿他怎么样？”

“拿大卫的儿子怎么办？”狄克先生说。

---

① 该隐：《圣经》中的人物，他是亚当和夏娃的儿子，因杀死弟弟亚伯，被耶和华罚过流浪生活。

② “异教徒”的英文“pagan”和“佩格蒂”（Peggotty）读音相近。

"对，"我姨婆回答，"拿大卫的儿子怎么办。"

"哦！"狄克先生说，"对。怎么办——我得让他去睡觉。"

"珍妮特！"我姨婆喊道，她同样面带喜色，跟我以前说过的一样，"狄克先生给我们指明道路了。要是床铺好了，我们带他睡觉去。"

珍妮特报告说床早已铺好，于是她们就带我上楼。她们的态度很和蔼，但是我有点儿像个囚犯，我姨婆走在前面，珍妮特殿后。给我一点儿新希望的唯一一个情况是，我姨婆在楼梯上问，那儿有股烟火味是怎么回事。珍妮特回答说，她在厨房里拿我的旧衬衫引火了。可是在我的房里，除了我身上穿的那堆可笑的东西外，没有别的衣服。现在只留下我一个人了，还有一支小小的蜡烛，我姨婆预先警告过我，这支蜡烛只能点五分钟。我还听到她们把我的门从外面锁上了。我把这些事在心里琢磨了一番后，认为可能我姨婆还不了解我，也许疑心我有逃跑的习惯，所以采取了预防措施，以保证我的安全。

我住的房间非常舒适，高居顶楼，俯瞰大海，海面上闪烁着皎洁的月光。我做完祷告，蜡烛也已熄灭，我记得我仍坐在那儿眺望着海上的月光。我觉得，那仿佛是一本发光的书，我希望能从中看出我的命运，或者看到我母亲，带着她的孩子，沿着那条发光的路从天上飞来，像我最后一次看到她那慈爱的面容时那样，望着我。我记得，后来我把目光从海上移开，看到挂着洁白帐子的卧床，庄严的感觉变成了感激之情、安适之感——至于躺在松软的床上，盖上雪白的被单，这种感激之情、安适之感就更强烈了！——我记得，我怎样想起了夜空下我睡过的那些荒凉的地方，我怎样默默祈祷，但愿永远不要再做无家可归的人，也永远不要忘记那些无家可归的人。我记得，后来我好像就沿着海面上那道发人忧思的光辉，飘飘然进入了梦乡。

第十四章　姨婆为我做主

第二天早上下楼时，我发现我姨婆低头坐在早饭桌前想事想得出了神，她的一只胳膊搁在茶盘上，水罐往茶壶里倒的水都溢出来了，整块台布都泡在了水中，直到我进来才把她从沉思中唤醒。我敢断定，她想的一定是关于我的事，因此更加焦急地想知道，她要把我怎么样。可我又不敢露出焦急的样子，生怕会惹得她生气。

不过，我的眼睛可没有舌头那么听话，吃早饭时老朝我姨婆看。我看她看了不一会儿，发现她也在看我——用一种奇怪的、有心事的神态，好像我离她远远的，并不是坐在小圆桌的对面。吃完早饭，我姨婆就满腹心事地仰靠在椅子上，皱着眉头，交叉起双手，从容地朝我打量着，她那么全神贯注，弄得我完全不知所措。当时我的早饭还没吃完，我想用继续吃饭来掩盖我的不安。可是我的刀子落在了叉子上，叉子又绊到刀子上。切下的咸肉还没送到嘴里，肉的碎片却飞到了空中，高得吓人。连茶都要呛我，不肯走正路下去，走了错路。结果我只好完全认输，坐在那儿一任姨婆仔细打量，面红耳赤。

“喂！”过了很久，我姨婆才开口说话。

我抬头望去，恭恭敬敬地遇到她那犀利明亮的目光。

“我已给他写了信了。”我姨婆说。

“给——？”

“给你的后爸，”我姨婆说，“我给他写了封信，麻烦他好好看一看，要不我跟他可要闹翻了。我可以明白告诉他！”

“他知道我在哪儿吗，姨婆？”我大吃一惊，问道。

“我告诉他了。”我姨婆点了点头说。

“你要——把我——交给他吗？”我结结巴巴地问道。

“我还说不上来，”我姨婆说，“我们还得看一看。”

“啊，要是我得回到谋德斯通先生那儿去的话，”我喊了起来，“我真不知道该怎么办才好！”

“这会儿我对这件事，还不知道该怎么办，”我姨婆摇着头说，“我只知道，我还没法儿说。我们还得看一看。”

我一听这话，心都凉了，我变得神情沮丧，心情沉重。我姨婆对我并没有太多理会，顾自从柜子里拿出一条有围嘴儿的围裙。她围上围裙，亲自洗起茶杯来。她把一切全都洗干净后，放回到茶盘里，还折好台布放在上面，然后打铃叫珍妮特把东西拿走。接着她又戴上手套，用小扫帚把面包屑打扫干净，直到地毯上看不到一丁点儿极小的碎屑才作罢。然后又把屋子里的东西掸了一遍灰尘，还整理了一番，其实那儿早已一尘不染、毫发无差了。把这一切活儿都做得自己称心如意后，她脱下手套，解下围裙，把它们折叠好，放回到原先拿出来的那个柜子的专门角落里。接着拿出针线盒，放在敞开的窗子旁她自己的桌子上，然后在为她挡住阳光的绿团扇后面坐下，开始做起针线活儿来。

“我要你到楼上去一趟，”姨婆一面把线穿过针眼，一面说，“替我问候狄克先生，另外我还很想知道，他的呈文写得怎么样了。”

我非常乐意地迅速站起身来，去完成这项任务。

“我想，”我姨婆像往针眼里穿线似的，眯缝起眼睛看着我，说，“你一定觉得狄克先生的名字很短吧，呃？”

“我昨天就觉得这名字相当短。”我承认说。

“你别以为他要想用个长点儿的名字都没有，”姨婆带着高傲的神气说，“巴布利——理查德·巴布利——是这位先生的真姓名。”

我觉得自己年纪小，应该对他表示恭敬，先前那样不拘礼节，已经不对了。我刚要说，我最好用这个全名称呼他，可是还没等我说出口，我姨婆就接着说：

“不过，不管怎么样，你可千万别叫他这个名字，他受不了。这是他这个人古怪的地方。不过，我也不知道这算不算很怪，因为他被一些同姓的人害苦了，老天爷知道，所以他对这个姓厌恶透了。狄克先生是他在这儿的称呼，现在别处也这么称呼了——如果他上别处的话，不过他不上别处了。所以，孩子，你得小心，除了叫他狄克先生，不要叫他别的。”

我答应一定听从她的嘱咐，便上楼去传达口信了。我一路走，一路想，要是狄克先生像我下楼时从敞开的门口看到的那样，在那儿以那样的速度写呈文，那看来他一定进行得很顺利。我进屋时，只见他仍手握一支长笔，在急急忙忙地书写，他的头几乎都要贴到纸上了。他是那么专心致志，直到我从从容容地看到屋角放着一个大风筝，看到一堆堆乱七八糟的手稿，还有很多笔，尤其是一瓶瓶的墨水（好像他有成打半加仑瓶的墨水）之后，他才发觉我进了他的屋子。

第十四章　姨婆为我做主

“哈！福伯斯[1]！”狄克先生放下笔说。“这个世界怎么样？我跟你说吧，”他放低声音说，“我本不想说的，不过这是个——”说到这儿，他朝我示意了一下，把嘴贴近了我耳朵，“这是个疯狂的世界，疯得像贝德兰姆[2]，孩子！”说完，狄克先生一面从桌子上一个圆盒子里取出一撮鼻烟，一面哈哈大笑。

我不敢冒昧地对这个问题发表自己的意见，我只转达了我的口信。

“啊，”狄克先生回答说，“你也替我向你姨婆问好。我——我相信我已经开了个头。我想我已经动手了。”说到这儿，他用手摸了摸自己的白发，毫无信心地朝自己的稿子瞥了一眼，“你上过学吗？”

“上过，先生，”我回答说，“上过很短一段时间。”

“你可记得，”狄克先生认真地看着我问道，拿起笔，准备把我说的记下来，“查理一世的脑袋是什么时候让人砍下来的？”

我说，我相信，这事发生在一六四九年。

“哦，”狄克先生回答说，用笔搔着耳朵，满腹狐疑地望着我，“书上是这么说的；不过我弄不懂怎么会是那样。因为，事情既然过去这么久了，为什么他身边的人还会干出这等错事来，在那以后误把他脑子里的一些麻烦，放进我脑袋里来呢？”

听了这个问题，我感到非常诧异，但我对此无话可说。

“这事很奇怪，”狄克先生说，精神沮丧地看着自己的稿子，又用手搔着自己的头发，“我怎么也理解不了；我永远也弄不明白。不过不要紧！”他变得高兴起来，振作起精神说，“有的是时间！替我问候特洛伍德小姐，告诉她——我的呈文写得很顺利。”

我正要离开时，他指着要我看看那风筝。

“你看这只风筝怎么样？”他问道。

我回答说，这风筝很漂亮。我当时想，这玩意儿总有七尺高吧。

“是我自己扎的。赶明儿我们一起去放，你跟我两人。”狄克先生说，“你看到这个了吗？”

他指给我看，风筝是用手稿糊的，上面的字写得密密麻麻，很费功夫，不过很清楚；一行行看下去时，我觉得，我看到有两个地方又提到了查理一世国王的头。

“线很多，”狄克先生说，“把它放得高高的，就能把这些事传得很远。这就是我传播这些事的方法。我不知道风筝会落到什么地方，这得看情况，如风

---

① 福伯斯：古罗马神话中的太阳神和诗歌音乐之神。

② 贝德兰姆：位于伦敦的英国第一家精神病院伯利恒皇家医院的俗称。Bedlam一词，亦泛指所有的疯人院。

向等等；不过这我就随它去了。”

他的脸色看上去精神抖擞，却温良和蔼，令人觉得可敬可亲，所以我不敢断定他是不是在跟我开玩笑。因此我笑了起来，他也笑了；分手时，我们成了再好也没有的好朋友。

“我说，孩子，”我下楼后姨婆问道，“今天早上狄克先生怎么样？”

我告诉她，狄克先生要我代他向她问好。他也一切都好。

“你觉得他人怎么样？”我姨婆问。

我当时隐隐约约地想要避开这个问题，便用“我觉得他是一个很好的人”来回答她。可是我姨婆不是这么容易敷衍过去的，她把针线活儿放到膝上，双手交叉搁在活儿上说：

“得啦！要是你姐姐贝特西·特洛伍德的话，不管怎么想，她都会直截了当地把心里想的告诉我。你得好好学学你姐姐，老实说吧！”

“他是不是——狄克先生是不是——我这么问是因为我不知道，姨婆，他的精神是不是不太正常？”我结结巴巴地说，因为我觉得，我正处在一种危险的境地。

“一丁点儿不正常的地方都没有。”我姨婆说。

“哦，当然！”我有气无力地回答。

“不管说他什么都成，”我姨婆斩钉截铁地说，“可绝不能说他精神不正常。”

我没有别的更好的回答，只是战战兢兢地重又说了一声：“哦，当然！”

“别人居然把他叫作疯子，”我姨婆说，“把他叫作疯子，我倒是求之不得，暗中高兴哩，要不，这十多年来——实际上，打从你姐姐贝特西·特洛伍德让我失望以来——我就得不到他的陪伴，失去向他讨教的机会了。”

“这么久啦？”我说。

“那些胆敢把他叫作疯子的人，可真是班好人哩。”我姨婆接着说，“狄克先生是我的一个远房亲戚——是怎么样的亲戚就不用管了，我也不必细说。要不是因为有我，他那位亲哥哥会把他关一辈子的。就是这么回事。”

看到我姨婆说到这件事时显得义愤填膺，我也做出非常愤慨的样子，不过，恐怕这是我的虚伪表现。

“他哥哥是个妄自尊大的蠢东西！”我姨婆说，“由于他的弟弟脾气有点儿怪——其实他还没有许多人一半那么怪——他不愿他住在家里让人看见，就把他送进一家私人的疯人院。虽然他们死去的父亲几乎把狄克看成个白痴，吩咐他哥哥要特别照应他。真亏他对狄克有这种看法，真是个聪明人！毫无疑问，他自己一定是个疯子！”

由于我姨婆的态度十分肯定，我也跟着做出十分肯定的样子。

第十四章　姨婆为我做主

“所以我才插手这件事。我给他出了一个主意。我对他说：‘令弟的神志很清醒，比你要清醒得多，并且可以料到将来永远会这样。他那点儿小小的进账就给了他吧，让他跟我来住好了。我可不怕他，我也不会看不起他，我会照顾他，我绝不会像有些人那样虐待他——我这是指疯人院外面的人。’跟他哥哥争了一大通以后，”我姨婆说，“我终于把他要来了。从那时起，他就一直待在这儿。他是现在世界上待人最友好、最听话的人。至于说到出主意，那就更不用说了！不过除了我，没有一个人知道他的心地和才智是怎样的。”

我姨婆一面抚平衣服，一面摇着头，好像要把整个世界的抗拒全都抹去，全都摇掉似的。

“他还有一个心爱的妹妹，”我姨婆说，“是个好人，待他很好，可是她也做了女人都做的事——嫁了一个丈夫。而那人，也做了男人都做的事——把她弄得苦恼不堪。这一情况大大地影响了狄克先生的情绪（我想，这不能说他是疯了），再加上他怕他哥哥，心里明白他哥哥无情无义，这一切弄得他精神上非常紧张。这是来我这儿之前的事。不过即使现在，一想起这些事，他还是受不了。他有没有跟你说起过查理一世的事，孩子？”

“说过，姨婆。”

“啊！”我姨婆说，用手擦了擦鼻子，好像有点儿烦恼的样子，“那是他的一种比喻的表达方式。他把他自己的病跟大变乱、大动荡联系在一起了，这是很自然的，这就是他采用的比喻手法，或者叫明喻，或者随便叫什么吧。要是他认为合适，为什么不可以用呢？”

我说：“那当然，姨婆。”

“不过这种说法不合乎实际，”我姨婆说，“也有悖于世俗。这我很清楚，所以我坚决主张，在他的呈文里不该有一个字提到这个。”

“他正在写的呈文，是说他自己的身世的吗，姨婆？”

“没错，孩子，”我姨婆擦了擦鼻子说，“他是给大法官或者是别的什么大臣写的，总之是给那些拿了薪水、专门接受呈文的人写的——写的是他的身世。我想，在今后的日子里，他的呈文总有递上去的一天的。他还没能起草好稿子，是因为他还摆脱不了那种表达方法。不过这不要紧，他只要有事做就行了。”

实际上，我后来发现，十多年来，狄克先生千方百计想把查理一世从呈文中去掉，可是查理一世老是缠着呈文，直到现在还没法儿把它撇开。

“我再说一遍，”我姨婆说，“除了我之外，没有人知道他心里想些什么。他是现在世界上待人最友好、最听话的人。要是他有时候喜欢放风筝，那又有什么呢？富兰克林也喜欢放风筝。要是我没搞错的话，他还是个贵格派教徒，或者是那一类的人哩。一个贵格派教徒放风筝，比别的任何人都要可笑。”

要是我能假定，我姨婆特别为了我才讲这些细节，以表示对我的信任，那她就太看得起我了。而且如果她对我有这么好的看法，那可以预料，她以后待我也不会怎么不好的。但是我不能不注意到，她之所以跟我大谈这番话，主要是因为这些话早就放在她心里，跟我没有多大关系，只是因为没有别的人在她跟前，所以才对我说罢了。

同时，她对可怜的、不会伤害别人的狄克先生这样慷慨仗义，不仅鼓舞起我这少年人对自己前途的希望，也激起了我对姨婆无私的热爱。我现在认为，当时我就开始认识到，我姨婆虽然脾气古怪，但是她却有一种品格，值得尊敬，可以信赖。那一天，虽然她仍跟头一天一样严厉，也跟头一天一样为驴子的事频繁地跑进跑出，特别是有个青年从窗口跟珍妮特打飞眼，惹得她大为生气（这是冒犯我姨婆的威严最严重的罪过之一），但是她好像更使我尊敬，即使没有减少我对她的畏惧。

自从给谋德斯通先生去信后，在收到他的回信之前，自然得经过一段时间。在这段时间里，我焦虑到了极点。不过我竭力压制住这种焦虑，尽可能乖乖地讨姨婆和狄克先生两人的喜欢。我本来可以跟狄克先生出去放那只大风筝，可是除了第一天给我穿上的那套奇装异服外，我没有别的衣服，只好死死地待在家里。只是在天黑之后，我姨婆为了我的健康，才带我出去到悬崖上走一个小时，然后再上床睡觉。谋德斯通先生的回信终于来了。我姨婆告诉我，他第二天要亲自来跟我姨婆谈我的问题。我听了吃惊不小。第二天，我依旧穿着那套古怪的衣服，坐在那儿计算着时刻，心里有时希望低落，有时恐惧上升，此起彼落地冲突着，弄得脸上一阵红，一阵热。我就这样坐在那儿，等待着那张阴沉的脸来吓唬我，他人还未到，我已经时刻心惊胆战了。

我姨婆比往日稍微傲慢、严肃了一些，不过除此之外，我注意到，为了接待那位我所惧怕的来客，她并没有做别的什么准备。她坐在窗前做针线活儿，我就坐在她旁边，心里七上八下地胡乱琢磨着，把谋德斯通先生来了之后的结果，可能的和不可能的，全都想到了。我们就这样待到下午很晚的时候。我们的正餐本已无限期地向后推迟了。可是天色已经很晚，我姨婆刚吩咐备饭，接着便突然惊叫起来，说是驴子又来了。我抬头一看，大吃一惊，只见谋德斯通小姐坐在驴背的女鞍上，像是故意似的，走过那片神圣不可侵犯的草地，在门口停了下来，朝四下里打量着。

“滚开！”我姨婆在窗口摇头挥拳嚷道，“不许你来这儿！你怎么敢擅自闯进来？滚！哼！你这个大胆的东西！”

谋德斯通小姐只是无动于衷地四下观望着，我姨婆看了气得简直发了昏，她一动也不能动，一时都没法儿像平常那样冲出去了。趁着这机会，我告诉她这人是谁，还告诉她此刻走到那捣乱的女人跟前的男人（由于上来的路很陡，他落在了后面），就是谋德斯通先生本人。

“我可不管他是谁！”姨婆继续嚷道，依然在凸肚窗里摇着头，做出绝不是表示欢迎的姿势，“我绝不让人擅自进来。我绝不允许。滚开！珍妮特，让驴子掉头，把它牵走！”接着我躲在我姨婆后面，看到了整个混战场面，那头驴立定在那儿，对谁都抵抗，四条腿直挺挺地分别立在不同的方向，珍妮特抓住它的缰绳，要拉它掉过头去，谋德斯通先生则想赶它前进，谋德斯通小姐用一把阳伞敲打珍妮特，一些来看热闹的小孩儿使劲地叫嚷着。我姨婆突然在这群孩子中发现了那个赶驴的坏小子，他虽然还不到十三岁，却是个老是冒犯她的死对头了，于是便冲到出事地点，朝他扑过去，一把抓住他，把他拖进花园，拖得他外衣都蒙住了头，两只脚后跟在地上拖着。我姨婆把他拉进花园，一面抓住他不放，一面喊珍妮特去叫警察和治安法官来逮捕他，审问他，当场惩罚他。可是这场战斗并没有持续多久，因为这坏小子是闪转腾挪的能手，而我姨婆对此却一窍不通，所以没过多久，这小子便呼喊着跑开了，在花坛上留下了钉靴深深的印子。他还得意扬扬地把驴子也牵走了。

谋德斯通小姐在战斗的后期便已下了驴背，这会儿正跟她的兄弟站在台阶下面，等待着我姨婆抽出时间来接见他们。由于刚才这场战斗，我姨婆的怒气还未全消，她大踏步地昂然走过他们面前，进了屋，根本不把他们放在眼里，后来还是珍妮特向她通报了客人的姓名。

“我要走开吗，姨婆？”我战战兢兢地问道。

“别走，少爷，”我姨婆说，“当然别走！”说完她就把我推到靠近她的一个角落里，用一把椅子把我拦在里面，就像是监狱或法庭上的审判栏。在他们的整个会谈时间，我一直都站在那儿，我也就是从那儿，看到谋德斯通姐弟俩走进了房间。

“哦！”我姨婆说，“开始的时候，我还不知道跟谁闹矛盾哩。不过我是不允许任何人骑着驴子踏上那片草地的。没有例外，任何人我都不允许。”

“你这种规矩，对陌生人来说，是有些不合适的。”谋德斯通小姐说。

“是吗？”我姨婆说。

谋德斯通先生大概害怕战事重起，连忙插嘴说：

“特洛伍德小姐！”

“对不起，”我姨婆用锐利的目光看着他说，“我故去的外甥，就是住在布兰德斯通鸦巢的大卫·科波菲尔——不过为什么叫鸦巢，我就不知道了——有一个遗孀，娶这个遗孀的谋德斯通先生，就是你吧？”

“是我。”谋德斯通先生说。

“先生，我冒昧地说一句，”我姨婆接着说，“我想，要是你不去招惹那个可怜的孩子，事情会好得多，人也会幸福得多。”

“在这一点上，我完全同意特洛伍德小姐的说法。”谋德斯通小姐昂首收颔、轻蔑地说道，“我也认为，我们那个死去的克莱拉，在所有主要的方面来说，都还是一个孩子。”

“像你我这样就不用烦心了，小姐，”我姨婆说，“我们都已上了年纪，再也不会因长得漂亮受人折磨，也没人会用同样的话说我们了。”

“你说得没错！”谋德斯通小姐回答说，不过我总觉得，她这样赞同，并不是很情愿，口气也欠和蔼，“而且像你说的一样，我兄弟要是不结这门亲，那对他一定是一桩好事，一种福气。我一直就有这种看法。”

“我毫不怀疑，这是你的看法。”我姨婆说。“珍妮特，”她摇了摇铃，喊道，“替我问候狄克先生，同时请他下来一趟。”

在他下来之前，我姨婆一直挺直腰板儿坐在那儿，对着墙直皱眉头。待他到来后，我姨婆就按规矩先来一番介绍。

“这位是狄克先生，我的一位亲密的老朋友。我一直信任，”我姨婆说，她因为狄克先生正在咬自己的食指，看上去傻头傻脑的，特意加重语气，对他提出警告，“狄克先生的判断。”

狄克先生听我姨婆这么一说，赶紧把食指从口中取出，脸上露出一副严肃认真的表情，站在几个人当中。我姨婆把头微微偏向谋德斯通先生那边，听他接着说。

“特洛伍德小姐，接到你的信，我觉得，为了表白我自己，更为了表示对你的尊敬——”

“谢谢你，”我姨婆说，仍用锐利的目光盯着他，“你用不着考虑我。”

“我觉得应该亲自来一趟为好，尽管出门有着诸多不便，”谋德斯通先生接着说，“这样要比用书信答复好得多。这个淘气的孩子，居然丢下朋友和工作，出逃了……”

“瞧他这副模样，”他姐姐插嘴说，她要大家注意我身上那套说不出名堂的装束，“多不像话，多丢人！”

“简·谋德斯通，”她弟弟说，“请你别打我的岔。特洛伍德小姐，这个淘气的孩子，曾闹得我一家不和，全家不安。在我新近去世的亲爱的太太活着时是这样，去世后也是这样。这孩子，性格乖戾，桀骜不驯，态度粗暴，脾气倔强、执拗。我姐姐跟我，都曾尽力设法想把他的毛病改过来，可是毫无成效。我认为——我可以说，我们两人都认为，因为我姐姐完全信任我——你应该听我们认真公正地亲口说一说这孩子的真实情况才对。”

“我弟弟说的这些话，句句属实，完全不需要我来证明，”谋德斯通小姐说，“我只要求说一句话，世界上所有的孩子中，我相信，再也找不出比他更坏的了。”

“这话太过分了！”我姨婆立即说。

“可事实上一点儿也不过分。”谋德斯通小姐说。

“哈！”我姨婆说，“还有什么，先生？”

“至于教养这孩子的最好方法，”谋德斯通先生接着说，他跟我姨婆眯缝着眼睛，互相打量得越久，他的脸色越阴沉，“我有我自己的主张。我的主张，一部分是凭我对他的了解，一部分是根据我自己的收入和财力。我会对我自己的主张负责，我要照此办理，所以关于这一点，我就不必多说。我只要这样说就够了：我把这孩子托付给我的一个朋友照顾，叫他学一门体面的职业。可是他不喜欢这种职业，逃跑了，成了一个乡下的流浪汉，衣衫破烂地跑到这儿来，来向你诉冤来了，特洛伍德小姐。你要是听了他的一面之词就袒护他，那必然的后果，我愿就我所知，直率地对你说一说。”

“你还是先说说那体面的职业吧，”我姨婆说，“要是这孩子是你的亲生儿子，你也会要他去学那门职业吗？”

“要是他是我弟弟亲生的，”谋德斯通小姐插嘴说，“那我敢担保，他的性格脾气就会完全不同了。”

“要是那可怜的孩子——他母亲——还活着，你仍会要他去学那体面的职业吗，会吗？”我姨婆问。

“我相信，”谋德斯通先生点了点头说，“只要我跟我姐姐简·谋德斯通一致认为最好的事，克莱拉是绝不会有异议的。”

谋德斯通小姐轻轻咕哝了一声，对她弟弟这种说法表示赞同。

“哼！”我姨婆说，“不幸的娃娃！”

在这段时间里，狄克先生一直把口袋里的钱弄得哗啦哗啦作响。这会儿弄得更响了，我姨婆觉得有阻止他的必要，所以先瞪了他一眼，然后才接着说：

“那可怜的孩子一死，她的年金也没有了吧？”

“她一死也没有了。”谋德斯通先生回答说。

“那份儿小小的财产——那幢房子、花园——那座没有乌鸦的鸦巢——就没有她儿子的份儿了吗？”

“那是她第一个丈夫无条件留给她的。”谋德斯通先生开始说道，可是我姨婆带着极大的愤慨和不耐烦，打断了他的话头。

“哎哟，你这个人，跟我说这个有什么必要。无条件留给她！大卫·科波菲尔那个人，就是条件放在他眼皮底下，他也不会想到什么条件的。他当然是无条件留给他太太的。可是当她再嫁的时候，说得更明白一些，当那个娃娃走出极其不幸的一步，跟你结婚时，当时就没有人出来为这个孩子说句话吗？"

"我的亡妻很爱她第二个丈夫，小姐，"谋德斯通先生说，"她完全信赖她的第二个丈夫。"

"你那位亡妻，先生，是一个最不通世事、最可怜、最不幸的娃娃，"我姨婆说着，对他直摇头，"她就是那样一个人。行了，你还有什么要说的吗？"

"我要说的只是，特洛伍德小姐，"他回答说，"我到这儿来，就是要把大卫领回去，无条件地领回去，按照我认为合适的办法安排他，根据我认为正确的方法对待他。我不是到这儿来对什么人应允什么，保证什么的。你，特洛伍德小姐，对他的逃跑，对他的诉冤，都有可能袒护他。看你的态度，不像是要息事宁人的样子，所以我认为你有这种可能。现在，我要警告你，要是你袒护他一次，你就得永远袒护下去，要是你在他跟我之间插手管这事，那你就得管到底。我绝不跟别人无理取闹，也绝不允许别人跟我无理取闹。我到这儿来，是来领孩子的，而且只来一次，绝不来第二次。他打算跟我走吗？如果不打算走——你告诉我一声，他不打算走，不管用的是什么借口，我不管是什么借口——从此以后，他就别上我的门，而你的门，我认定，可就得永远为他开着了。"

他这番话，我姨婆十分注意地听着，她身体坐得笔直，双手交叉放在一个膝盖上，两眼严厉地盯着说话的人。他说完后，姨婆又把目光转向谋德斯通小姐，姿势一点儿没变，问道：

"哦，小姐，你有什么话要说吗？"

"哦，特洛伍德小姐，"谋德斯通小姐说，"我要说的，其实我弟弟全都已经说清楚，我所知道的一切事实，他也都已经说明白，所以我没有什么别的要补充了，只有一点：我要感谢你的礼貌太周到了，我敢说，非常有礼貌。"她的这种讽刺话，一点儿也没有对我姨婆产生影响，就像对我在查塔姆靠着睡觉的那尊大炮一样。

"这孩子有什么要说？"我姨婆问道，"你要跟他走吗，大卫？"

我回答说，我不要跟他走，同时求她不要让我走。我说谋德斯通先生跟谋德斯通小姐，从来都没有喜欢过我，也从来都没有好好待过我。我妈是很疼我的，可他们老让我妈为我感到苦恼，这事我知道得很清楚，佩格蒂也知道。我说，我过去受的苦，我相信，凡是知道我年纪多么小的人，绝不会相信的。我乞求和央告我姨婆——现在我已经忘记用的是什么字眼了，不过我记得那些字眼当时非常感动我——看在我父亲的分儿上，照顾我，保护我。

第十四章　姨婆为我做主

“狄克先生，”我姨婆说，“你看我该拿这孩子怎么办？”

狄克先生考虑了一下，犹豫了一下，忽然喜上眉梢，回答说：“马上给他量量尺寸，做一套衣服。”

“狄克先生，”我姨婆得意扬扬地说，“把你的手伸给我。因为你的见识真是无价之宝。”她跟狄克先生热烈地握了一番手之后，就把我拉到自己跟前，然后对谋德斯通先生说：

“你喜欢什么时候走，就请便好了。这孩子我倒要留下碰碰运气看了。即使他完全像你说的那样，那我替他做的事，至少也可以跟得上你替他做的。不过你的话，我是一句也不会相信的。”

“特洛伍德小姐，”谋德斯通先生站起身来，耸了耸肩膀，回答说，“要是你是个男子汉……”

“什么！胡说八道！”我姨婆嚷道，“你快给我住嘴！”

“礼貌多周到哇！”谋德斯通小姐站起身来说，“周到得却让人受不了啦！”

“你以为我不知道，”我姨婆对谋德斯通小姐的话只当没有听见，继续对她弟弟直摇头，无限愤慨地说，“那个可怜、不幸、一步走错的娃娃，你给她过的是什么日子啊？你以为我不知道，你第一次遇见她时——我敢肯定，你对她一定大送媚笑，大飞媚眼，好像你连对鹅都不敢嘘一声[①]——那一天，是那个软弱的小东西多么倒霉的日子！”

“我从来没有听到过这般文雅的言谈！”谋德斯通小姐说道。

“你以为我不能像亲眼看见的那样了解你的为人吧，”我姨婆接着说，“现在我可真的亲眼看到你了，听到你了。我的耳闻目睹给了我什么呢？我坦白对你说吧，是极不痛快。哦，是的，我的天！第一次见到谋德斯通先生时，还有谁能像他那样温柔、和平啊！那个可怜、无知和天真的娃娃，从来没有见过这样的男人。他简直是个糖人儿。他崇拜她，他疼爱她的孩子——非常疼爱他。他要当他的第二个父亲。他们要一起住在玫瑰园里，不是吗？呸，你给我滚！你给我滚出去！滚！”我姨婆说。

“我一辈子从没听见过这样说话的人。”谋德斯通小姐大声嚷道。

“你一旦把那小傻瓜弄到手，”我姨婆说，“上帝饶恕我这样称呼她，她已经去了你还没忙着要去的地方——因为你觉得还没把她和她的亲人害够，你就着手调教她，是不是？你就开始驯服她，好像她是一只关在笼子里的可怜的小鸟儿，教她唱你的曲子，一直到她送掉了那条上了别人当的生命，是不是？”

“这人不是疯了，就是喝醉了，”谋德斯通小姐痛苦极了，她没法儿把我姨婆的话锋转向她那一方，“我疑心是喝醉了。”

① 意为胆小怯懦。

贝特西小姐对她这种打岔的话丝毫不加理睬，仍像没这回事似的，继续对谋德斯通先生发话。

“谋德斯通先生，”她朝他摇着手指头说，“对那个单纯的娃娃来说，你是个暴君，你把她的心都砸碎了。她是个挺可爱的娃娃——这我知道。在你认识她之前好几年，我就知道了——你利用了她大部分的弱点，伤害她，要了她的命。我可不管你爱不爱听，反正这是真情实况，说了让你舒服舒服，也好让你跟你的狗腿子好好受用一番。”

“请允许我问一句，特洛伍德小姐，”谋德斯通小姐插嘴说，“你选了一些我不熟悉的字眼，你说的我弟弟的狗腿子，是指谁呀？”

我姨婆仍像没有听到她的话一样，丝毫不为所动，顾自继续说着。

“我已经对你说了，在你认识她之前好几年，事情就很清楚了——至于上天为什么会做这样的安排，让她遇上你，这种奥秘人类是理解不了的——事情很清楚，那个可怜、软弱的小东西，早晚是要嫁人的，不过我万万没想到，事情竟会糟到这步田地！谋德斯通先生，那是在她生这个孩子的时候，”我姨婆说，“后来，你就时常借用这个可怜的孩子来折磨她——这件事一想起来就让人难受——把他弄成现在这副让人讨厌的样子。唉，唉！你用不着往后缩！不往后缩我也知道这完全是事实。”

在所有这段时间里，谋德斯通先生一直站在门旁，脸带微笑地看着我姨婆，可是他那两道浓眉却紧紧地锁在一起。这时我发现，虽然他脸上仍带着笑容，但顷刻间脸色变得如同死灰，像刚刚奔跑过似的直喘气。

“再见了，先生，”我姨婆说，“再见！跟你也再见了，小姐，”我姨婆突然转身对谋德斯通小姐说，“要是再让我看到你骑着驴子走过我的草地，我就要敲下你的帽子，用脚把它踩扁！这就像你肩膀上长有一颗脑袋一样，毫不含糊！”

当我姨婆说出这几句让人非常意外的话时脸上的神情，以及谋德斯通小姐听了这话后的脸色，得有一位画家，而且还不是普通的画家，才能描绘出来。不过我姨婆说这话时的态度，不亚于话的本身，就像一团烈火。谋德斯通小姐则一言不发，审慎地伸出胳膊挽住弟弟的胳膊，以不屑一顾的傲慢态度，走出屋子。我姨婆仍留在窗口望着他们。我觉得毫无疑问，她已做好准备，谋德斯通小姐的驴子要是一出现，她一定会把她的警告付诸实施的。

不过，谋德斯通姐弟方面，并无任何挑衅的表现，我姨婆的脸也就渐渐舒展开来，还显出了愉快的样子，使得我有了胆量去吻她，去谢她。我怀着极大的热诚，用双臂紧搂着她的脖子，然后又跟狄克先生握了手，他也跟我握了手，并且握了好多次。同时还一再哈哈大笑，庆贺我姨婆在这场唇枪舌战中，取得满意的结局。

“狄克先生，我要你跟我一样，把自己看成是这个孩子的监护人。”我姨婆说。

“我很高兴，”狄克先生说，“能给大卫的儿子当监护人。”

“很好，”我姨婆说，“就这么说定了。你可知道，狄克先生，我正琢磨着叫他特洛伍德呢。”

“那敢情好，那敢情好。叫他特洛伍德，那敢情好。”狄克先生说，“大卫的儿子就是特洛伍德。”

“你的意思是说，叫他特洛伍德·科波菲尔？”我姨婆说。

“是的，一点儿没错。是的，叫他特洛伍德·科波菲尔。”狄克先生有点儿难为情的样子说。

我姨婆觉得这个意见非常好，所以那天下午，她给我买了几件现成衣服，在我没穿上身以前，就用永不褪色的墨水，亲手在上面写了“特洛伍德·科波菲尔”这个名字；同时规定，以后凡是给我定做的衣服（那天下午就定做了一套）都要写上这样的名字。

就这样，我在名字新，衣服新，无一不新的情况下，开始了我的新生活。现在，心中的疑虑已经消除，好几天来我都觉得如在梦中。我从来没有想到，我会有这样一对监护人：我的姨婆和狄克先生。我从来没有清清楚楚地想过有关我自己的一切。我心里只有两件事最清楚，一是旧日的布兰德斯通的生活已经变得很遥远——仿佛在一片遥远的迷雾之中；二是我在谋德斯通-格林比货行的生活，永远被一幅帷幕挡着，打那以后，从来没有人把这幅帷幕揭开过。即使在本书中，我也只是用一只不情愿的手，把那幅帷幕揭开一下，接着便急急忙忙地把它放下来。想起那段生活，我就觉得无限辛酸，精神上倍感痛苦和绝望，我甚至连想一想那段生活熬了多久，都没有勇气。那是一年，还是一年多，还是一年不到，我都弄不清了。我只知道，我有过那段生活，但是结束了；现在我已把它写下来，这就完了。

阅读规划进度及自我测评

01 计划阅读时间

02 实际阅读时间

03 完成度（%）

04 阅读兴趣

感兴趣□　　一般□　　没兴趣□

原因：

问题：

05 回忆一下阅读的章节，看看能否回答出这些问题

1. 在大卫还没出生前，贝特西小姐认为科波菲尔太太肚子里的孩子一定是个女孩儿，当贝特西小姐得知科波菲尔太太生了一个男孩儿后，就一言不发地走了，而且也没有回来过，你觉得贝特西小姐这样做的原因是什么？请联系具体内容说说。

2. 再次读读第三章中的这段文字，“每当我听到或谈到亚茅斯这个地名，我就会想起某一个星期天的早晨在海滩上的情景，唤人去教堂祈祷的钟声，靠在我肩上的小艾米莉，懒洋洋地往水里扔石子儿的汉姆，远方海面刚透出浓雾的太阳，阳光下隐约可见的船只，如影子一般”，说说亚茅斯给“我”

留下的是怎样的印象。

3. 大卫的母亲与谋德斯通先生结婚后，大卫的生活发生了翻天覆地的变化。谋德斯通先生和他的姐姐想尽办法折磨大卫，谋德斯通先生甚至还毒打大卫，为什么大卫的母亲没有制止谋德斯通先生的残暴行为呢？

4. 请回顾第七章的内容，说说在大卫的眼里萨伦学校是一所怎样的学校。

5. 母亲去世后，大卫被谋德斯通先生送到谋德斯通－格林比货行打工，在这里他认识了米考伯先生一家。请在第十一章中找到描写米考伯先生的形象的典型句子，并说说作者是从哪些方面来刻画米考伯先生的，突出了米考伯先生怎样的性格特点。

6. 从谋德斯通－格林比货行出逃后，大卫遇到了抢他箱子的长腿青年、买卖旧衣服铺子的老头儿、打人的补锅匠……通过大卫与这些人物之间发生的故事，简要说说你如何看待作者笔下的这个社会。

06 说说有意思（感兴趣、引人深思）的人或事，与他人分享

在这一阅读阶段，你一定对小说中的某个人、某件事、某句话印象深刻，写一写或说一说，分享自己的阅读成果。

07 摘抄，积累

把你认为好的语句或段落摘抄下来，积累更多的语言素材吧！

读完前面的章节，或许你对贪婪阴险、心狠手辣的谋德斯通姐弟感到厌恶，对年幼的大卫所遭遇的一切感到悲伤，也为大卫能得到姨婆贝特西小姐和狄克先生的帮助而感到高兴。那么，曾经有过悲惨的童年生活的大卫展开了怎样新的人生旅程？在此期间他认识了哪些新朋友，又遇到了哪些旧朋友？接下来，让我们展开第二阶段的阅读，并找到这些答案吧。

第十五章　重新开始

我跟狄克先生不久便成了最要好的朋友，他做完一天的工作后，经常和我一起去放那只大风筝。他每天都要花很长时间坐下来写那份呈文，尽管他一直为这埋头苦干，可几乎毫无进展。因为查理一世国王早晚总要掺和进去，弄得他只好把呈文丢弃，从头再写。虽然他一次次遭受挫折，但耐心不减，希望依旧。对查理一世国王，他感到有一些不对头，但又无力把他抛开，而这个查理一世国王，总是要钻进这份呈文中来，把呈文搅得不成样子。这一切都给我留下了深刻的印象。至于这呈文要是一旦写成了，那狄克先生能得到什么结果，这呈文应该往哪儿送以及这呈文会起什么作用，等等，有关这些问题，我相信，狄克先生并不见得比别人知道得多。其实，他也根本用不着费心去考虑这些问题，因为，如果说这世上有一件事是十拿九稳的话，那就是这个呈文永远不会有写成的一天。

我当时经常觉得，看到他把风筝放到高高的天空中，那情景非常感人。他曾在房里告诉我，他相信风筝能将他糊在它上面的那些陈说（其实那只是一张张未完成的呈文）传播出去。他的这种想法，也许只是他一时心血来潮的幻想。可是到了屋外，仰望着空中的风筝，感到风筝在他手中又拉又扯的时候，那就不像是幻想了。他的神态从来没有像现在这样宁静过。黄昏时分，我坐在长满青草的斜坡上，坐在他的身旁，看他注视着那高飞在恬静的空中的风筝，

第十五章　重新开始

我心里时常想，风筝把他的那颗心，从烦忧混乱的境地中带出，飞上了万里晴空（这只是我幼稚的想法而已）。可是当他一点点收起线，风筝在美丽的晚霞中越来越低，直到飘飘摇摇地跌落在地，像死了似的一动不动躺在那儿时，他才仿佛从睡梦中慢慢醒来。我还记得，当时我看到他把风筝拿在手里，茫然四顾，好像他自己也跟风筝一起跌落尘埃，为此我对他产生满心怜悯。

我跟狄克先生的友爱和情谊日有增进，他的忠实朋友——我姨婆——对我的欢心也丝毫没有减退。她对我宠爱无比，在短短的几个星期内，就把她给我取的名字特洛伍德，缩成特洛了。这甚至使我产生一种希望：要是我能像开始时这样一直下去，在受到她的宠爱方面，我有希望跟我的姐姐贝特西·特洛伍德取得同样的地位。

“特洛，”有一天晚上，当双陆棋盘像往常那样为她和狄克先生摆好时，我姨婆说，“我们可不能忘记你念书的事。”

这正是我唯一焦心的事，所以她一提到这事，我心里就非常高兴。

“你喜欢进坎特伯雷的学校吗？”我姨婆问道。

我回答说，我很喜欢，因为那儿离她家近。

“好，”我姨婆说，“你喜欢明天就去吗？”

对我姨婆的这种说干就干的脾气，我已经不再陌生，所以对她的这一突然提议，我并不感到吃惊，就回答说：“喜欢。”

“好，”我姨婆又说，“珍妮特，明天早上十点钟，你去把那匹小灰马和那辆双轮轻便马车雇来，今天晚上把特洛伍德少爷的衣服也收拾好。”

我听了姨婆的这番吩咐，心里大为高兴。但是在我看到这消息对狄克先生的打击时，又觉得我这样只顾自己，良心上很过意不去。因为狄克先生看到我们分离在即，情绪大为低落，结果连双陆也走得很差。我姨婆几次用骰子筒敲敲指关节警告他，仍毫无用处，气得她索性合拢棋盘，不跟他下了。不过，当他听我姨婆说，遇上星期六我有时还可以回来，遇上星期三他有时也可以去看我，他又高兴了起来，还发誓说，他要再做一只比现在这只大得多的风筝，到那时跟我一起去放。第二天早上，他的情绪又变得低落了，为了使自己的心情有所好转，他坚持要把身边所有的钱，不论是金的还是银的，全都给我。后来还是我姨婆出来阻拦，限定最多赠送我五先令，经过他再三的恳求，最后增加到十先令。我们在花园门口依依不舍地告别，狄克先生一直站在那儿，直到我姨婆把载着我的马车赶得看不见了，他才走进屋去。

完全不在乎公众意见的姨婆，以娴熟的技术，驾驭着小灰马经过多佛。她像个贵宾车的车夫似的，腰板儿笔挺，高居在驾驭座上，不管马走到哪儿，始终把目光盯在马身上，而且无论如何都不让马由着自己的性儿乱走。不过，待我们走上乡间大路时，她就对马放松一点儿了。我坐在她旁边的一个垫子上，她低下头来问我快活不快活。

"真是快活极了，谢谢你，姨婆。"我回答说。

她听了这话，非常满意，因为两只手都没有空，她用鞭子轻轻敲了敲我的头。

"那个学校大吗，姨婆？"我问道。

"哟，我也说不上来，"我姨婆说，"我们得先去威克菲尔先生家。"

"他是办学校的吗？"我问道。

"不，特洛，"我姨婆说，"他办了个事务所。"

有关威克菲尔先生的情况，由于我姨婆不想多说，我就没有再问下去。我们一直谈着别的事，直到来到坎特伯雷。这天正碰上该市的集日，这给了我姨婆一个大显身手的好机会。她赶着那匹小灰马，穿行在大车、篮筐、蔬菜、小贩的货物堆中间。我们东弯西拐的时候，差一点儿就要碰到人身上，引得站在周围的人对我们议论纷纷，这些话并不总是恭维我们的，但是我姨婆一点儿也不加理会，照旧赶着车走自己的路。我敢说，哪怕就是在敌国的国土上，她也会以同样的冷静态度，走自己的路的。

我们终于在路旁一座古老的房子前停了下来。这座房子的上层凸出到路面上方，它那又长又低的方格窗就更加突出了，两端刻有头像的椽子也都凸了出来。因此我当时想象，这房子探身向外，是想看看从下面狭窄的人行道上经过的是些什么人哩。房子干净得一尘不染。低矮的拱门上的老式铜门环，上面刻有花果交缠的图案，像星星似的直闪亮。两磴往下通大门的石头台阶，洁白得像蒙着干净的细麻布。所有的凸角、凹角、雕镂、模塑、别致的小块玻璃以及更为别致的小窗，虽然都像群山一样古老，但也像山上的积雪一样洁净。

当马车停在门口，我正聚精会神地打量着这座房子时，只见一张惨白的脸在一楼的一个小窗口（在房子一侧的小圆塔上）出现了一下，很快就不见了。接着那低矮的拱门开了，那个人走了出来。他的脸仍像我在窗口看到的一样惨白，不过皮肤上有着细小的红点，这在红头发的人的皮肤上有时可以见到。他

第十五章　重新开始

果然是个红头发的人——照我现在推测，这是个十五岁的小伙子，不过看上去要比这大得多——头发剪得短短的，只留着紧贴头皮的发茬。他几乎没有眉毛，睫毛根本没有，一双红褐色的眼睛，竟这样无遮无挡。记得当时我颇为纳闷儿，他这样怎么能睡得着呢？他双肩高耸，全身瘦骨嶙峋，穿一件素净的黑衣服，系一条白领饰，一排纽扣一直扣到下巴底下。他的手又长又瘦，皮包骨头。他站在小灰马的马头前，用手摸着下巴，仰头朝坐在马车上的我们看时，他的那只手特别引起我的注意。

“威克菲尔先生在家吗，乌利亚·希普？”我姨婆问道。

“威克菲尔先生在家，小姐。”乌利亚·希普说，“请往那边走。”他用那瘦长的手朝他所说的屋子指着。

我们下了马车，把马留给他去照料，走进一间临街的、又长又矮的客厅。当我走进客厅时，从客厅的窗口一眼看到乌利亚·希普往马鼻孔里吹了口气，吹完马上又用手把马鼻孔捂住，好像在对马施巫术似的。客厅里高高的老式壁炉架对面，挂有两幅画像：一幅画的是一个花白头发、黑眉毛的男子（不过绝不是一个老人），正在看一些用红丝带扎在一起的文件；另一幅画的是位女士，脸上的表情恬静、温柔，她正对着我看。

我相信，当我正往四周打量，想找一找是否有乌利亚的画像时，客厅另一头的门开了，进来一位先生。一见他，我立刻就又回过头去看第一幅画像，想要证实一下，画像并没有从画框中走出来。画框里的画像一动也没动，当进来的那位先生走到亮处时，我发现，他现在比别人给他画像时，又长了几岁了。

“贝特西·特洛伍德小姐，”进来的那位先生说，“请进，请进。刚才我有一会儿因为有点儿事缠身，实在是太忙，不过我想你会原谅我的。你是知道我的动机的，我生平只有一个动机。”

我姨婆对他表示了谢意。我们走进了他的房间，这儿布置成事务所的样子，有书籍、文件、白铁皮的箱子等等。外面就是一座花园。房内还有一个砌进墙里的铁保险箱，它就在壁炉架的上面。我坐下来时，心里感到纳闷儿，扫烟囱的人来扫烟囱时，怎样才能避开它呢？

“哦，特洛伍德小姐，”威克菲尔先生说——我不久就发现，这一位就是威克菲尔先生，还发现他是一位律师，替我们郡里一位有钱的先生经管产业——“是什么风把你吹到这儿来的？我希望不是不吉利的风吧？”

“不是，”我姨婆回答说，“我不是为打什么官司来的。”

“这就好了，小姐，”威克菲尔先生说，“你最好为别的事情来，不管是什么事情。”

他现在的头发已经全部白了，不过他的眉毛仍旧是黑的。他的脸看上去相当舒服，我认为也很好看。他的脸色红润，我听佩格蒂说过，这跟喝原产于葡萄牙的波尔图葡萄酒有关，他的嗓音也受此影响，还有他的发胖也出于同一原因。他的衣着很整洁，穿一件蓝色上衣、条纹背心和棉布长裤，他那上好的皱边衬衫和细纱领饰，看上去格外柔软和白净，当时使得我想入非非（现在记起来了），把这想象成天鹅胸部的羽毛。

“这是我的外甥。”我姨婆说。

“我从没听说过你还有个外甥，特洛伍德小姐。”威克菲尔先生说。

“严格地说，得说是我的甥孙。”我姨婆解释说。

“说实话，我也从没听说过你还有个甥孙。”威克菲尔先生说。

“他是我收养的，”我姨婆挥一挥手说，意思是你知道也罢，不知道也罢，对她来说反正都一样，“我把他带到这儿来，为的是要给他找一所学校，好让他受到真正良好的教育和良好的待遇。现在请你告诉我，这样的学校在哪里，是什么学校以及有关这所学校的一切情况。”

“在我好好给你出主意前，”威克菲尔先生说，“我还是那个老问题，这你知道。你这样做的动机是什么？”

“这人真见鬼了！”我姨婆喊了起来，“动机不就在表面嘛，还老是要往深处挖！嘿，还不是要让这孩子过上好日子，成个有用的人呗！”

“我认为，这一定有个复杂的动机。”威克菲尔先生摇了摇头，表示怀疑地微笑着说。

“胡扯什么复杂不复杂，”我姨婆回答说，“你总说自己不管做什么，只有一个淳朴的动机。我希望你不会认为，世界上只有你一个动机淳朴的老实人吧！”

“对，特洛伍德小姐，我生平可只有一个动机，”他笑着回答说，“别人有成打成打、几十几百个动机，可我只有一个，这就是我与众不同的地方。不过这是题外的话了。你刚才说要找一所最好的学校？不管动机是什么，反正要找一所最好的学校，是不是？”

我姨婆把头点了点，表示正是这样。

“在我们这儿最好的学校里，”威克菲尔先生考虑了一下后说，“你的甥孙眼下还不能寄宿。”

“不过，我想他可以在校外找个寄宿的地方。”我姨婆提议说。

威克菲尔先生认为可以这样做。他们讨论了一下后，他建议先带我姨婆去那所学校看一看，然后由她自己做出决定。同时，为了同样的目的，再带她到两三家他认为可以安排我寄宿的人家看一看。我姨婆欣然同意这一建议。我们

第十五章　重新开始

三人正要一块儿出发，他却停下来说：

“我们的这位小朋友也许有什么动机，不赞成我们这样的安排。所以我认为，我们最好还是先让他留在这儿。”

我姨婆为这一点好像想跟他争论，可是为了能使事情顺利进行，我就说，只要他们认为合适，我很愿意留在这儿不去。于是我便回到威克菲尔先生的事务所，又在原先坐过的那把椅子上坐了下来，等待他们回来。

我坐的这把椅子刚好跟一条狭窄的过道相对，过道的一头是一个圆形的小房间，先前我就是透过这个房间的窗口看到了乌利亚·希普那张苍白的脸。乌利亚把我们的马牵到邻近的马棚后，就回到这个房间伏案工作。桌子上有一个挂文件的铜架子，上面挂着他正在抄录的文件。他的脸虽然正对着我，但因有那份文件挡在我们之间，我想，他并没有看到我。可是当我更留神地朝他那边看去时，我却发现，他那双无法入睡的眼睛，像两轮红日一般，不时从文件下面偷偷地瞧着我，每瞧一回，我敢说，都有整整一分钟之久。在这期间，他的笔仍照常写着，或者说假装着写个不停。这一发现，使我深感不安。我试了好几次避开他的眼睛——如站在椅子上看房间里另一面墙上挂的一幅地图，或者是专心致志地读一份肯特郡当地的报纸——可是它们总是又把我吸引回去，不管我什么时候往那边看，总能看到那两轮红日，不是正在升起，就是正在降落。

最后，经过相当长的一段时间，我姨婆跟威克菲尔先生终于回来了，这使我如释重负。他们的这次行动，并没有像我希望的那样成功，因为学校的优点虽然无可否认，可是为我介绍的几处寄宿公寓，没有一处令我姨婆满意。

“非常不幸，”我姨婆说，“我真不知道该怎么办，特洛。”

“确实很不幸，”威克菲尔先生说，“不过我告诉你一个办法，你可以考虑，特洛伍德小姐。”

“什么办法？”我姨婆问。

“让你的甥孙暂时住在我这儿。我看这孩子挺文静的，绝不会打扰我。我这儿是个读书的好地方，清静得像座修道院，而且几乎也像修道院一样宽敞。你最好还是让他在这儿住下吧！”

我姨婆对这个提议显然很喜欢，不过她觉得不好意思就答应。我也是这样。

“行啦，特洛伍德小姐，”威克菲尔先生说，“这是个解决困难的办法。你知道，这只是个权宜之计。如果不合适，或者我们双方都感到不方便，他要改变主意是很容易的。先在这儿住下，这样就有时间给他找个更好的地方了。眼下，你最好还是决定先让他留在这儿吧。”

“你的好意我非常感激，”我姨婆说，“我想，他也是这样；不过……”

“得啦，我知道你的意思！”威克菲尔先生叫了起来，“你不用为领这份情过意不去的，特洛伍德小姐。要是你喜欢，那就为他付膳宿费吧。我们用不着费神谈什么价格了，你随意付就得啦。”

“这样的话，”我姨婆说，“那我就很高兴让他先住下了，不过你的这番真情厚意，并不因此就减少了。”

“那你们就来见一见我的小管家吧！”威克菲尔先生说。

于是我们便上了一座很精致的老式楼梯，楼梯的栏杆很宽阔，踩在它上面几乎也可以轻易地走上楼。然后我们走进一间阴暗的老式客厅，这儿的采光全靠那三四扇古雅的窗子，也就是我在下面仰头见到的。窗台里摆有几把橡木椅子，用的料子好像跟橡木地板、天花板上面的大梁是一样的。客厅里的陈设装修很华丽，里面还有一架钢琴和一些红红绿绿颜色鲜亮的家具，还摆了一些花。这儿好像到处都是古老的角落，每个角落里都有一张古怪的小桌子，或者是古怪的柜子、书架、座椅，或者是这样、那样别的东西，使我以为这客厅里再也没有比这更好的角落了，直到看到第二个角落时，发现这角落同样的好。每一件东西上面都有一种幽静和整洁的气氛，就像这座房子的外表那样。

威克菲尔先生在装有护墙板的墙壁拐角处一个小门上轻轻敲了敲，一个跟我年龄相仿的女孩儿很快跑出来，吻了吻他。从她的脸上，我一下就看到了楼下画像上那位女士恬静、温柔的表情。依照我的想象，仿佛那画中人已经长大成人，而本人依然还是个孩子。她的脸虽然显得十分活泼、快乐，但在她的脸上，在她全身，也有着一种宁静和安详——一种文雅、善良、平和的神态——这是我从来不曾忘记的，也是我永远不会忘记的。

这就是他的小管家，他的女儿爱格妮斯，威克菲尔先生说。听到他说这话的语气，看到他握她手的样子，我就猜出，什么是他生平唯一的动机了。

她的腰间挂着一个小篓子，里面放着钥匙。她的神态是那么庄重、审慎，这座古老的宅子正应该有这样的管家。当她的父亲对她说到我的情况时，她静静地听着，脸上带着愉快的表情。他说完后，就对我姨婆提议，我们应该上楼去看看我的房间。于是我们便一起上楼，她在前面引路。那是一间非常雅致的老式房间，有更多的橡木梁和菱形窗玻璃，还有栏杆宽阔的楼梯，一直通到那儿。

在童年时代——现在已记不起在哪儿和什么时候了——我曾在一个教堂里见过一扇彩绘玻璃窗，画的题材已想不起来了。不过我记得，当我看到爱格妮斯在那古老楼梯上的幽暗光线中，转过头来，在上面等着我们时，我想起了那扇彩绘玻璃窗，而且打那以后，我一直就把窗子的那种宁静的亮光跟爱格妮斯·威克菲尔连在一起了。

我姨婆跟我一样，对于给我所做的安排，感到非常满意。我们又满心高兴地下楼来到客厅。我姨婆说什么也不肯留下来吃晚饭，她怕那匹小灰马不能在天黑以前赶回家。正像我所想的那样，威克菲尔先生对我姨婆的脾气非常清楚，什么事都不会跟她争论，所以就在那里给她准备了一份便餐。爱格妮斯回到她的家庭教师那儿，威克菲尔先生去了自己的事务所，于是就剩下我们两个，可以不受任何拘束地互相道别了。

姨婆告诉我，威克菲尔先生会给我安排好一切，我所需要的，什么都不会短缺，她还对我做了最慈爱的嘱咐和最真挚的忠告。

“特洛，”姨婆最后说，“你要为你自己争光，为我争光，也给狄克先生争光！愿上帝保佑你！”

我大为感动，只有一次又一次地向她表示感谢，并请她代为向狄克先生致以敬爱之意。

“无论在什么时候，”我姨婆说，“绝不可卑鄙自私，绝不可弄虚作假，绝不可残酷无情。你要是能免除这三种恶习，特洛，那我就能对你永远抱有希望了。”

我尽我所能对她保证说，我绝不会辜负她的恩情，也绝不会忘记她的告诫。

“马车就在门口，”我姨婆说，“我走了！你就待在这儿不要出来了。”

她说完这几句话，匆匆地搂抱了我一下，便走出房外，并随手带上了房门。一开始，我不禁为这样突然的分别吃了一惊，几乎害怕起来，是不是自己得罪了姨婆。不过待我往街上一看，发现她上车时神色沮丧，头也不朝上看一看便驾车离去了，这时我才对她的心情有了更好的了解，不再无端地误以为她生气了。

到了五点钟，这是威克菲尔先生吃晚饭的时候。这时我已重新振作起精神，准备拿起刀叉来吃饭了。餐桌上只给我跟威克菲尔先生两人摆了餐具，不过爱格妮斯早在开饭前就在客厅里等候了，跟她父亲一块儿下了楼，坐在他对面的位子上。我怀疑，要是没有她陪着，威克菲尔先生能不能吃得下饭都成问题哩。

吃完饭，我们并没有留在饭厅里，而是又上楼回到客厅[1]。在客厅的一个舒适的角落里，爱格妮斯为她父亲摆上酒杯和一瓶波尔图葡萄酒。我想，要是那酒是别人为他摆上的话，他一定会觉得喝不出它往常的那种味道。

他坐在那儿喝了两个小时的酒，喝得真不少。在这段时间里，爱格妮斯则又弹起钢琴，又做针线活儿，还跟她父亲和我聊天儿。威克菲尔先生跟我们在

① 按惯例，饭后妇女先回客厅，男人继续留在饭厅饮酒、吸烟。

一起时，大部分时间都很愉快、高兴，不过有时会把目光停留在爱格妮斯身上，一言不发，陷入沉思。据我看来，她往往很快就能看出这一点，于是便对他问长问短，对他爱抚亲昵，使他从沉思中苏醒，然后又喝起酒来。

爱格妮斯煮好茶，给大家都斟上一杯。喝茶以后的时间，也像晚饭后一样度过，直到她去就寝。她父亲把她搂在怀里，吻了她。等她离去之后，他才吩咐在他的事务所里点上蜡烛。这时，我也就睡觉去了。

不过那天晚上，在就寝之前，我曾下楼步出大门，在街上走了一会儿，为的是可以再看一眼那些古老的房舍和那座灰色的大教堂。也许是因为我想到了我出逃时曾经过这座古城，想到了现在我栖身其中而当时一无所知地走过这座房子。回来时，我看到乌利亚·希普正在关闭事务所的门窗。我觉得应该对所有的人都表示友好，于是便走进去跟他说了几句，分别时还跟他握了握手。可是，我的天哪，他的手又冷又黏湿！握起来跟看上去一样，都像一只鬼手！事后我把我的手使劲搓了一通，为的是把它搓暖，也为了把他的那只手给我留下的感觉搓掉。

那是只让人感到如此不舒服的手。一直到我回到自己的房里，在我的记忆中依然有那种又冷又黏湿的感觉。我把头探出窗外，看到椽子头上刻的一张怪脸朝我瞟着，我想象中，那就是乌利亚·希普，他不知怎么的，竟跑到那上头去了。于是我急忙把窗子关上，把他关在外面。

第十六章　我又成了新生

第二天早上，吃过早饭以后，我重又开始过起学校生活。我由威克菲尔先生陪着，来到我未来求学的地方——一座坐落在一个大院子里的庄严建筑，周围学术空气弥漫。看来好像很适合那些从大教堂钟楼顶上飞下来闲步的乌鸦和鹩哥，它们正带着学者的派头，在草坪上踱着方步。威克菲尔先生把我介绍给我的新校长斯特朗博士。

我觉得，斯特朗博士几乎像这座房子外面高高的铁栅栏和铁大门一样陈旧、迂腐，也差不多像铁栅栏、铁大门两侧的大石瓮一样僵硬、沉重。这些大石瓮隔开一定距离，分别立在围着院子的红砖墙上，就像是供时光老人玩的巨大的九柱戏柱子。他正在自己的图书室里（我说的是斯特朗博士），他的衣服没有好好刷过，他的头发也没有好好梳理，他的紧身齐膝裤没有系带子，他的黑色长护腿没有扣扣子，他的一双鞋子张着两个黑洞似的大嘴，扔在炉边的地毯上。他转过那昏暗无神的眼睛看着我，这使我想起忘记多时的一匹老瞎马，那匹马以前老在布兰德斯通的教堂墓地里啃青草，时常被坟墓绊倒。他说，他见到我很高兴，接着朝我伸出一只手来，我不知道对这只手该怎么办，因为这只手什么动作也没有。

不过，离斯特朗博士不远处，有一位漂亮的年轻女士，坐在那儿工作——博士叫她安妮，我当时猜测，这一定是他的女儿——是她替我解了围，她跪下去给他穿上鞋子，扣上他护腿上的扣子。她在做这些事时，动作敏捷，满脸高兴。待她做完这些后，我们就离开这儿去教堂。威克菲尔先生跟那位女士告别时，我听到他称呼她“斯特朗太太”，我着实吃了一惊。我正在纳闷儿，她是斯特朗博士的儿媳妇呢，还是斯特朗博士的夫人？这时斯特朗博士自己

为什么大卫听到威克菲尔先生称呼安妮为“斯特朗太太”时非常吃惊呢？

无意中解开了我的疑团。

“顺便问一句，威克菲尔，”在过道里，他把手放在我的肩上，停了下来，说，“你还没有给我内人的表哥找到工作吧？”

“没有，”威克菲尔先生说，“没有，还没有。”

“我真盼望这事能尽快地办妥，威克菲尔。”斯特朗博士说。“因为杰克·麦尔顿这人，既穷又懒。这两种坏事，有时会生出更坏的事来。瓦茨博士[①]曾经说过，”他一面接着说，一面看着我，摇头晃脑地以配合他引用的那句诗的抑扬顿挫，“‘魔鬼总要找些坏事，交给懒汉去做。’”

懒惰是灵魂枯竭的开始，人生的意义在于不断战胜困难，勇敢前行。凡事勤则易，凡事惰则难。

“哦，博士啊，”威克菲尔先生回答说，“要是瓦茨博士真正了解人类，他也许会写，‘魔鬼总要找些坏事，交给忙人去做’。这一句同样也有道理。忙人在这个世界上，已经做够坏事了，你可以相信这一点。在这一两个世纪里，那些最忙于争权夺利的人，他们干了些什么？不都是坏事吗？”

“我看杰克·麦尔顿绝不会为争权夺利而奔忙。”斯特朗博士手摸下巴，深有所思地说。

“他也许不会，”威克菲尔先生说，“你引我言归正传了。我得为我刚才岔开话题表示歉意。没有，我还没能为杰克·麦尔顿先生安排好。我相信，”他说到这儿，显得有点儿犹豫，“我看穿你的动机，所以使得这事变得更加困难了。”

“我的动机，”斯特朗博士说，“只是为安妮的表哥，也是她从前的一个玩伴，找份合适的工作。”

“是的，这我知道，”威克菲尔先生说，“无论是在国内还是国外，全都可以。”

“是啊！”博士回答，显然不明白为什么他这般强调这句话，“无论是在国内还是国外，全都可以。”

“你可弄清楚，这是你自己说的。”威克菲尔先生说，“国外也可以。”

“当然！”博士回答说，“当然。国内或者国外。”

“国内或者国外？你没有选择吗？”威克菲尔先生问道。

“没有。”博士回答。

① 瓦茨博士：指伊萨克·瓦茨（1674—1748），英国神学家和赞美诗之父。所引一句出自他的《戒懒》一诗。

“没有？”威克菲尔先生颇为吃惊。

“一点儿也没有。”

“有没有希望在国外而不是在国内的动机？”威克菲尔先生问道。

“没有。”博士回答。

“我不能不相信你，我当然也相信你，”威克菲尔先生说，“要是我事先知道这一点，那我的任务要简单多了。不过我得承认，我原先是有另外的想法的。”

斯特朗博士看着他，带着疑惑不解的神色，但这种神色几乎立即就化成了笑容，这使我受到很大的鼓舞。因为他的笑充满了和蔼亲切，其中还有着淳朴和真诚。其实，透过他脸上那层好学深思的冰霜，在他整个的态度里，都蕴含着纯真，这对我这样一个年轻学子来说，具有很大的吸引力，也燃起了希望。斯特朗博士一再说着“没有”“一点儿也没有”以及诸如此类语气确凿的短句，踏着奇特的不匀的步子，在我们前面一摇三摆地走着，我们则跟在他后面。我看到，威克菲尔先生神情严肃，对自己摇着头，却不知道这都让我给看见了。

教室在大楼最清静的一边，是间相当大的厅堂，让对面将近半打的大石瓮严肃地瞅着。从这儿还可以看到博士私人享用的古老、僻静的花园，园中的桃子正在向阳的南墙上成熟。教室窗外的草坪上，有两大棵种在大木盆里的龙舌兰，这种植物的叶子又阔又硬（看上去像是用刷了漆的白铁皮做的），打那以后，在我的联想中，它一直是肃穆和幽静的象征。我们进教室时，大约有二十五个学生正在专心致志地埋头读书，一见斯特朗博士进来，全都站起来向他问早安，看到同来的还有威克菲尔先生和我，便一直站着，没有坐下。

“年轻的先生们，这位是新来的同学，”博士说，“叫特洛伍德·科波菲尔。”

这时，一个叫亚当斯的学长，从自己的座位中走出，前来对我表示欢迎。他系了条白领饰，看上去像个年轻的教士，不过非常和蔼、热情。他把我的座位指给我，又把我介绍给各位老师，态度文静优雅。如果说当时有什么能

为什么威克菲尔先生会对斯特朗博士的回答感到吃惊？威克菲尔先生说自己“原先是有另外的想法的”，猜一猜威克菲尔先生原先的想法是什么。

使我不再局促不安的话，那就是他的这种态度了。

不过，我跟这样的同学，或者说跟我年龄相仿的伙伴（米克·沃克和粉白·土豆除外）待在一起，像是很久以前的事了，因此现在跟这些同学在一起，我感到从未有过的生疏。我曾经有过那么些他们一无所知的境遇，有过许多跟我这个年龄、外表和作为他们当中一员的身份完全不配的经历，对此种种，我是一清二楚的。因此我几乎相信，现在我作为一个普通的小学生到这儿来，简直是一种欺骗。我在谋德斯通-格林比货行的那段时间，不论多长多短，反正对学生的这些运动和游戏，我全都不习惯了。因此我知道，就连学生们认为最普通的事情，我做起来也会笨手笨脚，很不在行。我从前学的那点儿东西，由于从早到晚都得为日常的卑琐生活而担忧，也都离我而去了。因而，当他们对我进行测试，看看我有点儿什么知识时，我竟什么都不知道，于是便把我编进学校里成绩最低的一个班。我缺乏小学生的技能和书本的知识，这使我心里很不好受，而我所懂得的，比起我所不懂的，更使我跟他们疏远，这使我更感到难过。我心里老是想到，要是他们知道我对王座法院监狱的情况如此熟悉，他们会有什么想法呢？要是我在举止中无意地透露出和米考伯家的关系——帮他们典当、卖东西，跟他们一起吃晚饭，他们对我又有什么看法呢？要是同学中有人见过我衣衫褴褛、筋疲力尽地经过坎特伯雷，现在已认出我来，那我该怎么办？他们花起钱来毫不在乎，要是他们知道我当年半便士半便士地积攒起一点儿钱，用来买每天那点儿干腊肠和啤酒，还有几片布丁时，他们会怎么说呢？他们对伦敦的生活和街市都一无所知，但他们要是发现我对这两方面的某些最肮脏的东西如此精通（而且我引以为羞），他们会有什么反应呢？在斯特朗博士学校里的第一天，所有的这种种念头，老在我脑子里折腾，闹得我对自己极小的一举一动都放心不下。不管什么时候，一见有新同学朝我走来，我便退避；刚一放学，我就匆匆离开，生怕有人跟我搭话，对我友好，怕在应答他们时露出破绽来。

不过，威克菲尔先生的那座老宅子却有这样一种作用：

为什么大卫觉得自己以一个小学生的身份来到这儿是一种欺骗呢？

这段连续用了五个问句把大卫焦虑不安、自卑的心理表现出来。在找到姨婆前，大卫过着悲惨、穷困的生活，还认识了一些生活在社会底层的朋友，如今在这样舒适、温暖的学校中，大卫觉得自己与身边的同学格格不入。

只要我腋下夹着书，往那座宅子的门上一敲，我感到我的不安就会渐渐消失。当我往自己那间空气流通的老式房间走去时，楼梯上那片肃穆的阴影，好像会把我的疑虑和恐惧笼罩住，使往日的旧事变得模糊。我坐在房间里，用心地伏案苦读，一直到吃晚饭的时候（我们三点钟就放学回家了），才下楼去。我心里充满希望，认为自己还能成为一个过得去的学生。

爱格妮斯在客厅里等她父亲，当时他在事务所里会客，抽不开身。她愉快地对我微笑相迎，问我是否喜欢那所学校。我告诉她，我希望会非常喜欢这所学校，只是一开始我感到有点儿生疏。

"你从没上过学校，"我说，"是不是？"

"哦，上过！我天天都上学。"

"啊！你是说在这儿，在你自己家里上学吧？"

"爸爸就是不让我去别的地方，"她微笑着摇摇头回答说，"他的管家自然得在他家里待着，这你知道。"

"我敢说，他一定非常爱你。"

她点点头，表示"是的"，接着便跑到门口，听听她父亲来了没有，以便她到楼梯上去接他。可是他没有来，于是她便又回到原来的地方。

"我刚一生下来，母亲就去世了，"她平静地说，"我只见过她的画像，就是楼下的那幅。我昨天见你尽朝那幅画像看。你想到那是谁的画像吗？"

我告诉她我想到了，因为画上的人非常像她。

"爸爸也这么说，"爱格妮斯高兴地说，"听！这一回爸爸来了！"

她急忙跑出去迎接，当他们手牵手一同进来时，她那张欢快、平静的脸上露出了欣喜的光彩。威克菲尔先生亲热地跟我打了招呼，还对我说，斯特朗博士是所有的人里面最温和、仁慈的，在他那儿学习，一定会非常愉快的。

"也许有的人——我不知道有没有这种人——会滥用他的仁慈，"威克菲尔先生说，"不管遇到什么事，千万不要做这样的人，特洛伍德，斯特朗博士是世人中最不会怀疑别人的人。不管这是一个优点，还是一个缺点，反正你在跟博士

威克菲尔先生对大卫说，斯特朗博士是最不会怀疑别人的人，你觉得这是优点还是缺点？此外，从威克菲尔先生的话中可以看出他对斯特朗博士的态度是怎样的？

的交往中，无论大事还是小事，这一点都得好好考虑。”

我觉得，他说这番话的时候，好像很疲倦的样子，或者是对什么事不满。不过我并没有进一步去想这个问题，因为就在这时候，仆人报告说，饭已经准备好了，于是我们都下了楼，照先前一样的位子就座。

我们几乎还没坐定，乌利亚·希普就往门内伸进他的红脑袋并用他的瘦手扶住门，说：

“麦尔顿先生来了，他要求跟您说句话，先生。”

“我刚把麦尔顿先生打发走呀！”他的主人说。

“是的，先生，”乌利亚回答说，“不过麦尔顿先生又回来了，他要求跟您说句话。”

乌利亚用手推开门，我觉得，他看看我，看看爱格妮斯，看看盘子，看看碟子，看看房内的所有东西——却又像什么也没有看。在这段时间里，他装出一直都用他那双红眼睛忠顺地看着他主人的样子。

在对话中，安妮的表哥麦尔顿先生多次称呼斯特朗博士为“老博士”，但威克菲尔先生似乎对此不满，还多次打断麦尔顿先生称呼斯特朗博士的话头，这是为什么？

“请原谅，我想了想，只想再说一句，”乌利亚身后有个声音说，这时乌利亚的脑袋被推到一边，由那说话人的脑袋取而代之了，“很对不起，打扰了。我只是想说，在这件事情上，既然我似乎已无法选择，那我就去外国好了，越快越好。我表妹安妮跟我谈到这件事时，她确实说过，她希望她的亲人朋友都近在跟前，不愿意把他们放逐出去，而那位老博士……”

“你说的是斯特朗博士吧？”威克菲尔先生严肃地打断他的话头问道。

“当然是斯特朗博士，”那人回答说，“我管他叫老博士，你知道，这是一回事。”

“我可不知道。”威克菲尔先生回答说。

“好吧，那就斯特朗博士吧！”那人说，“我相信，斯特朗博士也是这样想的。可是，好像你对我的态度使他改变了主意，那就没有别的话可说了，只有越早走越好。因此我才想到，我得回来跟你说一声，我越早走越好。既然非得往水里跳不可，老在岸上磨蹭是没有用处的。”

“在你的这件事情上，绝不会多磨蹭的，麦尔顿先生，你放心好了。”威克菲尔先生说。

“那就谢谢啦，”那人说，“十分感激。我不能对别人的帮忙还挑毛病，那就太不得体了。要不是这样，我敢说，我表妹安妮要按自己的心意把这事办好，是轻而易举的。我相信，安妮只要跟那个老博士说一声……”

“你是说，斯特朗夫人只要跟她的丈夫说一声——我说得对吗？”威克菲尔先生说。

“一点儿没错，”那人回答说，“——只要说，某件事情，她要如此这般地办，那这件事就理所当然如此这般地办。”

“为什么理所当然呢，麦尔顿先生？”威克菲尔先生不动声色地吃着饭，问道。

“啊，因为安妮是个迷人的年轻姑娘，而老博士——我指的是斯特朗博士——并不是个很迷人的年轻小伙子。”杰克·麦尔顿笑着说，“我这并不是想得罪任何人，威克菲尔先生。我的意思只是说，在这种婚姻中，我认为，总得有点儿补偿才算公平、合理。”

为什么麦尔顿先生觉得安妮“在这种婚姻中”必须有点儿补偿？

“补偿给那位太太吗，先生？”威克菲尔先生严肃地问道。

“补偿给那位太太，先生。”杰克·麦尔顿先生笑着回答说。不过他似乎注意到，威克菲尔先生仍跟原先一样，继续丝毫不动声色地吃着饭，而且要想使他脸上的肌肉有点儿松弛已毫无指望，于是便补充说：“不过，我要回来说的话，已经说了。再次为打扰了您表示歉意。现在我得告辞了。考虑到这件事只是在您和我之间安排，就不必在博士那里提起了。当然，我听从您的吩咐。”

“你吃过饭了吗？”威克菲尔先生问道，用手指了指桌子。

“谢谢，我这会儿就要去吃了，”麦尔顿先生说，“跟我表妹安妮一起吃。再见了！”

威克菲尔先生并没有起身相送，而是若有所思地看着他离去。我认为，麦尔顿先生只是个相当浅薄的青年，脸蛋儿漂亮，谈吐快捷，一副自信自负、无所顾忌的神气。这是我第一次见到杰克·麦尔顿先生。那天早上，听到博士提到他时，我没有想到这么快就会见到他。

吃完饭，我们又回到楼上，一切都跟前一天完全一样。爱格妮斯在同一角落里摆上酒杯和酒瓶。于是威克菲尔先生又坐下来喝酒，喝了很多。爱格妮斯给他弹了一会儿钢琴，然后坐在他身边做针线活儿、聊天儿，还跟我玩了一阵多米诺骨牌。到了时候，她又去张罗茶点。后来，当我从楼上拿了几本我看的书下来时，她看看书，告诉我哪些是她学过的（虽然她说这算不上什么，其实是很了不起的），还对我讲了学习和理解的最好方法。此刻，写到这些词句时，我又看到了她那端庄谦逊、有条不紊、温和文静的态度，听到了她那悦耳的、镇定的声音。日后她对我的一切良好影响，此时就已开始落入我的心坎。我爱小艾米莉，不爱爱格妮斯——说的不爱，是指不是爱艾米莉的那种爱——但是我觉得，无论爱格妮斯在哪儿，哪儿就有仁爱、和平，还有真诚。而且多年以前我见过的教堂彩色玻璃窗上那柔和的光线，永远笼罩在她的身上，在我挨近她时，也笼罩在我身上，笼罩在她周围的一切上。

到了她离开客厅就寝的时候了，待她离开我们以后，我也把手伸给威克菲尔先生，准备走了。可是他拦住了我，对我说："特洛伍德，你喜欢住在我们这儿呢，还是想住到别处去？"

"住在这儿。"我立即回答说。

"真的吗？"

"只要你不嫌我，能让我住下去！"

"啊，我怕我们这儿过的生活太沉闷了，孩子。"他说。

"爱格妮斯都不觉得沉闷，我怎么会比爱格妮斯觉得沉闷呢，先生？一点儿也不沉闷！"

"爱格妮斯不觉得，"他缓缓走到大壁炉的搁板那儿，身子靠在搁板上，重复说，"爱格妮斯不觉得！"

他那天晚上喝的酒很多（也许是我的想象），喝到两只眼睛都发红了，这并不是我这会儿看到的，因为这会儿他眼睛一直朝下望，还用手遮着。这是我早一会儿看到的。

"现在我真想知道，"他嘟囔着说，"我的爱格妮斯是不是已经讨厌我了。我什么时候会讨厌她啊！不过那可不一样，完全不一样。"

他这是在自言自语，并不是对我说话，所以我没有作声。

威克菲尔先生竟会担心他的爱格妮斯讨厌他，威克菲尔先生为什么会有这样的想法呢？

第十六章　我又成了新生

“这座房子古老沉闷，”他说，“这儿的生活，单调、古板。可是我一定得把她留在我的身边。我一定要她待在我的身边。要是我想到，我会死去，留下我的宝贝儿，或者是我的宝贝儿死去，留下我。这种念头像鬼怪似的，把我最快乐的时光变成忧伤，那我就只好沉溺在……”

他没有把这句话说完，只是缓缓地踱到他原来坐的地方，机械地拿起空瓶来做出倒酒的动作，然后放下酒瓶，又踱了回来。

“要是她在这儿时我都伤心得受不了，”他说，“她走了那还得了？不行，不行。我不能做这种实验。”

他靠在壁炉的搁板上，沉思了很久，这时我拿不定主意，是冒着惊动他的危险离开呢，还是静静地留在原地等他从沉思中醒来？最后，他终于还是醒过来了，朝房内四处打量着，直到他的目光跟我的目光相遇。

“住在我们这儿，特洛伍德，呃？”他说话的口气跟平常一样，好像答复我刚才说的什么话似的，“我为这感到高兴。你对我们两人来说，都是个好伴儿。有你在这儿，对我们俩的身心健康都有好处。对我有好处，对爱格妮斯也有好处。也许对我们大家都有好处。”

“我相信对我一定有好处，先生。”我说，“我住在这儿好极了。”

“你真是个好孩子！”威克菲尔先生说，“只要你高兴在这儿住，那就在这儿住下去好了。”说着他为这跟我握了握手，拍了拍我的背脊，还告诉我，晚上爱格妮斯离开后，我要是想做什么事，或者想读书消遣时，只要他在房里，只要我想有个伴，我可以随时下楼去他的房间，跟他一起坐坐。对他的这番好意，我道了谢。过后不久，他下楼去了，我也还不觉得累，既然承他许可，于是便拿了本书，准备下楼跟他一起待上半个小时。

可是，当看到那间圆形的小办公室里还有灯光，我立刻感到有一股力量把我吸引到乌利亚·希普那儿（他对我有一种魔力），于是我改变了初衷，走进了他的这间办公室。我发现乌利亚正在读一本又大又厚的书，读时显得特别专心，每读一行，都用他那瘦长的食指，跟着在书页上

乌利亚只是威克菲尔先生的事务所里的一个学徒，为什么大卫会对乌利亚充满好奇？

留下一道黏湿的痕迹，就像有蜗牛爬过一般（我完全相信是这样）。

“今天晚上你工作得很晚了，乌利亚。”我说。

“是的，科波菲尔少爷。”乌利亚回答。

为了跟他谈话方便，我在他对面的凳子上坐了下来。这时我发现，他这个人脸上从来不曾有笑这回事，他只会把嘴咧开，在腮帮上留下两条僵硬的皱纹，一边一条，算作笑容。

“我并不是在办公事，科波菲尔少爷。”乌利亚说。

“那你在做什么呢？”我问道。

“我这是在提高法律知识，科波菲尔少爷，”乌利亚说，“我正在读提德[1]的《审理程序》。啊，提德真是位了不起的作家，科波菲尔少爷！”

运用细致的神态和动作描写，使乌利亚举止怪异的形象栩栩如生。

我坐的凳子简直就像一座瞭望台，我看他在说完这句赞叹的话以后，重又用食指指着一行行的字，读起书来。我发现他的鼻孔处尖削，鼻孔之间深深凹进，鼻翼一翕一翕的很古怪，让人看了怪别扭的——也许是因为他的眼睛几乎从来不眨，所以由鼻孔来代替了。

“我想，你一定是位大法学家吧？”朝他打量了一会儿后，我说。

“我，科波菲尔少爷？”乌利亚说，“哦，不！我只是一个卑微的人。”

乌利亚出身低微，他在与大卫的交谈中总是强调自己“是这个世界上最卑微的人”，在乌利亚眼里，出身便代表一切，你认同这种观点吗？

我发现，我不喜欢他的那双手，因为他老是相对搓他那两只手掌，好像要把它们搓暖似的。此外，他还时常偷偷地用手帕擦它们。

“我自己很清楚，不管别人怎么样，我是这个世界上最卑微的人。”乌利亚·希普谦虚地说，“我妈也是一个卑微的人，我们住的房子也很简陋，科波菲尔少爷，不过也有很多地方得感谢上帝。我爸以前做的也是卑微的工作，他是个教堂里打杂的。”

“现在他在做什么？”我问道。

“他现在在分享天堂上的光荣了，科波菲尔少爷。”乌利亚·希普说，“不过有很多地方得感谢上帝。我能跟威克菲

① 提德（1760—1847）：英国法学专家。

尔先生在一起，这多么值得感谢呀！”

我问乌利亚，他跟着威克菲尔先生是不是已经很久了。

“我已经跟了他四年了，科波菲尔少爷。”乌利亚说，他小心地在读到的地方做了记号，然后合上了书，“我爸死后一年，我就跟了威克菲尔先生了。这件事我该多么感谢上帝呀！威克菲尔先生仁慈地免费收我做学徒，我该怎样地感谢上帝呀！要不，像我妈跟我这样卑微的人，无论如何都出不起这笔钱的！”

“那么，等你学徒期满，我想，你就可以成为一个正式的律师了。”我说。

“但愿上帝保佑，科波菲尔少爷。”乌利亚回答。

“也许有一天你会跟威克菲尔先生合伙，”为了讨好他，我说，“那这家事务所就要叫威克菲尔-希普事务所，或者希普（原威克菲尔）事务所了。”

“啊，不，科波菲尔少爷，”乌利亚摇着头回答说，“我太卑微了，那是不可能的呀！”

他坐在那儿，一副谦卑的样子，两眼斜视着我，嘴咧得大大的，腮帮上露出两条皱纹，那模样，跟我窗外椽子头上刻的脸，真是像极了。

“威克菲尔先生是个最了不起的人，科波菲尔少爷，”乌利亚说，“要是你跟他认识久了，你就知道了，我相信，一定比我告诉你的更清楚。”

我回答说，我相信他是那样的人；不过，虽说他是我姨婆的朋友，我自己跟他认识还不久。

“啊，真的，科波菲尔少爷，”乌利亚说，“你姨婆是一位非常和气的人，科波菲尔少爷！”

当他要表露自己的热情时，身子就不断扭动，样子非常难看，开始我还注意听他对我亲戚的恭维，可看到他的脖子和身子扭动得像条蛇，我的注意力便被吸引到这上面了。

“一位非常和气的人，科波菲尔少爷！”乌利亚·希普说，“我想，她非常赞赏爱格妮斯小姐吧，科波菲尔少爷？”

我竟大胆地说了声“是的”，其实我对此一无所知。上帝宽恕我吧！

“我希望你也这样，科波菲尔少爷，”乌利亚说，“不过我相信，你一定已经赞赏她了。”

“人人都会这样的。”我回答说。

“啊，科波菲尔少爷，”乌利亚·希普说，“谢谢你这句话啦！你这句话千真万确！我虽然卑微，也知道这句话千真万确！啊，谢谢你，科波菲尔少爷！”

他由于情绪激动，扭动得就更厉害了，竟从坐凳上滑了下来；既然已经滑下凳子，于是他便开始做起回家的准备来。

"母亲在等着我呢，"他一面说，一面看了看口袋里的一只颜色灰暗、表面模糊的怀表，"她一定要不放心啦！因为我们虽然很卑微，科波菲尔少爷，我们互相是非常关心的。要是哪一天下午，你肯赏脸来寒舍看看，在我们那卑微的家里喝杯茶，我母亲跟我一样，会由于你的光临感到十分荣幸的。"

我说，我很高兴去拜访他们。

"那就谢谢你啦，科波菲尔少爷，"乌利亚回答说，同时把他看的书放回书架，"我想，你还得在这儿待些日子吧，科波菲尔少爷？"

我说，我将在这儿受教育，我相信，在我上学期间，我会一直待在这里。

"啊，真的？"乌利亚嚷道，"那我想，最后你也会干这一行的，科波菲尔少爷！"

我极力说，我并没有要干这行的想法，旁人也没有为我做过这样的打算。可是乌利亚不顾我的所有保证，坚持说："啊，准是的，科波菲尔少爷，我想你一定会干这行的，真的！"或者说："啊，没错，科波菲尔少爷，我想你一定会干这行的，一定的！"说了一遍又一遍。最后，他终于收拾完，要离开事务所回家了，他问我，要是把灯熄了，对我有没有妨碍，我刚说了一声"没有"，他立刻就把灯熄灭了。接着，他跟我握了握手——黑暗中，他的手像条鱼似的——他把临街的门打开一点点，侧身挤了出去，随手就把门关上了，把我丢在黑暗中，我只好摸索着回自己的房间。这可给了我一点儿麻烦，我在他的凳子上绊了一跤。我想，大概正是由于这个原因，我几乎大半夜都梦见他。在梦中，除了别的一些事之外，我梦见他把佩格蒂先生的那座船屋驶到了海上，去干打劫的勾当，船桅上挂着一面黑旗，上书"提德的审理程序"，就在这面穷凶极恶的旗帜下，他把我和小艾米莉载去西班牙海①，要在那儿把我们淹死。

第二天上学的时候，我的不安心情减少了一些，再过一天，又减少了许多。就这样，我逐渐地完全摆脱掉这种心情，不到两个星期，在我的新学伴中已感到很自在，跟他们在一起也很愉快了。他们玩的游戏，我做起来虽然仍笨手笨脚，功课也还赶不上他们，不过我希望，经常去做能改进第一点，勤奋学习可以改进第二点。于是我在游戏和学习方面，都非常努力，因此大受人们的称赞。没过多久，对于谋德斯通-格林比货行的生活，我已感到非常生疏，几乎不相信自己曾有过那段经历。而现在的这种生活，已变得如此熟悉，好像我已经过了很久了。

斯特朗博士的学校办得非常出色，它跟克里克尔先生的学校比起来，就像

① 西班牙海：是指加勒比海，尤指靠近南美大陆北岸一带的海面，16—18世纪时，这一带常有西班牙商船来往，也是海盗出没的地方。

善跟恶不同一样。这所学校的工作十分认真严肃，而且有条有理，有着健全的制度。在一切事情上，校方都充分尊重学生的自尊和真诚，并公开表明，相信学生都具有这样的品质，除非有人表现出自己不配得到这种信任。这种做法有意想不到的效果，我们全都觉得，在学校的管理工作上，我们人人有份，在维护学校的名誉和声望方面，我们人人有责。因此，我们不用多久就全心全意地跟学校融为一体——我确信我自己无疑就是这样一个学生，而且，在我整个在校学习期间，我从来不知道有哪个学生不是这样的——我们全都勤奋学习，竭力想为学校争光。课外我们有许多很好的游戏，还有不少自由活动的时间。不过我记得，即使在游戏或自由活动时，我们也受到镇上居民的交口称赞。我们很少在仪表和态度方面有所失当，以免使斯特朗博士和斯特朗博士的学校的名声受到损害。

有一些高年级的同学就寄宿在博士家，我从他们那里间接听到一些有关博士生平的细节。例如，他跟我在图书室里见到的那位美丽的少妇结婚还不到一年，他是因为爱她才娶她的。而她呢，穷得连六便士也没有，却有一大堆穷亲戚（我们的同学是这么说的），他们随时会蜂拥而来，想把博士挤出屋子，挤出家门。还有，博士那一直都在苦思冥想的样子，他们说是因为他总在找希腊的根。由于我当时天真无知，还以为博士对植物有癖好，特别是他散步时两眼老爱看地上。直到后来我才知道，他找的原来是词根，这跟他打算编的一本新词典有关。我们的学长亚当斯颇有数学才能，据说，他曾按照博士的计划和编写进度，对完成这部词典所需的时间做过测算。他认为，从博士的上一个生日，即他的六十二岁生日算起，还得花一千六百四十九年的时间。

不过，博士本人却是全校崇拜的偶像。如果不是这样，那这所学校一定就乱糟糟了。因为他是人类中最仁慈的人，他的那份单纯的真诚，就连墙头上那些石瓮的心都能感动。当他在房子旁边的院子里来回溜达时，那些离群的乌鸦和鹩哥，都会狡黠地侧着头看着他，仿佛它们知道自己在人情世故方面比他要懂得多。这时候，不管是哪一类无业游民，只要能走到他那双嘎吱响的皮鞋跟前，用一言半语的诉苦引起他的关注，那此后两天的生活就有着落了。这种事，学校里的人都一清二楚，教师们和班长们得煞费苦心地截住这些躲在角落里的土匪，或者从窗子里跳出来，在博士发现他之前，就把他撵出院子。有时候，这种堵截和驱逐行动，就在离他散步处几码远的地方进行，而他顾自来回溜达着，对这一无所知。他一走出自己的领地，要是没有人卫护，他就十足成了剪羊毛人的羊了。他可以把自己的裹腿从腿上解下来，送给别人。事实上，在我们中间一直流传着一件事（我不知道，从来都不知道这事有什么根据，不过多少年来我一直相信这件事，因此就觉得这件事一定是真的）。据说，有一年冬天，在一个严寒的日子，他真的把自己的一副裹腿，送给了一个女乞丐。她用这裹住一个很好看的婴孩，挨家挨户给人看，因而在附近一带惹起了一些闲话。因为博士的这副裹腿，在这一带人人都认识，就跟大教堂一样。传说还说，唯一不认识这副裹腿的，只有博士自己。因为不久以后，这副裹腿陈列在一家名声不太好的小旧货店门口，平时常有人拿这类东西来这儿换杜松子酒喝，据说，人们不止一次看到博士抚摸着这副裹腿，颇为欣赏，觉得款式很新颖，认为比他自己的那副好。

看到博士跟他那位漂亮的年轻太太在一起时，是很令人愉快的。他对他的太太表现出一种慈父般的宠爱，就凭这一点也可以看出，他是一个好人。我常常看到他们俩一起在长满桃树的花园里散步，有时则在书房或客厅里，我可以从更近处观察他们的一举一动。我觉得，她对博士照顾得非常周到，也很喜欢他，不过我从来没有认为，她对博士编的那本词典会有很大的兴趣。博士总爱把一些难解的词条，随身带在口袋里或者帽衬里。他们一块儿散步时，博士通常好像都在讲给她听。

我常常见到斯特朗太太，一是因为打从那天早上我第一次拜见博士时，她就喜欢上我了，以后对我一直很亲切，也很关心；二是因为她非常喜欢爱格妮斯，两家经常来往。我觉得，她跟威克菲尔先生之间，有着一种永远无法消除的特别的拘束（她好像有点儿怕威克菲尔先生）。当她在晚上来时，总是不要威克菲尔先生送她回家，而要我陪她一同回去。有时，当我们俩正高高兴兴地一块儿跑过大教堂前的空地，本以为不会遇上什么人时，却往往会碰上杰克·麦尔顿先生，他见了我们总是显出很吃惊的样子。

斯特朗太太的母亲是我极为喜欢的人。她本该叫马克勒姆太太，可是我们这些学生通常都叫她“老兵”，因为她有将才，有率领大批亲戚来斗博士的才能。她个子瘦小，目光锐利，打扮起来时，老爱戴一顶一成不变的便帽，帽上饰有一些假花，花上还有两只翩翩起舞的假蝴蝶。在我们学生中间，有一种迷信的说法，认为这种帽子一定产自法国，只有那个聪明的国家，才有造出这种帽子的手艺。不过我确切知道的情况是：不论马克勒姆太太晚上在哪儿出现，那顶帽子也就会在哪儿出现。遇到要到亲友家赴会时，她就把帽子放在一只印度篮子里随身带去，那两只蝴蝶则有不停地颤动的本事，就像忙碌的蜜蜂一样，善于利用良好的时机，来占斯特朗博士的便宜。

有一天晚上，发生了一件让我永远难忘的事，让我有了极好的机会对这位“老兵”——我这样称呼她，并没有不尊敬她的意思——看个仔细。现在我来说一说这件事。那天晚上，博士家有一个小小的聚会，欢送杰克·麦尔顿先生去印度。因为威克菲尔先生终于为他安排了一份工作，他要去那儿当一名低级职员或者是这一类的差使。而且，那天也是斯特朗博士的生日。这天学校放假，上午我们给博士送了生日礼物，由班长向他致祝词，大家对他欢呼，直到我们都喊哑了嗓子，博士感动得流下了眼泪。到了晚上，威克菲尔先生、爱格妮斯和我一起到他家，赴他以私人身份开的茶会。

杰克·麦尔顿先生在我们之前就到了。我们进去时，只见斯特朗太太穿一身白色衣服，戴着几朵樱桃红的缎带花结，正在弹钢琴，麦尔顿俯在她身后，在为她翻乐谱。当她回过头来时，我觉得，她那红白分明的容颜不像往常艳丽如花，不过她的样子依然很美，非常美。

"博士，我忘了为今天这个日子向你祝贺了，"我们落座后，斯特朗太太的母亲说，"不过，我的道贺不仅仅是道贺，这你也可以想到，我要祝你长命百岁。"

"谢谢你，夫人。"博士回答说。

"长命百岁，长命百岁，长命百岁，""老兵"说，"这不仅为了你个人，也为了安妮和约翰·麦尔顿①，还有许多别的人。约翰，当年你还是个小孩子，比科波菲尔少爷还矮一个头时，你跟安妮在后花园的醋栗树丛后面扮一对小情人的情景，我现在想起来，就像是昨天的事一样。"

"我的好母亲，"斯特朗太太说，"现在别再提那件事了。"

"安妮，你别犯傻了，"她母亲回答说，"你现在已经是个结了婚的老女人了，要是你听了这种话还要脸红，那你要到什么时候听了才不脸红啊？"

"老了？"杰克·麦尔顿先生叫了起来，"安妮老了？呃？"

"是的，约翰，""老兵"回答说，"她确实是个结了婚的老女人了。当然，论年纪，她并不老——你什么时候听我说过，或者是什么人听我说过，一个二十岁的姑娘论年纪已经老了！——我这是说，你表妹是博士的太太，而正因为她是个博士太太，所以我才这样说。约翰，你表妹是个博士太太，对你来说也是件好事。你已经找到了他这样有势力、肯帮忙的朋友。只要你配得到他的好处，我敢说，他以后对你还会更好哩！我可不喜欢硬充好汉，我一向不怕坦率承认，我们家有些人要靠朋友帮忙。在你表妹有能力为你找到一个这样的朋友之前，你就是一个要靠朋友帮忙的人。"

斯特朗博士心地善良，听了这话，摆摆手，好像说，这算不了什么，不必再提杰克·麦尔顿先生的事了。可是马克勒姆太太却换了个座位，在博士旁边的一把椅子上坐了下来，把手中的扇子放在博士的衣袖上，说：

"不，这是真的，我亲爱的博士，要是这件事我说多了，你可一定得原谅我，因为这事太让我感动了。我把这叫作偏执狂，我就是爱说这事。你是我们

① 约翰·麦尔顿：杰克·麦尔顿，杰克为约翰的昵称。

的福星，你要知道，你真是一位大恩人。”

“瞎说，瞎说。”博士说。

“不，不是瞎说，对不起，”“老兵”反驳说，“这会儿除了我们这位亲爱的知心朋友威克菲尔先生，没有别的人在座。我可不能答应别人来阻拦我。你要是再这样，我可要拿出丈母娘的特权来骂你了。我这人就是心眼儿实，爱说实话。我这会儿要说的是，你第一次向安妮求婚时，可把我惊诧得给怔住了——你还记得吧，我当时有多惊讶？这并不是说，求婚这件事本身有什么出格的地方——要是那么说就太可笑了！——而是因为你一直就认识她那可怜的父亲，而且早在她还是六个月大的娃娃时，你就认识她了，因而我一丁点儿都不曾往这方面想过，不管怎么说，确实从来没有想到你会是个向她求婚的人——你知道，就是这么回事。”

“好啦，好啦，”博士和蔼地说，“这些话就别提了。”

“我可一定要提，”“老兵”把手中的扇子挡在博士的嘴唇上说，“我非提不可。我回想起的这些事情，要是有什么地方记错了，你们可以反驳我。好啦！于是我就对安妮说了，告诉她是怎么回事。我说：‘我亲爱的，斯特朗博士这是郑重其事地正式向你求婚来啦。’我这话里可曾有一点儿逼迫的意思？没有。我说：‘哦，安妮，这会儿你得跟我说实话，你到底有没有心上人？’‘母亲，我年纪还很轻啊，’她哭着说——她说的一点儿不假——‘我还不知道我究竟有没有心上人哩。’‘我的亲爱的，’我又说了，‘那你就是说你还没有心上人了。不管怎么说，我的宝贝儿。人家斯特朗博士可正焦急不安地等着呢，我们得给他一个回音，不能老让他像现在这样悬着。’‘母亲，’安妮依旧哭着说，‘没有我，他会不快乐吗？要是这样，那我想，我那么尊重他，敬佩他，我就嫁给他吧。’于是这件婚事就这么定下来了。这时，直到这时，我才对安妮说：‘安妮，斯特朗博士以后不仅是你的丈夫，而且还要代表你去世的父亲，做我们的一家之长。他要代表我们家的名声和地位，我还可以说，他是我们家的资产。总之，他是我们家的大恩人。’当时我用了这个字眼，今天我还是要用这个字眼。要是说我这人还有一点儿什么长处的话，那就是我前后永远一致。”

她说这番话时，她女儿一直一声不响，一动不动地坐在那儿，两眼看着地面；她表哥站在她身边，两眼也看着地面。待她母亲说完后，她才用一种颤抖的声音，非常轻柔地说：

“母亲，我希望你的话说完了吧。”

“没有，我亲爱的安妮，”“老兵”说，“我还没有都说完呢。我的宝贝儿，既然你问我了，那我就回答你吧，我还没有说完呢。我还要抱怨你哩，你对自己家里的人，实在有点儿不近人情。不过，抱怨你也没有用，我还是说给你丈夫听吧，哦，亲爱的博士，你瞧瞧你这位糊涂的太太吧。”

博士转过他那慈祥的脸，带着淳朴温存的微笑，向着他太太，这时，他太太的头垂得更低了。我看到威克菲尔先生一直注视着她。

“我前几天跟这淘气的孩子说，”她母亲接着说，一面开玩笑地对她摇着头，挥着扇子，“我们家有件事，她也许该跟你提一下——说实在话，我想是一定得跟你提一提的——可她说，跟你一提，就等于要你帮忙，而你这人又太慷慨，对她总是有求必应，所以她不肯跟你提出。”

“安妮，我亲爱的，”博士说，“你这样就不对了。这就夺去我的一种乐趣了。”

“当时我对她说的，差不多也是这句话！”她的母亲叫了起来，“哦，说真的，下次再碰上什么事，我认为她本该告诉你，而由于这个原因不肯对你说时，我亲爱的博士，我倒很想我来亲自告诉你呢。”

“要是你肯亲自告诉我，那我就太高兴了。”博士回答说。

“我可以亲自跟你说？”

“当然可以。”

“那好吧，我一定亲自跟你说！”“老兵”说，“一言为定。”我想，她的目的已经达到了。她用自己的扇子在博士的手上轻轻拍了好几下（她先在扇子上吻了吻），然后得意扬扬地回到自己原先坐的地方。

这时，又进来一些客人，其中有两位教师和亚当斯，于是话题变得广泛了，自然而然地转到杰克·麦尔顿先生身上，谈到他的航程，他要去的国家以及他的各项计划和前程。当天晚上，晚饭后他就要乘驿递马车去格雷夫森德，他这次要搭乘的船就停泊在那儿。他这一去——除非请假回家或回国养病——不知得多少年才能回来。我记得，当时大家都认为，印度这个国家已被人们歪曲得失实了，其实，那儿除了偶尔有一两只老虎，白天气温高时有点儿热之外，并没有什么让人讨厌的地方。至于我自己呢，则把杰克·麦尔顿先生看成现代的辛巴德[①]，把他想象成所有那些坐在华盖下，吸着弯曲的金烟管——这种烟管要是拉直了，足有一英里长——的东方君王的密友。

斯特朗太太很会唱歌，这我已知道，因为我时常听到她独自一人在唱。不过不知道她是怕当众唱呢，还是那天晚上嗓子不好，不管怎么样，反正她当时一点儿也唱不出来。起先，她本想跟她的表哥麦尔顿来个二重唱，可是一开始就没能唱出来。后来，她想来个独唱，尽管开始时唱得很好，可是唱着唱着，突然发不出声音来了，弄得她非常难堪，把脑袋低垂在钢琴上。好心眼儿的博士说，她这是太紧张了。为了让她放松下来，他提议大家玩轮回纸

① 辛巴德：《一千零一夜》中的人物。

牌戏[1]——其实他玩这玩意儿的水平，就跟他吹长号的本领差不多。不过我看到，“老兵”马上就把他逮住了，要他跟她合伙。她教他的第一招是，要他把他口袋里的钱全都交给她。

尽管有一对蝴蝶监督着他，博士还是出了数不清的错，惹得那对蝴蝶大为恼火，不过大家还是玩得很开心。斯特朗太太不肯参加玩牌，理由是她感到身体不太舒服；她的表哥麦尔顿声称还有点儿行李要收拾，也谢绝参加。不过他收拾完行李，就又回来了。他们俩一起坐在沙发上低声交谈。斯特朗太太不时跑过来看看博士手上的牌，告诉他该打哪一张。她在他背后俯下身子时，脸色很苍白，我觉得她指着牌时，手指也在发抖。可是博士只看到她这样关心他，感到很高兴，即使他太太的手指真的在发抖，他也看不出来了。

吃晚饭时，我们都没有玩牌时那么高兴了。一个个好像都觉得，这种别离是一件难堪的事，别离的时间越来越近，这种心情也就越来越强烈。杰克·麦尔顿先生尽管想多说说话，可是说得结结巴巴，反而把局面弄得更糟。据我看来，那位“老兵”也没能使局面有所改善，她老是喋喋不休地说些杰克·麦尔顿先生小时候的旧年琐事。

不过我敢说，博士却认为他使得每个人都很开心，所以自己也很高兴，一点儿也没有想到会有别的情况，一心认定我们都已开心到极点。

“安妮，我亲爱的，”他看了看表后说，一面把自己的杯子斟满酒，“你表哥杰克动身的时间已经过了，我们不该再留住他了，因为时光和潮水——眼下的情况与两者都有关——都是不等人的。杰克·麦尔顿先生，你前面有一段很长的航程，还有一个陌生的国度。不过这两者，许多人都曾经历过，而且永远会有许多人去经历。你现在正要乘风远行，这种风曾把成千上万的人送往富有和幸福，也把成千上万的人欢欢喜喜地送回自己的家乡。”

“眼看一个从小看他长大的好端端的小伙子，”马克勒姆太太说，“撇下所有的熟人，去到世界的另一头，不知道前途是凶是吉，这总是件叫人伤心的事。不管怎么看，这都是件叫人伤心的事。一个年轻人做出这样的牺牲，真该有人不断地好好支持，好好照顾。”她说到这儿，拿眼睛看着博士。

“你的日子将会过得很快，杰克·麦尔顿先生，”博士接着说，“我们大家的日子，也会过得很快。我们当中的有些人，按照事理常情，也许很难指望等你回来时去欢迎你了。退一步来说，最好的事就是希望能去欢迎你，我就是这样希望的。我也不必唠唠叨叨地对你进什么忠告了，免得让你讨厌。你眼前很久以来就有一位好榜样，就是你表妹安妮。你要尽一切努力，学习她的美德。”

马克勒姆太太打着扇，摇着头。

① 轮回纸牌戏：由四人或四人以上参加，但互不结为同伴。

第十六章　我又成了新生

“再见了，杰克先生，”博士说着站起身来，看到这，大家也都跟着站了起来，“祝你一路顺风，在国外事业有成，回来时欢天喜地！”

我们都为杰克·麦尔顿先生干杯，都跟他握了手，接着他便匆匆地跟在座的女宾告别，然后急步走向门口。在他跨上马车时，他受到了特意聚集在草坪上的我的同学一片惊天动地的欢呼。我连忙跑进他们中间，以壮声势。马车经过时，我离得很近。当时的情景，在我脑中留下了生动的印象：在震耳的欢呼声和飞扬的尘土中，只见麦尔顿先生脸上表情激动，手中拿着一件樱桃色的东西，马车在我们面前辘辘驶过。

接着，同学们又对博士一阵欢呼，还对博士夫人一阵欢呼，然后才散去，我也回到屋里。只见客人们全都围着博士站成一堆，在那儿谈论杰克·麦尔顿离去的事，他如何忍受离别之苦，会有怎样的感觉，等等。大家正在谈论这些事时，马克勒姆太太突然叫了起来：“安妮哪儿去了？”

安妮不在那儿，大家高声叫她，也听不到她的回答。于是大家都挤着奔出房间，看看是怎么回事。我们发现她躺在门厅的地上。起初大家吓坏了，后来才发现她晕过去了。大家用普通的治晕方法，就把她弄醒过来了。这时，博士把她的头搁在自己的膝盖上，用手把她的鬈发分开，朝周围看着说：“可怜的安妮！她待人这样真诚，这样心软！她这是因为要跟小时的玩伴、朋友、她喜欢的表哥分别，才晕过去的。啊，真可怜！我很难过！”

她睁开眼睛，看到自己在什么地方，还看到大家都围着她站着，便在别人的搀扶下站起身来。她这样做时，掉过头去，把头搁在博士的肩上——或者是为了把脸遮住，我不知道她这究竟是为了哪一桩。我们大家都回到客厅，想把她留给博士和她母亲照顾。不过她好像说，她觉得这会儿比早晨以来都好，她很想跟我们大家在一起。于是大家就把她带到客厅里，把她安置在沙发上。我觉得她看上去脸色很苍白，身子非常虚弱。

“安妮，我亲爱的，”她母亲一边为她理好衣服，一边说，“瞧这儿！你丢了一个花结。你们哪一位帮忙找一找一个缎带花结——一个樱桃红的缎带花结好吗？”

就是她戴在胸前的那个。我们大家都去找了，我敢肯定，我也到处去找了一通，但是谁也没能找到这个缎带花结。

“你还记得起来吗，你最后在什么地方还戴着它的，安妮？”她母亲问道。

她回答说，一会儿之前她觉得还戴着的，不过丢了就丢了，不值得去找了。她说这话时，我自己也感到不解，我怎么一直觉得她脸色苍白，或者算不上苍白，但也绝不是红润。

尽管如此，大家又去找了一通，还是没有找到。她请求大家别再找了，可是大家还是乱哄哄地瞎找一气，直到她完全恢复过来，大家告别的时候为止。

我们三人，威克菲尔先生、爱格妮斯和我，慢慢地走回家去。爱格妮斯和我欣赏着美妙的月色，威克菲尔先生却一直看着地上，难得抬起头来。当我们终于来到自己家的门前时，爱格妮斯才发现，她把她的小网袋忘记在博士家了。有这么一个为她效劳的机会，我非常高兴，连忙就跑回去取了。

我走进吃晚饭的屋子，爱格妮斯的小网袋就忘在那儿，可是这会儿那儿已经漆黑一片。不过这屋子有个门和博士的书房相通；门正开着，书房里还有灯光。于是我便走到门边，打算说明来意，并想要支蜡烛。

博士正坐在壁炉边的安乐椅上，他年轻的妻子坐在他脚旁的小凳上。博士脸上挂着沾沾自喜的微笑，正在高声朗读他那部永远编不完的词典里解释或说明某种理论的手稿。他太太则仰望着他。可那是一张我从没见过的脸，脸形那么漂亮，而脸色却那么苍白，神情那么恍惚，充满狂乱的恐怖，像魂灵出窍、梦游病人似的，可究竟是什么恐怖，我不得而知。她的眼睛睁得大大的，褐色鬈发分成两大绺，披散在她的双肩，也披散在她那因失去缎带花结而显得凌乱的白色衣服上。她的那副神情，直到现在我仍记忆犹新，但是我说不出它表露了什么。即使到现在，我的判断能力已经老练多了，可回想起来依然说不出它表露的是什么。悔恨、惭愧、羞耻、骄傲、爱情、信赖，我全看到了；而在这所有的一切中，我都看到了那种我无以名状的恐怖。

我走了进去，并说了我的来意，把她给惊醒了，也扰了博士。因为我回到这屋子，把从桌上拿走的蜡烛送回来放回原处时，博士像个慈父似的正在轻拍她的头，还说自己是个冷酷无情的老头儿，居然硬要她听他念稿子，他本应该让她去睡了。

可是她急忙用迫切的口气请求他容她留在那儿，让她感到那天晚上他对她很信任，她好放心（我听到她嘟囔着断断续续地说了这一类的话）。在我离开书房出门时，她瞥了我一眼。接着，我看到她把自己的手交叉着放在博士的膝盖上，带着同样的眼神看着他，直到博士重又念起他的手稿来，她的脸上才稍稍露出几分平静。

这番情景给我留下了极深的印象，事后很久，我都还清楚地记得，关于这一点，到时候我还要详细叙述。

第十七章　故友重现

自从我出逃以来，我还没顾上提及佩格蒂的情况。不过，我一在多佛有了安身之所，不用说，我几乎立即就给她写了一封信。在我姨婆正式决定当我的监护人后，我又给她写了一封更长的信，报告了全部详情。当我进了斯特朗博士的学校后，又给她写了第三封信，详细叙述了我的幸福生活和光明前途。在最后这封信里，我还随信附去了半个几尼金币，用狄克先生给我的钱，来偿还以前向她借的债。当时我所感到的快乐，是我一生中从来没有过的。有关那个赶驴的小伙子的事，我以前从没向她提过，只是在这封信中，我才告诉了她。

对我这几封信，佩格蒂简直像个商务秘书似的，回复得非常迅速，当然不及他们写得简明扼要。为了写出她对我旅途跋涉所感受的心情，她使尽了她的全部表达能力（她用墨水表达的能力无疑是不够大的）。四页布满污渍，全是前后不连贯的有头无尾的感叹句，依然不足以抒发她的感情。不过对我来说，这些墨痕污迹所表达的感情，大大超过最动人的书信。因为它们告诉我，佩格蒂写信时一直痛哭流涕，所以才满纸泪痕，那我还要她怎么样呢？

我不用费多少劲就能看出，她对我姨婆仍然没有多大好感。她对姨婆的成见已那么久，而得到我的消息的时间则过于短暂，一时难以转变。她信上说，我们绝不可能看清一个人；而贝特西小姐竟跟大家原来想的那么不同，想想实在是个教训！这就是她的话。她显然仍旧怕见贝特西小姐，因为她向姨婆道谢致意显得有几分胆怯。她明明也怕我，怕我过不多久又会设法逃跑。因为她一再示意，只要我向她要，她随时可以给我去亚茅斯的车费。

她还告诉我一个消息，使我感到非常难过，那就是，我们老家的家具全都卖掉了，谋德斯通先生和谋德斯通小姐已经搬往别处，那所房子也封上了，打算出租或者出卖。上帝知道，只要谋德斯通姐弟住在那儿，那座房子就没有我的份儿，不过想到这所亲爱的老住宅竟完全让人抛弃，花园里会长满高高的野草，小径上积着又厚又湿的落叶，总让人感到伤心。我想象着冬天的寒风在房子周围呼啸，冷雨敲打着窗玻璃，月光照在空房的墙上，映出幢幢鬼影，终夜伴守着它们的寂寞。我重又想起教堂墓地树下的那座坟墓，如今，仿佛那所房子，也跟我的父母一样死去了，跟我父母有关的一切，全都消逝了。

在佩格蒂的信里，再没有别的消息了。她说，巴基斯先生是个好丈夫，虽然依旧有点儿吝啬，不过我们大家都有短处，她就有很多（我可不知道她有些什么短处）。巴基斯先生也向我问好，我住过的那间小卧室一直为我准备着。佩格蒂先生很好，汉姆也很好，葛米治太太仍不太好，小艾米莉不肯附笔问候，不过她说，要是佩格蒂乐意，可以代她向我问好。

所有这些消息，我都尽本分如实禀告了姨婆，只是没提小艾米莉的事。我本能地觉得，姨婆不会很喜欢她。我进斯特朗博士的学校后不久，姨婆来坎特伯雷看了我几次，每次来都不是在寻常的时候，我猜想，她的用意是乘我不备来查考我。不过她发现我学习用功，品行端正，从各方面都听说我在学校进步很快，过不多久她就不再来看我了。我每隔三四个星期，在星期六就回多佛看她一次，度一个假日。每隔一个星期的星期三我总能见到狄克先生一次，他都是坐驿车来的，中午到达，一直待到第二天早上才回去。

狄克先生每次来总是带着一只皮的书写文具箱（这种文具箱的盖子打开就是一块书写板），里面盛着文具用品，还有那份呈文。关于这文件，他有一个想法，觉得现在时间已经趋向紧迫，真该是脱手的时候了。

狄克先生非常爱吃姜饼。为了要使他对来访更加高兴，姨婆吩咐我在一家点心铺里开个赊账户头，并且规定每天赊购的姜饼不能超过一先令。这笔支出，还有他在旅馆里的零星账单，在付款之前，都得先经过我姨婆过目。这引起了我的疑心，大概我姨婆只许他把钱弄得叮当响，不许他随意花钱。通过进一步的调查，我发现事情果然如此，或者至少也是他跟我姨婆已商议好，他的任何开支，都得向我姨婆报账。由于他根本不想欺骗她，而且总想讨她的欢心，因此他花钱就非常小心了。在这一点上，也像其他方面一样，狄克先生确信，我姨婆是女人当中最聪明、最了不起的。他一再把他的这一看法极其秘密地告诉我，而且总是悄声说的。

“特洛伍德，”一个星期三，狄克先生说了这句心腹话之后，用神秘的口气问我道，“躲在我们家附近，吓唬你姨婆的男人是谁呀？”

“吓唬我姨婆，先生？”

狄克先生点点头。“我总以为什么也吓不了她的，”他说，“因为她——”说到这儿，他轻声地说：“不用说，是女人当中最聪明、最了不起的人。”说完这话，他往后一靠，想看看他对她的这一评价，对我产生什么影响。

“他第一次来的时候，”狄克先生说，“是——让我想想看——一六四九年是查理国王被处死刑的年份吧。我记得，你说过，是一六四九年吧？”

“是的，先生。”

第十七章　故友重现

“我不明白，怎么会这样，”狄克先生说，摇着头，一副大惑不解的样子，“我不相信我有那么大年纪。”

“就在那一年，那个男人露面了吗，先生？”我问道。

“呃，真的，”狄克先生说，“我真不明白，怎么会是那一年，特洛伍德。你是从历史书上查出这个年份的吗？”

“是的，先生。”

“我想，历史是绝不会撒谎的。会吗？”狄克先生抱着一线希望，说。

“哦，不会的，先生！”我十分肯定地回答说。我当时既天真，又年轻，自以为是这样。

“这我就想不通了，”狄克先生一面摇头，一面说，“准是什么地方出错了。不过，就在查理国王脑袋里的一些麻烦，错放进我的脑袋以后不久，那个人就第一次来了。当时天刚黑下来，我跟特洛伍德小姐喝完茶，正一块儿去散步时，那人出现了，就在我们房子的附近。”

“在那儿走来走去？”我问道。

“在那儿走来走去？”狄克先生把我的话重复了一遍，“让我想一想。这我可得好好想想。不，不——是，他没有在那儿走来走去。”

为了弄清真相，我就直截了当地问他，那人到底在干什么呢？

“啊，开始他根本不在那儿，”狄克先生说，“后来才来到特洛伍德小姐背后，对她低声说了句什么。这时她回头一看，一下就晕过去了。我呆住了，站在那儿看着那个人，那人就走了。不过打那以后，他就藏起来了（藏在地底下或者什么地方），这事真是奇怪极了！”

“打那以后，他就一直藏着没露面？”我问道。

“一点儿没错，他一直藏着，”狄克先生郑重地点着头，回答说，“没有露面，一直到昨天晚上！昨天晚上，我们正在散步，他又出现在你姨婆背后，我又认出了他。”

“他又把我姨婆吓坏了吗？”

“吓得全身直哆嗦，”狄克先生一面说，一面装出受惊的样子，牙齿咯咯地直打战，“扶着栅栏，哭了起来。不过，特洛伍德，你过来。”他把我拉到身边，轻声地对我耳语，“孩子，为什么你姨婆在月光底下给他钱呢？”

“他也许是个乞丐。”

狄克先生摇摇头，表示完全不同意我的说法，同时很有把握地重复了好多次：“不是乞丐，不是乞丐，不是乞丐，先生！”接着又说，后来在夜深的时候，他从窗口里看到，我姨婆在花园栅栏外面的月光地里给那人钱；那人拿了钱，就悄悄地溜走了——狄克先生认为他可能又钻进地里——再也看不到了。

随后我姨婆就急急忙忙、偷偷摸摸地回到屋里，甚至到第二天早上，她的神色还跟她平日迥然不同，让狄克先生看了心里直难受。

刚听说这件事的时候，我一点儿也不相信，那个不知是谁的人，不过是狄克先生的一种幻觉，跟那个给了他这么多麻烦的倒霉的国王是一码事。可是待我想了一番之后，我开始产生一个疑问，是不是有人曾两次企图或者是威胁说要把狄克先生从我姨婆的保护下劫走，而我姨婆也许由于对狄克先生的爱护之心太强（这是我从她自己那儿知道的），舍不得他离开，所以被迫拿出一笔钱，好让狄克先生安生和安静。由于我本来就跟狄克先生非常亲密，也很关心他的平安，我的担心加强了这种假设。因而很长一段时间以来，每逢星期三，在他没有到达之前，我总是胆战心惊，生怕他不能像往常那样，坐在驿车的车厢里。不过到了那一天，白发苍苍的他，总会笑容满面、心情愉快地照常出现，再也没有提起那个让我姨婆害怕的人。

这些星期三是狄克先生一辈子最快乐的日子，这些日子给我的快乐也绝对不会少。过不多久，全校的同学没有一个不认识他了。虽然除了放风筝，他没有亲身参加过任何别的游戏，但他对我们的所有运动，都很感兴趣，兴趣之大，不亚于我们当中的任何一个学生。有多少次，我看到他全神贯注地看打弹子和抽陀螺比赛，脸上带有形容不出的神情，遇到紧要关头时，连气都不敢喘一口。有多少次，在玩犬兔越野追逐①时，我看到他爬上小山坡，大声喊叫着为全体参赛者加油，在花白的头顶挥动着帽子，完全忘记了那位被处死的查理国王的头以及跟这相关的一切！夏天时，有多少次，他在板球场上看板球赛，我知道那是他的幸福时刻！在冬天，有多少次，我看到他站在飞雪和寒风中，鼻子冻得发紫，看同学们滑下长长的雪坡，高兴得使劲拍着戴了毛线手套的双手！

他是个人人都喜欢的人物，要做个小玩意儿什么的，他堪称是一把好手。他能把橘子雕成各式各样我们谁也想不到的东西。他可以用任何东西，甚至是烤肉用的串肉扦，做出一只小船。他还能用羊膝骨做棋子，用旧纸牌做罗马战车，用线轴做带轴条的轮子，用旧铁丝做鸟笼子。不过他最擅长的也许是用细绳和麦秆制作物品。我们都深信，凡是能用手做出来的东西，他都可以用这两样东西做成。

没过多久，狄克先生的名声就不局限于我们学生中间了。只过了几个星期三，斯特朗博士本人就跟我打听起狄克先生的情况来了。于是我便把姨婆对我说的，全告诉了他。博士听了非常感兴趣，他要我在狄克先生下次来时，介绍

① 犬兔越野追逐：一种户外游戏，假扮兔子者在前面边跑边撒下纸屑，假扮猎犬者在后面跟踪追赶。

给他认识。这一介绍任务，我及时完成了。博士对狄克先生说，不管什么时候，他来时要是在驿车站找不到我，可以直接来学校，先休息一下，等我上完上午的课。有了博士这句话，过后不久，狄克先生一下驿车就直接来学校，这自然也就成了习惯。要是我们下课较晚（这是星期三常有的事），他就在院子里散步，等我。就是在那里，他认识了博士年轻漂亮的太太（这阵子，她比以前更加苍白了，我觉得，我自己或任何别的人，都更少见到她。她也没有以前那样快乐了，不过漂亮不减当年），渐渐地变得越来越熟起来。因此到后来，他一来学校，就直接进教室等我。他总是坐在一个固定的角落里，一张固定的凳子上，于是那张凳子也因他被叫作"狄克"了。他坐在那儿，头发花白的头朝前探着，不管上的是什么课，他都非常注意地听着，对他没有机会得到的学问，深怀敬意。

这种敬仰之情，狄克先生推而广之，及至博士本人。他认为，博士在任何时代都是最为渊博、最有造诣的哲人。很长一段时间以来，他不脱帽露顶是绝不跟博士讲话的。即便在他跟博士成为好友，两人按时一起在我们称之为"博士路"的院子散步时，狄克先生也还是时时脱帽，对智慧和知识表示尊敬。至于在这种散步时，博士是怎么开始读起他那本著名词典的片段来的，我就不知道了。起初，也许他觉得这跟读给自己听是一样的。总之，后来这也就成了一种习惯了。而狄克先生呢，倾听时面带得意之色和快乐之感，从心坎里确信，这部词典是世界上最令人喜爱的作品。

我看到他们两人，在教室的窗户外面来回地走着——博士脸上挂着得意的笑容，读着他的词典片段，有时则挥摆着手中的文稿，或者是庄重地点着头；狄克先生则兴趣盎然地倾听着，其实，他那点儿可怜的智力，早已附在那些艰深的词语之翼上，天知道神游到哪儿去了——我一看到这番情景，就觉得这是我所见过的最令人愉快的情景。我只感到，他们两位仿佛会永远这样走下去，而世界不知怎么的会因此变得好起来。好像世界上千百桩引得众口喧嚷的大事，对世界、对我都没有这桩事一半有益似的。

不久，爱格妮斯也成了狄克先生的朋友；由于他常到这家来，因而也认识了乌利亚。狄克先生跟我之间的友谊，则日益增进，而且我们俩相交的基础颇为奇特：一方面，狄克先生是以监护人的身份来照应我的，但另一方面，他遇上疑难不决的小事，总是找我商量，而且始终遵照我的意见行事。他不仅对我本身的聪明深为佩服，而且还认为我得到了我姨婆的很好遗传。

在一个星期四的早晨，在我回校去上课以前（因为我们早饭前有一个钟点的课），我正陪着狄克先生从旅馆步行去驿车站时，在街上碰见了乌利亚。他提醒我说，我以前曾答应去他家跟他和他母亲一起喝茶，末了还身子一扭补充说："不过我可没有期望你会不失约，科波菲尔少爷，因为我们太卑微了。"

我真的还拿不定主意，对乌利亚这个人，到底是喜欢还是厌恶。当时我跟他面对面站在街上，对此依然还是疑惑不定。不过我觉得，让人认为骄傲，总是一件很不好的事。所以我就说，我只是等着人邀请罢了。

"哦，要是就这么回事，科波菲尔少爷，"乌利亚说，"你真的不是嫌弃我们卑微，那请你今天晚上来好吗？不过要是因为我们卑微，你不肯赏脸，我也希望你别把这当作一回事，放在心上，科波菲尔少爷，因为我们都很清楚自己的地位。"

我说，这事我得跟威克菲尔先生说一声，要是他没有意见，我是很乐意去的。我觉得，毫无疑问，他一定不会有意见的。于是那天傍晚六点钟（那天事务所下班算是早的了），我对乌利亚说，我已准备停当，可以去他家了。

"母亲一定会感到骄傲的，"我们一起离开事务所时，乌利亚说，"要是骄傲不是罪过[①]的话，科波菲尔少爷，她一定会感到骄傲的。"

"可是今天早上你却毫不在乎地认为我骄傲呢。"我回答说。

"啊呀呀，没有的事，科波菲尔少爷！"乌利亚回答说，"哦，请你相信我，没有的事！我的脑子里从来不曾有过这种想法！即使你认为我们太卑微，配不上你，我也绝不会认为这是骄傲。因为我们实在是太卑微了。"

"你近来一直在钻研法律吧？"为了换个话题，我问道。

"哦，科波菲尔少爷，"他做出谦逊的样子说，"我只是读点儿有关的书，谈不上什么钻研。有时候，我在晚上跟提德先生混上一两个小时。"

"我想，不大读得懂吧？"

"对我来说，提德有时候是很难懂，"乌利亚回答说，"不过对一个有才气的人来说会怎么样，我就不知道了。"

他一面朝前走着，一面用瘦削的右手食指和中指，在自己的下巴上打出一个小调的拍子，接着又补充说：

"你知道，科波菲尔少爷，提德先生书里的有些东西——像拉丁文和拉丁术语——对我这样一个学识浅薄的读者来说，是很难的。"

"你喜欢有人教你拉丁文吗？"我不假思索地说，"我倒很乐意教你，因为我自己正在学。"

"哦，谢谢你，科波菲尔少爷，"他摇着头回答说，"我相信，你肯教我，完全是出于一片好意。可是我太卑微了，实在不敢当。"

"这是什么话，乌利亚！"

"哦，我真得请你原谅我，科波菲尔少爷！我非常感激你。我对你说实话，

① 在天主教教义中，骄傲为七罪之一。

这是我最喜欢的了，不过我太卑微了。没等我因为有了学问把人惹恼，就已经有更多的人因为我身份低，要踏扁我了。学问不是我这种人应该有的。像我这样的人，最好不要有上进心。要是想活下去，就得安于过卑微的日子，科波菲尔少爷！”

在他不停地摇着头、谦卑地扭动身子说出这些伤心的话时，我从没见过，他的嘴竟咧得那么大，颊上的皱纹竟那么深。

“我认为你错了，乌利亚，”我说，“我敢说，要是你真想学，有一些东西我可以教你。”

“哦，你这话我不怀疑，科波菲尔少爷，”他回答说，“一点儿也不怀疑。不过因为你自己不是卑微的人，也许就难以理解了。谢谢你了，我不能为了求知识而去惹恼那些比我上等的人。我太卑微了。这儿就是我卑微的住处了，科波菲尔少爷！”

我们走进一个低矮的老式房子，从街上一直就通到屋内。我看到了希普太太，她长得跟乌利亚像极了，只是矮了一点儿。她接待我时谦卑到极点，连吻自己的儿子时，也对我说了一番抱歉的话。她说，他们虽然地位卑下，但仍有着互相关爱的天性，他们希望，这不会让任何人看着不顺眼。房间看起来还过得去，一半做客厅，一半做厨房，但是并不见得舒适。茶具都摆在桌子上，炉台上水壶里的水正在沸腾。房内还有一只五斗柜，上面装了块写字台的台面，供乌利亚晚上读书写字用。那儿放着乌利亚的蓝色提包和一些纸张文件，还放着几本书，主要是提德的著作。另外还有一只角橱以及一些常用的家具。我已经想不起哪件东西看上去有一种裸露、皱缩和剥落的样子；不过我的确记得，整个房间都好像有这种样子。

希普太太仍穿着寡妇穿的丧服，这也许是她表示卑微的一部分。尽管希普先生去世已经多年，希普太太却依旧穿着丧服。我认为，她的穿戴只是在帽子方面做一点儿让步，其他方面，她还是跟开始居丧时一样。

“我敢说，今天是个值得永远记住的日子，我的乌利亚，”希普太太说，一面在烧茶，“因为科波菲尔少爷来我们家看我们来了。”

“我早就说过，你会这样想的，母亲。”乌利亚说。

“要是我能找出什么理由，盼望你父亲仍跟我们在一起的话，”希普太太说，“那理由就是，他应该活到现在，可以认识认识今天下午来我们家的客人。”

我听了这些恭维话，感到很窘；不过我也意识到，他们是拿我当贵宾招待的，因此我认为，希普太太是一个讨人喜欢的女人。

“我的乌利亚，”希普太太说，“盼这一天，已经盼得很久了，少爷。他一直怕你嫌我们卑微，不肯赏脸，我自己心里也跟他有同样想法。我们这会儿卑微，我们从前卑微，我们以后还是卑微。”希普太太说。

“我相信，你们一定不会那样的，希普太太，”我说，“除非你们喜欢那样。”

“谢谢你，少爷，”希普太太说，“我们知道自己的地位，能过上这样的日子，已经谢天谢地了。”

我觉得，希普太太渐渐地离我越来越近，乌利亚也慢慢地凑到我的对面。他们恭恭敬敬地硬要我吃桌子上他们认为最精美的食品，其实也没有什么特别可口的东西。但是我认为物轻人情重，所以也就觉得他们的招待非常周到。不久，他们谈起自己的姨妈来，我也跟他们谈了我姨婆；他们又谈起父母，我也跟他们谈了我父母；接着希普太太又谈起继父来，于是我也开始对他们谈起了我继父的情况——不过我很快就打住了，因为我姨婆嘱咐过我，要我不要谈这方面的事。可是，一个松软的木塞是对付不了一对螺丝钻的，一颗稚嫩的牙齿是敌不过两个牙医的，一个小小的板羽球是要不过两只板羽球球板的，同样，我也对付不了乌利亚和希普太太两个人。他们爱怎么搬弄我，就怎么搬弄我，把我原来不想说的、说了都要脸红的事，全都慢慢套了出来。特别是当时我年幼天真，以为我这样对人推心置腹，是自己的长处，完全是对两个恭恭敬敬款待我的人的一种眷顾。

他们母子俩非常相亲相爱，这是毫无问题的。这一情况也影响了我，使我认为这是一种天性。可是他们俩，一个说了什么，另一个就接着说什么，这种一呼一应的技巧，还是使我难以抵御。等到有关我自己的情况已经没有什么可套问时（有关我在谋德斯通-格林比货行的那段生活以及出走的情况，我只字未提），他们又开始议论起威克菲尔先生和爱格妮斯来。乌利亚先把球抛给希普太太，希普太太接住后，又回抛给乌利亚，乌利亚把球捧了一会儿，接着又把球抛给希普太太。他们就这样不断地把球抛来抛去，直弄得我闹不清球到底在谁的手里，把我完全给搞糊涂了。而且这个球本身也老在变化，一会儿是威克菲尔先生，一会儿是爱格妮斯小姐，一会儿是威克菲尔先生如何杰出，一会儿是我对爱格妮斯如何赞赏，一会儿是威克菲尔先生的业务和收入，一会儿是我们晚饭后的家常生活，一会儿是威克菲尔先生喝什么酒、他喝酒的原因以及他不该喝那么多酒。一会儿是这个，一会儿是那个，然后是这个那个，诸事并提。在所有这段时间里，我好像并没有怎么说话，除了怕他们因过于自卑以及因我的光临而太受拘束，偶尔说几句给他们凑点儿趣之外，我好像什么也没有做，可我还是发现，自己一直在那儿透露这样或那样不该透露的情况，这只要看看乌利亚那凹陷的鼻孔，那一翕一翕的样子，你就知道了。

我开始有点儿不安起来，但愿自己这次拜访能安然结束。就在这时，街上有个行人经过门口——因为当时天气闷热，房间里热，所以开着门透风——又走了回来，朝屋内瞧了瞧，就走了进来，一面高声叫道："科波菲尔！竟会有这么巧的事？"

原来是米考伯先生！正是米考伯先生！他身上挂着他那只单片眼镜，手里拿着他那根手杖，脖子上挺着他那副硬领，全身摆出他那副绅士气派，说话带着他那有优越感的洪亮声调，一切俱备！

"我亲爱的科波菲尔，"米考伯先生说，同时把手伸了出来，"这次相逢真让人感到世事沧桑，变幻无常——简而言之，这次相逢，真是不同寻常。我正在沿街走着，心里琢磨，也许会有什么事发生（我现在对此相当乐观），没想到竟遇上了一位年轻但受我敬重的朋友，是我一生中最多事之秋结交的一位年轻朋友，可以说，跟我的生存转折点相关。科波菲尔，我亲爱的年轻朋友，你好吗？"

我现在不能说——实在不能说——我在那儿见到米考伯先生很高兴；不过见到他我还是高兴的，跟他亲热地握了手，问他米考伯太太可好。

"谢谢你，"米考伯先生说，像以前那样握了握手，把下巴顶在衬衫硬领上，"她渐渐复原了，还过得去。那对双胞胎不再从天然源泉里取得食物了，简而言之，"米考伯先生又露出对我说体己话的样子，说，"他们断奶了——米考伯太太现在是我旅途中的伴侣。科波菲尔，她要是能跟你这位从各方面都证明在友谊的圣坛前是位忠诚挚友的人，重叙旧好，一定会非常高兴的。"

我说，我见到她也会非常高兴的。

"你真是太好了。"米考伯先生说。

说完，米考伯先生脸露微笑，又把下巴顶在衬衫硬领上，看看四周围。

"我可以看出，我的朋友科波菲尔并非一人独处。"米考伯先生文质彬彬地说，说时并没有特别冲着某个人。"而是在参加社交宴会，同座的有一位居孀的太太，还有一位显然是他的后裔，简而言之，"米考伯先生做出说体己话的样子，"是她的儿子。你要是能介绍一下，我将感到无上光荣。"

在这种情况下，我不能不把米考伯先生介绍给乌利亚·希普和他的母亲。于是我就做了介绍。当他们在他面前极力贬低自己时，米考伯先生坐了下来，以最优雅的姿势挥着手。

"凡是我的朋友科波菲尔的朋友，"米考伯先生说，"都是我的朋友。"

"我们太卑微了，先生，"希普太太说，"我儿子跟我，不配做科波菲尔少爷的朋友。他太好了，肯赏脸来跟我们一起喝茶。他能光临，我们真是太感激了。我们也很感激你，先生，承你看得起我们。"

"太太，"米考伯先生鞠了一个躬，说，"你太客气了。科波菲尔，你现在在做什么？还做酒的生意吗？"

我急着只想把米考伯先生支开，于是就拿起帽子，无疑脸也已经通红，回答说："我是斯特朗博士学校的学生。"

"学生？"米考伯先生扬起了眉毛说道。"我听到这话，真是太高兴了。尽管像我的朋友科波菲尔这样的头脑，"他对乌利亚和希普太太说，"根本不需要这种培养。只有那些对人对事知识都没有他那么丰富的人，才有这种需要。他的大脑依然是一片沃土，蕴藏着勃勃生机——简而言之，"米考伯先生微笑着，又做出说体己话的样子说，"他这种智力用来研究古典文学，要多深就能有多深。"

乌利亚慢慢地交缠起两只瘦长的手，还从腰部以上可怕地扭动着身子，表示赞同米考伯先生对我的奉承。

"我们去看看米考伯太太好吗，先生？"我说道，一心想把米考伯先生支开。

"如果你肯赏脸，那好，科波菲尔，"米考伯先生站起身来，回答说，"在在座的朋友面前，我要毫无顾虑地说，我这个人，这些年来，一直就跟经济困难的压力做斗争。"我知道他一定会说出一些这类事来的。因为他总是爱拿自己的困难来夸口。"有时候，我战胜了困难，有时候，困难——简而言之，把我打得趴下。也有过这种时候，我接连不断地给困难迎头痛击；但也有过这种时候，困难太多了，我不得不认输。我借加图①的话对米考伯太太说：'柏拉图哇，你的论说确实有理。现在一切都完了，我再也不能挺身战斗了。'不过在我这一生中，"米考伯先生说，"能把我的悲伤（如果我可以用这个词来形容主要由保证书和两个月及四个月期票所引起的困难的话）倒进我朋友科波菲尔的胸膛，是我最大的快慰。"

米考伯先生用下面的话，结束了这篇对我恭维的精彩讲话："希普先生，再见！希普太太，我告辞了！"说完，他以他那最优雅的仪态，跟我一起走出门外，在人行道上，他的皮鞋一路高响不绝，他一面走，一面还哼着小曲儿。

米考伯先生落脚的是一家小旅馆，而且住的是这家小旅馆里的一个小房间，跟那些旅行商贩们的房间只有一墙之隔，因而房内弥漫着浓烈的烟草味。我想这房间的下面一定是厨房，因为地板缝里一直冒出一股热烘烘的油膻味，墙上也挂着淋漓欲滴的水珠儿。我知道，房间还靠近卖酒的吧台，因为这儿能闻到烈酒味，听到玻璃杯叮当叮当的声音。就在这样一个地方，我看到了米考伯太太。她斜倚在一幅赛马图下面的一张小沙发上，脑袋紧靠火炉，双

① 加图（前95—前46）：古罗马政治家，斯多亚学派哲学信徒。支持元老院共和派，反对恺撒，得知恺撒再胜于塔普索斯，自杀。下面引文引自英国作家艾迪生（1672—1719）所著历史剧《加图》第五幕第一场。

脚搁在房间另一头儿的一个食品架上，把上面的芥末瓶都推下来了。米考伯先生先走进房间，他对米考伯太太说："我亲爱的，让我向你介绍一位斯特朗博士的学生。"

我顺便说一下，虽然米考伯先生仍跟以前一样，弄不清我的年龄和身份，但是他始终记得我是斯特朗博士的学生，因为这是件体面的事。

米考伯太太起初大吃一惊，不过看到我她很高兴。我见到她也非常高兴，双方亲切地互相问好之后，我挨着她在那张小沙发上坐了下来。

"我亲爱的，"米考伯先生说，"你把我们的近况跟科波菲尔说说吧。我认为，毫无疑问，他一定很想知道；我先去看一会儿报纸，看看广告里有什么机会没有。"

"我本来还以为你们在普利茅斯哩，米考伯太太。"米考伯先生出去后，我对他太太说。

"我亲爱的科波菲尔少爷，"她回答说，"我们是去普利茅斯了。"

"人在当地好找事嘛。"我提醒了一句。

"正是这样，"米考伯太太说，"人在当地好找事。可是真实情况是，当地的海关不用有才能的人，要想给米考伯先生这样有才能的人，在那个部门安排个什么位置，我娘家在当地的势力还够不上。他们情愿不用米考伯先生这样有才能的人。因为用了米考伯先生，只会显出别人不中用。除了这个以外，"米考伯太太说，"不瞒你说，我亲爱的科波菲尔少爷，我娘家在普利茅斯的那一房，知道米考伯先生除了带了我，还带了小威尔金斯、他的妹妹，还有那一对双胞胎一起去后，他们就没有热情地来接待他，本来他们是应该热情地来接待他的，因为他刚从羁绊中摆脱出来呀。事实上，"米考伯太太放低了声音，"这话我可只跟你说——他们对我们是很冷淡的。"

"有这样的事！"我说。

"没错，"米考伯太太说，"人会变成这样，想想真让人痛心，科波菲尔少爷。不过他们待我们确确实实冷淡得很，这毫无疑问。我对你说实话吧，我们还没有待上一个星期，我娘家在普利茅斯的那一房，就很不客气地攻击起米考伯先生来了。"

我嘴里说，心里也这样想，他们真该为自己感到羞愧哩。

"然而，事情就是这样，"米考伯太太接着说，"在这种情况下，像米考伯先生这样一个有骨气的人，你说该怎么办？明摆着只有一条路，跟我娘家的那房人借钱回伦敦，不管有多大牺牲，都得回伦敦。"

"这么说，你们一家又全都回伦敦啦，米考伯太太？"我问道。

"我们一家又全都回伦敦啦，"米考伯太太回答说，"打那时起，我又跟我娘家的另外几房商议，怎样为米考伯先生找个最适合的事做——因为我始终认为，他总得找个什么事做，科波菲尔少爷，”米考伯太太理由充足地说，“一个六口之家，还不算仆人，总不能靠喝西北风过日子啊！”

“当然，米考伯太太。”我说。

“我娘家另外那几房，”米考伯太太接着说，“都认为，米考伯先生应该马上把注意力转向煤炭方面。”

“转向什么，米考伯太太？”

“转向煤炭方面，”米考伯太太说，“转向煤炭业。米考伯先生打听下来，也觉得梅德韦[①]的煤炭业，也许用得着他那种才能的人。于是，正像米考伯先生正确指出的那样，第一个应该采取的步骤，显然是得先来看看梅德韦。所以我们就来看了。我说‘我们’，科波菲尔先生，因为我绝不会，”米考伯太太动感情地说，“我绝不会抛弃米考伯先生的。”

我嘟囔了一句，表示我对她的敬佩和称赞。

“我们来了，”米考伯太太又重复说，“看了梅德韦河。我对那条河上煤炭业的意见是：这个行业也许需要才能，但它确实需要资本。才能，米考伯先生有的是；资本，米考伯先生一无所有。我想，我们已看了这条河的大部分，这就是我个人的结论。我们既然来了，离坎特伯雷这么近，米考伯先生认为，要是不来这儿看看大教堂，就显得太性急了。第一，大教堂是如此值得一看，而我们从来没有看过；第二，在一个有大教堂的城市里，很可能会碰上什么好机会。我们已经来这儿三天了，”米考伯太太说，“还没有碰上什么机会。我亲爱的科波菲尔少爷，你听了也许不会像陌生人那样诧异的。我们现在正在等伦敦来的一笔汇款，好付这家旅馆的账。那笔款子要是汇不来，”说到这儿，米考伯太太非常伤感，“那我就不能回家（我指的是在彭通维尔[②]的寓所）了，也见不到我的儿子、女儿跟双胞胎了。”

米考伯先生和米考伯太太处在这种山穷水尽的绝境之中，我感到无限同情，于是就把这份意见对米考伯先生说了（这时他已回来），我还说，要是我有钱就好了，他们需要多少，我就借给他们多少。米考伯先生的回答，表明他心里很乱。他一面跟我握手，一面说：“科波菲尔，你是一个真正的朋友；不过一个人到了糟到不能再糟的时候，无论是谁，总能找到一个有刮脸用具的朋友的。”米考伯太太一听到这句含意可怕的话，立刻就用双手搂住米考伯先生的脖子，求他镇静下来。米考伯先生哭了起来。不过他很快就恢复常态，几乎立刻就按铃叫来侍者，预订了第二天的早餐：一份热腰子布丁和一盘小虾。

① 梅德韦：位于英国东南部，是英国肯特郡的一个单一管理区。
② 彭通维尔：在当时的伦敦西部，为住宅区。

第十七章　故友重现

我跟他们告别的时候，他们俩都恳切地再三邀我再去，在他们离开前去吃一餐饭，我无法谢绝，便答应了他们。不过我知道，第二天不能去，晚上还有很多功课要准备，于是米考伯先生跟我约定，第二天上午来斯特朗博士学校（他有预感，汇款会在那一邮班送来），还提出，要是我方便的话，改在后天晚上去他家。果然，第二天上午，我被叫出教室，发现米考伯先生正在客厅中；他是来告诉我，晚上仍照原来的约定时间不变。我问他汇款到了没有，他只是紧握了一下我的手，就走了。

就在那天晚上，当我朝窗外看时，突然看到米考伯先生和乌利亚手挽手走过，这使我吃惊不小，也使我颇感不安。乌利亚自感卑微，认为米考伯先生这是给他增光，米考伯先生则怡然自得，觉得这是对乌利亚的眷顾。而第二天，我在约定的时间——下午四点——应邀去那家小旅馆吃饭时，更使我吃惊的是，米考伯先生说，他曾跟乌利亚一起回家，在希普太太那儿喝了掺水的白兰地。

“我要跟你说，我亲爱的科波菲尔，”米考伯先生说，“你的朋友希普是一个将来有可能当大法官的青年。要是当年我的困难达到顶点时，我就跟这位年轻人认识，我可以说，我相信，我对付我那些债主，就会高明得多。”

我不很弄得懂，怎么会高明得多，因为事实上，米考伯先生一分钱也没有给他的债主偿还过，不过我不喜欢追问。我不喜欢说，希望他不要跟乌利亚说得太多，也不愿意问，他们是否谈了很多有关我的事。我怕伤米考伯先生的感情，或者说，不管怎么样，我不愿伤米考伯太太的感情，因为她很敏感。不过这件事也弄得我颇为不安，后来我时常想到它。

我们吃了一顿非常可口的便饭——有味道鲜美的鱼，烤小牛里脊，煎肉末香肠，还有鹌鹑、布丁；我们喝的是葡萄酒，还有烈性的麦酒。饭后，米考伯太太还亲手给我们调制了一钵滚热的潘趣酒。

米考伯先生的兴致特别好，我从来没有看见他跟人这样有说有笑过。潘趣酒喝得他容光焕发，就像脸上抹了一层油彩。他对这座城市大有好感，频频举杯祝它繁荣。他说，米考伯太太跟他在这儿过得非常舒适愉快，他们永远不会忘记在坎特伯雷度过的这段美好时光。接着，他又为我干杯；他、米考伯太太，还有我，我们三人还把我们往日的友谊回忆了一番，回忆中又把家具财物等等重卖了一遍。随后，我向米考伯太太敬酒，或者，至少是很有礼貌地说：“要是你允许，米考伯太太，我现在就荣幸地祝你身体健康啦，太太。”接着，米考伯先生就趁机对米考伯太太的人格，发表了一大篇颂词，说她一直是他的导师、军师、朋友。他还建议我，等到了结婚年龄时，应该娶一个像她这样的女子，要是能找到这样的女子的话。

潘趣酒喝完后，米考伯先生更加亲热、更加高兴了。米考伯太太的精神也大为振奋，于是我们唱起了《往昔的时光》[①]，当我们唱到“忠实的老友，伸出你的手”时，我们全都围着桌子，牵起手来；当唱到“再干一杯友情的酒”时，我们虽然一点儿不懂这句苏格兰方言的意思，可我们真的都受到了感动。

总之，直到那天晚上，我跟他和他和蔼可亲的太太热诚告别的最后时刻，我从来没有见过有人像米考伯先生这样快乐过。因此，第二天早上七点钟时，当我收到写于头天晚上九点半——我离开他们后一刻钟——的下面这封信时，完全出乎我的意料：

我亲爱的年轻朋友：

大势已去——一切全完了。今晚，我用故作欢乐的面具，掩盖了遭到毁灭的悲痛，没有把汇款无望的消息告诉你！在这样的情况下，受之可耻，思之可耻，言之同样可耻。旅居此店的债务，我已开出一张期票，约定十四天后，在伦敦彭通维尔我的寓所付清全部款项。此票到期，我一定无钱可付，届时唯有毁灭而已。雷霆当头，树木势必被击倒。

我亲爱的科波菲尔，让写此信给你的可怜虫，做你终身的灯塔吧。他之所以写此信，目的在此，希望也在此。要是此人尚可认为自己还有如许用处，则一线阳光也许还能射进他度过余生的暗无天日的地牢之中——虽然他的寿命目前（至少在目前）极成问题。

这是给你的最后一封信，我亲爱的科波菲尔。

沦为乞丐的游民

威尔金斯·米考伯

这封内容令人断肠心碎的信，使我大为震惊，我立即朝那家小旅馆奔去，想在去斯特朗博士学校时绕道去那儿，设法说几句劝慰的话，来安慰安慰米考伯先生。可是跑到半路上，迎面遇见了驶往伦敦的驿车，车的后部高坐着米考伯先生和米考伯太太。米考伯先生一副泰然自若的样子，微笑着在听米考伯太太说话，从一个纸袋里往外掏核桃吃，胸前的口袋里，还伸出一只酒瓶。他们并没有看见我，我觉得，从各方面来看，我最好也装作没有看见他们。于是，我心中除去了一个沉重的负担，便拐进一条去学校最近的胡同。总的来说，他们走了，我也感到轻松了。虽然如此，我还是非常喜欢他们。

①《往昔的时光》：此歌的歌词为苏格兰诗人彭斯（1759—1796）的一首同名的诗。原诗用苏格兰方言写成。

第十八章 一次回顾

我的学生时代呀！我生命的那一阶段，从童年到青年——看不见，觉不出，一天天过去——就那么无声无息地流逝了！回顾那条流水，如今已成了蔓草丛生的干渠。让我来看看吧，沿途是否还留下点儿什么痕迹，可让我想起那水是如何奔流的。

刹那间，我就又坐在大教堂里了。每个星期天早上，为了上教堂，我们都先在学校集合，然后一起去那儿。泥土的气息，阴暗的空气，与世隔绝的感觉，萦回在黑白拱形楼厢和侧廊间的风琴声，如同一对翅膀，把我带回到过去，进入半睡半醒的梦中，在往日的上空翱翔。

我已不是学校里最差的学生，在几个月内，我已超过了好几个同学，不过那个考第一名的学生，在我看来是个非凡的人物，和我相去甚远，高不可攀，令我目眩。爱格妮斯则说"不见得"，可我说"是这样"，同时告诉她，那个了不起的人积累和掌握的知识之多，她简直难以想象。但是她却认为，即使像我这样一个较少抱负的人，到时候也可以赶上他。他不像斯蒂福思那样私下是我的密友，公开是我的保护人，不过我对他一直恭而敬之。我想知道的主要是：离开斯特朗博士学校后，他会成为怎样一个人，人们有什么办法不给他一个地位。

可是，突然一个人出现在我的面前，这是谁呢？是我所爱的谢珀德小姐。

谢珀德小姐是奈廷格尔小姐学校的寄宿生。我爱慕谢珀德小姐。她是个讨人喜欢的女孩儿，穿一件紧身短上衣，圆圆的脸蛋儿，一头淡黄色的鬈发。奈廷格尔小姐学校的学生，也到大教堂做礼拜。我没法儿看我的公祷书，因为我得看谢珀德小姐。唱诗班唱歌时，我只听到谢珀德小姐的声音。祈祷时，我心里暗暗把谢珀德小姐的名字，放进祷文里，把她放在王室成员[1]之中。有时候在家里，在我自己的房间里，我也会情不自禁地大叫起来："啊，谢珀德小姐！"

有一阵子，我对谢珀德小姐的心事琢磨不透，不过到后来，多亏命运之神

① 按当时英国惯例，做礼拜时先为国王祈祷，其次为王室成员祈祷。

慈悲，我们在舞蹈学校里遇见了，谢珀德小姐成了我的舞伴。我的手碰到了谢珀德小姐的手套，只觉得一阵酥麻的感觉，直透穿着外套的右臂，一直向上，再从我的头发梢冒出。我并没有对谢珀德小姐说什么甜言蜜语，不过我们俩彼此心领神会。谢珀德小姐和我，生来就是一对儿。我为什么要送谢珀德小姐十二颗巴西核桃作为礼物，我自己也不明白。巴西核桃并不能表示爱情。巴西核桃，不管你把它包成什么样子，都很难包得像模像样；巴西核桃还很难弄开，你就是用房门来轧，也不容易轧开，而且轧开了也是油腻腻的。可我却认为，送这东西给谢珀德小姐是挺合适的。我还给谢珀德小姐送过松软的果仁饼干，还有数不清的橘子。有一次，我还在存衣室里吻了谢珀德小姐。真让人心醉神迷！第二天，我听到流言蜚语说，为了矫正谢珀德小姐走路时脚尖向内，奈廷格尔小姐要给她戴上脚枷。我听了后，难受极了，愤慨极了！

谢珀德小姐既然是我生活中唯一所思所想的人，我怎么又会跟她分手的呢？我也弄不清是怎么回事。然而谢珀德小姐和我之间，渐渐变得冷淡了。谢珀德小姐的悄悄话传到了我的耳中，说是她不希望我老是瞪眼盯着她，还公开承认说，她喜欢的是琼斯少爷——喜欢琼斯少爷！一个什么长处也没有的男生！我跟谢珀德小姐之间的隔阂，不用说更深了。后来，有一天，我遇见奈廷格尔小姐学校的女生出来散步。谢珀德小姐经过我面前时，做了个鬼脸儿，还跟自己的同学笑了起来。这下全完了。一生——就像是一生，反正是一回事——的恋情全完了。早祷的祷文里，没有了谢珀德小姐的名字，王室成员中也不再有她了。

我在学校中的地位又提高了，没有一个人来打破我的平静。现在，我对奈廷格尔小姐学校里的那班年轻姑娘们，不再客客气气了，而且即使她们的人数增加到两倍，她们的漂亮增加到二十倍，我也不会爱上她们当中的任何一个了。舞蹈学校的舞蹈课，在我心里成了让人厌烦的玩意儿，我真弄不明白，那班女孩子为什么不能自己跳，老把我们也拉进去。我在拉丁文诗歌方面，已经大有进步，可在系鞋带方面就不大注意了。斯特朗博士当众说我是个前途无量的青年学子。狄克先生听了欣喜若狂，我姨婆在下一个邮班也给我寄来了一个几尼。

这时，一个年轻的屠夫的影子出现了，就像《麦克白》里那个戴头盔的幽灵[1]。这个年轻屠夫是个什么人呢？他是坎特伯雷年轻人中的一霸。大家好像都模模糊糊地相信，由于他用牛油涂头发，就有了超凡的力气，所以连成年的汉子也打得过。他是个阔脸膛、粗脖子的年轻屠夫，两颊长着通红的横肉，有着一肚子坏水和一张臭嘴。他那张臭嘴，主要用来诋毁斯特朗博士学校的年轻学

① 出自莎士比亚著《麦克白》第四幕第一场。

生。他公开说，要是他们想要挨几下，他就给他们来几下。他还点了他们当中一些人的名（其中也有我）。他说他只需要一只手，另一只手绑在背后，就可以把他们打得趴下。他拦路袭击那个年纪较小的同学，而且还当街跟我挑战。为此我决定跟这个屠夫打上一场。

时间是一个夏天的傍晚，地点是在一个墙角的草沣中。我按约在那儿跟这个屠夫见了面。事先我挑选了几个同学为我助阵，为屠夫助阵的是另外两个屠夫、一个年轻的小店主和一个扫烟囱的。一切准备停当，我和那个屠夫相对而立。一眨眼工夫，那个屠夫就在我的左眼上点亮了千万支蜡烛。再一眨眼工夫，我就不知道墙在哪儿，我自己在哪儿，其他人在哪儿了。我也分不清哪个是我，哪个是屠夫，我们一直纠缠在一起，扭打在一起，在那片惨遭蹂躏的草地上翻来滚去。有时，我看到屠夫血流满面，但仍沉着不乱；有时，我就什么也看不见，只是坐在助阵人的膝上，张嘴直喘气；有时，我发疯似的朝屠夫冲去，挥拳猛击他的脸，把我自己的指节都打破了，可似乎一点儿也没使他着慌。最后，我从昏迷中醒过来了。脑袋晕得厉害，像是从昏睡中醒来。我看到屠夫在另两个屠夫、扫烟囱的和小店主的祝贺下，披上外衣，扬长而去。根据这一情况，我猜想（完全正确），胜利是属于他的了。

同学们把我弄回家中，我的样子很惨。他们在我的眼睛上贴了生牛肉，伤处用醋和白兰地涂擦，还发现我的上嘴唇也肿了一大块。我在家里待了三四天，样子很难看，眼睛上还戴着一个绿色的眼罩。要是没有爱格妮斯像姐妹般照顾我，安慰我，念书给我听，使时光过得轻松、愉快，我真要闷死了。我把心里的话全都跟爱格妮斯说了，把屠夫的事，他怎么欺负我，等等，全都告诉了她。她认为，我除了跟那个屠夫打上一架外，没有别的办法，可我跟屠夫打架的事，让她怕得发抖。

时光不知不觉地悄悄过去，现在亚当斯已不再是学长，他不当学长已经很久了。他早就离开学校，因此他回到学校里来看望斯特朗博士时，除了我之外，认识他的人已经不多了。亚当斯很快就要有律师资格，戴上假发，做辩护人了。我发现他比以前我所认识的谦逊了，外表也没有以前那么神气了，这一点使我颇为诧异。他还没有震惊世界，因为照我看来，世界差不多仍是老样子，跟他没有加入进去时几乎一个样儿。

现在有了一段空白时期，在这段时期中，诗歌中和历史上的勇士们，像是没完没了似的，威武地列队而过。在他们后面跟着而来的是什么呢？现在，我是学长了！我朝下看着我下面的那排学生，对其中那些让我想起我初来时情景的同学，我都特别加以照顾。往日的那个小家伙仿佛跟我无关。我所记得的他，好像只是件遗落在人生道路上的什么东西——像是件我从旁经过的什么东西，而不是过去的我——我几乎把他看成是另外一个人了。

还有，我第一天在威克菲尔先生家见到的那个小女孩儿呢？她在哪里？她也不见了。代替她在这个家里到处活动的，是那个画中人最完美的化身，而不再是一个画中人的孩子了。爱格妮斯，我亲爱的妹妹（我心里这样称呼她），我的良师和挚友，一切受到过她恬静、善良、克己精神感化过的人的福星，现在已经完全长成一个大姑娘了。

在这段时间里，我长大了，模样变了，知识积累起来了，除了这些之外，我还有别的什么变化吗？有。我身上有了带链子的金表，小指上戴了枚戒指，穿上了燕尾服，还有头发上抹了好多熊油[①]。头发上的熊油，再加上手指上的戒指，样子实在不好看。我又恋爱了吗？是的。我崇拜起拉金斯家的大小姐来了。

拉金斯家大小姐不是个小姑娘了。她是个高个子、深肤色、黑眼睛、身材苗条的成年女子。拉金斯家大小姐已不是个小雏儿，因为最小的拉金斯小姐都不是小雏儿了，而拉金斯家大小姐，比她最小的妹妹至少大三四岁。也许她已经三十来岁了。我对这位小姐的热恋，简直是出了格。

拉金斯家大小姐认识好些军官，这简直让人无法忍受。我亲眼看到他们在大街上跟她说话。我看见，他们一见到她那顶软帽（她对软帽很有鉴赏力），在她妹妹的软帽陪衬下，一起从人行道上过来，就穿过马路，迎上去会她。她又说又笑的，好像很喜欢这样。我花了很多空闲时间，有意在街上来回溜达，为了能碰见她。一天中，我要是能对她鞠上一个躬（我因为认识她父亲拉金斯先生，所以等于认识她，可以给她鞠躬），那一天我就会感到格外高兴。有时，我也应该得到这一鞠躬的荣幸。在赛马舞会的那个晚上，我知道拉金斯家大小姐会跟那些军官跳舞，我要承受巨大的痛苦，要是这世界上还有公道的话，我的痛苦总该得到一点儿补偿吧。

我对拉金斯家大小姐的迷恋，使得我饮食无味，还使得我不断地戴上最新的丝领巾。不穿上最好的衣服，不把我的靴子擦得雪亮，我就不放心。我觉得，好像只有这样，才较为配得上拉金斯家大小姐。凡是她的东西，或者是跟她有关的东西，我都视为至宝。拉金斯先生（一位粗鲁的老绅士，双下巴，脸上有一只眼睛不会转动），我也觉得非常有趣。每当我遇不见他女儿的时候，我就去能遇见他的地方，对他说："你好吗，拉金斯先生？小姐们和府上的人都好吗？"也许是因为太露骨，我的脸都红了。

我老琢磨着自己的年龄。你说我只有十七岁，你说对拉金斯家大小姐来说，十七岁太年轻了，那有什么关系？再说，几乎用不了多久，我就是二十一

① 熊油：当时的一种发油。

岁了。傍晚，我经常在拉金斯家门外散步，看到军官们走进屋去，听到他们在客厅里交谈，或者拉金斯家大小姐在那儿弹竖琴，我心如刀割。有两三次，我甚至在这家人都上床睡觉之后，仍像有毛病似的、痴情地在他们家周围转圈子，心里猜测，哪一间是拉金斯家大小姐的卧室（我现在敢说，当时我一定把拉金斯先生的卧室错当成她的了），同时希望突然发生一场大火，而聚在那儿的人全都吓呆了；我则背着一张梯子，冲过人群，把梯子竖在她卧室的窗口，抱着她把她救了出来，接着又回去抢救她留在卧室里的东西，结果葬身在烈火之中。因为一般来说，我的恋情是没有私心的，因此我觉得，我要是能在拉金斯家大小姐面前一显身手，然后死去，也就心满意足了。一般来说是这样，但并非永远如此。有时候，我眼前也会出现较为美满的幻景。当我穿着打扮起来（得花两个小时）去参观拉金斯家的大舞会时（盼望了三个星期），我就以美好的想象来满足自己的幻想了。我想象自己鼓起勇气，对拉金斯家大小姐做了表白。想象拉金斯小姐把自己的头依偎在我的肩膀上，对我说："哦，科波菲尔先生，我能相信自己的耳朵吗？"我想象第二天早上，拉金斯先生亲自来拜访我，对我说："我亲爱的科波菲尔先生，我女儿把什么都告诉我了。你年纪小一点儿不碍事。这两万英镑是给你们的。你们好好去过幸福的日子吧！"我想象姨婆也大发慈悲，为我们祝福；狄克先生和斯特朗博士都来参加我们的婚礼。我相信——我的意见是，现在回忆起来，我相信——我是个明白事理的人，我也敢说，我是一个谦逊的人。不过尽管如此，我的这一切幻想依旧继续产生。

我来到那座迷人的仙宫，里面灯火辉煌，人声喧闹，音乐悠扬，鲜花缤纷，军官云集（我见了最难受），当然还有拉金斯家大小姐，艳丽照人。她穿一身蓝色衣衫，头上戴几朵蓝色花朵——勿忘我。其实她哪里还用得着戴勿忘我呀！这是我第一次受邀参加真正的成年人聚会，所以有点儿不自在，因为我好像跟谁都没有来往，大家对我似乎都无话可说，只有拉金斯先生例外。他问我，同学们都好吗？其实他根本不需要问这种话，因为我不是来这儿让人揭短的。

不过，当我在门口待了一会儿，看着我心中的女神，饱了一阵眼福之后，她来到我的跟前——她呀，就是拉金斯家大小姐——亲切地问我跳不跳舞。

我鞠了一个躬，结结巴巴地说："我只跟你跳，拉金斯小姐。"

"不跟别人跳？"拉金斯小姐问道。

"不管跟别的什么人跳，我都觉得没有意思。"

拉金斯小姐笑了起来，脸上泛起红晕（或许是我觉得她脸红了），说："等再下一次，我很高兴跟你跳。"

到时候了，当我走上前去时，拉金斯小姐带着疑虑说道："我想，这是华尔兹。你会跳华尔兹吗？要是不会，贝利上尉……"

可是我会跳华尔兹（而且碰巧跳得相当好），因此就带着拉金斯小姐上场。我硬把她从贝利上尉身边拉过来，毫无疑问，贝利上尉一定很难受，不过我才没把他当一回事哩！我不也难受过吗？我跟拉金斯家大小姐跳华尔兹了！至于在什么地方跳，在哪些人中间以及跳了多久，我一概弄不清了。我只知道搂着一位蓝色天使，在无限幸福的狂喜中，如醉如痴地在空中飘浮，直到最后发现我跟她单独地在一个小房间中，坐在一张沙发上休息。她很赞赏我插在纽扣眼里的一朵花（一朵粉红色的山茶花，花半克朗买的），我就摘下送给了她，并且说：

"我要求换你的一件无价宝，拉金斯小姐。"

"真的！是什么呀？"拉金斯小姐问道。

"你戴的一朵花，我会像守财奴珍爱金子一样珍爱它。"

"你是个有胆量的男孩儿，"拉金斯小姐说，"拿去吧！"

她给了我一朵花，并没有不高兴的样子。我把花放到唇边吻了吻，然后把它放进胸口。拉金斯小姐笑着把一只手伸进我的胳膊弯，说："现在你把我带回到贝利上尉那儿去吧。"

我正在回味这一美好的相会和华尔兹舞时，拉金斯小姐又来到我的跟前，还搀着一位相貌平常的年长绅士，此人整个晚上一直都在玩纸牌。拉金斯小姐说：

"哦，这位就是我那位有胆量的朋友！科波菲尔先生，切斯特尔先生想要认识认识你呢。"

我马上觉出他是这一家的朋友，心里大为高兴。

"我很佩服你的眼力，科波菲尔先生，"切斯特尔先生说，"你有这种眼力是很了不起的。我想，你对啤酒花大概不太熟悉吧。我是个种植园主，种有大量啤酒花。要是你什么时候想到我们那一带——阿什福一带——游览一下，欢迎你来，你爱住多久就住多久。”

我对切斯特尔先生表示了衷心的谢意，并和他握了手。我觉得我正在一个幸福的梦中。我又跟拉金斯家大小姐跳了一曲华尔兹。她说我华尔兹跳得好极了！我在一种说不出有多幸福的心情下回到家里，整个晚上，脑子里都想象着手臂搂住我心爱的女神的蓝色腰肢，跳着华尔兹。此后好几天，我一直都沉浸在如痴如狂的回忆之中。不过我再也没有在街上见到她，去她家也见不到她。我只好用那神圣的盟物，那枯萎的花朵，来对这种失望略做安慰了。

“特洛伍德，”一天晚饭后，爱格妮斯对我说，“你猜明天谁要结婚了？一个你爱慕的人。”

“我想不会是你吧，爱格妮斯？”

“才不是我哩！”她从正在抄着的乐谱上，抬起一团高兴的脸，说，“你听到他说的话了吗，爸爸？结婚的是拉金斯家大小姐呀。”

“跟——跟贝利上尉？”我只有气力问这句话。

“不，不是跟贝利上尉。是跟切斯特尔先生，一个种啤酒花的。”

有一两个星期，我心情沮丧之极。我摘下了戒指，穿上最差的衣服，不再抹熊油，还不时对拉金斯小姐那朵枯萎的花唉声叹气。这时候，我对这种生活已经有些厌倦了，而且那个屠夫又对我进行了新的挑衅，于是我就扔掉那朵花，又到外面跟那个屠夫打了一架，光荣地把他给打败了。

这件事，以及我重新戴上了戒指，又适量地抹起了熊油，是在我长到十七岁的那年中，我现在还能辨认出来的最后痕迹。

第十九章 见见世面

我的学校生活即将结束，离开斯特朗博士学校的日子就要到了，我说不出心里是喜是悲。我在学校里一直过得很快活，对斯特朗博士有着莫大的依恋，在那个小小的世界里，我地位显著，名声出众。由于这些原因，要离开那儿，我感到惆怅；可是由于别的原因，虽说不够充分，离开却使我觉得高兴。我自认为是个能独立的青年，而一个能独立自主的青年是很了不起的，这个了不起的两足动物，能见到、做到形形色色的奇事，他对社会绝对会产生重大的影响，这种种模糊的想法，都引诱我离此而去。在我这少年的心里，这些不切实际的想法，力量是如此强大，竟使我在离开学校时，几乎没有常情应有的哀伤（照我现在的想法）。这次分离不像别的分离，并没有给我留下多少印象。我曾极力回忆，当时自己对这有什么感触，详细情况怎么样，但是怎么也想不起来。这次离开，在我的记忆中并不重要。我想，这是我的前景把我给弄糊涂了。我现在知道，我当时那点儿少年的阅历，用处很小，或者说毫无用处。当时对我来说，跟别的相比，人生更像一部童话，而我就要开始读它了。

有关我应该从事什么职业，我姨婆和我已经郑重其事地研究过多次了。一年或一年多以来，对于姨婆反复提出的“你想要做什么？”这个问题，我很想找出一个满意的答案。可是我发现，我对任何一行都没有特殊的爱好。要是我在一点儿航海学知识的鼓舞下，能率领一队快速航行的探险船队，威武地周游世界，做发现新地的航行，我想，我当时也会觉得自己是挺合适的。不过，既然我没有任何这类非凡的装备，我的愿望只是想从事一门不要让姨婆太破费的职业；而且不管是什么职业，我都会尽力去做好的。

我们商议的时候，狄克先生经常都沉思着，摆出一副明智的样子参加。他从来没有提出过什么建议，只有一次，他突然提出，说我应该做个铜匠（我不知道他怎么会想到这个的）。我姨婆听了他的建议，不以为然，这一来，他就不敢再提什么了。打这以后，他只是小心翼翼地望着姨婆，倾听着她的意见，同时把口袋里的钱弄得哗啦哗啦作响。

第十九章　见见世面

“特洛，你听我说，我亲爱的，”我离校后，在圣诞节的一个早上，我姨婆对我说，“由于这个难题还没有得到解决，而且我们在做决定时得尽量避免出错，所以我想，我们最好还是把这件事暂时搁一搁再说。在这期间，你得想法用一种新的观点来看待这个问题，不要老用学生的观点。”

“我会的，姨婆。”

“我想，”我姨婆接着说，“你最好还是换一换环境，去看看外面的世界，这也许对你有好处，能帮助你了解自己的意向，做出比较冷静的判断。要是现在让你去做一次小小的旅行，比如说，要是你再到乡下那老地方去一趟，去看看那个——那个有个最野蛮名字的怪女人，怎么样？”我姨婆说着摸了摸鼻子，因为这个名字，她永远也不能原谅佩格蒂。

“在世界上所有的事情中，姨婆，没有比这更让我喜欢的了。”

“哦，”我姨婆说，“这倒巧，因为我也喜欢这个。不过，你喜欢这个是合情合理的。我非常相信，特洛，不管你将来做什么，都是合情合理的。”

“我希望这样，姨婆。”

“你姐姐贝特西·特洛伍德，”我姨婆说，“也一定会是一个最合情合理的女孩子。你要对得起她，好吗？”

“我希望我将来能对得起您，姨婆。这我就满足了。”

“可惜你那个可怜可爱、像个娃娃的母亲不在了，”我姨婆看着我，带着赞许的神色说，“要不，这会儿看到你这样一个儿子，一定得意得完全晕头转向了，要是她那个又嫩又软的小脑袋里还剩下什么值得乐晕的话（我姨婆为了要开脱自己对我溺爱的弱点，总爱用这种方法，把毛病推到我可怜的母亲身上）。唉，特洛伍德呀！看到你，就会让我想起她来！”

“我希望，你想起她时还愉快吧，姨婆？”我说。

“狄克，他真像她，”我姨婆加重语气说，“他就像他母亲那天下午开始产痛前的样子。哦，他用他那双眼睛朝我一瞧，活像他母亲。”

“真的吗？”狄克先生问道。

面对择业这一难题，姨婆并没有替大卫做出选择，而是鼓励他出去看看外面的世界再做决定。这样的教育方式充分尊重了大卫，帮助他更好地独立和成材。

相当于再生父母的姨婆，不仅让大卫受到了良好的教育，还教导大卫做一个高尚、坚强、果断、意志独立、坚持真理的人。这些都是做人的重要品质。

“他也像他父亲大卫。”我姨婆肯定地说。

“他很像他父亲大卫！”狄克先生说。

“不过，我要你成为一个坚强的人，特洛，”我姨婆接着说，“——我不是说在体格方面，而是说在性格方面——你在体格方面已经很壮实了。我说的是，一个高尚、坚强的人，有自己的意志，处事果断。”我姨婆说着，头上的帽子冲我直摇晃，还紧握着拳头，“有决心，有品格，特洛。要有坚强的品格，除了真理，不受任何人、任何事的驱使。我要你成为的就是这样的人。这本来是你父母都可以做到的。老天知道，他们俩要是这样就好了。”

我表示，我希望能成为她说的那样的人。

“你可以从小处着手，依靠自己，自力更生，”我姨婆说，“我要你独自一人外出旅游。本来，我曾想叫狄克先生跟你一起去。不过我想了想，还是把他留下来照顾我吧。”

狄克先生有一会儿露出一点儿失望的样子，但听到要他负担照顾这位世界上最了不起的女人的光荣、崇高的任务，他的脸立刻就恢复了光彩。

“除此之外，”我姨婆说，“他还有那个呈文要写。”

“哦，没错，”狄克先生急忙跟着说，“特洛伍德，我打算马上把它写好——真得马上写好！然后就递上去，这你知道——然后——”说到这儿，狄克先生止住不说了，停了老半天，才接着说，“就要乱成一团了！”

按照我姨婆好心的计划，过不多久她就给我准备了一个装得满满的钱包和一只手提箱，亲切地送我上路。分别时，我姨婆对我再三做了叮咛，还亲切地吻了我好多次。她说，她的用意是要我四处看看，动动脑筋，所以她主张，在我去萨福克的中途，或从那儿回来的路上，如果喜欢的话，最好能在伦敦待上几天。总之，在三个星期或一个月内，我爱干什么就干什么。除了前面说的要动动脑筋、四处看看以及保证每星期给她写三封信，如实报告自己的情况外，别的会约束我自由的条件就没有了。

我先到坎特伯雷，以便跟爱格妮斯和威克菲尔先生告别（我还没有退掉原来租住他家的那间房间），同样也为了跟博士告别。爱格妮斯见了我很高兴，还告诉我，打从我离开后，他们家都变了模样了。

“我敢说，离开这儿后，我也变了模样了。”我说，“没有你跟我在一起，我就像缺了右手似的。不过这样说还远远不够，因为我的右手既没有智慧，也没有感情。凡是认识你的人，没有一个不是遇事就向你请教，请你指点的，爱格妮斯。”

大卫将爱格妮斯比作自己的右手，甚至她比自己的右手更重要。在你的生活中也有这样真诚对待你、帮助你的朋友吗？你是如何对待他们的？

“我相信，凡是认识我的人，没有一个不是宠着我，惯着我的。”她微笑着回答说。

“不。那是因为你与众不同。你心地善良，脾气极好。你的性情温柔，而你的见解又总是那么正确。”

“你这样一说，”爱格妮斯坐在那儿做着针线活儿，突然高兴地笑起来说，“就像我是从前的拉金斯家大小姐了。”

“得啦！我跟你说心里话，你却笑我，这不应该吧。”我回答说，想起那穿蓝衣服的主儿，我的脸红了，“不过我还是会对你说心里话的，爱格妮斯。我永远不会改变。不管我遇到什么困难，或者是坠入谁的情网，只要你准许，我都会告诉你的——即使我认真恋爱起来，也要告诉你。”

“哟，你一向都认真的呀！”爱格妮斯又笑着说。

“嘿！那是小孩子或者是做学生的时候，”我说，现在轮到我笑了，不免有些许难为情，“现在时代变了，我想我迟早有一天会变得非常认真的。我奇怪的是，你怎么直到现在还没有认真呢，爱格妮斯？”

爱格妮斯又笑了起来，还摇着头。

“哦，我知道你还没有！因为要是你认真起来，你一定会告诉我的。或者说，至少，”我看到她脸上泛起淡淡的红晕说道，“你一定会让我发现的。可是我认识的人中，没有一个人配得上爱你的，爱格妮斯。得出来一个比我在这儿认识的任何一个品格更高尚、各方面都更相配的人，我才会答应。从今以后，我要睁大眼睛留神盯着那些爱慕你的人。对于成功的那一位，我的要求可多、可苛刻哩，这我敢对你保证。”

我们俩就这样推心置腹地既说笑又认真地谈着。这种亲密的关系，是从孩提时代开始，长期亲密相处，自然而然地逐渐形成的。可是这时，爱格妮斯突然抬眼看着我的眼睛，用另一种态度对我说：

“特洛伍德，我有件事要问你。要是现在不问，也许要过很久才有机会问你了。这件事，我想，没有别的人好问。你有没有看出我爸爸有什么变化？”

大卫和爱格妮斯彼此之间是多么熟悉、多么亲近啊，通过一个眼神、一个表情就推测出对方内心所想。

我早已看出了变化，而且还曾多次猜测过，不知她是否也已看出。现在，我这种心情一定流露在脸上了，因为她的眼睛马上就垂下去了，我看到她眼中含有泪水。

“告诉我，有什么变化？”她低声问道。

“我觉得——我是这样爱你爸爸，爱格妮斯，我可以直说吗？”

“可以。”她说。

“我觉得，打从我来这儿起，他的嗜好就越来越厉害，这对他没有好处。他常常心神不定，不过这也许是我的幻想。”

“不是幻想。”爱格妮斯摇着头说。

“他的手老是哆嗦，他的话含糊不清，目光涣散。我已经注意到，他最不自在的时候，通常总是在有人找他，要他办事的时候。”

“乌利亚找他时。”爱格妮斯说。

“对。这种时候，你爸爸大概觉得自己已不能胜任，或者由于对事情不了解，或者是不由自主地露出不行的样子，这一切似乎使他感到非常不安。因此第二天，他的情况更糟，再过一天，他的情况就更糟了。这一来，他就变得越来越迟钝，越来越憔悴了。爱格妮斯，你听了我的话可别吃惊。在前几天的一个晚上，我就看到他这副样子，头伏在桌子上，像个孩子似的在哭泣。”

我正说着，她突然伸手轻轻在我嘴上一捂，接着一会儿工夫，她就在房门口迎接到她的父亲，倚在他的肩膀上。当他们父女俩都朝我看时，我觉得爱格妮斯脸上的表情十分动人。在她那美丽的脸庞上，可以看到她对父亲深深的爱，对父亲全部关爱的感情；也有对我的热切祈求，要我即便在内心深处，也要善待她的父亲，不要有一丁点儿苛评。她是那么为他自豪，忠心于他，可又那么怜悯他，为他难过。她还那么信赖我，知道我也会跟她一样。以上种种，比她用嘴说出来的话表达得更清楚，更使我感动。

那天，博士请我们去他家喝茶。我们按通常的时间到了那里。在书房的壁炉旁见到了博士、他年轻的太太，还有博士太太的母亲。博士把我的离校当作天大的事，仿佛我要远去中国似的，把我当作贵宾接待，特地吩咐在壁炉中放了一大段圆木，为的是他可以在熊熊的火光中，看到他这个老学生的脸映得通红。

“威克菲尔，特洛伍德离校后，我不想再见到多少新面孔了。”博士一面烘着手一面说，“我近来变得越来越懒了，老想舒适一点儿。再过一个月，我就要辞别我的全体年轻人，去过一种比较安逸的生活了。”

“这十年来，你一直就是这样说的呀，博士。”威克菲尔先生回答说。

“不过这一回我可要这么做了，”博士回答说，“我的首席教师将接我的班——我终于真的要这么做了——因此你得尽快把我的合同订好，把我们俩牢牢地绑在那上面，就像一对恶棍一样。”

“还得当心，”威克菲尔先生说，“别让你受骗上当，是不是？要是你自己去订合同的话，不管是什么合同，你一定非上当不可。好吧！我都准备好了。干我这一行，比订合同更糟的活多着哩。”

“这么一来，我就没有什么牵挂了，”博士微笑着说，“只有我的那本词典了。还有另外一个订约人——安妮。”

安妮正坐在茶桌旁，挨近爱格妮斯，当威克菲尔先生把目光投到她身上时，我看到她好像带着不同寻常的迟疑和畏怯，想要避开他的视线。这反而使得他更加把注意力集中在她身上，仿佛他的思想得到了什么暗示似的。

当威克菲尔先生看着安妮时，发现安妮有不同寻常的反应，这里通过神态描写将安妮内心的不安展现出来，也为下文的故事情节做铺垫。

“我看到，有一班邮船从印度来了。”威克菲尔先生沉默了片刻后，说。

“顺便想起来了！杰克·麦尔顿来过几封信！”博士说。

“真的！”

“可怜的亲爱的杰克！”马克勒姆太太摇着头说。“那种要命的天气！他们告诉我，就像住在聚光镜下的沙丘上一样！他这个人，看样子好像很壮实，其实不是的。我亲马克勒姆太太一直在刻意强调自己的女儿安妮和表哥麦尔顿先生的感情非常深厚。她这样做的目的是什么？请边读边思考。

爱的博士，他这样勇敢地去冒险，并不是他的身体好，而是他的精神好。安妮，我亲爱的，我相信，你一定记得很清楚，你表哥的身体，从来没有壮实过，不是那种可以称为壮实的人，这你知道，”马克勒姆太太强调说，目光把我们统统扫了一遍，“从我这个女儿和他还是小孩儿整天手拉手到处跑的时候起，他就一直没有壮实过。”

安妮听她母亲这样说了之后，并没有作答。

“听你这么一说，太太，麦尔顿先生是病了吗？”威克菲尔先生问道。

“病啦！”这位“老兵”回答说，“我亲爱的先生，他什么都摊上了。”

“除了好事以外？”威克菲尔先生说。

“一点儿不错，除了好事以外！”“老兵”说。“毫无疑问，他中过暑，而且非常严重，得过丛林热和疟疾，总之，凡是你说得出的病，他全得过。至于他的肝脏，”“老兵”以听天由命的样子说，“当然，当时一出去，也就什么都不顾了！”

“这全是他自己说的吗？”威克菲尔先生问道。

“他自己说？我亲爱的威克菲尔先生，”马克勒姆太太又是摇头，又是摇扇子，说，“你问这话，可见你对我那可怜的杰克·麦尔顿不太了解。他自己说？他才不会说哩！你得先用四匹野马拖他。”

“母亲！”斯特朗太太叫了一声。

“安妮，我亲爱的，”她的母亲说，“就这一次，我真得求你了，我说话时你别打岔，好不好？除非你要证明我说的是对的。你跟我一样，完全知道，你的麦尔顿表哥不管用多少匹野马拉——我干吗要说四匹马呀！我不一定说四匹——八匹，十六匹，三十二匹，他都不会说任何想要推翻博士的安排的话的。”

“是威克菲尔的安排，”博士说，摸了摸自己的脸，看着帮他出主意的人，露出悔愧的神色，“我这是说，我们两人共同商议出来的安排。是我说的，国外国内都可以。”

“是我说的，”威克菲尔先生郑重地说，“去国外。安排他去国外的是我。这个责任应该由我来负。”

第十九章　见见世面

"哦！别说什么责任不责任啦！""老兵"说，"一切安排都出于好心，我亲爱的威克菲尔先生，我们知道，一切全都出于好心善意。不过，要是那可爱的孩子没法儿在那儿活下去，那他在那儿就是活不下去；要是他在那儿活不下去，那他就宁愿死在那儿，也不会推翻博士的安排的。我是了解他的。""老兵"怀着一种预知结局的痛苦，镇定地扇着扇子说，"我是了解他的，他宁愿死在那儿，也不会推翻博士的安排的。"

"好了，好了，夫人，"博士真心诚意地说，"我的安排并不是不可改变的。我可以自己把它推翻，设法另外给他安排点儿什么。要是杰克·麦尔顿先生因为身体不好回国，那就不能让他再回去了，我们得设法在国内给他寻个比较合适、顺当的差事。"

马克勒姆太太听了他这番宽宏大量的话，十分感动（不用说，这番话完全出于她的意料，或者说她根本没有把话题引向这方面），只能对博士说，这正像他的为人，接着她先吻了吻扇骨，然后用扇子轻拍博士的手，这一动作她重复了好几次。表演完这些动作后，她又轻描淡写地责怪她女儿安妮，说博士为了她，对她旧日的玩伴给予这样的恩惠，而她居然没有特别表示感激。随后，她又对我们说了她家别的一些值得看重的人和一些事情的细节，说这些人都是值得加以扶持的。

为麦尔顿争取到回国内工作的机会后，马克勒姆太太又趁机介绍自家"别的一些值得看重的人"，她的精于算计和巧舌如簧实在让人大开眼界。

在所有这段时间里，她女儿安妮从头到尾一句话也没有说，也不曾抬起过眼睛。在所有这段时间里，威克菲尔先生则一直看着她，看她坐在他女儿的身边。我觉得，威克菲尔先生好像根本没有想到会有人注意他，只是专心致志地看着安妮，全神贯注地想着跟她有关的事情。后来他开了口，问道，杰克·麦尔顿先生的信里，关于他自己到底说了些什么，信是写给谁的。

"瞧，在这里，"马克勒姆太太说着，从博士头部上方的壁炉搁板上拿下一封信来，"那可爱的孩子是对博士本人说的——在哪儿呢？哦，在这儿啊！'我要抱歉地相告，我的健康受了严重的损害，恐怕不得不回国一段时间，因为这是恢复健康的唯一希望。'这已说得很清楚了，可怜的孩子！他恢复健康的唯一希望！不过给安妮的信上，说得还要清楚。安妮，你把那封信再给我看一看。”

“这会儿就别看了吧，母亲。”她低声恳求说。

“我亲爱的，在有些事情上，你呀，十足是个世界上最荒唐的人，”她母亲说，“对自己家里人的需要，你也许是最不关心的一个了。我相信，要不是我亲自问你，我们根本就不知道有这么一封信。我的宝贝儿，你这算对斯特朗博士信得过吗？我真没想到你会这样。你应该更懂事一点儿啊。”

安妮很勉强地把信拿了出来。当我接过信来把它递给那位老太太时，我看到那只极不情愿地交出信来的手在颤抖。

“很勉强”“极不情愿”“手在颤抖”进一步表现出安妮内心的不安与恐惧，她究竟在害怕什么？

“好，让我们来看看，”马克勒姆太太戴上了眼镜，说，“那段话在哪儿？‘对往昔的回忆，我最亲爱的安妮’——等等，不是这里。‘那位和和气气的老传教士’——这是谁呀？哎呀，安妮，你麦尔顿表哥的字写得真难认。嘿，我也真叫笨！当然是‘博士’啰，哪来的‘传教士’啊！嗯，和和气气的，一点儿没错！”说到这儿，她停了下来，又吻了吻扇子，举起它冲博士摇了几下，博士则带着一副宁静、满足的神态，看着我们。“哦，找到了！‘你听了我下面的话是不会吃惊的，安妮，’不会吃惊，那当然啦，她知道他身体一直就没真正强壮过。我刚才念到哪儿了？——‘我在这远离家乡的地方已经受够了罪，因此我决定，不管有什么风险，我都要离开这儿。能请病假，就请病假，请不到病假，就干脆辞职。我在这儿受过的罪和正在受的罪，我实在受不了啦。’要不是有这位好心人这么快就帮忙解决，我真是想想都受不了啦。”马克勒姆太太说着，又像先前那样用扇子对博士表示了感激，然后折起了信。

威克菲尔先生一句话也没有说，尽管那位老太太一直看着他，像是要他对这个消息发表一点儿意见。但他顾自一本正经地坐在那儿，默不作声，两眼盯着地面。后来这个话题撇开很久，我们都在谈别的事情了，可他还是老样子，除了沉思地皱着眉头，偶尔朝博士，或者他的太太，或者是他们两人看上一眼外，很少抬起眼睛。

第十九章　见见世面

博士十分喜欢音乐。爱格妮斯唱起歌来非常悦耳、动人，斯特朗太太也一样。她们两人一起唱了歌，还表演了二重奏，我们可算开了一个小小的音乐会。不过我注意到了两件事：第一，虽然安妮过不多久就恢复了常态，依旧变得很自在，但她跟威克菲尔先生之间，总有着一道隔阂，把他们完全分开。第二，威克菲尔先生好像并不喜欢爱格妮斯跟斯特朗太太那么亲密，总是怀着不安的心情看着她们。现在，我得承认，我回想起了麦尔顿先生临走那天晚上我所见到的情景，它第一次带着我从来不曾感到的意义，开始重又在我的脑子里出现，使我心里感到不安。斯特朗太太脸上那天真无邪的美丽，已不再像以前那样天真无邪。我已经不相信她那自然、优雅和动人的仪态了。我看到她身旁的爱格妮斯，想到爱格妮斯的真挚、善良，心里就产生一个疑问，我觉得她们两人之间的友谊是不般配的。

可是，爱格妮斯觉得跟安妮做朋友很快乐，安妮也同样感到很快乐，因为她们使得那天晚上的时光过得飞快，仿佛只过了一个小时一样。最后，发生了一件意外的事，直到现在我还记忆犹新。她们俩互相道别，爱格妮斯正要上去抱吻斯特朗太太时，威克菲尔先生突然走到她们两人之间，仿佛无意似的，很快把爱格妮斯推开了。接着，麦尔顿先生动身那晚到现在这段时间仿佛全消失了，我仍像那天晚上一样站在门口，看到了那天晚上斯特朗太太面对威克菲尔先生时，脸上出现的表情。

我现在说不上来，这副表情给了我什么印象；我也说不上来，为什么打这以后，我发现，每当想起她来，我总没法儿把这副表情跟她那个人分开，也没法儿再想起她脸上原先那种天真无邪的可爱之处。在我回到家里，这副表情仍在我脑际萦绕。离开博士的家时，我感到他家的屋顶上仿佛压着一团乌云。在我对他那苍苍白发的敬意中，还掺杂着几分怜悯，因为他居然对那些对他忘恩负义的人还那么相信，而对那些伤害他的人，我感到愤慨。眼看一场大灾的阴影已经临头，还有一场尚未明朗成形的大辱，它们像两块污斑污染着我童年时代学习、嬉戏的这片净土，使它成了一片邪恶污秽之地。那些古老的封存着百年岁月的阔叶沉香木、那平整的草地、那些石瓮、博士散步的路，以及在这一切上空萦回荡漾的大教堂悦耳的钟声，想到所有这一切时，我已经不再有任何乐趣。仿佛我童年时代的这座圣殿，已经当着我的面被人洗劫一空，它的宁静和光荣都已随风四散，无影无踪了。

可是早晨一到，我就要跟弥漫着爱格妮斯精神影响的老房子告别，我的心思也就完全被这占据了。毫无疑问，我很快还会回到那儿，我可能还会睡在我住过的那间房子里——也许还会时常去睡。不过我常住那儿的日子已经过去，旧日的时光已经一去不复返了。当我整理包扎暂时留在那儿准备运往多佛的书本和衣服时，我的心情虽然沉重，但是我不愿露在脸上，免得让乌利亚·希普看到。因为他正殷勤地在帮我收拾。我不很厚道地想，他见到我走，心里正万分高兴着哩。

不知怎么的，我跟爱格妮斯以及她父亲告别时，竟显出一副满不在乎的男子汉气概，然后便坐上去伦敦的公共马车车厢。从城里经过时，我看到了旧日的敌人，那个屠夫，我的心软了，也原谅他了，几乎想跟他打招呼，还想扔给他五个先令买酒喝。但是那家伙正站在铺子里刮着大剁墩，显出还是一个毫无悔改的屠夫的样子；而且由于让我给打掉了一颗门牙，他的模样一点儿不见改进，我想还是别跟他接近为好。

我记得，我们正式上路后，我心里主要考虑的是，对车夫尽量摆出年纪不小的样子，说话非常粗暴。后面这点，我感到装起来挺别扭，但我还是硬着头皮装下去，因为我认为，这是成年人的标志。

"你要坐到底吧，先生？"车夫问。

"没错，威廉，"我傲慢地回答说（我原本认识他），"我要去伦敦。过后还要去趟萨福克。"

"去打猎吗，先生？"车夫问道。

他跟我一样清楚，这种季节去那儿打猎的可能性，就像去那儿捕鲸鱼一样。不过我也觉得受到了恭维。

"我不知道，"我装出还没打定主意的样子，说，"是不是还要去打上一回。"

"我听说，现在，鸟儿都变得见人就躲了。"威廉说。

"我也听说。"我说。

"萨福克是你的老家吗，先生？"威廉问道。

"没错，"我有点儿郑重其事地说，"萨福克是我的故乡。"

"听说那儿的水果布丁可好吃啦。"威廉说。

其实我对这并不了解，不过我觉得有必要维护家乡的名产，并且表示自己对那东西很熟悉，因此我就点了点头，等于说："我同意你的看法！"

"还有矮壮驮马，"威廉说，"那才叫好牲口哩！萨福克的矮壮驮马，好的价值就跟金子一样，分量有多重，就值多重的金子。你自己养过萨福克矮壮驮马吗，先生？"

"没——有，"我说，"算不上真正养过。"

"我背后有位先生，我敢打赌，"威廉说，"他就是大批养这种马的。"

他说的这位先生，有只眼睛斜得厉害，长了个大下巴，戴了顶帽檐又窄又平的高顶白帽，穿一条紧身的淡色长裤，裤子的外侧，就像有扣子从靴子一直扣到臀部似的。他的下巴突出在车夫的肩膀上，靠我这么近，喘出的气直冲得

第十九章　见见世面

我的后脑痒痒的。当我转过身来朝他看时，他用那只不斜的眼睛看着拉套的马，一副很内行的样子。

“你是不是？”威廉问道。

“我是不是什么？”他身后的那位先生说。

“是不是大批养萨福克矮壮驮马？”

“我想是这样，”那位先生说，“没有我不养的马，也没有我不养的狗。马呀，狗哇，有些人养了是为了好玩儿，可对我来说，是我的吃的、喝的——住处、老婆、孩子——能读的、写的、算的——鼻烟、烟袋、睡眠。”

“这种人让他坐在车厢后面，看起来总不大好，是吧？”威廉一面摆弄着缰绳，一面对我耳语说。

听他这么说，我想他是希望那人能坐我的座位，于是我便红着脸，主动提出让位给他。

“好吧，要是你不介意，先生，”威廉说，“我想，那样就更适合了。”

我总把这件事看作我一生中的第一次失败。我在马车售票处订座时，特意在登记簿上写明是“厢座”，还给了那个登记的人半个克朗。我上车时还特意穿上不常穿的大外套，披了披肩，显然是为了不辱没这个显赫的高级座位。坐在那个座位上，我觉得自己非常风光，也使这辆马车大为增色。而现在呢，第一站还没走完，我就让一个衣衫褴褛和有只斜眼的人给挤到后面去了。此人没有别的长处，只有浑身一股马厩味。当马的步子慢下来，以便让他从我身边跨过时，他不像个人，更像个苍蝇。

我的一生中，在一些并不重要的场合，我往往为自馁所困扰，其实这种时候最好不要这样。可这次在坎特伯雷的马车上发生的这件小事，仍使我的自馁有增无减。我想用说话粗暴的办法来掩饰，结果毫无用处。此后一路到底，我讲起话来都运用了丹田之气，但仍觉得自己已经完全泄了气，而且幼稚得可怕。

尽管如此，我高坐在四匹大马的后面，受过良好教育，衣着华贵，口袋里有很多钱，望着车外那些我在艰苦的旅行中曾经睡过的地方，心里还是感到新奇、有趣的。我朝下看着我们从旁驶过的那些流浪汉，看到我还清楚记得的那类面孔仰望我们时，我就感到，好像那个补锅匠乌黑的手，又抓住我的衬衫胸部一样。我们的马车在查塔姆狭窄的街道上辘辘而过时，我瞥见了买我夹克的那个老怪物住的那条小胡同，我伸长脖子急切地想找到当时我坐在阳光下和树荫处等着拿钱的地方。后来，我们终于来到离伦敦不到一站路的地方，经过那座冷酷的萨伦学校，也就是克里克尔先生的毒手向四面八方打去的地方。当时，我真想尽我所有来换得一个合法许可，下车来狠揍他一顿，然后像放掉笼子里的许多麻雀似的，把所有的学生全都放出来。

我们来到位于查灵克罗斯[①]的金十字旅馆，这是当时坐落在人烟稠密地区的一家糟透了的旅店。一个侍者把我带进了咖啡室，然后一个女侍把我带到一间小小的卧房里。这间卧房里有一股出租马车的气味，闷得像一个家庭地窖。我仍然痛苦地感到自己太年轻，因为没有人对我有一点儿敬畏。女侍完全不管我在任何事情上的意见，男侍则对我很随便，认为我没有经验，就净替我出主意。

"喂，我说，"男侍用一种说知心话的口气说，"晚饭你来点儿什么？年轻的先生们通常都爱吃鸡鸭，你来只鸡吧！"

我尽可能气派十足地对他说，我对鸡没有兴趣。

"没有兴趣？"男侍说，"年轻的先生们通常都吃腻牛羊肉了，那就来个小牛里脊片吧！"

我一时想不出别的什么，只好同意他的建议。

"你爱吃土豆吗？"男侍歪着脑袋，带着讨好的微笑说，"年轻的先生们通常都让土豆撑坏了。"

我用最低沉的嗓音吩咐他，要他来一份小牛里脊片加土豆以及所有应有的配菜。又叫他到柜台上去问一问，有没有给特洛伍德·科波菲尔老爷的信——我明知道没有，也不会有，不过我觉得，装出等信的样子显得有气派。

他一会儿就回来了，说没有我的信（我听了大为诧异），并开始在一个靠近壁炉的座位上铺台布，准备让我吃饭。他一面铺台布，一面问我喝点儿什么。我回答说"来半品脱雪利酒"，心里想，这恐怕给了他一个好机会，他可以把几个小瓶瓶底里走了味的残酒倒在一起，凑足这半品脱。我之所以有这种想法，是因为我在看报时，看到他在一道低矮板壁后面的私室里，像个药剂师配药似的，忙着把几个瓶子里的剩酒倒进一个瓶子里。酒端来后，我觉得它走了气，不起沫子，而且里面的确有不少英国的面包屑，这在纯净的外国酒里是不会有的。可是我不好意思说，将就着把酒喝下去了，什么也没有说。

当时我的心情非常愉快（由此我得出结论，人中毒后，在它发生作用的过程中，有一段时间并不总是让人不好受的），于是我决定去看一回戏。我选的是科文特加登剧院[②]，我坐在中部包厢的后座，看了《裘力斯·恺撒》[③]和一出新哑

① 查灵克罗斯：伦敦威斯敏斯特市的一处地方，该地常被视为首都的中心。1649年，查理一世在此被处死，现立有他的骑马塑像。

② 科文特加登剧院：位于伦敦科文特加登广场，建于1731年，1858年后改为皇家歌剧院。

③《裘力斯·恺撒》：莎士比亚的剧本。

剧。那些高贵的罗马人都活动在我的面前，进进出出地供我消遣娱乐，不再像以前在学校里那样，是严厉监督我们的监工了，这是让人觉得最新奇、有趣的事情。不过全剧中交织在一起的现实和神秘，那诗歌、灯光、音乐、演员，还有那频频迅速变换的壮丽华美的布景，所有这一切，都看得我眼花缭乱，也给我平添了无限乐趣。因此，半夜十二点钟，我从剧院出来，来到下雨的街道上，我觉得自己仿佛在九霄云外过了多年的逍遥生活，现在突然落到尘世，只觉得人声嘈杂，泥水四溅，火把乱照，雨伞互碰，出租马车横冲直撞，木屐咔嗒乱响，一片泥泞，满是苦恼。

我从另一个门口出来，在大街上站了一会儿，仿佛我真的是个初来尘世的生客，可是人们对我毫不客气的拥挤和推撞，很快就把我唤醒，使我走上了回旅馆的路。我朝旅馆走去，一路上还反复想着那辉煌的景象。回到旅馆，我喝了点儿啤酒，吃了点儿牡蛎；都过了一点钟了，我仍坐在那儿回想，眼睛望着咖啡室的炉火。

我脑子里满是那出戏，满是过去的情景——因为那出戏有点儿像个闪光的透明物体，透过它，我看到了我早年生活的进程——因而，当我面前真正出现一个穿戴风流潇洒、长得英俊漂亮的青年人的身影时，我竟浑然不知（这个人我理应记得很清楚）。不过现在回想起来，当时我意识到有这么一个人在，只是不曾注意到他进来——我还记得，当时我仍坐在那儿，对着咖啡室里的炉火沉思。

后来，我终于站起身来，准备去睡了。困倦想睡的男侍如释重负，他正在那间小小的餐具室里摆弄他那两条腿，又是扭动，又是捶打，还做着窝腿踢腿的活动。我在走向门口，经过那个进来的青年身边时，我看清了他。我立刻回身又看了他一下。那个人没有认出我来，我却一下就认出他了。

要是在别的时候，我可能会害怕过于唐突，不敢贸然跟他搭话，因而也许会拖延到第二天，也许会因此跟他失之交臂。可是当时那出戏还在我心中翻腾，他以前对我的照顾显得那么值得我的感激，我对他的旧情，重又在我胸中涌现，使得我立刻走到他面前，心怦怦地跳着说：

"斯蒂福思！你不搭理我了吗？"

他打量着我——就像他以前有时候那样——可我在他脸上看不出有认识的表情。

"恐怕你不记得我了吧？"我说。

"我的天哪！"他突然喊了起来，"你是小科波菲尔啊！"

我两手紧抓住他，不让松开。要不是怕难为情，怕他不高兴，我一定会搂住他的脖子哭起来。

“我从来——从来——从来没有这样高兴过！我亲爱的斯蒂福思，见到你，我真是乐坏了！”

“我见到你，也太高兴了！”他说，一面热烈地跟我握手，“哦，科波菲尔，我的小兄弟，别激动得沉不住气了！”话虽这么说，可我觉得，看到我见了他这样快活，他也是很高兴的。

我虽然下了最大的决心，但还是忍不住流下了眼泪。擦去眼泪后，我笨拙地笑了笑，然后我们两人并排坐着。

“喂，你怎么上这儿来了？”斯蒂福思拍拍我的肩膀，问道。

“我今天刚坐公共马车从坎特伯雷来。我姨婆就住在那儿，她收养了我。我刚在那儿念完了书。你怎么到这儿来啦，斯蒂福思？”

“哦，我现在是人们说的‘牛津人’了。”他回答说，“也就是说，我在那儿时常腻得要死——我这是回家去看我母亲。你真是个怪可爱的家伙，科波菲尔。现在我仔细一看，你还是跟从前一样，一点儿也没有变呢！”

“我一下就认出你来了！”我说，“不过你这人比较容易让人记住。”

他一面用手挠着成束的鬈发，一面兴冲冲地说：

“对了，我这一次是为尽孝道回家探亲。我母亲就住在城外不远的地方。去那儿的路糟透了，我们家又够乏味的，所以今晚我决定留在这儿，不走了。我进城还不到六个小时，这段时间，我都消磨在戏院里打瞌睡和发牢骚上头了。”

“我也去看戏了，”我说，“在科文特加登剧院。看戏有趣极了，非常动人，斯蒂福思！”

斯蒂福思纵声大笑。

“我亲爱的小大卫，”他又拍着我的肩膀说，“你真是一朵小雏菊。太阳刚升起时，地里的雏菊都没有你嫩。我也上科文特加登剧院去了，没有比那儿的戏演得更糟的了。喂，你，老兄！”

他这是叫侍者。我跟斯蒂福思相认后，他就从远处留神地看着，这时毕恭毕敬地走上前来。

“你把我的这位朋友科波菲尔先生，安排在哪儿了？”斯蒂福思问。

“对不起，先生，您说什么？”

“他睡哪儿？几号房间？你懂得我的意思的。”斯蒂福思说。

“哦，先生，”侍者带着抱歉的神情说，“科波菲尔先生现在住四十四号房间，先生。”

“你竟把科波菲尔先生安排在马棚上面的一个小阁楼里，”斯蒂福思说，“你这是什么意思？”

“哦，对不起，先生，我们不知道呀，”侍者仍抱歉地说，“因为科波菲尔先生并没有什么特别要求。要是他喜欢的话，先生，我们可以给他七十二号。就在您隔壁，先生。”

“当然喜欢，”斯蒂福思说，“马上去办。”

侍者立刻退出，给我换房间去了。斯蒂福思觉得把我安排在四十四号房很有趣，又大笑起来，再次拍拍我的肩膀，还请我第二天早上十点钟跟他一起吃早饭——这一邀请，我觉得太有面子、太高兴了，于是便接受了。这时，时间已经很晚了，我们端着蜡烛上了楼，在他的房门口亲切地道了别。我发现新搬进的卧房比原先那间好多了，一点儿也没有发霉的气味。房里有一张很大的四柱床，简直就是一小片领地。我的头睡在足够六个人睡的枕头上，很快就进入了幸福的梦乡。我梦见了古罗马、斯蒂福思，还有友谊。到了第二天清晨，早班公共马车在下面的拱道辘辘驶出，又使我做起打雷和看见天神的梦来。

第二十章　斯蒂福思家

早晨八点钟，那个女侍来敲我的门，告诉我，供我刮胡子的热水已经在外面准备好。我因为没有必要刮胡子，听了感到很不好受，躺在床上脸都红了。我还疑心，她通知我时自己也笑了。这种想法，在我穿衣服时一直让我苦恼着。当我下楼去吃早饭，在楼梯上从她身边经过时，我都觉得自己竟有些畏怯自疚的神气。的确，我本想让自己看起来年龄大一点儿，但没能做到，我对这一点非常敏感。因此，在这种自卑的情况下，有一阵子我根本不想从她身边走过。听见她拿着一把扫帚在那儿打扫，我就站在那儿从窗口朝外面看，只见那座骑马的查理国王塑像，周围全是横七竖八的出租马车，在那蒙蒙细雨和深褐色的浓雾中，看起来一点儿也没有王者的尊严显赫。我在那儿一直看到那个男侍来催请，说那位先生已在下面等着我，我才下去。

我发现斯蒂福思并没有在咖啡室等我，而是在一个舒适雅致的包厢里，那儿挂着大红窗帘，铺着土耳其地毯，炉火烧得通红，铺着洁白台布的餐桌上，已摆着热气腾腾的精美早餐。餐具架上的小圆镜里，生动地映照出缩小了的房间、壁炉、早餐、斯蒂福思跟别的一切。开始时，我颇为局促不安，因为斯蒂福思举止从容，风度高雅，各方面都在我之上，年龄也比我大。不过他的亲切的照顾，很快就纠正了我的态度，使我也变得潇洒自如起来。他在金十字旅馆造成的变化，使我称赞不已。昨天我是那么孤单，备受冷落，今天早上却受到如此舒适的款待，两者简直无法相比。至于侍者那种随便放肆的态度，一下子去得无影无踪，好像从来没有过。他侍候我们的样子，我可以说，简直像个身穿麻衣、头面涂灰的忏悔者①。

“听我说，科波菲尔，”只剩下我们两人时，斯蒂福思说，“我很想知道，你现在在干些什么，正要去哪儿以及有关你的一切。我觉得，你就像是我的财产似的。”

发现他对我还是这样关心，我高兴得激动异常，就把我姨婆怎样叫我出来做这次短暂的旅行，我打算去哪儿，全都告诉了他。

① 犹太习俗，身穿麻布，头面涂灰，表示忏悔或哀悼。

第二十章　斯蒂福思家

“既然你并不忙着赶路，”斯蒂福思说，“那你就跟我一起去海盖特[①]我家一趟吧，在那儿待上一两天。你见了我母亲，一定会喜欢的，只是她提起我这个儿子来，有些扬扬得意，会唠唠叨叨说个没完没了，不过你会原谅她的——她见了你，也一定会喜欢的。”

“承你说得这样亲切，我也相信一定会这样的。”我微笑着说。

“哦！”斯蒂福思说，“凡是喜欢我的人，就有权要求她喜欢他，这一点她一定会承认的。”

“这样说来，我准能受到她的宠爱了。”我说。

“好！”斯蒂福思说，“那我们就去证实一下。我们先花一两个小时游览一下名胜——带你这样一个年轻小伙子去游览名胜，还是有点儿意思的，科波菲尔——然后我们就乘公共马车出城去海盖特。”

我几乎不能相信，我这不是在梦中，真担心一觉醒来，依旧住在四十四号，依旧孤孤单单地坐在咖啡室的座位上，依旧是那个随便放肆的侍者。我先给姨婆写了一封信，告诉她我很走运，遇上了一个我所钦佩的老同学，并接受了他的邀请。然后我们就乘出租马车前去游览。我们去看了一处“全景图[②]”和别的一些名胜，还去博物馆转了一下。在那儿我不能不注意到，斯蒂福思面对那么多的科目，知识竟如此渊博，而他并不拿自己的知识当一回事。

“你在大学里一定会得到高级学位的，斯蒂福思，”我说，“要是这会儿还没得到的话。他们理所当然地会以你为荣。”

“我得学位！”斯蒂福思叫了起来，“我才不哩！我亲爱的雏菊——我管你叫雏菊，你不介意吧？”

“一点儿也不！”我说。

“这才是个好小伙子！我亲爱的雏菊，”斯蒂福思笑着说，“我根本不想，也没有打算在这方面出人头地。为了满足我自己，我已经做得够多了。我觉得，像我现在这个样子，已经够迂腐的了。”

“可是名声——”我的话刚说出口。

“你这朵想入非非的雏菊！”斯蒂福思说，笑得更厉害了，“我为什么要自找麻烦，让一班蠢家伙对我目瞪口呆和举手呢？让他们对别的人去搞这一套吧。名声是给那种人的，让他们去出名吧。”

原来我犯了这么一个大错，感到很不好意思，因此很想换个话题。幸亏这并不是什么难事，因为斯蒂福思一向有个本领，能毫不经意、轻而易举地从一

① 海盖特：位于伦敦北部郊区。狄更斯的父母即埋葬在海盖特的公墓里。

② 全景图：一种叙事或写景的连续性图画，盛行于18世纪后期和19世纪。此处指当时在伦敦摄政公园东南角一游艺场内展出（1829—1854）的伦敦全景图。

个话题转换到另一个话题。

游览过后就吃中饭。冬天的白天短，过得很快，公共马车把我们载到海盖特小山顶上一座老式砖房前停下时，已经是黄昏时分了。我们下车时，一位上了年纪但并不很老的太太，已站在门口，她态度高傲，面貌俊秀，嘴里叫着“我心爱的詹姆斯”，伸开两臂把斯蒂福思搂进了怀中。斯蒂福思把我介绍给这位太太，说这就是他母亲。她庄重地对我表示欢迎。

这是一座式样古老、气派非凡的住宅，环境清静幽雅，布置井然有序。从我住的房间窗口，可以看到远处的伦敦全城，像一大片烟雾，烟雾中疏疏落落地闪烁着点点灯光。我只是在换衣服的时候，看了一眼房中沉重结实的家具，镶在镜框上的刺绣（我猜是斯蒂福思的母亲做姑娘时绣的）；墙上还有一些蜡笔画，画的是女士，头发上撒着粉，穿着紧身胸衣，由于新生的炉火噼啪作响，火光闪烁，照得这些墙上的女士都飘忽不定了。这时我就给叫去吃晚饭了。

餐厅中还有另外一个女人，她身材矮小，皮肤黝黑，看上去不太让人喜欢，但也还有几分姿色。这女人引起了我的注意，也许是由于我见到她出乎意料，也许是因为我正好坐在她的对面，再不也许就是因为她这人确有一些不同寻常的地方。她长着黑头发，有着一对火辣辣的黑眼睛，脸庞瘦削，嘴唇上有一道疤。这是一道老疤——我应该把它叫作缝痕，因为它并没有变色，而且多年前就治好了——当年一定有什么东西割开了她的嘴，一直割到下巴。现在隔着餐桌看去，已经不太明显，只有上唇的上面和下唇，因为形状有变，还能看出。我心里暗自认定，她有三十岁左右，盼望结婚，有点儿色衰——像一所招租过久的房子——不过我已说过，她还有几分姿色。她好像是让心中的那团消耗她的火烧瘦的，她那对憔悴的眼睛，就是这团火找到的出口。

斯蒂福思给我介绍时，说她是达特尔小姐，不过他跟他母亲都叫她罗莎。我发现她就住在斯蒂福思家里，多年来是斯蒂福思太太的女伴。我觉得，她想说什么时，从来不直截了当地说出，总是转弯抹角地暗示一下，她用这种方式说的话是挺多的。举例说吧，当斯蒂福思太太玩笑多于认真地说，她担心她儿子在大学里过的也许是放荡不羁的生活时，达特尔小姐就插嘴说：

“哟，真的吗？你知道我多么无知无识，我只是想多增加点儿知识，才这么问的。不过是不是总是这样的呢？我想，那种生活，人们一般都认为那是——呃？”

“那是一种很严肃的职业应有的教育，要是你的意思是这样的话，罗莎。”斯蒂福思太太用一种冷淡的态度说。

“哦，是的！一点儿也没错，”达特尔小姐回答，“不过，要是不是那样呢？

要是我错了，我希望得到别人的纠正——真的不是那样吗？”

“什么真的？”斯蒂福思太太说。

“哦，原来你不是那个意思！”达特尔小姐回答说，“嘿！这话我听了很高兴。这会儿我知道该怎么办了！这就是多问的好处。再提到那种生活时，我就再也不许别人在我面前说什么挥霍、放荡一类的话了。”

“你这话说对了，”斯蒂福思太太说，“我儿子的导师是位正人君子。即使我不能完全相信我儿子，我也应该相信他呀！”

“你应该？”达特尔小姐说，“哎哟！正人君子，是吗？哦，真是个正人君子？”

“没错，我相信这一点。”斯蒂福思太太说。

“这就太好了！”达特尔小姐嚷了起来，“这就可以让人放心了！真的是个正人君子？那他就不会是——不过，要是他真是个正人君子，当然就不会了。好了，打现在起，我对他的看法好极了。确切知道他真是个正人君子后，你想不到，我对他的看法提得有多高呀。”

达特尔小姐对每个问题的看法，以及她的话受到反驳后每次做更正时，她都是用这种拐弯抹角的方式来表达的。有时，我费了很大的劲也没法儿装成不曾觉察，甚至为此跟斯蒂福思闹起矛盾来。吃晚饭时发生的一件事，就是一个例子。斯蒂福思太太跟我谈起我打算去萨福克的事，我信口说，要是斯蒂福思能跟我一起去那儿，那我该有多高兴。我对斯蒂福思解释说，我这是去看我的老保姆，还有佩格蒂先生一家，我还提醒他说，佩格蒂先生就是以前他在学校里见过的那个船夫。

“哦，就是那个挺直爽的家伙！”斯蒂福思说，“他还带了一个儿子，是不是？”

“不，那是他侄子，”我回答说，“不过他收养了他，跟儿子一样。他还有个很漂亮的小外甥女，他也当女儿一样收养了。简单说吧，他那个家里（倒不如说船里吧，因为他就住在一只搁在陆地上的船上）全是他慷慨、善心收养的人。你要是见到那一家人，你一定会喜欢的。”

“是吗？”斯蒂福思说，“嗯，我想我会的。我得考虑一下，看看行不行。一起去看看那种人，跟他们一起生活生活，这是很值得走一趟的。更不用说跟你一起旅行的快乐了，雏菊。”

新的期望使我的心高兴得怦怦直跳。不过斯蒂福思说到“那种人”的口气，引得达特尔小姐（她那双闪闪发光的眼睛一直在盯着我们）又插嘴了：

“哦，可是，真的吗？一定得告诉我。他们是吗？”

“他们是什么？谁是什么呀？”斯蒂福思说。

"那种人呀！他们真的像牲畜、泥巴、木头，是另一种人吗？我很想知道哩。"

"哦，他们跟我们之间有很大的距离，"斯蒂福思不当回事地回答，"他们不像我们这样敏感。他们的感情不大容易受震惊，也不大容易受伤害。我敢说，他们都是了不起的正派人。关于这一点，至少有人替他们争辩，我呢，我敢说，绝不想跟他们持相反的意见。不过他们的感觉确实不很灵敏，他们那些人，也跟他们那粗糙厚实的皮肤一样，不容易受伤，他们也许应该为这谢天谢地。"

"真的！"达特尔小姐说，"哦，我不知道有比听到这话更高兴的时候了。这就让人放心了！知道他们受了苦也感觉不到，这多让人高兴啊！有时，我很为那种人担心；可是现在，我完全可以不把他们挂在心上了。活到老，学到老。我承认，我曾有过怀疑，可是现在一清二楚了。原先我不懂，现在懂了，这正表明多问的好处——不是吗？"

我相信，斯蒂福思的话是说着玩的，或者是为了要把达特尔小姐的话引出来。因此达特尔小姐走后，当我们俩一块儿坐在壁炉前时，我原以为他会这么说的。可是他却只问我，对达特尔小姐有什么看法。

"她很聪明，是不是？"我问道。

"聪明！她什么都要拿到磨刀石上去磨，"斯蒂福思说，"把它磨锋利了，就跟这些年来，磨她自己的脸和身躯一样。她不断地磨，把自己都给磨掉了，磨得全是棱角了。"

"她嘴唇上的那个疤很显眼！"我说。

斯蒂福思沉下了脸，停了一会儿，没有作声。

"呃，事实上是，"他回答说，"那是我给弄的。"

"是由于一次不幸的意外吧？"

"不。当时我还是个小孩子。有一次她把我给惹火了，我就拿起一把锤子朝她扔去。我当年一定是个很有指望的小天使。"

我为揭了这样一个疮疤感到后悔，可是现在后悔也没有用了。

"从那儿以后，她就有了你见到的那个疤，"斯蒂福思说，"她要把那个疤一直带进坟墓了，要是有一天她会在坟墓里休息的话；不过我很难相信，她会在任何地方好好休息的。她是我父亲一个表兄弟之类的女儿，从小没有母亲，后来她父亲也死了。当时我母亲已经守寡，于是就把她带来做伴儿。她自己名下有两千英镑，又把每年的利息都攒起来，加到本钱上。这就是可以告诉你的达特尔小姐的全部历史。"

"毫无疑问，她一定把你当亲弟弟一样爱你的吧？"

第二十章　斯蒂福思家

“哼！”斯蒂福思眼望着炉火回答，“有些当弟弟的是得不到过多的爱的，有些爱——不过，还是喝酒吧，科波菲尔！为了对你致敬，我们来给地里的雏菊祝酒！为了对我致敬——使我有更多的羞愧！我们来给山谷里也不劳苦、也不纺线的百合花[1]祝酒吧！”他高高兴兴地说这番话时，原先脸上的苦笑已一扫而光，又恢复了他那坦率、动人的本色。

到了我们进去喝茶时，我不由得怀着又难过又感兴趣的心情，看了看她的那个疤痕。我不久就发现，这是她脸上最敏感的部分。当她的脸变苍白时，那个疤痕就先变，从头到尾变成一条暗淡的铅灰色，就像用隐形墨水画的一道杠子，让火一烤给显出来似的。走双陆时，她跟斯蒂福思为掷骰子发生了一点儿小口角，有一会儿，我想她已大动肝火，于是我就看到这条疤痕像古代墙上的字迹[2]般显现出来。

发现斯蒂福思太太非常宠爱自己的儿子，这事我一点儿也不感到奇怪。除了儿子，她好像没有别的什么可谈，也没有别的什么可想了。她给我看了放在项链小金盒里的斯蒂福思婴儿时的照片，里面还有一些他儿时的头发；她还给我看了我最初认识他时的照片；她胸前挂的是他现在的照片。她把他所有写给她的信，全都放在壁炉前她椅子旁边的一个柜子里。她本想拿出几封来念给我听，要不是斯蒂福思拦住她，哄得她打消了这个念头，我倒也很乐意听听哩。

“我儿子告诉我，你们最初是在克里克尔先生的学校里认识的。”斯蒂福思太太说，这时她和我坐在一张桌子旁，斯蒂福思他们在另一张桌子上走双陆，“不错，我记得当时他曾告诉过我，说有一个比他小的小同学，跟他很投缘；不过你的名字，我可没记住，这你可以想到。”

“在那些日子里，他对我非常宽厚，很讲义气，老太太，”我说，“我正需要这样一个朋友。没有他的话，那我就遭殃了。”

“他待人一向宽厚、讲义气。”斯蒂福思太太得意地说。

老天在上，我真心诚意地表示赞同。她也知道这一点，因为她对我的态度，已经不像原先那么威严了。只有在夸奖斯蒂福思的时候，她的态度又会变得傲慢起来。

“总的说来，那所学校并不适合我的儿子，”她说，“很不适合。不过当时有些特殊的情况需要考虑，这比选择学校更加重要。我的儿子性格高傲，得

① 典出《新约·马太福音》：“何必为衣裳忧虑呢？你想：野地里的百合花怎么长起来；它也不劳苦，也不纺线。”

② 典出《圣经·旧约·但以理书》。大意为：迦勒底王伯沙撒设宴招待群臣，忽见一指头在墙上写字，王大惊，召但以理解释。但称，墙上文字意为王和国家气数已尽。当夜，伯沙撒被杀，迦勒底王国灭亡。

有承认他的优越，肯向他低头的人在一起。我们在那所学校里找到了这样一个人。”

我知道这一情况，也认识那个人。不过我并不因为这一点而更鄙视他，反倒认为，对于像斯蒂福思这样一个不能不让人佩服的人，他也还知道佩服，这也算是一个能为他补过的优点吧。

“我儿子的大才之所以能在那儿得到激发，是由于他有自发的好胜心和自觉的自尊心，”这位溺爱儿子的太太继续说，“他本来会挺身而出反对一切束缚，可是他发现他是那所学校里的君王，于是便高傲地决定要保持自己应有的身份。这就是他的为人。”

我全心全意附和说，这就是他的为人。

“因此我的儿子，由着自己的意志，不受任何强制，养成作风，只要他高兴，总能胜过任何一个跟他竞争的人。”她接着说，“我儿子告诉我，科波菲尔先生，说你对他非常爱戴，昨天你遇见他，让他认出时，你都高兴得流泪了。我儿子能这样让人感动，要是我装出大为吃惊的样子，那我就是个装模作样的女人了。不过，对于任何一个能这样赏识他的优点的人，我是绝不会漠然相待的。因此我很高兴能在这儿见到你，我也可以向你保证，他觉得跟你有一种不同寻常的友谊，所以你准能得到他的保护。”

达特尔小姐玩起双陆来也像做别的事一样死认真，要是我第一次见到她是在双陆棋盘前，那我一定会认为，她的身材之所以这样瘦，她的眼睛之所以这样大，完全是由于这种娱乐，而不是别的原因。不过，当我因斯蒂福思太太的信任感到受宠若惊，心花怒放，觉得自己打从离开坎特伯雷以来，已经老练了许多时，如果我以为，达特尔小姐对我们的谈话漏听了一个字，或者少看了我一眼的话，那我就大错特错了。

时间已经消磨到深夜了，一个盛着酒杯和酒瓶的盘子端进来时，斯蒂福思在炉边烤着火，对我说，有关跟我一起去乡下的事，他要认真考虑一下。他说，别急，过一个星期再说。他的母亲也殷勤地这样说。我们谈话的时候，斯蒂福思叫了我好几次雏菊，这又把达特尔小姐的话引出来了。

“不过，说真的，科波菲尔先生，”她问道，“这是个绰号吗？他为什么给你起了这么个绰号呢？是不是——呃？是不是因为他认为你年轻、天真？在这些事上，我是很蠢的。”

我红着脸回答说，我认为，是这么回事。

“哦！”达特尔小姐说，“知道了这个，很让我高兴。我发问是为了长知识，现在知道了，我很高兴。他认为你年轻、天真，所以你就成了他的朋友？哦，这太有趣了。”

第二十章　斯蒂福思家

说了这话不久，她就去睡了。斯蒂福思太太也告退就寝去了，留下斯蒂福思跟我，在炉边又多待了半个小时，我们谈了谈特雷德尔和萨伦学校其他同学的事，然后一起上楼。斯蒂福思的房间就在我的隔壁，我进去看了看。这是舒适安逸的写照，到处是安乐椅、靠垫、脚凳，全由他母亲亲手布置装饰，真是应有尽有，无一短缺。最后，墙上还挂有一幅她的画像，端庄秀美的她从那儿俯视着她的爱子，好像即便在斯蒂福思睡觉时，也该由她的画像来照看着他，对她来说，这是件很重要的事情。

我发现，我房间里的炉火已经烧得很旺，窗户上的窗帘和床四周的帷幔都已拉上，使房内显得非常温暖舒适。我在炉边的一把大椅子上坐了下来，细细地领略着我的幸福；享受了一些时候这种沉思的乐趣后，我忽然发现达特尔小姐的一幅画像正从壁炉架上方热切地看着我。

这是一幅令人吃惊的画像，自然也就有一副令人吃惊的面目。画家没有画出那道疤痕，可是我给她补上了，在画像上时隐时现，有时只出现在上唇，就像我吃晚饭时看到的那样，有时则显出锤子扔伤的整个疤痕，像她在感情激动时我所见到的那样。

我心里一肚子的气，不明白为什么不把这幅画像挂在别处，偏偏挂在我的房间。为了撇开她，我赶紧脱掉衣服，熄灭蜡烛，上床睡下。可是即使睡着了，我也忘不了她还在那儿看着我。“不过这是真的吗？我很想知道。”夜里醒来时，我发现自己在梦中不安地问各色各样的人，那是不是真的——至于我问的是什么，我也不知道。

第二十一章　小艾米莉

斯蒂福思家有个男仆，据说通常总是侍候斯蒂福思，是他在上大学时雇的。这个男仆，在外表上是个体面的样板。我相信，在他那种地位的人中，再没有外表比他更体面的了。他寡言少语，步履轻捷，态度安详，举止毕恭毕敬，善于察言观色，用得着他时，总在眼前，用不着他时，永不靠近。不过最值得重视的是他的那份体面。他脸上不见柔顺，脖子直挺僵硬，头上平整光滑，短发紧贴两鬓，说话低声下气，有把S这个音发得特别清楚的习惯，好像这个音他比哪一个人都用得多。不过他能使他有的每一个特点都变为体面。即使他的鼻子长倒了，他也能使那个倒着长的鼻子体面起来。他用体面的气氛把自己团团围住，稳稳地活动其中。他是那么彻头彻尾地体面，疑心他有什么不对的地方，几乎是不可能的。没有人会想到要他穿上仆人的制服，因为他是那么体面。硬要他做有伤体面的事，就等于恣意侮辱一个最体面的人。我看出，这一家的女仆们，全都凭直觉了解这一点，她们总是自己把这些事做掉，让他在餐具室的火炉旁坐着看报纸。

我从没见过像他这样沉默寡言的人。不过他的这种性格，也像他所有别的方面一样，只使他显得更加体面而已。就连没有人知道他的教名叫什么这件事，好像也成了他体面的一部分。大家只知道他姓利提摩，而这个姓完全无可非议。姓彼得的也许受绞刑，姓汤姆的也许要充军，而姓利提摩的，却是十分体面的。

在这个人面前，我觉得自己特别年轻。我想，原因在于体面理应受人尊敬。至于他有多大年纪，我可猜不出来。出于同一理由，这又使得他得以提高身价；因为他那么体面镇静，说他五十岁可以，说他三十岁也成。

早晨，我还没有起床，利提摩就进房来了，为我送来了那令人难堪的刮脸水，还给我摆好了衣服。我拉开床帷，朝床外看去，只见他依然保持着一种平稳的体面派头，丝毫不受一月里的寒风影响，甚至连呼吸都不见白气。他把我的靴子，按跳舞起步的样子，分左右并排摆齐，还用嘴吹去我衣服上的微尘，然后像放一个婴儿似的放下。

第二十一章　小艾米莉

我向他说了声早安，并问他几点钟。他从口袋里掏出一只我从未见过的最体面的双盖表，用大拇指挡着表盖，不让它弹开得太大，然后像向神蚝问卜似的，朝表面看了一眼，便又把表盖合上，对我说，回您话，现在是八点半。

“斯蒂福思先生很想知道，您休息得好不好，先生。”

“谢谢你，”我说，“休息得好极了。斯蒂福思先生休息得好吗？”

“谢谢您，先生，斯蒂福思先生休息得还好。”这是他的另一个特点。从来不用“最××”“极××”一类词，总是用冷静、平稳的中间词。

“还有什么您赏脸要我替您做的吗，先生？我们这里九点摇预备铃，九点半用早餐。”

“没有了，谢谢你。”

“是我得谢谢您了，先生。”说完他走过我床边时，微微低了低头，算是对纠正我的话表示歉意。他出去了，关门时那么小心翼翼，仿佛我刚进入于我生命攸关的甜蜜梦乡。

每天早上，我们两人都有一番这样的谈话，从来是一句不多，也一句不少。尽管由于与斯蒂福思的友谊，斯蒂福思太太的信任，或者是跟达特尔小姐的交谈，隔夜后使我的地位提高，更加成熟，可是在这位最体面的人面前，我却始终像我们那些三四流诗人所吟咏的那样，“又成了一个孩子”。

斯蒂福思真是无所不知。利提摩替我们备好马，斯蒂福思就教我骑马。利提摩替我们准备好剑，斯蒂福思就教我击剑。利提摩替我们准备了拳击手套，我就在这同一位老师指导下，开始学习拳击。斯蒂福思认为，我在这些技术方面全不在行，我丝毫都不在乎，可是在体面的利提摩面前显得外行出丑，我可怎么也受不了。我没有理由相信利提摩本人会这些技艺，由于他那体面的睫毛一根也没有颤动，他绝不可能使我有这样的想法。可是不论在什么时候，当我们在练习时，只要有他在场，我就觉得自己是人类中最稚嫩、最没经验的一个。

我特别详细地讲述了这个人，是因为当时他对我产生了特殊的影响，还因为后来发生的事情。

这个星期过去了，我觉得过得非常愉快。因为玩得神魂颠倒，可以想象，一个星期过得很快。由于这给了我这么多更好地认识斯蒂福思的机会，同时使我对他赞赏的地方不止成百上千，所以在这个星期终结时，我只觉得跟他相处的时候，好像要比这长得多。他那种把我当成玩物似的满不在乎的态度，比起别的任何态度来，都更合我的心意。这使我想起我们旧日的交情，仿佛这是旧日交情自然的接续，这也让我觉得他一点儿都没有变。我把自己的长处跟他的长处相比，以及用任何同样的标准来衡量相互间在友谊上的所得时，我总会感到不安，现在他这样待我，化解了我所感到的不安。更重要的是，这是一种对任何别的人所没有的亲密、诚挚、无拘无束的态度。在学校里，他待我跟待任何别的同学不同，现在我高兴地相信，在人世间，他待我也跟待任何别的朋友不同。我相信，我比他的任何别的朋友更贴近他的心。我自己的心，也由于对他的爱慕而感到温暖。

他决定跟我一起去乡下一趟，而我们动身的日子也到了。开始他曾犹豫过，要不要把利提摩也带上，可是最后决定把他留在家里。这位体面的人，不管要他做什么，他总是称心满意的。他把我们的手提箱放置在将要带我们去伦敦的小马车上，他放得那么妥帖稳固，仿佛要让它们经得起千百年的颠簸震动似的。我给了他一笔自觉太少的赏钱，他神态非常平静地收下了。

当我们跟斯蒂福思太太和达特尔小姐告别时，我说了许多感谢的话，那位慈母则做了千叮百嘱。我最后看到的是利提摩那泰然自若的目光。我想象，那目光中隐含着没有说出的话，这就是，他认定我确实非常年轻幼稚。

我这样风光地回到旧日熟悉的地方，都有些什么感想呢？这我就不打算多说了。我们是搭邮车去的。我记得，我甚至为亚茅斯的名声担心，因此，当我们乘车穿过它那昏暗的街道前往小旅馆时，听到斯蒂福思说，据他看来，这是个有趣、奇特、罕见的黑洞，我感到大为高兴。一到旅馆，我们就上床睡觉了（当我们经过我的老友“海豚”的门口时，我看到那儿放着一双肮脏的鞋子和鞋罩），第二天的早餐吃得很晚。斯蒂福思的兴致很高，我还没起床，他就独自去海滩散步了，说他已经跟当地的半数的船民认识了。他还说，他看到了远处的一座房子，烟囱在冒烟，他认定，那一定是佩格蒂先生的房子。他还告诉我，他很想去那儿，进屋去对他们发誓说，他就是我，长得他们都认不出了。

“你打算什么时候去那儿，把我介绍给他们哪，雏菊？”他说，“我完全听你的，你要怎么安排就怎么安排。”

“哦，我想过了，今天晚上去最好，斯蒂福思，那时候他们正好都围炉而坐。我想要让你在那个家温馨舒服的时候看到它。那真是个非常奇妙的地方。”

“就这样吧！”斯蒂福思回答说，“今天晚上去。”

“我告诉你，我要一点儿也不让他们知道我们已到这儿，”我高高兴兴地说，“我们得给他们一个冷不防。”

“哦，那当然！不给他们一个冷不防，”斯蒂福思说，“那就没有趣味了。让我们去看看这些当地人的原形本色吧。”

“尽管他们是你说的那种人。”我接着说。

第二十一章　小艾米莉

“哟！你这是怎么啦！你记起我跟罗莎的拌嘴了吧，是吗？”他迅速地朝我看了一眼，叫了起来，“那个该死的丫头，我还真有点儿怕她。我觉得她就像个小妖精。不过别理会她。你现在打算干什么呢？我猜你是要去看看你的保姆吧？”

“哦，没错，”我说，“我得先去看看佩格蒂。”

“好吧，”斯蒂福思说，看了看自己的表，“要是我把你交给她，让她抱着你哭上两个小时，这总该够了吧？”

我笑着回答说，我想，有两个小时大概总够了。不过他也得一起去，因为他会发现，他的名声早在他来之前已经传到这儿，几乎也跟我一样，是个大人物了。

“你想要我去哪儿，我就去哪儿。”斯蒂福思说，“你想要我做什么，我就做什么。你告诉我去哪儿找你吧。两个小时后，我一准出场，而且你要我怎么出场都可以，悲剧也行，喜剧也行。”

我详细告诉他，怎么能找到往来于布兰德斯通和别处的马车夫巴基斯先生的住处。跟他这样约定后，我就独自出去了。那天空气清新，地面干爽，海面微波荡漾，一片晶莹，太阳虽不太温暖，但也阳光普照，万物都生意盎然，生机勃勃。我自己也因沉浸在能来此地的欢乐中，感到精神焕发，精力充沛，以至很想拦住街上的行人，跟他们一一握手。

当然，这儿的街道都非常狭小。我相信，凡是小时见过的街道，后来重新再去时，总是显得狭小的。不过这儿的一切，我什么也没有忘记，而且发现什么也没有改变。后来我来到欧默先生的店铺门口，现在招牌上写的是“欧默-乔兰”了，从前只有“欧默”两个字。不过“零售布匹、服装、零星服饰用品，兼营服装加工、丧葬用品等”字号照旧。

我在街道对面看了招牌上的字后，我的脚步自然而然想要往欧默先生的店铺迈去，于是我便穿过街道，来到他的店铺门口，探头朝里面张望。店堂后部有一位漂亮的女人，正抱着一个婴儿在逗弄，另一个稍大的小孩儿则牵着她的围裙。我毫不费力就认出那是明妮和她的孩子。通往小客厅的那个玻璃门没有打开，不过，我可以隐隐约约地听到从院子那边的工场里传来昔日听到过的声音，那声音好像一直没有停止过似的。

“欧默先生在家吗？”我走进铺子问道，“要是他在家，我想见见他，只一会儿工夫。”

“哦，在家，先生，他在家，”明妮说，“他有气喘病，这种天气，不宜出去。乔，叫你外公来！”

牵着她围裙的小家伙便使劲大叫了一声，他的叫声竟这么大，连他自己都弄得害起臊来，把脸埋进了他母亲的围裙里，引得他母亲大大夸奖了几句。接着我听到一阵气喘吁吁的声音，冲着我们过来，不一会儿，欧默先生就站在我的面前了，他比当年喘得更厉害了，不过并没有显得很老。

“您好，先生，”欧默先生说，“有什么要我为您效劳的，先生？”

“欧默先生，要是你愿意的话，我要你跟我握握手，”我说着，伸出了一只手，“有一回，你待我非常和蔼亲切，不过当时我恐怕并没有表示出我心里的这种想法。”

“不过，我真的是那样吗？”老人回答说，“我听了这话当然很高兴，不过我记不得这是什么时候的事了。您能断定那确实是我吗？”

“确确实实是你。”

“我看，我的记性也跟我的呼吸一样，越来越不中用了，”欧默先生说，一面看着我，一面摇着头，“因为我记不起您了。”

“你不记得了吗？那一回，是你到公共马车跟前来接我的，我还在你这儿吃了早饭，后来我们一起坐车去布兰德斯通，一起去的有你、我、乔兰太太，还有乔兰先生——那时候他还不是她的丈夫哩。”

“哎呀，我的老天爷！”欧默先生吃惊得咳嗽了一阵后，大声嚷道，“可不是吗！明妮，我亲爱的！你还记不记得？哎呀，没错！那是一位太太的丧事吧，我想？”

“是我母亲。”我回答说。

“没——错，”欧默先生用食指点点我的背心，说，“还有一个小孩儿！是两个人的丧事。小孩儿躺在大人的旁边。在布兰德斯通那边，没错。哦，打那以后，你过得好吗？”

“很好。”我对他表示了谢意，同时希望他也好。

“哦，没什么可抱怨的，你知道，”欧默先生说，“我只觉得喘气越来越急了，不过，一个人年纪越来越大，喘气是不会越来越长的。我是听天由命，尽量自得其乐。这是最好的办法，是不是？”

欧默先生因为笑了笑，又咳嗽起来了。站在我们身边，在柜台上逗弄小儿子的女儿，帮着他缓过气来。

“哎呀！”欧默先生说，“是的，没错。两个人的丧事！哦，要是你相信我，就是在那趟车上，定下了我的明妮和乔兰结婚的日子。‘你定个日子吧，大叔。’乔兰说。‘对，你定吧，爸爸。’明妮也说。瞧，现在他成了这铺子的合伙人了。你再瞧瞧这儿！最小的孩子都有了！”

第二十一章　小艾米莉

明妮笑了，当她的父亲伸出一个肥胖的手指，插进正在柜台上蹦跳着的孩子手中时，她往两鬓捋了捋扎着束发带的头发。

“两个人的丧事，没错！”欧默先生带着回忆的神情点着头说，“一点儿没错！这会儿乔兰正在干活儿呢，在做一具灰色的棺材，用的是银色钉子，比这尺寸，”——正在柜台上蹦跳着的那个孩子的尺寸——“足足大两英寸哩。你吃点儿什么好吗？”

我谢绝了。

“让我想想，”欧默先生说，“我记得，那个马车夫巴基斯的老婆——船夫佩格蒂的妹妹——她跟你们家是不是有点儿关系？她在你们家做过事，是吧？”

我回答说是的，他听了大为满意。

“我相信，我的气喘以后会好起来的，我的记性就好多了嘛，”欧默先生说，“哦，对了，先生，她有一个年轻的亲戚在我们这儿当学徒。她对制衣这一行，趣味高雅得很哩。我敢向你保证，我相信全英国没有一个公爵夫人能及得上她。”

“莫不是小艾米莉吧？”我不由自主地问道。

“她正是叫艾米莉，”欧默先生说，“也很小。不过要是你相信我的话，她长的那张脸蛋儿，使这个城里的一半女人都妒忌她哩。”

“你胡说，爸爸！”明妮叫了起来。

“我亲爱的。”欧默先生说。“我并没有说，你也妒忌她呀，”他对我挤挤眼睛，“不过我得说，亚茅斯有半数的女人——呃！在方圆五英里地以内——对她都妒忌得发疯哩。”

“那她就应该安分守己，爸爸，”明妮说，“不给她们说她闲话的把柄，那她们就不会那样了。”

“不会那样，我亲爱的！”欧默先生回答说，“不会那样！这就是你懂得的人情世故吗？凡是女人，还有什么不该做和做不出的事——特别是针对另一个女人的美丽容貌的话题？”

欧默先生说了这一通毁谤女人的戏言后，我真以为他这下子完了。他咳得那么厉害，一个劲儿地喘气，但就是喘不过来。我满以为他的头会倒到柜台后面，他那膝部饰有褪色小缎带的黑短裤，在最后无力的挣扎中会颤抖着翘起来。可是他到底还是缓过气来了，尽管咳得仍很厉害，已经筋疲力尽，不得不在账桌的踏脚凳上坐了下来。

“你知道，”他擦着额头，艰难地喘着气说，“她在这儿，没交结什么人，没有什么特别要好的熟人和朋友，更不用提什么情人了。这样一来，一个恶意的说法就传开了，说艾米莉想当阔太太。我的看法是，这一说法之所以流传开来，主要是因为她上学时，有时曾说，要是她做了阔太太，她要如何如何孝敬她的舅舅——你知道吗？要给他买这样那样的东西。”

“我对你实说吧，欧默先生，”我急切地接上去说，“我们两个还是小孩子时，她就对我说过这样的话。”

欧默先生又点脑袋，又摸下巴。“正是这样。而且，你知道，她穿戴的东西很少，可是打扮起来，比绝大多数有很多穿戴的人都漂亮，这也惹得别人不痛快。再说，她这人也许还可以说有点儿任性。就连我也会毫不客气地说那是任性，”欧默先生说，“不太摸得透她本人的想法，有点儿惯坏了。开头的时候，不能很好地约束住自己。别人说她的坏话，再没有别的了吧，明妮？”

“没有啦，爸爸，”乔兰太太说，“我认为，这是最不中听的了。”

“有一回，她找到一个工作，”欧默先生说，“给一个脾气不太好的老太太做伴儿，两人就相处得不太好，她也就没有再做下去。后来她才到我们这儿来，约定做三年学徒。差不多已经学了两年了。她是个要多好有多好的女孩子，一个人能顶六个人。明妮，她是不是能顶六个人，呃？”

“是的，爸爸，”明妮回答说，“你可千万别说我说过她坏话。”

“很好，”欧默先生说，“这就对了。”他摸了一会儿下巴后，补充说，“好啦，年轻的先生，免得你以为我喘气短，说话长，我想，我把有关的话全说完了。”

刚才他们讲到艾米莉时，就放低说话的声音，所以我相信，她准在附近。现在我问他们是不是这样，欧默先生点头表示是的，他还朝小客厅的门那边点了点头。我急忙问他们，我是不是可以朝里面偷偷看上一眼，他们回答说，随我的便。于是我便隔着玻璃门往里面偷看，看到她正坐在那儿干活儿。我看到她已长成一个绝对漂亮的小美人，那双曾窥视过我的童心的明亮的蓝眼睛，正含笑望着在一旁玩耍的明妮的另一个孩子，她那容光焕发的脸上，带着一副任性的神情，这足以证明方才听到的话没有错，其中也隐藏着昔日那种难于捉摸的腼腆。不过，我相信，她那漂亮的面貌中，没有别的，只有一心向善和追求幸福的意味，而且走的也是追求善良和幸福的路。

院子那边传来那似乎永不休止的声音——唉！那本来就是一种永不休止的声音啊！——全部时间一直都在轻轻敲打着。

“你不想进去跟她说几句吗？”欧默先生说，“进去跟她说几句吧，先生！用不着受拘束的。”

当时我太怕羞了，不好意思进去——我怕我一进去会把她弄得不知所措，我也担心我自己会不知所措。不过我问清了她晚上离开这儿回家的时间，为的是我们可以按时去她家。接着，我向欧默先生、欧默先生漂亮的女儿，还有她的孩子一一告别，然后朝我亲爱的老保姆佩格蒂家走去。

佩格蒂正在那间砖铺的厨房里做饭。我一敲门，她就把门打开了，问我有什么事。我面带笑容地看着她，她却面无笑容地看着我。我虽然从来不曾间断过给她去信，但我们毕竟有七年没有见面了。

“巴基斯先生在家吗，太太？”我故意粗声粗气地对她说。

“他在家，先生，”佩格蒂回答说，“不过他害了风湿病，躺在床上呢。”

“他现在还去布兰德斯通？”我问。

“他身体好时还常去。”她回答说。

“你也曾去过那儿吗，巴基斯太太？”

她更仔细地朝我打量着，我注意到，她两只手很快地往一起合拢。

“因为我想打听一下那儿的一座房子，他们叫它——叫它什么来着？哦，叫‘鸦巢’。”我说。

她往后退了一步，露出一副吃惊的样子，犹疑不决地伸出两手，仿佛要把我推开似的。

“佩格蒂！”我对她喊道。

她大叫了一声：“我的宝贝孩子！”接着我们两人都哭了起来，紧紧地搂抱在一起了。

至于她是怎样得意忘形，怎么对我又哭又笑，她显得有多骄傲，有多高兴，有多伤心——因为那个原本会为我感到万分骄傲和喜悦的女人，永远也不能把我亲热地搂在怀中了——我就没有心思去细述了。我也不必担心自己太孩子气，跟佩格蒂一样大动感情。我敢说，在我的一生中，从来没有——就连对佩格蒂也没有——像那天早上那样尽情地哭笑过。

“巴基斯看到你一定非常高兴，”佩格蒂用围裙擦着眼睛说，“对他来说，比涂上几品脱药还灵哩！我去告诉他你来了好吗？你上楼去看他怎么样，宝贝儿？”

我当然愿意。不过佩格蒂要像她说的那样出这个房间，实在不容易，因为她每回一走到门口，便又回头看我，接着便又跑回来，重又笑了一阵，重又伏在我肩上哭上一通。最后，为了能使事情顺利办成，我就跟她一起上楼。我先在门外等了一会儿，好让她跟巴基斯先生说上一声，让他有个准备，然后我才来到病人的跟前。

巴基斯先生非常热情地接待了我。他的风湿病太严重了，没法儿跟我握手，他要求我握握他睡帽顶上的缨子，我真心诚意地照办了。我在他床边坐下后，他对我说，这会儿他好像又在去布兰德斯通的路上，赶车送我回家，这一来，使他的病痛感到好多了。他仰身躺在床上，全身盖得严严实实，几乎只剩下一张脸——就像传统画派画的小天使——这是我见过的最奇特的东西了。

“我在马车上写的是什么名字啊，先生？”巴基斯带着风湿痛病人那种缓缓的微笑说。

“啊，巴基斯先生！关于那件事，我们还曾郑重其事地谈过呢，是不是？”

“我愿意，还等了很长时间吧，先生？”巴基斯先生说。

“是花了很长时间。”我说。

“这事我一点儿也不后悔，”巴基斯先生说，“你有一次告诉我，说所有的苹果饼，所有的饭菜，都是她做的，你还记得吗？”

“记得，记得很清楚。”我回答说。

“跟萝卜①一样，”巴基斯先生说，“千真万确。跟税收一样。”巴基斯先生说着，点着他的睡帽，因为这是他唯一可以表示加强语气的方法，“千真万确。没有什么比这更真确的了。”

巴基斯先生的眼睛直盯着我，仿佛要我同意他在病床上反复思考得出的结果。我表示赞同。

“再没有比这更真确的了，”巴基斯先生又重复了一遍，然后说，“这是像我这样一个穷人，躺在病床上想出来的。我是个很穷的人，先生！”

“这话叫我听了很难过，巴基斯先生。”

“我的确是个很穷的人。”巴基斯先生说。

说到这儿，他的右手无力地慢慢从被窝里伸了出来，毫无目的地胡乱抓了一会儿，最后才抓住松松地系在床边的一根手杖。他用这手杖胡乱地戳着，脸上露出各种焦躁的神情，最后终于戳到了一只箱子，这只箱子的一头，我一直都看见。直到戳到这只箱子后，他脸上的神情才平静下来。

“净是些旧衣服。”巴基斯先生说。

“嗯！”我应道。

“我真盼望这是钱，先生。”巴基斯先生说。

“我也这样盼望，真的。”我说道。

“可是那才不是钱哩。”巴基斯先生把两只眼睛睁得老大，说。

我表示完全相信他说的话，巴基斯先生这才把眼睛转过去，更温柔地望着自己的太太，说：

① 此处用“萝卜”及下文用“税收”在原文中均无特别意义，只取其和“真确”双音，用作比喻。

第二十一章　小艾米莉

“克·佩·巴基斯是女人中最肯干活儿、心眼儿最好的啦！不管谁怎么夸奖克·佩·巴基斯，她都配得上，而且还夸奖得不够哩！我亲爱的，你今天得好好做顿饭，请请客。弄点儿好吃的、好喝的，好吗？”

我觉得对我实在用不着这样客气，想加以阻拦，可是我看到站在床对面的佩格蒂着急地对我直使眼色，要我不要阻拦，我也就不作声了。

“我身边还有点儿钱，不知放到哪儿去了，我亲爱的，”巴基斯先生说，“不过这会儿我有点儿累了，要是你跟科波菲尔先生先出去一会儿，让我打个盹儿，待我醒来后，我会想法把它找出来的。”

我们按照他的意思走出房间，走到门外后，佩格蒂告诉我，巴基斯先生现在比以前“更加抠门儿”了，总是用这同样的计策，把人支开，才把储藏的钱拿出一点儿来。当他独自爬下床来，从那只倒霉的箱子里取出钱来时，他得忍受多大闻所未闻的痛楚啊！其实，当时我们听到了他强抑住的最痛苦的呻吟，因为他的这一喜鹊行为①，弄得他全身的关节像上肢刑②似的。不过，佩格蒂虽然两眼满含对他的怜悯，却说他这样忍痛慷慨，对他很有好处，最好不要拦他。因此他就这样呻吟着，直到重新回到床上。我相信，他一定忍受了巨大的痛苦。接着，他又把我们叫进房间，假装着刚从恢复精神的一觉中醒来，伸手从枕头底下掏出一个几尼。他自己以为，他这样巧妙地骗了我们，保住了那只箱子不可透露的秘密，心里感到十分满意，刚才受的那番酷刑，似乎都得到了充分的补偿。

我把斯蒂福思要来的消息告诉了佩格蒂。没过多久，他就来了。尽管斯蒂福思只是我的要好朋友，不是她亲身受惠的恩人，但是我深信，佩格蒂无论如何都会同样以最大的感激和热情来接待他的。而斯蒂福思的平易近人、精力充沛、性格活泼、态度和蔼、面貌俊秀，以及不管什么人，只要他喜欢就合得来的天性，还有他那善于随人之意、投人所好的才能，只要五分钟的工夫，就使得佩格蒂对他完全倾倒了。单是他对我的态度，就足以赢得佩格蒂的好感。综合以上种种原因，我衷心地相信，那天晚上在他离开这个家之前，佩格蒂已经对他崇拜得五体投地了。

他跟我一起留在那儿吃晚饭——要是我只说他很愿意，那他的那份欣喜和高兴劲，我连一半也没说出哩。他像阳光，像空气，来到巴基斯先生的卧室里，仿佛他就是有益健康的天气，使室内变得明亮、清新，使人心旷神怡。他的一举一动，不声张，不费力，不经营，可是件件事做来都难以形容地轻快，

---

① 喜鹊习惯把叼来的东西藏在最隐蔽的地方。

② 肢刑：旧时酷刑，以转轮牵拉四肢，使关节脱离。

而且好像恰到好处，非此不可，做别的就做不了那么好。一切都那么优雅、自然、讨人喜欢，甚至直到现在，回想起来，都使我感到不胜钦佩。

我们就在那间小小的客厅里说笑谈天。那本自我离开从未有人翻过的《殉教者书》，仍像以前那样摆在这儿的书桌上。现在我又一页页翻看着那些吓人的插图，虽然还记得当年看它们时曾感到恐惧，但是那种感觉现在已经没有了。佩格蒂说那间我原来住过的屋子，为让我过夜，一切都已拾掇好，她希望我能住在那儿。我犹豫不决地还没来得及朝斯蒂福思看上几眼，他就完全明白了。

“当然啰，”他说，“我们在这儿停留期间，你就在这儿过夜，我住旅馆。”

“可是我把你带到这么远的地方来，”我回答说，“结果分开住，这好像不够朋友吧，斯蒂福思。”

“嘿，老天在上，你按理本该住在那儿，”他说，“‘好像’比起这个来，算得了什么呀？”于是，问题马上就解决了。

他一直保持着他的这种讨人喜欢的做法，直到最后一刻，即直到八点钟，我们动身去佩格蒂先生的船屋。实际上，随着时间的推移，他的这种讨人喜欢的品质越来越明显，因为当时我就认为，现在则更加毫无疑问地认为，他既然决意要讨人喜欢，而且又轻易获得成功，这就使他更加来了精神，更加细心揣测别人的心思，虽然他的用心难以看出，却使他更加讨人喜欢了。如果当时有人对我说，这一切全是精彩的表演，只为了凑一时的热闹，使自己的好心情有所发泄，全为了出无谓的风头，是一种为要得到他无用、随即扔掉的东西而毫不在意地浪费精力的行径。我想，要是那天晚上不管谁对我这样说的话，我听了都会发不知多大的脾气哩！

我怀着一种有增无已（如果还有增加的可能的话）的忠诚、友爱之情，伴同斯蒂福思穿过寒冷黑暗的沙滩，朝那座旧船屋走去。寒风在我们四周呜咽，比我第一次去看望佩格蒂先生的那天晚上，还要哀婉和凄凉。

“这真是个荒凉的地方，是不是，斯蒂福思？”

“黑魆魆的，真够凄凉的，”他说，“大海吼叫着，就像饿得要把我们吞掉似的。我看到那边有灯光，那就是那条船吧？”

“就是那条船。”我回答说。

“今天早上我看到的就是它，”他接着说，“我想，也许是出于本能吧，我一下子就认出它来了。”

走近灯光时，我们就不再说话了，轻轻地走到门口。我伸手放在门闩上，悄声叫斯蒂福思挨近我，然后就走了进去。

第二十一章　小艾米莉

还在外面时，我们已经听到一片嗡嗡之声，一进屋内，就听到一阵鼓掌声，我吃惊地发现，这掌声竟是从一向闷闷不乐的葛米治太太那儿发出的。不过，兴高采烈的并不是只有葛米治太太一个人。佩格蒂先生也是满面春风，扬扬得意，尽情欢笑着，还大张着粗壮的双臂，仿佛正等待小艾米莉投入怀中。汉姆的脸上则表情复杂，既有赞赏，又有狂喜，还有跟他那张脸颇为相配的傻头傻脑的羞怯；他正握着小艾米莉的一只手，好像要把她介绍给佩格蒂先生。小艾米莉自己则满脸通红，又羞又怯，但是看到佩格蒂先生高兴，她也高兴了，这从她那喜悦的眼神中可以看出。她正要从汉姆身边往佩格蒂先生怀里扑去时，被我们的进来给止住了（因为她第一个看到我们）。我们从黑暗寒冷的夜色中走进这温暖明亮的屋内时，第一眼见到的就是这样的情景。站在后面的葛米治太太，像个疯女人似的一直在鼓掌。

我们一进去，这个小小的画面立刻就消失了，真让人疑心，这个画面是否真正存在过。我来到这家惊呆了的人中间，跟佩格蒂先生面对面地站着，朝他伸出了我的手，这时汉姆嚷了起来：

"大卫少爷！是大卫少爷！"

我们大家立刻就握起手来，互相问好，双方都说能在这儿会面真是高兴极了，紧接着，全都七嘴八舌地说起话来。佩格蒂先生见了我们，是那样得意和高兴，不知道说什么好、做什么好了，只是一次又一次地跟我握手，然后又跟斯蒂福思握手，握了又跟我握，把自己的头发抓得满头蓬乱。他那样高兴得意，大笑不止，看到他真是一件开心的事。

"哎呀，你们两位先生——两位已经长大的先生，今儿晚上你们来到这儿，"佩格蒂先生说，"这可是我一辈子都没遇到过的好事啊！我相信，这没错！艾米莉，我的宝贝儿，上这儿来！上这儿来！我的迷人的小美人！这位是大卫少爷的朋友，我亲爱的！这就是你常听说的那位先生，艾米莉。他跟大卫少爷一起看你来了。今儿晚上，是你舅舅一辈子从头到尾顶顶快活的晚上，别的日子全都滚他妈的蛋吧，去它的！"

佩格蒂先生一口气发表完这篇演说后，就非常热情欢快地用两只大手捧起艾米莉的脸，一连吻了十来次，接着又怀着得意和温存的疼爱，把它搂在自己宽阔的胸口，用手轻柔地拍着，仿佛那是一只女人的手似的，然后才放开她。当她跑进我以前住过的那个小房间里去时，佩格蒂先生朝我们周围的人看着，由于过分的激动和高兴，他热得满脸通红，连气都喘不过来了。

"要是你们两位先生——两位现在已经长大的先生，是这样的先生……"

"他们是这样的，他们是这样的！"汉姆大声嚷道，"说得对！他们是这样的。大卫少爷，我的哥儿们——是已经长大的先生了——他们是这样的先生！”

“要是你们两位先生，两位已经长大的先生，”佩格蒂先生说，“知道了是怎么回事后，还不能谅解我的这种心情，那我就要请你们宽恕了。艾米莉，我亲爱的！她知道我要宣布什么，”说到这儿，他又兴高采烈起来，“所以跑开了。劳你驾，老嫂子，你去照看她一下好吗？”

葛米治太太点了点头，进屋去了。

“要是说今天晚上，”佩格蒂先生在炉子旁我们两人中间坐了下来。“不是我这一辈子顶顶快活的晚上，那我就是一只螃蟹——而且是煮熟了的——别的我就说不上来了。我们的这个小艾米莉，先生，”他低声对斯蒂福思说，“你看见的，刚才在这儿她脸都红了……”

斯蒂福思只是点了点头，但是带着一种兴趣盎然、跟佩格蒂先生有同感的欢快表情，因此佩格蒂先生接下去对他说话的口气，就好像他已经做了回答。

“一点儿没错，”佩格蒂先生说，“那就是她。她就是这样的。谢谢你啦，先生。”

汉姆对我点了好几次头，好像他也想这么说的。

“我们的这个小艾米莉，”佩格蒂先生说，“一向住在我们家，我是个粗人，可是我相信，这个眼睛明亮的小人儿是绝无仅有的。她不是我的孩子，我自己从来没有儿女，可是我对她疼得不能再疼了，你明白我的话！疼得不能再疼了！”

“我很明白。”斯蒂福思说。

“我知道你明白，先生，”佩格蒂先生回答说，“再谢谢你啦！大卫少爷他记得她从前的样子，你可以看她现在是什么样子。不过你们俩谁也不可能完全清楚，她在我的心里，从前、现在、将来是什么样子。我是粗人，先生，”佩格蒂先生说，“粗得像海胆。不过，我想，也许没有人能知道小艾米莉在我心中是什么样子，除非是一个女人。这话只能在我们之间说说，”说到这儿，他放低了声音，“那个女人可不叫葛米治太太，尽管她有无数好的地方。”

佩格蒂先生又用双手把自己的头发抓得满头蓬乱，为他将要说的话做好进一步的准备，然后把两只手放在两个膝盖上，接着说：

“有这么一个人，打从我们艾米莉的父亲淹死，就跟她熟，以后一直常见到她，打她还是个小娃娃的时候，到长成一个小妞儿，直到长成一个大姑娘。他不是个有多大看头的人，不是的，”佩格蒂先生说，“模样跟我差不离——粗人一个——吃饱狂风暴雨，浑身海水咸味，不过，整个儿说来，是个忠厚的小伙子，心眼儿长得正。”

第二十一章　小艾米莉

汉姆坐在那儿冲我们咧嘴直笑，我想，我从来没有看到他的嘴咧得像现在这么大过。

“你猜怎么着，就是这个活宝水手，不管干什么，不管去哪儿，”佩格蒂先生说着，脸上的喜色如同正午的太阳，“他的心全都悬在我们的小艾米莉身上了。他到处跟着她，成了她的跟班，连吃饭的胃口都快没了。末了，他总算让我明白毛病出在哪儿啦。你们知道，这会儿我当然盼望我们的小艾米莉顺顺当当地出嫁。不管怎么看，我都盼望能见到她嫁给一个有权保护她的老实人。我不知道自己还能活多久，什么时候会死去；不过我知道，不定哪一夜，在亚茅斯的海面上，狂风把我的船掀翻，我从顶不住的浪头上最后看一眼市镇上的灯光时，想到‘岸上有个人，对我的小艾米莉忠实得像钢铁，上帝保佑她，只要那人活着，什么坏事都不敢碰一碰我的艾米莉’，我就可以安心地沉下去了。”

佩格蒂先生怀着淳朴的真诚挥了挥右臂，仿佛跟市镇上的灯光最后挥手告别，然后跟汉姆的目光相遇，互相点了点头，又同刚才一样接着说：

“得！我劝他自己跟艾米莉说去。可别看他个子这么高大，却比个小孩儿还要害臊，他不好意思自己去说，于是只好我去说了。‘什么！他呀！’艾米莉说啦，‘我跟他熟悉这么多年了，我也很喜欢他。哦，舅舅啊！我可绝不能嫁给他。他是那么好的一个人！’我听了这话，吻了吻她，没说别的，只说，‘我的宝贝儿，你实话明说，很对，你自个儿选吧，你跟小鸟儿一样自由哇！’跟着我就对汉姆说了，‘我是巴望事情能办成的，可是没能成功。不过你们俩还要跟从前一样；我要对你说的是，你待她还要跟从前一样，要像个男子汉。’他握握我的手，‘我一定会的！’他说。他果真是个——堂堂正正的男子汉——两年过去了，我们这个家还跟从前一样。”

随着叙述的不同阶段，佩格蒂先生脸上的表情有过不同的变化，现在又完全恢复原先那种扬扬自得、兴高采烈的样子了。他把一只手放在我的膝盖上，把另一只手放在斯蒂福思的膝盖上（放之前，先往手心吐了吐唾沫，表示更加郑重其事），分别对我们两人说了下面的话：

“突然有一天晚上——也就是今天晚上——小艾米莉下班回来，他也跟她一起回到家里！你们会说，这有什么。对，是没什么，每逢太黑了，他就像亲哥哥一样照顾她。不但天黑以后，不论什么时候，他都没有不照顾她的。不过今晚这个驾船的小伙子，却牵着小艾米莉的手，欢天喜地地对我大声嚷嚷说，‘你瞧，这个人就要做我的小媳妇儿了！’小艾米莉则半大胆半害羞，半笑半哭地说，‘没错，舅舅！要是你允许的话，’——要是我允许！”佩格蒂先生高兴得使劲点头说，“天哪，好像我会有别的主张似的！——‘要是你允许，那我得说，这会儿，我的心冷静下来了，我也想得比较清楚了，我要尽力做他的一个好媳妇儿，因为他是个可爱的好人！’跟着，葛米治太太就像看到一出好戏似的，鼓起掌来了。就在这时候，你们两位进来了。好啦！谜底揭开了！”佩格蒂先生说，“你们进来了。这就是刚才发生的事，这就是要娶小艾米莉的那个人。一到她学徒期满，就娶她。”

为了表示信任和亲密，乐不可支的佩格蒂先生打了汉姆一拳，打得他几乎站立不稳。汉姆觉得他也应该对我们说几句，于是便结结巴巴、非常艰难地说：

“大卫少爷，你第一次来时——她还没有你高哩——那时候我心里想，她会长成个什么样儿呢？我亲眼看她长大——先生们——跟一朵花儿一样。我愿意为她豁出这条命——大卫少爷——哦！最满意，最喜欢！她是我的一切——先生们——她对我来说——比——比我想要的一切还多，比我——比我，说得出的一切还多。我——我真心爱她。所有的人，不管是陆上的——还是海上的——对他们的太太的爱，没有一个能比得上我爱艾米莉，尽管有许多人——把心里想的——说得更好听。”

眼看汉姆这样一条健壮的大汉，竟为成为他心上人的一个漂亮小人儿激动得发抖，我觉得很激动。我认为，佩格蒂先生和汉姆对我们如此真诚信任，这件事本身就让人深为感动。整个故事没有一处不使我感动。我的感情，受了我童年回忆多大影响，我说不上来。我去那儿，是否存有什么难舍的幻想，心里仍爱着小艾米莉，我也说不上来。我只知道，我听到这个消息，满心欢喜；不过，最初有的却是一种无法形容、易于变异的欢乐，差一点点就会变成痛苦。

因此，当时要是靠我来设法弹出能配上他们共有的调子的和声，我是无能为力的。靠的是斯蒂福思，他弹得那么娴熟，只几分钟工夫，我们就要多随便有多随便，要多快活有多快活了。

“佩格蒂先生，”斯蒂福思说，“你真是一位再好不过的好人。今天晚上的这份欢乐，是你应该享受的。我可以保证！汉姆，祝你快乐幸福，老兄。我也可以保证！雏菊，把火炉拨一拨，让它烧得旺些！还有，佩格蒂先生，要是你不能把你那位文静的外甥女劝说回来，那我就要告辞了（我把角儿上的座位都给她让出来啦）。今天晚上这样的日子，让你府上火炉边的任何位子——尤其是这样一个好位子——空出来，哪怕把东、西印度群岛上的财富全给我，我也绝不依的！”

于是，佩格蒂先生便到我住的那个房间，去叫小艾米莉了。开始，小艾米莉怎么也不肯出来，后来汉姆也去了。没过多久，他们就把她带到了火炉旁。她显得既惊惶又害羞——不过看到斯蒂福思对她说话那么温柔，那么恭敬，也就很快定下心来，不那么拘束了。斯蒂福思多有技巧啊，凡是会让小艾米莉受窘的话，他一概不提，而是跟佩格蒂先生大谈大船、小船、潮汐、鱼类。他又跟我提起那次在萨伦学校见到佩格蒂先生的事，还说他非常喜欢这座船屋和里面的一切，他一直那么轻松自如地高谈阔论着，直到一步步把我们全都带进魔圈之中，跟着，我们大家也都无拘无束地谈论起来。

的确，那整个晚上，艾米莉都没说多少话；可是她却留心看着，听着，她的脸上神情兴奋，十分迷人。斯蒂福思讲了一个船只失事的凄惨故事（这是他跟佩格蒂先生的谈话引起的），他说得那么活灵活现，像是亲眼所见一般——小艾米莉的眼睛一直盯着他，好像她也看到似的。为了让大家轻松一下，他又给我们讲了一个他自己的有趣的历险故事。他说起来眉飞色舞，好像这故事对他也像对我们一样新鲜似的——小艾米莉乐得大笑，笑得整个船屋都发出优美的回声。听了这样一个开心有趣的故事，我们大家（也包括斯蒂福思）全都忍不住大笑起来。他还要佩格蒂先生唱，或者不如说吼"当暴风猛刮、猛刮、猛刮时[①]"。他自己也唱了一支水手歌，唱得那么伤感、动人，竟使我几乎以为，在船屋周围悲鸣的穿房而过的风，也在屋外倾听呢。

至于葛米治太太，斯蒂福思也引得她喜笑颜开。佩格蒂先生对我说，打从她那个老头子死了以后，她一直悲观丧气，从来没有这样高兴过。而斯蒂福思几乎不让她有空闲的时间来伤心痛苦，葛米治太太第二天说，她想头天晚上自己一定是着了魔了。

但是斯蒂福思并没有垄断大家的注意力，也没有独占话坛。当小艾米莉变得较为大胆，隔着火炉跟我讲起（不过还是羞答答的）我们以前怎样在海滩上闲逛，拾贝壳、拾石子儿，我问她还记不记得我对她多么忠贞不渝时，我们俩都红着脸笑了。过去的那些欢乐时日，现在看来是如此虚幻。这时候，斯蒂福思则默不作声，留心地听着，若有所思地看着我们。整个晚上，小艾米莉都坐在靠火炉一角的那只旧矮柜上，汉姆则坐在她一旁以前我坐的地方。可是她坐在那儿，一直往墙边靠，老想躲开他。我弄不清，她这是在玩她那爱作弄人的小把戏呢，还是为了在我们面前保持少女的矜持。不过我注意到，那天整个晚上，她都是这样。

我记得，我们告辞时，已经快半夜了。我们吃了些饼干和鱼干当作晚餐。斯蒂福思从口袋里掏出满满一瓶荷兰杜松子酒，我们几个男人（现在我可以毫

① 苏格兰诗人托马斯·坎贝尔（1777—1844）所作《英国水兵之歌》中的叠句。

无愧色地说“我们男人”了）把这瓶酒全都喝光了。我们高高兴兴地互相告别。当他们都聚在门口，举着灯尽可能为我们照亮道路时，我看到了从汉姆身后注意着我们的小艾米莉那双漂亮的蓝眼睛，也听到了她嘱咐我们一路当心的温柔的声音。

“一个最迷人的小美人！”斯蒂福思挽着我的胳膊说，“嗯，他们这地方真怪，他们这些人也很怪，跟他们交往交往，很有一种新鲜的感觉。”

“我们的运气还真好，”我回答，“正好碰上他们订婚的欢乐时刻！我从来没见过有人像这样快乐过。像我们这样，能看到这种情景，能分享他们淳朴的欢乐，真让人高兴啊！”

“那个蠢家伙配不上那个姑娘，是不是？”斯蒂福思说。

他刚才对汉姆，对他们所有的人，都那么亲热友好，现在竟会说出这样出人意料、冷酷无情的话来，我听了不觉一惊。不过当我急忙转头朝他一看，看到了他眼中的笑意时，我就松了口气，回答说：

“唉，斯蒂福思！尽管你爱拿穷人开玩笑，还会跟达特尔小姐斗嘴，或者用玩笑对我掩饰你的同情心，可是我对你很清楚。我知道你完全了解他们，能敏锐地体会到这位淳朴渔民的快乐心情，能够迎合像我的老保姆那样的爱心。我知道，这些人的悲欢忧乐、思想感情，没有一样不是你所关心的。正因为是这样，斯蒂福思，我要二十倍地爱你、敬佩你！”

他停下脚步，看着我的脸，说：“雏菊，我相信你是真诚的，你是个好人。我希望我们都是这样的人！”接着，他便高兴地唱起佩格蒂先生唱的歌来，同时我们快步走回亚茅斯。

第二十二章　旧景新人

斯蒂福思和我，在那一带整整待了两个多星期。我们俩大部分时间都在一起，这是不必说的，不过偶尔也会一连分开几个小时，各自独立活动。他从来不会晕船，我可就不行了，因此，当他跟佩格蒂先生乘船外出时（这是他爱好的一种娱乐），我总是留在岸上。我住在佩格蒂为我特备的房间里，也受到一定约束，而他就没有这种约束了，因为我知道佩格蒂整天要服侍巴基斯先生，非常辛苦，所以晚上我不愿在外面待得太晚。斯蒂福思住在旅馆里，不用顾别人，行动可以随自己高兴。因此我听人说，在我回屋就寝后，他还在佩格蒂先生常去的那家乐意居酒店做小东，招待那些渔夫；有几个月夜里，他还穿上渔夫的衣服，整夜在海上漂荡，直到涨早潮才回来。不过，到这时，我已知道他生性好动，又有勇敢精神，喜欢在艰苦的粗活儿和恶劣的天气中发泄，就跟他总爱从任何新鲜事物中寻找刺激一样。所以他的这种种行动，一点儿也没有引起我的惊异。

我们有时分开的另一个原因是，我对于去布兰德斯通，重访童年时代熟悉的旧景很有兴趣，而斯蒂福思在去过一次之后，当然就没有兴趣再去了。因此，有那么三四天（这是我立刻就能想起来的），我们提前吃了早饭后，就各奔东西，各干各的，直到吃晚饭才碰面。在这段时间里，他是怎么消磨时光的，我就不清楚了，只是约略知道，他在当地很讨人喜欢，他能想出二十种办法让自己开心消遣，换了别人，一种办法也想不出来哩。

至于我自己呢，踽踽独行，走着往日走过的路，步步忆旧，寻访往日到过的地方，而且从不厌倦。现在我亲身在那些地方徘徊，就像记忆中常在那儿徘徊一样，我在那些地方流连，也像少年时身在远处思绪回那儿流连一样。树下的那座坟墓，是我父母的长眠之地，当初坟内只有我父亲一人时，我从家里朝它望去，心里总是充满好奇的怜悯之感；当掘开它埋葬我漂亮的母亲和她的婴儿时，我站在一旁，心中是那么凄凉——打那以后，由于佩格蒂的忠心看护，这座墓一直收拾得整齐干净，像座花园。我一个小时一个小时地在墓旁流连。这座墓坐落在一个僻静的角落里，离教堂墓地的小径很近，我在小径上徘徊时，都能清楚地看到墓碑上的名字。教堂报时的钟声，使我心惊肉跳，因为在我听来，总像是死亡的声音。这些时候，我的思绪总是跟我一生要成为一个人物，要做出伟大事业有关。我回响的足音，应和的不是别的，只是这种思绪，好像我已经回到家中，在活着的母亲身旁，建造起我的空中楼阁。

我老家的面貌已经大变，那些早已被乌鸦遗弃的残巢，现在也都不见了，树已被砍伐或斩去顶冠，已不像我记忆中的样子了。花园已经荒芜，房子的半数窗户都已封闭。房子里现在只住着一个可怜的疯子和照顾他的人。这个疯子老是坐在当年我那个小窗口旁，朝教堂墓地张望。我不知道他那杂乱无章的思绪中，是否也有过我当年的那种幻想。当年在旭日初升的早晨，我穿着睡衣，伏在那同一个小窗口上，朝外眺望，看见羊群在初升的阳光下静静地吃草。

我们的两位老邻居，格雷珀先生和他太太已经去了南美洲，雨水从他们那座空屋的屋顶漏进屋内，外墙也是水渍斑斑；齐利普先生又结婚了，娶了个又高又瘦的高鼻梁太太，他们生了个瘦弱的孩子，头重得撑不住，一双无力的小眼睛直瞪着，好像总感到疑惑，想知道为什么把他生出来。

当我在故乡旧地独自徘徊流连时，心里总是怀着一种悲喜交集的复杂感情，直到变红的冬日夕阳提醒我，该是踏上归途的时候了。可是，当我离开那儿，特别是跟斯蒂福思一起舒舒服服地坐在熊熊炉火旁吃晚饭时，想起自己曾在那儿流连，才感到身心愉快。晚上，当我走进那间整洁的卧室时，我也有着同样的感觉，只是没有那么强烈就是了。在那间屋子里，我一页页翻着那本鳄鱼故事书（它总是放在那儿的一张小桌子上），想起我有斯蒂福思这样的朋友，有佩格蒂这样的朋友，有像我姨婆这样一个了不起的、慷慨慈爱的人代替我失去的亲人，我是何等的幸福，因而，心中的感激之情油然而生。

我长途步行重访旧地后回亚茅斯时，最近的路是乘渡船。渡船把我载到市镇和大海之间的那片沙滩上，我就可以直接从那儿去市镇，免得走大路拐一个大弯。佩格蒂先生的家就在那片荒滩上，离我走的那条路不到一百码，我经过那儿时，总要去他家看一看。斯蒂福思通常都在那儿等我，然后我们穿过寒气和越来越浓的雾霭，朝市镇上闪烁的灯光走去。

一天晚上，天已经黑了，我回来得比往常晚了一些——因为我们很快就要回家了，那天我去布兰德斯通，是和它做最后告别的——我发现佩格蒂先生家只有斯蒂福思一个人，独自坐在火炉前出神。当时他那么全神贯注，竟没有觉察我的到来。的确，即使他不是那么全神贯注，也很难觉察，因为在屋外的沙地上，脚步声是不易听到的。可是，这回是我进屋之后，竟也没有把他惊醒。我站在他身旁，看着他，他依旧皱着眉头，一味全神贯注地沉思着。

第二十二章　旧景新人

我把手往他肩上一放，他竟大吃一惊，因而我也被他吓了一跳。

“你就跟一个讨厌鬼一样，”他几乎发怒地说，“附到我身上来了！”

“我总得让你知道我来了呀，”我回答说，“我是不是把你从天上叫下来了？”

“不，”他回答，“不。”

“那是把你从地下什么地方叫上来了吧？”我说着，在他旁边坐了下来。

“我在看炉火里的图画。”他回答说。

“可是你把图画给我捣毁了。”我说，因为这时他正用一块烧着的劈柴，迅速地捣那炉火，捣得炉火迸出一串又红又热的火星，飞上那小小的烟囱，呼呼地冲到空中。

“你本来就看不到那些图画的，”他回答说，“我讨厌这种不三不四的时刻，既不是白天，又不是晚上。你来得这么晚！你去哪儿了？”

“我去跟往常去的地方告别啊。”我说。

“我坐在这儿，”斯蒂福思说，一面朝整个房间扫了一眼，“心里想，在我们初来这儿的那个晚上，我们看到的那么兴高采烈的那些人，也许——从眼下这儿的这种荒凉气氛来看——他们会四散分开，会死掉，或者会遭到我说不上来的什么灾祸。大卫，这二十年来，我要是有个严明的父亲就好了呀！”

“我亲爱的斯蒂福思，你这是怎么啦？”

“我过去要是能受到较好的管教就好了！”他嚷道，“我要是能好好管教管教自己就好了呀！”

看到他这般伤心沮丧的样子，我大为惊讶。他比我所能想象的还要反常。

“哪怕做这儿这个可怜的佩格蒂，或者是他那个呆头呆脑的侄子，也比做我这样一个人强，”他说着站起身来，恼人地靠在壁炉搁板上，脸对着炉火，“尽管我比他们有钱二十倍，聪明二十倍。而在过去这半小时里，在这只该死的船里，我快成了折磨自己的人了！”

看到他的心情有这么大的变化，我都给弄糊涂了，只好一声不响地看着他。他站在那儿，一只手托着头，忧郁地朝下凝视着炉火。后来，我终于十分恳切地请求他告诉我，到底出了什么事，使他这样不同寻常地烦恼，即使我不能为他出主意，让我对他表示一点儿同情也好。可是还没等我把话说完，他就大声笑了起来——开头还有点儿嫌烦，可是很快就恢复了平时的欢畅。

“得了，没什么，雏菊！没什么！”他回答说，“我在伦敦的旅馆里对你说过，我有时候很讨厌自己。刚才我像是做了一场噩梦——我想，一定是做了一场噩梦。在特别烦闷的时候，人往往会想起一些童话故事，可是通常都认识不到那些故事的真正意义。我相信，刚才我就想起了那个‘什么都不在意’，结果喂了狮子——我想这是一种较有气派的送命方式——的坏孩子了。那些老太婆们叫作恐怖的东西，已经从头到脚地从我身上爬过。我都自己怕自己了。”

“我想，你别的全不怕吧。”我说。

“也许是的，不过也许还有很多我怕的东西，”他回答说，“好啦！事情已经过去啦！我不会再烦闷了，大卫。不过我还是要再次对你说，我的好朋友，我要是有个严明的父亲就好了，这不光是对我，对别人来说也一样！”

他的脸上总是很富有表情的，不过当他看着火炉，说出这几句话来时，他脸上流露出一种我从未见过的含意不明的认真。

“好啦！话就说这么多了！”说着，他把手一挥，好像把什么很轻的东西扔向空中。

“‘嘿，他一去，我又是个男子汉了①。’像麦克白一样。现在是吃饭的时候了！但愿我并没有像麦克白那样，疯疯癫癫地打断了宴会，雏菊。”

“可是他们都到哪儿去了呢？真让我纳闷儿！”我说。

“谁知道，”斯蒂福思说，“我先到渡口找你，你没来，我就溜达到这儿来了，可是这儿一个人也没有。这才引得我动起念头来的，所以你才看到我在沉思冥想。”

这时，葛米治太太提着个篮子回来了，我们这才弄清屋子里空无一人是怎么回事。原来她是趁佩格蒂先生赶潮还没回来之前，忙着去买点儿必需的东西。那天汉姆和小艾米莉会回来得早，她怕他们在她出门时回来，所以就没有锁门。斯蒂福思高高兴兴地向葛米治太太问了好，还开玩笑地拥抱了她一下，使得她的心情大大变好后，就挽起我的胳膊，拉着我匆匆离开了。

他不仅使葛米治太太的心情大大变好，他自己的精神也振作了起来，又像往常那样热情洋溢了。我们朝前走着，一路上他都谈笑风生。

“这么说，”他轻松愉快地说，“我们的这种海盗生涯明天就要结束了，是不是？”

“我们是这样说好的，”我回答说，“我们连公共马车上的座位都订好了，你知道的。”

“唉！我想这是没有办法了，”斯蒂福思说，“除了在这儿出海去风浪中颠簸外，我差不多忘了世界上还有什么别的事好做了。我真巴不得没有。”

“只要这儿还有新鲜感。”我笑着说。

“这倒也是的，”他回答说，“尽管我这位天真、和气的年轻朋友的这句话中，含有讽刺挖苦的意味。行了！我承认我是个做事没有长性的家伙，大卫。

① 出自莎士比亚剧本《麦克白》第三幕第四场：宫中宴会时，鬼魂出现，麦克白受惊；鬼魂隐去后，麦克白说了这句话。

我想我是那么回事。不过有时，趁着铁正热的时候，我也能使劲锤打的。我想，要做一个这一带海域的领航员，我是能够通过严格的考验的。”

“佩格蒂先生说你是一个奇才哩！”我接过话头说。

“一个航海奇才，是吗？”斯蒂福思笑了。

“他确实是这么说的，你知道这话有多真实。你自己也知道，你不管学什么都很热情，精通起来也不费事。这是你让我最感到惊奇的地方，斯蒂福思——可你竟满足于这样断断续续地凭一时高兴使用一下自己的才华。”

“满足？”他笑嘻嘻地说，“我从来没有满足过，除了对你的这股新鲜感，我尊贵的雏菊。至于说凭一时高兴，我从来没有学会把自己绑在永世旋转的火轮上，像现在的这些伊克西翁[①]一样，转个不停。不知怎么的，我以前学得不好，没有学会这一点，现在我更不想了。我在这儿买了一条船，你知道吗？”

“你是个什么怪家伙呀，斯蒂福思！”我听了愣住了，不觉喊了起来——因为这事我第一次听到，“你恐怕想都不会想到再来这一带吧！”

“那可难说。”他回答说。“我喜欢上这儿了。反正不管怎么样，”他一面说，一面挽着我朝前走，“这儿有人要出卖一条船，我就买下了——佩格蒂先生说，这是条快船。是这么回事——我不在时，佩格蒂先生就是它的主人。”

“哦，斯蒂福思！现在我懂得你的意思了！”我非常高兴地说，“你这是假装给自己买船，其实是买了作为礼物，送给佩格蒂先生。我知道你的为人，本该一开始就猜到的。我的好心肠的斯蒂福思，想到你这样慷慨，你叫我对你说什么才好呢？”

“得了！”他回答说，脸都红了，“说得越少越好。”

“我还不知道吗？”我喊了起来，“我不是早就说过，这些忠厚老实人的喜、忧、哀、乐，不管是什么感情，你都没有不关心的吗？”

“对，对，”他回答说，“你全都对我说过了。就让它到此为止吧。我们已经谈得够多了！”

他既然不把这当一回事，我怕再说下去会惹恼他，也就只好在心里继续想这件事了。这时，我们的脚步比先前更快了。

“这条船得重新装备一下，”斯蒂福思说，“我要把利提摩留在这儿，照料这件事，这样我就可以了解装备得是不是很完备了。利提摩来这儿了，我告诉过你没有？”

“没有。”

“哦，他来了！今天早上来的，带来了我母亲的一封信。”

① 据希腊神话，帖萨利王伊克西翁为人狡诈，作恶累累，后宙斯以雷电将他击伤，打入冥府，并把他捆绑在永世旋转的火轮上作为惩罚。

当我们的目光相遇时，我发现，他虽然很镇定地看着我，却连嘴唇都变白了。我想，也许就是他跟他母亲之间有了分歧，影响到他的心情，所以我才发现他独自一人坐在火炉边。我委婉地表示了这一想法。

"哦，不！"他摇着头说，微微一笑，"没这种事！对了，他来了，我那个仆人。"

"还是老样子？"我说。

"还是老样子，"斯蒂福思说，"像北极一样，离人很远，默默无声。我要他照看这条船，给它换个新船名。它这会儿叫'暴风海燕'。佩格蒂先生怎么会喜欢暴风海燕哪！我要给它重新起个名字。"

"起个什么名字？"

"小艾米莉。"

他依旧镇定地看着我，我认为他这是提醒我，不赞成我再夸赞他关心别人。我禁不住在脸上流露出我对这事有多喜欢，不过我嘴里没说什么。于是他恢复了往常的微笑，似乎放了心。

"你瞧，"他看着前方说，"真正的小艾米莉来了！那个家伙跟她在一起，是吗？天哪，他可真像个骑士，一时一刻都不离开她！"

现在，汉姆已是个船匠。对这门手艺，他本来就有天分，经过学习，已经成了熟练工人了。他穿着工装，虽是粗人样子，但仍不失为一条汉子，卫护着身边这个如花似玉的小人儿，是再合适不过了。他脸上流露出一片坦率和真诚，也有着一种不加掩饰的为她得意的神色和对她的钟爱之情。依我看来，这是再好看也没有了。当他们朝我们走来时，我觉得，即便在这方面，他们也是非常相配的一对儿。

我们停下来跟他们打招呼。这时，艾米莉羞答答地从汉姆的胳膊弯里抽回自己的手，红着脸跟斯蒂福思和我握了握手。当我们交谈了几句后，他们又继续往回家的路上走去时，她不愿再挽住汉姆的胳膊，而是依然流露出羞怯、拘束的样子，顾自一人走着。我们望着他们的背影，看他们渐渐消失在新月的朦胧月色中，我觉得，这一切都非常美丽动人，斯蒂福思似乎也有同感。

突然间，从我们身边过去一个年轻女人——显然是在追汉姆他们——她是怎么走近的，我们没有看见，不过从我们面前走过时，我看到了她的脸，而且觉得我好像见过她。她的衣着很单薄，她的样子看上去放肆、强悍、招摇，但又贫穷。不过当时，她好像把所有这一切，全都给了正在刮着的寒风，没有别的念头，只想追上他们。当时，远处昏暗的地平线已经吞没了汉姆他们两人的身影，只留下地平线显现在我们跟海和云之间。那个女人的身影也同样消失了，离他们两人仍跟以前一样远。

第二十二章　旧景新人

“那是追那个女孩儿的黑影，”斯蒂福思停住脚步说，“这是怎么回事？”

他说这话时声音很低，我听起来觉得好像有点儿怪。

“我想，她一定是想向他们乞讨。”我说。

“是个乞丐的话，就没什么新奇了，”斯蒂福思说，“不过今天晚上这乞丐的样子，倒是挺奇怪的。”

“为什么呢？”我问他道。

“老实说，也没有别的，”他停了一下接着说，“只是因为这黑影从我们身边经过时，我正想到类似的东西。我真不明白，这鬼东西是从哪儿出来的！”

“我想是从这堵墙的影子里跑出来的吧！”我说，这时我们走过的路旁正好有堵墙。

“黑影不见了！”他回头看了看说，“但愿所有的灾祸都跟它一起消失。现在去吃饭吧！”

可是，他还是一再回头看那远处闪光的海平线。在我们余下的短短的路程中，他断断续续地几次表示，他不明白这是怎么回事。一直到我们坐下来吃饭，炉火和烛光照得我们又暖和又欢快时，他好像才忘了这件事。

利提摩已在那儿，他对我的影响仍跟从前一样。我对他说，希望斯蒂福思太太跟达特尔小姐都好，他恭恭敬敬地（当然体面地）回答说，她们都还好，并对我道了谢，还代她们向我问了好。他的话就这么多，可是我总觉得他好像还老是不客气地对我说：“你还很年轻，先生。你还非常年轻哩！”

当我们差不多要吃完饭时，利提摩从一直看着我们（我觉得更确切地说是监视我）的角落里出来，朝我们的餐桌走了一两步，对他的主人说：

“打扰您了，请原谅，少爷。莫彻小姐来这儿了。”

“谁？”斯蒂福思颇为吃惊地叫了起来。

“莫彻小姐，少爷。”

“嘿，她来这儿干什么？”斯蒂福思说。

“这儿好像是她的老家，少爷。她告诉我，她每年都来这儿，做一次职业上的访问，少爷。今天下午我在街上遇见她。她说，等你吃过晚饭后，她是不是有幸可以来伺候您。”

“我们说的这位女巨人，你认识吗，雏菊？”斯蒂福思问我。

我不得不承认，我跟莫彻小姐完全不认识——即使在利提摩面前承认这一点，我也觉得害羞。

“那你一定得认识认识她，”斯蒂福思说，“因为她是世界七奇之一。莫彻小姐来时，带她进来。”

我对这位女士起了好奇心，也有一种兴奋感，特别是我一提起她，斯蒂福思就大笑起来，怎么也不肯回答我提的有关她的问题，因此我一直都处于渴望见到她的期待之中。直到撤去桌布后半个小时左右，我们在炉边喝葡萄酒时，门终于开了，利提摩仍像他平时那样，泰然自若地报告说：

"莫彻小姐到！"

我朝门口看去，但什么也看不到。我还以为这位莫彻小姐要过好一会儿才会到，一直朝门口张望着。就在这时，使我大吃一惊的是，从我和门之间的一张沙发后面，摇摇摆摆地出来一个气喘吁吁的矮胖子，年纪在四十到四十五岁，长着一颗很大的脑袋，一张很大的脸，一对狡诈的灰眼睛，而两只胳膊却如此短小，因而当她向斯蒂福思飞媚眼时，为了要把她的手指调皮地按在她的塌鼻子上，她不得不中途去迎接那个指头，把鼻子放到指头上。她的下巴是所谓双下巴，因为长的肉太多，把帽带连同带结，整个儿都埋起来了。脖子，她没有；腰，也没有；腿，则根本不值得一提。因为，虽然她的腰部（如果她有腰的话）以上超过通常的长度，虽然她也跟常人一样到一双脚为止，但她整个人太矮，站在一把普通高度的椅子旁，就跟一般人站在桌子旁一样，因此她只好把带来的一个袋子，放在椅座上。这位女子——衣服穿戴非常随便，如前所说，她好不容易把鼻子和食指凑到一起，站在那儿，脑袋不得不歪在一边，闭着一只目光犀利的眼睛，做出一副异常机灵的嘴脸——跟斯蒂福思飞了一阵媚眼之后，滔滔不绝地说起话来。

"哟，我的花朵儿！"她冲他摇着她的大脑袋，讨人喜欢地说，"你也在这儿呢，是嘛！嘿，你这淘气的孩子，真不怕害臊，跑到离家这么远的地方来，干什么呀？我敢肯定，一定是玩什么鬼把戏来啦。嘿，你真是个机灵的家伙，斯蒂福思，你就是这种人，我也是。难道不是吗？哈！哈！你一定敢打一百英镑对五英镑的大赌，说你绝不会在这儿见到我，是不是？哎呀，我的天哪！我这人可是哪儿都去。这儿，那儿，没有不去的地方，就像变戏法的人包在太太们手帕里的那半个克朗一样。说起手帕——还有太太——我得说你那位有福气的母亲，有你这样一个好儿子，有多舒心啊。我亲爱的孩子，不过我这话到底是正是反，我这就不说了！"

第二十二章　旧景新人

在说这番话的时候，莫彻小姐解开帽带，把它们抛到脖子后面，然后气喘吁吁地在炉子前的一张脚凳上坐了下来——这一来，挡在她头顶的红木餐桌，就成了凉亭了。

“哎呀呀，我的天哪！”她接着说，两只手分别拍着两个小膝盖，眼睛机警地瞟着我，“我长得太丰满了，这是事实，斯蒂福思。我爬了一层楼梯后，吸一口气就像汲一桶水那样困难。你要是看到我站在楼上的窗口那儿朝外看，你一定会认为我是个漂亮女人哩，是不是？”

“我不管在哪儿看到你，都认为你是个漂亮女人。”斯蒂福思回答说。

“去你的，你这只哈巴狗。去！”小矮人嚷了起来，还用她正在擦脸的手帕，冲斯蒂福思甩了一下，“别这么没大没小的。不过我跟你说真的，上星期我到米塞斯太太家去了——那真叫漂亮女人！她一点儿不见老！我正在等米塞斯太太时，米塞斯本人也进我等的房间来了——也称得上是个美男子！他也一点儿不见老！还有他的假发也是，都戴了十年了——他一直对我献殷勤，弄得我都开始想，我不得不按铃叫人了。哈！哈！哈！他是个讨人喜欢的家伙，不过他得正经点儿才好。”

“你都给米塞斯太太搞了些什么名堂？”斯蒂福思问道。

“我可不能给你露这个底，我的小宝贝儿，”她回答说，同时轻轻拍了拍鼻子，扭歪脸，眨巴着眼睛，像个聪明绝顶的小精灵似的，“这就用不着你操心啦！你想要知道我怎么使她不掉头发，是不是给她染了发，是不是给她整过容，是不是给她修过眉毛，对不对？等着吧，我的宝贝儿——到我告诉你的时候，你就会知道的！你知道我的曾祖父叫什么吗？”

“不知道。”斯蒂福思说。

“他叫沃克，我的小乖乖，”莫彻小姐说，“传到他已经有好多代了，我就是从他们那儿继承了胡克·沃克[①]的全部遗产的。”

我从没见过有什么比得上莫彻小姐的眨眼使眼色的，只有她自己的沉着镇定可以与之一比。在听别人跟她说话时，或者她说了话等别人回答时，她总是狡黠地歪着脑袋，一只眼睛像喜鹊那样往上翻着，那模样实在奇妙。总之，我惊奇得忘了形，坐在那儿一直盯着她看，我怕是把礼貌规矩全都给忘了。

这时，她已经把那把椅子拖到自己身边，忙着从那只袋子里掏出一些小瓶子、海绵、头梳、刷子、小块法兰绒、几把小烫发夹子和一些别的工具，在椅子上堆了一堆。她每次掏时，都把胳膊伸到了袋子里，一直伸到肩头。她掏着掏着，突然停了下来，对斯蒂福思问道（弄得我大为狼狈）：

---

① 胡克·沃克（Hookey Walker）：据传原为一个叫约翰·沃克的专说谎话的钩鼻子间谍的绰号，后作“瞎话！”“胡说！”解。

“你这位朋友是谁呀？”

“科波菲尔先生，”斯蒂福思说，“他想要跟你认识认识呢。”

“好啊，那他就认识认识吧！我原以为，他看起来好像已经认识我了！”莫彻小姐回答说，手上提着袋子，一摇一摆朝我走来，一面走一面朝我笑着，“脸蛋儿像个桃子！”我坐在那儿，她踮起脚尖在我的脸颊上捏了一把，“多迷人啊！我就爱吃桃子。我要说，跟你认识很高兴，科波菲尔先生。”

我说，能认识她我感到很荣幸，这种高兴是双方共有的。

“哎哟哟，我的老天爷，我们可真是礼貌周全！”莫彻小姐大声嚷了起来，一面嚷，一面妄想用她那只小手捂住自己那张大脸，“可这是个多会骗人、说谎的世界呀！不是吗？”这是对我们两人说的体己话。这时，她的小手已从大脸上拿开，连同胳膊什么的，重又伸进了袋子里。

“你这是什么意思，莫彻小姐？”斯蒂福思问道。

“哈！哈！哈！我们是一伙给人提神的骗子，没错！难道不是吗，我的宝贝孩子？”那个小女人回答说，歪着头，抬着眼，在袋子里摸索着，“瞧！”她从袋子里掏出一点儿什么东西，“俄国王爷的指甲屑。我管他叫颠三倒四的‘字母王爷’，因为他的名字里，把所有字母都颠三倒四地拼凑进去了。”

“这位俄国王爷也是你的主顾吧，是不是？”斯蒂福思问道。

“你说得对，我的宝贝儿，”莫彻小姐回答说，“我给他包修指甲。一礼拜两次！手指甲，再加脚指甲。”

“但愿他出手还大方。”斯蒂福思说。

“他花钱也跟他说话一样，他是说大话，也花大钱，我的宝贝孩子，”莫彻小姐说，“王爷才不是你们这种胡子刮得精光的人哩。要是你看到他的胡子，一定会这么说的。红的是天然的，黑的是人工的。”

“自然是你给加工的了？”斯蒂福思说。

莫彻小姐眨了眨眼睛，表示同意。“非找我不可，没办法。他染的色受气候影响，在俄国很好，一到这儿，就不行了。你一辈子都绝不会见到像他那样一股锈色的王爷，简直像废铁！”

“你刚才就是因为这个叫他骗子？”斯蒂福思问道。

“哟，你真是个好小伙子，不是吗？”莫彻小姐猛地摇着头回答说，“我是说，我们大家全是骗子。我把王爷的指甲屑给你看，就是为了证明这句话。在那些上流人家的宅院里，王爷的指甲，比我的全部本事加在一起还要有用。我不管到哪里，总要带着这些指甲屑，这是最好的推荐书。既然莫彻小姐给王爷修指甲，那她一定错不了。我拿这种指甲屑送给年轻的小姐、太太们，我相信，她们准会把它们放到珍藏册里。哈！哈！哈！我敢说，‘这整个社会制度’

（像人们在国会里发表演说时说的那样），就是王爷指甲制度！”这个小女人说这番话时，尽量想把她的两只短胳膊往胸前一抱，把大脑袋一点。

这话引得斯蒂福思开怀大笑，我也禁不住笑了起来。莫彻小姐则一直摇着头（头往一边歪得很厉害），一只眼睛朝上看，另一只直眨巴。

“好啦，好啦！”她说着，捶捶自己的那双小膝盖，站起身来，“这可不是正经事。来，斯蒂福思，让我们先来探一探两极地带[①]，把这事办完再说吧。”

于是她选了两三件小器具和一个小瓶子，然后问桌子是不是受得了（这使我颇为吃惊）。她听斯蒂福思回答说受得了以后，推了把椅子到桌边，请我扶她一把，便相当灵活地爬上了桌子，好像桌子是个舞台似的。

“要是你们当中的哪一位，看到了我的脚踝[②]，”她在桌子上站稳后，说，“就说出来，我好回家自杀。”

“我可没看见。”斯蒂福思说。

“我也没看见。”我说。

“那好吧，”莫彻小姐喊了起来，“我就答应活下去啦。现在，小鸭，小鸭，小鸭，快到邦德太太这儿来挨杀[③]！”

这是叫斯蒂福思过去，好由着她摆布。于是斯蒂福思便坐了下来，背向着桌子，脸朝着我，笑着把头交给莫彻小姐去检查，目的显然没有别的，只是为了逗乐。看着莫彻小姐站在那儿，居高临下，从口袋里掏出一只又大又圆的放大镜，查看斯蒂福思那浓密的棕色鬈发，实在是一番让人叫绝的景象。

“哎呀，你这好小子！”莫彻小姐检查了一下后，说，“要不是遇上我，不出十二个月，你的头顶就要秃得像个托钵僧了。只要花上半分钟，我的年轻朋友，我给你擦上一擦，今后十年，保证能保住你的头发！”

她一面这样说着，一面把小瓶子里的东西，往一小块法兰绒上倒了一些，又倒了点儿在一把小刷子上，接着就用这两样东西，在斯蒂福思头顶又刷又擦的，忙个不停，那种忙忙碌碌的劲，我从来不曾见过。在这期间，她的嘴里还说个不停。

“有个叫查利·派格雷夫的，是位公爵的少爷，”她说，“你认识查利吗？”她扭头朝斯蒂福思的脸瞥了一眼。

“有一点儿。”斯蒂福思说。

“他是个多了不起的人！还有他那连鬓胡子！至于查利的腿，要是成双的话（可惜不是），那就没有人比得上他了！他竟想不要我伺候，你会相信吗？

① 指察看一下斯蒂福思的头。
② 按当时规矩，妇女应该长裙遮脚，不能露出脚踝。
③“小鸭，小鸭，小鸭，快到……”为英国儿歌中一叠句。

他还是个王室近卫骑兵团的人哩！”

“他疯了！”斯蒂福思说。

“看来是这样。不过，疯也罢，不疯也罢，反正他那么试了，”莫彻小姐说，“你猜他干什么来着，瞧，他走进一家香水店，说要买一瓶马达加斯加水[①]。”

“查利这么做了？”斯蒂福思问道。

“查利这么做了。可是他们什么马达加斯加水也没有。”

“那是什么——是喝的东西吗？”斯蒂福思问道。

“喝的？”莫彻小姐停下手上的活儿，拍了拍他的脸蛋儿，回答说，“打扮他的连鬓胡子用的，知道吗？那个店里的女人——年纪已不小——简直是个怪物——她甚至连这个名字也从来没有听说过。‘对不起，先生，’那位怪物对查利说，‘那是不是——是不是就是胭脂？是吗？’‘胭脂！’查利冲着那怪物说，‘你对有教养的人说这种话多不中听，你怎么会想到我要胭脂的？’‘别生气，先生，’那怪物说，‘人们到这儿来买胭脂，用了那么多名字，所以我以为，您要的也许就是这东西[②]。’”“还有，我的孩子，”莫彻小姐接着说，仍跟以前一样，一直忙着刷这擦那，“我再说一个有趣的骗人的例子。我自己就那样干过——也许只是多一点儿或少一点儿——关键在于乖巧，我的宝贝孩子——别的甭管——只要乖巧就成！”

“你说的是哪一方面呢？是说胭脂吗？”斯蒂福思问道。

“把这个和那个合在一起的东西，你这不懂事的小学生，”老练的莫彻小姐摸摸自己的鼻子回答说，“按照各行各业自己的秘方来调制，调制出来的就是合你用的东西。我说的是，连我自己也搞过一点儿那种名堂。有一位阔寡妇，她把它叫作唇膏，另外一位，她把它叫作手套，又有一位，她把它叫作衣领花边，还有一位，她把它叫作扇子。我呢，她们叫什么，我就叫什么。我把这东西供应给她们，可我们相互间一直都玩着这种骗人的把戏，脸上装出一副若无其事的样子，弄到后来，她们在满堂宾客面前，也像在我们面前一样，急于想使用它了。我伺候她们时，她们有时就对我说——搽点儿那东西——搽得厚一点儿，没错——‘我的气色怎么样，莫彻？我的脸色苍白吗？’哈！哈！哈！哈！这不让人觉得有趣吗，我的年轻朋友？”

我这一辈子，从没见过像莫彻小姐这样，站在饭桌上，一面为这种有趣的事乐得不可开交，一面忙着在斯蒂福思的脑袋上擦个不停，还要隔着他的脑袋朝我挤眉弄眼。

① 马达加斯加盛产香精，产量占世界的五分之四，故有此说。

② 因胭脂原为颜料，当时上流社会虽用它当化妆品，但不屑说出它的真名，认为有失身份。

第二十二章　旧景新人

“啊！”她说道，“这一带不大需要我的这种东西，所以我又得走了！打从我来到这儿，我从没见过一个漂亮女人，詹米[1]。”

“没见过？”斯蒂福思说。

“连个鬼影子都没见过。”莫彻小姐回答说。

“我们可以给她看一个真实的美人，我想，”斯蒂福思眼看着我，说，“怎么样，雏菊？”

“当然可以。”我说。

“真的？”小矮子目光锋利地朝我脸上一扫，接着又扭头看了看斯蒂福思的脸，说，“是吗？”

她那第一声像是对我们两人的发问，第二声像只是对斯蒂福思一个人所发。她这两声似乎都没有得到回答，于是她继续擦着，脑袋歪向一边，一只眼珠儿朝上翻着，好像要在空中找到答案，而且显得很有信心，认为答案很快就会出现。

“是你的姐妹吧，科波菲尔先生？”她停了一会儿后大声说，仍像先前那样想要找答案的样子，“是不是？是不是？”

“不是，”斯蒂福思还没等我答话，便抢先回答说，“完全不是那么回事。正相反，科波菲尔先生从前还曾非常爱慕过她——要不，就是我大错特错了。”

“哟，这么说他这会儿不爱啦？”莫彻小姐问道，“是他用情不专吗？真羞人！他是不是每朵花都采，每个钟点都变，直到波丽来酬报他的爱[2]，她的名字叫波丽吗？”

这个小精灵突然对我提出这样的诘问，还用一种寻根问底的目光盯着我，一时间直把我弄得不知所措。

“不是的，莫彻小姐，”我回答说，“她叫艾米莉。”

“啊哈？”她跟刚才一样叫了起来，“是吗？我真多嘴！科波菲尔先生，我老是说漏了嘴，不是吗？”

她在这个话题上的强调和态度，都暗暗使我感到有点儿不快，所以我就改用较为严肃的态度——在这之前我们三人中谁也没有这般严肃过——说道：

“她不仅容貌漂亮，而且品行端正。她已订了婚，就要嫁给一个跟她身份相等的、最好的、最配娶她的人了。我像赞美她的美貌一样，也敬重她的美德。”

“说得好！”斯蒂福思叫了起来，“听啊！听啊！说得太好了！现在，为了

---

① 詹米：詹姆斯的昵称。

② 引自英国诗人、戏剧家约翰·盖伊（1685—1732）的代表作《乞丐的歌剧》第一幕第十三场中麦奇斯所唱之歌《我的心多么自由》。

满足这位小法蒂玛[1]的好奇心我把话都说了吧，我亲爱的雏菊，免得她胡猜乱想。莫彻小姐，这位姑娘现在正在学手艺，或者说当学徒，或者不管怎么说都行。学艺的地点就在本镇的欧默-乔兰商店，该店专营布匹服装、服饰用品，兼营服装加工，等等。你听清了没有？欧默-乔兰商店。我的朋友刚才说她已订了婚，跟她订婚的是她的表哥，他教名汉姆，姓佩格蒂，职业是船匠，也住本镇。她跟她的一个亲戚住在一起，这个亲戚，教名不详，姓佩格蒂，职业是船夫，也住本镇。她是世界上最漂亮、最讨人喜欢的小仙女。我也爱慕她——跟我的朋友一样——非常爱慕她。要不是显得似乎有意贬低她的未婚夫（我知道这是我这位朋友不喜欢的），我还会再加上一句，我觉得她这是把自己给糟蹋了。我认为，她完全可以攀一门更好的亲，我敢起誓，她生来就是做阔太太的人。"

斯蒂福思的这番话说得很慢，也很清楚，莫彻小姐仔细地倾听着，脑袋歪在一边，一只眼珠朝上翻着，好像还在寻找那个答案。待他一说完，她又立刻变得非常活跃，以惊人的口才滔滔不绝地说了起来。

"哦！就这么些？是吗？"她大声说着，一面用一把小剪刀不停地修剪着斯蒂福思的连鬓胡子，剪刀直在他脑袋四周闪光，"很好，很好！一个很长的故事。结束语应该是'从此以后，他们过着快乐幸福的日子[2]'，对吗？啊！罚物游戏[3]是怎么玩的？啊？我爱我的爱人有个E，因为她长得真迷人（enticing），我恨我的爱人有个E，因为她跟别人订了婚（engaged），我曾领她前往美妙地（exquisite），我要请她跟我去私奔（elopement），她的名字就叫艾米莉（Emily），她的家就住在东方城（East）。哈！哈！哈！科波菲尔先生，你瞧我轻浮不轻浮？"

她只是带着过分的狡黠朝我看了一眼，没等我回答，连气也没喘一口，便接着说：

"行啦！要是说我给哪个淘气鬼修饰过，把他打扮得十全十美，那就是你了，斯蒂福思。要是说我知道世界上哪个人的脑袋在转什么念头，那也就是你了。我对你说的这几句话，你听到了没有，我的宝贝儿？我知道你脑袋里转什么念头。"说到这里，她低头偷着看了看他的脸，"詹米，现在你可以撤下了（像我们在法庭上说的一样）。要是科波菲尔先生肯坐到这把椅子上，我就为他

---

① 法蒂玛：法国童话中蓝胡子的第七个妻子，出于好奇心，她打开密室，发现了她丈夫杀害的以前的妻子的尸体。

② 民间故事、童话中常用的一句结束语。

③ 罚物游戏：类似嵌字游戏，如要求为"E"，则后面六个句子中最后一个词的第一个字母必须是"E"，否则就要受罚。

修理一下。”

“你看怎么样，雏菊？”斯蒂福思笑着问道，同时让出了座位，“要打扮一下吗？”

“谢谢你，莫彻小姐，今晚就不用了。”

“不要说不，”矮女人说，摆出一副鉴定家的神气朝我打量着，“眉毛得加长一点儿。”

“谢谢你，”我回答说，“改天吧。”

“朝太阳穴延八分之一英寸就好了，”莫彻小姐说，“我们能叫它在两个星期内就长出来。”

“不啦，谢谢你，这会儿就不弄了。”

“修一修眉梢吧，”她怂恿说，“不？那我们就来把两撇胡子弄得往上翘吧。来！”

我在拒绝时不禁脸红了，因为我觉得，这会儿揭到了我的伤疤。莫彻小姐看出，眼下我无意要她做任何修饰打扮，同时，尽管她把那个小瓶子举到一只眼睛前，以此来招引我，说服我，我也不为所动，于是她说，那就下一回吧，下次尽早给我开个头。接着她求我帮她一把，扶她从桌子上下来。我这样一帮忙，她就很灵巧地从桌子上跳了下来，然后动手把自己的帽带系在双下巴下。

“费用，”斯蒂福思说，“是……”

“五先令，”莫彻小姐回答，“便宜极了，我的孩子。我是不是轻浮，科波菲尔先生？”

我挺客气地回答说：“一点儿也不。”不过，当她像个卖馅儿饼的小贩似的，把那两枚半克朗的辅币往上一抛，然后接住，投进口袋，再往口袋上重重一拍时，我觉得她是有一点儿轻浮。

“这是钱柜，”莫彻小姐说，然后又站在椅子旁，把先前从口袋里掏出来的那些杂七杂八的小玩意儿，重又放回口袋，“我的家伙都收起来没有？好像都收起来了。可别像那个高个子奈德·比得伍德[①]，别人带他进教堂‘跟什么女人结婚’，他却说，他把新娘给弄丢了。哈！哈！哈！奈德是个大坏蛋，不过也挺滑稽逗笑！好啦，我知道这会让你们伤心，可我还是不得不离开你们了。你们得拿出自己的全部坚忍精神，尽力忍受。再见了，科波菲尔先生！多多保重，诺福克的乔基[②]！瞧我多会耍贫嘴！这都是你们两个淘气鬼惹的，

① 这一人物及以下所述，均源自当时的一首流行歌曲。

② 诺福克的乔基：指英王理查三世的亲信，死于博斯沃思之役的诺福克公爵约翰·霍华德。在战死前夕，他在帐中发现两行警告的诗句：“诺福克的乔基，不要太大胆，因为你的主子迪肯已被人出卖。”（乔基、迪肯分别为约翰、理查的小名）出自莎士比亚著《理查三世》第五幕第三场。

不过我不怪罪你们！'鲍勃发誓[①]！'——初学法语的英国人，用法语说'晚安'，觉得还很像英语哩。'鲍勃发誓'，我的小乖乖！"

她把口袋往胳膊上一挎，嘴里唠叨着摇摇摆摆地朝门口走去。刚走到门口，她又停了下来，问我们要不要她留一绺她的头发给我们。"我是不是有点儿轻浮？"她又补了一句，作为对自己的这一提议的评语，接着便把一个手指放到鼻子上，扬长而去。

斯蒂福思大笑了起来，笑得那么厉害，引得我也忍不住笑了。其实，要不是他引得我这样，我自己都不能肯定，我本来会不会笑。我们着实笑了一阵子，才算笑够。接着，斯蒂福思告诉我，莫彻小姐交际很广，她对许多人来说，在许多事情上都很有用处。他说，有的人却看不起她，把她看成一个小怪物。其实她看人看事都非常机灵、精明，比得上他认识的任何一个人。她是胳膊短，见识长。他告诉我，莫彻小姐说自己在这儿、在那儿，处处有足迹，这话十足是真的。因为她一直在各个地区东闯西荡，好像不论哪儿都能找到主顾，不论什么人都能搭上关系。我问他，她为人怎么样，是一贯爱惹是生非呢，还是大体上对正确的事物表示支持？我试了两三次，想把他的注意力引到这些问题上，结果都没有成功。于是我也就没有再去提它，或者是忘了再提了。他反倒连珠炮似的对我说了一大堆莫彻小姐的技巧、收入以及她用科学方法拔罐放血的技术，还说要是我什么时候有这种需要时，可以找她。

莫彻小姐是那天晚上我们的主要话题。当我们分手，我下楼时，斯蒂福思在楼梯的栏杆上对我喊了一声："鲍勃发誓！"

我来到巴基斯先生的家门口时，发现汉姆正在屋前来回溜达，这使我颇为诧异，又听他说小艾米莉就在里面，这更使我大为吃惊。我自然问他，为什么他不进屋去，而独自一人在街上闲逛。

"哟，你知道，大卫少爷，"他犹犹豫豫地回答说，"艾米莉正在里面跟人说话呢。"

"我认为，"我笑着说，"正因为她在里面，所以你也应该进去呀，汉姆。"

"是啊，大卫少爷，按常理我是该进去的，"他回答说，"不过你知道，大卫少爷。"他放低了声音，郑重其事地说，"是个年轻女人哪，少爷——是个艾米莉从前有过来往，这会儿不该再有来往的年轻女人。"

我听了这话，恍然大悟，想起几个钟头以前，跟在他们后面的那个人影。

"那是条可怜的蛆虫，大卫少爷，"汉姆说，"整个镇上的人都把她踩到脚下。前街后巷，左邻右舍，没有不踩她的。教堂坟地里的死人，都没有她这样让人厌恶。"

① 法语Bon Soir（晚安）和英语Bob Swore（鲍勃发誓）发音相近。

第二十二章　旧景新人

“今天晚上，我们碰见你们之后，汉姆，我在沙滩上见过她吧？”

“她远远跟着我们？”汉姆说，“你可能见过她，大卫少爷。那时我还不知道她跟着我们，是过后不多久才知道的。她偷偷溜到艾米莉的那个小窗口外面，看到里面有了灯光，就悄悄叫道：‘艾米莉，艾米莉，看在基督的面上，拿出女人的心肠来待我吧！我以前也跟你一样的呀！’这些话，听起来是很正经的，大卫少爷！”

“确实是这样，汉姆。艾米莉怎么待她呢？”

“艾米莉就说啦：‘玛莎，是你吗？哦，玛莎，是你！’因为她们坐在一起干过活儿，有很长一段日子，在欧默先生的铺子里。”

“这会儿我想起她来了！”我叫了起来，想起第一次去那儿时，见到有两个女孩儿，她就是其中的一个，“我记得很清楚！”

“她叫玛莎·恩德尔，”汉姆说，“比艾米莉大两三岁，跟她同过学。”

“我从没听说过她的名字，”我说，“我这可不是打你的岔。”

“在这件事情上，大卫少爷，差不多就这么几句话，‘艾米莉，艾米莉，看在基督的面上，拿出女人的心肠来待我吧！我以前也跟你一样的呀！’她还要跟艾米莉说话，可是艾米莉不能在那儿跟她说话，因为那位疼她的舅舅已经回家了。他不许——不许，大卫少爷，”汉姆十分认真地说，“不许她们在一块儿。虽然他脾气好，心肠软，可是，哪怕把沉在海里的所有珍宝都给他，他也是见不得她们在一块儿的。”

我觉出这话是多么真实，对这一点我立即就像汉姆一样清楚了。

“所以艾米莉就用铅笔在一张小纸条上写了几个字，”他接着说，“递到窗口给了她，要她拿到这儿来。‘你把这条子给我姨妈巴基斯太太看，’她写道，‘她会看在我的面上，让你在火炉边待着。等我舅舅出去了，我就过来。’跟着，大卫少爷，她就对我说了我告诉你的这些话，要我陪她到这儿来。我有什么办法呀？她不该再跟这种人来往的，可是我没法儿回绝她，她脸上满是眼泪了。”

他把手伸进自己粗毛上衣的怀里，小心翼翼地掏出一个很好看的小钱包。

“要是说，她脸上满是眼泪，我还可以回绝她的话，大卫少爷，”汉姆一面说，一面轻柔地把那钱包放在粗糙的手心里托着，“她还把这东西给了我，要我替她拿着——而且我也知道她为什么要带上它——我怎么还能回绝她呢？这样一个小玩意儿似的小钱包！”汉姆满腹心思地看着那个小钱包说，“里面只有一点点钱呀，艾米莉，我亲爱的！”

当他把小钱包放回怀中后，我就跟他热烈地握手——因为这比任何语言都更能表达我的满意心情——然后我们都默不作声地来回走了一两分钟。接着，门开了，佩格蒂出现在门口，招呼汉姆进去。我本想趁势走开，可是她追了上来，一定要我也进去。即使在这时候，我还是想避开，不去他们待的房间，可是他们待的地方，就是我不止一次提到过的那间砖铺的厨房。门一打开就是，因而没等我考虑好要不要进去，我发现自己已经在他们中间了。

那个女孩儿——就是我在沙滩上看到过的那个——正坐在壁炉旁的地上，她的头和一只手搁在一把椅子上。从她的姿势看来，我想，艾米莉大概刚从椅子上站起来，这个可怜的女孩儿的头，原本也许是伏在艾米莉的腿上的。我不大看得见这女孩儿的脸，她的头发披散在脸上，好像是她自己用手抓乱了似的。不过我仍能看出她还很年轻，肤色白净。佩格蒂刚哭过，小艾米莉也刚哭过。我们刚进屋时，谁也没有说话。在一片寂静中，碗碟柜上荷兰时钟的嘀嗒声，好像比往常加倍地响亮。

还是艾米莉先开口。

"玛莎想要，"她对汉姆说，"去伦敦。"

"干吗要去伦敦？"汉姆问道。

他站在玛莎和艾米莉之间，心情复杂地望着那个伏在椅子上的女孩儿，既可怜她，又不愿她跟他如此深深爱着的艾米莉有来往。这一情景，在我脑子里一直记忆犹新。艾米莉跟汉姆两人说话时，好像都把玛莎看成是个病人似的，语气柔和，声音压得比耳语高不了多少，但是能让人听清。

"去那儿比在这儿好，"响起另一个声音——是玛莎的声音——但她的身子没有动，"那儿没有人认识我，而在这儿，人人都认识我。"

"她去那儿做什么呢？"汉姆问道。

玛莎抬起头，黯然地朝汉姆打量了一会儿，接着又低下头去，用右臂钩着脖子，像个发烧或中弹受伤的女人似的，痛苦地扭动着身体。

"她会努力学好的，"小艾米莉说，"你不知道她刚才对我们说什么来着。他知道吗——他们知道吗——姨妈？"

佩格蒂充满同情地摇了摇头。

"要是你们能帮我离开这儿，"玛莎说，"我一定会努力的。我绝不会比在这儿搞得更糟的。我会学好的。哦！"说到这儿，她打了个可怕的寒噤，"求你们帮我离开这些大街小巷吧。这儿全镇的人，打我小时候起就认识我了！"

艾米莉向汉姆伸过手去，我看见汉姆往她的手里放了一只小帆布袋。她接过后，像是以为这是她自己的钱包，可是朝前迈了一两步后，发现自己错了，便又回身走到汉姆跟前（这时汉姆已退到我的身旁），把袋子给他看。

"这全是你的，艾米莉，"我听到汉姆说，"我在这世界上的所有东西，没有一样不是你的，我亲爱的。要不是给你用，我就什么快乐也没有了。"

第二十二章　旧景新人

艾米莉的眼里重又涌出泪水，她转身回到玛莎跟前。她给了玛莎什么，我不得而知。只见她朝玛莎俯下身子，把钱放在她的怀里，还低声对她说了什么，问她这些钱够不够。"不但够，而且有富余。"另一个说，然后捧起她的手，吻了吻。

接着，玛莎站起身来，围上披巾，遮住脸，哭着慢慢走到门口。出门前，她停了一下，好像想说点儿什么或者想回过身来。可是她什么话也没有说出口，只是裹紧披巾，跟先前一样，低声发出伤心、悲苦的呻吟，出门去了。

门刚关上，小艾米莉便迫不及待地朝我们三人看了一眼，跟着双手往脸上一捂，抽抽搭搭地哭了起来。

"别哭哇，艾米莉！"汉姆轻轻拍着她的肩膀说，"别哭，我亲爱的！你用不着哭得这么伤心，亲爱的！"

"哦，汉姆！"她依然伤心地哭着说道，"我没有做到我应该做的那么好，我知道，我应该知情知义，可我有时候没有做到！"

"不，不，你做到了，我敢保证。"汉姆说。

"没有！没有！没有做到！"艾米莉哭着说，一面抽噎，一面摇头，"我本该做个好姑娘的，可是我没有做到。差远啦，差远啦！"

她依然哭个不停，好像心都要碎了。

"我太辜负你的情意了，我知道，我太辜负了！"她呜咽着说，"我常常跟你发脾气，对你三心二意的，我应该跟这大不相同。你对我从来不是这样。为什么我总是对你这样呢！按理我应该只想到怎样来感激你，怎样来使你快乐才对呀！"

"你总是使我快乐的，"汉姆说，"我亲爱的！我一看到你就快乐。只要想到你，我一天到晚都快乐。"

"哎哟，那样是不够的！"她喊着说，"这是因为你人好，不是因为我好。哦，我亲爱的，要是你爱的是另一个女人——一个远比我稳重、贤惠，全心全意爱着你的女人，绝不像我这样爱慕虚荣和变化无常——你会比这幸福得多！"

"这可怜的小小软心肠，"汉姆低声说，"玛莎把她完全闹糊涂了。"

"姨妈，"艾米莉说，"请你过来，让我把头枕在你怀里吧！哦，姨妈呀！我今天晚上难过极了。我没有做到我应该做的那么好。我没有做到，我知道！"

佩格蒂急忙跑到壁炉前的椅子上坐下。艾米莉双手搂住她的脖子，跪在她的身旁，非常真诚地仰望着她的脸。

"哦，求求你，姨妈，想法帮帮我吧！汉姆，亲爱的，想法帮帮我吧！大卫先生，看在往日的分上，请你也一定想法帮帮我吧！我要做一个比现在更好的好女孩儿。我要比现在多一百倍地知情知义，我要更加懂得做一个好男人的妻子，过一种平静的生活，是多么幸福。哎呀，我这个人啊！我这个人啊！哎呀，我这颗心啊！我这颗心啊！”

她把脸埋在我的老保姆的怀中，渐渐停止了她那半是妇女半是孩子的（其实她的一切举止都是这样，我觉得，这比任何别的姿态更加自然，更能和她的美相配）痛苦哀求，只是默默地流着泪，我的老保姆则把她当成一个婴儿似的抚拍着她。

她慢慢地平静下来，于是我们就用好言安慰她，时而说些鼓励她的话，时而跟她开几句玩笑，直到她抬头跟我们说起话来。我们就这样继续说个不停，引得她先是微笑，继而大笑，最后半含羞涩地坐直身子。佩格蒂则理齐她散乱的鬈发，擦干她的眼泪，重又把她修饰整齐，免得回家时引起她舅舅的怀疑，为什么他的宝贝儿哭了。

那天晚上，我看到她做了我以前从没见她做过的事。我看到她天真地吻了她未婚夫的脸，紧倚在他那粗壮的身躯上，仿佛那是她最可靠的依靠。当他们在朦胧的月色中一块儿离去时，我一直望着他们，心里把他们的离去和玛莎的离去做了比较，我看到艾米莉双手挽着汉姆的胳膊，依然紧紧地依偎着他。

第二十三章　选定职业

第二天早上醒来，我对头天晚上玛莎走后小艾米莉的情绪，想了很多。我觉得，他们对我如此推心置腹，让我知道那些家庭里的隐情和伤感，这完全是出于神圣的友情，我要是把这泄露出去，即使泄露给斯蒂福思，也是错误的。我对这位做过我童年游伴的小美人，比对任何人都怀有更深的感情，不仅过去和现在，而且直到将来我死的那一天，我都永远深深相信，我曾真心诚意地爱过她。要是我把她情不自禁、偶尔向我袒露的心事告诉别人，哪怕是斯蒂福思，都是一种不道德的鲁莽行径，这有负于我自己，也有负于我们俩童年时纯洁天真的光辉，这光辉，我一直看到环绕在她的头顶。因而，我决心把这番情景深藏心中，使她的形象增添新的光彩。

我们正在吃着早饭的时候，我接到我姨婆寄来的一封信。因为信里所提的事，我觉得斯蒂福思也跟任何人一样，能给我出出主意，而且我也知道，我也乐意跟他商量这件事，所以我就决定，把这作为回家路上讨论的话题。因为当时为了要跟所有的朋友辞行告别，就够我们忙的了。巴基斯先生在惜别方面，也不亚于旁人，我相信，要是能让我们在亚茅斯再留上四十八小时，哪怕要他再次打开他的箱子，再牺牲一个几尼，他也在所不惜。佩格蒂和她娘家所有的人，都因我们的离去感到伤心。欧默-乔兰商店的人，也都全店出动，前来给我们送行。当我们提包上车时，竟有那么多的水手渔民自动前来为斯蒂福思效劳，即使我们有一团人的行李，也用不着雇脚夫搬运。总之，我们的离去，使所有有关的人都感到惋惜和羡慕，使许许多多人感到难过。

“你还要在这儿待很久吗，利提摩？”我问道，这时他正在那儿等待马车出发。

“不会很久，先生，”他回答说，“大概不会待得太久，先生。”

“这会儿，他还很难说，”斯蒂福思毫不经意地说，“他知道他得办的事，他自然会办妥的。”

“我也相信他一定会办妥的。”利提摩举手往帽檐上一碰，答谢我的赞许，我觉得我一下成了个八九岁的孩子了。他又举手再次碰了碰帽檐，祝我们一路平安。我们的车离去时，他站在人行道上，显得体面、神秘，像埃及的金字塔一样。

有一阵子，我们谁都没有开口。斯蒂福思异乎寻常地沉默，我则一直在想，不知道什么时候还能再来此地，不知道到那时我自己和这些人会有什么新的变化。后来，斯蒂福思突然变高兴了，开始说起话来，他这人是说变就变的。他拉了拉我的胳膊说：

"说句话呀，大卫。吃早饭时，你提到的那封信，是怎么回事？"

"哦！"我从口袋里掏出那封信来，说，"是我姨婆写来的。"

"她说了些什么？有什么需要考虑的吗？"

"嘿，她提醒我，斯蒂福思，"我说，"我这次出来旅行，目的是开开眼界，动动脑筋。"

"当然，你已经这么做了！"

"说实话，我很难说我已经这么做了。告诉你实话吧，我怕是把这全都给忘了呢。"

"得！现在你就赶快睁眼朝四周看看，补救一下你的疏忽吧！"斯蒂福思说，"往右看，你能看到一片平野，其中有许多沼泽；往左看，你能看到同样的景色；往前看，前面没有不同；后面还是一样。"

我禁不住笑了起来，回答说，在这全部景色中，我没有看到有适合我的职业，也许是因为这一带地势太平坦了吧。

"关于这个问题，你姨婆怎么说？"斯蒂福思朝我手中的信瞥了一眼，问道，"她有什么建议吗？"

"嗯，有，"我说，"她在信里问我，愿不愿意当一个代诉人[①]。你认为怎么样？"

"哦，这我可说不上来，"斯蒂福思冷冷地回答说，"我想，你干这个，跟干别的完全一样。"

他把所有的职业都看成一样，我听了禁不住又大笑起来。我就把这意思跟他说了。

"代诉人到底是干什么的，斯蒂福思？"我说。

"哦，那是一种苦行僧般的初级律师，"斯蒂福思回答说，"在博士公堂[②]——圣保罗教堂墓地[③]附近一个冷僻、破旧的角落里——他们在一些不大用

① 代诉人：代当事人处理有关民法、教会法及海事法案件的律师。

② 博士公堂：在伦敦圣保罗教堂南面，为民法博士协会会址，内设审理民法、教会法及海事法案件的法庭。

③ 圣保罗教堂墓地：圣保罗教堂为伦敦最大的教堂，在旧城的中心，其周围地区称为圣保罗教堂墓地。

得着的法庭上出庭，就跟在普通法庭和衡平法庭上出庭的代讼师一样。这种人员，按理大约在两百年前就该顺应自然淘汰了。最好的方法是，我只要告诉你博士公堂是个什么，你就知道代诉人是什么了。博士公堂是个偏僻的小处所，他们在那儿审理所谓宗教法案件，根据国会那些陈旧荒唐的法案，玩弄各种各样的把戏。那些法案，世界上有四分之三的人完全不知道，其余四分之一的人则以为，它们是从爱德华时代[①]挖出来的化石似的东西。那儿自古以来是个包揽人们有关遗嘱和婚姻诉讼以及大船小舟纠纷案件的地方。”

“你这就胡说了，斯蒂福思！”我大声喊了起来，“你的意思不是说航海案件跟宗教案件之间有关联吧？”

“我当然没有这个意思，我的好朋友，”他回答说，“我的意思是说，这两类案件都在那个博士公堂里，由同一班人来审理、判决。哪一天你要是去那儿，你会看到他们正在审理‘南希号’撞沉了‘萨拉·简号’，或者是佩格蒂先生和亚茅斯的船民们，带了铁锚和缆索，冒着暴风出海去营救来往印度的‘纳尔逊号’遇险遭难等案件，结果把《杨氏海事词典》里一半以上的航海术语都搞错了。另一天你要是再去那儿，你还会看到他们又在审理一个品行不端的牧师的案子，正在埋头研究正反两方面的证据。你会发现，审理那桩海事案的法官，成了这桩牧师案的辩护师。而海事案的辩护师，则成了审理牧师案的法官。他们就像演员似的，有时候是法官，有时候不是法官，有时候扮演这个，有时候扮演那个。他们就这样变来变去，不过这是一出非常有趣和有利可图的私下演出的戏剧，是演给极少数特别选出的观众看的。”

“辩护师和代诉人不是一回事吗？”我有点儿糊涂了，问道，“是不是？”

“不，”斯蒂福思回答说，“辩护师是一些民法学家——在大学里获得博士学位的人——这是有关这事我所了解的第一个理由。代诉人雇用辩护师。他们双方都能得到很丰厚的酬金，共同组成一个严密而强有力的小团体。总的说来，我劝你高高兴兴进博士公堂，大卫。我可以告诉你，那儿的人都认为自己很高贵，他们得意得很哩，要是这有什么可以让人觉得得意的话。”

斯蒂福思对待这件事的态度如此轻薄，我当然要对他的话打个折扣。我把那个“圣保罗教堂墓地附近的冷僻、破旧的角落”，跟那种严肃、古老、庄严的气氛联系起来考虑后，对于我姨婆的建议，并没有感到有什么不适合。而且她只是提个建议，一切全由我自己决定。她毫不迟疑地径直告诉我，她为了要在遗嘱中立我为继承人，最近去博士公堂拜访了她的代诉人，因而想到了这个

① 爱德华时代：英王名爱德华的共有十个，此处指爱德华第一至第三的时代（1272—1377）。

建议。

“不管怎样，从你姨婆那方面来说，这是一个值得称颂的做法，”我说了前面提到的情况后，斯蒂福思说，“我没有别的主张，完全赞同。雏菊，我的意思是，你高高兴兴进博士公堂好了。”

我也就打定主意去博士公堂。于是我告诉斯蒂福思说，我姨婆已经到伦敦，在那儿等我（这是我从她的信里看出来的），她在林肯法学院广场一家私家旅馆，租下了为期一周的住所。这家旅馆有石砌楼梯，屋顶上还有一个太平门，因为我姨婆固执地认定，伦敦的每一座房子，每天晚上都有可能被烧成一片瓦砾①。

此后的那段旅程，我们过得很愉快。有时重又提起博士公堂的话题，想象着多年后我当代诉人的情况。斯蒂福思用各种滑稽、古怪的想法，描绘我做了代诉人的样子，把我们两人都逗得哈哈大笑。我们到达旅途的终点后，他回家去了，约定后天再来看我，我就坐马车来到林肯法学院广场。姨婆正在等着吃晚饭，还没有就寝。

我们重逢是如此的喜悦，即便我是周游全世界回来，也不过如此。姨婆一下把我搂进怀中，接着便哭了起来。她假装笑着说，要是我那可怜的母亲还活着，那个小傻瓜一定也会淌眼泪的。

“这么说你把狄克先生留在家里了，姨婆？”我说，“他没来，我心里很难过。哦，珍妮特，你好吗？”

珍妮特一面对我行了屈膝礼，一面向我问了好。这时，我发现我姨婆的脸拉得长长的。

“我心里也不好过，”我姨婆擦擦鼻子说，“打从来这儿后，特洛，我一直就不放心。”

还没等我问为什么，她就把话告诉我了。

“我相信，”我姨婆怀着执拗的忧郁神情，把一只手放在桌子上，说，“凭狄克的性格，绝不是那种能把驴子赶跑的人。我相信他缺乏这种意志力。我本该把他带来，把珍妮特留在家里的，那样的话，我也许就可以放心了。如果有驴子闯进来践踏我的草地的话。”我姨婆加重语气说，“那今天下午四点钟时准有一头！当时我觉得从头到脚，浑身发冷。我知道，准是有头驴子闯进来了！”

我想为这件事安慰她几句，可是她怎么也听不进去。

“准是有头驴子闯进来了，”我姨婆说，“而且准是‘谋杀人’的姐姐那女

① 伦敦曾在1666年9月2日发生大火，连烧4天，全城几乎成为一片焦土。

人来我家时骑的那头秃尾巴驴子。”打从那次以后，“谋杀人”的姐姐是我姨婆知道的谋德斯通小姐的唯一名字。“如果说多佛有一头驴子，胆子大得比别的驴子更让我受不了，”我姨婆说着，把桌子一拍，“那就是那头驴子！”

珍妮特壮起胆子提醒说，我姨婆也许是不必要地在自找烦恼。她相信，我姨婆说的那头驴子，这阵子正忙着在干驮沙石的活儿，没工夫来践踏草地的。可是我姨婆根本听不进她的话。

虽然我姨婆的房间高高在上——是因为花了钱就得多几道石砌楼梯呢，还是为了更靠近屋顶的太平门，我就不得而知了——我们的晚饭还是吃得舒舒服服，而且饭菜都热气腾腾，有烤鸡、煎牛排，还有几道蔬菜，我大吃了一顿，觉得味道都好极了。可是我姨婆对伦敦的食品，有自己的看法，她吃得很少。

“我看这只倒霉的鸡，是在地窖里出生、长大的，”我姨婆说，“除了在运货马车的货架上，还从来没有见过天日哩。我真希望这牛排是牛身上的，不过我可不相信是这样。据我看来，这地方没有一样东西是真的，除了泥巴。”

“你看这鸡会不会是从乡下运来的，姨婆？”我提醒说。

“当然不会，”我姨婆回答，“伦敦的生意人，是不高兴嘴里吆喝什么就真卖什么的。”

我没敢去反驳她的这种看法，不过我饱饱地吃了一顿，让我姨婆看了大为满意。桌子收拾干净后，珍妮特帮姨婆绾起头发，戴上睡帽（比平时更讲究一些，姨婆说，“以防万一有火灾”），把长袍的下摆撩起，盖在膝盖上，这是她通常上床前焐暖身子的准备工作。我则按照千篇一律、不许有丝毫改动的老例，为我姨婆热了一杯掺水的白葡萄酒，还为她准备了一片切成细长条的烤面包。这样安排好以后，就剩下我们两个一起来度过这一晚上了。姨婆坐在我的对面，喝着掺水的葡萄酒，吃着烤面包，吃之前先把面包条往酒里蘸了蘸，同时从睡帽的饰边间慈祥地看着我。

“哦，特洛，”她开口说，“做代诉人的打算，你觉得怎么样？还是你没有开始考虑这件事？”

“这件事，我已经反复考虑过了，我的好姨婆。我还跟斯蒂福思讨论过很长时间。我非常喜欢这个打算。喜欢极了。”

“好，”我姨婆说，“这听了真让人高兴。”

“我只有一个问题，姨婆。”

“说说，你有什么问题，特洛。”她回答说。

“嘿，我想问一下，姨婆，据我了解，这好像是个人员有限制的职业，我要进这一行，是不是得花很大一笔钱？”

“为了能让你订约学艺，”我姨婆回答说，“正好要花一千英镑。”

“哦，我亲爱的姨婆，”我把椅子朝她拖近一点儿说，“关于这一点，我心里感到很不安。这是很大一笔钱。为了让我受教育，你已经花了很多钱，而且在各方面待我都很大方，你已经是个慷慨好施的典范了。我相信，一定还有一些别的工作，一开始进去不需要花什么钱，而且只要有决心，肯努力，也会有希望，有前途的。你不认为那样做会更好一些吗？你确信，你真能付得起那么大一笔钱？而且这样花钱正当吗？你是我的再生父母，我只是求你再考虑一下。你考虑成熟了吗？”

姨婆把正在吃着的一条烤面包吃完，两眼一直朝我脸上看着，接着把酒杯放到壁炉架上，双手交叉放在撩起的长袍下摆上，说了下面的话：

“特洛，我的孩子，如果说我这辈子还有什么目的的话，那这个目的就是要千方百计培养你，使你成为一个心地善良、明白事理、快乐幸福的人。我一心一意要做到这一点——狄克也是这样。但愿我认识的人，都能听一听狄克对这件事的说法。他的洞察力简直令人吃惊。可是除了我，没有一个人认识到他的才能有多卓越！”

说到这儿，她停了一会儿，拉过我的一只手，放在自己的两手中间，接着说：

“特洛，回忆过去，是无益的，除非对现在还有点儿好处。也许我本该对你那可怜的父亲更友好一点儿，对那个可怜的娃娃——你的母亲更友好一点儿，即便是在你姐姐贝特西·特洛伍德叫我失望之后。你到我这儿来的时候，是个逃跑出来的孩子，满身泥土，疲惫不堪，当时也许我就这样想过。从那时到现在，特洛，你一直替我争气，使我骄傲，给我快乐。我的财产，没有别的人有权来争，至少，”——说到这儿，她停了一下，神色有点儿慌乱，使我吃了一惊——“不，没有别的人有权来争我的财产——你又是过继给我的孩子。我这样一把年纪，就凭你这样乖乖地爱我、孝顺我，能容忍我的古怪念头和怪僻脾气，那你对我这个年轻时没有得到应有幸福和慰藉的老婆子的好处，已经远远超过这个老婆子对你所做的一切了。”

这是我第一次听姨婆提起自己的往事。她这样平静安详地提起又放下，内中包含有一种宽容和大度的高尚气质，这使我对她敬爱倍增，再没有别的什么能这样感动我了。

“好了，这件事我们俩全同意了，特洛，全都说清楚了，”我姨婆说，“我们就用不着再谈它了。吻我一下，明天吃过早饭，我们就去博士公堂。”

在就寝前，我们在炉边谈了很长时间。我的卧室和我姨婆的卧室就在同一层楼上。那天晚上，我受到几回小小的打扰，因为我姨婆一听到远处出租马车和运菜马车的声音，就来敲我的门，问我："听见救火车的声音没有？"不过快到天亮时，她睡得比较好，也让我好好睡了一觉。

将近中午时，我们动身前往博士公堂的斯潘洛-乔金斯事务所。对于伦敦，我姨婆有一种概括的看法，认为她所见到的每一个人都是扒手。因此她把钱袋交给我替她拿着，钱袋里有十个几尼和一些银币。

我们在弗利特街的玩具店门前停了一会儿，看圣丹斯登教堂的木头巨人敲钟①——我们算好时间到那儿，正好赶上它们敲十二点钟——然后继续前往拉盖特山②和圣保罗大教堂墓地。我们正走过拉盖特山时，我发现姨婆的脚步突然加快了，而且脸上还露出惊慌之色。同时，我还看到有个面色阴沉、衣衫褴褛的男人，刚才我们过马路时，曾站住盯着我们看，这会儿竟跑上来紧跟在我们后面，近得都快要碰到姨婆了。

"特洛，我亲爱的特洛！"姨婆紧握着我的胳膊，惊慌失措地低声叫道，"我不知道这该怎么办才好。"

"别慌，"我说，"没什么可怕的。你先进一家商店去，我很快就能把这家伙打发掉。"

"不，不，孩子！"她回答说，"千万别跟他说话。我求你啦，我叫你别跟他说话！"

"哎呀，姨婆！"我说，"他只不过是个倔强的乞丐罢了。"

"你不知道他是什么人！"姨婆回答，"你不知道他是谁！你不知道你都说了些什么！"

我们这样说着，在一个空无一人的门道里停了下来，那人也跟着站住了。

"别瞧他！"我非常生气地掉过头去看他，姨婆立刻说，"去给我叫辆马车来，亲爱的，你去圣保罗教堂墓地等着我。"

"等你？"我重复道。

"是的，"我姨婆说，"我得一个人去。我得跟他一起去。"

"跟他一起去，姨婆？跟这个人？"

"我头脑清醒着哩，"她回答说，"我对你说啦，我得跟他一起去。去给我叫辆马车来！"

不管我有多吃惊，我知道，这样严厉的命令，我是没有权利拒绝的。我赶紧往前走了几步，叫住了正好从前面驶过的一辆空马车。我几乎还没来得及放

① 该教堂之巨钟当时为伦敦一景，有两个木头人按时敲钟报时。1831年迁至别处。
② 拉盖特山：亦为街名。原为一座小山。

下踏板，我姨婆不知怎么的就跳进车里了，那人也跟着跳了进去。姨婆冲着我直挥手，要我走开，她的样子是那么坚决，因此，尽管我感到迷惑不解，但我还是立刻转身离开了他们。这时，我听到姨婆对马车夫说："随便去哪儿！径直朝前走吧！"接着马车就从我身边驶过，往山上去了。

狄克先生对我说过的话，我原以为只是他的幻觉，这时却涌上我的心头。我觉得，没有疑问，这就是他那么神秘地提到过的那个人，虽然我姨婆到底有什么把柄抓在他手里，我一点儿也想象不出来。我在大教堂墓地那儿待了半个来小时，才慢慢定下神来，这时我看到姨婆的那辆车回来了。车夫把车停在我的身旁，车里只坐着我姨婆一个人。

她还没有从那受到骚扰的激动心情中完全恢复平静，还没法儿做我们打算做的访问。于是她把我也叫到车上，吩咐车夫再缓缓地来回走一会儿。她没有说别的话，只说："我亲爱的孩子，永远不要问我这是怎么回事，也永远不要再提这回事。"直到她完全恢复平静，她才告诉我，她这会儿完全没事了，我们可以下车了。她把钱袋递给我，要我付车钱给车夫。这时我发现，钱袋里的几尼全不见了，只剩下了那些零散的银币。

进博士公堂得经过一条低矮的小拱道。我们离开街市，走进拱道，没走上几步，城市的喧闹声，就像受到魔力的作用似的，消融在幽静的远处了。我们穿过几处萧条的院落和几条狭窄的通道，来到了靠天窗采光的斯潘洛-乔金斯事务所。在这座不用敲门礼节即可入内朝拜的庙堂的前厅里，有三四个文书正在那儿伏案抄写。其中有一个干瘪瘦小，独坐一桌，戴着仿佛姜饼做的挺硬的棕色假发的人，站起身来迎接我姨婆，把我们带到斯潘洛先生的办公室。

"斯潘洛先生出庭去了，太太，"干瘦的人说，"今天是拱形法庭①开庭日，不过法庭离这儿很近，我立刻派人去请他。"

去请斯潘洛先生的时候，我们就利用这一机会四处看看。办公室里的家具古色古香，积满灰尘，写字台台面上的绿色粗呢，已经完全褪色，就像一个老乞丐似的枯槁、苍白。写字台上放着许多大捆大捆的文件，有的上面标有"指控"，有的（令我诧异）标有"诽谤"②，有的则标有归属法庭的名称，如"主教法庭③""拱形法庭""遗嘱案件法庭""海事法庭""代表法庭④"等。这让我看了大为纳闷儿，这儿总共到底有多少法庭呢？得花多长时间才能把它们

① 拱形法庭：教会上诉法庭，因该法庭原设于有拱门的圣玛利教堂，由此得名。
② 此处原文"libel"实为海事法、教会法中的"原告诉状"，因大卫不懂，只知作"诽谤"解，所以"令我诧异"。
③ 主教法庭：审理宗教案件的法庭。
④ 代表法庭：由国王委派代表审理宗教和海事案件的法庭。

全都弄清楚哇？除此之外，还有各种口供的笔录，一大本一大本的，装订得都很结实。分套捆在一起，每案一套，仿佛每一案都是十卷或二十卷的历史。我想这一切看来都很费钱，因此使我觉得，代诉人这个行业是很惬意的。我正在看着这些和许多类似的东西，越看越得意时，忽然听到外屋有急促的脚步声，身穿白毛皮镶边黑袍的斯潘洛先生，匆匆忙忙地进来了，一面走，一面摘下帽子。

他是一位淡黄头发的小个子绅士，穿了双无可挑剔的皮靴，有着极硬的白领饰和衬衫领子。全身的纽扣都扣得整齐妥帖；他的连鬓胡子卷得很精致合适，一定花了他很大的功夫。他的金表链是那么粗又那么沉，使我看了不免想入非非，觉得他应该有金店门前挂的那种强壮的金胳膊才行，那样才能把表从口袋里掏出来。他的装束打扮一丝不苟，样样僵直硬挺，因而身子几乎弯不下来，当他在椅子上坐下，为看桌子上的一些文件要转动身子时，他只能像潘趣[①]一样自脊椎的尾骨以上整个儿转动。

我先前已由姨婆做过介绍，斯潘洛先生很客气地接待了我。他说：

"这么说，科波菲尔先生，你真想加入我们这一行？前几天我有幸会见你姨婆，"说到这儿，他身子往前一俯——又做了一次潘趣，"当然，我无意中提到，我们这儿恰好有一个缺额，有幸承特洛伍德小姐说起，她有一位她很疼爱的甥孙，想为他找一份有身份有地位的职业。现在，我相信，我有幸跟她这位甥孙……"说到这儿，他又做了一次潘趣。

我鞠了一个躬，承认就是我，同时说，我姨婆跟我提起，有这样一个机会，我相信，我会很喜欢。我说，对这一行，我是很倾心的，所以立即就接受了这个提议。但是，我还不能绝对保证喜欢这一行，我还得对这有更多的了解。虽然这只不过是个形式问题，不过我觉得，在一无改悔地投身其中之前，最好还是有机会让我先试一试，看看我对这一行到底有多喜欢。

"哦，当然！当然！"斯潘洛先生说，"在我们这个事务所里，通常都给一个月——一个月的实习期。在我个人来说，给两个月——三个月——其实，即便不拘期限，也是没有关系的——不过，我还有一位合伙人，乔金斯先生。"

"学费，先生，"我问道，"是一千英镑吗？"

"学费，包括印花税，是一千英镑，"斯潘洛先生说，"我已跟特洛伍德小姐说过，我这人是从不在金钱上计较的，我相信，很少有人能像我这样。不过乔金斯先生在这类事情上，有他自己的主张，我不能不尊重他的意见。简单地说吧，乔金斯先生认为，一千英镑还太少哩。"

① 潘趣：英国传统滑稽木偶剧《潘趣与朱迪》中的滑稽木偶。

"我想，先生，"我仍想替姨婆省点儿钱，说，"这儿也许还没有这种规矩，要是一个签约的见习文书特别能干，对这一行完全精通时——"说到这儿，我不由得脸红了，因为这话听起来太像是夸奖我自己了——"我想，这儿还没有这种规矩吧，就是说，在他签约期内的后几年，允许给他一点儿……"

斯潘洛先生费了很大的劲，把他的头从硬领饰中伸出到可以摇动的部位，然后摇了摇头，他已预料到我要说出"薪水"这个词，回答说：

"没有这个规矩。要是我能做主的话，我本人对这一点有什么看法，我就不用说了。乔金斯先生的主张是绝对改动不了的。"

这位可怕的乔金斯先生，让我一想起来就惊恐万状。可是后来我却发现，他其实是个性情温和、外表忧郁的人，在这个事务所里，他始终置身幕后，只是老让人假他的名，把他说成是个人类中最顽固不化、最冷酷无情的人。要是有个雇员要求加点儿薪水，乔金斯先生坚决不予理睬。要是有个当事人迟付诉讼费，乔金斯先生会坚决要他立即付清。尽管这类事会使斯潘洛先生感到多么于心不忍（他总是这样），但是乔金斯先生死也不肯放松。天使斯潘洛的心和手一直都是张开的，可是让魔鬼乔金斯给管住了。直到后来，到了我年纪大一点儿时，我才想到，我亲自经历过的，还有另外一些单位和机构，那儿的人也是用斯潘洛-乔金斯事务所的这种手法来办事的！

当时我们就讲定，我可以随意在什么时候开始我那一个月的实习期，我姨婆也不必待在伦敦，一个月实习期满后，她也不必再来，因为以我为主体签订的合约，可以寄到家里让她签字。商量到这里，斯潘洛先生提议马上就带我去法庭，让我看看这是个什么样的地方。由于我也很想知道这一情况，我们便起身去看法庭了，让姨婆留下。她说，她可信不过那些地方，我想，她这是把所有法庭都看成随时会爆炸的火药厂了。

斯潘洛先生带我走过一个砖石铺地的院子，院子四周是整齐的砖房，从门上标着的那些博士的名字来推断，这些就是斯蒂福思对我说的那些学问渊博的辩护师们的官邸了。我们穿过这个院子后，进了位于左首的一间阴森森的大房间，我觉得这很像个小教堂。屋子的上首一头，有栏杆隔开，里面有一个马蹄形的台子，台两侧老式舒适的餐厅椅上，坐着几位穿红色长袍、戴灰色假发的绅士。我发现他们就是前面提到的博士。在马蹄形台子的弯曲处，上面有一张讲台似的小桌子，桌子后面坐着一位半闭着眼睛的老绅士。要是我在鸟棚里看到他的话，准会把他当成一只猫头鹰的。可是我听说，原来他就是首席法官。在马蹄形台子凹进的部分，也就是说跟地面差不多高的地方，有几位跟斯潘洛先生同样级别的绅士，他们也都穿着白毛皮镶边的黑色长袍，坐在一张绿色的长桌后面。他们的领饰都又硬又挺，我觉得他们看上去都很神气。不过后来我发现，说他们神气，实在是冤枉了他们，因为当他们中的两三位，站起来回答首席法官的问话时，我从来没见过比他们更温顺的人了。作为代表旁听审判的，只有一个围围巾的男孩儿和一个偷偷从口袋里掏面包屑吃的破落户，他们正在法庭中央的一个火炉旁烤火。打破这儿死气沉沉冷寂气氛的，只有火炉发出的吱吱声和一位博士的说话声。这位博士正在整整一图书馆的证据中漫游，偶尔停下来发表一点儿议论，就像长途旅行中在路边的小客栈里停下休息一下似的。总之，在我这一生中，从来没有参加过像这般舒适安逸、昏昏欲睡、古色古香、忘记时间、脑疲眼乏的小小家庭聚会。我心里想，如果得以加入，不管担任什么角色，都是十分舒服的，让人有吸鸦片之感——只是别做一个打官司的当事人。

对于这个隐蔽之地，如梦似的情景，我感到非常满意，就对斯潘洛先生说，看过这儿就够了，于是我们就回到事务所，然后我就跟姨婆一起离开博士公堂。当我们走出斯潘洛-乔金斯事务所时，我感到自己非常年轻，因为那些文书雇员都用笔互戳，朝我指指点点。

我们回到了林肯法学院广场，一路上没有遇到什么新的意外，只有一头给小贩拉果菜车的倒霉驴子，引起我姨婆痛苦的联想。平安回到旅馆后，我们又就我的计划做了一番长谈。我知道姨婆急于回家，火警、饮食、扒手全都让她苦恼着，使她在伦敦不得有半个小时的安宁。所以我劝她不必为我放心不下，让我独自留下来自己照顾自己好了。

“虽然我来这儿还不到一个星期，不过我也一直都在考虑这个问题，我亲爱的，”姨婆说，“在阿戴尔菲区有一小套带家具的公寓要出租，特洛，给你住再合适不过了。”

她说了这几句简短的开场白后，就从口袋里掏出一张小心地从报纸上剪下来的广告，上面说，阿戴尔菲区的白金汉街有一套带家具的公寓出租，精致合宜，俯视河景，适合做年轻绅士——不论是否为法学会成员的幽雅住所，租金低廉，立时即可迁入。如因条件所限，仅住一月亦可。

“哦，这正是我要找的，姨婆！”我说道，想到我能独住一套房间，好不神气，脸都红了。

“那就走吧，”姨婆回答，立刻戴上她一分钟前刚摘下的帽子，“我们去看看。”

我们就去了。广告上说租房可找同一幢屋的克拉普太太，于是我们就拉门铃，以为就能通知到克拉普太太。可是直到我们一连拉了三四次门铃，才好不容易使她跟我们见面。她终于出现了，是个粗壮高大的女人，穿一件紫花布长袍，下面露出法兰绒衬裙的荷叶边。

“请你让我们看看你那套要出租的房间，太太。”姨婆说。

“是给这位先生住吗？”克拉普太太说，伸手到口袋里掏钥匙。

“是的，给我的这个甥孙住。”我姨婆说。

“那套房间给这位先生住真是太好了！”克拉普太太说。

于是我们上了楼。

这套房间就在这幢房子的顶层——这是我姨婆认为很重要的一点，因为离太平门近——有一个半明半暗的小门厅，你在这儿几乎看不清东西，有一间黑暗的小食具间，这儿什么也看不见，还有一间起居室，一间卧室。家具相当旧，不过对我来说，已经很不错了。果然，窗外就是泰晤士河。

既然我喜欢这地方，我姨婆和克拉普太太就退到食具间里去讨论租金的事了，我则坐在起居室的沙发上，几乎不敢奢望自己居然有幸能住上这样一套高贵的房间。经过一段时间一对一的格斗后，她们回到了起居室，我从克拉普太太和我姨婆的脸上看出，租约已经订好了。我大为高兴。

“这些家具，都是前一位房客的吗？”我姨婆问道。

“没错，是他的，太太。”克拉普太太回答。

“他怎么了？”我姨婆问。

克拉普太太突然剧烈地咳嗽起来，她一面咳，一面费劲地断断续续地说：“他在这儿病了，太太，后来——喀！喀！喀！哎呀，我的天！他死啦！”

“喂！他怎么死的？”我姨婆问道。

“嘿，他呀，太太，喝酒喝死的，”克拉普太太像说悄悄话似的低声说，“还有烟。”

“烟？你说的不是烟囱的烟吧？”我姨婆说。

“不是的，太太，”克拉普太太说，“是雪茄和烟斗。”

“不管怎么样，特洛，这不会传染。”我姨婆转向我说。

“当然不会。”我说。

简单地说，我姨婆看到我这样喜欢这套房间，就租了一个月，到期后可续租十二个月。克拉普太太要供应床单、桌布，负责我的饮食；至于所有其他的必需品，也都已全部齐备。克拉普太太则明确表示，她要永远像对待自己的儿子一样来对待我。我决定后天就搬来住。克拉普太太说，谢天谢地，她这回可找到一个她可以照顾的人儿了！

我们在回旅馆的路上，我姨婆对我说，她坚信，我将要过的这种生活，一定会使我增强坚定精神和自立能力，而这正是我所需要的。第二天，我们忙着安排怎样把放在威克菲尔先生家的衣服和书籍运来伦敦的事，在这中间，她又把前面说的那番话重复了好几遍。关于运衣服、书籍的事以及我这次度假的全部情况，我给爱格妮斯写了一封长信，请姨婆带去，因为姨婆明天就要回去了。有关的一切细节，我就不必在这儿赘述了，我只需补充一句：在我实习的这个月里，一切可能需要的开支，姨婆都给足了钱。斯蒂福思没有在她走之前来，这使我和姨婆都大失所望。我看到她安然地坐在开往多佛的公共马车上，想到那些乱闯的驴子就要倒霉了，心里感到很高兴；珍妮特就坐在她的旁边。马车走了之后，我转脸朝向阿戴尔菲，想起了从前我经常在那些地下拱门一带闲逛的日子，也回味着把我带到上层来的种种幸运变化。

第二十四章　初涉放荡生活

独自占有一座高高的城堡，把外面的那道门一关，就像鲁滨逊进入自己的堡垒后把梯子扯起[①]一样，实在是件十分舒心的事。口袋里放着自己房间的钥匙，在城里四处闲游，知道可以邀请任何人来家做客，相信只要对自己没有什么不便，就绝不会对别人有什么不便，这是件了不起的美事。进进出出，来来去去，完全由着自己，用不着跟任何人关照一声，有事时把铃一拉，克拉普太太就得气喘吁吁地从地底下上来——当她愿意上来时——这也是件很愉快的事。所有这一切，我说，都是舒心愉快的美事，不过我也得说，也有非常寂寞无聊的时候。

在早晨，特别是天气好的时候，一切都很美好。白天，我自由自在，生活很新鲜。在灿烂的阳光下，生活则更加新鲜，更加自由自在。可是一到太阳西沉，这种生活似乎也就随之消沉了。我不知道是怎么回事，烛光之下很少有美好的时候。这种时候，我很想有人跟我谈谈话。我想念爱格妮斯。没有那个微笑着倾听我心声的人儿在场，我感到眼前一片可怕的空虚。克拉普太太则离我似乎有千里之遥。我想起了前面那个死于烟酒的房客，真希望他活得好好的，不要用死来惹得我孤寂烦恼。

才过了两天两夜，我却觉得好像已经在那儿住了整整一年了。我未见有什么成长，仍和往常一样，为自己的年轻幼稚而苦恼。

斯蒂福思仍未露面，我担心他一定病了。第三天，我提前离开博士公堂，徒步前往海盖特。斯蒂福思太太见了我很高兴，她告诉我，她儿子跟一个牛津的同学一起去看另一个住在圣奥尔本斯附近的同学了，不过她估计他明天就能回来。我实在太喜欢斯蒂福思了，我觉得，我都妒忌起他那两位牛津同学来了。

斯蒂福思太太硬要留我在她家吃晚饭，我也就遵命留下了。我相信，那一天我们没谈别的，净谈斯蒂福思的事。我告诉她，亚茅斯的人有多喜欢他，他是个多么令人愉快的伙伴。达特尔小姐做了许多委婉的暗示，还提了不少诡秘

① 见笛福所著《鲁滨逊漂流记》。

的问题，对我们在那儿的活动很感兴趣，老是问："可这是真的吗？"这话说了多次，把她想知道的事，全从我嘴里给套出来了。她的外表跟我第一次见到她时所描绘的完全一样。可是跟这两位女人相处是如此令人愉快，使我感到非常舒畅自然，我都觉得有点儿爱上她了。那天整个晚上，特别是在夜间走回寓所时，我禁不住几次想到，要是她能在白金汉街和我做伴儿，那该多美好啊。

早上，在去博士公堂前，我正在喝着咖啡，吃着面包卷时——我不妨在这儿顺便提一句，克拉普太太放的咖啡那么多，可那咖啡却那么淡，想想真让人觉得奇怪——斯蒂福思突然走进我的房间，这使我感到无比的高兴。

"我亲爱的斯蒂福思，"我喊着说，"我开始以为我这辈子再也见不到你了呀！"

"我回家的第二天早上，"斯蒂福思说，"就让人给硬拉走了。嘿，雏菊，你在这儿是个多么少见的老光棍儿啊！"

我极为得意地带他看了我的这套房间，连那间食具间也没漏掉。他看了后大加称赞。"我告诉你吧，小老弟，"他补充了一句，"我要把这儿当成我在城里的下榻处，除非你对我下逐客令。"

我听了这话有说不出的高兴。我对他说，要是他等我下逐客令，那可得等到世界末日哩。

"不过你得先吃点儿早饭！"我说着，把手放在拉铃的绳子上。"克拉普太太会给你新煮点儿咖啡，我给你在这儿的光棍儿用的荷兰烤炉上烤点儿咸肉。"

"不，不！"斯蒂福思说，"别拉铃！我不能在这儿吃！我要去跟那两个家伙中的一个一起吃早饭，他住在科文特加登的皮阿艾旅馆。"

"那你会回来吃晚饭吧？"我说。

"不成，我说的是实话。能来你这儿吃晚饭，我真是再高兴也没有了。不过我得跟他们两个在一起。我们三个明天一早就要一块儿上路。"

"那就把他们两个也带来这儿吃晚饭吧，"我回答说，"你想他们会来吗？"

"哦！他们跑着来还来不及哩，"斯蒂福思说，"不过这会给你添麻烦。你最好还是跟我们一起，去哪个饭馆吃一顿吧。"

我怎么也不能同意他这个建议，因为我本来就想到，我一定得搞一次小小的乔迁宴会，再没有比这更好的机会了。我这套房间经斯蒂福思一称赞，我更引以为荣了，极想把它的效能大大发挥一下。因此我硬逼他全权代表他那两位朋友，保证答应前来赴宴，我们把宴会的时间约定在六点钟。

斯蒂福思走后，我拉铃叫来了克拉普太太，把我这不顾一切的计划告诉了她。克拉普太太说，首先，不能指望她亲自来伺候，这一点大家当然都很清楚，不过她认识一个伶俐的小伙子，她想她能够劝说他前来干这个活儿，酬劳大约五先令就行，小费可以随意。我说，我们当然要用他。其次，克拉普太太说，她一个人不能同时分身在两个地方，这是很明显的（我也认为这很有道理），所以食具间里少不了得有个“小丫头”，给她点上一支卧室用的蜡烛，让她在那儿不停地洗碗洗盘子。我问用这么个年轻姑娘得花多少钱，克拉普太太说，她料想，十八个便士既不会让我富起来，也不会使我穷下去。我说，我也认为不至于那样，于是这件事也就这样说定了。克拉普太太接着说，现在再说说晚宴的菜吧。

给克拉普太太打造厨房炉灶的铁匠实在缺乏远见，明显的例子是，她的这个炉灶，除了能烧排骨和土豆泥外，什么菜都不能做。至于说到煎鱼锅，克拉普太太说：“行啦！你是不是只消去厨房看一下就明白了？”她不能说得比这更清楚了。我是不是去厨房看一下？我即使去看了，也不见得能明白多少，所以我就推辞了，同时说：“那就不要海味了吧？”可是克拉普太太却说，别这么说，这会儿牡蛎正当令，为什么不来道牡蛎呢？于是这道菜也就定下来了。接着，克拉普太太说，她的建议是这样：两只热烤鸡——从食品店里买；一盘炖牛肉，外加蔬菜——从食品店里买；两只小配碟，如一只发面馅饼，一碟腰子——从食品店里买；一道水果馅饼，再加一道果子冻（如果我喜欢的话）——从食品店里买。这样，克拉普太太说，她就可以不受牵制，把精力全都集中在土豆，以及她但愿能做好端上桌面的干酪和芹菜上了。

我按照克拉普太太的意见办理，亲自到食品店订购了各种菜肴和点心。过后从斯特兰德大街经过时，我看到一家火腿牛肉铺的橱窗里，摆有一种坚硬的、上面有斑点的东西，看上去像大理石，而标签上标的是“仿海龟[①]”，我进去买了一大块，我后来有理由相信，那块东西本来是够十五个人吃的。我好不容易才说服克拉普太太把它热一热，可是等端上来时，全化成了汤，竟缩得这样厉害。我们发现，正像斯蒂福思说的，四个人吃都“相当紧张”了。

各种菜点总算准备齐全，我又在科文特加登的市场上买了点儿水果甜点，还在附近的酒类零售店里订购了不少酒。当我下午回寓所时，看到食具间的地上，酒瓶摆成了方阵，竟有这么多酒（虽然还少了两瓶，把克拉普太太弄得很不好意思），简直把我吓了一大跳。

斯蒂福思的朋友，一个叫格兰杰，一个叫马卡姆。他们两个都是非常欢快、活泼的小伙子。格兰杰比斯蒂福思稍微大一点儿，马卡姆看上去很年轻，我看还没过二十。我发现，马卡姆说到自己时，总是用不定式“一个人”，很少或从来不用第一人称单数。

“一个人在这儿可以过得很好，科波菲尔先生。”马卡姆说——他这是指他

① 仿海龟：由小牛肉加作料等制成。

自己。

“这儿环境不错，”我说，“房间还真宽敞。”

“我希望你们两位把胃口都带来了。”斯蒂福思说。

“说实话，”马卡姆说，“伦敦这地方让一个人胃口大开。一个人一天到晚老觉得饿。一个人得一直不断地吃东西。”

一开始，我感到有点儿尴尬，觉得自己太年轻，做不了主人，所以晚餐开始时，我硬要斯蒂福思坐在主人位子上，我则坐在他对面。一切都很好，我们都敞开喝酒。斯蒂福思当主人当得好极了，他尽力发挥自己的才能，使得席上的一切无不尽善尽美，欢乐的笑声一刻也没有间断。但是在整个晚宴中，我自己并没有尽到我希望尽到的东道主之谊，因为我的座位正对着门，我的注意力常常被那个伶俐的小家伙所吸引，他老是溜出房间，随后他的影子便映在门口的墙上，嘴巴对着酒瓶。那个“小丫头”也弄得我坐立不安，倒不是她不尽本分，没洗盘子，而是她老是敲破盘子。原因是她生性好奇，不肯待在食具间里（像事先吩咐她的那样），不断地朝我们的房里张望，但又怕被我们发现，有好几次她吓得往回缩时，都踩到了她自己仔细地摆在地上的盘子上，踩坏了不少。

不过这些都是小小的憾事，当桌布撤去，摆上甜点水果时，这些事很快就被我忘了。到了这时，我发现那个伶俐的小伙子已经舌头僵硬，连话都说不出来了。我悄悄对他说，要他去找克拉普太太，同时把那位“小丫头”也打发到地下室去，这样我自己就可以尽情享乐了。

我开始觉得越来越高兴，心情变得越来越轻松。各种各样忘记大半的可谈之事全都涌上我的心头，使我的话不同寻常地滔滔不绝。听了自己的笑话和别人的笑话，我都纵情大笑。由于斯蒂福思不肯把酒递过来，我对他大声发出警告。我说了不止一次，要跟他们一起去牛津，还当众宣布，打算每周都来一次这样的宴会，如有变更，另行通知。我发疯似的从格兰杰的鼻烟盒里吸了那么多鼻烟，结果不得不跑进食具间，偷偷打了十分钟的喷嚏。

我继续这样胡闹着，酒递得越来越快，没等一瓶酒喝完，就又拿起瓶塞钻打开另一瓶。我提议为斯蒂福思的健康干杯，说他是我最亲密的朋友，我童年时代的保护人，壮年时代的伴侣。我说，能为他的健康干杯，我感到十分高兴。我还说，我欠他的情，永远也还不清，我对他的敬佩，永远也无法用语言表达。我用下面的话作为结束：“我提议为斯蒂福思干杯！愿上帝保佑他！万岁！”我们敬了他三次三连杯，后来又来了一次三连杯，最后又干了一大杯作为结束。我绕过桌子去跟他握手时，打破了我的酒杯，我一口气对他说：“斯蒂福思，你是我一生的指路明星。”

我说着，说着，突然发现有个人在唱歌，正唱到一支歌的中间。唱歌的是马卡姆。他唱道，“当一个男人心情烦恼苦闷时[①]”，唱完后他提议为“女人”干杯。我反对他的提议，不许他这样做。我说，这样干杯不恭敬，在我家里绝不允许这样干杯，要是说“夫人”“小姐”，那就另当别论了。我对他火气很大，主要是因为我看到斯蒂福思和格兰杰在笑我——或者是笑他——要不就是在笑我们两个人。他说，一个人不能听别人的指使。我说，一个人得听别人的指使。他又说，一个人绝不能受别人的侮辱。我说，他这话倒说对了——在我家里，绝不会有这种事，这里的家庭守护神是神圣的，敬客的礼数在这里是至高无上的。他说，承认我是个极好的人，并不损害一个人的尊严。我听了这话，马上提议为他的健康干杯。

有人吸烟。我们就全都吸烟。我也吸起烟来，同时使劲忍住想要颤抖的感觉。斯蒂福思发表了一篇有关我的演说，我听着听着感动得几乎流下眼泪。我对他做了答谢，同时希望在场的几位朋友明天、后天都再来跟我一起吃晚饭——每天五点钟开始——这样我们就可以享受到一长夜相聚、交谈的乐趣。我觉得我应该提出一个人来为之干杯。我对他们提出了我姨婆，于是我们为女性中的杰出人物——贝特西·特洛伍德小姐干杯！

有个人从我卧室的窗口探身出去，把前额贴在阳台冰冷的石栏杆上，同时感受拂在脸上的微风。这个人就是我。我对自己叫了一声“科波菲尔”，并且说：“你为什么要学抽烟啊？你原本就该知道，你是不会抽烟的呀。”这时，有个人摇摇晃晃地站在那儿照镜子。这个人也是我。镜子里的我，面色煞白，两眼失神，头发——只有我的头发，没有别的——看起来像喝醉的样子。

有个人跟我说：“我们去看戏吧，科波菲尔！”我的眼前没有了卧室，只有上面杯盘狼藉的桌子，还有灯。格兰杰在我右边，马卡姆在我左边，斯蒂福思在我对面——我们全都坐在雾中，而且相隔得很远。看戏去？好极了，是该看戏去。走哇！不过我要看着大家先出去，他们得让我最后一个走，我得把灯熄掉——以防火灾。

由于在黑暗中有点儿慌乱，门不见了。我一直在窗帘那儿摸索，想找到门。斯蒂福思笑着挽起我的胳膊，把我领出门外。我们一个接一个地下了楼。快到底下时，有个人跌倒了，滚下了楼梯。另外有个人说，跌倒的是科波菲尔。我听了这句胡说八道的话，大为恼火。后来我发现自己仰卧在过道里，才想到，这句话也许有点儿根据。

那天晚上雾很大，街上的路灯都有个大圈圈！有人含含糊糊地说，下雨

① 引自《乞丐的歌剧》第二幕第三场中的一支歌。接下去的一句为“只要女人一露面，满天云雾都散去”。

了。我却认为这是霜气。斯蒂福思在路灯柱子下给我掸去身上的泥土，把我的帽子整理好。这顶帽子，不知是什么人从什么地方弄来的，又瘪又皱的，已经完全不成样子，而我原来是没有戴帽子的。这时，斯蒂福思说："你没事吧，科波菲尔？怎么样？"我对他说："再熬（好）也没有了。"

有个人，坐在一个鸽子笼似的窗洞里面，朝外面的雾气看着，他不知从什么人的手里接过钱，问我是不是跟付钱的先生是一起的。他显得有点儿犹豫的样子（我瞥了他一眼时看出），是不是要收下给我买票的钱。一会儿工夫，我们来到热气腾腾的戏院里一个很高的地方，朝下看有个大坑，我觉得坑里好像正在冒烟。坑里的人挤得满满的，一点儿也看不清楚。还有一个大舞台，比起刚才见到的街道来，干净光滑多了。台上有人正在说着什么，可是一点儿也听不懂。有很多明亮的灯，有音乐，下面的包厢里还有女客，此外还有什么，我就不知道了。我觉得，整个房间好像都在学游泳，我想要它稳住时，它却做出那样莫名其妙的样子。

按照不知是什么人的提议，我们决定转移到楼下有女客的礼服包厢[1]。一个身穿大礼服的绅士，伸腿靠在沙发上，手里拿着一具看戏用的小望远镜，从我眼前移动而过，移动而过的还有我自己在镜子里的整个身影。接着有人把我领进一个包厢。我就座的时候，听到自己说了一句什么，我四周的人就对着一个人喊"安静"。女客们都愤愤地看着我——还有——哎呀！没错！——爱格妮斯，也坐在这个包厢里，就坐在我前面的位子上，身旁有一位女士和一位绅士，我都不认识。现在我又看到她的脸了，我敢说，比当时看到的还清楚。她掉过头来看着我，带着令人难忘的痛心和惊诧。

"爱格妮斯！"我口齿含糊地叫她，"哎呀呀！爱格妮斯！"

"别嚷嚷！我求你了，"她回答说，我不明白她为什么不让我叫她，"你打扰了别人啦。看台上吧！"

听了她的话，我尽量想把目光盯在台上，想听一听台上都在说些什么，可这是白费力气，渐渐地，我又朝她看，发现她退缩到一个角落里去了，还用戴着手套的手按着前额。

"爱格妮斯！"我说道，"我觉得你不太苏（舒）服呢。"

"没事，没事，你别管我，特洛伍德，"她回答说，"听我说！你一会儿就走吗？"

"我一贵（会儿）就斗（走）吗？"我重复了一遍。

"是呀。"

我有一个愚蠢的念头，想回答她说，我要等在这儿，送她下楼。我现在

① 坐这种包厢的人，需穿大礼服。

想，当时我不知怎么的总算把这表达出来了，因为她仔细地看了我一会儿后，好像明白了，然后低声对我说：

"要是我对你说，我这话是非常认真的，我知道，你是会听我的话的。现在就走吧，特洛伍德，看在我的分儿上，请你的朋友送你回家吧。"

她的话使我的头脑清醒了不少，因为这时我虽然生她的气，但是心里觉得很羞愧。我只简单地说了一声"再淹"（我的意思是说"再见"），就站起身来走了。他们跟在我的后面。我一脚跨出包厢的门，便进了我的卧室。这时只有斯蒂福思一个人跟我在一起，他帮我脱了衣服。我告诉他，爱格妮斯是我的妹妹，并且恳求他把瓶塞钻拿给我，我好再开一瓶酒。

有个人躺在我的床上，一整夜做着乱七八糟的梦，这些梦反反复复做着，说着互相矛盾的话，做着互相矛盾的事——那张床则成了波涛起伏的海洋，永无静止！那个人，慢慢地变成了我。我开始感到干渴，我浑身上下的皮肤好像都成了硬邦邦的木板；我的舌头像用久生垢的空水壶壶底，像在慢火上烤干了似的；我的手掌像灼热的铁板，冰也没法儿使它冷却！

可是到了第二天，我清醒过来之后，我在思想上感到多么痛苦，多么后悔，多么羞愧！我犯了上千种我已记不清的过失，而且再也无法补赎了——我想起了爱格妮斯朝我看时那令人永远难忘的神情——没法儿跟她联系，使我痛苦不堪。我真像个畜生，不知道她怎么来到伦敦，也不知道她住在什么地方——这间行乐欢宴过的房间里的景象，看了让我作呕——我的脑袋疼得要裂开似的——难闻的烟味，狼藉的杯盘；不要说出不了门，就连起床都起不来了！唉，那是怎样的一天啊！

唉，那天晚上，那是一个怎样的晚上啊！我坐在火炉旁，面前放着一盆浮满油星的羊肉汤。我心里思忖，我就要重蹈前一个房客的覆辙了，不但接着住他的房间，还要承袭他悲惨的身世了，我真想立即前往多佛，袒露这一切！那是一个怎样的晚上啊！当克拉普太太来撤掉汤盆，端上一个用干酪碟子盛着的腰子，说这是昨晚宴会剩下的唯一东西时，我真想要伏在她穿着紫花布上衣的胸口，怀着衷心的悔意，对她说："哦，克拉普太太，克拉普太太，别管什么剩下的东西了，我心里难过极了！"不过，即使在那种情况下，我还是怀疑，克拉普太太是不是那种可以对之推心置腹的人。

第二十五章　吉神和凶神

过了那头痛、恶心、后悔的糟透的一天之后，到了第二天早上，对我请客的那个日子，我心里有着一种奇怪的混乱想法，仿佛有一群力大无穷的巨神，用一根硕大无朋的撬棍，把前天这一天，撬推到几个月前去了。当我怀着这种想法正准备出门时，看到一个佩戴证章的差役[1]，手里拿着一封信，正往楼上走来。他原本正在慢条斯理地消磨他的出差时间，可是一看见我正在楼梯顶上的栏杆旁看着他，便急忙来了一阵小跑，气喘吁吁地跑上楼来，仿佛他是一路跑来，跑得筋疲力尽似的。

“特·科波菲尔老爷的。”信差用小手杖往帽檐上碰了碰，说。

我几乎不敢承认这就是我的名字，因为我深信这封信是爱格妮斯写来的，为此感到心慌意乱。不过，我还是对他说，我就是特·科波菲尔老爷。他相信了，把信递给了我，并说要带回回信。我把他关在门外，要他在楼梯口那儿等我的回信。我又回到自己的屋子里。由于太紧张，我不得不把信放在餐桌上，先熟悉一下信封，然后才下决心开封。

等把信拆开后，我发现信里只有短短的几句非常亲切的话，一点儿没有提及我在戏院里的情况。信上只说：“我亲爱的特洛伍德，我现住在我爸爸的代理人沃特布鲁先生家，在霍尔本大街的伊利路。今天你能来看我吗？时间随你定。你永远的朋友爱格妮斯。”

为了要写一封比较满意的回信，我花了很长时间，不知道那个佩戴证章的差役会怎么想，也许会认为我是个初学写字的人哩。我至少写了六封回信。有一封是这样开头的，“我亲爱的爱格妮斯，我多么希望能从你的记忆中抹去那令人作呕的印象，”——写到这儿，认为不好，便撕掉了。从头写了一封，“我亲爱的爱格妮斯，莎士比亚曾经说过，一个人居然会把一个仇敌放进自己的嘴里[2]，这多么奇怪呀！”——这使我想起了马卡姆，所以又写不下去了。我甚至

① 当年伦敦市一种有执照的差役。

② 出自莎士比亚的《奥赛罗》第二幕第三场，原文为：“哦，人们居然会把一个仇敌放进自己的嘴里，让它偷去他们的头脑！”此处将“人们”改成了“一个人”，所以使大卫想起了马卡姆，因马卡姆惯用“一个人”。文中的“仇敌”指酒。

想写成一首诗，用六个字一行来写封短信，“哦，千万别忘记，”——不过这使我联想起十一月五日[①]，这就变得荒唐可笑。我试着写了好几次，最后才写道:“我亲爱的爱格妮斯，你的信正如你的为人，此外，我还能说出什么比这更高的赞美呢？我四点钟去看你。你亲爱而又悔恨交加的特·科。”佩戴证章的差役终于拿着这封信走了（信一交给他，我心里立刻就开始动摇，数十次想把信要回来）。

博士公堂里那班执法的先生们，那一天要是有我一半的恐慌不安，那我就真诚地相信，他们在那个腐朽陈旧的教会机构中所犯的罪过，就可以得到一定的赎免了。我虽然三点半就离开事务所，几分钟后就到达约定地点，可是我一直在那儿徘徊，根据霍尔本大街圣安德鲁教堂的钟，直到超过约定时间整整一刻钟，我才鼓足勇气、孤注一掷地去拉沃特布鲁先生家左边门柱上的门铃。

沃特布鲁先生事务所的一般公务都在楼下办理，高雅的事务（这种事务有不少）则在楼上接待。我被领进一间布置精致，但似欠宽敞的客厅，只见爱格妮斯就在里面，正在编织一个小钱袋。

她看上去那么安详、和蔼，使我想起了在坎特伯雷快活新鲜的学生生活，也想起那天晚上酒醉烟熏、神志不清的可鄙模样。当时没有别的人在场，于是我就痛加自责，羞愧万分——简单地说吧，我出了丑。我也不必隐瞒，我流下了眼泪。直到现在，我仍不能断定，整个说来，我当时那样做，是我所能做的最聪明的一招儿呢，还是最丢人现眼的下策。

“要是当时看到的是别人，而不是你，爱格妮斯，”我把脸转过一边说，“我就绝不会这样在意了。可是看到我出丑的偏偏是你！一开始，我真恨不得死掉才好！”

她的手在我的肩膀上放了一下——这一接触跟别的任何手都不一样——使我感到那么温存，那么舒畅，我禁不住把那只手放到我的嘴边，感激万分地吻了吻。

“坐下吧，”爱格妮斯高高兴兴地说，“别难过啦，特洛伍德。你要是连我都不能推心置腹地信任，那你还能信任谁呢？”

“哦，爱格妮斯！”我回答说，“你是保护我的吉神！”

她微微一笑，我觉得，笑得相当惨然，她同时摇了摇头。

“你是的，爱格妮斯，是我的吉神！永远是我的吉神！”

“要是我真是你的吉神的话，特洛伍德，”她回答说，“那有一件事，我非做不可。”

---

① 英国有一首民歌，歌词为“千万别忘记/十一月五日/火药阴谋案/……”有关“火药阴谋案”，见本书第十章注。

第二十五章　吉神和凶神

我带着探询的表情看着她，不过我已料到她说的是什么了。

“那就是，我得对你提出警告，”爱格妮斯说，目不转睛地看着我，“要提防你的凶神。”

“我亲爱的爱格妮斯，”我说，“要是你指的是斯蒂福思……”

“我指的正是他，特洛伍德。”她回答说。

“要是那样，爱格妮斯，你就大大冤枉他了。他怎么会是我的凶神！或者是任何别的人的凶神呢！他，不是别的，而只是我的指导者，我的支持者，我的朋友！我亲爱的爱格妮斯！你看到我那天晚上的情形，就对他下判断，这是不是太不公平了？是不是也不像你的为人？”

“我不是凭那天晚上看到你的样子来断定他的为人的。”爱格妮斯平静地回答说。

“那凭的是什么呢？”

“凭许多事——这些事，就它们本身来说，都不是什么大不了的事，不过把它们合在一起，在我看来，就不是那么简单了。我判断他的为人部分是根据你平时提到他的事，特洛伍德，部分是根据你的为人以及他给你的影响。”

她的柔和的声音，似乎始终有着一股力量，触动着我的心弦，从而跟她的声音相呼应。她的声音从来是恳切真挚的，不过当它像现在这样十分恳切真挚时，就有一种使我非常驯服的感动力。我坐在那儿看着她，她低头看着手中的针线活儿。我坐在那儿，好像依然在倾听她说话，而斯蒂福思，虽然我非常爱戴他，却在她的声调中变得暗淡无光了。

“我这是太大胆了，”爱格妮斯又抬起头来说，“像我这样一个离群索居、对于世事人情知道得那么少的人，居然给你提出如此明确的忠告，或者说有这样强烈的意见，在我来说，的确是太大胆了。不过我清楚，我之所以会这样做，特洛伍德——是因为我们从小一块儿长大，我记得很真切，对于你的一切我都真心关切。正因如此，我才有这么大的胆子。我敢说，我说的都是对的，是十分有把握的。当我警告你，说你结交了一个危险的朋友时，我觉得，跟你说话的像是另一个人，而不是我。”

我又朝她看着，当她住口之后，我依然倾听着，斯蒂福思的形象，虽仍深藏在我心中，但变得更加暗淡无光了。

“我还不至于那么不近情理，”爱格妮斯停了一会儿，接着又用她往常的那种声调说，“指望你会，或者你能马上改变你已形成观念的感情，是办不到的。更不能指望你立即改变你根深蒂固的轻信人的脾气。你也用不着匆匆忙忙地就改。我只是要求你，特洛伍德，要求你一旦想起我时——我的意思是说……”说到这儿，她平静地微微一笑，因为我正想打断她的话头，而她也知道我这是为什么，她接着说，“每当你想起我时——你都得想想我对你说过的话。我说了这番话，你能原谅我吗？”

“到你能对斯蒂福思做出公正的判断，而且也能像我一样喜欢他时，”我回答说，“我就原谅你，爱格妮斯。”

“不到那时候就不原谅吗？”爱格妮斯说。

我这样说到斯蒂福思时，我看到她脸上闪过一片阴影，不过看到我对她微笑，她也立刻对我报以微笑。我们又像先前一样，无拘无束地坦诚相见了。

“那么，到什么时候，爱格妮斯，”我说，“你才会原谅我那天晚上的行为呢？”

“到我记起来的时候。”爱格妮斯说。

她本想把这件事就这样带过去了，可是我有满肚子的话要说，不答应让它就这样过去，硬要对她说明经过，我怎么会出丑，出了一连串怎样的偶然事件，最后怎么去了戏院。我把这一切全说了，又把我欠斯蒂福思的情，在我自己照顾不了自己时，他如何照顾我的详细情况，说了一番，心里才感到如释重负。

“你可别忘了，”我刚一说完，爱格妮斯就平静地改变话题，说，“你不但在陷入窘境时，而且在陷入情网时，也一定会告诉我的。现在接替拉金斯小姐的是谁呀，特洛伍德？”

“没有人，爱格妮斯。”

“有一个吧，特洛伍德。”爱格妮斯笑着说，还举起了一个手指。

“没有，爱格妮斯，我敢保证！不错，斯蒂福思太太家有一位女士，人很聪明，我很喜欢跟她聊天儿——她叫达特尔小姐——不过我并不爱慕。”

爱格妮斯又为自己敏锐的洞察力笑了起来，同时还对我说，要是我不瞒她，对她推心置腹，她就用个小本子，记下我每次热恋开始的日期、持续的时间、终结的年月，像英国史里国王和女王的记录在位的年表一样。跟着她又问我，有没有看到乌利亚。

“乌利亚·希普？”我说，“没有看到。他在伦敦？”

“他每天都来楼下的事务所，”爱格妮斯回答说，“他比我早一个星期来伦敦。我怕他来办让人不愉快的事，特洛伍德。”

“我能看出，这是一件让你不安的事，爱格妮斯，”我说，“会是什么事呢？”

爱格妮斯把手上的针线活儿放到一旁，双手交叉在一起，满腹心事地用她那双美丽、温柔的眼睛看着我说：

“我相信，他想要跟爸爸合伙。”

“什么？乌利亚？那个溜须拍马的卑鄙小人，他爬到那么高的地位了？”我愤愤不平地大声说道，“这件事你没有提出反对吗，爱格妮斯？你想一想，要是合伙了，会有什么结果。你一定要大胆地提出来。你绝不能由着你父亲走这蠢透了的一步。你无论如何要阻止住，趁现在还来得及。"

我这样说时，爱格妮斯仍看着我，对我的激愤，脸露微笑地摇着头，然后回答说：

"上次我们谈起爸爸的事，你还记得吗？在那以后不久——最多不过两三天——爸爸就把我刚才说的事，第一次透露给了我。他对我说这件事时，尽量想把这说成是他自己的主意，但他又无法掩饰这是别人逼他做的。看到他在这两者之间挣扎，真让人心酸。我感到非常难过。"

"别人逼他，爱格妮斯！是谁逼他呀？"

"乌利亚，"她犹豫了一会儿，回答说，"他已经弄得爸爸非依赖他不可了。他奸诈阴险，无孔不入。他抓住爸爸的弱点，助长这些弱点，利用这些弱点，直到——我就用一句话把我的意思说出来吧，特洛伍德——直到爸爸怕他为止。"

我清楚地看出，她本可以说得更多，她知道的，她猜疑到的也更多。可是我不便追问她，不能使她更加痛苦，因为我知道，她之所以没对我都说出来，是为了不使她父亲受伤害。我意识到，这事酝酿已久，所以才到了这种地步。是的，只要稍微想一下，就不能不意识到，事到如今，绝不是一朝一夕的事。因而我也就不作声了。

"他控制爸爸的能力，"爱格妮斯说，"是很大的。他嘴里说自己卑微，要感恩图报——这话也许是真的，我希望如此——不过他的地位是真正有实权的，我怕他滥用权力。"

我说他是个卑鄙小人，对这一说法，当时我觉得很满意。

"就在我刚才说到的那个时候，也就是爸爸对我说的时候，"爱格妮斯接着说，"他对爸爸说，他要离开，还说，他心里很难过，很不愿意离开，但是离开的话，可以有更好的前途。当时爸爸沮丧极了，你我从来没有看见过他那么忧伤。有了合伙这个补救计划后，他好像才放下心来，虽然他同时似乎也因合伙的事受到打击，既伤心又羞愧。"

"那这件事你是怎么对待的呢，爱格妮斯？"

"我做了我希望是对的事，特洛伍德，"爱格妮斯回答说，"既然认定，为了爸爸的平安，就得做出这样的牺牲，我就只好劝爸爸这么做了。我说，这样可以减轻他的工作负担——希望真能那样！——使我有更多跟他在一起的机会。唉，特洛伍德！"说到这儿，她哭了起来，泪流满面，用双手捂住了脸，"我几乎感到，我好像已经成了爸爸的仇人，而不是他的乖孩子了。因为我知道，由于疼爱我，他变了。为了把全部精力集中在我身上，他还缩小了交往和职务的圈子。我知道，他为了我，抛开了不知多少事。由于为我担心焦虑，他的生活蒙上了阴影，削弱了他的身心健康，因为他总是把一切都倾注在一个念头上了。要是我能把这纠正过来就好了！要是我能使他恢复原来的样子，那该有多好啊！因为我已经不知不觉地成了他衰老消沉的原因了！”

我还从来没有看到爱格妮斯哭过。以前，当我在学校里受到奖励回家时，我见过她眼含泪水；上次我们谈到她父亲时，也曾见过那种模样；当我们互相道别时，我曾见她把脸撇向一旁。不过我从来没有见过她这样伤心。看到她这样，我难过极了，我只能呆头呆脑地、无能为力地说：“求你了，爱格妮斯，别哭！别哭了，我的好妹妹！”

可是，爱格妮斯在品格和意志方面都比我强多了，不需要我长久恳求，不管当时我是否知道这一点，现在我可是清楚地知道了。她那美丽、沉静的仪态（在我的记忆中，她在这方面和任何一个人都不同）又恢复过来了，仿佛乌云已经散去，重又出现明朗的晴空。

“我们两人单独在一起的时间，不可能很多，”爱格妮斯说，“所以我得乘这机会，诚恳地求你，特洛伍德，要用友好的态度对待乌利亚，别讨厌他。别因为跟你意气不相投就憎恨他（我想你通常会那么做的）。他也许不应该受到那样的对待，因为我们还不能断定，他一定会干坏事。反正不管怎样，你要先想到爸爸和我！”

爱格妮斯没有时间再说下去了，因为房门打开了，沃特布鲁太太像只扬帆的船似的走了进来，她长得身材肥大——也许是穿的衣服肥大，我不能确切地说出是什么，因为我分辨不出哪是衣服，哪是人。我模模糊糊记得，好像在戏院里见过她，仿佛在一张灰蒙蒙的幻灯片里见过似的。但是她却十分清楚地记得我，而且还疑心我酒醉未醒呢。

不过，沃特布鲁太太渐渐发现，我是清醒的，而且（我希望如此）还是个谦虚谨慎的青年，对我的态度也就大大温和起来。起初她问我是不是常去公园，接着又问我是不是常去社交场所。当我对这两个问题都做了否定的回答后，我看出，她对我的好感又降低了，但是她优雅地掩盖了这种态度，邀请我第二天去吃晚饭。我接受了她的这一邀请，接着就向她们告辞。出门时，我又去事务所看了一下乌利亚，他不在，我留下了一张名片。

第二天我去赴晚宴时，一走到敞开着的沿街大门门口，就像一下子进了一个一股羊腰肉味的蒸汽浴室，我发现我并不是唯一的客人，因为我立刻认出了那个佩戴证章的差役，他已换了衣服，帮助那家的仆人，在楼梯口通报客人的姓名。他低声问我姓名时，尽量装出从来不曾见过我，但是我清清楚楚地认得他，其实他也清清楚楚地认得我。良心使我们俩变成懦夫[1]。

我发现沃特布鲁先生是位中年人，脖子很短，衬衣硬领宽大，只要再加上一个黑鼻子，就像一只哈巴狗了。他对我说，他有幸能认识我，非常高兴。我向他太太问好致敬后，他就郑重其事地把我介绍给一位令人敬而生畏的女士，她身穿黑丝绒长袍，头戴一顶很大的黑丝绒帽子。我记得，她的样子很像是哈姆莱特的近亲——姑且说是他的姑妈吧。

这位女士叫亨利·斯派克太太，她的丈夫也在这儿，他是个冷冰冰的人，因此他的脑袋上长的不是白发，而是像洒了白霜。大家对亨利·斯派克夫妇，不管是对男的还是女的，都极其尊敬，爱格妮斯告诉我，因为亨利·斯派克先生是某个机关或某个人物（我记不清是机关还是人物了）的律师，而这个机关或人物，是跟财政部有间接关系的。

我看到乌利亚·希普也在客人中间，他穿一套黑色衣服，一副卑躬屈膝的样子。我跟他握手的时候，他对我说，我还看得起他，他感到十分荣幸，我能屈尊跟他交往，他心里非常感激。我倒希望他对我少感激一点儿，因为由于感激，他整个晚上都在我身旁转悠，而且不论什么时候，只要我跟爱格妮斯说一句话，他一定用他那毫无遮掩的眼睛和死人般的面孔，从我们后面凶险地盯着我们。

还有别的客人——我觉得，他们为了应付这种场合，全像是冰过的酒一样。不过有一个客人，还没进来就引起了我的注意，因为我听见仆人禀报，他的名字叫特雷德尔先生！我听到这名字，脑子里立刻就回想起萨伦学校，我想这个人会不会是托米——那个老爱画骷髅的！

我怀着异常的兴趣，寻找着特雷德尔先生。他是个外表稳重、沉着的青年，有点儿怯生生的样子，长着一头令人发笑的头发，两只眼睛睁得大大的。他一进来就退避到一个偏僻的角落里去了，把他找到还真有点儿困难。后来我终于把他看清楚了。要不是我的视觉欺骗了我，那他毫无疑问是那个倒霉的托米了。

我来到沃特布鲁先生的面前，对他说，我相信我有幸在这儿见到一位老同学了。

“真的！”沃特布鲁先生颇为诧异，说，“你年纪这么轻，绝不会跟亨利·斯派克先生是同学吧？”

“哦，我说的不是他！”我回答说，“我说的是那位姓特雷德尔的先生。”

“哦，对，对！真的！”主人说，他的兴趣大减，“那倒可能。”

“要是他真是我说的那个人，”我说着，朝那人那边瞥了一眼，“那是在一

① 语出莎士比亚的《哈姆莱特》第三幕第二场，原句不是“我们俩”，而是“我们大家”。

所叫萨伦的学校里，我们在那儿同过学，他是一个非常好的人。”

“嗯，不错，特雷德尔这人是不错，”主人带着一种勉强迁就的神气，点着头说，“特雷德尔是个很不错的小伙子。”

“这真是太巧了。”我说。

“真是的，”主人说，“特雷德尔竟也在这儿，太巧了。因为本来请的是亨利·斯派克太太的兄弟，他身体有些不舒服，不能来，宴席上空出了一个位子，今天早上才补请了特雷德尔的。斯派克太太的兄弟是一位极有绅士风度的人，科波菲尔先生。”

我嘟囔了一声，表示同意。这已经够客气的了，因为我对亨利·斯派克太太的兄弟一无所知。我问沃特布鲁先生，特雷德尔现在从事什么职业。

“特雷德尔，”沃特布鲁先生说，“是个正在学法律的青年。是的，他是个很不错的小伙子——除了跟自己之外，他从不跟任何人作对。”

“他老跟自己作对？”我听了这话心里感到很不安，问道。

“嗯，”沃特布鲁先生噘起嘴回答说，一面带着一副满足得意的样子玩弄着表链，“我得说，他就是那种自碍前途的人。是的，我认为，举例说，他一年永远也挣不到五百英镑。特雷德尔是我一个同行朋友介绍给我的。嗯，是的，是的。他在起草诉讼要点和书面案情陈述方面，还是有点儿才能的。一年当中，我还能给他一点儿事做，这点儿事——对他来说——算是不少了。嗯，是的，是的。”

沃特布鲁先生时不时就带着一副满足得意的样子，说出“是的”这两个字，这给我留下深刻的印象。他说这两个字时，有着一种了不起的表情。这完全表明，这个人不仅生来就嘴含银匙[①]，而且还随身带着云梯，一级级攀登上人生的各个高度，现在他正站在堡垒的顶上，用哲人和恩人的眼光，看着下面壕沟里的芸芸众生。

我脑子里一直在想着这个问题，直到主人家宣布晚餐开始。沃特布鲁先生和哈姆莱特的姑妈一起下楼去了。亨利·斯派克先生陪着沃特布鲁太太。我本想去陪同爱格妮斯的，结果被一个脸带傻笑、两腿软弱无力的家伙抢先一步。乌利亚、特雷德尔，还有我，我们三个是客人中的后生之辈，尽可能后下楼。我没能陪同爱格妮斯，倒也不那么懊恼，因为这一来，我就有机会在楼梯上跟特雷德尔相见了。他非常热情地向我问了好。乌利亚则扭动着身子，装出一副既满意又自卑的样子，我真恨不得把他从栏杆上扔下去。

在餐桌上，特雷德尔和我被分开了，我们都被打发到两个很远的角落里，他坐在一位身穿大红丝绒的太太身边，笼罩在耀眼的红光中，我则坐在哈姆莱

① 意为生于富贵人家。

特的姑妈一旁，落在幽暗的阴影下。用餐的时间很长，席上谈的尽是贵族社会的事——还有血统。沃特布鲁太太不止一次对我们说，如果她有什么癖好的话，那就是血统了。

我不止一次想到，要是我们不这么讲高雅，那我们的谈话一定会进行得好一些。正由于我们大讲高雅，所以我们谈话的范围就非常狭窄了。席上有一对夫妇，格尔皮吉先生和格尔皮吉太太，他们跟英伦银行的法律事务有点儿间接关系（至少格尔皮吉先生是这样），于是一会儿谈英伦银行，一会儿谈财政部，像宫廷公报似的，我们便都排除在外了。使这种局面有所好转的是，多亏哈姆莱特的姑妈有一种家传的毛病，喜欢独白①，不管别人提出什么话题，她都会自言自语、杂乱无章地说个没完。话题当然还是不多的。不过，既然大家说来说去总要说到血统上，她也就跟她的那位侄儿一样，海阔天空地做起抽象的思考来了。

我们简直都成了一群吃人魔王了，谈话竟这么血淋淋的。

"我承认，我跟沃特布鲁太太的看法一致，"沃特布鲁先生说着，把酒杯举到眼睛跟前，"别的尽管一切都好，不过我要的还是血统。"

"哦，"哈姆莱特的姑妈说，"没有什么能比血统更让人感到这么快意的了！总之，在所有那些事物中，没有什么能像它这样尽善尽美的了。有些思想庸俗的人（我相信，这种人不多，但确有一些），他们宁愿如我说的去崇拜偶像。的的确确是偶像！崇拜功绩，崇拜知识，等等。但是这些东西都是捉摸不到的，而血统就不是这样。我们能在鼻子上看到它，知道那就是血统。我们能在下巴上看到它，我们就说：'那就是！那就是血统！'这是实实在在的东西，我们可以把它指出来。这是不容怀疑的。"

那个搀着爱格妮斯下楼，脸带傻笑、两腿软弱无力的家伙，我看，把这个问题说得更加明确。

"哦，各位知道，说到底，"这位先生说着，脸带傻笑地朝餐桌周围扫了一眼，"各位知道，我们不能不讲血统。各位知道，我们一定要讲血统。有些年轻人，各位知道，也许在教育和品行方面，有点儿配不上他们的身份地位，或许是做了一些错事，各位知道，这使得他们自己和别人陷入了各种困境——反正就那么回事——但是说到底，想到他们是有血统门第的，也就高兴了！在我来说，不管什么时候，我情愿让一个有血统门第的人打得趴下，也不愿让没有血统门第的人把我扶起。"

这番把全部问题概括无余的宏论，使大家极为满意，因而都对他另眼相看，直到太太小姐们退席。在这之后，我发现，一直都冷淡待人的格尔皮吉先

① 此处戏指莎士比亚的《哈姆莱特》中哈姆莱特有很多独白。

生和亨利·斯派克先生，现在结成了防御联盟，来对付我们这些共同敌人，隔着桌子进行了一番神秘莫测的对话，为了打败我们，把我们打倒在地。

“那份四千五百英镑债券的事，并没有像原先预料的那样进展顺利，斯派克。”格尔皮吉先生说。

“你是说A公爵的债券吗？”斯派克先生说。

“是B伯爵的债券！”格尔皮吉先生说。

斯派克先生把眉毛一扬，露出非常关心的样子。

“这个问题提交到一个爵爷那里——他的名字我就不说了。”格尔皮吉先生说到这儿，就停下不说了。

“我明白，”斯派克先生说，“是爵爷。”

格尔皮吉先生微微点了点头：“提交给他后，他的答复是：‘拿钱来，要不，不能豁免。’”

“哎呀，我的天！”斯派克先生叫了起来。

“‘拿钱来，要不，不能豁免，’”格尔皮吉先生又斩钉截铁地重复了一句，“第二继承人——你明白我说的是谁吗？”

“是K吧。”斯派克先生脸色阴沉地说。

“K明确表示不能签字。他们为这事特意到纽马克特找他，可他断然拒绝签字。”

斯派克先生对这事如此关心，听了这话竟变得呆若木鸡了。

“因此，这件事眼下就成了僵局了，”格尔皮吉先生说着，把身子向后往椅子上一靠，“因为这件事关系重大，要是我没能讲清的话，我想我们的朋友沃特布鲁一定会原谅我的。”

据我看来，能在自己的餐桌上，听到这样重大的事件和这些大人物的情况，即使是说得很委婉，沃特布鲁先生其实还是感到很荣幸的。他装出一副听了后沮丧的样子（其实，我相信，对这番谈话的了解，他不见得比我多），还对格尔皮吉先生的审慎态度表示赞同。斯派克先生在听了这样的秘闻之后，自然也就乐于把自己知道的秘闻惠赠给他的朋友了。因此在前一番对话之后，紧接着又来了另一番对话。不过在这番对话中，吃惊的轮到格尔皮吉先生了。在这番对话后，又轮到斯派克先生吃惊了。他们就这样，轮来轮去，轮个不停。在所有这段时间里，我们这些局外人，都因为他们的这些对话事关重大而弄得心情沉重，不敢多言。我们的主人则得意地看着我们，认为我们是这种对我们有益的敬畏和惊愕下的牺牲品。

我非常高兴，能上楼见爱格妮斯，跟她在一个角落里交谈，还能把特雷德尔介绍给她。特雷德尔有些羞羞答答，不过很讨人喜欢，仍像从前那样温和善良。由于他第二天早上就要离开伦敦，外出一个月，不得不早走一步，所以我们没能尽情畅谈。不过我们交换了地址，约定待他回来后，再次聚首。他听说我见过斯蒂福思，大感兴趣，谈起他来非常起劲，因而我要他告诉爱格妮斯，他自己对斯蒂福思的看法。但是爱格妮斯这时一味看着我，只有在我一个人注意她的时候，微微地摇了摇头。

我相信，她待在这家人家，跟这些人不可能很合得来，因此听她说过几天就要回家，我几乎感到高兴，虽说一想到这么快就要跟她分离，又觉得难过。这使得我一直留在那儿，直到客人们全都散尽。我同她谈天，听她唱歌，这使我愉快地想起在那座庄严的古宅——是她使得那座古宅变得那么美丽——中度过的幸福时光。我本可以在那儿逗留到半夜的，可是，既然沃特布鲁先生宾客中的那些显赫人物都走了，我也就没有再待下去的理由。只好十分不情愿地告辞了。当时，我比任何时候都更加感到，爱格妮斯是我的吉神。要是我把她那甜美的面庞和恬静的微笑，想象成某个天使般的神灵从远处发出的光辉，照耀在我的身上，我希望我的想象没有亵渎神明。

我曾说过，客人全都散尽了，但是我把乌利亚排除在外，因为我并没有把他包括在那些客人之中。整个晚上，他老是缠在我们身边。我一下楼，他就紧跟着我，我离开主人家，他也跟在我后面，慢慢地把他那骷髅般又瘦又长的手指，伸进更大更长，像盖伊·福克斯[1]的手一样的手套里。

我并不打算跟乌利亚来往，可是想到爱格妮斯对我的嘱咐，所以我就问他要不要到我的寓所去喝杯咖啡。

“哦，说真格的，科波菲尔少爷，”他回答说，“对不起，科波菲尔先生，我叫惯少爷这个称呼了——我不愿意让你感到勉强，邀我这样一个卑微的人去你府上。”

“这有什么好勉强的，”我说，“你去不去？”

“我当然很想去。”乌利亚扭动了一下身子，回答说。

“那好，一起走吧！”我说。

我忍不住对他显得很不客气，不过他好像并不介意。我们走的是近路，一路上没有多说话。乌利亚对自己那双破破烂烂的怪手套竟如此谦逊，直至到了我的寓所，还在那儿往手上套，而结果却好像并无多大进展。

我拉着他的手带他上了黑暗的楼梯，免得他把脑袋撞在什么东西上。他那又湿又冷的手，在我的手中就像一只青蛙，我真想把它扔掉跑开。可是出于爱格妮斯的嘱咐和待客的礼貌，我还是把他领到了火炉边。待我点起蜡烛，他看

① 盖伊·福克斯（1570—1606）：英国火药阴谋案的同谋者。此处指每年11月5日为纪念这个事件而举行的游行中他的模拟像。

到房中的光景后，就谦恭地表示非常高兴。而当我用一只克拉普太太常用来煮咖啡的极为平常的锡罐（我想，主要是因为这原来并不是派这用场，而是用来盛刮脸水的，而一把价格很贵、专门用于煮咖啡的咖啡壶，却在食具间里生锈腐烂）煮沸咖啡时，他竟表现得那么激动，我真恨不得烫他一下才称心哩。

“哦，说真格的，科波菲尔少爷——我的意思是说，科波菲尔先生，”乌利亚说，“看到你这样招待我，这是我从来连想都不敢想的！不过，这样也好，那样也好，有那么多好事，是我从来连想都不敢想的，都给我碰上了。我认为，我的地位这样卑微，而好事竟像下幸福雨似的落在我的头上。我猜，有关我的前程的变化，你已经听到一些了吧，科波菲尔少爷——哦，我应该说，科波菲尔先生。”

他坐在我的沙发上，两条长腿的膝盖拱起，咖啡杯就放在上面，他的帽子和手套，放在身边的地板上。他用茶匙轻轻地在杯子里搅动着，那双无遮无挡的红眼睛，看上去就像睫毛已经烧光似的，虽然朝着我，但并没有看着我。我前面已经说过的他鼻子旁那两个令人恶心的凹痕，随着呼吸一起一伏；他的整个身子，从下巴到靴子，都像蛇似的在扭动。我心里想，我对这个人实在厌恶极了。有这样一个人在我的寓所里做客，真让人难受，因为当时我还年轻，还不习惯掩饰起我那如此强烈的感情。

“我猜，你已经听到一点儿了吧，我的前程有了一些变化，科波菲尔少爷——哦，我该说，科波菲尔先生。”乌利亚说。

“是的，”我说，“听到一点儿了。”

“哦！我本来就想，爱格妮斯小姐应该知道这件事的！”他沉着地回答说，“现在，发现爱格妮斯小姐知道这件事，我感到很高兴。哦，谢谢你啦，科波菲尔少爷——科波菲尔先生！”

我本可以把我的脱靴器朝他扔过去（它就放在炉前的小地毯上），因为他设下圈套，把有关爱格妮斯的话，从我嘴里套出去了，虽然这无关紧要。但是我没有那样做，只是喝咖啡。

“我已经表明，你是一位多么了不起的预言家，科波菲尔先生！”乌利亚接着说，“哦，说真格的，你已经证明你是一位多么了不起的预言家！有一次你曾对我说过，我也许会成为威克菲尔先生的合伙人，也许会有一个威克菲尔-希普事务所。你还记得吗？你也许不记得了，不过，当一个人处于卑微的地位时，科波菲尔少爷，他是把这种话牢记在心的！”

“我记得我曾说过这种话，”我说，“不过当时，我的确没有想到会有这种可能。”

“哦！当时谁会想到有这种可能啊，科波菲尔先生！”乌利亚兴奋地回答说，“我得说，我自己也没想到。我记得我曾亲口说过，我太卑微了。当时我确确实实是这样看待我自己的。”

我看着他，他坐在那儿，脸上带着椽子头上那种龇牙咧嘴的笑容，望着炉火。

“可是那些最卑微的人，科波菲尔少爷，”他马上接着说，“也许能成为好帮手呢。想到我一直是威克菲尔先生的好帮手，而且以后也许还能成为一个更好的帮手，我心里感到十分高兴。哦，他是个多么值得尊敬的人，科波菲尔先生，不过他一直以来太不谨慎了！”

“听了这话，我很难过，”我说，忍不住又加了一句，语气相当尖刻，“不管从哪方面看，都很难过。”

“的确如此，科波菲尔先生，”乌利亚回答说，“不管从哪方面看。特别是从爱格妮斯小姐方面看！你不记得你说过的那些很动人的话了吧，科波菲尔少爷。不过我记得很清楚，有一天你曾说过，人人都会爱慕她的。我还为这句话对你非常感激哩！我相信，你一定忘了吧，科波菲尔少爷？”

“没忘。”我冷冷地说。

“哦，你没忘，我听了真高兴！”乌利亚嚷了起来，“是你第一个在我卑微的心中点燃野心的火花，你居然还没有忘记！哦！请原谅，能再赏我一杯咖啡吗？”

他在说点燃火花这句话时的强调语气以及说时朝我一瞥的神情，使我有了警觉，好像看到他被一片火光照得通明。他用完全不同的腔调提出的请求，唤醒了我，我又拿起盛刮脸水的锡罐，尽了地主之谊，不过我倒咖啡的手有点儿颤抖，突然感到我不是他的对手，心中不知所措，疑虑重重，急于想知道他下一步要说什么，而我的这种心情，是逃不过他的眼睛的。

可是他什么也没有说。他只是把咖啡搅了又搅，然后一小口一小口地喝着，还用他那可怕的手轻轻摸着下巴。他只看着炉火，朝房间四周打量着，对我与其说是微笑，不如说是张着嘴喘气。他全身扭捏作态，表现出一种惯于顺从的卑微态度，他只是把咖啡一次又一次地搅动着，一小口一小口地啜着，但是他没有开口，而是让我来恢复我们之间的谈话。

“这么说，威克菲尔先生，”最后我开口说，“抵得上五百个你——或者是我。”——我想，就是要了我的命，我也不得不把这句话分成两半来说，“可他太不谨慎了，是吧，希普先生？”

“确实是太不谨慎，科波菲尔少爷，”乌利亚谦恭地叹息着回答说，“哦，非常不谨慎！不过我希望你叫我乌利亚，如果你肯赏脸。那样就跟从前一样了。”

“好吧，那我就叫你乌利亚。”我费了不少劲，才把这名字吐出来。

“谢谢你啦，”他热情地回答说，“谢谢你，科波菲尔少爷！听你叫我乌利亚，就像吹来从前的凉风，传来从前的钟声。对不起，我刚才说到什么啦？”

“说到威克菲尔先生。”我提醒他。

“哦，是的，没错，”乌利亚说，“嘿！他太不谨慎啦，科波菲尔少爷。不过这话我只跟你说说，对别人我绝不会说的。即使对你，我也只是提一提，不便多说。这几年来，处在我这个地位的，要是换了另一个人，到这时候，他一定把威克菲尔先生（哦，他是一个多好的人，科波菲尔少爷）揿在自己的大拇指下面了。揿在——大拇指——下面。”乌利亚慢腾腾地说着，把自己那魔掌似的手伸到我的桌子上，用大拇指往桌子上使劲一揿，揿得桌子都颤动起来，甚至连整个房间都颤动了。

哪怕我不得不眼看他把八字脚踩在威克菲尔先生头上，我想，我也不会比这会儿更恨他了。

“哦，是的，科波菲尔少爷，”他轻声地接着说，这跟他用大拇指揿桌子的动作形成了强烈的对比，可他那揿桌子的劲头一点儿也没有放松，“这毫无疑问。他一定会遭到损失，受到羞辱，还有什么，就很难说了。威克菲尔先生知道这一点。我是卑贱地伺候他的一个卑微的帮手，他把我提到这样高的地位，我是想都没有想到的。我该多么感激他呀！”他说完这番话，把脸转向我，但是并没有看我。他把他那弯着的大拇指从揿着的地方挪开，满腹心事地用它在自己那瘦削的下巴上慢腾腾地擦刮着，就像在刮胡子。

我记得很清楚，当时我看到他那张阴险狡猾的脸被炉火的红光映照着，显然又在转别的念头，我的心愤怒地剧跳。

“科波菲尔少爷！”他又开口说——“我耽误你睡觉了吧？”

“你没有耽误我睡觉，我通常都睡得很晚。”

“谢谢你，科波菲尔少爷！打从你第一次跟我交谈以来，我已经从卑微的地位提升了，这是事实，可是我还是卑微的。我希望我永远是卑微的，而不是别的样子。我要是对你说几句心里话，科波菲尔少爷，你不会更觉得我卑微吧？会吗？”

“哦，不会。”我费力地说。

“谢谢你！”他从口袋里掏出手帕，擦起掌心来，“爱格妮斯小姐，科波菲尔少爷……”

“怎么回事，乌利亚？”

“哦！让人自自然然地叫一声乌利亚，多愉快呀！”他大声说道，身体扭动着，像条抽搐的鱼，“你觉得她今天晚上很漂亮吧，科波菲尔少爷？”

“我觉得她跟平常一样漂亮，不管在哪方面，她都永远超过周围的人。”我回答说。

第二十五章　吉神和凶神

“哦，谢谢你！你说得对极了！”他叫了起来，“哦，你这么说，我十分感谢！”

“完全不必，”我傲慢地说，“你没有谢我的理由。”

“啊，科波菲尔少爷，说实话，这正是我斗胆要对你说的心里话。尽管我很卑微，”他更起劲地擦着手，轮番看着手心和炉火，“尽管我母亲也很卑微，我们那个贫穷而清白的家也是如此，可是多年来，爱格妮斯的形象（我大着胆子把心里的秘密都告诉你，科波菲尔少爷，因为打从我有幸第一眼看到你坐在小马车里起，我就对你无话不谈）早就深埋在我的心里了。哦，科波菲尔少爷，就连我的爱格妮斯走过的地面，我都用多么纯洁的爱爱它呀！”

我相信，当时我有一个疯狂的念头，我真想抓起火炉里那通红的通条，用它把这家伙戳穿。这一念头，随着我全身一震，从我的胸中飞出，犹如一颗子弹射出枪膛。但是，爱格妮斯的形象，虽然受到了这红毛畜生的妄念的侮辱，却依然留在我的心中，使我头晕目眩（这时我看他坐在那儿，全身扭动着，仿佛他那卑鄙的灵魂正在折磨着他的躯体）。他似乎在我眼前膨胀了，长大了，屋子里好像充满了他说话的回声。我有了一种奇怪的感觉（这种感觉也许每个人多少都曾有过），我觉得，这一切在以前某个时候曾经发生过，而且我也知道他接下去要说什么。这种奇怪的感觉完全控制了我。

我及时地看到了他脸上那种大权在握的得意神情，比我所能做的任何努力，更能使我想起爱格妮斯的请求，让她的请求发挥全力。于是，我带着一分钟前还想不到我能做到的镇静问他，他有没有向爱格妮斯表白过这种感情。

“没有，没有，科波菲尔少爷！”他回答说，“噢，没有！除了对你，我对谁都没说过。你知道，我只是刚从低微的地位冒上来呀。我的最大希望是，能让她看到，我对她父亲多有用处（因为我相信自己对他大有用处，科波菲尔少爷），我怎样为他铺平道路，使他得以畅通无阻。她是那么爱她的父亲，科波菲尔少爷，我想，为了她的父亲，她会对我好起来的。”

我已经探测到这个恶棍全部诡计的底细，也懂得他向我透露这个诡计的用意。

“要是你好心为我保守这个秘密，科波菲尔少爷，”他接着说，“一般来说，不反对我，我就把这看作你对我的特殊恩惠了。你不会希望惹出不愉快的事来的。你的心眼儿很好，这我是知道的。不过，你是在我卑微的时候认识我的（我得说，是在我最卑微的时候，因为我现在仍很卑微），你说不定会暗地里在我的爱格妮斯面前反对我，我把她叫作我的，你知道，科波菲尔少爷，因为有一首歌里是这样说的，‘宁愿舍王冠，为的是称她为我的[①]’。我希望，有一天

① 出自英国歌曲《里奇蒙希尔的少女》。

我能做到。”

亲爱的爱格妮斯啊！你那么可爱，那么贤惠，我根本想不出谁能配得上你，难道你竟会成为这样一个坏蛋的妻子吗！

“眼下还不必着急，你知道，科波菲尔少爷！”当我坐在那儿，怀着这种想法盯着他看时，他用他那副卑鄙的模样继续说，“我的爱格妮斯还很年轻，而且我母亲跟我也得再往上爬，还得做许许多多新的安排，才能使时机十分成熟。因此，我还有时间，待有适当的机会时，我可以慢慢地把我的希望透露给她。哦，你能跟我这样知心，我真是太感激你了。哦，知道了你了解我们的情况，而且你必定不会反对我（因为你不想在这家人中惹出不愉快的事），你想象不出，我有多放心啊！”

他握住我不敢不伸出的手，湿漉漉地使劲握了一下，接着掏出表面灰白的表看了看。

“哎呀！”他说，“都过一点啦。老朋友叙起旧来，时间过得真快，科波菲尔少爷，差不多快到一点半了！”

我回答说，我原以为还要晚哩。这倒不是我真的那么想过，只是因为我的谈话口才已经完全化为乌有了。

“哎呀，真是糟糕！”他沉思着说，“我现在住的地方——类似一种私人旅馆和私人公寓，科波菲尔少爷，靠近新河的尽头——他们早在两个小时前就睡了。”

“很抱歉，”我回答说，“我这儿只有一张床，而且我……”

“哦，根本用不着提床的事，科波菲尔少爷！”他一面欣喜若狂地说，一面缩回了一条腿，“我躺在炉子跟前就行，这你不会不同意吧？”

“如果那样的话，”我说，“那就请你睡我的床吧，我睡炉子前面。”

他坚决拒绝我的提议，他那表示极度惊诧和谦卑的几近尖叫的喊声，我猜想已刺进克拉普太太的耳朵里。她睡在远处一间接近低水位线地面上的房间里，一向要用那只修不好的钟的嘀嗒声来给她催眠。每当我们在时间问题上发生小争议时，她老要我以那只钟为准，其实，那只钟至少要慢三刻钟，每天早上得根据标准钟校正。当时，在那种使得我手足无措的情况下，我提出让乌利亚睡在我的卧室里的提议，但由于他的谦逊，我怎么也没能说服他接受，只好尽量设法给他安排得好一点儿，让他睡在炉子前。沙发上的坐垫（对他那瘦长的身子来说，垫子实在太短）、靠垫、一条毯子、一块台布、一块干净的早餐桌布，还有一件大衣，凑成了他的铺的和盖的。对于这样的安排，他再三表示感谢。我还借给他一顶睡帽，他接过帽子，立刻戴到头上，看上去一副丑态，打那以后，我没有再戴那顶帽子。然后我就走开，让他休息了。

我永远不会忘记那一个晚上。我永远忘不了那天晚上我怎样辗转反侧，为考虑爱格妮斯和这个家伙的事而弄得疲惫不堪。我考虑我能够做些什么，我应该做些什么，最后得出结论，为了她的平安，最好是什么也别做，把我听到的话放在心里。我刚睡去一会儿，有着一对温柔眼睛的爱格妮斯以及慈爱地看着女儿的她父亲的身影（像我常见到的那样），带着恳求的神色出现在我的眼前，使我心中充满莫名的恐惧。当我醒来时，想起乌利亚就睡在隔壁房间，这一念头就像一个把人吓醒的噩梦似的，沉重地压在我的心头，使我感到害怕，好像我让一个比魔鬼还卑劣的东西在家留宿似的。

此外，那根通条也来到我朦胧的脑子中，让我难以摆脱。在半睡半醒中，我觉得，那根通条依然又红又热，我已从炉子中把它抽出，把乌利亚的身子给戳穿了。这一念头老是缠绕着我，虽然我也知道这事并没有发生，可最后我还是悄悄地起身，到隔壁房间去看他。只见他仰面躺在那儿，两条长腿也不知道伸到哪儿去了，喉咙里咯咯作响，鼻子堵塞，嘴张得老大，像个邮筒。他实际的样子，比我在想象中见到的还要丑陋得多，到后来，我竟因这厌恶反而被他吸引，每隔半小时，便不由自主地跑到隔壁房间看他一趟。可是，那漫漫长夜似乎依旧像先前那样沉重和无望，在昏暗的天色中，一点儿也没有出现白昼将要到来的样子。

第二天早上，我看着他走下楼去（因为，谢天谢地，他不肯在我这儿吃早饭），我觉得，仿佛黑夜也跟着他一起离去了。动身去博士公堂时，我特意关照克拉普太太，让我房间的窗子全都开着，好使我的起居室的空气流通流通，以便清除掉乌利亚的气息。

第二十六章　坠入情网

直到爱格妮斯离开伦敦那天，我才再次见到乌利亚·希普。当时，我去公共马车站跟爱格妮斯道别，为她送行，看到他也在那儿，预备搭同一辆车回坎特伯雷。我看到他身穿紧身、束腰、高肩、深紫色的外套，拿了一把像小帐篷似的大伞，高坐在车顶后部的一个边座上；而爱格妮斯，当然坐在车厢里面，这使我多少觉得有点儿快意。不过，由于当着爱格妮斯的面，我要勉强跟乌利亚表示友好，我受了多大的罪呀！这点儿小小的补偿，也许是应该的。上车前，在马车的窗口那儿，他也像在那次宴会上一样，一刻不停地一直在我们跟前打转，像只大兀鹫似的，把我对爱格妮斯说的话，以及爱格妮斯对我说的话，一字不漏地全都吞了下去。

打从他在火炉旁对我透露了他的心事后，我一直忐忑不安，因而我经常想起爱格妮斯对我说的有关合伙的那番话："我做了我希望是对的事，既然认定，为了爸爸的平安，就得做出这样的牺牲，我就只好劝爸爸这么做了。"为了她的父亲，她愿意做出任何牺牲。她受着这一想法的支配，靠同一想法忍受着痛苦。这种使我痛苦的预感，打那以后一直压在我的心头。我知道她多么爱她父亲，知道她本性多么孝顺。我从她嘴里知道，她认为自己是无意地使她父亲走上歧途的原因，所以她欠他的太多，她热切地想要报答他。看到她跟那个穿深紫色大衣的赤发鬼[①]那么不同，我感到极度的不安。爱格妮斯灵魂纯洁，具有自我牺牲精神，而乌利亚为人卑鄙、下流无耻，因而我觉得，正是这不同之处有着最大的危险。所有这一切，毫无疑问，乌利亚心里一清二楚，而且他狡诈成性，一切全都深思熟虑过了。

可是，我确切地相信，虽然爱格妮斯的这种牺牲还是一种前景，但结果一定会把她的幸福完全毁灭。从她的态度看来，我敢断定，当时她还没有看到这一点，心头还没有蒙上这一阴影。因而要是我把这将要到来的灾难告诉她，向她提出警告，那马上就会伤害到她。因此和她分手的时候，我并没有对她做什么解释——她在车窗口微笑着向我挥手告别，她的那个恶魔则坐在车顶，扭动

① 赤发鬼：英国威廉二世（1056—1100）的绰号，其人红发红脸，相貌奇丑，性情残酷，外出打猎时被暗杀身亡。

着身子，好像她已经落入他的魔掌，他正胜利而归。

很久以来，我都无法忘怀跟他们告别的这番情景。当爱格妮斯来信说，她已经平安到达时，我仍像跟她告别时一样伤心。不论什么时候，我只要一陷入沉思，这件事就会涌上心头，我的不安就会成倍增长。我几乎没有一夜不梦见这件事。它已成了我生命的一部分，变得像我的脑袋一样，跟我的生命再也分不开了。

我有充分的闲暇来琢磨我的不安，因为斯蒂福思给我来信说，他回牛津去了，因此我不去博士公堂时，通常都是一人独处，非常寂寞。我相信，在这段时间，我对斯蒂福思隐隐约约有了一些不信任的想法。虽然我给他写回信时，仍表现得非常热情，但是我想，他当时正好不能来伦敦，总的说来，我是高兴的。我猜想，真正的原因是，爱格妮斯的那番话对我的影响，见不到他，就不会受到干扰，这种影响对我的力量就更大，因为她在我所用心和关心的方面，都占有很大的比重。

这当口儿，一天一天，一星期一星期，就这样悄悄地溜过去了。我正式成了斯潘洛-乔金斯事务所的学徒。姨婆每年给我九十英镑（不包括房租和有关开支）。我的寓所订了十二个月的租约。虽然我仍觉得这儿的晚上寂寞得可怕，而且又特别长，不过我却能在千篇一律的怏怏不乐中，保持心情的平静，靠一味喝咖啡消遣。现在回想起来，在我一生的这段时间里，我喝的咖啡恐怕得以加仑计算了。也是在这段时间里，我有了三个发现：第一，克拉普太太患有一种叫“抽筋”的怪病，病一发，鼻子就跟着发炎，要不断地用薄荷治疗；第二，我的食具室里的温度有点儿特别，老是使白兰地酒瓶炸裂；第三，我在这世界上孤单一人，我非常喜欢用英文韵文，零零星星地把这种情况记录下来。

在正式签约开始习业那天，我除了带去三明治和雪利酒，款待那些文书们以及晚上独自一人去看了一场戏之外，没有别的庆祝活动。我看的戏叫《生人》①，跟博士公堂的情况颇为相似，我看了大为伤感，回家后站在镜子前面一照，自己几乎都不认得自己了。签约那天，我们办完一切手续后，斯潘洛先生说，他本想请我到他诺伍德的家里去，庆祝我跟他确立的师徒关系；可是由于他女儿刚在巴黎完成学业，就要回来，家里的事还没有安排就绪，所以暂时不能请我。不过他说，待他的女儿回来，他希望有幸招待我。我知道他一直鳏居，只有一个女儿，我当即对他表示感谢。

斯潘洛先生没有食言，一两个星期之后，他又提起了这件事，说如果我肯

①《生人》：德国戏剧家科策布（1761—1819）所作悲剧，原名《愤世与忏悔》，译成英文后改名《生人》。

赏光的话，下星期六请我去他家，待到星期一，那他就太高兴了。我当然说我一定会去拜访，于是说定他用他的四轮敞篷马车把我载去，然后再把我带回来。

当那天到来时，连我的毡绒提包也成了拿周薪的小雇员们崇敬的对象了。因为在他们的心目中，诺伍德的那座宅子是个神秘的圣地。他们中有一个告诉我，他听人说，斯潘洛先生的餐具全是金盘银碟、名窑细瓷；另一个则暗示说，他家的香槟酒，也像平常喝啤酒一样，不断地从桶里放出来。那位戴假发的叫提费先生的老文书说，他曾因公去那儿几次，每次都进到早餐厅。他把那餐厅形容得豪华无比，还说他曾在那儿喝过东印度的褐色雪利酒，那酒十分名贵，喝着都让人直眨眼。

那天，在主教法庭里，有一宗延期续审案件——关于把一个面包师逐出教会的事。因为他在教区会议上反对交纳铺路捐——照我估计，这个案件的证词口供，比《鲁滨逊漂流记》还要长一倍，因此到结束时，已经很晚了。最后，我们判他逐出教会六个星期，还罚了他一大笔罚金。然后那个面包师的代诉人、法官以及原告与被告两边的辩护师（他们的关系都是很密切的）都一同出了城；斯潘洛先生和我也一起坐着他的四轮敞篷马车，驶车而去。

这辆四轮敞篷马车非常漂亮，两匹马都把长颈高拱，四蹄高举，仿佛它们都知道自己是属于博士公堂似的。在博士公堂里，在各种派头排场方面，存在着很多竞争，因而出了些非常讲究的马车和精选的仆从。不过我自己却一向认为，而且将来也要一直认为，我那个时候，竞争最烈的是衣服浆的硬度，我相信，博士公堂里公诉人的衣服，已硬到人类的天性难以忍受的程度。

我们一路前行，非常愉快。斯潘洛先生就我的职业对我做了一些教诲。他说这是世界上最高雅的职业，断断不可以跟一个诉状律师混为一谈，因为这个职业完全是另一回事，它比起别的来，非常独特专业，较少机械刻板，而且更加有利可图。我们在博士公堂里办起案子来，比任何别的地方都自由随便，因此我们就成了特权阶层，高高在上，与众不同。他说，我们主要受雇于诉状律师，这一让人不快的事实是无法隐瞒的。但是他又告诉我，说诉状律师全是低能儿，所有的代诉人，不管有什么抱负的，一律都瞧不起他们。

我问斯潘洛先生，在我们这行里，他认为最好的业务是什么，他回答说，一宗案值为三四万英镑的遗嘱争议案，也许是最好的了。他说，在这种案子里，不仅在审理过程每一程序的辩论中，而且在质询和反质询中，都有着堆积如山的证据（更不用提先后上诉于代表法庭和贵族院了），在这当中是可以有不少额外收入的。而且，最后诉讼费保证可以从遗产中扣除，所以原、被告两边打起官司来，都是精神抖擞，花费是在所不计的。接着，他又把博士公堂全面地赞扬了一通。他说，博士公堂特别值得称颂的是它的紧凑周密，这是世界上组织得最妥帖的地方了，有着完美的周密的考虑。一句话可以说尽，例如，要是你把一宗离婚案或赔偿案，在主教法庭里提起诉讼。很好。那你就在主教法庭里审理这个案子。你把这个案子，在你们亲如一家的自己人中间，不动声色地玩了一套小小的把戏，不慌不忙地把它玩儿完。要是你对主教法庭不满意，那怎么办？好吧，那你就把案子送到拱门法庭。拱门法庭是什么呢？它跟主教法庭是同一个法庭，同一个房间，同一个被告席，还是原来的律师，只是换了个法官，因为在那儿，主教法庭的法官可以在任何开庭的日子，以律师的身份出庭做辩护。好啦，你又把那一整套把戏玩了一通。你还是不满意。很好。怎么办呢？啊，你可以把案子提到代表法庭。代表是些什么人呢？嗯，教会代表是些无所事事的辩护师。当前两个法庭在玩那套把戏的时候，他们都在一旁看着。看着别人洗牌，现在则以法官的身份重新出现，要把这个案子解决得使每个人都满意！心怀不满的人，尽管可以说博士公堂如何如何腐败，博士公堂如何如何闭塞，博士公堂必须进行改革，斯潘洛先生郑重地做结论说，可是在每斛麦子价格最高的时候，也就是博士公堂最忙的时候。一个人可以把手按在自己的心口，向全世界的人说："你要是碰一碰博士公堂，国家就会垮台！"

我聚精会神地倾听着他这番高论。虽然我得说，这个国家是否真像斯潘洛先生说的那样，全靠博士公堂支撑着，我表示怀疑，但我还是恭敬地尊重他的意见。至于每斛小麦的价格问题，我谦卑地觉得自己力不能及，不够资格谈论，因而问题也就完全解决了。在我的一生中，直到现在，我还从来没有战胜过这斛小麦。这一斛小麦，在我的整个一生中，总跟着各种问题一再出现，把我打得一败涂地。确切地说，直到现在我还不知道，这一斛小麦，在说不尽的各种各样的场合里，跟我到底有什么关系，或者说，它有什么权利来打垮我。可是不论在什么时候，我一见到我这位老朋友——这一斛小麦——让人毫不相干地扯在一起（我发现总是这样），我就只好认输了。

这是一段离题的话。我可不是那种要去碰博士公堂，使国家垮台的人。我用缄默来谦卑地表示，完全同意这位年龄、学识都是我的长辈的人的话。我们还谈到《生人》和戏剧，谈到那两匹马，一直谈到来到斯潘洛先生的家门口。

斯潘洛先生家有一个非常漂亮的花园，这时虽然不是一年中观赏花园最好的季节，但那个花园收拾得仍很美丽，使我十分着迷。那儿有一片漂亮的草坪，有一丛丛的树木，还有在暮色中隐约能分辨出的小径，上面搭着棚架，架子上爬着生长季节长的灌木和花卉。"啊！"我心里想，"这就是斯潘洛小姐独自散步的地方了！"

我们走进灯烛辉煌的住宅，先来到门厅，那儿有着各色各样的礼帽、便帽、大衣、花格呢衣、手套、马鞭和手杖。“朵拉小姐在哪儿？”斯潘洛先生问仆人。“朵拉！”我心里想，“多美丽的名字啊！”

我们走进了靠门口的一间屋（我想，这一定是以东印度褐色雪利酒闻名的早餐室了），这时我听到有个声音说道：“科波菲尔先生，这是我女儿朵拉，这是我女儿朵拉的贴心密友！”这声音毫无疑问是斯潘洛先生的，可是我没听出来，我也顾不上是谁的声音了。刹那之间，一切都化为乌有。我命里注定的事一下子到来了。我成了一个俘虏，一个奴隶。我爱朵拉·斯潘洛爱得发疯了。

在我的眼里，她远远不是一个凡间女子。她是一位仙女，一个气精[①]；她到底是什么，我也说不上来——她是一个从来没有人见过，却又是人人想得到的什么。我一下子就坠入了爱情的深渊。在这深渊的边上，我没有停留，没有往下看，也没有往后望，我还没来得及对她说一句话，就一头栽下去了。

“我，”我刚鞠了一个躬，嘴里嘟囔了一句什么，就听到一个非常熟悉的声音说，“以前见过科波菲尔先生。”

说话的不是朵拉。不是。是她的女伴谋德斯通小姐！

我认为，当时我并没有大吃一惊。因为我已经使尽我的判断力，没有余力来吃惊了。人间尘世，除了朵拉·斯潘洛，已经没有什么值得我吃惊了。我只是说：“你好吗，谋德斯通小姐？愿你一切都好。”她回答我说：“很好。”我又问：“谋德斯通先生好吗？”她回答说：“我弟弟很壮健，谢谢你。”

我想，斯潘洛先生看见我们互相认识，开始一定很诧异，后来他插嘴了。

“科波菲尔，”他说，“原来你跟谋德斯通小姐早已认识，我很高兴。”

“科波菲尔先生和我是亲戚，”谋德斯通小姐用严肃镇定的态度说，“我们从前有点儿认识。那还是在他小的时候。后来情况变化，我们分开了。现在我几乎都认不出他来了。”

我回答说，我可无论在哪儿都认得她。这完全是实话。

“承谋德斯通小姐的好意，”斯潘洛先生对我说，“接受做我女儿朵拉贴身女伴的职务——如果我可以这样说的话。我女儿朵拉不幸没了母亲，多亏有谋德斯通小姐来做了她的女伴和保护人。”

我的脑子里突然出现了一个转瞬即逝的念头，我觉得谋德斯通小姐，像藏在口袋里叫作护身棒的暗器，主要不是用来自卫，而是用来攻击的。但是当时除了朵拉，不管什么都只在我的脑子里一闪即逝，接着我便急忙朝她看去，我觉得，从她那颇为不快的表情上可以看出，她对她这位贴身女伴和保护人，并

① 气精：瑞士医生、炼金家帕拉切尔苏斯（1493—1541）假想中体态苗条轻盈、生活在空气中的精灵，后常被用来比喻美丽的少女。

没有特别亲密的样子。正在这时候，响起了铃声。斯潘洛先生说，这是晚餐的预备铃。于是我就去更衣了。

在这种坠入情网的状态下，还顾得上去考虑该换上什么衣服，或者是想想该做点儿什么，都未免有点儿太可笑了。我只能坐在炉子跟前，嘴里咬着毡绒提包的钥匙，一心思念着那位明眸丽眼、可爱迷人的少女朵拉。她有着多么优美的身姿，多么漂亮的面庞，多么文雅的举止，多么万方的仪态，多么迷人的一切呀！

在当时的情况下，我本应该细心梳洗打扮一番，可是铃声很快又响了起来，我只好匆匆地换上衣服，来到楼下。那儿已经有了一些客人。朵拉正在跟一位满头白发的老先生谈话。尽管他已白发苍苍——据他自己说，他已做了曾祖父——我还是疯了似的对他吃起醋来。

我有的是怎样一种心情啊！什么人我都嫉妒。不管是谁，要是比我跟斯潘洛先生更熟，我就不能忍受。听他们谈起没有我的份儿的事，我就如受酷刑。有一位极其和蔼、头秃得发亮的老人，隔着餐桌问我是不是第一次来这儿，我气得真想使出一切野蛮手段来对他进行报复。

除了朵拉，我已记不起还有谁在座；除了朵拉，我一点儿也不知道吃的是什么。我的印象是，我吃的全是朵拉，把半打没沾过唇的盘子，全叫仆人撤去了。我挨她坐着，我跟她谈话。她那轻柔细小的声音，听了让人高兴，她那活泼快乐的微笑，是那么动人，她的一举一动都那么可爱，那么迷人，把一个神魂颠倒的青年变成了永难赎身的奴隶。总的说来，她显得相当娇小，我想，正因为如此，使得她更加可珍可贵。

当她跟谋德斯通小姐（宴会上没有别的女客）一同走出餐厅后，我陷入了沉思之中，只有一件事打扰着我，就是怕谋德斯通小姐在朵拉面前说我的坏话。那位脑袋秃得发亮的和蔼老人，对我说了一大堆话。我想，他说的都是有关园艺的事。我听到他好几次讲到“我的花匠”。我装出像是洗耳恭听的样子，其实我正跟朵拉一起在伊甸园中漫游哩。

当我们走进客厅时，谋德斯通小姐那阴沉、冷淡的脸色，又引起了我的忧虑，我唯恐她在我钟爱的对象面前说我的坏话，不过没有想到事情出乎我的意料，使我心中的一块石头落了地。

“大卫·科波菲尔，”谋德斯通小姐把我招呼到一个窗口说，“跟你说句话。”

我跟谋德斯通小姐单独相对。

“大卫·科波菲尔，”谋德斯通小姐说，“有关过去的家务事，我不必多说。那并不是什么引人入胜的话题。”

“绝对不是，小姐。”我回答说。

"绝对不是，"谋德斯通小姐表示同意，"我不想重提过去的不和，还有过去所受的侮辱。我曾受过一个人的侮辱——一个女人的侮辱，说起来叫人难过，她丢尽了我们女人的脸——提起这女人，就不能不让人鄙视和恶心，因此我还是不提她的姓名为好。"

一听她数落我姨婆，我心里大为恼火；但是我却只是说，要是谋德斯通小姐愿意，确实还是不要提她的姓名为好。我又补充说，要是有人不客气地提到她，我是不会不断然地表示自己的意见的。

谋德斯通小姐闭起眼睛，轻蔑地把脑袋一歪；随后慢慢地睁开眼睛，接着说：

"大卫·科波菲尔，我用不着掩饰，你小时候，我对你有看法，不喜欢你。也许我的看法不对，或者是你长大后学好了。现在，这一点在我们之间已经不成问题了。我相信，我出生在一个以坚定著称的家庭，我不是那种随机应变的人。我对你可以有我的看法，你对我也可以有你的看法。"

这回轮到我把脑袋一歪了。

"不过，这两种看法，"谋德斯通小姐说，"没有必要在这儿发生冲突。在目前的情况下，无论从哪方面看，都是以不发生冲突为好。既然机缘凑巧，让我们又碰到了一起，而且以后在别的地方，也许还会有碰到的时候，我主张，我们在这儿还是以远亲相待吧。家庭的情况使我们只好这样相处，我们双方都没有必要把对方作为话柄。你赞同我的主张吗？"

"谋德斯通小姐，"我回答说，"我觉得，你跟谋德斯通先生对我都太残忍了，待我母亲也极不厚道。只要我活着，我会永远这样看。不过对你的主张，我完全同意。"

谋德斯通小姐又把眼睛一闭，把脑袋一歪。随后用她那冰冷、僵硬的手指指尖，在我的手背上碰了一下，理了理手腕上和脖子上的小镣铐，便走开了。这些小镣铐好像就是我上次见到的那些，样子完全一样。这些镣铐，就谋德斯通小姐的性格来看，使我想到监狱门上画的镣铐，让所有看到的人，从门外就可以料到门里的情况。

那天晚上余下的时间，我只知道，我听到我心上的皇后用法文唱了迷人的民歌，歌词大意是，不管情况怎么样，我们都该不断跳舞，嗒啦啦！嗒啦啦！她用来伴奏的是一件因人增辉的很像吉他的乐器。我只知道，我听得如醉如痴，什么点心都不想吃，特别不想喝潘趣酒。我只知道，当谋德斯通小姐监护着她，把她带走时，她含笑把她的纤手伸给了我。我只知道，在镜子里看到的我自己，完全是个低能儿，像个白痴。我无限凄凉地上床睡觉，早晨起来时，我浑身无力，陷入了一种痴迷状态。

第二十六章　坠入情网

那是个晴朗的早晨，曙色初呈，我想我得到那些架有拱形棚架的小径上去散散步，把她的倩影好好玩味一番。走过门厅时，碰到她的小狗吉卜——吉卜赛的简称。我蹑手蹑脚地走近它，因为我连它也爱上了。可是它露出全副牙齿，钻到一把椅子底下，朝我狂吠不休，一点儿也不容我跟它亲密。

花园里清凉、寂静。我一边走，一边想，要是我能跟这位美女订婚，不知道会有多么幸福。至于说结婚、财产以及诸如此类的问题，我相信，当时我像爱小艾米莉时一样，一片天真，什么也没有想到。只要能让我叫她“朵拉”，写信给她，爱慕她，崇拜她，确信当她跟别人在一起时，心里依然想念着我，我觉得那就是人类雄心的顶点——我相信，那也是我的雄心的顶点了。现在看来，不管怎么说，我无疑是个多愁善感的小情痴，不过，对待这一切，我始终有着一颗纯洁的心，因而现在回想起来，尽管有点儿可笑，但并没有什么可耻之处。

我走了没有多久，就在一个拐角处碰见了她。现在，当我想起那个拐角时，我全身从头到脚，仍感到一阵酥麻，笔在手上打战。

“你——出来得——早啊，斯潘洛小姐！”我说。

“待在屋子里太闷气了，”她回答说，“谋德斯通小姐真是荒唐！她胡说什么得等空气变暖了才能出来。空气变暖！”（说到这儿，她笑了，声音动听极了。）“星期天早上，我不练琴，总得做点儿什么。所以昨天晚上我对爸爸说，我一定要出来。而且，这是一天当中最最清朗的时刻。你说是不是？”

我大着胆子冒昧地说（免不了结结巴巴），对我来说，这会儿是非常清朗了，可是一分钟之前还是黑暗一片哩。

“你这是句恭维话吧？”朵拉说，“还是天气真的变了？”

我结巴得更厉害了，回答说，我这不是恭维，我是说的真情，虽然我没觉出天气有什么变化。发生变化的是我自己的心情，我不好意思地补充了这么一句，以此来解释得更明白一点儿。

她摇了摇头，使鬈发披散下来，遮掩住脸上的红晕。啊，我从来没有见过这样的鬈发——怎样能见到呢？从来没有人有过这般的鬈发呀！至于鬈发上的草帽和蓝丝带，要是能挂在我白金汉街的房间里，那该是怎样一件无价之宝啊！

“你刚从巴黎回来，是吧？”我问道。

“是的，”她说，“你去过巴黎吗？”

“没有。”

“哦，我希望你也能去一趟！你一定会很喜欢它的！”

我的脸上露出了深藏内心隐痛的痕迹。她居然希望我走，她竟以为我肯走，我感到无法忍受。我看不起巴黎，我看不起法国。我说，在现在这种情况下，不管出于人世间的什么原因，我都绝不会离开英国，无论什么都引诱不了我，也打动不了我的心。简单说一句，她又摇动起她的鬈发来了，这时小狗沿小径跑了过来，给我们解了围。

小狗一个劲儿地对我充满醋意，老是对我吠个不停。她把它抱在怀中——哦，我的天！——爱抚着它，可是它仍不断地吠着。我想去摸一摸它，它怎么也不肯让我摸。于是朵拉就打了它。看到她拍打它那扁瘪的鼻梁作为惩罚，它则眨巴着眼睛，舔着她的手，像一把低音提琴似的，仍在喉咙里狺狺地吠着，使我的心里更加难受。后来，它终于安静下来了——她那有着两个小酒窝的下颔正贴在它的脑袋上，它还能不安静下来吗！——于是我们一起去看养花暖房。

“你跟谋德斯通小姐不很熟吧，是不是？”朵拉说道。——“我的宝贝儿！”

（末了一句是对狗说的。哦！要是对我说就好了呀！）

“是的，”我回答说，“一点儿也不熟。”

“她真是让人讨厌透了！”朵拉噘起小嘴说，“我真不知爸爸是怎么想的，找了这么个讨厌的老东西来跟我做伴儿。谁要人来保护？我根本不需要人来保护。吉卜会保护我的，它要比谋德斯通好多了——你会保护我吗，吉卜，亲爱的？”

她吻了吻它那圆球似的脑袋，可是它只是懒洋洋地眨巴着眼睛。“爸爸说她是我的贴心密友，可是我敢说，她根本不是这种人——她是吗，吉卜？吉卜跟我，我们才不跟这样一个脾气乖戾的人说贴心话哩。我们只能对我们喜欢的人说贴心话，而且我们要自己找朋友，我们才不要别人给我们找朋友哩！是不是，吉卜？”

吉卜发出了一种很惬意的声音作为回答，有点儿像水壶里水沸的声音。对我来说，每一句话都是加在旧枷锁上的一串新枷锁。

“因为我们没有一个慈爱的母亲，结果就弄了谋德斯通小姐这样一个紧绷着脸、死气沉沉的老东西来，成天跟在我们身边，真是太倒霉了——是不是，吉卜？不过，不要紧，吉卜。我们不跟她好，不理她就是了，我们自己爱怎么开心就怎么开心。我要作弄她，绝不讨她的好——是不是，吉卜？”

要是这种情况持续得再长久一点儿，我想我一定会在石子儿路上跪下，而且十有八九会擦破膝盖，跟着还会马上让人给赶出这户人家。不过幸好暖房离得不远，说着这话，我们就到了。

暖房里一溜溜摆着很多美丽的天竺葵。我们在花前徘徊，朵拉不时停下来，称赞这一盆好，那一盆好。我也停下来对同一盆花称赞一番。朵拉一面笑着，一面孩子气地把小狗抱起来，要它闻花香。要是说我们三个并非全在仙境的话，我个人却是千真万确地身在仙境了。直到今天，一闻到天竺葵叶子的清香，就会使我产生一种亦庄亦谐的惊异之感，因为顷刻之间我就变了，这时我看到的是一顶草帽，蓝色丝带，一头鬈发，还有一只小小的黑狗，由两只纤臂搂着，背景是盛开的鲜花和光亮的叶子。

谋德斯通小姐一直在找我们俩，她在这儿找到了我们。她伸过她那令人作呕、皱纹里填满发粉的腮帮，让朵拉吻了吻，然后把朵拉的胳膊一挽，领我们去吃早餐，那样子，宛如军人出殡的行列。

因为茶是朵拉冲泡的，因此我已记不清到底喝了多少杯。不过我清楚地记得，我坐在那儿拼命地喝茶，喝得我的全部神经系统（要是说在那两天里我还有什么神经系统的话）都僵化了。过不多久，我们就去教堂做礼拜。我们坐在一张长椅子上，谋德斯通小姐坐在我和朵拉之间。但是我只听见朵拉一个人在唱，其他会众全都销声匿迹，无影无踪。牧师发表了一篇讲道词——当然说的全是朵拉——有关那次礼拜，恐怕我所知道的，只有这些了。

我们安安静静地过了一天。没有客人，只是散了一次步，四个人一起在家里吃了一顿晚饭，晚上就看看书看看画。谋德斯通小姐面前摆着一本讲道书，两只眼睛却死死盯着我们，一直严密地监视着。啊！那天晚上吃过晚饭后，斯潘洛先生头上盖着一块小手帕，坐在我的对面，他怎么也不会想到，我已把自己想象成他的女婿，正在热烈地拥抱他哩！夜里就寝前，我向他道晚安时，他也绝不会想到，在我的想象中，他已完全同意让朵拉跟我订婚，我正祈求上天赐福给他呢！

第二天一大早，我们就动身离开了，因为我们的海事法庭接手了一件失事船舶救助案。在审查这个案子的过程中，需要对整个航海学有相当精确的知识，为此法官专门请了两位领港协会[①]的老专家，本着仁爱精神前来相助（我们博士公堂里的这些人，不可能懂得很多这方面的知识）。不过早餐的时候，还是朵拉泡的茶。分别时，她抱着吉卜站在台阶上，我在马车里对她脱帽告别，心中悲喜交集。

那一天，海事法庭对我来说真不知道是怎么一回事。听审的时候，我脑子里把这个案子弄得一团糟，我只在他们摆在桌子上作为高级司法权象征的标记

① 领港协会：主管英国沿海浮标、灯塔及领航工作的半官方机构。

上，看出刻有“朵拉”两个字。斯潘洛先生回家时，并没有带我同去（我本来妄想他也许还会把我带回去的），我觉得我好像是个水手，我的船开走了，把我丢在了一个渺无人烟的荒岛上。这种种心情，我也就不必费力做无谓的描写了。要是那个睡眼蒙眬的老法庭能够醒来，把我在那儿做的有关朵拉的白日梦，用任何一种可见的形式显现出来，那我的真情也就和盘托出了。

我并不是说，我只在那一天做这种白日梦，而是一天又一天，一周又一周，一季又一季地，无时无刻不在做着这种梦。我去了法庭，但并没有细听审理案件的情况，而是一心想着朵拉。要是案件在我眼前慢吞吞地拖得很久，有时我偶尔会想到案件的事，不过那也只有在审理婚姻案件时，一面想着朵拉，一面感到纳闷儿，结了婚的人，除了幸福快乐外，怎么还会有别的情况出现呢？再不就是在审理遗产案件时，我则净想着，要是案件中的财产是留给我的，为了朵拉我首先会立即做些什么呢？在我陷入热恋的第一个星期里，我买了四件华贵的背心——不是为我自己买的，我并不因此而感到得意，这是为了朵拉——上街时，我戴着淡黄色的羔皮手套；脚上的所有鸡眼，也全是那时候打下的基础。要是我把那段时间穿的靴子拿出来，跟我的脚天生的大小做一个比较，就可以表明我当时的心情，一定会令人大为感动。

虽然，由于我这般拜倒在朵拉的面前，把自己弄成一个可怜的瘸子，可我每天还是走上好多英里，盼望能碰到她。不久，我不但在去诺伍德的那条路上，变得像那地区的邮差一样，人人都认识我，就连整个伦敦城的街道，我也走遍了。我在那儿条有最大的妇女用品商店的街道上徘徊；还像个不安静的冤魂似的，在高档商品市场出没；虽然早已累得筋疲力尽，但我还是在公园里游荡。像这样经过很长时间，偶尔我也曾见过她一面。也许能看到她的手套在马车的窗口挥动，或者遇上她，有幸跟她，还有谋德斯通小姐，一起走上一段路，跟她说几句话。可每次过后，我心里都要难过一通，因为总觉得，我没有跟她说上一句要紧的话，或者发现她完全不知道我对她的热恋，一点儿也不把我放在心上。不用说，我一直巴望斯潘洛先生能再次请我去他家，可总是失望，因为他始终没有再请我。

克拉普太太一定是个眼睛很尖的女人。因为我犯单相思才几个星期，连写信给爱格妮斯时，我也只说到过斯潘洛先生家，外加一句“他家里只有一个女人”，没有勇气写得更清楚点儿。我说克拉普太太一定是个眼睛很尖的人，因为，哪怕我的单相思才是初期，她就看出来了。一天晚上，我正心情低沉，她上楼来到我的房间，问我肯不肯给她一点儿豆蔻酊、大黄精，外加七滴丁香精合成的药水（当时我前面说过的她那种病又犯了），因为这是治她那种病的最好药物——要是我这儿没有这种东西，那给她一点儿白兰地也行，这是次一等的药。她还说，并不是她爱喝白兰地，而是因为这是治她那种病的次等好的药。对于第一种药，我连听都没听说过，第二种，我柜子里倒是一直都有。于是我就给了她一杯。她当着我的面，马上就喝了起来（我想，她这是免得我疑心她拿去派别的不正当用途）。

“打起精神来吧，”克拉普太太说，“看到你这副样子，我心里可不好受哩，先生。因为我自己也是个做母亲的人。”

我不太明白，她说的这件事怎么能扯到我身上，不过我还是尽量亲切地对她微笑着。

“哦，先生，”克拉普太太说，“别嫌我多嘴。我知道是怎么回事，先生。这事，一定跟一位小姐有关。”

“什么，克拉普太太？”我红着脸说。

“啊，哎呀呀！打起精神来，先生！”克拉普太太点着头鼓励我说，“别泄气，先生！要是她不愿对你笑，愿意对你笑的人有的是。你是一位能讨人喜欢的年轻绅士，科波福尔[①]先生，你得知道自己的价值，先生。”

克拉普太太老把我叫作科波福尔先生，第一，这无疑并不是我的姓；第二，我不由得认为，她这是把我的姓跟洗衣服的日子，胡乱地扯在一起了。

“你怎么知道这跟什么年轻小姐有关，克拉普太太？”我问道。

“科波福尔先生，”克拉普太太充满感情地说，“我自己也是个做母亲的人啊！”

有一会儿，克拉普太太只好用手捂住自己紫花布衣服的胸襟，一小口、一小口喝着当药的酒，来抵挡她那复发的病痛。过后，她终于又开口了。

“当初，你的好姨婆为你租下这套房子时，科波福尔先生，”克拉普太太说，“我就说过，这回我可有了个我能照顾的人啦。当时我说的是，‘谢天谢地！这回我可有了个我能照顾的人啦！’你吃得太少，先生，喝得也太少了。”

“你就是根据这一点猜测的吗，克拉普太太？”我说。

“先生，”克拉普太太用一种近乎严厉的口气说，“除了你，我还给别的一些年轻绅士们浆洗衣服。一位年轻绅士也许会对自己的打扮过分关心，也许太不关心。他的头发也许梳得太勤，也许很少梳理。他穿的靴子也许太大，也许太小。这全都由这位年轻绅士的原有性格而定。不过，不管他走哪个极端，先生，总少不了有一个年轻小姐在里面作怪。”

克拉普太太那么斩钉截铁地摇着头，没有给我留下一寸阵地。

“在你之前死在这里的那个房客，”克拉普太太说，“谈起了恋爱——跟一

① 此处把科波菲尔（Copperfield）误称为科波福尔（Copperful），后者可作“满满一锅”解。

个酒吧女招待——虽然因为喝酒，肚子大了，可他还是立刻把背心改小了。”

“克拉普太太，”我说，“求你了，千万别把和我有关的这位年轻小姐，跟酒吧女招待什么的混在一起了。”

“科波福尔先生，”克拉普太太回答说，“我绝不会的，我自己也是个做母亲的人。要是我打扰了你，先生，我得请你原谅。不管在哪儿，要是不欢迎我，我是绝不会去打扰的。不过你是一位年轻的绅士，科波福尔先生，我对你的劝告是，提起精神来，千万别泄气，要知道自己的价值。要是你喜欢玩点儿什么，先生，”克拉普太太说，“要是你能玩玩九柱戏什么的，那对你的身体一定有好处。你会发现，那可以让你换一换脑子，对你有好处。”

克拉普太太说完这番话，假装着很看重那杯白兰地似的——其实她早就喝光了——郑重其事地对我行了一个礼，便退下了。当她的身影消失在房门口的黑暗中时，我总觉得克拉普太太的忠告有点儿冒失。不过，同时，从另一方面来看，我当其是对聪明人说的一句话，是一种警告：以后要好好保守自己的秘密。

第二十七章　托米·特雷德尔

也许是由于克拉普太太的劝告，也许并没有什么更好的理由，只是克拉普太太说的九柱戏跟特雷德尔的字音有点儿相似，第二天，我想到要去看看特雷德尔。他原来说的要外出一趟的时间早就过了。他就住在坎登区兽医学院附近的一条小街上。据住在那一带的我们的一个文书告诉我，在那儿住的主要是一批绅士派头的大学生。他们常常买来活的驴子，在自己的住处拿那些四脚动物做各种实验。经过这位文书的指点，知道去这一学术园林的路径后，当天下午，我就出发去拜访我的这位老同学了。

我发现，那条街并不像我所希望（为特雷德尔着想）的那样让人满意。那儿的住户似乎喜欢把不管什么用不着的东西都往街道上扔，因此弄得街道上不仅臭气冲天，污水横流，而且由于扔满烂菜叶子，狼藉不堪。这些垃圾里还不完全是烂菜叶子，因为在我找我要找的门牌号码时，我还看到了一只鞋，一只压扁的汤锅，一顶黑色女帽，一把伞，它们破烂的程度各有不同。

看到这地方的一般气氛，强烈地使我想起以前跟米考伯夫妇一起居住的那些日子。我要找的那座房子，有一种难以形容的破落户的特色，从而使得它跟这条街上别的房子有所不同——虽然这些房子建造格式单一，像是同一个模子里出来似的，看上去跟刚学画房子的孩子胡乱画出来的一样，对于土木建筑的知识非常贫乏——这更使我想到米考伯夫妇。我刚走到门口，碰巧下午送牛奶的人也来了。门开时，看到的情况，使我更加强烈地想到米考伯夫妇。

“喂，我说，”送牛奶的人对一个非常年轻的小使女说，“我这笔小小的账有着落了吗？”

“哦，老爷说啦，他马上就想法子解决。”小使女回答说。

“因为，”送牛奶的人接着说，听他的口气，好像没有听到小使女的回答，他说这话也不是针对小使女，而是像教训房子里的什么人似的——看到他朝过道里瞪眼的神情，更加深了我的这种印象——“因为这笔小小的牛奶费拖得太久了，所以我都开始想到这笔款子可能要变成死账，收不回来了。听着，你得明白，我可不能再让你拖下去了！”送牛奶的人仍拉大嗓门儿朝屋子里直嚷囔，朝过道里瞪着眼睛。

顺便说一句，像他这样的人，让他来做牛奶这种软性食品的生意，实在不太适合，看他那副态度，就是当屠夫或者卖白兰地，也嫌凶了点儿。

那个小使女的声音变得更轻了，不过我看她那嘴唇的动作，好像仍在嘟囔着说，这笔账马上就会付清的。

“我跟你说吧，”送牛奶的人第一次恶狠狠地看着她，还用手托着她的下巴，说，“你爱喝牛奶吗？”

“是的，我爱喝。”她回答说。

“很好，”送牛奶的人说，“那明天你就别想喝了，听见了吗？明天你一滴牛奶也喝不到了。”

我觉得，总的说来，只要今天有希望拿到牛奶，她似乎就放心了。送牛奶的恶狠狠地朝她摇了摇头，放开她的下巴，极不乐意地打开自己的牛奶桶，往这家的罐子里倒了跟往常一样多的牛奶。倒好后，嘴里嘟囔着走开了。随后，他来到隔壁一家的门口，吆喝起来，那吆喝声中还带着一股怒气。

“请问，特雷德尔先生住在这儿吗？”这时我问道。

一个神秘的声音从过道的尽头回答说：“是的。”跟着那个小使女也回答说：“是的。”

“他在家吗？”我又问道。

那个神秘的声音又答应了一声“在”。小使女也照着回答了一声。于是我走了进去，按照那个小使女的指点，走上楼梯。当我经过客厅的后门时，我觉出有一道神秘的眼光正打量着我，这眼光可能就是属于发出神秘声音的人的吧。

当我走到楼梯顶时——这座房子只有两层——特雷德尔已经在楼梯口迎接我了。他见了我很高兴，非常热情地把我迎进他的小小的房间。这个房间位于房子的前面部分，房内的陈设虽然不多，但收拾得颇为整洁。我看出，他只有这么一个房间，因为房内有一张两用的沙发床，他的黑色鞋刷和鞋油都跟书放在一起——在书架顶层一本字典的后面。他的桌子上摊满各种文件，他身穿一件旧上装，正在忙着工作。对我来说，当我就座后，我什么也没看，可是我什么都看见了，就连他那只瓷墨水瓶上画的教堂风景也看见了——这也是我跟米考伯先生家同住时养成的一种才能。特雷德尔做了各种巧妙的安排，给五斗柜做了布置，靴子、刮脸用的镜子，等等，都放得各得其所。这一切更使我感到，事实证明特雷德尔还是老样子，依然是当年那个会用书写纸做像房子一样的模型来关闭苍蝇，受了虐待就画我常提到的那种令人难忘的画来安慰自己的人。

在房间的一个角落里，有东西被一大块白布整整齐齐地盖着，我猜不出那是什么。

第二十七章　托米·特雷德尔

"特雷德尔，"我坐下后，又跟他握了握手说，"见到你，我高兴极了。"

"我见到你也很高兴，科波菲尔，"他回答说，"见到你，我确实非常高兴。正是因为我在伊利路见到你时高兴极了，而且知道你见了我也很高兴，所以我才告诉你这个地址，而没有把我事务所的地址告诉你。"

"啊！你有事务所了？"我说。

"嗯，我有一个房间和一条走廊的四分之一，还有四分之一个文书，"特雷德尔回答说，"我和另外三个人合办了一个事务所——为了看起来像个有事干的样子——我们四个人合雇了那个文书。我每周付给他半个克朗。"

他做这番解释时，对我微笑着，从这一微笑中，我感觉我看到了他从前那种纯朴的性格、和蔼的脾气，还有一点儿以前那种倒霉的运气。

"我通常不把这儿的地址告诉人，科波菲尔，"特雷德尔说，"你知道，这不是因为我要讲究一点儿体面，只是因为那些来看我的人也许不喜欢来这儿。对我自己来说，我正在世界上跟困难搏斗，要是我装出另一副样子来，那就未免太可笑了。"

"沃特布鲁先生告诉我，你正在攻读法律，准备当律师，是吗？"我说。

"嗯，是的，"特雷德尔说，一面慢慢地对搓着两只手掌，"我是正在攻读法律，准备当律师。实际上这事已拖了很长时间，现在我才刚刚开始履行合约。我签订学业合约已经有一些日子了，可是要筹足这一百英镑学费，实在太费劲了，太费劲了！"特雷德尔说到这儿，皱着眉抽搐了一下，好像正拔掉一颗牙齿一样。

"我坐在这儿看着你的时候，你知道我禁不住想到什么了吗，特雷德尔？"我问他道。

"不知道。"他回答说。

"我想到你从前一直穿着的那套天蓝色衣服。"

"天啊，真的！"特雷德尔笑着叫了起来，"胳膊、腿儿，都被绷得紧紧的，是不是？嘿！没说的！那些日子过得真快活，不是吗？"

"我想，我们的校长要是不虐待我们任何一个人的话，本来还可以让我们过得更快活一点儿，这我得承认。"

"也许是这样，"特雷德尔说，"不过，哦，那时候还是有不少有趣的事。你还记得晚上在宿舍里的事吗？我们常常在宿舍里吃晚餐，你老给我们讲故事。哈，哈，哈！你还记得吗，我因为舍不得梅尔先生走，还挨了一顿鞭子？那个老克里克尔！连他我也想再见一面哩！"

"他待你那副样子，简直像只野兽，特雷德尔。"我愤愤地说，看到他这么高兴，我觉得，好像我昨天刚看到他挨打似的。

“你认为是这样吗？”特雷德尔说，“真的？也许他像只野兽，有点儿像。不过这全都过去了，是很久以前的事了。老克里克尔！”

“你那时是被一位叔叔抚养的吧？”我说。

“当然是！”特雷德尔说，“就是我老想给他写信的人。可是一次也没写成。呃！哈，哈，哈！没错，当时我有个叔叔。可是我离开学校不久，他就死了。”

“真的？”

“真的。他是一个歇了业的——你们是怎么叫的呀！——开布店的——布商——他原来要我做他的继子。可是待我长大了，他又不喜欢我了。”

“你说的是真的吗？”我说。他的态度那么从容自若，我想他一定还有别的原因。

“哦，是真的，科波菲尔！我说的是实话，”特雷德尔回答说，“这件事很不幸，不过他真的一点儿也不喜欢我。他说我完全不像他指望的那样，因此他跟他的女管家结婚了。”

“那你怎么办呢？”我问道。

“我没有任何特别的办法，”特雷德尔说，“我跟他们住在一起，等着被打发到社会上闯荡。后来他的痛风症不幸蔓延到腹部——就死了，女管家另嫁了个小伙子，于是我也就无依无靠了。”

“结果你什么也没得到，特雷德尔？”

“哦，不！”特雷德尔说，“我得到了五十英镑。可是我从来没有学过任何行业，一开始不知道怎么办才好。不过多亏得到了一位有专长的人的儿子的帮助，他也在萨伦学校上过学——他叫乔勒，是个歪鼻子。你还记得他吗？”

不记得了。他没有跟我在那儿同过学。我在那儿时，同学的鼻子个个都是端端正正的。

“这没有关系。”特雷德尔说，“依靠他的帮助，我开始抄写法律文书。可是光干这种活儿是不行的。后来我就开始给他们写案情陈述，摘诉讼要点以及诸如此类的工作。你知道，科波菲尔，我是个埋头苦干的人，我学会了干这类简述摘录的活儿。哦！这么一来，我就想到了要学习法律，而我那五十英镑里剩下的钱，也就全花光了。不过，乔勒又给我介绍了一两家别的事务所——沃特布鲁先生的事务所就是其中的一家——所以我能揽到不少活儿。也算我走运，认识了一个出版界的人，他正在编一部百科全书，他也给了我一些活儿。不瞒你说，”他朝桌子上瞥了一眼，“我这会儿就在为他干这种活儿。我这个人，干起这种编纂工作来还不错，科波菲尔，”特雷德尔说话时，始终有着同样愉快自信的神气，“不过我完全没有创新能力，一点儿也没有。我想，再没有一个青年人比我更缺少创新能力的了。”

看样子，特雷德尔好像要我承认这是当然的事实，所以我也就点了点头。接着，他继续说道，仍像先前那样，愉快而有耐心——我找不出更好的说法了。

“这样，我省吃俭用，一点儿一点儿地终于攒足了一百英镑，”特雷德尔说，“谢天谢地！我总算把这笔钱给付清了——虽然这——虽然这确确实实，”特雷德尔说到这儿，又像拔了一颗牙齿似的抽搐了一下说，“费了我九牛二虎之力。眼下我仍靠我刚才说的这种工作生活。我希望，有一天，能跟一家报社搭上关系，那样几乎可以说就能使我时来运转了。我说，科波菲尔，你完全跟从前一样，有着一张讨人喜欢的脸庞。见了你真是太高兴了，所以我对你什么都不隐瞒。因此我还得让你知道，我订了婚啦！”

订了婚啦！哦，朵拉！

“她是一位副牧师的女儿，十姐妹中的一个，家住德文郡。对了！”因为他看到我不知不觉地朝墨水瓶上的风景画瞥了一眼，“就是那座教堂！你朝左边走，出了这座大门，”他用手在墨水瓶上指点着说，“在我握笔的地方，就是他们家那座房子——正对着教堂，你懂了吧？”

他讲这些细节时，那副眉飞色舞的样子，当时我还没完全看出，事后才充分体会。因为当时我私心发作，内心正在暗暗画着斯潘洛先生那座房子和花园的平面图哩。

“她是个十分可爱的女孩儿！”特雷德尔说，“比我稍大一点儿，但是个最可爱的女孩儿！我上次不是告诉你我要出城吗？就是去她家。我是走着去，走着回来的，度过了一段最快乐的时光！我得说，我们的订婚期间可能会相当长，不过我们的座右铭是‘等待和希望’！我们总是这么说。我们总是说‘等待和希望’！她说，她能为我等到六十岁，科波菲尔——等到你能说出的任何年纪。”

特雷德尔从椅子上站起身来，得意地微笑着，把手放在我提到过的那块白布上。

“不过，”他说，“你可别以为我们一点儿没有做成家的准备。不，不，我们已经开始了。我们得一步一步来，但是我们已经开了个头。瞧这儿，”说到这儿，他得意地小心翼翼地掀开那块白布，“这是两件用来开头的家具。这个花盆和花架，是她亲手买的，打算把它放在客厅的窗口，”特雷德尔说着，往后退了几步，更加得意地朝它端详着，“里面再种上一株花。你瞧——我说对了吧！这张大理石桌面的小圆桌（圆周为二英尺十英寸）是我买的。你知道，有时你要放一本书什么的，或者有人来看你和你太太，要放一杯茶什么的，这——这我也说对了吧！”特雷德尔说，“你瞧瞧，这是一件令人赞叹的工艺品——真是坚如磐石！”

我对这两件家具都大大夸奖了一番。随后，特雷德尔又像掀开时一样，用那块白布小心翼翼地把它们盖起来。

"这点儿东西对房间的陈设来说算不了什么，"特雷德尔说，"不过总算有点儿东西了。至于台布、枕套之类的东西，是最让我气馁的了，科波菲尔。还有铁器——蜡烛箱、格子烤架以及这一类的必需品——也是一样，因为这些东西明显是少不了的，而且需要的东西会越来越多。不过，我们有着'等待和希望'！我敢向你保证，她真是一个最可爱的女孩儿！"

"这我完全相信。"我说。

"这会儿，"特雷德尔重又坐回到椅子上，说，"我唠唠叨叨地说了一大堆自己的事，再说一句就完啦，我要尽我所能往前走下去。我挣钱不多，不过花钱也不多。总的说来，我和楼下的一家搭伙，他们这一家是挺好的。米考伯先生和米考伯太太都是阅历丰富的人，跟他们相处，是非常有益处的。"

"我亲爱的特雷德尔，"我急忙叫了起来，"你说什么来着？"

特雷德尔朝我打量着，好像弄不清我在说什么。

"米考伯先生和米考伯太太！"我重复了一遍，说，"嘿，我跟他们是非常熟的呀！"

就在这时，恰巧响起了两下敲门声，根据从前在温泽里的老经验，我知道，没有别人，只有米考伯先生才这样敲门，这消除了我心中的疑惑，他们定是我的老朋友无疑。我要特雷德尔赶快请他的房东上楼来。特雷德尔去到楼梯口，照着我的话办了。米考伯先生一点儿也没有变——紧身衣裤、手杖、硬领衬衣、单片眼镜，一切全跟从前一样——他走进房间，一副有教养的年轻人的派头。

"对不起，特雷德尔先生，"米考伯先生停住正在哼的一支轻柔的曲子，用他从前那种低沉的声音说道，"恕我未曾觉察，你书房里有一位从未来过这个公寓的客人。"

米考伯先生朝我微微鞠了一个躬，把自己的衬衣领子往上拎了拎。

"你好吗，米考伯先生？"我说。

"先生，"米考伯先生说，"你太客气了。我是依然故我。"

"米考伯太太好吗？"我接着问。

"先生，"米考伯先生说，"谢天谢地，她也是依然故我。"

"孩子们呢，米考伯先生？"

"先生，"米考伯先生说，"我乐于奉告，他们也都安享康健。"

在整个这段时间里，米考伯先生虽然和我相对而立，却一点儿也没认出我来。不过这时候，他看到我微微一笑，就更加仔细地朝我打量了一会儿，忽然倒退几步，叫了起来："怎么会有这种事！我又有幸见到科波菲尔了吗？"接着便极其热情地握住了我的两手。

"哎呀，特雷德尔先生！"米考伯先生说，"想不到你竟认识我青年时代的朋友，我早年的伙伴！我亲爱的！"当米考伯先生走到楼梯口，隔着楼梯朝下面叫唤米考伯太太时，特雷德尔听到他这样形容我，脸上露出的惊诧着实不小（这也合情合理）。"特雷德尔房里有一位先生，他很乐意把他介绍给你哩，我的宝贝儿！"

米考伯先生立刻又回到房间，再次跟我握手。

"我们那位好朋友博士好吗，科波菲尔？"米考伯先生说，"坎特伯雷的那些朋友们都好吗？"

"我除了说他们都好外，别的就无可奉告了。"我回答说。

"我听到这话太高兴了，"米考伯先生说，"我们最后一次见面就是在坎特伯雷。我要是说得典雅一点儿的话，就是在因乔叟[①]而名垂不朽，古时候连远在天涯海角的人们也赶来朝拜的圣地附近——简而言之，也就是在那座大教堂附近见的面。"

我回答说正是在那儿。米考伯先生继续尽其所能、滔滔不绝地说下去；不过，从他脸上那关切的样子可以看出，他对米考伯太太在隔壁洗手以及忙乱地开关抽屉的声音，显然是有所觉察的。

"你可以看出，科波菲尔，"米考伯先生说，一只眼睛看着特雷德尔，"我们家眼下的生活，可以说派头很小，不做铺张。不过，你知道，在我一生的历程中，我曾克服过许多困难，清除过无数障碍。在我的一生中，有时我必须暂时驻足，以待时来运转，有时还得后退几步，然后再向前跃进——我相信，我用这词不致被人责备为自大——我想，这一点你是并不生疏的。现在，正是一个人一生中的紧要关头。你可以看出，我现在在后退，为的就是跃进。我有一切理由相信，其结果便是不久就会到来的一次有力的跃进。"

我正在表示我的欣慰时，米考伯太太进来了。她比以前邋遢了一点儿，或者是在我这个没看惯的人看来，现在好像是这样。不过为了见客，她还是收拾了一下，还戴了一副棕色手套。

"我亲爱的，"米考伯先生把她带到我的跟前，"这儿有一位叫科波菲尔的先生，他想要跟你叙叙旧哩。"

发生的事实证明，这一消息他本该慢慢地宣布才好，因为米考伯太太正怀

① 乔叟（约1343—1400）：英国莎士比亚时代以前最杰出的作家和诗人，他的代表作《坎特伯雷故事集》叙述了朝圣者前往坎特伯雷城朝拜殉教圣人托马斯·阿·贝克特的圣祠的故事。

孕在身，乍听之下，激动得支持不住，昏过去了。米考伯先生不得不手忙脚乱地跑到楼下后院的水桶旁，舀了一盆水来淋洗她的额头。好在她不一会儿就醒了过来，见到我有说不出的高兴。我们一起谈了有半个来小时。我问她双胞胎的情况，她说，他们都“长成大人了”；我又问了他们的大少爷和大小姐，她把他们说成“十足是巨人”，不过，那天他们都没有出来见我。

米考伯先生很希望我留下来吃晚饭。我并不是不愿意留下来，不过我从米考伯太太的眼神里，看出她有为难的样子，正在计算还剩有多少冻肉，于是我就推说另有约会。我这么一说，发现米考伯太太立刻如释重负，因此，不管他们怎么劝说我，要我放弃另外的约会，我都没有答应。

不过，我对特雷德尔、米考伯先生和米考伯太太说，在我告辞之前，他们一定得定下一个日子，去我那儿吃饭。特雷德尔因为已接下一件活儿，保证必须按期完成，因此定的日子得推迟一些才行。最后终于商定了一个对大家都合适的日子，然后我就告辞了。

米考伯先生借口要给我指引一条比来时近的路，陪我走到街道的拐角处。他跟我解释说，因为他急于要跟我这个老朋友说几句心腹话。

“我亲爱的科波菲尔，”米考伯先生说，“我几乎用不着跟你说，在我们目前的情况下，能有你的朋友特雷德尔这样一个人，心智光明——如果允许我这样说的话——一个心智光明的人，跟我们同住一屋，真有说不出来的快慰。隔壁住的是个在窗口摆摊卖杏仁糖的洗衣妇，街对面住的是个博街[①]的警官。你可以想象，有他和我们同住，乃是我跟我太太安慰的源泉。我亲爱的科波菲尔，眼下我正在做代卖粮食的生意。这并不是一个有利可图的行当——换一句话说，无钱可赚——结果是，有时候就会发生暂时的经济困难。不过，我得很高兴地补充一句，眼下我很快就会出现转机（哪一方面的，我还不便说），只要这机会一到，我相信，一定能使我供我自己和你的朋友特雷德尔永远丰衣足食，对特雷德尔，我有着一种自然而然的关切。也许你知道，根据米考伯太太眼下的身体情况看，我们大有增加一个爱情结晶的可能——简而言之，就是会增加一个婴儿。多承米考伯太太娘家人的关心，他们居然对这样的事态表示不满。我只能说，我不知道这事跟他们有什么关系。所以，我对他们所表示的这种亲情，嗤之以鼻，不加理睬！”

米考伯先生又和我握了握手，然后跟我告辞了。

① 博街：在伦敦市中心，主要警察法庭的所在地。

第二十八章　米考伯先生的挑战

在我款待久别重逢的老朋友那天之前，我一直思念着朵拉，靠喝咖啡过日子。在我害单相思的那些日子里，我的饮食大减，不过，对此我反倒引以为快，因为我觉得，要是我吃起饭来胃口如常，那就是一种对朵拉负心的行为了。我做了那么多的散步活动，也没有收到通常应有的效果，因为失望的心情跟新鲜的空气相互抵消了。我一生中这个时期得到的实际经验，引起了我的怀疑，一个一直受着紧靴子折磨的人，是否能真正好好地享受到肉食的美味？我觉得，只有四肢舒畅，才能胃口常开。

这次的家庭小聚会，我不准备再搞得像上次那样大肆铺张。我只准备了两条鳎鱼，一只小羊腿，还有一个鸽肉馅饼。关于烧鱼和煮肉的事，我刚怯声怯气地跟克拉普太太稍微一提，她就立刻断然反对，还带着一种自尊心受损害的态度说："不行！不行！先生！你别叫我干这种活儿，因为你对我的为人知道得很清楚，我不情愿干的事情，我是绝不肯干的！"不过，闹到最后，结果双方还是都妥协了。克拉普太太答应完成这项重任，条件是在这以后的两个星期，我不得在家里吃饭。

说到这里，我可以顺便说一下，克拉普太太对我十分专横，我在她手里吃的苦头，简直让人胆战心惊。我从来都没有像怕她这样怕过任何人。不管什么事，我都得迁就她。要是我稍一迟疑，她那古怪奇妙的病就会发作。她的这个病一直潜伏在她的身子里，随时都能出来袭击她的要害部位。要是我轻轻拉了六次铃都毫无效用，接着不耐烦地使劲拉了一下，她终于出现了——这无论如何是靠不住的——脸上带着责备的神情，上气不接下气地一屁股坐在门边的椅子上，用手捂着紫花布衣服的胸襟，痛得那么严重，这时我情愿牺牲我的白兰地，或者别的什么东西，把她打发走完事。要是我反对她下午五点钟才给我收拾床铺——我现在也仍认为她这种安排很不自在——可只要她的手同样朝紫花布衣服上的伤痛处一按，我就得连忙结结巴巴地向她道歉了。简单说一句，任何不伤体面的事，我都可以做，就是不敢得罪克拉普太太。我怕她怕得要命。

为了这回请客，我买了一只旧的移动上菜架，这样就不用再雇那个手脚灵活的小伙子了，因为我对他已经存有一种偏见。原因是有个星期天早晨，我在河滨街碰到他时，看到他身上穿着一件背心，跟我上次请客后不见了的背心一模一样。那个“小丫头”倒是又雇来了，不过规定她只是把大盘的菜端进来，然后就得退回到第一道门外的楼梯口，站在那儿，这样，她那探头探脑的习惯就不会打扰客人了，也不可能后退得踩到盘碟上去了。

我准备了调制一钵潘趣酒的原料，等待米考伯先生前来调制。此外，我还准备了一瓶薰衣草香水，两支蜡烛，一包各种各样的针，一个针插，好让米考伯太太在梳妆台前梳妆打扮时使用。为了让米考伯太太感到舒适方便，我又生起了卧室里的火炉。我还亲自铺好了台布，然后静等客人的到来。

到了约定的时间，我的三位客人一起来了。米考伯先生的衬衣硬领比往常更高了，他的单片眼镜还系了根新丝带；米考伯太太把她的便帽用一张棕白色的牛皮纸包着；特雷德尔一手拎着这个包，一手挽着米考伯太太。他们看了我的住所都很赞赏。当我把米考伯太太领到我的梳妆台前，她看到我为她准备了那么多的东西时，高兴得不知如何是好，特意叫米考伯先生快进来看看。

“我亲爱的科波菲尔，”米考伯先生说，“你这真是太奢华了。这种生活方式，让我想起我一段过去的时期，那时我还在过着独身生活，米考伯太太还没有经人乞求，到许门[①]的神坛前誓愿以身相许。”

“他的意思是说，是他乞求的，科波菲尔先生，”米考伯太太打趣地说，“他不能把责任推到别人身上。”

“我亲爱的，”米考伯先生突然认真地回答说，“我绝不想把责任推到别人身上。我清楚地知道，由于命运之神神秘莫测的意志，注定把你许给了我，也许就已经注定，把你许给一个经过长期挣扎，最终还是牺牲在复杂的经济困境中的人了。我懂得你暗示的是什么，我亲爱的。我为你的话感到遗憾，不过我受得了。”

“米考伯！”米考伯太太哭着喊了起来，“我该听这种话吗？我，我从来没有抛弃过你！我也永远不会抛弃你，米考伯！”

“我的宝贝儿，”米考伯先生异常感动地说，“你一定会原谅我这个心灵受了创伤的人的，我相信，我们共过患难的老朋友科波菲尔也会原谅我的，我只是一时受了一个狗仗人势的小人的欺凌——换而言之，是跟自来水公司一个管龙头的家伙发生了冲突，因而更加触景生情——对我的过分言行，你们一定会加以怜悯，而不会加以责备的。”

说完，米考伯先生就拥抱了米考伯太太，还紧紧地握了我的手。我从他这断断续续的话中推测，一定是因为他没有交纳水费，那天下午自来水公司把他

① 许门：古希腊、罗马神话中的婚姻之神。

家的水给关断了。

为了不让他再想这件伤心事，我就对米考伯先生说，今天的一钵潘趣酒，全得靠他来调制了，于是把他领到放柠檬的地方。顷刻间，他刚才的沮丧立刻消失，更不要说绝望了。我从来没有见过，有人像米考伯先生那天下午那样，在柠檬皮的香味中，在糖的甜味中，在烈性罗姆酒的酒气中，在开水的蒸汽中，那样自得其乐。当他在那儿搅动着、调拌着、品尝着那酒时，看起来好像不是在调制潘趣酒，而是在为他家的子孙置办万世之业。看到他那张脸从芳香的薄雾中向我们闪出光彩，真让人高兴。至于米考伯太太，我不知道是否因为戴了帽子，或者是由于薰衣草香水和那些针，或者是火炉和蜡烛的作用，总之，她从我的卧室里出来时，比原来要好看多了。就连云雀，也绝不可能比这位出色的女人更快乐的了。

我猜想——我绝不敢冒昧地去询问，而只敢猜想——克拉普太太一定是在煎完鳎鱼之后，就又老病复发了。因为吃完鱼，就断档了。等到那只羊腿端上来时，一看，里面很红，外面很白，而且上面还撒了一些像沙子似的不知什么东西，好像它曾掉进那个不同寻常的厨房火炉的炉灰中。但是，我们无法根据肉汤的样子，来对这一情况做出判断，因为那个“小丫头”把肉汤全都泼在楼梯上了——顺便说一句，那一长溜肉汤的痕迹，一直留在楼梯上，直到它自行消痕灭迹。鸽肉馅饼倒还不坏，不过那只是一个徒有其表的馅饼了。用脑相学的观点来说，是一个没有出息的脑袋，外面满是疙瘩，里面空空如也。总之，这次宴会完全失败了。多亏我的朋友们个个都兴致勃勃，而且米考伯先生又出了一个高明的主意，为我解了围，要不，我一定很不高兴了——我说的是宴会的失败，要是说到朵拉，我一直都没有高兴过。

“亲爱的朋友科波菲尔，”米考伯先生说，“管理得最好的家庭，有时也会发生意外。一个家庭里，如果没有那种神圣不可侵犯的、渗透一切的，而且还得不断加强的支配力来控制和管理——简而言之，我要说的是，如果没有那种具有做主妇的崇高品质的女人来控制管理，发生各种意外是必然的，你得用达观的态度来加以忍受。要是你允许我冒昧地说一句，很少有食品的滋味能比辣子烤肉更好的了。而且我相信，只要我们做一个小小的分工，就可以做出一道好菜来。如果那个伺候我们的小姑娘能拿一个烤肉架来，我敢对你保证，这个小小的不幸，是可以很容易就补救过来的。”

食具间里就有一个现成的烤肉架，我每天早上就是用它来烤咸肉片的。我们立即拿来烤肉架，大家一齐动手实行米考伯先生的主张。他提出的分工是这样的：特雷德尔负责把羊肉切成薄片；米考伯先生（他对于这类事，无不精通）在肉片上抹上胡椒面、芥末、盐和辣椒；我在米考伯先生的指点下，把肉片放到烤架上炙烤，同时不断用叉子翻动，烤好就取下；米考伯太太则负责在一个小汤锅里煮热并不断搅动一些蘑菇酱。当肉片烤到足够开始吃时，我们就吃了起来。我们依旧挽着袖子，还有一些肉片仍在火上烤着，吱吱地冒着白沫。我们一面注意着盘子里的肉片，一面注意着烤架上的肉片。

由于这种烹调方式新颖、高明、热闹，我们一会儿站起来去看看炉子上的肉烤得怎么样，一会儿坐下来品尝刚从烤架上取下来的热而又热的酥脆肉片，人人忙个不停，个个满脸通红，真是有趣极了。就在这令人馋涎欲滴的烤肉的吱吱声和扑鼻的香气中，我们把那只羊腿吃得只剩下了骨头。我的胃口出现奇迹似的恢复了。这事我现在写来还感到惭愧，可是我不能不相信，有一会儿，我把朵拉给忘了。我觉得满意的是，米考伯先生和米考伯太太，即便卖掉一张床来置办这次宴会，也不能比这更开心了。特雷德尔几乎全部时间都一面吃，一面做，而且还一直开怀大笑。其实，我们没有一个人不笑逐颜开的。我敢说，再没有比这更成功的宴会了。

我们都高兴无比，在各自的岗位上忙个不停，决定把最后的一批肉片烤得尽善尽美，使我们的这次宴会达到顶峰。可就在这时候，我发现房中出现了一个生人，我抬头仔细一看，手中拿着帽子站在我面前的，原来是沉着稳重的利提摩。

“你来有什么事？”我不由自主地问道。

“请原谅，先生，是他们叫我径直进来的。我的主人没在这儿吗，先生？”

“没在这儿。”

“你没看见他吗，先生？”

“没有。你不是打他那儿来的吗？”

“不是径直从他那儿来的，先生。”

“是他告诉你，要你来这儿找他吗？”

“不完全是这样，先生。不过我想，虽然他今天不在这儿，明天他也许会来这儿的。”

“他要从牛津径直来吗？”

“先生，”他毕恭毕敬地说，“请您就座，让我来干这活儿吧。”说着，他就从我那十分顺从的手中拿过叉子，俯身在烤肉架上干了起来，好像他的全部注意力都集中在那上面了。

我敢说，即使是斯蒂福思本人来到这儿，我们也不至于如此张皇失措。可是在这位体面的仆人跟前，我们都一下子成了温顺的人中最温顺的了。米考伯先生哼着一支曲子，装成十分自在地瘫坐在自己的椅子上，他那把急忙收起的叉子的叉柄从他的外衣胸部伸出，仿佛他把叉子戳进了自己的胸膛。米考伯太太急忙套上自己棕色的手套，露出一副文雅的倦态。特雷德尔用两只油手乱抓头发，抓得头发都竖立起来，一面不知所措地看着台布。至于我自己，则乖乖地坐在主人席上，完全成了个小孩子，对这位天知道从哪儿跑到我寓所来，给我料理家务的体面人物，我几乎连看都不敢看一眼。

这时，他从烤架上取下烤好的肉片，郑重其事地给我们端过来。我们都捡了一点儿，不过胃口已经没有了，仅仅做出吃的样子而已。等我们一一把盘子推开，他默不作声地撤去盘子，端上干酪。吃完之后，他又撤掉，收拾干净桌子，把所有东西都放在移动上菜架上，然后给我们摆上酒杯，自作主张把移动上菜架推进食具室。所有这一切，他都做得十分妥帖，而且从没抬过头，眼睛一直盯在干的活儿上。不过当他把背朝着我时，他的那两只胳膊肘儿，似乎充分表明了他对我的成见，认为我太年轻了。

“还有什么要我做的吗，先生？”

我向他道了谢，说，没有了。可是他自己不用吃饭吗？

“不用了，谢谢您，先生。”

“斯蒂福思先生要从牛津来这儿吗？”

“对不起，先生，您说什么？”

“斯蒂福思先生要从牛津来这儿吗？”

“我本该想到他明天会来这儿，先生。可我以为他今天就来这儿了，先生。毫无疑问，这是我搞错了，先生。”

“要是你先见到他——”我说。

“请您原谅，先生，我想我不会先见到他。”

“万一先见到的话，”我说，“那就请你告诉他，他今天没有在这儿，我觉得很可惜，因为有他一位老同学在这儿。”

“真的，先生！”他冲着我和特雷德尔鞠了一个躬，还朝特雷德尔看了一眼。

正当他轻轻地朝门口走去时，我怀着一种渺茫的希望，想要从容自然地跟他说点儿什么——对这个人，我从来没能从容自然过——于是我说：

“喂，利提摩！”

“先生！”

“上次你在亚茅斯待的时间长吗？”

“不太长，先生。”

“你看到那条船改装好了吗？”

“是的，先生。我留下来就是为了看那条船改装好的。”

“我知道！”我说话时，他恭恭敬敬地朝我抬起眼睛，“我想，斯蒂福思先生自己还没见过那条改装好的船吧。”

“我实在说不上来，先生。我想——不过我真的说不上来，先生。祝您晚安，先生。”

他说完这句话，向所有在场的人毕恭毕敬地鞠了一个躬，跟着就走了。他一走，我的客人好像呼吸都自由多了，我自己也感到如释重负。因为在这个人面前，我除了永远有一种自己特别不中用的感觉，从而使我局促不安外，我的良心也在低声责备我，不该对他的主人不信任，这使我禁不住有一种隐约的不安和恐惧，害怕这情况已经被他觉察。其实，我并没有什么可隐瞒的，然而我总觉得，好像这个人正看穿我的心思，这是怎么回事呢？

我正在思考这件事，并且想到，以后见到斯蒂福思本人时该会怎么内疚和悔恨，这时，米考伯先生把我从这种沉思冥想中唤醒了。他对那位已经告辞的利提摩大大地称赞了一番，认为他是个最体面的人物，一个极其出色的仆人。我可以说，米考伯先生对利提摩朝大家鞠的那一个躬，尽情领受了归他分享的那一份，而且是非常屈尊地接受了。

“不过这潘趣酒，我亲爱的科波菲尔，”米考伯先生尝了尝酒，说，“像时光一样，是不等人的。啊，这会儿是味儿最好的时刻。亲爱的，你的意思怎么样？”

米考伯太太也应声说，这会儿酒味好极了。

“那么，”米考伯先生说，“如果我的朋友科波菲尔允许我不受社交礼节的拘束，那我就要先干一杯，来纪念我和我的朋友科波菲尔年纪较轻时，在世路上并肩战斗的日子了。关于我跟科波菲尔的关系，我可以用以前我们一起吟唱过的诗句来说：

> 我俩曾在山坡奔跑，
> 共采那美丽的高文。①

我这是用的比喻的观点——有几次是这样的。我不十分清楚，”米考伯先生用他原来那抑扬顿挫的声音，带着难以形容的咬文嚼字的神气说，“高文为

① 苏格兰诗人彭斯名诗《往昔的时光》中的诗句，“高文”为苏格兰方言，意为“雏菊”。

何物？不过我毫不怀疑，如有可能，科波菲尔和我一定会常去采撷的。”

就在这时，米考伯先生“采撷”起潘趣酒来了。于是我们也都如法炮制。特雷德尔显然感到莫名其妙，他不明白，米考伯先生跟我到底多久以前在人世的战斗中做过伙伴。

“啊哈！”米考伯先生清了清嗓子说，一面让潘趣酒和炉火热得暖洋洋的，“我亲爱的，再来一杯好吗？”

米考伯太太说，只能再来一点儿。可是我们都不答应，于是还是斟满一杯。

“既然我们这儿全是知心朋友，科波菲尔先生，”米考伯太太一面小口抿着潘趣酒，一面说，“特雷德尔先生也是我们家里的一员，因此我很想听听，你们对米考伯先生的前程有什么看法。我一再对米考伯先生说，”米考伯太太有条有理地说，“粮食这一行，也许可以算作体面人做的买卖，但是无利可图。干上两星期，只能进账两先令九便士佣金。不管我们的要求有多低，也不能算作有利可图呀。”

我们大家都同意这一看法。

“那么，”米考伯太太说，她自视看事透彻，认为每当米考伯先生有可能走路走歪一点儿时，她就能以自己女人的智慧，使他走正过来，“既然是这样，我就问自己这样一个问题：要是粮食买卖不可靠，什么才可靠呢？煤炭买卖可靠吗？一点儿也不可靠。我们在这方面曾做过尝试，这是我娘家人的主意，但我们发现，这完全是错误的。”

米考伯先生靠在椅子上，两手插在口袋里，从旁看着我们，点着头，意思是说，事情说得再清楚也没有了。

“既然粮食和煤炭两桩买卖，”米考伯太太更加有根有据地说，“都不值得提了，那么，科波菲尔先生，我自然要看一看这整个世界，说上一句：‘像米考伯先生这样一个有才气的人，怎样才能取得成功呢？’凡是收取佣金的事，我都把它除外了，因为佣金是靠不住的。我相信，对于米考伯先生这样一个有特殊性格的人，最适合的是靠得住的事。”

特雷德尔和我都表示同意，低声说，有关米考伯先生的这一大发现无疑是正确的，这样能使他大为增光。

“我不瞒你说，我亲爱的科波菲尔先生，”米考伯太太说，“我早就觉得，酿酒这一行特别适合米考伯先生。看看巴克利和珀金斯公司！看看杜鲁门、汉伯里和巴克斯顿公司！据我看来，米考伯先生要有那种广大的基础才能发迹。我听人说，这种买卖收益大——得——很哪！不过，要是米考伯先生进不了那些公司——他曾提出过求职申请，哪怕做个小职员也行，可是他们都没有给他回信——老谈这种想法，又有什么用呢？没有。我完全可以相信，米考伯先生的风度——”

“嗯哼！真的吗，亲爱的！”米考伯先生插嘴说。

“我亲爱的，你别作声，”米考伯太太把戴着棕色手套的手，往他手上一按，“我完全可以相信，科波菲尔先生，米考伯先生的风度，使他特别适合从事银行业。我心里就这样想，要是我在一家银行里有一笔存款，而米考伯先生则代表那家银行，他的那副风度就会使我相信那家银行，并且扩大和它的联系。可是，如果各家银行都不愿利用米考伯先生的才能，或者以傲慢的态度来对待他要为他们效劳的意图，那老谈这种想法，又有什么用呢？毫无用处。至于自己开办一家银行，我知道，要是我娘家的人肯把钱交给米考伯先生，那是可以开办的。可要是他们不肯把钱交给米考伯先生——他们一定不肯的——那说这个又有什么用呢？我又得说了，比起从前来，我们并没有什么进展。”

我摇摇头说：“一点儿也没有。”特雷德尔也摇摇头说：“一点儿也没有。”

“从这一点，我得出的结论是什么呢？”米考伯太太继续说道，依然是一副要把事情说得一清二楚的神气，“我亲爱的科波菲尔先生，我不得不得出的结论是什么呢？显然，我们还得活下去，我这样说错了吗？”

我回答说：“一点儿没错！”特雷德尔也回答说：“一点儿没错！”接着我还独自以哲人的口气加了一句，一个人，要么活着，要么死去。

“正是这样，”米考伯太太回答说，“的确是这样。事实是，我亲爱的科波菲尔，要是近期内没有跟现在完全不同的情况出现，我们就活不下去了。现在，我本人相信，这也是我近来对米考伯先生说过多次的，任何事情，你都不能指望它自己出现。我们总得多多少少帮它一下，使它出现。我也许错了，但是我已经抱定这种看法。”

对她的这一看法，特雷德尔和我都大大称赞了一番。

“很好，”米考伯太太说，“那么我出什么主张呢？这位米考伯先生，具备各种资格——具有很大的才能——”

“真的吗，亲爱的！”米考伯先生说。

“亲爱的，请你让我把话说完。这位米考伯先生具备各种资格，具有很大的才能——我得说具有天才，不过这也许只是一个做妻子的偏见。”

特雷德尔和我都低声说：“不是的。”

“可这位米考伯先生，却什么合适的职位和职业都没有。这该由谁来负责呢？显然，应该由社会来负责。那我就要把这样一桩可耻的事实揭露出来。让人人知道，大胆地向社会提出挑战，要它纠正过来。我觉得，我亲爱的科波菲尔先生，”米考伯太太加强语气说，“米考伯先生应该做的，就是向社会下挑战书，其实质是说：‘让我看看谁来应战，敢应战的马上给我站出来。’”

第二十八章　米考伯先生的挑战

我冒昧地问米考伯太太，这件事该怎么做呢？

“在各家报纸上登广告呀，”米考伯太太说，“我觉得，为了能公正地对待他本人，公正地对待他的家人，我甚至可以说，为了能公正地对待一向忽视他的社会，米考伯先生应当做的是，在各家报纸上登广告。明明白白地说清自己是怎样一个人，有些什么什么资格，最后可以这样说：‘为此，敬请高薪聘用本人，回信请寄坎登镇邮局，威·米收。’”

“米考伯太太的这一主张，我亲爱的科波菲尔，”米考伯先生说，一面把自己的衬衣硬领在下巴前拉拢，朝我瞟了一眼，“其实就是上次我跟你幸会时，我说的那个跃进。”

“登广告是相当贵的。”我半信半疑地说。

“一点儿没错！”米考伯太太仍保持着有条有理的神气说，“你这话很对，我亲爱的科波菲尔先生！我跟米考伯先生说过同样的话。就是因为这一特殊的原因，我才认为米考伯先生应当筹一笔钱（如我已经说过的，为了能公正地对待他本人，公正地对待他的家人以及能公正地对待社会）——办法是立一张期票。”

米考伯先生往椅背上一靠，一面摆弄着自己的单片眼镜，一面向上看着天花板，不过我认为，他也在注意着正在看着炉火的特雷德尔。

“要是我娘家没有人肯发善心，”米考伯太太说，“答应承兑这张期票——我相信，有个更好的商业名词，可以表达我的意思——”

米考伯先生两眼仍望着天花板，提醒说：“贴现[①]。”

“把那张期票拿去贴现。”米考伯太太说，“我的意思是，米考伯先生应该上伦敦旧城[②]，拿这张期票到金融市场，能换多少钱就换多少钱。要是金融市场上那班人，硬逼着要米考伯先生做出重大牺牲，那就是他们的良心问题了。我坚决地把这看成是一笔投资。我劝米考伯先生也这样想，亲爱的科波菲尔先生，把这看成是一笔保证有钱可赚的投资。而且得下定决心，任何牺牲都在所不惜。”

我当时觉得（不过我现在敢肯定地说，我并不明白为什么），这对米考伯太太来说，是一种自我牺牲，一种对丈夫的忠诚。我低声地说了这一意见，特雷德尔也顺着我的口气同样低声说了一遍，但仍望着炉火。

“我不想尽说米考伯先生财务方面的事了，”米考伯太太喝完了杯中的潘趣酒，围紧肩膀上的围巾，准备退进我的卧室，说，“在你的火炉旁，我亲爱的

① 贴现：拿没有到期的票据到银行兑现或做支付手段，并由银行从中扣除从交付日至到期日期间的利息。

② 伦敦旧城：英国首都伦敦的市中心，为全国商业、金融业的中心。

科波菲尔先生，当着特雷德尔先生的面（他虽然不是一个老朋友，但跟我们完全像一家人一样），我禁不住想让你们知道，我劝米考伯先生采取的办法。我觉得，米考伯先生奋发的时候到了——我还要补充一句——是米考伯先生维护自己权利的时候了。我认为，办法就是这些了。我知道，我不过是个女人，一般都认为，讨论这类问题时，男人更有见识。可我还是不该忘记，在我跟爸爸、妈妈生活在一起时，我爸爸常说：'尽管艾玛身体薄弱，可是她对事物的见解绝不弱于任何人。'我爸爸太偏心，这我知道，不过他多少是个善于观察人的人，不管从我作为女儿的身份来说，还是从道理上来说，全都不容我对这有所怀疑。"

说完这番话，米考伯太太谢绝了我们请她留下来干完最后一巡的要求，退到我的卧室里去了。我真正觉得，她是一位高尚的女人——像那种古代罗马的妇女，在国家和人民有了危难时，能做出种种英勇的事来。

在这种强烈的印象下，我热烈庆贺米考伯先生有这样一位贤内助。特雷德尔也同样向他道贺。米考伯先生依次跟我们握了手，然后用小手帕蒙在脸上，我认为，那小手帕上的鼻烟比他想象的多得多了。随后他重又喝起潘趣酒来，兴高采烈到极点。

他很健谈。他要我们懂得，有了孩子，我们就又得到新的生命。在经济困难的压迫下，不管增加多少孩子，都会加倍地受到欢迎。他说，米考伯太太近来对这一点表示怀疑，不过他已经消除了她的怀疑，使她放了心。至于她娘家那些人，根本就配不上她，对他们那班人的意见，他完全不加理会，让他们——我引用他自己的话说——见鬼去吧。

接着，米考伯先生对特雷德尔大大赞扬了一番。他说特雷德尔是个出色的人，他自己（米考伯先生）就没有他那种坚定的高尚品德，不过谢天谢地，他赞美特雷德尔还是可以的。他感情激动地提到那位不认识的年轻小姐，就是特雷德尔对她真心爱慕，她也以她的真情相报，对他敬爱，给他幸福的那位姑娘。米考伯先生提议为她干杯。我也干了杯。特雷德尔对我们两人一一致谢，怀着我十分喜爱的淳朴和真诚说："我衷心感谢你们。我敢向你们保证，她确实是个最可爱的女孩儿！"

随后，米考伯先生又乘机非常关切、礼貌地提到我的恋爱问题。他说，除非他的朋友科波菲尔郑重否认，他相信，凭他的印象，他的朋友科波菲尔已经有了所爱的人，而且也已为人所爱。我有一阵子觉得浑身发热，很不自在，满脸通红，结结巴巴地矢口否认，直到后来才端起酒杯说道："好吧！那我就提议为朵拉干杯吧！"米考伯先生一听，大为激动高兴，赶忙端了杯酒跑进我的卧室，好让他太太也能为朵拉干杯。米考伯太太热情洋溢地干了杯后，在房中尖声高喊道："太好了！太好了！我亲爱的科波菲尔先生，我真是乐坏了。好极了！"还用手敲敲墙壁，代替鼓掌喝彩。

在这以后，我们的话题转向较为世俗的事情。米考伯先生对我们说，他发现，住在坎登镇很不方便，等到广告有了什么满意的结果，他第一件要做的事就是搬家。他提起牛津街西头有一排房屋，面对海德公园，他早就看上了，不过他没有打算马上就租下来，因为这需要有大笔的固定收入。这可能还得等一段时间，他解释说，在这段时间内，他要能在体面的商业区——比如说在皮卡迪利[①]——住上一套上层楼房，也就很满意了，这就可以让米考伯太太的心情舒畅一些。那地方，只要加开一只凸形窗，或者在屋顶加盖一层，或者像这样稍为翻修一下，他家就可以在那儿体面地、舒舒服服地住上几年。他还明白无误地说，不管他将来能得到什么机会，不论他将来住在什么地方，有一点我们完全可以相信，他始终要给特雷德尔留下一个房间，给我留下一副刀叉。我们领谢了他的好意。他还求我们原谅他谈起这些凡俗的琐事，因为一个人对生活做出全新的安排时，说到这些也是很自然的，我们务必要原谅他。

米考伯太太又在墙上敲了几下，询问茶是否准备好了，这才把我们这段友好的闲谈给打断了。她非常殷勤地为我们倒茶。每当我端茶和递奶油面包，走到她身边时，她都要悄悄问我，朵拉的皮肤是白还是黑，身材是高还是矮以及诸如此类的话；我想我被她问得很高兴。喝完茶，我们在炉边谈了各种话题。承米考伯太太的好意，还给我们唱了两支我们非常喜爱的歌：《闯劲十足的白脸中士》[②]和《小塔夫林》[③]（她的嗓音既低弱又平淡，记得我最初认识她时，我认为这种嗓音在声学上就像是不起泡沫的啤酒）。米考伯太太在娘家跟她爸妈住在一起时，是以会唱这两支歌出名的。米考伯先生告诉我们，当他第一次在她娘家见到她，听她唱第一支歌时，她就异乎寻常地引起了他的注意，等到她唱《小塔夫林》时，他就下定决心，非赢得她的芳心不可，要不就在追求中誓不生还。

到了十点和十一点之间，米考伯太太起身摘下便帽，放进棕白色的牛皮纸包里，戴上有带子的女帽。米考伯先生趁特雷德尔穿大衣的时候，往我手里偷偷地塞了一封信，还悄声地对我说，要我有空时看一看。米考伯先生挽着米考伯太太走在最前面，后面跟着拿着便帽包的特雷德尔。我趁举着蜡烛在楼梯栏

① 皮卡迪利：伦敦的皮卡迪利大街，以其豪华时尚的商店、俱乐部、旅馆和住宅著称。

②《闯劲十足的白脸中士》：由英国剧作家伯戈因将军（1722—1792）作词，英国作曲家毕肖普（1786—1855）谱曲。

③《小塔夫林》：英国作曲家斯托雷斯（1763—1796）所作喜剧《三点和两点》中的一支歌。

杆旁照他们下楼的机会，把特雷德尔在楼梯顶上留住了一会儿。

“特雷德尔，”我说，“米考伯先生对人并没有什么恶意，他只是个可怜的人。不过，我要是你的话，我什么都不会借给他。”

“我亲爱的科波菲尔，”特雷德尔微笑着回答说，“我没有什么东西可以出借呀。”

“你有一个名字呀，你得知道。”我说。

“哦！你管那个叫作可以出借的东西吗？”特雷德尔带着若有所思的神情回答说。

“正是这样。”

“哦！”特雷德尔说，“是的，没错！我非常感谢你，科波菲尔。不过——恐怕我已经把那个借给他了。”

“是在他说的那张可做投资的期票上借给他的吗？”我问道。“不，”特雷德尔说，“不是在那张期票上借给他的，那张期票我今天才第一次听说。我也在想，在回家的路上，他很有可能提出来，向我借我的名字，用在那张上面。我已经借给他的，是用在另一张期票上的。”

“我只希望那张期票别出毛病才好。”我说。

“我也希望别出毛病才好，”特雷德尔说，“不过，我想大概不会，因为就在前几天，他还告诉我，那笔款子他已经筹备好了。这是米考伯先生亲口说的，‘筹备好了’。”

就在这时候，米考伯先生仰起头来，朝我们站的地方看着，因而我仅仅有时间再提一遍我的警告。特雷德尔向我表示了谢意，下楼去了。可是当我眼看他手上拿着帽子走到楼下，伸手挽住米考伯太太，一副忠厚老实的样子，我深深为他担忧，怕他要让人连头带脚给拖进金融市场。

我回到火炉边，半是认真半是好笑地默想起米考伯先生的为人以及我们之间的旧谊。正在这时，我听到一阵迅急上楼的脚步声。一开始，我还以为米考伯太太忘记拿走什么东西，特雷德尔赶回来取了。可是，脚步声走近以后，我觉得我的心剧跳起来，血朝我的脸上涌，因为这是斯蒂福思的脚步声。

我从来没有忘记爱格妮斯的话，她也从来没有离开过我心里为她开辟出的圣殿——如果我可以这样说的话——从我第一次见到她的时候起，我就把她供奉在那儿。可是当斯蒂福思一进屋，站在我面前，朝我伸出手来，原先罩在他身上的黑暗，一下子变成了光明，我感到惶惑、惭愧，因为我曾经怀疑过这个我衷心热爱和钦佩的人。但是，我对爱格妮斯的爱慕一切如常，依然认为她是我生命中慈祥、温柔的吉神。我没有怪她，只怪我自己辜负了斯蒂福思。如果能知道拿什么来补过，怎样来补过，那我一定要对他引咎补过。

第二十八章　米考伯先生的挑战

“嘿，雏菊，老弟，你成了哑巴啦！”斯蒂福思笑着说，先亲热地握住我的手，然后又把它轻快地抛开，“你这个锡巴里斯人[①]，是不是你又大摆宴席让我给逮住了！博士公堂里的那班家伙，是伦敦城里最会寻欢作乐的人，我相信，把我们那些朴实无华的牛津人，全给打垮了！”他目光闪闪，兴冲冲地朝屋子里四下看了一遍，在我对面刚才米考伯太太坐的沙发上坐了下来，还拨了拨炉火，让它烧得更旺。

“我刚一看到你，感到太出乎意料了，”我说，怀着最大的热情对他表示欢迎，“所以几乎连跟你打招呼的力气都没有了，斯蒂福思。”

“哦，正像苏格兰人说的那样，看到我，害了病的眼睛也会好的，”斯蒂福思回答说，“看到容光焕发的你，雏菊，也是一样。你怎么样啊，你这位酒神的信徒？”

“我很好，”我说，“今天晚上我可一点儿也不像酒神的信徒，虽然我得承认，我请了三位客人来家吃饭。”

“他们三个，我在街上全碰到了，都在夸你好哩，”斯蒂福思说，“那个穿紧身裤的朋友是谁呀？”

我尽可能三言两语地对他说了我对米考伯先生一些好的看法。他看我形容这位先生如此不高明，不由尽情地笑了，还说这个人值得认识，他得认识认识这个人。

“不过，你猜我们另外那位朋友是谁？”这回轮到我说了。

“天知道，”斯蒂福思说，“我希望不是个让人讨厌的家伙吧？我觉得，他看上去有点儿像个讨厌的家伙。”

“他是特雷德尔啊！”我得意地说。

“他是谁？”斯蒂福思满不在意地问道。

“你不记得特雷德尔了？在萨伦学校时，我们同房间的那个特雷德尔？”

“哦，那个家伙呀！”斯蒂福思说，一面用拨火棍敲打着炉火上面的一块煤块，“他还像从前那样软弱吗？你是从哪儿把他给找来的？”

我尽量赞扬了特雷德尔一番，因为我觉得斯蒂福思相当看不起他。斯蒂福思微微点头一笑说，他也很想见见这个老同学，因为他以前一直是个奇怪的家伙。说完他就把这个话题给撇开了，问我能不能给他一点儿东西吃。在这短短的一段对话时间里，当他没有兴高采烈地随心所欲畅谈时，大多数时间都懒散地坐在那儿，用拨火棍敲打煤块。我注意到，当我拿出吃剩下的鸽肉馅饼什么的给他时，他也依然如此。

---

① 锡巴里斯人：锡巴里斯为古希腊城市，在今意大利南部，曾以其富饶和奢靡闻名，毁于公元前510年。西方人习惯称奢靡的人为锡巴里斯人。

“哟，雏菊，你这是给国王吃的饭菜呀！”他突然打破沉默，喊了起来，同时在桌子跟前坐下，“我要好好享受一番了，因为我是刚从亚茅斯来的。”

“我还以为你是从牛津来的哩。”我回答说。

“不是，”斯蒂福思说，“我一直在航海——比在牛津有趣多了。”

“利提摩今天来过这儿，他在找你呢，”我说，“我以为他说你在牛津；不过，我现在想起来，他的确没这么说。”

“我原以为利提摩还伶俐，其实是个大笨蛋，竟跑到这儿来找我，”斯蒂福思高高兴兴地斟了杯酒，一面为我干杯，一面说，“至于说了解他，要是你能做到这一点，雏菊，那你就比我们多数人更聪明了。”

“你这话不假，的确如此，”我说，把自己的椅子移近餐桌，“这么说你去过亚茅斯，斯蒂福思！”我想知道有关的全部情况，“你在那儿待得很久吗？”

“不久，”他回答说，“在那儿胡闹了一个星期左右。”

“那儿的人都好吗？当然，小艾米莉还没结婚吧？”

“还没有。我相信，总要结婚的——在几个星期之内，或者几个月，反正有个时间。我不常见到他们。哦，想起来了，”他放下手中一直忙个不停的刀叉，在口袋中摸索起来，“我给你带来了一封信。”

“谁的？”

“嘿，你的老保姆哇，”他回答说，一面从胸前的口袋中掏出一些纸张来，“‘詹·斯蒂福思先生，乐意居的债务人’，这不是。别急，我马上就能找到。那个叫老什么的，情况不妙，我想，那封信就是说这个的。”

“你说的是老巴基斯吧？”

“没错！”他仍在几个口袋里摸着，再看看摸出的是什么，“我看，可怜的巴基斯恐怕要完了。我在那儿看到一个小药剂师——外科医生，或者不管是什么吧——就是替阁下你接生的那一位。据我看，他对这种病很精通，不过他的结论是，这位车夫最后的这一趟旅程，跑得未免太快了。你到椅子上我那件大衣的胸袋里摸一摸，我想你会找到那封信。在那儿吗？”

“在这儿了！”我说。

“对了！”

信是佩格蒂写的——字写得比平常更难认，也更简短。信中告诉我她丈夫病重无望的情况，还隐隐约约地提到，说他比以前“更加手紧”了，因此要想把他服侍得舒服一点儿也更难了。信中只字未提她自己如何辛劳，如何日夜看护，倒是大大称赞他。信写得简单明白，毫无造作，充满朴实的虔诚，我知道是她的亲笔。最后是“问候我永远疼爱的”——这指的是我。

我在吃力地读着这封信，斯蒂福思一直不断地在吃喝。

第二十八章　米考伯先生的挑战

“这是件不幸的事，”我读完信后，他说，“不过，每天太阳都要下山，每分钟都有人死去。大家的命运都一样，我们不应该为这大惊小怪。要是因为听到那不分贫富贵贱、一视同仁的脚步声[①]在什么地方响起，就把握不住自己的命运，那世界上的一切都要从我们手里溜走了。这样不行！应该前进！必要时穿上防滑靴，好走时就穿平底鞋，但是得永远向前奔！冲过一切障碍，赢得比赛的胜利！”

“赢得什么比赛？”我说。

“你已经开始参加的比赛呀！”他说，“永远向前奔！”

我现在还记得，他说完后停了一会儿，漂亮的脑袋稍微后仰，手里举着酒杯，看着我，这时我注意到，他虽然脸色红润，带着海风吹拂的清新气息，但有一些我上次和他见面后才出现的痕迹，仿佛他一直在从事某种热情奔放的紧张活动，而且这种感情激起时，就会热烈地在他内心沸腾。我本想对他这种一有所好，便不顾一切拼命追求的习性——如跟凶险的海浪搏斗，向恶劣的天气挑战——劝说一番，可是我的心思又一下子拐回到正在谈论的话题上，接着便说了下去。

“我要告诉你一件事，斯蒂福思，”我说，“要是你有兴致听我……”

“我的兴致正高着哩，你要我做什么都行。”他回答说，一面从餐桌边挪回到火炉旁。

“那我就跟你说啦，斯蒂福思。我想去乡下看看我的老保姆。这并不是说，我去了能给她什么好处，或者给她什么实际的帮助，不过她那么疼我，我去探望，对她来说有着同样的效用，就跟我做到前面两点一样。我这样做她会非常高兴，觉得这是对她很大的安慰和支持。我相信，对于像她这样一个待我这么好的朋友来说，我去看她一趟，根本算不上费什么事。要是你处在我的地位，你会不会花一天工夫去一趟呢？”

他脸上露出若有所思的神色，坐在那儿想了一会儿后，才低声回答说：“好的！去吧。你不会碍事的。”

“你刚从那儿回来，”我说，“要是我请你陪我一起去，这不可能吧？”

“没错，”他回答说，“我今天晚上就要回海盖特。我这么久没有见到我母亲了，良心上感到不安，因为她那么爱她的不肖儿子，总得给她一点儿爱呀——呸！胡说八道！——我猜，你打算明天去，是吗？”说着，他伸直两条胳膊，用手按住我的两个肩膀。

“是的，我想是这样。”

“行，那就过了明天再去吧。我本想要你到我家住几天。我来这儿，就是

① 此处指死神的脚步声。

为了来请你的，可你却要飞到亚茅斯去了！”

“你竟说我飞走，斯蒂福思，你自己才真是飞来飞去呢，老是胡跑乱窜到什么没人知道的地方去！”

他没有作声，默默地朝我看了一会儿，过后才给我答话，他的两手仍按在我的肩上，还摇了几下。

“行了！你就过一天再去吧，明天你尽可能跟我们在一起待上一天。谁知道我们什么时候才能见面哪。行了！你就过一天再去吧！我要你站在罗莎·达特尔和我之间。我要你把我们两人隔开。”

“没有我隔开，你们两人就要互相更爱了吗？”

“是的，或者更恨，”斯蒂福思笑着说，“管它是哪一种吧。行了！你过一天再去！”

我答应他过一天再去。于是他穿上大衣，点燃一支雪茄，动身回家。我发现他打算步行回去，也穿上大衣（不过没有点雪茄，因为那一阵子，我已经抽多了），跟他一起，一直在空旷的大道上走着。当时是晚上，大道上冷冷清清。一路上，他兴致都很高。分手后，我从后面看他昂然轻快地朝家中走去，我想到了他说的话：“冲过一切障碍，赢得比赛的胜利！”首先，我希望他参加的是一场有价值的比赛。

我在自己的卧室中脱衣服时，米考伯先生的信掉到了地板上，这时我才想起这封信来。于是我拆开信，读了起来。写这封信的时候，注明是在晚餐前一个半小时。我记不清以前是否提到过，米考伯先生每当遇到特别难以渡过的难关时，往往爱用一些法律辞藻，他似乎觉得，这样一来，他的事情就可以了断似的。

阁下——因我已不敢再称你为我亲爱的科波菲尔：

本信之署名人已穷困潦倒矣，为此合当奉告。为不使阁下预知其灾难性之处境，此人曾闪烁其词，力图以微力掩饰，对此，今日阁下想必已察知一二；然希望已经西沉，本信之署名人已穷困潦倒矣。

此信系在监我之人（我不能称之为伴我之人）耳目下写就。此人受雇于某扣押财物估价出售人，现已濒临酒醉状态。依据欠租扣押法令，该人已查封债务人之财产。查封清单内，不仅包括本宅常年租户即本信署名人之全部动产，且兼及寄宿人内殿[①]荣誉学会会员托马斯·特雷德尔先生之一切动产。

① 内殿：内殿法学院，为伦敦四个法学院之一。

第二十八章　米考伯先生的挑战

“递到”本信署名人唇边的苦酒之杯本已满溢（借用某不朽作家[①]之言），如需再增一滴，便是以下之事：上述之托马斯·特雷德尔先生，出于友谊同意承兑本信署名人所立总额为二十三镑四先令九便士半之期票一纸，现已逾期，而该款尚未筹得。再者，本信署名人所负赡养之责，遵循常理，将因添一更无助困难者而增加，此苦难者，自今日起不出六个太阴月[②]——举整数而言——即将出世矣。

除上述诸项外，再补一言，即尘与灰已

永远

撒于

此人

头上[③]矣。

威尔金斯·米考伯

可怜的特雷德尔！我到这时已经认清米考伯先生的为人，料到他准能从这种打击中恢复过来。可是我想到特雷德尔，想到那位德文郡副牧师的女儿，十姐妹中的一个，那位非常可爱的女孩子，她可以为特雷德尔等到六十岁（不吉利的赞美），甚至等到你能说出的任何年纪，想到他们，我心里非常难过，这一夜我睡得很不安宁。

---

① 此处指莎士比亚，出自莎剧《麦克白》第一幕第七场第十一行。
② 太阴月：每月为29天12小时44分。
③ 尘与灰撒于头上，表示忏悔或耻辱。

阅读规划进度及自我测评

01 计划阅读时间

02 实际阅读时间

03 完成度（%）

04 阅读兴趣

感兴趣□　　一般□　　没兴趣□

原因：

问题：

05 回忆一下阅读的章节，看看能否回答出这些问题

1. 在第十五章中，姨婆贝特西小姐尽心尽力为大卫寻找一所能让他受到真正良好的教育和良好待遇的学校以及可以寄宿的公寓，还教导大卫“绝不可卑鄙自私，绝不可弄虚作假，绝不可残酷无情”。你觉得贝特西小姐希望大卫成为一个怎样的人？你是如何理解贝特西小姐的这句话的？

2. 初到新学校时，大卫很害怕同学们知道自己的过去，因此，只要看到有同学朝他走来就退避，一放学就匆匆离开，害怕有人跟他搭话，害怕在与同学说话时“露出破绽”。初到新学校的大卫为什么会有这种紧张、焦虑、

害怕，想躲避同学的心理？

3. 在第十八章中，大卫说自己“长大了，模样变了”，就连穿着服饰也有了很大的变化。请找到相关的语句，说说大卫的外貌、衣着有哪些变化，再说说大卫这样打扮自己的原因是什么。

4. 斯蒂福思多次称大卫为“雏菊”，认为“太阳刚升起时，地里的雏菊都没有你嫩”，你觉得“雏菊”代表什么呢？斯蒂福思为什么会这样称呼大卫？

5. 刚开始独立生活的大卫，在斯蒂福思的陪伴下，过了人生第一个放荡不羁的夜晚，但爱格妮斯认为大卫结交了“一个危险的朋友”，并提醒大卫要提防斯蒂福思。爱格妮斯为什么会认为斯蒂福思是“一个危险的朋友”？你认同爱格妮斯的看法吗？

06 说说有意思（感兴趣、引人深思）的人或事，与他人分享

在这一阅读阶段，你一定对小说中的某个人、某件事、某句话印象深刻，写一写或说一说，分享自己的阅读成果。

07 摘抄，积累

把你认为好的语句或段落摘抄下来，积累更多的语言素材吧！

在上一个阅读阶段里，我们看到大卫度过了一段快乐无忧的少年时光，他不仅认识了善良、聪慧的爱格妮斯，还与一些老朋友再次相遇。接下来，大卫和他的朋友们的生活又发生了哪些变化呢？大卫儿时的朋友艾米莉和汉姆订婚了，但艾米莉给家人留下一封信就走了，她去了哪里？大卫一直非常信任斯蒂福思，如今却认为斯蒂福思是一个背信弃义的人，他们之间发生了什么事？

第二十九章　重访斯蒂福思家

早晨，我对斯潘洛先生说，我要请几天短假。由于我还没有领取任何薪金，因而这事并没有使那位铁面无情的乔金斯先生感到十分不快，所以我没费什么口舌，他就准了我的假。我乘机向斯潘洛小姐问好。说这话时，我的声音粘在喉咙里，两眼变得模糊不清。斯潘洛先生答话时，毫无感情，好像说的是一个普通人一样。他说，他非常感谢我的问候，他女儿一切都好。

我们这些签约的学生，由于是代诉人这种高贵人物的苗子，得到很多优待，因而我几乎什么时候都是自由的。不过，我不想在下午一两点钟之前就去海盖特，而且那天上午，我们的法庭又要审查一件小小的逐出教会案，该案件称为蒂普金为拯救布洛克的灵魂提起的诉讼案。我跟着斯潘洛先生前往出庭，非常愉快地在那儿待了一两个小时。案情起因是两位堂区俗人委员发生扭打，据说其中一个把另一个推倒在水泵上，这个水泵的把手伸进一所学校的校舍，而这所学校的校舍坐落在教堂屋顶的山墙下面，因此，这一推就构成了亵渎教会罪。案子很可笑，我坐在公共马车的车厢里去海盖特时，一路上都想着博士公堂和斯潘洛先生说的有关博士公堂的话，他说碰了博士公堂，国家就要垮台。

斯蒂福思的母亲见了我很高兴，罗莎·达特尔也一样。我发现利提摩不在，这使我颇为惊喜。伺候我们的是个谦恭的、客厅专用的小女仆。她的帽子上系着蓝丝带，要是你偶尔朝她看上一眼，比起那位体面的男仆来，她的眼睛要让人舒心得多，不会使你心慌意乱。不过，抵达这家还不到半个小时，我就特别注意到，达特尔小姐一直密切地注视着我，似乎还悄悄地拿我的脸跟斯蒂福思的脸做着比较，以及拿斯蒂福思的跟我的做比较，伺机刺探这两张脸之间会透露出什么端倪。因此，每次我朝她看时，总能看到她脸上那急切的神情、令人生畏的黑眼睛和寻根究底的额头，全都专注地对着我的脸。要不就突然从我的脸上转向斯蒂福思的脸，或者把我们俩同时摄入眼中。在这种山猫似的炯炯目光的刺探下，一当她看到我也在注意她，她毫不畏缩，反而用她那锐利的目光，更加专注地紧盯着我。虽然，不管她会疑心我做了什么坏事，我都问心无愧，但是明知如此，我还是尽量避开她那双奇特的眼睛，我实在受不了她眼睛中那如饥似渴的光芒。

在那一整天里，她好像都弥漫在整个住宅之中。我要是在斯蒂福思房里跟他说话，就会听到外面小过道里传来她衣服的窸窣声。我跟斯蒂福思在屋后草坪上玩我们从前玩过的游戏，就看到她的脸从一个窗口移到另一个窗口，就像是神出鬼没的灯火，直到在一个窗口停下，盯住我们。下午我们四人一起去散步，她的瘦手就像弹簧一般，紧紧地卡住我的胳膊，把我留在后面，让斯蒂福思跟他母亲往前走去，直到听不到我们说话的声音，她才跟我说话。

“你很久没上我们这儿来了，”她说，“难道你的职业真的那么迷人有趣，吸引了你的全部心思？我之所以这样问，是因为我无知无识，总想得到指教。不过，这是真的吗？”

我回答说，我对自己的职业还是够喜欢的，不过我也确实不能把它说得那么有趣。

“哦！这我明白了，很高兴，因为我错了的时候，总喜欢旁人把我纠正过来，”罗莎·达特尔说，“你的意思也许是说，那工作有点儿枯燥吧？”

“嗯，”我回答说，“也许是有点儿枯燥。”

“哦！所以你需要放松放松，换换空气——需要找点儿刺激以及诸如此类的事，是吗？”她说，“啊，一点儿没错！那他是不是——呃？也有点儿——我不是说你。”

她朝斯蒂福思挽着母亲散步的方向飞快瞥了一眼，让我知道她指的是谁，但除此之外，我就完全莫名其妙了。毫无疑问，我露出了困惑不解的神色。

“是不是——我没有说一定是，注意，我只是想知道——那种事是不是使他着了迷？也许使得他比平常更加疏忽，更少回来看盲目溺爱他的——呃？”

说到这儿，她又对斯蒂福思飞快地瞥了一眼，也朝我看了看，好像要看透我内心最深处的思想似的。

“达特尔小姐，”我回答说，“请你别以为……”

“我没有！”她说，“哎呀呀，你可别以为我有什么想法了！我可不是个多疑的人。我只是问个问题，我并没有发表什么意见。照你说的，并不是那么回事。好吧！我知道了，很高兴。”

“事实确实如此，”我不知所措地说，“斯蒂福思比往常离家更久——要是他真是这样的话，这跟我没有关系。我真的不知道他已经离家很久，只是刚才听你说了，我才知道。我也好久没见他了，直到昨天晚上才见到。”

“好久没见他？”

“真的，达特尔小姐，没见他。”

她一直盯着我看，这时我看到她的脸越来越瘦削、苍白，那条旧伤痕也伸长了，划过走了形的上唇，深入下唇，斜印在下颏。这道伤痕，还有她眼中射出的炯炯目光，确实使我感到可怕。她眼睛盯着我，问道：

“那他都在干些什么？”

我照着说了一句，这与其是对她说的，不如说是对我自己说的，我当时太惊慌失措了。

“那他都在干些什么？”她问，那焦急的神情简直像一把火，要把她烧焦似的，“那个人在帮他干些什么呀？那人看我时，眼睛里总是带着看不透的虚假。要是你是个讲体面、守信用的人，我绝不要你出卖朋友。我只要求你告诉我，现在引诱他的是什么，是愤怒？是仇恨？是骄傲？是浮躁？是妄想？是爱情？到底是什么？”

“达特尔小姐，”我回答她说，“我觉得，斯蒂福思跟我第一次来这儿时没有什么不同，我要怎么对你说，你才会相信我呢？我什么也想不出来。我坚决相信，什么事也没有发生。我甚至连你说的是什么意思也不懂。”

她仍旧站在那儿，目不转睛地盯着我，她那凶残的伤痕在抽搐或颤动，从而不能不使我联想到这是痛苦的表现，同时她的一个嘴角往上一翘，像是表示鄙视的样子，或者是对她所鄙视的东西表示可怜。她赶忙伸出一只手捂住嘴角——她那只手那么瘦细，那么娇嫩，以前我看到她在火炉前举起它来遮脸时，我在心里曾把它比作细瓷——用一种快速、凶狠、感情强烈的口气说：“关于刚才说的话，你要发誓保守秘密！”说完这句话，她就一声不响了。

斯蒂福思老太太同儿子在一起感到特别快活，斯蒂福思这次对母亲也显得格外关心孝敬。看到他们在一起的样子，我感到非常有意思，不仅是由于母子俩那种你疼我爱的亲热劲，也因为他们之间那种极其酷似的性格，斯蒂福思身上有的是高傲、急躁，他母亲由于年龄和性格的关系，就温柔得多，显得慈祥、庄严。我不止一次地想过，要是他们之间没有发生严重的分歧还好，否则，两人那样的性格——我应该说，两个性格一样、深浅不同的人——比起两个性格截然相反的人来，更加难以和好。我必须承认，这种看法，并非出于我自己的观察分析，而是由于罗莎·达特尔的一席话。

吃晚饭时，她说：

"哦，你们一定得告诉我，随便哪一位，因为我一整天都在想这件事，我很想弄个明白。"

"你想要弄明白什么呀，罗莎？"斯蒂福思老太太说，"求求你，求求你，别这么神神秘秘的。"

"神神秘秘！"达特尔小姐叫了起来，"哦！真的吗？你认为我是这样的？"

"我不是一直求你，"斯蒂福思老太太说，"说话要明明白白，用你自己的自然态度吗？"

"哦！这么说，这不是我的自然态度了？"她回答说，"那你们一定得原谅我，因为我只是想要弄个明白。人总是不了解自己的。"

"这已成了第二天性了，"斯蒂福思老太太说，但说时没有任何不快，"不过我记得——我想你也一定还记得——你先前的态度不是这样的，罗莎。那时候你说话不是这么谨慎，要坦率得多。"

"我相信你是对的，"她回答说，"一个人的坏习惯竟这么养成了！真的吗？没有这么谨慎，要坦率得多？我真奇怪，我怎么会不知不觉地就变了呢！哟，这真是太奇怪了！我一定得好好考虑，恢复从前的我才成。"

"我希望你能那样。"斯蒂福思老太太微笑着说。

"哦！我真的想要那样，这你知道！"她回答说，"我要学习坦率，跟谁学呢——让我想想——跟詹姆斯学吧。"

"你要学坦率，罗莎，"斯蒂福思老太太紧接着就回答说——因为达特尔小姐说的话里总带着一些讽刺的意味，虽然她说的时候，就像现在这样，用的是世界上最不自然的态度，"没有比跟他学最好的了。"

"这我完全相信，"她带着异乎寻常的热情说，"对任何事，我要是相信了，你知道，那我对它当然也就相信了。"

我觉得，斯蒂福思老太太对刚才自己的有点儿烦躁显得有些后悔，因为她马上和颜悦色地说：

"好了，我亲爱的罗莎，我们还没听到你想要知道的是什么呢！"

"想要知道什么？"她回答说，说时带着惹人生气的淡漠，"哦！我只是想要知道，要是有两个人，他们彼此有着相似的道德品性——这样说行吗？"

"这跟别的说法一样，完全行。"斯蒂福思说。

"谢谢——两个道德品性相似的人，要是他们之间发生了严重分歧，是不是比两个道德品性不同的人更容易互相嫉恨，裂痕会更深呢？”

“我得说，是这样。”斯蒂福思说。

“你这样想？”她应声道，“哎呀呀！那就举个例子吧，假定说——任何不大可能的事都可以用来做假定的——你跟你母亲发生了严重的争吵……”

“我亲爱的罗莎，”斯蒂福思老太太和蔼地笑着打断了她的话，“想个别的假定吧！谢天谢地，詹姆斯跟我都知道彼此该尽什么责任。”

“哦！”达特尔小姐关心地点着头说，“倒也是。那样就可以避免分歧了吗？呃，当然可以。的确——如此。哦，刚才我竟糊涂到拿这做比方！我很高兴，知道你们彼此各尽其责就可以避免分歧，这太好了！非常感谢。”

还有一件跟达特尔小姐有关的小事，我绝不该略掉不提。因为到后来，在一切无法补救的往事都一清二楚时，我一定会想起这件事来的。在那一整天中，特别是自此以后，斯蒂福思使出他那绝顶的功夫，而且运用得轻松自如，哄得这个怪僻的人变成一个讨人喜欢的伴侣。他的成功，并没有使我感到意外。达特尔小姐对他的那种讨人喜欢的魅力——当时我认为，这是讨人喜欢的天性——进行挣扎反抗，也是我意料中的事。因为我知道，她有时候妒忌心重，性情乖戾。我看到她的表情和态度慢慢在变，我看到她对他越来越爱慕，我看到她虽然试图抵抗他的迷人的魅力，然而越来越软弱无力，但她一直愤愤不平，仿佛责备自己太不争气。到了最后，我发现她锐利的目光柔和了，她的笑容也变得非常温柔了，我也不再像以前那样整天怕她了，我们大家一起坐在火炉边，有说有笑的，跟一群小孩儿一样，一点儿拘束也没有了。

到底是我们在餐厅里坐得太久了，还是斯蒂福思决心不失掉他已取得的优势，我不得而知。反正达特尔小姐离开后，我们在餐厅里待了还不到五分钟。“她在弹竖琴，”在客厅的门口，斯蒂福思悄声说，“我相信，这三年来，除了我母亲，没人听到她弹过竖琴。”他说这话时，脸上露出奇特的但随即消逝的微笑。我们走进客厅，发现里面只有她一个人。

“别站起来，”斯蒂福思说（其实她已经站起来了），“我亲爱的罗莎，别站起来！请发一回善心，给我们唱支爱尔兰歌吧。”

“你怎么喜欢起爱尔兰歌来了？”她反问道。

“非常喜欢！”斯蒂福思说，“比任何别的歌都喜欢。这位雏菊，也是打心眼儿里喜爱音乐的。给我们唱一支爱尔兰歌吧，罗莎！让我像往常那样坐下来听听。”

他没有碰她，也没有去碰她刚才坐的那把椅子，而只是挨着竖琴坐了下来。达特尔小姐在竖琴旁站了不大一会儿，带着一种奇特的表情，用右手做着弹琴的动作，但没有拨动琴弦。后来她终于坐了下来，把竖琴一下拉到自己跟前，开始边弹边唱起来。

我不知道，在她的弹唱中，有着一种什么东西，它使得这支歌，成为我生平听过的，或者能想象出的最为奇特的歌。在这支歌的骨子里，有着某种忧虑，好像从没有人给它作过词，也没有人给它谱过曲，而是径直从她那内心的激情中迸发出来似的。在她唱低音时，这种感情就没有完全表现出来，而当一切都归于寂静时，它便又完全蜷缩起来了。当她又倚在竖琴旁，用右手做出弹琴的样子，但没有发出声音时，我已目瞪口呆。

又过了一分钟，下面发生的事把我从恍惚中惊醒。斯蒂福思从自己的座位上站了起来，走到她跟前，大笑着用胳膊把她搂在胸前，嘴里说："好啦，罗莎，我们以后彼此要非常相亲相爱了！"她打了他一下，像野猫那样狠狠地把他推开，冲出客厅。

"罗莎怎么了？"斯蒂福思老太太走进来问道。

"她做了一会儿天使，母亲，"斯蒂福思回答说，"跟着便又跑到极端相反的一面，作为补偿了。"

"你可得当心，别惹她，詹姆斯。她的脾气已经变坏了，记住，千万别去惹她。"

罗莎没有再回来，也没有一个人再提起她，后来我跟斯蒂福思来到他的房间，跟他道晚安。这时，斯蒂福思把她大笑了一通，问我有没有见过这样一个泼辣的、难以猜透的小东西。

我表示非常惊讶，把当时所能表示的全用上了，同时问他是否能猜出她为什么突然生这么大的气。

"哦，只有天知道，"斯蒂福思说，"你说为什么就为什么吧——或许什么也不为！我不是告诉过你了，她爱把所有事物，包括她自己在内，都要拿到磨刀石上去磨上一番。她是一件利器，跟她来往时得特别当心。她永远是危险的。晚安！"

"晚安！"我也说，"我亲爱的斯蒂福思！明天早上我不等你醒来就走了。晚安！"

他很不愿意让我走，站在那儿，像原先在我房间里那样，伸出胳膊，两只手一边一只搁在我的肩膀上。

"雏菊，"他微笑着说，"虽然这不是你的教父教母给你取的名字，可是我最喜欢用这个名字叫你——我希望，我希望，我希望，你能把这个名字给了我！"

"嘿，这有什么不可以呀！"我说。

"雏菊，要是日后有什么情况把我们俩拆开，你一定要想到我最好的地方，老朋友。好啦，我们一言为定。要是情况变了，把我们分开，你要想到我最好的地方！”

“你在我心里，斯蒂福思，”我说，“既没有什么最好的，也没有什么最坏的，永远受到同等的热爱和珍视。”

由于我曾经冤枉过他，虽然那还只是一种尚未成形的念头，但我心里已经非常悔恨，很想把这事向他坦白一番，话都已经冒到嘴边。要不是我顾虑到这会出卖爱格妮斯的友谊和辜负她的信任，要不是我不知道这事该怎么说才能免除这种危险，那在他说“上帝保佑你，雏菊，晚安”之前，我的话一定脱口而出了。我这一犹豫，话终于没有说出口。于是我们握了手，分别了。

第二天早上，天没大亮我就起来了，尽量悄悄地穿好衣服，然后朝他的房里瞧了瞧。他睡得很熟，舒舒服服地躺着，头枕在胳膊上，像我在学校时常见的那样。

那时间应期而来，而且来得很快，那时我几乎感到奇怪，在我看着他时，竟会没有什么来扰乱他的睡眠。可当时，他睡得那么安稳——让我再想念一下当时的他吧——像我在学校时常见的那样。就这样，在这寂静的时刻，我离开了他。

哦，上帝饶恕你吧，斯蒂福思！我永远不会再碰那只在爱情和友情上冷漠无情的手了。永远、永远不会了！

第三十章　一个损失

晚上，我抵达亚茅斯，住进了一家小旅店。我知道，即便那位一切活人在他面前都得让位的来客，眼下还没光临佩格蒂家，她家的那间空房——我的房间——大概不久就要有人住了。因此我先住进了小旅店，在那儿吃了饭，订下了床位。

我离开旅店时，已经十点钟了。许多商店都已关上门，镇上显得冷冷清清。我来到欧默-乔兰商店时，发现百叶窗已经关上，不过店门还开着。由于我在门外就看到了店里面欧默先生的身影，他正在小客厅的门边抽烟，于是便进去问候他。

“哟，哎呀呀！”欧默先生说，“你好吗？请坐，请坐。我希望，抽烟不要紧吧？”

“不要紧，”我说，“我喜欢闻烟味——别人烟斗里冒出的烟味。”

“哦！自己烟斗里的味不喜欢，呃？”欧默先生笑着回答说，“这样很好，先生。对年轻人来说，抽烟是个坏习惯。请坐吧。我是为了治哮喘才抽烟的。”

欧默先生为我腾出地方，放上一把椅子。这时他重又气喘吁吁地坐了下来，含着烟斗扑哧扑哧直吸烟，好像烟斗里有他少不了的必需品，缺了它，他就会一命呜呼。

“听到巴基斯先生的坏消息，我感到很难过。”我说。

欧默先生不动声色地看着我，摇摇头。

“你知道他今天晚上怎么样吗？”我问道。

“我正要问你这句话呢，先生，”欧默先生说，“只是不便问罢了。这是干我们这行的人碍口的地方。有人生病时，我们不能打听他怎么样了。”

竟有这么一个难处，我倒没有想到，尽管在进店铺时，我也害怕再听到往日那种敲击声。不过经他这么一说，我也就明白过来了，于是我就说，他说得也是。

“好，好，你明白啦，”欧默先生点着头说，“我们不敢问那个。要是说‘欧默跟乔兰向你问好，你今儿早上好吗？’——或者是今儿下午——这得看当时的情况，我的天，这一来会让大多数人吓坏，再也不能复原了。”

欧默先生跟我互相点了点头。接着欧默先生又靠着烟斗的帮助才透过气来。

“正是这一点，使得干我们这行的人，本想要关心一下别人都不成了。”欧默先生说，“就拿我来说吧。我认识巴基斯先生不止一年，已经整整四十年啦，每次打我门口走过时，我都跟他点头打招呼。可是现在我却不能跑去问：‘他好吗？’”

我觉得这真让欧默先生够难受的，所以我就这样对他说了。

“我希望，我并不比别人更自私自利，”欧默先生说，“你瞧我！说不定什么时候，我的气一下就断了。我自己知道，在这种情况下，是不大会自私自利的。我说，一个人知道自己的气说断就断（像一架被割破的风箱），而且还是个做了外公的人，他是不大会自私自利的。”

“绝不会的。”我说。

“我这也不是说怨我干的这一行，”欧默先生说，“我没有那个意思。不论哪个行当，都有好的地方，也有坏的地方。我希望的是，大伙儿的意志都能坚强一些。”

欧默先生的脸上露出谦恭、和蔼的神色，他默默地抽了几口烟，然后继续他原先的话题说：

“这么一来，我们要想知道巴基斯的情况，就只好靠艾米莉了。她知道我们的真心是什么，她把我们看成一群小羊羔似的，不会让她惊慌，也不会使她起疑心。明妮和乔兰刚去那儿，其实是去问问艾米莉（她下班后就去那儿，给她姨妈帮点儿忙），巴基斯先生今儿晚上的情形怎么样。要是你愿意在这儿等他们回来，那他们一定会告诉你一切详细情况的。你要不要来点儿什么？来杯掺水的果汁酒怎么样？我自己抽烟时就伴着喝掺水果汁酒的，”欧默先生端起自己的酒杯说，“因为据说，这东西能滋润软化呼吸通道，我这讨厌的呼吸就是靠它起作用的啊。不过，我的天，”欧默先生声音沙哑地说，“其实，并不是这条通道出毛病的啊！我对我的女儿明妮说了，‘只要给我足够的气，我定能找到通道的，我亲爱的。’”

他真的没有多余的气可喘了，看到他笑起来，真让人担心。等到他又能让我跟他说话时，我感谢他盛情请我喝酒，可是我还是拒绝了，因为我吃晚饭时已经喝过酒了。承他好意邀我留下等他女儿女婿回来，我遵从他的意见，决定在那儿等着，并问他艾米莉怎么样。

“唉，先生，”欧默先生从嘴里拿开烟斗，摸摸下巴说，“我跟你说实话吧，她要是结了婚就好了，我就高兴了。”

“这是为什么？”我问道。

“哦，她这阵子有些心神不定，”欧默先生说，“这并不是说，她没以前漂亮，因为她比以前更漂亮了——我敢对你担保，她比以前更漂亮了。这并不是说，她干活儿不如以前卖力了。她以前抵得上随便六个人，现在她仍抵得上随便哪六个人。可是，不知为什么，她没有了劲头。”欧默先生摸了摸下巴，吸了几口烟，说，“我可以笼统地用下面这句话来表示：‘使劲拉呀，用力拉呀，一齐拉呀，伙计们，嗬嗨！’我对你说吧，艾米莉眼下缺少的——笼统地说——就是这股劲头。”

欧默先生的脸色和态度表达得如此明显，因此我真心诚意地点了头，表示我完全明白他的意思。我这么快就明白他的意思，好像使他很高兴，他便继续说道：

“嗯，我认为这主要是因为她心不定，你知道。我们闲着时谈了不少，我跟她舅舅，跟她未婚夫都谈了。我认为，主要还是心不定。你一定还记得，”欧默先生微微地摇着头说，“艾米莉是个特别重感情的小东西。俗话虽说：‘猪耳朵做不出绸荷包。’哦，我可不那么想。我倒觉得或许能做出来，要是你从小就动手做起的话。她已把那条旧船当成家了。先生，连青石和大理石都比不上啊。”

“我相信，她是那么回事！”我说。

“瞧她这个小美人老离不开她舅舅，”欧默先生说，“瞧她每天总缠着舅舅，越缠越紧，越来越亲，瞧她那副光景。不过，你知道，看这光景，内心准在进行一场斗争。干吗毫无必要地让它拖这么久呢？”

我专注地听这位好心眼儿的老人说着，他的话我全心全意地赞同。

“因而，我曾给他们说过，”欧默先生用一种轻松、自在的语气说，“我说：‘你们别把艾米莉的学徒时间看死了，要学多久完全可以由你们来定。她干的活儿比原先想的好多了，她学艺的速度，也比原先想的快多了。欧默-乔兰的铺子，可以把她没满的学徒期限一笔勾销。你们要她满师，她就可以满师。以后她要是愿意做点儿什么小小的安排，在家替我们干点儿随便什么零星活儿，都行。要是不愿干，也行。反正不管怎么样，我们都不会吃亏的。’因为——这你还看不出来，”说着，欧默先生用烟斗碰了碰我说，“像我这样一个连气都喘不过来，又是个做了外公的人，还会跟她那么个蓝眼睛的小花朵儿斤斤计较吗？”

“绝对不会，这我敢担保。”我说。

“绝对不会！你说得对！”欧默先生说，“我说，先生，她的表哥——就是她要嫁的那个表哥——你认识的吧？”

“嗯，我认识，”我回答说，“我跟他很熟。”

“你当然很熟，”欧默先生说，“行，先生！她的表哥好像干得很不错，手头也宽裕。他为这事向我道了谢，很有男子汉大丈夫的气概（我得说，他的举止态度一直让我敬重）。跟着他就去租了一座小房子，那房子舒适得会让你我看了还想看。这会儿那房子全都陈设好了，既整洁，又完备，像个玩具娃娃的客厅似的。要不是巴基斯这可怜的家伙的病日益严重，他们早就是夫妻了——我敢说，这会儿早就是了。由于这，婚期延迟了。”

“那么艾米莉呢，欧默先生？”我问道，“她定心一点儿了吗？”

“哦，这个嘛，你知道，”他又摸着自己的双下巴答道，“自然就难说了。今后的变化和分离这类事，我们可以说，在她是既近在眼前，又远在天边，两者同时存在。巴基斯要是死了，那他们的事就不会拖得太久，但是他如果久久弥留，情况可能就不一样了。反正，事情很难说，你知道。”

“我知道。”我说。

“结果是，”欧默先生接着说，“艾米莉还是有一点儿提不起精神，有一点儿心神不定。也许，总的说来，她比以前更差劲了。她好像一天比一天更爱她舅舅，一天比一天更不愿离开我们。我对她说一句关心的话，她就眼泪汪汪。要是你看到她跟我女儿明妮的小女孩儿在一起的样子，那你准保一辈子也忘不了。哎哟哟！”欧默先生想了想说，“她对那小女孩儿那个爱法呀！”

我认为这是个好机会，趁着欧默先生的女儿和女婿还没有回来把我们的谈话打断，我问他知不知道玛莎的情况。

“唉！”他摇摇头，神色沮丧地回答说，“不好啊。是个让人伤心的故事，先生，不管你是怎么看的。我从来不认为那女孩儿有什么罪过。我不想在我女儿明妮面前提这事——因为她马上就会阻拦我——不过我从来不曾提过。我们俩谁也没有提过。”

第三十章　一个损失

欧默先生比我先听到他女儿的脚步声，就用烟斗轻轻戳了我一下，一只眼睛还眨了眨，作为警告。明妮和她丈夫随即便进来了。

他们的消息是：巴基斯先生的病情“重得不能再重了”。他已完全不省人事，齐利普先生刚才离开之前在厨房里叹息说，哪怕把内科医生学会、外科医生学会和药剂师公会的会员全都请来，也治不好他了。齐利普先生说，前两个学会的医生已经无能为力，而药剂师公会的人，只能把他毒死。我听到这个消息，又知道佩格蒂先生也在那儿，就决定立即去一趟。我向欧默先生、乔兰先生和乔兰太太道过晚安，就心情沉重地朝佩格蒂家走去，这种心情使我觉得巴基斯先生成了一个新的、完全不同的人物了。

我轻轻敲了敲门，出来开门的是佩格蒂先生。他见到我时，并不像我预料的那样吃惊。后来佩格蒂下楼来时，我看她也是这样，而且以后一直如此。因此我想，在期待着那桩可怕的变故到来之时，其他的所有变故和意外都算不了什么了。

我跟佩格蒂先生握过手，然后一起走进厨房，他轻轻关上门。小艾米莉正坐在火炉边，两只手捂着脸，汉姆站在她的身旁。

我们都低声说着话，还不时停下来倾听楼上房间里有什么动静。上次来时，我还不曾想到，可是这会儿我才感到，厨房里缺了巴基斯先生，多不习惯啊！

“你真是太好了，大卫少爷！”佩格蒂先生说。

“真的是太好了！”汉姆说。

“艾米莉，我亲爱的，”佩格蒂先生大声说，“瞧呀！大卫少爷来啦！呃，打起精神来，宝贝儿！你跟大卫少爷都不说句话吗？”

她全身都在颤抖，我直到现在都还能看到。我握住她的手，她的手是冰冷的，我直到现在都还能感觉到。那只手唯一有生气的迹象是从我的手中抽回。接着她就悄悄从椅子上站起，溜到她舅舅的身边，俯伏在他的胸口，依旧一声不吭，全身颤抖着。

“这孩子心眼儿好，”佩格蒂先生用他粗糙的大手抚摸着她那浓密的头发，说，“所以经不住这样的伤心事。大卫少爷，年轻人从没经受过这种痛苦，都会畏怯害怕，像我的这只小鸟儿一样——这是很自然的。”

她往舅舅的怀里依偎得更紧了，但是既没有抬头，也不说一句话。

“不早了，我亲爱的，”佩格蒂先生说，“汉姆来了，他是来接你回家的。

呃！跟这另一个好心肠的人一块儿去吧！你说什么，艾米莉？呃，什么，我的宝贝儿？”

她的声音我没听见，不过佩格蒂先生低下头，好像在听她说什么，然后说：

“让你跟舅舅一块儿留在这儿？怎么，你真想这样？跟舅舅一块儿留在这儿，我的小宝贝儿？马上要做你丈夫的人是特意来接你回家的呀！看到这个小东西靠在像我这样一个经受风吹雨打的粗人怀里，谁也不会想到的，”佩格蒂先生非常得意地看着我们两个说，“可是海里的盐也没有她心里对舅舅的爱多啊——一个傻透了的小艾米莉！”

“艾米莉这样做是对的，大卫少爷！”汉姆说，“瞧！既然艾米莉想这样，而且她又这么惊慌、害怕，那就让她待到明天早上好了。我也待在这儿吧！”

“不行，不行，”佩格蒂先生说，“像你这样一个成了家的人——跟成了家差不多——是不应该一天不干活儿的。也不应该让你既守夜，又干活儿。那样不行。你回家睡觉去吧。你不用担心没人照顾好艾米莉，这我知道的。”

汉姆听从了这一劝告，拿起帽子走了。就在他吻她时——我每次见他接近她时，总觉得他天生有一种绅士风度——她好像对她舅舅依偎得更紧了，甚至想躲开她自己选的丈夫。他走后，我跟着就把门关上，免得搅了屋内的这片肃静。我关门回来时，发现佩格蒂先生还在跟她说着什么。

“好了，这会儿我得上楼去了，告诉你姨妈，大卫少爷来了，让她听了好得到一点儿安慰，”他说道，“你先在火炉旁坐一会儿，我亲爱的，把你那双冰凉的手烤烤暖。你用不着这么害怕，这么惊慌。什么？你要跟我一起去？——好吧！那就跟我一起去吧！——走！要是她这个舅舅让人赶出家门，只好趴在一条沟里，大卫少爷，”佩格蒂先生说，那份得意劲，不亚于刚才那会儿，“我相信，她也会跟他一起去的啊！不过，眼看就要有另一个人了——眼看就要有另一个人了，艾米莉！”

后来，我上楼去，在我的小房间门口经过时，只见房里漆黑一团，当时我有个模糊的印象，好像艾米莉正在里面，在地板上趴着。不过，到底真的是她，还是房内杂乱的黑影，现在我就说不清了。

我坐在厨房的炉子跟前，我有那么一会儿空闲，想到漂亮的小艾米莉对死的恐惧——再加上欧默先生对我说的那番话，我认为，这就是她眼下失常的原因——在佩格蒂还没下楼前，我独自坐在那儿，数着那台时钟的嘀嗒声，更加感到周围严肃的寂静时，我甚至还想到，对她的这种弱点，应该给予更多的宽容。佩格蒂一下来，就把我紧紧搂在怀里，一再为我祝福，还一再对我感谢，感谢我在她悲痛时给予她这么大安慰（这是她说的）。接着她请我上楼，一面呜咽着说，巴基斯先生一向喜欢我，称赞我，在他陷入昏迷以前还常常提到我。她相信，要是他能再清醒过来，看到我一定会很高兴的，如果世界上还有什么能使他高兴起来的话。

当我看到他时，就觉得他再清醒过来的可能看来是微乎其微了。他躺在那儿，姿势显得很不舒服，头和肩膀全都伸在床外，半个身子趴在那只让他吃了那么多苦头、惹了那么多麻烦的箱子上。我听说，打从他无力下床开关箱子，也不能用我以前见过的那根探条保证箱子的安全后，他就要人把那只箱子放在他床边的一把椅子上，从此他就白天黑夜一直抱着它。现在他的一只胳膊就搁在箱子上。时光和人世，正从他身边悄悄溜走，可箱子还在那儿。他说的最后一句话是（用的是解释的口气）："全是旧衣服！"

"巴基斯，我亲爱的！"佩格蒂朝他俯下身子，几乎高高兴兴地说，她的哥哥和我则站在床脚那头，"我的宝贝孩子来了——我的宝贝孩子大卫少爷来了！是他把我们俩撮合在一起的，巴基斯！你知道，是你叫他带口信的呀！你要跟大卫少爷说说话吗？"

他跟那箱子一样，一声不吭，毫无知觉，他的形象只能从箱子上得到唯一的表现。

"他就要跟着潮水一道去了。"佩格蒂先生用手掩着嘴对我说。

我的眼睛模糊起来，佩格蒂先生的眼睛也模糊了。不过我仍低声重复道："跟着潮水一道去了？"

"海边的人，"佩格蒂先生说，"不到潮水快要退尽时，是死不了的。不到潮水涨满时，是生不出的——潮未涨满，是不能顺顺当当生下来的。他这会儿正跟着潮水一道退去。三点半钟开始退潮，半个钟头后潮水退平。要是他还能活到下次涨潮，那他就能挺过潮水涨满，然后在再次退潮时，跟着潮水一道去。"

我们都待在那儿，守着他，过了很久——好几个小时。当时，我待在他跟前，对他这样一个陷入昏迷的人有什么神秘的影响，我不敢妄加评论。可是，当他最后开始微弱无力地说起话来时，他确实嘟嘟囔囔地说着赶车送我去学校的事。

“他开始醒过来了。”佩格蒂说。

佩格蒂先生碰了碰我，怀着异常的敬畏悄声说：“他很快就要跟潮水一道去了。”

“巴基斯，我亲爱的！”佩格蒂说。

“克·佩·巴基斯，”他声音微弱地叫道，“天底下没有比你更好的女人了！”

“你瞧！大卫少爷来了！”佩格蒂说。因为这时他睁开了眼睛。

我正要问他是不是还认得我，这时只见他竭力想伸出手来，面露欢快的笑容，清清楚楚地对我说：

“巴基斯愿意！”

这时，潮水快要退尽，他跟着潮水一道去了。

自由地读书

大卫·科波菲尔

下

〔英〕查尔斯·狄更斯◎著

宋兆霖◎译

《语文》
配套名著阅读
高中

南方出版社

·海口·

目录

CONTENTS

第三十一章　一个更大的损失

在佩格蒂的恳求下，我无须多加考虑，就确定在原地再停留几天，等那位可怜的马车夫的遗体运往布兰德斯通后再离开。这也是他最后的一次旅行了。早在多年以前，佩格蒂就用自己的积蓄，在我们那片古老的教堂墓地里，靠近“她可爱的女孩儿”（她一直这样叫我母亲）坟墓处，买下了一小块地，作为她跟马车夫长眠的地方。

能陪伴佩格蒂，为她做我能做的一切（其实充其量只有一点点儿），我感到非常满足，想到都高兴。即使是现在，我都希望能有那样做的机会。不过，恐怕最让我感到无上满足的是，凭着我和他们的关系以及我的职业性质，我负责保管巴基斯先生的遗嘱和解释遗嘱的内容。

建议在箱子里寻找遗嘱，是我提出的，可以说是我的功劳。经过一番搜寻，我们终于在箱子里一只马料袋的下面，找到了遗嘱。在这只袋子里，除了一些草料外，还有一只带表链和坠子的金壳老怀表，这只表，巴基斯先生只在结婚那天戴过，在婚前和婚后大家都没有见过。还有一只形状像条腿的银质烟斗塞[①]，一只仿制的柠檬里面装满小杯和小碟，我多少认为，这是在我还是小孩儿时，他买了准备送给我的，后来又舍不得了。袋里还有八十七个半几尼，全是一几尼和半几尼的硬币。还有二百一十镑崭新的钞票，几张英伦银行的股票收据，一块旧马蹄铁，一个假先令，一块樟脑，一个牡蛎壳。牡蛎壳外面磨得很光滑，内部闪出缤纷的光彩，由此我断定，巴基斯先生对于珍珠，只有笼统的观念，从来没有达到真正弄清楚的程度。

多少年来，巴基斯先生每天驾车来来往往，可不管马车赶往哪儿，他都带着这只箱子。为了更好地避人耳目，他编了一套假话，谎称这只箱子是“勃莱克鲍先生的”“暂交巴基斯保管，以待索取”。巴基斯特意把这句假话写在了箱盖上，现在，这些字已经模糊不清了。

我发现，这么些年来，他苦心积攒，成绩卓著。他的财产，折成钱数，差不多有三千镑。按照遗嘱，其中的一千镑他遗赠给佩格蒂先生终生收取利息，

① 烟斗塞：用来把烟斗中的烟丝压紧的烟具。

佩格蒂先生死后，全部本金由佩格蒂、小艾米莉和我三人平分，要是我们三人中有谁死了，则由活着的人平均分配。除此之外，他死后，其余一切财产全都留给佩格蒂，佩格蒂是他其余遗产的继承人，同时也是他最后遗嘱的唯一执行人。

用自己所学的专业知识为朋友们做事，大卫很高兴，也很骄傲！

当我郑重其事地高声宣读这一文件以及不厌其烦地一再向有关人员解释其中的条款时，我觉得，自己十足是个代诉人了。我开始感到，博士公堂比我原先所想象的要重要得多。我对这份遗嘱做了仔细的检查审核，断定它在各方面都完全合法，还用铅笔在边上做了一些记号。我觉得自己居然懂得这么多，实在有点儿了不起。

我在安葬巴基斯先生前的一个星期内，既要办这件颇费心思的事，又要替佩格蒂算清她名下应得的财产，还得有条不紊地把一切事务做一番安排，并在每一件事情上帮她想办法、出主意，对此我们两人都感到高兴。一个星期很快就过去了，在这期间我们一直没有见到小艾米莉，不过他们告诉我，再过两个星期，他们就要不事铺张地举行婚礼了。

我并没有按传统的那样参加葬礼，要是我可以这样冒昧地说话。我的意思是说，我并没有穿黑袍、佩飘带，像要吓唬鸟儿似的。不过我一大早就步行到布兰德斯通。等到巴基斯先生的灵柩，仅仅在佩格蒂和她哥哥的护送下来到墓地时，我已经在墓地了。那位疯绅士，在我从前住过的房间的小窗口，远远望着我们。齐利普医生的小婴孩，伏在保姆的肩上，冲着牧师，摇晃着自己的大脑袋，转动着他那向外突出的眼睛。欧默先生则气喘吁吁地站在人们背后。除此之外，也就没有别的人了，很安静。一切都完事之后，我们在墓地徘徊了一个小时，还从我母亲坟前的树上，摘下了几片嫩叶。

写到这儿，我感到一阵恐怖。一片乌云低垂在远方的市镇上空，我独自一人返回镇上。现在我真害怕接近它。想到那个难忘的晚上发生的事，要是我这会儿继续写下去，那事就非重演一番不可，我实在受不了。

那件事，不会因为我写了它，就变得更坏，但也不会

第三十一章　一个更大的损失

因为我不愿写而不写，它就变得较好。事情已经发生了。再也无法使它消除，再也不能使它改变。

我的老保姆第二天要跟我一起去伦敦，办理遗嘱的事。那天，小艾米莉要在欧默先生的店铺里度过，晚上我们都要到那所老船屋里碰头。汉姆要像平日那样来接艾米莉回家。我会悠悠闲闲地徒步前往。佩格蒂兄妹会像来时那样回去，日落后在火炉旁等我们。

我跟他们在教堂墓地的栅栏门那儿分了手，也就是从前我想象中的斯特莱普背着罗德里克·蓝登的背囊停下来休息的地方。当时我并没有径直回亚茅斯，而是在去洛斯托夫特的路上走了一小段，然后我才回头朝亚茅斯走去。我在一家还算像样的酒馆里停下来吃了晚饭，这家酒馆离我从前说到过的那个渡口，约有一二英里。一天的光阴就这样消磨掉了。等我走到渡口，已经是暮色苍茫了。当时正下着大雨，这是个暴风雨之夜。不过阴云后面有月亮，所以并不十分阴暗。

没过多久，我就看到了佩格蒂先生的船屋以及窗子里透出的灯光。在沙滩上费力地走了一小段路后，我就来到了船屋的门口，接着就走进屋内。

屋子里看上去真舒服。佩格蒂先生已经抽过烟，晚饭也已准备停当。炉火烧得旺旺的，柴灰飞扬。那只小矮柜已为小艾米莉在老地方摆好。佩格蒂仍坐在自己的老位子上，看上去（除了她的衣服）好像从没离开过那儿似的。她又跟那只盖子上有圣保罗教堂屋顶的针线匣，装在小房子里的码尺，还有那一小块蜡头在一起了。这些东西全在那儿，好像一切如常，从来没有受到过打扰。葛米治太太也坐在自己原来那个角落里，显得有点儿烦躁，这看来也很自然。

屋外糟糕的天气与屋子里温暖舒适的环境形成鲜明的对比，充分地展现出佩格蒂先生一家生活清贫，但一家人其乐融融，日子过得很快乐。

“你是第一个到的，大卫少爷！”佩格蒂先生满脸喜色说，“要是外衣湿了，少爷，就别穿在身上啦。”

“谢谢，佩格蒂先生，”我一面说着，一面脱下外衣交给他挂起来，“一点儿也没有湿。”

“没错！”佩格蒂先生摸了摸两个肩膀，说，“跟锯末一样干！你请坐，少爷，对你说欢迎的话是用不着的，不过我们诚心诚意地欢迎你。”

“谢谢你，佩格蒂先生，我相信是这样。哦，佩格蒂，”说着我吻了她一下，“你好吗，老母亲？”

“哈，哈！”佩格蒂先生笑着在我们旁边坐了下来，搓着双手说道，这一方面由于解脱了最近一段时间的烦恼，另一方面出于他天性的真诚，“世界上，没有一个女人——我对她说过——比她更可以心安理得了，少爷！她对死去的人，已经尽到本分了，这一点死去的人也知道。死去的人对她做了应当做的，她对死去的人也做了应当做的。所以——所以——所以，一切都很好！”

葛米治太太长长地叹了口气。

“打起精神来吧，我的老小妞儿！”佩格蒂先生说（可是他暗中却对我们摇着头，显然他已觉出，最近发生的事故，又引得葛米治太太思念起她的老头儿来了），“别唉声叹气了！振作起来，这也为了你自己。只要你能高兴一点儿，你看吧，许多称心的事自然就会跟着来啦！”

佩格蒂先生总是耐心安慰整天哭哭啼啼的葛米治太太。虽然佩格蒂先生一家人都没有血缘关系，但只要有谁遭遇不幸，他们就会互相鼓励、互相关爱。

“我能有什么称心的事啊，丹尼尔！”葛米治太太回答说，“除了孤苦伶仃、无依无靠之外，我能有什么称心如意的事啊！”

“不，不。”佩格蒂先生安慰她说。

“是这样，是这样，丹尼尔！”葛米治太太说，“我这样的人，怎么配跟有钱的人住在一起呀！什么都跟我过不去，我还是走了的好。”

“呃，没有你，我这钱怎么花呀？”佩格蒂先生带着一副认真规劝的样子说，“你这都说了些什么呀？难道这会儿我不比过去更需要你吗？”

“我知道以前从来没人需要我！”葛米治太太可怜巴巴地呜咽着说，“这会儿有人这样明白告诉我了！我这样一个孤苦伶仃的苦命人，又这样烦人，怎么能巴望别人需要我呢！”

佩格蒂先生好像非常吃惊，想不到自己一句话竟会这样被人无情地曲解，正想回答时，佩格蒂拉了拉他的袖子，还对他摇了摇头，把他给挡住了。他一副难过的样子，朝葛米治太太看了好一会儿，然后看了一眼那只荷兰钟，站起身来，打了打烛花，把蜡烛拿到窗台上。

“好啦！”佩格蒂先生高兴地说，“好啦，葛米治太太！”葛米治太太轻轻叹了口气，“按照老规矩，亮起来了！你弄不明白这是为什么吧，少爷！哦，这是为了我们的小艾米莉。你知道，天黑后，路上光线昏暗，走在路上让人高兴不起来。只要我在家，到了她该回来的时候，我就把蜡烛放在窗口。你知道，这一来，”佩格蒂先生朝我俯下身子，十分高兴地对我说，“两个目的都达到了，她会说，艾米莉会说：‘到家了！’同样，艾米莉还会说：‘我舅舅在家呢！’因为，要是我不在家，我从来不让他们把蜡烛放在窗口。”

在黑漆漆的夜晚，温暖的灯光格外引人注目，这小小的灯光展现了佩格蒂先生对艾米莉的期待和守候。

“你真像个娃娃！”佩格蒂说，尽管她这样想，但她很喜欢他这个样子。

“嗯，”佩格蒂先生说，两腿叉得很开，站在那儿，两手分别在两腿上下搓动，露出得意的样子，时而看看我们，时而看看火炉，“我不知道是不是像。不过，你瞧，看起来并不像。”

“是不太像。”佩格蒂说。

“是啊，”佩格蒂先生笑着说，“看起来不像，可是——可是想起来像，这你知道。不管怎么说，哎哟哟，我可不在乎！让我告诉你吧，我去看了又看我们艾米莉的漂亮房子。嘿！当时，我要是没觉得，那儿的许多小东西就是小艾米莉，那我就该——我就该天诛地灭了。”说到这儿，佩格蒂先生突然提高了嗓音，“你们都听见了吧，别的我可说不上来啦！我把那些小东西拿起又放下，我动它们的时候，真是小心又小心，好像件件东西都是我的宝贝小艾米莉。我动她的小帽子什么的时候，也是这样。我可不许人粗手笨脚地去动那些东西——哪怕给我整个世界，我也绝不允许。这就是你叫作娃娃的这个家伙，可是他的模样，却活像只大海豚！”说完，佩格蒂先生大笑起来，流露出他的满腔真情。

佩格蒂和我也都笑了，不过笑声没他那么响亮。

“你们知道，这是我的想法，”佩格蒂先生又搓了一会儿大腿，然后满脸含笑地说，“因为从前我常跟她一起一说起艾米莉，佩格蒂先生就非常开心。如今艾米莉准备结婚，将来也会搬出去住，想必他内心定是既开心又难过。

玩，我们假装成土耳其人、法国人，以及各种各样的外国人——哎呀，是的，我们还假装成狮子、鲨鱼、鲸鱼，还有我说不上来的东西！——那时候，她还不到我的膝盖这么高哩。你们知道，这已经成了我的习惯了。哦，这儿这支蜡烛，瞧！”佩格蒂先生满心高兴地把手伸向那支蜡烛说，“我打定主意，等她结了婚搬走后，我仍要把蜡烛放在那儿，跟这会儿一模一样。我还打定主意，每当我晚上在这儿时（唉，不管我发了什么大财，我还能住到别的什么地方去啊），哪怕她不来这儿，或者我不去她那儿，到时候我仍要把蜡烛放在窗台上，坐在火炉边，装成在等她，就像这会儿一样。这就是你叫作娃娃的这个家伙。”说到这儿，佩格蒂先生又哈哈大笑起来。“可是他的模样，却活像一只大海豚！啊，这会儿我看到蜡烛在闪耀发光，就对自己说，‘艾米莉正望着这烛光哩！她正往这儿走来！’这就是你叫作娃娃的家伙，可模样活像一只大海豚！这话说对了，”佩格蒂先生止住笑声，两手一拍说，“因为她果真来了！”

可是来的只有汉姆一个人。打我到了这儿后，夜雨大概下得更大了，因为他戴着一顶宽边防水帽，把他的脸都遮住了。

“艾米莉呢？”佩格蒂先生问道。

汉姆的头动了动，像是说她在外面呢。佩格蒂先生端起窗台上的蜡烛，打了打烛花，把它放在桌子上，然后就忙着拨弄起炉火来了。这时，一动不动站在那儿的汉姆说：

“大卫少爷，你出去一会儿，看一看艾米莉跟我给你看的东西好吗？”

我们俩一块儿走到屋外。当我在门口走过他身边时，我看到他的脸色死一般的苍白，使我又惊又怕。他急急忙忙地把我推出门外，随手关上门。只有我们两人在门外。

“汉姆，怎么回事？”

“大卫少爷！——”

哦，他的心都碎了，哭得多凄惨啊！

看到他那么悲痛欲绝，我都惊呆了。我不知道自己在想些什么，也不知道自己在怕些什么，我只能眼睁睁地看着他。

“汉姆！可怜的好人！求你看在老天爷的分上，快告诉我，到底出什么事了？”

“我的爱人，大卫少爷——我心里的骄傲和希望——我愿为她去死，眼下就愿为她去死的那个人——她已经走了！”

“走了！”

“艾米莉跑了！哦，这会儿，我只求仁慈的上帝赶快要了她的命（她那比一切都宝贵的命），别让她毁了身子，遭受耻辱啊！大卫少爷呀，你想想，她是怎么跑的吧！”

他那张仰望阴云密布的天空的脸，他那双紧握拳头的颤抖的手，他那个痛苦不堪地挣扎着的身子，跟那片冷寂荒凉的海滩在一起，直到此时此刻，仍深深地留在我的记忆之中。那儿永远是一片黑暗的夜色，汉姆是那夜色中唯一的活物。

作者通过详细的神态描写、动作描写来展现汉姆悲痛的心情。

“你是个有学问的人，”汉姆匆匆忙忙地说，“你知道什么是对的，什么是最好的。我对门里的人说什么好呢？我该怎么告诉他这个消息呢，大卫少爷？”

我看到门在动，就出于本能地想把外面的门闩拉住，以便赢得一点儿时间。可是已经太晚了。佩格蒂先生已经伸出脸来。即使我能活上五百岁，我也永远不会忘记，他看到我们时脸上所起的变化。

我记得，当时只听到一阵恸哭和一声长号，女人们都围在他的身边，我们全站在屋子里，我手里拿着汉姆给我的那张纸。佩格蒂先生的背心撕裂了，头发乱成一团，脸和嘴唇都煞白，鲜血滴落到胸前（我想，那是从他嘴里吐出来的），两眼一直盯着我。

“念吧，少爷，”他说，声音低沉而颤抖，“请你念得慢一点儿，我不知道能不能听懂。”

于是，在死一般的寂静中，我拿着这封墨渍斑斑的信，读了起来：

你爱我爱得这么深，可我从来都不配你这样爱，即使在我心地纯洁时，也不配，当你看到这封信时，我已经远去了。

“我已经远去了！”佩格蒂先生慢慢地把这一句重复了一遍，“停一下！艾米莉远去了。啊！”

当我在早晨离开我亲爱的家时——我亲爱的家——哦，我亲爱的家啊！——

信上的日期是头一天晚上。

我再也不回来了，除非他把我娶作太太带回来。几个小时以后，到了晚上，你只能见到这封信，见不到我了。哦，但愿你能知道，我心里是多么难过啊！但愿受了我这么多伤害的你，永远不能原谅我的你，能知道我是多么痛苦啊！我太坏了，有关我自己，信上已不值得一提。哦，你就想想我这人有多坏来安慰自己吧。哦，求你啦，千万告诉舅舅，现在我比以往加倍地爱他。哦，不要记起你们大家过去对我有多宠爱，有多关心——不要记起我们本来很快就要结婚——你们要尽量设想，我打小时候就死了，早已埋在什么地方了。求求我远离的上天，可怜可怜我的舅舅吧！告诉他，现在我比以往加倍地爱他。多多安慰他吧。找一个能像我以前待舅舅那样的好女孩儿，爱她；找一个忠心于你，配得上你，除我之外不知有耻辱事的好女孩儿，爱她。求上帝保佑大家吧！我要时常跪下来为大家祈祷。要是他不把我娶作太太带回来，我就不再为我自己祈祷，我只为大家祈祷。我把我临别的爱献给舅舅。我把我最后的眼泪和最后的感谢，献给舅舅！

信念完了。

我念完信过后好久，佩格蒂先生仍站在那儿，两眼一直盯着我。后来，我终于冒昧地握住他的手，尽我所能求他千万克制自己。他嘴里回答说：“谢谢，少爷，谢谢你！”可是身子一动也没动。

汉姆对他说话了。佩格蒂先生深深领会汉姆的痛苦，他紧握住汉姆的手。不过除此之外，他仍保持原来的样子，也没有人敢打扰他。

慢慢地，他终于像从幻觉中醒过来似的，把两眼从我脸上移开，转向房间的四周，然后低声问道：

“那个男的是谁？我要知道他的名字。”

汉姆朝我瞥了一眼，我突然感到一惊，惊得我后退了一步。

第三十一章　一个更大的损失

“一定有个可疑的男人，”佩格蒂先生说，“他是谁？”

“大卫少爷！”汉姆对我恳求说，“请你先出去一下，我好把我得说的话告诉他。这话你不该听的，少爷。”

我再次感到一惊。我一下瘫坐在一把椅子上。我想要回答他几句，可是我的舌头给锁住了，我的视线也模糊了。

“我要知道他的名字！”我又听到这句话。

“前些日子，”汉姆结结巴巴地说，“有个男听差有时来这儿，还有一位绅士，他们是主仆两人。”

佩格蒂先生仍跟先前一样，站在那儿一动不动，不过这时他的眼睛则一直看着汉姆。

“那个男听差，”汉姆接着说，“昨天晚上，有人看到他跟我们可怜的姑娘在一起——他一直躲在这儿附近，已经有一个星期了，也许还不止。别人还以为他走了，其实他躲起来了。你别待在这儿了，大卫少爷，别待在这儿了！”

我觉出佩格蒂的胳膊搂住我的脖子，不过，即使这座屋子整个儿塌倒在我身上，我也一动都动不了。

“今天早上，天刚亮，镇外就有一辆古怪的轻便马车套着马，停在去诺里奇的路上，”汉姆接着说，“那个男听差到马车跟前去了一趟，走开了，后来又到马车跟前去了一趟。在他第二趟去时，艾米莉跟在他身旁。另外那个人就坐在马车里，就是那个男的。”

“天哪！”佩格蒂先生说着往后一退，一只手朝前一伸，好像要把他所害怕的事挡出去似的，“不用说啦，那人是斯蒂福思！”

“大卫少爷，”汉姆结结巴巴地大声说，“这——这不是你的错——我一点儿—— 一点儿也不怪你——不过那人确实是斯蒂福思，他真是个该死的坏蛋！”

佩格蒂先生没有叫喊，没有流泪，也没有动一动身子。后来，他好像突然醒了过来，从屋角的钉子上取下他的粗布外衣。

“来帮我一把吧！我手脚全僵了，连衣服都穿不上了！”他急不可耐地说，“快来帮我一把。行了！”当有人帮他穿上衣服后，他说，“好，再把那边那顶帽子递给我！”

汉姆问他要去哪儿。

“我要去找我的外甥女，我要去找我的艾米莉。我要先去把那条船凿沉。要是早知道他是这样一个东西，只要我还活着，我一定会在凿沉船的地方把他淹死的。当时他就坐在我面前，”他疯了似的伸出握紧拳头的右手说道，“当时他就坐在我面前，跟我面对面，就是把我打死，我也要淹死他，我想这错不了！我要去找我的外甥女！”

“去哪儿？”汉姆一面大声说道，一面用身子挡住门口。

“不管去哪儿！我要走遍全世界，去找我的外甥女。我要找到我那可怜的受了辱的外甥女，把她带回来。谁也别想拦我！告诉你们，我要去找我的外甥女！”

“不行！不行！”葛米治太太跑到他们两人之间，发急地大叫道，“不行！不行！丹尼尔，像你现在这样去不行。稍微等一等，再去找她也不晚。我孤苦伶仃的丹尼尔，好歹都得等一等。可是像你现在这样去不行。你先坐下，原谅我一直以来都让你烦心，丹尼尔——跟这事比起来，我的那点儿不顺心的事，又算得了什么啊！——让我们来提一提旧事吧！艾米莉第一个成了孤儿，后来汉姆也成了孤儿，我成了个可怜的寡妇，是你收留了我们。想想这些，你那颗可怜的心就会变软了，丹尼尔。”说着，她把头靠在佩格蒂先生的肩膀上，“你也就较能忍受住你的痛苦了，因为，丹尼尔，你是记得这句话的：‘这些事你们既做在我最小的一个兄弟身上，就是做在我身上了。’在这间屋子里，在这间我们已经安身了许多许多年的屋子里，这句话是绝不会不起作用的！”

佩格蒂先生这时变得很顺从了。当我听到他哭起来时，一时间我本想跪下来，求他们饶恕我惹起这场灾祸，同时大骂斯蒂福思一顿。可是我有了另外一种表达感情的更好方法。我那颗负担过重的心，得到了同样的解脱，我也哭了起来。

第三十二章　走上漫漫路

在我看来是合乎常情的事，我推测，对许多旁人来说，也是合乎常情的，因此我不怕写出，我对斯蒂福思，从来没有像跟他绝交之后那么爱他。发现他的卑劣行径，我感到十分难过，可是我更多地想到他横溢的才华，更多地体会到他的一切优点，比过去最崇拜他时，更多地赞赏他那本可使他成为高尚、名声伟大的人的品质。我深深感到，自己无意中让他玷污了一家清白人家。但是我相信，要是把我带到他面前，我还是说不出一句责备他的话来。我还会十分敬爱他——虽然他不能再使我着迷——我还会十分热情地记住我对他的爱慕，还会像个精神受过伤害的小孩儿一样软弱，只差没有想到我们还可以重修旧好。跟他重修旧好，我从来不曾有过这种念头。我觉得，像他早已觉出的那样，我们两人之间的关系，一切都完了。他对我还记得什么，我至今不得而知——也许很淡漠，轻易就打发掉了——可是我对他的回忆，就像是对去世的挚友一样深刻。

是的，斯蒂福思啊，从今以后，你永远从这本寒碜的传记的各个场景中除名了！在末日审判的宝座前，虽非出于本意，但我会为控告你做证，这是我的悲哀。但是我知道，我绝不会对你怒气相加或严词谴责！

发生这件事的消息，很快就传遍了全镇，因为第二天早上我从街上经过时，就听见人们在门口纷纷议论这件事。许多人认为艾米莉不对，也有人认为斯蒂福思不对，但是对她的第二个父亲和她的未婚夫，看法则完全一致。各种各样的人看到他们遭受不幸，全都对他们表示尊敬，其中充满亲切、体贴之情。船民们看见他们俩一大早就在海滩上缓缓踱步，全都有意避开了，三五成群地站在一起，满怀同情地谈论着这件事。

就在紧靠大海的海滩上，我找到了他们。即使佩格蒂没有告诉我，我也不难看出，昨晚他们整整一夜未睡，他们一直说到天亮，仍像我离开时那样坐在那儿。他们两人都显得疲惫不堪。我还觉得，佩格蒂先生的头，在这一夜之间，就比我认识他这么多年来垂得低多了。不过他们两人，都跟大海一样严肃，一样沉稳。这时，大海正平静无浪地铺展在昏暗的天空下——不过海面上

有一种沉重的起伏，仿佛休息时在呼吸——地平线上镶着一道银光，是尚未看到的太阳射出的。

“我们已经谈得很多了，少爷，”当我们三人一块儿默默走了一会儿，佩格蒂先生对我说，“谈了我们该做什么，不该做什么。不过这会儿我们看出我们该走的路了。”

我碰巧朝汉姆看了一眼，这时他正遥望着远处天边海面的那道银光，一个可怕的念头泛起在我的心头——并不是由于他脸上现出的怒容，因为他脸上没有怒容，我只记得他的表情中有一种毫不动摇的决心——要是他一旦遇到斯蒂福思，他一定会杀了斯蒂福思。

“所有我在这儿的责任，少爷，”佩格蒂先生说，“我全都尽了。我要去找我的——”说到这儿，他停顿了一下，接着用更坚决的口气说，“我要去找她。这是我今后的责任。”

我问他到哪儿找她，他摇摇头，问我是不是明天要回伦敦。我告诉他，我今天之所以没有回伦敦，是因为怕失去能帮他一点儿忙的机会。要是他要去，我随时都可以陪他一起去。

“要是你答应的话，少爷，”他回答说，“明天我跟你一起去。”

我们又默默地走了一会儿。

“汉姆，”他又接着说，“他要继续干他现在的活儿，去跟我妹妹一块儿过。那边那条旧船——”

“你要抛弃那条旧船吗，佩格蒂先生？”我轻声插嘴说。

“我待的地方，大卫少爷，”他回答，“已经不再是那儿了。要是打从黑暗笼罩在深渊上，就有船沉没，那么，那只船也就是沉了。不过，少爷，我并不是说要把那旧船屋抛弃掉。不是的，绝不是那样。”

我们又像先前那样走了一会儿，接着他解释说：

“少爷，我的希望是，要叫那旧船屋，不论是白天还是黑夜，不论是冬天还是夏天，永远都要像她原先知道的样子。要是有一天她流浪回来了，我绝不能让这个老地方像是不让她来似的，你明白我的意思吧，而是要它引她走近，也许还会引得她像个幽灵似的，从风雨中钻出，打那个老窗口偷偷朝里张望，偷看她从前在炉边坐的老位子哩。到时候，大卫少爷，她看到屋里只有葛米治太太，没有旁人，也许会鼓起勇气，哆嗦着溜进屋子，也许还会在自己的那张旧床上躺下，把疲乏的头枕在从前枕过的非常舒适的地方。"

我虽然想说几句话回答他，但是什么也说不出来。

"每天晚上，"佩格蒂先生说，"天一黑，都要像往常一样，得把点亮的蜡烛放到窗口那个老地方。要是她看到了烛光，蜡烛仿佛就会对她说：'回来吧，我的孩子，回来！'天黑以后，要是有人敲你姑妈家的门（特别是轻轻敲门），汉姆，你可别去开门，要让你姑妈——而不是你——去见我那堕落的孩子！"

他走在我们前面一点儿，好一阵子都走在前面。这时，我又朝汉姆瞥了一眼，只见他脸上依旧是那种决心已定的表情，眼睛还是遥望着远处的银光。我碰了碰他的胳膊。

我一连叫了两次他的名字，用的是把睡着的人唤醒的口气，他这才注意到我在叫他。当我终于问他，他这样聚精会神在想什么时，他回答说：

"想我面前的事，大卫少爷，还有那边的。"

"你是说，想你今后的生活吗？"他刚才正胡乱地朝海那边指着。

"唉，大卫少爷，我不太清楚是怎么回事。不过我觉得，从那边好像会来个结局似的。"他看着我，如梦方醒，可是脸上还是那种决心已定的表情。

"什么结局？"我问道，原先那种恐惧又盘踞在我的心头。

"我也说不上来，"他若有所思地说，"我刚才心里正在想，事情最初全是在这儿发生的，跟着结局就来了。不过这已经过去了！大卫少爷，"他又补充说，我想，这是由于他看到了我的脸色，"你用不着为我担心，我只不过脑子里有点儿糊涂罢了，我好像什么都弄不清楚了。"这等于说，他已失去常态，精神已经非常错乱了。

佩格蒂先生停住脚步，等我们走上前去，待我们走到一起后，大家都没有再说话。不过这种情景和我以前的想法，时时缠绕着我，直到那无情的结局，在注定的时刻到来时，才算告一段落。

我们不知不觉地走到了旧船屋跟前，走了进去。葛米治太太已经不像先前那样，无精打采地坐在自己那待惯的屋角里发呆了，而是在忙着做早饭。她接过佩格蒂先生的帽子，为他摆好位子，说话的语气那么温柔、体贴，我几乎都认不出她了。

"丹尼尔，我的好人，你得吃喝才行呀，这样才能保持你的体力，因为要是没有体力，你就什么也干不成了。来，吃一点儿，这才是好人哪！你要是嫌我叽叽喳喳，"她这是说，她喋喋不休，"那你就对我说，丹尼尔，我就不叽叽喳喳了。"

侍候我们大家吃好早饭后，她便退到窗口旁，在那儿忙着为佩格蒂先生缝补一些衬衣和别的衣服。她补完后，整整齐齐地折叠好，把它们放进一只水手用的油布袋里。同时，她仍跟刚才一样，态度文静地继续说着。

“你要知道，丹尼尔，不管是什么时候，不论是什么季节，”葛米治太太说，“我都要永远守在这里，样样都要张罗得合你的心意。我虽然没有多少文化，可你走以后，我还是会不定时给你写信的，我会把信寄给大卫少爷。也许你也会不定时给我写信，丹尼尔，告诉我你孤身一人在旅途中的情况。”

“到时候，恐怕你要孤孤单单地一个人在这儿了！”佩格蒂先生说。

“不，不，丹尼尔，”她回答说，“我绝不会感到孤单的，你就别为我担心了。替你照管好这个窝（葛米治太太指的是这个家），就够我忙的了。我要管好这个窝，等着你回来，等着随便哪一个回来，丹尼尔。天气好的时候，我要像往常那样，坐在门口，要是有人来，那他们打老远就能看到我，知道我这个老寡妇对他们照旧还是忠心耿耿。”

就在这么短短的时间里，葛米治太太有了多么大的变化啊！她成了另一个人了。她是那么忠心耿耿，那么快就意识到什么话该说，什么话不该说。她忘了自己，又那么关心别人的悲伤，因而我对她肃然起敬了。那天她干了多少活儿啊！因为许多东西都得从海滩搬回来，存放在外面的小屋里——像桨啊，橹啊，网啊，帆啊，缆绳啊，桅杆啊，捕虾篓啊，压舱袋啊，等等。虽然海边的人，凡是能干活儿的，没有一个不愿为佩格蒂先生效劳的，而且也没有一个被请帮忙的人会得不到很好的酬谢，所以帮忙的人有的是，可是葛米治太太整天执意要搬运那些重得她力不胜任的东西，还不辞辛苦地跑来跑去，忙着干那些不需要她去干的差事。至于悲叹她自己的不幸，她好像也完全忘了，不记得自己有过任何不幸了。她在同情中自始至终保持着乐观的态度，这也是她所起的变化中令人吃惊的一部分。怨天尤人的情况绝对没有了。在那一整天里，我甚至没有听到过她声音打战，也没有看到过她流过半滴眼泪。到了傍晚，屋子里只剩下她和我，还有佩格蒂先生。佩格蒂先生因为累极了，打起了瞌睡。直到这时，她终于强忍不住，呜咽着哭了起来，同时把我拉到门口，对我说：“上帝保佑你，大卫少爷，好好照顾他，那个可怜的好人！”说完她马上就跑到屋外洗脸去了，为的是让佩格蒂先生醒来时，能看到她正安安静静地坐在他身旁干活儿。简单说来，那天晚上我离开那儿时，就把支持痛苦中的佩格蒂先生的责任交给她了。我从葛米治太太那儿受到教育，她展示给我的新经验，真让我体会不尽。

在晚上九到十点钟之间，我满腹忧伤地缓步从镇上走过，在欧默先生的店铺门前停住了脚步。欧默先生的女儿告诉我，欧默先生让这件事弄得非常难过，一整天都精神沮丧，情绪低落，烟也没抽就上床睡觉了。

“那丫头净骗人，心眼儿坏透了，”乔兰太太说，“她没有一点儿好的地方，一向这样！”

“别这么说，”我回答道，“你心里并不是这样想的。”

“不，我就是这样想的！”乔兰太太怒气冲冲地大声说。

“不，不。”我说。

乔兰太太把头一甩，想要做出严厉、生气的样子，可是她本性温柔，一时控制不住，哭了起来。我当时确实还很年轻，可是看到她有这种同情心，我对她更加尊重，同时认为，她这样一个贤妻良母，有这样的心肠，是非常适合的。

“她将来怎么办啊？”明妮呜咽着说，“她到哪儿去呢？将来会成为什么样子呀？哦，她对自己，对汉姆，怎么能这样狠心啊！”

我清楚地记得明妮还是个年轻漂亮的姑娘的时候，当年的情景，她也还热情生动地记得，为此我很高兴。

“我的小明妮，”乔兰太太说，“刚刚才睡着。就连睡着了，都还抽抽搭搭地要艾米莉哩。小明妮为她哭了一整天，一次又一次问我，艾米莉是不是坏人？就在前天晚上，她还在这儿，把自己颈项上的一条丝带解下来，系到小明妮的颈项上，还跟小明妮并排躺在一只枕头上，直到小明妮睡着了才走，你想，我还能对她说什么呢！这会儿那丝带还系在小明妮的颈项上呢。也许不该再让她系着了，可是我有什么办法呢？艾米莉是很不好，不过她跟小明妮两个要好得很呢。再说，一个小孩子，什么也不懂啊！”

乔兰太太心里那么苦恼，弄得她的丈夫也出来照顾她了。我让他们两人在一起，自己前往佩格蒂的家。这时，我比先前更加忧郁了，如果说还能更忧郁的话。

那个好心人——我说的是佩格蒂——虽然近来焦虑、熬夜已有多天，但仍不辞辛苦地去陪她哥哥了，她打算在那儿待到第二天早上。佩格蒂已经有好儿个星期顾不上料理家务了，就雇了一个老太太来家帮忙。当晚，在这座房子里，除我之外，就只有这位老太太了。我既然没有什么要她侍候，就打发她去睡觉，她也就高高兴兴地去了。我在厨房的炉子前面坐了一会儿，细细想了想这次事件的前前后后。

我正在想着这件事，又联想到去世的巴基斯先生临终的情况以及随着潮水涌向今天早晨汉姆那么奇怪地遥望着的远方，一阵敲门声突然把我从胡思乱想中惊醒。门上本来装有一个敲门用的门环，可是传来的不是门环的敲击声，而是手敲的声音，而且敲在门的下方，像是一个孩子在敲门似的。

这声音使我吃了一惊，就像是一个听差在敲显贵人家的门。我打开门，先朝下一看，让我惊奇的是，没有看到别的东西，只有一把大伞，仿佛自己会行走似的。不过我马上就发现，伞底下原来是莫彻小姐。

她放下雨伞，用尽力气也没能收拢。要是这个小矮人像上次那样，对我露出使我印象最深的那种"轻浮"表情，我大概是不会好好接待她的。但是当她朝我仰起脸来，我发现她脸上的神情是那么的认真诚挚，而当我接过她手中的伞以后（这把伞即使给那个爱尔兰巨人[①]使用也会觉得不合适），她苦不堪言地对绞着那双小手，这倒使我对她有了好感了。

"莫彻小姐，"我先朝阒无人迹的街道两头看了一下（不太清楚我还想再看到什么），然后说，"你怎么来这儿啦？是怎么回事？"

她用她那短短的右臂朝我打了个手势，叫我替她把伞收拢，接着便匆匆从我面前走过，走进厨房。我关上门，拿着伞随着进来后，发现她坐在炉栏的角上——铁炉栏很低，上面有两块平板，用作摆放碟子——在锅子的旁边，身子前后摇晃着，两手分别在自己的两个膝盖上擦着，像是很痛的样子。

只有我一个人来接待这位不速之客，也只有我一个人看到她这种古怪的举止，我感到十分惊慌，便又大声问道："请告诉我，莫彻小姐，是怎么回事？你病了吗？"

"我亲爱的年轻人，"莫彻小姐说着，把两手叠着紧按住胸口，"我这儿有病啦，我病得很厉害。想不到事情竟会弄到这种地步！要不是我是个没脑子的傻瓜，我本来应该知道的，也许还可以防止这件事发生！"

她的那个小身子一前一后地摇晃着，她的那顶大帽子（跟她的身材非常不相称）也跟着一前一后地摆动着，这时，墙上还有一顶硕大无朋的帽子，也在摆动着，跟她头上的帽子动作完全一致。

"看到你这么难过，这么认真，"我开口说，"我真感到吃惊——"刚说到这儿，她就把我的话打断了。

"不错，老是这样！"她说，"那些虽已长大但从不替别人着想的年轻人，看到我这样一个小东西，居然也有普通人的感情，他们没有一个不感到吃惊的！他们拿我当玩物，用我取乐，玩厌了就把我扔开。发觉我比玩具马或木头兵多一点儿感情，他们就觉得奇怪。是的，是的，就是这样。老一套！"

"别人也许是这样，"我回答说，"不过我可以向你保证，我可绝不是这样。也许，见到你现在的样子，我真不应该感到吃惊，因为我对你的了解太少了。

① 此处可能指身高八英尺七英寸的爱尔兰巨人奥布赖恩。

我方才只是想到什么说什么，没有细想。”

“我有什么办法呀？”那个小女人说着站了起来，张开两臂，露出全身，“你瞧！我是什么样子，我父亲也是这样，我妹妹也是，我弟弟也是。许多年来，我整天要为弟弟妹妹工作，辛苦啊，科波菲尔先生！我总得活下去。我并没有做坏事。要是有的人未加考虑，或者刻毒地拿我开玩笑，那我除了开自己的玩笑，开他们的玩笑，开一切东西的玩笑外，还有什么别的办法呀？要是我一时这么做了，这是谁的错呢？是我的错吗？”

不是。不是莫彻小姐的错，我若有所悟。

“要是我在你那位没有信义的朋友面前，表现出自己是个敏感的矮子，”那个小女人一面继续说道，一面带着严加责备的神情对我摇着头，“那你认为，我还能从他那儿得到多少帮助和善意呢？如果小小的莫彻（她长成这样，年轻的先生，这不能怪她啊），因为自己的不幸，向他或像他那样的人央告，那你认为，他们会听她那细小的声音吗？即使小小的莫彻是最苦、最笨的矮人，她照样也得活下去呀！不过那么做可不成。不成，那她就是想用吹口哨儿来吹出面包和奶油，最后只会吹得气绝身亡。”

莫彻小姐又在炉栏上坐了下来，同时掏出手帕来擦眼睛。

“要是你像我想的那样，有一颗仁慈的心，那就为我感谢上帝吧，”她说，“因为我只要清楚地知道，自己是怎样一个人，我就能高高兴兴的，什么都可以忍受。不管怎样，我也为自己感谢上帝，因为我能找到自己闯荡世界的小门道，用不着对任何人感恩戴德。在我的闯荡生涯中，有的人出于愚昧，有的人出于虚荣，会给我扔这个抛那个，我就会用肥皂泡儿回敬他们。要是我用不着为我需要的一切担忧，对我来说，当然很好，对任何别的人来说，也没有坏处。要是你们这些巨人定要拿我当玩物，那就请你们对我手脚轻一点儿。”

莫彻小姐重又把手帕放回自己的口袋，凝神望着我好一会儿，才又开口接着说：

“刚才我在街上看到你了。你也许以为我腿短，气也短，不可能跑得跟你一般快，一定追不上你。不过我可知道你打哪儿来，所以就跟上来了。今天我已经来过这儿了，可是那位好人不在家。”

“你认识她？”我问道。

“我听人说起过她，说到过她的为人，”她回答，“在欧默-乔兰铺子里听说的。今天早上七点钟，我在他们那儿。上次我在旅馆里看到你跟斯蒂福思时，斯蒂福思跟我说起过那个不幸的女孩子，你还记得吗？”

莫彻小姐问我这句话时，她头上的那顶大帽子，还有墙上那顶更大的帽子，又一齐一前一后地摇摆起来。

她提到的那句话，我记得一清二楚，因为在那一天里，那句话在我的脑子里想过好多遍。我把这情况如实地告诉了她。

“但愿他遭殃，”小女人说，在我和她那闪亮的眼睛之间，她举起了她的食指，“那个该死的听差更得遭十倍殃。不过我当时相信，对她有着孩子气的恋情的，是你呢！”

“我？”我重复了一声。

“真是孩子，真是孩子！”莫彻小姐喊了起来，她又在炉栏上一前一后地摇摆着身子，不耐烦地绞着双手，“那我以瞎眼厄运的名义问你，你为什么那么夸奖她，而且又是面红耳赤的，又是心慌意乱的，这是为什么？”

我没法儿隐瞒，我是有过这些表现，不过原因却跟她所想的完全不同。

“我那时知道什么啊？”莫彻小姐说着又掏出手帕，每当过上一会儿用双手把手帕捂在眼上时，她就要用脚在地上轻轻跺一下，“我看得出来，他在阻碍你，又在欺骗你；我也看出，你在他手中，就像是软化了的蜡烛似的。当时我曾经离开房间一会儿，他的那个听差就告诉我，‘小天真’（他就是这样叫你的，你一辈子都可以叫他‘老坏蛋’）一心迷上她了，她也稀里糊涂地爱上了他。不过他的主人决定不让闹出乱子来——这更多的是为你好，而不是为她——他们就是为了这件事，才在这儿待着的。当时我怎么能不相信他呢？我亲耳听到斯蒂福思用称赞她来安抚你，讨你的喜欢！你是第一个提到她的名字的。你承认你从小就爱慕她。我对你一谈起她，你的脸上马上就一阵热一阵冷，一会儿红一会儿白的。我只能认为，你是个年轻的浪荡公子，万事俱备，只欠经验，不过你已落入经验丰富的人手中，他们能以你的利益（幻想）为名，来控制你。除此之外，我还能有别的想法吗？哦！哦！哦！他们怕我发现真相。”说到这儿，莫彻小姐从炉栏上下来，举起两只短胳膊，非常难过地在厨房里来回走着，“因为我是个机灵的小人儿——我非机灵不可，要在这世上混呀！——可他们全把我给骗了，我还为他们转交了一封信给那可怜不幸的女孩子。现在我完全相信，她跟故意留下来不走的利提摩说话，就是从收到这封信开始的！”

听了莫彻小姐揭露的这一切背信弃义的行径，我惊愕得说不出话来，只是呆立在那儿看着她。她一直在厨房里来回走着，走得气都喘不过来了。后来她又在炉栏上坐了下来，用手帕擦干脸，好长时间没有作声，也没有别的动作，只是摇着头。

“我一直在四乡巡回，”后来她终于补充说，“前天晚上到了诺里奇，科波菲尔先生。我在那儿碰巧发现他们鬼鬼祟祟地来来去去，可是没见你跟他们在一起——这很奇怪——于是引起了我的疑心，觉得事情有些不对头。昨天晚上，我搭乘从伦敦来经过诺里奇的公共马车，今天早晨来到这儿。可是，唉，唉，唉！太晚了！”

可怜的小矮人莫彻，在一番哭诉和悔恨之后，感到寒冷难当，便在炉栏上转过身子，把一双湿漉漉的小脚插进炉灰里取暖。她坐在那儿，望着炉火，像个大玩具娃娃似的。我坐在火炉另一边的一把椅子上，心里想着这番不幸的事，眼睛也看着炉火，偶尔还朝她瞥上一眼。

“我得走啦！”她终于说，说着站起身来，“天已经很晚了。你不会不相信我吧？”

她问我话的时候，盯着我的是以往那种犀利的目光，她的问话又这样咄咄逼人，使我不能十分坦白地说出个“不”字来。

“好啦！”她接住我伸过去扶她的手，让我帮她越过炉栏，若有所思地看着我的脸说，“你知道，要是我是个高度跟常人一样的女人，你就不会不相信我了！”

我觉得，她这话大有道理，所以我感到颇为羞愧。

“你还年轻，”她点着头说，“不妨听我一句劝告，即使我只是个三英尺高、不值一提的小矮人。千万别把身体上的缺陷跟智力上的缺陷混为一谈，我的朋友，除非有充分的理由。”

她这时已经越过炉栏，我也消除了对她的怀疑。我对她说，我相信她说的是实话，我们两人不幸都成了奸诈的人实行阴谋的工具。她对我表示了感谢，说我是个好人。

“好，你听着！”她朝门口走去时，突然转过身来大声说道，同时又举起食指，用狡黠的目光看着我，“根据我所听到的——我的耳朵永远是敞开的，我不能不施展出我的全部本领——我有理由推测，他们是去国外了。不过要是他们一旦回来，即使其中任何一个回来，只要我还活着，一定会比别人更快知道，因为我是个走四方的人。不管我知道了什么消息，我一定让你也知道。我要是能为那个受骗的可怜女孩儿做点儿什么，我一定诚心诚意地去做，老天做证。利提摩后面跟着个小莫彻，比跟着条猎狗还厉害哩！”

她说最后这句话时，我看到她脸上的那种表情，就毫无保留地相信她了。

“别太相信我，也别太不相信我，只要把我当作一个普通高度的女人来信就行了，”小矮人一面说，一面恳求似的往我的手腕上碰了碰，“要是你下次再见到我，我不像现在这样，而是像你第一次见到我时那样，那你得看一看，我是跟什么人在一起。你别忘了，我是个无依无靠，又没有能力保护自己的小人儿。想想我干完白天的活儿，晚上跟像我一样的弟弟妹妹在家的情景吧。那时，你也许就不会对我十分苛求，看到我也会难过，也会认真，也就不会觉得奇怪了。再见！”

我朝莫彻小姐伸出手，对她的看法已经跟过去完全不同了，随后为她打开门，让她出去。我替她打开那把大伞，交到她手里，要她拿稳，可这并不是件容易的事，不过我到底还是做成功了。眼见那把大伞在雨中一颠一颠地沿街而去，一点儿也看不出伞下还有个人，只有在檐口的落水管处比往常冲下更多的水来，把伞冲得侧向一边时，才能看到伞下的莫彻小姐，她挣扎着拼命把伞扶正。有一两次，我冲出门去想帮她一把，可是没等我跑到，那把伞又像一只大鸟似的，一颠一颠地朝前而去了。所以我也就回到屋内，上床睡了，一直睡到第二天早上。

第二天早上，佩格蒂先生和我的老保姆来跟我会合，然后我们三人一早就来到公共马车售票处。葛米治太太和汉姆已经在那儿等着送我们。

“大卫少爷，”趁佩格蒂先生往行李堆中放自己的油布包时，汉姆把我拉到一旁，悄声说，“他的生活全完了。他自己都不知道要上哪儿去，也不知道他前面会有什么。看我的话可会说错，他这一去，走走停停，准会流浪到把老命送掉为止，除非他找到了他要找的人。我相信，你一定会好好照顾他的吧，大卫少爷？”

“你放心好了，我一定会照顾好他的。”我同汉姆亲切地握着手说。

“谢谢你，谢谢你的好意，少爷。还有一件事。我有一份很好的工作，这你知道，大卫少爷。这会儿，我挣的钱没地方花了。除了吃饭穿衣，钱对我没什么用处。要是你能替我把这些钱用在他身上，我干起活儿来就安心多了。不过，少爷，”他说到这儿，态度沉稳，口气温和，“你可别以为，打这以后，我再也不会像个男子汉那样干活儿，再也不会尽心尽力把活儿干好了！”

我对他说，我完全相信这一点。我还暗示说，眼下他自然立意要过独身生活，不过我希望，有一天他会结束这种生活的。

“不会的，少爷，”他摇着头说，“对我来说，所有这一切，全都过去了，不会再有了，少爷。永远没有人能填补上那个空出的位子了。不过关于钱的事，请你千万记在心上，我这儿随时都会攒一些给他。”

我提醒他说，佩格蒂先生从新近去世的妹夫的遗产中，可以得一笔虽然为数不算多，但是非常固定的收入，至于他嘱托我的话，我答应会记在心里。然后我们互相道了别。即使到了现在，当我写到和他道别的情景时，立刻会使我想起他那坚忍和沉重的悲伤，这不能不让人感到一阵心酸。

至于葛米治太太，要是我想要描写她怎样强忍着眼泪，跟在马车旁边沿街奔跑，眼睛只顾看着车顶的佩格蒂先生，跟迎面走来的人撞了个满怀，那我就是给自己找了个难题做了。因此，我只好把她撂在一家面包店的台阶上，让她气喘吁吁地坐在那儿，帽子碰得不成样子，一只鞋落在远处的人行道上，不再去管了。

我们到了旅程的终点后，第一件要做的事，就是先给佩格蒂找一个小住处，除了她自己之外，还得让她哥哥有个铺床的地方。我们的运气很好，找到了一处这样的地方，既便宜，又干净，是在一家杂货店的楼上，离我的住处也很近，只隔着两条街。我们订下这个住处之后，我在一家餐馆里买了一些冻肉，就把我的两位旅伴带回家中喝茶。我的这一举动，说起来很抱歉，并未得到克拉普太太的赞许。不过我应该解释一下，那位太太之所以有这样的心境，只是因为佩格蒂来到我这儿还不到十分钟，便撩起寡妇孝袍的下摆，塞进腰间，给我打扫起房间来了。对此，克拉普太太大为生气。她认为这是擅自行动。她说，擅自行动是她绝不允许的事情。

佩格蒂先生在来伦敦的路上，告诉我，他想先去见见斯蒂福思老太太，对此我并不是没有想到。我认为，这件事我应该帮助他，同时我还可以在他们之间进行调停，尽量不要让那位做母亲的难受。所以，当天晚上我就给斯蒂福思太太写了一封信，尽量委婉地告诉她，佩格蒂先生受到什么伤害，他的伤害我也有份儿。我说，佩格蒂先生虽是个普通人，但是人品极其正直高尚。我不揣冒昧，盼望她在他心情沉痛之时，屈尊见他一面，并写明下午两点到她家。一大早，我就亲自将这封信交由第一班邮车送去。

到了约定的时间，我们来到了她家门口，几天前，我还曾那么愉快地在这里待过，我那青年人的信任和热心，也曾在这儿自由地流露过。但是打那以后，这家人家就把我摒之门外了，对我来说，现在它已经成了一片满目荒凉的废墟了。

利提摩没有出现，出来开门的是上次我来访时，已经代替他的那个面孔讨人喜欢的女仆。她在前面引路，把我们带进了客厅。斯蒂福思太太正坐在客厅里。我们走进客厅后，罗莎·达特尔从客厅的另一个门悄悄进来，站在斯蒂福思太太的椅子后面。

我从斯蒂福思母亲的脸上立刻看出，她已经从自己的儿子那儿，知道他的所作所为了。她的脸色很苍白，那种忧虑的程度，绝不是我的那封信所能引起的。何况她的那种爱子之心，一定会对我的信产生疑问，因而会使我的那封信更显得软弱无力。我觉得，她比我过去所认为的更像她的儿子了，同时我也觉得，并非我看到，佩格蒂先生也看出这种相像来了。

她腰板儿直挺地坐在扶手椅里，神态威严，不动声色，沉着冷静，好像什么都不能惊扰她似的。佩格蒂先生站在她的面前，她目不转睛地看着他。佩格蒂先生同样也目不转睛地看着她。罗莎·达特尔犀利的目光，把我们全都看在眼里。有一会儿工夫，谁也没有开口。斯蒂福思太太示意要佩格蒂先生就座。佩格蒂先生低声说："太太，在你府上我坐下来不自在，我还是站着的好。"接着又是一阵沉默。最后，斯蒂福思太太终于开口了：

"我知道你为什么来这儿，我很抱歉。你对我有什么要求？想要我做什么？"

佩格蒂先生把帽子夹到腋下，在胸口摸到艾米莉的信，掏出来展开，递给了她。

"太太，请你看看这封信，这是我外甥女亲笔写的！"

她以同样威严、冷静的态度看了看信——我能看出，信的内容一点儿也没有使她感动——看完后，把信还给了佩格蒂先生。

"她这儿说，'除非他把我娶作太太带回来'，"佩格蒂先生用手指指着这句话说，"我到这儿来，就是想知道，太太，他能不能履行这句话。"

"不能。"斯蒂福思太太回答说。

"为什么不能？"佩格蒂先生问。

"办不到，那样他就要失身份了。你不能不知道，她太配不上他了。"

"你可以把她提高呀！"佩格蒂先生说。

"她没有受过教育，无知无识。"

"她也许不是那样，也许是那样，"佩格蒂先生说，"我可认为不是那样，太太，不过对这类事，我断定不了。那你就教育她，提高她吧！"

"我本来不愿意把话说得太明白，既然你逼我说，那我就说了。即使别的不说，就凭她有那些寒碜的亲戚，这件事也就不可能办到了！"

"请听我说一句，太太，"佩格蒂先生心平气和地慢慢说道，"你知道，疼你的孩子是怎么一回事。我也一样知道。我的这个外甥女，即使她比我的亲生孩子亲上一百倍，我对她的疼爱，也不能再深了。可是，你不知道把孩子丢了是什么滋味，但我知道。要是世界上的金银财宝全是我的，为了能把她赎回来，我也可以一个子儿都不留！这次只要你能救她，不让她丢脸，我们永远不会让她因我们丢脸。我们这些眼看着她长大的人，跟她一块儿过日子的人，多年来把她当命根子的人，从今以后，一个也不再见到她那可爱的小脸蛋儿，我们都情愿。我们情愿一切都由着她。我们情愿从远处惦念着她，好像她是在另一个太阳和天空下；我们情愿把她托付给她的丈夫——也许还有她的孩子——一直等到我们在上帝面前全都一律平等的时刻，我们就心满意足了！”

他这番看似粗鲁的雄辩，并不是全无效果。斯蒂福思太太虽然仍保持着她那傲慢的态度，可是答话的口气已经有所软化。她回答说：

“我不做任何辩护，我也不做任何反驳，不过我很抱歉，我不得不再说一遍，这是不可能的。这样的婚姻，会无可挽救地损害我儿子的事业，毁掉他的整个前途。这种事，现在绝不可能有，今后也永远不会有，没有比这一点更清楚的了。如果要做什么别的赔偿——”

“我正看到一张相像的脸，”佩格蒂先生闪着坚定而炯炯的目光，插嘴说，“这张脸，跟在我的家里，在我的火炉旁，在我的船上——还有哪儿没有？——看着我的那张脸，一模一样。看起来笑嘻嘻的，很友好，可是竟这般阴险奸诈。想到这一点，我就气得简直要发疯。要是这张相像的脸，想到要用钱来赔偿对我那孩子的糟蹋和摧残时，竟没有发烧通红，那就跟那张脸一样坏了。而这张脸竟还是一位太太的，我认为那就更坏了。”

这时，她的神色突然变了，气得满脸通红，双手紧抓住椅子的扶手，用一种不容异说的态度说：

“你在我们母子之间，挖了这样一道深沟，你拿什么来赔偿我？你的爱比起我的爱来，算得了什么？你们的离散，比起我们的离散来，又算得了什么？”

达特尔小姐轻轻地碰了她一下，俯下头来，跟她悄声说了什么，可是她一句也不听。

“别说，罗莎，一句话也别说！让这个人听我说！我的儿子，一直是我生命的一切，我的心思全用在他的身上。从他小时候起，他要什么，我就依他什么。从他出生那天起，我就从来没有跟他分开过——可现在，居然一下子跟一个穷丫头混在一起，躲开我了！为了这个丫头，用成套的欺骗手段来报答我对他的信任，为了她，竟离开了我！为了这种可鄙的迷恋，他居然把对母亲应尽的责任，应有的孝心、敬爱、感激，全都撇开不管了——而这本该是他一辈子每天每小时都应加强，什么也打消不了的责任！这难道不是对我的伤害吗？”

罗莎·达特尔再一次想要安慰她，但还是没有效果。

“我说，罗莎，你一句话也别说！要是他能为最微不足道的东西孤注一掷，那我也能尽我所有，为一个更伟大的目标搏上一搏。他爱去哪儿就让他去哪儿吧，反正我疼他，给了他钱！他想用长期在外不见我来制服我吗？要是他那么想，那他就太不了解他的母亲了。他什么时候抛开他的妄想，那就什么时候回来。要是他不肯抛开，只要我还能举手表示不准，那他不论是死是活，都永远休想走近我，除非他永远跟她脱离关系，低三下四地来我这儿，求我饶恕他。这是我的权利，这是我非要他承认不可的。这就是我们两人之间的分歧。难道这，"她带着开始时那种傲慢、容不得别人的神气，看着来访的人说，"不是对我的伤害吗？"

我听见和看见这个母亲说这番话的时候，就像听见和看见那个儿子在公然违抗她似的。所有我以前在斯蒂福思身上看到过的刚愎和任性，现在在她身上也看到了。对于斯蒂福思的滥用精力，我本有所了解，通过这一切，也使我对他母亲的性格有了认识。我看出，在最激动的时候，他们母子俩完全一样。

斯蒂福思太太现在又恢复了她原先的克制，她大声对我说，再听下去，再说下去，全都毫无用处，她要求谈话到此为止。她带着高傲的态度，站起身来，准备离开客厅。这时，佩格蒂先生表示，她根本用不着这样，"你用不着害怕我会拦住你，我没有更多的话要说了，太太，"说着他就朝门口走去，"我来时，没抱什么希望，我走时，也不指望什么。我已经做了我认为应该做的事。不过我从来不曾指望，在我站立的这个地方，能得到什么好处。这家人对我和我家的人太凶恶了，凶恶得使我脑子变得不正常，根本就不指望什么了。"

说完这话，我们就走了，把她撂在了椅子旁边，看上去就像是一幅仪态高贵、面目端正的画像。

我们出来的时候，要经过一条砖头铺地、顶上和两旁全是玻璃的走廊，走廊的顶上爬着一架葡萄，叶子和嫩枝都绿油油的。那天天气晴朗，通向花园的两扇玻璃门正开着。当我们走近门口时，罗莎·达特尔悄悄地从那儿走了进来，并且叫住了我。

"你可真行，"她说，"居然把这样一个家伙带到这儿来！"

她的愤怒和轻蔑竟如此强烈，使她的脸蒙上一片阴暗，深黑的眼睛中射出凶光，我没有想到这竟会出现在她的这张脸上。那被锤子打出的疤痕，跟平常激动时一样，又变得十分明显。我看着她时，那疤痕又像我以前见过的那样跳动起来，她举起手来，朝上面拍打了一下。

"这个家伙，"她说，"值得支持，值得带到这儿来，是吗？你真是个好样的！"

"达特尔小姐，"我回答说，"你总不至于不公正到责备起我来吧！"

"你为什么要弄得两个疯子斗起来呀？"她回答说，"难道你不知道这两个人又任性，又骄傲，都像个疯子吗？"

"这是我造成的吗？"我回答说。

第三十二章　走上漫漫路

“是你造成的！”她回嘴说，“你为什么把这个人带到这儿来？”

“他是个受了重大伤害的人，达特尔小姐，”我回答说，“你也许还不知道呢。”

“我只知道，”说着，她用一只手按住胸口，仿佛要把心中猛烈的风暴压住，不让它喧嚣似的，“詹姆斯·斯蒂福思的心坏透了，丝毫不讲信义，是个没良心的人。可是我何必知道，何必在乎这个家伙，以及他那个普普通通的外甥女呢？”

“达特尔小姐，”我说，“你把人家的伤口弄得更深了。本来已经够深的了。在临别时，我只想说，你太冤枉他了。”

“我并没有冤枉他，”她回答说，“他们本是卑劣下贱、一文不值的一伙人。我还要给他的外甥女一顿鞭子哩！”

佩格蒂先生一声不响地走了过去，走出门外。

“哦，可耻，达特尔小姐，可耻呀！”我气愤地说，“他是个清白无辜的人，你怎么还忍心拿脚踩他呢！”

“我要把他们全都踩在脚下，”她回答说，“我要推倒他的房子，我要在他外甥女的脸上烙上字，给她穿上破衣服，把她赶到大街上，让她活活饿死。要是我有权审判她，就叫人这样治她。叫人治她！我会亲手治她！我恨透她了。要是我能拿她不要脸的行径，当面骂她一顿，不管哪儿，我都要赶去骂她。即使要追赶到她的坟墓里，我也要去。要是有句什么话，在她临死时听了能得到安慰，而这句话只有我能说，哪怕要了我的命，我也绝不说。”

我觉得，她的话虽然已够激烈，但也只能少量地表达出她内心的愤怒。虽然她的嗓音不仅没有提高，反倒比平时还低，可是全身都表现了她的无比愤恨。我的一切描写，都不足以表达出她当时那副怒不可遏的样子。我见过形形色色的愤怒，可从来未曾见过像她这样的。

我赶上佩格蒂先生的时候，他正一面心里盘算着，一面缓缓地往山下走去。一等我赶上他，他就对我，原本打算在伦敦办的事，这会儿已经办完，所以他想在当天晚上就“上路”。我问他打算去哪儿，他只回答说：“我要去找我的外甥女，少爷。”

我们回到杂货店楼上的住处，我找了个机会，把他对我说的话，告诉了佩格蒂。她反过来告诉我，当天早上，他对她也说了同样的话，至于他要去哪儿，她并不比我知道得多，不过她相信，他自己心里也许已经有了谱儿。

在这种情况下，我也就不愿马上离开他，我们三个人一块儿吃了牛肉饼，这是佩格蒂的许多拿手美食之一。我记得很清楚，这次吃的牛肉饼，味道中还掺混着从楼下铺子里不断冒上来的茶叶、咖啡、奶油、咸肉、干酪、新鲜面包、木柴、蜡烛、核桃酱等各种气味。饭后，我们在窗前坐了约莫一个小时，话却说得不多。随后，佩格蒂先生站起身来，拿过他的油布袋和粗手杖，放在桌子上。

他从他妹妹的现款中，拿了他名下遗产中的一小笔钱，我认为这还不够维持他一个月的生活。他答应，不管遇到什么情况，都会写信给我。跟着他背上油布袋，拿起帽子和手杖，和我们两人告别。

“祝你万事如意，亲爱的老妹子，”他搂抱着佩格蒂说，“祝你也万事如意，大卫少爷！”他握着我的手说。“我要走遍天涯海角，去找我的外甥女。要是我不在家时她回来了——不过，哦，大概不会！——或者是我把她找回来了，我打算跟她住到一个没有人责备她的地方，直到在那儿死去。要是我出了什么岔子，记住，我要跟她说的最后一句话是：‘我仍爱我的宝贝孩子，我原谅她了！’”

他光着头庄重地说了这句话，然后才戴上帽子，走下楼去。我们跟着他走到门口。那天傍晚，天气暖和，尘土飞扬，在小街与之相通的大道两旁，原本川流不息、人来人往的人行道上，这时正是行人稀少、红霞映照的时候。在我们那条阴暗的小街街口拐角处，他独自一人拐了弯，走进了一片灿烂的霞光中，我们也就看不见他了。

每当黄昏降临，每当我半夜醒来，每当我仰望月亮星星，每当我看到瓢泼大雨，听到凄厉风声，我总是会想到那位可怜的流浪汉，孑然一身，艰辛地跋涉前行，并且记起他说的那句话：

“我要走遍天涯海角，去找我的外甥女。要是我出了什么岔子，记住，我要跟她说的最后一句话是：‘我仍爱我的宝贝孩子，我原谅她了！’”

第三十三章　无忧无虑

在所有这段时间里，我对朵拉的爱越来越强烈了。对她的思念，是我失望和痛苦时的慰藉，即使在我失去朋友时，它也能给我一些补偿，使我得以消忧解愁。我越是怜悯自己，或者怜悯旁人时，我就越想从她的音容笑貌中得到慰藉。世上的欺诈、烦愁越积越多，高悬在世界上空的朵拉这颗明星，也就显得越来越光亮、皎洁。至于朵拉到底来自何方，她在高级神灵中究竟属于什么级别[①]，对此我还难以说清。不过我敢说，如果有人说，她只是个普通人，跟别的年轻姑娘一样，那我一定会用愤怒和鄙夷的态度加以驳斥。

我整个人已经完全沉浸在朵拉的爱河中了，如果可以这样说的话。这条爱河不仅使我淹没灭顶，而且已经把我全身泡透。打个比方的话，从我身上拧出的爱，足以把任何人淹死，而我身上里外剩下的，还足以淹没和浸透我整个人。

我回来后，为自己做的第一件事，就是夜晚步行去诺伍德，一面想念着朵拉，一面像儿时猜的一个古老谜语一样，"围着房子转圈子，从来不碰那房子"。我相信，这个古老谜语的谜底是月亮。不管它是什么吧，我这被朵拉弄得昏昏然的奴隶，真的围着她家的房子和花园，转了有两个小时之久，时而从栅栏缝里窥探，时而使劲把下巴搭到栅栏顶上生锈的钉子上，往窗子里的灯光送去飞吻，时而又无端地呼求夜神保护好我的朵拉——至于保护她免遭什么，我就不太清楚了，我猜是火灾吧。不过也许是老鼠，因为她最讨厌老鼠。

我的心中充满了对朵拉的爱，所以我把我的心事吐露给佩格蒂，这是很自然的事了。有一天晚上，她又带着她旧日的那套针线工具，在我那儿整理我的衣柜，为我缝补衣服时，我就委婉地把心中的这一大秘密告诉了她。佩格蒂听了非常感兴趣，可是我怎么也没法儿使她赞同我对这件事的看法。她一味地只知道偏袒我，完全不了解我为什么要为这件事担心以及为这事弄得无精打采。"这位小姐能得到你这样一位英俊郎君，"她说，"她应该想到这是她的福气。至于她的那位爸爸，我的天哪，那位先生到底还想要什么呀！"

不过我发现，斯潘洛先生的代诉人长袍和硬领，使佩格蒂的神气稍有收

① 天主教认为天使有九级。

敛，也使她对这位先生的敬意不断增加。因为这位在我眼中日益崇高的人，当他笔挺地恭坐法庭时，文书档案围绕身旁，就像平静大海中的一座小小灯塔，周身发出光辉。顺便说一句，我还记得，当我也坐在法庭上时，我一想到那些老迈昏聩的法官和博士，即使认识朵拉，也不会喜欢她的；要是有人对他们说，他们可以跟朵拉结婚，他们也不会高兴得丢魂失魄的；朵拉能唱歌，能弹那因她生辉的吉他，听得我差点儿要发疯，但绝不能使这般迟钝家伙中的任何一个，越出雷池一步。想到这些，实在让人觉得十分奇怪！

对他们这般人，我一个也看不起。他们全是些在爱之花坛中被霜雪冻僵的老园丁，我个人对他们都觉得反感。在我看来，法院只不过是个麻木不仁、愚昧无知的错误制造者，法庭并不比酒吧有更多的温情和诗意。

我得以亲手处理佩格蒂的事务，觉得非常得意。我鉴定了遗嘱，在遗产税局办好了手续，然后又带佩格蒂去银行，很快就把一切事办得妥妥帖帖。在办理这些法律手续的过程中，我们也调剂了一下生活，去弗利特街看了冒汗的蜡像（我想，经过这二十年，已经融化了），参观了林伍德小姐的刺绣展览。我记得，它就像是一座绣品的陵园，很适合人们做反省和忏悔。我们还去看了伦敦塔，登上了圣保罗大教堂的顶层。所有这一切奇观，都给了佩格蒂在当时情况下所能享有的无限乐趣。不过，我想，只有圣保罗大教堂是例外，因为她多年来一直喜爱自己的那只针线匣，而这个真的教堂成了那个匣子盖上的图案的竞争对手，两者相比，她认为，在某些方面，它远远比不上她那件艺术品。

佩格蒂的事务，在我们博士公堂通常称为"例行公事"（是一种既省力又赚钱的事务），办完之后，一天早上我带她到事务所交费。老提费说，斯潘洛先生带一位先生去做领取结婚证的宣誓去了。不过我知道他过一会儿就会回来，因为我们的事务所紧挨着主教代理人事务所，离大主教代表的事务所也不远，所以我就叫佩格蒂在这儿等一下。

在博士公堂里，我们在办理有关遗嘱的业务时，多少都有些像丧事承办人那样，跟穿丧服的主顾应酬，通常都多少做出难过的样子。同样为了表示服务周到，对于领取结婚证的主顾，我们则总是做出心情愉快、欢欢喜喜的样子。因此我对佩格蒂示意说，她会发现，斯潘洛先生很快就会从巴基斯先生去世的震惊中恢复过来。果然，他像一个新郎似的走进了事务所。

不过，佩格蒂和我两人都没有朝他看，因为我们看到了跟他一起进来的谋德斯通先生。谋德斯通先生的样子没有多大变化，他的头发还是跟从前一样密，自然也跟从前一样黑，他的眼神也跟以往一样不可信任。

"哦，科波菲尔！"斯潘洛先生说，"我相信，你一定认识这位先生吧？"

第三十三章　无忧无虑

我对那位先生冷淡地鞠了一个躬，佩格蒂则几乎没怎么理他。他一下子碰上我们两个，开始时显得有点儿张皇失措，可是很快就有了主意。他朝我们走了过来。

“我想，”他说，“你还干得不错吧？”

“这不会使你感兴趣，”我说，“不过你真想知道的话，我得说还不错。”

我们互相打量了一下，随后他跟佩格蒂说起话来。

“你呢？”他说，“看样子是你丈夫去世了，我很难过。”

“这不是我这辈子第一次丢亲人了，谋德斯通先生，”佩格蒂回答说，答话时她从头到脚都颤抖着，“我高兴的是这回不用怪任何人——不能要任何人负责。”

“哈！”他说道，“这样想你就心安理得了，你已经尽了你的责任，是吧？”

“我从没把什么人折磨得送了命，”佩格蒂说，“想起来真得谢天谢地！是的，谋德斯通先生，我没有折磨、吓唬任何一个可爱的小东西，害得她早早死掉！”

他阴郁地看着她——我想，还有点儿懊悔的样子——看了一会儿，跟着目光转向我，但是只看着我的脚，没有看我的脸，说：

“我们大概一时不会再见面了，毫无疑问，这对我们双方来说，都是好事，因为像这样的会面，是绝不可能让人愉快的。以前，我为了你好，名正言顺地管教你，要你改过学好，可你总是反抗我，谅你现在也不会对我有什么好感。我们两人之间，有着一种反感——”

“我相信，这是个老问题了。”我打断他的话头插嘴说。

他笑了笑，那双黑眼睛尽可能恶狠狠地朝我瞥了一眼。

“这种反感从小就在你心里折腾了，”他说，“也害苦了你那可怜的母亲。你说得不错。我希望你会干得更好，希望你能改过学好。”

我们的这番对话，本是在事务所外面一个角落里低声进行的，这时他打住了话头，走进了斯潘洛先生的办公室，用他最温和的语调高声说：

“干斯潘洛先生这一行的各位先生们，对于家庭里的分歧和争执，都是看惯了的，而且知道家务事总是非常复杂，非常难断的！”说完就付了办结婚证的手续费。斯潘洛先生把折得整整齐齐的结婚证交给了他，跟他握了握手，还客气地对他和他的那位女士道了喜。谋德斯通先生接过结婚证，走出事务所去了。

听了这番话，佩格蒂已怒不可遏，就要发作（她只是为了我才这样生气，真是个大好人），我只得先劝她说，我们不便在这儿跟他争论，求她不要发怒。

要不是为劝佩格蒂费了好大的劲，我早已按捺不住，开口跟他顶上了。佩格蒂平时从来没有生过这样大的气，因而我情愿当着斯潘洛先生和那几位文书的面，用亲热的拥抱来安抚她，免得她又想起旧日我们所受的创伤，从而使事情得以平息。

斯潘洛先生好像并不知道谋德斯通先生和我之间的关系，这倒使我感到庆幸，因为想到我可怜的母亲与我有关的那段悲惨历史，即使在心里，我也不愿承认他是我的继父。斯潘洛先生要是想过这一问题的话，看来他也许会认为，在我们家里，我姨婆是执政党的领袖，另外还有一个由什么人领导的反对党——这至少是我们在等提费结算佩格蒂应交的费用时，我从斯潘洛先生的话中得出来的印象。

“特洛伍德小姐，”他说，“是很坚定的，这毫无疑问，她绝不会对反对她的人让步。我很佩服她的这种性格。我也要向你道贺，科波菲尔，你站在了对的一方。亲属之间闹意见，是很让人惋惜的——不过这种事太普遍了——要紧的是，要站在对的一边。”我想，他的意见是，要站在有钱的一方。

“我相信，这桩婚事还不错吧？”斯潘洛先生说。

我回答说，对这桩婚事，我一无所知。

“真的！”他说，“从谋德斯通先生嘴里漏出来的几句话里——这本是一个人在这种情况下常有的事——再依据谋德斯通小姐脱口说出的情况，我得说，这桩婚事是挺不错的。”

“你的意思是说有钱吧，先生？”我问道。

“没错，”斯潘洛先生说，“据我了解，有钱。听说，人也漂亮。”

“真的！他这位新太太年轻吗？”

“刚刚成年，”斯潘洛先生说，“最近才够年龄。因此我想，他们一直焦急地在等着这个日子哩！”

“老天爷，救救她吧！”佩格蒂说，说时语气那么斩钉截铁，出乎意外，弄得我们三个都愣住了，直到提费拿着账单进来。

好在老提费很快就进来，把账单交给斯潘洛先生过目。斯潘洛先生把下巴缩进领饰里，轻轻地抚摸着，脸上带着不以为然的神气，一项一项地审核着账单——好像这全是乔金斯一手干的好事似的——审核完了之后，把账单递还给提费，同时无可奈何地叹了口气。

“没错，”他说，“算得对。完全对。按我的本意，非常愿意只收取实际付出去的开销就得了，科波菲尔。不过干我们这行有个麻烦的地方，就是不能随心所欲，顾不得自己的心愿。我还有一个合伙的——还有个乔金斯先生呢。”

第三十三章　无忧无虑

他说这话时，脸上露出一丝惆怅，这在他就等于分文不取了，我替佩格蒂向他道了谢，用现钞给提费付了费。然后佩格蒂就回自己的寓所，我则跟斯潘洛先生去了法庭。当天我们的庭上要办一件离婚案，要照一条颇费心机的小法令来审理（我相信这条法令现在已经废止，不过我看到，根据这条法令，好几宗婚姻案都判离了）。这条法令的优劣，下文可见。丈夫名叫托马斯·本杰明，可是他领结婚证时，只用了“托马斯”这个名字，隐瞒了本杰明，为的是如果婚后生活不像他预想的那么称心，他就可以脱身。后来，婚后生活果然不像他预想的那么称心，也许他对那个可怜的妻子有点儿厌倦了。于是在他结婚一两年后，由他的一个朋友出面，帮他打起官司来，说他的名字是托马斯·本杰明，因此他根本没有结婚。对此，法庭给予认可，他也就如愿以偿。

我可得说，法庭这样判决是否公正，非常值得怀疑，即使可以用一斛小麦的价格为一切事打圆场，把不合理的事说成合理，也不能把我吓住，使我不再怀疑。

但是斯潘洛先生跟我争论这件事。他说，你看看这个世界，上面有好的，也有坏的，你再看看教会法，里面有好的，也有坏的。不论是好是坏，都是一种制度中的一部分。这很好呀，你还要怎么样呢！

我没有胆量向朵拉的父亲提议，要是我们一大早起来，脱去外套抓紧工作，是有可能把世界改造得好一点儿的。不过我还是对他直说，我觉得我们可以使博士公堂得到改善。斯潘洛先生回答说，他要特别劝我从脑子里打消这种念头，认为这不合我这样的绅士身份。不过，他还是愿意听一听，我认为博士公堂哪些方面是需要改善的。

这时，法庭已经判定那个人没有结婚，我们正走出法庭，经过遗嘱验证法院办事处，于是我就拿博士公堂中这个离我们最近的机构作为例子。我说，我认为，遗嘱验证法院这个机关，就管得有点儿离谱。斯潘洛先生问我，这话怎么说。他是个经验丰富的人，所以我对他怀着应有的尊敬（不过，更多的恐怕还是对朵拉父亲的尊敬），回答说，整整三百年来，把坎特伯雷这么一个大教区里，一切留有遗产的人的遗嘱原本，全都保存在这个法院的遗嘱登记处，而那个遗嘱登记处，并没有专为保存这种文件设计的建筑，而是随便找来的房子，是登记处的官员为满足私利而租来的，非常不安全，连是否防火都未经查明；房子里，从屋顶到地下室，都塞满了这批重要文件，实际上成了登记处官员营私牟利的处所。他们向公众收取了高额费用，却把公众的遗嘱随意地乱丢乱塞。只图便宜，不问其他。这也许有点儿荒唐吧。不管是什么人，也不管你愿意不愿意，都得把他们的遗嘱交给登记处。登记处的登记官们，每年的收益有八九千英镑之多（助理登记官和文书等人就不说了），可是他们从来不肯从那么多的收益里，拿出一点儿钱来，找个安全的地方，来保存好这些重要文件。这也许有点儿不近情理吧。所有大官们都是一些堂而皇之拿干薪的角色，而那些在楼上又冷又暗的房间里，真正干着重要工作的倒霉的小职员们，却是伦敦市报酬最低、待遇最差的人，这也许有点儿不公道吧。在所有的登记官之中，那位主任登记官，本该为不断到这儿来求助的公众们提供一切必需的方便，可是他却什么也不管，占了这个职位大领干薪（除此之外，他也许还是个牧师，一个有俸圣职兼任者，在大教堂里占有一个席位，等等），而公众则永远得不到方便，这是每天下午遗嘱事务局忙的时候，我们都看到的，也是我们感到非常诧异的事。这也许有点儿不像样吧。简单地说吧，坎特伯雷教区的这个遗嘱验证法院，如此弊病百出，荒唐为害，要不是被挤到圣保罗大教堂墓场这很少有人知道的一角，人们早就把它翻了个儿，闹得它人仰马翻了。

当我对这个问题说得有点儿激昂时，斯潘洛先生一直含笑听着，接着就像对待前面那个问题那样，跟我辩论起来。他说，这到底是什么问题呢？这只是一个感觉问题。如果公众觉得他们的遗嘱保存得很安全，认为这个机构的工作无须改善。那什么人会觉得不好呢？没有人。什么人会觉得好呢？所有那些拿干薪的人。很好。这一来，好占了优势啦。这个制度也许并不完美，可是世上是没有十全十美的事物的。不过他反对的，是硬往中间插楔子。保证遗嘱验证法院的现状，国家光荣；在遗嘱验证法院里插上个楔子，国家就不光荣。他认为，君子之道，随遇而安。他毫不怀疑，在我们这一代，遗嘱验证法院一直会这样下去。对这一点，我自己虽然很怀疑，但我尊重他的意见。不过现在我发现，他说对了。因为遗嘱验证法院不仅一直保留到现在，而且十八年前，国会曾有过一个很大的报告（不很情愿），把我提的这些意见全都一一详细列入，而且说，能容纳的遗嘱储存量，只够再放两年半时间。从那时起，保存的遗嘱不知道他们是怎么处理的，是丢掉很多了呢，还是不时卖一些给卖奶油的铺子了，我不得而知。高兴的是，我的遗嘱不在那儿，我希望我的遗嘱别存在那儿，至少一时别去那儿。

我把所有这些话都写进了我无忧无虑的这一章里，因为这些话写进这一章是顺理成章的。斯潘洛先生既然跟我谈到了这个问题，我们就这样边谈边溜达着，后来又转到了一般的话题。谈到后来，斯潘洛先生告诉我，再过一个星期是朵拉的生日，要是到那天，我肯去参加一个小小的野餐会，他会很高兴。我听了这话，立刻就丢魂失魄了。第二天又收到了一张小小的花边信笺，上面写着“爸爸嘱咐，请勿忘记”。见了这个，我更变得语无伦次，在随后的那段时间里，我一直处于魂不守舍的状态。

我记得，为了准备参加这次幸福的聚会，我什么荒唐事都做了。现在回忆起当时我买的领饰，就让我面红耳赤了。我买的靴子，可以在任何刑具展览会上展出。我买了一只精致的小篮子，在聚餐的前一天，就交给诺伍德的邮车送去了。我觉得，这个小篮子本身，几乎就等于是一篇自我表白。篮子里盛满爆裂彩包[①]，里面附有能用钱买到的最有情意的题词和诗句。早晨六点钟，我又到科文特加登市场给朵拉买了一束鲜花。十点钟时，我骑上马（为了这次聚会，我特地租了一匹雄伟的灰马），把花束放在帽子里，以保持新鲜，然后策马朝诺伍德快步跑去。

我分明看见朵拉在花园里，却假装着没看见她，分明骑马经过她家，却假装着急于在找她。我想，我这是做了两桩小小的蠢事，处在我这种境况，别的年轻绅士也会这么做的——因为这么做，在我来说是很自然的。可是，哦！当我真的找到她的家，真的在花园门口下了马，真的拖着那双铁石般的靴子走过草坪，来到朵拉面前时，看到朵拉正坐在丁香花下的花园椅子上，头戴白色草帽，身穿天蓝色衣服，在那晴朗的早晨，在翩翩飞舞的蝴蝶中间，这是一幅多么动人的美景啊！

跟她在一起的，还有一位年轻小姐——年龄比朵拉稍大——我想，差不多二十岁的样子。她是米尔斯小姐，朵拉叫她朱丽娅。她是朵拉的知心密友。多幸福的米尔斯小姐啊！

吉卜也在那儿，它竟又朝我狂吠起来。我把花束献给朵拉时，它咬牙切齿地吃起醋来。这也难怪。要是它知道，我是多么爱慕它的主人，它就更应该这样了！

“哦，谢谢你，科波菲尔先生！多可爱的花啊！”朵拉说。

我本想说（在走这三英里路的途中，我一直在琢磨最好的措辞），在我没看到花束靠她这么近时，我觉得这花是很美的。可是我没能说出来。她太让人神魂颠倒了。看到她把花束贴在她那有小酒窝的下颌上，就使人在软绵绵的陶醉中失去了镇定，失去说话的能力了。我自己也感到奇怪，当时我没有说：“米尔斯小姐，要是你有同情心，那就杀了我。让我死在这儿吧！”

接着，朵拉把花拿给吉卜闻，吉卜汪汪地叫着，不肯闻。朵拉笑了，把花递得更近些，非要它闻不可。吉卜就用牙咬了一点儿天竺葵花，拿它当猫似的逗起来。于是朵拉就打了它一下，噘起嘴说：“我可怜的美丽花朵啊！”那种

① 爆裂彩包：联欢会、宴会上装有糖果、小饰物、箴言、诗句等的小礼包，拉开时会噼啪作响。

怜悯的神情，我想，仿佛吉卜咬的就是我一样。我真希望它咬的是我啊！

“科波菲尔先生，”朵拉说，“那位脾气暴躁的谋德斯通小姐，现在不在这儿，你听了一定很高兴吧。她去参加她弟弟的婚礼去了，至少要过三个星期才回来。这还不让人高兴吗？”

我说，我相信，她一定很高兴，而凡是她觉得高兴的事，我也觉得高兴。米尔斯小姐则面带过人的聪明和仁慈的神情，含笑望着我们。

“我从没见过像她那么讨厌的人，”朵拉说，“你根本想不到，她的脾气有多坏，多让人讨厌，朱丽娅。”

“能想到，我能想到，我亲爱的！”朱丽娅说。

“你，也许能想到，亲爱的，”朵拉把自己的手放在朱丽娅的手上，回答说，“请原谅，一开始我没有把你除外，亲爱的。”

由这一点，我想到，米尔斯小姐在过去的生活中经历过沧桑，遭受过磨难，我前面说到的聪明和仁慈，也许正是由于这种磨难而来。在那一天里，我发现事情果然如此。米尔斯小姐曾因爱错了人，遭受到不幸。据说，她因为有了这种可怕的经验，所以就不愿再涉足世事了，不过她对于青年人未受挫折的希望和爱情，依旧用冷静的心情来关心。

就在这时，斯潘洛先生从屋子里出来了，朵拉走上前去对他说：“爸爸，你瞧这花儿多好看啊！”米尔斯小姐则沉思地微笑着，仿佛在说：“你们这些蜉蝣啊！在这人生明朗的早晨，享受你们这短暂的生存吧！”这时马车已经套好，我们全都离开草坪，朝马车走去。

我再也不会有这样的骑马旅行了，我也从来不曾有过这样的旅行。四轮马车里只有三个人，还有他们的篮子，我的篮子和吉他琴盒。当然，马车敞开了车篷。我骑着马跟在车后面，朵拉坐在车里，背朝着拉车的马，脸对着我。她把花束贴身放在坐垫上，不让吉卜趴在放花的一边，怕它把花压坏了。她时而把花束拿在手里，时而用花香来提一提神。这种时候，我们的目光常常相遇。使我大为惊奇的是，我竟没有越过灰色骏马的马头，掉进前面的马车里。

我相信，当时一路上有尘土，而且是很多尘土。不过我只是模模糊糊地记得，斯潘洛先生好像劝过我，别让马跑在车后的尘土里。可是我一点儿也不觉得。我只觉得朵拉的周围只有爱和美的雾，再也没有别的了。斯潘洛先生有时在车里站起来，问我四周的景色怎么样。我说景色非常优美宜人——我敢说，这话是真的。不过，对我来说，那所有的景色，全是朵拉。太阳照的是朵拉，鸟儿唱的是朵拉，南风吹的是朵拉，篱笆里开的野花，直到花苞，也全是朵拉。我现在引以为慰的是，米尔斯小姐了解我，只有米尔斯小姐能完全看透我的心情。

直到现在，我都不知道当时我们走了多久，也弄不清我们到了什么地方。也许那地方离吉尔福德不远，也许是《一千零一夜》里的某位术士那天把那个地方开放，我们一离开，就又把它关闭了。那儿是个一片绿荫的处所，在一座小山上，绿草如茵，绿树成荫，还有石楠，穷目所及，尽是如画的美景。

我发现这儿已有人等着我们，这是件恼人的事。我的醋劲因而大发，没有止境，就连对女性，也是如此。而所有和我同性别的人——特别是其中一个比我大三四岁的家伙，留着一把红胡子，他仗着这把胡子，就自以为了不起，简直让人没法儿忍受——都是我不共戴天的敌人。

我们全都打开自己的篮子，忙着准备起野餐来。那个红胡子自吹能做沙拉（对此我不相信），硬想引起人们对他的注意。有几位太太小姐帮他洗生菜，并按照他的指点，把生菜切碎。朵拉就是其中的一个。我感到，命运存心安排我跟这个家伙决斗，我们两个不是你死，就是我活。

红胡子的沙拉做好了（我真弄不懂，他们怎么能吃这样的东西。我是怎么也不会去碰的！），他又推荐自己管理酒窖。他不愧是个机灵的人，利用一棵树的空腹树干作为酒窖。后来，我看到他用盘子盛了大半只龙虾，坐在朵拉脚旁吃了起来！

看到这一让我丧气的景象后，对接下去一段时间发生的事，我只有一个模糊的印象了。我仍显得很高兴，这我知道，可是我的高兴是虚假的。我缠着一个穿粉红衣服的小眼睛姑娘，拼命跟她调笑。她也欣然接受我对她的殷勤。可是她这是完全想跟我好呢，还是对红胡子有什么用心呢，我就不得而知了。这时，大家都为朵拉干杯。我为她干杯前，故意滔滔不绝地在跟人谈话，停下来为她干杯后，马上便又谈了起来。在我对朵拉鞠躬时，遇上了她的眼光，我觉得，她的眼光中含有对我有所请求的神情。不过那眼光是从红胡子头上射过来的，因此我下定决心，不为所动。

那个穿粉红衣服的姑娘有个穿绿衣服的母亲。我觉得她是打定主意，用尽机谋想要把我们两个分开。不过，在收拾剩下的饭菜时，大家都分散开了。于是我就独自一人溜达到林子里，心里既恼怒，又悔恨。心里盘算，我是否应该假装身体不适，骑上我那匹灰色骏马，一逃了事——至于逃往哪儿，我不知道——就在这时，朵拉和米尔斯小姐迎面走了过来。

"科波菲尔先生，"米尔斯小姐说，"你怎么不开心呀？"

我请她原谅，对她说，我一点儿也没有不开心。

"朵拉，"米尔斯小姐说，"你也一点儿都不开心啊！"

“哎呀，没有啊！一点儿也没有啊！”

“科波菲尔先生！朵拉！”米尔斯小姐简直带着令人起敬的神情说，“你们这一套已经闹够了。千万别因一点儿小小的误会，把春天的花朵给摧残了。因为春天的花儿一旦开了，凋零了，就不能再开了。我说这话，”米尔斯小姐说，“是根据我自己过去的经验——永不复返、遥远过去的经验。阳光下闪耀的喷泉，不应因一时任性而加以堵塞，撒哈拉大沙漠上的绿洲，不应该随随便便地就予以铲除。”

我几乎不清楚自己到底做了些什么，我浑身发烫到无以复加的程度，不过我记得我拿起了朵拉的小手吻起来——她也就让我吻了！我也吻米尔斯小姐的手。我觉得，我们好像全都一下子登上七重天了。

我们再没有下凡，整个傍晚都待在七重天上。开始时，我们在林子中溜达，朵拉羞答答地挽住我的胳膊。说真格的，要是我们能永远怀着这样的感情，永远像这样在林中溜达，那该多么幸福啊！虽然这一切想法十分愚蠢可笑，可我还是要这么想。

可是，时间过得太快了，不久我们就听到了别人的说笑声，和“朵拉哪儿去了”的问话声。于是我们就回到了大家的身边。他们要朵拉唱歌，红胡子本想要到马车里去拿吉他，但是朵拉止住了他，对他说，除了我，谁也不知道吉他放在什么地方。这么一来，红胡子算是完了。去取吉他的是我，把吉他盖打开的是我，拿出吉他的是我，坐在她身边的是我，替她拿出手帕和手套的是我，把她优美的歌声中每一个音符都吞进肚子的是我，她为之唱歌的也是爱她的我，旁人尽管可以拍手叫好，但实际上他们跟这毫不相干！

我陶醉在快乐之中。由于太幸福了，我怕这不是真的。我担心，突然在白金汉街的寓所里一觉醒来，听到克拉普太太在做早饭，把茶杯弄得叮当响的声音。然而，是朵拉在唱歌，也是别的人在唱歌，还有米尔斯小姐也在唱歌——唱的是记忆洞穴中沉睡的回声，好像她已经有一百岁了。夜色渐渐降临，我们像吉卜赛人那样，把水壶挂在火堆上煮茶，我们吃着茶点，喝着茶。我仍像先前那样快活。

聚餐会结束了，我比先前更加快活了。因为别的人，包括那个受挫的红胡子，全都各自分头回家了，我们也在恬静的黄昏和即将消失的霞光中，在香气四溢的空气里，驱车骑马回家了。斯潘洛先生喝了香槟酒后，有了一点儿睡意（我要向那长葡萄的土地致敬，我要向那酿出酒来的葡萄致敬，我要向那使葡萄成熟的太阳致敬，我也要向那调酒的商人致敬），在车上的一个角落里睡着了。我就骑马跟在朵拉的一边，一直跟她聊天儿。她称赞我这匹马很好，用手拍拍它（哦，她拍在马身上的那只小手，看上去多可爱啊！）。她的披巾老是要歪掉，我就不时伸过手去把它拉正。我甚至还觉得，吉卜也开始看出是怎么回事来了，它知道它非得打定主意跟我交朋友不可了。

还有那位洞察事理的米尔斯小姐，那位虽然心如古井却和蔼可亲的遁世者，那位不到二十岁即已断绝尘缘，决意不让记忆洞穴中沉睡的回声醒过来的小长老，多亏她做了一件功德无量的大好事！

"科波菲尔先生，"米尔斯小姐说，"请你到马车这边来一下——要是你能腾出一会儿时间的话。我要跟你说几句话。"

瞧我的样子，骑着我的灰骏马手扶车门，身子俯向米尔斯小姐！

"朵拉要到我家住几天，她后天就跟我一块儿去。要是你愿来我家，我相信，我爸爸见了你一定会很高兴的。"

除了暗暗祈求上苍赐福给米尔斯小姐，除了把她的地址牢牢地记在心间，此外我还能做什么呢！除了用感激的神情和热烈的言辞告诉米尔斯小姐，我多么感谢她的好意，多么珍惜她的友谊，此外我还能做什么呢！

随后，米尔斯小姐就和蔼地把我打发开了，对我说："你回到朵拉那边去吧！"于是我回到了朵拉一边。朵拉从马车里探出身子跟我说话，一路上，我们一直都说着话。由于我骑着我的灰色骏马，太靠近车轮，结果把马那靠近车轮的前腿也擦伤了。马主对我说："擦去了一块皮，得赔三镑七先令。"我照数赔了这笔钱，认为只花了这么点儿钱，却取得了这么大的欢乐，真是太便宜了。这时，米尔斯小姐坐在车上，仰观明月，低吟诗句，我想，她这是在回忆当年还没跟尘缘断绝的时日哩。

离诺伍德的路也实在太近了，我们应该多走几个钟头才好。不过，快要到家时，斯潘洛先生就醒了，对我说："科波菲尔，你得进去休息一下！"我当然满口答应。我们一起吃了三明治，喝了掺水的葡萄酒。在那个灯光明亮的房间里，朵拉双颊绯红，可爱极了，我怎么也舍不得离开，一味地坐在那儿，像在梦中似的一直朝她看着。最后，还是斯潘洛先生的鼾声，把我惊醒过来，想到我该告辞回家了。于是我们只好分别了，我骑马回伦敦，一路之上，我带着朵拉和我握手道别时留下的余温，把当天发生的每一件小事，她说的每一句话，都反复回忆了上万遍。最后，直到躺在自己的床上时，我依然是个因爱情失去五官感觉的神魂颠倒的小傻瓜。

第二天早上醒来时，我打定主意要对朵拉表明自己对她的痴恋，以便弄清自己的命运。是幸福还是悲惨，这是当前的重大问题。在这个世界上，除此之外，我就不知道还有别的问题了，而这个问题，只有朵拉能给我回答。我度过了整整三天以苦恼为乐的日子，把朵拉和我之间发生的一切事，尽可能做出种种令人扫兴的推测，以此来折磨自己。最后，我不惜代价地把自己打扮了一番，怀着表明衷曲的决心，前往米尔斯小姐家。

我在街上来回不知走了多少次，在那个广场上也不知兜了多少圈子——痛苦地意识到这是比原来的谜题答案更好的一个——最后才鼓起勇气，走上台阶敲起门来，现在看来，这也算不了什么了。即使到了这最后一刻，敲了门后等着人来开门，我心里依然惊慌不安，想要（学学可怜的巴基斯）假装问一声，这儿是不是勃莱克鲍先生家，然后向人道个歉，转身走开。不过我终于还是坚守住阵地，没有那么做。

米尔斯先生不在家。我本来就不希望他在家。没人要他在家。米尔斯小姐在家。有米尔斯小姐就行了。

仆人把我领到楼上的一间屋子里，米尔斯小姐和朵拉都在那儿，吉卜也在。米尔斯小姐正在抄一支歌曲（我记得，这是支新歌，叫作《爱的挽歌》），朵拉正在画花卉。我一认出她画的就是我送的花，我的心情是多么激动。她画的正是我从科文特加登市场买的花啊！我不能说，她画得很像，或者是特别像我以前见过的什么花，不过从画得很像的裹花纸看来，我就知道她画的是什么了。

米尔斯小姐见了我很高兴，说可惜她爸爸不在家。不过我相信，我们三个人都不在乎这一点。米尔斯小姐谈了几分钟后，便把笔放在《爱的挽歌》上，站起身来，走出房间。

我开始觉得，还是把事情搁到明天再说。

"我希望，你那匹可怜的马儿晚上把你驮回家时，没有累着吧，"朵拉抬起那双美丽的眼睛，看着我说，"这段路可不近哩。"

我开始觉得，我得今天就表明心迹。

"对马来说，这段路算长的了，"我说，"因为一路上它没有得到什么支持！"

"可怜的东西，你没有喂它吗？"朵拉问道。

我开始觉得，还是把事情搁到明天再说。

"喂——喂啦，"我说，"它受到很好的照料。我是说，它没有享受到我那种和你亲近得说不出的快乐。"

朵拉把头俯在她的图画上，过了一会儿说——这期间，我坐在那儿，浑身火热，两腿僵硬——

"那天有一段时间，你好像并没有感受到这种快乐。"

第三十三章　无忧无虑

现在我已看出，提出的时机已到，我非趁此当即提出不可了。

“你跟基特小姐坐在一起时，”朵拉眉毛微微往上一扬，摇了摇头，说，“你一点儿也没把那快乐当回事呀！”

我得说明一下，基特就是那个穿粉红衣服的小眼睛姑娘的名字。

“虽然我确实不知道，你为什么要那样，”朵拉说，“也不明白你究竟为什么说这是快乐。不过你说的并不是心里话。你高兴干什么，随你的便，谁也管不了。吉卜，你这淘气孩子，上这儿来！”

我不知道我是怎么做出来的，我一下子把该做的事都做了。我拦住吉卜，把朵拉搂在了怀里。我口若悬河地说着，一个字都没有停顿。我告诉她，我多么爱她。我告诉她，没有她我一定活不了。我还告诉她，我多么崇拜她，把她当作天神。这时候，吉卜一直发疯似的狂吠着。

朵拉低着头，哭泣着，浑身直打哆嗦，我的话更如泉涌。要是她要我为她而死，只要她说一声，我就立即心甘情愿地去死。没有朵拉的爱，活着就毫无任何价值。我受不了，也不愿受。打从第一次见到她起，我日日夜夜每分钟都爱着她，每分钟都爱她爱得发狂。我要永远爱她，每分钟都爱得发狂。从前有人恋爱，将来还会有人恋爱，可是从来没有一个情人，能像我，肯像我，会像我，愿意像我这样爱朵拉。我越滔滔不绝地说个不停，吉卜就越吠得厉害。我们两个都按各自的方式，变得越来越疯狂。

好啦，好啦！后来朵拉跟我都在沙发上坐下，安静了下来。吉卜躺在她的膝盖上，直朝我眨巴着眼睛，也安静了下来。我心上的石头放下了，我高兴得完全发了疯。朵拉跟我订了婚了。

我猜想，我们当时都有过最终会结婚的想法。我们一直有过这种想法，因为朵拉坚持，没有她爸爸的同意，我们绝不能结婚。不过，我们都还年轻，当时已经欣喜若狂，所以我认为，我们并没有真正思前想后过，或者说，除了眼前的昏昏然外，没有任何远大的目标和志向。我们决定要对斯潘洛先生保守机密，不过我敢说，当时我们确实没有想到，这有什么不光彩的地方。

朵拉去找来米尔斯小姐，同她一起回到房间。这时，米尔斯小姐比先前更加怆然了——我想，恐怕是刚才的事，唤起她记忆洞穴中的回声了吧。不过她为我们祝福，还对我们保证，永远做我们的朋友。她对我们说话时，一般用的都像是来自修道院的声音。

那是一段多么无忧无虑的日子啊！当时的日子是多么缥缈、幸福和无知啊！

当时，我还量了朵拉的手指，要给她一只勿忘我花样的戒指。我把尺寸告诉珠宝商时，他看出是怎么回事，一面在订货簿上记，一面直笑。为这只镶有蓝宝石的好看的小玩意儿，他敲了我一笔竹杠——这只戒指，在我的记忆中，跟朵拉的小手联系得太密切了。因此，昨天我无意中看到女儿手指上另一只跟它一样的戒指时，我心中引起了一阵像绞痛似的难受！

那时候，我四处游逛，心藏秘密，十分自得其乐，感受到了爱朵拉和被爱的尊严。即使我在天上飞行，别人都在地上爬，我也觉得不会有什么情况比现在这样更在他们之上的了！

那时候，我们在广场公园相会，在昏暗的凉亭里同坐，真是其乐无穷，使得我直到现在，都还喜爱伦敦的麻雀，不为别的，就为在它们烟灰色的身上，看到热带珍禽的鲜艳羽毛！

订婚后不到一个星期，我们就发生了第一次大争吵。朵拉退回了我给她的戒指，附了一封折成三角形的让人绝望的短信，信中用了这样可怕的字句："我们的爱情以愚蠢开始，以疯狂告终。"这几个可怕的字眼，吓得我乱扯头发，直叫一切都完了！

当时，我趁着月色，急忙飞奔到米尔斯小姐家，在她家后面的厨房里（那儿有一架熨衣机）偷偷跟她会面，求她给我们调解，挽回这种疯狂局面。米尔斯小姐挺身而出，担当起这一任务，很快就带着朵拉回来了。她拿自己年轻时的痛苦经验，现身说法，苦苦地劝我们要互相让步，免得情海成为撒哈拉大沙漠。

这时，我们全都哭了，于是又和好如初，觉得十分幸福，因此那屋后厨房，连同熨衣机和别的家具，都成了爱神的圣殿。我们还在那儿定下了由米尔斯小姐代转信件的计划，每天各方至少要写一封信！

那是一段多么无忧无虑的日子啊！当时的日子是多么缥缈、幸福和无知啊！在时光老人掌握的我的全部时光中，没有一段，回忆起来能使我发出这一段一半的微笑，能使我感到这一段一半的甜美。

第三十四章　姨婆使我大吃一惊

我跟朵拉一订了婚，就把这事写信告诉爱格妮斯。写的是一封长信，信中我千方百计想让她知道，我是多么幸福，朵拉是多么可爱。我求爱格妮斯，千万不要把这看成是一场未经考验、日后会见异思迁的感情游戏，也不要把这看作我们时常作为笑谈的那类儿时幻想。我向她保证，这次恋爱实在是深不可测，同时说，我相信，这是前所未有的。

那天傍晚天气很好，我坐在敞开的窗口给爱格妮斯写信时，不知不觉地想起她那明亮、宁静的眼睛和温柔、亲切的面容。我最近过的是匆忙、激动的生活，就连我的幸福也有点儿匆忙、激动，可是一想到她的眼睛和面容，就像在我的身上散布了一片平静和安宁，不知怎么的，竟把我抚慰得流下泪来。记得我的信写到一半时，我坐在那儿，用一只手撑着头休息，心里抱有一种朦胧的幻想，好像爱格妮斯就是我这个家庭中的一员。好像这个家因为有了她，就变得几乎神圣了，朵拉跟我在这个家中，就比在任何地方更幸福。好像我在爱情、欢乐、希望或失望中，在一切喜怒哀乐的情感中时，我的心会自然而然地转向那儿，在那儿找到安慰，找到最好的朋友。

关于斯蒂福思，我只字未提。只告诉她，亚茅斯出了悲伤的事，艾米莉私奔了。这件事以及与此有关的情况，使我受了双重的创伤。我知道，她总是能很快猜出事情的真相，也知道她绝不会第一个说出斯蒂福思的名字的。

信寄出后，在下一班邮车到来时，就收到了她的回信。读信的时候，我就像听到她在当面对我说话一样。她那恳切真诚的声音，仿佛就在我耳边窃窃私语。我还能说别的什么呢！

我最近不在家时，特雷德尔曾来看过我两三次。他发现佩格蒂在我家里，听她说，她是我的老保姆（她总是主动把这告诉人的，不管对方是谁，只要肯听她说就行），他就跟她很投缘，于是便留下来，跟她谈了一些有关我的情况。佩格蒂是这样对我说的。不过我想，话恐怕都是佩格蒂一个人说的，而且一定是说个没完没了，因为她讲起我来很难住口，愿上帝保佑她！

说到特雷德尔，不仅使我想起由他约定跟我见面的这天下午已经到了，而且还使我想起，克拉普太太执行的只要佩格蒂不走，她就绝对不做她的分内事的方针（只有工资照拿）。克拉普太太站在楼梯上，高声对佩格蒂发过多次话——不过都是对着看不见的灵魂说的，因为这种时候实际上只有她一个人在家——过后还给我写了一封信，进一步阐明了她的意见。信的开头是句普遍可用的话，适用于她这辈子的一切事情，也就是说，她自己是个做母亲的人，接下去还告诉我，她从前也曾过过跟现在很不一样的日子，不过她这辈子不论哪个时候，她都打心眼儿里憎恶那班密探、爱管闲事的和告密的人。她说，她用不着指名道姓，谁适合戴这种帽子，就让谁戴。不过，密探、爱管闲事的人和告密的人，特别是穿丧服的寡妇（后面这几个字下面加了横线），她一向就看不惯、瞧不起。要是哪位先生让这般密探、爱管闲事的人和告密的人害了（依旧没有指名道姓），那是他自己乐意。他有权爱怎么做就怎么做，那就随他去吧。她克拉普太太唯一要声明的是，绝不能要她跟这种人“沾上边”。因此她请求我原谅，从此她不再上顶楼伺候，待情况恢复原状，能让人感到满意再说。她还进一步说，需要结账时，她那本小账册，每个星期六早上会放在早餐桌上，这完全出于一番好意，因为这样各方面都可以省去许多麻烦，免得大家“不方便”。

在这以后，克拉普太太便专门在楼梯上布置了一些绊脚的东西，主要是水罐什么的，有意要让佩格蒂踩进去折断腿。我发现，让她这样一倒腾，未免使我感到有些不能安居。不过我太怕克拉普太太了，想不出有什么解围的办法。

“我亲爱的科波菲尔，”特雷德尔大声叫道，尽管楼梯上有那么多绊脚的东西，他还是准时在我门口出现，“你好吗？”

“我亲爱的特雷德尔，”我说，“我终于见到你了，我真高兴。很抱歉，前几次你来我都没在家。不过，我实在是太忙了——”

“是的，是的，我知道，”特雷德尔说，“当然。我想，你那位是住在伦敦吧？”

“你说什么？”

“她——对不起——朵小姐，你知道，”特雷德尔说到这儿，觉得不好意思，脸都红了，“我相信，是住在伦敦吧？”

“哦，没错。就在伦敦附近。”

“我那一位，也许你还记得，”特雷德尔一脸严肃地说，“住在德文郡——十姐妹中的一个。所以我就不像你这么忙了——我是从这一点上来说的。”

“你要那么久才见到她一次，”我回答说，“我真奇怪，你怎么受得了的。”

“唉！”特雷德尔满腹心事地说，“这的确会让人感到奇怪。我想是这样，科波菲尔，这是因为没有办法，只能这样吧？”

第三十四章　姨婆使我大吃一惊

“我想也是这样。”我微笑着回答说，脸都不免红了，“还因为你有这么大的毅力和耐性吧，特雷德尔。”

“哎呀，”特雷德尔一面说，一面细想着这句话的道理，“你觉得我是这样的人吗，科波菲尔？说真的，我自己可不知道自己有这样的美德呢。不过她的确是个非常可爱的姑娘，可能是她给了我一些这种美德了。让你这么一提，科波菲尔，我倒不觉得奇怪了。我告诉你吧，她总是忘掉自己，照顾另外九个姐妹的。”

“她是老大吗？”我问道。

“哦，不是，”特雷德尔说，“老大是个美人儿。”

他回答得这般坦率，我忍不住笑了起来，我猜，他一定看出我笑的意思了，于是在他那天真的脸上露出笑容，补充说：

“当然，我并不是说，我的苏菲——这名字很美吧，科波菲尔？我可一直认为很美。”

“是很美！”我说。

“当然，我并不是说，我的苏菲，在我的眼里不是个美人儿。我得说，我想她在任何人的眼里，都是一个少有的非常可爱的姑娘。不过，我说的她的大姐是个美人儿，我的意思是说，她的确漂亮——”他用双手比画着，仿佛在描述他头顶的云彩似的，“真是美极了，你要知道。”特雷德尔着力地说。

“真的！”我说。

“哦，我敢向你保证，”特雷德尔说，“真是世间少有！你知道，她天生这么漂亮，本该有很多交际，受人爱慕的。可是限于她们的家境，不可能享受这种乐趣。有时候，她自然也就爱发脾气，爱挑毛病了。只有苏菲才能逗她高兴起来！”

“苏菲是最小的吗？”我冒昧地问道。

“哦，不是！”特雷德尔摸着下巴说，“最小的那两个，一个才十岁，一个才九岁哩。全由苏菲教导她们。”

“那么她大概是老二了？”我又冒昧地说。

“也不是，”特雷德尔说，“老二是萨拉。萨拉的脊椎出了点儿毛病，这可怜的姑娘。医生说，她的病慢慢会好起来的。不过眼下她得在床上躺上十二个月。由苏菲照料她。苏菲是老四。”

“她们的母亲还在吗？”我问道。

“哦，是的，”特雷德尔说，“她还在。她真是个很出色的女人，可是由于那一带太潮湿，对她的身体很不相宜，所以——事实上，她的四肢已经不会动了。”

“哎呀！”我叫了起来。

“真是不幸，不是吗？”特雷德尔说，“不过，单从家庭的情况来看，这事还没有想象的那么糟糕，因为有苏菲代替她。苏菲简直就是她母亲的母亲，就跟她像是那九个姐妹的母亲一样。”

这位年轻小姐竟有这样的美德，我感到大为敬佩。同时，为了防止这个心地善良的特雷德尔受骗上当，以免妨害这对好人的共同前途，我要竭尽全力加以保护，于是就问他米考伯先生的情况怎么样。

“他很好，科波菲尔，谢谢你，”特雷德尔说，“我现在不跟他住在一起了。”

“不住在一起了？”

“是的。你知道，实际的情况是，”特雷德尔低声说，“由于暂时的处境困难，他已经改了名字，现在叫莫蒂默了。他这会儿不到天黑就不出门——即便天黑出门，也要戴上眼镜。我们原来住的房子，由于拖欠租金，已经受到法院的强制执行了。米考伯太太的境况实在可怜，我就忍不住让米考伯先生用我的名字，去签上次我们在这儿谈到的第二张期票了。这样一来，事情就了结了，米考伯太太也不用愁眉苦脸了。你可以想象，科波菲尔，我心里有多高兴。”

“哼！”我说。

“不过，她也没高兴多久，”特雷德尔接着说，“因为，不幸得很，还不到一星期，又来了一次强制执行。这一来，这一家子就垮台了。打那以后，我就住进了一家带家具的公寓里，莫蒂默一家则躲起来了。要是我告诉你说，那个估价代售人，把我的那张大理石面的小圆桌，还有苏菲的那个花盆连同花架，也都拿走了，你不认为我自私了吧？”

“这也太狠了！”我愤怒地说。

“这是一件——这是一件让人费神的事，”特雷德尔说，还是往常那种畏畏缩缩的样子，“不过，我提这件事，并没有埋怨谁的意思，而是另有用意。实际的情况是，科波菲尔，在强制执行时，我没法儿把那两件东西赎回来。首先，估价代售人看出我急于要那两样东西，就把价钱抬得惊人的高。其次，我实在是一个钱也没有。不过，打那以后，我就一直盯着那个估价代售人的铺子，”特雷德尔说，对于自己的秘密颇为得意，“那家铺子就在托特纳姆考路的第一家。今天我终于发现那两件东西摆出来卖了。我只是在铺子对面隔着马路看到的，因为要是那个估价代售人看到了我，天哪，他一定会胡乱要价的！这会儿我已经有钱了，所以我突然想到，也许我可以请你那位好心肠的老保姆，跟我到那家店铺里去一趟——我可以在邻街的拐角那儿，把那家铺子指给她看——让她替我去把那两件东西买回来，装成是她自己买的样子，这样她就可以尽量还价。我想，你大概不会反对吧？”

特雷德尔对我说这个计划时，那份高兴劲，还有他为自己这个计划的巧妙感到得意的样子，直到现在，我仍记忆犹新。

我对他说，我的老保姆肯定会乐意帮他忙的，而且我们三个人可以一起出马，不过有个条件，这个条件就是，他得下定决心，从此以后，再也不把自己的名字，或任何别的东西，借给米考伯先生。

“我亲爱的科波菲尔，”特雷德尔说，“我已经下定决心了，因为我已开始觉得，我从前那样做，对苏菲来说，不但一点儿没有体贴，而且实在有欠公道。这话既然是我自己亲口说出来的，本来是没有什么好不放心的了，不过我还是很愿意向你做出保证。那第一次倒霉的债务，我已经替他还掉了。我毫不怀疑，米考伯先生要是拿得出钱，他自己早就还掉了，可是他拿不出钱。有一件事，我应该说一说，这是我认为米考伯先生让人喜欢的地方，科波菲尔。这跟我替他承担的尚未到期的第二笔债务有关。他并没有对我说，那笔款子已经有了着落，他只对我说，会有着落的。因此，我认为，他这样说，还是颇为诚实、坦率的！”

我不愿给我这位好朋友的信心泼冷水，所以也就同意了他的这一看法。我们又谈了一会儿，接着便去杂货店找佩格蒂帮忙。我本想邀请特雷德尔晚上来我家，他谢绝了，一是他生怕那两件东西，没等他买回来，就让人给买走了；二是因为那个晚上，是他专门用来给那个世界上最可爱的姑娘写信的日子。

我永远忘不了，佩格蒂去买那两件宝贵的东西时，特雷德尔在托特纳姆考路拐角处偷看的神情。而当佩格蒂还价不成，慢慢地朝我们走回来时，被那个同意降价的估价出售人叫住了，于是她又回去了。这时，特雷德尔的那种激动心情，也让我难以忘怀。讨价还价的结果是，佩格蒂以相当便宜的价格，买下了那两件东西。特雷德尔为这高兴得简直忘乎所以。

“真是太感激你了，”特雷德尔听说那两件东西当晚就会送到他的住处时，对我说，“要是我求你再帮一次忙，你不会认为我荒唐可笑吧，科波菲尔？”

没等他说出，我就说，当然不会。

“那要是你肯帮忙，”特雷德尔对佩格蒂说，“能不能现在先把那只花盆去拿来，我想亲自把它带回家去，因为那是苏菲的东西啊，科波菲尔！”

佩格蒂当然乐意帮忙，就去替他先拿回来了。特雷德尔再三向她道谢，然后就充满深情地抱着那个花盆，沿着托特纳姆考路回去了。我从来没见过他脸上的表情这么高兴过。

随后我就跟佩格蒂一起回我的寓所。沿途的店铺把佩格蒂给迷住了，我从来没见人对店铺有这么入迷过。既然如此，我也就沿街慢慢地溜达，看到她瞪眼直往橱窗里打量的样子，觉得很有趣。只要她喜欢看，我也就等着她。所以我们花了很多的时间，才回到阿戴尔菲。

我们上楼时，我要佩格蒂注意，克拉普太太放的那些绊脚的东西，突然不见了，而且楼梯上还有新的脚印。再往上走时，我发现我外间的门开着（本来是关着的），里面还有声音，我们俩都感到非常奇怪。

我们俩面面相觑，不知道这是怎么回事，跟着走进了起居室。我们发现，在屋里的不是别人，竟是我的姨婆和狄克先生，这着实使我大吃一惊！姨婆正坐在一堆行李上喝茶，面前放着两只鸟儿，膝盖上趴着一只猫，活像一个女鲁滨逊。狄克先生若有所思地靠在一只大风筝上，就是我们时常一块儿出去放的那种。他身旁堆的行李更多！

“我亲爱的姨婆！”我叫道，“啊，这真是件想不到的大喜事！”

姨婆跟我亲热地互相拥抱，狄克先生跟我亲热地握手。克拉普太太正忙着在那儿沏茶，真是再殷勤也没有了。她亲切地说，她早就料到，科波菲尔先生见了他亲爱的亲戚，一定心都要跳到嗓子眼儿里去了。

“喂！”姨婆对佩格蒂招呼说，看到她那副威严的样子，佩格蒂显得有点儿害怕，“你好吗？”

“你还记得我姨婆吧，佩格蒂？”我说。

“看在老天爷的分上，孩子，”姨婆喊了起来，“别再用那个南海岛屿的名字叫这个女人了！要是她已经结了婚，不用叫那个名字，那就再好也没有了，你为什么不用她改过的名字呢？你现在叫什么——佩？”我姨婆说，她把佩格蒂叫作“佩”，作为对那个讨厌的名字的一种让步。

“巴基斯，小姐。”佩格蒂说着屈了屈膝。

“好！这还像个人的名字，”姨婆说，“这名字听起来，好像你就用不着传教士再来教化一番了。你好吗，巴基斯？我想你好吧？”

听到我姨婆这几句和蔼的话，又见她伸过手来，巴基斯受到了鼓励，便走上前去，握住了她的手，并屈膝行礼答谢。

“我看，我们都比从前老了，”姨婆说，“你知道，我们从前只会过一次面。那一次，我们闹得真算是够好的！特洛，亲爱的，再给我来杯茶。”

我恭恭敬敬地给姨婆递上一杯茶，她仍跟往常一样，腰板儿笔挺。我大着胆子劝她别坐在箱子上。

第三十四章　姨婆使我大吃一惊

“我给你搬张沙发过来，要不把安乐椅给你拖过来，姨婆，”我说，“你为什么要坐得这样不舒服呢？”

“谢谢你，特洛，”姨婆回答说，“我喜欢坐在我的家产上。”说到这儿，姨婆狠狠地朝克拉普太太看了一眼，对她说：“我们不劳你伺候了，太太。”

“我走以前，要不要再在茶壶里加点儿茶叶，小姐？”克拉普太太说。

“不用了，谢谢你，太太。”我姨婆说。

“要不要我再拿块奶油来，小姐？”克拉普太太说，“要不，给你来几只新下的鸡蛋尝尝？还是给你烤一点儿熏肉片来？我没有为你亲爱的姨婆效劳的地方了吗，科波菲尔先生？”

“没有啦，太太，”我姨婆回答说，“这已经很好了，谢谢你。”

克拉普太太一直满脸堆着笑容，表示自己的脾气很好，老是把头歪在一边，表示自己的身体柔弱，不断地搓着双手，表示愿意做一切值得做的事情。这会儿，她顾自笑着，歪着头，搓着手，一步步地退出房间。

“狄克！”我姨婆说，“我以前对你说过，有些人善于趋炎附势，爱拍有钱人的马屁，你还记得吗？”

狄克先生——带着颇为吃惊的神情，就像他已经忘了似的——急忙回答说，记得。

“克拉普太太就是这样的人，”我姨婆说，“巴基斯，有劳你照看一下茶，再给我来一杯，因为我不喜欢那个女人给我倒。”

我很了解我的姨婆，我知道她心里一定有什么要紧的事情。她这次来，可不像不了解她的人所猜想的那么简单。我注意到，当她以为我专心在做别的事情时，就把目光落在我的身上，而且，尽管她表面上仍保持着坚强和镇静，内心却好像有着一种罕见的犹豫不决。看到这种情况，我心里想，是不是我做了什么得罪她的事了。我的良心在对我嘀咕说，有关朵拉的事，我还没有告诉过她哩。会不会是这件事情呢？我心里真纳闷儿！

我知道，只有在她自己认为合适的时候，她才会说，因而我就在她身旁坐下，跟鸟儿说说话，跟猫儿逗逗乐，竭力做出若无其事的样子。其实我绝没有若无其事，即使在姨婆背后靠在大风筝上的狄克先生，不是一有机会就偷偷对我摇着头，还暗中用手指指姨婆，我也装不像若无其事的样子。

“特洛，”姨婆喝完茶，仔细把衣服抚平，抹抹嘴，终于开口说，“你用不着走开，巴基斯！特洛，你有没有站稳脚跟，能不能自己靠自己？”

“我希望我能，姨婆。”

“你想想，能不能？”姨婆问。

"我想我能，姨婆。"

"那么，你说说，我亲爱的，"姨婆郑重其事地看着我说，"今天晚上为什么我要坐在我的这些家产上？"

我摇摇头，猜不出为什么。

"因为，"我姨婆说，"这是我的全部家产了。因为我倾家荡产了，我亲爱的！"

即使这幢房子，连同我们所有的人，全都掉进河里，我也不会比这更吃惊了。

"这事狄克知道，"姨婆一面说，一面把手轻轻放在我的肩上，"我倾家荡产了，我亲爱的特洛！我在世上的财产，除了那幢小房子外，全在这房间里了。那幢小房子，我留给珍妮特去出租了。巴基斯，今天晚上我得给这位先生找个过夜的地方。为了省钱，也许你能替我在这儿想点儿办法。随便怎么样都行。只是今儿一个晚上。明天我们再细细谈这件事。"

姨婆一下子扑在我的脖子上，哭着说，她只是为我感到难过，这使得我从惊诧中，从为她担忧——我的确为她担忧——中惊醒了过来。不过只一会儿工夫，她就抑制住伤感，用得意多于失意的口气说：

"我们应当勇敢地应付逆境，不要让逆境把我们吓倒了，我亲爱的。我们得学着把这出戏唱完。我们要忘掉不幸，好好活下去，特洛！"

第三十五章　沮丧

我乍一听到姨婆的消息，十分震惊，完全失去了常态。一等恢复了镇静，我就对狄克先生提议，先去杂货铺，占用一下佩格蒂先生最近空出来的那张床再说。那家杂货铺就在亨格福德市场，而当时的亨格福德市场跟后来的完全不同。那时它的门前有一道低矮的木头柱廊（跟老式晴雨表里那个小男人和小女人住的房子门前的柱廊，不无相似之处），狄克先生看了极为喜欢。我敢说，他能住在这样一种建筑上面的寓所里，他所感到的光荣，足以补偿许多不便之处了。不过，除了我以前说过的那种混合气味以及缺少一点儿活动的地方外，实际上并没有多少不方便的地方，因此狄克先生完全迷上了这个住处。克拉普太太曾愤愤地对他说，那儿狭窄得连逗猫的地方都没有[①]。但是狄克先生坐在床脚一头，抚摩着大腿，理直气壮地对我说："你知道的，特洛，我又不要逗猫，我从来都没有逗过猫。所以，她说的话跟我有什么关系呀！"

我本想从狄克先生那儿打听一下，我姨婆怎么会一下子倾家荡产的，可是他却一无所知。这本是我早该料到的。有关这件事，他唯一能说得出来的是，前天我姨婆对他说："我说，狄克，我把你看成是个能安处逆境、随遇达观的人，你真的是吗？"他就说，是的，他希望是这样。接着，我姨婆说："狄克，我倾家荡产了。"于是他就说："哦，真的！"然后姨婆大大地夸奖了他一番，他听了非常高兴。后来他们就到我这里来了，路上还喝了瓶装的黑啤酒和吃了夹心面包。

狄克先生告诉我这些话时，坐在床脚一头，抚摩着大腿，眼睛睁得大大的，脸上露着意想不到的笑容，一副沾沾自喜的样子，这惹得我有点儿不快起来，因而便对他解释说（说来很抱歉），倾家荡产的意思就是受苦受穷，忍饥挨饿。不过我在心里马上痛责自己，不该对他这样残忍，因为我看到他听我这么一说，脸立刻变得煞白，眼泪不住地淌下他那拉长的双颊，两眼直朝我望着，带着一种难以形容的凄惨神情，哪怕是心肠比我硬的人，看了也会心软。为了要让他高兴起来，我花了很大的力气，比使他难过花的力气要大得多。过

① 意为地方狭窄，没有活动余地。

了不久，我就明白了（一开始我就该明白），他之所以那样泰然自若，完全是因为他无限地信赖我姨婆，认为她是女人中最聪明、最了不起的人，同时也无限地信赖我的智力和才能。我相信，他认为我的智力和才能，对于任何灾难，只要不是绝对致命的，都能对付得了。

“我们该怎么办呢，特洛？”狄克先生问道，“还有那个呈文——”

“那个呈文当然要写，”我说，“不过眼下我们能够做的，狄克先生，就是要保持高高兴兴的样子，别让我姨婆看出我们把这件事放在心上了。”

他用极其诚恳的态度答应了我的这一要求，还求我说，要是他有一点点儿偏离正道，就用我所擅长的绝妙方法，把他叫回来。可是说来抱歉，我把他吓得太厉害了，他尽了最大的努力，也掩饰不住真正的心情。那天整个晚上，他的眼睛都带着最凄怆的忧虑神情，不住地瞟着我姨婆的脸，好像眼看着姨婆会立即消瘦下去似的。对这种情况，他自己也有所察觉，因而尽力管住自己的脑袋，不让它转动，可是，脑袋虽然管住不动了，坐在那儿，眼珠子却像机械似的转个不停，这一点儿也没能使情况有所好转。在吃晚饭的时候，我看他那注视着面包的神情（那面包碰巧是个小的），真像饥荒已经降临到我们头上。当姨婆要他仍按往常一样吃饭时，我发现他还是把面包和干酪的碎块收进了口袋。我相信，他这样做的目的，无疑是为了以后我们再饿下去时，可以动用他的这些储备粮，免得饿死。

作者在这里描写狄克先生把面包和干酪的碎块收进口袋这一件小事，借此想表现狄克先生怎样的性格特点？

相反，我的姨婆却泰然自若，这真值得我们学习——我相信，特别值得我学习。她对佩格蒂非常和蔼，只有我不小心仍叫她佩格蒂时，姨婆才显得不高兴。虽然我知道她住在伦敦并不习惯，这回看起来却很自在。她就睡在我的床上，我则睡在起居室里，做她的守卫。她很看重我的寓所靠近河边这一点，她认为这有利于预防火灾。我认为，她对眼下的情况，真的已经有点儿满足了。

“特洛，我亲爱的，”她看到我为她掺兑平时每晚必喝的饮料时，说，“不用了！”

第三十五章　沮丧

“不喝了，姨婆？”

“别用葡萄酒了，我亲爱的。掺点儿麦酒吧。”

“可我这儿有葡萄酒呀，姨婆。你不是一向都用葡萄酒掺兑的吗？”

“把葡萄酒留着吧，以防生病时要用，”姨婆说，“我们得省着点儿用，特洛。我喝点儿麦酒就行了。半品脱就够了。”

我想，狄克先生听了真会晕倒在地，失去知觉的。可是姨婆却坚持这么做，于是我就亲自出去买麦酒。时间已经不早，佩格蒂和狄克先生，就趁机一块儿去杂货铺。我跟狄克先生——这可怜的人——在街角分了手，他身上还背着那个大风筝，十足成了人类苦难的纪念碑。

我回来的时候，姨婆正在房间里来回踱着，两手折着睡帽的帽边。我按照平时一成不变的办法，烫好麦酒，烤好面包，为她准备好一切。她也准备好了，头上戴着睡帽，睡袍的下摆撩到膝盖那儿。

“我亲爱的，”姨婆喝了一匙掺兑好的麦酒，说，“这比葡萄酒好多了，不像葡萄酒那样容易伤肝。”

我想，我听了这话一定露出了疑惑不信的样子，因为她接着说：

“行了，行了，孩子。要是我们一直能有麦酒喝，那我们就很不错了。”

“我自己本该这么想的，姨婆，我敢保证。”我说道。

“那你为什么不这么做呢？”姨婆说。

“因为你跟我是很不一样的人哪。”我回答说。

“胡说八道，特洛！”姨婆说。

姨婆用茶匙喝着热麦酒，吃着往酒里蘸过的烤面包条，一副安闲自在、自得其乐的样子，即便有点儿矫揉造作的话，也是微乎其微的。

“特洛，”她说，“一般说来，我是不喜欢生人的，不过，你知道吗？我见了你那个巴基斯，倒有点儿喜欢上了！”

“听到你这么说，我比得到一百镑钱还高兴哩！”我说。

破产后的姨婆没有怨天尤人，也没有自暴自弃，仍是一副泰然自若的模样，她为了节约开支，还主动改变自己多年的饮食习惯。

“世界上的事真奇怪，”姨婆摸了摸鼻子说，“那个女人怎么会有那么个怪名字的，真让我不明白。我总觉得，一个人生下来就叫杰克逊什么的，或者像这样一类的名字，要方便得多。”

“也许她也是这么想的。她有那名字，并不是她的错。”我说。

“我想也不是，”姨婆回答说，对我的说法勉强承认，“不过那名字实在让人难受。好在她这会儿叫巴基斯了。这名字倒还舒服点儿。巴基斯可真疼你哩，特洛。”

由此可见，佩格蒂真是一个心地善良的人，怪不得姨婆会渐渐喜欢上她。

“为了表明这一点，不管什么，没有她不肯做的。”我说。

“我也相信，没有她不肯做的，”姨婆说，“这可怜的傻婆子，刚才一直好说歹说地求我，要我允许她把她的钱拿出来给我们——因为她的钱太多了。真是个傻婆子！”

我姨婆确实乐得把眼泪都滴到热酒里去了。

“她是已经出世的人中最让人可笑的一个，”姨婆说，“我第一次见到她时，她跟你那个娃娃一样的母亲在一起，当时我就看出来了，她是所有人中最叫人可笑的人。不过这个巴基斯，可有许多好的地方！”

她假装着大笑，乘机用手抹了抹眼睛。接着，又一面吃着烤面包，一面继续说着。

“啊，我的天！”姨婆叹息着说，“我全知道了，特洛！你跟狄克出去时，巴基斯跟我说了不少事。我全都知道了。依我看，真不知道这般可怜的女孩子，都想往哪儿去。我真奇怪，她们竟没有对着壁炉撞出脑浆来。”姨婆说，她这种想法，可能是由于想到我的事情引起的。

“可怜的艾米莉！”我说。

“哦，别跟我说什么可怜不可怜了，”姨婆说，“她还没惹出这么多麻烦来之前，就该想到了。吻我一下，特洛。你这么早就经历这种事，我真难过。”

当我俯身过去要吻她时，她把酒杯顶住我的膝盖，把我拦住，接着说：

“哦，特洛，特洛！那么你觉得你这是在恋爱了！是吗？”

第三十五章　沮丧

“哎呀，姨婆！”我叫了起来，脸涨得要多红有多红，“我一心一意地爱她。”

“爱那个朵拉？真的！”姨婆回答说，“你的意思是说，这个小东西非常迷人，是吗？”

“我亲爱的姨婆，”我回答说，“她是怎样一个人，谁也想象不出来！”

“哦，还不傻吧？”姨婆说。

“傻？姨婆！”

说真的，我从来没有想过朵拉傻不傻的问题，连一刹那都没有想过。我当然不喜欢这个想法。不过，因为完全是个新念头，所以我有点儿愣住了。

“不轻浮吧？”姨婆问。

“轻浮？姨婆！”在重复这种大胆的揣测时，我不由得怀着重复前一个问题时的同样感情。

“好啦，好啦，”姨婆说，“我不过问问罢了，我并没有看轻她的意思。可怜的小两口儿！那么，你这是认为，你们两个是天生的一对，要像两块好看的糕点，摆在晚餐席上那样过一辈子，是吗，特洛？”

姨婆问我时，态度非常和蔼，口气非常温柔，一半开着玩笑，一半忧心忡忡，令我大为感动。

大卫知道姨婆的和蔼与温柔是出于对自己的关爱，而“忧心忡忡”则是出于大卫对自己与朵拉的爱情过于乐观的担忧，担心大卫在这段感情里受到伤害。

“我知道，姨婆，我们还年轻，没有经验，”我回答说，“我得说，我们说的话，想的事，还有许多地方难免有些糊涂。但是，我可以保证，我们的确真心相爱。要是我认为，有一天朵拉会另爱别人，不爱我，或者我会另爱别人，不爱朵拉，那我不知道会变成什么样子——我想，我会发疯的！”

“哦，特洛！”姨婆说，一面摇着头，一面神情严肃地微笑着，“瞎了眼啦，瞎了眼啦，瞎了眼啦！”

“我认为一个人，特洛，”姨婆停了一会儿接着说，“性格虽然柔顺，但用情很至诚，这使我想起那个娃娃来。至诚，才是一个人应该寻求的，从而使一个人有所依靠，有所进步，特洛。得有专一的、彻底的、实心实意的至诚！”

“要是你知道朵拉有多至诚就好了，姨婆！”我喊了起来。

“哦，特洛，”姨婆又说，“瞎了眼啦，瞎了眼啦！”这时，不知为什么，我模模糊糊地觉得，那本该像云彩般掩护住我的东西，不幸已经缺失了。

“不过，”姨婆说，“我并不是要让两个年轻人扫兴，弄得他们不高兴，因此，虽然这只是一种少男少女之间的爱慕之情，但是这种少男少女之间的爱慕往往——注意！我说的是‘往往’，不是‘总是’——归于泡影。不过，我们还是认真对待，希望有一天会有幸福的结局。不管怎么说，为了这个结局，我们有的是时间哩！”

总的说来，这一番话，在如痴如狂的热恋情人听来，是不太舒服的。不过，我能对姨婆说出心事，我还是很高兴的，而且我还想到她已经累了，于是为她对我的这种关心以及对我的其他恩惠，热诚地向她表示感谢，又对她温柔地道了晚安。于是她就拿起睡帽，到我的卧室里去了。

我躺下的时候，心里是多么痛苦啊！我想了又想，现在，我在斯潘洛先生的眼里，是个穷小子了，已经不是向朵拉求婚时我自己以为的样子。我应该把我现在的经济情况，如实地告诉她，如果她认为有必要，尽可以让她解除婚约。想到我在这漫长的习业期间一点儿收入也没有，我应该设法谋生，做点儿什么来帮助我姨婆才对，可是什么办法也想不出。我还想到，自己口袋里一文不名，穿着破旧的外衣，想要给朵拉买点儿小礼物都不可能，更不要说骑灰色骏马和其他的排场了！虽然我也知道，我净是这样念念不忘自己的苦恼，是卑鄙、自私的，为这我感到难过，但我对朵拉如此钟情，不由得不那么想。我没有多为姨婆想想，少想想自己，我知道，这很卑鄙。可是到现在为止，我的自私，就是没法儿跟朵拉分开。要我把朵拉撇在一旁，去想别人，我办不到。那天晚上，我是多么伤心痛苦啊！

说到睡眠，我好像没有入睡就做起梦来了，梦见的全是各色各样的穷困潦倒。一会儿，我衣衫褴褛，硬要卖火柴给朵拉，半便士六捆；一会儿，我穿着睡衣和靴子上事务所，斯潘洛先生见了规劝我，要我别这样单衣薄衫地出

姨婆对大卫说了五个“瞎了眼啦”，“瞎了眼啦”是什么意思？姨婆为什么对大卫这么说？

日有所思，夜有所梦。在当时那个金钱至上的社会中，姨婆的破产让大卫对他和朵拉未来的婚姻充满了担忧。

现在客户的面前；一会儿，我饥饿难当地捡拾提费先生掉下的饼干屑，他通常在圣保罗大教堂的钟敲一点时吃饼干；一会儿，我毫无指望地想弄到跟朵拉结婚的结婚证，可是我付不出办证的费用，只有一只乌利亚·希普的手套，而这只手套，全博士公堂的人都不接受。不过我仍多少觉出，我还在自己的房间里，像一只遇难的船似的，在被褥的海洋中颠簸翻腾。

我姨婆也没有睡好，因为我不时听到她在房间里来回走动。那天晚上，她就到我的房间里来了两三次，走到我睡的沙发跟前。她穿着长长的法兰绒睡衣，显得有七英尺高，活像一个受了惊的鬼魂。她第一次进来时，把我吓了一大跳，问了她才知道，原来她看到天空有一处特别亮，便认定是威斯敏斯特教堂着火了，所以来问我，要是风向变了，大火会不会烧到白金汉街来。随后我便静静地躺着。我发现她在我身旁坐了下来，自言自语地低声说："可怜的孩子！"这更使我感到二十倍的难过，她这样无私地关心着我，我却自私地净顾自己。

我感到，夜是如此漫长，而别的人竟还觉得太短，实在令人难以置信。这一情况，使得我一想再想，想象中出现了一个舞会，人们一连几小时不断地跳着舞，直到这舞会也变成了一个梦，我听到音乐不断地奏着同一支曲子，看到朵拉不停地跳着同一个舞式，一点儿也不理我。那个整夜弹着竖琴的人，正想用一顶普通大小的睡帽，把竖琴盖起来，却怎么也办不到。就这样，一直闹腾到我醒了过来。或者应该说，一直闹腾到我不再想睡，终于看到太阳从窗口射进来的时候。

那时候，河滨街过去一条街的街尾，有一座古老的罗马浴室——现在也许还在那儿——我曾多次去那儿洗过冷水浴。那天早晨，我尽可能悄悄地穿好衣服，吩咐佩格蒂好好照顾我姨婆，自己便急匆匆地一头冲进浴室，洗完后，又去汉普斯特德散了散步。我希望，用这种放松疗法，可以把我的头脑弄得清醒一点儿。我想，这对我确实有好处，因为我很快就得出结论，我第一步应该采取的行动是，设法取消我的学徒合同，看看能不能收回学费。我在希思吃了早饭，然后就沿着洒过水的大路，闻着夏日鲜花的芬芳（卖花的小贩把园中长的鲜花用头顶着运进城来），走回博士公堂，一心想要完成这第一个措施，来应付我们这改变了的境况。

结果，我来事务所太早了，在博士公堂里里外外闲逛了半个来小时，才见提费拿着钥匙出现。他总是第一个来上班。于是我便在我那阴暗的角落里坐下，抬头望着对面烟囱管帽上的阳光，心里想着朵拉，直到曲须鬈发的斯潘洛先生走了进来。

"你好吗，科波菲尔？"他说，"今天的天气真好！"

"天气好极了，先生，"我说，"你出庭以前，我可以跟你说几句话吗？"

"完全可以，"他说，"到我的屋里来吧！"

我跟着他进了屋。他开始穿上袍子，还在挂在小套间门里面的镜子前，整理了一下自己的仪容。

"说来很难过，"我说，"我从我姨婆那儿，得到了一个令人相当懊丧的消息。"

"真的！"他说，"我的天！我希望，不会是中风吧？"

"跟她的健康没关系，先生，"我回答说，"她遭到了重大的损失。事实上，她的财产已经所剩无几了。"

"你这番话，可真吓人，科波菲尔！"斯潘洛先生说。

我摇了摇头。"真的，先生，"我说，"她的境况，跟以前已经完全不一样了。所以我想问一问，是否可以解除我的学徒合同？"看到他漠然的神情，我心存警觉，便急中生智，加了一句，"从我们这方面来说，当然要损失一部分学费了。"

我对斯潘洛先生提出这一要求，我会遭受多大的损失，谁也不知道。这就等于求他开恩，判我去充军，永远离开朵拉。

"要求解除你的合同，科波菲尔？解除合同？"

我态度坚决地对他解释说，除非我自己去谋生，要不，我真不知道今后我的生活所需打哪儿来。我说，我并不担心自己的前途——关于这一点，我特别做了强调，仿佛要对他暗示，将来我一定仍有资格做他的女婿——不过，在目前，我不得不靠自己想办法。

"科波菲尔，听了你的话，我非常难过，"斯潘洛先生说，"难过极了。不过，不管你说的是什么理由，解除合同可不是一件寻常的事。这不合乎我们这一行的程序。绝不能随随便便开这种先例，这不合适。绝不合适。同时——"

"你太好了，先生。"我低声说，巴望他会让步。

"算不得什么，别客气，"斯潘洛先生说，"同时，我要说的是，要是我自己能做主，没人缚住我的手脚——要是我没有一个合伙人——乔金斯先生——"

我的希望，一下成了泡影，但是我还要再做一次努力。

"先生，"我说，"要是我把这要求向乔金斯先生提一提，那你认为——"

斯潘洛先生不以为然地摇了摇头。"科波菲尔，"他回答说，"老天爷是不会让我去冤枉任何人，特别是乔金斯先生的。不过，我很了解我这位合伙人的为人，科波菲尔。乔金斯先生对这种性质特殊的要求，绝不会答应的。要使乔金斯先生脱离常轨，是十分困难的。你是了解他那个人的！”

说实话，我根本不了解他这个人，只知道这个事务所原本是他一个人的，现在他独自一人住在蒙塔古广场附近一座早该油漆的屋子里。他每天来得很晚，走得很早；好像从来没有人跟他商量过什么事；楼上有他的一个又小又暗的窝儿，那儿从来不曾办过什么业务；他的桌子上铺着一块厚纸板做的垫板，据说已经有二十年了，又旧又黄，但上面没有一点儿墨水迹。

“我去跟他提一提；你会反对吗，先生？”

“绝不反对，”斯潘洛先生说，“不过，我对乔金斯先生有些了解，科波菲尔。他要是不是那种人就好了，因为在任何问题上，我都是乐意跟你的见解一致的。不过，如果你认为值得跟乔金斯先生提一提，我一点儿都不反对。”

斯潘洛先生答应了，还跟我热情地握了握手。既然他准许了，我就要利用这个机会，于是便坐在那儿，心里想着朵拉，眼睛看着烟囱管帽上的阳光渐渐下移到对面房子的墙上，一直等到乔金斯先生进来。于是我便上他的房间。显而易见，我的出现，把他给吓了一大跳。

“进来，科波菲尔先生，”乔金斯先生说，“进来！”

我进去坐下，把我的情况，像对斯潘洛先生说的那样，对乔金斯先生说了一遍。乔金斯先生绝不是人们所说的那么可怕，他是个身材高大、性情温和、脸净无须的六十来岁的老人。他鼻烟吸得极多，因而博士公堂里有种传说，说他主要靠这种兴奋剂为生，他的身体里，已经没有多少空间可以容纳别的事物了。

“你这件事一定跟斯潘洛先生说过了吧，我想？”乔金斯先生非常局促不安地听完我的话，然后说。

我回答说，是的，同时告诉他，斯潘洛先生要我跟他讲一讲。

“他说我一定会不同意吧？”乔金斯先生说。

我不得不承认说，斯潘洛先生认为，他很可能不会同意。“对不起，科波菲尔先生，我得说，我不能成全你的目的，”乔金斯先生神情紧张地说，“实际的情况是——不过，请你原谅，我跟银行约好了，要去一趟。”

他一面说，一面急匆匆地站了起来，要走出房间。这时我大胆地说：“那么，这事就没有办法了吗？”

“没有办法！”乔金斯先生在门口站住，摇着头说，“嗯，没有办法！我不同意，这你知道。”他匆匆地说完这句话，就出去了。“你应该知道，科波菲尔先生，”他又局促不安地回过头来往门内看着，补充说，“要是斯潘洛先生不同意——”

"他个人并没有不同意，先生。"我说。

"哦，他个人！"乔金斯先生露出不耐烦的样子说，"我对你说吧，毫无疑问，有反对的，科波菲尔先生。毫无希望！你想要做的事，不可能做到。我……我真的跟银行约好了，要去一趟。"说着这句话，他简直像逃跑似的跑开了。据我确切了解，他一连三天没敢再在博士公堂露面。

我十分着急，想要不遗余力来解决这件事，便一直等到斯潘洛先生回来，然后把刚才的情况向他做了叙述，让他了解，要是他肯帮忙，我的事并不是毫无希望，还是有可能软化那个铁石心肠的乔金斯的。

"科波菲尔，"斯潘洛先生笑容可掬地说，"你认识我的合伙人乔金斯先生，不像我这么长久。我绝不会认为乔金斯先生会玩什么虚假的手段，可是乔金斯先生反对一件事的时候，他的方式时常会让人误解。不行的，科波菲尔！"他摇着头说，"乔金斯先生的心是无法被打动的，你要相信我的话！"

斯潘洛先生和乔金斯先生，他们这两个合伙人，到底是哪一个真正反对呢，我完全给弄糊涂了。不过我可以十分清楚地看出，在这个事务所里，显然有点儿冷酷无情，要想把姨婆的那一千镑要回来，看来是不可能了。我怀着一种失望的心情，离开了事务所，朝寓所走去。这种失望的心情，我现在想起来还感到内疚，因为我知道，主要还是因为想到我自己引起的（虽然也总跟朵拉有关）。

我正在设想遇到最坏的情况，考虑将来遇上最严峻的境况时该怎么办，后面突然驶来一辆出租马车，在我的跟前停了下来，我不由得抬头一看，只见一只白嫩的手从车窗中朝我伸出，一张脸望着我微笑。我第一次看到这张脸，是它在那个有着宽大扶手的老橡木楼梯上回转过来的时候，是我把它那种温柔的美跟教堂的彩色玻璃联想在一起的时候。打那以后，我每看到这张脸，就有一种宁静和幸福的感觉。

"爱格妮斯，"我高兴地叫了起来，"哦，我亲爱的爱格妮斯，在全世界的人中，见到你我最高兴了！"

"这是真的吗？"她用热情友好的口气说。

"我非常想跟你谈谈！"我说道，"只要见到你，我心里就不知轻松了多少！要是我有一顶魔术师的帽子，我谁都不想见，只想见你！"

"什么？"爱格妮斯问道。

"哦，也许先见一见朵拉。"我红着脸承认。

"当然，我也希望，你先见朵拉。"爱格妮斯笑着说。

"可是第二个就是你了！"我说，"你要去哪儿呀？"

第三十五章　沮丧

她要到我的寓所去看我的姨婆。那天的天气非常好，她很高兴下车来步行，车里有股气味（这段时间我一直把头伸进车内），闻上去就像马棚盖在黄瓜架下一样。我打发掉马车夫，她挽住我的胳膊，我们并肩朝前走着。对我来说，她就像是我希望的化身。这会儿有爱格妮斯在我身边，顷刻之间，我的感觉变得多么不同啊！

我姨婆给爱格妮斯写了一封古怪的短信——比一张钞票大不了多少——她写信，通常都是这么个长度。信里说，她遭到了不幸，要永远离开多佛，她精神上已经有了准备，情况很好，任何人都用不着为她担心。爱格妮斯是特意来伦敦看我姨婆的。这么多年来，她们俩的关系一直很好。说实在话，这种友谊是从我在威克菲尔先生家寄宿开始的。爱格妮斯说，她这次来伦敦，并不是只有她一个人，她父亲也跟她一起来了，还有乌利亚·希普。

"现在他们合伙了，"我说，"这个浑蛋！"

"是的，"爱格妮斯说，"他们来这儿处理一点儿业务，我也趁机跟着来了。你不要以为我这趟来，全是为了看朋友，完全没有私心，特洛，因为——我怕我的偏见太厉害了——我不愿让爸爸单独跟乌利亚一起出门。"

"他还是照旧施加影响，要威克菲尔先生听他的吗，爱格妮斯？"

爱格妮斯摇着头。"我们家已经大变样了，"她说，"你恐怕都不认得那可爱的老屋了。他们跟我们住在一起了。"

"他们？"我问。

"希普先生跟他母亲。他就住在你住过的那个房间里。"爱格妮斯说着，抬头看着我的脸。

"我要是能操纵他的梦就好了，"我说，"他不会在那儿睡久的。"

"我还保留着我自己的那个小房间，"爱格妮斯说，"就是从前用来做功课的那间。时间过得真快啊！你还记得吗，那个通客厅的有护墙板的小房间？"

"记得，爱格妮斯。我第一次看见你时，你就是从那个门里出来的，腰上挂着你那个古怪的小篮子，里面放着钥匙，不是吗？"

"正是那样，"爱格妮斯微笑着说，"你想起那时的情景，还这么愉快，我真高兴。那时我们很快乐。"

“那时我们真快乐。”我说。

“那间房我还保留着。不过，你知道，我不能老是不理会希普太太。因此，”爱格妮斯平静地说，“有时不得不陪陪她。其实我倒愿意独自一个人待着。不过除此以外，我也没有什么可以抱怨她的。要是说，有时候她夸奖起儿子来，让我听到腻烦，不过这也是一个做母亲的天性。乌利亚对他母亲来说倒是一个好儿子。”

当爱格妮斯说这番话时，我仔细朝她看，可是看不出她已意识到乌利亚的阴谋诡计。她那温柔而真挚的眼睛，带着美丽和坦诚，和我相对而视，在她那张文静的脸上，表情看不出有任何变化。

“他们住在我们家，主要的坏处是，”爱格妮斯说，“我不能像我盼望的那样，跟爸爸亲近了——乌利亚·希普老是插在我们中间——我不能像我想要的那样，紧紧护住他了（要是这种说法不算太过的话）。不过，如果有什么欺诈和阴谋想要伤害爸爸的话，我希望纯洁的爱心和忠诚，最终能战胜世界上的一切邪恶和灾难。”

一种我从来不曾在别人脸上见过的明媚笑容，突然消失了，甚至就在我想到，这笑容是多么美好，我一度对这是多么熟悉时，却突然消失了。随着她脸上神色的迅速变化，她问我（这时我们很快要走到我住的那条街了），我知不知道我姨婆景况变糟的经过。我回答说不知道，姨婆还没有告诉过我，爱格妮斯就陷入了沉思。我似乎觉得，她挽着我的胳膊在颤抖。

我们来到寓所，只见姨婆独自一人，神情有些激动。原来她跟克拉普太太刚发生过争执，事端是有关一个抽象的问题：这套公寓房里住女眷是否合适。我姨婆根本不在乎克拉普太太的抽风病，直接对那位太太说，她闻到那位太太身上有我的白兰地的气味，还说有劳她马上出去，从而结束了这场争论。这两句话，克拉普太太认为都可以对姨婆提出控告，还表示她打算告到“不列颠的朱迪[①]”那里——据推测，她的意思是维护我国国民自由的堡垒。

不过，趁着佩格蒂带狄克先生去看近卫骑兵换岗仪式时，我姨婆还是有时间冷静了下来——而且，见到爱格妮斯，她大为高兴——因而她对于这次冲突，反倒颇为自得，接待我们时，高兴的心情不减平常。当爱格妮斯把帽子放到桌上，在姨婆身旁坐下时，我看到她那柔和的眼睛，容光焕发的前额，不由得觉得，有她在这儿，一切似乎都显得那么自然。虽然她还年轻，缺少阅历，姨婆对她却那么推心置腹。说实在的，她由于有着纯洁的爱心和忠诚，显得那么有力量。

① 克拉普太太误把“陪审团”（jury）说成人名“朱迪”（Judy）了。

第三十五章　沮丧

我们开始谈起了姨婆的损失，我就把当天上午我所做的事告诉了她们。

“你考虑得太不周到了，特洛，”我姨婆说，“不过用意是好的。你是个心地厚道的孩子——我想现在我得说青年了——有了你，我感到很骄傲，我亲爱的。这真是太好了。好吧，特洛，爱格妮斯，现在让我们开诚布公地来谈谈贝特西·特洛伍德的情况吧，看看到底是怎么回事。”

我发现，爱格妮斯的脸色发白，非常留神地看着我姨婆。姨婆用手拍着她的猫，也很留神地看着爱格妮斯。

“贝特西·特洛伍德，”我姨婆说，有关钱财的事，她原本是从来不对人说的，“我说的不是你姐姐，特洛，我亲爱的。我这是说的我自己——她有过一些财产。究竟有多少，这没有关系，反正够她生活的。而且还有很多。因为她积攒下一点儿，加上去了。有一段时间，贝特西把钱都买了公债，后来，她听从她的业务代理人的话，投资在用地产作抵押的贷款上。这项投资很好，她获利不少，直到全部收回贷款。我在谈到贝特西时，是把她当成一条战舰来看的。好了，这时贝特西得四下里看看，寻找新的投资路子了。当时，她认为自己比她的业务代理人还精明了，因为她觉得她的业务代理人——我说的是你父亲，爱格妮斯——已经不像从前那么精明了。所以她就想到亲自来处理投资，”姨婆说，“于是，她把资金投到国外市场上。最后，证明这个市场十分糟糕。一开始，她投资打捞沉船，也就是打捞财宝，或者是干汤姆·狄德勒那类胡闹的把戏[①]，”我姨婆解释说，揩了揩鼻子，“结果又赔了。后来在矿业上又吃了亏。最后，为了想挽回败局，她又在银行业投资，又赔了。有那么一阵子，我根本闹不清银行股票还值多少钱，”我姨婆说，“不过我想，最低票面价值总是有的。可是，那家银行在世界的另一头，我只知道，它一下垮了，一无所有了。不管怎么说，它彻底倒了。永远也不会付，永远也付不出你那六便士了。可贝特西的六便士全在那儿啊。这就是我那六便士的下场。没什么可说的了，多说反而坏事，越说越糟！”

姨婆就这样结束了她这番颇具哲理性的谈话，带着一副得意的神色看着爱格妮斯，爱格妮斯的脸上也渐渐恢复了原来的颜色。

“亲爱的特洛伍德小姐，这就是事情的全部经过吗？”爱格妮斯问道。

“我希望，说这些就足够了，孩子，”姨婆说，“要是还有钱可亏的话，那我敢说，事情绝不会就此终结。贝特西一定还会想法把这些钱同样亏个精光，给这个故事再加上一章的。不过，她没钱可亏了，因此，故事也就到此为止了。”

---

① 此处系借用儿童游戏中的一句话。做这一游戏时，一人守地，其他人设法冲入，高唱“我们到了汤姆·狄德勒的地方，拾到了金子和银子”。

听这番话的时候，一开始爱格妮斯是屏声敛气的。现在虽然脸上仍红一阵，白一阵，不过呼吸渐渐地自在多了。我想，我知道她为什么会这样。我认为，她怕她那位不幸的父亲，多少应该为这事负责。我姨婆把她的手握在自己的手里，笑了起来。

“这就是故事的全部吗？”姨婆又重复了一句，“嗯，没错，是全部了，要差的话，就差这么一句了，‘从此以后，她一直生活得很幸福’。也许将来有一天，我会把这一句加到贝特西的故事里。好啦，爱格妮斯，你的头脑是很聪明的。特洛，在这些事情上，你也一样，不过我不能恭维你，说你在样样事情上都这样。”说到这儿，姨婆对着我摇摇头，这种使劲的摇头法是她所特有的。“下一步该怎么办呢？我那座小房子，扯平计算，每年大概可出产七十镑。我看，这么估计，出入不会太大。好啦！这就是我们的全部收入了。”姨婆说，她说话就有这么一个特点，跟有的马一样，本来跑得正欢，像是要一直跑下去，可是会在中途突然停住。

“另外，”姨婆停了一会儿后接着说，“还有狄克，他每年保证有一百镑收入，不过，这当然只能他自己花。虽然我知道，我是唯一能赏识他的人，可要是不把他的钱用在他自己身上，我宁愿打发他走，不让他留下来。单凭我们的这点儿收入，我跟特洛最好该怎么办？你有什么意见，爱格妮斯？”

“我说，姨婆，”我插嘴说，“我一定得找个什么事做！”

“你的意思是说，你要去当兵？”姨婆吃了一惊，说，“还是要去当水手？这话我可不要听。你一定得当个代诉人。你可要明白，我们这一家，可不能再受到打击了，对不起，先生。”

我正要解释，我并不想干那些行当来养家，爱格妮斯问道，我这套房间的租期长不长？

“你这话倒问到点子上了，我亲爱的，”姨婆说，“这套房间我们至少还可以住六个月，除非我们转租出去，不过我相信不会那么做。我们以前的那个房客就是死在这儿的。当然有那个穿紫花布胸衣、法兰绒裙子的女人在这儿，六个人中是会有五个死在这儿的。我还有点儿现款，我同意你的主张，我和特洛最好在这儿住到合同期满，另外在附近给狄克找个睡觉的地方。”

我姨婆住在这儿，会不停地跟克拉普太太打游击战，会感到不自在，我想，我有责任提出来，所以我暗示了这种意思。可是，她一句话就把我的异议打消了。她说，只要克拉普太太稍一露出敌意，她就准备好好吓唬她一下，叫她整个有生之年都不会忘记。

“我一直在想，特洛，”爱格妮斯迟疑地说，“要是你有时间——”

第三十五章　沮丧

“我有很多时间，爱格妮斯。下午四五点钟以后，我就什么事也没有了。早上一早，我也有空闲时间。不管怎么样，”我说，想到自己花那么多时间，在伦敦的大街上到处溜达，在去诺伍德的路上来来去去，觉得有点儿脸红，“我有的是空闲时间。”

“我想，你要是有个当秘书的事做，”爱格妮斯走到我跟前，低声对我说，她的口气那么温柔，那么体贴，那么关心，直到现在仍在我耳边回响，“你不会介意吧？”

“我怎么会介意呢，我亲爱的爱格妮斯？”

“因为，”爱格妮斯接着说，“斯特朗博士已经照他原来的心愿退休了，住到伦敦来了。我知道，他曾问过我爸爸，能不能给他推荐一个秘书。你想，他要是能有个他从前的得意门生在他身边，那不比任何别的人更好吗？”

“亲爱的爱格妮斯！”我说，“要是没有你，我能做得了什么啊！你永远是保护我的吉神。我早就对你说了，对你，我心里一向都是这样想的。”

爱格妮斯亲切地笑着说，对我来说，有一个吉神（指朵拉）保护就够了；接着又提醒我，说斯特朗博士习惯在清晨和夜晚在书房里工作——因而我的空闲时间也许正好适合他的需要。我眼看就能自食其力，当然高兴，但是有指望在我往日的老师手下做事赚钱，几乎更使我开心。简而言之，听了爱格妮斯的主意，我立刻坐下来给斯特朗博士写了一封信，说明我的用意，并约定第二天上午十点钟去拜访他。我在信封上写了海盖特的地址——因为他就住在那个我永远难忘的地方——一分钟也没有耽搁，亲自把它寄出去了。

爱格妮斯不论在什么地方，她的那种轻声细语、令人愉快的气氛就会在那儿出现。我寄信回来时，发现姨婆的鸟笼，像先前挂在乡间小屋的窗口那样，挂起来了；我的安乐椅，也像姨婆家那张放的位置一样，放在敞开的窗子跟前；连我姨婆带来的那把绿色团扇，也钉在窗台上了。凭着这些不露声色、像是自动做就的事情，我就知道这是谁做的了。我随意乱放的书，也按我往日求学时的样子，理得整整齐齐。即使我认为爱格妮斯远在若干英里之外，我没亲眼看到她笑我把书乱放，忙着为我整理，我也一眼就立即知道，是谁整理的。

我姨婆对泰晤士河的印象很不错（当然不及她乡间小屋前面的大海，不过当太阳照耀在河上时，确实很好看），但是她对伦敦的烟雾，评论起来却毫不留情。她说，这烟雾使得“一切东西都撒上了胡椒面”。提起这胡椒面，我那套房间里的每一个角落，都彻底翻了个个儿，在这番清扫工作中，佩格蒂担当了重要角色。我在一旁看着，心里想，佩格蒂一直忙个不停，却做得并不见得多，而爱格妮斯一点儿也不忙，却做得很多。就在这时，听见有人敲门。

“我想，”爱格妮斯的脸色一下变白了，说，“这是爸爸。他答应我说，他要来的。”

我打开门，进来的不仅有威克菲尔先生，还有乌利亚·希普。我有一些时候没有见到威克菲尔先生了，听爱格妮斯说了以后，我原本已经料到，他一定有了很大变化，可是没有想到，他的样子还是让我大吃一惊。

我感到吃惊，并不是因为他老了好多岁，虽然他的穿戴仍跟从前一样整洁得一丝不苟；也不是因为他脸上有一种不健康的红色；也不是因为他的眼球凸出，上面有红丝；也不是因为他的手在颤抖，颤抖的原因我知道，这一情况，我多年前就见到了；也不是因为他已经失去他好看的仪容，或者是从前那种绅士派头——因为他并没有失掉这些——最使我感到吃惊的是，他天生的那种优越感虽然依旧明显存在，但居然对那个谄媚奉承的卑鄙化身乌利亚·希普，那样唯命是从。以他们的品质而论，两人相互间的地位倒了个个儿了，反而变成乌利亚·希普发号施令，威克菲尔先生听令受命了，看了真使我感到难以言喻的痛苦。即使看到一只猿在指挥一个人，我也不会觉得比眼前的这种光景更令人感到可耻。

威克菲尔先生自己似乎很清楚这种情况。他进来时，站在那儿，低着头，好像感到可耻。不过这只是一会儿的工夫，因为爱格妮斯轻柔地对他说：“爸爸，特洛伍德小姐在这儿——还有特洛，你已经好久没见他啦！”于是他就走上前去，很不自然地把手伸给我姨婆，跟我握手时倒比较亲热。在我前面说到的那一会儿，我看到乌利亚的脸上露出了最让人讨厌的笑容。我想，爱格妮斯也看到了，因为她避开了他。

至于我姨婆是看到了，还是没有看到，要是她自己不说，相面术也别想相出来。我相信，要是她决心喜怒不形于色，那谁也没能像她那么镇定平静。这时候，不管她心里想的是什么，她的脸简直就像一堵没有窗口的墙，任何光线都透不进她的思想。最后，她像平常一样，突然打破了沉寂。

“我说，威克菲尔！”我姨婆说，这时他第一次抬起头来望着她，“我正在告诉你女儿，我是怎样亲自处理自己的资金的，因为你在业务上已经越来越生疏，所以我就不愿把钱交给你管理了。我们正在一块儿商量今后的办法，商量得很不错，一切事情都考虑到了。我的意见是，爱格妮斯一个人，就抵得上你们整个事务所。”

“要是允许我这个卑鄙的人冒昧插上一句的话，”乌利亚·希普扭了扭身子，说，“那我得说，我完全赞同贝特西·特洛伍德小姐的说法。要是爱格妮斯是个合伙人，那我就太高兴了。”

“你自己是个合伙人了，你知道，”我姨婆回答说，“我想，你大概够称心了吧。你觉得怎么样，先生？”

这个问题问得特别不客气，希普先生在回答时，很不自在地抓紧他拎着的那只蓝提包，回答说，他很好，谢谢我姨婆，希望她也这样。

“还有你，科波菲尔少爷——我应该说科波菲尔先生，”乌利亚接着说，“我希望你也很好！即使在现在这种情况下，我也很高兴见到你，科波菲尔先生。”这话我倒相信，因为他说起这个来，好像津津有味似的。“眼下的情况，并不是你的朋友们希望你遇上的，科波菲尔先生。不过，要造就一个人，靠的不是钱，得靠——到底靠什么，我能力太卑微，实在没有本领表达，”乌利亚谄媚地一扭身子说，“不过靠的不是钱！”

说到这儿，他跟我握手，不过不是平常的握法，而是站得离我远远的，像握住水泵的手柄似的，握住我的手上下摇动，看来他显得有点儿怕我。

“你觉得我们看起来怎么样，科波菲尔少爷——我得说，科波菲尔先生？”乌利亚谄媚地说，“你看威克菲尔先生是不是满面红光，先生？这些年来，我们的事务所里没有太多的变化，科波菲尔少爷，只是卑微的人——也就是我母亲和我本人——地位提高了，还有……”他像是事后想起似的补充说，“美丽的人——也就是爱格妮斯——越来越美丽。”

他说完这句恭维话后，身子又扭动起来，扭得真叫人没法儿忍受。我姨婆原本一直坐在那儿盯着他看，这时实在忍无可忍了。

“这人真见了鬼了！”我姨婆声色俱厉地说，“他这是怎么啦？快别像这么触电似的啦，先生！”

“请你原谅，特洛伍德小姐，”乌利亚回答说，“我知道你情绪不好。”

“去你的，先生！”我姨婆说，丝毫没有平息怒气，“别这么乱推测了，我才不是你说的那种人哩！你如果是条鳗鱼，先生，那你就像条鳗鱼那样扭你的好啦。可如果你是个人，那你就得好好管住你的胳膊腿儿，先生！哎呀，我的老天爷！”我姨婆十分愤慨地说，“我可不愿让你这么又扭又旋的，闹得发了疯！”

我姨婆这顿突发的脾气，把希普先生弄得颇为难堪，大多数人也是会这样的。然而姨婆怒气未消，她在自己的椅子上愤愤地挪动着，摇着头，好像要朝他猛咬、猛扑过去似的，这大大地助长了她这番发作的气势。可是乌利亚却在一旁，用温顺的声调对我说：

“我很了解，科波菲尔少爷，特洛伍德小姐是位极好的人，只是脾气急躁了一点儿（说实在的，我想我还是卑微的文书的时候，就有幸认识她了，比你认识她还早哩，科波菲尔少爷）。她遇上现在这种情况，脾气更急躁了一点儿，这是很自然的。奇怪的倒是，没有比现在更坏一些！我这次来访，只是想问一问，在现在这种情况下，我们有什么可以效劳的地方，我母亲和我本人，或者威克菲尔-希普事务所，我们都非常乐意效劳。我可以把话说到这种程度吗？”乌利亚对他的合伙人微笑着说，那样子实在是令人作呕。

“乌利亚·希普，”威克菲尔先生声音单调，颇为勉强地说，“在业务上是很勤奋的，特洛伍德。他说的话，我完全同意。你知道，我对你们一向是很关切的。此外，乌利亚说的，我完全同意！”

“哦，能得到这样的信任，”乌利亚说着，一条腿往回一缩，差一点儿又惹得我姨婆一顿臭骂了，“是多大的一种奖赏啊！不过，我只希望能做点儿事，减轻他业务上的负担，免得他太劳累了，科波菲尔少爷！”

“乌利亚·希普让我大大地省心了，”威克菲尔先生说，用的是同样呆板的声调，“有这样一个合伙人，我精神上的重担就放下了，特洛伍德。”

我知道，这些话全是那只红狐狸撮弄他说的，意在要威克菲尔先生自己出来，证实他的那些弄得我一夜没有睡好的话没有错。我又看到他脸上那种让人讨厌的笑容，也看到他那么留神地注视着我。

“你走不走，爸爸？”爱格妮斯焦灼地说，“你跟特洛和我，一块儿走回去，好不好？”

我相信，要不是乌利亚先有举动，威克菲尔先生一定会先看看这位大人物的脸色，然后才回答的。

“我已经跟人约好了，”乌利亚说，“是业务上的事。要不，我一定乐意跟我的朋友在一起。不过，我让我的合伙人代表本事务所好了。爱格妮斯小姐，再见！科波菲尔少爷，再见！向贝特西·特洛伍德小姐致以我卑微的敬礼。”

说完这几句话，他用大手向我们送了一个飞吻，又像个假面具似的朝我们瞟了一眼，接着便退出去了。

我们坐在那儿，谈起在坎特伯雷时的愉快往事，谈了有一两个小时。威克菲尔先生现在单独跟爱格妮斯在一起了，过不多久便有些恢复往日的神态，不过总有着一种永远摆脱不了的沮丧。尽管如此，他还是高兴起来了。当他听到我们追忆起旧日的那些生活琐事时，有许多他都记得很清楚，显然显得很高兴。他说，这会儿又像回到只有爱格妮斯和我跟他相伴的那些日子了，他真希望老天爷永远别让那种日子改变。我确信，爱格妮斯那温柔平静的脸，她往他胳膊上一碰的手，对他都有影响，能在他身上显出奇效。

第三十五章　沮丧

我姨婆（在这段时间里，她差不多一直跟佩格蒂在里面的房间里忙碌着）不想陪他们去他们的住处，但一定要我陪了去，所以我就去了。我们一起在那儿吃了晚饭，饭后，爱格妮斯像从前一样，坐在父亲的身边，为他倒酒。她倒多少，他就喝多少，并不多要——像个小孩儿似的。暮色渐渐降临，我们三人一块儿坐在窗前。到了天快黑时，他在沙发上躺了下来，爱格妮斯为他垫好枕头，弯腰在他身上俯了一会儿。当她回到窗子跟前时，天还不太黑，我看到她眼里闪着泪花。

我祈求上苍，永远不要让我忘记这位有着爱心和忠诚的好姑娘。因为如果我忘了，我也就快完了，那样我就更渴望记住她了！有了她这样的榜样，我就有了良好的决心，使我的软弱变为坚强，我头脑中游离的热情和不定的目标，在她的指点下，便有了方向——我不知道她是怎么做到的，因为她在指点我时，是那么谦逊，那么温柔，连规劝我的话都不肯多说——因此，我这一辈子还能做一点儿好事，没有做什么坏事，我真诚地相信，这一切都得归功于她。

我们在黑暗中坐在窗前。她对我谈起了朵拉，听我称赞朵拉，她也称赞朵拉。她在朵拉那小仙女的身上，洒上了她自己纯洁的光辉，因而使朵拉在我眼中，更觉得可贵，更觉得天真！哦，爱格妮斯，我童年的姐妹啊，要是当时我就知道多年以后才知道的事，那该多好啊！

我下楼出门时，看到街上有个乞丐，当我掉头望着窗口，想着爱格妮斯那天使般的恬静眼神时，那个乞丐，像那天早上的回声似的，嘟囔了一句，使我大吃一惊。他嘟囔的是：

“瞎了眼啦！瞎了眼啦！瞎了眼啦！”

第三十六章　满腔热情

第二天早上，我先到那家罗马浴室洗了个澡，然后动身前往海盖特。我现在已经不再垂头丧气。我不怕穿破旧的衣服，也不想骑灰色的骏马了。对于我们最近的不幸，我的整个态度已经完全改变。我现在要做的是，向我的姨婆表明，她过去对我的恩德，并没有白白地给了一个麻木不仁、忘恩负义的人。我现在要做的是，把我小时候所受的痛苦磨炼变成本钱，下定决心，一心一意地做好工作。我现在要做的是，手握樵夫的斧头，在困难的丛林中披荆斩棘，开辟出一条到达朵拉身边的路来。于是我的脚步便轻快起来，仿佛用走路就能完成这些事一般。

我走上了熟悉的前往海盖特的大路，想到这条路跟我的联系，过去我追求的是欢乐，现在我从事的使命，跟过去有着很大的不同，好像我的整个人生都变了。不过这并没有使我气馁。有了新的生活，就有了新的目标、新的志向。劳动量是巨大的，报酬可是无价的。朵拉就是报酬，而朵拉是我非得到不可的。

我如此激动万分，居然为我的外衣不够破旧而感到惆怅。我渴望在困难的丛林中披荆斩棘，在那种景况下证明我的实力。路上，有个戴着铁丝护目镜的老头儿，正在那儿砸碎铺路石，我真想借用他的锤子砸上一会儿，作为在花岗岩上开出一条通向朵拉之路的第一步。当时我兴奋得全身发热，上气不接下气，觉得自己已经挣到不知多少钱了。就在这种情况下，我走进了一座招租的小房子，细细察看了一下——因为我觉得，做人必须讲究实际。这房子给我跟朵拉住，真是再好也没有了；房前有一个小花园，正好可以给吉卜在里面跑动，让它隔着栅栏朝行贩吠叫；楼上最好的一个房间，就给姨婆住。我走出那座小房子后，身上就更热了，脚步也更快了，就像赛跑似的，一口气跑到了海盖特。可是由于跑得太快，早到了一个小时。不过，即使没有早到，我也非散一会儿步不可，至少在见人之前，我得先让自己冷静下来。

做好必要的准备后，我第一件得办的事是找到斯特朗博士的家。他并没有住在斯蒂福思太太住的那一带，而是住在这个小镇的另一个相反方向的地区。弄清楚这一点之后，一种无法抗拒的诱惑，把我吸引回斯蒂福思太太家旁边的一条小巷里，从她家花园的墙角处往里张望了一会儿。斯蒂福思房间的门窗关得紧紧的，温室的门敞开着，罗莎·达特尔没戴帽子，在草坪旁一条石子儿铺的小径上来回走着，步子快速而急躁，给我的印象是，像只被铁链拴住的猛兽，只能在链子长度能及的范围内来回走动，渐渐地耗尽它的心力。

我悄悄地从窥探的地方走开，还特意躲开邻近的一带，真希望自己没有来这儿，然后我一直溜达到十点钟。现在，那儿的小山顶上已建起一座有细高尖塔的教堂，可当时还没有教堂向我报时。那个位置原本是一座红砖砌的大房子，当时用作校舍。我还记得，当时我觉得，能到那儿上学，一定是很好的。

我走到斯特朗博士住的房子近旁时——那是座很漂亮的老房子，从刚刚装修好的情况看，他在这座房子上好像花了一点儿钱——看到他正在花园里散步，裹腿也扎上了，好像打从我做他的学生那时候起，他就一直不停地散步似的。跟他在一起的，也还是他的那些老伙伴。因为附近有许多大树，草地上有两三只白嘴鸦在打量着他，仿佛坎特伯雷的白嘴鸦给它们来过信，讲起过他，因而它们才这样专心地观察他。

我知道，离得这么远要想引起他的注意，是没有希望的。所以我就大着胆子，推开栅栏门，跟在他后面。这样一来，待他转过身来，就能跟他见面了。当他转过身来，朝我走过来时，有一会儿工夫，只是凝神望着我，显然，他没有想到是我。接着，他慈祥的脸上露出了异常高兴的神情，双手一齐握住了我。

"哦，我亲爱的科波菲尔，"博士说，"你长成大人了！你好吗？看到你，真让我高兴。我亲爱的科波菲尔，你多有出息啊！你真是非常——不错——哎呀！"

我向他问了好，也问候了斯特朗太太。

"哦，很好！"博士说，"安妮也很好！她见了你也会很高兴的。她一直就喜欢你。昨天晚上，我把你的信给她看时，她就是这样说的。还有——对了，毫无疑问——你一定还记得杰克·麦尔顿先生吧，科波菲尔？"

"完全记得，先生。"

"当然，"博士说，"一定记得。他也很好。"

"他回国了吗，先生？"我问道。

"你是说从印度回来吗？"博士说，"回来了。杰克·麦尔顿先生受不了那儿的气候，亲爱的。还有马克勒姆太太——你没有忘记马克勒姆太太吧？"

怎么会忘记那位老兵呢！在这么短的时间里！

"马克勒姆太太，"博士说，"为了他的事，那可怜的人，烦透了。因此我们又把他弄回国来了。我们花钱给他谋到了一个专利局的小差使，这对他来说合适多了。”

对于杰克·麦尔顿的为人，我颇为了解。因而从这点推测，这一定是个工作不多、报酬颇丰的差使。博士一只手搭在我的肩膀上，来回地走着，他慈祥的脸上带着鼓励的神情看着我，接着说：

“哦，我亲爱的科波菲尔，说到你提议的事，我得说，我的确非常满意，十分赞同。不过你难道不觉得，你可以找个好一些的工作吗？你知道，你跟我们在一起时，已经有了出众的成就。你能胜任很多重要的工作呢！你已经打好了基础，什么样的高楼大厦都可以往上建了。现在，把你一生的青春年华，用来做我能提供给你的这种小事，不可惜吗？”

我又开始激动得热乎乎起来，竭力提出我的请求，表述时用的语气恐怕都有点儿过火了。我提醒博士，我已经有了一个专业。

“对了，对了，”博士说，“这话没错，你确实已经有了专业，而且正在学习，这就不同了。不过，我亲爱的年轻朋友，一年七十镑又顶得了什么呢？”

“能使我们的收入增加一倍，斯特朗博士。”我说。

“哎呀！”博士回答，“真想不到！我并不是说，一年限定只有七十镑，因为我总是这样想的，另外还要给我聘用来的任何青年朋友，送点儿礼物。毫无疑问。”博士仍把一只手搭在我的肩上，来回走着说，“我总是把每年送点儿礼的事放在心上的。”

“我亲爱的老师，”我说（这会儿可真的不是胡说），“你对我的恩情太多了，我永远也报答不完——”

“快别这么说，快别这么说，”博士拦住我的话，说，“这话我不敢当！”

“我有的时间是早上和晚上，要是你认为这对你合适，而且认为值得一年付七十镑的话，你就帮了我无法形容的大忙了。”

“哎呀！”博士天真地说，“真想不到，这么点儿钱能顶这么大的事！哎呀，哎呀！要是你另有更好的差使时，你就去做，好吗？你的话可得算数，嗯？”博士说——对我们这些学生，他老爱用这样的话，严肃地激励起我们的自尊心。

“当然算数，先生！”我照以前在我们学校里时的样子回答说。

“那就这样说定了！”博士拍拍我的肩膀说，手仍搭在我的肩膀上，我们还是来回走着。

“要是我的工作跟那部词典有关，”我带着一点儿奉承的味道——我希望这是无害的——说，“那我就会高兴二十倍了，先生。”

第三十六章　满腔热情

博士停下脚步，又微笑着拍了拍我的肩膀，带着让人看了非常高兴的得意神情，仿佛我已经洞彻人类最深邃的智慧似的，提高嗓门儿说道："我亲爱的年轻朋友，你说对了，正是编词典的工作！"

怎么有可能是别的什么工作呢！他的口袋里，也跟他脑子里一样，装的全是词典的材料。从他身上四面八方冒出来的，也是这个。他告诉我，他从教书生涯退休以来，他的词典汇编工作进展顺利。我提议的早晚工作，对他再合适不过了，因为白天他习惯于一面散步，一面思考。他还说，由于杰克·麦尔顿先生最近曾自告奋勇，偶尔帮他做做誊抄工作，而他又不习惯做这种事，所以他的稿子有点儿凌乱，不过我们很快就能把稿子整理好，可以得心应手地继续进行下去。后来，当我们正式开始工作时，我才发现，杰克·麦尔顿先生费的那些力气，比我原来想的要麻烦多了，因为他誊抄的稿子不仅错误很多，而且还在博士的原稿上画了许多士兵和妇女的头像，弄得我常常陷入迷惑费解的迷宫之中。

博士想到以后我们能在这项了不起的工作上合作，十分高兴，于是我们约定第二天早上七点钟就开始。我们要在每天早晨工作两个小时，每天晚上工作两三个小时。星期六不工作，我休息。星期天，我当然也休息。我觉得，这样的工作安排，条件是很宽的。

我们的计划这样安排得使双方都满意后，博士就带我进屋去见斯特朗太太。我们发现她正在博士的新书房中，给他的书本掸灰尘——这是一种特权，博士是从来不允许任何别的人，去碰他那些神圣的心爱的书本的。

为了我，他们把早饭推迟了，于是我们一块儿在餐桌旁坐了下来。坐了没多久，我还没听到有人来的声音，就从斯特朗太太的脸上看出有人来了。跟着就有一位先生骑马来到栅栏门前。他下了马，把缰绳绕在胳膊上，像在自己家里一样，把马牵进一个小院子，拴在空车库墙上的一个铁环上，手里拿着马鞭，走进了早餐室。来的是杰克·麦尔顿先生。我认为，印度之行，根本没有使麦尔顿先生有所长进。不过，当时对不肯在困难的丛林中披荆斩棘的年轻人，我是深恶痛绝的，所以我的印象，是该打相当折扣的。

"杰克先生！"博士说，"科波菲尔在这儿！"

杰克·麦尔顿先生跟我握了手。可是我觉得，他不但不很热情，而且还带有一种懒洋洋的给我赏脸的神气，对此，我心里暗自感到非常不快。不过，他的这种懒洋洋的神气实在是够瞧的，只有跟他的表妹安妮说话时，他才不是这样。

"你吃过早饭了吗，杰克先生？"博士说。

“我几乎从来不吃早饭，先生，”他坐在一把安乐椅上，把头往后一靠，回答说，“我觉得早餐让我讨厌。”

“今天有什么新闻吗？”博士问。

“什么新闻也没有，先生，”麦尔顿先生回答，“有一条报道说，北方的人因为挨饿，有不满情绪。不过，不管什么地方，总是有人挨饿，有不满情绪的。”

博士的神情显得严肃起来，好像想换个话题似的，说：“那么，这是说什么新闻都没有了。人们说，没有新闻就是好新闻。”

“报上还有篇报道，先生，是关于谋杀的，”麦尔顿先生说，“不过，总是会有人给谋杀的，所以我没有看。”

对于人类的一切活动和感情显得无动于衷，我觉得，在当时并没有像后来那样被人看作是一种高贵的品质。我知道，打那以后，这种态度非常时髦。我曾见过，有人把这种态度表现得非常成功，我见过一些时髦的男女，他们好像生来就是毛虫似的。也许因为我是初次见到，所以当时麦尔顿先生的这种态度，给我的印象更加深刻。不过杰克·麦尔顿先生的这种态度，丝毫没有使我提高对他的尊敬，也没有加强我对他的信任。

“我是来问安妮今晚想不想去看歌剧的，”麦尔顿先生说着，把头转向安妮，“这是这一季里最后一个晚上的好戏了，有一位歌唱家，她真该去听听。她唱得真是好极了。她不但唱得好，而且还丑得迷人。”说完，他重又恢复了懒洋洋的样子。

凡是能使他那位年轻太太高兴的事，博士全都感到高兴，于是他就转向他太太说：

“你一定得去，安妮。你一定得去。”

“我不想去，”她对博士说，“我情愿待在家里。我非常愿意待在家里。”

她没朝她表哥看一眼，便转身跟我谈起话来，问我爱格妮斯怎么样，她能不能见到她，哪一天她会不会来看她。她显得那么不安。我感到奇怪，正在烤面包上涂奶油的博士，竟连这样明显的情况都看不出来。

可是他什么也没有看出来。他只是和蔼地对她说，她是个年轻人，应该去开开心，逗逗乐，绝不应该让一个呆板的老头子弄得自己也呆板起来。他还说，他要她唱那个新歌手的歌给他听，要是她不去，她怎么能唱呢？就这样，博士坚持为她做了这一安排，并且要杰克·麦尔顿回来吃晚饭。事情安排停当后，麦尔顿先生就走了，我想，是去他的专利局了。反正他骑马走了，样子显得特别懒洋洋。

第二天，我急于想知道她到底去了没有。她没有去，而是派人去伦敦谢绝了表哥的看戏邀请，下午就出门去看爱格妮斯了，还拉了博士跟她一起去。博士告诉我，他们是穿过田野徒步回家的，因为那天晚上天气晴朗宜人。当时我心里想，要是爱格妮斯不在伦敦，她是不是会去听歌剧呢？爱格妮斯是不是对她也产生了一些好的影响？

我觉得，她看上去并不很快活，不过她的脸显得很善良，要不就是虚伪了。我时常朝她瞥上一眼，因为我们在工作时，她总是坐在窗口。她还为我们准备早饭，我们就一面工作，一面匆忙地吃上几口。九点钟我走的时候，她跪在博士脚旁的地上，为他穿鞋，裹护腿。一些绿色的枝叶低垂在矮房敞开的窗口，在她的脸上投下淡淡的阴影。我在去博士公堂的路上，一直想着，那天晚上博士在看书时，她仰着脸看他的情景。

现在我很忙了，早晨五点就起床，晚上九到十点钟才回家。不过我这样从早忙到晚，却感到极大的满意。从来不为任何原因慢慢走路，热切地觉得，我越疲劳，就越对得起朵拉。我还没有把我这种改变的景况告诉过朵拉，因为再过几天她就要来看米尔斯小姐，我打算到那时再告诉她一切。我只在信里（我们所有的信都由米尔斯小姐暗中代转）对她说，我有许多话要跟她讲。这段时间，我润发油已用得很少，香皂和香水，就完全不用了。我还用极低的价格卖掉了三件背心，因为那样的背心，在我现在这样艰苦的生活中，显得太奢侈了。

我采取了这种种措施，还不满意。我心热如火，急于想找更多的事做，于是便去见特雷德尔。他现在住在霍尔本区城堡街一所房子的低矮挡墙后面。狄克先生已经跟我一起去过海盖特两次，重新跟博士做起了朋友。这回去看特雷德尔，我又带上了他。

我带上狄克先生，是因为姨婆的厄运使得他痛苦不堪，而且他真诚地相信，我现在的工作，比划船的奴隶或监狱里的囚犯还要劳苦，而他却一点儿帮不上忙，因此非常烦躁忧郁，弄得精神沮丧，食欲不振。在这种情况下，他觉得，要写成那个呈文，比从前更加不可能了。他越是想卖力地写那个呈文，查理一世那颗倒霉的脑袋越是要掺和进来。要不是出于好心哄骗他一下，让他相信自己还有用，或者使他真正有用（那就更好），我真害怕他的病会越来越重。所以我就决定去问一问特雷德尔，看看他能不能帮我们一点儿忙。去之前，我先给他写了一封信，对他说了发生的一切。特雷德尔给我回了一封非常关心的信，表达了他的同情和友谊。

我们发现他正在忙着笔墨工作。斗室的一角摆着那只花盆架和小圆桌，这使得他得以精神振作。他热情地接待了我们，跟狄克先生一会儿就成了好朋友。狄克先生一口咬定说，他从前见过特雷德尔。我们两个都说："这很有可能。"

我想跟特雷德尔商量的第一件事是这样的：我听人说，各界的许多成名的人，都是从报道国会辩论开始他们的事业的。特雷德尔以前曾对我提起过，从事新闻事业是他的希望之一。我把这两件事合在一起，在信里问过特雷德尔，我希望知道，怎样才能取得做这种事的资格。这会儿特雷德尔告诉我说，据他打听到的结果，要想做得出色，除了少数例外，单是学会必要的刻板技能，也就是说，要精通速记和阅读速记的秘诀，就跟通晓六种语言那么艰难。要是孜孜不懈，持之以恒，也许花几年时间可以达到目的。特雷德尔有理由相信，这么一说，这个问题就算解决了。不过我却觉得，这儿确实有几棵大树需要砍倒，我得下定决心，立即拿起斧头，在这片荆棘丛生的密林中，砍出一条通向朵拉的路来。

"我非常感谢你，我亲爱的特雷德尔！"我说，"我明天就开始。"

特雷德尔露出惊诧的样子，这也难怪。不过他对我当时大为欣喜的心情，还一无所知。

"我要买一本系统讲述这种技能的书，"我说，"在博士公堂里学习，我在那儿的时间几乎有一半是空着的。我要先记录我们法庭里的辩论，作为练习——特雷德尔，我亲爱的老朋友，我一定要精通这种技能！"

"哎呀，"特雷德尔把眼睛睁得大大的，说，"我从来没有想到，你是个这样有决心的人，科波菲尔！"

我不知道他怎么会想得到，因为连我自己都是刚想到的呀。我放下这件事，提出狄克先生的事来。

"你知道，"狄克先生满怀渴望地说，"我真盼望自己能出点儿力，特雷德尔先生——盼望自己能打打鼓——或者是吹吹号什么的！"

可怜的人！我毫不怀疑，比起别的事来，他打心眼儿里更喜欢做这类事。特雷德尔是个怎么也不会讥笑别人的人，他平静地回答说：

"听说你的字写得很好，先生。你不是跟我说过吗，科波菲尔？"

"没错，写得好极了！"我说。的确是这样。他的字写得非常工整。

"要是我给你找个抄写的工作，先生，"特雷德尔说，"你看你愿意干吗？"

狄克先生没有主意地朝我看着，说："你说怎么样，特洛？"

我摇摇头。狄克先生也摇摇头，而且还叹了口气。"你跟他说说那个呈文的事吧。"狄克先生说。

我对特雷德尔解释说，要叫狄克先生在文稿中不写进查理一世，非常困难。

第三十六章 满腔热情

这时，狄克先生神态严肃，一面毕恭毕敬地看着特雷德尔，一面吸吮着大拇指。

“不过，你知道，我说的是抄写已经写好的文稿，”特雷德尔想了想，说，“狄克先生完全不用再动脑子去起草。这跟自己写文章不是不同的吗，科波菲尔？不管怎么说，反正先试一试，好不好？”

这给了我们新的希望。特雷德尔跟我撇开狄克先生，交头接耳研究了一番，狄克先生坐在椅子上焦急地看着我们。我们商量出一个方案，第二天就按这一方案让狄克先生开始工作，结果非常成功。

在白金汉街我的寓所窗前的一张桌子上，我们摆好了特雷德尔为他弄来抄写的文件——是一份关于通行权的法律文件，抄多少份我忘记了——在另一张桌子上，我们又摊开他那份伟大呈文最后的、尚未完成的原稿。我们告诉狄克先生，他必须一字不差地照抄面前的那份文件，不许有一丁点儿改动。要是他脑子里有点儿动起要提查理一世的念头时，他就得赶快跑到摊着呈文的那张桌子那儿。我们告诫他，对这一点一定要坚决，还安排姨婆在那儿看住他。后来姨婆告诉我们说，开始狄克先生像个打鼓的人似的，不断地两面分心，后来发现这样一来会把心思搞乱，也极易疲劳。而且那文件清清楚楚地摆在他的眼前，所以没过多久他就坐在那儿，按部就班地认真抄起文件来，把呈文留到更适当的时候去起草了。总之，虽然我们非常小心，不让他抄得太多，以免影响他的健康，虽然他不是从一星期的头一天就开始抄写，但是到了星期六的晚上，他还是挣了十先令九便士。而且在我有生之年，我永远忘不了，他怎么跑遍了附近的店铺，把这笔钱全都换成了六便士的辅币，在盘子里摆成一颗心的形状，献给我姨婆，眼中含着快乐和得意的眼泪。打从他做这件有用的工作起，他就像有一道灵符神咒保佑着似的。在那个星期六的晚上，要是说世界上有个幸福的人，那就是这个满怀感激的狄克先生，这个把我姨婆看成是最了不起的妇女，把我看成是最了不起的青年的人了。

“这下不会挨饿了，特洛，”狄克先生在一个角落里跟我握着手，说，“我来养活她，先生！”说时十个手指在空中使劲挥动，好像这是十家银行似的。

我不知道我们两人中谁更开心，特雷德尔呢还是我。“哎呀！”特雷德尔突然说道，从口袋里掏出一封信来，交给了我，“我把米考伯先生完全给忘了！”

这封信（米考伯先生从来不错过写信的机会）是写给我的，“敬烦内殿法学院托·特雷德尔先生转交”。信是这样写的：

亲爱的科波菲尔：

当你得悉我的命运已出现某些转机的消息时，大概不会觉得意外吧。

因为以前我们晤面时，我可能已经对你提过，我正在等待这种机缘的到来。

我即将在我国得天独厚之岛上的一城镇立足（该地的社会可说是农业和宗教的和睦混合体），与一种专门职业发生直接关系。米考伯太太及我们的孩子，都将伴我同行。今后我等的尸骨或将长眠于一巍峨古建筑附属之墓地中。此城镇即以此建筑驰名，我若说，其声名传播之广，从中国到秘鲁，也不为过吧？

我等一家寄居在这一现代巴比伦期间，经历了种种沧桑，但我自信并无不光彩之处。在这告别之时，米考伯太太和我心里都不能不想到，今后也许要跟一位和我们家庭生活的祭坛有密切联系的好友，分离多年或永远分离。在此离别的前夕，你如能偕同我们的共同朋友托马斯·特雷德尔先生，光临敝舍，互道此际应有的祝愿，你便是施惠于我了。

你永远的朋友

威尔金斯·米考伯

得悉米考伯先生已摆脱屈辱和痛苦的厄运，终于真的有了转机，我心里非常高兴。听到特雷德尔说，信中提到的邀请就在当天晚上，我立即表示，有幸受邀，一定参加。于是我们就一起前往米考伯先生以莫蒂默先生的名义租住的寓所。该寓所位于格雷法学会路起点附近。

这个寓所里的设备非常简陋，我们发现那对双胞胎已有八九岁，躺在起坐间的一张折叠床上。米考伯先生也在，正在用放在洗脸架上的一只大罐，调制他拿手的、他叫作“酿造物”的可口饮料。这一次，我很高兴，又能跟米考伯大少爷重叙旧谊。我发现他已经十二三岁了，看上去很有出息，他手脚没有片刻闲着的时候，这是他这个年龄的少年常见的现象。我还重新结识了他的妹妹，米考伯大小姐。据米考伯先生告诉我们说，在她的身上，“她的母亲又返老还童，像埃及神话中的长生鸟①一样”。

“我亲爱的科波菲尔，”米考伯先生说，“你跟特雷德尔先生都可看出，我们就要移居了。在这种情况下难免有一些不方便的地方，还望你们原谅。”

我做了得体的回答，同时朝四周打量了一下，发现他们家的行李物件都已包扎好，行李的数量当然算不上多。我向米考伯太太祝贺生活有了转机。

“我亲爱的科波菲尔，”米考伯太太说，“我完全相信，你对我们家的所有事情，都是很关心的。我娘家的人可能认为我们这是被充军流放，随他们去说

① 长生鸟：相传为生长在阿拉伯沙漠中的一种美丽而孤独的鸟，每五百年自焚为灰烬，再自灰烬中重生，循环不已，成为永生。

吧。我是个妻子，也是个母亲，我绝不会背离米考伯先生的。”

特雷德尔在米考伯太太目光的祈求下，感情激动地表示完全同意她的说法。

“我亲爱的科波菲尔先生，特雷德尔先生，这，这至少表明我对责任的看法。当年我说过‘我，艾玛，愿意嫁给你，威尔金斯’，这句话是不能反悔的，打那以后我就负起了这个责任。昨天晚上，我在昏暗的烛光下，重又念了婚礼仪式上的话，得出的结论是，不管什么时候，我都绝不能背离米考伯先生。而且，”米考伯太太说，“即使我对婚礼仪式的看法可能是错的，我也永远不背离米考伯先生！”

“我亲爱的，”米考伯先生有点儿不耐烦地说，“我绝不认为你会做出那种事来的。”

“我知道，亲爱的科波菲尔，”米考伯太太接着说，“现在我要到人地两生的地方去碰运气了，我也知道，虽然米考伯先生用最有礼貌的言辞，给我娘家的那些人写了信，告知我们的这一情况，可是他们对米考伯先生的信，丝毫不加理睬。也许我真的是迷信，”米考伯太太说，“不过我觉得，米考伯先生不管写多少信，好像命中注定，他的信永远都得不到回答的。我从我娘家人保持缄默的态度里，可以猜出，他们是反对我们做出的这种决定的。不过，科波菲尔先生，我绝不会让自己不尽职责，即使我爸爸和母亲还活着，我也不会让他们引我走上歧途。”

我表达意见说，这是正确的方向。

“蛰居在一个有大教堂的城市里，”米考伯太太说，“也许是一种牺牲。不过，科波菲尔先生，要是对我来说，是一种牺牲，那对像米考伯先生这样有才华的人来说，更是一种牺牲了。”

“哦！你们要去有大教堂的城市？”我问道。

这时，一直在从洗脸架上的罐子里给我们倒酒的米考伯先生回答说：

“去坎特伯雷。事实上，亲爱的科波菲尔，我已经安排好了，根据这一安排，我跟我们的朋友希普已经订了合约，我要尽力协助他，为他服务，做——做——他的机要文书。”

我直瞪着米考伯先生，他看我吃惊，大为得意。

“我理当告诉你，”他一本正经地说，“主要是因为米考伯太太有办事的经验，能提出好主张，所以才有这样的结果。米考伯太太以前曾提出，用登广告的形式向社会挑战，这次我的朋友希普出来应战了。于是我们就得以相互认识。说到我的朋友希普，他是一位非常聪明机灵的人，提到他时，我总要尽一切可能对他表示敬意。我的朋友希普，暂时还没有把我的正式薪水定得太高，不过他已经把我从经济困难的压力下解脱出来，根据我的劳动价值来定了，在这方面他出了很多力。我把我的信心和希望全都系在我的劳动价值上了。而我正好具有的这种机灵和才智，”米考伯先生带着他素来的绅士派头，夸张地自谦说，“就要用来为我的朋友希普效劳了。我已经有了一些法律知识——做过民事诉讼案中的被告——我还要马上把一位英国最卓越、最出色的法学家的《释义》仔细钻研一番。我指的法学家是布莱克斯通①法官先生，我相信这就不需要补充说明了。”

这一番话，实际上那天晚上说的大部分话，都被米考伯太太和米考伯大少爷打了岔。因为米考伯太太发现米考伯大少爷时而坐在自己的靴子上；时而用双手抱着脑袋像是脑袋要裂开似的；时而在桌子底下用脚踢特雷德尔；时而两脚不断上下换位置，或者伸得老远，不成样子。有时还发现他侧着身子躺着，头发摊在酒杯之间，再不就手舞足蹈，动个不停，弄得在场的人很不舒服。当他的这些举止被母亲发现时，他就大发脾气。在这段时间，我一直坐在那儿，对米考伯先生透露出来的消息，感到非常诧异和困惑不解，不知道他用意何在。直到米考伯太太重又接上这个话题，我才把注意力转到她身上。

“我特别要米考伯先生当心的是，我亲爱的科波菲尔先生，千万不要因眼下屈居法律的旁枝低蔓，就忽视自己最后能攀登到树顶的能力。我相信，米考伯先生凭着他那丰富的才智，加上流利的口才，正适合这一行，只要他专心去做，一定能出类拔萃。比如说，特雷德尔先生，”米考伯太太显出一副莫测高深的样子说，“做上法官，或者甚至是大法官。一个人做了像米考伯先生现在接受的这种职务，不至于就没有升上高位的可能了吧？”

“我亲爱的，”米考伯先生说着，带着探询的神色，朝特雷德尔看着，“考虑这些问题的时间，我们还多着哩！”

“米考伯，”米考伯太太说，“不！你这一辈子的错误，就是看得不够远。即使你不想为自己，也得要对得起你的家人。你也应该往你的才智能达到的最远处天边尽头看。”

米考伯先生一面咳嗽，一面喝着自己调的潘趣酒，神气极其得意——不过仍瞟着特雷德尔，好像要听听他是什么意见似的。

“呃，这件事，实在的情况是，米考伯太太，”特雷德尔婉转地对她说出真相，“我说的完全是实情，这你知道——”

“正是，正是，”米考伯太太说，“我亲爱的特雷德尔先生，谈这样一个重

① 布莱克斯通（1723—1780）：英国法学家、法官，著有《英国法释义》。

要的问题，我希望尽可能如实和确切。”

“——实际的情况是，”特雷德尔说，“在法律界这一行，即使米考伯先生是个正式的律师——”

“正是这样，”米考伯太太说，“威尔金斯，你老是这么瞟着眼睛，就要回不到原来的样子了。”

“——跟那也不相干，”特雷德尔继续说，“只有出庭的大律师才有资格升到那种高位。米考伯先生没有在法学院读满五年，那他就不可能当出庭的大律师。”

“那么五年满了以后，米考伯就有资格当法官或大法官了。亲爱的特雷德尔先生，”米考伯太太带着她那最亲切的务实态度说，“我这样理解对吗？”

“那他就有资格了。”特雷德尔回答说，“有资格”三个字，他特别加重语气。

“谢谢你，这就很够了。如果真是这样，米考伯先生去做现在的这类工作，他的权益并不会因这受到损失，那我也就放心了。当然，我这说的是女流之辈的话，”米考伯太太说，“不过我从前在娘家时，常听我爸说起司法才能，我认为米考伯先生就有这种才能。我希望，米考伯先生现在进了这一行后，他的这种才能会得到发挥，能使他取得出人头地的地位。”

我完全相信，米考伯先生凭着他那司法奇才的眼光，已经看到自己高踞于大法官的席位上了。他沾沾自喜地用手摸摸自己的秃头，带着一种卖弄的豁达姿态，说：

“我亲爱的，天命我们是不能预测的。要是我注定有戴法官假发的命，那我至少在外表上已经做好准备，”这是指他的秃顶说的，“来享受这份荣耀了。我并不为没有假发懊丧。我的头发脱落，也许还有特殊的意义哩。这很难说。我的打算是，亲爱的科波菲尔，我要教育培养我的儿子为教会服务。我不否认，我能靠他出名，也就很满意了。”

“为教会服务？”我问道，这当儿我还在想着乌利亚·希普的事。

“是的，”米考伯先生说，“他的头声很出色，可以从参加教会唱诗班入手。我们在坎特伯雷居住，跟当地有了联系，毫无疑问，一旦大教堂的唱诗班有了空缺，一定有办法能让他补进的。”

我又朝米考伯大少爷看了一眼，我发现他脸上有一种表情，好像他的声音就在眉毛后面发出似的。当他唱《啄木鸟啄木歌》给我们听时（唱歌或者去睡觉，两者任他挑选），他的声音果然就从那儿发出。我们大大地夸奖了他一番后，又泛泛地谈了一些别的话题。我的景况发生变化的事，本来我拼命想不对米考伯夫妇说的，可后来还是忍不住对他们说了。听说我姨婆陷入困境，他们竟那么高兴，那么舒心和适意，我简直没法儿形容。

我们的潘趣酒差不多喝到最后一巡时，我对特雷德尔提醒说，告别前，我们得祝我们的朋友健康幸福，在新的事业上取得成功。我请米考伯先生为我们斟满酒，接着按规矩为他们干杯。我隔着桌子和米考伯先生握了手，还吻了米考伯太太，来纪念这次重大的聚会。特雷德尔也学我的样，做了其中的第一项，至于第二项，他觉得他这个朋友交情还不够深，所以没敢冒昧仿行。

"我亲爱的科波菲尔，"米考伯先生说着站起身来，把自己的大拇指一面一个，插进背心的口袋里，"我青年时代的伙伴——如果许可我这样称呼的话——还有，我尊敬的朋友特雷德尔——如果你也许可我这样称呼的话——现在，请允许我代表米考伯太太、我本人以及我们的子女们，对你们两位的这番好意，致以最热烈、最坚决的感谢。我们就要移居外地，去过一种全新的生活了，"米考伯先生说话的口气，好像要到五十万英里外去似的，"在此分离的前夕，我想我应该对我面前的两位朋友，说几句临别赠言。不过，有关这方面所有要说的话，我已经全都说了。现在，我就要投身于一门需要高深学识的职业，在里面做一名微不足道的小卒，通过这个职业，不管我达到什么社会地位，我都将尽力不使它受到玷污，米考伯太太也一定会使它更增光彩。在暂时的金钱债务压力下（举借时原想立即偿还，但因受种种情势影响，未能如愿），我无奈只好被迫戴上我生来就厌恶的装饰——我指的是眼镜——还不得不换上一个我不能称之为合法的姓氏。关于这一点，我要说的是，凄惨景象中的乌云已经散去，白昼之神重又登上山巅。下星期一下午四点钟，公共马车抵达坎特伯雷时，我的脚就要踏上故乡本土——我的姓，又是米考伯了！"

米考伯先生说完这番话后，重新坐下，神情严肃地一连喝下两杯潘趣酒，接着更加庄严地说：

"在这次离别之前，我还有一件事得做，就是要履行一项法律手续。我的朋友托马斯·特雷德尔先生，有两次为了帮我的忙，在期票上给我'具名作保'，要是我可以用这种普通的说法的话。第一张期票到期时，托马斯·特雷德尔先生——简单地说吧——被我置于困境之中。第二张期票眼下还没到期。第一张期票的欠款数额，"说到这儿，米考伯先生掏出一个笔记本，仔细看了看，"我相信，为二十三镑四先令九便士半；第二张的款数，据我的记载，为十八镑六先令二便士。这两笔加在一起，要是我算得不错的话，为四十一镑十先令十一便士半。现在请我的朋友科波菲尔替我核对一下，看我算得对不对？"

第三十六章　满腔热情

我照办了，发现完全正确。

“要是我离开首都，”米考伯先生说，“离开托马斯·特雷德尔先生时，不把这笔债务清理了，那这件事会重重压在我的心头，使我难以忍受。因此，我为我的朋友托马斯·特雷德尔先生拟好了一份文件，现在我手里拿的就是，通过这个文件，我所期望的目的就可以达到。现在我请求我的朋友托马斯·特雷德尔先生，收下我这张四十一镑十先令十一便士半的借据。这样，我就可以恢复我的人格尊严，又可以在我的同胞面前昂首阔步了，这是我很高兴的事！”说完这段开场白以后（这番话使他自己大为感动），米考伯先生就把自己的借据递到特雷德尔手中，同时祝他一生万事如意。我深深相信，不仅米考伯先生把这完全当成还了钱一样，就连特雷德尔本人，在他来得及细想之前，也弄不清这两者有什么不同。

凭着他的这番正直的举动，米考伯先生得以在同胞面前昂首阔步了。当他举着蜡烛照我们下楼时，他的胸膛仿佛都比原先宽出一半来了。我们分手时，双方都很激动。我把特雷德尔送到他寓所门口，然后独自一人回家时，我心里思绪纷繁，矛盾百出，在这混乱的思绪中，我想到，米考伯先生这人虽然靠不住，他却从来没有向我借过钱，这大概是因为他还记得，我做过他的小房客，他对我还多少心存怜悯吧。他要是对我开口，从道义上讲，我断乎没有拒绝他的勇气。我完全相信，这一点他知道得跟我一样清楚，因而这是值得对他赞扬的。

第三十七章　一杯冷水

我的新生活已经过了一个多星期，为应付危机所抱切实可行的重大决心，比以前更加坚定了。我依旧脚步匆匆，觉得自己一直在奋勇向前。我为自己定下一条规矩，不管做什么事，我都要竭尽全力。我要完全牺牲自己。我甚至想到要吃素，模糊地觉得，我应该成为一个吃草的动物，那样我就可以作为祭品，献给朵拉了。

可是直到现在，除了在我给她的信中隐约地有点儿暗示外，对我的这种不顾死活的决心，小朵拉是一无所知的。不过，星期六又来了，就在这个星期六的晚上，她要去米尔斯小姐家。当米尔斯先生去纸牌俱乐部打牌时（这时在客厅的中间窗口挂上一个鸟笼，作为暗号，通知街上的我），我就去那儿喝茶。

这时，我们住在白金汉街的人，已经完全安定下来了。狄克先生心情舒畅地继续做他的抄写工作。我姨婆已打了一个大胜仗，完全把克拉普太太制服，发清工钱，把她给解雇了，还把她暗暗放在楼梯上的第一只水罐，扔到了窗外。姨婆亲自上楼下楼，护送她从外面雇来的一个打杂的临时工。她的这些坚决有力的措施，吓得克拉普太太胆战心惊，她当姨婆疯了，只好躲在自家的厨房里，不敢露脸。姨婆对克拉普太太以及其他所有人的看法，压根儿就不加理会，甚至对克拉普太太认为她疯了的看法，还颇为喜欢。克拉普太太原来胆子很大，几天之内就变得胆小了，不敢再在楼梯上见到我姨婆，尽量把她那肥胖的身子藏到门背后——不过她那法兰绒衬裙的阔边都露在了外面——或者是缩到黑暗的角落里。这给了我姨婆说不出的满足。我相信，每当克拉普太太有可能会出现时，姨婆就疯疯癫癫地在头上歪戴顶帽子，上上下下地溜达，以此为乐。

我姨婆生性好整洁，而且心灵手巧，她把家里的摆设稍加调整，看起来我们不但没比以前穷，反而显得比以前更富了。举例说吧，她把那间餐具室改成了我的梳妆室；还买了张床，装饰后给我睡；这张床白天看上去就像一只书架，真是像极了。她对我的饮食起居，关怀备至，即使我那可怜的母亲，也不会比她更疼我，或者比她更用心研究如何使我更快活。

第三十七章　一杯冷水

在这些家务劳动中，能让佩格蒂也参加出力，她感到无上光荣。虽然她对我姨婆还留有一些往日的敬畏之心，但是我姨婆已给了她那么多鼓励和信任，因而她们现在已经成了最要好的朋友。不过，这会儿她回家的时候到了（我说的是我要去米尔斯小姐家喝茶的那个星期六），她得去尽照顾汉姆的职责了。“那么，再见了，巴基斯，”我姨婆说，“你自己要保重！说真的，我从来没有想到，你走了我会这么难过！”

我陪佩格蒂到了公共马车售票处，为她送行。分别时，她哭了，还跟汉姆一样，要我看在朋友的分上，好好照顾她哥哥。自从那个晴朗的下午他走了以后，我们就再也没有得到过他的任何消息。

“哦，还有，我亲爱的大卫，”佩格蒂说，“要是你做学徒的时候需要用钱，或者到你满师后，我亲爱的，需要钱开业（不管是要用钱还是开业需要钱，或者两者都需要，反正你都要用钱，宝贝儿），除了我那个可爱女孩儿的自己人——我这个老蠢货外，还有谁有权提出要借钱给你呢！”

我的自立之心还没有不近人情到说不的地步，我只能回答说，如果一旦我需要借钱的话，我一定向她借。我相信，这句话比我能做的任何事，都更使她高兴，当然这比当场接受她一大笔钱，要略逊一筹。

“还有，我亲爱的！”佩格蒂悄声说，“告诉那位漂亮的小天使，说我很想见她一面，哪怕见一分钟也好！你还要告诉她，在她跟我的孩子结婚之前，只要你们让我去，我一定会去把你们的新房收拾得漂漂亮亮的！”

我对她说，到时候，除了她，我绝不让任何别的人插手。这句话，佩格蒂听了开心极了，因此离开时，一直都是高高兴兴的。

我在博士公堂里，整天想着各种计划，尽可能使自己劳累不堪。晚上约定的时间到来时，我就动身前往米尔斯小姐住的那条街。到了那儿一看，中间的那个窗口并没有鸟笼挂出，原来米尔斯先生吃过晚饭后，总要先打个盹儿，看来他还没有出门。

他让我等的时间实在太长了，我真希望俱乐部因为他去晚了罚他一笔钱。后来，他终于还是出来了。接着，我看到我的朵拉亲自挂起了鸟笼，还站在阳台上往下找我，看我是否到了。看到我已在那儿，她就跑进去了。这时，吉卜仍留在后面，对着街上一条屠夫的大狗狂吠，其实那条狗大得可以把它当颗药丸子一口吞下去。

朵拉跑到客厅门口来迎接我，吉卜踉踉跄跄地跟在后面，连吠带叫地冲了出来，当我是个强盗。于是我们三个一块儿进了屋里，能有多快活就有多快活，能有多亲热就有多亲热。可是没过多久，我就给我们欢乐的心里，带进了凄凉——这并不是我有意要这么做，而是因为我全身心都放在这件事上了——我没有给朵拉丝毫准备，就向她说，她能不能爱一个叫花子。

我的美丽的小朵拉吃了一惊！“叫花子”这个词，在她的联想中，只是面色土黄、头戴睡帽，或者是拄副拐杖，或者是有条木头假腿，再不就是牵一条口叼饮料瓶托的狗以及诸如此类的东西。她带着极其有趣的惊讶神情，直瞪着我。

“你怎么能问我这样傻的问题呀？”朵拉噘着嘴说，“爱不爱一个叫花子！”

“朵拉，我最亲爱的！”我说，“我就是一个叫花子！”

“你怎么会这样傻呀？”朵拉在我手上拍了一下，说，“竟坐在这儿，说这样的胡话！我要叫吉卜来咬你了！”

她的这种孩子气，在我看来，是世界上最可爱的样子了，不过，这件事我非说明白不可，所以就郑重其事地重复说：

“朵拉，我的命根子，你的大卫现在一贫如洗了！”

“要是你再这样胡说八道，”朵拉摇动着她的鬈发，说，“我可真要叫吉卜咬你了！”

可是，我看起来是那么认真，朵拉也就不再摇动她的鬈发了，而是把她那发抖的小手放在我的肩膀上，开始是一脸的惊恐和焦急，随后便哭起来了。这下可糟了。我急忙在沙发前跪了下来，搂住她，求她不要撕碎我的心。可是有一阵子，可怜的小朵拉只是一味喊着，哎呀！哎呀！哦，她真的吓着了！朱丽娅·米尔斯在哪儿呀！哦，快把她扶到朱丽娅·米尔斯那儿去，请你快去吧！弄得我差不多都快要疯了。

经过我一番苦苦的哀求，再三的劝慰，终于使朵拉看着我了，但脸上依旧满是惊恐的神色，又经过我一番安慰，最后总算渐渐把她哄住，脸上只有爱怜之色了。她那张柔滑漂亮的脸蛋儿，也贴在我的脸上了。这时，我就把她搂在怀里，对她说，我是多么爱她，爱她有多深，多深；因此我觉得，我应该让她从婚约的束缚中解脱出来才对，因为我现在已经是一个穷人了；我又告诉她说，要是我失去了她，我会永远无法忍受，我就再也不能复原；只要她不怕受穷，我绝不怕受穷，由于有了她，我的双臂就能生出力量，我的心就能得到鼓舞；现在我已经鼓起勇气在工作，这种劲头，除了一个情人，别人是理解不了的；现在我已经开始讲究实际，展望未来；一块靠自己的辛苦挣来的面包皮，要比继承得来的一桌盛筵味美得多；以及诸如此类的一些话。我说得滔滔不绝，口若悬河，连我自己都感到十分惊异，虽然打从我姨婆突然告诉我破产的情况后，这些话是我白天黑夜一直在琢磨的。

“你的心还是我的吗，亲爱的朵拉？”我乐不可支地问道，因为她紧紧地偎依在我怀里，我知道，她依然爱着我。

“哦，是的！”朵拉喊了起来，“哦，是你的，全是你的！哦，你别再吓唬我了！”

我吓唬你！吓唬朵拉！

“别再说什么穷啦，苦干啦这种话了！”朵拉说，同时朝我偎依得更紧了，“哦，别，别再说了！”

“我最亲爱的爱人，”我说，“靠自己的辛苦挣来的一块面包皮——”

“哦，你说得对，可我不想再听什么面包皮了！”朵拉说，“吉卜每天十二点钟就得吃一块羊排，要不它会死的！”

我被她这种天真可爱的孩子气给迷住了。我满怀深情地对她说，吉卜一定能像往常一样，按时吃到羊排的。我又把我们那生活俭朴的家描述了一番，靠我的劳动完全可以自食其力——还简略地讲到我在海盖特看过的那座小房子，打算让我姨婆住在楼上的那个房间里。

“我这会儿没有吓唬人了吧，朵拉？”我温和地说。

“哦，没有，没有！”朵拉喊了起来，“不过我希望，你姨婆大部分时间都待在自己房间里才好。但愿她不是那种老爱骂人的老太婆！”

要是我有可能比任何时候更爱朵拉，那我敢担保，一定是那一刻了。不过我觉得，她有点儿不切实际。这使我感到有点儿气馁，因为我感到，很难把我新近的这股热情传给她。于是我再次做了一番努力。等她重又定下神来，卷玩躺在她腿上的吉卜的耳朵时，我又郑重其事地对她说：

“我的宝贝儿，我可以跟你说件事吗？”

“哦，请你不要再说实际的情况了！”朵拉央求说，“因为那让我害怕！”

“我的心肝！”我回答说，“我要说的话里，没什么会吓着你的。我要你对我的话完全换一种想法。我想要让这话给你增加力量，使你得到鼓舞，朵拉！”

“哦，不过那太可怕了！”朵拉叫了起来。

“我的宝贝儿，没什么可怕的。只要坚持不懈，意志坚强，就能使我们经受住更加恶劣的情况。”

“可是我一点儿也不坚强呀，”朵拉摇动着鬈发说，“我坚强吗，吉卜？哦，你吻一下吉卜，好让人高兴一点儿！”

朵拉捧起吉卜，送到我的嘴边，要我吻它，还把自己鲜亮、通红的小嘴做出亲吻的样子，要我照着去吻，而且还坚持要我不偏不倚地吻在吉卜的鼻子正中间。这一来，要想不吻是不可能了，我就照她的吩咐做了——跟着，由于我的服从，她赏给我一个吻作为回报——她让我着了迷，我本想要认真说的事，结果忘了不知有多久。

“不过，朵拉，我的宝贝儿！”我终于恢复过来，认真地说，“我有件事要跟你说。”

她一听这话，就把两只小手合拢举了起来，求我，请我不要再吓唬她了。那个样子，就连遗嘱法庭的法官见了，也会着迷，坠入情网的。

“我决不会再吓你了，我的亲爱的！”我对她保证说，“不过，朵拉，我的宝贝儿，要是你有时候想一想——并不是垂头丧气地想，这你知道，绝不是那样——不过，要是你有时候想一想——只是为了鼓励你自己——你跟一个穷人订了婚——”

“别说了，别说了！求你别说了！”朵拉叫了起来，“这话太可怕了！”

“我的命根子，这一点儿都不可怕！”我兴冲冲地说，“要是你有时候把那种情况想一想，时常留神一下你爸爸的家务事，想法养成一点儿习惯——比如记记日用账什么的——”

可怜的小朵拉一听这话，发出了一半像啜泣，一半像喊叫的声音。

“——以后，这对我们会有用处的，”我继续接着说，“要是你能答应我读一读一本——一本讲烹饪的小书，我会送来给你，那对于我们俩都大有好处。因为我们俩的生活道路，我的朵拉，”说到这件事，我大为兴奋，“是崎岖不平的，要靠我们自己来把它铲平。我们一定得一往无前。我们得奋勇前进。路上一定会遇到种种障碍，我们一定得迎上去，清除掉它们！”

我滔滔不绝地讲着，紧握拳头，眉飞色舞；不过，再说下去，已经完全没有必要了。我已经说得够多了。结果我又折腾了一次。哎呀，朵拉吓坏了！哦，朱丽娅·米尔斯在哪儿呀！哦，快把她扶到朱丽娅·米尔斯那儿去！请你快去吧！这一来，简单地说吧，又把我弄得像发了疯似的，在客厅里乱嚷乱叫。

我想，这一次我把她的小命给送了。我往她的脸上洒冷水。我双膝跪地，狠抓自己的头发，大骂自己是个残忍的畜生，无情的野兽。我央告她饶恕我，哀求她看我一眼。我在米尔斯小姐的针线匣里乱翻了一通，本想找到嗅药瓶，在慌乱痛苦中错拿了象牙针盒，结果把所有的针全都倒在了朵拉身上。吉卜也跟我一样发了疯，我对它直挥拳头。我发疯似的做了一切能做的荒唐事，待到米尔斯小姐进了客厅时，我早已智穷计尽，不知所措了。

“这是谁干的好事？”米尔斯小姐一面救护朋友，一面嚷道。

我回答说：“是我，米尔斯小姐！是我干的！瞧，我就是凶手！”或者是类似的话——说完，为了避开灯光，我把脸埋进沙发的垫子里。

起初，米尔斯小姐以为我们两个吵了嘴，以为我们俩已到了撒哈拉沙漠的边缘，快要决裂了。不过没过多久，她就看出了事情的真相，因为我那位可爱多情的小朵拉搂住她，开始大声说，我是个“可怜的苦工”，接着便为我哭了起来，搂住我，求我允许她把她所有的钱都给我；随后又搂住米尔斯小姐的脖子，呜呜地哭个不停，仿佛她那颗温柔的心已经碎了。

第三十七章　一杯冷水

米尔斯小姐一定是生来就是为了造福我们俩的。她从我的几句话中就了解到了全部事情的真相，跟着安慰朵拉，渐渐说得她相信，我并不是一个苦工——这会儿我相信，朵拉根据我说话的态度，断定我是个挖土工了，整天在一块跳板上推辆手拉车，上上下下、左摇右晃地走着——让我们俩一块儿平静下来。等我们都平静下来，朵拉上楼往眼睛里滴玫瑰水时，米尔斯小姐摇铃要仆人准备茶点。这当儿，我告诉米尔斯小姐说，她永远是我的朋友，要等我的心脏停止跳动，我才会忘记她对我们的同情。

然后，我就对米尔斯小姐解释了刚才我对朵拉解释而没能成功的事。米尔斯小姐回答说，按一般的原则来说，心满意足地住在农舍里，胜过住冷酷的华丽宫殿。只要有爱，就有一切。

我对米尔斯小姐说，这话很对。除我之外，还有谁更懂得这句话的真意呢？因为我对朵拉的爱，任何别的人都不曾体验过。可是米尔斯小姐却怀着失望的神情说，如果我这话是真的，对某些人倒确实很好。我一听这话，急忙对她解释，我要请她原谅，我这句话只限于男性。

然后我问米尔斯小姐，请她告诉我，我对朵拉说的要她学记账、管家务、看烹饪书这些建议，她是否认为有实际用处。

米尔斯小姐考虑了一下后，这样回答说：

“科波菲尔先生，我要跟你直说。精神上的痛苦和折磨，对于某些人来说，就等于增加了年纪。所以我要像一个女修道院院长似的，对你直说。不合适，你的建议对我们的朵拉完全不合适。我们这位最亲爱的朵拉，是大自然的宠儿。她是光明、活泼、欢乐的化身。我坦白地说一句，你说的话如能办到，也许很好，但是——”说到这儿，米尔斯小姐摇摇头。

米尔斯小姐在这段话的结尾，承认我那些话也许很好，这给了我鼓励，于是我就又问她说，为了朵拉，如果她有机会让朵拉注意为将来过实际生活做这类准备，她会利用这种机会吗？米尔斯小姐立即做了肯定的回答。接着我又进一步问她，她是否肯把要朵拉读烹饪书这件事担当起来，要是她能劝得朵拉肯读，又不吓着她，那她就帮了我的大忙了。对我的这一托付，米尔斯也同意接受，但是并不抱乐观态度。

朵拉回来了。看到她那么娇小玲珑，天真可爱，我真怀疑，该不该让她为这类普通的俗事烦恼。而且，她那么爱我，那么迷人（特别是看到她叫吉卜用后腿站起来接烤面包，吉卜不肯，她就捏着它的鼻子往热茶壶上贴，假装要惩罚它时），而我刚才却把她给吓哭了。想到这点，我觉得自己真像个闯进仙女闺房的巨怪了。

吃完茶点，我们就拿出吉他来，朵拉又唱了原来唱过的那些动听的法文歌。歌词的大意是不管怎样，不能停止跳舞，拉——来——拉，拉——来——拉。一直唱得我觉得自己比以前更像个巨怪了。

在我们的欢乐中只有一件扫兴的事。就在我离开前一会儿，米尔斯小姐偶然提起“明天早上”，我不幸说出，因为我现在得勤奋干活儿，所以五点钟就起床了。朵拉是不是又以为我是某个大公馆里的更夫，我说不上来。不过这话在她身上产生了很大影响，打这以后，她就不再弹琴、唱歌了。

我跟她告别时，这句话仍盘踞在她的心头，她用哄孩子的可爱口气——我老觉得，她把我当成一个玩具娃娃了——对我说：

“听着，别五点钟起床啦，你这淘气的孩子。那样太荒唐了！”

“我的宝贝儿，”我说，“我有工作要做呀。”

“别做好了！”朵拉回答说，“为什么要做呢？”

看着她那张甜美、惊诧的小脸蛋儿，除了轻描淡写、开玩笑似的说，我们得工作才能活下去，还能怎么办呢？

“哦，这太荒唐可笑了！”朵拉喊了起来。

“我们要是不工作，那怎么活呀，朵拉？”我说。

“怎么活？不管怎么活都成呀！”朵拉说。

她好像认为，她这么一说，问题就完全解决了，就得意地给了我直接出自她那天真心房的小小一吻。这么一来，即使为了一大宗财产，我也不忍打破她的幻想，说她的答复不合情理了。

好啦！总之，我爱朵拉，继续爱她，专心致志、不折不扣、彻头彻尾地爱她。不过，我也继续努力工作，忙着把我放在炉子里的所有铁都烧得通红。到了晚上，有时候我坐在姨婆的对面，会想起那次怎样把朵拉吓得跟什么似的，心里老琢磨我能有什么最好的办法，带着吉他，穿过这艰难的丛林，一直琢磨到自己觉得头发好像都变得全白了。

第三十八章　散伙

我决不让我要去记录议会辩论的决心冷却下去。这是我马上要动手加热的一块铁块，也是我要趁热打铁的铁块之一。我的这种坚韧不拔的精神，就连我自己也可以问心无愧地加以赞许。我买了一本讲述速记这门高尚技术和秘诀的书（花了我十先令六便士），接着便投入了令人迷茫的大海，只过了几个星期，便把我弄得像要发疯一般。仅仅一个小点，就有千变万化，它在这个位子上是一个意思，在另一个位子上又是另一个意思，两者完全不同。圆圈可以惊人地变化莫测，苍蝇腿似的符号产生莫名其妙的结果，一条放错了地方的曲线，能造成不可思议的影响。所有这一切，不仅在我醒着时，使我大伤脑筋，就连我睡着时，也在我头脑中不断出现。我像个瞎子似的，好不容易才从这些困难中摸索着走出来，掌握了本身就像埃及神庙里难认的字母，随之而来的又是一连串叫作随意符号的新恐怖。这是我所知道的最不讲理的家伙。举例来说，它坚持要让一个像蜘蛛网开端的东西表示“期望”，用笔墨画出的冲天焰火代表“不利”。当我把这些玩意儿牢牢记在脑子里的时候，我发现，它们把别的一切东西，全从我脑子里赶出去了。于是我又重新开始，可是这一来，又把那些符号忘得一干二净了。等我再记起这些符号时，这套速记法里的部分内容又丢失了。简而言之，学这个玩意儿，简直是累得让人心碎。

要是没有朵拉，我可真的要心碎了。她是我这条在暴风雨中颠簸的小船的支索和铁锚。速记中的每一笔，都是困难之林中一棵盘根错节的橡树，我要不断地把它们一棵棵都砍倒。我这样奋力学习了三四个月后，便想在博士公堂里口才最出色的演说家身上一试身手了。可是还没等我记下一个字，那位出色的演说家已经在说别的了，可怜我那支无用的铅笔，还在纸上乱画，好像发了羊角风一样，那种种情景，我是永远也不会忘记的。

很明显，这样当然不行。我飞得太高了，绝不应该这样继续下去。于是我便到特雷德尔那儿求教。他主张由他念演讲词给我记，快慢根据我的速记能力来决定，有时还得停顿一下。对他的这种友好帮助，我非常感激，我就接受了他的建议。于是有很长一段时间，一个晚上接一个晚上，几乎是每天晚上，我从博士公堂回家后，我们便在白金汉街的寓所里，召开某种私人的国会。

我倒是愿意在别的地方，也能见到这样的国会！我姨婆和狄克先生代表执政党或反对党（视情况而定），特雷德尔则借助一本恩菲尔德的《演说家》，或者是一册议会演讲录，声若洪钟地对他们大加痛斥。他站在桌子旁边，左手手指按着书页，右手在头上挥动着，就像皮特先生、福克斯先生、谢里丹先生、伯克先生、卡斯尔雷勋爵、西德默斯子爵，或者是坎宁先生[①]那样，慷慨激昂地对姨婆和狄克先生的浪费和腐败，指责得体无完肤。我就坐在不远的地方，膝上放着笔记簿，竭尽全力、不辞辛苦地赶记下他的演说。特雷德尔那么前后矛盾，那么鲁莽轻率，即使真正的政治家也不见得能胜过他。在一个星期之内他主张过各种不同的政策，他把各种各样的旗帜，钉在每一根桅杆上。我姨婆看上去就像一位不动声色的财政大臣，遇到演说中有这种必要时，有时就插上一两句像“好啊”“不对”“哦”这样的话。她要是那么一说，也就是给狄克先生（他完全像一位乡绅）发了信号，他立刻就会跟着发出同样的叫喊。不过狄克先生在这种议会生涯中，受到了那么多责难，要他对那么些严重的后果负责，有时心里感到很不安。我相信，他真的渐渐害怕起来，认为自己真的做了错事，破坏了英国宪法，危害到整个国家。

我们进行这种辩论，常常要继续到钟指半夜、蜡烛点尽的时候。做了这么多很好的实习之后，我终于渐渐地开始能跟上特雷德尔了。不过要是我能看懂一点儿我自己记的东西，我就该十分得意了。可是当我来阅读自己所记的东西时，觉得自己简直就是抄了许多中国茶叶箱上的字，或者是药房里那些红红绿绿的大瓶子上的金字！

除了从头再练，没有别的办法。这当然让人很难过，不过，虽然心情很沉重，我还是从头开始，以蜗牛的步子，不怕艰辛地按部就班把这段让人厌烦的路走完；停下来细细探究路上各方面的细微斑点，尽力做到无论在哪儿一见就能认识那些难以捉摸的符号。我始终准时到事务所，也准时到博士那儿，正像俗语说的，我工作起来，就像一匹拉车的马。

有一天，我照常去博士公堂时，看见斯潘洛先生脸色严肃地站在门口，而且自言自语地在嘟囔。他一向常犯头痛病——他天生就脖子短，我始终认为，他的领子浆得太硬了——所以一开始，我以为他又犯那方面的病了，吃了一惊，不过没过多久，我的不安就解除了。

我跟他道“早安”时，他并没有像往常那样和蔼地回答，而是态度冷淡地要我和他一起去一家咖啡馆。当年，这家咖啡馆有个门通往博士公堂，这个门

① 七人均为英国著名政治家和演说家。

就在圣保罗教堂墓地的小拱道里。我遵命行事，心里很不自在，浑身热气四射，仿佛我的疑惧正在冒芽。遇上路很窄时，我让他稍微走在前面一点儿，这时，只见他高高地仰着脑袋，神情特别使我感到不妙。我心里想，他一定发现我和亲爱的朵拉的事了。

即使在去咖啡馆的路上我没猜出这一点，到了我跟他走进咖啡馆楼上一个房间，发现谋德斯通小姐也在那儿时，我也就不难看出这是怎么一回事了。谋德斯通小姐的后面有一个食具架，架上倒扣着几个平底玻璃杯，杯底上放着柠檬；架子上还有两个满是棱角和凹槽的插刀叉的匣子，这东西现在已经不用了，这得说是人类之幸。

谋德斯通小姐板着脸，僵直地坐在那儿，给我伸过来冷冰冰的指甲。斯潘洛先生关上门，指着一把椅子叫我坐下，自己却站在火炉前的地毯上。

“谋德斯通小姐，”斯潘洛先生说，“劳你的驾，请你把你手提包里的东西拿出来，给科波菲尔先生看看吧。”

我相信，这就是我童年时见过的那只手提包，上面有铜扣子，关上时，就像一口咬紧似的。跟手提包一样紧闭嘴唇的谋德斯通小姐，打开了手提包——同时嘴也张开了一点儿——拿出了我最近写给朵拉的那封满是爱情言辞的信。

“我相信，这是你写的吧，科波菲尔先生？”斯潘洛先生说。

我浑身发热。我说：“是的，先生！”听起来，这声音都不像我的了。

“要是我没有搞错的话，”斯潘洛先生说，这时谋德斯通小姐又从手提包里掏出一沓用最可爱的蓝丝带扎着的信来，“这些也是你的手笔吧，科波菲尔先生？”

我怀着极度沮丧的心情，从她手中接过那沓信，看到上面写的“永远是我最亲爱的、永远属于我的朵拉”“我最心爱的天使”“永远给我带来幸福的人”，等等，我满脸通红，低下了头。

“不必了，谢谢！”当我机械地把信交回给斯潘洛先生时，他冷冷地说，“我不想夺走你这些信。谋德斯通小姐，请你说下去吧！”

那位貌似温和的人物，沉思着朝地毯上看了一会儿，然后说出了下面一番毫无感情可言的虚情假意的话来：

“我得承认，斯潘洛小姐和大卫·科波菲尔的关系，引起我的怀疑已经有一些时候了。斯潘洛小姐和大卫·科波菲尔第一次见面，我就注意他们了，当时给我的印象就不好。人心的邪恶是那么——”

“小姐，”斯潘洛先生打断她的话，“请你只说事实吧。”

谋德斯通小姐垂下了眼睛，摇摇头，像是对打断她话头的人提出抗议，然后皱着眉头，板起脸孔，接着说：

"既然要我只说事实，那我就尽量把话说得干巴枯燥了。也许这件事就该这么说的吧。我已经说了，先生，斯潘洛小姐和大卫·科波菲尔的关系，引起我的怀疑已经有一些时候了。我时常想法要找到确实的证据，可是没能成功。所以我一直忍着，没有向斯潘洛小姐的父亲提这件事，"说到这儿，她狠狠地朝斯潘洛先生瞥了一眼，"因为我知道，在这种事情上尽心尽职，往往是没有多少人会领情的。"

斯潘洛先生似乎让谋德斯通小姐那严厉的男子汉气派给镇住了，像求和似的朝她摆了摆手，请她不要那么严厉。

"因为我弟弟结婚，我离开了一段时间，待我回到诺伍德时，"谋德斯通小姐接着用一种轻蔑的声调说，"正好斯潘洛小姐探望她的朋友米尔斯小姐回来了。当时我觉得，斯潘洛小姐的态度，比以前更加可疑了。因此我才更加严密地注意起斯潘洛小姐的行动来。"

天真可爱的小朵拉，竟全然不知有一条毒龙在监视着她！

"不过，"谋德斯通小姐接着说，"我还是没有找到什么证据，一直到昨天晚上。可是我总觉得，斯潘洛小姐收到她朋友米尔斯小姐的信太多了，但因米尔斯小姐是斯潘洛小姐的父亲完全准许她交的朋友，"这又给了斯潘洛先生当头一棒，"我当然也就不便干涉。要是不让我说人心生来邪恶的话，至少可以——应该——让我说，这是信错了人。我这样说，不算过分吧？"

斯潘洛先生抱歉地低声表示同意。

"昨天晚上，吃过茶点以后，"谋德斯通小姐接着说，"我看到那只小狗在客厅里四处蹦跳，还打着滚，呜呜叫着，嘴里叼着什么东西。我对斯潘洛小姐说：'朵拉，你瞧，小狗嘴里叼着什么？哦，是一张纸。'斯潘洛小姐马上伸手到上衣里一摸，跟着突然叫了一声，就去追狗。我拦住她说：'朵拉，我亲爱的，让我来吧。'"

哦，吉卜，可恶的畜生，你这坏东西，这么说是你干的好事了！

"斯潘洛小姐使尽一切办法，"谋德斯通小姐说，"想要贿赂我，又要亲吻，又给我针线匣，还给我小件珠宝首饰——对这套，我当然未加理睬。小狗见我去捉它，躲到了沙发底下，我费了好大的劲，才用火钳把它赶出来。可即便它被赶出来了，它嘴里还是叼着那封信不放，要把信从它嘴里夺下来，我得冒立即被它咬的危险。它用牙齿把那封信咬得那么紧，我为了夺下那封信，竟把它的整个身子都凌空提了起来。最后我终于把那封信弄到手了。我看了这封信后，就追问斯潘洛小姐，说她手里一定还有好多这样的信。最后终于从她那儿拿到了这包信，也就是这会儿大卫·科波菲尔拿在手里的这一包。"

说到这儿，她就打住了。她一面啪的一下合上了手提包，一面把嘴也闭上了，摆出她宁折不弯的神气。

“刚才谋德斯通小姐说的话，你都听到了吧？”斯潘洛先生把脸转向我这边，说，“我请问你，科波菲尔先生，你有什么话要回答我吗？”

当时，我眼前出现的景象是，我的心上人，那位美丽的小宝贝儿，整夜都在哭泣——她独自一人，又害怕，又可怜——苦苦哀求这个铁石心肠的女人原谅她——再三吻她，给她针线匣，给她小首饰，却毫无用处——她这样悲惨痛苦，完全是为了我——这一番景象，早把我能振作起来的一点儿尊严减少了不少。恐怕有一两分钟工夫，我全身都在颤抖，虽然我尽了最大的努力来进行掩饰。

“我没有什么可说的，先生，”我回答说，“我只能说，一切全是我的错。朵拉——”

“请你叫她斯潘洛小姐。”她的父亲威严地说。

“——是听了我的劝诱和说服，”我咽下那个较为冷淡的称呼，接着说，“她才答应把这件事瞒起来的。对此我感到非常后悔。”

“这全是你的错，先生，”斯潘洛先生一面在炉前地毯上来回踱着，一面说，由于他的领饰和脊椎都太僵硬，说话时，不是单用头，而是用整个身子来加强他的语气，“你做了一件偷偷摸摸、行为不当的事，科波菲尔先生。我请了一位绅士去我家，不管他是十九岁、二十岁，还是九十岁，我是信任他才请他的。要是他辜负了我的信任，那他就做了一件很不光彩的事，科波菲尔先生。”

“我向你保证，我也觉得是这样，先生，”我回答说，“不过，在这之前，我从来没有想到这是不光彩的。说老实话，真的，斯潘洛先生，在这以前，我从来没有这样想过。我爱斯潘洛小姐，都爱得——”

“呸！胡说！”斯潘洛先生说，脸都红了，“请你别当着我的面，说什么你爱我女儿了，科波菲尔先生！”

“我要不是那样，还能替自己的行为辩护吗，先生？”我尽量低声下气地说。

“你要是那样，就能替自己的行为辩护了吗？”斯潘洛先生突然在炉前地毯上站住，说，“你有没有考虑过你自己的年龄、我女儿的年龄，科波菲尔先生？你有没有考虑过，破坏了我女儿和我之间应有的信赖，是怎么一种情况？你有没有考虑过我女儿的社会地位，我为她计划的前途，遗嘱里要留给她什么？所有这一切，你都考虑了吗，科波菲尔先生？”

“我恐怕考虑得很少，先生，”我回答说，说这话时，我尽量对他表示恭敬，同时又表示歉意，“不过请你相信我，我已经考虑过自己的社会地位。在我跟你解释这件事时，我们已经订了婚——”

“我请你，”斯潘洛先生说，说时用一只手使劲往另一只手上一拍，比我以前见到他时更像潘趣——即使在我失望之中，我也忍不住注意到这一点，“别跟我说什么订婚不订婚的事，科波菲尔先生！”

那位丝毫不动声色的谋德斯通小姐，轻蔑地笑了笑。

“当时我对你说明我的境况有了变化时，先生，”我又开口说，这回用的是新的方式，代替了原来他听了很不顺耳的说法，“我已经连累了斯潘洛小姐，开始要她跟我一起保守这一隐秘的行为了。虽然我的境况有了变化，但我已竭尽全力来改善我的这种境况。我敢保证，到时候我的境况一定会得到改善的。你可以给我时间吗——不论多久都成？我们两个，都还很年轻——”

“你这话倒还说得没错，”斯潘洛先生插嘴说，他不住地点着头，还使劲地皱起眉头，“你们两个，都还很年轻。这全是在胡闹。别再这么胡闹下去了。把你的那些信拿回去，扔到火里烧了。把斯潘洛小姐的信交给我，让我也把它们扔进火里。你也清楚尽管我们今后的交往，只能限于在博士公堂，但我们可以一致讲定，过去的事，以后再也不要提了。行了，科波菲尔先生，你并不是个不明事理的人，这是个通情达理的办法。”

不。我不能同意这个办法。我很抱歉，可还有一种比理性更为重要的东西。爱情就高于尘世的一切，而我爱朵拉，爱得五体投地，朵拉也爱我。不过我并没有这样说明，我尽量把话说得婉转些，但是把这层意思都暗示出来了，在这件事情上我绝不让步。我并不认为自己这样做很可笑，不过我知道，我的态度是很坚决的。

“很好，科波菲尔先生，”斯潘洛先生说，“这么说，我得设法管教管教我的女儿了。”

谋德斯通小姐发出一声意味深长的声音，吐了长长的一口气，既不是叹息，也不是呻吟，而是两者兼而有之，以这表示了自己的意见，意思是斯潘洛先生打从一开始就该这么做的。

“我一定要设法，”斯潘洛先生经她这么一支持，便说，“管教管教我的女儿了。你拒绝拿回这些信吗，科波菲尔先生？”因为我已经把那些信放在桌子上。

是的。我对他说，希望他不要见怪，我绝不能从谋德斯通小姐手中拿回这些信。

“也不能从我手中拿回去？”斯潘洛先生说。

不能，我尽可能恭恭敬敬地回答说，也不能从他手中拿回这些信。

“好吧！”斯潘洛先生说。

接着是一片沉默。这时，我拿不定主意，是立即离开呢，还是继续待在那儿。后来，我终于悄悄地退向门口，正打算对他说，考虑到他的心情，也许我最好还是离开这儿。可是，这时斯潘洛先生一面尽力把双手插进上衣口袋，一面怀着大体上我应该称之为十分诚恳的口气说："科波菲尔先生，我可不是个没有一点儿财产的人，而我的女儿，是我最亲近、最宠爱的亲人。这你大概也知道吧？"

我连忙对此做了回答，大意是说，我因这种胆大妄为的爱情犯了错误，但我希望他不要以为我在其中还有着贪财图利的动机。

"我提到这一点，并不是那个意思，"斯潘洛先生说，"要是你真的贪财图利，科波菲尔先生，那对你自己，对我们所有的人，倒是好了——我的意思是说，要是你考虑得更慎重周全一些，不像现在这样完全随着年轻人的性子胡闹一气，那就更好了。不，我这只是从另一个完全不同的观点来问你的。你大概也知道，我会留点儿财产给我的孩子吧？"

我确实那么想的。

"在博士公堂里，"斯潘洛先生说，"有关人们立遗嘱的事，我们每天都能看到他们种种莫名其妙、出尔反尔的行为——在一切事物中，人们的反复无常，在这件事上也许表现得最为奇特了——有了这种经验，想必你也认为我的遗嘱已经立下了吧？"

我低下了头，表示同意。

"我已经替我的孩子安排妥当了，"斯潘洛先生以更加诚恳的态度说，一面交换着用脚尖和脚跟支着身子，一面缓缓地摇着头，"我绝不会让现在这种年轻人的胡闹来影响我的安排。这完全是一种愚蠢的行为，完全是瞎胡闹。用不了多久，便会变得比一根羽毛还无足轻重。不过，如果这种胡闹的蠢念头不立即彻底打消，那我也许——我也许一着急，就不得不派人守着她，千方百计保卫她，以免她在婚姻方面做出任何愚蠢行径，而造成恶劣的后果。好了，科波菲尔先生，我希望，你不要逼得我，非要打开生命之书那已经合上的一页不可（即使只打开一刻钟），也不要逼得我，非要打乱我早已安排好的大事不可（哪怕只打乱一刻钟）。"

这时，他的神态宁静安详，有着一种夕阳西下时的安谧静穆，使我深为感动。他是那么平静，那么从容——虽然，他已经把他的大事安排得非常妥帖，非常周密——他是个想起这种事来自己也会感动的人。我真觉得，由于他对整个这件事深有所感，泪水都从他眼睛中涌出来了。

可是我有什么办法呢？要我割舍朵拉，割舍自己的心，是不可能的。他要我最好花一个星期时间考虑考虑他的话，我又怎么能回绝他说，我用不着花一个星期来考虑？然而我又怎么能不知道，不管多少星期也影响不了我的这种爱情呢？

"在这期间，你还可以跟特洛伍德小姐，或者跟任何一个稍懂世事的人谈谈，"斯潘洛先生用双手整理着自己的领巾，说道，"花上一个星期，科波菲尔先生。"

我答应了，接着尽量摆出沮丧失望但又坚定不移的神情，走出了房间。谋德斯通小姐的浓眉盯着我走到门口——我只说她的眉毛，而不说她的眼睛，是因为在她那张脸上，眉毛要重要得多——她当时的样子，跟她以前每当早上坐在我们布兰德斯通的起居室里时，几乎是一模一样。因此，我觉得，我好像又做不出功课了，那本可怕的旧拼音课本又沉重地压在我的心头——那本书上有许多椭圆形的木刻插图，在我童年的想象中，那形状就像是眼镜上取下的镜片。

我回到事务所，捂住脸没有去看老提费和别的人，在自己那张摆在角落里的办公桌前坐了下来，想着这场突如其来的地震，精神痛苦万分，心里咒骂起吉卜来，想到朵拉，更是心忧如焚。我自己也感到奇怪，当时怎么竟没有拿起帽子，疯了似的直奔诺伍德。一想到他们怎样恐吓她，把她弄得痛哭流涕，而我却没能在那儿安慰她，我就痛不欲生。因此我立刻给斯潘洛先生写了一封荒唐的信，恳求他不要拿我厄运带来的后果去责罚他女儿。我恳求他，千万不要伤害她那温柔的天性——不要摧残一朵娇嫩的鲜花。回想起来，我在那封信中说话的口气，总的说来，好像并没有把他看成是朵拉的父亲，而把他看成是一个吃人的妖怪，或者是旺特里的毒龙。我把这封信写好，在他回来之前放在他的办公桌上。他回屋之后，我从他办公室半开着的门中看到，他拿起信来拆看了。

那天整个上午，他都没再说什么。不过到了下午，在他离开事务所之前，他把我叫进了办公室，对我说，我完全用不着为他女儿的幸福担心。他说，他已经对她说清楚，说这只不过是一场胡闹而已。除此之外，他没有再对她说什么。他相信，他是个非常宽容慈祥的父亲（确实如此），我大可不必为她担心。

"要是你还要犯傻，固执己见，科波菲尔先生，那我只好又把女儿送到国外，再住上一段时间了。不过我想你还不至于如此。我希望你过上几天就会变得聪明起来。至于谋德斯通小姐，"因为我在那封信里提到她，"对于她的警觉，我表示敬意，也很感激。不过，我已严令她不得再提这件事了。科波菲尔先生，我的全部要求，就是忘了这件事。你应做的一切，科波菲尔先生，也就是忘了这件事。"

应做的一切！在我给米尔斯小姐的短信中，我满腹心酸地引用了这句话。我用伤心的讥讽口气说，我应做的一切，就是把朵拉忘了。可是这应做的一切，是什么啊？我央求米尔斯小姐当晚能让我去看她。要是得不到米尔斯先生的许可，我求她在放有熨衣机的后厨房里悄悄见我一面。我对她说，我的方寸已乱，只有她，米尔斯小姐，才能使它恢复正常。署名时，我自称是她的“快要发疯的朋友”。在打发信差送出之前，我又把信看了一遍。这时，我不禁觉得，这信写得有点儿像米考伯先生的风格。

不过，我还是把信发出了。晚上，我来到米尔斯小姐家的那条街上，在那儿来回地走着，直到米尔斯小姐的女仆终于出来，领我穿过地下室外面的通道，进了后厨房。后来我完全有理由相信，要不是米尔斯小姐喜欢离奇神秘，我是完全可以从正门进去，让我进入楼上的客厅的。

在后厨房里，我疯了似的胡言乱语了一通，这正是我当时应有的情况。我想，我去那儿，本来就是让自己去出丑的，这会儿确实也做到了。米尔斯小姐已经收到了朵拉的一封急信，告诉她事情全部都让人发现了，信上说：“哦，求你千万到我这儿来一趟，朱丽娅，千万，千万来一趟！”可是米尔斯小姐不相信，她去了会受到那家大人的欢迎，所以还没有去。于是我们两个都被困在撒哈拉沙漠中了。

米尔斯小姐滔滔不绝地说着，她也喜欢把话一吐为快。虽然她也陪着我流泪，可是我不禁觉得，我们的痛苦却给了她极大的乐趣。我可以说，她抚摸着我们的痛苦，尽情地加以玩赏。她说，现在我和朵拉之间，已经有了一条鸿沟，只有爱情才能用它的长虹在这条鸿沟上架起一座桥来。在这个残酷的世界上，爱情必然会受到折磨，过去是这样，将来也一定是这样。不过这不要紧，米尔斯小姐说，被蛛网缚住的两颗心，终归会挣脱出来，到那时候，爱情就报了仇了。

米尔斯小姐的这番话，并没有给我多少安慰，不过她倒没有鼓励我拿妄想作为希望。她把我弄得比先前更苦恼了，可我觉得，她不愧是我们的朋友，而且我也充满感激地对她说了这一点。我们俩商定，第二天早上，她要做的第一件事，就是去朵拉家，想方设法用神色或者言辞，让她知道我的忠诚和痛苦。分别的时候，我们都不胜悲伤，同时我也觉得，这让米尔斯小姐感到心满意足。

回到家里，我把一切详情都告诉了姨婆，尽管她对我大加劝慰，我还是怀着绝望的心情去睡了。第二天早上起床时，心情依然绝望，接着又心情绝望地出了门。那天是星期六，我径直去了博士公堂。

快走到博士公堂时，我大为吃惊，看到一些带号牌的信差在门口交谈，还有六七个过往闲人，在往关着的窗子里张望。我急忙加快脚步，从人群中挤过，见到他们脸上的那副神情，我感到纳闷儿，不知到底出了什么事，便急忙进了屋。

只见文书们都在那儿，但是没有人在做事。老提费正坐在别人的凳子上，帽子也没挂起来，我相信，这是他生平第一次。

"出了非常不幸的事了，科波菲尔先生。"见我走进屋子，他说。

"什么？"我叫了起来，"出了什么事了？"

"你还不知道？"提费大声问道，其余的人也都围到我的身边。

"不知道！"我挨个儿看看他们的脸，说。

"斯潘洛先生——"提费说。

"他怎么了？"

"死了！"

我只觉得事务所在旋转，而不是我。一个文书把我给扶住了。他们把我扶到一把椅子上，解开了我的领带，又给我拿来了一杯水。我不知道经过了多少时间。

"死了？"我说。

"昨天他在城里吃的饭，后来是自己赶车回去的，"提费说，"他打发车夫先坐公共马车回家了。他经常这样，这你知道——"

"后来呢？"

"马车回到家里，可是他没在车上。马拉着车在马厩门口停了下来。仆人提着灯出去一看，车里没人。"

"马是不是受惊了？"

"马并没有全身发热，"提费先生戴上眼镜说，"据我所知，马并没有比走常步更热。马缰绳断了，可是看样子，在这之前一直在地上拖着。全家人立刻都惊起了，他们中有三个就出门沿大路找去，找了有一英里地，才发现了他。"

"一英里多，提费先生。"一个年轻的文书插嘴说。

"是吗？我想你说得没错，"提费说，"是在距离一英里多的地方——就在教堂附近——脸朝下趴着，半个身子在大路边上，半个身子在人行道上。他是在昏厥后跌下车的呢，还是自己觉得要发病先下车的呢——甚至当时他是否就已经死去（尽管他已完全失去知觉是毫无疑问的）——好像没有一个人知道。即使当时他还有口气，可也一句话都不会说了。虽然尽快得到抢救，可是已经毫无用处了。"

我听了这一消息后的心情，简直无法形容。这件事发生得如此突然，而且还发生在一个和我意见完全不相投的人身上，给予我的震惊，可想而知。他最近待过的房间，现在变得空空荡荡；他用过的椅子和桌子，像在等着他的到来；他昨天写下的笔迹，看上去就像一个鬼魂，这一切都让人毛骨悚然。看到他的办公室，想要把他和那地方分开，是不可能的，门一打开，想要不觉得他还可以进来，也是不可能的，这种感觉让人说不出个所以然来。事务所里变得懒散清闲，所里的人净谈着这件事，谈得津津有味；外人则整天进进出出，多方打听这件事，简直贪得无厌。这一切人人都能理解。我所说的无法形容，是我内心深处的感受。我的心里竟会潜伏着一种对死亡的嫉妒，怎么会感到死亡的威力好像会把我从朵拉的心中排挤开。我怎么会有一肚子说不出的不高兴，嫉妒起朵拉的悲哀来，怎么会一想到她对着别人痛哭，别人安慰她，我就坐立不安。我怎么会在这最不合时宜的时候，竟会有这样一种贪婪的欲望，把她身边和心头的所有的人都赶走，只留下我一个人，成为她心中的一切的一切。

怀着这样痛苦不安的心情——我希望，不止我一个人如此，别人也一样——当天晚上，我来到了诺伍德。当我在斯潘洛先生家门口打听情况时，听他家一个仆人说，米尔斯小姐也在那儿。于是我就给她写了一封信，请姨婆写了封信。在信中，我以最真挚的感情，哀悼斯潘洛先生的不幸早逝，还为此流了泪。要是朵拉还有心情听人说话，我要求米尔斯小姐告诉她，她父亲跟我谈话时，态度十分温和、体贴，说到她时，也只有慈爱和关心，没有一句责备的话。我知道，我这样做非常自私，目的是借此在她面前提起我的名字，不过我仍尽量使自己相信，这是对斯潘洛先生的在天之灵，一种公正的评价。也许我真是这样相信的。

第二天，姨婆就收到了一封简短的回信，信封上写的是她，信是给我的。信上说，朵拉悲伤极了，当她的朋友问她，要不要在信中向我问候一声时，她一味地哭着说："哦，亲爱的爸爸啊！哦，可怜的爸爸啊！"不过她并没有说不要对我问候，因此我也就心满意足了。

自从这一不幸事件发生后，乔金斯先生一直待在诺伍德，过了几天才来事务所。他跟提费在房间里密谈了一会儿后，接着提费朝门外看了看，招呼我进去。

"哦！"乔金斯先生说，"科波菲尔先生，提费先生跟我要清理一下死者的办公桌、抽屉和别的放东西的地方，为的是好把他的私人文件封起来以及找到他的遗嘱。我们已在别的地方找过遗嘱了，可一点儿影子都没有。你要是肯的话，请你也来帮我们一下忙。"

我一直急于想知道一点儿情况，斯潘洛先生生前为我的朵拉做了什么安排——如谁是他的监护人，等等——现在参与寻找遗嘱，正是获知情况的途径之一。我们立即就开始搜寻。乔金斯先生打开了办公桌和抽屉的锁，我们一起取出了里面的所有文件，把事务所的文件放在一边，把他私人的文件（为数不多）放在另一边。我们的态度非常严肃认真。当我们见到死者的坠饰、铅笔盒、名章戒指或者是这类他私人的小物件时，我们说话的声音都压得很低。

我们已经整理封存了好几包东西，可是还在飞扬的灰尘中默默地搜寻。这时，乔金斯先生对我们说道，用的正是他去世的合伙人用来说他的话：

"要让斯潘洛先生脱离常轨，是十分困难的。你们是了解他那个人的！我倾向于认为他没有立下遗嘱。"

"哦，我知道他是立下遗嘱的！"我说。

他们两人都停了下来，朝我看着。

"就在我最后一次见他的那天，"我说，"他告诉我，他已立下遗嘱，他的大事早就安排停当了。"

乔金斯先生和老提费一致地摇着头。

"看来好像没有希望了。"提费说。

"毫无希望。"乔金斯先生说。

"你们想必不会疑心——"我刚开始说。

"我的好科波菲尔先生！"提费说，一只手放在我的肩膀上，一面闭目摇头，"要是你在这个博士公堂里待的年头儿跟我一样久的话，那你就会知道，人们再没有什么比在遗嘱问题上更加反复无常、更加不可相信的了。"

"啊，我的天，斯潘洛先生就说过这样的话！"我固执地说。

"我认为这几乎可以断定，"提费说，"我的意见是——他没有立遗嘱。"

我觉得这真是件怪事，可是结果确实没有找到遗嘱。根据他的文件来看，他好像根本就没想到要立遗嘱，因为没有任何有关立遗嘱的暗示、草稿或备忘录。还有一点使我大为诧异的是，他的事务所简直弄得一团糟。我听他们说，他究竟欠了人家多少钱，他已经还了多少钱，他去世时还留有多少财产，极难查清。大家认为，就连他自己也弄不清楚。渐渐地，人们越来越看清了，在博士公堂里，当时最讲究外表和排场，他为了争强斗胜，花钱太多，业务上的收入（本来就不很多）根本不够支出，于是就动用起自己的私产来，即使那份私产原来数量还不少的话（值得怀疑），眼下也所剩无几了。诺伍德的家具都卖掉了，房子也租出去了。提费告诉我，把死者该还的债还清，再把人家欠事务所的倒账和难账中属于他名下的那部分一扣除，那他剩下的财产，连一千镑都不到了。他说这话时，一点儿也没有想到我对这件事有多关心。

他告诉我这话时，大约已经是六个星期以后的事了。在所有这段时间里，我受尽了折磨。米尔斯小姐依然告诉我，只要对我那伤心透顶的小朵拉提起我时，她就一味地哭着说："哦，可怜的爸爸啊！哦，亲爱的爸爸啊！"我听了后难过得真想杀了我自己。米尔斯小姐还告诉我，朵拉除了两个姑妈（斯潘洛先生的两位未出嫁的姐姐）外，就没有别的亲属了。她们都住在帕特尼，多年来，除了跟她们的弟弟偶通消息外，很少跟他有往来。这并不是他们之间吵过架（米尔斯小姐告诉我），而是由于在朵拉命名的那一天，她们自以为斯潘洛先生应该请她们吃顿饭的，结果却只请她们吃茶点，因此她们就回信说，“为了使双方比较愉快起见”，她们就不来了。打那以后，他们就各走各的路，她们过着她们的日子，她们的弟弟也过着自己的日子了。

现在，这两位老小姐从她们的隐居地出现了。她们提议，把朵拉带到帕特尼去住。朵拉紧紧搂住她们两个哭叫道：“哦，好的，姑妈！不过请你们带朱丽娅·米尔斯跟我一起去，还有吉卜，也带到帕特尼去吧！”于是，在安葬了斯潘洛先生以后，她们很快就去帕特尼了。

我怎样才能腾出时间来去帕特尼呢？我可真的不知道。不过我总能千方百计地想出办法来，经常悄悄去那儿附近徘徊。为了能更好地尽朋友的责任，米尔斯小姐专门记了日记。她有时就在郊野上跟我会面，把那些日记念给我听。要是没有时间念时，她就把日记借给我看。这些日记，我都怎样深深铭记在心啊，现在举例来说一说吧：

“星期一。我可爱的朵[1]依然很抑郁。头痛。叫她注意看看吉[2]皮毛多么漂亮有光泽。朵抱起吉，结果引起了联想，悲伤之闸大开，尽情痛哭了一番。（眼泪是心的露珠吗？朱·米[3]）

“星期二。朵虚弱而敏感。脸色苍白，显得更美。（我们不也认为月亮有同样之美吗？朱·米）朵、朱·米和吉一起乘马车出游。吉朝窗外清扫工狂吠，引得朵脸上现出微笑。（生命的链子就是由这些小环连成的啊！朱·米）

“星期三。朵稍有喜色。为她唱曲调愉悦的《薄暮钟声》。结果未达慰藉效果，而是适得其反。朵非常伤感。后见她在房中呜咽啜泣。引有关自身和小羚羊的诗句为喻，依然无效。又引墓碑上的‘忍耐’相慰。（问：为什么在墓碑上？朱·米）

“星期四。朵无疑有所好转。晚上更佳。颊上稍有红晕重现。决定在散步时小心提及大·科[4]的名字。朵听后立即十分伤心，‘哦，亲爱的，亲爱的朱丽娅啊！哦，我过去一直是个多么不听话、不孝顺的孩子啊！’我给予安慰和爱抚。并将大·科已临坟墓边缘的危机，着意描述一番。朵又大为悲伤。‘哦，我该怎么办啊？我该怎么办啊？哦，带我到别的什么地方去吧！’我甚为惊慌。朵昏晕过去，急忙从酒店要了一杯冷水。（富有诗意的吻合：门前黑白交错如棋盘的招牌，世上盛衰浮沉如棋局的人生。唉！朱·米）

---

① 朵：朵拉的简称。
② 吉：吉卜的简称。
③ 朱·米：朱丽娅·米尔斯的简称。
④ 大·科：大卫·科波菲尔的简称。

"星期五。多事的一日。一人携蓝色提包进厨房，称'来修女鞋后跟'。厨子回答说：'没人叫过。'那人坚持说有人叫过。厨子就出去问，留下那人和吉在厨房。厨子回来，那人仍说有人叫过，但最后终于离去。吉亦不见。朵急得发狂。连忙报警。那人有一宽大鼻子，双腿如桥栏，据此四处搜寻。吉失踪，朵痛哭不已，慰之无效。又提小羚羊，虽适当，但无用。傍晚，一陌生小孩儿来访，带进客厅。鼻子亦宽大，双腿却不像桥栏。声称他知道一条狗的下落，但需付他一英镑。虽多方施压，他仍不肯多说。朵给了他一英镑，他才带厨子进一小屋，见吉被独自系在桌脚上。朵大喜，吉进食时，朵高兴得绕吉又跳又舞。受朵好心情的鼓励，在楼上提起大·科。朵又潸然泪下，哀叫道：'哦，别说了，别说了，别说了！这会儿，不想可怜的爸爸，而去想别的，就太坏了！'搂住吉，哭着睡去。（大·科还不该把自己寄托在时光宽大的羽翼上吗？朱·米）"

在这段时间里，米尔斯小姐和她的日记，是我唯一的安慰。能够见到刚刚看到过朵拉的她，能够在她富有同情的日记中见到朵拉名字的起首字母，能够让她弄得我越来越苦恼——这是我仅有的慰藉了。我只觉得，我仿佛原本住在一座纸牌搭的宫殿中，现在这座宫殿倒塌了，废墟上只剩下我和米尔斯小姐。我只觉得，好像有个残忍的巫师，在我心上那天真无邪的女神周围，画了一道魔圈，除了那能把那么多人带得那么远的有力的羽翼外，再也没有别的什么能使我进入这道圈子了！

第三十九章　威克菲尔和希普

据我推测，我的姨婆一定被我的长期垂头丧气弄得不安起来了，于是就借口不放心那座出租的小屋，要我到多佛去看看情况，还要我跟那个房客续订一个期限更长的租约。原来的女仆珍妮特已经受雇于斯特朗夫人，我在斯特朗博士家，天天都见到她。在离开多佛时，她曾三次犹豫，要不要嫁给一个领港员，以结束她所受的摒弃男人的教育。不过最后她还是决定不冒这个险。我认为，与其说她这是坚持原则，还不如说这是因为她碰巧不喜欢那个男人。

要我和米尔斯小姐分离，虽然是件难受的事，但我还是乐于落入我姨妈的圈套，以便借此可以跟爱格妮斯一同度过几个安静的小时。我跟那位好心眼儿的博士商量，要求请三天假，博士也希望我借此去散一散心——他愿意让我再多休息几天，可是我精力充沛，闲不了那么久——于是我就决定去多佛了。

至于博士公堂，我用不着特别关心那儿的职务。说实话，在一流的代诉人眼里，我们的事务所名声已经越来越不好，地位也很快下降，变得很糟糕了。斯潘洛先生加入之前，乔金斯先生的这家事务所，业绩本来就很平常，注入新血液后，经过斯潘洛先生的张罗，虽然有了起色，但基础仍不够稳固，现在突然失去了得力的经理人，在这样的打击下，难免不发生动摇，业务也就大为衰落了。在这家事务所里，乔金斯先生尽管也有声望，但他是个得过且过、缺乏能力的人，他在外界的声望，不足以支撑这个事务所。现在我已转到他的底下习业了。当我看到他只会闻闻鼻烟，让生意都跑了时，我比以前更加痛惜姨婆白花了那一千英镑。

不过这还不是最糟的事。博士公堂周围还有一群靠此混饭吃的外界人，他们自己并不是代诉人，但承揽此类业务，揽到业务后交由真正的代诉人去办。真正的代诉人就把自己的名义借给他们用，为了分一份非法所得——这种人真是为数不少。我们的事务所，现在不管怎么说，都迫切需要有买卖做，所以也就加入了这一伙高人中，千方百计引诱那帮靠博士公堂混饭吃的外界人，把他们揽到的业务交给我们办理。办结婚许可证和小笔遗产遗嘱验证，是我们大家最想接的买卖，也是最有钱可赚的，因而竞争也就最为激烈。在通过博士公堂入口的每条路上，都安排了生拉硬拽和巧言令色者，奉命竭力拦截所有戴孝的人和面带羞色的男人，把这些人弄到雇用他们的事务所里去。这帮人执行起命令来十分尽心，在没有认识我以前，我自己就有两次被他们硬架进我们头号对手的事务所。这帮拉生意的先生们，由于利益上的矛盾，自然就很容易相互恼火，因而个人冲突时有发生。我们雇的一个主要诱骗人，他以前是做酒生意的，后来又当了立誓经纪人，几天来都带着一只青肿的眼睛走来走去，惹得博士公堂里的人议论纷纷，认为丢了博士公堂的脸。他们这帮家伙个个不辞辛苦，惯于客客气气地把一个穿丧服的老太太扶下马车，要是她打听起某个代诉人来，他们一概说那人已经死了，接着便抬出自己的雇主，说他是那个死去的代诉人的合法继承人和代表，把那老太太（有时大受感动）弄进他雇主的事务所。有不少俘虏就是这样被押解到我面前的。至于办结婚许可证，竞争竟激烈到这样的程度，一个害羞的男子，要想办一张结婚许可证，没有别的办法，只好听任第一个诱骗人的摆布，或者是被多人争夺，成为最强者的战利品。我们所里有个文书，就是个外界人，在竞争激烈时，经常戴着帽子坐在那儿，以便生意到来时可以立即冲出去，把俘虏来的人带到主教代理面前宣誓。我相信，这种诱骗的做法，直到今天还在继续。我最后一次去博士公堂时，一个系着白围裙的殷勤而壮健的人，突然从门道里冲出来抓住我，在我耳边低声说："要办结婚许可证吗？"我好不容易才挣脱开他，没有被他一把抱起，拎进一家代诉人事务所。

现在，让我们抛开这些题外话，前往多佛吧。

我发现，那座小房子的情况一切都让人满意，特别让我姨婆高兴的是，我报告说，她那位房客继承了她的衣钵，不断地跟驴子作战。我在那儿办完了姨婆要我办的小事，只在那儿过了一夜，第二天一早就徒步前往坎特伯雷。当时又是冬天了，那寒冷、有风的清新天气，还有那一望无际的丘原，重又点燃起我的一线希望。

到了坎特伯雷，我漫步在那古老的街道上，觉得愉快有趣，精神变得安详，心情也感到舒畅。铺子门前挂着的依然是旧日的招牌，旧日的店名，铺子里面干活儿的仍是旧日的人们。打从我在那儿做学生以来，时间好像已经过去很久，而这里的变化竟这么少，这让人感到奇怪，可是继而一想，我自己也没有多大变化呀！说来奇怪，在我的心中跟爱格妮斯不能分离的那种宁静气氛，似乎也弥漫在她所居住的城市之中。那些庄严的教堂塔楼，那些苍老的鹩哥和乌鸦（它们那缥缈的叫声，比完全沉默更显幽静），那些圮毁的门楼入口（原来嵌满的雕像，早已倒塌剥落，就像瞻仰过它们的那些虔诚的香客一样消失了），那些断垣残壁上爬满几百年的常青藤的僻静角落，那些古老的房舍，那些田野、果园、花园的田园景色，在一切地方——在一切景物上——我都感受到同样的宁静气氛，有着同样安然沉思、心平气和的境界。

来到威克菲尔先生的家里，我发现，在以前一直是乌利亚·希普待的楼下那间小屋里，坐着米考伯先生，他正在专心致志地握笔抄写。他穿着一套司法学界人士穿的黑衣服，在那间小小的办公室里，显得又粗壮、又高大。

米考伯先生看见我非常高兴，但也有一点儿慌乱。他本想要带我立刻去见乌利亚，但是我谢绝了。

“你总还记得，这幢房子我是很熟的，”我说，“我知道从哪儿上楼。你觉得法律这一行怎么样，米考伯先生？”

“我亲爱的科波菲尔，”他回答说，“对一个想象力丰富的人来说，学习法律显得太烦琐了。即使在我们业务往来的信函里，”米考伯先生看了看自己正在写的信件，说，“你的思想也不能自由翱翔，无法做任何高超精彩的表达。不过，这依然是一种伟大的行业！”

接着他告诉我，他现在就住在乌利亚·希普的老房子里。米考伯太太要是能在自己家里再次接待我，一定会非常高兴。

“那地方很卑微，”米考伯先生说，“我这是引用我的朋友希普最喜爱的说法。不过，这也许是日后能通往更宽敞舒适住宅的台阶呢。”

我问他，到目前为止，他是否满意他的朋友希普对他的待遇。他先站起来看看门是否关严了，然后才低声对我说：

“我亲爱的科波菲尔，一个深受经济重压的人，对大多数人来说，总是处于不利的地位。而当这种重压逼得你非提前预支薪水不可时，这种不利的地位是绝不会得到改善的。我所能说的只是，我的朋友希普对于我那些不必详述的请求，从他的态度上看，可以说使他的人品和心肠显得更加体面。”

“我想，他在金钱方面是不会很大方的。”我说。

“对不起！”米考伯先生带着一种克制的神情说，“我是凭我的经验来谈我的朋友希普的。”

“你的经验能这样合乎时宜，我很高兴。”

“你是很体谅人的，我亲爱的科波菲尔。”米考伯先生说，接着便哼起一支小调来。

“你常见到威克菲尔先生吗？”我换了个话题问道。

“不常见，”米考伯先生漫不经意地回答说，“我得说，威克菲尔先生是个心地极好的人，不过他——简单地说吧，他已经过时了。”

“我想，恐怕是他那位合伙人有意使他这样的吧。”我说。

“我亲爱的科波菲尔！”米考伯先生不安地在凳子上扭动了几下后，才回答说，“请允许我发表一点儿意见！我现在担任的是这儿的机要工作，我在这儿的地位是受到信赖的。我不得不考虑，有些问题，即便和米考伯太太进行讨论，也是跟我眼下的职责不相宜的，尽管米考伯太太和我同甘共苦这么多年，而且还是一位才智超群的女子。因此我冒昧提议，在我们友好的交谈中——我相信，这种交谈是永远不会受到妨碍的——应该有一道界线。在这道界线的一边，”说到这儿，米考伯先生用办公室里的尺子在桌子上比画着说，“凡是人类智力范围以内的，都可以谈，只有一个小小的例外。这道界线的另一边，就是这个例外。也就是说，这个例外是威克菲尔-希普事务所的事务，以及有关的一切，现在，我对我青年时代的朋友提出这一点，请他做出冷静的判断，我相信，他是不会见怪的吧？”

虽然我看出米考伯先生的神情变得很不安，而且这种神情紧紧束缚住他，好像他的新职务对他并不适合似的，不过我觉得我没有权利责怪他。我把这话对他说了之后，他好像放了心，就跟我握了握手。

“科波菲尔，”米考伯先生说，“我敢向你保证，我觉得威克菲尔小姐真是太招人爱了。她是位非常卓越的年轻小姐，具有非凡的妩媚、娴雅和美德。我说的全是实话。”米考伯先生说着，送出一个飞吻，还用他那最文雅的姿势鞠了一个躬，“我要向威克菲尔小姐致敬！啊哈！”

“你这样说，我至少是高兴的。”我说。

“我亲爱的科波菲尔，在我们有幸和你共同度过的那个愉快的下午，要不是你亲口明确地告诉我们，说你最爱的是‘朵’，”米考伯先生说，“那我毫无疑问，一定认为‘爱’是你最爱的了。”

我们大家都有过某种经验，偶尔会有一种感觉，我们正在说的话，正在做的事，好像很久以前都曾说过、做过似的——好像记不清在多久以前，就有着同样的面孔、同样的物件、同样的环境围绕着我们——好像下面紧接着要说什么话，我们知道得一清二楚，仿佛我们突然想起来似的！在米考伯先生说这话之前，在我的一生中，从来没有过比这更强烈地感受过这种神秘印象。

我暂时向米考伯先生告别，并请他代我问候他的全家人。我离开他时，他重又在凳子上坐下，拿起笔，转动着埋在硬领中的脑袋，以便能较舒适地进行书写。这时，我清楚地看出，自从他有了这个新职务以后，我们彼此之间已经有了某种隔膜，这使得我们不能再像以前那样推心置腹，从而也就完全改变了我们谈话的性质。

在那间古色古香的老客厅里，一个人也没有，不过却留有希普太太的痕迹。我朝仍由爱格妮斯住着的那个房间里看了看，只见她正坐在火炉旁，在一张雅致的老式写字台上写着什么。

第三十九章　威克菲尔和希普

由于我挡住了光线，引得她抬头一看。于是她那聚精会神的脸上，立刻布满了笑容。我成了她亲切关怀和热烈欢迎的对象，这让我多高兴啊！

“哦，爱格妮斯！”我们并肩坐下后，我说，“我近来可真想念你呀！”

“真的？”她回答说，“又想念了！这么快？”

我摇摇头。

“我也不明白是怎么回事，爱格妮斯。我似乎缺少我应有的某种精神方面的能力。以前在这儿过着那些幸福日子的时候，凡事你总是替我动脑筋、出主意，我也就很自然地向你请教，求你支持。我真认为，现在我缺少的就是这个。”

“那到底是什么东西呢？”爱格妮斯高高兴兴地问道。

“我不知道该把它叫作什么，”我回答说，“我想，我这个人还算诚挚、有毅力吧？”

“我相信是这样。”爱格妮斯说。

“也还有耐心吧，爱格妮斯？”我略带迟疑地问道。

“是的，”爱格妮斯笑着回答说，“可有耐性哩！”

“可是，”我说，“我是那么苦恼，那么忧伤，在自信力方面总是没有把握，犹豫不决，我知道我一定缺少——我该怎么说呢——某种倚靠吧？”

“要是你乐意的话，那就这么说吧！”爱格妮斯说。

“是啊！”我回答说，“你瞧！你到了伦敦，我倚靠你，立刻就有了目标，也有了办法。我没有了办法，来到这儿，转眼之间自己就好像变成了另一个人。我走进这个房间后，让我苦恼的处境并没有改变，可是就在这短短的片刻，我已经受到一种力量的影响，心情有了变化。哦，使我变得好多了！这是怎么回事呢？你的秘诀到底是什么，爱格妮斯？”

她的头低了下来，看着火炉。

“我这是老一套，”我说，“当我说，我在小事情上也跟在大事情上一样时，你可别见笑。我从前的那些麻烦事，全是胡闹，现在的事可真的是严重了。但是不论什么时候，只要我一离开你这位异姓妹妹……”

爱格妮斯抬起了头——一张多可爱的天使般的脸啊！——朝我伸出一只手，我在它上面吻了一下。

“爱格妮斯，不论什么时候，要是一开始就没有你给我出主意，帮我做决定，我好像就会变得乱糟糟的胡来一气，陷入各种各样的困难境地。最终我就得跑到你这儿来（我总是这样），于是我便有了安宁，有了快乐。现在，我就像一个疲惫不堪的游人回到家里一样，深深感到安息的幸福！”

我说的这番话，字字掏自肺腑，使我自己也感动得说不下去了，我用手蒙住脸，哭了起来。我这儿写的，完全是实情。不管我这个人也像我们当中的许多人一样，内心有怎样的矛盾，怎样的不一致；不管我过去的作为有什么不同，也许要好得多；不管我做过什么有悖常情、有违良心的事；我都一概不知。我只知道，有爱格妮斯在我身边，我就感到安心和平静，也就变得十分真诚。

爱格妮斯用她那平静的像姐妹般的态度、晶莹的眼睛、柔和的声音，还有她的端庄稳重（这在很久以前就使她所住的这座房子成了我的圣地）使我很快就战胜了我的弱点，引我说出打从我们上次分别以后发生的一切。

“再没有一个字可说了，爱格妮斯，”我说完心窝里的话后，说道，“好了，这会儿全指望你了。”

“可你绝不能指望我，特洛伍德，”爱格妮斯可爱地含笑回答说，“得指望另一个人。”

“指望朵拉？”我说。

“正是。”

“呃，我还没有跟你说呢，爱格妮斯，”我有点儿不好意思地回答说，“朵拉——很难——我绝不会说她很难指望，因为她是个纯洁、真诚的人——不过很难——我真不知道该怎么说，爱格妮斯。她是个胆小的小女孩儿，很容易受惊、害怕。不久以前，她父亲还没有去世，有一次，我想我应该跟她谈一谈——要是你不嫌烦，我可以告诉你，那是怎么回事。”

于是，我就告诉她，我怎么对朵拉说我变穷了，要她看看烹饪书，练习记记日用账，以及诸如此类的话。

“哦，特洛伍德！”她微笑着劝我说，“你还是那副鲁莽的老样子！你用不着这样去惊吓一个胆小、可爱、毫无经验的女孩子，照样也能在世路上认真谋生、努力上进的呀。可怜的朵拉！”

她回答我的话时，声音是这般温柔甜美，饱含着宽容仁爱之情，这是我从来都没有听到过的。我仿佛看到她怀着赞赏和温存搂抱着朵拉，体贴地卫护着她，默默地责怪我，不该那么鲁莽地把朵拉那颗小心儿吓得乱跳。我好像还看到朵拉怀着迷人的天真，偎依在爱格妮斯的胸前，对她充满感激之情，一面假意要她责备我，一面又显出孩子气的天真爱着我。

我感到，我是如此感激爱格妮斯，如此敬佩她！我仿佛看到她们两人在一起，像在一幅灿烂的景色中，一对多么亲密无间、多么相得益彰的挚友啊！

“那我该怎么办呢，爱格妮斯？”我注视着火炉，过了一会儿，问道，“怎样做才对呢？”

“我想，”爱格妮斯说，“正当的途径是，应该给那两位老小姐写信。你不认为，任何偷偷摸摸的办法，都是不值得采取的吗？”

“对。要是你认为这样的话。”

“对这类事，我并没有资格来做评判，”爱格妮斯谦逊地犹豫了一下，说，“不过我的确觉得——简单地说吧，我觉得你这样偷偷摸摸、躲躲藏藏，不像你的为人。”

“不像我的为人？恐怕你对我的评价太高了吧，爱格妮斯。”我说道。

“我说不像你的为人，是就你的本性坦诚来说的，因此，要是我的话，就给她那两位姑妈写信，把一切经过，尽可能坦白地对她们说清楚。我就会要求她们准许我有时去她们家拜访。考虑到你还年轻，又努力想要在社会上立足，我想，你最好说，不管她们对你提出什么条件，你都愿意遵守。我一定会求她们，千万不要不问问朵拉，就拒绝你的请求。我还会要求她们，在她们认为合适的时候，跟朵拉商量一下这个问题。我绝不会把话说得太过火，”爱格妮斯温和地说，“也不会把要求提得太多。我会相信我自己的真诚和毅力——也相信朵拉。”

“可要是她们跟朵拉一说，又把她给吓着了，爱格妮斯，”我说，“要是朵拉只是哭，关于我，一句话也不说呢？”

“会那样吗？”爱格妮斯问道，脸上带着同样亲切的关怀。

“哎哟，老天爷！她跟小鸟儿一样容易受惊，”我说，“可能会的！或者，要是那两位斯潘洛小姐（像她们那种上了年纪的老小姐，有时脾气是很怪僻的），不是可以这样跟她们说话的人呢！”

“我想，特洛伍德，”爱格妮斯抬起温柔的目光，看着我回答说，“要是我的话，我是不会去考虑这种问题的。也许，最好只考虑做这件事是否对就行了。如果是对的，那就去做好了。”

关于这个问题，此时我已经没有什么疑问。我的心情轻松多了，但仍感到我的任务重大，我把整个下午的时间，都花在起草那封信上。为了完成这件大事，爱格妮斯把她的写字台都让给我了。不过我在写信之前，先去楼下看了威克菲尔先生和乌利亚·希普。

我发现，乌利亚现在已拥有一间建造在花园中的新办公室，屋子里还带有一股灰泥味。他坐在那一大堆书本和文件中间，看上去特别令人恶心。他仍用平日那套阿谀奉承的样子接待了我，假装着没有从米考伯先生那儿听到我来的消息。老实不客气地说，我根本不相信他的鬼话。他同我一起来到威克菲尔先生的房间。这房间现在与它原先样子不一样了——为了那位新合伙人的便利，屋子里的许多家具陈设都被搬走了。当威克菲尔先生跟我相互问候时，乌利亚就站在火炉跟前，烘着脊背，用他那瘦骨嶙峋的手刮摸着自己的下巴。

“你待在坎特伯雷的时候，特洛伍德，就住在我们这儿好吗？”威克菲尔先生说，为征得乌利亚的同意，不免朝他瞥了一眼。

“有房间给我住吗？”我说。

“当然有，科波菲尔少爷——我应该说先生，不过少爷这个称呼很自然地就叫出来了，”乌利亚说，“只要你觉得合意，我很乐意把你以前住过的房间让出来。”

“不必，不必，”威克菲尔先生说，“何必弄得你不方便呢？另外还有个房间。另外还有个房间哪。”

“哦，不过你知道，”乌利亚龇牙咧嘴地笑着说，“我真的是很乐意的啊！”

我来了个直截了当，回答说，我情愿住另外那个房间，要不，我就不住在这儿。于是就这么说定了，我住另外那一间。接着，我跟两位合伙人告别，说吃晚饭的时候再见，然后又回到楼上。

我原本希望，除了爱格妮斯，不要有别的人在跟前。可是希普太太来到了屋子里，请我允许她带着编织活儿坐在这儿的火炉旁。她的托词是：她有风湿病，根据当时的风向，她待在这儿，比待在客厅或餐厅里更好。虽然我几乎可以毫不留情地把她交给大教堂尖塔顶上的寒风去发落，可是我还是不得不做了顺水人情，客客气气地向她问了好。

“我这个卑微的人真得感谢你，先生，”希普太太答谢我的问候时说，“不过我只是还过得去罢了，没有多少值得夸口的。要是我能看到我的乌利亚好好成家立业，我想，我就不该有更多的指望了。你看我的乌利亚气色怎么样，先生？”

我觉得他的模样跟以前一样令人厌恶，于是我说，我看不出他有什么变化。

“哦，你觉得他没有什么变化吗？”希普太太说，“那我这个卑微的人得请你原谅，我跟你有不同的看法。你没有看出他瘦了吗？”

“并没有比平日瘦。”我回答说。

“你看不出来！”希普太太说，“不过你不是用一个母亲的眼光看他的！”

当她这个当母亲的目光和我的目光相遇时，我觉得，不管她对她儿子有多慈爱，但对世界上所有别的人，她的目光是充满恶意的。我相信，她跟她儿子是真正相亲相爱的。她的目光从我身上移开，转向爱格妮斯。

“你也没看出他消瘦憔悴了吗，威克菲尔小姐？”希普太太问道。

“没看出，”爱格妮斯一面说，一面继续安安静静地做着手头的事，“你对他过于担心了，其实他很好。”

希普太太使劲地抽了一下鼻子，又继续干起她的编织活儿来。

她没有停下手上的编织活儿，也没有离开我们。那天我到得很早，要过上三四个小时才吃晚饭，可是她一直坐在那儿编织着，像沙漏往外漏沙子一样单调。她坐在火炉的一边，我坐在火炉前面的写字台前，爱格妮斯则坐在火炉的另一边，离我稍远一点儿。在我慢慢地构思我的那封信时，有时抬头看看爱格妮斯那张亲切的脸，只见她明亮皎洁的脸上，流露出天使般的神情，给予我很大鼓励。这时，我也就马上觉出那充满恶意的眼光，从我身上移开，转到爱格妮斯身上，再又回到我的身上，然后又偷偷地落在编织活儿上。希普太太编织的究竟是什么，我不知道，因为我对这门技艺没有研究，不过看样子像一张网。当她用中国筷子似的织针一个劲儿地编织着时，在火炉的照映下，她的模样活像一个丑恶的女巫，眼下虽然暂时被对面容光焕发的"善"给镇住，但她已做好准备，不久就要撒她的网了。

吃晚饭时，她同样目不转睛地监视着我们。吃完饭，她儿子来接班了。等到只剩下威克菲尔先生、他和我三人时，他就充满敌意地斜睨着我，还不停地扭动着身子，弄得我简直没法儿忍受。到了客厅里，那个做母亲的又坐在那儿编织、监视。在爱格妮斯唱歌弹琴时，她自始至终都坐在钢琴旁边。有一次，她还指定一支民歌叫爱格妮斯唱，说她的小乌利亚最爱听这支歌了（这时，乌利亚正在一把大椅子上打着哈欠）。在唱歌时，她还不时地回头看看她的儿子，然后对爱格妮斯说，她的小乌利亚已经听得出神了。她不说话则已，一说起话来，总要提到她的儿子——我不相信有过例外。我明白，显然这是分配给她的任务。

这种局面，一直持续到就寝的时候。眼看这母子俩，像两只大蝙蝠似的俯临在整座房子的上空，用他们那丑陋的形体，把房子里遮挡得暗淡无光，我感到难受极了，我真想待在楼下，任凭编织什么的，也不愿上床去睡。我几乎一夜都没有睡着。第二天，编织和监视重又开始，延续了一整天。

我想跟爱格妮斯说说话，可连十分钟的机会都没有。想把我写好的信给她看看也没能办到。我提议请她和我一块儿出去散一会儿步，可是希普太太一再嚷嚷自己的病加重了，爱格妮斯心肠好，就留在家里陪伴她。将近黄昏时，我只好独自一人出去了，盘算着该怎么办，以及是否该把乌利亚·希普在伦敦跟我说的话，继续瞒着不告诉爱格妮斯，因为那番话又开始使我感到非常不安了。

我正沿拉姆斯盖特路走着，因为那儿有一条很好的人行道，可是还没等我完全走出城，就听到身后飞扬的尘土中有人叫我。看到那人走路的蹒跚样子，还有那过紧的长外套，是绝对不会令人认错人的。我停下脚步，乌利亚·希普赶了上来。

"怎么啦？"我说。

“你走得真快！”他说，“我的腿虽然够长的，可你还是让我费了好大的劲。”

“你要去哪儿？”我问道。

“我想跟你一起走走，科波菲尔少爷，要是你肯赏脸让一个老相识跟你一起散会儿步的话。”说着，他把身子一扭，这一动作，也许是向我讨好，也许是嘲弄我。随着他就来到我身旁，跟我一起走了起来。

“乌利亚！”沉默了一会儿后，我叫了他一声，态度尽量客气。

“科波菲尔少爷！”乌利亚回答说。

“我跟你说实话吧，你别见怪。我出来是想一个人走走，因为让人陪得太多了。”

他斜着眼睛看着我，极其勉强地咧嘴笑着说：“你是说我母亲。”

“嗯，没错，我说的正是她。”我说。

“哦！不过你知道，我们是很卑微的人，”他说，“既然知道我们自己卑微，那我们就得多加小心，别让那些不卑微的人把我们推到墙上。在情场上，不管使用什么计策，都是正当的啊，先生。”

他把两只大手举到下颏旁，轻轻地对搓着，还悄悄地冷笑着。我认为，再没有人像他那样地像一头凶恶的狒狒了。

“你知道，”他仍保持着那种令人厌恶、双手抱胸的姿势，对我摇着脑袋，说，“你是个非常危险的情敌，科波菲尔少爷。你一向是我的情敌，这你知道。”

“就是因为我，你就监视住威克菲尔小姐，弄得她的家不像个家吗？”我说。

“哦，科波菲尔少爷！你这话说得多严重啊！”他回答说。

“我的意思，你爱怎么理解就怎么理解吧，”我说，“我这是什么意思，乌利亚，反正你跟我一样明白。”

“哦，我不明白！你得把话说出来，”他说，“哦，真的！我真的不明白。”

“你以为，”为了爱格妮斯，我尽量按捺住怒火，非常平心静气地说，“我除了把威克菲尔小姐当作亲姐妹外，还有别的意思吗？”

“呃，科波菲尔少爷，”他回答说，“你也知道，我不一定非要回答这个问题不可。你认为，你没有别的意思。可是话又说回来，你知道，你也许会有别的意思的啊！”

我从来不曾见过像他那样卑鄙狡诈的面容，也从没见过像他那样没有一根睫毛遮掩的奸险的眼睛。

“好啦，你听我说！”我说，“为了威克菲尔小姐——”

“我的爱格妮斯！”他叫了起来，同时还令人作呕地扭动着他那瘦骨嶙峋的身子，“劳你的驾，请你叫她爱格妮斯好吗，科波菲尔少爷？”

第三十九章　威克菲尔和希普

“为了爱格妮斯·威克菲尔小姐——愿上天保佑她！”

“谢谢你的祝福，科波菲尔少爷！”他插嘴说。

“——我来告诉你吧，要是情况不是这样，我宁可告诉杰克·凯奇，也不会告诉你的。”

“告诉谁，先生？”乌利亚伸过头来，用手搭在耳朵上，问道。

“告诉刽子手，”我回答说，“那个我最不会想到的人。”尽管看到他那副嘴脸，让人想到那个刽子手，是最自然不过的事。“我已经跟另一位年轻小姐订过婚了。我希望，这一消息总该让你满意了吧。”

“这是真的吗？”乌利亚说。

我愤懑地正打算把我说的话按他的要求做进一步证实，他突然抓住我的手，紧紧地握住。

“哦，科波菲尔少爷，”他说，“那天晚上，我睡在你起居室的火炉前，把你给害苦了。当我把我的心里话都倒给你听时，要是当时你肯赏脸，同样也把你的心里话告诉我，那我就绝不会怀疑你了。既然事情是这样，我一定马上把我母亲打发开，这真是太让人高兴了。我知道，你是会原谅这类爱情上的防范措施的，是不是？哦，科波菲尔少爷，你以前没有赏脸回报我的信任，真是太可惜了！我敢说，我给了你一切机会。可是你从来没有像我希望的那样赏我脸。我知道，你从来没有像我喜欢你那样喜欢过我！”

在所有这段时间里，他都用他那像鱼一般黏湿的手指紧握着我的手。我用尽办法，想不失礼貌地从中挣脱出来，可是完全失败了。他把我的手拉到他深紫色外套的袖子底下，我几乎在被迫之下，跟他手挽着手朝前走着。

“我们回去好吗？”过了一会儿，他拉我向后一转，朝向城里，说道。初升的月亮映照着，把远处的窗户镀上了一层银光。

“在结束这个话题之前，我想你应该明白，”我打破了许久的沉默，说道，“我相信，爱格妮斯·威克菲尔小姐，就像那月亮一样，远在你的高处，远离你的指望！”

“她很文静！是吗？”乌利亚说，“文静极了！你现在说实话吧，科波菲尔少爷！你从来没有像我喜欢你那样喜欢过我。我一点儿也不奇怪，你一向都把我看得十分卑微，是吧？”

“我不喜欢一个人老说自己卑微，”我回答说，“也不喜欢老说自己别的什么什么的。”

“得啦！”乌利亚说，在月光下他看上去皮肤松弛，脸色苍白，“这我还会不知道？可是，科波菲尔少爷，一个处在我这种地位的人，卑微是有道理的，这一点你考虑得太少了！我父亲跟我都是在慈善学校受的教育，我母亲也是慈善机构出身。他们从早到晚教我们的都是谦卑——我不知道还有别的什么。我们对这位要自认卑微，对那位要自认卑微；在这儿要脱帽，在那儿要鞠躬。永远要记住自己的身份，在比我们高级的人面前，永远要低声下气。比我们高级的人可真多啊！我父亲由于谦卑，得到班长奖章。我也是这样。我父亲靠了自认卑微，做上了一个教堂的小职员。在上流人中间，他有着行为循规蹈矩的名声，所以他们决定拉他一把。'要自认卑微，乌利亚，'父亲对我说，'这样你才会发迹。这是学校里再三叮嘱你我的，也是最有用处的。要自认卑微，那你就会有出息！'说实在的，这样真的也不坏呀！”

我第一次想到，这种丑恶、虚伪的假谦卑，原来是希普家的家传。我虽然见到了结出的果实，但从来不曾想到播下的种子。

“我还是个很小的孩子的时候，”乌利亚说，“就知道谦卑的作用，我也就开始身体力行。我吃起卑微的饼来，胃口好极了。在学业方面，也就停留在卑微的程度，我说：'到此打住吧！'上次你提出要教我拉丁文时，我就懂得该不该学。'人家喜欢待在你上头，'我父亲说，'那你就留在下头好了。'直到现在，我一直都自认非常卑微，科波菲尔少爷，不过我也得到一点儿权力了！”

他说的所有这番话，为的是要让我了解，他决定要利用他的权力，来补偿一下自己了。这是在我看到他月光下的脸色时明白的。他的卑微、狡诈、阴险，我早就知道了。不过我却是现在才第一次了解，他一定是由于早年长期受到压抑，所以才形成了这样一种卑鄙、毒辣的报复心理。

他的这番自我表白，使他感到非常满意，因而抽回了手，以便再次双手抱胸，摸摸自己的下巴。一旦跟他分开，我便拿定主意，不再让他拉住手，于是我们只是并肩往回走，一路上很少再说话。

他这般高兴，是由于我告诉他那个信息，还是由于回想起那个信息，我不得而知。不过总是受到某种影响，才使他这么兴致勃勃。吃晚饭的时候，他的话比往常多了，还问他母亲（我们一回到家中，她就下班了），他是不是年纪已经不小，不能再做单身汉了。他还那么看着爱格妮斯，气得我真想把他打倒在地，我情愿为这献出自己的一切。

晚饭后，到了只剩下我们三个男人时，他的胆子更大了。他并没有喝多少酒，或许是一滴酒都没有喝。我推测，使他陶醉得得意忘形的，是获胜的傲慢，也许是由于我的在场，使得他更要表露一番了。

昨天我就发现了，他千方百计引诱威克菲尔先生多喝酒，我也领会爱格妮斯临去时给我的眼色，所以我限定自己只喝一杯，然后便提议，我们应该去她那儿。今天，我原来也想如法炮制，但是让乌利亚抢先了一步。

“我们现在的这位客人，是难得上我们这儿来的，先生，”他对坐在餐桌尽头、看上去跟他那么不同的威克菲尔先生说，“要是你不反对的话，我提议，再敬他一两杯酒，表示对他的欢迎。科波菲尔先生，祝你健康、幸福。”

对他那隔着桌子伸过来的手，我不得不勉强握了一下；然后，怀着完全不同的感情，紧握住他的合伙人、那位陷于身心交瘁的老人的手。

“来，我的搭档！”乌利亚说，“要是我可以冒昧提一句的话，我说，你就提几个跟科波菲尔有关的人，为他们干杯吧！”

威克菲尔先生提议为我姨婆、为狄克先生、为博士公堂、为乌利亚干杯，而且为每个人都干了两杯。他知道自己的缺点，想要克服却又办不到。他因乌利亚的举止感到羞耻，却又想讨好他，两者之间矛盾冲突。乌利亚扭动着身子，让威克菲尔先生在我面前丢脸出丑，现出露骨的得意。这一切，我都略过不再提了。当时我看到这种情形，心里感到恶心，现在写到这些时，也仍不愿下笔。

“来，我的搭档！”乌利亚终于说，“我还要为一个人干杯，我这个卑微的人，要求你们把酒斟满，因为我想要提的，是女性中最神圣的人。”

她父亲手上端着空杯。只见他放下杯子，朝那幅跟她那么像的画像看了看，把手举到额头上，退缩回自己的扶手椅中。

“我是个卑微的人，不配提议为她干杯，”乌利亚接着说，“不过我崇拜她——爱慕她。”

我觉得，她那白发苍苍的父亲，在肉体上所受的痛苦，绝没有此刻我见到的在精神上所受的折磨这般可怕，这种饱受折磨的痛苦，完全表现在他紧压的两手之中。

“爱格妮斯，”乌利亚不是不理睬他，就是不理睬他动作的含义，顾自继续说，“爱格妮斯·威克菲尔，我可以有把握地说，是女性中最神圣的。这话我可以在朋友中大胆地说出来吗？能做她的父亲，当然是值得骄傲的，不过能做她的丈夫……”

饶了我吧！永远别再让我听到她父亲从桌旁站起时发出的那种叫声了！

“怎么回事？”乌利亚面如死色地说道，“威克菲尔先生，想必你没有发疯吧？要是我说，我有野心，想使你的爱格妮斯成为我的爱格妮斯，那我跟别的人一样，也有这个权利呀！而且我还比任何别的人更有权利哩！”

我抱住威克菲尔先生，用我能想起的一切话安慰他，说得最多的是，要他看在他对爱格妮斯的爱心上，求他稍微平静一点儿。当时，他真像发了疯：又揪头发，又打脑袋，使劲想挣脱我，推开我，不回答一句话，不看任何人，谁也看不见，盲目地挣扎着，自己也不知道为什么，他两眼圆瞪，脸嘴歪扭——一副吓人的样子。

我前言不搭后语，但以最动情的态度恳求他，叫他不要这样由着自己的性子，要听我的话。我求他想想爱格妮斯，求他把我和爱格妮斯联系起来，想想爱格妮斯和我怎样一起长大，我怎样尊敬她，爱慕她，爱格妮斯让他多得意，使他多快乐。我千方百计要他想起爱格妮斯，我甚至责备他不够坚强，这样会让她知道这一情况。也许是我的话起了点儿作用，也许是他的疯狂劲过去了，渐渐地不再使劲挣扎了，开始打量起我来——起初像不认识我的样子，后来才露出认得我的眼神。最后终于说："我知道，特洛伍德！我心爱的孩子和你——我知道！可是你看他！"

他指着角落里的乌利亚，那家伙两眼圆瞪，面如土色，显然因自己打错了算盘而大吃一惊。

"你看看那个折磨我的人，"威克菲尔先生接着说，"我在他面前，一步一步地放弃了名誉和地位，平静和安宁，住宅和家庭。"

"是我为你保全了你的名誉和地位，你的平静和安宁，还有你的住宅和家庭，"乌利亚绷着脸，一副受挫的样子，连忙让步说，"别犯糊涂了，威克菲尔先生。要是我这一步稍微跨得大一点儿，出乎你的意料，我想我可以退回来的，是不是？这有什么害处呀！"

"我总是在每个人身上寻找单纯的动机，"威克菲尔先生说，"我本以为，他跟我联合，完全出于谋利，所以感到很满意。可是你看看，他是个什么样的人——哦，你看看，他是个什么样的人！"

"科波菲尔，要是你办得到的话，你最好别让他再说下去，"乌利亚一面嚷道，一面用瘦长的食指指着我，"他马上又要说话了——你得当心！——他说了会后悔的，你听了也会后悔的！"

"我什么话都要说！"威克菲尔先生不顾一切地叫道，"我既然落在你的手中，为什么就不可以落在全世界的人手中呢？"

"当心！我可告诉你啦！"乌利亚继续对我警告说，"你要是不叫他闭上嘴，那你就不是他的朋友了！你为什么不可以落在全世界的人手中，威克菲尔先生？因为你有个女儿。你跟我都知道我们知道的事，不是吗？别惹是生非了——谁想惹出事来呀？我可不想。我已经尽量低声下气了，你难道没有看到？我不是对你说了，要是我这一步跨得太大的话，我很抱歉。你还要我怎么样呢，先生？"

"哦，特洛伍德，特洛伍德啊！"威克菲尔先生使劲地绞着自己的双手，叫道，"打从我第一次在这个屋子里见到你以来，我已经颓废成什么样子了！那时候我就在走下坡路了，可是自那以后，我所走过的路，多么凄惨，多么凄惨啊！我的软弱、放任，把我给毁了。我任着性子追忆以往，任着性子忘记以往。我出于天性哀悼我孩子的母亲，成了一种病态，出于天性疼爱我的孩子，也成了病态。凡是我接触过的东西，都受到了我的传染。我知道，我已经把灾难带给了我最心爱的人——这你也知道！我本来认为，我可以真心疼爱活在世上的一个人，不疼爱其余的人，我可以真心哀悼离开人世的一个人，任何其他人的悲哀都和我无关。就这样，把我一生得到的教训给颠倒了！我蹂躏了自己这颗病态、怯懦的心，反过来，它也蹂躏了我。我的哀悼是卑鄙的，我的疼爱是卑鄙的，我想要可悲地逃避这两者的阴暗面，也是卑鄙的。瞧我这颓废的样子，恨我吧，躲开我吧！”

他倒在一把椅子里，软弱无力地呜咽起来。他那被愤懑引起的激动，正在消失。乌利亚从他待的角落里走了出来。

“我不知道，我在糊涂的时候都干了些什么，”威克菲尔先生说，同时伸出两手，仿佛求我不要责备他似的，“他可知道得最清楚，”这是指乌利亚·希普，“因为他老在我身边，对我咬耳嚼舌的。你知道，他是套在我脖子上的磨盘。你看到了，我的家里老有他，我的业务里也老有他。你刚才已经听到他说的话了。我还有什么必要说更多的话啊！”

“你本来就没有必要说这么多，一半都用不着，你完全没有必要说，”乌利亚半似反抗半似奉承地说，“要不是喝多了酒，你是不会这样发作的。到明天你再好好想想，你就明白了，先生。要是我说的话有些过头，或者是超出了我的本意，那又有什么关系呢？我并没有坚持非那样不可啊！”

门开了，爱格妮斯悄悄地走了进来，脸上没有丝毫血色。她搂住父亲的脖子，沉着地说：“爸爸，你又有点儿不舒服了。跟我来吧！”威克菲尔先生像让沉重的羞愧压着似的，把头靠在她的肩上，跟着她出去了。她的目光只和我的目光相遇了一刹那，可是我已看出，她对刚才发生的事，已经知道一些了。

“我没有想到，他竟会发这么大的脾气，科波菲尔少爷，”乌利亚说，“不过这不要紧。明天我就可以跟他和好了。这是为他着想。我是个卑微的人，这都是为他担心，为他着想。”

我没有回答他，顾自上楼，走进以前爱格妮斯常坐在我旁边伴我读书的那个安静的房间。直到深夜，都没有人走近我。我拿起一本书来，想看一会儿。时钟打了十二下，我还在看书，可是不知道看的是什么。就在这时，爱格妮斯碰了我一下。

“你明天一早就要走了，特洛伍德！让我们现在就说再见吧！”

她刚哭过，不过当时她的脸上显得那么平静，那么美丽！

“愿上帝保佑你！”她说着伸手给我。

“最亲爱的爱格妮斯！”我回答说，“我知道，你这是要我不要再谈今天晚上发生的事了——不过难道就没有什么可做了吗？”

“只有信赖上帝了！”她回答说。

“我就不能做点儿什么吗——我这个自己有了烦恼就跑来见你的人？”

“你已经使我的烦恼减轻了很多，”她回答说，“亲爱的特洛伍德，不用了！”

“亲爱的爱格妮斯，”我说，“你所富有的一切，都是我所缺乏的——善良、决断，以及一切高尚的品质——由我来怀疑你，或者指导你，那我就太狂妄了。不过，你知道我多爱你，多感激你。你绝不会为了一种误解的孝心而牺牲自己吧，爱格妮斯？”

有一会儿工夫，她显得非常激动，以前我从没见过她这样。她从我手中缩回自己的手，向后退了一步。

“你得说，你没有这样的想法，亲爱的爱格妮斯！你比我的亲姐妹还亲啊！你要想一想，你这样的心，你这样的爱，是无价之宝啊！”

哦，很久、很久以后，我还看到她那张脸在我面前出现，带着那一会儿的表情，不是惊诧，不是责难，也不是悔恨。哦，很久、很久以后，我还能像现在这样，看到她脸上的神情化为可爱的微笑，她就带着这种微笑对我说，她并没有为自己担忧害怕——我也不必为她担惊受怕——接着用兄妹的名义和我告别，然后就离去了！

第二天早上，天还没有亮，我就在小客栈门口上了公共马车。当我们快要启程时，天才刚刚破晓。我正坐在那儿想念着爱格妮斯，从昼夜的混沌中突然钻出了乌利亚的脑袋，出现在公共马车旁。

“科波菲尔，”他攀着车顶的铁栏，用沙哑的声音低声说，“我想，你走之前一定高兴听到，我跟威克菲尔先生之间已经没有什么过节儿了。我已经去过他的房间，我们已经完全和好，没事了。嗯，你知道，我虽然卑微，但对他还是很有用处的。他没有喝醉的时候，是懂得自己的利害关系的啊！他毕竟是个讨人喜欢的人，科波菲尔少爷！”

我只好对他说，他给威克菲尔先生道了歉，我很高兴。

“哦，当然！”乌利亚说，“你知道，一个卑微的人，道道歉又算得了什么？太容易了！喂！我猜想，”他扭动了一下身子，“你有时也摘过没熟的梨子吧，科波菲尔少爷？”

“我想我摘过。”我回答说。

“我昨天晚上就摘了，”乌利亚说，“不过它总会熟的！只要好好看管就行了。我可以等待！”

他一再地和我说再见，直到车夫上车，他才下去。据我所知，为了抵挡早晨的寒气，他嘴里在嚼着什么东西。不过那嘴的动作，仿佛梨子已经熟了，他正在吃着，吃得舔唇咂嘴的。

第四十章　浪迹天涯的人

那天晚上，在白金汉街的寓所里，我讲了上一章中详细说过的威克菲尔家发生的事情，我们做了一番认真的交谈。我姨婆对此深为关切。谈完后，她两臂抱胸，在房间里来来回回走了足足有两个多小时。每当她心情特别烦乱时，她总要这样走来走去走个不停；她心情的烦乱程度，总能根据她走动时间的长短估计出来。这一次，她的心情太乱了，以至认为有必要打开卧室的门，使她可以从这间卧室的墙边，走到另一间卧室的墙边。狄克先生和我静静地坐在火炉旁，她就沿着这条测定的路线，跨着均匀的脚步，不断地走进走出，像钟摆一样有规律。

当狄克先生去就寝，剩下我和姨婆两人时，我就坐下来给那两位老小姐写信。这时，姨婆已经走累了，像往常那样撩起衣服，在壁炉旁坐了下来。不过她没有像平日那样，手握酒杯搁在膝上，而让酒杯在壁炉搁板上放着，未加理会。她把左肘支在右臂上，左手托着下颏，关心体贴地看着我。每当我停下手中的笔，抬起头来时，总会遇上她的目光。"我这会儿心情平静下来了，亲爱的，"说着她点了点头，意思是叫我放心，"不过真让人担忧、难过！"

我因为忙于写信，直到她就寝以后才发现，她的夜间混合饮料（她总是这样叫的），仍一动未动地放在壁炉搁板上。当我敲门告诉她这一发现时，她走到门口，用比平常更慈祥的态度说："今天晚上我没有心情喝了，特洛。"随后摇了摇头，又进去了。

第二天早上，她看了我给那两位老小姐写的信，认为可以。我把信发出后，已没有别的事可做，只有尽量耐着性子等待回音了。一天晚上，天下着雪，当我从博士家徒步回家时，我依然耐心地等待着，我已经等待了将近一个星期了。

那天的天气很冷，刺骨的东北风已经刮了一些时候。天色渐暗，寒风也随着停息了，可是跟着却下起雪来。我记得，那场雪下得很大，大片大片的雪花不停地落着，地上很快就积得厚厚的。车轮声和脚步声都听不见，仿佛街上铺满了厚厚的羽毛。

我回家最近的路——在这样的晚上，我当然走最近的路了——是穿过圣马丁教堂巷。这条巷因而得名的那座教堂，当年它的周围并不宽敞，前面也没有空地。巷子弯弯曲曲地通向河滨街。当我走过柱廊下的台阶时，在拐角处见到了一个女人，她朝我看了一眼，就穿过狭窄的小巷，不见了。我认识这张脸，曾在什么地方见过。不过想不起在哪儿了。这张脸我脑子里有点儿印象，因而一下就使我心里产生了联想。不过突然遇见她时，我正在想着什么别的事，所以就搞糊涂了。

在教堂的台阶上，我看到有一个男人正弯腰把背着的一个包裹，放到平滑的雪地上，为的是要把它整理一下。我看到那个女人，和看到这个男人，是同一个时间。我记得，当时我只是惊奇，并没有停下脚步。不过，不管怎么样，反正当我往前走的时候，那男人伸直腰杆，转身朝我走了过来。跟我面对面站着的，原来是佩格蒂先生！

这时，我也记起刚才见到的女人是谁了。那是玛莎，就是那天晚上艾米莉在厨房里给过她钱的那个女人。汉姆曾告诉我，佩格蒂先生说过，即使把沉入海底的所有珍宝都给了他，他也不愿见到他的宝贝外甥女跟这个女人在一起。这个女人就是玛莎·恩德尔。

我跟佩格蒂先生互相热烈握手。开始时，我们俩谁也说不出话来。

"大卫少爷！"他紧握住我的手说，"见到你，我心里甭提有多高兴了，先生。遇见你真是太好了，真是太好了！"

"真是太好了，我亲爱的老朋友！"我也说。

"我本来打算今儿晚上就去看你的，先生，"他说，"可我知道你姨婆跟你住在一起——因为我去过那边——去亚茅斯的路上——我怕今儿太晚了，所以打算明儿一早在我走之前，再去看你，先生。"

"你还要走？"我说。

"是的，先生，"他很有耐心地点着头回答说，"我明天就走。"

"那你现在去哪儿？"我问道。

"噢！"他回答说，一面抖落长头发上的积雪，"我要去找个过夜的地方。"

当年，金十字旅店的马圈有个边门，几乎就在我们站着的地方对面（这家旅店跟佩格蒂先生的不幸有关，因而我记得特别清楚）。我把这个入口指给他看，随后就挽住他的胳膊，一起走了进去。马圈的外面，有两三间休息间都敞开着。我往其中的一间看了看，发现里面没有人，炉火却烧得很旺，我就带他走了进去。

当我在灯光下看他时，发现他不但头发又长又乱，脸也让太阳晒黑了。他的须发比以前更白，脸上和额上的皱纹也更深了。从他的外表处处都可以看出，他经过艰苦跋涉，历尽风霜。不过他看上去仍很硬朗，像个目标坚定、不知疲倦的男子汉。他把帽子和衣服上的雪抖落，又抹掉脸上的雪，对他的这些举动，我暗暗地做了观察。他背朝着我们进来的门，和我面对面地在一张桌子旁坐下，这时又伸出他那粗糙的手，热烈地握起我的手来。

“我要跟你说说，大卫少爷，”他说，“我去过的地方，我打听到的一切。我去过的地方不少，打听到的消息却不多。不过我还是要跟你说说！”

我拉铃叫人送点儿热的东西来喝。他说比麦酒厉害的东西，他是不喝的。当麦酒送来，在火炉上加热时，他一直坐在那儿想着什么，脸上一副郑重其事的庄严神情，所以我没有冒昧地去打扰他。

“她还是个孩子的时候，”待屋子里只剩下我们两人时，他抬起头来说，“她老是跟我说起大海的事，说起海水变成深蓝、在阳光下金光万道的海面。我有时想，因为她父亲是死在海里的，所以她对海才想得这么多。你知道，我并不清楚，不过也许她相信——或者希望——她父亲已经漂到那边海滨，那些鲜花常开、阳光灿烂的地方去了。”

“这也许是孩子的幻想吧。”我回答说。

“她——丢了的时候，”佩格蒂先生说，“我心里知道，他一定会把她带到那种地方去的。我心里知道，他一定会对她说那些地方多么多么好，她怎样在那儿成为阔太太，他怎样先用这类话使她听从他。上次当我们见了他妈妈时，我心里就非常明白，我猜对了。所以我就过了海峡，去了法国。我在那儿上了岸，就像从天上掉下来一样。”

我看到门动了动，雪花飘了进来。看到门又打开了一点儿，一只手轻轻地插了进来，挡住门不让关上。

“我在那儿找到了一位英国先生，一位当官的，”佩格蒂先生说，“我告诉他，我要去找我的外甥女。他给我办了几样文书——有了这个，我就好到处通行了——我也不知道那些文书叫什么——他还要给我钱，我谢绝了，说我用不着。对于他帮我做的一切，我敢说我打心眼儿里向他表示感谢！他还对我说：‘我已经在你去之前，给你要去的地方写了信，我还要对好多要去那一带的人说一说，所以当你独自一人到了离这儿很远的地方，也会有很多人知道你的。’我尽量客气地对他说了我心里的感激情意，接着我就到法国各地去了。”

“独自一个人，而且是步行？”我说。

“多半是步行，”他回答说，“有时候搭赶集的大车，有时候就坐空着的公共马车。一天要走好多英里，经常会遇上去看朋友的穷士兵什么的，就跟他们一块儿走。可我没法儿跟他们谈话，”佩格蒂先生说，“他们也没法儿跟我谈话。不过在那尘土飞扬的路上，我们还是可以结成旅伴的。”

听他那津津乐道的语气，情况可想而知。

“我每到一个市镇，”他继续说，“找到那儿的旅店，就在院子里等着，看看是不是有懂英国话的人来（多半总有这种人来的）。于是我就告诉他，我是来找我的外甥女的。他们就告诉我，旅店里住有一些什么样的上流社会的人，我就等在那儿，看着进进出出的人，看看有没有像艾米莉的，要是不是她，我就再往前走。渐渐地，我每到一个陌生的村子什么的，来到穷人们中间，我发现他们都知道我的事。他们总是要我在他们的门口坐下来，给我吃的、喝的，告诉我可以过夜的地方。有许多女人，大卫少爷，也有艾米莉那么大的女儿，她们就在村外救世主的十字架旁等着我，为的是给我同样的款待。有的女人有过女儿，后来死了。只有上帝知道，这些当妈的待我有多好！”

在门口的人原来是玛莎。我清楚地看到她那憔悴的、留心谛听着的脸。我怕佩格蒂先生转过头来，也会看到她。

“那些女人常常把她们的小孩儿，特别是小女孩儿，”佩格蒂先生说，“放在我的膝盖上。有好多次，天都快黑了，你可以看到我还坐在她们门前，好像这些小孩儿就是我的宝贝小孩儿。哦，我的宝贝儿啊！”

他突然再也抑制不住悲伤，出声地呜咽起来，用手捂住自己的脸。我把我颤抖的手按在他捂脸的手上。“谢谢你，先生，”他说，“你不用管我。”

只过了一会儿，他就放下捂脸的手，搁在胸口，继续说起他的故事来。

“早上，她们常常陪我走上一阵，”他说，“也许走上一二英里。分手的时候，我对她们说：‘我十分感谢你们！愿上帝保佑你们！’她们总像懂得我的话似的，很高兴地对我做了回答。后来，我来到了海边。你可以想到，像我这样一个靠海为生的人，要渡海去意大利并不困难。我到了意大利，跟先前一样，还是四处寻找。那儿的人，对我也一样友好。我原本会一个市镇一个市镇地去找，也许会走遍意大利全国的，可是我得到消息说，有人看到她在瑞士山那边。有个认识他仆人的人，见到他们三个人全在那儿，还告诉我他们旅行的情况以及他们在什么地方，于是我日日夜夜地朝那些山奔去，大卫少爷。不管我走多远，那些山总是离我那么远，像要躲开我似的。不过我到底还是走到了，而且翻过了那些山。当我快要到达人家告诉我的地方时，我心里就想开了：‘在我见到她时，我怎么办呢？’”

在外面偷听的那个人，一点儿不顾黑夜的严寒，依然俯身在门口，举起双手求我——祈求我——不要把门关上。

“对她我从来没有怀疑过，”佩格蒂先生说，“从来没有！一点儿也没有！只要让她看到我的脸——只要让她听到我的声音——只要让我一动不动地站在她面前，使她想起她抛开的家，以及她做孩子的时候——即使她已经成了高贵的太太，她也会立即跪在我的脚前！我知道得很清楚！我在梦中有好多次听到她大声叫：‘舅舅！’看到她死了似的倒在我的面前。我在梦中有好多次把她搀扶起来，对她低声说：‘艾米莉，我的宝贝儿，我老远来这儿，就是宽恕你，来带你回家的！’”

说到这儿，他停了下来，摇了摇头，叹了口气，接着说下去。

“那个男的，这会儿我才不管他哩，我只管艾米莉。我买了套乡下人穿的衣服，预备给她穿。我知道，一找到她，她就会跟我走在那些石头路上，我到哪儿，她也会跟到哪儿，永远、永远不会再离开我。我要把我买的衣服给她穿上，把她身上穿的全都扔掉——然后让她挽着我的胳膊，带她回家——有时就在路上歇上一歇，医治医治她那受伤的脚，还有她那伤得更重的心——这会儿我心里想的就是这些。我相信，那个男的，我连看都不会朝他看一眼。不过，大卫少爷，我想的这些，没能办成，眼下还办不到！因为我去晚了，他们已经走了。去了哪儿，我没能打听到。有人说在这儿，有人说在那儿。我赶到这儿，赶到那儿，都没有找到艾米莉，于是我就先回家了。”

“回来多久啦？”我问道。

“大约四天吧。”佩格蒂先生说，“那天天黑以后，我望见了那条旧船，还有窗子里亮着的灯光。我走到近旁，隔着窗玻璃往里张望，看到那个忠心耿耿的好人葛米治太太，正像我们原先约定的那样坐在火炉旁。我朝她喊道：‘别害怕！我是丹尼尔！’跟着就进去了。我从来没有想到，这条旧船竟会显得这般陌生！”

他小心翼翼地从胸前的口袋里掏出一个纸包，里面有两三封信，或者说小纸包，他把它们放在桌子上。

“这头一个包儿，”他从这些小纸包中拣出一个来，说，“是我走后不到一个星期收到的。是一张五十英镑的钞票，用一张纸包着，写明给我收，是夜里从门底下塞进来的。她想装出那不是她的笔迹，可是她瞒不过我！”

他小心翼翼，非常耐心地把那张钞票照原样包好，放在一旁。

“这是写给葛米治太太的，”他打开另一个小包说，“两三个月以前收到的。”他把包中取出的信看了一会儿，才把它递给了我，同时低声说，“麻烦你看看这封信，先生。”

我看的信内容如下：

> 哦，当你看到这封信，知道是我这只有罪的手写的，你会有什么感想啊！不过我要求你千万、千万对我心软一点儿，只软一会儿——这不是为了我，而是为了我舅舅好！求你千万、千万对一个可怜的女孩儿发发慈悲，用一小张纸片给我写几个字，他好不好，在你们不再提起我之前，他说过我什么——晚上，到了我以前回家的时候，你有没有看到，他在想念他一直那么疼爱的人的样子。哦，想到这儿，我的心都碎了！我给你跪下了，我恳求你，请你千万不要像我那样狠心——我非常非常清楚，这是我应得的——对待我，求你宽宏大量，发发慈悲，写一点儿他的情况，寄给我。你不用再叫我“小”什么的，也不必叫我那被我玷污的名字了。哦，我只求你听听我的苦痛，可怜可怜我，给我写几个字，告诉我今生今世永远、永远也见不到的舅舅的情况吧！
>
> 亲爱的，要是你一定要狠心待我——狠心是应该的，这我知道——不过，请你听我说，如果你一定要狠心待我，亲爱的，在你最终决定不理睬我可怜的、可怜的恳求以前，请你先问问那个被我害得最惨的人——那个原本我要做他妻子的人！要是他好心到肯说，你可以写几个字给我——哦，我想他会肯的！只要你能问问他，我想他会肯的，因为他一向非常坚强，非常宽厚——那你就告诉他（不过别的就不用说了），每当夜晚听到刮风了，我就觉得，好像那风是因为看到了他和舅舅，才气愤地从我身旁刮过，正要到上帝那儿去控告我。告诉他，要是我明天就死去（哦，要是我应该死去，我是乐意死掉的！）我一定要用最后的话为他和舅舅祝福，用我最后一口气为他有个幸福的家庭祈祷！

这封信里也装了一些钱。五个英镑。跟头一笔钱一样，这钱他也没有动，照样包了起来。信上还详细写有回信的地址。这当中虽然透露了几个转交的人，但很难确切断定，她的藏身之地到底在什么地方，不过至少有这种可能：她发信的地方，就是人们说的见过她的那个地方。

“给过她什么回信吗？”我问佩格蒂先生。

“因为葛米治太太不大有文化，先生，”他回答说，“汉姆好心先给她打了信稿，她再照着抄的。他们告诉艾米莉，说我找她去了，还告诉她我临走前讲的一些话。”

第四十章　浪迹天涯的人

“你手里拿的是另一封信吗？”我问道。

“不是信，先生，是钱，”佩格蒂先生把它打开了一点儿，说，“你瞧，是十个英镑。里面写着，‘一个忠实的朋友赠’，跟头一次一模一样。不过头一次是从门底下塞进去的，这一次是前天由邮局寄来的。我要照着邮戳找她去。”

他给我看了看邮戳。地名是上莱茵的一个市镇。他在亚茅斯找到几个知道那地方的外国商人，他们在纸上画了一张简略的地图，这图他完全可以看懂。他把图摊在我们之间的桌子上，一只手托着下巴，另一只手在图上指出他要走的路线。

我问他汉姆可好，他摇摇头。

“他干起活儿来，”他说，“比哪个汉子都强。他的名声，在那一带好极了，不管世界上哪个地方，哪一个男子汉，他都比得上。你知道，不论是谁，随时都肯帮他的忙，他也随时肯帮别人的忙。从来没听到他说过半句抱怨的话。不过我妹妹总认为（这话只是咱俩说说）他伤心透了。”

“可怜的人，我也认为是那样！”

“他什么都不在意的样子，大卫少爷，”佩格蒂先生严肃地低声说，“好像连自己的命都不在意的样子。遇上坏天气，要干险恶的活儿，总有他。干危险的苦活儿时，他老是抢在伙伴们的前头。可是他又像个孩子一样温顺，亚茅斯的孩子没有一个不认识他的。”

他小心翼翼地把信收在一起，用手抚平，把它们包成一小包，然后重又仔细地把它放回到自己的胸前。门口的那张脸不见了。我依旧看到雪花飘进门内，但那儿什么别的也没有了。

“好了！”佩格蒂先生看着自己的行囊说，“今晚既然见过你了，大卫少爷（这真让我高兴），明儿一早我就要上路了。我这儿的东西，你都见过了，”说时把手按在放有小纸包的地方，“这会儿最让我担心的事，是钱还没有退回，我就遭到什么意外。要是我死了，钱丢了，或者给偷了，或者不管怎么的给弄丢了，他就永远不会知道真情，一定以为我收下了。我相信，那另一个世界[①]也绝不会收留我的！我相信，我非得再回到这个世界来一趟不可！”

他站起身来，于是我也站了起来。出门以前，我们又紧紧地握了握手。

“哪怕得走上一万英里，”他说，“走到我倒下死去，我也要把这钱放到他的面前。我要是能做到这一点，再能找到艾米莉，那我就心满意足了。要是我找不到她，也许有一天她会听说，她这个疼她的舅舅只是因找她送了命才不再找她。要是我对她的看法没错的话，她听到这话，到末了也会回家来的！”

① 此处指阴间。

当我们走出屋子，来到凛冽的寒夜中时，我看到那个孤寂的身影，在我们前面匆匆移动着。我急忙找了个借口，使佩格蒂先生转过头来，用谈话绊住了他，直到那身影消失不见。

佩格蒂先生说，多佛大道上有家小旅店，他知道在那里能弄到一间干净、简陋的房间过夜。于是我和他一起走过威斯敏斯特大桥，在萨里那边的岸上和他分了手。在漫天大雪中，他重又踏上那孑然一身的旅程。这时候我只觉得，世间万物都因对他心怀敬意而寂静无声了。

我回到旅馆的院子里，那张脸的印象还在，于是便急忙往四周打量，可是它不在那儿了。雪花已把我们原来留下的脚印都给掩埋了，只有我刚才的新脚印还能看出。可是待我回头再看时，就连这些脚印也开始慢慢消失了。雪下得多大啊！

第四十一章　朵拉的两位姑妈

两位老小姐的回信终于来了。她们首先向科波菲尔先生致意，跟着告诉他，“为了使双方愉快起见”，她们已经对他的来信做了十分仔细的考虑——“为了使双方愉快起见”，这是一种让人相当担心的说法，这不仅是因为如前面所说她们曾把它用在家庭争议上，而且还因为我曾见过（我一生都经常见到），这类套话是一种烟火，放起来毫不费事，可是放上去以后，就会变成各种各样的形态和颜色，跟原来的形态完全不同。两位斯潘洛小姐还说，她们对于科波菲尔先生来信中所提之事，不便“通过信函方式”发表意见，敬请鉴谅，不过，如若科波菲尔先生肯于某日（如他认为适当，请一知心密友陪同）光临寒舍，她们一定乐于就此事做一次面谈。

对于这一佳音，科波菲尔先生立刻就做了回答。回信中，他也先向那两位老小姐问候请安，接着说，届时他定当前往拜望两位斯潘洛小姐，并遵嘱由内殿法学院之密友托马斯·特雷德尔先生陪同前往。科波菲尔先生把信发出以后，立即就陷入了极度兴奋的状态之中，就这样一直延续到约定的那一天。

在这重大的紧要关头，我却偏偏失去了米尔斯小姐极其宝贵的帮助，这大大地增加了我的紧张不安。可是米尔斯先生老是这样那样地跟我过不去——或者说，我感到他是这样，反正都一样——这次则把他的讨厌行径发展到了顶点，不早不晚，就在这时他忽然心血来潮，动了要去印度的念头。他为什么偏偏要在这时候去印度，还不是有意跟我作对吗？不过话又说回来，他除了跟那个地方有很多关系外，跟世界上别的任何地方都没有关系，因为他做的全是印度生意，不管做的是什么（我自己就恍惚地做过有关那些金丝披巾和象牙的美梦），他年轻时就在加尔各答待过，现在打算以驻外合伙人的身份再去那儿。这事跟我毫无关系，可是，跟他关系太大了，所以他决定要去印度，还要把朱丽娅也带去。因此，眼下朱丽娅去乡下跟亲友们告别去了。他家的房子贴满了各种招贴，宣布出租或出售，家具（熨衣机等一切）也估价出让。这样一来，我还没有从第一次地震的惊吓中恢复过来，就又做了第二次地震的玩物了！在这样一个重要的日子里，应该穿怎样的衣服，着实让我动了不少脑筋。因为我一方面想要仪容整齐，外表出众；另一方面又担心我的衣着，会在那两位斯潘洛小姐眼中，有损我朴实无华的品质。最后，我决定尽量在这两个极端之间选取折中的办法。我姨婆对这个决定也表示赞同。当我跟特雷德尔一起下楼时，狄克先生还朝我们的身后扔出了自己的一只鞋子，为了讨个吉利。

虽然我知道特雷德尔是个大好人，我跟他的友谊十分亲密，可是在这样一个敏感的日子，我不由得希望他千万不要保留把头发梳得往上直竖的习惯。这种发型使得他显出一种吃惊害怕的表情——更不用说像炉台刷似的样子了——我一直担心地暗自嘀咕，这说不定会成为我们的致命伤。

当我们一起徒步前往帕特尼时，我冒昧地把这意思给特雷德尔说了，同时还说，要是他肯把头发往下捋平一点儿的话……

"我亲爱的科波菲尔，"特雷德尔摘下帽子，往四面八方捋着自己的头发说，"没有比捋平头发更让我高兴的了。可它就是不听我的话。"

"往下压平一点儿也不成吗？"我说。

"不成，"特雷德尔说，"什么也压不平它。哪怕我在头上顶着五十磅重的东西，一直顶到帕特尼，可是一取下那东西，它又会立即竖了起来。你简直想象不到，我的头发有多倔强，科波菲尔。我十足是一头发脾气的豪猪。"

我得承认，听了他的话我感到有点儿失望，不过他的和蔼的性格，也很讨我喜欢。我告诉他，我很看重他这种和蔼的性格，并且说，他的头发一定把他的性格中的倔强全都拿走了，因为他的性格中一点儿倔强劲都没有了。

"哦！"特雷德尔笑着回答说，"说老实话，我这倒霉的头发，说来话长哩。我婶婶对这就受不了。她说，看到我的头发，就让她生气。我刚爱上苏菲的时候，它也给我添了不少麻烦。不少麻烦！"

"她也讨厌你的头发吗？"

"她倒没有，"特雷德尔回答说，"可是她的那位大姐——就是那位大美人——净拿我的头发取笑我，这我知道。说实在的，她的所有姐妹都取笑我的头发。"

"挺有意思！"我说。

"是的，"特雷德尔一派天真地回答说，"我们都拿它开玩笑。她们假装说，苏菲在自己的书桌里收有我的一绺头发，为了要把它压平，她不得不把它夹在一本合拢的书里。我们听了都哈哈大笑。"

"顺便问一句，我亲爱的特雷德尔，"我说，"你的经验也许可供我借鉴。你跟你刚才提到的这位年轻小姐订婚时，有没有按规矩正式向她家里求过婚？你是不是也做过像——比如说，像我们今天要去做的这类事？"我心情紧张地又进一步问道。

“嗯，”特雷德尔回答说，他那张亲切的脸上悄悄地出现了阴沉的神色，“我那一回，科波菲尔，事情办得令我相当伤心。你知道，在那个家里，苏菲是个那么得力有用的人，所以一想到她要出嫁，每个人心里都不好受。事实上，在她们内部全都安排好了，永远不让她出嫁，她们都管她叫老姑娘。因此，当我十二分小心地向克鲁勒太太提到这件事时——”

“那是她们的母亲吗？”我问道。

“是她们的母亲，”特雷德尔回答说，“霍雷斯·克鲁勒牧师的太太——当我尽一切可能小心地提到这件事时，对她的打击竟这么大，她大叫一声，就昏过去了。在这以后一连好几个月，我都不敢再提这件事。”

“不过你后来还是提了。”我说。

“哦，那是霍雷斯牧师提的，”特雷德尔说，“他是个了不起的人，在各方面都是最好的模范。他对他太太说，她既然是个基督徒，就应该心甘情愿地承受牺牲（尤其是，到底是不是牺牲还不一定哩），切不可对我冷酷无情。至于我自己，科波菲尔，老实对你说，我觉得对于这一家，简直就是一只猛禽哩。”

“那几个姐妹，我希望，都站在你一边的吧，特雷德尔？”

“哦，我还不能说她们都站在我一边，”他回答说，“我们把克鲁勒太太劝说得差不多的时候，还得把这个消息告诉萨拉。我以前对你说起过她，就是脊椎有毛病的那个，你还记得吗？”

“记得清清楚楚！”

“她听了后紧握双手，”特雷德尔不安地看着我说，“闭上了眼睛，脸色苍白，全身一动不动。此后一连两天，除了用茶匙喂她吃了点儿水泡面包外，什么都没有吃。”

“这女孩儿也太不作美了，特雷德尔！”我评论说。

“哦，这我得请你原谅啦，科波菲尔！”特雷德尔说，“她是个很可爱的女孩儿，她的感情非常丰富。说实在的，她们一家人全都这样。苏菲后来告诉我，她照料萨拉的时候，内心受到的自责，简直没有言辞可以形容。我根据自己的感受知道，科波菲尔，这种痛苦一定是很厉害的，就像犯了罪似的。等到萨拉的精神恢复以后，我们还得把消息告诉另外八个姐妹。她们听了，各有各的反应，但同样都让人感到心酸。那两个由苏菲负责教育的小妹妹，直到最近才刚刚不恨我。”

“不管怎么样，我希望，她们现在总该想通了吧？”我说。

“是——的，我得说，总的说来，她们大概都听天由命了，”特雷德尔心存疑惑地说，“事实上，我们是回避说这件事的。我这种前途未卜、现状欠佳的景况，对她们来说，倒是一大安慰。不管是什么时候，只要我们一结婚，就会有一个悲惨的场面。到那时，与其说是举行婚礼，还不如说是举行葬礼更恰当。我把她娶走了，她们每个人都会恨我的！”

他半认真半开玩笑地摇着头，朝我看着，一脸真诚，那神情，事后回忆起来，比当时给我的印象更为深刻，因为当时我心慌意乱，紧张至极，对任何事物都不能集中注意力。快到两位斯潘洛小姐的住处时，我对自己的外部仪表和精神状态，都感到很不放心，因此特雷德尔提醒说，先去喝杯酒提一提神。于是我们来到附近的一家酒店，喝了杯麦酒，接着他就脚步蹒跚地带我来到两位斯潘洛小姐的门前。

女仆打开了门，我模模糊糊地觉得，自己像是正在展出，供人观览，同时模模糊糊地觉得，自己摇摇晃晃地走过一个挂着晴雨表的门厅，来到楼下的一间安静的小客厅，客厅外面是一座整洁的花园。还模模糊糊地觉得，自己在客厅的一张沙发上落了座，看到特雷德尔把帽子一摘，他的头发就立即竖了起来，就像藏在玩具鼻烟壶里装有弹簧的小人儿一样，盖子一开就会弹出来。我还模模糊糊地听到，大壁炉的搁板上，有只老式的座钟在嘀嗒嘀嗒地走着，我想使它跟我的心跳合拍——可是没能办到。我觉得，我曾朝客厅四处张望，看看是否有朵拉的踪影，可是见不到她。我还觉得，我好像听到吉卜在远处叫了一声，但马上就让人给捂住了。最后，我发现自己把身后的特雷德尔几乎挤到壁炉里，昏头昏脑地朝两位瘦小、干瘪的老小姐鞠了一个躬。她们俩都穿着黑衣服，让人吃惊的是，两人都活像新近去世的斯潘洛先生。

“请坐。”两位瘦小女士中的一位说。

我跌跌撞撞地扑在特雷德尔的身上，后来又坐在不知是什么东西上面——起初曾坐在一只猫的身上——这时，我才恢复了视力，看出斯潘洛先生显然是这家人中年龄最小的一个。他这两位姐姐之间，年龄大约也相差六岁或者八岁。那位年纪较小的，好像是这次会谈的主持人，因为她手里拿着我的那封信——这封信，我看上去是那么熟悉，但又显得那么生疏！——正用单片眼镜在看着。她们姐妹俩的穿着是一样的，不过这位妹妹比起那位姐姐来，在衣饰方面要多一点儿年轻气息，也许是因为多了一点儿绉边，或者领饰，或者多枚胸针，或者多只手镯之类的小东西，因而使她看上去显得活泼一些。她们俩全都姿势笔挺，态度严肃，一丝不苟，神情自若，举止安详。那位没拿我的信的姐姐，则两手交叉放在胸前，俨然一尊塑像。

“你是科波菲尔先生吧，我想。”那位拿着我的信的妹妹，跟特雷德尔打招呼。

这是个可怕的开端。特雷德尔只好指明，我才是科波菲尔先生，我也不得不自认，科波菲尔是我，她们也就只好放弃把特雷德尔当成科波菲尔的先入之见。这一来，弄得我们大家都很尴尬。更加尴尬的是，就在这时，我们清楚地听到吉卜又短促地叫了两声，可是立即又让人给捂住了。

"科波菲尔先生！"拿着信的那位妹妹说。

我做了点儿什么——我想，大概是鞠了一个躬吧——然后全神贯注地倾听着，这时那位姐姐插嘴了。

"我妹妹拉芬妮娅，"她说，"熟悉这类性质的问题，所以由她来讲一讲我们认为最能增进双方幸福的意见。"

我后来发现，拉芬妮娅是恋爱问题的权威，因为在若干年前，有位爱玩短惠斯特牌的皮杰先生，据说曾经爱上过她。我个人认为，这完全是子虚乌有的事。皮杰先生根本就没有这类感情——据我所听到的，他从来不曾有过这种表示。可是，拉芬妮娅和克拉里莎两位小姐，都有一种迷信的想法，认为要不是他起初先饮酒过度，坏了身子，后来为了调治，又多喝了巴斯矿泉水，弄得年轻夭折（死时大约六十岁），他一定会正式表明他的热烈爱情的。她们甚至心中暗自猜疑，他是因暗恋而死的。不过我得说，从她们家的他那张有个酒糟鼻子的画像来看，他不像受过什么暗恋的折磨。

"有关这件事，"拉芬妮娅小姐说，"以往的历史我们就不谈了。我们可怜的弟弟弗朗西斯一去世，那段历史也就跟着一笔勾销了。"

"我们跟我们的弟弟弗朗西斯，"克拉里莎小姐说，"没有经常来往的习惯，不过我们彼此之间并没有明显的不和或裂痕。弗朗西斯走他的路，我们走我们的路。我们认为，这样对大家都好，应该如此。事实上也是这样。"

两姐妹在说话时都稍微往前探着身子，说完后就摇了摇头，不说话时便又把腰杆挺得笔直。克拉里莎小姐的胳膊一直就没有动过。有时候，她用手指在胳膊上弹弹曲子——我想是米奴哀[①]舞曲和进行曲吧——但胳膊绝对不动。

"我们这位侄女的地位，或者说假定的地位，由于我们的弟弟弗朗西斯的去世，已经起了很大变化，"拉芬妮娅小姐说，"因此我们认为，我们的弟弟有关她的地位的意见，也应随之改变。我们没有理由怀疑，科波菲尔先生，你是一位具有优秀品质和高尚人格的青年；也没有理由怀疑，你对我们的侄女的钟情——或者说，我们完全相信，你对她的眷爱。"

像我通常一有机会就会说的那样，我回答说，没有人像我爱朵拉这样爱别

① 米奴哀：17世纪流行于法国的一种缓慢而庄重的小步舞。

人了。特雷德尔也嘟囔了几句，证实我的话，以此助了我一臂之力。

拉芬妮娅小姐正要回答我的话时，一心想要提起她弟弟弗朗西斯的克拉里莎小姐又插嘴了。

"要是朵拉的母亲，"她说道，"当年跟我们的弟弟弗朗西斯结婚时，就直截了当地说，她家的餐桌上坐不下家里的亲戚，那样各方面就都可以愉快一些了。"

"克拉里莎姐姐，"拉芬妮娅小姐说，"那件事我们现在也许不必再提了吧。"

"拉芬妮娅妹妹，"克拉里莎小姐说，"那件事跟我们谈的这件事是同一回事。这件事中你的那一部分，只有你才有资格说话，我不该想到插嘴。可是这件事中我的这一部分，我是有权发表意见的。要是朵拉的母亲，当年跟我们的弟弟弗朗西斯结婚时，明明白白说出她的用意，各方面就都可以愉快一些了。那样我们也就可以知道，我们该怎么想了。我们可以说，'不论在什么时候，请你们千万别请我们'，那样，一切可能的误会，就都可以避免了。"

等克拉里莎小姐摇过头，拉芬妮娅小姐又用单片眼镜看了看我的信，继续说了起来。顺便说一下，她们姐妹俩的眼睛，都长得又小又圆，闪闪发亮，像鸟儿的眼睛似的。总的看来，她们也不见得不像鸟儿——她们的举止机警、敏捷而突然，把自己的仪容修饰得简洁、整齐，跟金丝雀一样。

我刚才说了，拉芬妮娅小姐接过话头说道：

"科波菲尔先生，你来信要求我姐姐克拉里莎和我，允许你作为我们侄女的正式求婚者，来我们这儿。"

"要是我们的弟弟弗朗西斯，"克拉里莎小姐又发作道——如果我可以把这种平静的讲话称为发作的话，"希望他的周围尽是博士公堂的气氛，而且是唯一的气氛的话，那我们还有什么权利和理由来反对呢？我要明确地说，没有。我们一向都不愿多管别人的事，不管是什么人的。不过为什么不这样说出来呢？让我们的弟弟弗朗西斯和他的太太跟他们的那班人交往吧，也让我妹妹拉芬妮娅和我跟我们的那些人交往好了。我相信，我们也能为自己找到朋友的！"

这话好像是冲着特雷德尔和我两人说的，因此我们俩都回答了几句。特雷德尔说了点儿什么，我没听清。我想，我说的是，这样一来，对所有有关的人，都很有面子了。不过，我的话是什么意思，我自己也一点儿都不明白。

"拉芬妮娅妹妹，"克拉里莎小姐说，现在她已经发泄够了，"我亲爱的，你可以说下去了。"

拉芬妮娅接着说道：

第四十一章　朵拉的两位姑妈

"科波菲尔先生，我姐姐克拉里莎和我，对你的来信非常仔细地考虑过了，而且不仅我们做了考虑，最后还把信给我们的侄女看了，跟她做了商议。你认为你非常喜欢她，这我们相信。"

"我是这样认为的，小姐，"我欣喜若狂地开始说，"哦！——"

可是克拉里莎小姐朝我看了一眼（就像一只机警的金丝雀一样），意思像是要我不要打断那位女圣人的话。我道了歉。

"爱情，"拉芬妮娅小姐说，说时眼睛朝她姐姐看着，以征得她姐姐的同意，她姐姐则对她说的每一句话，都稍微点一下头，以示赞同，"成熟的爱情、崇敬、忠诚，是不轻易表现出来的。它的声音是很低的。它是谦逊的，隐蔽的；它是潜伏着的，等待又等待的。这才是成熟的果实。有时候，生命逝去了，而爱情还在暗中等待成熟呢。"

那时候我当然不懂得，这番话系暗指她自以为从那个罹难的皮杰那儿所得到的经验。不过，从克拉里莎小姐点头的严肃神情上，我看出，这番话是含有很重的分量的。

"年轻人轻浮的——跟我刚才所说的爱相比，我把这称为轻浮的——爱，"拉芬妮娅小姐说，"是尘土，是尘土和磐石相比。就是因为不易知道这种爱能否持久，有没有真实的基础，所以我姐姐克拉里莎和我很难做出决定，这事应该怎么办才好，科波菲尔先生，还有这位——"

"特雷德尔。"我的朋友发现她正看着他，连忙说。

"对不起。我想，你是内殿的吧？"拉芬妮娅小姐说，又朝我的信瞥了一眼。

特雷德尔说了声"正是"，脸上变得通红了。

这时，我虽然还没有得到任何明白无误的鼓励，但自以为已经看出，这两位瘦小的姐妹，特别是拉芬妮娅小姐，对这件有利于家庭的新鲜好事，有着越来越强烈的兴趣，打定主意要尽量加以发挥，决心把它宠玩一番，这中间就有着一线光明美好的希望。我觉得，我已经看出，拉芬妮娅小姐为能够监护朵拉和我这样一对年轻恋人，一定会感到超乎寻常的满足。而那位克拉里莎小姐，看着她妹妹监护着我们，遇到在这个问题上关系到她那一部分时，要是她按捺不住，还随时都可以插上几句，因而也能得到不少的满足。这一情况给了我勇气，使我敢于大胆地用极其热烈的言辞表示，我是那么爱朵拉，爱得难以表达，爱得没人相信。我说，我的所有亲戚朋友都知道，我是多么爱她。我姨婆，爱格妮斯，特雷德尔，凡是认识我的人，个个都知道我是多么爱她，这种爱使我变得多么认真苦干。为了要证实这一点，我请特雷德尔说一说。于是特雷德尔就挺身而出，像置身于国会辩论中一般，激昂慷慨地陈词，证明我说的全是实话。他的态度坦诚，言辞直率，通情达理，这显然给了那姐妹俩极好的印象。

“恕我冒昧，如果我可以这样说的话，我这话是以一个在这类事情上稍微有点儿经验的人的身份说的，”特雷德尔说，“因为我已经跟一位小姐——德文郡一户人家十姐妹中的一个——订了婚，目前看来，我们的订婚期还不可能结束。”

“特雷德尔先生，”拉芬妮娅小姐说，显然在他的身上找到了新的兴趣，“我刚才说了，爱情是谦逊的，隐蔽的，等待又等待的。你也许可以证实我说的这些话吧？”

“完全可以证实，小姐。”特雷德尔说。

克拉里莎小姐看了看拉芬妮娅小姐，郑重地摇了摇头。拉芬妮娅小姐则会意地看了看克拉里莎小姐，轻轻地叹了一口气。

“拉芬妮娅妹妹，”克拉里莎小姐说，“你就用我的嗅瓶吧。”

拉芬妮娅小姐闻了几下香醋，提了提神——这时，特雷德尔和我都十分担心地在一旁看着。随后她有气无力地接着说：

“特雷德尔先生，对你的朋友科波菲尔先生和我们的侄女朵拉的这种爱慕，或者是自以为是的爱慕，我们应该采取什么办法，我的姐姐和我颇费一番踌躇。”

“说到我们的弟弟弗朗西斯的女儿，”克拉里莎小姐说，“要是我们的弟弟弗朗西斯的太太在世时，就认为请家里人到她家吃顿饭是很方便的事（当然，她完全有权自以为是地怎么做），那我们现在对我们的弟弟弗朗西斯的女儿，就要更了解了。拉芬妮娅，你接着说吧。”

拉芬妮娅把我的信翻了个个儿，以便把写有收信地址和姓名的一面朝向自己，然后借助单片眼镜，看了看上面那写得整整齐齐的摘记。

“我们觉得，特雷德尔先生，”她说，“他们的这种感情，我们得亲自好好考察一番，这样才比较慎重。目前，我们对这种感情还一无所知，从而也就无法断定，这种感情到底有多真实。所以我们倾向于只能接受科波菲尔先生的提议，即同意他来这儿访问。”

“两位亲爱的小姐，”我心上的一块大石头落了地，大声叫了起来，“我永远不会忘记你们的大恩大德！”

“不过，”拉芬妮娅小姐接着说——“不过，在目前，特雷德尔先生，我们还是希望把这当成对我们的访问。我们一定要严格防止，把这看成科波菲尔先生和我们的侄女已经订婚。那总得等到我们有机会——”

“等到你有机会，拉芬妮娅妹妹。”克拉里莎小姐说。

“好吧，就这样吧！”拉芬妮娅小姐叹了口气，表示同意说，“那总得等到我有机会亲眼看一看才成。”

“科波菲尔，”特雷德尔转脸向着我说，“我相信，你一定觉得再没有比这更合情合理、更体贴周到的安排了。”

“再也没有了！”我大声说道，“我深深地感到这一点。”

“事情既然是这样，”拉芬妮娅小姐又看了看她的摘记，说，“只有在这样的理解下他才能前来访问，那我们一定要请科波菲尔先生，凭他的名誉明确做出保证，以后他跟我们的侄女之间，不管用什么方式往来，绝对不能不让我们知道。不管他对我们的侄女有什么打算，都得先向我们提出——”

“向你提出，拉芬妮娅妹妹。”克拉里莎小姐插嘴说。

“好吧，就这样吧，克拉里莎！”拉芬妮娅小姐无可奈何地同意说，“得先向我提出——应该先得到我们的同意。我们必须把这一条作为最明确、最重要的规定，不得以任何理由加以破坏。我们之所以希望科波菲尔先生今天有一位亲密的朋友陪同前来——”说到这儿，她把头朝特雷德尔一歪，特雷德尔则急忙点了点头，“就为了在这个问题上不要有什么怀疑或误解。要是科波菲尔先生，或者是你，特雷德尔先生，在做出这类承诺时，感到还有点犹豫不决，那就请你们再考虑一段时间。”

在狂喜的热情下，我大声嚷道，片刻的考虑都没有必要了。我以最热烈的态度，声明保证遵守要我做出的承诺，请特雷德尔为我做证；并且说，如果我对此有半点儿违背的话，我就是一个十恶不赦的人。

“请等一等！”拉芬妮娅小姐把手一举，说，“在有幸接待你们两位先生之前，我们就商议好了，决定让你们两位单独待一刻钟，把这一点好好考虑一下。现在请允许我们暂且告退。”

我再三说不必考虑了，但是没有用。她们坚持要告退这么一段时间。因此，这两只小鸟儿仪态凛然地走出去了。这一来，让我有机会接受特雷德尔的祝贺，也让我觉得仿佛自己已经到了极乐世界。就在一刻钟以后，她们准时回来了，那凛然的仪态，不亚于出去的时候。她们出去时，衣服的窸窣声，如同秋叶沙沙作响，她们回来时，也是这样。

这时我再次保证，一定遵守她们规定的条件。

“克拉里莎姐姐，”拉芬妮娅小姐说，“其余的归你了。”

克拉里莎小姐第一次分开交叉的双臂，拿过摘记，朝上面看了看。

"要是方便的话，"克拉里莎小姐说，"我们将高兴地欢迎科波菲尔先生每逢星期天来吃正餐。我们的正餐时间是三点钟。"

我鞠了一个躬。

"除了星期天，一个星期的六天中，"克拉里莎小姐说，"我们将高兴地欢迎科波菲尔先生来吃茶点。我们吃茶点的时间是六点半钟。"

我又鞠了一个躬。

"吃茶点是一星期两次，"克拉里莎小姐说，"这是规定，不能再多。"

我又鞠了一个躬。

"科波菲尔先生信里提到的那位特洛伍德小姐，"克拉里莎小姐说，"也许想来看望我们。要是这种访问使各方都感到愉快，那就好，我们非常欢迎来访，而且还要回访。可要是这种访问使各方都感到不愉快，那就不要访问了，就像我们的弟弟弗朗西斯和他家里那样，因此两者的情况是完全不同的。"

我表示说，我姨婆一定会以认识她们为荣，一定会很高兴的；不过我得说，至于她们今后能否相处得很投机，我可不敢担保。现在条件已经讲完了，我以最热烈的态度向她们表示了谢意。接着我先取过克拉里莎小姐的手，然后又取过拉芬妮娅小姐的手，分别在我嘴唇上按了一下。

随后拉芬妮娅小姐站起身来，请特雷德尔先生允许我们告退一会儿，接着要我跟她出去。我全身颤抖着，遵命跟着她，被她带进了另外一个房间。在这儿，我发现了我那最亲爱的宝贝朵拉，她两手捂着耳朵，可爱的小脸对着墙，站在门背后；吉卜的脑袋上扎着条毛巾，关在盘碟保温柜里。

啊！她穿着黑长袍多迷人哪！一开始，她呜咽着哭得多难受，怎么也不肯从门后出来！当她终于从门后出来时，我们是多么相亲相爱啊！我们把吉卜从盘碟保温柜里抱出来，让它重见天日（它打了好多喷嚏），我们三个又得以重新相聚时，我感到，我置身在多么幸福的天堂胜境啊！

"我最亲爱的朵拉！现在你可真的永远是我的了！"

"哦，别这样说！"朵拉恳求说，"请别说了！"

"你难道不是永远是我的吗，朵拉？"

"哦，是你的，当然是！"朵拉大声说，"可是我吓坏了！"

"吓坏了，我的宝贝儿？"

"嗯，是的！我不喜欢他，"朵拉说，"他为什么不走？"

"谁呀，我的命根子？"

"你的朋友，"朵拉说，"这跟他毫不相干。他一定是个很蠢的笨东西！"

"我的宝贝儿（再没有比她这种幼稚的孩子气更迷人了）！他是个大大的好

人哪！”

“嗯，可是我们用不着什么大大的好人哪！”朵拉噘起嘴，说。

“我的亲爱的，”我劝她说，“过不多久，你就会跟他很熟的，你会非常喜欢他的。再过几天，我姨婆也要上这儿来，等你跟她熟了，你也会非常喜欢她的。”

“不要嘛！请你别带她来！”朵拉惊慌地轻轻吻了我一下，合起双手，说，“别带来。我知道她是个爱惹是生非的老东西！别让她到这儿来，多迪！”“多迪”是“大卫”的讹音。

当时，劝也没用。于是我就笑了起来，赞赏了她一番，我只觉得自己沉浸在爱河中，幸福极了。朵拉又叫吉卜把它新学会的把戏，用后腿直立站在墙角，玩给我看。可是它只是像闪电般站了一刹那，便又趴下了。要不是拉芬妮娅小姐前来把我带走，我真不知道会在那儿待多久，把特雷德尔都忘得一干二净了。拉芬妮娅小姐非常喜欢朵拉（她告诉我，她自己在朵拉那个年龄时，很像朵拉——她一定大大地变样了），把朵拉当作玩具一样看待。我本想让朵拉出来见见特雷德尔，可是我刚一提出，她就跑进自己房间，把自己锁在里面了。于是我就没有带她，独自一人回到特雷德尔那里，向主人告辞，两人欢天喜地地离开了。

“事情没有比这更让人满意的了，”特雷德尔说，“我相信，她们是两位很讨人喜欢的老小姐。要是你比我早几年结婚，科波菲尔，我一点儿都不会感到奇怪。”

“你那位苏菲会奏什么乐器吗，特雷德尔？”我满心得意地问道。

“她会弹弹钢琴，够她教教她那几个小妹妹。”特雷德尔说。

“她到底会不会唱歌？”我问道。

“呃，有时候看到别人情绪不好，她就唱支民歌什么的，给她们提提神，”特雷德尔说，“她没有经过正式训练。”

“她不会伴着吉他唱吧？”我说。

“哦，不会！”特雷德尔说。

“会画点儿画吗？”

“一点儿也不会。”特雷德尔说。

我答应特雷德尔，一定得让他听听朵拉唱歌，看看她画的花卉。他说他一定会非常喜欢，于是我们就胳膊挽着胳膊、兴高采烈地走回家。一路上，我怂恿他讲苏菲的事。说起她来时，特雷德尔一往情深，十分信赖，使我非常羡慕。我暗自把她跟朵拉相比，内心感到极大满足，不过我也得坦白承认，对特雷德尔来说，苏菲看来也是个极好的姑娘。

这次会晤的成功结果以及会晤中所说的话、所做的事，我当然马上都告诉了姨婆。她见我这么高兴，也高兴极了，还答应我，她要尽快地去拜访朵拉的两位姑妈。但是，那天晚上，我在给爱格妮斯写信时，她一直在我们的房间里来回走着，走了那么久，我开始以为，她打算走到天亮哩。

我给爱格妮斯的信，充满了热情和感激，把遵照她的主意行事，从而取得圆满结果的情况，全都对她说了。在原班邮车返回时，就收到了她的回信。信中充满希望、恳切和高兴。打那以后，她一直都很高兴。

现在我比以前更忙了。就我每天要去的海盖特来看，到帕特尼是离得很远的。我当然希望尽可能多去那儿。原来约定的吃茶点时间，实际上很难行得通，于是我就向拉芬妮娅小姐提议，允许我每个星期六下午去看她们，而特许的星期天的拜访，则不要因此受到妨碍。于是，每逢周末，就是我的极乐时光，我是怀着对这一时光的盼望，度过一周中的其他日子的。

我姨婆和朵拉的两个姑妈，总的说来，相处得比我预料的要好得多，这使我大为放心。在我们会晤后，没过几天，姨婆就实现了对我的承诺，前去拜访了她们。在这之后，没过几天，朵拉的姑妈也依礼来做了回访。此后，大致每隔三四个星期，就有一次同样的互相拜访，友谊也更深了。姨婆完全不顾个人体面，不乘马车，偏要走路去帕特尼，去的时间也不同寻常，不是刚刚吃过早饭，就是正好在吃茶点之前，还有她头上的帽子，毫不理会文明社会在这方面的习俗，只图自己的脑袋舒服，爱怎么戴就怎么戴。我知道，这种种情况都会使朵拉的两位姑妈受不了。不过朵拉的两位姑妈不久就一致同意，认为我姨婆颇为怪僻，是个多少具有一些男子气的理性很强的女人。虽然我姨婆有时因对各种礼节发表了异端的见解，惹恼了朵拉的两位姑妈，但她毕竟太疼我了，不得不牺牲自己的一些小小的怪癖，以便求得大家的和睦相处。

在我们这个小小的圈子里，唯一坚决不肯适应这种新环境的成员，是吉卜。它每次一见到姨婆，就立即龇出嘴里的每颗牙齿，退到椅子底下，不停地狂吠着，偶尔还发出一两声凄厉的哀嚎，仿佛感情上实在受不了姨婆这种人似的。各种办法都对它试过——哄它、骂它、打它，带它去白金汉街（它一到那儿，就朝着两只猫冲去，把旁边看的人全都吓坏了），但怎么也没法儿使它跟我姨婆好好相处。有时候，它好像克服了它的憎恶，相安无事几分钟，可是接着便又仰起它那又短又扁的翘鼻子，使劲地狂吠起来，这一来只好蒙住它的眼睛，把它关进盘碟保温柜里，除此之外没有别的办法。到了后来，只要听说我姨婆来到门口，朵拉就用块手巾把它蒙住，把它关进盘碟保温柜。

第四十一章　朵拉的两位姑妈

在我们过上这种宁静安稳的日子之后，有件事让我很感不安。这就是，大家好像都把朵拉看作是件好看的玩具或玩物。我姨婆渐渐跟她熟悉，就老把她叫作“小花儿”；拉芬妮娅小姐的乐趣是伺候她，替她卷头发，给她做装饰品，把她当作一个宠爱的孩子。拉芬妮娅小姐怎样做，她的姐姐自然也就跟着做。我觉得这事很怪，她们这样对待朵拉，似乎就像朵拉对待吉卜一样。

我打定主意要跟朵拉谈谈这件事。因此，有一天，我们俩一起出去散步时（没过多久，拉芬妮娅小姐就允许我们俩单独外出散步了），我对朵拉说，我希望她能使她们用另一种态度来对待她。

“因为你知道，我亲爱的，”我劝她说，“你不是小孩子了。”

“你瞧！”朵拉说，“你现在又要发脾气了！”

“发脾气，我的宝贝儿？”

“我相信，她们待我都很好，”朵拉说，“我也非常快乐。”

“哦！可是，我最爱的命根子！”我说道，“要她们按常理那样对待你，你照样也可以很快乐呀！”

朵拉娇嗔地看了我一眼——最迷人的一眼！——接着便开始呜咽起来，还说，要是我不喜欢她，为什么还一味缠着她要跟她订婚？要是我受不了她，为什么我现在还不走开？

这样一来，我除了吻干她的眼泪，告诉她我是多么爱她之外，还能做点儿什么呢？

“我相信自己是很重感情的，”朵拉说，“你不该对我这样狠心，多迪！”

“狠心？我的心肝宝贝儿！好像我不管怎样，都会对你——都能对你——狠心似的！”

“那你就别找我的岔子了，”朵拉把嘴努得像朵含苞的玫瑰花，说，“我会很乖的。”

跟着，她主动提出，要我把以前提过的那本烹饪书给她，还要我教她记账，因为我说过要教她的，她的话使我听了大为高兴。于是下一次去时，我就带去了那本烹饪书（我先精心为它加了封套，使它看上去不那么枯燥，比较吸引人）。当我们在郊原上散步时，我给她看我姨婆的一本旧家政书，还给了她一沓便笺簿，一个漂亮的小铅笔盒，一盒铅笔芯，用来实习家政。

可是，那本烹饪书看了使她头痛，那些数字都把她给弄哭了。她说，它们不肯加在一起。于是她就把它们擦掉，在本子上画满了小束的花朵，还有我和吉卜的像。

在一个星期六的下午，当我们一起散步时，我开玩笑似的试着口头教她怎么做家务。例如，有时我们经过一家肉店时，我就说：

“我的宝贝儿，假定现在我们已经结了婚，你要去买一块羊肩肉来做晚饭的菜时，你知道怎么买吗？”

我漂亮的小朵拉把脸一沉，小嘴儿又努得像个花苞，好像她很想用亲吻把我的嘴封住似的。

“你想知道怎么买吗，我亲爱的？”要是我不肯罢休，也许还会重复问道。

朵拉想了想，然后也许还会大为得意地回答说：

“哦，卖肉的当然知道怎么卖，还用我知道干吗呀？嘿，你这个傻孩子！”

就这样，有一次我试图要朵拉学学烹饪，就问她说，要是我们结了婚，我说，我想吃可口的洋葱土豆煨羊肉，那她该怎么办。她说，她会吩咐仆人去做。说完就用两只手抓住我的一只胳膊，迷人地笑着，笑得再也没有那么可爱的了。

结果，那本烹饪书主要的用途变成放在墙角，供吉卜在上面站立。当朵拉把吉卜训练得站在书上不想下来，嘴里还能叼住那个铅笔盒时，她开心极了，因此，我也很高兴我买了这本书。

于是我们就又回到弹吉他，画花卉，唱起那永不停止跳舞的、嗒啦啦的歌儿来！一个星期有多长，我们就有多快活。我有时想，最好冒昧地向拉芬妮娅小姐暗示一下，她待我的心上人太像待一个玩物了。可有时，我也像大梦初醒似的，发现自己也犯了跟大家一样的过错，对待朵拉，也像对待一个玩物似的——只不过并不是经常那样罢了。

第四十二章　搬弄是非

即使这部稿子，除了我自己，并不打算给旁人看，我也觉得，好像不应该连篇累牍地净写为了要对得起朵拉和她的那两位姑妈，自己如何苦学艰难的速记以及取得与之有关的一切进展。我已经写了我一生中这一时期坚持不懈的努力，以及当时已开始在我内心渐渐成熟的坚韧不拔、锲而不舍的精神，而且我知道，这成了我性格中的一大长处，如果可以说它是力量的话，我只补充一点，那就是，回顾起来，我发现这就是我成功的源泉。在世路上，我是很幸运的，许多人工作比我努力艰苦得多，可是取得的成就还不及我的一半。不过，如果我当年没有养成认真细心、有条不紊、勤奋努力的习惯，以及不管接踵而来的另一件事如何急迫，每次必定集中精力做好一件事的决心，那我绝对不可能做出我已取得的成就。老天爷可以做证，我写下这一点，绝没有自吹自擂的意思。一个人，在回顾自己的生平，像我这样一页一页地追忆往事时，要是能免于深切地感到愧疚之痛，认为过去并未浪费掉许多才能，错过了许多机会，也没有受到邪思恶念不断在他心中交战之苦，直至把他打败，那他这个人，一定得真正是个好人才行。我得说，我的天赋，没有一种是没有滥用过的。我的意思无非是，我生平无论做什么，总是一心要做好；不管专心做哪件事，总是全身心投入；凡事不分巨细，我都一贯认真对待。我从来不相信，只靠先天生来或后来学到的才能，没有坚持不懈、老老实实、埋头苦干的品质，一个人指望能够获得成功。这个世界上没有这样美满的事。某种可喜的才能和幸运的机遇，虽然可以成为某些人借以往上爬的梯子的两侧立柱，但是梯子的横档还得用耐磨和耐拉的材料做成才行。彻底、热情、真诚的认真，是没有别的东西可以代替的。凡是能用全身心去做的事，绝不只用一只手，不管做什么工作，绝不妄自菲薄。我现在发现，这已成了我的金科玉律了。

刚才我把我的实践经验，归纳成我的座右铭了。这当中，有多少得归功于爱格妮斯，我就不必在这儿重提了。我的叙述，全都是怀着对爱格妮斯的感激敬爱进行的。

爱格妮斯要来博士家逗留两个星期。威克菲尔先生是博士的老朋友，博士希望跟他谈谈，对他会有益处。上次爱格妮斯来伦敦时，曾谈到这件事，这次来拜访，就是上次谈话的结果。她是跟她父亲一起来的。她说，她来这儿是要给希普太太在附近找个寓所，因为希普太太的风湿病需要易地疗养，她来后能有这些人跟她做伴，她一定会很高兴的。我听了这话，并没有感到很惊奇。第二天，乌利亚就像个孝顺儿子似的，把他那位宝贝母亲带来，住进了伦敦的寓所。对这我也没有感到意外。

“你知道，科波菲尔少爷，”当他硬要我陪他在博士的花园里走一圈儿时，他说道，“在恋爱的人，总有一点儿嫉妒——至少是，老是担心地盯着他爱的那个人。”

“现在你还嫉妒谁呀？”我问道。

“得感谢你，科波菲尔少爷，”他回答说，“眼下还没有特别要嫉妒的人——至少还没有男人。”

“那你的意思是说，你在嫉妒一个女人啦？”

他用他那充满恶意的红眼睛，朝我斜瞥了一眼，接着笑了起来。

“真的，科波菲尔少爷——我本该称呼你先生，不过我知道，你一定会原谅我已经养成的习惯的——你的本领真大，像开瓶钻、拔瓶塞似的，把我的话都给拔出来了！好吧，告诉你也无所谓，”他把那鱼一般的手放在我的手上，“一般来说，我不是个喜欢讨好女人的男人，少爷，在斯特朗太太看来，我绝不是那种人。”

当他用他那下流狡诈的神色看着我时，他的眼睛中充满妒意。

“你这话是什么意思？”我说。

“呃，科波菲尔少爷，我虽然是个律师，”他冷笑着回答说，“可这会儿，我心里想的是什么意思，嘴上说的也就是什么意思。”

“那么你摆出这种神色，是什么意思呢？”我不动声色地反问道。

“我的神色？哎呀，科波菲尔，这太厉害了！我摆出这种神色，是什么意思？”

“是啊，”我说，“你摆出这种神色，是什么意思？”

他好像觉得这事很有趣，开怀大笑起来，仿佛他生来就爱笑似的。他用手把下巴搓了一会儿后，眼睛朝下望着，继续说——依旧慢慢地搔着下巴：

“当年我只是个卑微的小文书时，斯特朗太太老是看不起我。她一直叫我的爱格妮斯来来往往地到她家里去，对你也一直很好，科波菲尔少爷；可是我跟她比起来，就太卑下了，她根本没有把我放在眼里。”

“是吗？”我说，“就算是这样，那又怎么啦？”

“——跟他比起来，我也太卑下了。”乌利亚继续搔着下巴，用一种沉思的声调，清楚地说。

“难道你还不了解博士的为人？”我说，“你不站在他面前的话，他是不会觉出你这个人的。你总不至于认为他会那么看吧？”

他又斜着眼睛朝我看着，为了便于搓揉，下巴拉得更长了，答道：

“哎呀，我说的并不是博士！哦，不是那个可怜的人！我说的是麦尔顿先生！”

听了这话，我的心一下子沉下去了。在这个问题上，我往日所有的怀疑和忧虑，博士所有的幸福和宁静，我没能弄清的所有清白无辜和有损名声的可能，等等，顷刻之间我便看出，所有这一切，全在这个家伙的掌握之中，可以任意加以歪曲。

“他只要一来事务所，就对我指手画脚，东差西遣的，”乌利亚说，“他真是位高贵的人物！那时候我是非常胆小卑微的——现在还是这样。不过当时我就不喜欢他那一套——现在还是不喜欢！”

他这会儿不搔下巴了，而是把两腮吸了进去，吸得两腮都快碰到一起了，同时一直斜眼看着我。

“她真是个漂亮的女人，她真的是，”他的脸渐渐恢复了原形，继续说道，“她对我这样的人，是不愿友好对待的，这我知道。她就是把我的爱格妮斯教唆成自认为高人一等的人。嘿，我可不是那种爱讨好女人的男人，科波菲尔少爷，不过多年以前，我的头上就长有两只眼睛。我们这种卑微的人，大体上说来，都长有眼睛——我们还是会用眼睛留神细看的。”

我极力装成毫无察觉、泰然自若的样子，不过我从他脸上看出，我装得并不成功。

“现在，我可不能再让自己被人踩在脚下了，科波菲尔，”他接着说，同时怀着恶毒的得意神色，把脸上本该长红眉毛的部分往上一扬，“我要尽我所能来阻止她们这种友谊。这种友谊，我不赞成。我不妨对你实说吧，我这个人，生来气量就很小，所有的闯入者，我都一概要把他们挡开。只要我知道了，我绝不愿冒被人暗算的危险。”

“我想，这是因为你老是在暗算人，所以就使得你误认为每个人都是这样。”我说。

“也许是这样，科波菲尔少爷，”他回答说，“不过我是有目的的，就像我的合伙人常说的那样。这个目的，我要竭尽全力去达到它。我不能让别人拿我当个卑微的人，把我踩得太厉害了。我不能由着人妨碍我前进。我非得要他们把位子让出来不可，科波菲尔少爷！”

“我不懂你的意思。”我说。

“真的不懂，呃？”他身子一扭，回答说，“这可让我感到奇怪了，科波菲尔少爷，你一向脑子很灵的呀！下次我得尽量说得明白一些了。是麦尔顿先生骑着马，在门口拉铃吧，先生？”

“好像是他。”我尽可能不当一回事地回答。

乌利亚突然站住，把双手放在自己的两个大膝盖之间，笑得弯了腰。他的笑完全是无声的，没有一点儿声音从他嘴里漏出来。他这种令人作呕的举止，特别是最后这一下，我看了真是厌恶透了，因而我不打任何招呼，便掉头离去了，把他撂在花园中间，弯着腰，像个失去支撑的稻草人。

我带爱格妮斯去看朵拉，并不是在那天晚上，我记得很清楚，是在第二天晚上，那天是星期六。这次拜访，我事先就跟拉芬妮娅小姐做了安排。她们要请爱格妮斯吃茶点。

我心里一直忐忑不安，既得意，又担心。得意的是，我有一个这样可爱、娇小的未婚妻，担心的是，不知道爱格妮斯是不是喜欢她。在去帕特尼的路上，爱格妮斯坐在公共马车车厢里，我则坐在车厢外面，我的脑子里一直想着我所熟悉的朵拉漂亮的一姿一态，细加琢磨。时而决定我应该喜欢她某一时刻的样子，时而又怀疑我是不是应该更喜欢她另一个时刻的样子。我一直在这上面琢磨来琢磨去，琢磨得几乎发起烧来。

不过，不管怎么样，她反正都是非常好看的，对这我没有丝毫怀疑。可是结果没有想到，她的样子竟那么好看，是我从来不曾见过的。当我把爱格妮斯介绍给她的两位姑妈时，她没有在客厅，而是害羞地躲到别处去了。现在，我已知道该上哪儿去找她。我果然在那儿找到了她，她又捂着两只耳朵，躲在那扇昏暗的旧门背后。

起初，她怎么也不肯出来，跟着又求我，照我的表允许她再待五分钟。最后，她终于挽住我的胳膊，让我领向客厅，这时她那迷人的小脸一片绯红，从来没有这么漂亮过。可是当我们走进客厅时，她的小脸又变白了，比原先更加漂亮了一万倍。

朵拉怕爱格妮斯。她曾对我说过，说她知道爱格妮斯“太聪明了”。可是，当她看到爱格妮斯竟那么高兴，那么诚恳，那么体贴，那么亲切时，便惊喜地轻轻叫了一声，立即用她热情的双臂搂住爱格妮斯的脖子，把她天真的脸颊贴在爱格妮斯脸上。

我从来没有这样快乐过。当我看到她们俩并肩坐在一起，看到我的小宝贝儿那么自然地仰望着爱格妮斯那双真诚的眼睛，看到爱格妮斯那温柔可爱的目光注视着朵拉时，我从来没有这样快乐过。

拉芬妮娅小姐和克拉里莎小姐以各自的方式分享我的快乐。这是世界上最愉快的茶会了。克拉里莎小姐是茶会的主持人。我把甜香饼切开，递给大家——那两位瘦小的姐妹，像鸟儿似的，喜欢嗑瓜果的籽儿，啄糖果。拉芬妮娅小姐带着慈祥的恩赐态度，望着我们，仿佛我们的幸福爱情全是她的功劳似的。总之，我们对自己、对别人都满意极了。

爱格妮斯那温柔的欢快心情，打动了每个人的心。凡是朵拉感兴趣的一切事物，她也就文静地觉得有趣。她跟吉卜相识的方法很巧妙（吉卜马上就跟她混熟了）。朵拉往常都坐在我的旁边，今天则因为怕羞，不肯过来坐，此时，爱格妮斯流露出那么有趣的样子。她谦逊的风度，大方的举止，赢得了朵拉的信任，使得朵拉脸上都出现了许多红色的小点，这一切似乎使得我们的这次聚会变得完美无缺了。

"你喜欢我，我很开心，"吃完茶点后，朵拉说，"我原以为你会讨厌我呢。朱丽娅·米尔斯走了，现在，我比以前更需要人喜欢了。"

顺便说一句，我把这事给漏说了。米尔斯小姐已经坐船走了，朵拉跟我曾到停在格雷夫森德的一艘开往印度的大商船上去看她。中饭时，我们还一起吃了蜜饯姜饼、番石榴酱，还有别的这类美味。分别的时候，米尔斯小姐坐在后甲板的轻便折椅上流着眼泪，腋下夹着一本很大的新日记本，她打算把她静观大洋所引起的新奇感想，全都郑重地记下来，珍藏在这个日记本中。

爱格妮斯说，她觉得我一定把她说成是个不讨人喜欢的人，但朵拉对此立即加以纠正。

"哦，没有的事！"她说，朝我摇动着她的鬈发，"他净夸你哩。他把你的话看得那么重，弄得我都害怕起来了。"

"我的好话，并不能使他增强跟他的熟人的情分，"爱格妮斯微笑着说，"所以我说的好话，没有一点儿价值。"

"可是，请你给我说句好话吧，"朵拉用她那哄人的样子说，"只要你肯！"

朵拉要人喜欢她，我们都开她的玩笑，朵拉就说，我是只笨鹅，她一点儿也不喜欢我。就这样，那一晚短促的时光，就像长了轻薄的翅膀似的，飞走了。公共马车叫我们走的时候就要到了。我正独自一人站在炉火前时，朵拉蹑手蹑脚地悄悄走了进来，为了要在我走之前，像往常那样给我珍贵的小小一吻。

"我要是早跟她交上朋友，多迪，"朵拉说，她那晶莹的眼睛闪烁着明亮的光芒，那只小小的右手，悠闲地摆弄着我外衣上的一颗纽扣，"你是不是认为，我也许会比现在更聪明一点儿？"

"我的宝贝儿！"我说，"你简直在胡说！"

"你认为我这是在胡说？"朵拉说，眼睛没有看我，"你真的认为这是胡说？”

“我当然这么认为！”

“我已经忘记，”朵拉说，她的小手仍在反复摆弄着我的那颗纽扣，“你跟爱格妮斯是什么关系了，你这个可爱的坏孩子。”

“我们不是亲戚，”我回答说，“不过我们是一起长大的，像兄妹一样。”

“我真觉得奇怪，你为什么会爱上了我？”朵拉说，开始摆弄我外衣上的另一颗纽扣。

“也许是因为我一看见你，就不能不爱你吧，朵拉！”

“要是你从来没见过我呢？”朵拉说，又换了一颗纽扣。

“要是我们从来没有出生过呢！”我满心高兴地回答说。

我怀着爱慕，默默地看着她那只小小的手，沿着我外衣上的纽扣往上移动，看着她紧贴在我胸前的绺绺鬈发，看着她随着悠闲地摆弄纽扣的小手，微微抬起的下垂的眼睛的睫毛，我真不知道她心里在想些什么。最后，她终于抬头看着我的眼睛，踮起脚尖，比平时更体贴温柔地给了我珍贵的小吻，一下，两下，三下，然后才走出房间。

过了不到五分钟，她们又都一起回来了，这时，朵拉那不同寻常的体贴已经完全消失了。她大笑着，坚持要在马车到来之前，让吉卜把它会的把戏全都表演一番。这花了一些时间（倒不是因为吉卜的把戏多，而是它不情愿表演），等听到马车已到了门口，它还没有表演完。于是爱格妮斯只好跟朵拉亲热地匆匆告别，并且约定朵拉要给爱格妮斯写信（她要爱格妮斯别介意她信里写的傻话），爱格妮斯也要给朵拉写信。在公共马车的车门口，她们又做了第二次告别，跟着朵拉还不顾拉芬妮娅小姐的劝告，跑到车窗前，叮嘱爱格妮斯千万别忘了给她写信，还对坐在车厢上的我摆动着她的鬈发，做了第三次告别。

公共马车要在科文特加登附近停下，让我们下车，然后我们再换乘一辆车去海盖特。一路上，我焦急地盼望在换车时要走的那一小段路上，听听爱格妮斯要对我怎样称赞朵拉。哦，多好的称赞啊！她是多么亲切、热烈而又坦率、感人地要我以最大的温柔体贴，来照顾好已属于我的那个小美人！她还多么细心但并不自负地提醒我，我对那个孤儿应尽的责任！

我爱朵拉，还从来没有像那天晚上那么深切，那么真挚。当我们再次下车，在星光下，沿着通向博士家的幽静的路上走着时，我告诉爱格妮斯，这是她的功劳。

“你坐在她身旁的时候，”我说，“你好像不仅是我的守护神，也是她的守护神；你现在好像也是这样，爱格妮斯。”

“一个不顶用的守护神，”她回答说，“不过忠心耿耿。”

第四十二章　搬弄是非

她那清脆的话音直达我的心坎，使得我很自然地说：

“今天我看到，爱格妮斯，你天生的那种愉快精神（我在别人身上从没见到过），现在已经恢复了，我开始希望，你在家里的生活，该过得快乐一些了，是吗？”

“我自己觉得快乐一些了，”她说，“我过得很愉快，无忧无虑。”

我看了看她往上看的安详的面容，觉得使它显得这般高贵的是星光。

“家里没有任何变化。”沉默了一会儿后，爱格妮斯说。

“没再提起，”我说，“提起那——我不想使你难过，爱格妮斯，可是我忍不住要问——没再提起上次我们分手时谈到的那件事？”

“是的，没再提起。”她回答说。

“可我老想着那件事。”

“你得少想那件事。记住，我毕竟还是信赖挚爱和纯真的。用不着为我担心，特洛伍德，”过了一会儿，她又添上一句，“你怕我走那一步，我是绝不会走那一步的。”

虽然我觉得，只要冷静地加以考虑，无论什么时候，对这一点，我想我从来都没有怕过，可是从她那诚实的嘴里，听到她亲口保证，对我是一种说不出来的宽慰。我诚恳地把这一点对她说了。

“你这次来过之后，”我说道，“得再过多久才能来伦敦呢，亲爱的爱格妮斯？因为我们单独在一起的时间，恐怕不会再有了，所以我才这么问。”

“可能得过很久吧，”她回答说，“我想——为了爸爸——我最好还是在家里待着。以后我们也许有一段时间不能常见面，不过我跟朵拉少不了有书信往来，我们可以通过这样的方式，经常得到彼此的消息。”

现在我们已经到了博士住宅的小院子里，时候不早了，斯特朗太太卧室的窗子里亮着灯光。爱格妮斯朝那儿指了指，跟我道了晚安。

“你千万别为我们的不幸和烦恼操心，”爱格妮斯把手伸给我说，“看到你快快活活的，我就快活。要是你能帮我的忙，你放心，我一定会请你帮忙的。愿上帝永远保佑你！”

在她那愉悦的微笑中，在她那高兴的语调里，我仿佛又看到，我的小朵拉跟她在一起了。我站了一会儿，从门廊里仰望着天空的星星，心里满怀着热情和感激，然后才慢慢地朝前走去。我已在附近的一家酒店里，订了一个房间。当我正要走出栅栏门时，无意间回过头去一看，发现博士的书房里还有灯光。想到我没有帮他的忙，让他独自一人在那儿编词典，我心中不免有点儿自责起来。我想要去看个究竟，而且，不管怎么样，要是他还坐在那些书籍中间，我得向他道个晚安才是。于是我又转身悄悄走过门廊，轻轻打开门，朝房内看去。

使我大为吃惊的是，在那微弱的灯光下，我第一个看到的，竟是乌利亚。他正站在灯旁，用一只瘦骨嶙峋的手捂着嘴，另一只手放在博士的书桌上。博士就坐在他那张书房的椅子上，用双手蒙着脸。威克菲尔先生，面露极为难过、焦急的样子，往前俯着身子，犹豫不决地摸着博士的胳膊。

有一刹那工夫，我以为是博士病了。心里有了这种想法，我急忙朝前走了一步，就在这时，我看到了乌利亚的目光，马上就明白这是怎么一回事了。我本想抽身退出，可是博士做手势示意我别走，于是我就留下了。

“不管怎么样，”乌利亚扭动了一下他那丑陋的身子，说，“我们可以把门关上，用不着让全城的人都知道呀！”

说着这话，他用脚尖走向我打开未关的门，小心翼翼地把门关好，然后走回来，又站到原来的地方。在他的声音和态度里，令人刺眼地显露出一种怜悯的情绪，这比他能装出的任何别的样子来更让人难以容忍——至少我觉得是这样。

“我觉得，我们有责任把我们谈过的那件事，科波菲尔少爷，”乌利亚说，“告诉斯特朗博士。尽管当时你并没有完全明白我的意思，是吗？”

我只是看了他一眼，没有做别的回答。然后我走到昔日那位恩师的跟前，说了几句意在安慰和鼓励他的话。像在我小时候他习惯做的那样，他把手放在我的肩上，但是没有抬起他那白发苍苍的头。

“既然当时你没有明白我的意思，科波菲尔少爷，”乌利亚仍以同样过分殷勤的态度继续说，“反正我们这儿也没有外人，那我就要以我卑微的身份，冒昧地说啦！我已经提请斯特朗博士注意斯特朗太太的行为。我敢向你保证，科波菲尔，按我的本性，我是极不愿意跟这类不愉快的事沾上边的。可是，实际上，我们全都牵扯进这件不该发生的事情里了。先前你没有明白我说的话，先生，我说的就是这个意思。”

现在，当我回想起当时他那种斜着眼看我的丑态时，我真不明白，为什么当时不抓住他的领口，把他掐死。

“我得说，当时我没有把我的意思说得很清楚，”他继续说，“你也一样。我们两个，对这类事，自然都想避开，不想沾边。不过，最后我还是打定主意，如实说出。因此我就对斯特朗博士说了——你说什么，先生？”

他这是在问博士，因为博士刚才呻吟了一声。我想，这一声呻吟会感动任何人的心，可是对乌利亚，却毫无影响。

“——我就对斯特朗博士说，任何人都能看出，麦尔顿先生跟博士那位讨人喜欢的可爱太太，彼此之间太亲密了。现在真的到了该说的时候了（因为现在我们全都牵扯进这件不该发生的事情里了），我们应该告诉斯特朗博士了。这一情况，在麦尔顿先生去印度之前，就像太阳一样清清楚楚，尽人皆知了。麦尔顿先生借口回国，完全不是为了别的，他老是到这儿来，也完全不是为了别的。刚才你进来的时候，先生，我正在跟我的合伙人说，”说到这儿，他把脸转向威克菲尔先生，“要他凭良心对斯特朗博士说一说，他是不是早就有这种看法了。说呀，威克菲尔先生，说呀，先生！请你告诉我们好吗？是还是不是，先生？说呀，我的搭档！”

“看在上帝的面上，我亲爱的博士，”威克菲尔先生说道，又把他那犹豫不决的手放在博士的胳膊上，“不管我有什么疑心，你都别把它看得太重了。”

“你看！”乌利亚叫了起来，直摇着头，“这样来证实，真是太让人泄气了，是不是？他呀！还算是个老朋友哩！哎呀，我的天哪！当我还只是他事务所里的一个小文书的时候，科波菲尔，我就看到他足足有二十回，为这件事感到很不安，一想到爱格妮斯小姐也牵扯到这种不该发生的事里，你知道，他就很恼火，次次如此（作为一个父亲，这对他来说很正常，我的确认为，我不能责备他）。”

“我亲爱的斯特朗，”威克菲尔先生用颤抖的声音说，“我的好朋友，我就用不着对你说了，我的坏习惯是爱在每个人的身上找出一个主要的动机，用一个狭隘的标准来衡量所有的行为。也许就是由于这种错误，我曾经有过这种猜疑。”

“你有过猜疑，威克菲尔，”博士说，他没有抬起头，“你有过猜疑。”

“尽管说出来吧，我的搭档。”乌利亚催逼说。

“有一阵子，我有过猜疑，没错，”威克菲尔先生说，“我以为——上帝宽恕我——你也有过。”

“没有，没有，没有！”博士用一种令人非常同情的悲伤声调说。

“有一阵子，我以为，”威克菲尔先生说，“你希望把麦尔顿先生打发到国外去，为的是要拆散他们。”

“没有，没有，没有！”博士回答说，“给安妮童年时代的伴侣做个安排，只是为了让她高兴，没有别的想法。”

“我发现是这样，”威克菲尔先生说，“你这样对我一说，我是不能不相信你的。不过，我觉得，像你们这样的情况，年龄相差得那么远——请你别忘了，我最大的毛病是看法狭隘——”

“这样说才对了，你瞧，科波菲尔少爷！”乌利亚插嘴说，带着谄笑和令人作呕的怜悯神情。

“一个女人，这般年轻，又这般妩媚动人，不管她对你的尊敬有多么真诚，结婚时，也许是受了名利的影响。我这样说，并没有考虑那数不清的引人从善的感情和情况。请你千万别忘了这一点！”

“瞧他这种说法，多么宽宏大量！”乌利亚摇着头说。

“你只是老用一个观点来看待她，”威克菲尔先生说，“不过，我的老朋友，我求你，按照你所重视的一切，来考虑一下这是个什么问题吧！我现在不得不承认，这是逃避不了的——”

“是啊！事情已到了这种地步，威克菲尔先生，”乌利亚说，“是逃避不了的。”

“——我现在得承认，”威克菲尔先生无可奈何、心神烦乱地朝他的搭档看了一眼，说，“我以前对她的确有过怀疑，认为她对你没有尽到责任。要是非把所有的话都说出来不可的话，有时候，我是不愿意爱格妮斯跟她那么亲近，以至让她看到我所看到的情况。或者按我那病态的理论自以为看到的情况。我的这种想法，从来没有对任何人说过，也从来没有打算让任何人知道。尽管这话你听起来会感到难受，”威克菲尔先生非常沮丧地说，“要是你知道我说这话心里有多难受，你就会怜悯我了！”

博士天性敦厚善良，他朝威克菲尔先生伸出了手。威克菲尔先生垂着头，把他的手握了一会儿。

“我相信，”乌利亚像条电鳗似的扭动着身子，打破静寂说，“这件事对谁来说，都是很不愉快的事。不过既然我们已经说到这个程度，那我得冒昧地说一句，科波菲尔也注意到这一点了。”

我掉头转向他，问他怎么敢把我也扯上！

“哦！你这人太厚道了，科波菲尔，”乌利亚浑身扭动着说，“我们都知道你是个心肠很好的人。不过你知道，那天晚上，我跟你一谈起这件事，你马上就知道我说的是什么意思了。你分明知道，你当时就知道我说的是什么意思，科波菲尔。你别不承认！你不承认，用意固然极好，不过，别不承认，科波菲尔。”

我看到慈祥的老博士那温和的目光转到我身上，朝我看了一会儿。我觉得，往日的怀疑和今日的记忆，全都明明白白地流露在我的脸上，不可能让人视而无睹。发火也没有用，我无法把它抹去。不论我说什么，都不能加以挽回。

我们又都沉默了，一直到博士站起身来，在房间里走了两三趟。接着他回到自己的椅子跟前，靠在椅背上，把小手帕捂在眼睛上，表现出淳朴的真诚，在我看来，比装出来的任何样子都更加可敬。这时，他开口说道：

“说起来，这事多半得怪我，我认为，主要是我的错。让我的心上人受折磨，遭诽谤——即使还深藏在任何人的心中，我也称之为诽谤——要不是因为我，她永远不会受到这样的折磨，遭到这样的诽谤。”

乌利亚抽了一下鼻子，我想他这是表示同情吧。

“要不是因为我，”博士说，“我的安妮绝不会遇上这种事情。诸位，你们知道，我已经老了。今天晚上，我觉得，我对活下去已没有多大的留恋。不过我要拿我的余生——我的余生——来保证，我们刚才谈到的这位值得敬爱的人是位忠诚、贞节的女士！”

我认为，哪怕骑士精神最卓越的化身，画家想象中最英俊多情的人物，都不可能比这位质朴无华、老态龙钟的博士更加庄严感人，令人肃然起敬。

“不过我并不准备，”他接着说，“否认——也许不知不觉地有点儿准备承认——我可能无意之中把那位女士给害了，使她陷入了一种不幸的婚姻。我这个人，一向不善于观察事物。现在有好几位年龄不一、地位不同的人，看法明显地都趋于一致（而且又如此自然），这不能不使我相信，他们的观察胜过我的观察。”

博士对自己年轻太太的慈祥，正像我在别处已经讲过的那样，我经常怀着敬仰之心。而这一次，每逢提到她时，他处处表现出的那种满怀敬意的温存以及对她的人格不容有丝毫怀疑的几近崇敬的态度，在我的眼里，更使他显得人格高尚，无法形容。

“我跟那位女士结婚时，”博士说，“她还很年轻。我把她娶进门时，她的性格几乎还没有形成。因此，她的性格发展成现在这样，是我有幸培养了它。我很熟悉她的父亲，也很熟悉她。我尽我所能教她，是因为我爱她所有美好、高尚的品德。假如我利用了她对我的感激和爱慕（不过我从来没存这个心），做了什么对不起她的事（我怕我已经做了），我衷心请求她的原谅！”

他走到房间的另一头，然后又走回到原来的地方。他用手抓住椅子，由于太诚恳了，他的手也跟他那低沉的嗓音一样，都在颤抖。

“我把自己看成是使她免受人生危难和世事变迁的庇护人，我让自己相信，我们两个，虽然年龄悬殊，但是她跟我在一起，可以过上安定、满足的生活。我并不是没有考虑过有朝一日我撒手而去，让她自由的时候。那时她依然年轻，仍旧美丽，可是见解更成熟了——那种时候，我并不是没有考虑过，先生们，真的！”

他这样真诚，这样宽厚，似乎使他那平常的形体都发出夺目的光辉了。他说的话，字字都有一种力量，这是没有别的优雅仪态所能给予的。

“我跟这位女士共同度过的生活，一直很幸福。直到今天晚上，我一直有理由感激那些给她带来巨大不公的日子。”

他说这话时，声音越来越颤抖，因而停顿了一下后，才接着说：

"现在我一下从我的梦中醒来——我这一辈子，一直在做着这样或那样的梦，是个可怜的做梦人——我明白了，她更是为她昔日的玩伴、年龄相当的人，感到有点儿悔恨，这是很自然的事。她怀着某种天真的悔恨，怀着如果没有我，就会怎样怎样的某些无可责备的想法，来对待那个人，恐怕是千真万确的。在刚过去的这个令我难受的时间内，很多以前我虽看到但未加注意的事，现在都带着新的意义，重又回到我的心头。不过，除了这一点，先生们，对这位亲爱的女士的名誉，绝不应该有一丝一毫的怀疑。"

有那么一会儿，他的目光炯炯有神，他的声音有力坚定。接着他又沉默了一会儿，然后他才像先前那样接着说：

"现在我已经知道，由我引起的不幸，这只应由我尽可能服服帖帖地来承受。该责备人的应是她，而不是我。我的责任是，使她不要受到旁人的误解，令人痛苦的误解，就连我的朋友们都难免产生的那种误解。我们越能过退隐的生活，我就越能尽这个责任。将来有一天——要是上帝慈悲，但愿这一天早点儿到来——只要我死了，她就得到解脱了。到那时，我将怀着对她无限的信任和情爱，朝她那忠贞可敬的脸看上一眼，然后闭上眼睛，让她无忧无虑地过上更加幸福、更加光明的日子。"

由于他的诚恳善良和朴实态度交相辉映，互为增色，感动得我热泪盈眶，连他的人都快看不见了。他走到门口，又补充说：

"先生们，我已经把我的心都摊给你们看了。我相信你们都会尊重它的。今天晚上说的这些话，以后就永远不要再提了。威克菲尔，用你这老朋友的手，扶我上楼吧！"

威克菲尔先生赶忙走到他身旁。他们没有再说一句话，一块儿慢慢走出房间去了。乌利亚一直看着他们。

"得，科波菲尔少爷！"乌利亚恭顺地回过头来对我说，"这件事的进展，跟原先预料的大不相同哩，因为这位老学究——他真是个大好人——像块砖头似的没长眼睛。不过这一家人嘛，我看是完蛋了！"

仅只听到他的那种声调，我就气得发疯了。像这样发疯似的大怒，我过去从来没有过。

"你这个浑蛋！"我说，"你用诡计把我拖进你的阴谋里，你这是什么意思？你这个假仁假义的恶棍，你刚才怎么敢要我给你帮腔，好像我们两个在一起商量过似的？"

我们面对面站在那儿，他脸上那暗中喜不自胜的神情，我本已早就看清，现在看得更加清楚了。我的意思是说，他硬要我听他的体己话，明显是要使我苦恼，而且还特意在这件事情上设下一个周密的圈套，要我往里面钻。这是我不能容忍的。他的整张瘦脸都在我眼前引我动手，于是我便伸出五指，使劲地朝它打了过去，由于用力太猛，我的手指仿佛都像烧伤似的刺痛。

他抓住了我的手，我们就那么手抓手地站在那儿，互相对视着。我们这样站了很久，久到能让我看到我打上的白色指痕，从他深红色的脸颊上消失，变成更深的深红色。

“科波菲尔，”他终于开口了，用上气不接下气的声音说，“你丢掉理智了吗？”

“我丢掉的是你，”我用力甩开他的手，说，“你这个狗东西，从今以后，我再也不认得你了。”

“不会吧？”他说，为了止住脸颊上的疼痛，用手在那儿捂着，“也许你办不到。你这不是不知好歹吗？”

“我已经多次向你表明了，”我说，“我看不起你。现在我更清楚地向你表明，我看不起你。我为什么要怕你对你周围所有的人干坏事？除了干坏事，你还能干点儿别的什么？”

我这是暗示，在我跟他的交往中，一直约束着我的那些顾虑，这一暗示，他完全明白。我认为，要不是那天晚上爱格妮斯对我说，叫我放心，那我也不会打他那一巴掌，也不会给他那个暗示。现在不成问题了。

我们又僵持了好一阵子。当他看着我时，他的眼睛里好像有着使他的眼睛难看的各种颜色。

“科波菲尔，”他把手从脸上拿开，说，“你总是跟我过不去。我知道，在威克菲尔家里，你总是跟我过不去。”

“你爱怎么想就怎么想好了，”我说，我的怒气仍很大，“如果不是那样，那你就值得看重多了。”

“可我是一向喜欢你的，科波菲尔！”他回答说。

我不屑再理他，拿起帽子，准备去睡觉，这时他拦在我和门之间。

“科波菲尔，”他说，“吵架得有两个人，我可不愿做其中的一个。”

“你给我滚开！”我说。

“别这么说！”他回答道，“我知道，以后你会后悔的。你怎么可以发这么大的脾气，使得你自己这样不如我？可是我原谅你。”

“你原谅我！”我轻蔑地回答说。

“我原谅你，这是由不得你自己的，”乌利亚回答说，“想想看，我一向是你的朋友，你竟对我动起手来！不过，没有两个人，架就吵不起，我可不愿做其中的一个。不管你怎么样，我都要做你的朋友。因此，现在你总知道，你该料到以后会怎么样了。”

在进行这番交谈时（他说得很慢，我说得很快），为了避免在深更半夜吵了这家人，我们都不得不压低了声音，但这平息不了我的愤怒，尽管我的火气已经渐渐冷下来了。我只是对他说，我一向料到他是什么样子，现在也料到他会是什么样子，他还从来没有出乎过我的意料。说完，我使劲冲他把门一开，仿佛他是一颗大核桃，放在那儿等着轧开似的，接着我便走出屋子。不过他也不在这儿住，而去他母亲的寓所过夜，因而我还没走出几百码，他就赶上来了。

"你要知道，科波菲尔，"他在我耳边说（因为我没有回头），"你大错特错了。"我觉得，他这话倒是没错，这使得我更加生气。"你不能把这当作勇敢的表现，因而你没法儿阻止别人对你的原谅。我不打算把这件事告诉我母亲，谁也不告诉。我决定原谅你。不过我真纳闷儿，你居然动手打一个你知道是很卑微的人！"

我只觉得，自己的卑微仅次于他。他对我的了解，胜过我对自己的了解。要是他对我回手，或者公开地对我发火，我倒感到宽慰，认为自己有理。可是他却把我放在文火上，要我在那上面煎熬了半夜。

第二天早上，我出门时，教堂的晨钟在响着。他正跟他的母亲在来回散步。他照常若无其事地跟我打招呼，我不得不给了他一个回答。我想，我打的那一巴掌是很重的，足以打疼他的牙齿。总之，不管怎么样，他的脸裹在一条黑绸手绢里，上面扣着一顶帽子，这丝毫也没有使他的面容好看一点儿。我听说，星期一上午他去伦敦看了牙医，拔了一颗牙。我希望那是一颗大牙。

博士传出话来，说他的身体不大舒服。在威克菲尔先生父女在此做客期间，每天大部分时间他都独自一人待着。爱格妮斯跟她父亲走后一个星期，我们才恢复惯常的工作。在恢复工作的前一天，博士亲手交给我一封没有加封的折起的短信。短信是写给我的，信上用几句亲切的话叮嘱我，叫我永远不要提起那天晚上的事。我只把这事告诉过我姨婆，别的人我从没透露过。这不是我可以跟爱格妮斯讨论的事。毫无疑问，爱格妮斯当然一点儿也不会想到那天晚上会有那样的事。

我相信，当时斯特朗太太也不会想到会有那样的事。几个星期过去了，我才在她身上看到了一点儿变化。这种变化发展得很慢，就像无风时的云霞。起初，她好像只是纳闷儿，为什么博士跟她说话时，语气总是那么温和慈祥，还要她母亲来陪她，免得她生活沉闷单调。我们在工作时，她就坐在一旁，我常常看到她抬头凝望着博士，脸上的神情令人难忘。后来，我有时又看到她站起身来，眼里满含着泪水，走出室外。就这样，渐渐地，一种不快的阴影笼罩在她美丽的脸上，而且一天比一天加深。当时，马克勒姆太太是这座宅子里的常客，可是她只是嘴巴唠叨，眼睛却什么也看不见。

安妮原本是博士家的阳光，自从这种变化悄悄笼罩了她之后，博士的外表显得更老了，更严肃了。但是他的脾气更温和了，他的态度更慈祥了，对安妮的关切更加深了，如果还有可能加深的话。在安妮生日那天的一大早，当我们在工作时，她来到室内，坐在窗前（她原本总是坐在那儿，不过现在她坐在那儿时，却开始有了一种羞怯不安的神情，看了令人感到同情），我看到博士上前用双手捧住她的前额，吻了吻，然后就匆匆走开了，仿佛因为过分激动，不能再待下去似的。只见她像一尊塑像似的，呆立在博士撇下她的地方，接着便低下头，交叉起双手，哭了起来。我说不出她哭得有多伤心。

在那以后，我觉得有时候她想要说话，遇到只有我们两人在一起时，她甚至想要跟我说话，可是她却从来没有开过口。博士老是想出一些新主意，要她跟她母亲到外面去参加参加娱乐活动。马克勒姆太太本来就爱好娱乐，讨厌干别的事，凡是参加各种娱乐活动，她总是兴致勃勃，而且还尽力称赞。但是安妮总是无精打采，一点儿也不快活，只是母亲带她去什么地方她就去什么地方，好像对什么都不感兴趣似的。

我不知道这该怎么办，我姨婆也想不出办法。她怀着不安的心情，在屋子里来回走着，前前后后，总共走了有一百英里了。最令人奇怪的是，唯一能真正进入这个不幸家庭的隐秘世界，使这对夫妻的痛苦得以缓解的，似乎只有狄克先生。

在这件事情上，他有什么想法，或者看到了什么，我都无法加以解说，就像他在这方面帮不了我任何忙一样，我敢说。不过，他对博士一向敬重得没有止境，这一情况，我在讲述我的求学时期时就说过。而且，真正的爱慕中有着一种微妙的洞察力，即使是低等动物，也能对人生发出这种洞察力，为最高智力的人所不及。狄克先生就是凭着这种心智，如果我可以这样说的话，看出了事情的真相。

在他多数空闲的时间里，他重又骄傲地恢复了和博士一起在花园里散步的特权，就像在坎特伯雷时，他习惯跟博士在博士路上来回散步那样。不过事情刚到这一步，他就把他的全部空闲时间（而且每天还特意起得更早，以便增加这种时间）都用在这种散步上面了。如果说，过去博士把他的杰作——那本词典——念给他听时，他感到非常快乐，那现在就得说，如果博士不把词典从口袋里掏出来念，他就感到非常难受了。而当博士跟我一起进行工作时，他就跟斯特朗太太一块儿散步，帮她修剪她喜爱的花卉，或者拔除花坛上的杂草，而且已经习以为常。我敢说，他在一个小时内说不上十来句话，可是他那默默的关心，渴求的脸色，在他们夫妇俩的心中立即引起了反应。他们知道，他们俩都喜欢他，他也爱慕他们俩。于是他做到了别人谁也做不到的事——成了他们夫妇之间的纽带。

每当我想到他脸带自豪的表情，陪着博士来回踱步，喜欢受词典中他不懂的难词折磨；想到他提着大喷水壶，跟在安妮的后面；想到他跪下来，用戴着手套的笨拙的手，在那些小小的叶子丛中，耐心地干着极其细致的活儿；想到在他所做的每一件事情上，他处处都表现出他要做她的朋友的微妙愿望，这是任何一个哲学家都表现不出来的；想到从他手上那把喷水壶的每一个孔中，都喷出同情、真诚和友爱；每当我想到他对待不幸的事，他那善良的意愿从不迷惘动摇，他从来没有把那个不幸的查理王带进这个花园，他一心只知勤勉服务，从不犹豫；一旦知道事有不妥，也从不掉头不顾，只想把事态纠正过来——每当我想到他的这一切，而且知道他还是个精神不太正常的人，拿这跟我竭力所做的相比，真让我这个精神健全的人惭愧得无地自容。

"除了我，特洛，谁也不了解他的为人！"姨婆跟我谈到这件事时，得意地说，"狄克迟早会出名的！"

在结束这一章之前，我还得说一件事。在威克菲尔先生他们在博士家做客期间，我发现，邮差每天早上都要给乌利亚·希普送来两三封信，因为那是个空闲时期，乌利亚在海盖特一直待到别人都回去了才走。我看这些信的信封上，全是米考伯先生规规矩矩的大手笔，他现在已经模仿起法律界用的圆体来了。凭着这些细节，我高兴地推测出，米考伯先生干得不错，可就在这时，我收到了下面这封他那位和蔼可亲的太太寄来的信，这不能不使我大吃一惊：

> 我亲爱的科波菲尔先生，收到这封信，你无疑会感到奇怪。看了信的内容，你更会如此。而且我要求你答应，此事务请绝对保密，这尤其会使你感到惊奇。可是我这个做妻子、做母亲的心情需要宽慰，而我又不愿找我娘家的人商议（米考伯先生对他们已经有了恶感），我知道，再没有比我的好朋友、旧房客更可以讨教的人了。
>
> 你想必知道，我亲爱的科波菲尔先生，我和米考伯先生间（我永远也不会遗弃他），一向是推心置腹，无话不说的。米考伯先生有时也许不跟我商量就开出期票，或者没有把债务应该归还的期限如实告诉我，对我有所蒙混。这类事确实有过。但是，总的说来，米考伯先生对这个爱他的人——我这是指他的妻子——是没有秘密的。他总是在我们一天忙完休息时，把当天的事一一说给我们听的。
>
> 可是，我亲爱的科波菲尔先生，米考伯先生现在却完全变了。你可以想象，当我告诉你这话时，我的心里有多难过。他变得不愿说话了。他变

得神秘莫测了。他的生活，对一个跟他同甘共苦的人——我这又是指他的妻子——来说，也成了一个谜了。

我向你保证，除了知道他从早到晚在事务所里外，我对他一无所知。现在我了解的有关他的情况，还不及对那个去南方的人了解得多，有关那个人，无知无识的孩子们会背一个荒诞的故事，说他因喝了冷李子粥，结果烫伤了嘴。我这是要借用这个流行的荒诞故事，来说明一桩事实。

不过，这还不是全部情况。米考伯先生的脾气也变坏了。他的态度变粗暴了。他跟我们的大儿子、大女儿疏远了，也不再以双生子自豪了，就连对刚成为我们家一分子的那个无罪的新来者，也都以白眼相加。我们的日用开支，本已省得不能再省，但跟他要起钱来，还是难上加难。他甚至恐吓说，要把自己了结掉（他确实是这样说的）。对这种疯狂的言论，他坚决拒绝做任何解释。

这真让人难以忍受，这真令人心碎。你知道，我这人生来软弱无能。在这种异常的困境中，我最好该怎么来尽我的这点儿微薄之力，你过去已经帮了我很多忙，要是这次你能给我出出主意，那你又帮了我一个大忙了。孩子们都向你问候，那个有幸还不懂事的新来者，也向你微笑。

你的受苦受难的

艾玛·米考伯

周一晚，于坎特伯雷

对于有米考伯太太这样经历的一位太太，除了对她说，她应该用耐心和好意来感化米考伯先生（我知道，不管怎么样，她都会这样做的），我觉得，任何别的主意都是不对的。不过，这封信却使我想起米考伯先生，想得很多。

阅读规划进度及自我测评

01 计划阅读时间

02 实际阅读时间

03 完成度（%）

04 阅读兴趣

感兴趣□　　一般□　　没兴趣□

原因：

问题：

05 回忆一下阅读的章节，看看能否回答出这些问题

1. 过去葛米治太太总是在抱怨生活的不幸，说自己是一个孤苦伶仃的苦命人，但在艾米莉出走后，葛米治太太像变了一个人似的，不再像先前那样无精打采地坐在屋角发呆，而是忙着操持家务。请联系第三十二章的相关内容，分析让葛米治太太产生变化的原因。

2. 佩格蒂先生亲自拜访斯蒂福思太太，希望她的儿子可以娶艾米莉为妻，但斯蒂福思太太坚决地拒绝了。试着说说为什么斯蒂福思太太不同意儿子娶

艾米莉。

3. 在第三十三章中，大卫和保姆佩格蒂在博士公堂遇见了谋德斯通先生，但谋德斯通先生看到他们时“显得有点儿张皇失措”，但“很快就有了主意”，并朝他们走了过来。请联系上下文，说说谋德斯通先生产生这一心理变化的原因。

4. 姨婆破产了，但姨婆仍鼓励大卫，说“我们应当勇敢地应付逆境，不要让逆境把我们吓倒了”。由此可见，姨婆是一个怎样的人？

5. 希普告诉大卫，他的父母教导他要“自认卑微”，这样就会有出息，希普所说的“自认卑微”是什么意思？

06 说说有意思（感兴趣、引人深思）的人或事，与他人分享

在这一阅读阶段，你一定对小说中的某个人、某件事、某句话印象深刻，写一写或说一说，分享自己的阅读成果。

07 摘抄，积累

把你认为好的语句或段落摘抄下来，积累更多的语言素材吧！

大卫渐渐变得成熟，经过刻苦努力，他取得了一些成就；大卫和朵拉结婚了，他们开始了新的生活；大卫突然收到米考伯先生的信，他觉得这封信背后隐藏着一些重大事情……现在就来看看狄更斯是怎样描述这些事件的。

第四十三章　再度回顾

让我再来回顾一下我一生中一段难忘的岁月吧。让我站在一旁，看着那如烟似梦的年华，伴随着我的身影，影影绰绰地从我身旁鱼贯而过吧。

一周又一周，一月又一月，一季又一季，相继而去。但是这些岁月，却似夏日的一天和冬日的一晚。一会儿，我和朵拉散步的原野上开满鲜花，一片灿烂的金黄；一会儿，石楠已被积雪掩埋，成了一坨坨一堆堆的，再也看不见了。流过我们周日散步场的河水，在夏日的阳光下金光闪闪，可一转眼，就被冬季的寒风吹皱，或者积起堆堆的浮冰。河水比往常更快地奔向大海，它忽明忽暗，滚滚而去。

在那两位小鸟儿似的老小姐家中，丝毫都没有改变。那只座钟仍在壁炉架上嘀嗒作响，那个晴雨表依然在门厅的墙上挂着。不管是座钟还是晴雨表，没有一样是准确的，但我们把它们奉若神明，虔诚地相信它们。

我依法已经成年，已经有了二十一岁的尊荣身份。不过这是一种硬塞给我的尊荣，现在还是让我来看看，我已经取得一些什么成就吧。

我已经驯服了野性十足的、神秘的速记术，靠它挣了不少钱。由于我在这种技艺方面的各种成就，我有了很高的声望，因而跟另外十一个人一起，给一家《晨报》报道国会的辩论。我夜复一夜地记录着那永不实现的预测，从不兑现的诺言，只能使人糊涂的解释。我一直在文字上打滚。不列颠尼亚[①]，这个不幸的女子，在我面前永远像一只被扦穿牢、被绳缚住的鸡。这扦便是衙门刀笔，把它的全身穿了又穿，这绳便是官样文章，把它的手脚缚了又缚。我因为深入内幕，所以深知政治活动的价值。我十足是个政治活动的离经叛道者，而且永远也不会归化。

我的好朋友特雷德尔也在这一行里尝试过，不过这一行跟他不对路。他对于自己的失败，完全处之泰然，还提醒我说，他一向认为自己是很迟钝的。他偶尔也给那家报社做点儿事，采写一些题目枯燥无味的事实，然后交由那些更有文思的高手加工润色。他已经取得了律师的资格，凭着他令人称许的勤勉和刻苦，他又一点儿一点儿地积攒起一百镑钱，交给一位承办产权转让事务的律师，作为在他事务所里习艺的学费。在取得律师资格的那一天，他消耗了大量很热的红葡萄酒。从金额上看，我想，内殿法学院一定在这上面赚了不少钱。

我又打开了另一条出路，开始战战兢兢地干起写作这一行来。我偷偷地写了一篇小玩意儿，投给一家杂志社，后来居然在那个杂志上发表了。打那以后，由于受到鼓舞，我又写了许多微不足道的小文章。现在，我经常可以在这方面获得报酬。总的说来，我混得挺不错的；当我用左手来计算进账时，第三个手指头已经数完，第四个手指头都数到中间一节了。

我们已经从白金汉街搬到一座舒适的小屋里，这座小屋，跟我第一次热情迸发时看到的那座小屋离得很近。不过我姨婆（她已卖掉了多佛的那座小屋，价钱很合算）却不肯住在这儿，而要搬进附近一座更小的小屋。这预示着什么呢？我要结婚了吗？是的，没错！

没错，我是要跟朵拉结婚了！拉芬妮娅小姐和克拉里莎小姐已经同意我们结婚。如果说金丝鸟还有忙乱不安的时候，那就是她们现在这样了。拉芬妮娅小姐自动负责监制我的宝贝儿的嫁衣，她一刻也不闲着，不是用牛皮纸剪出胸衣的式样，就是跟一个腋下夹个长包袱和量尺的体面青年因意见不同而争吵。一个胸前老是插了枚穿了线的针的女裁缝，就在她们家吃、住。我看她无论吃、喝或者睡觉，手上的顶针好像从来没有取下过。她们把我那位亲爱的当成了人体模型，老叫她到她们那儿试穿这个，试穿那个。晚上，我们俩好不容易高高兴兴地聚在一起，可是还不到五分钟，就会有个不知趣的女人来敲门，说："哦，朵拉小姐，可不可以请你上楼去一趟？"

克拉里莎小姐和我姨婆则走遍伦敦城，为我们挑选家具。她们看中后还要叫我和朵拉去看。其实，用不着要我们去看这一套，她们看中什么东西，马上

① 不列颠尼亚：英国的拟人化称呼，以头戴钢盔、手持盾牌及三叉戟的女人为象征。

买下来就是了，那样反倒更好。因为，当我们去看厨房的炉栏和烤肉板时，朵拉看到了一个屋顶带小铃铛的中国房子式的狗窝，她就喜欢上了，非要给吉卜买下不可。我们把它买回来以后，吉卜对它的这个新居很长时间都住不习惯。不管什么时候，每当它进出它的新居时，总会把所有的小铃铛弄得叮当乱响，把它吓得够呛。

佩格蒂也到伦敦帮忙来了，她一到马上就动手干起活儿来。她那部门的工作好像是专管把一切东西一遍又一遍地擦干净。凡是能擦的东西，她都擦了，一直擦到所有的东西，都像她那忠实的脑门儿一样发光，才肯罢手。就在这段时间，我开始见到了她的哥哥，夜晚在昏暗的街道上踽踽独行，一面走一面朝过往的行人脸上张望。在这种时候，我从来没有跟他打过招呼。当他的身影庄重地走过去时，我十分清楚地知道，他寻找的是什么，害怕的是什么。

当我有时间时，为了装装样子，我偶尔仍去博士公堂走一走。这天下午，特雷德尔来博士公堂找我，他看上去那么郑重其事，这是为什么呢？原来是我这男孩儿的梦想就要实现了。我要去领结婚许可证了。

这只是一份小小的文件，但管着这么大的事。我领来后把它放在我的写字台上，特雷德尔望着它直出神，半是羡慕，半是敬重。那上面，大卫·科波菲尔和朵拉·斯潘洛两个名字，像是往日甜蜜的梦境似的联结在一起；在结婚许可证的一角，印有印花税局这个父母机关，它慈祥地眷注着人生的各项活动，也关切地俯视着我们俩的结合。上面还印有坎特伯雷大主教为我们祝福的话，这是一项要价极为低廉的善举。

尽管如此，我却好像仍在梦中，在一个激动不安、欢天喜地、仓促匆忙的梦中。我简直无法相信自己就要结婚。然而我又不能不相信。我在街上碰到的每个人，必定都有点儿觉出，后天我就要结婚了。我去宣誓签证时，主教代理人认识我，很顺当地就把我的事办妥了，好像我们之间一说就能声气相通、彼此谅解似的。其实，根本用不着特雷德尔，不过他还是在场做我的总支持人。

“我希望下一次你来这儿，我亲爱的朋友，”我对特雷德尔说，“是替你自己办同样的事。我还希望，这不会过多久。”

“谢谢你的这番好意，我亲爱的科波菲尔，”他回答说，“我也希望这样。想到她不论多久都肯等我，她真是个最可爱的女孩儿，真令人心满意足——”

“你什么时候去公共马车站接她？”我问道。

“七点钟，”特雷德尔看了看自己那只普通的旧银壳怀表说——就是在学校里读书时，有一次从里面拆下一只齿轮来做水车的那只表，“这大概也是威克菲尔小姐到达的时间吧，是不是？”

“比她稍微早了一点儿。她到达的时间是八点半。”

第四十三章　再度回顾

“我敢向你保证，我亲爱的伙伴，”特雷德尔说，“想到这件事有这样一个美满的结局，我简直就跟自己结婚一样高兴。你要苏菲亲自来参加这次喜事，请她和威克菲尔小姐一同做伴娘，这份深情厚谊，实在使我感激不尽。我深切感到你的这份情谊。”

我听到他的话，还跟他握了手。我们一块儿谈话，一块儿散步，一块儿吃饭，等等，但是我仍不相信这一切，我感到，什么都不像是真的。

苏菲按时来到朵拉的姑妈家。她有着一张讨人喜欢的脸——虽非绝对美丽，但是特别可爱——这是我见过的姑娘中最为亲切、天真、坦率、动人的一个。特雷德尔把她介绍给我们时，得意极了。当我在一个角落里，祝贺他选中这样一位好姑娘时，他直搓手，按照那只座钟的时刻，足足搓了有十分钟之久；而且，头上的根根头发，都翘足而立。

我从坎特伯雷来的公共马车上，接来了爱格妮斯。她那欢快、美丽的容貌，已是第二次出现在我们中间。爱格妮斯非常喜欢特雷德尔，看到他们见面时的喜悦，看到特雷德尔把他那世界上最可爱的姑娘介绍给她时脸上的喜色，真是太有趣了。

但是我依然不相信这些都是真事。那天晚上，我们过得十分愉快，非常高兴；可是我还是不相信这是真的。我一直定不下心来。幸福来到了，我竟不相信这是真的。我只觉得如在云雾之中，心神不定，好像在一两个星期之前很早起床，打那以后就没有睡过觉似的。我已弄不清昨天是什么时候。我好像口袋里装着结婚许可证，跑来跑去，跑了有好几个月了。

第二天，我们成群结队地去看新房——我们的家——朵拉和我的——当时，我仍没能把自己当作是这个家的主人。好像是经过别人允许，我才在那儿的。我心里似乎在想，真正的主人马上就要回来了，会对我说，他见到我很高兴。这座小房子真是太美了，里面的每样东西全都雪亮、崭新；地毯上的花儿，看上去像是刚采下来的，墙纸上的绿叶，仿佛刚长出来的；细纱布的窗帘洁白无瑕，玫瑰色的家具红光闪闪；小钉子上挂着朵拉的一顶有蓝缎带的草帽——我现在还记得，我第一次见到她时，她就戴着这样的草帽，我多么爱她啊！那只装在盒子里的吉他，也已得体地竖放在房间的一角。每个人几乎都差一点儿要被吉卜那座塔式住宅绊倒，因为对这座小房子来说，它实在太大了。

我们又过了一个快乐的晚上，也像其他晚上一样，一切同样如在梦幻之中。离开之前，我悄悄走进平时常去的房间。朵拉不在那儿。我猜想，她们试衣服一定还没试完哩。拉芬妮娅小姐伸进头来看了看，神秘地告诉我，朵拉不用多久就会来。话虽如此，她还是过了很久才来。不过我终于听到门口响起窸窣声，接着有人在轻轻敲门。

我说："请进！"可是那人仍在敲门。

我走到门口，心里想，这是谁呀。在门口，我看到面前是一双晶莹的眼睛，一张绯红的脸，这是朵拉的眼睛和脸；原来是拉芬妮娅小姐把昨天的衣帽等等全给她穿戴起来，打扮齐全，带来给我看了。我把我娇小的妻子搂在怀中，拉芬妮娅小姐发出一小声尖叫，原来是我把朵拉的帽子给碰歪了。看到我这般高兴，朵拉立刻又叫又笑的，这一来，我更不相信这是真的了。

"你觉得这好看吗，多迪？"朵拉问。

好看！我当然觉得好看。

"你真的非常喜欢我吗？"朵拉又问。

这句话对那顶帽子有着极大的危险，所以拉芬妮娅小姐又发出一小声尖叫，要求我明白，朵拉是只许看，绝对不许碰的。于是朵拉高兴得不知所措地在那儿站了有一两分钟，让我赞赏；然后才摘下帽子——不戴帽子显得非常自然！——拿在手中，跑开了。没过多久，她又换上平时穿的衣服，蹦蹦跳跳地跑下楼来，问吉卜，我是不是娶了一个漂亮娇小的妻子，它是不是原谅她嫁了人；接着她又跪在地上，叫吉卜站在那本烹饪书上，表演把戏给她看，作为她做姑娘时最后一次看它表演。

我回到附近的住处，比先前更加疑惑了。第二天，我一早就起身，骑马去海盖特接我姨婆。

我从没见过姨婆这样打扮。她身穿淡紫色绸衣，戴了一顶白帽子，看起来令人惊奇。珍妮特给她穿戴好之后，就在那儿等着，她要看看我。佩格蒂准备去教堂，在那儿的楼厢里看我们举行婚礼。狄克先生则代表女方家长，要把我的宝贝儿搀到祭坛前面；为此他还特意卷了头发。特雷德尔，我跟他约定在收税路[①]的卡子旁边碰头；他身穿米色和浅蓝的服装，两色相配，让人眼花缭乱。他跟狄克先生给人的总的印象是，全身上下都是一副参加重要场合的活动的派头。

毫无疑问，这一切我全看到了，因为我知道是这样；可是我迷惑了，好像什么都没看到，而且什么都不相信。不过，当我们坐着敞篷马车往前走着时，这场梦幻似的婚礼，却显得有些真实了，因而使我对那些无缘参加婚礼，却要打扫店堂，准备忙于日常业务的人，心中充满惊讶和怜悯。

一路上，姨婆都握着我的手。离教堂不远处，当我们叫马车停下，让坐在车夫旁的佩格蒂下车时，姨婆捏了捏我的手，吻了我一下。

"愿上帝保佑你，特洛！就是我自己亲生的孩子，都不能比你更亲了。今天早上，我想起可怜的宝贝娃娃了。"

① 收税路：付税后才准通行的路，路上设卡收税。

第四十三章　再度回顾

“我也想起了，还想起了你对我的所有恩德，亲爱的姨婆。”

“得了，别说了，孩子！”姨婆说道，接着亲热无比地把手伸给特雷德尔，特雷德尔随着把手伸给狄克先生，狄克先生又把手伸给我，于是我又把手伸给特雷德尔；然后我们来到了教堂门口。

其余的，则多少只是一场断断续续的梦而已。

我梦见，他们带着朵拉进来了。教堂领座人像操练新兵的军士似的，把我们安排在祭坛栏杆的前面。即便在那时，我心里依然不解，为什么教堂领座人，总是由最让人讨厌的女人来担当，是不是宗教上害怕欢乐的感染会酿成大祸，因而非把那些愁眉苦脸的人安排在通往天堂的路上不可呢？

我梦见，牧师和他的助手出现了；有几个船夫和别的闲人溜达进教堂；我身后有个老船夫，他嘴里浓烈的酒气，把教堂熏得满是红酒味。仪式开始，牧师发出低沉的声音，我们大家都全神贯注。

我梦见，担任助理伴娘的拉芬妮娅小姐，第一个哭了起来，她抽泣着对去世的皮杰先生表示敬意（这是我的猜测）；克拉里莎小姐在闻嗅盐瓶；爱格妮斯照顾着朵拉；我姨婆脸上流着泪，竭力装成是严肃的典范；小朵拉全身颤抖得厉害，答语时声音微弱。

我梦见，我们并肩跪下，朵拉渐渐地不大颤抖了，但仍一直紧握着爱格妮斯的手。仪式平静、严肃地结束了。结束后，我们俩像四月的天气，含着笑和泪，互相凝视着。在教堂更衣室里，我年轻的妻子非常伤心，哭哭啼啼叫唤着她可怜的爸爸，她亲爱的爸爸。

我梦见，朵拉没过多久就又高兴起来了，我们都轮流在结婚登记簿上签着名。我又亲自上楼厢，把佩格蒂带下来签名。在一个角落里，她紧紧地搂抱了我，还告诉我，她曾亲眼看着我亲爱的母亲举行婚礼。我们的婚礼结束了，我们开始离开教堂。

我梦见，我热情地挽着我可爱的妻子，得意地走过教堂的内廊，朦胧地看到人们、讲道坛、纪念碑、座位、洗礼盆、风琴、教堂窗户等，仿佛全都笼罩在雾中。凡此种种，唤起我对童年时代家乡教堂那已经淡漠了的印象。

我梦见，我们从人们面前走过时，他们都低声说，我们俩是多么年轻的一对，朵拉是个多么娇小漂亮的新娘。在回去的马车上，我们全都兴高采烈，有说有笑的。苏菲告诉我们说，她看到我向特雷德尔要结婚许可证时（我托他代为保管），差一点儿晕了过去，因为她一心以为特雷德尔一定把它给弄丢了，或者是让扒手给扒走了。爱格妮斯高兴地笑着。朵拉非常喜欢爱格妮斯，舍不得跟她分开，依然紧握着她的手。

我梦见，我们举行了婚宴，席上有许多好吃好喝的东西，既精致，又丰盛。像在别的梦中一样，我虽然吃了、喝了，但丝毫不知其味。我吃的喝的，可以说只有爱情和婚姻，没有别的。这些食物也跟别的一切一样，全不能信以为真。

我梦见，我同样迷迷糊糊地发表了一篇演说，但一点儿也不知道我要说什么，只有一点可以让我深信不疑，那就是，我什么也没有说。我们大家在一起，非常和睦，十分快乐（虽然总像在梦中）。吉卜吃了一块结婚蛋糕，吃后使它很不舒服。

我梦见，从驿站租来的一对驿马，已经套在车上；朵拉去换衣服，我姨婆和克拉里莎小姐留在我们身旁，我们一起在花园里散步；姨婆在婚宴上发表了一篇很好的演说，使朵拉的两位姑妈大为感动，她为此非常开心，还有点儿得意。

我梦见，朵拉已经做好启程的准备；拉芬妮娅小姐一直依依不舍地站在她的身旁，她不愿失去这个曾给她带来那么多乐趣的漂亮宝贝儿；朵拉则接二连三地意外发现，忘了带这样那样的小东西，于是大家都东奔西跑的，帮她去找来这些东西。

我梦见，当朵拉终于要向大家道别时，大家都围到她的身旁，他们的服饰飘带，五彩缤纷，犹如一个花坛；我的宝贝儿在这片花丛中挤得几乎喘不过气来，最后终于笑着、叫着，从花丛中走出来了，投入了我妒意重重的怀抱。

我梦见，我正要抱起吉卜（它要跟我们一起去），朵拉说不要，一定要她抱，要不吉卜会以为她结了婚就不爱它了，会伤心的。我们手挽着手朝前走去，朵拉突然又站住了，回过头去对大家说："要是我以前得罪过什么人，或者对不起什么人，不论是哪一位，都请不要记在心里！"说完一下哭了起来。

我梦见，朵拉挥动着她的小手，我们又朝前走去。她突然又站住了，回头看了看，直朝爱格妮斯奔去，在所有的人里面，只跟爱格妮斯一个人做了最后的吻别。

我们一同乘车走了，这时，我才从梦中醒了过来。我终于相信这一切都是真的了。坐在我身旁的是我最最亲爱的娇小的妻子，我是多么爱她啊！

"你现在总算称心了吧，你这傻孩子？"朵拉说，"你保证不会后悔吗？"

我刚才正站在一旁，看着那些如烟似梦的年华，从我身旁过去。它们已经过去了，我又要接着说起我漫长的故事来了。

第四十四章　我们的家务

蜜月已经过去，伴娘也都回去了，我跟朵拉坐在自家的小屋里，由于往日谈情说爱时那种怡人有趣的情调，可以说，已经完全没有了，因此，我觉得有了一种异样的感觉。

能让朵拉一直在我身边，这好像是一件非同寻常的事。现在，我不必非得出门才能见到她了，不必成天为她折磨我自己了，用不着非写信给她不可了，也用不着挖空心思地去找跟她单独在一起的机会了，这些都是非常不可思议的。在晚上，有时候当我从写作中抬起头来，看见她坐在我的对面，我会把身子往椅背上一靠，心里想，只有我们俩单独在一起，这好像已成了理所当然的事——不再跟任何人有关——我们订婚期间的那番柔情蜜意、浪漫情愫，全都已经束之高阁，任其尘封——除了彼此之外，再也不用讨别人的欢心——一生之中，只要我们俩互讨欢心就够了——想到这些，我觉得真是奇怪。

遇到国会有辩论，我得在外面待到很迟才回家。在我步行回家时，想到朵拉正在家里等着我，我好像也觉得非常奇怪！在我坐着吃晚饭时，她轻轻地下楼跟我说这说那，刚开始时，我也觉得这是一件非常美妙的事。当我确切知道，她会用纸卷头发时，我感到很惊讶。看到她居然会做这种事，我觉得这是一件很了不起的事情！

在管理家务方面，我怀疑，两只小鸟儿都不一定比我跟朵拉外行。当然，我们有一个女仆，她替我们管理家务。直到现在，我心里都还暗自相信，她一定是克拉普太太的女儿乔装的。玛丽·安在的时候，我们吃尽了她带来的苦头。

她姓帕勒冈[①]。当我们雇用她时，据说，她的姓还不大能完全表现出她的脾性。她有一张品行证明书，有布告那么大。根据这份证明书上说，她能做一切我听到过的以及许许多多我从没听到过的家务事。她正当壮年，粗眉大眼，容貌威武，身上（特别是两只胳膊上）老是发一种疹子似的红色小疙瘩。她有个在近卫骑兵团当兵的表哥，两条腿特别长，看上去就像别人下午的影子。他穿的那件紧身军夹克显得太小了，就像他待在我们这座小房子里显得太大一样。

① 帕勒冈：Paragon，原意为杰出典范。

由于他跟这座小房子大小太不相称，因而使得这座小房子显得比实际更小了。此外，这座房子的墙也欠厚，每当他晚上来我们这儿时，只要听到厨房里有不断的咆哮声，我们就知道是他来了。

我们的这位宝贝女仆，有人保证说，她既不会喝酒，也不会撒谎。因此，当我们发现她倒在锅炉旁边时，我情愿相信，她是一时昏厥；茶匙少了时，也情愿相信，是垃圾工顺手牵羊。

可是，她对我们精神上的折磨却太可怕了。我们知道，我们缺乏经验，没有能力自立。要是她还有点儿慈悲之心，我们一定会完全听她摆布的；然而她是个残忍的女人，毫无慈悲可言。我跟朵拉第一次发生小小的口角，就是因她而起。

"我的宝贝命根子，"一天我对朵拉说，"你觉得玛丽·安有时间观念吗？"

"怎么啦，多迪？"朵拉放下绘画，抬起头来天真地问道。

"我的宝贝儿，现在已经五点了，我们本该四点钟就吃晚饭的啊！"

朵拉无奈地看了看钟，委婉地表示，她认为是钟走得太快了。

"正相反，我的宝贝儿，"我看了看自己的表，说，"还慢了好几分钟哩。"

我的娇小的太太跑过来，坐在我的膝盖上，哄我不要出声，还用手中的铅笔，在我的鼻子中间画了一条线。这虽然非常有趣，但不能当饭吃呀。

"亲爱的，"我说，"你看，你是不是最好说玛丽·安几句？"

"哦，不行，对不起！我不能说，多迪！"朵拉说。

"为什么不能呢，亲爱的？"我温柔地问道。

"哦，因为我是一个小笨蛋，"朵拉说，"而她又知道我是个小笨蛋！"

我认为，要想建立管束玛丽·安的规矩，这种想法是不行的，因而皱了皱眉头。

"哦，我这个坏孩子，脑门儿上的皱纹多难看啊！"朵拉说，因为她仍坐在我的膝盖上，就用铅笔描我脑门儿上的皱纹，还把铅笔放在红嘴唇上润了润，以便画得更黑些，又俏皮地装出很卖力的样子，逗得我高兴得禁不住笑了起来。

"这才是个乖孩子呢，"朵拉说，"笑起来，这脸蛋儿可就好看多了。"

"不过，我的宝贝儿……"我说。

"别说，别说！请你别说啦！"朵拉说，还吻了吻我，"别学那个凶恶的蓝胡子！别这么认真！"

"我的好太太，"我说，"有时候，我们得认真一点儿。来，坐在这把椅子上，靠拢我！把铅笔也给我！好了！现在让我们正正经经地来谈一谈。你知道，亲爱的，"——我握着的是一只多么娇小的手！看到的是一枚多么小巧的婚戒啊！——“你知道，我的爱，一个人没有吃饭就得外出，是不太舒服的。你说是不是？”

“是——的！”朵拉有气无力地低声回答。

“我的爱，你怎么在发抖呀！”

“因为我知道，你呀，就要骂我了。”朵拉语气可怜地说。

“我的宝贝儿，我只是想讲道理给你听啊！”

“哦，讲道理比骂还要糟啊！”朵拉绝望地叫了起来，“我不是为了听人讲道理才结婚的。要是你打算跟我这样一个可怜的小东西讲道理，你应该早告诉我的呀，你这个狠心的孩子！”

我想要安抚她一番，可是她却把脸转向一边，把鬈发从这面甩到另一面，同时还说：“你这个狠心的、狠心的孩子！”说了好多次，弄得我真不知道该怎么办。因此，我心情不定地在房间里来回走了几趟，然后又回到她跟前。

“朵拉，我亲爱的！”

“不，我不是你的亲爱的。因为你一定后悔跟我结婚了，要不你不会净跟我讲道理的！”朵拉回答说。

她这样无理地责备我，我感到很委屈，因而使我来了勇气，摆出一副认真的样子。

“好了，我亲爱的朵拉，”我说，“你太孩子气了，净说些不合情理的话。我相信，你一定还记得，昨天，我晚饭只吃了一半，就不得不出去了；前天，由于匆匆忙忙地吃了半生不熟的小牛肉，弄得我很不舒服；今天呢，完全没有吃上饭。至于早饭我们等了很久，我都怕说了——到了时候，竟连水都没有烧开。我亲爱的，我决没有怪你的意思，不过，这是让人很不愉快的啊！”

“哦，你这个狠心的、狠心的孩子，你这是说，我是个让人不愉快的妻子！”朵拉哭着说。

“听我说，我亲爱的朵拉，你一定知道，我从来没有说过那样的话呀！”

“你说我让你不愉快！”朵拉说。

“我是说，这家务管得让人不愉快。”

“这完全是一回事！”朵拉哭着说。她显然是这么想的，因为她哭得伤心极了。

我又在房间里踱了一个来回，心里对我的娇妻充满爱怜，对我自己则狠加谴责，恨不得一头往门上撞去。我重又坐下来，说：

“我并没有责怪你，朵拉。我们俩都有很多得学的东西。我不过是想让你知道，我亲爱的，你得——你真得（对这一点，我绝不松口）养成习惯，学着督促督促玛丽·安。这是为你自己，也是为我，做一点儿事。”

“我没有想到，真的没有想到，你竟会说出这样无情无义的话，”朵拉啜泣着说，“有一天，你说想吃点儿鱼，我就亲自出门，走了好多好多路，总算让我订到了鱼，为的是要给你一个惊喜。这你是知道的。”

“这确实是你的一番好意，我的好宝贝儿，”我说，“我非常感激，所以我怎么也不好意思说，你买的那条鲑鱼，我们两人吃太大了，而且得花一镑六先令，我们也吃不起。”

“可你吃得很开心哪，”朵拉啜泣着说，“你还说我是一只小耗子哩！”

“我还要这么说，我的宝贝儿，”我回答说，“要说上一千遍！”

可是，我伤了朵拉那颗娇嫩的心，怎么也安慰不了她了。她痛哭流涕，看上去那么可怜，竟使我觉得，好像我真的说了不知道什么话，因而伤透了她的心。因为有事，我不得不匆匆出门而去。这天晚上，我在外面待得很晚，可整个晚上都悔恨交加，弄得非常苦恼。我良心上觉得自己简直是个杀人凶手，心里总感到我这人实在穷凶极恶。

我回家时，已经是后半夜两三点钟了。我发现，我姨婆在我们家坐着，等我回来。

“出什么事啦，姨婆？”我吃了一惊，慌忙问道。

“没出什么事，特洛，”她回答说，“坐下，坐下。小花朵儿心情不大好，我给她做伴来了。就这么回事。”

我用手支着头，坐在那儿注视着炉火，心里思忖，真没想到，我最光明的希望刚刚实现，这么快就发生这种不如意的事，这让我更加苦恼，更加沮丧。我坐在那儿这样思忖时，无意间碰上了姨婆的目光，她正朝我脸上望着。她的眼中满含着焦虑的神情，不过很快就消失了。

“我向你保证，姨婆，”我说，“想到朵拉这样，我整夜心里都非常难过。不过，除了温和亲切地跟她谈谈我们的家务外，我并没有别的意思。”

我姨婆点了点头，表示赞许。

“你得有耐心，特洛。”她说。

“当然。老天爷知道，我并没有不讲理的意思，姨婆！”

“是的，是的。”我姨婆说，“不过小花朵儿是朵很娇嫩的小花，风都得柔着点儿吹她哩！”

我姨婆待我太太这般慈爱，我从心里感激她。我敢说，她也知道我感激她。

“姨婆，”我又看了一会儿炉火后，说，“为了对我们都有好处，有时候你能不能劝说朵拉几句，给她一点儿指教？”

“特洛，”我姨婆有点儿激动地回答说，“不能！别叫我做这种事。”

第四十四章　我们的家务

她的语气那么坚决，使我惊讶地抬起眼睛。

“我回顾了我的一生，孩子，”我姨婆说，“想起了一些已经躺在坟墓里的人，当年我原本可以跟他们相处得更好一些。要是我对别人在婚姻问题上出错责备太严厉，那也许是因为我有更痛苦的理由严厉责备我自己的错误。这件事就随它去吧。多年来，我一直是个执拗、怪僻、任性的女人。我现在还是这样，将来也总是这样。不过我们两个，都相互给过对方一些好处，特洛——不管怎么说，你给过我好处，我亲爱的。在这种时候，我们之间千万不可失和。”

“我们之间失和！”我叫了起来。

“孩子，孩子！”我姨婆抚平自己的衣服说，“要是我来插手你们的事，那我们之间很快就会失和，或者我会使我们的小花朵儿弄得有多伤心，就连先知也没法儿说。我一心要让我们宠爱的宝贝儿喜欢我，能像蝴蝶一样快活。别忘了你妈第二次婚姻后的情景。绝不要让我和朵拉受到你提出的这种主张的伤害了！”

我立刻就意识到，我姨婆是对的。我也明白，她对我的爱妻有着无限深厚的感情。

“现在，日子才刚刚开始，特洛，”她接着说，“罗马不是一天，也不是一年就建成的。你已经自主做了选择，”——这时，我觉得她脸上出现了一会儿阴影——“你选了一个非常漂亮、非常温柔的人儿。跟你选择时一样，你应该按照她具有的品性来评价她，而不应该按照她没有的品性来评价她，这是你的责任，也是你的欢乐——这我当然知道，我这并不是在教训你。她所没有的品性，要是你能做到，你应该设法加以培养。要是做不到，孩子，”姨婆说到这儿，抹了抹自己的鼻子，“那你也只得安于现状。不过你要记住，我亲爱的，你们的未来，只能靠你们俩自己了，谁也帮不了你们的忙，你们得自己去开辟。这就是婚姻，特洛。对你们这样一对林中娃娃①，我只能求老天保佑你们了！”

我姨婆说这番话时，装成一副轻松的样子，说完还吻了我一下，对刚才的祝福表示证实。

“好了，”她说，“现在替我把我的小提灯点亮，沿那条花园小路，送我回我那小盒子里去吧！”因为在我们的两所小屋之间，在那个方向有条小路相通，“你回来后，替贝特西·特洛伍德向小花朵儿问好。不管你干什么，特洛，永远也别梦想把贝特西当稻草人竖起来吓唬人，因为只要照一照镜子，我就看到，她本来的那副模样，就已经够可怕、够憔悴的了！”

---

① 林中娃娃：英国一民歌中，有一对天真无邪、易受欺骗的男女儿童，被其图财的舅父抛弃于林中。

说完这话，姨婆用手帕扎起头来——每逢这种场合，她都习惯用手帕把头包起来。接着我就送她回家。当她站在自己的花园里，举起小提灯，照我回家时，我觉得她看我的样子中，又有着忧虑的神情；但是我对此没有多加注意，我只顾琢磨她刚才说的那番话，因为那番话给我的印象太深了——实际上，这是第一次——朵拉和我的未来只能靠我们自己去开辟，谁也帮不了我们的忙。

朵拉穿着小拖鞋，悄悄地溜下楼来迎接我，现在只剩下我一个人了。她伏在我肩膀上哭着，说我刚才太狠心了，她也太淘气了。我相信，我也说了类似的话。于是我们言归于好了，并且一致同意，我们的这次小口角，是第一次，也是最后一次，我们即便活到一百岁，也绝不会再有这种事发生了。

在家务问题上，我们受的第二种罪，是仆人的折磨。玛丽·安的表哥开了小差，躲进我们的煤窖，让一队全副武装的队友给搜出来了。他们给他戴上手铐，然后列队从我们的房前花园带走了，这使我们大吃一惊，也让我们的房前花园蒙受了耻辱。这件事使我鼓足了勇气，决定辞退玛丽·安。她拿了工钱，乖乖地走了，这倒有点儿出乎我的意料。直到后来我才发现，我们的茶匙不见了，她还擅自以我的名义，向一些店铺借了几笔小钱。在这以后，我们临时请了基杰布里太太——我相信，她是肯提希镇上最老的居民了，一直给人家做打杂女工，可是由于年老体衰，对于她专长的这一行，已经力不从心了。没过多久，我们又找了另一位宝贝儿。她倒是妇女中少有的挺和气的人，可是，她拿着盘碟上下厨房的台阶时，老是要栽个跟头，端着茶具进小客厅时，就像进澡盆似的，几乎一头就扎了进来。这个倒霉的女人所造成的损坏，使我们不得不把她解雇。在她走后，来的是一大串不中用的人（其间，基杰布里太太又来做过几次临时的替补工）；最后收尾的是个年轻女工，外表颇为斯文，可是竟戴了朵拉的帽子，去赶格林尼治的定期集市。她走了之后，除了千篇一律的失败之外，别的我什么也不记得了。

我们与之打交道的每个人，似乎都在欺骗我们。我们一在店铺里露面，就等于给人一个信号，叫他们马上把坏了的货物拿出来。要是我们买一只龙虾，那龙虾里一定注满了水。我们买的肉，都是咬不动的。我们买的面包，几乎都没有皮。为了研究肉的烤法，烤得恰到火候，不老不嫩，我曾亲自查阅过烹饪大全，发现每磅肉通常规定得烤一刻钟，就说一刻多一点儿吧。可是我们根据这一规定去烤时，总是命运不济，老是以失败告终。我们从来没有烤成恰到好处，不是血红，就是焦黑。

我有理由相信，我们这样老是失败，一定要比事事成功多花很多很多钱。查看一下店铺里的食物账，我觉得，我们家用掉的黄油，数量之大，简直足以铺满整个地下室了。我不知道，在消费税局这一时期的报告里，胡椒粉的需求量是否增加了，不过要是我们家的消耗量没有影响到市场，那一定有好多人家停止使用胡椒粉了。而这一切中，最最奇怪的事实是，在我们家里，却从来就一无所有。

至于洗衣女工当掉我们的衣服，随后又醉醺醺地前来向你悔罪道歉，我想，这类事恐怕人人都经历过几次吧。还有烟囱失火，教区出动了消防车，教区执事趁机谎报收费①，如此等等。不过，我担心，我们所独有的不幸是，我们还雇了一位爱喝香料甜酒的仆人，从而在我们常喝的黑啤酒账单上，增添了好多令人费解的项目，如四分之一品脱果汁甜酒（科太太），八分之一品脱丁香杜松子酒（科太太），一杯薄荷甜酒（科太太）——括弧里的名字永远指的是朵拉，意在表明，是她喝掉了所有这些提神之物。

在我们管理家务的大事中，第一件就是请特雷德尔来吃了一顿小小的正餐。我在城里碰到了他，便邀他当天下午和我一起出来走走。他欣然答应，于是我赶忙给朵拉写了一封信，告诉她，说我要带特雷德尔到家里来。那天天气很好，一路上我们没有谈别的，净谈我的家庭乐趣。特雷德尔对这也充满憧憬，说，他自己也梦想着有这样一个家，有苏菲在那儿等着他，为他准备好一切，那他就再也想不出他的幸福还有什么欠缺的了。

我当然不能希望餐桌那头有一个更漂亮的娇小妻子，可是当我们坐下来时，我确实希望我们的地方最好能宽敞一些。我不知道是怎么回事，虽然我们只有两个人，但总觉得地方太狭小，挤得慌，同时又总觉得这地方很大，大到什么东西放进去就找不到。我猜想，这也许是因为没有一件东西有它固定的位置，只有吉卜的宝塔不然，它总是挡在我们通行的要道上。在我们请特雷德尔吃饭那一回，他被吉卜的宝塔和吉他的盒子、朵拉的绘画架、我的写字台等，团团围住，我真怀疑他是否还能自如地使用刀叉。可是有着好脾气的特雷德尔却竭力说："地方很大，简直跟海洋一样，科波菲尔！我向你保证，真的，跟海洋一样！"

我还有一个希望，那就是，吃饭时千万不要鼓励吉卜跳上餐桌，在铺着台布的餐桌上来回走动。尽管它还没有养成老把爪子伸进食盐和稀黄油里的习惯，但我已开始觉得，只要它在餐桌上，总是有点儿乱糟糟的。这一次，它好像认为，自己是被特意请来管制特雷德尔的。它一个劲儿地朝我的老朋友狂吠，对着他的盘子做短距离冲刺，肆无忌惮，无休无止，搅得大家只顾看它，可以说连谈话都谈不成了。

可是我知道，我亲爱的朵拉心肠有多软，她对她的宠物受到任何轻视时有

① 当年英国各教区都备有消防车，遇火警即出动，不管是否真有火灾，一律照章收费。

多敏感，所以我一点儿也没敢流露出讨厌的意思。由于同样的原因，看到在地板上打仗的盘子，看到餐桌上摆得乱七八糟像喝醉酒似的调料瓶，或者看到把特雷德尔封锁得不能动弹的碟子和罐子，我都一点儿没敢吭声。我望着面前还没切开的煮羊腿，心里不免纳闷儿，为什么我们家买的肉总是这么奇形怪状，是不是我们买肉的那家铺子，包下了世界上所有畸形的羊？不过，这些念头，我全都藏在了自己心里。

“我亲爱的，”我对朵拉说，“那个盘子里是什么呀？”

我想不透，朵拉为什么要对我做出迷人的鬼脸，仿佛要吻我似的。

“是牡蛎，亲爱的。”朵拉羞怯地说。

“是你想到要买的吗？”我高兴地问道。

“是——的，多迪。”朵拉说。

“你想得再周到也没有了！”我放下切肉的刀叉，叫了起来，“特雷德尔最爱吃牡蛎了！”

“是——的，多迪，”朵拉说，“所以我就买了满满的一小桶。那卖的人说，这些牡蛎是很好的。不过我——我担心，这东西有点儿问题，好像不大对劲。”说到这儿，朵拉直摇脑袋，眼睛中闪着钻石的光芒。

“只需把两片壳揭开就行了，”我说，“把上面的一片壳去掉，亲爱的。”

“可是去不掉呀。”朵拉一面使劲揭，一面露出很难过的样子说。

“你知道，科波菲尔，”特雷德尔高高兴兴地朝那盘牡蛎仔细看了看，说，“我觉得，这些牡蛎都是一等的货色，不过我认为，原因在于它们压根儿就没有剖开。”

它们确实没有剖开，而我们又没有剖牡蛎的刀子——而且即使有刀子，我们也不会使用。于是我们只好一面干瞅着牡蛎，一面大嚼着羊肉。至少我们把煮熟的那部分羊肉，就着腌制的刺山果花蕾，一起给吃光了。要是我听任特雷德尔的话，我确信，他一定会像个十足的野蛮人一样，把那盘没煮熟的生肉全都吃光，以此来表示不辜负我们请他吃这一餐的盛意。不过，我可绝不能听任我的朋友做这样的牺牲。于是我们就以咸肉来代替——侥幸得很，我们的食品室里恰好还有冷咸肉。

我那可怜的娇小妻子，开始以为我一定会为这事感到不快，她是那么难过，后来发现我并不是那样，于是便又高兴起来，因此我强行抑制住的狼狈不快，很快就化为乌有，使我们得以度过一个快乐的夜晚。当特雷德尔和我慢慢地喝着葡萄酒时，朵拉坐在我身旁，一只手臂搁在我的椅子上，一遇有机会，就在我的耳边悄声说，说我是个多好的大孩子，心肠好，不凶，不闹脾气。后来她又给我沏茶，她沏茶的模样好看极了，就像忙忙碌碌地在摆弄一套玩具娃娃的茶具，惹得我们也就顾不上去评茶的味道了。跟着我还和特雷德尔玩了一两局克里比奇牌戏①。在朵拉弹着吉他唱歌时，我只觉得，我们的求爱和结合，仿佛是我的一场甜蜜温情的梦，我第一次听到她的歌声的那个晚上还没过去。

特雷德尔告辞回去了，我把他送走后，又回到了小客厅。朵拉把椅子移到我的身边，紧靠我坐了下来。

“我很惭愧，”她说，“你设法教教我好吗，多迪？”

“我得先教教自己哩，朵拉，”我说，“我也跟你一样不行啊，宝贝儿！”

“嘿！可你能学会的，”她回答说，“你是一个非常、非常聪明的人！”

“瞎说，你这只小耗子！”我说。

“我要是，”我妻子沉默了许久后才接着说，“能去乡下，跟爱格妮斯一起住上一年就好了！”

她两手十指交叉覆在我的肩膀上，把下颏搁在自己的手上，一对水汪汪的蓝眼睛，平静地注视着我的眼睛。

“为什么要这样呢？”我问道。

“我想，她会教我，我也认为，我可以跟她学习。”朵拉说。

“这全得在适当的时候，我的宝贝儿。你别忘了，这么多年来，爱格妮斯一直得照顾她的父亲。她甚至在还是小孩儿的时候，就已经是我们现在所知道的爱格妮斯了。”我说。

“你肯用我要你叫我的名字叫我吗？”朵拉一动不动地问道。

“什么名字啊？”我微笑着问道。

“这名字很傻气，”她摇晃了一会儿鬈发说，“我要你叫我孩子气的太太。”

我大笑着问我的孩子气的太太，她怎么会想到要我这样叫她的。除了因为我的一只胳膊搂着她的腰，使得她的蓝眼睛靠我更近外，她身子一动不动地回答说：

“你这个傻瓜，我的意思并不是说，要你叫我这个名字，就不叫我朵拉了。我只是说你应该把我看成是那么一个人。当你要对我发脾气的时候，你就对自己说：‘她只是个孩子气的太太啊！’当我让你很失望的时候，你就说：‘我早就知道，她只能做一个孩子气的太太啊！’当你看到我没法儿做到你希望的样子时（我认为我永远做不到），你就说：‘不过，我这位傻呵呵的孩子气的太太还是很爱我的！’因为我真的是很爱你的。”

我对她向来不一本正经，因为在这之前，我没有想到她是个这样认真的人。不过她生性多情，听了我真心实意地对她说了一番掏心的话以后，眼里晶

① 克里比奇牌戏：一种二至四人玩的记分纸牌戏。

莹的泪水还没有干，就笑容满面了。过了一会儿，她就真的成了我的孩子气的太太了。她坐在那座中国式房子旁边的地上，依次把上面的一个个小铃铛都摇得叮当作响，以此作为对吉卜近来行为不规的惩罚。吉卜就躺在它的房子门内，脑袋伸在外面，一直眨巴着眼睛，对朵拉的逗弄懒得理睬。

朵拉的这一恳求，给我留下了深刻的印象。现在我又回想起我写到的那段时光。我祈求我挚爱的那个天真的人儿，从往事的朦胧烟雾中重新现身，把她那温柔的脸庞再次朝向我。我依然可以郑重地对她说，她当年说的那短短的一席话，直到现在，我始终牢记在心，念念不忘。我也许没能让它充分发挥作用，因为我那时毕竟还年轻，没有经验；不过，对她的这种天真单纯的恳求，我从来没有充耳不闻。

过不多久，朵拉对我说，她决心要做个出色的管家婆了。于是，她擦干净写字板，削尖了铅笔，买了一本奇大无比的账簿，还用针线仔细地订好被吉卜撕散的烹饪大全，就像她自己说的那样，为了想要"学好"，着实花了一番努力。可是那些数字依然旧脾气难改——它们怎么也不肯加在一起。她辛辛苦苦地好不容易才在账簿上记了两三笔账，吉卜就要摇着尾巴在账簿上走上一遍，把记的账弄得一塌糊涂。她自己那只纤小的右手中指也浸透了墨水，都渗到骨头里了。我想，这是她取得的唯一确实无疑的成果。

晚上，我在家里工作——因为这时我作为一个作家，已经开始有了一点儿小名气，所以我正在大量地写作——有时候会放下笔，看我的孩子气的太太怎样尽量想要学好。首先，她捧出那本奇大无比的账簿，深深地叹了口气，把它放在桌子上。然后她翻到头天晚上被吉卜弄得一塌糊涂的地方，叫吉卜过来看看它干的好事。这样就引得她抛开正事，逗弄起吉卜来了，她也许会在吉卜的鼻子上涂上墨水，作为一种惩罚。接着她要吉卜马上在桌子上躺下来，"像狮子那样"——这是它会玩的把戏之一，不过我可不认为，它跟狮子有什么特别相像的地方——要是遇上吉卜高兴，它就会顺从地躺下。接着朵拉拿起一支笔，开始写起来，可是她发现笔上有根毛。于是她又换了一支笔，动手写了起来，可是她发现这支笔漏墨水，于是又换了一支，然后才动手写了起来，嘴里却低声说："哦，这是支会说话的笔，它会打扰多迪的！"接着，她认为这是件白费力气的事，干脆就不写了，拿起账簿，做了个假装要用它把"狮子"压扁的动作，然后把它放到一边。

有时候，要是遇上她心情平静、态度认真时，她就会拿上写字板和一小篮账单和别的单据（那些账单和别的单据，看上去更像卷发纸），坐了下来，尽力想把那些账目算出一个结果来。她拿起两张单据，认真做了比较后，把账登记在写字板上，可接着又擦去了，伸出左手的全部手指，顺数倒数地数了一遍又一遍；最后显得越来越烦躁，越来越沮丧，样子是那么不高兴。看到她那原本光艳照人的脸上，蒙上了一层阴云——而且是因我而起！——我感到很难过，于是便轻轻走到她跟前，问道：

“怎么回事啊，朵拉？”

朵拉会抬起头来，一筹莫展地望着我，回答说：“这些账老是算不对，弄得我头都疼死了。我要它们怎么做，它们偏不听我的！”

这时候我就说：“现在让我们一起来试试看吧！我先来做给你看看，朵拉。”

于是我就动手示范给她看，她也会聚精会神地看着，也许能看上五分钟；接着，她会开始显得很疲倦，于是便卷起我的头发来，或者是翻下我的领子，看看我的脸会是什么样子，以此来轻松一下。要是我暗中流露出不让她这样嬉戏我的神情，执意要继续教下去，她就会露出非常惊恐忧伤的神色，显得越来越不知所措。这就使我回想起，我第一次见到她时，她那天真活泼的样子，而且我也想到，她现在只是我的一个孩子气的太太，因而便深感内疚，连忙放下铅笔，叫她拿过吉他来。

我有许多事要做，也有许多事让我担忧，可是由于有了上面所说的顾虑，我只好把它们隐藏在心里。现在我不能断定，我这样做是不是对的，不过，当时我确实是为了我的孩子气的太太才那么做的。我现在要搜肠刮肚，把我心中的隐秘，只要是我知道的，毫无保留地写到这本书中。我感到，昔日那种不幸失去点儿什么和缺少点儿什么的念头，依然在我的心中占有一席之地，但并没有使我觉得生活苦涩艰辛。在天气晴朗的日子，我独自外出散步时，想到往日的夏天，满空中都洋溢着使我那童心陶醉痴迷的东西，我的确感到，我的一些梦并没有实现，不过我觉得，这只是使往日的光辉变暗淡了一点儿，现在要想恢复，是怎么也不可能了。有时候，在片刻之间，我心里想，我真希望我的太太是我的顾问，有更坚强的性格和意志，给我支持，帮我上进。当我周围似乎有什么地方出现空虚时，她就能用自己的力量为我填补起来。不过我觉得，我所想的这种十全十美的幸福，在这个世界上是没有的，从来不曾有过，也永远不会有的。

就年龄来说，我这个做丈夫的，还只是个孩子而已。除了这几页书中所写的之外，我不知道还有别的什么麻烦和经历来影响我们，使我们的生活变得暗淡。如果我做了什么错事（也许我做了不少），那是我用情不当以及缺乏知识所致。我所写的这些全是事实，现在我想要为自己开脱的话，是丝毫没有益处的。

就这样，我独自承担了我们生活中的劳苦与烦愁，没有任何人与我分担。说到我们那糟糕的家务安排，我们仍跟以前差不多，不过我对这已经习惯，朵拉现在也很少有烦恼的时候了，这是我乐于看到的。她仍像从前那样一副孩子气，愉快、活泼，深深地爱着我，只要有旧日的那些小玩意儿，她就满心高兴。

每当国会的辩论繁重——我指的是量，不是质，因为在质的方面，那些辩论通常是没有什么差别的——我回家已晚时，朵拉从来不会先睡，总是一听见我的脚步声，便下楼来迎接我。当我晚上不必为那历尽艰辛学成的活儿操劳时，我就在家里从事写作，不管时间有多晚，她总是静静地坐在我的身旁，而且一直默不作声，让我以为她已经睡着了。可是，当我抬起头来时，总能看到她那对蓝莹莹的眼睛，聚精会神地静静看着我，像我已经说过的那样。

“哦，这小孩子可真累坏了！”一天晚上，我关上写字台抽屉，目光和她相遇时，朵拉说。

“这小姑娘可真累坏了！”我说，“这样说才更适当。下次你得先去睡，我的宝贝儿。对你来说，这太晚了。”

“不，别打发我先去睡！”朵拉走到我身边恳求道，“求你了，别这样！”

“朵拉！”

她突然伏在我的脖子上哭了起来，使我大吃一惊。

“有什么不舒服吗，宝贝儿？不高兴啦？”

“不，很舒服，也很高兴！”朵拉说，“可是你得让我待在你身边，看你写东西。”

“哦，半夜里能看到这么一对亮晶晶的眼睛，多美啊！”我回答说。

“真的亮晶晶吗？”朵拉笑着说，“听到你说我的眼睛亮晶晶，我真是太高兴了！”

“一点儿小小的虚荣心！”

不过这并不是虚荣心，这只是由于我的赞美引起的喜悦，毫无害处。在她这样对我说之前，我心里早就一清二楚了。

“要是你认为我的眼睛漂亮，那你就说，我可以一直待在这儿，看你写东西！”朵拉说，“你真的认为我的眼睛漂亮吗？”

“非常漂亮！”

“那就让我一直待在这儿，看你写东西吧！”

“我怕这样一来，你的眼睛就不会更亮更美了，朵拉。”

“会的，一定会的！因为，这样一来，你这个聪明的孩子，当你脑子里满是默默的想象时，你就不会把我给忘了。要是我说一句非常、非常傻的话——比平常说的还要傻，你会介意吗？”朵拉从我的肩膀上探头偷看着我的脸，问道。

第四十四章　我们的家务

“那是一句什么妙语呀？”我说。

“请你让我拿着这些笔，”朵拉说，“你一直这么忙着，在这么多钟点里，我也得有点儿事做呀。我替你拿着这些笔[①]可以吗？”

我对她说可以的时候，她那副兴高采烈的可爱模样，我现在回想起来还禁不住热泪盈眶。打那以后，凡是我坐下来写作时，她总是坐在老地方，手边放着一把备用的笔。她这种因跟我的工作有关而露出的得意以及在我索要一支新笔时——我常常假装需要新笔——所感到的欢快，使我想到了一个讨好我这位孩子气的太太的办法。有时，我故意说有一两页稿子要她帮我誊清。这时就别提朵拉有多高兴了。为了完成这项伟大的事业，她做了种种准备，换上了工作裙，还从厨房里借来胸围，以防身上溅上墨水；她为这花了很多时间，还要停笔不知多少次，以便对吉卜笑上一阵，仿佛它也懂得这一切似的；她认定，没在末尾签上自己的名字，工作就不能算完成；还有抄好后像小学生交卷似的把稿子交给我时的神情以及我夸奖她后她双手搂住我脖子的样子。所有这一切，在别人看来，也许十分平常，但是我回忆起来时，却非常感动。

在这以后不久，她就掌管起钥匙来了，把整串钥匙放在一个小篮子里，然后系在她的纤腰上，叮叮当当的，满屋子来回走动。可我难得发现有锁的地方是锁上的，因而这些钥匙除了给吉卜当玩具外，我不知道它们还有什么别的用处——可是朵拉喜欢这样，所以我也喜欢。她把这种假管家务当作真管家务，所以觉得非常满意。她那份高兴劲，仿佛我们是为了逗乐，在照管一所玩具娃娃的房子似的。

我们的日子就这样一天一天地过着。朵拉爱我的姨婆，几乎不亚于爱我。她时常对我姨婆说，当初她怕她是“一个脾气怪僻的老东西”。我从来没见过姨婆对任何人这么宽容过。她竭力讨好吉卜，可是吉卜对她一直不加理睬。她一天又一天地听朵拉弹吉他，其实恐怕她并不喜欢音乐。她从来没有对那些不中用的仆人发过脾气，虽然憋着一肚子气，很想发作。只要发现朵拉需要什么小东西，不论多远，她都会走着去拿来，让她惊喜一番。她每次从花园里进来，只要看到朵拉不在小客厅里，总要在楼梯口，用响彻全屋的欢快声，大声叫道：

“小花朵儿在哪儿啊？”

① 当时用的是鹅毛笔，易坏，须常更换、修剪。

第四十五章　姨婆的预言应验

我不去博士那儿工作，已经有一些时日了。不过由于我就住在他家附近，所以还能时常见到他；另外还有两三次，我们一起去他家吃过饭或吃过点心。现在，那位“老兵”已经长住在博士家了。她还跟以前一样，那两只长生不死的蝴蝶，仍在她的帽子上翩翩飞舞。

跟我生平所见过的一些别的母亲一样，马克勒姆太太远比自己的女儿更喜欢寻欢作乐。她需要大量的娱乐来消遣时光，而且还像个老谋深算的老兵油子，实际上想到的只是自己的爱好，表面上却装成一心为了女儿。因此博士认为应该让安妮实现多多解闷散心的愿望，以合这位良母的胃口。她对博士的明智决定，表示无限的赞同。

我毫不怀疑，她这样做正刺痛了博士的伤口，而她自己却还一无所知。她并没有别的用意，只是出于某种成年人的轻薄和自私罢了，其实这也并不是成年人一定会有的现象。不过，我认为，博士要减轻自己年轻太太生活重负的打算，得到她这般热烈的赞许，这会使他更加担心，因为他本来就怕自己成了他年轻太太的一种束缚，害怕他们夫妻之间没有情投意合。

“我亲爱的，”有一天我也在场，马克勒姆太太对博士说，“我想，你也知道，安妮老被关在这儿，的确是有点儿闷气的啊。”

博士慈祥和蔼地点点头。

“等她到了她妈这样的年纪，”马克勒姆太太把扇子一挥说，“情况就不同了。哪怕你把我关在监狱里，只要有上流人做伴，有牌打，能不能出来，我绝不在乎。不过，你知道，我不是安妮，安妮也不是她妈呀！”

“当然，当然。”博士说。

“你是个最好的好人——不，我得请你原谅！”因为博士做了一个请她不要说下去的手势，“我背着你总是这样说的，当着你的面我也一定要这样说，你是个最好的好人；不过，你的爱好，你的追求，当然跟安妮不一样。是不是？”

“是的。”博士用伤感的口气说。

“是的，当然不一样，”“老兵”回答说，“就拿你编的词典来说吧。词典多有用处啊！人们多么需要啊！它能告诉我们词的意思！要是没有约翰逊博士[①]或者他那样的人，这会儿，我们也许会把意大利熨斗[②]叫作床架哩！可是我们不能指望安妮对一本词典——特别是正在编写的词典——产生兴趣呀！能吗？”

博士摇摇头。

“所以你对她的体贴周到，我才这样万分赞同，”马克勒姆太太用扇子轻轻拍着博士的肩膀说，“可见你不像许多上了年纪的人那样，盼望年轻人的肩上扛上一颗老年人的脑袋。你是琢磨过安妮的性格的，你很了解她。这正是我认为你最讨人喜爱的地方！”

受了她这番恭维话的挖苦，我觉得，就连斯特朗博士那平静的、颇有耐性的脸上，也出现了一点儿痛苦的神情。

“因此，我亲爱的博士，”“老兵”又用扇子亲热地拍了他几下，说道，“不管哪时哪刻，你都尽管吩咐我好了。现在，你可千万要明白，我是完全听从你的差遣的。我随时都可以陪安妮去听歌剧，去赴音乐会，去看展览，总之，去哪儿都成。你永远不会发现我会对这事厌倦的。我亲爱的博士，天底下，尽职尽责是高于一切的呀！”

她说到做到。她是那种不管有多少玩乐都玩不厌的人，在玩乐方面，她永远坚持不懈，从不退缩。她每次打开报纸（她每天都要在宅子里那把最柔软的椅子上坐下来，用单片眼镜看上两小时报纸），总能发现她认为安妮喜欢看的东西。尽管安妮再三说，她对这类东西已经腻烦，但毫无用处。她母亲总是这样告诫她说：“听我说，我亲爱的安妮，我敢保证，你是个懂事的孩子。我得告诉你，我的宝贝儿，这是斯特朗博士对你的关心体贴，你不能辜负他的一片好心。”

这话通常都是当着博士的面说的，我看，即使安妮表示反对，这样一来，出于不得已，她也多半把自己的反对意见撤销了。不过一般说来，她都是听她母亲的，“老兵”去哪儿，她也只好跟着去哪儿。

现在麦尔顿先生很少陪她们了。有时，她们邀我姨婆和朵拉一块儿去，我姨婆和朵拉也就接受邀请。有时，她们只请朵拉一个人去。开始，我对朵拉一个人去，心里是有点不安的，可是回想起那天晚上在博士书房里发生的事，我的怀疑态度有了改变。我相信博士是对的，所以就没有向更坏的地方怀疑了。

有时候，碰上我姨婆和我单独在一起时，她会摸着鼻子对我说，她弄不清

---

① 约翰逊博士：即塞缪尔·约翰逊（1709—1784），英国作家、评论家、散文家和辞典编写者。他编写的两卷本《英文辞典》于1755年出版，其中收词四万个，以词义的精确和文学引语的丰赡著称，是辞书编纂史上一座永久的丰碑。

② 意大利熨斗：一种熨花边用的圆筒形熨斗。

斯特朗夫妇是怎么回事；她希望他们过得更幸福；她认为我们的军人朋友（她总是这样来称呼那位“老兵”）在这件事上毫无补益。我姨婆还进一步发表意见说：“要是我们的军人朋友能剪下自己头上的那两只蝴蝶，在五朔节[①]时把它们送给扫烟囱的，那在她就可以看作是开始懂得一点儿道理了。”

可是她一直坚信不渝地把希望寄托在狄克先生身上。她说，狄克先生显然脑子里有主意了，他一旦能把这个主意圈到一个角落里——这是他最大的困难——那他一定会以某种非凡的方式一鸣惊人的。

狄克先生对我姨婆的这种预言一无所知。他跟斯特朗夫妇的关系，还是跟先前一样。他所处的地位，好像既没前进，也没后退。他就像一座建筑一般，牢固地矗立在原来的基础上了。我得承认，我不相信他还会移动，就跟我不相信一座建筑还会移动一样。

但是，在我婚后的几个月，一天晚上，狄克先生把头探进了小客厅（当时我正独自一人在客厅里写作，朵拉和我姨婆去跟那两只小鸟儿一起吃茶点了），意味深长地咳嗽了一声，说道：

“特洛伍德，我怕一跟你谈话，就会打扰你的工作吧？”

“不会的，狄克先生，”我说，“请进来吧！”

“特洛伍德，”狄克先生跟我握了手，然后把一个指头按在鼻子边，说，“在我坐下之前，我想先说句话。你了解你姨婆吗？”

“了解一点儿。”我回答说。

“她是世界上最了不起的女子，先生！”狄克先生像发射炮弹似的说出这句话之后，怀着比平常严肃得多的神情坐了下来，眼睛直朝我看着。

“现在，孩子，”狄克先生说，“我要问你一个问题。”

“不管有多少问题，你尽管问好了。”我说。

“你认为我是怎样一个人，先生？”狄克先生把双手往胸前交叉一抱，问道。

“你是我的一位亲爱的老朋友。”我说。

“谢谢你，特洛伍德，”狄克先生非常高兴地伸出手来，又跟我握了握手，笑着说，“不过，孩子，我的意思是说，”他又恢复了他的严肃态度，说，“你认为，我的这方面怎么样？”他按了按自己的前额。

我一时茫然，不知怎么回答才好，但是他用三个字帮了我。

“不健全？”狄克先生说。

“嗯，”我含糊其辞地回答说，“有一点儿。”

---

① 五朔节：每年5月1日，为春天到来而举行庆祝活动，是中古时代和现代欧洲的传统节日，通常由扫烟囱的燃起篝火并领舞。

第四十五章　姨婆的预言应验

“一点儿没错！”狄克先生大声叫了起来，我的回答好像让他非常高兴似的。“我这是说，特洛伍德，当他们从那个人的脑袋里取去一些烦恼，把它们放到你所知道的地方时，就有一种……”说到这儿，狄克先生把两只手互相绕着，很快地转了好多次，接着把它们往一块儿猛地一碰，然后又使它们相互上下翻腾旋转，用以表示混乱状态，“这种情况，不知怎么的，就落到我的身上。呃？”

我对他点点头，他也对我点点头。

“简单地说吧，孩子，”狄克先生放低了声音，说道，“我是个头脑简单的人。”

我本想要修改一下他的这个结论，可是他把我拦住了。

“是的，我是那样的人！你姨婆假装说我不是那样的人。她不听我的，可我确实是那样的人。我知道，我是个头脑简单的人。要是她不是我的朋友，没有她救我，先生，那这么些年来，我一定让人给关起来，我的生活就惨了。不过我想好了，我要供养她！我抄稿挣来的钱，从来都没花过。我把那些钱全都放在一个箱子里。我把遗嘱都写好了。我要把那些钱全都留给她。她会成为一个有钱人——成为一位显贵！”

狄克先生掏出一块小手帕，擦了擦眼睛。接着他仔细地把它折起来，放在两手中间压平，然后才放回到口袋中，仿佛把我姨婆也一起放了进去似的。

“现在你是一位学者了，特洛伍德，”狄克先生说，“你是一位优秀的学者了。博士是一位多大的学问家，他有多伟大，你是知道的。你也知道，他始终都那么看得起我。他从不因自己学问渊博而骄傲。真是谦虚又谦虚——就连对头脑简单、无知无识的可怜的狄克，也一点儿不摆架子。当我把风筝放上天空，在云雀中间翱翔时，我曾把他的名字写在一小张纸上，顺着风筝的线把它送上天。风筝接到了他的名字，非常高兴，先生，天空也因有了他的名字，更加晴朗了。”

我以最大的热情对他说，博士应该受到我们最大的尊敬和无上的爱戴，他听了很高兴。

“他那位漂亮的太太，是一颗明星，”狄克先生说，“一颗光芒四射的明星。我就见过她耀眼的光辉，先生。可是，”他说到这儿，把椅子朝我拖近一点儿，又把一只手放在我的膝盖上，“有乌云，先生，有乌云。”

看到他脸上露出焦虑的神情，我自己便也表现出同样的神情，作为回答，同时还摇了摇头。

“是什么乌云呢？”狄克先生说。

他那么满怀渴望地注视着我的脸，急于想知道事情的底细，因而在回答时，我费了很大的劲，把话说得又慢又清楚，就像我是在对一个小孩儿解说什么似的。

“他们之间，有了不幸的隔阂了，”我回答说，“有了某种不愉快的分裂的原因，这是一种隐情。也许跟他们的年龄相差太大有关，也许是几乎无缘无故就产生了。”

我每说一句话，狄克先生就若有所悟地点了点头，我说完了，他的头也就不点了，只是坐在那儿琢磨着，眼睛注视着我的脸，一只手搁在我的膝盖上。

“博士没有对她生气吧，特洛伍德？”过了一会儿，狄克先生问道。

“没有。他一心一意爱着她哩。”

“那，我明白了，孩子！”狄克先生说，他突然高兴起来，把手往我膝上一拍，身子往椅背上一靠，眉毛抬得不能再高，使我感到他的精神比从前更不正常了。可是他又一下变得严肃起来，跟以前一样往前探出身子，说道——说之前，先毕恭毕敬地从口袋里掏出那块小手帕，好像这手帕真的代表我姨婆似的：“那位世界上最了不起的女子，特洛伍德，为什么她不出来排解排解呢？”

“这种事太微妙、太难办了，旁人是不便插手的。”我回答说。

“优秀的学者呢，”狄克先生用手指碰了碰我，说，“他为什么不想想办法呀？”

“出于同样的理由。”我回答说。

“那，我明白了，孩子！”狄克先生说着，在我面前站了起来，显得比以前更加高兴了，他不住地点着头，捶着胸，让人疑心他几乎要点头、捶胸到断气才肯罢休。

“一个可怜的疯疯癫癫的家伙，先生，”狄克先生说，“一个傻瓜，一个精神不正常的人——就是你眼前的这个人，你知道！”他又捶了捶胸，“可以做了不起的人做不了的事。我要把他们拉拢到一起，孩子。我要试一试。他们不会怪我的。他们也不会对我反感的。我就是做错了，他们也不会跟我计较的。我不过是狄克先生罢了。谁会拿狄克当回事呢？狄克算个什么！噗！”他表示轻蔑、鄙视地吹了一口气，仿佛这样一来，他就把自己给吹跑了。

幸亏他已把他的秘密透露到这种程度，因为我们听到了公共马车在花园的小栅栏门旁停下的声音，我姨婆和朵拉就是坐这趟车回来的。

“你可一个字也不要提起啊，孩子！”他低声接着说，“让一切过错都由狄克——头脑简单的狄克，精神不正常的狄克——来承担吧！这事我一直在想，已经想了一些时候了，认为自己正渐渐明白起来。现在，我已经有了主意。经你对我这么一说，我敢断定，我已经完全有了主意了，没错。”

有关这件事，狄克先生没有再提一个字。不过在随后的半个小时内，他成了发报机，不断地给我发暗号，要我严守秘密，弄得我姨婆心里非常不安。

虽然我十分关心他对此事努力的结果，但令我诧异的是，在这以后的两三个星期内，却再也没有听到任何消息，因为我从他做的结论中，曾看出有一线不同平常的头脑清醒的微光——他的好心肠，我就不说了，因为他一向表现如此。可是到后来，我开始相信，在他那种错乱不定的心情下，他早已忘记自己的打算，或者放弃自己的打算了。

一天晚上，天气很好，朵拉不想出门，我就跟我姨婆两人，散步前往博士的那座小住宅。那时正是秋天，晚上的空气没有受到国会辩论的骚扰。我还记得，我们脚下踏着的落叶，闻着多像我们布兰德斯通花园里的气息，耳边悲鸣而过的风声，多像往日的凄凉重又来临。

我们来到那座小住宅前时，已经暮色苍茫。斯特朗太太正从花园里出来，狄克先生还留在那儿，拿着刀子在帮园丁削尖几根木桩。博士正跟什么人在书房里谈事情；不过斯特朗太太说，客人马上就要走了，要求我们留下来，见见博士。我们跟她一起走进客厅，在越来越暗的窗前坐了下来。

我们在那儿坐了没有多久，老爱大惊小怪的马克勒姆太太手中拿着报纸，匆匆走了进来，上气不接下气地说："哎呀，我的老天爷！安妮，书房里有客人，你为什么不告诉我呀？"

"我亲爱的母亲，"安妮平静地说，"我怎么知道你想要听这个消息呀？"

"想要听这个消息！"马克勒姆太太一屁股坐在沙发上，说道，"我一辈子从来没有这样吃惊过！"

"那么，你去过书房了，母亲？"安妮问道。

"去过书房了，我亲爱的！"她加重语气回道，"没错，我去过书房！正撞上那位大好人在立遗嘱哩！特洛伍德小姐，大卫，请你们想象一下我当时的心情。"

她女儿急忙从窗口那儿回过头来看她。

"我亲爱的安妮，"马克勒姆太太把报纸当成台布那样摊在大腿上，用手在上面拍着说，"他正在那儿立遗嘱哩！这位亲爱的大好人，多有远见，情意多深！我一定要把怎么回事告诉你们。真的，我非把怎么回事告诉你们不可，这样才对得起这位亲爱的大好人——因为他真的是这么一个人！也许你也知道，特洛伍德小姐，在这一家里，不到人家为了看报把眼睛睁大到眼珠子都快要掉出来，是从来不点蜡烛的。而且，除了书房里的一张外，这房子里没有一张椅子可以坐着像我说的那样看报的。所以我就去书房了，我看到里面有灯光。我打开门往里一看，跟博士在一起的是两位专家，显然是法律界的人物。他们三人全都站在桌子跟前，亲爱的博士手里还拿着一支笔。我只听见博士说：'那么，这份遗嘱已简洁地表明了，'——安妮，我的宝贝儿，这话你得留心听着——'那么，先生们，这份遗嘱已简洁地表明了，我对斯特朗太太的完全信任，并把我所有的一切，全都无条件地留给她，是吗？'那两位专家中的一位回答说：'没错，把你所有的一切，全都无条件地留给她。'我听到这话，出于一个做母亲的天然感情，禁不住叫了起来：'哎呀，我的天！请原谅！'还在门阶上摔了一跤，接着我连忙从后面食品间的小过道那儿出来了。"

斯特朗太太打开窗子，走到外面的阳台上，倚着一根柱子站着。

"不过，眼看斯特朗博士这把年纪，还有这么大的心力办这样的事，"马克勒姆太太的目光机械地跟随女儿，嘴里说，"能不让人振奋吗？特洛伍德小姐，你说，是不是？大卫，你说，是不是？这只能说明，当年我的看法多正确。当时，斯特朗博士很赏脸，特意来拜访我，亲自提出求婚，要娶安妮，我就对安妮说：'我亲爱的，据我看来，有关你生活上的需求，是一点儿不成问题的，斯特朗博士一定会比他应诺的做得更好。'"

说到这儿，铃声响了，我们听到了客人往外走去的脚步声。

"毫无疑问，手续全办好了，""老兵"细听了一会儿后说，"亲爱的大好人已经签了字，盖了印，正式交付了，现在他安心了。理当这样！一个多有才智的人啊！安妮，我的宝贝儿，我要拿着报纸去书房了，因为我要是不看报纸，就没个着落了。特洛伍德小姐，大卫，请你们跟我们一起去见见博士吧。"

我们随着她一起来到书房时，我只注意到狄克先生站在房间的暗处，正在把折刀合拢；还注意到我姨婆一直使劲地揉擦鼻子，以此表示对我们那位军界朋友的难以忍受。至于谁第一个走进书房，马克勒姆太太怎样一下子就在那张安乐椅上坐了下来，我姨婆和我怎么会走到房门口就一块儿停了下来（也许我姨婆的眼睛尖，把我给拦住了），这种种情况，我当时并没注意到，即使注意到，现在也忘了。不过，有一点我是记得的，我们先看到博士，然后他才看到我们，他坐在自己的桌子跟前，头安闲地靠在手上，四周全是他那些心爱的对开本大书。我还记得，就在这时候，我们看到斯特朗太太悄悄地走了进来，面色苍白，浑身颤抖。狄克先生用一只手扶着她，另一只手往博士的肩膀上一放，引得博士茫然地抬头仰望。我还记得，当博士抬头仰望时，他的太太单膝跪在他脚下，祈求似的举起双手，用我永远不能忘怀的眼神，凝视着博士的脸。马克勒姆太太一见这情景，报纸落地，两眼直瞪，那样子，就像打算在一艘名为"惊诧号"的船上安的船头像，除此之外，我再也想不出有更好的比方了。

博士的温和态度和惊诧神情，他太太恳求的姿势中混合着庄严，狄克先生表现出的慈祥的关切，我姨婆自言自语说"谁说那个人疯了"时所含的诚意

（她得意地表示，是她把他救出苦海）——现在我所写的这种种景象，都是我亲眼所见，亲耳所闻，而不是光凭想象回忆的。

“博士！”狄克先生说，“问题到底出在哪儿啊？你看看这儿！”

“安妮！”博士叫了起来，“别跪在我脚下，我亲爱的！”

“不！”她说，“我恳求你们，谁也不要离开这个房间！哦，你既是我的丈夫，也是我的父辈，我们俩不言不语已这么久，现在该开口了，我们之间到底有什么隔阂，让我们俩都弄个明白吧！”

这时，马克勒姆太太不仅恢复了说话的能力，而且家门的荣誉和母亲的尊严，似乎全都填入她的大脑，她大声喊道：“安妮，快起来！别这样作践自己，让所有跟你有关的人都丢脸了，除非你存心想要我当场发疯！”

“母亲！”安妮回答说，“别对我说废话了，我这是在求我丈夫，就连你，在这儿也算不了什么。”

“算不了什么！”马克勒姆太太叫了起来，“我，算不了什么！这孩子一定疯了。请给我一杯水！”

我当时一心注意着博士和他的太太，没顾得上理会她的这一请求，别的人也没把这当一回事。因此马克勒姆太太气得拼命喘气，瞪着眼睛，直扇扇子。

“安妮！”博士双手温柔地扶着她，说，“我的亲爱的！要是因为时光的推移，给我们的婚姻生活带来了什么无法避免的变化，那绝不能责怪你。全是我的过错，是我一个人的错。我对你的钟情、爱慕和尊敬，丝毫都没有改变。我只是想要使你快活。我确实真心地爱你、敬你。快起来，安妮，我求你了！”

但是她并没有站起来。她朝他看了一会儿后，更朝前偎近他，一只胳膊横搁在他的膝盖上，把头垂在自己的胳膊上，说：

“要是这儿有哪位朋友，就这件事，能为我，或者为我丈夫说一句话；要是这儿有哪位朋友，能把我内心有时低声告诉我的任何疑惑，明白地说出来；要是这儿有哪位敬重我丈夫或者关心我的朋友，知道什么情况，不管是什么，只要有助于我们之间和解的——就求这位朋友说出来吧！”

一时之间，鸦雀无声。我痛苦地犹豫了一会儿后，才打破了沉寂。

“斯特朗太太，”我说，“有一点儿情况，我倒是知道，不过斯特朗博士曾经恳切地嘱咐过我，要我保守秘密，因而直到今天晚上，我一直严守着这一秘密。但是我相信，现在已经到时候了，要是再严守下去，这种守信和过分的拘泥，就是错误的了。你刚才的呼吁，使我解除他给我的约束了。”

她转过脸来朝我看了一会儿，我知道我做对了。即便她脸上的神色给我的保证，还不足以使我完全相信，但是其中那恳求的样子，我绝不能不加理睬。

“我们将来的和睦相处，”她说道，“也许掌握在你的手中了。我完全相信，你绝不会有所隐瞒。我早就知道，你或者别的任何人，能告诉我的，只会是说我丈夫人品高尚，不会是别的。你要说的话中，凡是关系到我的，不管是什么，你都尽管说出来好了，不必顾虑。等你们说完后，我会对他，对上帝，替自己做解释的。"

经她这么恳切地一请求，我不经博士允许，也没做任何掩饰，只是把乌利亚·希普粗俗的说法稍加淡化，便如实地把那天晚上的全部情况和盘托出。在整个叙述过程中，马克勒姆太太一直都瞪着眼睛，偶尔还发出一两声刺耳的尖叫，那情景实在难以形容。

我讲完之后，安妮有一会儿没作声，只是像我原先说的那样，垂着头。随后她才握住博士的手（博士一直像我们进房间时那样坐着），紧贴在自己的胸口，吻着。狄克先生轻轻地把她扶了起来。她说话时，就倚着狄克先生站在那儿，目不转睛地一直俯视着自己的丈夫。

"自从我结婚以来，我心里都有些什么想法，"她低声柔气地说，"我要全都对你说出来。现在我既然知道我所知道的情况，我要是还有一点儿保留，那就活不下去了。"

"不必说啦，安妮，"博士和蔼地说，"我从来没有怀疑过你，我的孩子，这没有必要。真的没有必要，我的亲爱的。"

"很有必要，"她同样低声柔气地回答说，"在你这样一个宽宏大量、诚恳正直的人面前，在你这样一个我一年一年、一天一天，像上天知道的那样，越来越爱、越来越尊敬的人面前，敞开我的整个心扉，是很有必要的！"

"真的，"马克勒姆太太插嘴说，"要是认为还有点儿脑子的话——"

"你这个成事不足、败事有余的女人，你有什么脑子！"我姨婆气愤地低声说。

"——那就得让我说，讲这些细节，是没有必要的。"

"除了我的丈夫，谁也没有资格这样说，母亲，"安妮说，眼睛仍凝视着博士的脸，"他愿意听我说的。要是我说了什么让你痛苦的话，母亲，那就请你原谅我吧。我自己已经先受了苦，时常受，而且受了很久了。"

"有这种事！"马克勒姆太太喘着气尖声说。

"当我还是很小的时候，"安妮说，"完全是个小孩子时，我最早学到的一点儿知识，不论是哪一方面，全都得益于一位耐心的朋友和老师——我去世的父亲的朋友——我永远敬爱的人。一想起我懂得的那些事来，不会不想起他。他在我脑子里储存了最初的知识宝藏，宝藏上面全都打下了他的人格的印记。我想，如果这是从别人手上得来的，不管是谁，我是绝不会觉得这般珍贵的。"

"把她母亲看得一钱不值！"马克勒姆太太叫了起来。

第四十五章　姨婆的预言应验

“不是这样，母亲，”安妮说，“我只是照他本来的样子看待他罢了。我必须这样做。当我长大后，他在我心里仍占着同样的地位。我因有他的关心而感到自豪，深深地喜欢他，感激他，依恋他。我无法形容，我是多么景仰他——把他看作一位父亲，看作一位导师；他对我的称赞，不同于任何别的人；要是我怀疑这整个世界，那他是我唯一可以信赖的人。你知道，母亲，当你突然把他以爱人的身份介绍给我时，我是多么年轻无知。”

“这件事，我已对在座的人说了不止五十遍了！”马克勒姆太太说。

（“那就闭嘴吧，看在上帝的分上，别再说了！”我姨婆低声说。）

“开始时我觉得，这个变化太大了，损失也太大了，”安妮仍保持着同样的神态和语气说，“我感到不安和苦恼，我还只是个女孩子。我多年来一直景仰的人，身份突然大变，我想我当时感到很难过。可是，怎么也不能再使他恢复到原先的样子了；同时，我又因他居然这样看得起我而感到自豪，于是我们就结婚了。”

“——在坎特伯雷的圣阿尔法基教堂。”马克勒姆太太说。

（“这婆娘真该死！”我姨婆说，“她就是不肯闭上她的臭嘴！”）

“我从来没有想过，”安妮的脸上泛起了红晕，接着说，“我丈夫会给我什么富贵荣华。我年轻的心中对他充满敬意，没有地方可以容纳这种卑鄙的念头。母亲，我要请你原谅，我得说，第一个让我想到会用那样令人惭愧的猜疑来冤枉我以及冤枉他的人，就是你。”

“我！”马克勒姆太太叫了起来。

（“嘿！当然是你！”我姨婆说，“你是没法儿用扇子把这扇掉的，我的军界朋友！”）

“这是我结婚后第一件感到不愉快的事，”安妮说，“是我所遭遇到的一切不愉快中的第一次。这种遭遇近来越来越多，我连数都数不过来了。但是并不是——我宽宏大量的丈夫啊——并不是由于你所想的那种原因，因为任何力量，都不能把我心中所想的一切，所记的一切，所希望的一切，跟你分开。”

她抬眼朝上望着，双手十指交叉握着，我认为，她看起来跟任何仙子一般美丽，一般真诚。从这时起，博士也像她看他那样，目不转睛地看着她。

“母亲从来没有为她自己求过你，”她接着说，“这一点她是无可责备的。我相信，她的用意，无论从哪一方面来说，都是无可责备的——但是，当我看到多少不正当的要求，以我的名义硬逼你答应，多少次用我的名义利用你，而你是多么慷慨，对你的幸福永远关心的威克菲尔先生，则对这多么憎恶；这时我才第一次意识到，我已受到卑鄙的怀疑，说我的柔情是拿钱买的——世界上这么多人，偏偏卖给你——这种怀疑使我感到就像是无故受辱，而且还逼着你来分担。我心头老是有着这种恐惧和烦恼，这是一种什么滋味，我没法儿对你说——母亲也没法儿想象出来——不过，我在我的灵魂深处也知道，我结婚那天，我一生的爱情和荣誉，都已达到顶峰了！”

“我为了照顾一家人，”马克勒姆太太声泪俱下地叫道，“竟落得这样的下场，受到这样的酬报！我真希望自己是个土耳其人！”

（“我也满心希望你是——而且在你自己的本乡本土！”我姨婆说。）

“特别是在母亲为麦尔顿表哥求情最起劲的时候。我以前曾经喜欢过他，”她柔情地说，但态度毫不犹豫，“很喜欢。我们有一度曾是小爱侣。假如情况不发生变化，我也许最终会说服自己真正爱上他，会跟他结婚，过上最不幸的生活。在婚姻生活中，再没有比思想不合和志向不投更大的悬殊了。”

虽然我仍用心地听她接着说的话，但不由得琢磨起最后这句话的意思来，好像这句话有着某种让人特别感兴趣的东西，或者是有着某种我还没能领悟的特殊意义。“在婚姻生活中，再没有比思想不合和志向不投更大的悬殊了。”——“再没有比思想不合和志向不投更大的悬殊了。”

“我和他之间，”安妮说，“没有共同点。我早就看出来了，没有任何共同点。我对我丈夫要感谢的地方很多，假如我不说别的，只说一点，也就足够我感谢了。我要感谢他的是，在我因少不更事，一时冲动，即将铸成第一次大错时，是他救了我。”

她一动不动地站在博士的面前，说话的口气那么诚恳，使我大为感动，不过她的声音仍像先前一样轻柔。

“当他净等着你因我而给他的慷慨施与时，我也就被披上唯利是图的外衣，心里很不痛快。当时我觉得，要是他能去开辟他自己的路，那对他来说会更好一些。我想，如果我是他的话，不管有多艰苦，我都会这么去做的。不过，在他动身去印度那天晚上之前，我并没有认为他太糟。可是到了那天晚上，我才知道，他有着一颗虚伪的、忘恩负义的心。当时，从威克菲尔先生对我的审视中，我看出了一种双层的意义，我第一次觉出笼罩着我的生活的猜疑的黑影。”

“猜疑，安妮！”博士说，“没有，没有，没有的事！”

“你心里是没有的，我知道，我的丈夫！”她答道，“那天晚上，我来到你跟前，本想把我所受的耻辱和痛苦的重担卸下，我知道，我得告诉你，在你的屋子里，有一个我的亲戚（为了爱我，你一直是这个人的恩人），对我说了一些绝不该说的话；即使我像他认为的那样，是个意志薄弱、唯利是图的小人，也绝不该对我那样说——当时我本想告诉你，可是那些话本身发出的臭味，让我作呕；因此我就没有把那些话说出，打那时候起，直到现在，我从来不曾说出口过。”

第四十五章　姨婆的预言应验

马克勒姆太太短促地呻吟了一声，往安乐椅上一靠，用扇子遮住自己的脸，好像永远也不想再露面了。

“打那时候起，除了在你面前，我从来没有再跟他做过交谈。即便是在你面前交谈，也只是为了免得像现在这样做解释。自从他从我这儿知道他在这儿的地位以后，已经过去好几年了。你为了他的前途，暗中帮了他那么多忙，总是事后才透露给我，为的是给我一个惊喜。其实，你要相信，你的这番好心，只会使我更加苦恼，更加加重我心中的秘密负担。”

她缓缓地在博士的脚前跪了下来，博士竭力阻拦也未能把她拦住。她含泪抬头望着博士的脸说：

“你先别跟我说话！让我再说几句！不管对不对，如果这件事可以重新来过，我想我一定会照现在这样做的。凭着我们多年的师生之谊、夫妻之情，我把一切奉献给你，可是发现居然有人如此忍心，猜疑我的忠诚是花钱买的，而周围的一切，好像都证明这种看法不错似的，你绝不会知道，我心里是什么滋味。我很年轻，又没人给我指点。在有关你的一切事情上，母亲跟我之间，有着很大的分歧。我之所以闭口不言，掩藏起我所受的侮辱，只是因为我非常看重你的名誉，也非常希望你看重我的名誉啊！”

“安妮，我的纯洁的心！”博士说，“我亲爱的孩子！”

“让我再说几句！还有很少的几句！我心里经常想，你可以娶的人那么多，她们不会给你带来这样的指责和烦恼，也能把你的家管得更好。我时常想，我恐怕最好还是做你的学生，或者是你的孩子。我总怕自己配不上你的学问和智慧。当我本想把这些告诉你，结果又退缩不前（确实如此），依然是因为我非常看重你的名誉，也希望你有一天会看重我的名誉。”

“那样的一天，已经照耀得这么久了，安妮，”博士说，“只能有一天长夜罢了，我的亲爱的。”

“还有一句话！知道了那个人——受了你那么多恩惠的人——如此毫不足取后，我本想要——坚决地想要，打定主意想要——独自一人承担起这一重负。现在我最后再说一句，最亲爱的、最好的朋友！你近来的变化，我一直怀着极大的痛苦和忧虑注视着，有时认为这和从前担心的事有关——有时则老是作较为接近事实的推测——变化的原因，究竟是什么，今天晚上终于明白了。同时，我还偶然知道，即便有着这样的误会，你依然对我满怀着无上的信任。不管我怎样用爱情和尽责来回报你，我也并不盼望能抵得上你对我的无价的信任。不过，我既然已知道我现在所知道的一切，那我就可以昂起头来望着这张亲爱的脸了，这张当父亲一样地尊敬，当丈夫一样地爱，当朋友一样，在童年时代便已感到神圣的脸了。现在我郑重地声明，我从来不曾有过一点儿对不起你的念头，从来没有动摇过对你应有的爱情和忠贞。”

她用双臂搂着博士的脖子，博士低头靠在她的头上，于是他的苍苍白发和她的褐色长发，混在一起了。

“哦，把我紧紧搂在你的心头吧，我的丈夫啊！千万别赶我出去！别想也别说我们之间太悬殊，因为没有那回事，只是我身上还有许许多多缺点罢了。年复一年，我对这一点了解得越来越清楚，对你也越来越敬重。哦，你要把我紧搂在心头，我的丈夫！因为我的爱建立在磐石上，是恒久不变的！”

在随后的静寂中，我姨婆不慌不忙、庄重地走到狄克先生跟前，搂着他，给了他一个响吻。为了保持狄克先生的名誉，她的这一举动，非常及时。因为，我相信，就在这时候，他正打算来个金鸡独立，以此来表示他心中的快乐哩。

“你真是个了不起的人，狄克！”我姨婆无限赞许地说，“你再也不要装成别的样子了，因为我是很了解你的！”

说到这儿，我姨婆扯了扯他的袖子，又朝我点了点头，于是我们三人就悄悄走出书房，离开了那儿。

“不管怎么说，这是给我们那位军界朋友的当头一棒，”姨婆在回家的路上说，“即使没有什么别的让我高兴，单凭这一点，也可让我睡上一个好觉了。”

“我怕她心里会很难过呢。”狄克先生深表同情地说。

“什么！你见过一条鳄鱼难过吗？”我姨婆说道。

“我想不起有没有见过鳄鱼了。”狄克先生温和地回答说。

“要不是那个老畜生，什么问题也不会发生，”我姨婆特别强调说，“我真盼望有些当母亲的，在女儿出嫁后，别再那么死乞白赖地管她们，别再那么疯了似的疼她们了。那些当母亲的好像认为，她们把一个不幸的年轻女人弄到这世界上来——哎呀，老天爷，好像是她自己要求把她送来，或者自己要来似的——唯一的回报是，她们有充分的自由，把那些年轻女人搅得离开这个世界。你在想什么呀，特洛？”

我正在想刚才听到的一切，心里还在琢磨安妮说过的一切话：“在婚姻生活中，再没有比思想不合和志向不投更大的悬殊了。”“我因少不更事，一时冲动，即将铸成第一次大错。”“我的爱建立在磐石上。”不过我们已经到家了。秋风劲吹，被踩踏的落叶，躺在我的脚下。

第四十六章　消息

要是我可以相信自己对日期不太准确的记忆的话，那一定是在我结婚后一年左右。一天晚上，我独自散步回来，一路上思索着当时我正在写的一本书——由于我孜孜不懈的努力，我的成就也在不断地增加，当时我正在写我的第一部长篇小说——经过斯蒂福思太太的住宅。在我住在那附近时，我经常经过那座宅子，如果可以选别的路，我就绝不从那儿过。可是有时候，不绕个大圈子，要想找到另一条路，并不是件容易的事。所以，总的说来，我从那儿经过的次数，还是相当多的。

每逢从那座宅子前经过时，我总是加快脚步，从不朝它多看一眼。这座宅子一年到头都是阴沉沉的。最好的房间没有一间临近路边。它那种窗身狭窄、窗框厚笨的老式窗户，本来在任何情况下都不可能敞亮，现在窗门都关得紧紧的，窗帘遮得严严实实，更显得冷落凄凉。宅内有一条走廊，穿过铺石的小院，通向一个从来不用的入口。楼梯侧面的墙上有一个圆形小窗，它与众不同，是唯一没有用窗帘遮着的，但也同样给人以荒废、无人之感。我不记得整座宅子什么时候有过灯光。要是我是个偶然经过的路人，大概会想，一个无儿无女的人死在里面了。要是我对这地方有幸一无所知，而又时常看到它那一成不变的样子，我敢说，我一定会想入非非，尽量来满足我的想象力了。

由于知道实情，所以我就尽量少去想它。可是，我的思想没法儿像身体那样，经过之后就把它撂在后面了，往往会引起一长串回忆。特别是在我说到的那个晚上，它让我想起童年的桩桩事情和后来的种种梦想，尚未成形的希望的幽灵，朦胧可见的失望的残影。加上当时我正忙于创作，与此有关的经验和想象，混合为一体，因而它引起我的联想，大大超过平时。我一面走，一面都想得出神了。突然，我身边的一个声音，使我吃了一惊。

喊我的还是个女人。我立刻就想起这是斯蒂福思母亲家的客厅小女仆。以前她帽子上总是扎着蓝色缎带，现在已经拆掉，换成一两个暗淡素净的褐色花结。我猜想，这是为了适应那一家变化了的景况吧。

“对不起，先生，能请你进来跟达特尔小姐谈谈吗？”

“是达特尔小姐打发你来叫我的吗？”我问道。

“今天晚上没打发我叫，先生，不过反正也是一回事。前一两个晚上，达特尔小姐看到你打这儿经过，就叫我坐在楼梯上干活儿，要是看到你又打这儿经过，就请你进来，跟她谈谈。”

我转身往回走。当我们一起走着时，我顺便问我的领路人，斯蒂福思太太可好。她说，她家老太太不太好，大部分时间都待在自己的房间里。

我们来到那座住宅后，女仆告诉我，达特尔小姐在花园里，要我自己去见她，让她知道我来了。她正坐在露台一头的一个座位上，这儿可以俯视全城。这是个阴沉沉的夜晚，天空露出死灰色的亮光。看到远处那森然的景色中，一些高大的景物星星点点地在阴沉的光线中矗立，我心里想，这景色跟我记忆中这位凶悍的女人相伴，倒是不能说不匹配哩。

她看到我朝她走去，起身站了站，算是迎接我。当时我想，她比我上次见到时脸色更苍白了，身子更瘦削了，闪烁的眼睛更发亮了，那个伤疤也更明显了。

我们的见面，丝毫没有热情。上次我们是不欢而散的，现在她的脸上还有着不屑的神情，而且一点儿也不想加以掩饰。

“达特尔小姐，听说你想跟我谈谈。”我手扶椅背，站在她跟前说道，谢绝了她示意要我坐下的邀请。

“对不起，”她说道，“请问，那个女孩儿找到了吗？”

“没有。”

“可她已经逃走了！”

当她看着我时，我看到她那两片薄嘴唇在动，好像急于要把咒骂加在艾米莉身上似的。

“逃走了？”我重复了一句。

“是的！从他身边，”她冷笑着说，“要是这会儿还没找到她，也许永远也找不到了。她可能已经死了！”

我朝她看时，她那副得意扬扬的残忍表情，我从来不曾在别的人脸上看到过。

“巴望她死掉，”我说，“也许是一个跟她同属女性的人，对她所能表现的最大慈悲了。达特尔小姐，时光使你变得温和了这么多，我真高兴。”

她没有屈尊给我回答，而只是冲着我轻蔑地一笑，说：

“这位出色的受害年轻女士所有的朋友，都是你的朋友。你是他们的捍卫者，全力维护他们的权利。你可想知道有关她的情况？”

第四十六章　消息

“想。”我说。

她面带令人厌恶的笑容，站起身来，朝不远处一道把草坪和菜园隔开的冬青围篱走了几步，然后提高声音喊道：“过来！”好像在叫一头不洁净的畜生。

“你在这儿当然会捺住性子，不会露出捍卫者的身份和报仇的念头吧，科波菲尔先生？”她回过头来，脸上依然带着同样的表情，冲着我说。

我低了低头，不懂她这是什么意思。接着她又喊了一声：“过来！”在她回来时，后面跟着那位体面的利提摩先生。这位先生的体面不减当年，他向我鞠了一个躬，随即在达特尔小姐身后站定。达特尔小姐靠坐在我们中间的一张椅子上，注视着我，样子那么恶毒，神气那么得意，但是说也奇怪，其中依然不乏某种女性的动人魅力，真抵得上传说中那位残忍的公主[1]。

“现在，”她没有看他，只是摸着她那似乎在颤抖的旧伤痕——也许这次她感到的是快意，而不是疼痛——神气活现地说，“把逃走的事告诉科波菲尔先生。”

“詹姆斯先生和我，小姐——”

“别对着我说！”达特尔小姐眉头一皱，打断了他的话。

“詹姆斯和我，先生——”

“请你别对着我说。”我说。

利提摩先生一点儿也没有心慌意乱，只是微微地鞠了一个躬，意思是说，凡是我们感到最满意的，他也就最满意。他就又重新说：

“詹姆斯先生和我，自从那个年轻女人在詹姆斯先生的保护下，离开亚茅斯后，就带着她一起去了外国。我们到过许多地方，去过不少国家。到过法国、瑞士、意大利——实际上，几乎是所有地方。”

他望着椅背，像是冲着它说话似的，两手还轻轻地抚弄着椅背，好像在弹一架无声钢琴的琴键。

“詹姆斯先生非常喜欢那个年轻女人，打从我为他当差起，很久以来，我从没见他的心情这般安定过。那个年轻女人很可造就，她学会了说好几种外国语，谁也看不出她就是以前的那个乡下人了。我注意到，不论到哪儿，她都受到大家的称赞。”

达特尔小姐一只手撑在腰上。我看见利提摩偷偷地朝她瞥了一眼，暗中微微一笑。

---

① 此处指的是古希腊神话中的美狄亚公主。她精通巫术，曾帮助伊阿宋取得金羊毛，与他私奔，生有二子。后伊阿宋移情于格劳克，和她结婚，美狄亚愤而毒死新娘，并杀死两个亲生儿子。

“那个年轻女人，的确到处都受到大家称赞。由于有漂亮的穿着，由于有美好的空气和阳光，又有大家捧场，又是这个，又是那个，她的长处也就真的引得大家注意了。”

说到这儿，他稍微停顿了一下。这时，达特尔小姐的眼睛，烦躁不安地在远处的景象上乱转，牙齿咬着下嘴唇，不让那张嘴乱颤乱动。

利提摩把双手从椅背上放下，把其中的一只握在另一只里。他把自己的全身都稳支在一条腿上，两眼下视，体面的脑袋略微前俯，有点儿歪向一边，接着说道：

“那个年轻的女人就这样过了一阵子，只是偶尔有点儿无精打采。后来，她总是那么无精打采，而且老爱发脾气，我想，这样一来，就惹得詹姆斯先生对她厌烦了。大家就都不愉快了。詹姆斯先生又开始心神不安定起来。他越不安定，她也就越糟糕。我得说，我夹在他们两人之间，日子确实很不好过。不过情况还是得到了弥补，这儿修修，那儿补补，一次又一次的修补，总算还维持着。我敢说，谁也没有料到能维持得那么久。”

达特尔小姐把目光从远处收回，又用先前的神情看着我。利提摩先生用手掩住嘴，体面地轻咳了一下，清了清嗓子，换一条腿支着，然后接着说：

“到后来，总而言之，他们话也多了，指责也多了。于是，一天早上，詹姆斯先生离开我们住的那不勒斯附近的一座小别墅（因为那个年轻女人很喜欢海），顾自走了。詹姆斯先生离开时，假装说一两天就回来，可暗地里交代我，要我到时候对她捅明，为了各方面的幸福，他这一去，”——说到这儿，他又短促地咳了一声——“不再回来了。不过，我得说，詹姆斯先生的为人，确实是十分光明磊落的。因为他出了个主意，要这个年轻女人嫁给一个很体面的男人，那个男人表示对她过去的事，可以完全不做计较。而且，他至少比得上那年轻女人通常能高攀得上的任何一个人，因为她的出身非常低下呀。”

他又把腿换了一下，润了润嘴唇。我深信不疑，这个坏蛋说的体面男人，就是他自己，我从达特尔小姐的脸上，也可以看出这一点。

“这话也是詹姆斯先生交代我说的。只要能让詹姆斯先生从困难中解脱出来，不管什么事，我都愿意去做。再说，老太太那么疼他，为他受了那么多苦，为了能使他们母子俩和好如初，我也应该这么做。因此我接受了这一任务。当我把詹姆斯先生一去不回的消息，对那个年轻女人捅明时，她一下就昏过去了。待她醒过来后，她那股泼辣劲，是谁也料想不到的。她完全疯了，非用强力把她制止住不可。要不，即便她弄不到一把刀子，或者到不了海边，她也会拿自己的脑袋拼命在大理石地板上撞个不停。”

第四十六章　消息

达特尔小姐后背往椅子上一靠，脸上现出一片得意之色，好像差一点儿要把这家伙说的一字一句，全都爱抚一番。

“可是当我把交代我办的第二件事捅明后，”利提摩先生不自在地搓着双手，说，“不管怎么说，这是一番好意，应该表示感激，但那个年轻女人却露出了她的本来面目。像她这样蛮横、凶暴的人，我从来不曾见过。她的行为真是坏得吓人。她就跟一段木头或者一块石头一样，没有感情，没有耐心，不懂感激，不懂道理。要不是我有所防备，我相信，她非要了我这条命不可。”

“凭这一点，我倒更敬重她呢。”我愤怒地说。

利提摩先生只是低了低头，好像在说：“是吗，先生？不过你还嫩着哩！”跟着又说了下去。

“简单地说吧，有一阵子，凡是她能用来伤害自己，或者伤害别人的东西，都得从她身边拿开，还得把她紧紧地关在屋子里。尽管这样，一天夜里，还是让她给跑掉了。有一扇窗户，是我亲手钉死的，可她使劲把窗格给弄开了，顺着蔓生在墙上的藤萝，攀滑到地上。打那以后，据我所知，就再也没人看见过她的踪影，也没人听到过她的消息。”

“她也许死了。”达特尔小姐笑着说，仿佛她可以朝那受害姑娘的尸体，踩上一脚似的。

“她也许投海自杀了，小姐，”利提摩回答说，这回他抓住对一个人说话的借口了，“很有可能。要不，她会得到那些船夫，或者是船夫的老婆孩子帮忙的。她喜欢跟下等人在一起，在海滩上，坐在他们的船旁跟他们聊天儿，达特尔小姐，她已经非常习惯。詹姆斯先生外出时，我曾看见她成天跟他们在一起混。她告诉那些小孩子说，她也是渔家女，许久以前，在她自己的国家，也像他们一样，在海滩上跑来跑去玩耍。这事有一次让詹姆斯先生知道后，惹得他很不高兴。”

哦，艾米莉！你这苦命的美人啊！我眼前不觉出现了一个画面，只见她坐在远方的海滩上，坐在一群跟她当年天真烂漫时一样的孩子中间，一面听着他们细小的声音——要是她做了穷人的妻子，孩子们就会用那种细小的声音喊她母亲了——一面听着大海的呼啸，那声音总是喊着：“永远不再！”

“当事情已经很清楚，什么办法也没有时，达特尔小姐——”

“我不是告诉过你，要你不要对着我说吗？”达特尔小姐声色俱厉，颇为不屑地说。

“对不起，小姐，刚才是你对着我说了，”他回答说，“不过服从是我的职责。”

“尽你的职吧，”她答道，“把这件事说完，就走！”

“当事情已经很清楚，”他鞠了一个躬，表示服从，然后体面十足地接着说，“她是再也找不到了，我就去了詹姆斯先生跟我约定的那个通信的地方，见了詹姆斯先生，向他报告了发生的事情。结果我们之间发生了口角，我觉得，为了维护我的人格，我不得不离开他。我本可以受詹姆斯先生的气，因为一向受得够多了，可是这一次，他把我侮辱得太过分了，伤了我的心了。因为我知道，他们母子之间不幸有了分歧，也知道她心里十分焦虑，于是我就大胆地回了国，向她报告了——”

“因为我给了他钱。”达特尔小姐对我说。

“正是这样，小姐——向她报告了我所知道的情况。我想不起，”利提摩先生想了一会儿说，“还有别的什么了。我现在已经失业，很想有个体面的事做。”

达特尔小姐朝我看了一眼，好像是问我是不是还有什么想要问的。当时我脑子里正好想起一件事，于是便回答说：

“我想问问这——家伙，”我实在没法儿勉强自己说出更好听的字眼来，“他们是否截留过艾米莉家里写给她的一封信，或者他是否认为她已经收到了那封信。”

他一直保持着镇定和缄默，眼睛盯着地面，右手的每个指尖灵巧地抵着左手的每个指尖。

达特尔小姐轻蔑地把脸转向他。

“对不起，小姐，”他突然从出神中惊醒过来说，“虽然我得听从你的吩咐，可是我也有自己的身份，尽管我只是个仆人。科波菲尔先生跟你，小姐，是不同的。要是科波菲尔先生想要从我这儿打听什么，那恕我冒昧，我要提醒科波菲尔先生，他可以把问题向我好好提出来，我也有人格要维护的啊。”

我好不容易按捺住性子，过了一会儿，把眼睛转向他，说：“你已经听到我的问题了。要是你愿意的话，就把它看成是对你提出的吧。你怎么回答呢？”

“先生，”他时不时灵巧地把指尖分开又抵拢，回答说，“我的回答，得有所保留。因为，把詹姆斯先生的秘密告诉他母亲，这跟对你泄露，完全是两码事。我认为，会让人造成情绪低落和增加不愉快的信，詹姆斯先生大概是不会让她多收的。再多的话，先生，我就希望避而不谈了。”

“要问的全问了吗？”达特尔小姐问我道。

我表示，我没有别的什么要问了。“只是，”我看到他要离开时，补充说，“既然我已知道，在这桩坏事里，这个家伙所扮演的角色，我是一定会把这一情况告诉艾米莉从小就认他做父亲的那位老实人的，所以我要提醒一下这位干坏事的人，公共场所还是少去为好。”

我一开口，他就站住不动了，带着他往常的那种镇静态度听着。

“谢谢你的好意，先生。不过，请你原谅我说的话，先生。在我们这个国家里，既没有奴隶，也没有奴隶主。人们是不许不顾法律，私自用武力报复的。要是他们敢那么做，我相信，那不是给别人招灾，而是给自己惹祸。因此，我得说，我想去哪儿就可以去哪儿，先生，我一点儿也不害怕。”

说完这番话，他恭恭敬敬地对我鞠了一个躬，又对达特尔小姐鞠了一个躬，接着便从冬青围篱中间的一个拱门进去了，他就是从那儿出来的。达特尔小姐和我默默地互相看了一会儿。她的态度，仍跟把利提摩叫出来时完全一样。

“他还说过，”她慢慢地噘起嘴唇说，“他听说，他的主人正沿着西班牙海岸航行。这次航行完了，他还要去别的地方，去过他那份航海的瘾，直到玩腻了为止。不过，这事你是不会关心的。他们母子两人，都很骄傲，现在他们之间的裂痕，比以前更深了，已经很少有弥合的希望。因为他们两个，实质上是一样的人。时光使他们变得越来越固执，越来越傲慢。这事你也是不会关心的。不过，由此引出了我要说的话。那个你看成天使的魔鬼，我指的是，他从海滩污泥中捡起来的那个小贱人，”说到这儿，她的一对黑眼睛直盯着我看，她的食指激动地朝上举着，“也许还活着——因为我相信，有些贱东西，一时是死不了的。要是她还活着，那你们一定是想找到这颗无价的明珠，并且把她保护好的。我们也希望那样，使得他不会有机会再次落入她的手中。在这一点上，我们的利害关系是一致的。正因如此，我才派人把你请来，让你听听你刚才听到的那些话。对于这样恶劣的一个小贱人，要是想让她吃到苦头，本来我是什么都做得出来的。”

她脸上的表情变了，我知道我身后有人来了。原来是斯蒂福思太太。她把手伸给我时，神情比以前更冷淡了，态度也比以前更威严了。不过，我也看出，她还记得我曾对她的儿子爱慕过，一直没有磨灭掉这种旧情——这使我颇为感激。她已经大大地变了样。她那原本笔挺的腰板儿，远不如以前挺了；她那端庄俊秀的脸上，已经有了深深的皱纹；她的头发也几乎全白了。不过，她一坐在椅子上，依然是一位端庄的美妇人。她那明亮而高傲的目光，我很熟悉，因为在我上学的年月里，她曾是我睡梦中的指路明灯。

“全部情况都告诉科波菲尔先生了吗，罗莎？”

“都告诉了。”

“是听利提摩亲口说的？”

“是的。我把你为什么想要让他知道这些情况的理由，也告诉他了。”

"你真是个好女孩儿。科波菲尔先生，我跟你从前的那个朋友，曾通过几次信，"她转身对我说，"但是并没能使他回心转意，来尽一尽孝道，或者尽一尽天职。所以，关于这件事，除了罗莎说的之外，我并没有别的用意。要是有什么办法，能让你带到这儿来过的那个正派人宽心（我只替他感到难过——此外没有别的可说了），能让我的儿子不再落入存心害他的那个仇人的圈套，那就好了！"

她挺直身子，坐在那儿，两眼笔直朝前看着，遥望着远方。

"夫人，"我恭恭敬敬地说，"我明白。我向你保证，我绝不会曲解你的用意的。不过我得说，就是对你也得说，我跟受害的这家人从小就认识，这个女孩儿受了这么大的冤屈，要是你还认为她没有受到残忍的欺骗，现在还肯从你儿子的手中接过哪怕是一杯水，那你就大错特错了，她宁愿死上一百次，也不肯那么做的。"

"得啦，罗莎，得啦！"斯蒂福思太太看出罗莎想要插嘴，便说，"没关系，随它去吧。听说你结婚了，先生？"

我回答说，我结婚已经有一些日子了。

"你干得很不错吧？我现在过着清静的生活，听不到什么消息，不过我知道，你已经渐渐有名气了。"

"我只是运气还好罢了，"我说，"有人提到我的名字时，给了一些称赞。"

"你母亲已经不在了？"她用了一种柔和的声音。

"是的。"

"真可惜，"她回答说，"她要是还在的话，一定会为你感到自豪的。再见了！"

她尊严而又冷漠地伸出手来，我握住了她的手。她的手在我的手中显得很平静，仿佛她的内心也很平静似的。好像她的高傲能使脉搏静止，能为她脸上遮上平静的面纱，她坐在那儿，透过面纱，笔直朝前看着，遥望着远方。

我沿着阳台离开她们时，禁不住朝她们再看了看，只见她们两人坐在那儿，都目不转睛地凝视着远方的景物。暮色越来越浓，渐渐地把她们笼罩。一些亮得早的灯火，星星点点地在远方的城市中闪烁。东面天空中惨淡的霞光还在徘徊。但是，横隔在这儿跟城市之间大片的宽阔低谷里，一片雾霭正像大海似的升起，和暮色混为一体，仿佛汇聚成的一片汪洋，要把她们围困。我永远记得这番情景是有道理的，而且想到这就毛骨悚然，因为，我还没来得及朝她们多看一眼，那汹涌的海涛，已经翻滚到她们的脚下了。

听到这消息后，经过琢磨，我觉得应该告诉佩格蒂先生。第二天晚上，我就到伦敦市区去找他。他一直抱着寻回他外甥女的唯一目的，在到处寻访。不过在伦敦的时候，比在别的地方要多些。我不止一次看到他深更半夜，在街上走过，从那些在这种时刻还在外面游荡的少数人中间，寻找他害怕找到的那个人。

他在亨格福德市场一家小杂货店的楼上，租了一个房间，这地方我已提到过不止一次。他的寻找行动最初就是从这儿出发的。我就朝那儿走去。到了那儿，我向小店里的人一打听，就听说他还没有出门，上楼就可以找到他。

他正坐在窗前读着什么。窗台上还养了几盆花草，屋子里收拾得非常整洁。我一眼就看出，这儿时刻都准备着迎接艾米莉的到来。每次外出，他总认为他有可能把她带回来。我敲门他没有听到，我把手放在他肩上时，他才抬起头来。

“大卫少爷！谢谢你，少爷！你特意来看我，我真是打心眼儿里感谢！你请坐。你来我欢迎极了，少爷！”

“佩格蒂先生，”我说，一面接过他递过来的椅子，“我听到了一点儿消息。不过你别抱太大的希望！”

“艾米莉的消息！”

他两眼直盯着我，神情紧张地把一只手放到嘴上，脸色一下变得煞白。

“根据这个消息，还没法儿知道她在哪儿，不过她已经不跟他在一起了。”

他坐了下来，神情急切地看着我，屏气凝神地听着我告诉他一切。当他慢慢地把目光从我身上移开，一只手支着前额，双目下视坐在那儿时，我现在还清楚地记得，他那张坚忍庄重的脸上，有着一种尊严，甚至是美感，使我非常感动。他没有插一句嘴，自始至终只是静坐在那儿倾听着。他似乎正凭着我的话在搜寻艾米莉的身影，一切别的形象，他一概放过，仿佛它们根本就不存在似的。

我说完后，他捂住脸，依然不出一声。我朝窗外望了一会儿，然后又看了看那几盆花草。

“这件事你觉得怎么样，大卫少爷？”后来他终于问道。

“我想，她还活着。”我回答说。

“我不知道。也许这第一棍打得太重了，要是一时想不开……以前她时常说到蓝色的大海。这些年来她老是想到大海，难道因为那是她未来的坟墓？”

他一面琢磨，一面惶恐不安地低声嘀咕着，还在小房间里走了一个来回。

“不过，”他又接着说，“大卫少爷，我总觉得她一定还活着——不管我睡着时，还是醒着时，我都相信我一定能找到她——一直以来，指引着我、支撑着我的，就是这个想法——所以，我绝不相信我会受骗。不会！艾米莉一定还活着！”

他坚定地把手往桌子上一放，他那晒黑了的脸上露出果断的神情。

“我的外甥女艾米莉，一定还活着，少爷！”他毫不含糊地说，“我不知道，这是打哪儿听说的，也不知道是怎么听说的，不过我确实听说，她还活着！”

他说这话时，他的样子几乎就像个受到神灵启示的人似的。我等了一会儿，直到他能集中起自己的注意力来，然后才对他讲起我昨晚想到的可以采取的稳妥办法。

“你听我说，我亲爱的朋友——”我开始说道。

“谢谢你，谢谢你，好心肠的少爷！”他双手紧握住我的一只手说。

“万一她要是来伦敦，这是很有可能的——因为她想要隐姓埋名的话，哪儿还有比这座大城市更方便的啊？再说，要是她不愿回家，除了隐姓埋名躲起来之外，她还能有什么别的办法呢？”

“她不会回家，”他插了一句，还伤心地摇着头，“要是她是自愿离家的，那也许会回来；可实情不是那样，所以她是不会回家了，少爷。”

“万一她要是来到伦敦，”我说，“我相信，这儿有一个人，比世界上的任何一个人，更能找到她。你还记得——你要拿出坚韧不拔的精神来听我说，你得想到你的大目标！——你还记得玛莎吗？”

“我们镇上的那个？”

看他的脸色就够了，我不用再做别的回答。

“你知道她在伦敦吗？”

“我在街上见到过她。”他哆嗦了一下，回答说。

“可是你不知道，”我说，“艾米莉从家里出走以前很久，就用汉姆的钱接济过她。你也不知道，那天晚上我们相遇，在路那边的那间屋子里谈话时，她就在门口偷听来着。”

“大卫少爷！”他吃了一惊，说，“就是下大雪那天晚上？”

“是的，就是那天晚上。打那以后，我就没有再见到过她。那晚跟你分手后，我本想回去同她谈谈，可是她已经走了。当时我不愿对你提起她，现在我也还是不愿意。不过她可就是我说的那个人，我想我们应该跟她取得联系。你明白我的意思吗？”

“太明白了，少爷，”他回答说。这时，我们已经放低了声音，几乎像在窃窃私语了。往下我们就这样低声谈着。

“你说你见到过她。你看你能不能找到她？我自己只能盼望碰巧遇上她了。”

“我想，大卫少爷，我知道上哪儿去找她。”

“天已经黑了。我们既然碰在一块儿了，要不要现在就出去，看看今天晚上能不能找到她？”

他表示同意，准备和我一起去。我没有露出注意他在做什么的样子，只见他仔细地把小房间收拾了一番，把蜡烛和点蜡烛的东西都放好，整理好床铺，最后从抽屉里折叠得整整齐齐的一些衣服中，取出一件（我记得艾米莉穿过这件衣服），还取出一顶女帽，把它们放在一张椅子上。有关这些衣帽的事，他只字未提，我也一样。毫无疑问，这些衣帽已经在那儿等了她好多好多夜了。

“以前，大卫少爷，”我们下楼时，他说，“我几乎把玛莎这个女孩儿，看成是艾米莉脚下的泥巴。求上帝宽恕我，现在可不一样了！”

当我们一路走去时，我向他问起了汉姆的情况，这一方面是为了找话跟他谈，另一方面我也确实想知道一些他的情况。佩格蒂先生的说法，几乎跟以前一样，他说，汉姆一切照旧，还是“拼命干活儿，一点儿也不顾惜自己的身体；他从来没有说过半句抱怨的话，大伙都喜欢他”。

我问他，对造成他们不幸的罪魁祸首，汉姆的心里有些什么想法？他是不是认为会有出事的危险？比方说，要是汉姆跟斯蒂福思遇上了，他认为汉姆会怎么做？

“我说不上来，少爷，”他回答说，“我常常想到这件事，可是不管我怎么想，我都没能想出什么来。”

我提醒他，叫他回想一下艾米莉出走后第二天早上，我们三个人在海滩上的情景。“你可记得，”我说道，“他望着远处的大海，脸上有着一种异常的神情，还讲到‘结局’什么的？”

“我当然记得！”他说。

“你想，他是什么意思？”

“大卫少爷，”他回答说，“这个问题，我问过自己不知多少遍了，可是一直找不到答案。还有一件怪事——那就是，尽管他那么讨人喜欢，可是要想摸透他的心思却不易，这事我心里挺不放心。他对我说话，一向要多恭敬有多恭敬，现在也没有两样。不过他心里可绝不是浅水一汪，一眼就能看到底。那儿深着哩，少爷，我看不到底啊！”

“你说得对，”我说，“这事有时让我担心。”

“我也一样，大卫少爷，”他回答说，“说实话，他这样，比他不顾死活更让人担心哩，虽说这两点都是他身上发生的变化。不管遇到什么情况，我知道他都不会动武的，不过我还是希望他们两人别碰在一起。”

我们穿过圣堂栅栏门[①]，来到城内。现在他已不再讲话，在我旁边走着，把自己的全副精神都倾注在为之献身的唯一目标上；他朝前走着，默不作声地集中起全身的所有官能，从而使得他在人群中也显得旁若无人、孑然一身。当我们走到离黑衣教士桥不远处时，他突然转过头来，指着街对面一个匆匆走过的独行女子。我立即就知道，这就是我们要找的人。

我们穿过街道朝她追去。这时我忽然想到，要是我们离开人群，在一个较为僻静、没有什么人看到的地方，跟她交谈，她也许会对我们这个迷途的姑娘，多一点儿女人的关切。所以我就劝我的同伴，暂且别招呼她，先跟着她走。我这样做，还有另外一个模糊的想法，想知道她去什么地方。

佩格蒂先生同意我的意见，于是我们就远远跟着她。既不让她离开我们的视线，也绝不走得离她太近，因为她时时都在朝四下里张望。有一次，她停下来听一个乐队演奏，我们也停了下来。

她往前走了很远，我们依然跟着。看她那走路的样子，显然她要去一个固定的地点。由于这一点，加上她一直没有离开喧闹的大街，大概还有像这样跟踪一个人的特殊神秘趣味，使得我们一直坚持着最初的主张。到后来，她终于拐进了一条冷僻昏暗的街道，这儿，喧闹声和人群都听不见、看不到了。这时，我说：“现在我们可以跟她说话了。”于是我们就加快脚步，朝她追了上去。

① 此处指当时伦敦城的西门。

第四十七章　玛莎

现在我们已经来到威斯敏斯特区了。当我们见到她迎面朝我们走过，我们便转身回头跟在她后面。她走到威斯敏斯特教堂那儿，便拐了弯，离开了大街上的灯光和喧闹声。从两股来往于桥上的人流中脱身后，她走得很快，这一来，把我们抛得老远，一直到了米尔班克附近的一条狭窄的临河小街，我们才追上了她。就在这时，她穿过街道，走到了另一边，好像要躲开她听到的逼近的脚步声似的。她一直没有回头，只是朝前走得更快了。

我们经过一个阴暗的门道，那儿停着几辆过夜的运货马车，从门道望出去，可以瞥见那条河，看来我们得放慢脚步了。我没有说话，只是碰了碰我的同伴。我们两个就都没有穿过街去，而是在街的对面跟着她，尽量悄悄地沿房子的阴影处前行，同时尽可能离她很近。

当年，在这条地势低下的街道尽头，跟我现在执笔写作时一样，有一座倒塌的小木屋。这也许是一个废弃的旧渡船站，它的位置正好在街的尽头。接下去便是一边是房屋，一边是河。她一到这儿，看见了河水，就站住不走了，仿佛已经到了她的目的地；跟着又沿着河边慢慢地朝前走去，目不转睛地一直望着河水。

来到这儿的一路之上，我都以为她要前往某座住所。说实在的，我还隐约地抱着一个希望，希望那座住所多少跟那个迷途的女孩儿有些关系。可是当我从那个门道望出去，模糊地瞥见那条河时，我就出于本能地知道，她不会再往前走了。

当时，那一带是个十分荒凉的地方，到了晚上，它就像伦敦周围任何一个地方那样沉闷、凄凉、冷僻。在那座壁垒森严的大监狱附近，有着一条阴森、荒凉的大路，路的两旁既没有码头，也没有房屋。一条淤塞的明沟里的污泥，就淤积在监狱的墙脚下。附近是一片沼泽的河滩地，上面杂草丛生，蔓延四处。其中的一处地方，立着一些房屋的骨架，由于当时开工不吉利，一直没有完工，就在那儿慢慢地颓圮、腐烂了。在另一处地方，满地堆着生了锈的锅炉、轮子、曲轴、管子、火炉、船桨、锚、潜水钟、风车翼板，还有许多我不认识的奇形怪状的东西，这些全是某个投机商人收集起来的。它们匍匐在泥地中——天一下雨，地一湿，由于本身的重量，它们就往土里沉——就像想要躲藏起来而又没能做到似的。河岸上，各色各样的工厂，发出震耳的敲击声和刺目的强光，在黑夜中搅扰了一切，只有从它们烟囱中不断喷出的浓烟，不受丝毫影响。黏湿的洼地和堤道，在老朽的木桩中间蜿蜒，经过淤泥污水，一直通到落潮线那儿。木桩上黏附着一些像绿毛一般令人作呕的东西，还有去年悬赏寻找淹死者尸体的破烂招贴，在高水位线上的风中扑打。据说，当年大瘟疫时[①]，为掩埋死者挖的大土坑之一，就在这附近。因而从那儿发出的瘟疫之气，似乎仍弥漫在这一带地方。再不然，就是这地方，由于污泥泛滥，仿佛渐渐腐烂似的，变成现在这样噩梦般的光景。

我们跟踪的这个姑娘，恍恍惚惚地来到河边，就像是一堆被河水抛上来任其腐烂的垃圾，身子站在这幅夜景之中，眼睛凝望着那片河水，显得孤单而凄凉。

在泥滩里，有几条搁浅的小船和平底船，靠了这些船遮身，我们才能走到离她几码远的地方而没有被她看见。接着，我打手势叫佩格蒂先生站在原地别动，让我一个人从船的阴影处出来，上前跟她搭话。当我走近她那孤零零的身影时，全身不免有点儿颤抖，因为她脚步坚定地走到的终点，竟是这样一个阴森森的地方。她现在几乎正站在铁桥桥洞的阴影里，眼望着猛涨的潮水中反射出的曲曲扭扭的灯光，这一切都使我感到心惊胆战。

我觉得她正在自言自语。虽然当时我正全神贯注地看着那猛涨的潮水，但我敢说，我看到她的披肩从肩上滑了下来，她用它包住了自己的双手，显得心神不定，不知所措，不像是个神志清醒的人，而像个梦游者。我记得，也永远不会忘记，瞧她那疯狂的模样，有一点可以肯定，她一定马上会在我眼前沉入水中，这时我急忙抓住她的手臂。

同时我叫了一声："玛莎！"

她惊恐地尖叫了一声，跟着便拼命挣扎起来，她的力气竟那么大，使我怀疑靠我独自一人能否抓得住她。不过，一只比我更有力的手把她给抓住了。她满脸惊慌地抬头一看，看清后来抓她的是谁时，又使劲挣扎了一下，接着便瘫倒在我们两人之间了。我们把她从水边抬开，抬到有一些干石子儿的地方，然后把她放在地上，她仍在痛哭呻吟。过了一会儿，她才在石子儿堆上坐起身来，双手抱着蓬乱的头。

"哦，河啊！"她激动地叫喊着，"哦，河啊！"

① 此处指1665—1666年伦敦的淋巴腺鼠疫。

第四十七章　玛莎

“别叫啦，别叫啦！”我说，“安静下来吧！”

可是她依然继续叫喊着，一遍又一遍地重复着同样的话：“哦，河啊！哦，河啊！”

“我知道，这条河跟我一样！”她喊着说，“我知道，我是归它的。我知道，它是我这种人天生的伙伴！它是从乡下来的，在乡下时它是干净的，没有害处的——后来它慢慢地爬过了这些阴暗的街道，就被弄脏了，受糟蹋了——现在它要走了，像我的一辈子一样，走向那永远波涛汹涌的大海——我觉得，我一定得跟它一起去的！”

只有从她说这几句话的口气中，我才知道什么是绝望。

“我不能离开它，我也没法儿忘掉它。不管白天还是黑夜，它都一直挂在我的心头。在整个世界上，只有它跟我合得来，或者说，我跟它合得来。哦，这条可怕的河啊！”

我的同伴一声不响、一动不动地看着玛莎。这时，我心里突然闪过一个念头，即使我对他外甥女的情况一无所知，我也可以从他脸上看出她的身世来。无论在画上或者在现实生活中，我都不曾见过这般感人的恐怖和同情混合在一起的神情。他颤抖着，好像要跌倒的样子；他的手——我用自己的手摸了摸他的手，因为他的神色把我给吓坏了——他的手冰凉。

“她这会儿心里正狂乱着呢，”我低声对他说，“再过一会儿，她就不会这么说了。”

我不知道他打算回答我什么。他动了动嘴唇，好像自以为已经说过话了。其实他只是伸手指了指那女孩儿。

玛莎又哇的一声大哭起来，再次把脸藏在石子儿堆中，匍匐在我们面前，一副蒙羞、沦落的样子。我知道，必须等待这种状况过去，我们才有希望跟她交谈，因而我就冒昧地阻拦住佩格蒂先生，要他先别扶她起来。我们默默地站在一旁，一直等到她较为平静下来。

“玛莎，”我俯下身子，一面扶她，一面说——她好像也想站起来，打算走开，可是四肢无力，只得靠在一条小船上，“你认识这是谁吗？跟我在一起的这个是谁？”

她有气无力地说：“认识。”

“今天晚上我们跟了你很长一段路了，你知道吗？”

她摇了摇头。她既没有看佩格蒂先生，也没有看我，只是低声下气地站在那儿，一只手拿着帽子和披肩，却又不觉得拿着东西似的，另一只手紧握成拳头，按在前额上。

“你这会儿定下神来了吧，”我说，“能跟你谈谈你那么关心的事吗？——我希望老天爷还记得！——就是那个下雪的晚上？”

她重又抽抽搭搭地哭了起来，含糊不清地向我说了几句道谢的话，感谢我那天晚上没有把她从门口赶走。

“我没什么要为自己说的，”她过了一会儿说，“我是个坏人，我已经没救了。我一点儿希望都没有了。不过请你告诉我，先生，”她已经吓得躲开他，“要是你对我还不太严厉，能替我说几句话，就请告诉他，他的不幸，不管从哪一方面说，都跟我无关。”

“从来没有人说跟你有关。”因为她说得很诚恳，我也以诚恳的态度回答她。

“要是我没弄错的话，就是你吧，”她断断续续地说，“那天晚上，艾米莉那么可怜我，对我那么和气，她不仅没有像别人那样远远地躲着我，还给我那么大的帮助。那天晚上到厨房里来的，就是你吧，先生？”

“是我。”我说。

“要是我觉出我对她有任何过错的话，”说着她神情可怕地朝河里瞥了一眼，“我早就在河里了。要不是我在那件事情上没有一丁点儿牵连，那我一个冬天的夜晚都度不过，早就跳河了。”

“她离家的原因，大家都十分清楚，”我说，“我们彻底相信，你跟那件事完全无关——我们知道。”

“哦，要是我有一颗好一点儿的心，那我还可以对她有点儿益处啊！”那女孩儿无限悔恨地叹息着说，“因为她总是对我一片好心！她从来没有对我说过一句不愉快、没有道理的话。我很清楚自己是个怎么样的人，我怎么还会要她学我的样子呢？当我把生命里一切宝贵的东西都丢失时，使我想起来最难过的是，我跟她永远分离了！”

佩格蒂先生站在那儿，眼睛朝下看着，一只手扶着小船的船帮，另一只手捂住了自己的脸。

“在那个下雪夜以前，我从我们镇上来的人那儿，听说了发生的事，”玛莎哭着说，“那时候，我心里最难过的念头是，人们会想到，她有一阵子跟我很要好，他们会说是我把她给带坏了！老天爷知道，说真的，要是我能把她的名声给恢复过来，我哪怕死了也情愿！”

她已经很久不习惯自制了，她悔恨、悲伤时的痛苦，触目惊心，看了叫人害怕。

“我死了，算不了什么——我能说什么呢？——可我要活着！”她哭着说，“我要在肮脏的街道上活到老——在黑暗中四处流浪，让人躲着我——看着天色放亮，映出一排灰蒙蒙的可怕的房子，同时想起，同样的太阳也曾照进我的房间，照醒过我——只要能救她，即便是这样，我也要活着！”

她又往石子儿堆上坐了下去，两手都抓起一些石子儿，使劲地攥着，仿佛一心要把它们捏碎似的。她不断地扭动成新的姿势，有时又举起两只胳膊，遮在脸前，仿佛要把那点儿亮光从眼前挡开似的。她低垂着头，好像是因为回忆起来的往事太多太重，压得她的脖子支持不住了。

“我到底该怎么办哪？”她在绝望中挣扎着说，“独自一人待着，就会咒骂自己，一接近别人，个个都会骂我活着丢脸。像这样，我还怎么能活下去啊？”她突然转向我的同伴说，“踩死我吧，杀死我吧！当你为她骄傲的时候，哪怕我在街上碰了她一下，你也一定会认为我伤害了她。我嘴里说出的每一个字，你都不会相信的——你为什么要相信呢？即使这会儿，要是她跟我说上一句话，你也会认为这是最大的耻辱。我这样说绝没有抱怨的意思。我绝不会说她跟我是一样的。我知道，我们两人之间的差距，是很大很大的。我只是说，虽然我头上顶着那么多罪孽和坏名声，但是我从心窝儿里感激她，真心地爱着她。哦，别以为我身上所有爱的力量已经耗尽！你可以像世界上所有的人那样，抛弃我；你可以因为我是这样一个人，而且还曾跟她认识，杀了我，可是千万别把我看成是那种人！”

在她这样发疯似的向他求情时，他一直看着她，待她说完后，就轻轻地把她搀了起来。

“玛莎，”佩格蒂先生说，“老天爷不会让我责怪你的，尤其是我，绝不能责怪你，我的孩子！你原以为我会那样做的，可是你不知道，这段时间以来，我已经有了变化了。好啦！”他停了一会儿，继续说，“你还不知道吧，这位先生和我，多么想跟你谈谈啊！你还不知道我们眼前有些什么打算吧。现在你听着！”

他完全把她给感化了。她站在他跟前，虽然仍有点儿畏畏缩缩，好像害怕他的目光，可是她刚才那种痛苦的激动，已经平静下来，她不再出声了。

“在下大雪的那天晚上，”佩格蒂先生说，“要是你听到了大卫少爷跟我的谈话，那你就知道，我正在四处找我的宝贝外甥女——还有哪儿没有找啊——找我的宝贝外甥女，”他又口气坚定地重复了一遍，“因为，玛莎，现在我比以前更疼爱她了。”

她只是用双手捂住脸，此外没有别的动静。

“以前她告诉过我，”佩格蒂先生说，“说你从小就失去爹娘，也没有一个亲友什么的，哪怕是有个打鱼的粗人来代替他们也好啊。你也许能想到，要是你有这样一个亲人，日子一久，你就会喜欢起他来，我的外甥女待我，就跟我自己的亲生的闺女一样。”

看到她一直默默地在打哆嗦，佩格蒂先生从地上拾起她的披肩，小心翼翼地给她披在身上。

“凭着这一点，”佩格蒂先生说，“我知道，会出现两种情况：要是她再见到我，就会跟我前往天涯海角；要不，就是自己逃往天涯海角，躲着不肯见我。因为，尽管她用不着疑心我不疼她了，用不着疑心——也绝不会疑心，”他认定自己的话绝不会错，很有把握地重复说，“可是羞耻心会插进来，横在我们两人中间。”

从他说出的平实感人的每一句话中，从他脸部的每一个表情中，我都明显地看出，他把这个问题的各个方面都想过了。

“照我们的看法，”他接着说，“照这位大卫少爷和我自己的看法，她也许有那么一天，会独个儿孤孤单单地跑到伦敦来。我们相信——大卫少爷、我，以及我们所有的人，全都相信——你跟没出生的胎儿一样清白，你跟她出的事没有一点儿关系。你说过，她待你好，对你和气、关心。愿上帝保护她，我知道她就是这种人！我知道，她不论对什么人，永远都是这样的。你很感激她，你很疼她。那就请你尽全力帮我们找到她吧，上天会酬报你的！”

她匆匆地也是头一次朝他瞥了一眼，好像在怀疑他说的话。

“你信得过我吗？”她用惊讶的口气低声问道。

“完全信得过，打心眼儿里信得过！”佩格蒂先生说。

“你是说，要是我有一天碰到她，就拉住她谈谈；要是我有个遮身的住处，就留她住下；跟着不让她知道，赶快上你们那儿，带你们去见她，是吗？”她急匆匆地问道。

我们两人同时回答说：“是的！”

她抬起双眼，郑重地说，她一定会热心忠诚地去办这件事。要是有一线希望，她绝不会犹豫，绝不会动摇，也绝不会放弃。要是她办这件事不尽心，让这件能使她的生活目的跟善事结合、跟恶事脱离的事，从手中滑掉，如果可能的话，那就让她比那晚在河边时更可怜、更无望，永远得不到人和神的任何帮助！

她并没有提高声音，也没有对着我们说，她的话是对着夜空说的，随后便默默无声地静静站在那儿，凝望着阴暗的河水。

这时，我们认为，应该把我们知道的一切都告诉她，于是我就详详细细地对她说了一遍。她非常注意地倾听着，脸上的神色不时在变化，但尽管神色不同，坚决的表情，始终如一。她的眼睛中，有时热泪盈眶，但是她一直忍着，不让它夺眶而出。看上去，她的精神好像已经起了大变化，再也无法保持平静了。

待我说完后，她问我们，如果遇上必要时，她要到什么地方找我们联系。就着路旁幽暗的灯光，我在我的笔记本上写了我们两人的地址，然后撕下这一页给了她，她把它放进了瘦弱的胸口上。我问她住在哪儿，她停了一下才回答说，她没有长住的地方，还是不说为好。

佩格蒂先生悄声对我提了一件事，这事我也已经想到。我掏出了钱包，可是她怎么也不肯收下我的钱，再三劝她都没有用。我也没法儿使她答应，下次一定要收下我的钱。我向她说明，照目前的情况来说，佩格蒂先生不能算穷，而她现在要替我们找人，又要靠自己谋生，这让我们两人感到不安。可是她坚决不依。在这件事情上，佩格蒂先生对她的影响，跟我一样，毫无用处。她十分感激地向他道了谢，但是坚决不肯听从。

“我也许可以找到工作，”她说，“我要去试一试。”

“至少在试之前，”我对她说，“你可以接受一点儿帮助啊！”

“我不能为了钱，去做我答应做的事，”她回答说，“哪怕挨饿，我也不能收你们的钱。你们要是给我钱，那就等于你们信不过我了，等于把交我办的事收回了，等于把我从河中救出来的唯一原因取消了。”

“伟大的裁判者在上，”我说，“你和我们所有的人，到那可怕的时刻，都要站在他面前的那位伟大的裁判者在上，请你千万抛开那可怕的想法！只要我们存了心，我们大家都可以做点儿好事的。”

她浑身颤抖，嘴唇哆嗦着，脸色变得更苍白了，回答说：

“也许你们心里有意想要拯救一个可怜人，使她改过自新。可是我不敢这样想，这好像太大胆了。要是我还能做点儿什么好事，我也许可以开始抱点儿希望。因为到这会儿为止，我做的净是坏事，没有好事。你们叫我试着去做的这件事，是我这么多年的悲苦生活中，第一次有人信得过我。我不知道别的，我也说不出别的了。”

她又强忍住开始夺眶而出的泪水，伸出哆嗦的手，在佩格蒂先生身上碰了一下，仿佛他身上有什么治病救人的功效似的，接着便走上荒凉的大路，朝前走去。我看她是病了，可能已经病了很久。这是我第一次有机会从近处看她，发现她面目憔悴，形容枯槁，还有她那深陷的双眼，表明她受尽了苦难与艰辛。

因为我们要去的方向，跟她的是同一个方向，所以离她只有一小段路。我们在她后面跟着，直到重又回到灯火辉煌、行人熙攘的街市。我对她的话绝对信赖，于是就对佩格蒂先生说，要是我们再跟下去，是不是会显得我们一开始就信不过她。他也有同样的想法，而且对她也完全信赖，于是我们就让她走她的路，我们走我们的，顾自朝海盖特的方向走去。佩格蒂先生陪我走了很长一段路，分手时，我们为这次新的努力获得成功祈祷了一番。不难看出，在佩格蒂先生的脸上，有着一种新的对别人深为关切的怜悯和同情。

我回到家里的时候，已经是半夜了。来到自家的栅栏门前，我正停下脚步，倾听圣保罗教堂深沉的钟声。我觉得，这声音正夹杂在无数时钟的钟声中，向我传来。就在这时候，我发现姨婆那座小房子的门还开着，一道微光从门内射到门外的路上，这使我颇感意外。

我以为，也许姨婆的旧病又发作了，犯了虚惊，正在那儿观望她想象中远处的大火烧得怎么样了，于是我就跑过去想跟她说上几句。但是我发现有个男人站在她的小花园中，这使我大吃一惊。

那人手中拿着一只杯子和一个瓶子，正在喝着什么。我立即在园外茂密的枝叶中间停下了脚步。这时，月亮已经升起，虽然月色朦胧，我还是认出来了，这人就是我一度以为是狄克先生幻想中的人物，也就是我曾在伦敦街头看见他和姨婆在一起的那个人。

他不但在喝，还在吃，看上去像是饿极了。他对那座小房子，仿佛感到很新奇，像是第一次见到它似的。他俯身把瓶子放在地上后，就仰头看着窗户，还不住朝四周张望。他一副鬼鬼祟祟、极不耐烦的模样，好像想赶快离去似的。

过道里的灯光挡住了一会儿，接着姨婆从屋内出来了。她显得激动不安，把一些钱放进那人的手中。我听到了钱的叮当声。

“这么一点儿够什么用啊？”那人不满地说。

“我只能省出这么多了。”我姨婆回答说。

“那我就不走，”那人说，“得！你拿回去好了！”

“你这个坏东西，”我姨婆大为恼火地说，“你怎么能这样对待我？不过我又何必问呢？因为你知道我的心肠有多软！为了使你永远不要来打扰我，除了让你去自作自受外，我还有什么办法呢？”

“那你为什么不让我去自作自受呀？”那人说。

“你还好意思问我为什么！”我姨婆回答说，“你长的是一颗什么心哪！”

那人站在那儿，闷闷不乐地掂弄着手里的钱，摇着头，到后来终于说：

“那么，你就打算只给我这点儿钱了？”

“我能给你的，全在这儿了，”我姨婆说，“你知道，我遭到亏损了，比以前穷了。这我已经跟你说过。钱已经到手了，你为什么还要叫我受罪，要我多看你两眼，看你弄成现在这副样子呢？”

“我已经够寒酸了，如果你指的是这个的话，”那人回答说，“我现在只能过日伏夜出的猫头鹰生活①了。”

“我原有的那点儿家当，大部分都让你给弄光了，”我姨婆说，“这么多年来，你害得我的心都对整个世界关上了。你待我太无情了，太狠毒了，太没有心肝了。走，去忏悔你造的孽吧。你害我的事，做得太多了，数都数不过来，你就别害我了！”

“行！”那人答道，“好极了！得！我想，眼下，我只好尽量将就了。”

他虽然那样，可是看到我姨婆气愤地淌下眼泪，他也禁不住流露出羞愧的神色，接着便垂头丧气地走出花园。我快走两三步，装出刚到来的样子，在栅栏门那儿和他打了个照面，他出门时，我进了门。在交臂而过时，我们都不怀好意地互相瞪了一眼。

“姨婆，”我急忙说，“这个人又来骚扰你了！让我去跟他谈谈。他是谁呀？”

“孩子，”我姨婆挽着我的胳膊说，“你进来吧，过十分钟再跟我说话。”

我们在她的小客厅里坐了下来。我姨婆退到从前那个绿团扇的后面（它钉在一张椅背上），不时地擦擦眼睛，待了大约一刻钟，她才出来，坐在我的身边。

“特洛，”我姨婆平静地说，“那人是我的丈夫。”

“你丈夫，姨婆？我还以为他早就死了呢！”

“对我来说，早就死了，”我姨婆回答说，“其实他还活着。”

我惊异得默不作声，呆呆地坐在那儿。

“贝特西·特洛伍德这个人，看起来不像是个有柔情蜜意的人，”我姨婆沉着镇静地说，“但是当她完全相信那个人的时候，特洛，她也曾有过。那时候，她爱他，特洛，爱得死去活来。那时候，她对那个人爱慕、依恋到极点。可是那个人是怎么报答她的呢？他折腾光了她的财产，还差一点儿弄得她送了命。因而她把所有那一类痴情傻意，全都永远埋进了坟墓，用土填满，压平！”

“哦，我亲爱的好姨婆！”

“跟他分手时，”我姨婆像往常那样，把手放在我的手背上，接着说，“我很慷慨。事隔这么多年，特洛，我依旧可以说，跟他分手时我是很慷慨的。他待我那么残忍，我本来可以不费什么就能为自己办好跟他分手的手续的，可是我

① 按英国当时的法律，日落后不得逮捕负债的人。

没有那么做，还是给了他很多钱。可是没过多久，他就把我给他的钱挥霍光了，变得越来越不可救药。据我知道，他又娶了个女人，后来又靠诓人、赌博、招摇撞骗过日子。他现在成了什么样子，你已经看到了。可是当年我跟他结婚时，他可是一表人才，是个美男子，”说时，我姨婆的口气中仍然有着往日得意和爱慕的回声，“那时候，我完全相信他是个正人君子——我真是傻瓜一个！”

她捏了一下我的手，然后摇了摇头。

“现在我心里已经没有他了，特洛，一点儿也没有他了。不过，不管他是否会因他的罪过而受到惩罚（要是他一直在这个国家这样招摇下去，迟早会受到惩罚的），每当他过一阵子再出现的时候，我总是给他钱，而且数量往往超过我的财力，为的是把他打发走。我跟他结婚时，是个傻瓜，直到现在，在这方面，我依然是个不可救药的傻瓜。由于以前我曾一度相信他是个正人君子，现在竟连那个爱过的人的影子都不忍心严厉对待。因为，要是世上有过一个认真的女人的话，特洛，那就是我。”

我姨婆用一声长叹结束了这个话题，然后抚平整自己的衣服。

“就这么回事，亲爱的！”她说，“现在，这件事的开头、中间和结尾，你全知道了。我们俩，彼此之间再也不要提这件事了。当然，你也别对任何人提起。这是我脾气不好、爱生气的真情，这只有你我知道就行了，特洛！”

第四十八章　持家

我在不妨碍报社工作按时完成的情况下，辛勤从事写作。我的书终于出版了，而且获得很大成功。虽然我对耳边响起的赞扬声感觉敏锐，而且毫无疑问，我比任何别的人更赏识自己取得的成就，但是我并没有因此而冲昏头脑。我在观察人类的本性时，总觉得，一个对自己有十足信心的人，绝不会为了要别人相信他而在别人面前炫耀自己。因此，我在自尊自重中，始终保持谦逊；我得到的赞扬越多，我就越要争取使自己当之无愧。

我这部书中所写的，虽然在别的一切方面，都是我一生中的重要回忆，但是我却无意在其中讲述我写小说的经历。那些小说本身已经做了说明，我就让它们自己去说明吧。要是我偶尔提到了它们，那也只是因为这是我生活进程中的一部分而已。

到了这时，我已经有些根据可以相信，禀赋和机遇，已使我成为一个作家，因此我就信心十足地干起这一行来了。要是我没有这种自信，我一定早就放弃这一行，把我的精力用在别的方面了。我一定得设法先弄清楚，我的禀赋和机遇，真正要把我造就成怎样一个人；弄清楚了，就做这样的人，不做别的。

我给报纸和别的地方投稿，一直一帆风顺，因此，在我取得了新的成就之后，我认为自己理应不再去记录那些枯燥无味的辩论了。所以在一个令我欢快的晚上，我最后一次记录下国会里那风笛般的声调之后，从此就再也不去听它了。虽然在整个漫长的国会会议期间，我仍能从报上赏识到昔日的那种嗡嗡声，也许除了嗡嗡声比从前更多之外，没有什么实质性的变化。

我想，我现在写到的时期，是在我结婚后一年半左右。经过几次不同的实验之后，我们认为，持家的事实在是白费力气，于是就放弃不管了，听其自然，我们也就只雇了一个小仆人。这个小仆人的主要任务，是跟厨子吵架。他在这方面，完全跟惠廷顿[①]一样，只是他没有惠廷顿那样的猫，也丝毫没有希

① 惠廷顿（1358—1423）：英国商人，曾三次任伦敦市长（1397—1420）。据传原为穷苦孤儿，在厨房里当奴仆，因受厨子虐待而逃跑。后因摩洛哥鼠害甚烈，该国国王高价买下他的猫而使他成为巨富。

望成为伦敦市长。

在我看来，他好像成天在炖锅锅盖冰雹般的打击下过日子似的。他的全部生活，只是一场混战。他老是会在最不适当的时候——例如，在我们举行小小的晚餐会时，或者是有几个朋友来促膝夜谈时——大叫救命，会跌跌撞撞地冲出厨房，各种铁器则在他的身后飞舞而来。我们本想要辞退他，但是他对我们很留恋，怎么也不肯离去。他是一个爱哭的孩子，我们只要稍一暗示，要终止跟他的雇佣关系时，他就号啕大哭起来，哭得那么伤心，使得我们不得不把他留下。他没有母亲——除了一个姐姐之外，我们没有发现他有任何有点儿亲戚关系的人。他的姐姐把他交给我们后，自己便立即逃到美国去了。于是，他就像个被调换来的丑笨小精灵[①]似的，在我们家住下来了。他对于自己不幸的身世，非常敏感，老是用外衣的袖子擦眼睛，或者弯腰用小手帕的一角擤鼻子。他从来不肯把那块手帕全部从口袋里掏出来，总是省着用，而且藏得很好。

这个每年工资为六镑十先令的不幸的小仆人，雇他时遇上了一个不吉利的日子，因而成了我烦恼不断的根源。眼看他越长越大——他长得像红花菜豆一般快——我痛苦不安地害怕他开始刮起胡子来，甚至害怕他长到头顶光光或者白发苍苍的时候。我看不出有摆脱他的希望。每当我设想自己的将来时，常常会想到，当他成了个老人时，会是个多大的累赘！

我从来没有料到，这个不幸的小子竟会这样让我脱离困境。他偷了朵拉的表（它也跟我们家所有别的东西一样，没有一定放置的地方），把它变卖成钱后，就去坐公共马车玩（他一直是个智力低下的孩子），高高地坐在马车外面的座位上，不断地往来于伦敦和阿克斯布里奇[②]之间。据我记得，他是在完成第十五趟旅行时，被警察捉去博街的。当时，从他身上搜出四先令六便士，还有一支他根本不会吹的长笛。

要是他不知悔过的话，这件意外的事及其后果，也许还能让我少惹点儿麻烦。可是他的确很有悔过之心，而且方法也颇为独特——他不是一股脑儿一次交代，而是分期分批进行。例如，那一天我不得不出庭跟他对证之后，第二天他又供出，说我们地下室里那个有盖的提篮里，我们原以为里面盛的全是葡萄酒，其实里面除了空瓶子和瓶塞子之外，早已空空如也。我们以为，这下他把他知道的厨子最大的劣迹都说出来了，这会儿他该安心了。可是，刚过了一两天，他的良心又受到了新的折磨。他揭发说，厨子有个小女儿，每天一大早，就来拿我们的面包；他还招供说，他自己也收受贿赂，把煤给了送牛奶的。又过了两三天，警方告诉我，说他又交代说，他曾在我们厨房

① 据西方传说，精灵会用丑笨的孩子偷换走聪明漂亮的孩子。
② 阿克斯布里奇：伦敦西北郊一市镇。

的垃圾里发现牛里脊，在盛破布的口袋里发现完好的床单。过不多久，他又在一个完全新的方面做了揭发，承认说，他知道酒店里的一个侍者，计划到我们家里来进行盗窃。于是那个侍者立即就被逮捕了。我竟成了这样一个受害人，实在让我感到难为情。我宁愿不管给他多少钱，只要他免开尊口就行，要不就花一笔大钱买通警方，让他偷偷逃走了事。可是他对这一点完全没有想到，反倒认为他每做一次新的招供，都是对我的补偿，更不要说是给我的好处了，这实在让人气恼。

闹到后来，我只要一看到警方来人，带来什么新的消息，我就先偷偷一走了之。一直等到他受审，判处流刑，我才不过这种偷偷摸摸的生活。可是甚至到了这个时候，他还不肯安静，还老是给我们写信，表明在流放之前，很想见朵拉一面。于是朵拉便去探监了，可是一进铁栅门，她就晕过去了。简而言之，在他没被解送之前，我们就没有过过一天安静的日子。我后来听说，他被流放到“内地[①]”什么地方去放羊了，至于具体的地理位置在哪儿，我就不知道了。

所有这一切，不能不让我认真地反省了一番，它从一个新的方面表明了我们的错误所在。尽管我非常疼爱朵拉，但是有一天晚上，我还是忍不住对她说了。

“我亲爱的，”我说，“我们的家务操持得这样没有条理，不仅使我们自己受累（我们倒是习惯了），还连累了别人，我一想到这事，就感到很不自在。”

“你已经好久没有唠叨了，看来这会儿又要发脾气了！”朵拉说。

“不，我亲爱的，的确不是！让我来给你解释一下我的意思吧！”

“我想我不需要知道。”朵拉说。

“可是我要你知道知道，我亲爱的。你先把吉卜放下来。”

朵拉把吉卜的鼻子往我的鼻子上一碰，嘴里还说了一声“嘘”，想要驱散我那副严肃的神色，可是没能成功，于是她就吩咐吉卜回它的宝塔，自己坐在那儿望着我，两手互握在一起，一脸无可奈何的顺从的神情。

“事实是，我亲爱的，”我开口说，“我们身上有传染病。我们把周围的人都给传染上了。”

我原本打算用这个比喻继续说下去，可是朵拉脸上的表情提醒了我，她正竭尽全力地在那儿猜想，为了要治我们这种不卫生的状况，我是否要提出接种某种新的疫苗，或者采用别的什么治疗方法。所以我只好制止住自己，把我的意见说得更明白一些。

“我的宝贝儿，”我说，“要是我们不学会当心一点儿，这不仅会使我们损失金钱，日子过不安适，有时甚至有伤和气，我们还得为纵容坏了所有为我们

① 当时的流放地主要是澳大利亚。

做事的人以及跟我们有来往的人，负严重的责任。我开始害怕起来了，觉得过错不完全是一方面的。这般人之所以变得这么坏，原因是我们自己也不太好。”

“哦，多严重的罪状啊！”朵拉把眼睛瞪得大大的，高声喊道，“你竟说见到我拿人家的金表啦！哎呀呀！”

“我最亲爱的，”我抗辩道，“别这么荒唐地胡说啦！谁提到过一丁点儿金表的事了？”

“你提了，”朵拉回答说，“你分明知道你提了。你说我也不好，拿我跟他比。”

“跟谁比？”我问道。

“跟那个小男仆比呀，”朵拉呜咽着说，“哦，你这狠心的人，竟拿深爱你的妻子，跟一个流放的小男仆去比。你为什么在我们结婚以前，不把你的看法告诉我呀？你这个狠心的东西，你为什么不说，你认定我比一个流放的小男仆还要坏呢？哦，你对我有这种看法，真是太可怕了！哦，我的天哪！”

“我说，朵拉，我亲爱的，”我一面回答，一面轻柔地想把她捂在眼睛上的手帕挪开，“你说这话不但非常可笑，而且大错特错了。首先，这不是真实情况。”

“你常说他是个说谎的人，”朵拉抽噎着说，“现在你又说我也是一样的人了！哦，我该怎么办啊？”

“我的宝贝姑娘，”我回答说，“我真的求你讲点儿道理了，听听我刚才说了什么，我还要说的是什么。我亲爱的朵拉，对那些我们雇用的人，要是我们不学会对他们尽我们的责任，那他们永远也不会学会对我们尽他们的责任的。我恐怕，我们给了别人做错事的机会，而这种机会我们是绝不应该给的。在我们所有的家务安排方面，即使我们心甘情愿像现在这样放松马虎——其实并非心甘情愿——即使我们喜欢这样，觉得这样才惬意——其实并不喜欢，并不惬意——我也深信不疑，我们没有权利让它这样继续下去。我们的确是在腐蚀人。我们一定得把这一点好好想一想，我不能不想到这一点，朵拉。这是我怎么也摆脱不了的想法。有时候，这使我感到很不安。瞧，宝贝儿，这就是我要说的。好，行啦，别再犯傻了！”

朵拉久久地不让我挪开她的手帕。她坐在那儿，用手帕捂着脸，一面呜咽，一面嘟囔。要是我感到不安，为什么当时我还要结婚呢？哪怕是在我们去教堂的前一天，我为什么不说，我知道我会感到不安，我最好还是不要结婚？要是我受不了她，为什么不把她送走，送到帕特尼她姑妈家，或者送到印度的朱丽娅·米尔斯那儿去？朱丽娅见了她一定会很高兴，绝不会把她叫作流放的小男仆的，朱丽娅从来没有那样称呼过她。简单地说吧，朵拉简直伤心透了，处在这种情况下，我也被弄得苦恼极了，因此我觉得，再这么重复努力下去，哪怕我的态度再婉转温和，也不会有丝毫用处，我必须采取别的什么办法。

还有什么别的办法可以采取呢？“培养她的品性”？这是一个既很中听又很有指望的普通说法，于是我决定培养朵拉的品性了。

我立即就开始了。每当朵拉非常孩子气时，我本来总是无限地顺着她哄她的，现在我则竭力装出正颜厉色的样子——结果弄得她仓皇失措，也弄得我自己仓皇失措。我跟她谈盘桓在我思想上的问题，给她谈莎士比亚——结果累得她筋疲力尽。我经常以完全处于偶然的方式，零星地给她讲一些有用的知识或正确的见解——可是我刚一开口，她便惊而避之，好像我说的这些是爆竹似的。不管我怎样不经意地、自自然然地来培养我这位娇小妻子的品性，我依然不免看出，她总是凭直觉就知道我的用意所在，因而变得极度不安，诚惶诚恐。我觉得特别明显的是，她认为莎士比亚是一个可怕的家伙。这项培养工作进行得慢极了。

我没让特雷德尔知道，就硬逼他来为我效劳。不管什么时候，只要他来看我，我就对他引爆我的地雷，好让朵拉间接受到教育。我以这种方式给予特雷德尔的日常生活知识，数量极大，质量最高。但是，这除了使朵拉心情沮丧，让她惴惴不安，唯恐下次会轮到她之外，没有别的效果。我发现自己就像是个学监、陷阱、圈套，时时扮演蜘蛛的角色来捉朵拉这只苍蝇，总是从我的洞里突然猛扑过去，因而使朵拉感到无限惊慌。

尽管如此，我依然盼望，经过这个过渡阶段，总有一天朵拉会和我心心相印，我会把朵拉的品性培养到使我完全满意。因此我就这样坚持着，甚至一连坚持了好几个月。但是，到后来我终于发现，虽然在整个这段时间，我十足是只豪猪或刺猬，把全身的决心之刺全都倒竖起来，结果却一事无成。所以我就开始想，朵拉的品性，也许早就定型了。

经过进一步的考虑，我觉得是有这种可能，于是就放弃了我的这种说起来很有指望、做起来毫无效果的计划，决心从此以后，对我的孩子气的妻子深感满足，不再想用任何办法来把她改造成别的样子了。眼看我所爱的人备受拘束，我打心底里开始厌恶起自己的精明善算来。因此有一天，我特地为朵拉买了一副耳环，为吉卜买了一个项圈，带回家来献殷勤。

朵拉见到这两件小礼物，非常高兴，欢欢喜喜地吻了我。不过我们两人之间，依然有着一片阴影，尽管非常微弱。我下定决心，一定要消除这片阴影。要是这样一片阴影，必须在什么地方存在的话，那往后我宁愿把它藏在我自己的心里。

我紧挨我的妻子在沙发上坐了下来，为她戴上耳环，然后对她说，我担心我们俩近来不像从前那样亲密无间了，错误完全在我。我真心诚意地感到这一点，而且事情也确实如此。

“事实是，朵拉，我的命根子，”我说，“我一直在自作聪明。”

“想使我也变聪明，”朵拉怯生生地说，“是不是，多迪？”

她把眉毛一扬，做出好看的探问的样子。我点头表示同意，吻了吻她张开的双唇。

“这一点儿用处也没有，”朵拉摇着头说，摇得耳环叮当作响，“你知道，我是个怎样的小东西；你知道，一开始我就要你叫我什么。要是你连这都办不到，那恐怕你永远不会喜欢我了。你确信，有时候你不认为，最好还是——”

“最好还是怎么样，我亲爱的？”因为她不想再说下去了。

“什么也不要做！”朵拉说。

“什么也不要做？”我重复说。

她两臂搂住我的脖子笑着，一面用自己喜欢的名字“小傻瓜”叫着自己，一面把脸藏在披在我肩上的鬈发里。她的鬈发是那么浓密，得费点儿劲才能撩开鬈发，看到她的脸蛋。

“我是不是认为，花力气培养我娇小妻子的品性，还不如什么也不要做来得好？”我对自己发笑说，“你问的就是这个问题吧？是的，没错，我是那么想的。”

“这就是你一直要做的吗？”朵拉叫了起来，“哦，你这吓人的孩子！”

“不过我再也不会那样做了，”我说，“因为我深深爱她本来的样子。”

“没说谎——是真的？”朵拉挨近我问道。

“我珍爱得这么久的宝贝儿，为什么还要去改变她呢？”我说，“我甜美的朵拉啊，再没有比你天生的本来面目显得更美了。我们再也不要做什么别出心裁的实验了，还是回到老路上，过以往快乐的日子吧。”

“过快乐的日子！”朵拉回答说，“对！整天都过快乐的日子！有时候，出点儿小差错，你也不会介意吧？”

“不会，不会，”我说，“我们一定要尽我们的力量去做。”

“你再也不会对我说，我们把别人都纵容坏了，”朵拉哄诱我说，“是不是？因为你知道，这罪名太可怕了！”

“不会了，不会了。”我说。

“我笨，总比我不舒服好，是不是？”朵拉说。

“朵拉天生的本来面目，比世界上的一切都好。”

“世界上！哦，多迪，世界是个很大的地方啊！”

朵拉摇了摇头，把她那喜悦明亮的眼睛转向我的眼睛，给了我一个吻，高高兴兴地笑着，然后一下跳开，给吉卜戴新项圈去了。

为使朵拉有所改变的最后一次尝试，就这样结束了。在做这种尝试期间，我的心情是很不愉快的。对于我的这种自以为是的聪明，我自己都受不了。我没法儿使这种做法和她以往要我当她是个孩子气的妻子的请求调和起来。我决定尽我所能，独自不声不响地来改进我们的行为。不过我预先就看出，即使我竭尽全力，我的力量还是非常渺小的，要不，我又得蜕化成一只蜘蛛，永远埋伏着等待时机出击了。

我先前说到过的阴影，在我们俩之间已经不复存在了，可它完全留存在我自己的心中。那阴影是怎么投落下来的呢？

往日那种不快的感觉，弥漫在我的生活之中。如果说有什么变化的话，那就是这种感觉更加深了。但它仍像过去一样，是不明晰的，就像夜晚依稀听到的一阵忧伤的乐声。我深爱我的妻子，也因此感到幸福。但是我以前一度朦胧地期望过的幸福，并不是我现在享受到的这种幸福，总像缺少点儿什么。

为了要履行我跟自己订立的合约，把我的思想反映在这本书里，我又把我的思想仔细地考察了一番，让其中的秘密暴露在光天化日之下。我仍然认为——我始终认为——我所缺失的，是我少年时代幻想的一种梦境，是不可能实现的东西；现在我发现了是这么一回事，难免也像所有人一样，内心自然会感到有些痛苦。不过我也认为，如果我的妻子能多给我一些帮助，同样具有我的许多无人共有的思想感情，那对我来说就更好了——而且这是有可能的——我知道。

在下面这两个不能调和的结论之间，我奇特地保持着平衡，对它们的互相对立，没有清楚的认识：一个结论是，我所感到的是一般性的，是不可避免的；另一个结论是，这是我所特有的，是可以不同的。一想到少年时代虚幻的梦想不能实现时，我就会想到成年以前我所经历的那段美好时光。于是，和爱格妮斯一起在那可爱的老屋中度过的美满日子，就全浮现在我的眼前。这就像死者的阴影一样，在另一个世界里也许可以重新开始，但是在这个世界上，却永远永远也难以复活了。

有时候，我心里会有一种想法，要是朵拉和我从来不曾相识，会发生什么情况，或者说，情况会怎么样呢？可是朵拉和我的生命，已经完全合为一体，因而我的这一想法是所有幻想中最无稽的，就像飘浮在空中的游丝，很快就消失了，既够不着，也看不见了。

我一直爱着她。刚才我所描述的，在我内心最深、最隐蔽处，蒙眬睡去，蒙眬醒来，然后又昏昏睡去。在我的身上并没有流露出这种想法的迹象，我也不认为它对我的言行有任何影响。我们的一切家务琐事，我自己的所有事务计划，全由我一个人承担着，而朵拉只管给我递笔。这样，我们俩都觉得，我们已经按照实际情况的需要，各自分担其职了。朵拉真的非常爱我，以我为荣。爱格妮斯在给她的信中，有时写有几句诚恳的话，说我的老朋友们听到我的声誉日隆，为我感到骄傲和高兴，而且读我的书，就像听我亲自讲述书中的内容一样——朵拉对我念这些话时，她那明亮的眼睛中，含着欢乐的泪水，还说我是一个可喜可爱、聪明伶俐、出了名的孩子。

“因少不更事，一时冲动，即将铸成第一次大错。”斯特朗太太的这句话，这时不断地反复在我的脑子中出现，几乎一直盘踞在我的心头。我常常在夜里醒来时还想起这句话；我记得，我甚至在梦中都见到，在屋内的墙壁上写有这句话。因为现在我明白了，我最初爱上朵拉时，我的心性还未受过磨炼；要是心性受过磨炼，在我们结婚以后，我就绝不会感到这时在内心隐秘之处所感到的东西了。

“在婚姻生活中，再没有比思想不合和志向不投更大的悬殊了。”这句话我也清楚地记得。我曾努力想把朵拉改造成我所希望的那样，但发现这是行不通的。结果只好把我自己改造成朵拉所希望的那样，并且尽我所能，和她共享一切，过上幸福的日子，把我必须承担的都挑在自己的肩上，而且仍然觉得幸福。我开始想到，认为这就是我设法要让我的心性受到磨炼。这样一来，使得我们第二年的生活要比第一年幸福得多，而且更好的是，使得朵拉的生活满是阳光。

但是，随着那一年的寒来暑往，朵拉的身体却不太健康。我曾希望，有比我更轻柔的手，来帮着塑造她的性格，她怀中婴儿的笑容，也许可以把我这位孩子气的妻子变成大人。但是这没能实现。那个小小的灵魂，刚在他那小囚室门口拍打了一会儿翅膀，还没觉察到自己会被囚，便飞走了。

“姨婆，等我又能像从前那样到处奔跑时，”朵拉说，“我一定要吉卜跟我赛跑。它变得越来越慢，也越来越懒了。”

“我亲爱的，”坐在她身旁安安静静地做着活儿的姨婆说，“我怀疑，它还有比这更糟的毛病哩。是年纪，朵拉。”

“你是说它老了吗？”朵拉吃了一惊，说，“哦，吉卜会老，这看起来多奇怪啊！”

“这是我们上了年纪的免不了的麻烦事啊，小东西，”我姨婆高高兴兴地说，“说实话，我已经不像以前那样，全不把它放在心上了。”

“可是吉卜，”朵拉怀着怜悯看着吉卜说，“这小小的吉卜都不能幸免！哦，可怜的小东西！”

“我敢说，它还有不少时间好活哩，小花朵儿。”我姨婆说着，用手拍拍朵拉的脸蛋儿。这时朵拉正从长沙发上探出身子，望着吉卜，吉卜也做了响应，用后腿站立起来，好几次喘着气想连头带肩地往沙发上爬，但都没有成功。“今年冬天一定得在它的屋子里铺一块法兰绒，我敢担保，随着明年春暖花开，它一定又会出落得精神抖擞的。求上帝保佑这只小狗吧！”我姨婆大声说，“要是它像猫一样有那么多条命[①]，在所有的命都要不保时，它也会用它最后一口气，朝我吠叫的，我相信会这样！”

朵拉帮了一把，才使吉卜爬上了沙发。在沙发上，它真的一直朝我姨婆吠叫着，叫得那么凶，连身子都直不起来，而是扭侧到一边了。我姨婆越是看着它，它对姨婆就吠叫得越厉害，因为我姨婆最近戴上了眼镜，出于某种不可理解的原因，它把眼镜看成是姨婆身上长出来的东西了。

朵拉费了很多唇舌，才把它弄得在自己身边躺下。待它安静下来后，朵拉用手把它的一只长耳朵捋了又捋，再次心事重重地说：“连小小的吉卜都不能幸免！哦，可怜的小东西！”

“它的肺还很强，”我姨婆高兴地说，“对厌恶的对象，叫得一点儿也不弱。毫无疑问，它还有好多年好活哩。不过，你要是想要一只能跟你赛跑的狗，我的小花朵儿，它过的日子太舒服了，干不了那个了。我可以另外给你一只。”

“谢谢你，姨婆，”朵拉有气无力地说，“不过请别给了！”

“别给？”姨婆说着，摘下了眼镜。

“除了吉卜，我不能有别的狗，”朵拉说，“要不就太对不起吉卜了！而且，除了吉卜，我不可能跟别的任何狗有这般亲密，因为别的狗是不可能在我结婚之前就认识我的，也不可能在多迪第一次来我家时就冲他吠叫的。姨婆，恐怕除了吉卜，我对别的任何狗都不会喜欢的。”

“当然！”我姨婆又拍拍她的脸蛋儿，说，“你说得对。”

“我没让你生气吧，”朵拉说，“你生气了吗？”

“哟，多细心的小宝贝儿！”我姨婆叫了起来，亲切地朝她俯下身子，“竟想到我会生气哩！”

“不是的，不是的，我并没有真的这样想过，”朵拉回答说，“我只是有点儿累了，这使我一时犯起傻来了——你知道，我一直是个小傻瓜。不过，一谈起吉卜来，我就更傻了。它知道我所经历的一切，是不是，吉卜？因为它有了一点儿改变，我就冷落它，这我可不忍心。我能忍心吗，吉卜？”

吉卜跟它的主人依偎得更紧了，它懒洋洋地舔着她的手。

“你还没老到要把你的主人撇下吧，吉卜？”朵拉说，“我们俩还可以相伴一些时候吧！”

---

① 据西方人的说法，猫有九条命。

我漂亮的朵拉啊！在接下来的那个星期天，当她下楼来吃饭，看到特雷德尔时是那么高兴（每逢星期天，特雷德尔常来跟我们一起吃晚饭），我们都以为，过不了几天，她就能“跟从前那样，到处跑”了。可是他们却说，还得再等几天，接着又说，还得再等几天。可她还是既不能跑，也不能走。她看起来非常漂亮，也很快乐，可是她从前围着吉卜蹦蹦跳跳的那双灵活的小脚，现在却沉重迟钝，不大能动了。

我开始每天早上抱她下楼，每天晚上抱她上楼了。这时候，她总是搂着我的脖子大笑，仿佛我这么做是为了跟她打赌取乐似的。吉卜总是在我们周围又叫又跳的，有时跑在我们前面，气喘吁吁地在楼梯口回头看着，看我们走上前去。我姨婆是个最周到、最让人高兴的护士，她吃力地在我们后面跟着，简直就是一堆会活动的披肩和枕头。狄克先生绝不肯把掌烛的差事让给任何一个活人。特雷德尔则往往站在楼梯底下，朝上看着，负责把朵拉开玩笑的信息传给他那位世界上最可爱的姑娘。我们组成了一支欢乐的队伍，而其中最欢乐的，是我那位孩子气的妻子。

不过有时候，当我抱起她时，觉得她在我怀中显得更轻了，我的心中就出现了一种可怕的空虚的感觉，仿佛自己正走近某个还没见到的冰寒地区，使我的生命冻得僵硬麻木。我不愿用任何名义来说出这种感觉，自己也不愿在这方面多想。直到有一天晚上，这种感觉极其强烈地压在我的心头——当时我姨婆说了句“晚安，小花朵儿！”跟朵拉道别时，我独自一人在我的书桌前坐了下来，一边哭，一边想：哦，这个名字多不吉利呀，这朵花儿还在树上开着，怎么就枯萎了啊！

第四十九章　坠入迷雾

一天早上，我收到了通过邮局寄来的一封信，这封信寄自坎特伯雷，寄给博士公堂我收。我读了后颇感诧异。信上写道：

我亲爱的先生：

鉴于环境超出吾之控制，致使亲密之交隔断，历时甚久矣。每于繁忙职务中偷得有限闲暇，思念记忆中往日色彩缤纷之景事，始终给吾以异常快慰之感，今后亦必继续如此也。此其一。加之先生大才，致身闻达，使吾不敢冒昧，擅自再以“科波菲尔”此亲密称谓，称呼吾之少年伴侣矣！然先生大名，吾有幸得以称之者，在寒舍所藏之契据（此处所指，即现由米考伯太太保存，与敝舍旧房客有关之文档也）中将永远受吾尊敬、热爱并珍视，此则敢以奉告者也。

吾原本有错，复遭厄运频频，处境犹如覆没之舟（如可以一海事名称喻之）；如此处境之人，实不宜执笔致函先生——恕吾重复言之，一如此处境之人，欲以问候、祝贺之词，陈于台前，实不相宜也。此当有待多才洁身之士完成之。

倘先生于撰述伟业之百忙中，能拨冗垂览拙书至于此处——或然或否，须视情况而定——则先生自当垂问，吾书写此函目的究竟何在？请容吾一陈，先生此问，甚为有理，吾完全遵从，并进而伸之，在此预先声明：此举绝非为金钱也。

至于吾身可能有之潜能，降惊雷掣电，或纵复仇之火于四方，今姑置之而不直言。乞许附陈一言，即吾最光明之前景永遭驱散——吾之安宁已被粉碎——吾之享乐能力亦已摧毁——吾之心灵已不再居其正位——吾在人前已不复能昂首阔步矣。虫居花腹，苦酒溢杯。虫力正勤，花亡无日矣。越速越佳。然此皆离题之语，吾不欲多言也。

吾今正置身于特别痛苦之心态中，米考伯太太虽身兼女性、妻子、母亲三职，亦无力加以宽慰。故吾意欲作短期逃避，窃四十八小时以暂息，重访首都旧日行乐之地。在曾给吾以家室燕息、心情宁静之安乐窝中，王座法院监狱吾足自当必至之地。如天从人愿，吾准于后日晚七时正，至该民事诉讼监禁地之南墙外。陈述至此，则吾作此书之目的达矣。

吾不揣冒昧，斗胆敬请老友科波菲尔先生及老友内殿法学院之托马斯·特雷德尔先生（如此先生尚在并乐于相见）屈尊惠临与吾相会，重温往日旧谊。现仅以一言以表之，即在吾所述时间、地点，君等仍可见到一座圮塔残留之剩迹也。

威尔金斯·米考伯

又及：米考伯太太并未与闻吾之秘密意图，合当奉告。

我把这封信从头到尾看了好几遍。虽然知道米考伯先生的文体高迈玄虚，且又极爱利用一切可能或不可能的机会，伏案挥毫书写长信，但我还是相信，在这封拐弯抹角的信背后，一定隐藏着什么重大的事情。我放下信，考虑了一番，又把它拿起来，从头到尾看了一遍。当我还在琢磨时，特雷德尔来了，他发现我正陷入极度的困惑不解之中。

“我亲爱的老兄，”我说，“我没有比这会儿见到你更高兴的了。你来得正是时候，正好用你那冷静的判断力来帮助我。我收到米考伯先生一封很奇怪的信，特雷德尔。”

“不会吧？”特雷德尔喊了起来，“真有这样的事？我倒收到米考伯太太一封信哩！”

特雷德尔一面这样说着，一面就掏出他的信来，和我的做了交换。他因为一路走来，满脸通红，由于运动和兴奋，他的头发竖得笔直，仿佛他见到了一个活灵活现的鬼似的。我瞧着他看米考伯先生的信，一直瞧到他看到信的中间时，扬起眉毛对我说道：“‘降惊雷掣电，或纵复仇之火于四方’！我的天哪，科波菲尔！”我也扬了扬眉毛作答，然后才开始看起米考伯太太的信来。

原信如下：

现谨向托马斯·特雷德尔先生致以我最良好的问候。要是他还记得昔日有幸和他极为熟识之人，我可否请求占用他片刻闲暇时光？现向托·特先生保证，若不是因为我已濒临疯狂之境，我绝不会冒昧相扰。米考伯先生以前一向以家室为重，但说来痛心，现竟与其妻子、家庭日渐疏远，这是我对特雷德尔先生做此不幸的呼吁，并恳求他给予帮助的原因。米考伯先生行为之反常，性情之怪诞凶暴，已完全超出特雷德尔先生之想象。而且情况日渐加重，已呈现精神失常的迹象。我敢向特雷德尔先生断言，此种病情，没有一天不突然发作。

米考伯先生时时说，他已把自己出卖给魔鬼，这话我都听惯了。我想，特先生听我这么一说，就不会再要我诉说我的心情了。长久以来，诡秘已成了米考伯先生的主要性格特点，它代替了对我的无限信赖。稍有一点儿触犯，甚至像问他晚饭想吃点儿什么，也会使得他提出要离婚。昨晚，双生子稚气地索要两便士买“柠檬宝”——当地的一种糖果——他竟拿起剖蚝刀来对准他们。

我要恳请特雷德尔先生，恕我谈及此类琐事。但要不如此，特先生就难以了解我目前伤心欲绝的心境了。

我现在可以冒昧地把我写此信的本意吐露给特先生吗？他现在允许我信赖他友好的关照吗？哦，可以，因为我知道他的心肠！

钟情则眼尖，特别是女性，不易受骗。米考伯先生将去伦敦。今晨早餐前，他写了地址卡片，系在旧日欢乐岁月中所用的褐色小提包上，虽然他煞费苦心掩饰他的笔迹，但是为妻者对他关切的锐利目光，已辨出“敦”字的笔迹。公共马车西区的终点为金十字街。现特斗胆恳求特先生，可否拨冗和我误入歧途的丈夫一晤，并多加开导？可否请特先生在米考伯先生和他苦难的家室之间做些调停？哦，不行，这一请求太过分了！

要是科波菲尔先生尚记得一默默无闻之人，可否请特先生代致我对他始终如一的敬意，并请转达同样的请求？无论如何，务请特先生以慈悲为怀，对此信绝对保守秘密，断断不可在米考伯先生面前提及。如蒙特先生赐复（我觉得这是最不可能的），来信请寄坎特伯雷邮局米·艾[1]收。较之径寄下方处于极度痛苦中之署名人，如此可减少痛苦后果也。

向托马斯·特雷德尔先生致敬的朋友及恳求者

艾玛·米考伯

“你认为这封信是怎么回事？”当我把他给的信读过两遍后，特雷德尔抬眼看着我说。

“你认为另外那一封是怎么回事？”我说。因为他仍皱着眉头在看另一封信。

“我认为，这两封信合在一起的意思，”特雷德尔说，“比米考伯先生和他太太各自信中通常的意思要多得多——不过我不知道是什么意思。这两封信都写得很诚恳，我相信，绝不是事先串通好了的。真可怜！”他这是指米考伯太太的那封信——这时我们俩正并排站着，在比较那两封信，“不管怎么样，我

① 米·艾：米考伯太太姓名首字“艾·米”的颠倒。

们给她回封信，告诉她我们一定会去见米考伯先生，这总是一件好事。”

对他的这一主张，我格外赞成，因为我对她上次的来信相当不重视，这会儿责备起自己来了。像我前面提到过的那样，当时接到她那封信时，我曾想了很多，但是我正全神贯注在忙自己的事，而且我对这家人已有经验，又没有再听到他们更多的消息，所以就渐渐地把这事撇下了。我倒也经常会想到米考伯一家，但主要是猜测他们在坎特伯雷又欠下了什么“金钱债务”，再不就是回忆米考伯先生做了乌利亚·希普的文书后，见了我那副羞羞答答、畏畏缩缩的样子。

不管怎么样，当时我还是以我们两人的名义，给米考伯太太写了一封安慰她的信，我们两人都在信上签了名。当我们步行进城去寄信时，特雷德尔又和我讨论了很久，还做了种种推测，我就不在这儿重叙了。那天下午，我们邀请我姨婆参加了我们的讨论，不过我们得出的唯一结论是：我们必须准时赴米考伯先生的约会。

虽然我们比指定的时间早一刻钟就来到约定的地点，却发现米考伯先生已经在那儿了。他正抱着双臂，在墙的对面站着，脸上带着伤感的神情，看着墙头的尖铁，好像这些尖铁是在他少年时代曾为他遮阳的交错的树枝似的。

当我们招呼他时，他的举止显得更加有点儿手足无措，更加有点儿不如往日的文雅。为了这趟旅行，他脱去了那套法学界的黑衣服，穿上了那件旧外套和紧身裤，但是已不太有往日的那种风度。在我们跟他谈话期间，他才逐渐地恢复了旧日的神情，不过他的单片眼镜好像仍挂得不太自在。他的衬衣领子虽然仍是往日那种大尺寸，但是有些下垂，不再笔挺了。

“先生们，”寒暄之后，米考伯先生说，“你们是我患难中的朋友，所以是真正的朋友。请允许我向当今的科波菲尔太太，未来的特雷德尔太太——我这样说，是假定我的朋友特雷德尔先生，尚未和他的意中人缔结婚姻，同甘共苦——致以衷心的问候。”

我们谢过了他的问候，也做了相应的回答。接着他要我们注意那堵高墙，开始说道：“先生们，我向你们保证……”这时，我冒昧对他这种礼节性的称呼提出反对意见，请他照从前那样跟我们说话。

“我亲爱的科波菲尔，”他紧握住我的手，回答说，“你的热诚真挚，使我深为感动。对一个一度叫作人的庙堂残迹——要是允许我这样说我自己的话——给予这样的接待，表明你那颗心是我们共有的天性中的一种光荣。我刚才正要说的是，我现在又看到我度过一生中最幸福时光的宁静处所了。”

“我相信，这是全仗米考伯太太营造出来的，”我说，“希望她一切都好吧？”

“谢谢，”听我这么一说，米考伯先生脸色变阴沉了，回答说，“她只是还过得去。”接着，他忧伤地点着头，说，“这就是那座王座法院监狱！在这儿，多年来第一次，没有人来公布压得我喘不过气来的债务，听不到天天叫嚷着在过道里拒不退去的索债声；在这儿，门上没有任何门环可供债主猛烈敲击；在这儿，用不着给当事人送传票，继续拘留状只要在门口投递！先生们，”米考伯先生说，“在这儿，当砖墙顶上那些尖铁在散步场的沙砾上投下阴影时，我曾看着我的孩子们避开暗处，从那些图案交叉错综的网影中穿过。那儿的每一块石头，我都非常熟悉。我想，要是我禁不住露出念旧之情，你们一定知道该怎么原谅我的。”

“打那以后，我们在世路上都有了进展了，米考伯先生。”我说。

“科波菲尔先生，”米考伯先生悲愤地回答说，“当我寄身在这个隐蔽所里时，我可以昂首向人，要是有人冒犯了我，我可以饱以老拳。可是现在，我跟我的同胞的关系，已经不再是以前那样体面光彩了！”

米考伯先生垂头丧气地从监狱方向转过头来，一边挽住我伸给他的胳膊，另一边挽住特雷德尔伸给他的胳膊，就这样夹在我们中间，朝前走着。

“在通向坟墓的路上，”米考伯先生恋恋不舍地回头看着，说，“有一些界标，要不是怕那种想法有渎神明，一个人是绝不想跨过那些界标的。在我坎坷的一生中，王座法院监狱就是这样一个界标。”

“哦，你精神不太好啊，米考伯先生！”特雷德尔说。

“是这样，先生。”米考伯先生插嘴说。

“我希望，”特雷德尔接着说，“这不是因为你对法律抱有恶感了吧——因为你知道，我本人也是个律师啊。”

米考伯先生没有回答一个字。

“我们那位朋友希普好吗，米考伯先生？”大家沉默了一会儿后，我问道。

“我亲爱的科波菲尔，”米考伯先生突然变得非常激动，脸色都白了，回答说，“如果你把我的这位雇主当作你的朋友来问候，我为此感到遗憾；要是你把他当作我的朋友来问候，我为之冷笑。不管你拿他以什么身份来问候，对不起，我并不是要得罪你，我的回答只有这么一句话：不管他的健康怎样，他都像只狡猾的狐狸，更别说他像个凶残的魔鬼。请允许我，以我私人的身份，谢绝再谈论这个主儿，因为他对我鞭抽棍打，在我的职业地位方面，把我赶到绝望的最边缘了。”

我为无意中提到这个话题，惹得他这样激动表示歉意。“为了避免重犯这种错误，”我说，“那么我可否问一声，我的老朋友威克菲尔先生和威克菲尔小姐怎么样？”

“威克菲尔小姐，”米考伯先生说，他的脸都红了，“是个典范，是个光辉的榜样，永远是这样。我亲爱的科波菲尔，她是一个悲惨生命中的唯一亮点。我敬仰这位年轻小姐，赞赏她的品格，我因了她的仁爱、真诚和善良，对她充满崇敬！——带我，”米考伯先生说道，“到哪个拐角处待一会儿吧。因为，说实话，在我眼下这种心情下，这我受不了。”

我们推推拥拥地把他带到一条狭小的街道上。他掏出口袋里的小手帕，背向着墙站在那儿。如果我也像特雷德尔那样神情严肃地看着他，他一定会觉得，我们这样的同伴绝不可能让他振奋起来。

“我是命该如此，”米考伯先生说着，毫不掩饰地呜呜咽咽哭了起来，不过即便如此，仍然隐约地有着往日那种做什么事都要装斯文的样子，“我是命该如此，先生们，我们天性中美好的感情，到了我身上就成了丢人现眼的事了。我对威克菲尔小姐的崇敬，是穿进我心头齐发的万箭。请你们最好还是撇下我，把我当作一个浪子，随我在世上流浪吧。蛀虫会以飞快的速度把我的事给安排妥帖的。”

我们没有理会他的这种祈求，一直站在他身旁，末了他收起自己的小手帕，把衫衣领子往上拎了拎，把帽子歪戴在一边，嘴里哼起小调来，为的是要瞒过附近也许在注意他的人。这时我提议——我怕我们要是没看住他，他会出什么意外——要是他肯乘车去海盖特，我会十分高兴地把他介绍给我姨婆，而且那儿有供他住宿的地方。

“你可以为我们调制一杯你拿手的潘趣酒，米考伯先生，”我说，“那样你就会忘掉心头的一切不快，尽想些比较愉快的事了。”

“再不，要是把心里话跟朋友们说说，心里可以更舒畅些，那就跟我们说说吧，米考伯先生。”特雷德尔小心地试探着说。

“先生们，”米考伯先生说，“你们想要我怎样就怎样吧！我是海面上的一根禾草，任由大象往四面八方冲打——对不起，我应该说大浪。”

我们又胳膊挽着胳膊继续朝前走去，走到公共马车站，发现马车刚要出发，于是我们就上了车，一路平安地到达海盖特。我心里感到很不安，一时没了主意，不知道最好该说点儿什么，做点儿什么——特雷德尔显然也跟我一样。米考伯先生大部分时间都陷入深深的忧郁之中，只是偶尔想表示轻松一下，随口哼起一支小调的尾声来。但是，他故意把帽子歪戴一边，把衬衣领子拎到齐眼高，只能使他那重又陷入深深的忧郁的模样更加显眼。

因为朵拉身体不适，我们没有去我家，而是去了我姨婆家。我姨婆一经通报就出来了，亲切热情地欢迎米考伯先生的到来。米考伯先生吻了她的手后，就退到窗前，从口袋中掏出手帕，跟自己做了一番内心的搏斗。

狄克先生正在家里。他生来就极其同情任何一个心情似乎不好的人，这种人他很快就能发现，因此他在五分钟内，至少跟米考伯先生握了六次手。对于身处困境的米考伯先生来说，一个陌生人对他如此热情，当然就使他感动万分了。因此，每一次握手时，他都只能说："我亲爱的先生，你太使我感激了！"狄克先生听了这话大为满意，于是就再一次握手，而且比先前握得更有劲。

"这位先生的友情，"米考伯先生对我姨婆说，"特洛伍德小姐，如果你允许我从我们粗野的国民运动项目[①]中选一个词来形容的话——把我给'击倒'了。对一个在困惑不解和忐忑不安的多种重负下挣扎的人，这样的接待真让人承受不起，这是我敢向你保证的。"

"我这位朋友狄克先生，"我姨婆得意地回答说，"可不是个寻常人哩。"

"对此我深信不疑，"米考伯先生说。"我亲爱的先生，"因为狄克先生又跟他握起手来了，"我深深感受到你的热烈情谊！"

"你心里觉得怎么样？"狄克先生带着担心的神情问道。

"没什么，我亲爱的先生。"米考伯先生叹了一口气，回答说。

"你得打起精神来，"狄克先生说，"尽可能使自己舒坦一点儿。"

这几句友好的话，同时又发现狄克先生的手再次跟他握在一起，使米考伯先生感动万分。"在人生变幻无常的景象中，"他说道，"我偶尔也有幸遇到过沙漠中的绿洲，可从来没有遇到过像现在这样草木葱葱、泉水汩汩的绿洲啊！"

要是在别的时候，我听了这话也许会觉得有趣，可是这时我们都感到局促不安。我看出米考伯先生一直犹豫不决，摇摆于显然有话要说和尽力克制不说之间，这使我焦急得全身发热。特雷德尔坐在他那张椅子的边上，两眼瞪得大大的，头发显然比往常竖得更直，时而看着地面，时而看着米考伯先生，丝毫没有想说句话的意思。至于我姨婆，显然我看到她把自己最敏锐的观察力，都集中在她的新客人身上，但比我们两个更能实际运用自己的才智；因为她一直跟米考伯先生交谈，不管他愿不愿意，使得他非说话不可。

"你是我甥孙的老朋友了，米考伯先生，"我姨婆说，"我要是有幸早跟你会面就好了。"

① 此处指拳击运动。

"特洛伍德小姐，"米考伯先生回答说，"我也希望有幸能早跟你认识。我以前并不总是像你现在看到的这副倒霉样子的。"

"我想米考伯太太和你府上的人都好吧，先生。"我姨婆说。

米考伯先生低下了头。"特洛伍德小姐，他们，"他停了一会儿，才不顾一切地接着说，"就跟被排斥在外和无家可归的人所能盼望的那样。"

"哎呀，我的天！"我姨婆突然叫了起来，"先生，你说的是什么呀？"

"我一家人的生计，特洛伍德小姐，"米考伯先生回答说，"处于风雨飘摇之中。我的雇主——"

说到这儿，米考伯先生像是要卖个关子似的戛然停住了，动手削起柠檬皮来。这些柠檬，连同供他用来调制潘趣酒的其他物品，全是在我的安排下放在他面前的。

"你刚才说到你的雇主。"狄克先生一面说，一面轻轻地碰了碰他的胳膊，提醒他。

"我亲爱的先生，"米考伯先生回答说，"你提醒了我，多谢你啦。"他们又握了一回手。"特洛伍德小姐，我的雇主——希普先生——有一次承蒙他告诉我，要不是他雇用了我，赐给我薪水，那我十有八九要流落江湖，走遍全国，干吞刀吐火的把戏了。即使我自己还没有落到这种地步，我的孩子仍有可能沦落街头，靠表演弯腰、曲体、拿大顶、翻跟斗为生，而米考伯太太，就得奏起手摇风琴，为他们那些违反常情的技艺助兴了。"

米考伯先生富有表情地把手中的刀子信手一挥，表示他死了之后，孩子卖艺为生的事是有可能发生的，然后便又带着绝望的神色，继续削起柠檬皮来。

我姨婆把胳膊肘搁在她平常放在身旁的小圆桌上，全神贯注地看着他。虽然我不喜欢用圈套把他不打算说的话套出来，我本来还是想趁此机会拾起他的话头的，可是，这时我看到了他的一些异常举止，其中最引人注意的是：他把柠檬皮倒进了水壶，把糖倒在放烛花剪子的盘子里，把烈酒倒进了空壶，还坚信不疑地想从烛台里倒出开水来。我知道紧要关头就要来了。果然如此，他把所有用具、器皿全都哐哐当当地收成一堆，然后从椅子上站起，掏出口袋里的小手帕，突然大哭起来。

"我亲爱的科波菲尔，"米考伯先生用手帕捂着脸说道，"在所有活儿里，这是件最需要无忧无虑和自尊心的活儿。我干不了啦，这活儿我不可能干啦！"

"米考伯先生，"我说道，"你这是怎么回事？请你说出来吧。在场的都是自己人哪！"

"都是自己人，先生！"米考伯先生重复了一句，接着，他原先憋在心里的一切，便都迸发出来了，"天哪，主要就是因为我是在自己人中间，我的心情才会这样的啊！这是怎么回事，先生们？这不是怎么回事？奸谋恶行就是这回事；卑鄙无耻就是这回事；撒谎欺骗、阴谋诡计就是这回事；把所有这些恶行坏事汇集在一起，统称——希普！”

我姨婆拍起了手，我们都像着了魔似的一下站了起来。

“我挣扎过来了！”米考伯先生一面说，一面拿着手帕猛烈地打着手势，还不时地挥出双臂，仿佛在非人力所能克服的困难下游泳似的，“我再也不要过这种生活了。我是一个可怜虫，凡是能让生活过得好一点儿的东西，我全被剥夺了。给那个魔鬼似的恶棍当差，我受尽了一切禁忌。把我的太太还给我，把我的家庭还给我，把现在脚下戴着刑具走来走去的小可怜虫，换成真正的米考伯吧。就是要我明天去吞刀吐火，我也去干，而且还干得津津有味！”

我一生之中还从未见过这般激愤的人。我想使他平静下来，可以稍稍恢复理性。可是他越来越激动，别人的话一句也听不进去。

“在我把……把那条……呃……万恶的……毒蛇——希普……炸成碎片以前，”米考伯先生像个在跟冷水搏斗的人似的，喘息着，喷着气，呜咽着说，“我绝不把手伸到任何人手里！在我把……呃……维苏威火山[①]……搬到……呃……那个无耻的恶棍——希普……头上喷发之前，我绝不接受任何人的款待！在我把……呃……那个说谎骗人的……希普……的眼睛……从他脑袋上……呃……抠出来以前……这个屋子里的……食品……呃……特别是潘趣酒……呃……我咽不下去！在我把……呃……那个空前绝后、遗臭万年的伪君子……做伪证者——希普……碾成看不出的尘粉以前……我……呃……我谁也不认……呃……什么也不说……呃……哪儿也不待！”

我真的有点儿害怕米考伯先生会当场气绝身亡。他挣扎着口齿不清地说出这些话来，不论什么时候，凡是说到希普这个名字时，他都是踉跄向前，有气无力地朝它冲去，接着以近乎惊人的猛烈劲头吐出来，那样子看上去实在吓人。不过，这会儿他已瘫坐在椅子上，喘着气，两眼朝我们看着，脸上出现了种种可能有而不应有的颜色；一连串没完没了的团块，连续地急冲进他的喉头，接着好像又从那儿冲进了他的前额，那样子简直就像到了穷途末路。我本想过去照顾他一下，但他挥手叫我走开，也不肯听我说一句话。

“不，科波菲尔！在威克菲尔小姐……呃……从那个……无恶不作的恶棍——希普……那里所受的侮辱……呃……洗刷干净以前……什么也不说！”（我深信不疑，要不是他觉得“希普”这个名字要出现，使他激发出惊人的劲头来，他是三个字都说不出来的。）“要绝对保密……呃……对全世界……呃……没有例外……下星期的今天……呃……早餐时间……呃……这儿所有的

① 维苏威火山：位于意大利南部，为欧洲大陆唯一的活火山。

人……呃……包括姨婆……呃……还有这位特别友好的先生……呃……都到坎特伯雷的旅馆……在那个……呃……你跟米考伯太太和我……呃……同唱《往昔的时光》……呃……的旅馆里……呃……我要揭发……那个无法容忍的恶棍——希普！我没有要说的了……呃……也不要听劝告……马上就走……跟别人在一起……呃……我受不了……快去盯住那个该死的、气数已尽的背信弃义者——希普！”

他之所以能够一直说下来，靠的就是这个具有魔力的名字。现在他以超过以往历次所用的劲头，最后再重说了一遍这个名字，随后便冲到屋子外面去了，把我们留在了兴奋、希望、惊讶的状态之中，使我们变得比他好不了多少。不过即使在这种时候，他写信的热情依然强烈得难以抑制。因为当我们还处在兴奋、希望、惊讶的高潮中时，邻近的小旅馆里就有人给我送来了下面这封牧函[①]式的短信，信是他到那家小旅馆后写的：

绝密

我亲爱的先生：

敬启者，吾适才激动失态，恳请先生代向令姨婆深致歉意。火山闷燃，受抑已久，今日喷发，盖因内心斗争之结果，其情易于意会，难以言传也。

有关约会之事，想必前已约略表明：其时为下周今日之早晨，其地为坎特伯雷招待公众之小旅馆，亦即米考伯太太与吾，一度有幸与君同唱特威德河彼岸不朽税务官著名歌曲[②]之地也。

一旦吾责得尽，吾过得补（唯有如此，才能使吾得以正颜面向世人），吾将不复闻于人世矣。吾但求能置骸骨于人人归宿之地，正如

村里无文诸父老，
各自长眠小穴中。[③]
碑文则可简单书
威尔金斯·米考伯

① 牧函：指主教写给其教区内神职人员或教徒的公开信函。此处之所以称牧函式，是因为信最后一段与圣保罗给提摩太牧函中的几句话相似。

② 此处指苏格兰诗人彭斯的《往昔的时光》。彭斯出生于苏格兰特威德河北面之艾尔郡阿洛韦镇，曾任税务官。

③ 此句出自英国诗人格雷（1716—1771）的著名诗作《乡村教堂墓地挽歌》。

第五十章　梦想成真

自从我们在河边和玛莎见面以来，到这时已经过去好几个月了。打那以后，我从没见过她，不过她跟佩格蒂先生曾通过几次信息。她的热心介入，还没有见到任何效果，而且从佩格蒂先生告诉我的情况来看，我也无法断定，有关艾米莉的命运，一时能得到什么线索。我得承认，我对于能否找到她，已经开始绝望，渐渐地越来越深深相信，她已经不在人世了。

佩格蒂先生的信心却始终未变。据我所知——我相信，我已把他那颗真诚耿直的心，看得一清二楚——他一直深信他一定能找到她，从来没有动摇过。他的耐心始终不曾失去。虽然我担心，他那坚强的信心一旦破灭，他会深感痛苦，但是他的信心是那么虔诚，表现得那么令人感动，因为它是根植于他高尚天性最纯洁的深处的，所以使我对他的尊敬，一天胜似一天。

他的信心并不是一味希望，懒于行动，别无作为。他一生始终是个坚定的身体力行的人。他知道，不管做什么事，如果需要别人帮忙，首先得自己尽力好好干，自己帮助自己。我知道，他由于担心亚茅斯船屋窗口的蜡烛也许偶尔没点上，曾在夜里徒步前往亚茅斯查看。我也知道，他由于在报上看到一则也许跟艾米莉有关的消息，就拿起手杖，长途跋涉了七八十英里。我转告他达特尔小姐告诉我的消息，他听了后，就乘船到那不勒斯去走了一个来回。在所有这些旅程中，他都省吃俭用，因为他一直都抱定为艾米莉积钱的目的，以备找到她时给她用。在整个这么长时间的寻访中，我从没听到他有过抱怨，从没听到他说过劳累，也从没见到他有过灰心。

自从我们结婚以后，朵拉经常见到佩格蒂先生，而且非常喜欢他。我现在还能想起他在我眼前的身影：他手中拿着自己那顶粗质的便帽，站在朵拉的沙发近旁，我那孩子气的太太抬起她那蓝莹莹的眼睛，含着怯生生的惊奇，看着他的脸。有时候在傍晚，他来和我谈心，我会劝他在花园里抽一会儿烟，我们就一块儿慢慢地在花园里来回溜达。这时，他撇下的那个家，晚上炉火熊熊时，在我童稚的眼中那种舒适的气氛，以及在那个家周围呜咽的凄风，这些景象全都在我的脑子里清晰逼真地显现。

有一天晚上，就是在这种时候，他告诉我，头天晚上，他正要出门时，发现玛莎在他的寓所附近等他。她请求他，在他每次见到她之前，无论如何都不要离开伦敦。

“她可曾告诉你为什么吗？”我问。

“我问过她，大卫少爷，”他回答说，“可是她说起话来，总是只有三两句。她听到我答应了，就走了。”

“她可曾说过，你大概什么时候可以再见到她？”我追问道。

“没有，大卫少爷，”他回答说，满腹心事地伸手从上到下在脸上抹了一把，“这话我也问了，可是她说她也说不上来。”

因为很久以来，我一直避免用那些渺茫的希望来鼓励他，所以对他的这个消息，我只说，我想他不久会见到她的，别的就没有多说。至于这一消息在我内心引起的猜测，我只是藏在自己心里，因为这些猜测是非常没有把握的。

大约两星期后，有一天傍晚，我独自一人在花园里散步。那天晚上我记得很清楚，是在米考伯先生把别人悬着那个星期的第二天。那天下了一整天雨，空气中弥漫着一股潮湿的味道。树上的叶子稠密，湿漉漉的，重得下垂着，但雨已经停了，尽管天色依旧阴沉沉的，盼望天晴的鸟儿都在欢欣地歌唱。当我在花园中来回溜达了一会儿后，我的周围暮色渐近，细微的鸟声也静止了。于是到处是一片乡村晚间特有的寂静，就连最细小的树也一动不动了，只有水珠儿偶尔从它们的枝叶上滴落。

在我们的小屋旁边，有一道小小的爬着常春藤的格子栏架，通过栏架我可以从我散步的地方看到屋前的大路。我心里正在想着许多事情，眼睛偶尔朝那儿一看，看到了一个披着件素净外衣的人影儿。那人影儿急切地转向我这边，同时还对我打着手势。

“玛莎！”我叫了一声，便朝她走去。

“你能跟我一起去一下吗？”她激动地轻声问道，“我已去过佩格蒂先生那儿，他不在家。我写了个要他去的地址，亲手放在他桌上。他们说，他不会出去得很久。我有消息给他，你能马上跟我去一趟吗？”

我的回答是立即走出大门。她匆忙地打了个手势，好像求我要有耐心，也别出声，然后就朝伦敦市内走去。从她的衣服可以看出，她是急急忙忙刚从市里赶来的。

我问她伦敦是不是我们的目的地，她跟先前一样，又匆忙地打了个手势，表示是的。我拦住了一辆打我们旁边经过的空马车，我们就上了车。我问她，该告诉马车夫上哪儿，她回答说：“不管哪儿，只要靠近黄金广场就行！要快！”说完就缩到一个角落里，用一只颤抖的手捂住脸，另一只手打了个先前那样的手势，仿佛任何声音她都受不了。

当时我心里大为不安，又被希望和恐惧的矛盾心情弄得头昏眼花，因此我就朝她看去，希望能得到她的一点儿解释。可是我发现她极力想保持沉默，同时我又觉得，要是处于这种情况，我自己也会这样的，因此我也就不想去打破这种沉寂了。我们一言不发，一直前行。有时候，她朝窗外瞥上一眼，好像认为我们走得太慢，其实我们已经走得很快了。除此之外，别的都跟先前一样。

到了她说的那个广场的一个入口，我们下了车。我叫车夫就在那儿等着，因为我怕我们也许还有用它的时候。玛莎把手搭在我的胳膊上，匆匆地带我走上一条阴暗的街道。这一带有好几条这样的街道，街上的房子原本一度很有气派，全是独门独户的住宅，但是很久以来已经沦为论间出租的贫民公寓了。我们进了其中一座敞开着门的房子，玛莎松开我的胳膊，打手势叫我跟着她上了一道公用楼梯，这楼梯很像一条通向大街的支路。

这座房子里挤满了房客。当我们往上走时，房间的门都纷纷打开，里面的人一个个探头朝外面打量着。我们在楼梯上也碰到了一些下楼的人。我们在进屋以前，曾从外面往上望，我看到一些妇女和儿童靠窗站着，俯身在窗台的花盆上面。我们好像已经引起了他们的好奇心，因为从自己的房门口探头朝外看的，主要是这些人。这是座宽阔的嵌板楼梯，有着某种乌木的宽大扶手；门上都有门楣，上面雕有花果的图案，窗口还有着宽大的座位。不过所有这些表示过去豪华气派的标志，都已腐朽不堪，满是污垢。由于腐蚀、潮湿，还有岁月，地板都摇摇晃晃了，许多地方已腐烂、残破，甚至很不安全。我注意到，在贵重的老硬木地板上，这儿那儿都有着用普通松木修补过的地方，试图把新鲜血液注入这日益枯槁的躯体，但是，这就像一个没落衰败的老贵族跟一个贫穷的百姓结婚一样，不是门当户对，因而双方都互相退而避之。楼梯上有几扇后窗已经暗不透光，或者已经全都堵死。在依旧留着的窗子上，几乎已看不到一块玻璃，通过这些破烂的窗架，恶浊的空气似乎总是进来，而永远不会出去。我隔着这种窗户，再通过另外一些没有玻璃的窗户，看到别的房子里，也是同样的情况。我头晕目眩地朝下面看了看，下面是个不堪入目的院子，已成了这座大房子的公共垃圾场。

我们继续朝这座房子的顶层走去。在中途，有两三次，我觉得在那微弱的光线中，我看到有个女人的长衣下摆，在我们前面往楼上移动。当我们拐弯登上我们和屋顶之间的最后一段楼梯时，我们看清了这个女人的整个身影，她在一个门口站了一会儿，跟着就扭开房门把手，走进去了。

“这是怎么回事？”玛莎低声说，“她进了我的房间。我不认识她呀！”

我可认识她。我满心惊异地认出了她，她是达特尔小姐。

我对给我带路的人说了几句话，大意是这是位小姐，我以前见过她。可是几乎没等我把话说完，我们就听到了她在房间里说话的声音，不过从我们站的地方，听不清她说的是什么。玛莎带着吃惊的神情，又重复了一下她先前的手势，跟着悄悄地领我走上楼梯。随后她推开一扇小小的后门（这门好像没有上锁，她一推就开了），带我进了一间小小的空阁楼，阁楼的屋顶是斜的，比一只橱柜大不了多少。这间小阁楼和她所谓的自己的房间之间，有个小门相通，这时小门正半开着。我们就在这儿站住了脚，因为刚刚上楼，我们都气喘吁吁的，玛莎伸手轻轻地捂住了我的嘴。我只看到里面的那个房间相当大，房里有一张床，墙上有几幅印有船舶的普通图画。我看不见达特尔小姐，也看不见她对着说话的人。当然，我的同伴就更看不到了，因为我站的位置是最好的。

有一会儿工夫，只是一片寂静。玛莎的一只手仍捂在我的嘴上，她举起了另一只手，做出仔细倾听的姿势。

“她不在家，跟我没有一丁点儿关系，”罗莎·达特尔口气傲慢地说，“我并不认识她。我到这儿来，要见的是你！”

“见我？”一个轻柔的声音回答说。

一听到这声音，我突然浑身战栗。因为这是艾米莉的声音！

“没错，”达特尔小姐回答说，“我来这儿就为了看看你。怎么？你干了这么多丑事，还有脸出来见人？”

她语气中那种咬牙切齿的仇恨，那种冷酷无情的尖刻，那种难以压制的愤怒，把她呈现在我的面前，就像我看到她站在光天化日之下一样。我看到了她那双闪闪发光的黑眼睛，那被感情熬瘦的身子。我也看到了她嘴上的疤痕，一道白印从她说话时不断颤动的双唇划过。

“我到这儿来，”她说，“就是要看看詹姆斯·斯蒂福思的宠儿，看看跟他一起私奔的女人，那个她老家当地最粗俗的人街谈巷议的货色，那个跟詹姆斯·斯蒂福思那样的人做伴、胆大包天、得意招摇的行家。我要见识见识这么个东西到底是什么模样。”

传来一阵窸窣声，好像那个不幸的、受到她辱骂的女孩儿，正想往门口跑，而那个说话的人则迅速在门口堵住了她。随后是片刻的停顿。

当达特尔小姐再次说话时，她是咬牙切齿，跺着脚说出来的。

“你给我待在那儿！”她说道，“要不，我就把你干的好事全都抖出来，让满屋子、满街的人都知道！要是你打算躲开我，我一定会把你挡住！哪怕得抓住你的头发，举起石头来对付你！”

一声受了惊的咕哝声，是传到我耳朵中的唯一回答。接着是一阵寂静。我不知道怎么办才好。虽然我极想让这场会晤结束，但是我又觉得我无权出面干涉，只有佩格蒂先生才有见她和救她的权利。难道他永远不来了吗？我急不可耐地想着。

“啊！”罗莎·达特尔轻蔑地笑着说，“我终于见到她了！哼，他竟会被这样一个娇里娇气、假装正经、耷拉着脑袋的东西迷住，他也真是个可怜虫了！”

第五十章　梦想成真

“哦，看在上帝的分上，你就饶了我吧！”艾米莉喊着说，“不管你是谁，反正你知道我这段可怜的身世，看在上帝的分上，要是你自己也想得到饶恕的话，那就饶了我吧！”

“要是我也想得到饶恕！”对方恶狠狠地回答说，“你以为，我们两人之间有什么共同的地方？”

“除了性别，没有共同的地方。”艾米莉一下哭了起来。

“就凭这一点，”罗莎·达特尔说，“你这不要脸的便当作十足的理由，提出来求我了。你要知道，要是我心里除了对你的轻蔑和憎恨外，还有别的什么感情的话，听了你这种理由，也已经冻结了。我们的性别！你可真是我们这个性别的光荣哩！”

“这是我应该受的，”艾米莉说，“不过这太可怕了！亲爱的、亲爱的小姐，请你想想我受了多大的罪，落到了什么地步啊！哦，玛莎，你快回来吧！哦，家啊！家啊！”

达特尔小姐在门口看得见的一把椅子上坐了下来，眼睛朝下面看着，好像艾米莉已趴在她面前的地板上。因为现在她坐的地方，正在我和亮光之间，所以我能看到她那轻蔑地撇起的嘴唇，她那带着贪婪的得意神情以及死盯在一个地方的残酷的眼睛。

“听我说！”她说，“收起你这套装模作样的伎俩，留给那些容易受你骗的傻瓜吧。你想用眼泪来打动我？这跟你用笑脸来迷惑我一样没用，你这个卖身的奴隶。”

“哦，对我发点儿慈悲吧！”艾米莉哭喊道，“可怜可怜我吧，要不，我会发疯死去的啊！”

“你就是死了，”罗莎·达特尔说，“也远远补赎不了你犯的罪。你知道你都干了些什么吗？你可曾想过，你把那个家都毁坏成什么样子了吗？”

“哦，有哪一天，哪一夜，我不想那个家啊！”艾米莉喊道。这时候我能看到她了，她跪在地上，头往后仰着，苍白的脸朝着上方，两手疯了似的紧攥着向外伸出，头发披散在四周。“不管我是醒着还是睡着，那个家无时无刻不在我的眼前，它就像我永远、永远背弃它的那些迷途的日子里时一样啊！哦，家啊，家啊！哦，亲爱的、亲爱的舅舅啊！要是你知道，在我走上错路时，你对我的爱给了我多大的痛苦，即使你非常疼我，你也就绝不会让你对我的爱这样一成不变了，你会对我生气，至少在我这辈子里生我一回气，让我可以得到一点儿安慰！在这个世界上，我已经得不到一点儿安慰了，一点儿都得不到了，因为他们全都老是宠着我！”她俯脸趴在那个椅子上的专横的人面前，乞求着想去拉她那长袍的下摆。

罗莎·达特尔端坐在那儿，眼睛朝下看着她，像座铜像似的毫不动摇。她的嘴唇紧闭着，仿佛她知道，她必须尽力控制住自已，要不她就会忍不住用脚去踢这个漂亮的女人了——我深深相信这一点，所以才这样写的。我清清楚楚地看到她，她的外表和性格的全部力量好像都迫使她露出这种表情。他难道永远不来了吗?

“这帮卑鄙小人无耻的虚荣心！”她说，这时她控制住了胸中的怒气，相信自己可以说话了，“你的家！你以为我会想到你的家?你以为，我会认为你糟蹋了你那个下流的家，就不能用钱来补偿，而且大大地补偿?哼，你的家！你就是你家经营的买卖的一部分，跟你们那帮人出卖的别的货物一样，你也是可以买卖的货色。”

“哦，别这么说！”艾米莉喊了起来，“你说我什么都行，可是别把我做的丢脸出丑的事，加油添醋地硬栽在跟你一样体面的人身上！你作为一位小姐，即便你对我不愿发慈悲，也请你对他们有点儿敬意。”

“我说的是，”她说道，丝毫不屑理会这一请求，只是把衣服扯起，怕让艾米莉碰脏了，“我说的是他那个家——我就住在那儿。就凭你，”说到这儿，她轻蔑地笑着伸出一只手，低头看着趴在地下的女孩儿，“就凭你这么个东西，竟把有教养的母亲和有教养的儿子给拆散了；就凭这么个连当厨房打杂的都不够格的东西，竟搅得这家人伤心、发怒、烦恼、互相责难。这么个从海边拣来的烂货，让人摆弄上一时三刻，接着便给扔回到原来的地方了！”

“不是的！不是的！”艾米莉两手紧握，喊着说，“他第一次碰见我时——哦，但愿从来没有那一天，但愿他碰见我时，我正让人抬去下葬！——他第一次碰见我时，我也跟你、跟任何有身份的小姐一样有操守、有教养，而且还正要嫁给一个跟你、跟世上的任何小姐想要嫁的好男人做妻子。要是你住在他家里，了解他，你也许就知道，他引诱一个软弱、爱虚荣的女孩儿的本领有多大了。我并不是替自己辩护，不过我清楚地知道，他也清楚地知道，要不，他到临死心里后悔难过时也会知道，他怎样使尽全力来欺骗我，骗得我听了他，信了他，爱上他！”

罗莎·达特尔突然从座位上一跃而起，往后一摇晃，就在向后摇时，伸手朝艾米莉打去。这时，她的脸是那么凶恶，由于愤怒变得那么狰狞阴险，丑陋难看。我差一点儿要挺身而出，站到她们之间。不过她打的这一下，因为没有目标，打空了。她气喘吁吁地站在那儿，怀着她所能表现出的极度憎恶，看着艾米莉，由于愤怒和鄙夷，从头到脚全身都在颤抖。我想，我从来不曾见过这种景象，将来也绝不可能见到。

“你爱他?你?”她嚷道，紧握拳头，颤抖着，仿佛只想有一件武器，用来刺穿她憎恨的对象。

艾米莉退缩到我看不见的地方，我也没有听到她回话。

第五十章 梦想成真

“你竟敢用你的臭嘴，”她接着说，“对我说出这样的话？他们为什么不用鞭子抽这帮东西？要是我能这么做，我非把这个贱货抽死不可。”

我毫不怀疑，她一定会这么做的。只要她这副凶恶的嘴脸还存在，手里有刑具的话，我不信她会不用的。

她突然慢慢地、很慢地笑了起来，用手指着艾米莉，仿佛艾米莉是人神共愤的羞耻奇观。

“她爱！”她说，“这块臭肉！她竟对我说，他曾喜欢过她。哈，哈！这帮做买卖的多会说谎！”

她的这种挖苦比那露骨的狂怒更加可恶。在这两者之间，我情愿做后者的对象。不过，她这种挖苦嘲笑，只有一会儿工夫，紧接着她就又把它约束住了，不管这种心情在她内心如何折腾，她还是把它给压制下去了。

“我来这儿，你这爱情的清泉，”她说，“就是为了看看，像你这样的东西到底是个什么模样——这我一开始就告诉你了。我这是好奇，现在我感到满意了。我也要告诉你，你最好还是回你的家，越快越好，到等着你的那帮好人中间埋头躲起来，你的钱可以给他们带来安慰。等钱都花光了，你可以再去听，再去信，再去爱的，这你是很懂的！我本以为你是个过时的破玩具，是块一文不值、被人扔掉的失去光泽的饰片，不过，现在我发现你是一块真金，一个真正的闺秀，一个被糟蹋的无辜女子，有着一颗充满爱情和轻信的清纯的心——你看起来真像是这样，而且跟你讲的经历也很符合！——可我还有些话要说。你留心听着，因为我是说到做到的。你听到我说的了吗，你这仙女般的精灵？我说了的，我就一定要做到！”

她的愤怒又发作了一会儿，不过像痉挛似的在她的脸上一显即逝，她又露出了微笑。

“你得躲起来，”她接着说，“要是家里躲不了，就躲到别处去。找个别人找不到的地方，过着默默无闻的生活，要不，最好是默默无闻地死掉。我觉得奇怪，既然你那颗多情的心不会破碎，你怎么会找不到办法让它静下来呢？我曾听到过这种办法。我相信这种办法是容易找到的。”

说到这儿，艾米莉那边发出了轻轻的哭声，把她的话给打断了。她停了下来，像听音乐似的听着那哭声。

“也许我生性古怪，”罗莎·达特尔继续说道，“可是在你呼吸的空气里，我实在没法儿自由呼吸。我觉得这种空气让人恶心。因此我要使它清洁起来，要把你从这种空气中清除掉。要是你明天还待在这儿，那我就要把你的丑史和品行在这儿的公共楼梯上抖一抖。听说这座房子里也住有许多正经的妇女，你这样一位光彩的人物，躲在她们中间不露面，真是太可惜了。要是你离开这儿，不用你自己的真实身份（你尽管用你的真实身份，我绝不干涉）而用任何假身份，在这个城市里找到任何藏身的地方，要是我能打听到你的藏身之处，我也会以同样的办法来对付你的。有那位不久前曾向你求婚的先生帮忙，我在这件事上是很有信心的。”

他难道永远永远也不会来了吗？这种情况我还得忍受多久呀？我还能忍受多久啊？

“哦，天哪，天哪！”可怜的艾米莉呼喊道，我原以为她的声音能感动最硬的心肠，可是罗莎·达特尔的笑容里没有丝毫怜悯，“我可怎么办啊？我可怎么办啊？”

“怎么办？”另一个回答说，“在回忆中快活地活下去好了！把你的一生都献给回忆詹姆斯·斯蒂福思的柔情蜜意吧——他不是要你做他用人的老婆吗？——要不你就把一生献给——感谢那个腰杆子笔挺、功劳卓著的奴才——那个肯把你当礼物收下的家伙吧。也就是说，要是这些骄傲的回忆，你自己的贞操观以及你在所有徒有人形的东西眼里提高了的光荣地位，全都支撑不了你，那你就嫁给那个好人，在他屈尊俯就的情况下，快活地活下去吧。如果这也不行，那就去死吧！这样的死，这样的绝望，有的是去处，有的是垃圾堆。你就去找一个这样的地方，逃到天上去吧！”

我听到远处有上楼梯的脚步声。我确信，我听出了这是谁的脚步声，谢天谢地，是他的！

罗莎·达特尔说着这番话时，慢慢地离开了门口，走出了我的视线。

“不过你可得记住！”她一面慢条斯理、恶狠狠地补充说，一面把另一个门打开，准备离开，“除非你躲到我完全够不着的地方，或者撕下你漂亮的假面具，要不，为了我刚才说的理由和我怀有的仇恨，我决心非把你揪出来不可。这就是我要跟你说的。我说到做到！”

楼梯上的脚步声越来越近了——越来越近了——在罗莎·达特尔下楼时，它超过了她的脚步声——冲进了房间！

“舅舅！”

随着这声叫唤的是一声吓人的喊叫。我稍微犹豫了一会儿，再往门内看去时，只见他怀抱着她那失去知觉的躯体。他朝她脸上打量了几秒钟，然后俯身吻了她一下——哦，多么慈爱啊！——接着掏出了一块小手帕，蒙在她的脸上。

“大卫少爷，”他蒙好她的脸后，颤抖着低声说，“我要感谢我的天父，我的梦想成真了！我诚心诚意感谢他，是他用自己的方法指引我，让我找到了我的宝贝儿！”

说完这句话，他用双手抱起她，让她蒙着的脸紧贴在自己的心窝儿，正对着他自己的脸，把一动不动、失去知觉的她抱下楼去。

第五十一章　踏上更长的旅程

第二天一大早，我跟我姨婆正在花园里散步时（由于得经常照顾我亲爱的朵拉，我姨婆现在已很少有别的活动了），女仆来告诉我，佩格蒂先生想跟我谈一谈。我朝着门口走去，他已进了花园，和我在半道上相遇。他脱下了帽子，每当见到我姨婆时，他照例总是这样彬彬有礼，因为他对我姨婆非常尊敬。我已经把头一天晚上发生的事全都告诉姨婆，所以当她见了佩格蒂先生时，没说一句话，只是满脸热情地迎上前去，跟他握手，还拍拍他的胳膊。这些举止已经表明了她的心意，她无须再说一句话了。佩格蒂先生非常了解她，这就跟她说了千言万语一样。

"我现在得进去了，特洛，"我姨婆说，"我得去照顾小花朵儿啦，她就要起来啦。"

"但愿不是因为我在这儿吧，小姐？"佩格蒂先生说，"要是今天早上我的脑袋还没有成为掏空的鸟窝的话，"——佩格蒂先生说这话的意思是他还有脑子，并不糊涂——"你是因为我，才要离开我们的吧？"

"我看你有话要说，我的好朋友，"我姨婆回答说，"我不在场更方便些。"

"请你原谅，小姐，"佩格蒂先生回答说，"要是你不嫌我啰唆，肯待在这儿，我觉得，这是你给我赏脸啊。"

"真的？"我姨婆和蔼而又爽快地说，"那我就在这儿待定啦！"

于是，我姨婆就用自己的胳膊挽住佩格蒂先生的胳膊，跟他一起走到花园尽头一个枝叶覆盖着的小凉亭里，她在一张长凳上坐下，我就坐在她的一旁。佩格蒂先生本来也有座位，可他喜欢站着，一只手按在粗面的小石桌上。他站在那儿，未开口之前，先朝自己的便帽看了一会儿。这时，我禁不住看了他一眼，他那肌肉发达的手，表明他的性格多么坚强不屈，这是他诚实面容和花白头发多么忠实的好伴侣啊！

"昨天晚上，"佩格蒂先生抬眼看着我们，开口说，"我把我的宝贝孩子带回我的住所了，那地方是我早就为她准备好等着她的。她过了好几个钟头才认出我来。认出后，她就跪在我的跟前，就像念祷文似的，对我讲了事情的全部经过。你们可以相信我，我听到她说话的声音，就像我以前在家里听到时那么开心——看到她那低声下气的样子，就像耶稣用他的圣手在地上写字[①]时的情景一样——在感谢的当儿，我心里感到像扎了刀似的。”

他用袖子朝脸上抹了抹，丝毫不加掩饰是为了什么，然后清了清嗓子。

“不过这种感觉没有多少，因为到底找到她了。我只要想到已经找到她，痛心的感觉也就过去了。我真的不知道，我干吗这会儿还提这事。一分钟前，我心里压根儿没有想到要说我自己，一句话也没想说。可这话来得那么自然，连我自己都还没觉得，它就溜出来了。”

“你是个有自我牺牲精神的人，”我姨婆说，“你会得到好报的。”

树叶的影子在佩格蒂先生的脸上横斜摇曳着，他吃了一惊似的朝我姨婆点了点头，对她的赞许以示感谢，然后重新拾起刚才放下的话头。

“我的艾米莉，”他一时间满怀愤怒地说，“被那条花斑蛇给关在屋子里，就像大卫少爷知道的那样——那条蛇说的那些话是真的，但愿上帝惩罚他！——她从屋子里逃出来时是在夜里，天漆黑一团，天上的星星一闪一闪的。她就像疯了似的，沿着海滩奔跑，相信那条旧船就在那儿。她还一路叫喊着，叫我们转过脸去，因为她要过去了。她听到自己的叫喊，就像是听到另一个人叫喊似的。她在那些尖利的大小石头上碰得伤痕累累，但她毫无知觉，仿佛她自己也是一块石头。她跑了很远，眼里冒着火光，耳边呼呼作响。突然间——也许只是她以为这样，这你们懂的——天亮了，又下雨，又刮风，她躺在岸边的一堆石头旁，有个女人在跟她说话，说的是那个国家的话，问她怎么会弄成这样。”

他说的这一切，就像是他亲眼看到一般。他说的时候，那光景那么生动鲜明地出现在他眼前，加上他叙述的态度认真诚恳，因而比我此刻所能表达的要清楚得多。事情已过去这么久，但是现在我写到这番情景时，我都很难相信，说我当时并没有在场，因为这番景象给我的印象竟逼真得如此惊人。

“艾米莉的眼睛——本来是迷迷糊糊的——这会儿把那女人看得清楚一点儿了，”佩格蒂先生接着说，“她认出，她就是过去在海滩上常跟她聊天儿的那些女人中的一位。因为以前她常常沿那儿的海滩走出许多英里，有时步行，有时坐船，有时坐马车，和那一带地方的人都认识。因此那天晚上她尽管跑了那么远（我已经说了），还是遇上了熟人。这个女人是位年轻太太，自己还没有小

① 据《新约·约翰福音》所载，人们带了一个行淫时被抓的妇人到耶稣跟前，说要用石头把她打死。他们问耶稣如何处置，耶稣顾自在地上写字，最后说“你们中间谁是没有罪的，谁就可以拿石头打她”，于是众人散去，这时耶稣对那妇人说：“我也不定你的罪，去吧，从此不要再犯罪了。”

孩儿，不过不久就要有小孩儿了。我要为她祷告，求上帝赐给她一个好孩子，让她一辈子得到幸福，得到安慰，得到荣耀！愿她的孩子在她上年纪时爱她，孝顺她，自始至终照顾她，在她的今世和来生都成为她的天使。”

“阿门！”我姨婆说。

“以前，艾米莉跟孩子们谈话的时候，”佩格蒂先生说，“这个女人起初因为有些胆小、怯生，就坐在稍远的地方，干着纺纱一类的活儿。但是艾米莉注意到了她，就过去跟她说话，因为这年轻女人也喜欢小孩儿，这样她们俩很快就成了朋友。后来她们的关系越来越好，每逢艾米莉去那儿，她总是给艾米莉送花什么的。这时她问艾米莉，怎么会弄成这副样子，艾米莉把情况告诉了她，于是她——她就把艾米莉带回家去了。她确实那么做了。她把艾米莉带回家去了。”说到这儿，佩格蒂先生伸手捂住了自己的脸。

打从艾米莉那天晚上出走以来，我不曾见过，有什么事比那女人的这番好心善意更使他感动过。我姨婆和我都不想去打扰他。

“她的家是座小房子，这你们可以猜得到，”他马上又接着说，“不过她还是挤出地方把艾米莉安顿下来了——她丈夫出海去了——这事她一直保守秘密，她还说服那几家邻居（附近只有不多几家）也保守这一秘密。接着艾米莉便发起高烧来，我觉得奇怪的是——也许有学问的人并不觉得奇怪——她原来会说的那个国家的话，她的脑子里竟全都忘得一干二净，她只会说自己国家的话了。而这种话那儿没一个人能听懂，她记得，当时她躺在那儿，像做梦一般，一直说着自己本国的话，始终相信那条旧船就在海湾的下一个岬角那儿，哀求他们到那儿报个信，说她快要死了，再带个回信回来，说那儿的人宽恕她了，哪怕只有一句话也好。几乎在整个这段时间里，她老是觉得——一会儿我刚才提到的那个家伙就在窗子外面躲着要抓她，一会儿那个把她糟蹋成这个样子的坏男人就在房间里——于是她就哀求那位好心的年轻女人，千万别把她交出去，同时她也知道，她的话别人听不懂，因而一心害怕，自己一定会被抓走。她眼里依旧冒着火光，耳边依旧呼呼作响，没有今天，没有昨天，也没有明天。她这辈子里所有有过的事，或者可能有过的事，以及所有不曾有过的事，或者绝不可能有的事，全都一下子来到她的脑子里，没有一件是清清楚楚的，没有一件是让人高兴的，可是她对这些事，却又唱又笑！她这样到底过了多久，我说不上来，不过后来她就睡着了。在这场睡眠中，她那股比她原本有的大许多倍的劲，一点儿都没有了，变得像最小的小孩儿般软弱。”

说到这儿，他停住了，仿佛觉得自己的叙述太可怕了，要放松一下似的。他缄默了一会儿后，又继续说起他的故事来。

“她醒过来的时候，是在一个天气很好的下午，四周静悄悄的，蓝色的海上没有浪潮，除了那小小的水波轻轻拍打着海岸之外，没有一点儿声音。一开始，她只当那是星期天早上，她在自己家里，可是她看到了窗前的葡萄叶子，还有远处的小山，这些都是老家没有的，是跟她老家不一样的。跟着她的朋友走了进来，到床前看她来了。这时她才明白过来，那条旧船并不在海湾的下一个岬角那儿，而是在老远老远的地方；她才知道，自己在什么地方，为什么会在这个地方。于是她就伏在那个好心的年轻女人怀里大哭起来了。我真盼望那年轻女人肚子里的婴儿，这会儿正张着可爱的小眼睛，在逗她开心哩。”

他一提到艾米莉这位好心的朋友，便禁不住流下泪来，要想不流怎么也办不到。他又控制不住自己的感情了，还竭力为她祝福。

“这一哭，对我的艾米莉有好处，”他这样大动感情后继续说——我看到他这样，也禁不住流下了眼泪，至于我姨婆，则更加尽情地哭了一通——“这一哭，对艾米莉大有好处，她的身子渐渐地开始好起来了。可是那个国家的话，她一句也不会说了，只好靠做手势。她就这样过下去，身体也一天天好起来，虽然很慢，但很实在，同时她还努力学习普通东西的叫法——这种叫法好像她一辈子从没听到过似的——直到有一天傍晚，她正坐在窗前，望着一个小女孩儿在沙滩上玩耍。突然间，这个小女孩儿把手一举，说了一句话，它在英语里的意思就是‘渔夫的女儿，你瞧这贝壳！’——因为你们知道，起初，人们都按那个国家的通常叫法，叫她‘漂亮的小姐’，可她要他们叫她‘渔夫的女儿’。那小女孩儿冷不防说了句‘渔夫的女儿，你瞧这贝壳！’，艾米莉听懂了她的话，于是便做了回答，还一下哭了起来，跟着她学过的那种话，全都记起来了！

“当艾米莉的身子骨儿重又结实起来后，”佩格蒂先生又缄默了片刻后，接着说，“就打算告别那位好心的年轻女人，回自己的祖国。当时，那女人的丈夫已经回来，他们夫妻俩一起把她送上一条开往里窝那[①]的小商船，从那儿再到法国。她身上还有一点儿钱，可是，虽然他们帮了她那么多忙，但一点儿钱也不肯要。其实他们也非常穷。我为这替他们感到高兴，因为他们的所作所为，是藏在天上的，天上没有虫子咬，不能锈坏，也没有贼挖窟窿来偷[②]。大卫少爷，他们的功德，要比世界上所有财宝的寿命都更长哩。

“艾米莉到了法国后，受雇于港口一家小旅馆，干伺候旅行的太太小姐们的活儿。就在那儿，有一天，那条毒蛇也来了——但愿永远别让他挨近我，我不知道我会怎么来治他！——艾米莉一看到他，没等他看到她，她就又害怕

① 里窝那：意大利西部海岸一个港口城市。

② 见《新约·马太福音》，原文为：“只要积攒财宝在天上，天上没有虫子咬，不会锈坏，也没有贼挖窟窿来偷。”

了，吓昏了。他还没喘过气来，她便逃走了，她回到了英国，在多佛上了岸。

“我说不上来，”佩格蒂先生说，“她确切在什么时候，泄了她的勇气的。回英国时，她一路上都想着要回到自己那可爱的家。她一到英国，就朝那个家走去。可是她害怕得不到宽恕，害怕被人指指点点，害怕我们中有人以为她死去，害怕许许多多东西，就是这股力量，又迫使她转身往回走了。‘舅舅啊，舅舅！’她对我说，‘我这颗破碎、流血的心，本来十分想做一件事，可是我害怕我不配做，这是所有害怕中最让我害怕的！于是我就转身往回走了，可我的心里一直在祷告，但愿能让我在夜里爬到老船屋的门槛边，吻它一下，把我这罪恶的脸放在那上面，第二天早上让人发现我已死在那儿。’

“她来到了伦敦，”佩格蒂先生把自己的声音压抑成十分害怕似的低语，说，“她——一辈子从没来过这儿——独自一个人——没有一点儿钱——年纪轻轻的——又这么漂亮——来到伦敦。可几乎一到这儿，一个人正又孤独又凄凉时，她就遇到了一个朋友（她以为是朋友），一个挺体面的女人，跟她说，有艾米莉会做的针线活儿，能为她揽好多这样的活儿，也能给她找到过夜的地方，还说第二天就可以私下替她打听我和家里所有人的情况哩。正当我的孩子，”说到这儿，他提高了嗓音，表示感激的劲头，使得他从头到脚都颤抖起来，“站在我说不上来，也想不下去的边沿上，说到做到的玛莎，救了她。”

我高兴得忍不住大叫了一声。

“大卫少爷，”他用自己那只有劲的手握住我的手说，“最早对我提到玛莎的是你。我得谢谢你，少爷！玛莎这人真诚心。她从自己痛苦的经验里，知道该在哪儿盯着，该怎么做。现在她已经做到了。还有上帝在上，看着一切！玛莎气急败坏地赶到艾米莉过夜的地方，脸都煞白了。这时艾米莉已经睡了，玛莎对她说，‘快起来，你在这儿比死还要糟哩，快跟我走！’屋里的那些人想拦住她，可是他们就跟想拦住大海一般。‘离我远点儿，’玛莎说，‘我是个鬼，来叫她从她开了口子的坟墓里出来的！’她告诉艾米莉，她见过我，知道我疼她，而且已经宽恕了她。她匆忙地用自己的衣服把艾米莉裹了起来。这时艾米莉已经晕过去了，浑身发抖，她把艾米莉搂在了怀里。她对屋子里那帮人说的话，一概不加理会，就像没有耳朵似的。她只照顾着我的孩子，接着她从他们中间走过，在深更半夜，平平安安地把她从毁灭的黑坑中救了出来！

“她侍候艾米莉，”这时佩格蒂先生松开了我的手，把自己的手按在他那喘息起伏的胸膛上，说，“这时，我的艾米莉累极了，精神恍惚，她照料着躺在床上的她，一直侍候到第二天傍晚。然后她才去找我，后来又去找你，大卫少爷。她没有告诉艾米莉出来干什么，怕她心里紧张吃不消，又去躲起来。至于那个狠心毒辣的女人，她是怎么知道艾米莉在那儿的，我就说不上来了。也许是我多次提到的那个坏男人，碰巧看到她去了那儿，要不，或许是从那个装成朋友的女人那儿打听到的，我想这最有可能。不过这事我没有多想，因为反正我的外甥女已经找到了。

"一整夜，"佩格蒂先生说，"我们俩都在一块儿，艾米莉跟我。按时间来说，她说的话很少，说话时总是伤心地流泪。我也很少去看她那张可爱的脸，那张在我家火炉边长成大人的脸。不过，整整一夜，她的胳膊都搂着我的脖子，她的头都枕在我的胸口，我们都十分清楚，我们俩永远可以互相信赖。"

说到这儿他才住了口，他的一只手安安稳稳地放在桌子上，手上的那股坚毅劲，足以征服好多只狮子。

"当年我决心要给你姐姐贝特西·特洛伍德做教母的时候，特洛，"我姨婆抹着眼泪说，"那是我的一线光明，可是她使我失望了。除此之外，恐怕再没有比做那个年轻好心人的孩子的教母，更会使我感到高兴了。"

佩格蒂先生点了点头，对我姨婆的感情表示理解，但是对于她所赞美的对象，却不敢轻易让自己用任何语言来表达他的想法。我们一时都默默无言，各人想着各自的心思（我姨婆擦着眼泪，时而呜咽抽搭，时而放声大笑，还把自己叫作傻瓜），后来还是我说话了。

"有关将来的事，"我对佩格蒂先生说，"你已经完全打定主意了吧，我的好朋友？这事我本来是用不着问的。"

"完全打定了，大卫少爷，"他回答说，"而且也对艾米莉说了。离这儿远远的，有的是广大的好地方。我们以后的日子，要到海那边去过了。"

"他们这是打算一块儿去海外了，姨婆。"我说。

"是的！"佩格蒂先生带着满怀希望的微笑说，"在澳大利亚，谁也不能怪我的宝贝儿不好了。我们要去那儿从头过新的生活！"

我问他是否已定下动身的日期。

"今儿一大早，大卫少爷，我去了一趟码头，"他回答说，"打听了搭船去澳大利亚的消息。从这会儿起，大约再过六个星期或者两个月，有条船要开往那儿——今儿早上我见到这条船了——还到船上走了走——我们就打算搭这条船。"

"就你们俩吗？"我问道。

"哦，大卫少爷！"他回答说，"我妹妹，你知道，她是很疼你跟你家里的人的，而且也过惯了本国的生活，所以叫她去是不合适的。除了这个，还有个人，她得照顾，大卫少爷，这个人是不该被忘记的啊！"

"可怜的汉姆！"我说。

"你知道，小姐，我的好妹妹还得照顾汉姆的家，汉姆对她也是很亲的。"

第五十一章 踏上更长的旅程

佩格蒂先生对我姨婆解释说，为了让她多了解一些情况，“心里有没法儿对别人开口说的话，他可以坐下来跟她平心静气地说一说。啊，这可怜的孩子！”佩格蒂先生说着，摇了摇头，“留给他的已经没有多少，剩下的这点儿再拿出去，他也无所谓了！”

“那么葛米治太太呢？”我问道。

“嗯，关于葛米治太太，实话告诉你吧，我琢磨了很多，”佩格蒂先生回答说，起初面带为难的神色，可是接着说下去就渐渐地明朗了，“你知道，葛米治太太一想起她那个老头子来，可就不是个你们说的好伴儿了。这话只能你我之间说说，大卫少爷——还有你，小姐——葛米治太太一抽搭起来——这是我们家乡话里哭的意思——她一抽搭起来，不知道她那个老头子的人，会认为她喜欢闹脾气，可我是知道那个老头子的，”佩格蒂先生说，“我还知道他有哪些好的地方，所以我了解葛米治太太，但是别的人，你知道可就完全不是这样了——自然也不可能这样！”

姨婆和我两人都同意他的看法。

“凭着这一点，”佩格蒂先生说，“我妹妹也许——我没有说她一定会，我说的是也许——觉得葛米治太太有时会给她一点儿麻烦。因此，我不想把葛米治太太跟他们拴在一起，打算另外给她找个窝儿，让她有个安顿的地方，所以我打算，”佩格蒂先生说，“在我走以前，给她一笔款子，让她的日子能过得舒畅点儿。她这个人真是再忠实也没有了。像她这样一个好大妈，这把年纪了，又孤苦伶仃，当然不能再叫她跟着在船上颠簸，在远处陌生地方的林子里和野地上过流浪日子了。所以我才打算这样安置她。”

他谁也没有忘记，每个人的需求和心愿，他都考虑到了，唯独不考虑他自己。

“艾米莉，”他继续说，“得跟我在一起——这可怜的孩子，她十分需要安静和休息！——一直到我们上了船的时候。她还得做些衣服，这总得做的。我只盼望，她重又回到虽是粗人但充满爱心的舅舅身边后，她的苦恼就会渐渐变得像是多年以前的事，而不是新近发生的事了。”

我姨婆点了点头，认为他这种希望定能实现，这使得佩格蒂先生大为满意。

“还有一件事，大卫少爷，”他说着把手伸进胸前的口袋，郑重地掏出我先前见过的一个小纸卷，在桌子上打了开来，“这儿有几张钞票——一共是五十镑十先令。我还要再添上艾米莉逃出来时带的钱。数目我已问过她（不过没有告诉她为什么问这个）。我已经把钱数加在一起了。我没有文化，劳驾请你给我看一看，我算得对不对？”

他递给我一张纸，为自己没有文化很不好意思的样子。我在看那张纸时，他一直看着我。我看了看，他算得完全对。

"谢谢你，大卫少爷，"他拿回纸条说道，"要是你不反对，大卫少爷，我要在临走以前把这笔钱装在信封里，写明交给他，再把它装进另一个封套，寄给他母亲。我要告诉她，就说我对你说的这几句话，告诉她一共多少钱，同时对她说，我已经走了，钱就是退回来，也没人收了。"

我对他说，我认为这样处理是对的——既然他觉得这样处理是对的，那我也完全相信这样是对的。

"我刚才说只有一件事要办，"他把那小纸卷又卷起来，放回口袋后，郑重其事地微笑着说，"实际上还有两件事要办。今儿早上出门时，我心里还拿不定主意，这件谢天谢地的大事，是不是得由我亲自告诉汉姆。因此我出来时写了一封信，送去了邮局，告诉他们事情的全部经过，并告诉他们，明天我要回去一趟，在那里把一些应办的小事都办一办，这样我心里就没有牵挂了。而且十有八九，我这就跟亚茅斯永别了。"

"你是不是想我跟你一起走一趟？"我问道，因为我看出他还有话没说出口。

"大卫少爷，要是你肯赏脸帮这个忙，"他回答说，"我相信，他们见到你一定会高兴一些的。"

我的小朵拉心情很好，很希望我去一趟——这是我跟她商量时发现的——因而我就欣然答应，按他的心愿陪他去一趟。第二天早上，我们就坐上了去亚茅斯的公共马车，做旧地重游了。

晚上，当我们经过熟悉的街道时——佩格蒂先生不顾我再三反对，坚持要替我拎着手提包——我往欧默和乔兰的铺子里看了一眼，只见我的老友欧默先生正在那儿抽烟。佩格蒂先生这是外出后跟他妹妹和汉姆第一次见面，我觉得我在场不太合适，于是便以看望欧默先生为由，滞留在后面了。

"欧默先生，我们好久不见了，你好吗？"我走进铺子说。

他先把烟斗里冒出的烟扇开，好把我看得更清楚一点儿。他很快就认出我来了，非常高兴。

"承蒙大驾光临，我本该站起来迎接的，先生，"他说，"只是我的腿脚不中用了，只能靠轮子活动了。不过除了我的腿脚和呼吸外，说起来得感谢上帝，人家有多硬朗我就有多硬朗哩！"

他有这种满足的态度和愉快的精神，我对他表示了祝贺。这时，我发现他的安乐椅上已装了轮子。

"这玩意儿很灵巧，不是吗？"他看到我注目的方向，问道，同时用胳膊擦了擦椅子的扶手，"它跑起来就跟一根羽毛一样轻巧，前后轮完全合辙，简直像一辆邮车。哟，只要我的小明妮——你知道，就是我的小外孙女儿，明妮的孩子——用她的小力气往椅背上一推，我们就能动起来，要多灵巧有多灵巧，要多轻快有多轻快！我还得对你说——坐在这椅子里把烟斗一抽，就别提有多不同寻常了。”

我从来不曾见过像欧默先生这样知足常乐的好老头儿。他满面春风，仿佛他的椅子、他的哮喘、他那两条麻痹的腿，全是各项伟大的发明，都是为了增加他抽烟的乐趣似的。

“我可以向你保证，”欧默先生说，“我坐在这张椅子里，比不坐在这张椅子里，知道更多的天下大事哩。每天进来跟我聊天儿的人数，会让你感到吃惊，真的会让你吃惊的！打从我坐上这张椅子后，从报上读到的内容比往常多了一倍。至于一般的读物，哟，我看了也不知有多少了！你知道，这就是我觉得自己很行的地方！要是出毛病的是我的眼睛，那可怎么办？要是出毛病的是我的耳朵，那可怎么办？现在出毛病的是我的腿脚，这又有什么要紧？嘿，原先我的腿脚好使的时候，只能使我的气喘得更急。而现在，要是我想上街，或者去海滩，我只要叫一声狄克——乔兰的小徒弟，我就像伦敦市长老爷一样，坐着我自己的车去就是了。”

他说到这儿，大笑起来，把自己呛得半死。

“哎哟哟，我的天哪！”欧默先生重又抽起烟来，说，“一个人应该肥的、瘦的都要，这是人在一生中必须下决心做到的。乔兰生意做得很好。非常好！”

“我听了这话很高兴。”我说。

“我知道你会高兴的。”欧默先生说，“乔兰和明妮现在仍像一对恋人哩。一个人还能巴望什么呢？比起这些来，腿脚又算得了什么呀！”

他坐在那儿抽着烟，对自己的腿脚看得那么无足轻重，这是我生平遇到过的最有趣的怪事之一。

“打从我进行广泛的阅读以来，你也在从事广泛的写作了，是不是，先生？”欧默先生露出钦佩的目光打量着我说，“你的作品写得多好啊！那里面的描写生动极了！我每个字都读了——每个字。至于说想打瞌睡，那是绝对没有的事！”

我笑着表示很满意，不过我得承认，我认为这种从看书联想到打瞌睡的念头，是意味深长的。

“我敢以名誉向你保证，先生，”欧默先生说，“当我把你那部书放在桌子上，看着它的外表——装订得整整齐齐的，一共三册，就想到我曾跟你家有过交往，我就跟潘趣一样得意。哎呀，那是多年以前的事了，不是吗？在布兰德斯通，一个可爱的小人儿，埋在另一个人身边。那时候你也还是个小人儿哩。唉！唉！”

我提起了艾米莉，这才换了话题。我先让他知道，我并没有忘记，他一直对她非常关心，一直善待她，然后把如何靠玛莎的帮助找到了她以及她又回到自己舅舅身边的大致情况，对他讲了一遍。我知道，这位老人听了这些话，一定会很高兴的。他全神贯注地倾听着，等我说完，他充满感情地说道：

“这消息我听了高兴极了，先生！这是许多天来我听到的最好的消息了！唉，唉，唉！对那个年轻女人——玛莎——现在打算怎么安排呢？”

“你提到的这点，是我打昨天起就一直在心里琢磨的事。”我说，“不过关于这件事，眼下我还没能向你报告什么，欧默先生。佩格蒂先生还没提到这个问题，而我又不便提。我相信，他绝不会忘记这件事的。他这个人，对于无私助人的一切好事，都绝不会忘记的。”

“因为你知道，”欧默先生重又拾起刚才搁下的话题，说，“凡是为她做的事，不管是什么事，我希望都有我一份。不管你认为我该捐多少，我都认捐，让我知道就是了。我从来没有认为这女孩儿一无可取，现在发现她确实不是那样，我很高兴。我女儿明妮听了也会高兴的。年轻的女人，在有些事情上是自相矛盾的——她妈当年也跟她完全一样——不过她们的心肠都很软，很善良。对玛莎的看法，明妮完全是假装的，至于为什么她认为有必要假装，我就不想告诉你了。不过，我的天哪，她完全是假装的。私下里她对玛莎可好哩。所以，不管你认为我该捐多少，我都认捐，这样好吗？另外你再给我一张字条，告诉我把钱交到哪里。唉！”欧默先生说，“一个人，活到生命的两头快要碰到的时候，看到自己不管有多精神，都得再次坐在婴儿车似的车子里，让人推来推去时，要是能做件好事，一定会特别高兴的。这种人需要多多做好事。我这话并不是专对我自己说的，”欧默先生说，“因为，先生，对这件事，我的看法是，我们每个人，不管年纪多大，都在走向山脚，时光是一分一秒都不会停留的。所以让我们永远多做好事，永远高高兴兴的。应该这样！”

他敲出烟斗里的烟灰，把烟斗放在自己椅子后背的一块搁板上，这块搁板是专门用来放烟斗的。

“还有艾米莉的表哥呢？她本来打算嫁给他的那个，”欧默先生无力地搓着双手，说道，“他是亚茅斯一个多好的小伙子啊！他有时晚上上我这儿来，跟我聊上个把小时，或者读书给我听。他这是出于好意。我应该这么说！他这人一辈子都在做好事。”

“我现在正要去看他呢。”我说道。

“是吗？”欧默先生说，“请你告诉他，我很硬朗。劳你代我向他问好。明妮和乔兰参加舞会去了。他们要是在家，见了你，一定也会像我一样高兴的。你知道，明妮一直都是很少出门的，她总是说，‘这是为了照顾爸爸’。所以今天晚上我发誓说，要是她不肯去，我六点钟就上床睡觉。我这么一说，”欧默先生说到这儿，由于自己的计策成功，因此大笑起来，笑得整个身子和椅子都直摇晃，“她跟乔兰就去参加舞会啦。”

我跟他握了握手，向他道了晚安。

“请你等半分钟再走，先生，”欧默先生说，“要是你不看一看我的小象就走，那你就错过最好看的光景了。小明妮！”

从楼上的什么地方传来了音乐般悦耳的细小答应声：“我来了，外公！”接着，一个有着淡黄长鬈发的漂亮小女孩儿，飞快地跑进店堂。

“这就是我的小象，先生，”欧默先生抚弄着小女孩儿说，“暹罗[①]种，先生。来呀，小象！”

小象先打开起坐间的门，使我能看到，这个起坐间近来已经改成欧默先生的卧室了，因为抬他上楼实在不是件容易的事。接着，她就把自己那小小的漂亮前额顶在欧默先生的椅背后面，把她的长发都弄乱了。

“你知道，先生，象推运东西时，总是用脑门儿顶的，”欧默先生朝我挤了挤眼睛说，“来一下，小象。两下。三下！”

一听到这信号，那头小象，就以对这样的小动物来说近乎不可思议的灵巧，咕噜咕噜地把坐有欧默先生的椅子一下子转了个个儿，急匆匆地把椅子径直推进了起坐间，连门框都没有碰上。欧默先生对这一表演高兴得简直没法儿形容，一路上回头望着我，好像这是他一生努力的胜利成果。

我在镇上溜达了一会儿，然后来到汉姆的家里。现在，佩格蒂已经搬来这儿长住了，她把自己的房子租给了接手巴基斯先生买卖的人，那人出了个好价钱，买下了巴基斯先生的字号、马车和马匹。我相信，巴基斯先生赶的那匹慢腾腾的老马，这会儿依旧在干活儿呢。

我发现他们都在那个整洁的厨房里，葛米治太太也在那儿，她是佩格蒂先生亲自从船屋接来的。我不相信，除他之外，还有任何别的人能说通她，让她离开她那个岗位。佩格蒂先生显然已经把一切经过都告诉他们了。佩格蒂和葛米治太太都在用围裙擦眼泪，汉姆则刚刚出去，“到沙滩上去兜一圈儿”。他没过多久就回来了，见了我非常高兴。我希望，有我在那儿，他们心里都会好过一点儿。我们用近乎颇有兴致的样子，谈到佩格蒂先生会在一个新地方发财致富，会在他的来信中讲述许多奇闻趣事。我们都没有说出艾米莉的名字，但是不止一次隐约地提到她。汉姆是在场的人中最镇静的。

① 暹罗：泰国旧称。

不过，当佩格蒂举着蜡烛，把我送到那间小卧室（那本讲鳄鱼的书正为我放在那儿的桌子上）时，告诉我，汉姆还是老样子。她相信（她哭着对我说），他的心碎了，虽然他也像有着满身勇气一样，有着满腔柔情，而且在当地的所有造船厂里，没有一个造船工干活儿像他那么出色、勤快。她说，晚上有时候，他也谈起当年他们在船屋的生活，但是只提儿时的小女孩艾米莉，从来不提长大成人的艾米莉。

我觉得，我从汉姆脸上看出，他有话要单独跟我谈一谈。因此，我决定第二天晚上，在他从船厂回来的路上截住他。主意打定后，我就睡着了。那天晚上，这么多夜以来，他们第一次从窗台上拿走蜡烛。佩格蒂先生在老船屋的老吊床上摇摆，风仍像往日一样，在他的四周呜咽着。

第二天一整天，佩格蒂先生都忙着处理他的渔船和渔具，还把他认为将来还有用的小件家什收拾打包，交运货马车送往伦敦，其余的就送人，或留给葛米治太太。葛米治太太一整天都跟他在一块儿。因为我有一个惆怅的愿望，想在这个老地方上锁之前，再看它一眼，所以就跟他们约定，晚上和他们在那儿见面。不过我安排先跟汉姆碰个头。

我知道他在哪儿工作，所以要在路上截住他是很容易的。我在沙滩上一处僻静的地方碰上了他，我知道他要从那儿经过。然后我们就一块儿往回走，要是他真有话想跟我说，就可以有充足的时间。我还真的没有弄错他脸上表情的意思。因为我们一块儿走了没多远，他连看也没朝我看一眼，就开口问道：

“大卫少爷，你见到她了吗？”

“只看到一会儿，正当她晕过去的时候。”我轻声回答说。

我们往前走了一点儿路，他又问道：

“大卫少爷，你想你还能见到她吗？”

“那样也许会使她太痛苦了。”我说。

“我也想到了这一点，”他回答说，“那是一定的，先生，那是一定的。”

“不过，汉姆，”我轻声说，“要是有什么话，你不能当面告诉她，我可以代你写信告诉她；要是有什么事，你希望通过我转达给她，我一定会当作神圣的职责去办这件事的。”

“我相信你一定会的。谢谢你，先生，你太好了！我想，我是有几句话要对她说，或者写信告诉她。”

“什么话呢？”

我们又默默地往前走了一会儿，然后他才开口说：

“并不是说我原谅她了。并不是那样说。更重要的是，我得求她原谅我，因为我不该强迫她接受我的爱。我时常在心里琢磨，要是我没有逼着她，要她答应嫁给我，先生，那她就会像好朋友那样信得过我，会把她心里争斗着的事告诉我，一定会跟我商量，我也许就能保护住她了。”

我使劲握了握他的手：“就是这些吗？”

“还有几句，”他说，“要是我能说出来的话，大卫少爷。”

我们继续朝前走着，比原先走得更远一些，然后他又开了口。下面我是用破折号表示他说话中间的停顿，并不是表示他在哭泣。这种停顿只是因为他要使自己镇定下来，好把话说得更清楚明白。

“我从前爱她——现在爱的是记忆中的她——爱得太深了——所以这会儿没法儿让她相信，说我是个快活幸福的人。只有把她忘了——我才能快活——可是，如果告诉她我已把她忘了，我看我是怎么也不愿意的。不过，大卫少爷，你是个很有学问的人，要是你能想出一种说法，说得使她相信，我并没有太伤心，说我仍旧爱她，为她感到难过；说得使她相信，我并没有不想活下去，还希望看到她不遭人责备，生活在恶人不再捣乱、困乏的人得享安息的地方——说得她那悲苦的心能得到安慰，但是别使她以为，我有一天会结婚，或者会有另外什么人，在我心里占有像她那样的地位——我求你把这些话对她说一说，还有我为她——那个曾是这般亲爱的人——做的祈祷，也告诉她一声。”

我再次使劲握了握他那粗壮的手，告诉他，我一定会尽我的所能办好这件事的。

“谢谢你啦，先生，”他回答说，“你来这儿跟我见面，你真是太好了。多谢你的好意，陪他一块儿到这儿来。大卫少爷，我知道得很清楚，虽然我姑妈在他们动身之前会去伦敦，他们还能再团聚一次，可我就不大可能再跟他们见面了。我觉得，这一点好像是确定无疑的了。尽管我们谁都没有这么说，不过事情一定是这样，而且这样也好。你最后一次见到他时——真正最后一次——你能不能把我这个孤儿对他的最深情的孝心和感激，转告给他这个比亲生父亲还亲的好人？”

我把这事也郑重地答应下来了。

“再次谢谢你啦，先生，”说着，他诚恳地跟我握了手，“我知道你要去哪儿。再见啦！”

他朝我微微地挥了挥手，好像向我解释他不能再进那个老家似的，接着便转身离去了。我从后面望着他的身影，在月光下穿过那片荒滩，看见他把脸转向海上的那道银光，望着它朝前走去，直到他成为远处的一个影子。

我走近船屋时，屋门正开着。进去后，发现里面的家具全没有了，只剩下那个旧矮柜，上面坐着葛米治太太，膝上放着一只篮子，眼睛望着佩格蒂先生。佩格蒂先生一只胳膊肘正搁在粗糙的壁炉搁板上，两眼凝视着炉栅上几块快要熄灭的余烬，不过一看到我进来了，便满怀希望地抬起头来，高高兴兴地说起话来。

“你这是按照答应我的话，来跟这儿辞行的吧，是不是，大卫少爷？”他端起了蜡烛说，“现在，这儿全空了，不是吗？”

“你真能抓紧时间。”我说。

“是啊，我们没有偷懒，少爷。葛米治太太忙了一整天，简直像个——我说不上来，葛米治太太忙得像个什么。”佩格蒂先生一面说着，一面看着葛米治太太，想不出一个足以夸赞她的比喻来。

葛米治太太俯身趴在膝头的篮子上，没有说话。

“你从前常跟艾米莉并排坐的就是这个柜子！”佩格蒂先生低声说，“这是最后一件东西了，我打算把它随身带走。这是你住过的小卧室，还记得吗，大卫少爷？今天晚上，可说是要多荒凉就有多荒凉了！”

说实在的，当时的风，虽然不大，但声音庄严，在行将弃置的船屋四周回旋低吟，十分凄楚。一切都已搬运一空，就连那面框上镶着牡蛎的小镜子，也不在了。我想起家中发生第一次大变故时自己睡在这儿的情景，想起那个让我着迷的蓝眼睛小女孩儿。我还想起了斯蒂福思，于是一种愚蠢、可怕的想象朝我袭来，觉得他就在近前，随处都会跟他碰上。

“这船屋要想找到新房客，”佩格蒂先生轻声对我说，“恐怕得过很长时间，现在人们都把它看成是个不吉利的宅子了！”

“船屋的房东是附近的什么人吗？”我问道。

“房东是镇上的一个船桅匠，”佩格蒂先生说，“我今天晚上就要去把钥匙交给他。”

我们又朝另外一个小房间里看了看，然后回到坐在矮柜上的葛米治太太跟前。佩格蒂先生把蜡烛放在壁炉的搁板上后，请葛米治太太站起来，以便他熄灭蜡烛之前可以把那个矮柜搬到门外。

“丹尼尔，”葛米治太太突然撇下篮子，拉住佩格蒂先生的胳膊说，“我亲爱的丹尼尔，我在这间屋子里要说的一句告别话是：我绝不能让人给丢下。你别想丢下我，丹尼尔！哦，你绝不能那么做！”

佩格蒂先生吃了一惊，看看葛米治太太又看看我，看看我又看看葛米治太太，好像他刚刚从睡梦中醒来似的。

“你别丢下我，最亲爱的丹尼尔，别丢下我！”葛米治太太激动地叫道，“带我跟你们一起去，丹尼尔，带我跟你和艾米莉一起去吧！我会给你们当用人，永远忠心耿耿的。要是你们去的那地方有奴隶，我心甘情愿给你们当奴隶，而且快快活活地当。不过你可千万别丢下我，丹尼尔，那你才是个亲爱的亲人哩！”

“我的大好人，”佩格蒂先生摇着头说，“你还不知道这趟航程有多远，那种生活有多苦啊！”

“不，我知道，丹尼尔！我猜得到！”葛米治太太喊着说，“我在这座房子里要说的一句告别话是：要是你不带我去，我这就进屋去，死在这儿。我会掘地，丹尼尔。我会干活儿，我能过苦日子。我现在已能好好待人，已经有了耐性了——比你想象的还要强，丹尼尔，不信你可以试试。丹尼尔·佩格蒂，我即使穷得饿死，也绝不会去碰你给的那笔补贴的。我就是要跟你和艾米莉一块儿去，只要你让我去，哪怕天涯海角，我都去！我知道是怎么回事。我知道你认为我脾气孤僻，不过，亲爱的好人，我现在不再是那样了！我坐在这儿这么久，看着你，想着你受磨难，对我来说，并不是没有得到一点儿益处的。大卫少爷，求你替我跟他说句好话吧！我知道他的脾气，知道艾米莉的脾气，我也知道他们的痛苦，我可以时时给他们安慰，可以永远为他们干活儿！丹尼尔，亲爱的丹尼尔，让我跟你们一块儿去吧！”

接着，葛米治太太捧起他的手吻着，内心怀着质朴的同情和疼爱，充满真情实意的忠诚和感激，而这种忠诚和感激，是他当之无愧的。

我们把小矮柜搬到门外，熄了蜡烛，从外面锁上门，然后离开了那座紧紧关闭的老船屋。在阴暗的夜色中，那船屋显得只像是一个小小的黑点。第二天，乘公共马车去伦敦时，我们坐在马车的外面，葛米治太太则带着她的篮子坐在车的后座。这时，葛米治太太的心情好极了。

第五十二章
我参加了大爆发

米考伯先生那么神秘地约定的时间，在二十四小时内就要到来时，我跟我姨婆商议，这事该怎么办才好。因为我姨婆很不愿意让朵拉一个人留在家里。唉！现在我抱朵拉上下楼梯，是多么不费劲啊！

尽管米考伯先生约定务必请我姨婆到场，我们原本却打算让她留在家里，由狄克先生和我代表她参加。简而言之，我们原本是决定这么办的，可是朵拉却声明说，要是我姨婆留下来，不管以什么借口，她就永远也不能原谅她自己，永远也不能原谅她这个坏孩子。这一来，把我们的打算给搅乱了。

“你要是留下，我就不跟你说话，”朵拉对我姨婆摇晃着自己的鬈发说，“我要惹得你不高兴！我要叫吉卜整天朝你吠个不停。你要是不去，那我就断定，你十足是个招人讨厌的老东西！”

“得啦，小花朵儿！”我姨婆笑着说，“你知道你离开我是不行的！”

“不，我行的，”朵拉说，“你对我来说，一点儿用处也没有。你从来也没有为我整天楼上楼下跑来跑去。你从来不坐下来跟我讲讲多迪的事，比方他的鞋子穿破了，身上满是尘土什么的——哦，多可怜的小家伙啊！你从来不做讨我喜欢的事，你做吗，亲爱的？”说到这儿，朵拉赶紧吻了我姨婆一下，然后接着说，“没错，你做的！我这只不过是说说笑话罢了！”——她怕我姨婆以为她真的是那个意思呢！

姨婆想留下来照顾生病的朵拉，朵拉却要她去赴重要的约，二人的“矛盾”体现了家人之间细致入微的体贴与呵护。

“不过，姨婆，”朵拉哄我姨婆说，“现在听我说。你一定得去。这件事要是你不依着我的意思办，我就要惹得你不得安宁。要是我那淘气的孩子不叫你去，我也要让他过这种不得安宁的日子。我要把自己弄得让人十分讨厌——吉卜也会这样！要是你不去，你一定会后悔，没有乖乖地去，你一定会永远永远地后悔。还有，"朵拉捋了捋自己的头发，用惊奇的神色看着我姨婆和我说，"你们为什么不两个人都去呢？我实在并没有什么大不了的病啊。是吗？"

"哟，怎么问起这样的问题来了？"我姨婆叫了起来。

"怎么会有这样的想法？"我说。

"是啊，我知道我是个小傻瓜！"朵拉慢慢地看看我们中的这个，又看看那个说，随后又躺在长沙发上，噘起她那漂亮的小嘴吻了我们，"好啦，你们两人都得去，要不，我不相信你们了，跟着便要哭出来了！"

从我姨婆的脸上，我看出她这会儿开始让步了，于是朵拉又开始高兴起来，因为她也看出来了。

"你们回来时，会有很多事告诉我，至少得花我一个星期才能弄懂哩！"朵拉说，"因为我知道，要是其中有什么事务性的东西，在一段时间里，我是弄不懂的。而且其中肯定有事务性的东西！还有，要是其中有什么数字要加在一起，我也不知道我什么时候才能把它算出来。那时我这个坏孩子，就会显得一直不自在了。行啦！现在你们决定都去了，是不是？你们只去一个晚上，你们去了，吉卜会照顾我的。你们走之前，多迪得把我抱到楼上去。等你们回来了，我再下楼来。你们还得替我带封信给爱格妮斯，我要在信里狠狠骂她一顿，因为她一直不来看我们！"

我们没有再做商议，就一致决定两人都去，同时我们也认为朵拉是个小骗子，假装出很不开心的样子，因为她喜欢我们宠爱她。这会儿她大为高兴，非常快活。于是我们四个人，也就是我姨婆、狄克先生、特雷德尔和我，就乘坐当晚开往多佛的邮车，向坎特伯雷进发了。

半夜时分，我们费了点儿事，才来到米考伯先生要我们等他的那家旅馆。在旅馆里，我见到了他的一封信，信里说他会准时在第二天早晨九点半来会面。看完信后，我们就在那令人颇不舒服的时候，全身打着抖，到各自的床上去

朵拉说要在信里狠狠地骂爱格妮斯，其实这正是想念她的体现。二人认识的时间并不长，却有如此深厚的情谊，这从侧面体现了爱格妮斯温柔、可靠、值得信赖的人格魅力。

睡了。一路上，我们走过好几个密不通风的过道，那儿的气味，就像是那些过道已在浓汤和马厩的混合溶液里浸泡了不知多少年似的。

在事件叙述中插入环境描写和“我”的感想，既可调节叙事的节奏，又营造了“暴风雨前的宁静”的氛围。

第二天一大早，我漫步在那几条幽静、可爱的古老街道，又在那些神圣庄严的门廊和教堂的阴影中穿过。秃鼻乌鸦在大教堂塔楼四周飞翔，而那些可以俯瞰许多英里内景色依旧的丰饶乡野和赏心溪流的塔楼，傲然屹立在早晨明净的空气中，好像在这个世界上，从来就没有变化这回事似的。然而当钟楼上那些钟响起来时，它们却又仿佛伤感地告诉我，一切都在变化。它们告诉我自己的年华，告诉我漂亮的朵拉的青春。而当那些钟的余音，在黑太子[①]那悬挂在教堂中的锈迹斑斑的铠甲间嗡嗡作响，穿过时间海洋上的微尘，像水面的环波般在空中消失时，它们也告诉我许多活过、爱过、死去的永远不朽的人。

我从街道拐角处看了看那座老房子，但是并没有更走近些，因为怕被人看见，无意中破坏了我来此地帮着实行的计划。初升的太阳正斜照在它那山墙的边缘和格子窗上，为它们染上了金黄的颜色，它旧日那静谧的古色古香，似乎又打动了我的心坎。

我又到乡下溜达了个把小时，然后沿大街走了回来。经过这段时间，大街已经摆脱了整夜的睡意。在店铺中活动的那些人中间，我看到了我的老对头——那个屠夫，他现在比以前阔了，穿起了长筒靴，有了一个孩子，还有了自己的铺子。他正在给孩子喂牛奶，看上去完全像个社会上的良民了。

体会作者怎样生动地表现众人越来越焦灼的心情。

当我们坐下来吃早饭时，大家都有些焦急不耐。眼看九点半越来越近了，我们等待米考伯先生的焦灼心情也越来越强烈。最后，我们都不再假装专心吃饭了。其实，除了狄克先生，所谓吃早饭，打从一开始就只不过是一种形式而已。我姨婆在屋子里踱来踱去；特雷德尔坐在沙发上，假装在看报，眼睛却望着天花板；我则一直看着窗外，以

① 黑太子：指爱德华（1330—1376），为英格兰国王爱德华三世之子，战功卓著，因喜穿黑铠甲，故名。死后葬于坎特伯雷大教堂内之地下拱墓，其铠甲等悬于墓上。

便米考伯先生来时好早点儿通知大家。其实，我并没有看多久，九点半的钟声一响，米考伯先生就在街上出现了。

“他来了，”我说，“没穿法学界的服装！”

我姨婆系好自己的软帽帽带（她下楼吃饭时就戴上软帽了），披上披肩，仿佛她已做好准备，随时可以应付一切坚决不能让步的事情。特雷德尔一副毅然决然的神情，把外套的扣子扣好。狄克先生被这些令人生畏的表现弄得不知所措，但又觉得有模仿他们的必要，于是便用双手使劲把帽子尽可能往耳朵上扣，但紧接着又把它摘了下来，为的是欢迎米考伯先生。

所有人都严阵以待，好像要面临一场大战。作者通过具体描写每个人的神态或动作，渲染了一种紧张的气氛。

“诸位先生，小姐，”米考伯先生说，“早安！我亲爱的先生，”随后又对热情地使劲握着他的手的狄克先生说，“你真是一位大好人！”

“你吃过早饭了吗？”狄克先生说，“来块排骨吧！”

“怎么也吃不下啊，我的好先生！”米考伯先生拦住要去拉铃的狄克先生，说，“食欲和我，狄克森先生，早就成了陌路人了。”

狄克先生听到狄克森这个新的姓，大为高兴，似乎认为米考伯先生把这个姓赐赠给他，是一件施恩于他的善举，所以又再次和他握手，而且笑得很带些孩子气。

“狄克，”我姨婆说，“注意一点儿！”

狄克先生红着脸，竭力让自己平静下来。

“好啦，先生！”我姨婆戴上手套，对米考伯先生说，“我们已经为上维苏威火山，或者别的什么，做好准备了。只等你一声令下啦！”

“特洛伍德小姐，”米考伯先生回答说，“我敢保证，你一会儿就能看到一场火山爆发。特雷德尔先生，我要是在这儿提一提，我们俩已经为这事通过气，我相信你一定会许可的吧？”

“没错，这确实是事实，科波菲尔，”特雷德尔对我说，因为我听了后带着惊异的神情看着他，“米考伯先生把他考虑的问题都跟我商议过了，我也尽我的见识所及，给他提了意见。”

“除非我自己骗自己，特雷德尔先生，”米考伯先生接着说，“我得说，我所考虑的是一场意义重大的揭发。”

“确实是意义重大的揭发。”特雷德尔说。

“也许，在这样的情况下，特洛伍德小姐，各位先生，”米考伯先生说，“你们得屈尊一下，暂时听从一个人的指挥，虽然此人只不过是茫茫人海中的一个浪子，不配以其他眼光来看待，尽管由于他本身的过失和环境造成的多舛命运，使其失去本来面目，但他依然是你们诸位的同胞啊！”

“我们对你完全信任，米考伯先生，”我说，“你要我们做什么，我们就做什么。”

“科波菲尔先生，”米考伯先生回答说，“在目前这种关键时刻，你对我的信任，是绝不会落空的。我要求各位允许我先走五分钟，然后当各位以探望威克菲尔小姐为名，来到威克菲尔-希普事务所时，我当以该所雇员的身份恭迎各位光临。”

我姨婆和我都望着特雷德尔，特雷德尔点头表示赞成。

“眼下，”米考伯先生说，“我没有更多的话要说了。”

说完这句话，他屈身朝我们大家鞠了一个躬，接着便离去了，这让我颇为诧异。他的态度异常冷漠，面色极其苍白。

我望着特雷德尔，想要他做点儿解释，可他只是微微一笑，摇了摇头（他的头发耸立在头顶），因此我只好掏出表来，数那五分钟，作为消遣。我姨婆也把表拿在手中，像我一样数那五分钟。五分钟一到，特雷德尔就伸出手臂，让我姨婆挽着。于是我们便一块儿往那座老房子走去，一路上没有说一句话。

掏出表“数那五分钟”这个细节，突出了大卫和姨婆对将要发生之事的紧张和期待，连多等一秒都不愿意。

我们发现米考伯先生正在楼下那间六角形的小办公室里，卖力地伏案抄写，或者假装在抄写。他的背心里插着一把办公室用的大直尺，而且没有藏好，有一英尺多长的一段从胸口伸出，就好像一种新式的衬衫花边。

我觉得大家都盼望我先开口，于是我便大声说：

“你好吗，米考伯先生？”

“科波菲尔先生，”米考伯先生严肃认真地说，“我希望看到你也一切都好。”

“威克菲尔小姐在家吗？”我问道。

第五十二章　我参加了大爆发

“威克菲尔小姐有病在床，先生，她患的是风湿病，”他回答说，“不过我敢保证，威克菲尔小姐见到了老朋友，一定会很高兴的。请进吧，先生！”

他把我们领到餐厅——当年我来时，进的第一个房间就是这一间——猛地打开威克菲尔先生原先办公室的门，用一种响亮的声音通报说：

“特洛伍德小姐、大卫·科波菲尔先生、托马斯·特雷德尔先生和狄克森先生来了！”

自从那次打了乌利亚·希普之后，我一直没有再见到他。我们的来访显然使他大吃一惊。这一来，让我们也吃了一惊，但我敢说，他那一惊，并没有因为我们吃惊而有所减轻。他没有皱起眉头，因为他的眉毛根本不值一提，可是他把前额蹙得几乎闭上了他的小眼睛，同时他还急忙举起一只瘦骨嶙峋的手，往自己的下巴上摸着，这都泄露出他有些惊恐和慌张。不过这种惊慌，只是在我们刚刚进门时，我从我姨婆肩膀后面看他时见到的。过了一会儿，他便又像往常那样谄媚奉承、卑躬屈膝了。

“啊，我相信，”他说，“这真是没有料到的快事！我可以说，在圣保罗大教堂周围的朋友，全都一齐光临了，实在让人意外地高兴啊！科波菲尔先生，我希望看到你一切都好，并且希望你——要是我可以卑贱地这样来表示我的意见的话——无论如何都能友好地对待跟你友好的人。科波菲尔太太，先生，我希望她也一切都好。请你相信，听说她近来情况不太好，我们都很不放心。”

让他握我的手，我感到羞愧，可是我又不知道还有什么别的办法。

“自从我还是一个卑贱的小文书、给你牵马的时候以来，特洛伍德小姐，这个事务所里的情况已经有了改变了，是不是？”乌利亚带着他那令人作呕的笑脸说，“不过我可没有改变，特洛伍德小姐。”

“嗯，先生，”我姨婆回答说，“跟你说实话吧，我看你是挺能忠于年轻时的誓言的。这么说，你总该满意了吧。”

“谢谢你，特洛伍德小姐，”乌利亚难看地扭动着身子说，“承你过奖了！米考伯，叫他们通报给爱格妮斯小姐——还有我母亲。母亲看到这儿的这些来客，一定会非常激动的。”乌利亚一面说着，一面给我们搬椅子。

“你不忙吧，希普先生？”特雷德尔问道，这时他的眼睛正好跟那双狡猾的红眼睛相对，那双红眼睛既要审视我们，又想避开我们。

“不忙，特雷德尔先生，”乌利亚回答说，接着坐回到自己办公的座位上，把他那双瘦骨嶙峋的手，掌心相对地紧插在两个瘦骨嶙峋的膝盖之间，“不像我巴望的那么忙。不过，你知道，律师、鲨鱼、水蛭[①]，都是不容易满足的！可是话又得说回来，一般来说，我和米考伯手上的事还是很多的，因为威克菲尔

① 鲨鱼喻贪婪的人、诈骗者，水蛭喻吸血鬼、寄生虫等。

先生几乎什么事都干不了，先生。不过，我确信，能为他办事，既是一种职责，也是一种快乐。我想，你跟威克菲尔先生不太熟吧，特雷德尔先生？我相信，我自己也只有幸跟你会过一次面吧？”

“是的，我跟威克菲尔先生不熟，”特雷德尔回答说，“要不，也许我早就来问候你了，希普先生。”

他这句答话的腔调里有着某种东西，使得乌利亚带着颇为阴险、猜疑的神色，又往那个说话的人身上看去。不过，他看到的只是面貌和善、态度老实、头发直竖的特雷德尔，他也就不以为意，整个身子，特别是喉头扭动了一下，回答说：

“这太可惜了，特雷德尔先生。要不，你一定会像我们所有人一样钦佩他的。他那些小小的缺点，只会使你觉得他更加可亲可爱。不过，要是你想听别人对我这位合伙人的盛情称赞，那我就得请你去找科波菲尔。这一家是他谈起来非常有劲的话题，如果你从来不曾听他谈过的话。”

我正要否认他的这种恭维（不管怎样，我都得那么做），爱格妮斯进来了，把我的话给打住了。她是米考伯先生领进来的。我觉得，她显得不像往常那样沉着镇静，显然受了忧虑和疲劳的影响。不过她那热情真挚的态度和娴雅文静的美貌，发出了更加温柔的光辉。

当她跟我们问好时，我看到乌利亚一直监视着她，他使我想起监视着吉神的丑陋、叛逆的魔仆。就在这时候，米考伯先生和特雷德尔之间传递了一个不显眼的暗号，于是特雷德尔便走出去了，除了我，没有别人看见。

“别在这儿待着了，米考伯。”乌利亚说。

米考伯先生把手放到怀中的直尺上，笔直地站在门口，明白无误地注视着他的同胞之一，他的那位雇主。

“你待在这儿干什么？”乌利亚说，“米考伯！我要你别待在这儿，你听见了吗？”

“听见了！”毫不动容的米考伯先生回答说。

“那你为什么还待在这儿？”乌利亚说。

“因为我——简而言之，乐意。”米考伯先生突然动了肝火，回答说。

乌利亚的双颊一下失了血色，虽然仍隐约地带有他那遍布的红色，但一种不健康的苍白布满了他的整个脸庞。他两眼死死盯着米考伯先生，整个脸部都现出呼吸急促的神情。

“你本是个游手好闲的浪荡子，这全世界都知道，”他硬装出一副笑脸说，“恐怕你这是要逼我解你的雇吧。你走吧！我过一会儿再跟你谈。”

“在这个世界上，如果有一个恶棍的话，”米考伯先生突然再次动了肝火，怒不可遏地说道，“我已经跟他谈得太多了，这个恶棍的名字就叫——希普！”

乌利亚往后一趔趄，就像被人打了一拳或者被虫蜇了一下似的。他缓缓地环顾着我们大家，脸上露出他所能有的最阴险、最恶毒的表情，低声说：

“哦嗬！这是个阴谋！你们这是约好了上这儿来的！你这是跟我的文书勾结起来对付我，是不是，科波菲尔？哼，你得当心点儿。你搞这是搞不出什么名堂来的。你跟我，我们彼此都有数。我们之间一向没有好感。你打从第一次来这儿起，就一直是个狂妄自大、令人讨厌的小子。我的地位提高了，你就妒忌了，是不是？你别想设计来反对我，我会设计来对付你的！米考伯，你走开。我过一会儿再跟你谈。”

“米考伯先生，”我说，“这家伙突然变了，不仅在说实话这个不同寻常的方面，在许多别的方面也突然变了，因此我看准他这是走投无路了。他该受什么惩罚，就怎么对付他吧。”

“你们是一路货色，不是吗？”乌利亚以同样低沉的声音说，同时用又瘦又长的手，抹去前额上迸出的黏湿的汗珠儿，“你们买通了我的文书，这个十足的社会渣滓——就跟你自己在有人发善心给你施舍前一样，科波菲尔，这你知道——想利用他的谎言来破坏我的名誉？特洛伍德小姐，你最好阻拦住他们，要不，我就要叫你丈夫来对付你，让你不痛快了。我通过业务关系了解到你的历史，并不是毫无用处的，老太婆！威克菲尔小姐，要是你对你父亲还有一点儿爱心，那你最好别跟这伙人掺和在一起。你要是跟他们掺和在一起，那我就叫你父亲彻底毁了。好啦，来吧！你们中有的人，已经在我的耙子底下了。在耙子还没落到你们头上之前，还是再想想吧。你，米考伯，要是你不想彻底完蛋，也再想想吧。我劝你先走开，我过一会儿再跟你谈，你这个笨蛋！趁现在还来得及退出！我妈在哪儿啊？”他说着，突然吃惊地发现，特雷德尔不在眼前，这时他把叫人铃的绳子都拉掉下来了，“在自己的家里竟出这样的好事！”

“希普太太在这儿呢，先生，”特雷德尔说道，他跟那位宝贝儿子的宝贝母亲一起回来了，“我很冒昧，已经擅自向她做了自我介绍了。”

“你是什么人，做自我介绍？”乌利亚反唇相讥道，“你想在这儿干什么？”

“我是威克菲尔先生的代理人和朋友，先生，”特雷德尔从容自若地说，一副公事公办的样子，“我口袋里有他的全权委托书，负责替他办理一切事务。”

“老傻瓜喝酒喝糊涂了，”乌利亚说，态度更加恶劣了，“你的全权委托书是从他那儿骗来的！”

“有些东西是从他那儿骗走的，我知道，”特雷德尔平静地回答说，“你也知道，希普先生。有关这个问题，要是你乐意的话，我们可以请米考伯先生来说一说。”

“乌利——！”希普太太露出焦灼的样子，开口说。

“你别开口，妈，”乌利亚说，“言多必失啊！”

“不过，我的乌利——”

“妈，你别开口，由我一个人来对付好吗？”

虽然我早就知道乌利亚的那副卑躬屈膝的样子是假的，他的一切矫饰做作全是奸诈虚伪的手段，但是我没有想到他的虚伪达到了什么程度，直到现在，他把假面具除去了才看清。当他发觉这假面具对他已毫无用处时，他就一下把它给扔掉了。现在他表露出来的，只有恶意、骄傲和仇恨，即便到了此时此刻，他还为自己干过的坏事踌躇满志，横目相向——其实在这段时间里，他一直都想要制服我们，但已智穷计尽，于是便孤注一掷——凡此种种，虽然完全符合我对他的了解，但是刚一开始时，就连我这个认识他这么久、憎恨他这么深的人，见了也大吃一惊。

他站在那儿，朝我们一个个怒目而视时，对我的神情就不必说了，因为我一向知道他恨我，记得我的巴掌在他颊上留下的痕迹。而当他的目光转到爱格妮斯身上时，我看出他因感到对她已经失势而怒不可遏，在他的眼神表现出来的失望中，流露出的只是对她渴望的丑恶的情欲——对爱格妮斯的美德，他是永远不能赏识，也永远不知珍惜的——这时，我一想到爱格妮斯得在这样一个人的眼皮底下生活，哪怕是一个小时，都会使我不胜震惊。

乌利亚伸手在脸的下半部摸了一阵后，他那对恶毒的眼睛，从瘦骨嶙峋的手指上方朝我们看了一会儿，接着对我说了下面一席话，半是哀鸣，半是谩骂。

“你，科波菲尔，一向自认为光明正大，并以此种种自负的人，偷偷溜到我这儿来，向我的文书四下打听，你认为这样对吗？要是干这种事的是我，那毫不足怪，因为我从来没把自己看作上等人（虽然我从来没有像你那样，如米考伯先生所说，流浪街头）。可是你呀！你居然也不怕干这种事？你完全没有想到我会怎么回敬你吗？也没有想到搞这类阴谋会惹上麻烦吗？很好，我们走着瞧吧！你这位叫什么来着的先生，你说有问题要问米考伯。你的证人就在这儿。你为什么还不让他说话呀？我看他是学乖了。”

他发现他说的这番话，对我，对我们中的任何人，都毫无效果，就往桌子边上一坐，把双手插进口袋，把一只八字脚钩在另一条腿上，顽强地等待着有什么下文。

米考伯先生早就按捺不住了，我费了好大的劲，好不容易才把他制止住，他有好几次插嘴骂出“恶棍”两字中的“恶”字，“棍”字则一直没能骂出。这时，他突然冲上前去，从胸前拔出那把直尺（显然是用作自卫的武器），然后从口袋中掏出一份折成一封大信函模样，用大开纸写的文件。他用往日的那种夸张手势打开了折起的文件，看了一眼上面的内容，仿佛对其中行文的风格颇为欣赏似的，开口念道：

“‘亲爱的特洛伍德小姐及诸位先生……’”

“哎呀，我的天哪！”我姨婆低声喊道，“要是犯的是死罪，他得用成令的纸来写信哩！”

米考伯先生没有听见这句话，顾自继续往下念着：

“‘我今天当着诸位的面，揭发也许是有史以来最大之恶棍时，’”念到这儿，米考伯先生的眼睛没有离开信，只是把手中的直尺像圣杖一样指着乌利亚·希普，“‘请诸位不必虑及鄙人。自孩提之日起，鄙人即成为无力偿还的金钱债务之牺牲者，因而一直受有损人格的环境所嘲笑和戏弄。耻辱、穷困、绝望、疯狂，或单枪匹马而来，或结驷连骑而至，成为我一生之侍从。’”

米考伯先生描述自己是这些悲惨苦难的牺牲者时，竟那么津津有味，只有在他念这封信时的着力气势，以及他念到他认为击中要害的句子，那副摇头晃脑的得意劲头，才可以与之相比。

“‘在耻辱、穷困、绝望、疯狂困于一身的情况下，我进了这家事务所——或者如我们活泼的邻居高卢人所谓的办事所——名义上这家事务所是威克菲尔和希普合伙经营，实际上是希普一人大权独揽。希普，只有希普，是这个机构的主管。希普，只有希普，才是文书的伪造者，才是蓄意谋财的骗子。’”

乌利亚一听这话，脸色不是灰白，而是铁青了，他直朝那封信冲去，像是要把它撕碎。米考伯先生，完全出于动作灵活，或者是鸿运高照，正好用直尺打在乌利亚伸过来的手关节上，把他的右手打得动不了啦。它从手腕那儿耷拉下来，像是折断了一般。这一击的声音，听起来就像打在木头上似的。

“你这个该死的东西！”乌利亚说，痛得扭动身子的样子都异常了，“我一定会跟你算清这笔账的！”

“你再敢靠近我，你——你——你这个无耻的希普，”米考伯先生喘着粗气说，“要是你这是人的脑袋，我就要把它打个稀巴烂。过来，过来呀！”

米考伯先生一面手握直尺，拉起持剑防卫的架势，一面喊着：“过来，过来呀！”特雷德尔和我则使劲把他推到一个角落里，可是每次我们把他推到那儿，他总是又从那儿冲了出来。我觉得我从来不曾见过比这更可笑的场面——即使在这种时候，我心里也这么想。

他的敌人口里咕哝着，把受伤的手揉了一阵，然后慢慢地解下领巾，把手扎了起来，跟着用另一只手托着，坐在自己的桌子上，阴沉沉的脸朝下看着。

米考伯先生冷静下来后，又继续念起信来：

"'我受雇于——希普，'"每逢说到这个名字时，他总要先停顿一下，然后再用惊人的劲头把它说出来，"'薪水除每周区区的二十二先令六便士外，其他并无规定，得视本人在职务上效力的价值而定。换一句更能达意的话来说，得视本人人格卑劣的程度，本人利欲熏心的程度，本人家庭穷困的程度，以及本人跟希普之间品质（不如说不道德）相似的程度而定。过不多久，我就必须哀请——希普预支薪水，以维持米考伯太太以及我们那受尽折磨但有增无减的家人的生计，这还用我说吗？这种情况必然是——希普预先料到的，这还用我说吗？这些预支的薪水，都得以借据及其他类似的我国法定契据来换得，这还用我说吗？于是我就这样陷入了他为我织就的罗网中，这还用说吗？'"

在描述这种不幸的境遇时，米考伯先生对自己作书才能的赏识，似乎远远超过现实所能加给他的任何痛苦和忧伤。他继续念道：

"'自此以后，希普开始委我以些许心腹之事，而这些都是他的邪恶计划中必不可少的。自此以后，如若可借莎士比亚的话以自喻，我开始人渐消瘦、神情憔悴、精神萎靡。我发现，我得经常奉命去做的是业务上的作伪，以及对我称之为威先生的那个人进行蒙骗。这位威先生受尽——希普的一切蒙蔽、欺骗和愚弄，然而在这整个期间，就是这个恶棍——希普——却一直声称，对这位受尽他蒙骗的先生有着无限的感激、无限的情谊。这已经够坏的了。但是，正如那位富有哲学气质的丹麦人[①]说的那句普遍适合的话：还有更糟的情况在后头！'"

米考伯先生觉得，由于用了这一引言，使这句话结束得非常圆满，心中颇为得意，因此他故意以忘了念到什么地方为借口，把这句话重又念了一遍，以使他自己和我们得以再享受一番。

"'我不打算，'"他接着念道，"'在这一信函中列出详细清单（不过此单我已另行开列），把那些性质较轻、涉及我称之为威先生的各项我也消极参与的不法行为一一举出。当我的内心停止了有薪水和没有薪水，有面包和没有面包，能生存和不能生存的斗争时，我的目的，就是利用我所有的机会来发现和揭露——希普所犯的、使那位先生受到严重损害和冤枉的重大不法行为。我内受默默的良心之驱使，外受令人感动、令人同情的人——此人我简称为威小姐——的激励，就我所深知、深悉、深信者，进行了历时十二个多月的秘密调

① 指丹麦王子哈姆莱特。

查，这不能不说是一项极为艰辛的任务。’”

他念这段话时，仿佛念的是国会法案中的文字，声音庄严得使他的精神为之振奋。

“‘我指控——希普的条款，’”他继续念道，同时瞥了希普一眼，把直尺夹在左面胳膊下的方便处，以备急需，“‘如下：’”

我想，我们全都屏息倾听，我敢肯定，希普谅必也是如此。

“‘第一条，’”米考伯先生说，“‘当威先生处理业务之能力与记忆减弱和昏乱时（其减弱和昏乱之原因，我无须或不便在此说明），希普则趁此蓄意把事务所的整个业务搅得混淆、复杂。每当威先生最不宜办事时，希普总是在他旁边，硬逼他办事。在此种情况下，他把重要文件诡称为不重要文件，以此取得威先生的签字。他以此法诱骗威先生授权给他，从当事人的托管金里特意提出一笔款子，为数达一万二千六百一十四镑二先令九便士，声称用以偿付他伪称的业务费用和亏欠，实际上早已付清或纯属子虚乌有。他自始至终给此类行径以假象，使人以为此类不法行径，均出自威先生本人之欺诈意图，并由威先生亲自完成。事后，他即以此为口实，折磨威先生，胁迫威先生。’”

“这你得有证据才行，你，科波菲尔！”乌利亚摇着脑袋威胁说，“你别急，我们走着瞧！”

“特雷德尔先生，你问问——希普，他搬走后，谁住他的房子了，”米考伯先生突然停止念信，问道，“好吗？”

“就是那个傻瓜自己——现在还住在那儿哩！”希普轻蔑地说。

“你问问——希普——他住在那儿时，是不是有过一本袖珍记事本，”米考伯先生说，“好吗？”

我看到乌利亚那瘦骨嶙峋的手不由自主地突然停下，不再搔摸下巴了。

“再不你就问问他，”米考伯先生说，“他有没有在这儿烧过一本袖珍记事本。要是他说烧过，那就问他灰在哪里，你可叫他问问威尔金斯·米考伯，那他就可以听到一些对他不完全有利的话了！”

米考伯先生说这些话时，得意地手舞足蹈的样子，把乌利亚的母亲吓得胆战心惊，她心急如焚地喊道：

“乌利，乌利！要卑贱一点儿，跟他们讲和吧，我亲爱的！”

“妈！”他回答说，“你别开口行不行？你这是被吓着了，都不知自己在说些什么，是什么意思了。卑贱！”他望着我咆哮着重复说，“尽管我以前一直卑贱，但是长期以来我也治得他们当中的一些人卑贱了！”

米考伯先生风度高雅地调整好下巴在硬领中间的位置，紧接着又继续念起他的大作来：

"'第二条，据我所深知、深悉、深信，希普曾有好几次——'"

"可就凭这点是没有用的，"乌利亚松了口气，咕哝说，"妈，你别开口。"

"我们一会儿就会拿出东西来的，不仅有用，还要最后把你给了结掉哩，先生。"米考伯先生回答说。

"'第二条，据我所深知、深悉、深信，希普曾有好几次，在各种账本、簿记和文件上，有计划地伪造威先生的签名。有一个明显这么做的例子，我可以提供证据。那就是，如下所述，即等于说：'"

对自己这种形式上的文字堆砌，米考伯先生又大为欣赏，他这样做固然显得滑稽可笑，可是我得说，这绝非他个人所特有。我平生见过不少人，都有同样的爱好。我觉得这似乎是一种通病。例如，在法庭宣誓做证，证人说出一连串的词语而只表达一个意思时，他自己似乎感到颇为得意。如他们说，他们极其厌恶、极其憎恨、深恶痛绝，等等。从前对革出教门者的咒词[①]，也是出于同样的原则，才令人觉得趣味盎然的。我们常说文字对人残暴无情，但是我们也喜欢对文字残暴无情。我们喜欢储存大量冗词，供我们在重大场合使用。这样，看起来才威风，听起来才悦耳。正如在隆重的典礼上，对于我们的仆从所穿服装的意义，我们是不会去注意的，只要穿着华丽、人数众多就行。同样，对于词语的意义及是否有使用的必要，我们也往往看成是次要的，只要有大量的词语用来炫耀就行。正像有些大人先生一样，因为仆从的服装过于炫耀而惹出麻烦，或者因为奴隶为数太多而起来反抗主人，因此我想，我可以举出一个国家[②]，由于词语的仆从太多，已经陷入许多重大的困难之中，而且，将来还会陷入许多更大的困难之中。

米考伯先生几乎咂着嘴继续往下念道：

"'那就是，如下所述，即等于说：因为威先生身体衰弱，他一旦去世，就有可能会导致某些发现，从而使——希普——对威家的控制势力被摧毁——就像我，下方署名人，威尔金斯·米考伯所推测的那样——除非暗中能左右他女儿威小姐的孝心，不许调查事务所的合伙事宜。为此——希普——就认为有必要由他准备好一张借据，作为威先生所立，上面载明，前述之一万二千六百一十四镑二先令九便士，外加利息，系由——希普——代为垫付，以免威先生丧失名誉。其实，此笔款项他从未垫付，且早已如数偿还。此借据伪称由威先生签立，由威尔金斯·米考伯为中间证人，实则其签字系由——希普——伪造。现我手中就有几个同样模仿威先生笔迹的签名，均为——希

① 其词为：我等诅汝、咒汝，乞神祸汝，求天灾汝……使汝日间受天之罚，夜间受天之罚，卧时受天之罚，起时受天之罚，出时受天之罚，入时受天之罚，等等。

② 此处指英国，也有人认为指法国。

普——亲笔写在那本袖珍记事本上的。这些模仿的签名，有的地方已被火烧毁，但任何人都能辨认出。而我，从未为此类文件单据做过中间证人。这张借据就在本人手中。’”

乌利亚·希普听了大吃一惊，从口袋里掏出一串钥匙，打开一个抽屉，但接着便又突然醒悟过来，觉出自己在干什么，于是没往抽屉里看，又把脸转向了我们。

“‘这张借据，’”米考伯先生又念了一遍，并朝四周扫视了一下，仿佛这句话是讲道词的主题似的，“‘就在本人手中’——我这是说，今天早上，我写这封信时，它在本人手中，但打那以后，就转到特雷德尔手中了。”

“这话一点儿没错。”特雷德尔附和说。

“乌利，乌利，”乌利亚的母亲喊着说，“卑贱一点儿，跟他们讲和吧。我知道，我儿子会卑贱的，诸位先生，要是你们给他时间，让他想一想。科波菲尔先生，我相信，你知道他一向都是很卑贱的，先生！”

原先的那套伎俩，儿子认为现在已不管用而加以抛弃，可当母亲的仍死死抱住不放，让人看了觉得很奇特。

“妈！”乌利亚不耐烦地咬着裹手的领巾，说道，“你还是拿把装了子弹的枪，朝我开一枪好了。”

“可是我疼你呀，乌利。”希普太太叫道。我毫不怀疑她疼她儿子，或者说她儿子也疼她，虽然看起来有点儿奇怪。不过，说实话，他们原本就是沆瀣一气的一对啊。“我眼看你惹恼了这位先生，给自己招来更多的灾祸，我不忍心啊。刚一开始，当这位先生在楼上告诉我，事情已经败露了，我就对他说，我保证会让你卑贱地认错的，把赃款都吐出来。哦，诸位先生，瞧我多么卑贱，你们就看在我的面子上，别去理会他！”

“你瞧，妈，科波菲尔在那里，”乌利亚怒气冲冲地回答说，用他那瘦骨嶙峋的手指指着我，把他的全部敌意都瞄准着我，因为他认为我是这场揭发的主谋，而我也不想让他明白真相，“科波菲尔在那儿，哪怕你没有多说漏嘴，就说这一点，他也要给你一百镑哩！”

“我不能不说呀，乌利，”他母亲叫道，“我不能眼睁睁看着你，因为头抬得高，招来危险。最好还是卑贱一些吧，像你往常那样。”

乌利亚咬着领巾，停了一会儿，然后绷着脸对我说：

“你还有什么要提出来的？要是还有，继续提好了。你看着我干什么？”

米考伯先生立即重又开始念起信来，为重新回到他十分满意的表演上来感到非常高兴。

“‘第三条，也是最后一条。我现在要指出，根据——希普的——假账册，根据——希普的——真记录，首先是根据一本部分销毁的袖珍记事本（这是在我们刚搬进现今的住宅时，米考伯太太偶然在盛灰的炉灰箱里发现的，当时我并不清楚这是什么东西），这些证据能够表明，若干年来，这位不幸的威先生的弱点、过失、美德、父爱、名誉心，一直被利用，被歪曲，以达到——希普——卑鄙的目的；若干年来，威先生一直在一切想得到的手段下，受欺骗，受掠夺，而贪婪、奸诈、爱财的——希普——则靠此得以发财致富；希普——处心积虑想要达到的目的，除了金钱财富外，就是要制服威先生和威小姐（至于他对威小姐的别有用心的意图，我在此姑且不论），完全由其控制；希普——最后的行为（这只是在几个月前才完成的），为诱骗威先生签署一份文件，出让合伙经营事务所的股份，甚至出卖屋内的家具，以换取给他的年金，在每年的四个结账日，由——希普——负责准时支付。此类罗网——先是伪造惊人的账目，诡称威先生在其受托为管理人期间，由于轻率和决断失当，将他人财产投机失败，以致无款偿还按道义和法律均应由他负责偿还的债务，继之又诡称为还债代威先生借进高利贷款。其实，这些款项均为——希普——以投机倒把或别的经营为借口，从威先生处骗去或扣下的，再加上五花八门肆无忌惮的阴谋诡计，日积月累，罗网越来越密，最后终于使不幸的威先生觉得自己已不能重见天日。于是他相信，他的各种境况，一切希望，包括名誉，均已完全破产，他唯一的依靠，就是这个披着人衣的怪物了。'"米考伯先生说这句话时显得神气活现，认为这是一种新的表达方式，"'这个怪物，借了威先生对他的倚重，把威先生害得完全身败名裂。凡此种种，本人保证情况属实。也许还有更多哩！'"

我对爱格妮斯低声说了几句话，当时她正坐在我一旁淌着眼泪，一半是因为高兴，一半是因为悲伤。这时，我们几个人移动了一下，好像米考伯先生的信已经念完似的。米考伯先生极其严肃地说了声"对不起"，接着以一种最沮丧的心情和最强烈的快慰混合的神情，继续念他的信的最后一部分：

"'本人的指控已经结束。这些罪状，只需我加以证实即可。然后，我就要和我苦命的家人一起，从这个我们似乎已成为它的累赘的大地上消失。此事很快就能完成。依据合理的推断，我们的婴儿由于营养不足而最先死去，因为他是我们家中最脆弱的一员，接着随他而去的是我们的一对孪生儿子。由它去吧！至于我本人，我的坎特伯雷朝圣之行，已经遭遇甚多，民事诉讼监禁、贫困，不久将有更多遭遇。我进行的这番调查，即使是最细小的结果，都是在繁重职务的压力下，在极度穷困导致的焦虑下，在晨曦乍明、夕露初润、夜色昏沉之际，在你连称之为魔鬼都嫌抬举的那个家伙的严密监视之下，点滴积累，慢慢连缀而成的，都是一个受穷的家长，挣扎搏斗，才使这一调查，在其完成之时，成为切实可用的。我相信，我为这番调查所费的辛劳、所冒的风险，可以当作几滴甘泉，洒在焚我尸体的柴堆之上。我别无他求，但愿世人提到我时，以公正态度相待，像对待那位英豪、著名的海军英雄[①]那样（我绝不敢狂妄地与之相比），说我之所作所为既不是图金钱，也不是谋私利，而是为了国，为了家，为了美。威尔金斯·米考伯谨启。'"

米考伯先生不胜感慨，但仍极其自得。他折起信，朝我姨婆一鞠躬后，把信交给了她，好像这是她乐于保存的一件东西。

多年以前，我初次到这儿时，就注意到，这个房间里有一个铁保险柜。现在柜子的锁孔上插着钥匙。乌利亚似乎忽然起了疑心。他朝米考伯先生看了一眼，就朝柜子奔去，把柜门当啷一声拉开。柜里空空如也。

"账册哪儿去啦？"他脸上一片惊惶之色，大声嚷道，"有贼把账册偷走了！"

米考伯先生用直尺轻轻敲打着自己说："是本人偷的。今天早上，我像往常那样，从你那儿拿到钥匙——不过稍早一点儿——把保险柜打开了。"

"你不用担心，"特雷德尔说，"账册全在我手里。我会根据我已说的给我的授权，好好加以保管的。"

"你这是收受贼赃，是不是？"乌利亚嚷道。

"在现在这种情况下，"特雷德尔说，"是贼赃。"

我姨婆原本一直非常平静安详地凝神倾听着，这时突然朝乌利亚扑去，双手揪住他的领巾。看到她的这一举动，我多么吃惊啊！

"你知道我要什么吗？"我姨婆说。

"一件疯子穿的紧身衣。"乌利亚说。

"不，是我的财产！"我姨婆回答说，"爱格妮斯，我亲爱的，只要我相信，我那份财产真的是你爸弄光的，我一个字也不会说——我亲爱的，有关我的钱放在这儿投资的事，就连对特洛，我也一个字都没有说，这他知道。可是现在我知道了，原来是这家伙搞的名堂，他应对这事负责，那我就要向他要回来了！特洛，来，要他把我的财产交出来！"

当时，我姨婆是不是认为乌利亚把她的财产藏在自己的领巾里了，我实在不知道。可是她真的直拉他的领巾，好像她认定是藏在那里面似的。我急忙横身在他们两人之间，并且向她保证说，凡是他的一切非法侵吞所得，我们都要叫他全部吐出来。我的话，再加上她稍微想了想，才使她安静下来。不过，她一点儿没有因为刚才的举动失去常态（虽然我不能说她的软帽也是这样），而是泰然自若地回到自己的座位上。

在最后的几分钟里，希普太太一直大声嚷着要他儿子"卑贱点儿"，并且

① 此处指英国海军名将纳尔逊（1758—1805）。

依次对我们一个个下跪，做着各种荒唐的保证。她儿子硬把她按在他的椅子上，然后绷着脸站在她的旁边，用手抓住她的胳膊（不过并不粗暴），恶狠狠地对我说道："你要干什么？"

"我要告诉你，你必须做什么。"特雷德尔说。

"那个科波菲尔没有舌头了吗？"乌利亚咕哝着说，"你要是能老老实实告诉我，他的舌头让人给割掉了，那我一定会帮你干很多事哩！"

"我家的乌利亚心里是很卑贱的！"他的母亲嚷嚷道，"你们别介意他嘴里说的话吧，各位好心的先生！"

"你必须做到的，"特雷德尔说，"是这些。首先，我们听说过的那份出让股份契约，你必须在此时此地交给我。"

"假定我手里没有这东西呢？"乌利亚插嘴道。

"可是你有的，"特雷德尔说，"因此，你知道，我们不做那样的假定。"我不得不承认，我的这位老同学，有清晰的头脑，有真诚、耐心和务实的见识，这是我第一次真正有机会认识到。"然后，"特雷德尔说，"你必须准备吐出你所侵吞的一切，归还最后的一文钱。所有合伙的账册和文件，所有你自己的账册和文件，必须一律归我们掌管；所有的现金账户和有价证券，不管是事务所的，还是你自己的，也都必须归我们掌管。总之，凡是这儿的一切，必须一律归我们掌管。"

"必须这么做吗？这我可还不明白哩！"乌利亚说，"这事我得有时间想一想。"

"当然，"特雷德尔回答说，"不过，在这个时间里，在一切都办得让我们满意之前，我们必须把所有这些东西全都拿到手。同时还得请你——简单地说吧，还得强迫你——待在你自己的房间里，不得跟任何人联系。"

"那我可不干！"乌利亚骂骂咧咧地说。

"梅德斯通监狱[①]是个更加安全的拘留人犯的地方，"特雷德尔说，"虽然法律要恢复我们的权利，也许得花较长时间，而且也许不能像你能做的那样完全恢复我们的权利，但是法律毫无疑问会惩罚你。哎呀，这一点你知道得跟我一样清楚！科波菲尔，你去一趟市政厅叫两个法警来好吗？"

听到这儿，希普太太又忍不住了，跪在爱格妮斯的面前，高声求她出面替他们母子俩求情，嚷嚷说，她儿子是很卑贱的，揭发出来的事全是真的，要是他不按我们的要求做，那就由她来做，以及诸如此类的话。因为她为她的这个宝贝儿子担心，吓得都快要疯了。

如果问乌利亚，要是他还有勇气，他会干什么，这就像问一只杂种野狗，

① 因梅德斯通为坎特伯雷所在的肯特郡的首府。

要是它有老虎的胆量，它会干什么。乌利亚是一个彻头彻尾的胆小鬼，正像他卑鄙的一生中任何时刻一样，透过他的阴沉乖戾和忍辱态度，露出了他那卑鄙怯懦的本性。

“别去！”他一面朝我咆哮道，一面用手抹了抹自己那发热的脸，“妈，你别说了。行了！把那份出让股份契约给他们好啦！你去把它拿来！”

“你去帮她一下吧，狄克先生，”特雷德尔说，“劳你驾啦！”

狄克先生对于交给他的这份差使，很引以为荣，而且也懂得其用意，因此就像牧羊犬伴着绵羊一样，紧跟着她去了。不过，希普太太并没有给他添什么麻烦，因为她不仅把出让股份契约拿来了，而且把盛契约的匣子也拿来了。我们在匣子里发现了银行存折和一些别的文件，这些后来都有用处。

“好！”东西拿来后，特雷德尔说，“现在，希普先生，你可以离开这儿去考虑了。请你特别要注意，我已经代表在场的所有人向你宣布，你要做的只有一件事，就是我刚才已经给你说清楚的。这件事必须马上就做，不得拖延。”

乌利亚一直看着地面，没有抬眼，一只手摸着下巴，拖着脚步走过房间，在门口站住说：

“科波菲尔，我一直就恨你。你一贯是个自命不凡的家伙，你总是跟我作对。”

“我记得，以前有一次我曾对你说过，”我说，“由于你的贪婪、奸诈，所以跟全世界一直作对的，是你。你以后应该好好想一想，世界上，凡是贪婪、奸诈，没有不做得过分的，没有不因做得过分而自食其果的。这就跟人总要死一样，是铁定了的。”

“也可以说，跟他们在学校里一贯教导的一样铁定（就是我零星学会那么多卑贱的同一学校）。他们从九点到十一点说，劳苦是灾难；从十一点到一点又说，劳苦是福气，是乐事，是光荣，是我不知道的什么，等等，是不是？”乌利亚嗤笑着说，“你这样说教，差不多就像他们那样前后一致了。卑躬屈膝会行不通吗？我认为，我要是不这样，就骗不了我那位绅士搭档了。米考伯，你这个老浑蛋，我会跟你算账的！”

米考伯先生根本没把乌利亚和他伸出的手指放在眼里，高高挺起自己的胸脯，直到乌利亚灰溜溜地溜出门外，然后他才转向我，提议要我亲眼去见证一下“他跟米考伯太太重新建立互相信任的关系”。随后，他又请全体在场的人一起去看看那动人的场面。

“长期挡在我和米考伯太太之间的帷幔，现在已经拉开了，”米考伯先生说，“我的孩子们和生养他们的人，又能平等接触了。”

因为我们都非常感激他，都希望能对他表示我们的感激之情，而且我们的忙乱心情已经平静下来，因此我敢说，我们本来全都想去的。可是，爱格妮斯必须回去照顾她父亲，因为他除了希望的曙光之外，别的什么都受不了。另外还得有人看住乌利亚，因此特雷德尔就留下来了，过会儿再由狄克先生来替换。于是，狄克先生、我姨婆和我，就跟着米考伯先生一起去他家了。当我匆匆地和那个我欠她那么多恩情的亲爱的姑娘告别时，想到那天上午她也许已经从危险中得救——尽管她自己早有明智的决心——我衷心地感谢我童年时代所受的苦难，是那番苦难，才使我认识米考伯先生。

米考伯先生的家离此不远，对着大街的门直通起居室，他以他那特有的性急，一头就闯了进去，于是我们立刻感受到融入了这个家。米考伯先生叫着“艾玛，我的命根子！”扑进了米考伯太太的怀中。米考伯太太尖叫了一声，伸手把米考伯先生紧紧搂住。正在哄着米考伯太太上次信中提到的那个不懂事的新来者的米考伯大小姐，也大为感动。那个新来者高兴地蹦跳着。那两个双生子则做出一些笨拙而天真的举动，以表示他们的喜悦。米考伯大少爷，由于早年老受挫折，性格有些乖僻，原本神情阴郁，这时也感动得放声大哭起来。

“艾玛！”米考伯先生说，“我心头的乌云已经散去了。我们俩多年来一直互相信任，现在又恢复如前了，以后再也不会中断了。现在，就让贫穷来吧，欢迎！”米考伯先生流着眼泪，大声喊道，“就让苦难来吧，欢迎！让无家可归来吧，欢迎！让饥饿、尴尬、乞讨，还有狂风暴雨，通通来吧，欢迎！只要互相信任，就能使我们支撑到底！”

米考伯先生这样喊着，把米考伯太太安顿在一张椅子上，然后和全家人一一拥抱，对种种凄凉境况都表示欢迎（据我看来，这类境况是绝不会受他们欢迎的），同时要他们一齐出去，到坎特伯雷街头卖唱，因为再没有别的办法可以赡养他们了。

可是，米考伯太太由于过分激动，晕过去了，因此，就连合唱队也来不及组成，第一件要做的事，就是得让她苏醒过来。这件事由我姨婆和米考伯先生办到了。然后，米考伯先生才把我姨婆介绍给她，她也认出我来了。

“对不起，亲爱的科波菲尔先生，”可怜的米考伯太太说着，把手伸给了我，“我的身体不太好。米考伯先生和我之间近来的误会得以消除，一开始太使我激动了。”

“这是你们全家人吗，米考伯太太？”我姨婆问道。

“眼下再没有别的人了。”米考伯太太回答。

“哎呀呀，我不是那个意思，米考伯太太，”我姨婆说，“我的意思是说，这些全是你们的孩子吗？”

“特洛伍德小姐，”米考伯先生回答说，“这是千真万确的。”

第五十二章　我参加了大爆发

“哦，那位年龄最大的年轻先生，”我姨婆若有所思地说，“你打算培养他做什么呀？”

“我刚来这儿时，我的希望是，”米考伯先生说，“让威尔金斯进教堂，或者，要是我把话说得更清楚些，就是进合唱队。可是本城靠它出名的这座古老的大教堂里，没有男高音的空缺，所以他——简而言之，就形成了一个想法，不想在神圣的教堂里唱歌，而想在酒吧里唱歌了。”

“不过他的想法还是好的。”米考伯太太温和地说。

“我敢说，亲爱的，”米考伯先生回答说，“他的想法非常好。不过我还不曾发现，他在任何方面，把他的想法付诸行动呢。”

米考伯大少爷又露出了一脸不高兴的样子，带着几分怒气问道，他能干什么？他是不是生来就是个木匠，或者是个车辆油漆工？总不会生来就是只鸟儿吧？他是不是能到隔壁那条街上去开家药店？他是不是可以跑进邻近的巡回法院，自称是个律师？他是不是可以硬闯进歌剧院，凭暴力取得成功？他是不是可以一点儿不用培养，就能干任何事情？

我姨婆沉思了一会儿，然后说：

“米考伯先生，我觉得纳闷儿，你怎么从来没有动过移居海外的念头呢！”

“特洛伍德小姐，”米考伯先生回答说，“这是我年轻时的梦想，成年后的渺茫抱负啊！”不过我在这儿顺便说一句，我绝对相信，他这辈子从来都不曾想过这件事。

“是吗？”我姨婆看了我一眼，说，“哟，要是你们现在就移居海外，米考伯先生，米考伯太太，那对你们自己和你们的一家，都是多好的事情啊！”

“那得有资金，小姐，得有资金。”米考伯先生忧郁地强调说。

“这是主要的困难，我也可以说，是唯一的困难，我亲爱的科波菲尔先生。”他太太也附和说。

“资金？”我姨婆大声说，“你已帮了我们一个大忙——我可以说，已帮了我们一个大忙了，因为从火炉里掏出来的东西，一定有很大用处——而我们能为你做的，还有比筹集这笔资金更好的事吗？”

“我不能把这笔资金当礼物收下，”米考伯先生充满热情，激动地说，“要是能筹得一笔足够的款子，是不是可以年息五厘，由我个人负责偿还——比方说，由我开出几张期票，分别以十二个月、十八个月、二十四个月为期，为的是好让我有时间来运转——”

“能不能筹得？一定能，而且必须筹足，条件由你定，”我姨婆说，“只要你一句话。现在，你们两位都考虑一下。大卫有几个熟人，不久就要去澳大利亚。要是你们决定去，为什么你们不乘同一条船去呢？那样你们可以互相有个照应。这事现在你们可以考虑一下，米考伯先生，米考伯太太。花点儿时间，好好考虑一下吧！”

“只有一个问题，我亲爱的特洛伍德小姐，我想问一下，”米考伯太太说，“那儿的气候，我相信，不碍健康吧？”

“是全世界最好的！”我姨婆说。

“这就好了，”米考伯太太回答说，“可我的问题又来了。我是说，那儿的环境，对米考伯先生这样有才华的人，是否有足够的机会在社会上飞黄腾达？眼下我还不想说，他想当上总督，或者是任何一类的什么，但是那儿是不是有合理的出路，能让他那份才华有发展的机会——要有那就足够了——使他的才华能自由地发展？”

“对于一个品行端正、做事勤奋的人来说，”我姨婆说，“再没有别的什么地方比那儿更有出路了。”

“对于一个品行端正、做事勤奋的人来说，”米考伯太太用最明确的认真态度重复说，“一点儿没错。我看，澳大利亚显然是供米考伯先生活动的最合适的舞台。”

“我坚决相信，我亲爱的特洛伍德小姐，”米考伯先生说，“在现有的情况下，澳大利亚是我和我的家人该去的地方，唯一该去的地方。一种非同寻常的机遇就要在彼岸出现。比较起来，路程并不远——你提出要我们考虑考虑，这固然出于你的好意，但我向你保证，其实，这只不过是一种形式而已。”

顷刻间，米考伯先生就成了个最乐观的人，眼看就要鸿运高照了，米考伯太太则立即谈论起袋鼠的习性来，那种情景，我怎能忘记啊！米考伯先生和我们一起走回事务所时，摆出一副吃苦耐劳、风尘仆仆的神情，显示出新到异地、还未安居的样子，而且还用澳大利亚农民的眼光，看着走过的公牛。每当我想到坎特伯雷集日的街市时，我怎能不同时想起米考伯先生啊！

第五十三章　又一次回顾

写到这儿，我必须再做一次停顿。哦，我的孩子气的妻子啊！在我的记忆里，在那群来来往往的人中间，有一个身影，她平静安详，含着天真的爱和孩子气的美，对我说，停下来想想我吧——掉过头来看看小花朵儿吧，它正在往地上飘落啊！

我就那么做了。别的一切，都变得模糊了，消失了。我又跟朵拉待在我们那座小房子里了。我已记不清她病了多久。对她的病，我已习以为常，因而都算不清时间了。实际上并不很久，几个星期或几个月罢了，可是在我的感受和体验上，那是一段多么沮丧心焦的时日啊！

他们已经不再跟我说“再等几天”的话了。我开始隐隐约约地害怕起来，我想要看到我那孩子气的妻子和她的老朋友吉卜在阳光下奔跑的日子，也许永远也不会到来了。

吉卜好像突然就变得很衰老了。也许是因为它已不能再从它的主人身上得到使它生气勃勃和保持年轻的东西，因此它就无精打采、双目昏花、四肢无力了。现在它已不再讨厌我姨婆，它躺在朵拉床上时，反而悄悄地爬到她身旁——我姨婆就坐在床边——轻轻地舔她的手。我姨婆看了，很为它感到难过。

朵拉躺在那儿，含笑望着我们，她还是那么美丽，一句急躁、埋怨的话也没有。她只说，我们待她都非常好；她说，她知道，她的亲爱的、细心周到的大孩子可累坏了；还说我姨婆老是睡不成觉，一直那么警醒，既热心，又慈爱。有时候，她的两位小鸟儿般的姑妈来看她，于是我们就谈起我们结婚的日子以及所有的幸福时光。

我坐在安静、整洁而有遮掩的房间里，我那孩子气的妻子用她那碧蓝的眼睛注视着我，她那小小的指头勾绕着我的手，这番情景，在我的生活中——在整个生活中，不论是在室内，还是室外——好像有着一种多么不可思议的安息和停顿啊！我就这样坐着，坐了许多许多个时辰，但是，在所有这些时辰里，有三次，在我的脑海里出现得最为清晰。

一次是在早晨。这时朵拉被我姨婆亲手打扮得整整齐齐，她给我看她的鬈发在枕头上仍然卷曲起伏，多么长，多么有光泽，她多么喜欢把它松开拢在她戴的发网里。

“嘿，我这并不是认为自己的头发了不起，你这爱笑人的孩子，”她看到我微笑着，说，“而是因为你常说，你认为我的头发非常美；还因为我最初开始想念你的时候，我总是往镜子里看，想知道你是不是很想有我的一绺头发。哦，后来我给了你一绺的时候，多迪，你那副样子多傻啊！”

“就是那一天，你照着我送你的花儿画了一幅画，朵拉；也就是那一天，我告诉你，我是多么爱你啊！”

“哦，可是我不好意思对你说，”朵拉说，“当时，我对着花儿哭得多厉害啊，因为我相信你真的喜欢上我了！等我像往常那样又能到处跑时，多迪，我们就去我们这对傻孩子从前去过的地方看看，好吗？到那些老地方去散几次步，好不好？也不要忘记可怜的爸爸，你说是吗？”

“好，我们一定得去，过几天快乐的日子。所以你得赶快好起来，我亲爱的。”

“哦，我很快就会好起来的！我这会儿好多了，你不知道！”

一次是在晚上。我坐在同一张椅子上，在同一张床旁边，同一张脸对着我。我们一直都没有作声，她的脸上露着微笑。现在，我已经不再天天抱着我那身轻如叶的爱妻上下楼了。她整天都躺在这儿。

“多迪！”

“我亲爱的朵拉！”

“不久以前，你告诉我，威克菲尔先生身体不太好，而在这以后，我还要说我要说的话，你不会认为我不通情理吧？我要说的是，我想见见爱格妮斯。我很想见见她。”

“我写信给她好了，我亲爱的。”

“真的吗？”

“立刻就写。”

“多好、多体贴人的孩子啊！多迪，你把我扶起来。真的，我亲爱的，我这是一时的怪念头。这绝不是愚蠢的幻想。我想见见她，真的非常想见见她！”

“我相信是这样。我只要这样告诉她，她一定会来的。”

“现在你去楼下，一个人很孤单寂寞吧？”朵拉用胳膊搂着我的脖子，低声说。

“看到你那把空着的椅子，我的宝贝儿，我怎能不感到孤单寂寞呢？”

“我那把空着的椅子！”她默默无言地搂住我一会儿，“你真的想念着我吗，多迪？”她抬头望着，欢快地微笑着，“想念我这样一个瘦弱、任性的小傻瓜？”

“我的心肝！在这个世界上，除了你，让我想念得这么厉害的还有谁啊？”

“哦，我的好丈夫！我十分高兴，可也非常难过！”她朝我偎依得更紧了，用双臂搂抱住我。她又笑又哭，然后才安静下来，觉得非常快乐。

“一点儿没错！”她说，“你只需把我的情意告诉她，对她说，我非常非常想见见她，此外我就没有别的愿望了。”

“除了盼望身体再好起来，朵拉。”

“啊，多迪！有时候我想——你知道我一直是个小傻瓜！——我的身体永远也不会好了！”

“别这么说，朵拉！我最亲爱的宝贝儿，别这么想！”

“要是我能做得到，我绝不会这么说、这么想的，多迪。不过，我还是很快乐的，虽然我这亲爱的孩子，面对他孩子气的妻子的空椅子，独自一人太孤单寂寞了！”

还有一次是在夜里。我仍跟她在一起。爱格妮斯来了，已跟我们在一块儿待了一整天和一个晚上。她、我姨婆和我，打从早上起，就一直一起坐在朵拉的床边。我们谈的话不多，不过朵拉非常满足，也很高兴。现在就剩下我们两人了。

当时，我是否知道我孩子气的妻子就要离我而去了呢？他们已经这样告诉我了。他们告诉我的事，我早已想到，并不新鲜。不过我绝不敢说，我已把这一实情当回事放在心上。我一直没能领悟这一事实。今天，我好几次独自一人躲起来哭泣。我想起那位为生者和死者的别离而哭泣的人①，想起那整个仁爱和慈悲的故事。我尽量想使自己达观，尽量安慰自己。我希望我多少能做到这一点；不过我心里不能十分肯定的是，生离死别是否一定会来临。我把她的手握在自己手里，我把她的心贴着自己的心窝儿，我看到了她对我强烈地洋溢着的爱。我心中一直有个朦胧不散的影子在徘徊，相信她能逃过此劫，幸免于难。

“我要跟你谈一谈，多迪。我想要把最近想到的一些话，跟你说一说。你不会介意吧？”她神情温柔地说。

“怎么会介意呢，我的宝贝儿？”

“因为我不知道你会怎么想，或者说有时候你会怎么想。也许你也常常跟我有同样的想法。多迪，亲爱的，我怕我当年太年轻了。”

我把脸挨近她靠在枕头上，她看着我的眼睛，柔声地说着，当她继续说下去时，我渐渐地感到心如刀割，她这是在谈过去的自己啊！

“亲爱的，我怕我当年太年轻了。我指的不仅是年纪，还有经验、思想，

① 此处指为拉撒路的死而哭泣的耶稣，后面指的是耶稣使拉撒路复活的故事。

以及一切方面。我当时是个那么傻的大傻瓜啊！我想，要是我们俩只是像少男少女那样，两下相爱，又两下相忘，那就更好了。我已经开始想到，我不配做一个妻子。”

我竭力忍住眼泪，回答说：“哦，朵拉，宝贝儿，你跟我做一个丈夫一样，配做妻子啊！”

“我不知道，”她像往日那样摇着鬈发说，“也许吧！不过，要是我更配结婚，那我也许能使你也更配做丈夫了。再说，你很聪明机灵，我可从来没有聪明机灵过。”

“我们一直都非常幸福呀，我亲爱的朵拉！”

“我们是非常幸福，非常非常幸福。可是，日子一久，我亲爱的孩子就会厌倦他孩子气的妻子，她就越来越不配做他的伴侣了。他会越来越觉得家里缺了什么。他的这个妻子是不会有进步的。所以像现在这样倒也好。”

“哦，朵拉，最亲爱的，最亲爱的！千万别对我说这样的话。每一个字都像在责备我啊！”

“不是的，半个字都不是！”她吻了吻我，回答说，“哦，我亲爱的，你绝不应该受责备；而且我也太爱你了，永远不会真的对你说一句责备的话——除了我长得漂亮外——或者说，除了你认为我长得漂亮外——不会对你说一句责备的话，是我唯一的长处了。你独自一人在楼下，多迪，非常孤单寂寞吧？”

“非常非常孤单寂寞！”

“别哭啊！我的椅子还在那儿吗？”

“还在老地方。”

“哦，我可怜的孩子哭得多伤心啊！别哭啦！别哭啦！听着，现在答应我一件事。我要跟爱格妮斯谈谈。你下楼去，就这样告诉她，叫她上楼到我这儿来。我跟她谈话时，别让任何人来——连姨婆也别让来。我得单独跟爱格妮斯谈一谈。”

我答应说，她马上就能跟爱格妮斯单独谈。只是我当时非常伤心，真舍不得离开她啊！

“我说了，像现在这样倒也好！”她双臂搂住我，低声说，“哦，多迪，再过一些年，你绝不会比现在更爱你这个孩子气的妻子了。再过几年，要是她还是这样让你受累，让你失望的话，你也许就不可能有现在的一半这样爱她了！我知道我太年轻了，也太傻了！像现在这样倒是好多了！”

我走进小客厅时，爱格妮斯正在楼下，于是我把朵拉的话转告给了她。她就上去了，留下了我独自一人和吉卜。

吉卜的中国式狗窝就在壁炉旁，它躺在里面的法兰绒垫子上，烦躁不安地正想睡觉。这时，明月高悬。我往屋外望着夜色，泪如雨下，我那颗未经磨炼的心受到了严厉的谴责。

我坐在壁炉旁，怀着一种模糊的悔恨，想起我自从结婚以来，内心深处所滋长的那些隐秘感情。想起我和朵拉之间的每一件小事，觉得“小事构成人生的全部”这句话确实是真理。在我那记忆的海洋中，不断涌起的是我初次见到那个宝贝女孩儿时的形象，这个形象，经过我和她青春爱情的美化，具有这种爱情所富有的一切魅力。要是我们俩只是像少男少女那样，两下相爱，又两下相忘，真的会更好吗？未经磨炼的心啊，回答我吧！

时光是怎么逝去的，我不知道，直到听到我孩子气的妻子的老友叫我的声音。吉卜显得比往常更加烦躁不安，它从窝里爬了出来，朝我看看，又走到门口，呜呜哀叫着要上楼。

“今天晚上别上去，吉卜！今天晚上别上去啦！”

它慢慢地又回到我跟前，舔舔我的手，抬起那无神的眼睛，朝我脸上望着。

“哦，吉卜！也许再也不能上去了！”

它在我的脚边躺了下来，身子一伸，像要睡觉的样子，接着哀叫了一声，死了。

“哦，爱格妮斯！你来看，你来看！”

那满带怜悯、满含悲伤的脸啊！那势如雨下的泪啊！那严肃可畏、对我的无声呼唤啊！那举向天空的庄重的手啊！

“爱格妮斯？”

完了，我眼前一片黑暗。一时之间，一切的一切，都从我的记忆中抹去了。

第五十四章　米考伯先生的事务

现在，我的心境还处在悲痛的重压之下，这实在不是对此加以叙述的时候。我越来越觉得，我的前途已经堵塞，我生存的力量已经耗尽，我一生的活动已经终结，除了坟墓之外，已经再也找不到任何安身之处了。我说我越来越这样觉得，并不是我初遭悲痛的惊击所致，它是慢慢地逐渐地形成的。要是我后面将要叙说的事故没有朝我接踵而来，开始时把我的悲痛搅乱，末了又使我的悲痛增加，那我也许会立即就陷入上述的那种绝望的状态之中（虽然我觉得还不至于如此）。事实上，在我充分认识自己的痛苦之前，其间已隔了一段时间，在那段时间，我甚至以为自己最剧烈的痛苦已经过去，我的心事可以放在一切最纯真、最美好的事物上，用那个永远结束了的温柔的故事来慰藉自己。

我应当出国的意见，最初是什么时候提出的，或者说，我们是怎样取得一致意见，说我得换个环境，外出旅行，以恢复我的平静，甚至到现在我都不是很清楚。在那段悲哀的时期，爱格妮斯的精神如此深深地渗透于我的所思、所说、所做的一切之中，所以我觉得，我可以把这个主张归之于她的影响。不过她的影响都是那么不知不觉的，因此我也没有感觉到。

现在，我真的开始想起，过去我把她和教堂的彩色窗玻璃联系起来的想法，就是一个预兆，预示日后灾难降临到我头上时，她会对我起什么作用，这一预兆此时正映现在我的头脑中。在所有那段悲伤的日子里，从她举起手站在我面前的那一刻起（这是我永远忘不了的），她就像是降临到我孤寂的家里的一位神灵。当死神来到我家里时，我那孩子气的妻子，就是在她的怀中含笑长眠的——这是在我经得住听这类话时，他们这样告诉我的。我从昏迷中醒来时，首先感到的是，她那同情的眼泪，她那鼓励和安慰的话语，还有她那温柔的脸庞，仿佛从更接近天堂的静地俯垂在我未经磨炼的心上，以减轻它的痛苦。

现在让我继续讲下去吧。

我就要出国了，这好像一开始我们就决定了似的。现在，能随我亡妻而消亡的一切，都已埋入黄土，我只等米考伯先生说的“希普最后将被研成粉末”，然后就和移居海外的人一起动身。

第五十四章　米考伯先生的事务

由于特雷德尔（我患难中最关切、最忠诚的朋友）的要求，我们又回到了坎特伯雷，我这是指我姨婆、爱格妮斯和我。我们依照约定，径直来到米考伯先生家。打从我们那次爆炸性的聚会以来，我的这位朋友就一直在米考伯先生家和威克菲尔先生家辛勤工作。当可怜的米考伯太太看到我穿着黑衣服进来时，显然异常伤感。这么多年来的磨难，并没有把她的善良耗尽，她仍有着大量的慈悲心肠。

“哦，米考伯先生，米考伯太太，”我们都落座后，我姨婆首先开口说，“请问，你们对我建议的移居海外的事，仔细考虑过了吗？”

“我亲爱的特洛伍德小姐，”米考伯先生回答说，“米考伯太太，还有在下，还要加上我们的孩子们，我们不但共同，而且各自也都考虑过了，考虑的结果，除了借用那位著名诗人的话以外，也许没有更好的回答了，那就是：舟靠在岸边，我的大船已泊海上[①]。”

“这就对了，”我姨婆说，“你们做出这一明智的决定，我预料你们一定会一切顺利，前途无量的。”

“特洛伍德小姐，你使我们感到极大的荣幸，”米考伯先生回答说，跟着看了看记事本，“由于你给我们经济上的帮助，使我们这只单薄的小船得以在事业的大洋上起航。有关这笔经费的重要事务性方面的事，我又重新考虑了一下，现在我要求我开出的期票，分为十八个月、二十四个月和三十个月三期——毫无疑问，这些期票要按各种议会法案对此类契约的规定，贴足一定数量的印花——我原先提出的是十二个月、十八个月和二十四个月为期，不过我担心的是，这样的安排也许期限太短，没有足够的时间来筹足所需归还的款项。我们也许，”米考伯先生说着，往房间里四处看了看，好像这间房子就是几百亩长满庄稼的农田似的，“在第一笔欠款到期时，收成不够好，或者是我们一时收割不了。我相信，在我们的那片殖民地上，我们的命运就是得跟那肥沃的土壤斗争，而劳动力有时是很难得到的。”

“期票的事，你爱怎么安排就怎么安排好啦，米考伯先生。”我姨婆说。

“特洛伍德小姐，”他回答说，“我们的朋友和恩人，给我们如此关心的美意，米考伯太太和我是十分感激的。我希望的是，这件事要完全公事公办，欠款一定得按期归还。在我们要翻开我们生命中新的一页时，正像我们就要做的这样，我们先倒退一步，以便做不同寻常的向前跃进。这除了给我儿子做出榜样外，跟我的自尊心关系很大，因此要像人和人之间的关系那样来做出安排。”我不知道，米考伯先生最后说的“像人和人之间的关系那样”附有什么意思，

① 英国诗人拜伦（1788—1824）《致托马斯·穆尔》一诗的头两行。该诗是拜伦为最后离开英国而写。

我也不知道别人，现在或过去说这句话时，是否附有什么意思。不过米考伯先生对这句话似乎异常赏识，引人注意地咳嗽了一声，然后又重复地说了一句，“像人和人之间的关系那样”。

“我之所以建议采用期票，”米考伯先生说，“是因为它在商界使用方便，我相信，为此我们首先得感谢犹太人，不过他们自从有了这种东西以来，应用得太多了——因为这种票据可以转让兑现。不过要是更喜欢用借据，或者任何其他的票据形式，我也乐意采用其中的任何形式的。像人和人之间的关系那样。”

我姨婆说，既然双方都同意无所不可，她认为，在这个问题的安排上，不会有什么困难。米考伯先生也同意她的意见。

“至于我们一家人，为迎接我们已知的准备献身的命运所做的一切准备工作，特洛伍德小姐，”米考伯先生有些得意地说，“我要求报告一下。我的大女儿，每天早上五点钟即去邻近一家奶牛场，学习挤奶的过程——如果那可以叫作过程的话。我那几个小一点儿的孩子，我也要他们去本城较为贫苦的地方，观察猪和鸡的习性，在情况许可下，尽可能做密切仔细的观察，为此，他们曾有两次差一点儿被车轧了，结果让人给送回家中。说到我自己，在上个星期，我把精力都花在研究烤面包的手艺上。我的大儿子威尔金斯，则每天都拿着手杖出门，只要能获得粗鲁的牧人的允许，就白尽义务，帮他们赶牛——不过说来遗憾，由于人的天性使然，他也不常这样干，因为他总是受到警告，咒骂着不让他赶。”

“这一切确实好极了，”我姨婆鼓励说，“我想，米考伯太太一定也很忙吧？”

“我亲爱的特洛伍德小姐，”米考伯太太有条不紊地说，“我不妨直说吧，现在我还没有积极从事和耕种及畜牧直接有关的各种活动，尽管我清楚地知道，在外乡彼岸，这两者都是要我专心关注的。眼下，我凡是能从家务中抽出一点儿时间，就给我娘家的人写长信。亲爱的科波菲尔先生，”米考伯太太对我说，不管她在开始时对什么人说话，最后总是要落到我身上（我想这也许是出于习惯吧），“因为我认为，应该把过去全都埋葬在遗忘中的时候，已经到了；我娘家的人应该跟米考伯先生握手言和，而米考伯先生也应该跟我娘家的人握手言和；狮子应该与羊羔同卧[①]，是我娘家的人跟米考伯先生言归于好的时候了。”

我说，我也认为应该这样。

“至少，亲爱的科波菲尔先生，”米考伯太太接着说，“这是我对这个问题

① 典出《旧约·以赛亚书》：“豺狼必与绵羊羔同居，豹子与山羊羔同卧。少壮狮子，与牛犊，并肥畜同群。小孩子要牵引他们。”

的看法。当年我跟我爸爸、妈妈一起在家里时，每逢我们那个小圈子里讨论什么事情，爸爸总爱问：'我的艾玛对这件事有什么看法呀？'我知道，这是我爸爸对我过于偏爱。不过，在我娘家的人和米考伯先生的关系冷若冰霜这一点上，我当然还是有自己的看法的，尽管我的看法不一定对。"

"毫无疑问，你当然应该有自己的看法，米考伯太太。"我姨婆说。

"正是这样，"米考伯太太同意说，"当然，我的结论也许是错的，很可能是错的，不过我个人的印象是，我娘家的人和米考伯先生之间，之所以会有这样一道鸿沟，追本溯源，也许是我娘家的人，担心米考伯先生要求他们在经济上做些通融。我不能不认为，"米考伯太太带着洞悉一切的神气说，"我娘家有些人，就是怕米考伯先生会要求借用他们的名字——我并不是说，我们的孩子施洗礼时要照用他们的名字，而是把他们的名字签在票据上，拿到金融市场上去流通。"

米考伯太太说出这一发现时，那种洞察事理的样子，好像以前从来没有人想到过这一点似的，这似乎使我姨婆颇感惊诧，她突然答道："哦，米考伯太太，总的看来，我想你说对了。"

"米考伯先生就要摆脱多年来羁绊他的金钱桎梏了，"米考伯太太说，"即将在一个能使他施展才华的地方开始新的事业——据我看来，这一点极其重要，米考伯先生的才华特别需要空间——我觉得，我娘家的人应该出来，给这个机会增光添彩。我希望看到的是，由我娘家的人出钱举办一次宴会，让米考伯先生和我娘家人在宴会上会面，由我娘家的某个头面人物出来为米考伯先生祝酒，为他的健康和发达干杯，那米考伯先生就有机会发表自己的意见了。"

"我亲爱的，"米考伯先生带有一点儿火气说，"对我来说，最好是立即让我说清楚，如果是在那种聚会上让我发表自己的意见，他们可能会发现，我的意见全是抨击性的。我的印象是，你娘家的人，从整体看，全都是傲慢无礼的势利小人；从个别看，个个是彻头彻尾的残暴恶棍。"

"米考伯，"米考伯太太摇着头说，"不！你始终不了解他们，他们也始终不了解你。"

米考伯先生咳嗽了一声。

"他们始终都不了解你，米考伯，"他太太说，"他们也许是没有能力了解你。要是真的这样，那是他们的不幸。我只能对他们的不幸表示怜悯。"

"我亲爱的艾玛，"米考伯先生说，口气有所缓和，"要是我的话说过了头，即使是稍微说过了头，我也感到万分抱歉。我想要说的只是，没有你娘家的人出来为你捧场——简而言之，是在临别时用他们的冷肩膀来推我一下——我照样可以去海外。总而言之，我宁愿凭我自己的力量离开英国，而不愿由他们那班人来加速推动。同时，我亲爱的，要是他们肯屈尊给你回信——根据我们俩共同的经验，显然那是最不可能的——那我绝不会成为你实现愿望的障碍的。”

这件事就这样和和气气地解决了，米考伯先生把胳膊伸给米考伯太太，朝特雷德尔面前的桌子上那堆账册和文件看了看，说他们得先离开我们，接着便彬彬有礼地走了。

“我亲爱的科波菲尔，”他们走后，特雷德尔往椅背上一靠，颇动感情地看着我说，这使得他的眼睛都红了，头发也显出各种形状，“我打算麻烦你办点儿事，借口我也就不必找了，因为我知道你对这件事深感兴趣，同时这件事又可以把你的心思岔开。我亲爱的老朋友，我希望你没有精疲力竭吧？”

“我已经一切如常了，”我停了一会儿，回答说，“比起对别人来，我们更应该多替我的姨婆想想，你知道，她已经做了那么多了。”

“当然，当然，”特雷德尔回答说，“谁能忘记这一点啊！”

“不过事情还不仅如此，”我说，“在过去这两个星期里，她又有了新的麻烦：她每天都要出入伦敦。有好几次，她都是一大早就出去了，一直到晚上才回来。昨天晚上，特雷德尔，她出去后，差不多直到半夜才回家。你知道，她是非常体恤别人的。她一直没有告诉我，到底是出了什么不幸的事。”

我姨婆面色苍白，脸上的皱纹深陷，坐在那儿一动不动，直到我把话说完。这时，几滴眼泪流下了她的双颊，她把自己的一只手放在我的手上。

“没什么，特洛；没什么，一切都过去了。你慢慢会知道的。现在，爱格妮斯，我亲爱的，让我们着手来办这些事吧！”

“我得替米考伯先生说句公道话，”特雷德尔开口说，“虽然他这个人为自己办事好像没做出什么成就，替别人办事，却是个最不知疲倦的人。我从没见过他这样的人。要是他一直都这样干的话，他现在实际上已经有两百来岁了。他持续不断拼命干活儿的那股热情，他日夜钻研文件和账册的那份疯狂冲劲儿，至于他写给我那么多的信，这儿就不说了。在这间屋子和威克菲尔先生的住处之间，他都用写信的方式进行联系，甚至他坐在我对面，只隔着一张桌子，有事也都写信，其实对我口头说一声更省事。他的这种种情况，都是很了不起的。”

“写信！”我姨婆叫了起来，“我相信，他就是在梦里，也忘不了写信哩！”

“还有狄克先生，”特雷德尔说，“也做了了不起的事！他看管乌利亚·希普时，那么尽职，我从来没有见过有人能超过他。这项工作完了后，他又全心全意地照顾起威克菲尔先生来。我们调查这件事时，他那么急着要出力帮忙，又是摘录，又是抄写，拿这个，搬那个，做了那么多实际有用的工作，这给了我们很大的鼓励。”

第五十四章　米考伯先生的事务

“狄克是个很了不起的人，”我姨婆喊着说，“我一直就是这么说的。特洛，这你知道。”

“我要高兴地告诉你，威克菲尔小姐，”特雷德尔接着说，语气既极其体贴又极其诚恳，“你不在的这段时间里，威克菲尔先生已经大大地见好了。摆脱了长期压在他身上的魇魔，消除掉了生活中的恐惧忧虑，他几乎像换了一个人了。有时，就连他那受了损害的对事情要点的记忆力和注意力，现在也都大大地恢复了，因此他能帮着我们把一些事情弄清楚了。要是没有他的帮助，即使并不是毫无希望弄清，我们也一定会遇到很大的困难。不过，我所要做的只是尽可能简要地说一说结果，有关我看到的一切有希望的情况，就不细说了，要不我就要说个没完没了啦。”

他那轻松自如的态度和令人喜爱的真诚，都表明他说这些话的目的，都是为了使我们高兴，让爱格妮斯听到，别人在提到她父亲时，都有较大的信心，但是并不因此而让人感到美中不足。

“好了，现在让我们来看一看吧，”特雷德尔看着桌子上的文件和账册说，“我们把款项都结算过了，把一大堆最初无意造成的混乱情况以及后来有意造成的混乱和弄虚作假的情况都做了清理，我们认为，威克菲尔先生现在可以结束他的律师事务和信托代理，没有任何负债或亏空。”

“哦，谢天谢地！”爱格妮斯激动地叫了起来。

“不过，”特雷德尔说，“余下可供威克菲尔先生生活之需的款项——我说这话，甚至是假定把房子卖掉——为数已经不多，多半不超过几百镑。也许，威克菲尔小姐，最好还是考虑一下，是否可以保留他多年来承担的财产代理业务。你知道，朋友们可以帮他出出主意。现在他已经无牵无挂了。有你，威克菲尔小姐——科波菲尔——还有我——”

“这事我已经考虑过了，特洛伍德，”爱格妮斯看着我说，“我觉得不应该保留，断乎不能保留，即便是我非常感激欠情很多的朋友来劝我，我也认为不应该保留。”

“我不是说我这是劝告，”特雷德尔说，“我只是觉得我应该把这事提一下，没有别的意思。”

“听你这么一说，我很高兴，”爱格妮斯从容地回答说，“因为你这句话，使我有了希望，几乎可以说是使我有了把握，我们两人的想法是一致的。亲爱的特雷德尔先生，亲爱的特洛伍德，只要爸爸一旦能体面地摆脱出来，无牵无挂，我还有什么要求的呢！我一直指望，要是我能把爸爸从捆缠着他的罗网中解救出来，我就要用自己一点儿小小的孝心，来回报我欠他的恩情，把我的一生都奉献给他。这是我多年来最大的愿望。由我把我们未来的生活担负起来，是我的第二大幸福——仅次于从所有信托业务和所负责任中解脱出来——这就是我所知道的。”

“你可曾想过怎么担负呢，爱格妮斯？”

“想过不止一次了！亲爱的特洛伍德，我并不担心，我有成功的把握。这儿有这么多人认识我，都待我这么好，因此我很有把握。你别对我没有信心。我们父女俩所需要的并不多。要是我把这座可爱的老屋租出去，再办一所学校，那我就成了既有用又快乐的人了。”

她那愉快的声音中所表现出的安详与热情，首先唤起我对这座可爱老屋的清晰回忆，接着又使我想起我那冷清清的家，因而我的心里充满要说的话。特雷德尔有一会儿假装忙着在文件堆里找东西。

“现在，特洛伍德小姐，”特雷德尔说，“该谈谈你的财产了。”

“好吧，特雷德尔先生，”我姨婆叹了一口气说，“关于我的财产，我要说的只是，要是那笔财产已经没了，我也受得了；要是它还在，能取回来我很高兴。”

“我想，它原本是八千镑，全是统一公债[①]，是吧？”特雷德尔说。

“正是！”我姨婆回答。

“可是我算来算去，还是不超过五这个数字。”特雷德尔带着困惑不解的神气说。

“你的意思是说，不超过五千镑？”我姨婆异常镇静地问道，“还是五镑？”

“五千镑。”特雷德尔回答。

“就这么些了，”我姨婆说，“我已经卖掉了三千镑。其中一千镑，我用来付你学法律的学徒费，特洛，我亲爱的；另外的两千镑，我留在了身边；我那五千镑弄没了的时候，我想这两千镑还是不说为好，悄悄留着，以防万一。我想要看看，你应付艰难困苦的能力到底怎么样，特洛。结果你应付得非常出色——艰苦卓绝，自力更生，克己为人！狄克也是这样。你们先别跟我说话，因为我觉得我的心神有点儿纷乱！”

看到她笔挺地坐在那儿，两臂合抱，没有人想到她会心神纷乱，不过她的自制能力是惊人的。

“那样的话，我可以高兴地说，”特雷德尔兴高采烈地喊着说，“我们把全部款子都收回来了！”

“别给我道喜，不管是谁！”我姨婆喊着说，“是怎么收回来的，特雷德尔先生？”

“你原来以为，这笔钱都让威克菲尔先生给滥用了，是不是？”特雷德

① 统一公债：英国政府发行的一种公债。

尔说。

“我当然这样想，”我姨婆说，“所以我就一声不吭了。爱格妮斯，一个字都别说！”

“这笔公债确实给卖掉了，”特雷德尔说，“是凭你给的委托代理权卖的。不过，是谁卖的，实际上是谁签的字，我就不必说了。卖掉之后，那个浑蛋对威克菲尔先生撒谎说——而且还用数字证明——这笔钱他拿到手后（他居然说，他这是根据威克菲尔先生的指示），用来填补别的亏空和欠款了，免得事情露馅儿。威克菲尔先生，由于在他的掌握之中，变得软弱无力，毫无办法，他明明知道，这笔本钱已经没有了，可后来还假装着本钱还在，给你付了几次利息，这样一来，他就不幸使自己成了这一骗局的同谋了。”

“而且最后把罪责都揽到了自己身上，”我姨婆补充说，“给我写了一封信，像发疯似的，指控自己犯了抢劫罪以及一大堆听都没听到过的罪名。接到这封信后，一天早上，一大早我就去见他，向他要来一支蜡烛，当场把这封信给烧了，同时对他说，要是有一天，他能为我和他自己把钱弄回来，那就弄回来；要是弄不回来，为了他女儿，就严加保密，对谁也别说起——不管是谁，要是现在要跟我说话，我就离开这屋子！”

我们都默不作声，爱格妮斯则用双手捂住自己的脸。

“那么，我亲爱的朋友，”我姨婆停顿了一会儿，然后说，“你真的逼得他把钱吐出来了？”

“嘿，实际的情况是，”特雷德尔回答说，“米考伯先生把他包围得严严实实的，准备了许多新的办法，要是旧办法不起作用，就用新办法治他，使他没法儿逃出我们的手掌。一个最让人感到意外，连我也完全没有想到的情况是，他侵吞这笔钱，与其说是为了满足他的贪欲（他的确贪得无厌），还不如说是由于他对科波菲尔的仇恨。他曾直截了当地对我这样说过。他说，他甚至愿意花掉这么多钱，来打击科波菲尔，或者伤害他。”

“哼！”我姨婆沉思地皱起眉头，朝爱格妮斯看了一眼，说道，“他现在怎么样了？”

“我不知道。”特雷德尔说，“他跟他妈妈一起离开这儿了。在整个这段时间，他妈妈一个劲儿吵吵嚷嚷的，又是哀求，又是自揭疮疤的。他们是搭去伦敦的夜班公共马车走的，以后的情况我就不知道了。除此之外，还有一点，就是他对我的仇恨，在临走时肆无忌惮地表示了。看来他恨我的劲，似乎不亚于恨科波菲尔先生。就像我对他说的那样，我认为这实在是对我的一种恭维。”

“你估计他还有钱吗，特雷德尔？”我问道。

“啊，有钱，我认为他还有钱，”他郑重地摇着头说，“我得说，他一定用各种手段捞了不少钱。不过我想，科波菲尔，要是你有机会观察一番他的经历，你会发现，这家伙即便有了钱，也绝不会不作恶的。他就是这样一个虚伪的化身。不管做什么事，他走的一定是邪门歪道。这是他表面上以卑躬屈膝来克制自己的唯一补偿。由于他总是在地上爬着去追求这样或那样的小目标，他始终把沿途碰到的每一件东西都加以放大，结果是，凡是见到在他和目标之间的任何人，即便是最天真无邪的，他都要仇恨，都要怀疑。因此邪门歪道越来越邪歪，不论是什么时候，为了一丁点儿的原因，或者什么原因也没有，全是这个样。只需想一想他在这儿的历史，”特雷德尔说，“就知道了。”

“他是个卑鄙无耻的恶魔！”我姨婆说。

“关于这一点，我真的不明白，”特雷德尔若有所思地说，“很多人要是存心想要卑鄙的话，就会变得非常卑鄙。”

“好了，我们还是来谈谈米考伯先生吧。”我姨婆说。

“哦，真的，”特雷德尔高兴地说，“我还要再大夸特夸米考伯先生一番。要不是他在这么长的时间里耐心勤奋、坚持不懈地苦干，我们永远也别想做出什么值得一提的事情来。我觉得，当我们想到米考伯先生可以用他的沉默和乌利亚·希普做出什么妥协时，我们应该考虑到他是在为正义而主持正义。”

“我也这样想。”我说。

“那么，你说该怎么酬谢他呢？”我姨婆问道。

“哦！在你提到这事以前，”特雷德尔略带不安地说，“我就想到，我们用非法的措施——这次的措施从头到尾完全是非法的——来解决这个难题时，恐怕有两点应该排除在外（不可能事事都照顾到）。米考伯先生向乌利亚预支了不少工资，他给乌利亚立了好些借据什么的——”

“哦！这些钱是必须归还的。”我姨婆说。

“是啊，可是我不知道对方什么时候会根据这些借据起诉，也不知道这些借据现在在哪儿，”特雷德尔睁大眼睛回答说，“我预料，米考伯先生从现在到出发去海外这段时间内，会不断遭到拘押，或者是强制执行。”

“那样的话，他会不断得到释放、解除强制执行。”我姨婆说，“一共多少钱？”

“嘿，米考伯先生把这些交易——他把这叫作交易——都郑重其事地记在一个本子上了，”特雷德尔微笑着回答说，“加在一起的总数是一百零三镑五先令。”

“那么，包括这笔欠款在内，我们该给他多少？”我姨婆说，“爱格妮斯，我亲爱的，我们之间怎么分担，以后再说。现在先说说，我们该给他多少？五百镑怎么样？”

一听这话，特雷德尔和我都立刻插嘴了。我们两人都主张给他一小笔现金，欠乌利亚的钱，待他每次来讨时，都代他还清，但事先不必跟米考伯先生讲定。我们建议，除了负担米考伯先生一家的旅费和装备的费用外，再给他一百镑现金。米考伯先生归还这些垫款的办法，应认真订立契约，这样可使他有一种责任感，也许对他有好处。对此我又做了补充建议，由我把米考伯先生的为人和历史对佩格蒂先生加以说明，我知道佩格蒂先生是个靠得住的人；我们另外再悄悄交给他一百镑，由他根据情况借给米考伯先生。我进一步建议，由我酌情把佩格蒂先生的经历中我觉得应该说的，或认为可以说的，告诉米考伯先生，好引起他对佩格蒂先生的关心；尽量使他们为共同的利益互相关心，互相照顾。大家都热烈地赞同我的这些意见。我可以立即在这儿提一下，过不多久，这两位主要的当事人，都真心诚意、和睦融洽地做到了这一点。

看到特雷德尔焦急不安地朝我姨婆看了一眼，我就问他，他刚才说的第二点，也就是最后一点是什么。

“科波菲尔，要是我提到一个令人痛苦的问题，我得请你跟你姨婆原谅，我很怕提到这个问题，”特雷德尔犹疑地说，“不过我认为，这件事提醒你们一下，很有必要。米考伯先生令人难忘地进行揭发的那天，乌利亚·希普曾威吓你姨婆，他暗示的是有关你姨婆的——丈夫。”

我姨婆依然保持着笔挺的姿态坐着，显得很镇定，她点了点头，表示记得。

“也许，”特雷德尔说，“这只是无的放矢的胡扯吧？”

“不。”我姨婆回答说。

“这么说——请原谅——真有这么一个人，而且完全受乌利亚的操纵？”特雷德尔吞吞吐吐地说。

“没错，我的好朋友。”我姨婆说。

特雷德尔明显地拉长着脸解释说，他没能处理好这一问题。这跟米考伯先生的借款一样，没有包括在他所提出的条件之内；现在我们已经不再有任何权力来对付乌利亚·希普了；要是他能伤害或扰乱我们或我们当中的任何一个人，毫无疑问，他一定会那么干的。

我姨婆始终没有作声，直到又有几颗泪珠儿流到她的脸颊上。

“你说得很对，”她说，“你提到这件事，想得很周到。”

“我——或者科波菲尔——能帮忙做点儿什么吗？”特雷德尔柔声地问道。

“用不着，”我姨婆说，“我得再三对你感谢。特洛，我亲爱的，这种恫吓落空了！我们还是把米考伯先生和米考伯太太请回来吧。你们都别再对我说什么了！”说着她抚平衣服，坐得笔挺，眼睛看着门口。

“哦，米考伯先生，米考伯太太！”他们进来时，我姨婆说，“我们正在讨论你们移居海外的事，非常对不起，让你们在外面等了这么长时间。现在我把我们打算怎么安排，告诉你们吧。”

她一一说了我们的安排，他们全家人——孩子们和所有在场的人——都感到十分满意，把米考伯先生那种签署任何票据时开始阶段的守时习惯，也大大地激发起来了，他立即兴高采烈地跑出去买贴在期票上的印花，怎么劝他也劝不住。可是他的欢乐受到了突然的打击，因为还不到五分钟，他就被一个法警押回来了，泪如雨下地告诉我们说，一切都完了。对此我们早有准备，这当然是乌利亚·希普在控告他，于是我们马上付了钱。又过了不到五分钟，米考伯先生就坐在桌子旁，十分高兴地在贴在期票上的印花上填写起来，只有干这种愉快的活儿，或者调制潘趣酒，才能使他那份得意之色在那张发光的脸上完全露出来。看他带着艺术家的情趣，像画画似的在那些印花上描着，横过来竖过去地看了又看，还在自己的记事本上记下日期、金额这些重要事项，填写完后，又仔细查看了一番，深深感觉到这些印花的宝贵价值。他这种种表现，真是一番难得看到的美景。

“哦，米考伯先生，要是你允许我劝告你一句的话，”我姨婆默默地观察了他一会儿之后说，“你最好从此以后，发誓不再干这种活儿了。”

“特洛伍德小姐，”米考伯先生回答说，“我的意图就是要把这样一个誓言，在未来的白纸一张的新篇章上记下来。米考伯太太可以为此做证。我相信，”米考伯先生庄重地说，“我儿子威尔金斯会永远记住，他宁愿把手放进火里，也比用它去摆弄这些在他父亲命脉里放了毒的毒蛇好得多！”米考伯先生深受感动，立即成了失望的化身，用阴郁恐怖的眼神注视着这些“毒蛇”（他刚才对它们的爱慕之情，并没有完全消退），然后把它们折了起来，放进自己的口袋。

那天晚上的活动就这样结束了。我们都已让烦愁和劳累弄得精疲力竭，于是姨婆和我决定第二天回伦敦。根据安排，米考伯一家把家具什物交经纪人卖出后，也随我们去伦敦。威克菲尔先生的事务，以适当的速度，由特雷德尔主持清理。清理期间，爱格妮斯也去伦敦。那天我们都在那座老屋里过的夜。驱除了希普母子，这座老屋仿佛清除了一场瘟疫。我躺在我那个老房间中，就像是一个遭遇沉舟之难的浪子返回到家园。

第二天，我们回到伦敦我姨婆家——我没有回自己家，当我们像往常那样，在睡觉以前，单独坐在一块儿时，她说道：

“特洛，你真想知道我最近心里有什么事吗？”

“我真想知道，姨婆。如果说有什么时候，由于我没能为你分担你的悲伤和忧愁而感到不安，那就是现在了。”

“孩子，”我姨婆慈爱地说，“即使不加上我这点儿小小的痛苦，你自己也已经够伤心的了。我之所以瞒着不把事情告诉你，就是出于这个动机，特洛。”

“这我知道得很清楚，”我说，“不过现在你还是告诉我吧。”

“明天早上你能跟我一起乘车出去一趟吗？”我姨婆问道。

“当然能。”

“九点钟，”她说道，“到那时我会告诉你，我亲爱的。”

于是，第二天早上九点钟，我们就坐了一辆轻便马车前往伦敦。我们穿过街市，走了很长一段路，最后来到一所大医院。在医院大楼的近旁，停着一辆素净的柩车。柩车的车夫认出我姨婆，他遵照我姨婆在窗口打的手势，缓缓地赶动了柩车，我们的车就跟在后面。

“现在你明白了吧，特洛，”我姨婆说，“他走了！”

“是在医院里去世的吗？”

“是的。”

她一动不动地坐在我旁边，不过我又看到她的脸颊上流下了几滴眼泪。

“他先前在那儿住过一次，”我姨婆接着说，“他已经病了很久了——这么多年来，一直是个支离破碎的人。最后这次发病，他知道自己不久于人世了，就要求他们打发人来叫我。这时候，他表示很悔恨，非常悔恨。”

“你去了，这我知道，姨婆。”

“我去了。后来我跟他在一块儿待了好些时间。”

“他是在我们去坎特伯雷前的那个晚上去世的吧？”我问道。

我姨婆点了点头。“现在谁也伤害不到他了，”她说，“恫吓落空了！”

我们乘车出了城，来到霍恩西①的教堂墓地。“这儿总比在街上好，”我姨婆说，“他是在这儿出生的。”

我们下了车，跟在那具普普通通的棺木后面，来到一个我记得很清楚的角落，下葬仪式就在这儿举行。

“三十六年前，也就是今天这个日子，我亲爱的，”当我朝轻便马车走回去时，我姨婆说，“我们结了婚，愿上帝饶恕我们大家吧！”

我们默不作声上车落了座。她就这样握着我的手，在我身旁坐了好久。后来她突然哭了起来，说：

“我跟他结婚时，他的样子还是挺英俊的，特洛——可后来可悲地变了样了！”

她并没有哭多久。她这么一哭，心情舒畅多了，很快便又镇静下来，甚至有些高兴起来。她说，她神经有点儿衰弱了，要不她不会忍不住哭起来的。愿上帝饶恕我们大家吧！

① 霍恩西：伦敦北郊一村镇。

于是，我们就这样乘车回到她在海盖特的小房子里。我们看到了下面这封短信，这是米考伯先生通过早班邮车送来的：

亲爱的特洛伍德小姐及科波菲尔：

最近天边隐约显现之乐土佳境，如今又被难以穿透之浓雾所笼罩，永远在一个厄运注定的可怜流浪者眼前消失矣！

布普控米考伯另一案之拘票已发出（以威斯敏斯特王家高等法院名义所发），而此案之被告，已被该辖区具有司法管辖权之行政司法长官所拘押矣。

时刻已到，决战在今朝，
前线的军情吃紧了，
骄横的爱德华大军已到——
带来了镣铐和奴役！①

此即吾委身之所，并将委命于迅即到来之结局（因精神痛苦超过一定限度，必将不堪忍受，吾自觉已达此限度矣）。呜呼！如后来之旅人，出于好奇及同情（但愿如此），访问本城负债人囚禁之所，当细察其墙壁时，也许会沉思默想（吾相信必定会）这用锈钉刻画于墙上模糊不清之姓名缩写：

威·米

星期五，于坎特伯雷

附言：

吾重启此函，特此奉告：吾等共同之好友托马斯·特雷德尔先生（他尚未离开我等，气色极佳），已以特洛伍德小姐崇高之名义，付清这案之欠款及讼费。吾与全家，又处于尘世福祉之巅矣。

① 引自苏格兰诗人彭斯的《布鲁斯在班诺克伯恩对部队的演说》一诗。布鲁斯（1274—1329），即苏格兰国王罗伯特一世，于1314年在班诺克伯恩击败英王爱德华二世所领英格兰军，使苏格兰获得独立。

第五十五章　暴风雨

我现在就要写到我平生的一件大事了。这件事是那么令人难忘，那么惊心动魄，跟本书前面所说的一切那么密切相关，紧紧联系。因此，打从我叙述开始起，我就见它像平原上的一座高塔，随着叙述的进展，显得越来越大，甚至在我童年时的许多事情上，都投下了它预兆的阴影。

这件事发生过后好多年，我还常常梦见它。我被它惊醒后，它的情景是那么清晰地出现在我的眼前，仿佛在这万籁俱寂的夜晚，暴风雨掀起的怒涛恶浪，仍在我悄无声息的卧室里猖狂肆虐。直到现在，有时我还会梦见它，虽然间隔的时间变长，而且也不确定间隔了多久。只要一遇到暴风，或者稍微提到一下海岸，我就会联想到它，跟我心里感到的任何暴风雨一般强烈。现在，我要像亲眼见到它发生时那样，把它清楚地写下来。我不是凭回忆，而是凭亲眼所见，因为它又在我眼前发生了。

移居海外的人搭乘的船的行期，很快临近了，我那位慈祥的老保姆已来到伦敦（我们乍一见面时，她为我难过得几乎心都要碎了）。我经常跟她，跟她哥哥，还有米考伯一家（他们大部分时间都在一起）在一块儿，可是我始终没见到艾米莉。

一天晚上，动身的日期已在眼前，我独自跟佩格蒂以及她哥哥在一起。我们谈到了汉姆。佩格蒂对我们说，汉姆送别她时是多么亲切，他的态度又多么坚强沉静，尤其是近来，她认为这是他最为痛苦的时候。这个好心肠的人，谈起这个话题来，从来是百提不厌。她因为常跟他在一起，所以说起他一桩桩的事情来，总是津津有味。我们听的人的兴趣，也跟她这个说的人一样，总是百听不厌。

当时，我姨婆和我已从海盖特那两座小房子中搬出，因为我打算出国，我姨婆则准备回到她在多佛的老家。我们在科文特加登找到了一处临时的寓所。这天晚上谈话之后，我步行回寓所时，一路上，把上次在亚茅斯我跟汉姆两人之间的谈话琢磨了一番。我原来有个打算，准备在去船上跟艾米莉的舅舅告别时，给艾米莉留一封信的。可是现在我对这一打算犹豫了，觉得最好还是现在就写信给她。我心里想，她收到我的信后，或许会愿意通过我，捎几句话给她那个不幸的恋人。我应该给她这样一个机会。

因此，我在上床之前，就在房间里坐下来给她写了一封信。我告诉她，我曾见过汉姆，他要求我把他的话转告给她（这些话我已在本书别的地方写过了）。信中我只是原原本本地转达了他的话。这些话即便我有权添枝加叶，也没有这种必要。汉姆的话真挚、宽宏，根本用不着我或任何人来加以粉饰。我把信放在外面，以便第二天一早就可以送出去。另外我还给佩格蒂先生附了一句话，请他把信转交给艾米莉。到我上床睡觉时，天已破晓。

大卫只是原原本本地转述汉姆的话而不愿加以粉饰，并直接对他的真挚、宽宏表示认可与赞赏，让人感受到汉姆的人格魅力。

那天，我的身体实际上比我感觉到的还要弱，一直到太阳升起我才睡着，第二天已经很晚了还躺在床上，精神没能恢复过来。我姨婆悄悄地来到我的床前，我才惊醒过来。我在睡梦中就感到她在身旁，我相信，我们大家都曾有过这种感觉。

“特洛，我亲爱的，”我睁开眼睛时，我姨婆说，“我正拿不定主意要不要叫醒你哩。佩格蒂先生来了，要请他上来吗？”

我回答说，请他上来，于是他很快就露面了。

“大卫少爷，”我们握过手后，他说，“我把你的信给艾米莉了，先生，她写了这封信，求我先请你看看，要是你认为没有什么妨害，就劳驾你代为转交一下。”

“你看过了吗？”我问道。

他伤心地点点头。我打开信，照读如下：

艾米莉为什么要特意交代，让大卫看完那封信“认为没有什么妨害”才转交？

你的口信已经传到。哦，为了感谢你对我的那份好意和超凡的仁慈，我能写些什么呢！

我已把你的话牢记在心里，把它们保留到我死的那一天。你的话是尖利的芒刺，但也给人很大的安慰。我已经为这些话祈祷过了，哦，我为这已经祈祷了不知多少回了。当我知道你的为人、舅舅的为人之后，我也就能想象出上帝一定是什么样子了，也就可以向他呼求了。

第五十五章　暴风雨

永别了。哦，我亲爱的，我的朋友，今生今世永别了。等到来生来世，要是我能得到宽恕，也许会转生为一个孩子，再来到你的跟前。对你感激不尽，为你祝福不尽。

别了，永别了。

这就是那封信，满纸泪痕斑斑。

信纸上的泪痕说明艾米莉是一边流泪一边写信的。她的眼泪里包含了多少对自己过去的行为的悔恨，又包含了多少对汉姆的愧疚之情啊！

“我可不可以告诉她，说你看了后认为没有什么妨害，你肯费心转交了，大卫少爷？”我读完信后，佩格蒂先生说。

“没有问题，”我说，“不过我想——”

“你想什么，大卫少爷？”

“我在想，”我说，“我最好还是再去一趟亚茅斯。在开船之前，我去一趟那儿再回来，时间足够，而且绰绰有余，我心里老想着他，想到他那么孤单。这时候能把她的亲笔信交到他手里，而且在跟艾米莉告别时，你也能告诉她，说他已经收到她的信了，这对他们两个人都是好事。我郑重地接受了他的托付，对这样一个亲爱的好人，为他的事，办得再周到也不嫌过分。去一趟亚茅斯，对我来说算不了什么。我的心一直定不下来，活动活动反而更好，我决定今天晚上就去亚茅斯。”

佩格蒂先生虽然竭力设法劝阻我，但我看出，他跟我的想法是一样的。如果说我的这种打算要求别人加以肯定的话，那他的这种态度就起到了这种作用。他应我的请求，去马车售票处，为我订了一个邮车上的驭者座。傍晚，我乘上那班车出发了，重又踏上了我在多次沉浮中走过的路。

“你不觉得，”在伦敦郊外的第一站上，我问马车夫说，“今天的天色非常特别吗？我不记得我曾见过像这样的天色。”

“我也没有——没有见过这样的天色，”他回答说，“起风了，先生。我看，海上很快就要出事了。”

天空一片昏暗混乱——到处都被抹上湿柴燃烧冒出的浓烟的颜色——疾驰的飞云翻腾成奇形怪状的云团，那云团的厚度，令人想到超过了从云层下面直到地上最深的洞坑底部的深度。发了疯似的月亮，在云团中横冲直撞，仿佛由于自然规律受到了可怕的干扰，已慌得迷了路，吓得破了胆。那天一整天都有风，这会儿风力增加了，呼啸声异乎寻常。一小时后，风越刮越大，天越来越暗，风刮得更猛了。

夜色渐深，乌云密布，黑压压地布满了整个天空，这时四周漆黑一团，风刮得越来越猛。风势仍在不断增升，到后来我们的马几乎都不能迎风前进了。在夜色最黑暗时（当时已经九月下旬，夜已经不短了），拉套的领头马有好几次都转过身来或站立不动。一路上我们都一直担心，唯恐马车让风给吹翻了。在这场暴风雨之前，一阵阵的疾雨就像飞刀利剑般横扫过来了。当时，每逢遇到有大树或墙垣遮挡，我们真想停下来，因为实在没法儿继续向前挣扎了。

暴风疾雨、翻腾的巨浪，表现了天气的恶劣，加上人们的忧虑，共同营造了紧张的气氛。

破晓时分，风势更猛了。以前在亚茅斯时，我曾听航海的人说过，说暴风如大炮，可我从来不曾见过像今天这样或者近乎今天这样的暴风。我们到达伊普斯威奇时，已经晚了很多时间了，因为我们出伦敦十英里后，每前进一步都得奋斗一番。我们发现市场上聚着一群人，原来他们是害怕烟囱被刮倒，所以半夜就从床上起来了。我们换马的时候，有几个聚在旅店院子里的人告诉我们说，大张大张的铅皮都从教堂塔楼的顶上给揭下来了，掉落在一条巷子里，把巷子都堵住了。另外还有几个人告诉我们说，附近村子里来的几个乡下人，亲眼看到许多大树被连根拔起，倒在地上，整座整座的草垛被刮散，散落在路上和田里。暴风雨不但依然未见减弱，而且刮得更猛了。

我们奋力向前，由于越来越接近大海，从海上往岸上刮来的暴风，风势越来越可怕。早在我们看到大海以前，海水的飞沫就已刮到我们的唇边，咸雨也已淋到我们的身上。海水溢出，淹没了和亚茅斯毗邻的许多英里的低平地带，坑坑洼洼中的水都在往自己的堤岸冲击，那小小的浪头也都用尽自己的全力，朝我们猛打过来。当我们来到看得见大海的地方时，只见地平线上时时有阵阵巨浪从滚滚翻腾的低谷跃起，就像另一处有着塔楼和房屋的海岸在闪现。我们终于来到了镇上，人们都斜着身子，头发飘动着，跑到门口看我们。他们感到非常惊讶，经过这样的夜晚，居然还有邮车到来。

我在以前住过的那家客栈安顿下来后，就到外面察看海上的情况。我沿着大街蹒跚地走着，街上全是沙子、海草和飞溅的海浪泡沫，一路上生怕房上的石板和砖瓦会掉下来，在风势凶猛的拐角处，遇见人时就一把抓住他。待我走近海滩时，发现在这儿的不仅是渔民船夫，而且还有镇上的半数居民；他们都躲在房舍墙垣的后面，有些人不时冒着狂风暴雨，往远处的海上张望，而当他们走着Z字形回来时，老让风刮得离开了要走的路线。

我也混进了这些人当中，发现有些女人在伤心地痛哭，因为她们的丈夫乘坐捕鲱鱼或采牡蛎的船出海了。这些船在逃到某个安全地点以前，沉没的可能性实在太大了。人堆中有几个白发苍苍的老水手，望望大海又望望天，直摇头，互相咕哝着；船主们个个都紧张不安；孩子们都挤作一团，看着大人们的脸色；就连那些勇敢沉着的水手，也都担心焦急，忧心忡忡，在掩护物后面用望远镜对准海上看，就像是在观察敌人似的。

痛哭的女人、无措的孩子、紧张的船主、忧心的水手，在暴风雨面前，人是多么弱小。

当我在暴风迷眼、飞沙走石、喧声吓人的骚乱中定下神来朝大海望去时，大海本身那惊心动魄的可怕景象，把我吓得惊慌失措了。高耸的水墙滚滚而来，在腾升到最高点时，跌落下来成为飞溅的浪花，看上去那最小的水墙，也能把全镇吞没。向后倒退的波涛，声如闷雷地往外扫去，好像要在沙滩上挖出一个深坑，仿佛它们的目的就是要掏空这个地球。一些白顶的巨浪轰然而来，还没到达岸边便已碎裂，每一个碎片似乎都带着未碎前的全部狂怒威力，冲过去聚合成另一个怪物。起伏的高山变成了低谷，滚滚的低谷（不时有一只孤零零的海燕从中掠过）掀成了高山；狂涛巨浪发出的隆隆声震撼着海滩；每一个狂暴地汹涌而来的浪头，都自成形状，可是刚一成形，立即又改变了自己的形状和位置，同时冲破了另一浪头的形状，并把它的位置占据；地平线上那想象中的海岸，连同它的塔楼和房舍，时起时落；乌云迅速地、越来越浓地垂压下来。我仿佛看到，整个自然界都在分崩离析，胡乱翻腾。

对汹涌的海浪进行极为细致的形容，不仅起到了渲染气氛的作用，还为下文情节做铺垫。

由于在这场难忘的暴风——那儿的人到现在还记得，认为这是在那儿刮过的一场最大的暴风——招拢来的人群中，找不到汉姆，我就朝他的房屋走去。屋门紧闭着，敲门也没人答应，于是我便沿着背阴的小路和偏僻的胡同，来到他干活儿的船厂。厂里人说，他到洛斯托夫特①去了，因为那儿有些船急需修理，得他那样的技术才能胜任，不过明天早上就能按时回来。

我回到客栈，梳洗后换上衣服，想睡一觉，但一直睡不着，这时已经是下午五点了。我在咖啡室的壁炉旁坐了还不到五分钟，茶房就以通火为名过来跟我聊天儿了。他告诉我，有两条运煤船，连同船上所有的人，在几英里之外的海上沉没了。还有一些别的船，正在停泊场所饱受折腾，千方百计避免冲往岸边，情况非常危急。他说，要是像昨天晚上那样再来一个晚上，那我们只得求上帝保佑那些船，保佑所有那些可怜的水手了！

我的精神非常沮丧，内心十分孤寂，汉姆不在，我感到极度不安，其程度远远超出当时的情势。近来发生的一些事件，不知给了我多少严重的影响；加上长时间经受暴风吹刮，我被弄得头昏脑涨。我的思想和记忆都已成了一堆乱麻，连时间的先后和距离的远近都分不清了。因此，要是我去镇上，遇到一个我知道此时必定在伦敦的人，我想，我也绝不会感到吃惊。可以说，在这些方面，我的头脑中有一种奇怪的漫不经心之感。但是它却又很忙，很自然地使我想起这儿的所有往事，而且还格外鲜明，格外生动。

在这种心情下，茶房说的那些有关船的悲惨的消息，毫不经意地立即就使我把它跟我对汉姆的担心联系起来了，我心里想的是，我怕他从洛斯托夫特走海路回来，在途中失事遭难。我心中的忧虑越来越大，于是决定在吃晚饭之前再去船厂一次，问问造船工人，他们是否认为汉姆有从海路回来的可能。要是他们认为有一点儿可能，那我就去一趟洛斯托夫特，亲自把他带回来，不让他走海路。

正所谓“关心则乱”，在那种时候，大卫只要听到有关船的悲惨消息，就会将此与汉姆的安危联系起来。你在生活中有过这种经历吗？

我匆匆订好晚饭，就赶往船厂。我来得正是时候，因为有个造船工人正提着灯在给厂院的大门上锁。我问了他

① 洛斯托夫特：出海口，在亚茅斯以南十英里处。

这个问题后，他大笑了起来，说用不着害怕，不管是头脑清楚的人，还是头脑糊涂的人，都不会在这样的暴风天气开船出海的，像汉姆·佩格蒂那样生来就是航海的人，更不会了。

我事先也料到这一点，但还是身不由己地去问了，我自己也感到不好意思。于是我又回到客栈。如果说这样的风势还能增强的话，那我相信，它一定正在增强。这时暴风怒吼呼啸，门窗嘎吱作响，烟囱呼呼地号叫，我所栖身的这座房子明显在摇晃，海上巨涛壁立，响声震天，这一切都比上午更加可怕了。除此之外，这时天色已漆黑一团，更给暴风雨增添了新的恐怖，真实的和想象的恐怖。

此刻，外面的天气更恶劣了，大卫的内心躁动不安。这里运用了环境描写来衬托人物的心情。

我吃不下饭，坐立不安，任何事都定不下心来继续去做。我内心有着什么东西，隐约地和外界的暴风雨相呼应，把我的记忆深处一一揭开，搅得一团混乱。可是，尽管我的思想千头万绪，跟轰鸣的大海同样癫狂，可是暴风雨和我对汉姆的担心，在我的心头始终都站在最前头。

我的这顿晚饭，几乎没沾嘴就撤去了。我喝了一两杯酒，想借此提提神，结果也是徒然。我坐在壁炉前，陷入昏昏欲睡的状态之中，然而并未失去知觉，不仅能觉出室外的喧声，也知道自己身在何处。但是，这两种感觉都让一种新的难以名状的恐怖给掩盖了。当我醒来时——或者不如说，当我摆脱掉那把我捆绑在椅子上的昏昏欲睡的状态时——我的整个身子，都因一种无缘无故、莫名其妙的恐惧而感到毛骨悚然。

我来回踱着步，还曾想翻看一本旧的地名词典，我倾听着各种可怕的声音，看着火炉中出现的面孔、景物和形象。到了最后，墙上那座泰然自若的挂钟沉着的嘀嗒声，终于折磨得我难以忍受，于是我便决定上床睡觉了。

在这样的夜晚，听说客栈里有几个伙计肯守夜到天亮，这是件令人安心壮胆的事。我疲倦极了，昏昏欲睡，于是便上了床。可是我刚一躺下，所有这些倦意睡思就像着了魔似的，全都消失得无影无踪了。我变得十分清醒，全部感官都灵敏异常。

我在床上躺了好几个小时，倾听着风声和涛声，时而仿佛听到海上有人尖声呼叫，时而清楚听到放信号枪的声音，时而又仿佛听到镇上房屋的倒塌声。我起来了好几次，朝屋外张望，可是什么也看不见，窗玻璃上只映出我点的一支暗淡的蜡烛，还有从漆黑一片的空间往里望着我的我自己那张憔悴的面孔。

最后，我的焦躁不安终于达到了顶点，于是我匆匆地穿好衣服，走下楼来。在大厨房里，我隐约地看见从梁上挂下来的一块块咸肉和一串串洋葱。守夜的人姿势各异，聚坐在一张桌子周围，他们特意把这张桌子搬离大烟囱，把它放在靠近门口的地方。一个漂亮的侍女，用围裙捂着耳朵，眼睛盯着门口，当我进来时，她尖叫了起来，以为我是个鬼哩；不过别的人都比她沉着镇静，为增加一个新伙伴而感到高兴。有个男伙计提起了他们刚才谈论的话题，问我，运煤船上那些淹死的水手的灵魂，我是否认为会在暴风雨中出现。

我在那儿约莫待了两个小时。有一次，我打开客栈院子的大门，朝外面空荡荡的街道看了看。沙砾、海草、泡沫，横扫而入，我不得不叫人帮忙，才把门重新关上，顶着狂风把门关紧。

我终于又回到我那冷冷清清的房间，这儿一片阴沉黑暗。不过这时我太疲倦了，于是又上了床，接着便坠入——如同从高塔上坠下悬崖——深沉的梦乡。我有一个印象，有很长一段时间，虽然我梦见我身在别的地方，见过不同景象，但是暴风却一直在我的梦中狂啸。最后，我对现实的那点薄弱的控制力，终于完全消失了，我梦见，在隆隆的炮声中，我和两个好友正在围攻一座城镇，不过那两人是谁，我可说不上来。

隆隆的炮声如此响亮，而且不绝于耳，因而我很想听到的东西，怎么也听不到了，直到我大力挣扎，醒了过来。天色已经大亮——八九点钟了，现在，代替隆隆炮声的，已是暴风雨的怒吼了。有人在敲我的门，边敲边叫。

“什么事？”我大声问道。

“有只船出事了，就在附近！”

我从床上一跃而起，问：“什么船出事了？”

“一条纵帆船，从西班牙或葡萄牙来的，船上装的是水果和酒。你要是想去看看，先生，那就赶快！海滩上的人都认为，它随时都会给打得粉碎的。”

这紧张的声音沿着楼梯叫喊着走了，我尽可能快地迅速穿上衣服，奔上大街。

在我前面已经有许多人朝海滩方向奔去，我也朝那儿跑去，超过了不少人，很快就来到汹涌澎湃的大海面前。

这时，风势似乎已经减弱了一点儿，其实减得极其有限，就像我梦中听见的千百尊大炮的轰鸣声中有五六尊停放一样，是不大能觉出的。不过大海又经过一整夜的倒腾，比我昨天最后看到的，更加可怕得不知多少了。海面上所表现出的每一景象，都显示出它正在汹涌高涨。在临近堤岸处，升起的浪头一个高过一个，一个压下一个，滚滚而来，无穷无尽，真是可怕到了极点。

在别的任何声音都难以听到的风涛声中，在那说不出有多混乱的人群中，在我最初喘不过气来、竭力和恶劣天气的搏斗中，我弄得如此心慌意乱，我想要找到海上那条失事的船，结果除了一个个喷涌的巨大浪头，什么也没有看见。有个站在我身旁打赤膊的船夫，用光着的胳膊（胳膊上刺有一个箭头，指向同一个方向）指向左边。这时，哎呀，我的天啊，我才看到了那条船，就在我们前面不远！

一根桅杆已在离甲板六七英尺高处折断，倒在船舷一侧，跟乱七八糟的船帆和索具纠缠在一起。随着船的起伏翻腾——它一刻不停地在起伏翻腾，猛烈得难以想象——所有这堆乱糟糟的东西，都使劲地往船舷上敲打，像要把它打瘪似的。即便到了这种时候，船上的人还是努力想把这部分损坏的砍掉。由于船的这一侧朝向我们，因而当它向我们这面倾斜时，我清楚地看到船上的人都在挥动斧子砍着，其中有一个留着长鬈发的人，最为活跃，格外引人注目。可是就在这一刹那间，岸上发出一片喊叫，声音盖过风吼浪啸。原来海上掀起一个巨浪，打在颠簸起伏的破船上，把甲板上的人、桅杆、酒桶、木板、舷墙，全都像堆玩具似的，通通扫进了汹涌的波涛中。

二号桅杆还竖着，上面挂着的一些破帆布片，还有断了的绳索，都在拼命来回扑打着。刚才那个赤膊的船夫，哑着嗓子在我耳边说，这条船触了一次滩，浮上来后，又触了一次滩。我听到他又补了一句，说这条船就要拦腰折断了。我也一下就想到这一点，因为翻腾和撞击太猛烈了，任何人工制造的东西都是支持不了多久的。就在他说话时，海滩上又发出一片怜悯的喊叫；有四个人跟破船一起从海里冒了上来，他们都紧紧抓住尚未折断的那根桅杆上的绳索。最上面的是那个十分活跃的留长鬈发的人。

船上有口钟。正当这条船在翻滚冲撞，像头发疯的野兽似的在拼命挣扎，一会儿船身朝海岸这边倾翻，让我们看到整个空空的甲板，一会儿又发疯似的跳起来，翻向大海，除了龙骨，什么也看不见时，那口钟叮当直响，就像是给那几个可怜的人敲响丧钟，钟声随风传到了我们耳边。我们又看不见船了，随后它又冒出水面。有两三个人不见了。岸上的人更加感到痛苦了。男人们呻吟着紧扣双手，女人们尖叫着转过脸去。另有一些人，发疯似的在沙滩上奔来奔去，求人救人，但谁也无能为力。我发现我自己就是其中的一个，发疯似的央求我认识的一群水手，别让那两个遭难的人在我们眼前丧命。

他们非常激动地对我解释说——我不知道我是怎么听懂他们的话的，因为我心里慌乱得连听到的那一点点儿几乎也没弄懂——一小时前，救生船就已经配备好勇敢的水手了，可是什么也做不了；而且，既然没有人肯不顾死活地带一条绳索，蹚水过去，让船上和岸上取得联系，因此也就没有别的办法可以一试了。就在这时，我发现沙滩的人群中有了新的骚动，看见人们往两旁分开，汉姆拨开众人，来到前面。

我朝他奔去——正如我所知道的——本想再次求人救人。可是，尽管我被眼前这新的可怕景象弄得惊慌失措，可他脸上的决心和望着大海的神情——跟我记得的艾米莉出走后那天早上的神情完全一样——依然唤醒了我，使我意识到他面临的危险。于是我用双臂搂住他，把他往回拖，央求刚才跟我说话的那些人，不要听他，不要存心让人去送命，不要让他离开沙滩！

岸上又发出一片喊叫。我们朝破船望去，只见那片残忍的破帆布，一阵阵猛烈地拍打着，把两个人中的下面那个打进海里去了，接着又在唯一留在桅杆上的那个活跃人物周围，得意扬扬地飞舞拍打着。

面对这样的情景，面对这个从容的视死如归的人的这种决心——在场的人一半都听惯他指挥——求他别去，倒不如求风留情更有希望。"大卫少爷，"他意气风发地用双手握住我的手说，"要是我的时辰到了，那就来吧；要是还没到，那就再等等。上帝保佑你，保佑所有的人！伙计们，帮我做好准备！我这就去！"

我被不无好意地拉到稍远的地方，几个人围住我，不让我走开。我昏头昏脑地听他们劝我说，不管有没有人帮助，汉姆都已决定非去不可；如果我去打扰那些为他的安全做准备的人，只会危及他的安全。我不记得我回答了什么，也不记得他们还说了什么。我只看见海滩上一片忙乱，人们拉住绞盘上的绳索往前跑，钻进一个挡得我看不见他的人圈。后来，我才看见他穿着水手的衣裤，独自站在那儿，一条绳索握在他的手中，要不就是系在他的手腕上，另一条绳索就拴在他的身上；几个最身强力壮的大汉，站在稍远的地方，握着拴在他身上的那条绳索的另一头，他自己则把这条绳索松松地盘放在海滩上他的脚旁。

即使在我这个毫无经验的人眼里也能看出，失事的船正在破裂之中，我看到它正在拦腰裂成两段，桅杆上那个唯一幸存的人的生命，已经处于一发千钧的状况。但他仍紧抱住桅杆不放。他头戴一顶式样特别的红色便帽——不像水手的那样，而有较鲜艳的颜色；为他暂时把死亡挡住的那几块木板，在翻动，在滑出；预示他即将死亡的钟声在叮当作响，我们大家都看到他挥动着那顶帽子。当时，我看到了他这个动作，觉得自己简直快要疯了，因为这一动作，使我回想起一个一度是我的亲密朋友的人。

汉姆独自站在那儿，注视着大海，身后是屏声敛气的寂静，眼前是暴风巨浪的怒吼。待到一个巨大的回头浪退去时，他朝身后拉住拴在他身上的绳索的那几个人瞥了一眼，便跟在那个回头浪后面，一头扎进大海，立即便跟汹浪搏斗起来，一会儿被抛上浪尖，一会儿沉入浪谷，一会儿又埋进浪涛中间，最后还是被冲回到岸边。人们急忙把他拖到岸上。

他已受了伤。我从我站立的地方看到他脸上有血，可他一点儿也没把这当一回事。他好像匆匆地对那几个人做了些指点，要他们多给他一些活动余地——或者说我是根据他挥动胳膊的动作，做出这样的推测的——然后又像刚才那样，一头扎进了海里。

这时，他奋力朝那条破船游去，一会儿被抛上浪尖，一会儿沉入浪谷，一会儿埋入起伏的浪沫，一会儿被冲回海岸，一会儿被冲向破船，一直勇敢地拼命搏斗着。这段距离本来不算什么，可是暴风和海浪的威力使得这场搏斗成了生死之争。后来，他终于靠近破船了，近到他只要再使劲划一下，就能抓住破船了——可是就在这时，一个像高大的山坡似的绿色巨浪从船的外侧，朝海岸的方向卷了过来，汉姆仿佛猛地一跃，跳进了巨浪之中，而那条船也不见了！

当我奔向他们把他拖回来的地点时，只看到海里有一些碎片在打着漩涡，好像打碎的只不过是只木桶。人人脸上都露出一片惊慌之色。他们正好把他拖到我的脚边——他已毫无知觉——死了。人们把他抬到最近的一座房子里。现在没有人阻拦我了，我一直在他身旁忙碌着。大家用尽一切办法想使他恢复知觉，可是他已让巨浪给打死了，他那颗高洁豪爽的心，永远停止跳动了。

我坐在床边，一切办法都已用尽，已经毫无希望了，就在这时，有个我跟艾米莉孩提时就认识的渔夫，来到门口，低声叫着我的名字。

“先生，”他说，他那饱经风霜的脸上挂着泪水，脸色煞白，嘴唇在颤抖，“你可以去那边一下吗？”

我刚才回想起的那密友，看来现在他也回想起了，我一时间弄得惊慌失措，便靠在他伸出扶我的胳膊上，问他道：

“有个尸体冲上岸来了吗？”

他说：“是的。”

“是我认识的吗？”我接着问道。

他什么也没有回答。

但是，他把我领到海边。就在艾米莉和我，两个小孩儿，找贝壳的地方——就在昨晚刮倒的那条旧船的一些碎片被风吹得四散的地方——就在他伤害了的那家人家的废墟上——我看见他头枕胳膊躺在那儿，就像我在学校里经常看到的他躺着时的那种样子。

第五十六章　新创和旧伤

哦，斯蒂福思啊！你本来用不着说的，当我们最后一次在一块儿谈心的时候——我根本没有想到，那是我们永别的时刻——你本来用不着说，“要想到我最好的地方！”我一向都那么做的。现在，我亲眼见到这番情景，我还能改变吗？

他们找来了一副手抬停尸架，把他搬到上面，还给他盖上了一面旗子，然后抬着他，朝有人家的地方走去。所有抬他的人都认识他，曾跟他一起出海航行，见过他欢快勇敢的样子。他们抬着他在狂风暴雨的怒吼声中走过，在所有的喧哗骚乱声中保持着一片寂静。他们把他抬到死神已经降临的那座小房子那儿。

不过，他们在门口放下停尸架后，就互相看着，还看看我，然后又低声说起话来。我知道为什么。他们觉得，把他和汉姆放在同一间肃静的房子里，似乎不合适。

我们来到镇上，把我们的重担抬到客栈。一等我定下神来，我就派人请来了乔兰，求他为我准备好一辆车子，以便把斯蒂福思的遗体连夜运往伦敦。我知道，运送遗体以及通知他母亲接受遗体这一艰巨任务，只能由我来完成了，我也渴望自己能尽心尽职地来完成这一任务。

我之所以选择夜间走这一程，为的是离镇时可以少引起人们注意。不过当我乘上一辆轻便马车，后面跟着我负责运送的遗体驶出院子时，尽管已经将近半夜，还是有许多人站在两旁等着。沿着市镇，甚至在镇外的一小段大道上，我还不时能看到许多人。不过到后来，我周围只剩下荒凉的黑夜和空旷的乡野，还有我童年友人的遗体了。

大约在中午时分，我到达了海盖特。这是个温和的秋日，地上落叶飘香，更多的叶子则依然挂在枝头，或黄，或红，或赭，色彩斑斓，阳光透过，漂亮极了。最后一英里，我是步行的，一边走，一边想，我该怎么来完成这一任务；我让整夜都跟在我后面的那辆车先停下来，等我通知时再前进。

我来到那座房子跟前，看上去它还是老样子。没有一扇百叶窗是拉起的；

第五十六章　新创和旧伤

那沉寂的铺石院子，连同那条通向久闭不开的大门的走廊，毫无生命的迹象。这时候，风已经完全停了，万物都纹丝不动。

一开始，我实在没有勇气去拉门铃。当我终于拉响门铃时，我的这趟使命似乎已经由这铃声表达了。那个小使女手上拿着钥匙出来了，她打开大门上的锁以后，关切地看着我，对我说：

“对不起，先生，你病了吗？”

“我一直焦虑不安，而且也累极了。”

“出什么事了吗，先生？——詹姆斯少爷怎么了？”

“别作声！”我说，“是的，出事了，我得把这件事婉转地告诉斯蒂福思太太。她在家吗？”

女孩儿不安地回答说，她的女主人现在很少出门了，即使坐马车也难得出去；她成天待在自己的房间里，也不会客，不过会见我一定是愿意的。她说，她的女主人已经起来了，达特尔小姐跟她在一起。她该怎么上楼去通报呢？

我严格地吩咐她，要她小心，不要露出声色，只需把我的名片递上去，说我在楼下等着。然后我便在客厅里坐下（这时我们已经来到客厅），等她回来。客厅中先前那种欢乐的气氛已经没有了，百叶窗都半开半闭着。竖琴已经很多很多日子没有人弹了。他那张婴儿时的照片仍在那儿。他母亲存放他的信件的那个柜子也在原地。我不知道她现在是不是还读那些信，将来她是不是还会读那些信！

这座房子里是那么寂静，那小使女上楼的轻细脚步声，我都能听见。她回来时，传来的话大意是，斯蒂福思太太有病在身，不能下楼。不过，要是我肯见谅，能去她的房间，她很高兴见我。只过一会儿工夫，我就站在她的面前了。

她没有在自己的房间里，而是在斯蒂福思的房间里。我觉得她之所以住进儿子的房间，当然是因为想念他。而且他往日在运动和才艺上取得成就的许多纪念品，仍像他在时那样摆在那儿，围在她的周围，这当然也是出于同样的原因。可是她在接见我时却咕哝着说，她之所以没在自己的屋子里，是因为那屋子的朝向等不适宜她这个有病的人。她说时那副威严庄重的神情，不容别人对她的话的真实性有丝毫怀疑。

在她的椅子旁边，像往常一样，站着罗莎·达特尔。打从她的黑眼睛第一眼看到我的时候起，我就看出，她知道我是来报告坏消息的，脸上的那个疤痕立即就变得明显起来。她后退了一步，退到了椅子后面，为的是不让斯蒂福思太太看到她的脸色，然后用一种锐利的目光朝我审视着，毫不犹豫，绝不畏缩。

“看到你穿着丧服，我很难过，先生。”斯蒂福思太太说。

“很不幸我太太去世了。”我说。

“你这么年轻，就遭到这么大的不幸，”她回答说，“我听了非常难过。我听了非常难过。我希望时光会对你有好处。”

“我希望时光，”我望着她说，“会对我们大家都有好处，亲爱的斯蒂福思太太，当我们遭到最大的不幸时，我们都应该相信这一点。”

我说这话时的恳切态度以及眼中满含的泪水，她看了大吃一惊。她的整个思路好像都被打断了，都改变了。

我竭力控制住自己的声音，想要轻柔地说出她儿子的名字，可是我的声音却颤抖了。她自言自语地把这个名字重复了两三次，然后强作镇静地对我说：

“我的儿子病了吧？”

“病得很厉害。”

“你见过他？”

“见过。”

“你们和好了吗？”

我不能回答说是，也不能回答说不是。她把头微微转向刚才罗莎·达特尔站的那侧，就在这一刹那间，我的嘴唇动了动，对罗莎说：“死了！”

为了不使斯蒂福思太太往后看，别让她知道她分明还没有做好思想准备来知道的消息，我赶快接住她的目光，可是我已经看到罗莎·达特尔怀着极其绝望和恐怖的神情，两手往上空一举，随后便紧紧地捂住自己的脸。

那位眉清目秀的太太——那么相像，哦，那么相像！——目不转睛地定神看着我，把一只手放到前额上。我求她镇静，准备承受我不得不告诉她的消息。其实我本应该劝她放声大哭的，因为她一直像尊石像似的坐在那儿。

“我上次来这儿的时候，”我结结巴巴地说，“达特尔小姐告诉我，他正在各地航行。前天夜里，海上的风浪可怕极了。要是像人们说的那样，那天夜里他正在海上，靠近一片危险的海岸；要是大家看到的那条船真的是他那条，那——”

“罗莎！”斯蒂福思太太叫道，“上我这儿来！”

罗莎来到她的面前，但是没有丝毫同情和温柔。她面对着斯蒂福思的母亲，两眼中射出烈火似的光芒，嘴里突然发出一阵可怕的笑声。

“现在，”她说，“你的骄傲满足了吧，你这个疯婆子？现在他可对你赎了罪，补了过啦！——用他的生命！你听见吗？——用他的生命！”

斯蒂福思太太僵硬地躺在椅子上，除了呻吟，别无声息，只是睁大眼睛直瞪着她。

“啊！”罗莎狠命地捶着自己的前胸，愤怒地大声叫喊道，“你看看我吧！

你呻吟，你叹气，你看看我吧！你看看这儿吧！”她拍打着自己的伤疤说，“你看看你那死鬼儿子亲手干的好事吧！”

这位做母亲的时时发出的呻吟，直扎我的心窝儿。那呻吟，总是一个样儿，总是含混不清，总是憋着气；它总是伴着头部无力的动作，脸上不变的表情；总是从僵硬的嘴和咬紧的牙关发出，仿佛牙关已经锁住，脸庞已因痛苦而冻僵。

“你还记得这是他什么时候干下的好事吗？”罗莎继续说，“你还记得他是什么时候，由于他继承了你的天性，你纵容他骄傲、任性，才干下这件好事，害得我终生破相的？你看看我，看看我得到死都带着他发火时给我留下的这个伤疤。你就为自己把他培养造就成这个样子呻吟吧，叹气吧！”

“达特尔小姐，”我央求她说，“看在老天爷的分上——”

“我就是要说！”她把自己那两道闪电似的目光转向我，说，“你，别作声！我说，你看看我吧，毫无信义的骄傲儿子的骄傲母亲！为你对他的养育，呻吟吧！为你对他的纵容，呻吟吧！为你失去了他，呻吟吧！为我失去了他，呻吟吧！”

她紧握拳头，整个瘦削的身躯都在颤抖，仿佛她那激动的情绪正在一点儿一点儿地宰杀着她。

“你，怨恨他的任性！”她大声嚷道，“你，被他的傲气伤害！你，直到头发白了，才反对起他的这两种脾气来！其实他一生下来你就给了他这两种性格！从他在摇篮里就培养他，使他成为现在这个样子，从他在摇篮里就阻挠他，不让他成为应有的样子，全是你！好了，你多年的辛苦，现在可得到报酬了吧？”

“哦，达特尔小姐，这太不像话了！哦，这太残忍了！”

“我告诉过你，”她回答说，“我就是要对她说。我站在这儿，世界上任何力量都阻止不了我！这么多年来，我都没有作声，难道现在还不许我说吗？我比你不论什么时候都更爱他！”她恶狠狠地冲着她说，“我本可以爱他，不求任何回报。要是我是他的妻子，一年中只要他对我说一句爱我，我就可以由着他变化无常的性子，做他的奴隶。我会那么做的。这有谁比我知道得更清楚啊！你刻薄苛求、高傲自大、拘谨刻板、自私自利，而我的爱是忠诚专一、无私奉献的——是可以把你那不值一提的抱怨、啜泣踩在脚下的！”

她两眼闪闪发光，使劲地往地上踩着，好像她真的在那么做。

“你看看这儿！”她毫不留情地拍打着自己的那个伤疤，说，“在他渐渐懂得自己干的是什么后，他明白了，也后悔了！我会给他唱歌，会陪他聊天儿，对他所有的作为表示热心，努力学会他最感兴趣的知识，因而我也引起了他的好感。在他最青春焕发、最天真淳朴的时候，他爱的是我。没错，他爱的是我！有好多次，他三言两语就把你打发开，而把我放到自己的心坎上！”

她说这些话时，疯狂中——跟疯狂已相差无几——带着嘲弄的高傲，还带有对往事热切的回忆，在回忆中，那种柔情的暗火余烬，一时间又复燃了。

“我沦为一个玩具娃娃——我本该知道我会有这个结局，可是他那少年的求爱举动迷住了我——沦为一个供他无聊时解闷的玩意儿，随着他那变化无常的心情，一会儿拿起来，一会儿扔掉，任凭他耍着玩。等到他渐渐厌倦时，我也渐渐厌倦了。既然他的爱火已经熄灭，我也就不想再加强我的任何影响力了，也像我不想要他被迫娶我为妻，跟他结婚一样。我们不声不响地彼此疏远了。也许你也看出这一情况，但并不为这惋惜。打那以后，我在你们两人中间，只不过是一件破相的家具而已，没有眼睛，没有耳朵，没有感情，没有记忆。你呻吟？你就为你把他造就成现在这个样子呻吟去吧，不是为你对他的爱。我告诉过你，过去有一个时期，我比你不论哪个时候都更爱他！”

她站在那儿，一对闪闪发光的愤怒眼睛，正对着那茫然的眼神和呆板的脸。当那呻吟声反复发出时，她一点儿也没有心软，仿佛那张脸只不过是一幅画而已。

“达特尔小姐，”我说，“要是你还是这样冷酷，不怜悯怜悯这位极度痛苦的母亲———”

“谁怜悯我呢？”她尖锐地反问说，“是她自己撒下的种子，让她自食其果，为今天的收获去呻吟吧！”

“可要是他的过错——”我开口说。

“过错！”她声泪俱下地大声喊道，“谁敢诬蔑毁谤他？他的灵魂，抵得上儿百万他屈尊结交的朋友的灵魂哩。”

“没有人比我更爱慕他了，也没有人比我更感念他了，”我回答说，“我刚才要说的是，要是你不怜悯他母亲，要是他的过错——你对他的过错一直非常痛恨——”

“那都是假的，”她扯着自己的黑头发，嚷着说，“我爱他是真的！”

“——如果在这种时刻，”我继续说，“你还忘不了他的过错，那你就看看这个老人的样子吧，即使是你素不相识的人，也给她一点儿帮助吧！”

在整个这段时间里，斯蒂福思太太的样子毫无变化，而且看来也不可能有变化。她，一动不动，僵硬呆板，双目定神，伴着头部同样不由自主的颤动，时而发出同样嘶哑的呻吟，但是没有别的还有生命的迹象。这时，达特尔小姐突然在她的面前跪了下来，动手解她的衣服。

“你这个晦气鬼！”她带着又愤怒又悲痛的混合表情，回头朝我看着说，“你上这儿来，总是在不吉利的时候！你这个晦气鬼！你给我走吧！”

第五十六章　新创和旧伤

走出这个房间后，我赶忙回头去拉响了铃，以便尽快地把仆人们都惊动起来。这时她已搂着那个毫无知觉的老人，依然跪着俯在她身上，又哭，又吻，又叫的，还把她抱在怀里，像摇晃小孩儿似的来回摇晃着，竭力想用各种温柔的办法来唤醒她那沉睡的知觉。我已经不再害怕让她留在那儿了，于是便不声不响地转身往外走去。待我出去时，已经把整座房子的人都惊动了。

当天下午，我又回到了那儿，我们把他放在他母亲的房间里。他们告诉我，他母亲还是跟先前一样，达特尔小姐一直在她身边。有几位医生在给她诊治，试用了许多治疗方法，可是她还是像一尊石像似的躺在那儿，只是不时发出低声的呻吟。

我在这座阴沉凄凉的宅子里到处走了一遍，把窗子全都遮上。他躺着的那间卧室的窗子是最后遮上的。我提起他那铅块一般的手，把它贴在我的心口。这时，整个世界似乎都一片死寂，打破这片死寂的，只有他母亲的呻吟声。

阅读规划进度及自我测评

01 计划阅读时间

02 实际阅读时间

03 完成度（%）

04 阅读兴趣

感兴趣□　　一般□　　没兴趣□

原因：

问题：

05 回忆一下阅读的章节，看看能否回答出这些问题

1. 朵拉不擅长打理家务事，大卫希望姨婆能指导朵拉，但姨婆拒绝了，请联系文章内容说说姨婆拒绝的原因。

2. 大卫一直记着斯特朗太太说的一句话，“在婚姻生活中，再没有比思想不合和志向不投更大的悬殊了”。大卫曾想把朵拉改造成他所希望的样子，却发现这是行不通的，最后大卫是怎样做的呢？

3. 为什么佩格蒂先生对玛莎的态度发生了转变？你如何评价玛莎这个人？

4. 在第五十五章中，有大量描写环境的语句，如“天空一片昏暗混乱——到处都被抹上湿柴燃烧冒出的浓烟的颜色……”等，请说说作者所描写的环境的特点及其在本章中的作用。

5. 汉姆为了救人而献出了自己的生命，你觉得汉姆是一个怎样的人？他这样做值得吗？

06 说说有意思（感兴趣、引人深思）的人或事，与他人分享

在这一阅读阶段，你一定对小说中的某个人、某件事、某句话印象深刻，写一写或说一说，分享自己的阅读成果。

07 摘抄，积累

把你认为好的语句或段落摘抄下来，积累更多的语言素材吧！

失去了爱人和朋友的大卫沉浸在悲痛中无法自拔，他决定离开英国，开始独自漫游，最后他能从悲痛中走出来吗？姨婆猜想爱格妮斯有一个心上人，那个人是谁呢？爱格妮斯能和她的心上人终成眷属吗？让我们在这一阶段的阅读中寻找书中每个人物的结局吧！

第五十七章　移居海外的人们

在受到这一连串感情上的打击之后，我在痛定思痛之前，还有一件事非做不可。那就是，我得把发生过的事瞒着那些就要去海外的人，让他们一无所知，高高兴兴地踏上航程。这是件刻不容缓的事。

就在当天晚上，我把米考伯先生拉到一边，交托他这个任务，要他把最近发生的这场灾祸的消息瞒住，别让佩格蒂先生知道。他热情地答应做这件事，会把任何一份可能冷不防让消息传到佩格蒂先生耳中的报纸，全都截留。

“要是这消息传到他耳中，先生，”米考伯先生拍着自己的胸脯说，“那它一定先从我这个躯体上过去。”

我得在这儿说一下，米考伯先生为了适应他要去的那个新的社会环境，已经学到了一些海盗的大无畏精神，当然并非绝对无法无天，而是一种自卫防御和说干就干的精神。我们也许可以把他看成是一个生于荒野的孩子，长期在文明世界里生活惯了，现在就要回到他出生的荒野了。

他已经给自己置办了不少装备，其中有一套油布防水衣，还有一顶外面涂有沥青并填过麻絮的低顶草帽。他穿戴上这身粗糙的服装，腋下还夹着一个普通水手的望远镜，摆出一副精明的样子，抬头察看天色，看看是否有恶劣天气，凭他那副派头，远比佩格蒂先生还要像个水手。他全家老少，都已披挂整齐，做好一切作战准备，如果可以这样说的话。只见米考伯太太头戴一顶紧而又紧、不会松动的软帽，帽带牢牢地系在下巴上，一条大披肩把她裹得像一个包袱卷（就像当年我姨婆收留我时裹我那样），在腰后扎得牢牢的，打了个紧紧的结。我发现，米考伯大小姐也以同样的方式装备停当，做好对付暴风雨天气的准备，浑身上下没有一点儿多余的东西。米考伯大少爷穿着一件紧身羊毛衫，外面还罩了一套我从未见过的粗毛水手服，裹得几乎连人都看不见了。那几个小一点儿的孩子，也都裹得严严实实，就像包装袋里的咸肉似的。米考伯先生和他的大少爷，都把袖子松松地卷到手腕上，准备好随时随地都能帮上一手，顷刻之间就可以上甲板吆喝起："唷——用力拉——唷！"

特雷德尔和我在黄昏时分看到他们时就是这样，他们一家人正聚在当时叫亨格福德台阶的木头台阶上，看着装有他们财产的一条小船开走。我已经把那可怕的事件告诉了特雷德尔，他听了大为震惊，不过他会为这件事保守秘密，无疑是一件好事。他来就是帮我办最后一件事的。就是在这儿，我把米考伯先生拉到一旁，把事情告诉了他，并得到了他的保证。

米考伯一家就住在一个肮脏和破败不堪的小客栈里，当年那客栈就在木头台阶附近。它那些凸出去的木板房间，就悬在河上。米考伯一家因为就要移居海外，成了亨格福德本地和附近颇为引人注目的对象，招引了许多人来围观，因而我们也就乐得躲进他们的房间。那是楼上的一间木板房，潮水就在下面流过。我姨婆和爱格妮斯都在那儿，忙着给孩子们在穿着方面添些舒服点的小东西。佩格蒂不声不响地在帮着干活儿，面前摆着那几件不起眼的老东西：针线盒、码尺和一小块蜡头，它们比好些人的寿命都长多了。

佩格蒂问我话，我回答起来是不容易的。当米考伯先生把佩格蒂先生带进来时，我低声告诉他，我已经把信转交了，一切都很好，这更不容易了。不过这两方面我都应付过去了，他们听了我的话都很高兴。要是我万一流露出一点儿心里难受的痕迹来，那我自己的悲伤，也就足以说明它的原因了。

"那么船什么时候开呀，米考伯先生？"我姨婆问道。

米考伯先生认为，这件事不管对我姨婆或者对他太太，都得逐步有个思想准备，所以他只回答说，比他昨天预期的要早一些。

"我猜是小船带来的消息吧？"我姨婆说。

"是的，小姐。"他答道。

"是吗？"我姨婆说，"那么开船的日期是——"

"小姐，"他回答说，"他们通知我，我们必须保证在明天早上七点钟之前上船。"

"哎哟！"我姨婆说，"这么快。开航出海就是这样的吗，佩格蒂先生？"

"是的，小姐。船得随着退潮顺水出海。要是大卫少爷和我妹妹，明天下午到格雷夫森德后，来船上，那他们还能跟我们最后见上一面。”

“我们会那么做的，”我说，“一定！”

“等到了那时候，等我们到了海上，”米考伯先生对我使了个眼色，说，“佩格蒂先生和我会一直共同加倍留心，看守住我们的行李和家什的。艾玛，我亲爱的，”米考伯先生清了清嗓子，气派十足地说，“我的朋友托马斯·特雷德尔先生真是太客气了，他悄悄对我说，要我允许他置办一些为调制一种数量不多的饮料所必需的佐料，我们通常认为，这种饮料是和古代英国的烤牛肉有着特别联系的。简而言之，我指的是潘趣酒。在通常情况下，我是不敢贸然请特洛伍德小姐和威克菲尔小姐赏脸的，不过——”

“我只能替我自己说话，”我姨婆说，“我非常高兴，能为你米考伯先生干杯，祝你一切幸福，万事如意！”

“我也一样！”爱格妮斯微笑着说。

米考伯先生立即跑到楼下酒吧间去，到了那里他显得十分自在。过了一段时间，他便捧着一只热气腾腾的罐子回来了。我不能不说一下，我看到他是用自己的折刀削柠檬皮的，这把折刀约有一英尺长，这把刀和他讲究务实的移民者身份相配，而且用完刀子后，他还不无夸耀地拿它在上衣袖子上擦抹了几下。这时我还发现，米考伯太太和两个年龄大一点儿的家庭成员，也都配备了同样令人胆寒的器械。其他的小孩儿，人人都有自己的木匙子，而且用结实的绳子拴在身上。同样为了预习海上漂泊和林中流浪的生活，米考伯先生给米考伯太太和大儿子、大女儿倒酒时，用的是破旧的小白铁罐，而没有用酒杯，本来他大可以毫不费事地用酒杯，因为房间里有个架子上全是酒杯。米考伯先生自己也用特备的容量为一品脱的白铁罐喝酒。晚上喝完酒后，他还把罐子装进自己的口袋，我从来没见过他干别的事有这么开心过。

“故乡的奢侈品，我们放弃了，”米考伯先生对摒弃这种享受极其满意地说，“住在丛林里的人，当然不能指望享用自由国土上的精美物品了。”说到这儿，有个侍者进来说，有人请米考伯先生下楼去一趟。

“我有一种预感，”米考伯太太放下手中的白铁罐说，“是我娘家来的人！”

“如果是的话，我亲爱的，”米考伯先生像往常那样，一接触到这个话题，肝火立刻就上来了，“既然是你娘家的人——不管是男、是女，还是什么东西——已经让我们等了这么长一段时间，那现在这位来人，也许也可以等一等，等到我方便的时候吧。”

“米考伯，”他太太低声说，“在现在这种时刻——”

“不该为了一点儿小小的过失就把人谴责！”米考伯先生一边说，一边站起身来，“艾玛，我接受批评。”

第五十七章　移居海外的人们

“米考伯，”他太太说，“损失的是我娘家的人，不是你。要是我娘家的人最后明白过来了，认识到他们过去的所作所为使自己蒙受了损失，现在愿意伸出手来，表示友好，那就别拒绝吧。”

“我亲爱的，”米考伯先生回答说，“那就这样吧！”

“要是不为他们，那就看在我的分上吧，米考伯。”他太太说。

“艾玛，”他回答说，“在这种时刻，对这个问题持这样的看法，是不容反驳的。即便是现在，我也不能明确保证我会跟你娘家的人拥抱言欢，不过，既然你娘家的人现在已经来了，我也不会对人家的热情友好冰冷相待的。”

米考伯先生去了，有一会儿还不见回来。这当儿米考伯太太一直有些放心不下，生怕米考伯先生会跟她娘家来的那位话不投机的人争吵起来。后来，那同一个侍者又上来了，递给我一张用铅笔写的字条，按法律文件的格式在开头写道：“希普控告米考伯案”。在这份“文件”中，我得悉米考伯先生又一次给逮捕了，而且还陷入了最后突发的绝望之中，他求我把他的刀子和白铁罐交送信人带给他，因为在他短暂的监狱生活期间，这两样东西也许用得着。他还求我作为朋友帮他最后一次忙，把他的家人送进教区贫民院，并要我忘掉世上有过他这样一个人。

看了这张字条，我当然就跟着侍者下楼去还钱。只见米考伯先生坐在一个角落里，阴郁地看着逮捕他的那个法警。一得到释放，他立刻就热烈无比地拥抱了我，并在他的记事本上记上了这笔账——我记得，我因一时疏忽，在说总数时漏报了大约半个便士，他都特别认真地补记了上去。

这本重要的记事簿又及时地提醒他另一笔欠款。我们回到楼上的房间后（他解释说，由于发生了他无法控制的情况，所以在楼下待了这么久），他就从记事簿里拿出一大张折得很小的纸，上面工整地写满了很长的数字。我朝那上面瞥了一眼，应该说，我在小学教科书上从没见过这么长的一串数字。这串数字，好像就是他说的“四十一镑十先令十一个半便士本金”，在不同期限内计算出来的复利。他仔细地结算了这些金额，又精心估算了自己的收入，最后得出结果，选定了一个金额，包括本金以及从即日起到两年（十五个足月零十四天）的复利。他根据这一金额工工整整地开了一张期票，当场交给了特雷德尔，完全结清了他的债务，并且一再道谢。

“我依旧有一种预感，”米考伯太太若有所思地摇着头说，“在我们最后临行之前，我娘家的人会来船上送行。”

米考伯先生对这个问题，显然也有自己的预感，不过他把这种预感放进了自己的白铁罐，吞进肚子里去了。

“要是一路上你们有机会寄信回来，米考伯太太，”我姨婆说，“一定得给我们写信，这你知道。”

“我亲爱的特洛伍德小姐，”米考伯太太回答说，“想到有人希望得到我们的消息，我真是太高兴了。我绝不会不写信的。科波菲尔先生本人，作为我们亲密的老朋友，我相信，也不会不愿意偶尔得到一些我们的消息的吧。双胞胎还没懂事时，我们就跟他认识了。”

我说，我很希望听到他们的消息，不管什么时候，只要她有机会写信来。

“托老天爷的福，这样的机会一定多得是，”米考伯先生说，“现在的海洋上，船只真是川流不息，我们驶过时，一定会遇到许多回头船的。这只不过是摆个渡而已，”米考伯先生摆弄着自己的单片眼镜，说，“只不过摆个渡而已。距离完全是想象出来的。”

米考伯先生从伦敦到坎特伯雷去的时候，他说得像去天涯海角似的，而当他要从英国到澳大利亚去的时候，他又把这说成像是渡过英吉利海峡那么一点儿路程。我现在想起来，这多么奇怪，可这又多么像米考伯先生的为人啊！

“在航行途中，我要尽量经常给他们讲讲故事，”米考伯先生说，“我儿子威尔金斯美妙的歌喉，我相信，在船上厨房的火炉边，一定会受到欢迎。待米考伯太太不再晕船，两条大腿——我希望这个字眼在这儿不会有伤大雅——练就在颠簸的甲板上稳步行走时，我敢说，她会给他们唱《小塔夫林》的。我相信，我们可以经常看到鼠海豚和海豚在我们的船头游过，而且在船的左舷或右舷，也都会不断看到许多有趣的东西。简而言之，”米考伯先生带着旧日的文雅风度说，“极有可能的情况是，在船上，我们将会发现，上上下下，一切东西都那么令人兴奋，因而当听到主桅平台上的瞭望员大喊‘见陆地喽！’时，我们还会感到突如其来而大吃一惊哩！”

说到这里，他动作夸张地把自己白铁罐里的酒喝得一干二净，仿佛他已经完成了这趟航程，在最高海军当局面前，最高级的考试已经及格。

“我最大的希望是，我亲爱的科波菲尔先生，”米考伯太太说，“我们的家族以后有几支能再回故国生活。别皱眉头，米考伯！我现在说的不是我娘家，而是我们的孩子们的孩子。不管新苗长得有多茂盛，”米考伯太太摇着头说，“我都忘不了老树的；而且当我们这族得以扬名致富时，我承认，我希望财富也能流进不列颠的国库。”

“我亲爱的，”米考伯先生说，“到那时不列颠得看自己的运气了。我不得不说的是，不列颠从来没有给过我多少好处，所以我对这个问题并不特别热心。”

“米考伯，”他太太回答说，“这你就错了。你远去他乡，米考伯，是为了加强你自己和阿尔比恩[1]之间的联系，而不是削弱这种联系。"

"我再说一遍，我亲爱的，"米考伯先生再次回答说，"你说到的这种联系，并没有给过我什么恩惠，所以我深切地感到需要建立另一种联系。"

"米考伯，"米考伯太太说，"你看，我又得说，你错了。你不了解你自己的能力，米考伯。加强你和阿尔比恩之间的联系的，就是这种能力，即使拿你就要采取的这一步来说，也是如此。"

米考伯先生坐在自己那把扶手椅里，扬起眉毛，对于他太太陈述的意见，一半接受，一半拒绝，不过深感这些意见颇有先见之明。

"我亲爱的科波菲尔先生，"米考伯太太说，"我希望米考伯先生能意识到自己的地位。我认为，米考伯先生从他上船的那一刻起，就该意识到自己的地位，这是极其重要的。你一直以来对我的了解，我亲爱的科波菲尔先生，一定早就告诉你，我没有米考伯先生那种乐观的性格。我这人的性格，如果我可以这样说的话，是非常讲究实际的。我知道，这是一次长途的航行，知道一定会有许多艰难和不便。我不能对这些事实闭上眼睛不加理会。不过我也知道米考伯先生是怎样一个人，知道他所具有的潜力。因此我认为，米考伯先生应该意识到自己的地位，这是极其重要的。"

"我亲爱的，"米考伯先生说，"也许你会允许我说，眼下要我完全意识到我的地位，是不大可能的。"

"我可不这么看，米考伯，"他太太反驳说，"不完全如此。我亲爱的科波菲尔先生，米考伯先生的情况是不同寻常的。米考伯先生之所以要远去他乡，明显是为了要使他的才能第一次让人充分了解，充分赏识。我希望米考伯先生屹立在那条船的船头，傲然决然地说：'我是来征服这片土地的！你们有高官显爵吗？你们有金银财富吗？你们有俸高禄厚的美差肥缺吗？把它们全都送上来。它们全是我的！'"

米考伯先生朝我们大家瞥了一眼，似乎认为这种见解中大有可取之处。

"我希望米考伯先生，要是我把话说清楚了，"米考伯太太用她那论证式的口气说，"成为他自己命运的恺撒。我亲爱的科波菲尔先生，我觉得这才是他真正的地位。打从这次航行一开始，我就希望米考伯先生能屹立在船头，大声宣布：'耽误得够了！失望得够了！贫穷得够了！那是在故国的情况。这是个新地方。把你们的补偿拿出来吧。送上来！'"

米考伯先生抱着双臂，一副坚决的样子，仿佛他这时正屹立在船头。

"要是这样做了，"米考伯太太说，"——意识到自己的地位了——那我说的米考伯先生会加强而不是削弱他和不列颠的联系，难道不对吗？要是在那个半

[1] 阿尔比恩：指英格兰或不列颠，源出希腊人和罗马人对该地的称呼。

球上，出现了一位重要的社会名流，难道还会有人告诉我，在祖国丝毫感受不到这事的影响吗？要是米考伯先生在澳大利亚叱咤风云、才华大展，我能糊涂到认为他在英国是个微不足道的人吗？我只是一个女人，不过我要是糊涂到这样荒谬的程度，那我就太辜负我自己，也太辜负我爸爸了。”

米考伯太太坚信她的论据是无可反驳的，因而使她的腔调带有一种义正词严的崇高气派，我想，这种腔调我是从来没有在她的谈话中听到过的。

“正因如此，”米考伯太太说，“我才更加希望，将来有一天我们能重返故土，幸福地生活。米考伯先生可能会成为——我不能无视这种可能性，米考伯先生将成为——历史的一页，到那时，他该成为这个只让他出生，不让他就业的国家里的一个代表人物了！”

“我亲爱的，”米考伯先生说，“你的情意这般深厚，不能不使我感动。我是一向乐意遵从你的高明的见识的。该怎么样——一定会怎么样的。把我们子孙聚积起来的财富，不管拿出多少给我们的国家，我都不会不愿的！”

“那就好，”我姨婆朝佩格蒂先生点着头说，“我为你们大家干杯，祝你们福星高照，万事成功！”

佩格蒂先生把正在逗弄的两个孩子，一边一个放到自己的膝上，和米考伯先生、米考伯太太一起向我们祝酒回敬。他跟米考伯一家作为伙伴一一地热烈握手，他那古铜色的脸上欣然地露着微笑。我觉得，他不管到哪儿，都会闯出路来，都能树立声誉，都会受到爱戴。

就连那几个孩子，也听从大人的吩咐，用自己的木匙在米考伯先生的罐里舀了酒，跟我们祝酒干杯。之后，我姨婆和爱格妮斯起身和移居海外的人告别。这是一场令人心酸的离别。她们都哭了。孩子们到最后还紧拉着爱格妮斯不放。我们把可怜的米考伯太太留下时，她伤心极了，在昏暗的灯光下，又是呜咽，又是抽泣。从河上望过去，那烛光一定使这间屋子显得像座凄凉的灯塔。

第二天早上，我又去了小客栈一趟，看看他们走了没有。他们在五点钟就坐上一只小船走了。尽管我把他们和这家破败不堪的客栈及木头台阶联系起来只是昨天晚上才开始的事，现在他们离去了，这两处地方似乎也就显得寂寞凄凉、死气沉沉了，这种别离造成的前后情况竟如此迥异。我觉得，这是个极好的例子。

第二天下午，我跟佩格蒂一起来到格雷夫森德。我们发现那条大船泊在河中，四周围着许多小船。这时刮的正是顺风，桅杆顶上挂着起航的信号。我立刻雇了条小船，乘上后朝大船划去。穿过以大船为中心的乱哄哄的小漩涡，登上了大船。

佩格蒂先生正在甲板上等着我们。他告诉我，由于希普的控告，米考伯先生刚才又被逮捕了一次（最后一次）；他说已遵照我对他的嘱托，代为偿还了欠款，于是我把这笔钱还给了他，然后他领我们下到船舱。原来我一直担心，生怕发生的那件祸事会有流言传到佩格蒂先生的耳朵里，这时我看到米考伯先生从昏暗处走出来，带着友好和护卫的神气，挽住佩格蒂先生的胳膊，告诉我，打从昨天晚上起，他们很少分开过，这才使我放下心来。

这样的景象我从来不曾见过，这儿是那么狭窄，那么阴暗，一开始我什么也看不见，不过，渐渐地，我的眼睛习惯了这种幽暗，才看清了这儿的情况。我就像置身在奥斯塔德①的一幅画中。在那些船的大梁、舱板、铆着的大铁环、移民的卧铺、箱笼、包裹、木桶以及各色各样的行李中间——这儿那儿亮着几盏吊灯，有的地方则通过帆布通风筒和舱口射下来一点儿黄色的日光——挤满了一群一群的人，有的在交新朋友，有的在相互告别，有的在说，有的在笑，有的在哭，有的在吃，有的在喝；有的已经在自己占有的那几尺空间里安顿下来，把一家人安置停当，让幼小的孩子们坐在凳子上或者矮扶手椅上；另外一些没有找到安身之处的，则怏怏不乐地来回走动着。从出世只有一两个星期的婴儿，到好像只有一两个星期好活的弯腰弓背的男女老人；从靴子上沾着英国泥土的农民，到皮肤上还带着煤灰的铁匠：老老少少，各行各业，好像都被塞进这狭窄的船舱里来了。

就在我扫视四周时，我想我看到了一个像艾米莉的身影，坐在一个敞开的舱口旁，身边带着一个米考伯家的小孩儿。这个身影之所以引起我的注意，是因为我看到另一个身影吻了她一下又走开了，而这另一个身影，安详地悄悄从杂乱的人群中穿过时，使我想起了——爱格妮斯！可是由于当时一切都仓促忙乱，我自己又有些六神无主，结果就再也见不到这个身影了。我只知道，船上警告说，所有送行的人都得离船的时候已到；我只看到我的保姆坐在我身旁的一只箱子上在哭，还看到葛米治太太，在一个穿黑衣服的年轻女子的帮助下，俯身在为佩格蒂先生整理东西。

“有什么最后要说的话吗，大卫少爷？”佩格蒂先生说，“在我们分手之前，还有什么忘记的事吗？”

“有一件！”我说，“玛莎！”

他碰了碰我刚才提到的那个年轻女子的肩膀，于是玛莎就站在了我的面前。

“愿上帝保佑你，你真是个大好人！”我叫了起来，“你把她也带上了！”

玛莎的眼泪夺眶而出，替他做了回答。当时我感动得什么也说不出来了，只是紧紧地握住他的手。如果说我一生爱戴过、敬重过什么人，那我从心眼儿

① 奥斯塔德（1610—1685）：荷兰巴洛克时期风俗画家，以画乡村生活、室内景物见长，其作品以色调阴暗为特征。

里爱戴的、敬重的就是这个人了。

船上送行的人快走光了。可我还有着最大的考验。我把那位已经去世的仁义之士托我转达的临别之言，全都告诉了他，他大为感动。而当他要我把许多充满疼爱、遗憾的话转达给那双已经听不见的耳朵时，他使我更加感动了。

时候到了。我和他拥抱了一下，然后伸手搀扶着我那痛哭流涕的保姆，匆匆地离开了船舱。在甲板上，我和可怜的米考伯太太道了别。直到这时候，她还在东张西望地寻找她娘家的人。她最后对我说的话是，她永远也不会离弃米考伯先生。

我们跨过船舷，来到小船上，然后停在不太远的地方，以便看大船顺航线起航。这时正逢夕阳辉映，一片宁静。大船就在我们和红霞之间，在明亮的背景下，每一条缆绳和桅桁都清晰可辨。这条壮丽的大船，静静地停泊在被夕阳照得耀眼的水面上，船上所有的人都拥到舷墙边，一时间大家都摘下帽子，鸦雀无声。此情此景，既如此美丽，又如此悲凉，但又如此充满希望，这是我平生从未见过的。

鸦雀无声，只是一会儿工夫。当大船的船帆临风扬起，开始渐渐移动，所有小船上都突然迸发出三声惊天动地的欢呼，大船上的人也连呼三声应答。于是欢呼声此起彼伏，交相应答。听到这欢呼声，我心情万分激动，我还看到人们都在挥动着帽子和手帕——就在这时，我看到了她！

就在这时，我看到了她，她站在她舅舅的身旁，伏在他的肩膀上颤抖。他急切地伸手朝我们指着，于是她也看到了我们，并向我挥手做最后的告别。哦，艾米莉，美丽的憔悴的艾米莉啊！让你那受了伤的心，以最大的信赖依靠着他吧！因为他一直以他那伟大的爱，尽他的全力在卫护着你啊！

他们俩一起高高地站在甲板上，沐浴在玫瑰色的霞光之中，她依偎着他，他搂抱着她，他们俩庄严地悠悠离去了。当小船把我们摇到岸边时，夜色已经降临在肯特郡的群山上——也阴沉沉地降临在我的身上。

第五十八章　出国

黑暗的漫漫长夜笼罩在我的周围，许多希望，许多让人留恋的回忆，许多过失，许多无益的悲伤和悔恨，伴着黑夜像幽灵似的萦绕在我的心头。

我离开了英国，直到那个时候，我都还没有意识到我得承受的打击有多沉重。我抛下所有亲人和挚友，走了。我相信，我已受够了打击，它已经过去了。正如一个战场上的人受了重伤而毫无觉察一样，当我怀着未经磨炼的心孑然一身时，对于我这颗心必须抵抗的伤痛，我还一无所知哩。

我不是很快就有这种认识的，而是一点一滴地逐渐产生的。我出国时的凄凉感觉，时时刻刻在加深、扩大。开始时，这只是一种沉重的失落感、悲哀感，别的我很少能辨别出来。可是，不知不觉地，这种感觉渐渐变成了对于我已丧失的一切——爱情、友谊、兴趣——我已破灭的一切——我最初的信赖、我最初的恋情、生命中的全部空中楼阁——以及我所余下的一切——在我周围绵延、直达昏暗的天边的一片遭受破坏的荒原和废墟——的一种绝望感。

如果说我的悲伤是自私的，我也不知道它是如此。我哀悼我那孩子气的妻子，她那么年轻，正当如花似锦的年华，就被夺去了生命。我哀悼他，那个像多年前赢得我的敬爱和钦佩那样，本可赢得千万人敬爱和钦佩的人。我哀悼那颗破碎的心，它在狂风暴雨、惊涛骇浪中找到了安息。我哀悼纯朴敦厚的那家人，如今他们中的幸存者只好浪迹天涯，我孩提时曾在他们家听过夜风的呼啸。

在这些越积越多的悲伤中，我越陷越深，最后到了没有希望自拔的地步。我从一地漫游到另一地，不论到了哪儿，都身负着一副重担。现在我已觉出它的全部分量。在它的重压之下，我弯腰曲背，意气消沉，我在心里对自己说，这副重担永远也没有减轻的日子了。

当这种意气消沉达到最低点时，我相信，我只有一死才能解脱了。有的时候，我心里想，我最好死在家乡，而且真的转向归途，以便可以早日到达。可另一些时候，我却又从一个城市到另一个城市，往前越走越远，想追寻到我也不知道的什么东西，想摆脱掉我也不知道的什么东西。

我无力把我所经历的精神上的一切痛苦一一加以追述。我只能零星模糊地描绘出一些梦境。而当我迫使自己回顾我一生中的这一时期时，我仿佛就在重温这样的梦境。我看到自己像个做梦的人似的，在外国的城镇、宫殿、教堂、寺院、画廊、城堡、陵墓、光怪陆离的街道等新奇事物——这些历史和想象留下的不朽的陈迹——中间经过；我身负痛苦的重担，在这一切中间经过，但是对于它们在我眼前的逝去，却几乎毫无察觉。除了沉重压迫的痛苦，对一切都索然无味。降临到我这颗未受磨炼的人心上的，只有昏昏的黑夜。让我在这样的昏夜中抬起头来看一看吧——感谢上帝，我终于这么做了！——让我从它那漫长、悲伤、凄惨的梦中，抬头看一看黎明吧。

我心头一直笼罩着这样的乌云，旅行了好几个月。一些难以说清的原因——一些当时在我内心挣扎，但仍无法更明确表达出来的原因——使得我打消了回国的念头，继续我的旅行。有时候，我心情不定地从一个地方来到另一个地方，哪儿也不停留；有时候，我又在一个地方逗留很久。不过无论到哪儿，我都是漫无目的，魂不守舍的。

我来到瑞士。从意大利出发，穿过阿尔卑斯山的一个主要隘口后，一直由一名向导领着，在那些山间小道上漫游。即使那些令人敬畏的荒僻景色，对我的心灵有过启示，对此我也一无所知。在那令人敬畏的高峰和悬崖上，在那奔腾怒吼的激流瀑布里，在那冰天雪地的荒原上，我看到了壮丽和神奇，可是，它们并没有告诉我别的，仅此而已。

在一个日落前的黄昏，我下到一个山谷里，准备在那儿安歇。当我沿着山边弯弯曲曲的羊肠小道，朝山谷往下走时，我看到山谷在下面的远处闪闪发光，这时我觉得，一种久已生疏的美丽和宁静的感觉，一种由山谷的静谧所唤起的安抚力，在我的胸臆中隐隐而动。我记得，当时我怀有一种并非令人完全难耐、并非令人十分绝望的忧伤停了下来。我记得，我几乎希望，我的心情可能还有转好的机会。

我来到山谷中，当时夕阳正照耀在远处的雪山上，那些雪山犹如永远不变的白云，把山谷团团围住。在形成峡谷的高山山麓（峡谷中有个小山村），一片青葱，而在这片翠绿的草木上方，则长着苍苍的冷杉林，像楔子似的劈开了积雪，截住了雪崩。冷杉林上方是层层叠叠的危崖峭壁，灰色的岩石，晶莹的冰凌，点点平坦的牧场，这一切都渐渐地和山顶的积雪融成一片。这里那里，斑斑点点，点缀着一座座孤零零的小木屋，每一个小点就是一户人家，面对那些高耸的山峰，相形之下，这些小屋显得比玩具还小，就连山谷中那个聚居着多户人家的村落，也是如此。村子旁有座木桥，横跨山涧，山涧翻滚过乱石，在树丛间喧腾而去。在静谧的大气中，传来远处的歌声——牧羊人的歌声，不过，这时恰好有一片灿烂的晚霞从山腰飘过，我几乎相信，这歌声就是从那片晚霞中来的，并非人间的乐声。突然间，在这样的恬静中，大自然对我说话了，它抚慰着我，让我把疲惫的头枕在草地上，哭了起来，自从朵拉去世后，我还一直没有这样哭过啊！

就在几分钟之前，我看到了一包寄给我的信。于是，趁着给我准备晚饭的时候，我就溜达到村外来看信了。另外几包信件都没能投送到我手里，因此我已经有很长时间没收到一封信了。自从离家以来，除了写上一两行，报告平安，到过什么地方外，我自己一直没有耐性和毅力写过一封像样的信。

这一小包信正在我手里。我打开它，先看起爱格妮斯的一封来。

她自己很快乐，也有用武之地，正像她自己希望的那样，一切顺利。关于她自己，她就告诉我这几句话，其余的话讲的都是我。

她没有给我出什么主意，也没有力劝我去做什么，她只是用她那特有的热诚态度告诉我，她对我有着怎样的信任。她知道（她说），像我这样性格的人，一定会从痛苦中获得教益。她知道，磨难和伤感一定会使我的性格得到提升和增强。她相信，我经受了这次悲痛之后，我在自己的每一个目标上都会趋向更加坚定，更加崇高。她那么以我的名誉为荣，那么希望它增长，所以她深知我一定会勤勉不懈。她知道，对于我这样的人，悲痛绝不会使我软弱，只会使我坚强。因为我童年时代所受的磨难已经起了作用，把我造就成现在这样，所以更大的苦难一定会激励我更加奋发，使我成为比现在更有成就的人。因此我一定会像苦难教导我那样，去教导别人。她把我托付给了已把我天真的爱人带到身边安息的上帝。她总是怀着手足之情护着我，不论我去到哪儿，始终都伴随着我。她为我已取得的成就感到骄傲，而对我将要取得的成就，则更加引以为荣。

我把这封信收进我的胸口，想到一小时前我是什么样子！这时，我听到那歌声渐渐消失，看到那寂静的晚霞渐渐变暗，山谷中万物的颜色均已褪尽，山顶上金黄色的积雪，也和远处苍白的夜空混成一色，可我却觉得，我心头的黑夜已经过去，它的一切阴影都消散了，我对她的爱无以名之，从此以后，我和她，比过去任何时候都更加亲密了。

我把她的信看了许多遍，还在就寝之前给她写了封信。我告诉她，我迫切需要她的帮助，没有她，我就不可能是，也永远成不了她心目中的我；既然她鼓励我要那样做，那我一定会努力去做的。

我的确努力去做了。自从我遭遇不幸以来，再过三个月，就是整整一年了。我决定在这三个月期满之前，暂且不下任何决心，不过我仍按爱格妮斯的意思努力去做。在这一整段时间里，我都住在那个山谷中以及附近一带。

三个月过去了，我决定再在国外待一段时间，暂时在瑞士住下来，就是因为那个值得纪念的傍晚，这个国家已经让我感到越来越可亲了。我重又拿起我的笔，继续工作了。

我恭顺地依照爱格妮斯的建议去努力。我寻求大自然的帮助，而这种寻求绝不会是徒劳的。近来我本已失去做人的兴趣，现在我又让这种兴趣回到了心中。没过多久，我在这山谷里就有了几乎像在亚茅斯那么多的朋友。当我入冬之前离开这儿前往日内瓦，到了春天回来时，他们那热情的问候，我听起来亲如乡音，虽然他们说的并不是英语。

我起早贪黑地工作着，耐心勤奋，不怕辛劳。根据我自己的亲身经历，而非他人他事，我写出了一部小说，寄给了特雷德尔，他设法在对我非常有利的条件下，安排把这本书出版了。我的名气越来越大，从偶尔遇到的游客嘴里都可以听到。经过了一段时间的休息和调整，我又以原有的热情投入了工作，着手构思一部新的小说，这个故事早已顽强地盘踞在我的心头。随着这件工作的向前推进，我感到自己的想象力越来越丰富，因此我鼓起了最大的干劲，决心把这本书写好。这是我的第三部小说。这部书还没写到一半，在一次稍事休息时，我想到了回国。

长期以来，我虽然勤奋地学习和工作，但我已养成了健身的习惯。我的健康，在离开英国时，曾受到严重损害，现在已完全恢复。我已经长了很多见识，到过许多国家，因此我希望，我积累的知识也增加了。

在出国这段时间，所有我认为有必要在这儿追述的事，现在我都追述了，只有一点做了保留。我把这一点保留到现在，并不是存心想隐瞒我的思想，因为正像我在别的地方说过的那样，本书是我的回忆的笔录。我是想把我心里最隐秘的部分先放在一边，让它一直保留到最后再说。现在我开始来写这一部分。

我不能完全看透我自己内心的隐秘，因此不清楚自己是从什么时候开始想到，我可以把心里最早想到、最光明的希望寄托在爱格妮斯的身上。我说不出，我悲伤到哪个阶段才第一次想到，我在冥顽的童年时期，把她那宝贵的爱情弃之脑后了。以前我曾感到，我不幸失去了或缺少了一些我再也得不到的东西，我相信，当时我可能就已经听到这种念头在我内心深处的低声细语。可是当我被如此悲伤、如此孤寂地抛在这个世界上时，这种念头便恰似一种新的责备和新的悔恨，涌上了我的心头。

要是那时候，我跟她在一起的机会多些，由于我悲伤孤寂而变得软弱，一定会泄露出这种念头。我最初不得不离开英国，当时心里隐约害怕的就是这件事。

她对我的那种兄妹之情，哪怕丧失了一丁点儿，我都是不能忍受的。可要是我把那念头泄露了，那我就会在我们两人之间加上一种前所未有的拘谨和约束。

我不能忘记，她现在用以待我的感情，是在我自由选择和自由发展的情况下成长起来的。如果她曾用另一种爱情爱过我——我有时想，她也许有这样的时候——那我也已经把它给抛弃了。当我们俩还都是小孩儿时，我就习惯把她看成一个远不是我这种狂野任性的人，她的那种爱情，当然不是我所能懂得的。我把自己火热的柔情用在了另一个人身上，而我本来可以做的，却没有做。是我和她自己那颗高尚的心，塑造成了今天我心目中的爱格妮斯。

在我内心逐渐发生变化之初，当我试图能更多了解自己，想要做个更好的人时，我心中的确曾经闪过这样的念头，经过一段难以确定的磨炼时期，也许有一天，我可能有希望把过去的错误消除，有福气跟她结婚。但是，随着时光的流逝，这种朦胧的前景，在我眼前渐渐地暗淡了，消失了。如果她确曾爱过我，回想起我曾对她有着无限信任，她也完全了解我这颗浮动的心，而为了做我的朋友和姐妹，她不得不做出牺牲以及她所取得的成功，我就应该把她看得更加圣洁。要是她一直就没有爱过我，那我能否认为她现在会爱我呢？

跟她的忠诚和坚毅相比，我总觉得自己过于软弱，现在我越来越感到这一点了。不管她可能会对我怎么样，或者我可能会对她怎么样，即使很久以前我就配得上她，现在我也不一样了，她也不一样了。时机已经过去，是我让她过去的，因而我也就理所当然地失去她了。

我被这些思想斗争弄得痛苦不堪，这些斗争使我心中充满了苦恼和悔恨，但我又始终觉得，既然在希望鲜亮盛放时，我轻率地扭头避开了这位可敬可爱的姑娘，现在希望枯萎凋谢了，我才红着脸转身去找她，为了保持道义和荣誉，我应该感到羞愧，应该打消这种念头——每当我想到她时，我的思想深处都有着这样的考虑——以上这一切，全是真情实况。我现在已经不再着力对自己隐瞒了，我深深地爱她，我一心忠于她。不过我也清楚地知道，现在已经太晚了，而且我们长期以来所保持的关系，是不容打乱的。

我时常想到，而且想得很多，在命运还没有打算要磨砺我们的那些年月里，我的朵拉一直隐约地对我暗示着可能会发生的事情。我心里想，那些从未发生过的事情，结果怎么常常使我觉得跟确实发生过的事情一样真实呢？她提到过的那种年月，在纠正我的错误方面，现在都成了现实。尽管我和朵拉早在少不更事的时候就分别了，那种年月总有一天会成为现实，也许只是要晚一点罢了。可是我尽力使我和爱格妮斯之间原本可能会有的关系，转变成一种手段，用来使我更加克己，更加果断，更好地看清自己的为人，以及更好地看清自己的缺点和错误。就这样，通过对原本可能会有的关系的反省，我有了信心，这种关系绝不会发生。

所有这些纷乱、矛盾的思想，从我出国到回国，三年来一直像流沙似的在我的脑子里变化、流动。自从移居海外的那些人乘坐的船开航以来，三年时间已经悄然而逝。现在，在同一日落时分，在同一泊船地点，我站在载我回国的邮船甲板上，望着那玫瑰色的河水，当年我曾在这水中看到过那条船映出的倒影。

三年了。日子一天天过去，看起来很短，但加在一起就很长了。故乡对我来说是可亲可爱的，爱格妮斯也是可亲可爱的——不过她不是我的——她永远也不能成为我的了。她本来可以是我的，可是我已经错过这个时机了！

第五十九章　归来

在一个寒冷的秋日傍晚，我在伦敦上了岸。天色阴沉，又下着雨，我在一分钟之内所见到的浓雾和污泥，比我过去一年中所见到的还要多哩。我从海关一直步行到纪念碑，才找到一辆马车。那正对着街旁积满了水的明沟的间间房屋，虽说我觉得像是我多年的老友，但我不能不承认，这是些肮脏不堪的朋友。

我过去常说——我想每个人都说过——一个人离开一个熟悉的地方，就好像预示那个地方要起变化。当我从车窗往外看时，发现鱼街山上有一座一个世纪来漆匠、木匠和泥瓦匠从没碰过的老房子，在我去国外期间拆掉了。附近还有一条以不卫生、交通又不便著称的老街，如今已建了排水沟，路面也拓宽了。我甚至预料，我多半会发现，圣保罗大教堂也要显得老一点儿了。我的亲友们的境况已经有了一些变化，这我早有所闻。我姨婆早已回多佛重新安身。特雷德尔则在我出国后的第一个开庭期里，就开始承接到少许律师业务了。现在，他在格雷法学院里有了自己的律师事务所。他在近来的几封信里告诉我，他有希望不久就能和那位世界上最可爱的女孩儿结婚。

他们预料我会在圣诞节前夕回国，没想到我回来得这么快。我这是故意瞒着他们的，为的是要给他们一个惊喜。可是，由于没有人迎接，只有我独自一人默默地走过雾气弥漫的街道，我竟反而又感到扫兴和失望了。

不过，那些著名的店铺，一片灯火辉煌，这给了我一点儿安慰。我在格雷法学院咖啡馆门前下车时，情绪已经有所恢复。我看到这地方，首先使我想起在金十字旅馆住宿时那些跟现在大不相同的岁月，也使我回忆起那以后发生的种种变化，不过这也是很自然的事。

“你知道特雷德尔先生住在这法学院的什么地方吗？”我一面在咖啡馆的火炉旁烤着火，一面问侍者道。

“霍尔本大院，先生。二号。”

“我相信，特雷德尔先生在律师这一行中，名声越来越大了吧？”

“嗯，先生，”侍者回答说，“可能是吧，先生。不过这事我自己并不清楚。”

这个瘦削的中年侍者，就去求助于一个更有地位的侍者—— 一个身体粗壮、双下巴、很有气派的老头儿，穿着黑裤子和黑袜子。他从咖啡馆尽头一个像教堂执事席似的地方走了出来。在那儿跟他做伴的是一只钱箱、一本姓名地址录、一本开业律师名册以及其他的簿册、单据等。

“特雷德尔先生，”那个瘦侍者说，“住在大院二号。”

身材粗壮的老侍者摆了摆手，把他给打发开了，然后郑重其事地转身对着我。

“我在打听，”我说，“住在大院二号的特雷德尔先生，在律师界是不是越来越出名了？”

“我从没听到过这个名字。”老侍者用低沉沙哑的声音回答说。

我为特雷德尔感到十分遗憾。

“他是个年轻人，是吧？”这位颇有气派的侍者眼睛严峻地盯着我说，“他在这个法学院里多久了？”

“没超过三年。”我说。

我猜想，这个侍者在他那个教堂执事席里待了有四十年了，因而不能再继续谈论这样一个无足轻重的话题了。他问我晚饭要吃点儿什么。

我觉得自己又回到英国了，而且实在为特雷德尔感到丧气。看来他似乎已经没有希望了。我轻声地点了一块鱼和一份牛排，然后站在火炉前，沉思默想着特雷德尔默默无闻的处境。

我眼看着领头侍者离去，心里不禁想，能渐渐开出特雷德尔这样一朵花的花园，是个费尽心力、历尽艰辛才能发迹的地方。这儿有着那么一种墨守成规、顽固不化、一成不变、庄严肃穆、老成持重的气氛。我看了看整个房间，觉得它地上铺的沙子，毫无疑问，跟那个领头侍者还是孩子时的铺法是完全一样的——如果他曾是一个孩子的话，不过看起来像是不可能的；我看了看那些闪闪发亮的桌子，从那老红木上，我看到了反映出来的自己的影子；还有那些油灯，灯芯修剪得整整齐齐，灯台擦得一尘不染；舒适的绿色帷幔，由纯铜的杆子支着，严严实实地围着间间厢座；两座烧煤的大壁炉，烧得通红明亮；那一排排高大的滤酒瓶，好像能让你感觉出那底下有着大桶大桶昂贵的陈年葡萄酒。看了这些以后，我深深感到，不管是英格兰还是它的法律界，确实都很难用强攻拿下。我上楼到自己的卧室，换下了湿漉漉的衣服。这套装有护墙板的老式房间的空旷宽敞（我记得它就在通往法学院的拱道上面），四柱床的宽大庄重，五斗柜的严肃无畏，这一切仿佛全都联合一致，向特雷德尔的命运，或向任何像他那样敢作敢为的青年，严厉地皱起眉头。我又走下楼来吃晚饭。就连吃饭的从容不迫，这地方的肃静有序——由于法庭的暑期休庭还没过去，这儿没有客人——都明白地显示出特雷德尔的胆大妄为，表明在今后的二十年内，他的生活希望极为渺茫。

自从我出国以来，我从没见到过这样的情况，这粉碎了我对我这位朋友的希望。那个领头侍者已经对我厌烦，不再到我跟前来，而是专门去伺候一位裹着高绑腿的老先生了，给他送上了一品脱特制葡萄酒，可这位老先生并没有点过酒，所以这酒就像是自己从地下酒窖里跑出来似的。另外那个侍者悄悄告诉我，这位老先生是个退休的承办产权转让业务的律师，住在广场附近，手上有一大笔资财，大家推测，他会把这笔钱留给替他洗衣服的那个妇人的女儿。另外，据说在他的柜子里藏有一套餐具，由于长期放置不用，都失去光泽了，不过从来没有人在他的房子里见过一件以上的匙子和叉子。到这时，我认为特雷德尔彻底完了，我心里断定，他是毫无希望了。

不过，由于我急于要见到我这位亲爱的老朋友，我还是匆匆地吃完晚饭（我这样匆匆忙忙，在那个领头侍者的心目中，绝不可能提高对我的看法了），赶紧从后门出来了。大院二号很快就到了，我从门框上的住户名单上，知道特雷德尔先生租用的是一套顶楼的房间，于是我就往楼上走去。我发现这儿的楼梯摇摇晃晃、破旧不堪，每一层的楼梯口都点着一盏光线微弱的小油灯，细小的灯芯上结着灯花，在肮脏的玻璃罩里奄奄欲熄。

在我磕磕碰碰地上楼时，我觉得隐隐约约地听到一片欢快的笑声，不过，这笑声既不是事务律师的或出庭律师的，也不是事务律师的文书的或出庭律师的文书的，而是两三个快活的女孩子的。可是当我停下来倾听时，我的一只脚碰巧掉进一个窟窿里（格雷法学院在这坏了的地板上少补了一块板），咕咚一声跌倒了。等我爬起来重又站稳时，一切都寂静无声了。

我更加小心地摸索着走完剩下的一段路。当我发现门口漆有“特雷德尔先生”名字的那套房间外面的门开着时，我的心剧烈地跳动起来。我敲了敲门。里面响起了一阵相当慌乱急促的脚步声，但是再没有下文了。于是我又敲了敲门。

一个看上去挺机灵的半是听差半是文书的小伙子，上气不接下气地出来了，可是他看着我，那模样好像是要看看我能不能在法律上证明自己的身份似的。

“特雷德尔先生在吗？”我问道。

“在，先生，不过他正忙着哩。”

“我要见他。”

这个看上去挺机灵的小伙子朝我上下打量了一会儿后，决定让我进去。为此他把门开大了一点儿，先把我让进一间小门厅，然后再让我进一间小小的会客室。在这儿，我来到了我的老朋友的面前（他也是上气不接下气的），只见他坐在桌子旁，埋头在看文件。

“我的天！”特雷德尔抬头一看，便叫了起来，“原来是科波菲尔！”说着就奔过来扑到我的怀里，我把他紧紧地搂住了。

“一切都好吧，我亲爱的特雷德尔？”

“一切都好，我亲爱的、亲爱的科波菲尔，只有好消息！”

我们俩都高兴得哭了起来。

“我亲爱的老伙计，”特雷德尔说着兴奋地胡乱抓着自己的头发，其实这是最没有必要的举动，“我最亲爱的科波菲尔，你这位久别重逢、最受欢迎的朋友，我见到你别提有多高兴了！你晒得多黑啊！我真是太高兴了！我敢说，我这辈子从来没有这么开心过，我亲爱的科波菲尔，从来没有过！”

我也同样无法表达出自己激动的感情。开始时，我什么话都说不出来了。

“我亲爱的老伙计！”特雷德尔说，“你现在是出了大名了！我了不起的科波菲尔！哎呀呀，我的天！你什么时候回来的？你打哪儿来？你一直都在干些什么？”

特雷德尔问了这些问题后，没容我做出任何回答，便使劲地把我按在火炉旁的一把安乐椅上，跟着在整个这段时间里，都用一只手性急地通着炉火，另一只手扯我的围巾，慌乱中他把围巾错当成大衣了。还没等放下通条，他就又来搂抱我了，于是我也搂抱住他。接着我们两人都笑了，并擦着眼泪坐了下来，然后又隔着火炉互相握手。

“想不到，”特雷德尔说，“你回来的时间，跟你理应回来的时间隔得这么近，我亲爱的老同学，结果却没赶上参加典礼！”

“什么典礼呀，我亲爱的特雷德尔？”

“哎呀，我的天！”特雷德尔像往常那样睁大眼睛，大声喊道，“你没收到我最后给你的那封信吗？”

“要是说其中提到什么典礼的话，那肯定没有收到。”

“嘿，我亲爱的科波菲尔，”特雷德尔用双手把自己的头发抓得都要竖了起来，然后又把两只手分别放在我的膝盖上说，“我结婚了！”

“结婚了！”我高兴得叫了起来。

“感谢上帝，结婚了！”特雷德尔说，“由霍雷斯牧师主婚——跟苏菲结了婚——在德文郡。嘿，我亲爱的老朋友，苏菲就在窗帘后面呢！你瞧！”

让我吃惊的是，就在这时候，那个世界上最可爱的女孩儿，红着脸笑着，从她躲着的地方出来了。我相信（我没法儿不当场说出），世界上再也没有比她更高兴、更温柔、更诚恳、更快活、更光彩照人的新娘子了。我按老朋友应该做的那样吻了她，全心全意地祝他们幸福。

第五十九章　归来

“啊呀，”特雷德尔说，“这是多么令人高兴的重聚啊！你晒得真黑呀，我亲爱的科波菲尔！我的天哪，我真是太高兴了！”

“我也一样！”我说。

“我相信，我也是！”苏菲满脸通红，笑着说。

“我们真是要多高兴有多高兴！”特雷德尔说，“连那几位姑娘也都高兴啊！哎呀，说真的，我把她们都给忘了。”

“把谁给忘了？”

“那几位姑娘，”特雷德尔说，“苏菲的姐妹呀。她们现在都在我们这儿，是来看看伦敦的。实情是，刚才——上楼的时候摔了一跤的是你吧，科波菲尔？”

“正是我。”我笑着说。

“那我就告诉你吧！你上楼摔倒的时候，”特雷德尔说，“我正跟这几个姑娘闹着玩儿哩。实际上我们是在玩抢壁角游戏[①]，可是因为这种游戏不能在威斯敏斯特大厅玩，而且要是让前来打官司的当事人看见了，会显得十分不成体统，所以她们就急忙逃开了。现在——她们正在听着呢，这我敢肯定。”特雷德尔看着另一间屋子的门说道。

“我很抱歉，”我重又笑着说，“把你们都搅散了。”

“我敢说，”特雷德尔极为高兴地接着说，“要是你看到她们在你敲门后四散跑开，接着又跑回来捡拾起头发上掉下的梳子，再发疯似的跑开的样子，你就不会这么说了。我的宝贝儿，你去把那几个姑娘叫回来好吗？”

苏菲步履轻快地跑去了。接着，我们就听到隔壁房间传来一阵迎接她的哄堂大笑声。

“真像是音乐，不是吗，我亲爱的科波菲尔？”特雷德尔说，“听起来非常悦耳。使得这些旧房间都满室生辉了。你知道，这对一个不幸一生都得独处的单身汉来说，这真是美妙极了，让人陶醉。这几个可怜的小家伙，苏菲一结婚，她们的损失可大了——我敢向你保证，科波菲尔，苏菲一向就是个最招人喜欢的女孩儿！——现在我看到她们这样高兴，我心里那份满意的心情，也就没法儿形容了。跟女孩子们在一起，是件非常愉快的事情，科波菲尔。这虽不合职业体统，但确实是非常愉快的。”

我发现他说话有点儿支支吾吾起来，我知道，这是因为他心肠好，怕他说的话会引起我伤心，所以我就非常诚恳地表示我同意他的说法，我的态度显然使他大为放心，也使他大为高兴。

“不过，”特雷德尔说，“我们的家务安排，说句实话，完全不合律师的体

① 抢壁角游戏：一种儿童游戏。四角各站一人，中间站一人，四角的人更换位置时，中间的人趁机抢占其中一角。

统，我亲爱的科波菲尔。就连苏菲住在这儿，也是不合体统的。可是我们没有别的住处呀。我们已经乘上一只小船出海了，不过我们也充分准备好过苦日子了。苏菲是个非常杰出的好管家！那班姑娘是怎么挤着住下的，你听了一定会感到吃惊的。说实话，就连我都不知道是怎么安置下来的。”

“跟你们一起住的有很多姑娘吗？”我问道。

“老大，那个美人儿，在这儿，”特雷德尔低声悄悄说，“她叫卡罗琳。萨拉也在这儿——你知道，就是以前我跟你说过的、脊椎有点儿毛病的那个。现在好多了！跟我们一起的，还有两个最小的，苏菲负责教育的。还有路易莎，也在这儿。”

“真的？”我叫了起来。

“真的，”特雷德尔说，“瞧，这一套房子——我说的是房间——只有三个房间，可是苏菲用最奇妙的方法把姐妹们安顿下来了，而且她们睡得要多舒服有多舒服。三个住那面那个，”特雷德尔说着用手一指，“两个住这面这间。”

我禁不住朝四周看了一眼，想要找到特雷德尔先生和特雷德尔太太安身的地方。特雷德尔懂得了我的意思。

“哦！”特雷德尔说，“我刚才已经说了，我们已准备好过苦日子，上个星期我们就是在这儿的地板上临时铺了一张床。不过楼顶上还有一间小房间——一个很可爱的小房间，上去一看就知道了——为了让我惊喜，苏菲亲手给它糊了墙纸，那就是我们俩现在的房间了。这是个绝妙的吉卜赛式的小天地。从那儿可以看到很多风景哩。”

“你终于幸福地结婚了，我亲爱的特雷德尔！”我说，“我听了多高兴啊！”

“谢谢你，我亲爱的科波菲尔，”当我们又一次握手时，特雷德尔说，“是的，我现在要多幸福有多幸福。你瞧，你的老朋友在这儿，”特雷德尔说着，朝那个花盘和花架得意地点着头，“还有这张大理石桌面的桌子！所有别的家具都是普普通通的，合用就成了，这你看得出来。至于银餐具，哎呀，我的天，我们连一把银茶匙都还没有哩！”

“一切都得费力去挣来，是吧？”我愉快地说。

“确实如此，”特雷德尔回答说，“一切都得费力去挣来。当然，我们也有一些叫作茶匙的东西，因为我们的茶也是要搅动的，只不过它们是不列颠合金[①]的罢了。”

“将来有了银的，就更耀眼了。”我说道。

“我们也是这么说的！”特雷德尔叫了起来，“你瞧，我亲爱的科波菲尔，”他又放低了声音悄悄说，“当我发表了模拟案例吉帕斯控威格泽尔一案的辩护

① 不列颠合金：一种银白色锡锑铜合金，常用以制餐具。

后（这一辩护对我当上律师大有帮助），我就去德文郡，跟霍雷斯牧师进行了一次严肃的私人恳谈。我始终强调这一事实，苏菲——我敢向你保证，她是个最可爱的女孩儿！”

“我也敢断定，她是个最可爱的女孩儿！”我说。

“她的确是个最可爱的女孩儿！”特雷德尔回答说，“不过我恐怕说得离了题了。我是不是提到霍雷斯牧师了？”

“你说你始终强调这一事实——”

“一点儿没错！事实是苏菲跟我订婚已经很长时间了。只要父母允许，苏菲非常愿意——简单地说吧，”特雷德尔像往常那样坦率地微笑着说，“在只用得起不列颠合金的现状下，和我一块儿过日子。就是这样。接着我就对霍雷斯牧师——他是一位最了不起的牧师，科波菲尔，他应该当主教的，要不，至少生活应该过得充裕点儿，不像现在这样紧缺才是——提议说，要是我有了转机，比如说，一年能挣到两百五十镑，要是明年我能相当有把握地挣到这一数目，甚至情况还要更好一点儿，此外还能准备好像现在这样一个陈设简单的小住处。要是这样的话，那苏菲跟我就该可以结婚了。我大胆地说，我们已经耐心等待了好多年了，苏菲在家里固然特别顶用，不过她慈爱的双亲不应该因此就不让她成家立业——你的看法呢？”

“当然不应该。”我说。

“你也这样看，我很高兴，科波菲尔，”特雷德尔回答说，“因为，我丝毫没有责怪霍雷斯牧师的意思，不过我认为，做父母的，做兄弟的，等等，在这类事情上，有时候是相当自私的。哦！我还指出，我最真诚的愿望是，对他们这家人有所帮助。要是我在社会上能有出息，不管他遇上什么事——我这是指霍雷斯牧师——”

“我明白。”我说。

“——也是指克鲁勒太太——到那时，要是我能做他们家这些姑娘们的保护人，那就最称我的心愿了。霍雷斯牧师以最值得称许的态度给我做了回答，这使我感到极其满意，他还提出由他负责说服克鲁勒太太，要她同意这种安排。可是对她谈这件事，他们可遇上极大的麻烦了。它从她的双腿冲上她的心口，然后又从心口冲上她的脑袋——”

“什么东西往上冲呀？”我问道。

“她的悲痛呀，”特雷德尔表情严肃地回答说，“她的全部感情呀，我以前说过，她是个很出色的女人，可惜她的两条腿不顶用了。不管发生什么让她苦恼的事，通常总是淤积在她那两条腿上，可是这一回却冲上了心口，接着还冲上了脑袋，而且，简单地说吧，还以最惊人的气势传遍了全身。不过，他们还是坚持不懈，细心看护，总算把她给救治过来了，到昨天为止，我们结婚已经有六个星期了。科波菲尔，当我看到他们全家人个个放声大哭，朝四面八方晕倒时，你简直想象不出，我觉得自己是一个怎样的魔鬼啊！直到我们离开那儿的时候，克鲁勒太太都不愿见我——都不能宽恕我，因为我抢走了她的孩子——不过她毕竟是个好人，打那以后，她就宽恕我了。今天早上，我就收到了一封让我高兴的信。”

“总而言之，我亲爱的朋友，”我说，“你感受到你应当感受的幸福了。”

“哦，这是你对我的偏爱！”特雷德尔笑着说，“不过，说真的，我现在的状况确实让人羡慕极了。我努力工作，孜孜不倦地钻研法律。每天早晨五点钟就起床，而且根本不当一回事。白天我把姑娘们藏起来，晚上跟她们一起玩。我跟你实说了吧，米迦勒节前一天，也就是星期二，她们就要回去了，我心里正为这老大不高兴哩。瞧，”特雷德尔突然中断了跟我的私下谈话，大声说，“姑娘们来了！科波菲尔先生，这是克鲁勒小姐——萨拉小姐——路易莎小姐——玛格丽特和露西！”

她们真是一簇完美无比的玫瑰花，看上去那么生气勃勃、鲜艳清新。她们一个个都很漂亮，卡罗琳小姐则更为秀美，不过在苏菲那光彩照人的容貌中，有着一种温柔欢快、宜室宜家的气质，这比美貌更胜一筹，由此我敢断定，我的朋友选对人了。我们都围着壁炉坐着。我现在推测，那个机灵的小伙子当时之所以上气不接下气，准是因为忙着摆出文件，这会儿他又把文件收起来了，然后端来了茶具。随后，他就冲着我们砰的一声关上外室的门，告退安歇去了。特雷德尔太太那双家庭主妇的眼睛中，闪出十分愉快、安详的目光，沏好了茶，然后就静静地坐在壁炉的一角，烤起面包片来。

她在烤面包片时告诉我，她见过爱格妮斯。“汤姆”曾带她到肯特郡做蜜月旅行，她在那儿还见到过我姨婆，我姨婆和爱格妮斯两人身体都很好，她们只顾谈论我，别的都没顾得上谈。她坚决相信，在我整个出国期间，“汤姆”无时无刻不想念我。“汤姆”在一切事情上都是权威。“汤姆”显然是她一生崇拜的偶像，任何动乱都动摇不了这尊偶像的基座，不管发生什么事情，她都永远全心全意地信赖他，永远五体投地地崇拜他。

她和特雷德尔两人对那位“大美人”所表现的尊敬，让我看了感到非常高兴。我并不是说，我认为这是合情合理的；但是我认为这是令人愉快的，因为这实质上正是他们性格的一部分。如果特雷德尔一时想到他仍得挣到银茶匙，那我毫不怀疑，一定是在他给“大美人”递茶的时候。如果他那脾气温柔的太太对任何人自作主张，我敢断定，那也只能是因为她是“大美人”的妹妹。我发现在“大美人”身上偶尔表现出娇气和任性，而在特雷德尔和他太太看来，显然会认为这是她与生俱来的权利和天赋。如果她生来就是蜂王，他们就是工蜂，对此他们是再满意不过了。

不过，他们的这种忘我精神真把我给迷住了。他们为这些姑娘们骄傲，对她们的古怪念头百依百顺，这些琐事都愉快地表明了他们自身的美德，这是我极想看到的。那天晚上，特雷德尔的那些大姨子、小姨子们，这个那个的，“宝贝儿”“宝贝儿”地把他叫个不停，一小时内至少要叫上十二次；一会儿要他取来什么，一会儿要他拿走什么，一会儿要他拿起这个，一会儿要他放下那个，一会儿要他找这个，一会儿要他找那个。同样，没有苏菲，她们也什么都做不了。有人头发披散下来了，只有苏菲才能帮她梳好。有人忘了一支曲子怎么唱了，只有苏菲能正确哼出。有人想不起德文郡的某个地名了，只有苏菲能想起来。有件事情得写信告诉家里，只有苏菲最可靠，吃早饭前就把信写好了。有人织毛线出错了，只有苏菲能把织错的地方纠正过来。她们一个个都是这儿的至高无上的女主人，而苏菲和特雷德尔则是伺候她们的奴仆。我想象不出，苏菲一生照看过多少小孩儿，但她似乎熟悉用英语唱给孩子们听的各种儿歌，她能用世界上最清脆的小嗓子，按照别人点的，一支接一支地唱上几打（每个姐妹点的都是不同的歌，通常都由“大美人”最后敲定），这种情况让我看得着迷。其中最可贵的是，尽管姐妹们硬要他们做这个，干那个，但她们对苏菲和特雷德尔都怀有深深的爱心和敬意。我敢说，在我跟她们告辞、特雷德尔要送我回咖啡馆时，我觉得，我还从来不曾见过一个长满倔强的头发的脑袋，或者是长满别种头发的脑袋，在这样阵雨般的亲吻中四处转动。

总之，在我回到咖啡馆，跟特雷德尔道别后，我还禁不住又津津有味地把刚才那番情景细想了老半天。即使我在那套破旧的格雷法学院大院顶楼的房间里，看到有一千朵玫瑰花怒放，它们能给它增添的光辉，恐怕也不及现在的一半。想到在枯燥呆板的法律文书代写人和事务律师的事务所里，加进了德文郡的姑娘们，想到在吸墨粉、羊皮纸、红文件带、封缄纸、墨水瓶、便笺、稿纸、法律报告、公告、原告诉状、讼费清单等令人生厌的阴郁气氛里，却有茶点、烤面包片和儿歌，这情景几乎像是令人愉快的遐想，我仿佛梦见显赫的苏丹家族已进入事务律师的行列，而且还把能言鸟、善歌树和金水河①带进了格雷法学院大厅。不管怎么样，那天晚上在我向特雷德尔告别、回咖啡馆过夜时，我发现，我为特雷德尔感到失望的心情，大大地改变了。我开始觉得，不管英国领头侍者的脑袋里有多少例行的排名，特雷德尔都一定会出人头地的。

我拖来一把椅子，放到咖啡馆的一个壁炉跟前，悠闲地琢磨起特雷德尔的事情，可是我渐渐地从考虑他的幸福，转而探索起熊熊煤火里的景象来了。随

① 能言鸟、善歌树和金水河出自《一千零一夜》中《三姐妹》的故事。

着煤块烧裂、变样，我想到了我自己一生经历的重大变迁和生离死别。在我离开英国的这三年中，我没有见到过煤火，不过我见到过许多柴火，当木柴烧成灰白色的灰烬，和炉床里羽毛似的灰堆混在一起时，在我当时那种沮丧的心情下，那情景正好象征了我那死去的希望。

现在我可以认真地追忆过去了，虽然心情依然沉重，但已不再感到痛苦，而且也能以一种勇敢的精神展望未来了。家庭，以它最好的含义来说，对我已经不复存在。我本来可以使之产生更亲密感情的那个人，我却教她成了我的姐妹。她会结婚，会有新人要求她钟爱。那样一来，她就永远不会知道已在我心里形成的对她的爱情了。我应该为我轻率的感情受到惩罚，这是理所当然的。我这是自食其果。

我正在想，我的心是否在这方面真正受到了磨炼，是否能坚定地承受住这一现实，是否能平静地在她的家庭中占有一个地位，就像她过去在我的家庭中占有的地位那样——就在这时候，我发现我的目光落在了一张脸上，这张脸就像是从炉火中冒出来似的，它引起了我儿时的记忆。

瘦小的齐利普先生，我在本书的第一章中就提到他了，蒙他为我的降生出了力的那位医生。他就坐在我对面的一个昏暗的角落里看报。到现在，许多年过去，他已经老了，可他是个谦和、温顺、文静的小个子，日子过得还顺当，因此我觉得他看起来，可能正像当年坐在我家的客厅里，等待我呱呱坠地时的样子。

齐利普先生六七年前就离开布兰德斯通了，打那以后我就再没见到他。他正静静地坐在那儿专心看报，他的小脑袋歪在一边，手边还放着一杯热腾腾的雪利尼格斯酒[①]。他的态度那么谦和、友善，好像因为他冒昧地看那张报纸，所以要向它道歉似的。

我走到他坐的地方，说道："你好吗，齐利普先生？"

他被一个陌生人这样突如其来的问候弄得大为不安，便用他那慢条斯理的样子回答说："谢谢你，先生，你太客气啦。谢谢你，先生。我希望你也一切都好。"

"你不记得我了？"我说。

"哦，先生，"齐利普先生朝我打量了一会儿，摇了摇头，非常和蔼地微笑着回答说，"我有一种印象，觉得你看起来有点儿面熟，先生，不过实在想不起你的尊姓大名了。"

"可是，你知道这个名字，早在我自己知道之前，你就知道了。"我回答说。

"真的吗，先生？"齐利普先生说，"可能是我有幸，为你接——？"

---

① 雪利尼格斯酒：由白葡萄酒、热水、糖、柠檬汁和肉豆蔻等混合而成。

第五十九章　归来

“正是。”我说。

“哎呀！”齐利普先生喊了起来，“不过，毫无疑问，打那以后，你大大地变了样子了吧，先生？”

“很有可能。”我回答说。

“哦，先生，”齐利普先生说，“要是我非得请教你的尊姓大名不可，我想你不会见怪吧？”

我告诉他我的姓名后，他真的大为感动。他认真地跟我握了手——这对他来说是一种剧烈的行动，因为他通常只把他那微温的、分鱼刀[①]似的手，伸出离臀部一两英寸远，而且不管什么人握住它，他都会表现出极大的不安。即使现在，他刚把手撤回，便立即把它插进外衣口袋，好像他把它安全撤回后，才放心似的。

“哎呀，先生，”齐利普先生歪着脑袋打量着我说，“原来是科波菲尔先生，是吗？哦，先生，我想要是我刚才不怕失礼，仔细地多看你几眼，那我就能认出你来了。你跟你那可怜的父亲真是像极了，先生。”

“我一直没有福气见到我父亲。”我说道。

“是啊，的确是这样，先生，”齐利普先生用一种安慰我的声调说，“不管从哪方面来说，这都是一大憾事！不过即便在我们那一带，先生，”齐利普先生缓缓地摇着他的小脑袋说，“对你的大名，也不是一无所知的。我看你这儿一定很紧张，先生，”齐利普先生用食指敲着自己的前额说，“你一定觉得这是一种很艰苦的职业吧，先生！”

“你刚才说的你们那一带是哪儿呀？”我在他旁边坐下，问道。

“我就住在离伯里圣埃德蒙兹几英里的地方，先生，”齐利普先生说，“齐利普太太根据她父亲的遗嘱，继承了附近的一点儿产业，我也就在那儿申请了一个行医执照。听到我在那儿干得还不错，你一定会很高兴的。我的女儿现在也已长成一个高高的大姑娘了，先生，”齐利普先生说着，又微微摇了摇他的小脑袋，“就在上个星期，她母亲把她的连衣裙放下了两个褶子。你瞧，时光就是这样啊，先生！”

这位瘦小的老人一面抒发着这样的感想，一面把已经空了的酒杯举到唇边，于是我就向他提议，把酒杯再斟满，我也愿意陪他喝上一杯。“哦，先生，”他慢条斯理地说，“这超出了我平时的酒量了，不过跟你聊天儿的这种乐趣，我实在不能割舍。想起我有幸在你出疹子时照料过你，这好像就是昨天的事一样。那场疹子，你出得顺利极了，先生！”

我对他的夸奖表示了谢意，接着叫了尼格斯酒。酒很快就送上来了。“这

① 分鱼刀：餐桌上切鱼、分鱼用，亦为煎鱼时所用，形如小铲。

可真是一次不同寻常的放纵啊！”齐利普先生一面搅拌着酒，一面说，“不过遇上这样难得的机会，我实在不能拒绝。你还没有续娶吧，先生？”

我摇了摇头。

“我知道你几年前遭了丧偶之痛，先生，”齐利普先生说，“我是听你继父的姐姐说的。她可是个有坚定性格的人物，是吗，先生？”

“嗯，没错，”我说道，“够坚定的。你在哪儿见到她的，齐利普先生？”

“你不知道，先生？”齐利普先生带着他那温和的笑容说，“你继父又做了我的邻居了。”

“不知道。”我说。

“他真的又做了我的邻居了，先生！”齐利普先生说，“娶了那儿的一位年轻小姐，她带过来一份不算少的财产，唉，一个可怜的人。你现在做这种费脑筋的工作，先生，你不感到累吗？”说着，齐利普先生像只知更鸟似的带着羡慕的眼光看着我。

我避开了这个问题，把话题又拉回到谋德斯通姐弟身上。“我知道他又结了婚。你给他们家看病吗？”我问道。

“不常去。他们请过我。”他回答说，“根据颅相学来看，谋德斯通先生和他姐姐身上，坚定的器官太发达了，先生。”

我用富于表情的神色给他做了回答，这使齐利普先生受到了鼓舞，再加上尼格斯酒的作用，他把头短促地摇了几摇，深为感慨地大声说：“啊，哎呀呀！旧日的往事，我们是忘不了的，科波菲尔先生！”

“那姐弟俩还在走他们的老路，是吗？”我说。

“呃，先生，”齐利普先生回答说，“一个行医的人，老是走家串户的，对于他职业之外的事，本该一概视而不见，听而不闻的。不过我还得说，他们是很严厉的，先生，不管对今生今世，还是对来生来世，都是如此。”

“我敢说，来生来世的安排，跟他们就没有多大关系了，”我回答说，“对今生今世，他们正在干些什么呢？”

齐利普先生摇了摇脑袋，搅了搅尼格斯酒，然后抿了一小口。

“她是位招人喜欢的女人，先生！”他带着一种伤感的神气说。

“你说的是现在的谋德斯通太太吗？”

“确实是位招人喜爱的女人，先生！”齐利普先生说，“我得说，要多亲切有多亲切！齐利普太太的看法是，打从她结婚以后，她的精神就完全给弄垮了，现在几乎已忧郁得像个疯子了。女人们，”齐利普先生胆怯地说，“是伟大的观察家啊，先生！”

“我看，她要被他们按他们那万恶的模式制服了，老天爷救救她吧！”我说道，“而且已经让他们给制服了。”

“哦，先生，刚开始时，他们倒也大吵大闹过几回，这我敢对你保证，”齐利普先生说，“可现在她完全成了一个影子了。自从他姐姐来帮着管家以后，他们姐弟俩沆瀣一气，把她折磨得又呆又傻了。我对你这样说，先生，你不会认为我冒失吧？”

我对他说，我完全相信他的话。

“在你我之间，先生，”齐利普先生一面说，一面又呷了一口酒壮了壮胆，“我可以毫不犹豫地说，她母亲就是死在这上头的——他们的霸道、阴险以及忧郁几乎把谋德斯通太太折磨成一个疯子了。结婚之前，她本是个挺活泼的年轻女人，先生，可是他们的阴郁和严酷把她给毁了。他们现在把她带到这儿那儿去，根本不像是她的丈夫和大姑，倒像是她的看守。这是上星期齐利普太太刚跟我说的。我敢对你保证，先生，女人是伟大的观察家。齐利普太太本人就是一位伟大的观察家啊！”

“他仍阴阳怪气地宣称自己笃信宗教（我实在羞于把宗教这个词这样跟他联系在一起）吗？”我问道。

“给你说中了，先生，”齐利普先生说，因为喝酒过了量，不习惯这种刺激，他的眼皮全变红了，“这正是齐利普太太给人印象最深的一句话。齐利普太太指出，”他心平气和、慢条斯理地继续说，“说谋德斯通先生树立了他自己的一尊偶像，管它叫作‘神性’。我听了这话，简直就跟被电击了似的。在齐利普太太说这话时，我向你保证，先生，你用鹅毛笔上的那根鹅毛，就可以把我打翻在地。女人们真是伟大的观察家啊，先生！”

“这是凭她的直觉。”我这样说，他大为高兴。

“我的看法得到你这样的支持，我很高兴，先生，”他回答说，“我向你保证，我冒昧地发表与医学无关的意见，是不常有的。谋德斯通先生有时还发表公开演说，据说——简而言之，先生，据齐利普太太说——近来他越来越凶恶专横了，他的主张也越来越残忍了。”

“我相信齐利普太太的话完全正确。”我说。

“齐利普太太甚至还说，”这个小个子中最温顺的老人，由于得到很大的鼓励，接着说，“他们胡说他们那一套是宗教，其实他们是在发泄自己的怒气和傲气。我一定得说，先生，”他慢慢地把脑袋歪向一边，继续说，“你知道吗？谋德斯通先生和谋德斯通小姐说的那一套，我在《新约》里根本找不到根据。”

“我也从来没有找到过！”我说。

“同时，先生，”齐利普先生说，“他们很不得人心，因为他们随心所欲地诅咒每个不喜欢他们的人下地狱，要真那样，那我们左邻右舍中就有很多人下地狱了！不过，据齐利普太太说，先生，他们自己也在不断受到惩罚，因为他们只能反躬自省，自食其心，而自己的心可不是什么好吃的东西啊！好了，先生，要是你不怪我老话重提，还是谈一谈你的脑子吧。你是不是老让你的脑子处于兴奋状态呀，先生？"

我发现，在齐利普先生自己的脑子因尼格斯酒的刺激而兴奋起来的情况下，把他的注意力从这个话题转向他自己的事情，是并不困难的。因为在后来的半个小时里，他一直滔滔不绝地净谈他自己的事情。从他所谈到的消息中，我了解到，他当时之所以来格雷法学院咖啡馆，是因为他要在一个精神病学委员会上，对一个因饮酒过度而精神错乱的病人，提供他精神状态方面的医学证据。

"我跟你说实话吧，先生，"他说，"在这种场合，我的神经特别紧张。我是经不住别人的所谓'吓唬'的，先生。那会让我完全不知所措。你出生的那天晚上，那位让人生畏的女士的行为，吓得我过了很久才回过神来哩。这你知道吗，科波菲尔先生？"

我告诉他，明天一早我就要去看望我的姨婆，也就是那天晚上那位让人生畏的女士；我还告诉他，她是一位最仁慈、最了不起的女人，要是他对她更熟悉一些，他就会充分了解这一点了。可是，只要想到有可能再见到她，他好像就吓坏了。他淡淡地微笑着回答说："她真是这样吗，先生？真的？"接着，几乎便立刻要来一支蜡烛，上床睡觉去了，好像除此之外，哪儿都不太安全似的。实际上他并没有让尼格斯酒弄得晃晃悠悠，但是我认为，他那平缓的小小脉搏，比起那天晚上我姨婆在失望之余用软帽打了他一下那会儿，每分钟一定多跳了两三下。

午夜时分，我感到疲惫不堪，也去睡觉了。第二天，在去多佛的马车上过了一整天。在我姨婆吃茶点的时候，我平安抵达，径直闯进她的那间老客厅（她现在戴眼镜了），受到了她、狄克先生，还有亲爱的老佩格蒂的欢迎（佩格蒂现在是我姨婆的管家了），他们都张开双臂紧紧搂抱我，高兴得老泪纵横。当我们平静下来，开始叙谈时，我对姨婆讲了怎样碰到齐利普先生以及他怎样想起她还胆战心惊的事，我姨婆听了乐得不可开交。她和佩格蒂两人，有关我那可怜母亲的第二个丈夫，以及那个"谋杀人的姐姐"，是有很多话要说的——我想，不管会受到什么惩罚，我的姨婆都绝不会用任何教名、姓氏，或别的什么名字来称呼那个女人的。

第六十章　爱格妮斯

房里只剩下姨婆和我两个人，我们一直谈到了深夜。我们谈到那些移居海外的人，写信回来从来不谈别的，只讲事事如意，充满希望；谈到米考伯先生真的按照人与人之间的关系，一丝不苟地一小笔一小笔汇回款项，以归还那些“金钱上的债务”；还谈到珍妮特在我姨婆回多佛后，又来伺候了她一段时间，后来跟一个生意兴隆的酒馆老板结了婚，终于“实现”了她那排斥男人的主张；在这场婚姻里，我姨婆对新娘子起了“教唆”和“帮凶”作用，她还亲自出席婚礼，并把婚礼推向高潮，以此表示了对那同一伟大的原则的认可——以上这些，都是我们谈到的话题，尽管从他们给我的信中，我对此早已略知一二了。像往常一样，狄克先生也是不会被忘记的。我姨婆告诉我，他一直在不断地抄写一切他能弄到手的东西，凭借这种貌似正业的工作，恭敬地来保持和查理一世国王之间的距离。我姨婆认为，只要狄克先生自由快乐，不用经受拘谨单调的痛苦，就是她一生中最大的欢乐和报偿；她还认为，除了她，没有一个人能充分了解他是怎样一个人（这是一个新奇的结论）。

“那么，特洛，你什么时候，”当我们像往常那样坐在壁炉前时，我姨婆拍着我的手背说，“你打算什么时候去坎特伯雷呢？”

“我想弄匹马，明天早上骑马去，姨婆，除非你也跟我一起去？”

“我不去！”我姨婆直截了当地回答说，“我哪儿也不想去。”

于是我说，那我就骑马去了。我还说，要是我今天来看望的不是她，而是别的任何人，那我是绝不会路过坎特伯雷而不停留的。

她听了很高兴，但是却回答说：“嘿，特洛！我这把老骨头明天是散不了架的呀！”当我心事重重地坐在那儿看着炉火时，她又轻轻地拍拍我的手。

我心事重重，因为我又来到这儿，离爱格妮斯这么近，这就不能不使我重又想起那久久盘踞在我心头的悔恨。这种悔恨，也许已经有所缓和，已教会了我年轻气盛时没有学会的东西，可是悔恨依然是悔恨。“哦，特洛，”我仿佛听到我姨婆又在对我说，“瞎了眼啦！瞎了眼啦！瞎了眼啦！”现在我能较好地领会她的意思了。

我们两个都沉默了几分钟。当我抬起眼睛时，我发现她正目不转睛地朝我细看着。也许她已看出我的心思，随着我的思路在思索。因为我觉得，虽然我的思路过去曾经随心所欲、不可捉摸，但现在却已不难寻其踪迹了。

“你会看到，她父亲已是个白发苍苍的老人，”我姨婆说，“不过从其他各方面来说，他都更好了——是个弃旧图新的人了。你再也不会看到，他用那把糟透的分寸必较的小尺子来衡量人生的利害、忧乐了。相信我的话，孩子，这类事，照那样的量法，没等量出个结果，必定就缩小好多了。”

“确实是这样。”我说。

“你也会见到她，”我姨婆接着说，“她仍跟往常那样善良、美丽、真诚、无私。要是我还知道什么更好的赞美字眼的话，特洛，我一定会用来赞美她的。”

对她，再高度的赞扬也不会过分；对我，最严厉的责备也不会过头。哦，我在歪路上走得多么远了啊！

“要是她能把她身边的那些年轻女孩儿，调教得都像她自己那样，”我姨婆说着，被自己的热诚感动得满眼含泪，“上天知道，那她的这一生就不算虚度了！于人有益，于己快乐，就像那天她自己说的那样！除了于人有益，于己快乐外，她怎么还会是别的样子啊！”

“爱格妮斯有没有——”我这与其说是在对我姨婆说话，倒不如说是在自言自语。

“呃？嘿？有没有什么？”我姨婆急着追问道。

“有没有向她求爱的人呀？”我说。

“至少有二十个，”我姨婆喊了起来，得意中带着愤慨，“打你走后，我亲爱的，她要是想结婚的话，二十次婚都结过了！”

“毫无疑问，”我说，“毫无疑问。不过有没有什么配得上她的意中人呢？配不上她的，爱格妮斯是看不上眼的。”

我姨婆坐在那儿，手托下巴沉思了一会儿，然后慢慢地抬起眼睛，看着我说：

“我猜想她有个心上人，特洛。”

“是个成功富有的人吧？”我问道。

“特洛，”我姨婆严厉地回答说，“这我可不能说。就连刚才的话，我都没有权利告诉你。她从没私下对我说过这事，我这只不过是猜测罢了。”

第六十章　爱格妮斯

她那么关心专注、那么急切不安地看着我（我甚至看见她在颤抖），因此我这时比此前更清楚地感到，她一直随着我刚才的思路在琢磨。我提醒自己，要记住在所有那么多日日夜夜里，所有那么多内心斗争中所下定的决心。

“要是真是这样，”我开口说，“我希望——”

“我不知道是不是真是这样，”我姨婆赶忙说，“你不应该受我的猜测的支配。这话你可得保守秘密。也许这种可能性很小。我本来就不应该说出来的。”

“要是真是这样，”我重复说，“爱格妮斯在适当的时候自会告诉我的。一个我对她说过那么多知心话的姐妹，姨婆，是不会不愿对我说知心话的。”

我姨婆像原先把目光移到我身上时那样，又慢慢地把目光从我身上移开了，若有所思地用一只手捂住了眼睛。过了一会儿，她又把另一只手放到我的肩膀上。我们两人都这么坐着，回想着过去，没有再说一句话，直到分手去就寝的时候。

第二天一大早，我就骑马上路了，径直向我从前求学时期的那个地方奔去。尽管我很快又能和她见面了，但是在那种盼望能战胜自我的心情下，我不能说我心里是很高兴的。

那段熟悉的路程很快就走过了，我进入了那些宁静的街道，这儿的每一块石头，对我来说都是一本童年读过的书。我步行来到那座老宅跟前，可是由于心潮激荡，未敢径直进去，又折了回来。后来我重又转了回来，经过那个先是乌利亚·希普，后来是米考伯先生经常坐的圆形房间时，我从它那低矮的窗户往里张望，发现它现在已是个小客厅，而不是办公室了。除此之外，这座肃穆端庄的老宅，仍像我第一次见到它时那样整齐洁净。我请那个把我让进门的新女仆通报威克菲尔小姐，说有个刚从国外归来的先生，是她的朋友，特来拜访她。她领着我走上那庄严的老楼梯（她还提醒我留神那些我了如指掌的梯级），走进那如故的客厅。爱格妮斯跟我一起读过的那些书，依然摆在书架上。我过去许多个夜晚趴在上面做功课的那张书桌，仍旧摆在一张大桌子旁边的一角。希普母子占用这间屋子时逐渐带来的一些小变动，又都改变过来了。一切都恢复成快乐岁月的样子。

我站在窗子旁，隔着古老的街道，看着对面的那些房子，回想起我初来这儿时，怎样在雨天的下午眺望着这些房子；怎样常常琢磨在各个窗口出现的人，目送他们上楼下楼，望着脚穿木套鞋的妇女咔嗒咔嗒地在人行道上走过，以及阴雨从天空斜洒而下，雨水从水落管中溢出，流到了大街上。在那阴雨天的黄昏时分，我还常常看到那些进城来的流浪汉，他们肩上的棍子一头挑着行李卷，一瘸一拐地走着。我当年看着他们时的心情，此时又回到了我的心头，像那时一样，伴随而来的有潮湿的泥土以及淋湿的树叶和荆棘的气味，还带来了我自己在长途跋涉中被微风吹拂的感觉。

装有护墙板的墙壁上，一扇小门突然打开了，我吃了一惊，急忙转过身来。只见爱格妮斯径直朝我走来，她那对美丽娴静的眼睛和我的眼睛相遇了。她站了下来，把手放在心口上，我用双臂把她搂在了怀中。

“爱格妮斯！我亲爱的姑娘！我来得太突然了吧？”

“不，不！看到你，我多高兴啊，特洛伍德！”

“亲爱的爱格妮斯，我又见到你了，我多幸福啊！”

我把她紧紧地搂在怀中，有一小会儿，我们俩都默默无言。随后，我们肩并肩地坐了下来，她那天使般的脸庞转向我一边，面带我几年来朝思暮想的那种殷切欢迎之情。

她是那么真诚，那么美丽，那么善良——我欠她那么多的感激之情，我感到她对我是那么亲密，一时间我都不知如何来表达我激动的心情了。我想要为她祝福，想要向她致谢，想要对她说她对我的影响（像给她的信中常说的那样），但是我所有的努力全是徒劳，我的情爱和我的快乐，全都表达不出来了。

她用她那温柔的娴静使我的激动平静了下来，把我引回到我们分手的那段时光。她对我讲到艾米莉，说她曾多次偷偷地去看过她，还满怀怜惜地和我谈起朵拉的坟墓。她用她那高尚心灵中一贯正确的本能，那么轻柔和谐地把我记忆的琴弦拨动，使我毫无不快之感。我能倾听这些悲凄悠远的乐声，但我不想畏避它所唤醒的任何感情。既然她本人、我生命中的吉神，已和这样的感情融为一体，我怎么还能畏避呢？

“你呢，爱格妮斯？”过了一会儿，我说，“说说你自己吧。过去这么久，你几乎很少跟我说起你自己的生活！”

“我有什么好说的呀？”她嫣然一笑，回答说，“爸爸身体健康；我们安安静静地待在自己家里，这你在这儿都看到了；我们的忧虑解除了，我们的家重又归还给了我们。知道了这些，亲爱的特洛伍德，你就知道了一切了！”

“这是一切吗，爱格妮斯？”我说。

她望着我，脸上露出一丝不安的惊异之色。

“再没有别的了吗，妹妹？”我说。

她方才变白的脸色，刚刚复原，这会儿又变白了。她微微一笑，我觉得，那笑容中带着淡淡的哀愁。她摇了摇头。

第六十章　爱格妮斯

我本想把她引到我姨婆隐约透露的那件事情上去，因为，虽然听了她的知心话一定会使我深感痛苦，但我要磨炼我的心，同时尽我对她的责任。然而，我发现她面有难色，于是我便把这事放过了。

“你有很多事要做吧，亲爱的爱格妮斯？”

“你是说我的学校？”说着，她又带着她那快活而安详的表情，抬头看着我。

“是的。学校的事很辛苦吧，是不是？”

“这项工作是非常愉快的，”她回答说，“要是把它说成辛苦，那我就太不懂得感恩了。”

“凡是好事，你做起来都不觉得困难的。”我说。

她的脸上又是红一阵、白一阵的。在她低下头去的时候，我又一次看到她那带着淡淡哀愁的微笑。

“你等会儿，见见爸爸，”爱格妮斯高兴地说，“跟我们一块儿过一天，好吗？你也许想在你自己的房间里睡一夜吧？我们一直把那间房间叫作你的房间。”

那可不好办，因为我已经答应了我姨婆，晚上骑马回到她那儿。不过我可以高高兴兴地在这儿过一个白天。

“我得去当一会儿囚徒了，”爱格妮斯说，“不过，从前的那些书都在这儿，特洛伍德，还有从前的那些乐谱。”

“就连从前的那些花儿，也在这儿哩，”我朝四周看了看，说道，“或者说还是从前的那些品种。”

“在你出国期间，我找到了一件乐事，”爱格妮斯微笑着回答说，“就是让每样东西都保持着我们还是小孩子时的样子。因为我觉得，那时候的我们是非常快乐的。”

“是啊，那时候的我们的确是非常快乐的！”我说。

“每一件能让我想起我兄弟的小东西，”爱格妮斯把自己那诚挚的目光高高兴兴地转向我，说道，“都是一个受欢迎的伴侣。就连这个，”她指给我看依旧挂在腰间的那只装满钥匙的小篮子，“好像都叮叮当当地响着过去那种调门儿呢！”

她又嫣然一笑，从进来时的那扇小门出去了。

我要用宗教的虔诚来严加保护这种手足之情。这是我留给自己仅有的一切了，这是一件无价之宝。要是我一旦动摇了这种神圣的信赖和习惯的基础（她之所以以手足之情待我，就是有赖于这一基础），那我就会失去这种手足之情，而且一旦失去，就永远不能恢复了。我把这一点牢记在心。我越爱她，我就越应该永远不忘这一点。

我到街上去散步，又看见了我的老对头那个屠夫——现在他当上警察了，警棍就挂在他的肉铺里——于是我到以前和他交手的地方看了看。在那儿，我回想起了谢珀德小姐和拉金斯家大小姐，以及当时所有浅薄无聊的情爱、喜好和憎恶。除了爱格妮斯，当时的一切似乎全都烟消云散了。只有爱格妮斯是颗永远在我头顶高照的明星，这颗星，越来越灿烂，越来越崇高了。

我回来的时候，威克菲尔先生已经从他那座园子里回来了。园子在城外约两英里远的地方，他现在几乎每天都去那儿侍弄花草。我发现他正像我姨婆所形容的那样。我们和六七个小女孩儿坐在一起吃晚饭，威克菲尔先生看上去就像是墙上他那幅画像的影子。

我记忆中那儿往日具有的静谧与安宁，重又弥漫了这个家。晚饭后，威克菲尔先生没有喝酒，我也不想喝，于是我们便上了楼。在那儿，爱格妮斯和她照看的那几个小姑娘，一起唱歌，做游戏，做功课。吃过茶点，孩子们离去了，于是我们三个人便坐在一起，谈起那些逝去的日子。

“在逝去的那些日子里，”威克菲尔先生摇着白发苍苍的脑袋说，“我的所作所为，很多都是让人惋惜和悔恨的——都是让人深深惋惜，深深悔恨的，特洛伍德，这你很清楚。不过，我可不愿把它们一笔勾销，即使我有那个能力，我也不愿那么做。”

看到他身旁的那张脸，我立刻就相信了他的话。

“我要是把它们一笔勾销，”他接着说，“那我就把那份忍耐、那份挚爱、那份忠诚、那份孝心，全都一笔勾销了。不！即使忘记我自己，我也决不应该忘记这一切！”

“我理解你的意思，先生，”我轻声地说，“我对这——我一向对这——都是很崇敬的。”

“可是没有人知道，就连你也不知道，”他接着说，“她做了多少事，她吃了多少苦，她做了多么艰苦的斗争啊，我这宝贝爱格妮斯！”

爱格妮斯把手放到他的胳膊上，恳求他别再说下去了，她的脸色非常非常苍白。

“唉，唉！”他叹了一口气，说道，据我当时见到的，他这是要把我姨婆告诉过我的有关她经受过的或将要经受的磨难暂时略而不提了，“哦！我还没给你讲过她母亲的事吧，特洛伍德。有什么人给你说过吗？”

第六十章　爱格妮斯

“从来没有，先生。”

“这也没有多少可说的——不过苦可受得不少。她是在违背她父亲的意愿下嫁给我的，因此他就不认她这个女儿了。爱格妮斯出世之前，她曾哀求他宽恕她。可他是个心肠很硬的人，而她的母亲早就离开人世了。他一直拒不承认她这个女儿，这让她伤心透了。”

爱格妮斯依偎在他的肩上，悄悄地搂住他的脖子。

“她有着一颗充满深情和温柔体贴的心，”他说，“可那颗心伤透了。我对她的温柔体贴是最了解的。要是我不了解，那就没有人能了解了。她非常爱我，可是从来没有快活过。她总是不声不响地忍受着痛苦。她本来身体就虚弱，在最后一次遭她父亲拒绝后——她遭拒绝不止一次，已有许多次了——痛苦不堪，便日渐憔悴，一病不起了。她给我留下的是出生才两个星期的爱格妮斯，还有我这一头斑白的头发，你初次来这儿时就看到了，一定还记得起来的。”他吻了一下爱格妮斯的面颊。

“我那时对我亲爱的孩子的爱是病态的，因为当时我的精神状态就是不健全的。关于这方面的情况，我就不再说了。我要在这儿说的不是我自己，特洛伍德，而是她的母亲和她。至于我现在或者一直以来的为人，我只要给你提点儿线索，我知道，你就会一清二楚的。爱格妮斯是怎样一个人，就不用我说了。在她的性格中，我总能想起她那可怜母亲的一些往事。经过了这么些重大的变化之后，今天晚上我们三人又重新相聚了，所以我对你说了这些事。我把一切全都对你说了。”

他那下垂的头，她那天使般的面庞和孝心，比以往有了更多的悲怆意味。要是我想用什么来纪念我们这个久别重逢的夜晚的话，那我得说这件事就是了。

过了一会儿，爱格妮斯从她父亲身边站了起来，轻轻地走到钢琴跟前，弹了几支以前我们在这儿常听的曲子。

“你还打算再出去吗？”当我站在她身旁时，爱格妮斯问道。

“我妹妹对这有什么看法呢？”

“我希望你别出去了。”

“那我就不做这种打算了，爱格妮斯。”

“既然你问我，特洛伍德，那我得说，你不应该再出去了。”她温和地说，“你的名声和成就已越来越大，这一来，你能贡献的力量也大了。就算我舍得我这个哥哥，”她抬眼望着我说，“恐怕时光也不允许吧。”

“我之所以有今天，爱格妮斯，都是你一手造就的，这你应该知道得最清楚。”

“我造就了你，特洛伍德？”

“是啊！爱格妮斯，我亲爱的姑娘！”我俯身对她说，“今天我们一见面，我就想把朵拉去世后我心里的一些想法告诉你。你还记不记得，当时你从楼上下来，到我们的小房间里来看我，爱格妮斯——你用手向上指着，你还记得吗？”

“哦，特洛伍德！”她眼中满含泪水，回答说，“她那么一往情深，那么推心置腹，那么年轻可爱！我怎能忘记啊？”

“从那以后，我时常想，我的妹妹，在我看来，你一直是当时那个样子：永远用手向上指着，爱格妮斯；永远引导我去做更美好的事情，永远指点我向更崇高的目标前进！”

她只是摇着头。透过她的泪花，我看到了同样带着淡淡哀愁的微笑。

“因此我对你是那么的感激不尽，爱格妮斯，对你是那么的依恋，我心中对你的这份深情，实在找不到词来表达呀！我想要让你知道，可又不知道如何说才好。我要一辈子尊重你，接受你的指导，就像在你的指导下走过已经过去的那个黑暗时期一样。不管发生什么事，不管你会有什么新的交往，不管我们之间会发生什么变化，我都永远仰赖你，爱慕你，像我现在这样，像我以往那样。你将像一直以来的那样，永远是我的慰藉，永远是我求助的对象。一直到死，我亲爱的妹妹，我都要永远看到你在我面前，用手向上指着！”

她把手放到我的手中，对我说，我这个人，我这番话，她都引以为荣，尽管我对她的夸奖，她实在担当不起。接着她又继续轻柔地弹起钢琴来，但是目光却始终没有从我身上移开。

“你知道吗，爱格妮斯？我今天晚上听到的话，”我说，“说来奇怪，好像是我最初见到你时对你所怀感情的一部分——就是在我那顽钝的学童时代，坐在你身旁对你所怀的那种感情。”

“那是因为你知道我没有母亲了，”她微笑着回答说，“所以对我怀着同情心。”

“不仅仅如此，爱格妮斯，几乎就像我早就知道这一情况似的，我知道，在你身上有一种说不出的温柔、亲切的东西，一种在别人身上可能是哀愁的东西（据我现在所能了解的，正是这样），而在你身上却不是这样。”

她继续轻轻地弹着琴，眼睛依旧看着我。

“我心里有这类怪念头，你会笑我吗，爱格妮斯？”

“不会！”

“要是我说，甚至在那时候我就确信不疑，你会忠诚不渝、一往情深，坚决地顶住一切令人泄气的挫折，而且不到你的生命终止，你就绝不停歇——对我这样的怪念头，你会觉得可笑吗？”

“哦，不会！哦，不会！”

刹那之间，一片痛苦的阴影从她脸上掠过，不过我刚一感到惊讶，那阴影就消失了。她继续弹着琴，带着她那安详的笑容看着我。

我在那孤寂的夜晚骑马回去时，风像一种令人不安的回忆似的，从我身旁掠过。我想到刚才的情景，生怕她不高兴。其实我也不高兴。不过，到此时为止，我已把过去牢牢封起，因而想到她用手向上指时，觉得她指的是我头顶的天空，在那里，在那未来的冥冥之中，我也许能用一种尘世所没有的爱来爱她，而且告诉她，我在尘世爱她时，我的内心经历了怎样的斗争。

第六十一章　两个悔罪者

有一个时期，我寄住在多佛我姨婆的家里——不管怎样，我得住到我的书写完，这要花几个月时间——坐在那儿的窗前，静静地从事写作，我初次得到这座房子的庇护时，就是在那个窗口眺望海上的明月的。

依照我的主张，只有在我这本书的叙述偶尔和我的小说有关时，我才提到小说，所以我不说我在写小说方面的艺术抱负、乐趣、焦虑和成就。至于我如何以最大的热忱忠实地献身于我的艺术，如何把我毕生的精力都用在这上面，这我已经说过了。如果说我写出的那几本书还有一点儿价值，那其他的方面，以后的书将可做出补充。可要是我已写出的书毫无价值，那其他的方面就不会有人感兴趣了。

我偶尔也去一趟伦敦，为的是体验一下那儿熙攘喧闹的生活，或者是和特雷德尔商议一些事务性的问题。在我出国期间，特雷德尔曾以他那明智的判断，经营着我的事务，使我的世事俗务得以蒸蒸日上。由于我有了点儿小名气，有不少素昧平生的人给我寄来大量信件——这些信绝大多数都言之有物，而且也有极难回答的——于是我就和特雷德尔商定，把我的名字用油彩写在他的门上。负责那一地区的那位忠于职守的邮差，就把大量寄给我的信件投送到他那里。每隔一段时间，我得去那儿辛辛苦苦地看上一番，像一个不拿薪俸的内务大臣。

在这些信件中，时常有那些老是埋伏在博士公堂附近的外界人士中的一个，对我恳切地提议，想假借我的名义来从事代诉人的业务（如果我能把尚未办完的做代诉人的必需手续都办妥的话），并答应分给我一定比例的利润。但是我拒绝了这种提议，因为我知道，这种冒名顶替的代诉人已经够多了，而且我认为，博士公堂已经够坏了，用不着我来帮上一把，使它坏上加坏了。

当我的名字在特雷德尔的门上粲然出现时，那班姑娘已经回家了。那个挺机灵的小伙子，似乎整天都不知道有苏菲这个人似的。她终日把自己关在后面的一个房间里干活儿，只是偶尔看一眼楼下那满是煤灰的狭小天井和天井里的一台水泵。不过我经常发现她仍是一个快乐的家庭主妇。在没有陌生人的脚步上楼时，她就时常哼起德文郡的民歌，那优美的歌声，使待在橱柜似的小办公室里那个机灵的小伙子听歌听多了，都变得迟钝了。

起初我觉得奇怪，为什么我经常看到苏菲在一个习字本上练字，可是每次我一露面，她总是急忙把它藏进抽屉。不过这个秘密不久就暴露了。有一天，特雷德尔冒着洒落的冰雨从法院回来，他从自己的书桌里拿出一页纸，问我觉得上面的字写得怎么样。

“哦，不要，汤姆！”正在炉前给特雷德尔烘便鞋的苏菲突然喊了起来。

“我亲爱的，”特雷德尔心情愉快地回答说，“为什么不要呀？科波菲尔，你说说这字写得怎么样？”

“完全是文书体规格，而且十分工整，”我说，“我想不起我曾见过这样刚劲的笔迹。”

“不像女人的笔迹，是吗？”特雷德尔说。

“女人的笔迹？”我重复道，“砖石、泥瓦才更像女人的笔迹哩！”

特雷德尔突然大笑起来，接着告诉我，这是苏菲写的字；他还告诉我，苏菲发誓说，过不多久，他就需要一个抄抄写写的文书，而她能担当起这一职务；她已根据字帖学会了这一手字，她可以在一小时内抄写——我已记不得是多少页了。苏菲听到特雷德尔把这一切都告诉了我，感到很不好意思，说，“汤姆”要是当上了法官，他就不会这样随随便便地把这件事给说出来了。“汤姆”不同意这一说法，他说，无论在什么情况下，他同样都会以此为荣的。

“我亲爱的特雷德尔，她是一位多么可敬可爱的太太啊！”当苏菲笑着走开后，我对特雷德尔说。

“我亲爱的科波菲尔，”特雷德尔回答说，“毫无疑问，她的确是世界上最可爱的女孩儿！你知道，科波菲尔，她管起这个家来，一切井井有条，准时不误，懂得勤俭持家，精打细算，而且还乐天知足！”

“一点儿没错，你夸奖她真是太应该了！”我回答说，“你是个有福气的人。我相信，你们共同努力，一定会使你们俩成为世界上最幸福的人！”

“我敢说，我们已经是世界上最幸福的人了，”特雷德尔回答说，“在任何情况下，我都承认这一点。哎呀，天还没有亮，我就看到她点起蜡烛起床了，忙着安排一天的生活。不管天气好坏，文书们还没来上班，她就上市场了。她能用最普通的材料，想法做出最可口的饭菜，什么布丁啊，馅儿饼啊，每一样东西都安排得妥妥帖帖，总是把自己打扮得那么整整齐齐，光彩动人。要是晚上我工作到很晚，她总是坐着不睡，陪着我，总是温柔体贴地鼓励我，一切都为了我。有时候，我简直不敢相信真的会有这样的事，科波菲尔！”

当他换上便鞋时，他对这双苏菲为他烘暖的便鞋都怜悯起来了，把脚愉快地伸到炉栏上。

“有时候，我真不敢相信会有这样的事，”特雷德尔说，“再说，还有我们的享受哩！哎呀呀，这些享受花钱不多，可是十分有趣！晚上，我们就在这个家里，把外面的门一关，拉上窗帘——窗帘都是她亲手做的——哪儿还有比这更舒服的地方啊？遇上天气好，傍晚我们就出去散步，街上有着许多有趣的事。我们往珠宝商店那些光彩夺目的橱窗里张望，看到盘在白缎子衬垫上镶着钻石眼睛的蟒蛇，我就指给苏菲看，说等我买得起时，我一定买一条给她。苏菲则指给我看带有卧轮卡子和机绘花纹外壳等镶宝石的金怀表，说等她买得起时，她一定买一只送我。我们还挑选了我们俩喜欢的匙子、叉子、分鱼刀、抹黄油刀、方糖钳子，说等我们买得起时，我们一定全都买下。我们离开时，真觉得已经把那些东西全都买下了！跟着，我们就溜达到广场和大街上，看到有出租的房子，有时就去看看，并且问自己，如果我当上法官，住这座房子行不行？接着，我们就分配起房子来——这间房子我们自己住，那儿间给姑娘们住，如此等等。直到我们安排得使我们自己满意，根据情况认为这座房子行或者不行时，才算告一段落。有时候，我们买半价票，到戏院的正厅后座看戏——依我看，照我们出的这点儿钱来说，哪怕只买到那儿的气味，也是够便宜的——我们在那儿尽情地欣赏着戏剧，苏菲相信戏里的每一句话都是真的，我也如此。回家的路上，我们也许在食品店里买点儿什么，要不就在鱼摊儿上买一只小小的龙虾，带回家中做一顿豪华的晚餐。我们一面吃着，一面聊天儿，谈我们的所见所闻。哦，你知道，科波菲尔，要是我当了大法官，我们就不能做这样的事了！”

“不管你当上什么，我亲爱的特雷德尔，”我心里想，“你都会做出一些令人高兴、愉快的事来的。顺便说一句，”接着，我大声说，“我猜，你现在再也不画骷髅了吧？”

“说实在的，”特雷德尔大笑起来，红着脸回答说，“我亲爱的科波菲尔，我不能完全否认我画过。前几天，我手里拿着一支笔，坐在王座法院后排的一个位子上，我的脑子里突然出现了一个念头，想试试我是否还有那种才能。因此，恐怕在那张桌子的横档上，现在还留有一个戴假发的骷髅哩。”

我们俩都尽情地大笑了一通。笑过后，特雷德尔面带笑容看着炉火，结束了这一笑谈，并用他那宽容的态度说：“哦，那个老克里克尔呀！”

“我这儿有一封那个老——恶棍的来信。”我说，由于想到当年他怎样毒打特雷德尔，而现在看到特雷德尔竟这样轻易地就宽恕了他，我就更加觉得不能宽恕他了。

“克里克尔校长来的信？”特雷德尔叫了起来，“不会吧！”

“在那些被我越来越大的名声和成功吸引的人中间，”我翻阅着寄给我的信件说，“在那些突然发现他们自己一直很关心我的人中间，就有这位克里克尔。他现在不当校长了，特雷德尔。他不干那一行了。他当上米德尔塞克斯的治安官了。”

我原以为特雷德尔听到这消息也许会感到奇怪，可是他一点儿也不感到奇怪。

“你猜他是怎么当上米德尔塞克斯的治安官的？”我说。

“哎呀！”特雷德尔回答说，“要回答这个问题可太难了。也许他投过某个人的票，或者借过钱给某个人，或者买过某个人的什么东西，要不就是给过什么人好处，或者帮什么人干过什么事，而那个什么人又认识一个别的什么人，而那个别的什么人，就叫郡长任命他担任这一职务。”

“不管怎么说，反正他把这个差使弄到手了，”我说，“他给我的这封信上说，他们正在实行一种唯一正确的监狱监禁制度，他很乐意让我见识一下这种制度的执行情况。这种唯一无可挑剔的、能使囚犯永远真诚悔过自新的办法，就是——你知道，单人囚禁。你觉得怎么样？”

“觉得这个制度怎么样？”特雷德尔态度认真地问道。

“不，我说的是接受他的这一建议，你觉得怎么样，能跟我一起走一趟吗？”

“我不反对。”特雷德尔说。

“那我回信就这么说啦。且不说这个老家伙是怎么对待我们的，就是这同一个克里克尔，他怎样把儿子赶出门外，让妻子和女儿过那种困苦的生活，我想，这些你都还记得吧？”

“全都记得。”特雷德尔说。

“可是，要是你看了他的信，你就会发现，他都成了对待各种重罪囚犯最慈爱的人了，”我说，“虽然我看不出他会把他的这种慈爱施加在别人身上。”

特雷德尔把肩膀一耸，一点儿也没有觉得奇怪。我早已料到他会这样，所以我对此也就没有觉得奇怪，要不，那就是我对现实生活中的这类讽刺见得太少了。我们把去参观的时间定下来，当晚我就给克里克尔先生写了封信。

我约定的那一天——我想就是第二天，不过这没有关系——特雷德尔和我，一起来到克里克尔先生当权的监狱。这是一座耗费巨资建成的坚固的庞大的建筑。在走进监狱大门时，我不禁想到，要是有个不识时务、想入非非的人提议，用这座监狱建筑费的一半给青少年盖一所工读学校，或者给该得到救济的老人盖一座养老院，那这个国家里，就会发生怎样的叫嚣啊！

在一个结构宏伟、可以做巴别塔①底层的办公室里，有人带我们见到了我们的老校长。当时有一伙人正在那儿，其中有两三个治安官之类的忙人，还有一些他们带来的参观者。克里克尔先生接待我时的那副神态，好像我的聪明才智都是他过去多年来培养起来的，他一向都对我关怀爱护备至似的。我把特雷德尔介绍给他时，他也摆出了同样的派头，只是在程度上低了一档，表示他一向是特雷德尔的导师、圣哲和朋友。我们这位尊严的老师比以前老多了，而在仪容方面并无改善。他的脸仍像以前那样红红的，眼睛仍像以前那样小小的，只是陷得更深了。我记忆中那稀疏、湿润的白发，几乎掉光了，他那秃脑袋上暴起的青筋，看起来一点儿也不比从前更顺眼。

从那些绅士之间的谈话中，我似乎可以得出这样的看法：在这个世界上，除了不惜以任何代价谋求囚犯的最大舒适之外，再没有别的事值得重视；在狱门之外的广大土地上，也没有别的事可做了。听罢这番高论，我们就开始参观。这时正是正餐的开饭时间，我们先走进那宽大的厨房，在那儿，每个囚犯的饭菜，像钟表似的规律正确地一份份分别摆着（然后送往每个囚犯的囚室）。我悄声对特雷德尔说，我不知道是否有人想过，这些量丰质美的食物和水手、士兵、劳动者这些老实勤劳的广大劳苦大众——且不说乞丐——吃的饭食，两者之间有着多么惊人的差别。因为后面这些人中，五百个里面也没有一个像前面那种人吃的一半这么好。不过我听说，这种“制度”就要求让囚犯过高标准的生活。简而言之，为了要使这种“制度”彻底地得以实行，我发现，无论在吃饭问题或者其他问题上，这种“制度”都排斥一切怀疑，扼杀一切反对意见。似乎没有人想到，除了这种“制度”之外，还有别的什么制度可供考虑。

当我们从一些宏伟的过道走过时，我问克里克尔先生和他的同僚，这种支配一切、凌驾一切的制度，它的主要优点是什么。我发现，原来它的优点是：囚犯完全跟外界隔绝——这样一来，被囚禁的人，没有一个知道另一个人的任何情况——这种对囚犯的身心约束，能促使他们精神健全，从而达到真诚的悔过自新。

接着，我们动身去单人囚室访问囚犯。经过囚室所在的过道时，我听到他们对我们讲了囚犯去小教堂做礼拜等情况，这使我突然想到，囚犯彼此很可能非常了解，他们之间也许有一套相当完备的互通消息的办法。这一点，我相信，在我写这一段的时候，已经得到证实。可是在当时，哪怕暗示有一点儿这

① 据《旧约·创世记》所载，人们原想造塔通天，但耶和华变乱了他们的语言，使他们的语言彼此不通，结果未能造成。

样的怀疑，都是对那种制度的亵渎，因此我只好尽我所能，煞费苦心地去寻找悔过自新的事实了。

可是，即使在这一点上，我也有不少疑惑，我发现，囚犯悔罪的形式千篇一律，很像裁缝店橱窗里挂着的外套和背心一样，有着一样的流行款式。我还发现，大量的坦白忏悔，在性质上很少有不同之处，就连所用的词句也都大同小异（这使我感到极为可疑）。我发现，有一群狐狸，因为够不着葡萄园里的葡萄，就对整个葡萄园大肆诽谤，就是在够得着葡萄串的狐狸中，我发现值得相信的也几乎没有。更有甚者，我还发现，最善于坦白忏悔的人是最引人注目的对象。他们的自负，他们的虚荣心，他们对于刺激的需要，他们对于欺诈的爱好（根据他们的历史可以看出，他们当中的许多人，对于欺诈的爱好，几乎达到了令人难以置信的程度），所有这一切，都刺激他们坦白忏悔，借此得以发泄，并从中得到满足。

然而，当我们往来于囚室之间时，我不断听到人们提到二十七号这个囚犯，他是这儿的宠儿，看来真像是个模范囚犯，因而我决定暂时搁置对坦白忏悔的评论，先去会一会这位二十七号。据我了解，二十八号也是一颗特别出色的明星，不过不幸的是，他的光辉却有点儿让二十七号那特别耀眼的光芒给压下去了。关于二十七号的情况，我听了很多，如他对自己周围的每个人，总是苦口婆心地进行规劝和告诫，他经常给自己的母亲写孝思感人的书信（他好像认为他母亲的处境非常困难）等，因此我急不可耐地很想一睹此人的风采。

可是我还得耐着性子再等上一阵，因为二十七号是被当作压台戏来表演的。不过，最后我们终于来到他的囚室门外。克里克尔先生从门上那个小孔往里张望了一会儿，接着便以极为敬佩的神情向我们报告说，二十七号正在读《赞美诗集》[①]哩。

顷刻间，人头攒动，许多脑袋都拥了上来，要看二十七号读《赞美诗集》，那个小孔让七八个脑袋给层层堵住了。为了解决这种不便，同时让我们有机会和这位货真价实的二十七号交谈，克里克尔先生吩咐打开囚室的门，把二十七号请到过道里来。门打开后，二十七号出来了，我和特雷德尔见了都大吃一惊，因为我们见到的这位改邪归正的二十七号，不是别人，正是乌利亚·希普！

他一眼就认出了我们。他一边往外走——仍像从前那样扭动着身子——一边说：

“你好吗，科波菲尔先生？你好吗，特雷德尔先生？”

①《赞美诗集》：《圣经》诗歌和赞美上帝的诗歌选集，版本有多种。

他对我们这样一打招呼，引起了在场所有人的羡慕。我有点儿觉得，大家都认为他并不傲慢，而且还肯跟我们打招呼，因此感到惊奇。

“呃，二十七号，”克里克尔先生带着惋惜的样子赞赏着他，说，“你今天觉得怎么样？”

“我是很卑贱的，先生！”乌利亚·希普回答说。

“你永远是这样的，二十七号。”克里克尔先生说。

就在这时，另一位绅士极其焦急地问道：“你是不是很舒服呢？”

“很舒服，谢谢你，先生！”乌利亚·希普眼望着那个方向说，“在这儿，比我以前在外面时，要舒服多了。现在我认识到自己干了些什么蠢事了，先生。这就是使我感到舒服的原因。”

听了他的话，好几位绅士都深受感动。第三个提问的人硬挤到前面，极富感情地问道：“你觉得这儿的牛肉做得怎么样？”

“谢谢你，先生，”乌利亚朝发话的方向瞥了一眼，说，“昨天的牛肉老了点儿，不太合我的口味。不过，忍受是我的义务。我干了很多蠢事，先生们，”乌利亚带着温顺的微笑，朝四周扫了一眼，说，“我应该毫无怨言地忍受这种后果。”

人群中发出一阵叽叽咕咕的低语声，一部分是对二十七号这种神圣的心境深感满意，一部分是对承包伙食的商人大为愤慨，因为他惹得二十七号抱怨了（克里克尔先生立即将这一抱怨记在记事本上）。叽叽咕咕的低语声平息下来后，二十七号站在我们的正中间，好像自以为他是博物馆里一件应该受到高度夸赞的最有价值的展品。为了让我们这些孤陋寡闻的外行新手同时开开眼界，克里克尔先生传下命令，把二十八号也放出来。

我已经大大吃过一惊了，因此当利提摩先生读着一本劝善书走出来时，我只能感到一种无可奈何的惊讶了！

“二十八号，”一位戴眼镜的绅士说，这位先生此前还一直没有开过口，“我的好朋友，上星期你曾抱怨说，可可煮得不好。打那以后，怎么样了？”

“我谢谢你啦，先生，”利提摩先生说，“已经煮得好多了。要是我可以冒昧地说一句的话，先生，我觉得跟可可一块儿煮的牛奶，可不太正宗。不过我知道，先生，如今伦敦卖的牛奶，掺假太普遍了，真正的纯牛奶是很难搞到的。”

我觉得，这位戴眼镜的绅士好像是在支持他的二十八号，跟克里克尔先生的二十七号相对抗，因为他们各自都把自己的人当作手中的法宝。

“你现在的心情怎么样，二十八号？”戴眼镜的提问者问道。

"我谢谢你啦，先生，"利提摩先生回答说，"现在我已认识到自己干的蠢事了，先生。我一想到我从前那些伙伴的罪孽，心里就非常不安，先生。不过我相信，他们是能得到宽恕的。"

"你自己很快活吗？"发问者说，并连连点头，表示鼓励。

"我对你非常感激，先生，"利提摩先生回答说，"我十分快活。"

"现在你心里还有什么想法吗？"发问者说，"要是有的话，就说出来吧，二十八号。"

"先生，"利提摩先生没有抬眼，说，"要是我的眼睛没看错的话，这儿有一位先生，以前就跟我认识。要是让这位先生知道一下，先生，我过去干的那些蠢事，完全是由于我在伺候那些青年人时，过的是一种不动脑子的生活，由着他们把我引上我无力反抗的歧途，这对他也许是有益处的。我希望这位先生能引以为戒，先生，不要因我的冒昧直言而见怪。这完全是为他好。我已经认识到我自己过去干了蠢事。我希望，对于他也有份的一切坏事和罪恶，他也知道悔过。"

听了这话，我看到有几位绅士，都用一只手搭在眼睛上方，好像刚刚走进教堂似的。

"这话为你自己争了光了，二十八号，"那位发问者回答说，"我料到你会这么说的。还有什么别的话要说的吗？"

"先生，"利提摩先生说时稍微抬了抬眉毛，但是没抬眼睛，"从前有个年轻女人，走上了堕落放荡的歧途，我曾竭力想把她拯救出来，先生，但是没能救出。现在我请求这位绅士，如果他办得到的话，请代我转告那位年轻女人，就说她对我干的坏事，我都宽恕她了。另外我也劝她悔过——要是这位绅士肯帮忙，替我转告的话。"

"我深信不疑，二十八号，"发问者回答说，"你提到的这位绅士，听了你这番如此得体的话，一定也会像我们大家一样，深深感动的。我们就不再耽搁了。"

"我谢谢你啦，先生，"利提摩先生说，"先生们，我祝诸位日安，希望你们和你们的家人也能看到你们的罪恶，并加以改正！"

说完这话，二十八号和乌利亚互相交换了一下眼色，退进了囚室。看起来，他们好像已经通过某种媒介传递过消息了，互相之间并不是完全陌生。他囚室的门关上后，人群中又叽叽咕咕地低语起来，说二十八号是个最体面的人，也是个出色的人物。

"行啦，二十七号，"克里克尔先生带着他的人走上空出的舞台，说，"你有没有什么事是别人可以替你办的？要是有，就说出来吧。"

“我要卑贱地请求，先生，”乌利亚扭动着他那恶毒的脑袋说，“允许我再给我母亲写信。”

“当然允许。”克里克尔先生说。

“谢谢你，先生！我很为我母亲担心。我怕她不安全。”

有人冒失地问从哪方面来的不安全，可是却招来了一声愤慨的低语：“嘘！”

“我指的是永久的安全，先生，”乌利亚朝发问的方向扭动着身子说，“我希望我母亲也能达到我的这种境界。要是我不到这儿来，我就永远达不到现在这种境界。所以我希望我母亲也能到这儿来。不管是谁，要是被抓住，送到这儿来，对他们都有好处。”

这种情感使在场的人个个都感到满意——我认为，比那天发生的任何事都更让人满意。

“来这儿以前，”乌利亚说，说时朝我们偷偷瞥了一眼，那眼神好像说，如果他能做到，他就要把我们所属的外面这个世界彻底摧毁，“我净干些蠢事。不过现在我对我干的蠢事已经有了认识了。外面的世界里，罪恶太多了。我母亲的身上就有许多罪恶。除了这儿，在这个世界上，到处都没有别的，只有罪恶。”

“你已经大大地变了？”克里克尔先生说。

“哦，是的，先生！”这位前途有望的悔罪者说。

“要是你出去了，你不会有反复吧？”另一个问道。

“哎呀呀，不会的，先生！”

“行啦！”克里克尔先生说，“你这话很让人满意。你已经跟科波菲尔先生说过话了，二十七号。你还想跟他说点儿什么吗？”

“在我来这儿并发生改变以前，你就认识我了，科波菲尔先生，”乌利亚看着我说，那副恶毒的样子，即便在他乌利亚的脸上，我也从来没有见过，“当年我虽干了一些蠢事，但在骄傲的人中间我是卑贱的，在粗暴的人中间我是驯服的，那时候你就认识我了——你自己就对我粗暴过，科波菲尔先生。有一次，你打了我一个耳光，这是你知道的。”大家都对他表示同情，有几个人直冲我怒目而视。

“不过我宽恕你了，科波菲尔先生，”乌利亚说，同时拿自己宽宏恕人的天性为题，做了最邪恶、最刻毒的对比，这我就不想在这儿赘述了，“我宽恕每一个人。心怀恶意，和我的身份是不相称的。我宽宏大量地宽恕了你，希望你今后能好好控制自己的感情。我希望威先生能悔过，威小姐也能悔过，所有那一伙满身罪孽的人都能悔过。你遭受到一场灾难，我希望这场灾难对你有教益。不过你最好还是到这儿来。威先生最好到这儿来，威小姐也最好到这儿来。我能给你的，科波菲尔先生，以及给你们诸位先生的最美好祝愿，就是希望你们也能被抓起来，送到这儿来。我想起我过去干的那些蠢事，以及我现在的心境，我敢肯定，这儿对你们来说是最好的地方。我怜悯所有没有被送到这儿来的人！”

他在大家异口同声的赞美声中溜回了自己的囚室。他囚室的门锁上后，我和特雷德尔都大大松了一口气。

这就是这种悔罪方式的一大特点，因此我很想问一下，这两个家伙到底犯了什么案，才关到这儿来的。可是这似乎是他们最不愿谈起的事情。我看到两个狱卒，从他们脸上某些隐约的迹象，我推测他们清楚地知道这套煞有介事的把戏的实情，于是我就把自己的问题向他们中的一个提了出来。

“你知道吗？”我们沿着过道走时，我问道，“二十七号最后干的一件‘蠢事’是什么重罪？”

回答是，一起银行案。

“是诈骗英格兰银行吗？”我问道。

“是的，先生。诈骗钱财，伪造文件，合谋作案。他还有另外几个同伙。是他指使那几个人去干的。那是一个诈骗一宗巨款的周密计划。对他判的是终身流放。二十七号是那伙人中最狡猾的家伙，差一点儿就使自己安然无事了，不过他没能完全逃脱。银行差一点儿没能抓住他的尾巴——只是差一点儿。”

“你知道二十八号犯的是什么罪吗？”

“二十八号，”向我透露消息的那个狱卒说，他说话时一直压低声音，我们走过过道时，他还不时地往回看，唯恐他这样无法无天地谈论那两位清白无辜的大好人，让克里克尔先生和其他人听见，“二十八号（也是流放）找了份差使，可是就在他们要去国外的头天晚上，他抢走了少主人价值二百五十镑的财物。他这个案子，我记得特别清楚，因为他是被一个小矮子抓住的。”

“一个什么？”

“一个矮小的女人。我忘了她的名字了。”

“不是叫莫彻吧？”

“正是叫这个名字！他已经避过追捕，戴上淡黄色的假发和假胡子，正准备逃往美国，他乔装打扮的本领好极了，你肯定一辈子从没见过。他正在南安普敦[1]街上走时，被那个小矮子女人碰上了——她眼尖，一眼就认出了他——她钻进他的两腿之间，把他顶翻在地——像死神一样，牢牢抓住他不放。”

“莫彻小姐真了不起！”我叫了起来。

① 南安普敦：英格兰南部港口城市，为英国开往美国的船只最常停泊之所。

“要是像我一样，看到她站在证人席的一张椅子上做证时，你也会这样说的，”我的这位朋友说道，“她抓住他的时候，他把她的脸都撕破了，还极其野蛮地用拳头使劲打她，可她一直不撒手，直到他被关起来。确切地说，她把他抓得那么紧，最后警察只好把他们两人一起带走。她做证的时候，精神抖擞，受到法庭的高度赞扬，在回家的路上，人们不断地向她欢呼。她在法庭上说，即便那个家伙是参孙[①]，她也要单枪匹马地把他拿下（因为她知道他干的坏事）。我相信，她会那么做的！”

我也相信她会那么做的，并为此对莫彻小姐致以最崇高的敬意。

现在我们已经看过一切要看的情况了。要是对可敬的克里克尔先生这样的人说，二十七号和二十八号的本性毫无改变，他们从前怎么样，现在还是怎么样；说那两个虚伪的恶棍，正是在这样的地方搞这套悔罪把戏的人物；说他们跟我们一样清楚，这种悔罪把戏的市场价值，在他们流放海外时，对他们直接有利；一言以蔽之，这完全是一种奸诈、虚伪、苦心诓骗的行为；要是对他这样说，自然是白费力气。我们只能听其自便，让他们去搞他们的那套制度吧。我们回家时，一路上嗟叹不已。

“这样恣意妄为，也许是件好事，特雷德尔，”我说，“因为物极必反，这样会加速其死亡。”

“但愿如此。”特雷德尔回答说。

① 参孙：相传为古代以色列民族的大力士，曾赤手空拳撕裂过狮子。

第六十二章　我的指路明灯

岁月如流，转眼又到了这年的圣诞节，我回国也已两月有余。这段时间我时常能见到爱格妮斯。不管一般人鼓励我的声音有多洪亮，也不管他们的声音在我心里唤起的热情和进取心有多强烈，可是我只要一听到爱格妮斯的赞扬，即便是极其轻微的一言半语，别的声音我就什么也听不见了。

我每星期至少一次，有时还不止一次，骑马去她那儿，度过一个晚上。我通常都在夜间骑马回来，因为旧日那种不快的感觉，现在经常在我心头萦绕——当我离开她时，我就倍感惆怅——因而我宁愿起身离去，而不愿在辗转反侧的不寐中和苦恼的睡梦里流连往事。就在这样的骑行中，我消磨掉了许多凄苦的漫漫长夜中的大部分时光，当我一路走着时，在国外时长期盘踞在我心头的那些思想又复苏了。

或者，要是我说，我倾听的是那些思想的回声，也许就更能表达出真情了。因为它们是从遥远的地方向我诉说的，我已经把它们置于千里之外，对我那无法改变的处境俯首认命了。每当我向爱格妮斯朗读我的作品，当我看到她专心倾听的脸时，当我把她感动得时而嫣然一笑、时而热泪盈眶时，当我听到她对我生活其中的想象世界里的虚幻故事发表自己如此诚挚的见解时，我就想，我的命运本来可能会是什么样子——不过，这只是如此想想而已，就像我和朵拉结婚之后，我曾想过，我希望我的太太成为什么样子一样。

既然爱格妮斯以一种独特的爱来爱我，要是我加以骚扰，那就是我对这种爱最自私、最可鄙的践踏和侮辱，而且它永远不能再恢复，何况，既然是我自己制造了自己的命运，赢得了急躁轻率、一见倾心的对象，那我就无权抱怨，只能自作自受。我对爱格妮斯应尽的职责和我这种成熟的认识，既包含了我所感觉到的一切，也包含了我所体验到的一切。可是，我是爱她的啊！现在，即便是朦胧地想到，在那遥远的将来，有一天我可以直言不讳地承认我爱她，这对我都是一种安慰。到那时，一切都已成为过去，我可以对她说："爱格妮斯，我刚从国外回来那会儿，情况就是这样；现在我已经老了，而打那以后，我就再也没有恋爱过！"

而她从未对我表现出有什么变化。她从前一直怎样对待我，现在依然如故，没有丝毫改变。

自从我回来的那一天晚上起，我姨婆和我之间，在我和爱格妮斯的关系这个问题上出现了一种新的情况，我不能把这说成是拘谨，或者说成对这个问题讳莫如深，而只能说是一种默契，我们两个同时都想到这个问题，但我们都没有把我们想的用语言表达出来。每当晚上我们按老习惯坐在壁炉前时，我们常常陷入这样的思绪之中，那样自然，那样心照不宣，仿佛我们已经毫无保留地说了出来。然而，我们都保持着持续不断的沉默。我相信，那天晚上她已经了解到，或部分了解到我的心思，而且她也完全明白，我没有把自己的心思更明确地表示出来的原因。

圣诞节即将到来，而爱格妮斯并没有向我透露新的秘密，因此我心里几次起了疑念——她是否已经察觉到我心里的真实想法，因为怕引起我的痛苦，所以才对我守口如瓶——这种疑念开始沉重地压在我的心头。要是确实如此，那我做出的牺牲就全白费了。我对她最起码的义务就没能尽到，我所避而不为的每一个行动，就等于无时无刻不在进行。我决定把这个疑团解开，使之化解——要是我们之间存在这样的隔阂，就要立即坚决动手把它消除。

那是严冬中寒风凛冽的一天——这一天应该永记不忘！几小时前刚下过一场雪，虽然积雪不深，但是地面冻得挺硬。在我窗外远处的海面上，强劲的寒风从北方刮来。我在想，这股强劲的寒风，也正在扫过瑞士那些人迹罕至的积雪的荒凉山野。我心里思忖，那些荒凉地带和这片茫茫大海，究竟哪一个更为孤寂呢？

“你今天还骑马出门吗，特洛？”我姨婆在门口探头进来问道。

“是的，”我回答说，“我打算去趟坎特伯雷。今天的天气正好骑马。”

“但愿你的马也这样想，”我姨婆说，“不过这会儿它正耷拉着脑袋和耳朵，站在马棚门口，好像认为还是待在马棚里好呢。”

我不妨顺便提一句，我姨婆允许我的马在禁地上走，但是对驴子却毫不留情。

“它一会儿就会精神十足的！”我说。

“不管怎么说，骑马出去溜一趟，对它的主人会有好处的，”我姨婆说着，看了看我书桌上的那些文稿，“啊，孩子，你在这里已经写了许多小时了！我往常看书的时候，从来不曾想到，写书竟是这样辛苦的活儿。”

“有时候，看书也是挺辛苦的，”我回答说，“至于写书，也有写书的乐趣呢，姨婆。”

“哦，我明白啦！”我姨婆说道，“满足自己的雄心壮志，得到别人的夸奖和赞同，还有许许多多的乐趣，我想是吧？好啦，你去吧！”

“关于爱格妮斯爱情方面的事，”我泰然自若地站在她面前说道——她拍了拍我的肩膀，在我的椅子上坐了下来，“你还知道些别的什么情况吗？”

她朝我脸上看了一会儿，然后才回答说：

“我想我还知道一些，特洛。”

“你的印象有根据吗？”我问道。

“我想是有根据的，特洛。”

她目不转睛地看着我，在她那疼爱的神情中，带着疑虑、怜惜和担心，因此我下了更坚定的决心，向她露出一张十分高兴的笑脸。

“还有呢，特洛——”我姨婆说。

“啊！”

“我认为爱格妮斯快要结婚了。”

“愿上帝保佑她！”我高高兴兴地说。

“愿上帝保佑她！”我姨婆说，“也保佑她的丈夫！”

我也随声附和了一句，接着便和我姨婆分手，脚步轻快地下了楼，跨上马背，疾驰而去。现在，我比以前更有充分的理由，去做我决心要做的事了。

那次在严冬中跃马飞驰的情景，我至今仍记得一清二楚！被寒风从草叶上刮起的冰屑，直打在我的脸上；马蹄在冰冻的地面上嘚嘚嘚地打出了清脆的曲调；已经耕过的土地冻得坚硬；微风吹过，生石灰坑里的积雪在轻轻飞旋；拉着干草车的牲口，喷着热气，停在高岗上喘息，抖得身上的铃铛叮当作响；白雪皑皑、连绵起伏的岗峦和丘陵，在阴暗的天空的衬托下，就像是画在一块巨大无比的石板上似的！

我发现只有爱格妮斯独自一人在家。那些小女孩儿这时都已回自己的家了。她正坐在火炉边看书，见我进来，就放下书本，像往常一样跟我打了招呼，接着便拿起针线筐，在一个老式窗户旁坐下。

我就坐在她身旁的窗座上，我们谈起了我正在做的事，什么时候可以完工，以及我上次来访后的进展情况。爱格妮斯非常高兴，笑着预言说，我用不了多久就会名声大噪，到那时就不能再和我谈论这类问题了。

“你瞧，所以我才尽量利用现在的时间，”爱格妮斯说，“趁着我还可以谈的时候，跟你谈一谈。”

当我看着她专注在手中的活儿上的美丽脸蛋儿时，她抬起了她那温柔明亮的双眼，发现我正看着她。

“你今天好像有心事，特洛伍德！”

“爱格妮斯，我把我心里想的事告诉你好吗？我就是为了这个来的。”

她像往常我们商量正经事时那样，把手中的活儿放到一边，全神贯注地看着我。

“我亲爱的爱格妮斯，你怀疑我对你的真诚吗？”

“不怀疑！”她带着惊讶的神情回答说。

“你怀疑我会跟从前一样待你吗？”

“不怀疑！”她像先前一样回答说。

“我最亲爱的爱格妮斯，我刚回来的时候，就竭力把我对你的感激之情，以及我对你怀着多么强烈的热情，对你说了，你还记得吧？”

“记得，”她轻声地说，“记得非常清楚。”

“你有一个秘密，”我说，“让我也知道知道吧，爱格妮斯。”

她垂下了眼睛，开始颤抖起来。

“我听说——不过不是从你嘴里，而是从别人嘴里听说的，这似乎有点儿奇怪了——我听说，你已把你那珍宝般的芳心许给一个什么人了。其实，即便我没听说，我也不会不知道的。不要把这件跟你的幸福如此密切相关的事瞒着我吧！如果你能像你说的那样信任我。我知道你会那样，那在这件事情上，在所有别的事情上，你就应该把我当成你的朋友、你的弟兄！”

她恳求似的，几乎是责备似的朝我瞥了一眼，从窗口站了起来，仿佛不知身在何处，匆匆穿过房间，双手捂住脸，突然伤心地大哭起来，这就像在猛击着我的心窝儿。

不过她的哭泣唤醒了我心中的某些东西，给我带来了希望。我也不知道是怎么回事，这些眼泪跟牢记在我心中的她那平静忧伤的微笑联系在一起了，使我激动的，既不是惊怕，也不是悲伤，而是希望。

“爱格妮斯！妹妹！最亲爱的！我有什么做得不对吗？”

“让我去吧，特洛伍德。我不大舒服，有点儿失神了。我以后再跟你说——下次再说吧。我会写信给你的。现在就别对我说什么了。别说了！别说了！”

我竭力回想起以前有个晚上，我跟她谈话时她说过的话，她说她的爱是不需要回报的。这就是我必须立即去彻底探寻的整个世界。

“爱格妮斯，看到你这个样子，想到是我使得你这样，我实在受不了。我亲爱的姑娘，你比我生命中的一切都更宝贵，要是你不快乐，那就让我分担你的不快乐吧。要是你需要帮助或劝告，那就让我设法给你吧。要是你心头压有沉重负担，那就让我来为你减轻负担吧。要是我现在不是为你活着，爱格妮斯，那我还能为谁活着呢？”

“哦，让我去吧！我有点儿失神了！下次再说吧！”我当时能听清的只有这几句话。

第六十二章　我的指路明灯

使得我不顾一切地说下去的，是自私自利的错误，抑或是突然有了一线希望，使我看到过去所不敢想的某种前景在我面前展开了呢？

“我还有话得说。我不能让你就这么离开了！看在老天爷的分上，爱格妮斯，经过了这么些年以后，经历了这么些年的风风雨雨之后，让我们彼此之间不要有误会了！我一定得说清楚。要是你心里还有什么残留未去的想法，怀疑我会妒忌你给予他人的幸福，以为我不愿把你托付给你亲自选定、更加亲爱的保护者，以为我不能站在远处，看着你的幸福而感到满足，那你就把这种疑虑打消吧，因为我根本不配这样想！我受过的苦难并没有完全白受，你对我的教导也没有完全白费。我对你的感情中，没有掺入丝毫自私的成分。”

现在她镇静下来了，过了一会儿，她把苍白的脸转向我，断断续续但清清楚楚地对我说：

“凭了你对我这份纯洁的友谊，特洛伍德……对你的纯洁的友谊，我确实毫不怀疑……我得对你说，你误会了。除此之外，我不能再说别的了。如果说，在过去的这些年里，有时候我需要帮助和劝告，这种帮助和劝告我已经得到了。如果说，我有时候感到不快乐，这种感觉已经过去了。如果说，我的心头有过沉重负担，这种负担已经减轻了。如果说，我心里有什么秘密，这个秘密……并不是新的，而且也不是……你所猜想的那种。这个秘密我不能泄露，也不能让别人知道。这个秘密很久以来就是属于我个人的，因而它必须永远留在我个人的心里。”

“爱格妮斯！别走！等一下！”

她正要离开，可是我拦住了她。我伸出一只胳膊，搂住她的腰。“在过去的这些年里！”“这个秘密并不是新的！”新的想法和新的希望在我的脑子里翻滚盘旋，我生命中的所有色彩都在发生变化。

“最亲爱的爱格妮斯！我最敬重、最崇拜——最衷心深爱着的人啊！今天我来这儿时，我本来想，不论什么都不能从我心里把这番表白掏出来。本以为我可以一辈子都把它藏在心中，直到我们老了的时候。不过，爱格妮斯，假如我真有一线新生的希望，让我有一天可以用比妹妹更亲密，跟妹妹截然不同的称呼叫你！”

她的眼泪扑簌簌地落了下来，但跟她方才落的不一样，因为我看到我的希望在她的泪水中闪闪发光。

“爱格妮斯！你一向是我的向导，我的最得力的支持者！当我们幼年一块儿在这儿长大时，要是你多替自己操点儿心，少关心一点儿我，我相信，我那轻率的空想也就绝不会离开你乱闯了。可是你在各方面都大大胜过我，因此在我那幼稚的希望和失望中，对我来说你都那么必不可少，在一切事情上都得请教你、依赖你，这成了我的第二天性，在那个时期，它取代了更重要的、像我现在这样爱你的第一天性！”

她仍在哭泣，但不是由于悲伤——而是由于欢乐！而且由着我搂在怀中，这是以前从来没有过的，也是我原先认为永远不会有的。

“当我爱上朵拉的时候——那样如痴如醉地爱着她的时候，爱格妮斯，这你是知道的——”

“是的！”她诚恳地大声说，“我知道了这情况很高兴！”

“当我爱着她的时候——即便是那个时候，要是没有你的同情，我的爱也是不圆满的。我得到了你的同情，因此我的爱也就十分完美了。而当我失去她的时候，爱格妮斯，要是没有你，我会成为什么样子啊！”

她更紧地依偎在我的怀中，更近地贴在我的心上，她那颤抖的手放在我的肩头，她那可爱的眼睛含着晶莹的泪花看着我的眼睛。

“亲爱的爱格妮斯，我远离祖国，是因为爱你；我滞留国外，是因为爱你；我毅然归来，也是因为爱你啊！”

于是，我尽力把我经历过的内心斗争，把我得出的结论，全都告诉了她。我尽力忠实地、毫无保留地向她讲述了我的所思所想。我尽力向她表明，我怎样曾经希望对自己、对她都有更好的了解；怎样根据了解得出结论，并听命于这种结论；怎样直到来这儿的当天，我还对这一结论忠贞不渝。要是她确实如此爱我（我说的），能接受我做她的丈夫，那就可以那么做，但并不是因为我理应如此，而只是由于我忠诚地爱她，由于我对她的爱经过忧患才成熟到现在的样子；也正因如此，我才将我的爱情公开表白。哦，爱格妮斯啊！就在这同一时间，我从你那真诚的眼睛中，看到我那孩子气的妻子的在天之灵正望着我，对我表示嘉许；而且也因了你，引起了我最深情的回忆，使我想起那朵正在盛开时就凋谢了的小花朵儿！

“我非常幸福，特洛伍德——我心里太高兴了——不过有一件事，我必须说一说。”

“最亲爱的，是什么事呀？”

她把她那双温柔的手放在我的肩上，平静地看着我的脸。

“你已知道是什么事了吗？”

“我不敢猜是什么事。告诉我吧，我亲爱的。”

“我这一辈子一直爱着你！”

哦，我们真幸福，我们真幸福啊！我们热泪盈眶，但不是为我们经受过种种磨难（她受的磨难要多得多）才达到这一步而流泪，而是为现在这样永远不再分离的喜悦而流泪啊！

第六十二章　我的指路明灯

在那个冬天的晚上，我们一块儿在田野里散步，凛冽的空气似乎也在分享我们幸福的宁静。在我们流连徜徉的时候，早出的星星开始在天空闪烁，我们仰望着星空，心里感谢上帝，把我们引导到这样的宁静之中。

夜间，在月亮的清辉之下，我们一块儿站在那个老式的窗户前，爱格妮斯静静地抬头仰望着月亮，我也随着她的目光看去。这时，在我的脑海中展开了一条漫漫长路，我看到一个衣衫褴褛、颠沛流离、孤苦伶仃的男孩儿，在路上艰苦跋涉，就是这个孩子，今天终于可以说这会儿紧贴着我的跳动的这颗心是属于他自己的了。

第二天将近吃晚饭的时候，我们出现在我姨婆的面前。佩格蒂说，她正在楼上我的书房里，把我的书房收拾得整整齐齐，现在已成了她的得意之举了。我们发现她戴着眼镜，正坐在壁炉旁。

“哟！”我姨婆透过幽暗的暮色张望着问道，“你带回来的这位是谁呀？”

“是爱格妮斯。”我说。

由于我和爱格妮斯约定先什么也不说，所以我姨婆感到有些不对劲。我说“是爱格妮斯”时，她满怀希望地瞥了我一眼，可是看到我仍跟平常一样，就怅然若失地摘下眼镜，用它摩擦起自己的鼻子来。

尽管如此，她还是热情地欢迎爱格妮斯的到来，随后我们就在楼下点上蜡烛的客厅里吃起晚饭来。我姨婆把眼镜戴上了有两三次，为的是再仔细看看我，可是每次都大失所望地摘了下来，拿它摩擦着鼻子。这使得狄克先生大为不安，因为他知道这是个不祥之兆。

“顺便说一句，姨婆，”吃完饭后，我说，“我把你告诉我的事对爱格妮斯说了。”

“那，特洛，”姨婆的脸红了，说，“你可就不对了，你怎么不守信用呢？”

“我相信，你不是生气了吧，姨婆？你要是知道，爱格妮斯并没有为有意中人的事不高兴的话，我敢肯定，你就不会生气了。”

“胡说八道！”我姨婆说。

眼看我姨婆快要被惹恼了，我想，最好的办法还是消掉她的怒气。我搂着爱格妮斯，走到我姨婆的椅子背后，我们俩都朝她俯下身子。我姨婆两手一拍，透过眼镜朝我们看了一眼，立即发起歇斯底里来，我平生见到她发歇斯底里，这是第一次，也是唯一的一次。

这一阵歇斯底里，把佩格蒂也唤来了。我姨婆刚一缓过来，就扑到佩格蒂的身上，一面叫她老蠢货，一面使出浑身力气拥抱她。拥抱过佩格蒂，她又拥抱了狄克先生（为此，他觉得非常荣幸，但也大为惊讶）。在这以后，她才跟他们说明原委。于是，我们都感到非常高兴。

在我姨婆上次和我的简短谈话中，她是出于好意故弄玄虚呢，还是真的误解了我的心情，我弄不清楚。不过她说，反正她告诉我爱格妮斯就要结婚了，这就够了。而我现在比谁都知道得更清楚，这消息是千真万确的。

没过两星期，我们就结婚了。特雷德尔和苏菲，斯特朗博士和斯特朗太太，是参加我们这个简朴婚礼的仅有的客人。我们在他们的兴高采烈中和他们告别，然后一块儿驱车离去。我紧紧搂在怀里的，是我一生中一切雄心壮志的源泉，是我这个人的中枢，是我生命的中心，是我的所有，是我的妻子，是我对她的爱建立在磐石上的那个人！

"最亲爱的丈夫！"爱格妮斯说，"既然现在我可以用这个称呼叫你了，我还有一件事要告诉你。"

"说出来让我听听，宝贝儿。"

"这事发生在朵拉临终的那天夜里。她让你把我叫去。"

"没错。"

"她告诉我，她留给我一样东西。你能猜出是什么吗？"

我相信我能。我把爱了我这么久的妻子拉近身边，搂得更紧了。

"她告诉我，她对我提出最后一个要求，托我办最后一件事。"

"这件事就是——"

"只有我才能补这个空缺。"

说完这话，爱格妮斯把头枕在我的怀里，哭了起来，我也跟着她哭了，然而我们是那么的幸福。

第六十三章　一位来客

我打算记述的，已经接近尾声了，但是还有一件事在我的记忆中颇为突出，每当忆及此事，常常使我感到快慰。这件事若略过不写，那我织就的这张网中，就有一根线头没有结好。

我在名利两方面都有了进展，我的家庭生活也十分美满，我结婚后已经过了十个幸福的年头儿了。一个春天的晚上，爱格妮斯和我正坐在我们伦敦家中的壁炉旁，我们的三个孩子也正在室内玩耍，这时仆人来通报说，有一位陌生的客人求见。

仆人曾问过那人，是不是有事而来，那人回答说不是，只是来看看我，叙叙旧，他是远道而来的。我的仆人说，这位客人是位老人，看上去像个庄稼人。

这话在孩子们听起来很神秘，而且很像爱格妮斯常对他们说的他们爱听的一个故事的开头，说的是来了一个身披斗篷的老妖精，非常凶恶，憎恨所有的人，因而这事在孩子们中间引起了一阵骚动。我们的男孩子中，有一个把头伏在他母亲的腿上，借以避免受到伤害；小爱格妮斯（我们最大的孩子）则把自己的布娃娃放在椅子上，作为她的代表，自己则跑到窗帘后面，一小簇金黄的鬈发从窗帘中间的缝里露了出来，躲在里面观察动静。

“让他来这儿吧！”我说。

不一会儿，进来了一个身板硬朗、头发花白的老人，他在昏暗的门道里停了一下。小爱格妮斯受了他的相貌的吸引，跑出去把他领了进来。还没等我看清他的面目，我的妻子便一跃而起，用兴奋激动的声音朝我喊道，原来是佩格蒂先生啊！

果然是佩格蒂先生。他现在是个老人了，不过这是个红光满面、精神抖擞、身强力壮的老人。刚一见面的激动过去之后，他在壁炉前坐了下来，孩子们偎依在他的膝头，火光照在他的脸上，我看过去，觉得他仍跟从前一样是个精力充沛、体格健壮，而且可以说相貌颇为英俊的老人。

“大卫少爷，”他说，他用旧日的声音和旧日的称呼叫我，我听起来是那么自然、顺耳，“大卫少爷，我又见到你，见到你和你贤惠的太太在一块儿，这可是个大喜的日子啊！”

“的确是个大喜的日子，我的老朋友！”我大声说。

“还有这些可爱的小宝贝儿，”佩格蒂先生说，“瞧这些小花朵儿！嘿，大卫少爷，我头一回看到你那会儿，你也只有这些小乖乖中最小的那个高哩！那时候艾米莉也不见得高多少，我们那个可怜的小子，也还只是个毛头小伙哩！”

“从那时以来，时光带给我的变化，可比带给你的大多了，”我说，“不过，还是先让这几个可爱的小淘气上床睡觉去吧。既然你回到英国，就该住在这儿。告诉我，上哪儿取你的行李（我真想知道，跟他走了那么远路的那个黑提包是不是还在其中），我好派人去取，然后来一杯亚茅斯掺水烈酒，让我们坐下来畅叙一番离别十年的情况！”

“就你一个人回来吗？”爱格妮斯问道。

“是的，太太，”他吻了吻她的手，说，“就我一个人。”

我和爱格妮斯让他坐在我们两人之间，因为我们实在不知道怎样才能表达出对他的热烈欢迎。我又听到了昔日他那熟悉的话音，在我的想象中，我觉得他好像仍在长途跋涉，寻找他那心爱的外甥女。

“从那儿过来，”佩格蒂先生说，“得走很长很长一段水路哩，可是只能住上几个星期。不过我走惯了水路（特别是咸水）。再说，朋友最亲爱，这儿我得来——这话还挺合辙的哩，”佩格蒂先生发现自己的这两句话竟然合辙，颇感惊异地说，“不过我本来并没想到会这么合辙的。”

“从几千里远的地方跑来，这么快就要回去？”爱格妮斯说。

“是的，太太，”他回答说，“动身来的时候，我答应过艾米莉。你知道，岁月不饶人，我不会越长越年轻的，要是我不趁这会儿来，大概就再也来不了啦。这是我的一桩心事，在老得走不动之前，我一定要来看看大卫少爷，看看温柔可爱、鲜花般的你，看看你们结婚后幸福美满的日子。”

他一直看着我们，仿佛怎么看也看不够似的。爱格妮斯笑着把他披散开的几绺花白头发撩到后面，好让他看我们看得更加真切。

“现在，”我说，“把你们这些年来的情况，都跟我们讲一讲吧。”

“我们的情况，大卫少爷，”他回答说，“一会儿工夫就能讲完。我们没有碰上什么麻烦事，过得很顺当。我们一直过得很顺当。该怎么干活儿，我们就怎么干活儿。刚开始时，也许日子过得苦一点儿，不过总的说来，我们还是挺顺当的。不管是养羊，还是养别的家畜，反正不管干什么，我们干得要多好有多好。老天爷好像一直给我们降福似的，”说到这儿，他虔诚地低下头，“我们的日子一直很兴旺。这是说，从长远来看，要是昨天还不兴旺，那今天一准兴旺；要是今天还不兴旺，那明天一准兴旺。”

“艾米莉怎么样？”我和爱格妮斯不约而同地问道。

“艾米莉，”他说，“你跟她分手以后，太太——我们在澳大利亚的丛林里安下家来后，她每天晚上在帆布幔子另一边祈祷时，我没有一次不听到她为你祈祷的——那天太阳下山时，她和我都看不见大卫少爷了，起初她一直没精打采的，幸亏大卫少爷心肠好，想得周到，对我们瞒着那件事，要不，我看她真要垮了。当时，同船人当中，有些生了病的穷苦人，没人看护，她就去看护他们；跟我们一起的还有不少孩子，她也忙着照顾他们。她就这样整天忙着，一路做着好事，这帮了她，对她大有好处。”

“她什么时候才第一次听到那件事的？”我问道。

“我听说那件事以后，一直对她瞒着，”佩格蒂先生说，“差不多瞒了有一年。那时候我们住的地方很偏僻，但是周围有着各种好看的树木，墙上直到房顶上，都爬满了蔷薇花。有一天，我正在地里干活儿，来了个过路人，是打我们英国的诺福克或萨福克来的（到底是哪儿我记不清了）。见到他，当然就把他让到家里，请他吃喝，热情地招待他。我们殖民地那边的人，都是这样做的。他带了份旧报纸，还有别的一些印出来的讲到那场风暴的文章。艾米莉就是这样知道的。待我晚上回家时，我发现她已经知道这件事了。”

他说这句话时，声音放低了，我十分熟悉的昔日那种庄严神色，又布满在他的脸上。

“她知道这消息后变化大吗？”我们问道。

“唉，有很长一段时间，她变得很厉害，”他摇着头回答说，“只能说直到这阵子才好一些。不过依我看来，孤零零住在那儿对她大有好处，再说，像饲养各种家禽什么的，好多事都得她操心，她就把心事用在这些上头，这样才算挺过来了。这会儿要是你见了我的艾米莉，”他若有所思地说，“大卫少爷，我不知道你还能不能认识她！”

“她改变得这么大吗？”我问道。

“我说不上来。我天天见到她，看不出个什么；不过有时候，我觉得她的模样大大地改变了。细细的身子，”佩格蒂先生望着火炉，说，“看起来有点儿瘦弱。一对蓝眼睛很温柔，可是悲戚戚的，脸蛋儿挺清秀的，一个好看的小脑袋，老爱低着，说话细声细气，举动文文静静——总是一副害羞的样子。这就是艾米莉！”

他坐在那儿，依旧望着火炉，我们则默不作声地看着他。

“有的人认为，”他说道，“她以前爱错了人；有的人认为，她结过婚死了男人。没有人知道到底是怎么回事。她本来有好多回都可以结婚，可是她对我说：‘舅舅，那种事永远不会有了。’跟我在一起时，她总是高高兴兴的；有外人在场，她就避开；她老爱跑很远的路去教一个小孩儿，或者照顾一个病人，或者帮助一个年轻女孩儿准备婚礼，她帮过许多女孩儿准备婚礼，可是自己一次都没去参加；对她这个舅舅，她真是疼爱极了；再说她还很有耐性；男女老少没有一个不喜欢她的，没有一个有困难不找她帮忙的。这就是艾米莉！”

他伸手抹了一把脸，轻轻地叹了一口气，目光离开炉火，抬起了头。

“玛莎还跟你们在一起吗？”我问道。

“玛莎，”他回答说，“第二年就结婚啦，大卫少爷。有个小伙子，原来在一个农场里干活儿，赶着他主人的大车去赶集，每次都打我们那儿路过——来回一趟有五百多英里路程哩——他向玛莎求婚，说要娶她做老婆（老婆在我们那儿是很缺的），后来他们就自己在丛林里安家过日子了。她事先要我把她的真实情况转告那个小伙子，我代她转去了。他们就结了婚。他们住的地方，在四百英里之内除了他们自己的声音和鸟叫声外，就听不到旁的声音了。”

“葛米治太太呢？”我试着问道。

这是件一提到就让人开心的事，因为佩格蒂先生一听便突然哈哈大笑起来，两只手上上下下直搓他那两条腿，就像他以前住在那早已被风刮烂的旧船屋里，每逢遇上开心事时惯常做的那样。

“这事你听了能信吗？”他说，“嘿，竟有人向她求婚哩！有个从前在船上当过厨子的人，后来定居下来了，大卫少爷，就是他向葛米治太太求婚来着，这事千真万确，要是没有这回事，我愿天诛地灭——我这话说得再清楚不过了！”

我从没见过爱格妮斯这样笑过。佩格蒂先生这一阵突然的欣喜若狂，她看了开心极了，因此就笑得没完没了。她越笑得厉害，越引得我发笑，就越使佩格蒂先生欣喜若狂，他搓腿的次数也就越多。

“葛米治太太说什么了呢？”我笑够后问道。

“要是你们相信我的话，”佩格蒂先生回答说，“葛米治太太并没有说：‘谢谢，我很感激你，不过我已这么大岁数，不想改变我现在的生活了。’她不仅没有说，而且还提起身边的一只大水桶，扣到那个厨子的头上，弄得他大叫救命，我急忙跑进屋子，才把他给救了。”

说到这儿，佩格蒂先生又大笑起来，我和爱格妮斯也陪他笑个不停。

第六十三章　一位来客

“不过我得为她这个大好人说上几句，”当我们笑得实在筋疲力尽时，他抹了一把脸，接着说，“她完全做到了她临出国前对我说的话，而且超过了她说的。像她这样心甘情愿、忠实可靠、真心诚意、埋头苦干的女人，大卫少爷，是天底下从来不曾有过的。我再也没有听她抱怨说自己孤苦伶仃，从来也没有，即使在面前的是一片人生地不熟的殖民地，她也没有说过。而且我敢向你们保证，打从离开英格兰以来，她再也没念叨起她那死去的老头子！”

“哦，还有最后一位，但并不是最不重要的一位，就是米考伯先生，”我说道，“他在这儿欠的债全都还清了——就连以特雷德尔名义开的期票欠款也还清了，你还记得那期票的事吧，我亲爱的爱格妮斯——因此我们理所当然地认为，他一定干得不错。最近有他的消息吗？”

佩格蒂先生笑眯眯地把手伸进胸兜儿，掏出一个折得平平整整的纸包，小心翼翼地从里面拿出一张样子特别的报纸。

“你得知道，大卫少爷，”他说，“由于我们的日子过得好了，这会儿我们已经离开丛林，搬到米德尔贝港附近，那是个我们把它叫作市镇的地方。”

“米考伯先生原先也住在你们附近的丛林里吗？”我问道。

“哦，是的，”佩格蒂先生说，“而且一心一意地干活儿。我从没见过一个有文化的人，能像他那样一心一意干活儿的。我见过他那秃脑袋在太阳底下晒得直冒油汗，大卫少爷，我真担心他的脑袋会晒化了。现在他是个地方治安官了。”

“地方治安官，呃？”我说。

佩格蒂先生指了指报纸上的一篇短讯，那报纸名叫《米德尔贝港时报》，于是我就把这篇短讯高声朗读起来：

> 昨日，于大旅社之宴会厅，公宴我们著名的殖民地同胞及本镇人士、米德尔贝港区治安官威尔金斯·米考伯先生。宾客济济一堂，大厅为之堵塞。据估计，同时前来赴宴者不下四十七人，而候于过道及楼梯上之来客均未统计在内。米德尔贝港之佳丽名媛、社会名流和杰出人物，纷纷向这位如此德高望重、才华横溢、众人爱戴之贵宾致敬。主持宴会者为梅尔博士（米德尔贝港殖民地萨伦中学校长），贵宾坐于其右。餐毕，唱过圣诗《不归我们》[①]后（歌声优美，吾人从中不难辨出天才业余歌唱家威尔金斯·米考伯大少爷银铃般之歌声），众人首先频频举杯，为例行的效忠爱国的精神干杯。随后，梅尔博士满怀激情，即席发表演说，并提议：“为吾辈之贵宾，本镇之光荣干杯。苟非更为腾达，愿其永远勿离吾辈，尤愿其在吾辈中间

①《不归我们》：《旧约·诗篇》第115章，为感谢诗，多用于宴会。

成就卓著，使其无须另谋高就！”

闻此祝词，与会之人欢声雷动，其盛况难以形诸笔墨。欢呼声犹如大海波涛，此起彼伏，滚滚不绝。最后，全场寂然，威尔金斯·米考伯先生起而致答谢词。鉴于目前本报人才匮乏，无力将此才华横溢之贵宾所作辞藻绮丽、流畅典雅之答词尽载，只能略事陈述，示意而已。此答词真乃演说词中之杰作也，其中数节详尽地追溯其本人事业成功之根源，告诫年轻听众，切勿负无力偿还之债务，以其为覆舟礁石，避而远之。情词恳切，在场之最坚强者亦为之潸然泪下。随后则向下列诸人祝酒：梅尔博士，米考伯太太（自侧门鞠躬答谢，仪态雍容，其旁一群佳丽，高踞椅上，既观此盛况，亦为之增色也），里杰·贝格斯太太（即前米考伯大小姐），梅尔太太，威尔金斯·米考伯大少爷（彼戏称不能以言辞答谢，如蒙允许，愿以清歌一曲代之，此言一出，全场轰动），米考伯太太之娘家人（无须赘言，在故国声名卓著），等等，等等。祝酒已毕，神速撤去餐桌，以备跳舞。在忒耳西科瑞[①]之诸多信徒中，以威尔金斯·米考伯大少爷及梅尔博士之第四女儿——秀美动人、多才多艺之梅伦娜小姐，最为引人注目。舞者尽情欢娱，直至太阳神示警始散。

我返回去看了看梅尔博士的名字，发现他就是从前那位穷困潦倒的梅尔先生，曾给我那位米德尔塞克斯的治安官当过助理教员，现在居然有了这样好的境遇，我真为他高兴。就在这时，佩格蒂先生又指着报纸上的另一处地方要我看，我的眼睛看到了自己的名字，于是我读道：

致著名作家

大卫·科波菲尔先生

亲爱的老友阁下：

自有幸得以亲瞻仪容，迄今已历有多年。而今文明世界之大众皆已仰慕阁下，阁下之名亦家喻户晓矣。

亲爱之老友阁下，吾虽与吾少年之友伴睽违两地，不得朝夕相见（由于吾无法控制之情势），然吾对其之翱翔腾达，从未忘怀也。纵使如彭斯所云：“虽怒海狂涛两相阻隔。[②]”但对阁下胪列吾辈面前之才智盛筵，吾仍得以分享之也。

是故，亲爱之老友阁下，值此吾辈共同钦敬之人离此返国之际，吾不

① 忒耳西科瑞：希腊神话中主管舞蹈和合唱的女神，为九位缪斯之一。

② 引自苏格兰诗人彭斯的诗作《往昔的时光》。

揣冒昧，愿假此良机，为吾个人，亦为米德尔贝港全体居民，公开申谢阁下赐予吾辈之厚惠。

勇往直前，亲爱之老友阁下！阁下在此，既非名望无闻，亦非赏识无人。吾辈虽“远在异域”，并非“断绝亲朋”，亦非“忧郁悲愁”，更非“举步维艰”[①]。勇往直前，亲爱之老友阁下，鹰扬万里有望也！米德尔贝港居民，极愿怀欣喜、欢快、受教之情仰望阁下！

于地球此一部分，在仰望阁下之众目中，将永远有目一双，只要其尚未失明，

此二目

乃属于

治安官

威尔金斯·米考伯也。

我把报上其余的内容也匆匆浏览了一下，发现米考伯先生原来是该报一位极为勤勉、甚受重视的通讯员。在同一份报纸上，还刊有他的另一封信，讲的是一座桥梁的问题；还有一则广告说，他所写的同一类型的书信集将于近期再版，装帧精美，“篇幅较前大增”云云；同时，要是我没有完全猜错，报上那篇社论，也是他的手笔。

在佩格蒂先生跟我们待在一起的日子里，有好几个晚上，我们都谈到了米考伯先生的很多事。佩格蒂先生在英国的整个逗留期间，一直同我们住在一起——我想，大约没有超过一个月——他妹妹和我姨婆，都曾来伦敦看过他。他坐船回去时，我和爱格妮斯都到船上给他送行。在这个世界上，我们永远也不会再有给他送行的机会了。

在他临走之前，他曾和我一起去了一趟亚茅斯，去看了我在教堂墓地里给汉姆立的那块小小的墓碑。在我应他的请求，为他抄写那简朴的墓志铭时，我看到他俯下身子，从坟头上拔了一束草，掬了一把土。

“带给艾米莉的，”他一面说，一面把草和土揣进怀里，“我答应过她的，大卫少爷。”

① 引号中的词引自英国作家哥尔德斯密斯的长诗《旅人》中的第一行。

第六十四章　最后的回顾

现在，我的这部传记写完了。在掩卷之前，让我再做一次回顾——做最后一次回顾吧！

我看到我自己，偕同身旁的爱格妮斯，在人生的旅途上前进。我看到我们的孩子们和朋友们在我们周围，我还听到许许多多喧闹声，当我在旅途上前进时，我对此并不是漠不关心的。

在这些飞驰而过的人群中，哪一些面目我觉得最为清晰呢？看哪，是这一些！这个问题刚从我脑海中掠过时，它们全都朝我转过来了！

首先是我姨婆，戴着度数更深的老花眼镜，已是一位年逾八旬的老太太了，可是腰板儿还是笔挺，而且在寒冬腊月，还能一口气健步走上六英里路程。

一直跟她相依相伴的，是我那位心地善良的老保姆佩格蒂，她也戴上了老花眼镜，老爱在晚上凑近灯光做针线活儿，而每次坐下来做针线活儿时，身边总是带着一小块蜡头，一条盛在小房子里的码尺，还有一个盖子上绘有圣保罗教堂的针线匣。

佩格蒂的两颊和双臂，在我童年时代是那么结实、红润，当年我老觉得奇怪，为什么鸟儿不去啄她，而去啄苹果，现在却干瘪皱缩了；她的眼睛，原来黑得连四周的脸都映黑了，如今却暗淡了（不过仍炯炯有神）；可是她那粗糙的食指，以前我曾把它联想成小型豆蔻擦子，却依旧跟从前一样，每当我看到我最小的孩子，摇摇晃晃地从我姨婆跟前走到她跟前，抓住她的这个食指时，我就想起自己在老家那个小客厅里蹒跚学步的情景。我姨婆当年大为失望的事，现在也如愿以偿了：她做了一个真正的、活蹦乱跳的贝特西·特洛伍德的教母。朵拉（我们的二女儿）说，我姨婆把她给惯坏了。

佩格蒂的口袋里鼓鼓囊囊的，里面装的不是别的，原来是那本讲鳄鱼的书。现在这本书已经破旧不堪，一些掉下来的书页，重又缝在了一起，但是佩格蒂却把它当成一件珍贵的古董，给孩子们看。当我看到那本讲鳄鱼的书，就像看到自己那张孩提时代幼稚的脸抬起来看着我，也使我想起我的老相识谢菲尔德的布鲁克斯。这些都使我觉得奇怪。

第六十四章 最后的回顾

今年暑假期间，在我的孩子们中间，我看到有个老人扎了几只大风筝，当风筝飞上天时，他一直朝它们看着，那股欢乐劲，难以用语言形容。他欢天喜地地和我打着招呼，连连点头晃脑、挤眉弄眼地低声对我说："特洛伍德，我有一句话，你听了一定会很高兴，我这阵子没有别的事要干了，我的那个呈文就快写成了。我还要告诉你，先生，你的姨婆是世界上最了不起的女人！"

这位弯腰驼背的老妇人是谁呀？她拄着一根拐杖，在冲着我的那张脸上，仍能依稀看出昔日的傲气和秀色，她正跟自己怨恨、愚钝、烦躁、恍惚的心情做着软弱无力的斗争。她在花园里，身旁站着一个身材瘦削、肤色深暗、面容憔悴的女人，她的嘴唇上有一条白色疤痕。让我来听一听她们在说些什么吧。

"罗莎，这位先生是谁呀？我怎么想不起来啦？"

罗莎俯身到她耳边，对她大声喊道："这是科波菲尔先生啊！"

"见到你，我很高兴，先生。看到你穿着丧服，我非常难过。我希望时光会使你好起来。"

那位陪侍她的人，很不耐烦地数落她，说我并没有穿丧服，要她再仔细看看，竭力想要她明白过来。

"你见到我的儿子了，先生，"那位年长的妇人说，"你们和好了吧？"

她呆呆地看着我，一只手放到前额上，呻吟起来。突然间，她用十分可怕的声音大叫起来："罗莎，快过来，他死了！"罗莎跪在她脚前，时而抚慰她，时而又和她争吵；一会儿恶狠狠地对她说："我一向都比你更爱他哩！"一会儿又把她像个病孩儿似的搂在怀里，哄她入睡。我就这样离开了她们，就这样时时看见她们，她们就这样年复一年地消磨掉她们的时光。

从印度驶回来的是一艘什么船？这位嫁给长了对招风耳、咆哮不已的苏格兰年老富豪的英国太太是谁呢？会是朱丽娅·米尔斯吗？

这真的是朱丽娅·米尔斯！好发脾气，爱讲排场。有一个黑人用金盘子向她呈上名片和信件，还有一个头扎鲜艳头巾、身穿亚麻布衣服、皮肤古铜色的女人，在她的梳妆室侍候她吃饭。不过朱丽娅现在不记日记了，也不唱《爱的挽歌》了，而是永无休止地跟那个苏格兰年老富豪吵架，那老头儿真像是一只皮毛晒黑了的黄熊。朱丽娅已经让钱埋到喉咙口了，所谈，所想，没有别的，净是钱。我倒更喜欢在撒哈拉沙漠的她。

也许这儿就是撒哈拉沙漠吧！因为朱丽娅虽然有富丽堂皇的宅邸，终日高朋满座，每天美味珍馐，但是我看不到她身旁有青枝绿叶和万紫千红，她身边没有任何能开花结果的东西。朱丽娅所说的"社交界"里的人物，我都见过，其中有专利局的杰克·麦尔顿先生，他老是讥笑那位为他谋到这份差使的人，对我说斯特朗博士是个"非常好玩的老古董"。不过，如果社交界中净是这般不学无术的男男女女，如果社交界培养出来的都是这类对人类进步或倒退的事一概漠然视之的人物，朱丽娅啊，我认为，我们一定是在撒哈拉沙漠里迷了路了，最好还是找条出路逃出来吧。

看哪，那位博士，永远是我们的好朋友。他仍在辛辛苦苦地编他的那本词典（编到字母D了），在家里和他的太太过着幸福的生活。还有那位“老兵”，现在已经威风大减，影响力也今不如昔了。

前不久，我碰到了我亲爱的老朋友特雷德尔，他正在法学院自己的事务所里工作，看上去挺忙的。他的头发（在还没秃的地方），因为戴律师假发，不断弄乱，比以前更加桀骜不驯了。他的桌子上堆满一叠叠厚厚的案卷。我朝四处看了看，对他说：

“要是苏菲现在是你的文书，特雷德尔，活儿可够她干的了！”

“你可以这么说，我亲爱的科波菲尔！不过住在霍尔本大院的那些日子，也是非常美好的呀！不是吗？”

“是她说你一定会当上法官的时候吗？不过那时候，这句话还没有成为街谈巷议呢。”

“不管怎么样，”特雷德尔说，“要是我当上法官——”

“嘿，你知道你会当上的。”

“哦，我亲爱的科波菲尔，一旦我真的当上法官，我要像我从前说过的那样，说一说这段故事哩。”

我们俩胳膊挽着胳膊走了出来。我要和特雷德尔去他家赴宴——这天是苏菲的生日。一路上，特雷德尔对我大谈了他享受到的美满幸福的生活。

“我亲爱的科波菲尔，我真得说，凡是我心里最想做的事，都做到了。就说霍雷斯牧师吧，年薪已提高到四百五十镑；我们的两个男孩儿，受的是最好的教育，而且品学兼优，非常出色；牧师家的女孩子中，有三个已经结了婚，婚姻都很美满；还有三个跟我们住在一起；剩下的三个，打从克鲁勒太太去世以后，就留在家里给霍雷斯牧师管理家务——她们都过得很快活。”

“只有……”我暗示说。

“只有大美人不快活，”特雷德尔说，“是的，她竟嫁了那样一个无赖，真是太不幸了。不过，当年他那副潇洒的派头和显眼的外表，把她给迷住了。不管怎样，现在我们已经把她安置在我们家里，摆脱掉他了，我们得设法使她重新振作起来。”

特雷德尔现在住的房子就是——或者很可能是——以前他和苏菲晚上散步时做过分配的那些房子之一。那是一座大房子，可是特雷德尔还是把他的文档保存在更衣室，他的靴子就跟文档放在一起；他和苏菲给挤到了楼上的房间里；他们把几间最好的卧室都让给大美人和另外几个姑娘了。家里再也没有空闲的房间，因为往往有我不知怎么能数清的更多的“姑娘们”，由于这样或那样的偶然事故，来这儿住，而且经常住在这儿。这天，我们一进门，她们就成群结队地跑到门口，把特雷德尔拉来推去的，挨个儿跟他亲吻，直亲得他喘不上气来。那位可怜的大美人，一位带着个小女孩儿的单身女人，已经在这儿永久安了家。前来赴苏菲生日宴会的，有三位结了婚的姑娘和她们的三位丈夫，还有其中一位丈夫的几个兄弟，另一位丈夫的表弟，以及另一位丈夫的妹妹，这位妹妹好像跟那位表弟已经订了婚。特雷德尔完全像从前那样朴实、真挚，像个家长似的坐在大餐桌的末端；苏菲坐在主位上，满面春风地朝他笑着，摆在他们两人之间闪闪发光的餐具，当然绝不是不列颠合金的了。

现在，当我抑制住继续写下去的欲望，结束我的这项工作时，这些面孔都渐渐逝去了。但是，有一张脸，像天国的光芒照耀着我，使我看清了所有别的人和物，它高出了所有这一切，也超出了所有这一切，而且它常驻长存，永不消失。

我转过头，看到了这张美丽而安详的脸，它就在我的身旁。我的灯光渐渐地暗了，我已经写到深夜，而我的这位亲爱的人——没有她便没有我——仍在我身旁陪伴着我。

哦，爱格妮斯，我的灵魂啊！在我的生命真的告终时，但愿你的脸也能这样守在我的身旁；当现实像我此时打发开的影子般从我眼前消逝时，但愿我仍能看到你在我的身旁，手向上指着！

阅读规划进度及自我测评

01 计划阅读时间

02 实际阅读时间

03 完成度（%）

04 阅读兴趣

感兴趣□　　一般□　　没兴趣□

原因：

问题：

05 回忆一下阅读的章节，看看能否回答出这些问题

1. 米考伯先生决定移居海外，出发前他为了适应新的环境做了不少准备。请再次阅读第五十七章的相关内容，说说米考伯先生做了哪些准备工作，再说说从中可以看出他是一个怎样的人。

2. 作者塑造了佩格蒂先生、米考伯先生等生活在社会底层的小人物，

哪个人物给你留下了深刻印象？为什么？你认为作者塑造这些人物的目的是什么？

3. 大卫在成长的历程中遇到了各种各样的人，有外表严肃、内心善良的姨婆，温柔聪慧的爱格妮斯，真诚勤恳的特雷德尔等，你认为对大卫的成长产生最重要的影响的人是谁？为什么？

4. 有人认为《大卫·科波菲尔》中的情节秉持“善恶到头终有报”的特点，即好人得到善报，坏人得到恶报，你认同这个观点吗？请举出具体的例子说说你的观点。

06 说说有意思（感兴趣、引人深思）的人或事，与他人分享

在这一阅读阶段，你一定对小说中的某个人、某件事、某句话印象深刻，写一写或说一说，分享自己的阅读成果。

07 摘抄，积累

把你认为好的语句或段落摘抄下来，积累更多的语言素材吧！

资料链接

查尔斯·狄更斯

作者简介　ZUOZHE JIANJIE

查尔斯·狄更斯（1812—1870），19世纪英国批判现实主义小说家，出身于海军小职员家庭，少年时，由于父亲无力偿还债务，随家人一起住入负债者监狱。后在泰晤士河畔的华伦黑鞋油作坊当童工。16岁时，在律师事务所当缮写员，后来学会速记，在伦敦民事律师公会担任审案记录员。在1831年至1832年，狄更斯任新闻记者，发表特写，这些工作经历为他日后走上写作道路奠定了坚实的基础。1837年，狄更斯发表长篇小说《匹克威克外传》，强烈地讽刺了当时英国社会的黑暗。在随后两年，先后发表长篇小说《雾都孤儿》《尼古拉斯·尼可贝》。

狄更斯善于观察世界，擅长描写生活在英国社会底层的小人物，并通过小人物的生活遭遇揭露当时英国社会的黑暗面。他一生创作了多部长篇小说，除了上述的，还著有《马丁·瞿述伟》(1842年)、《董贝父子》(1848年)、《大卫·科波菲尔》(1850年)、《双城记》(1859年)等作品。

名家评赏
MINGJIA PINGSHANG

狄更斯到今天还有很多的读者，还被推崇为伟大的作家，难道是因为他的故事复杂吗？不！他创造出许多的人哪！他的人物正如同我们的李逵、武松、黛玉、宝钗，都成为永远不朽的了。

——老舍（中国作家）

我少年读的第一部成长小说就是狄更斯的《大卫·科波菲尔》，到今天我依然认为这是狄更斯最好的作品……狄更斯最高贵的地方在于，他并没有有意地模糊恶，而是直面残酷的现实，但他仍然毫不犹豫地、也不吝惜笔墨地，向我们描绘出在灰色的、潮湿的、雾霾的伦敦里面仍然有灿烂的光亮。

——铁凝（中国作家）

他（狄更斯）的小说充分地显示了文学的社会功能。他不仅用自己的作品反映生活，而且评价和干预生活。他从人道主义思想出发，本着艺术家的良心，对社会的黑暗和不公正进行了坚决的揭露和批判，产生了巨大影响，直接促使一些弊端的根除。

——郑克鲁（中国翻译家）

狄更斯的可贵在于他心里面有一种温暖的人性和人情味，他并没有把世界上所有的事情都看破了，他不是愤世嫉俗的，他是很温暖的，所以读他的作品会有一种希望。

——陆建德（英美文学研究专家）

狄更斯认为《大卫·科波菲尔》是自己最好的作品。作家在评判自身作品时往往不能做出很好的判断，不过我倒是觉得狄更斯的判断非常正确。

——毛姆（英国作家、文艺评论家）

狄更斯天才的一部分正表现在他对类型和漫画式人物的使用上，这些人物再次登场时我们一眼就能认得出，而创造的效果却并不机械生硬，对于人性的展现也并不粗疏谫陋……可事实上他是我们最伟大的作家之一，他在使用类型人物上获得的巨大成功足以令我们深思：扁平人物身上蕴含的内容或许远远超过了那些更加苛酷的批评家乐于承认的那一点儿。

——爱德华·摩根·福斯特（英国作家、评论家）

狄更斯的重要价值不止于他准确地浓缩了自身的生活经历。他以锐利的目光透视现代生活。贯穿他全部作品始终的一条线索，就是对于十九世纪社会所做的批判性的分析。其广度和深度是没有任何一位小说家能够超越的。

——埃德加·约翰逊（美国小说家）

大多数孩子对《大卫·科波菲尔》的那种爱好心情是容易理解的。乔治·奥威尔说，当他九岁那年第一次开始读这本小说时，书中的精神气氛“如此亲切易懂”，他认为这书一定是“一个孩子写的”。这是因为狄更斯花了心思，使我们通过孩子的眼光来看一切事物，使我们得仰着头来看那些高大的怪物，它们显得比实际事物更大。

——乔治·福特（美国当代文学评论家）

狄更斯的特点及其他

王佐良（翻译家、诗人）

狄更斯并不是突起的孤峰。与他同时，英国有一批优秀的小说家在写作，形成英国文学史上一个引人注目的重要时期。他只是这些人当中成就最大的，集中了他们的多数优点，同时也暴露了他们的共同问题。

另一方面，狄更斯又有其明显的特点。

例如，他经历了比当时别人更为明显的重要发展。起初，他主要是幽默作家，新鲜，活跃，难以捉摸，写人物、写对话有特别本领。偶然也讽刺一下国会选举丑剧之类的事，然而注意力不在那里，讽刺也不叫当事人难受。但是，很快这情形变了。他不仅着力讽刺，而且厉声斥责起来，笔锋所向，遍及孤儿院、学店、债务人监狱、法院、政府机关，而在《艰难时世》（1854）里又以十分愤激的情绪鞭挞了工业资本家，出现了有人称为“愠怒的社会主义”的火焰。在小说结构方面，也有同样明显的发展。原来他写得比较松散：《匹克威克外传》（1836）利用了“流浪汉小说”的骨架，虽有许多绝妙的片段，但是这些片段之间并无内在的联系。我们看完一段，可以放下，跳过几处，也无大碍。这种松散的结构也自有其可爱之处。匹克威克先生和他的同伴们坐着马车到处旅行，看见各种人物，遭到各种奇遇，今夜走进旅店，就不知明晨要发生什么妙事！但是虽然此书获得极大成功，狄更斯却不满足于已有成绩，在《奥列佛·退斯特》（1837—1838，也译《雾都孤儿》）里开始尝试新的写法，将小说的情节集中在一个穷孩子的身世上，将它的社会意义集中在对于贫民收容所的谴责上。在后期的一系列小说里，他更是刻意求工，竭力追求结构的完整，同时他又努力约束了自己的感情，对周围人物和所处社会有了更加清醒的看法，在认识和表现上都比以前深刻起来。换言之，他的技巧上的发展是伴随着他的思想上的发展并进的，亦步亦趋的，而在他最好的作品里则两条发展的线常常是合而为一的。

我们可以举《伟大的期望》(1861，也译《远大前程》)为例，这是一本写在后期的成功作品。主人公有两个“伟大的期望”：在爱情上他要高攀一位冷酷无情的高贵小姐，在社会地位上他要从打铁店的学徒上升为伦敦城区的绅士。他既然生活在一个金钱万能的社会里，他在爱情上的期望是否能够实现，也就取决于他在社会地位上的期望是否能够实现。由于某种机缘，他得到了一笔钱，能够到伦敦去学法律了，慢慢地腾达起来，然而在这向上爬行的过程里，原是劳动者的他变得越来越势利，越来越看不起从前结交过的“下等人”，直到有一天他终于发现：暗中资助他上学的不但正是一个“下等人”，而且还是一个可怕的逃犯！而他所追求的高贵小姐，原来也只是逃犯的多年不见的亲生女儿。这样，主人公的“期望”，无论在爱情上或在社会地位上，最后都归结到这个逃犯身上，而由于逃犯案发身死，又都落空了(最后的团圆结局是硬加上去的，属于狄更斯的败笔)。狄更斯写此书时，痛感英国当时那种势利社会的腐蚀作用之大，同时又看出那样一个社会不可能有任何伟大的期望，用意十分深远，隐含的谴责也极严厉。但是这一切不是出之以抽象的交代或简单的叙述，而是深入、细致地通过情节的安排、气氛的配合、主人公性格的逐渐发展(实际上就是一个灵魂的逐渐腐蚀)等等，亦即通过小说的结构来实现的。在这里，小说结构的完整不止表明狄更斯在技巧上做着巨大的努力，也表明他对于所处理的主题挖掘得更深了，而后者又表明他对于所处的社会认识得更深了。

狄更斯的另一个特点是，在他的艺术里，有一种十分动人的混合。一方面，他最会写实。我们读完他的小说，眼睛一闭，就浮现出十九世纪煤气灯下雾都伦敦的种种情景，而且久久不忘。他的细节除了真实、生动之外，还有一种尖锐的敏感性。在《大卫·科波菲尔》之中，当小孩子大卫第一次遇见谋德斯通小姐的时候，她毫不关心地“只将冷冷的手指让孩子握了一下”[①]。这是极为深刻的一笔：冷的不止是谋德斯通小姐的手指，还有她的心，而这是通过一个孩子的敏感来表达的，一个具体的细节写出了两个人的性格，同时又托出了一个有社会意义的场面，使我们看出孩子是怎样需要温暖，而他所得到的，却只是可怕的冷漠。

狄更斯是写真实细节的能手，然而另一方面，他又最奇幻、最夸张，在渲染、烘托上最走极端。他运用语言又是莎士比亚式的，即力求生动，力求强调，而不受语法等惯例的束缚。他是散文家，但有的时候他几乎将小说当作诗来写。他特别擅长创造气氛。在他的小说里，气氛不是点缀，也不仅仅是背景，而是小说结构里的重要组成部分，往往既是象征，又是实体。例子多得很，但是让我们再看一下《大卫·科波菲尔》吧。这书里有一场大风暴，人称是文学作品里最猛烈、最震撼人心的风暴之一。狂风彻夜咆哮，海上白浪滔天，一只船快要沉没了，岸上一个水手破死忘生地奋勇游水去救，等到逼近一看，船上唯一的生存者正是诱骗了他的未婚妻的公子哥儿，两个人（代表了两个不同的社会阶层）无言地对望了一眼，就在风暴里搏斗着同归于尽。小说里的主人公大卫不但目睹了这场风暴，而且心里也经历了一场有净化作用的风暴，他的人生经验里多了一分痛苦，他对于世界的看法也更加成熟了。

真实的细节与诗样的气氛的混合，具体情节与深远的社会意义的混合，幽默、风趣与悲剧性的基本人生处境的混合——正是这一切使狄更斯的作品丰富厚实，而且充满了戏剧性。他的小说开始时动作不快，篇幅奇长，但这是当时许多别人的小说共有的情况，而只要人们有点耐心，很快就会进入一个充满了紧张冲突的世界。他不仅擅长于正面写善恶之争，而且以抑恶扬善为快，非将坏人完全揭穿，他是不肯放下笔的。他的小说几乎无例外地都以大揭穿、大暴露为全书高潮。这种时候他总是笔酣墨饱，情绪特高。这正是他的可爱的地方之一。他的女儿曾看见他在紧张写作的时候，口中念念有词，泪流满面，完全

① 该译文为其他翻译版本，与本书有区别。

忘了自己。在英国作家中没有谁比狄更斯更不能忍受社会上的不公平，或更关心自己所创造的人物的命运了。

然而，过分让感情泛滥，只凭感情来做判断，也就引起了一系列问题。他爱憎分明，然而着眼个别的人，而且幻想，人不论属于什么阶层，都是可以凭感情来打动、来改变的，于是在他的笔下出现了善心的富翁和牵强的团圆结局。他有强烈的是非之感，然而只愿就事论事，不肯做必要的理论概括，因此他虽然谴责了资本主义社会的许多个别罪恶现象，情绪也日渐愤激，但是直到最后也没有集中力量来攻击社会制度本身。人们常说狄更斯的“感伤化”，我以为他的感伤化的最大害处在于一种小资产阶级的感情泛滥使他不能看得更清楚，不能在他本身条件许可下，对于他所处社会的本质认识得更深入，而这一认识的深入原是会导致他的艺术登达更高的峰巅的。

阅读札记

我的小小摘抄本——《大卫·科波菲尔》

我们每天都在行走，与这个世界面对面。当你走在放学的路上，闻到一朵小花散发着香气，看到一只蝴蝶扑打着翅膀、一条小狗晃动着尾巴，你会不会感叹这是多么可爱的生物，这个世界多么美好？

或者你看到一段感人肺腑的文字、一本有趣的书，听到一个意味深长的故事，不禁深深地感动了。

这些美妙的瞬间，就像是一颗颗时光的珠子，串起来就能装点我们美妙的心灵世界。它们给我们带来了温暖、感动、慰藉、思索与启发。它们值得记录，也值得分享。请在这里摘录下你认为描写生动、富有哲理或让你特别感动的词语、句子或者段落。

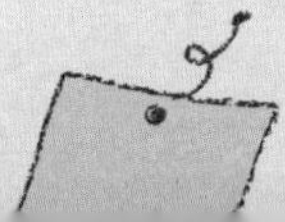

我的阅读日记

也许此刻你还沉浸在书中奇妙的世界，也许此刻你已被深深地打动。无论此刻内心汹涌澎湃，还是感觉美妙惬意，我们都借助阅读窥见了一个新的世界，实现了心灵的成长。

成长是有痕迹的，它可能在一件小事里，一个小进步里，也可能在一种对我们的世界以及自我的认知里……也正是这一处处痕迹，一串串脚印，筑成了我们成长的道路。这也是阅读带给我们的意义。关于这些，你肯定有很多话想说，那就记录下来吧！

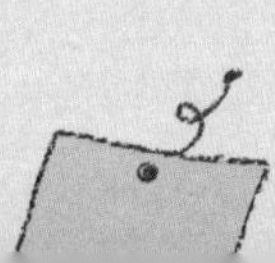